LA PUISSANCE
DES VAINCUS

DU MÊME AUTEUR
AUX ÉDITIONS BELFOND

Le Chant de Dolorès, 1999

WALLY LAMB

LA PUISSANCE
DES VAINCUS

*Traduit de l'américain
par Marie-Claude Peugeot*

belfond
12, avenue d'Italie
75013 Paris

Titre original :
I KNOW THIS MUCH IS TRUE
published by arrangement with
HarperCollins Publishers, Inc., New York.

Si vous souhaitez recevoir notre catalogue
et être tenu au courant de nos publications,
envoyez vos nom et adresse, en citant ce livre,
aux Éditions Belfond,
12, avenue d'Italie, 75013 Paris.
Et, pour le Canada, à
Havas Services Canada LTEE,
1050, bd René-Lévesque-Est,
Bureau 100,
Montréal, Québec, H2L 2L6.

ISBN 2.7144.3670.6

Ce livre est dédié à mon père et à mes fils.

Pour des raisons qui m'échappent en partie, cette histoire est liée à la vie et à la mort des personnes suivantes : Christopher Biase, Elizabeth Cobb, Randy Deglin, Samantha Deglin, Kathy Levesque, Nicholas Spano et Patrick Vitagliano. J'espère que ce roman honore un tant soit peu à la fois leur mémoire et la dévotion et le courage des êtres aimés qu'ils ont dû quitter.

1

L'après-midi du 12 octobre 1990, mon frère jumeau Thomas est entré dans la bibliothèque municipale de Three Rivers, Connecticut, où il s'est retiré dans un des box de travail du fond de la salle et s'est mis à prier Dieu pour que le sacrifice qu'il allait accomplir soit jugé acceptable. Ce jour-là, c'était Mme Theresa Fenneck, chargée de la bibliothèque des petits, qui était officiellement de service, car la bibliothécaire en chef était partie à une réunion à Hartford pour la journée. Elle s'est avancée vers mon frère et lui a dit qu'il allait devoir baisser le ton ou bien quitter les lieux. Elle l'entendait depuis l'accueil, à l'autre bout. Il n'était pas seul, il y avait d'autres lecteurs. S'il voulait prier, qu'il aille à l'église, pas à la bibliothèque.

Thomas et moi avions passé plusieurs heures ensemble la veille. Selon notre rituel dominical, je devais aller le chercher au pavillon Settle de l'hôpital, l'inviter à déjeuner, l'emmener voir notre beau-père ou lui faire faire un tour en voiture, puis le ramener avant l'heure du dîner. Assis en face de lui, au fond de la salle du Friendly, j'avais respiré la fumée qu'il rejetait, et feuilleté pour la énième fois son album de coupures de presse sur la crise du Golfe. Depuis le mois d'août, il les gardait toutes, pour preuve qu'Armagédon était proche – que l'ultime bataille entre le bien et le mal serait bientôt déclenchée. « L'Amérique a fait son temps, Dominick, m'a-t-il déclaré. Elle joue les putes de la planète, elle se vautre dans notre cupidité. À présent, on va payer. »

Il ne remarquait même pas que je tambourinais des doigts sur la table. « Ce n'est pas que je veuille changer de sujet, lui ai-je dit, mais ton affaire de café, comment ça marche ? » Depuis que huit milligrammes de Haldol quotidiens avaient apaisé ses voix intérieures, Thomas était chargé d'une tâche modeste le matin dans le salon des malades : distribuer du café, des cigarettes et des journaux à l'aide d'un chariot métallique encore plus délabré que son propre état émotionnel. Comme bien des patients de l'établissement, il était porté sur la caféine et la nicotine, mais surtout il était devenu complètement accro à la presse.

« Comment peut-on tuer des gens pour du pétrole bon marché ? Comment justifier une chose pareille ? » Il agitait les mains en parlant ; il avait les paumes noircies par l'encre d'imprimerie. Ces mains sales auraient dû me servir d'avertissement – ça aurait dû faire tilt dans ma tête. « Comment échapper à la vengeance de Dieu quand on a si peu de respect pour la vie humaine ? »

Notre serveuse s'est approchée – une lycéenne qui portait deux badges : « Salut, je m'appelle Kristin » et « Patience, s'il vous plaît. J'apprends le métier. » Elle nous a demandé ce que nous voulions en entrée, des petits feuilletés au fromage ou un bol de soupe.

« On ne peut pas adorer à la fois Dieu et l'argent, Kristin, lui a répondu Thomas. L'Amérique va vomir son propre sang. »

Un mois plus tard environ – après que le président Bush eut déclaré qu'« une ligne avait été tracée dans le sable » et que le conflit pourrait bien être inévitable –, Mme Fenneck s'est pointée chez moi. Elle avait cherché mon adresse dans l'annuaire et était venue sonner à ma porte sans crier gare. Elle m'a montré son mari qui l'attendait dans leur Dodge Shadow bleue garée le long du trottoir, puis s'est présentée comme la bibliothécaire qui avait appelé le 911.

« Votre frère était toujours très soigné, a-t-elle commencé. On ne peut pas en dire autant de tous ces gens-là. Mais on est bien obligé d'être ferme avec eux. À longueur de journée, chaque jour que le bon Dieu fait, le minicar de l'hôpital les dépose en ville et les laisse là en plan. Ils ne savent pas où aller, ils n'ont rien à faire. Les magasins n'en veulent pas – le commerce marche déjà assez mal comme ça, Seigneur Dieu ! Alors ils viennent s'asseoir à la bibliothèque. » Pendant qu'elle parlait, son regard vert pâle fuyait sans arrêt mon visage. Thomas et moi, on est des vrais jumeaux – le produit d'un seul œuf fécondé qui s'est divisé en deux et dont chaque moitié est partie de son côté. Mme Fenneck ne pouvait pas me regarder en face car c'était Thomas qu'elle voyait.

Il faisait froid, je me rappelle, mais je ne l'ai pas fait entrer plus loin que le vestibule. Depuis deux semaines, je zappais d'une chaîne à l'autre sur les dernières nouvelles de l'opération « Bouclier du désert », ravalant la rage et la culpabilité qu'avait suscitées en moi l'acte de mon frère, et raccrochant au nez des journalistes et de tous les bouffons de la télé, de vraies sangsues qui essayaient de mettre le grappin sur le monstre à exhiber dans leur prochaine émission. Je n'ai pas proposé à Mme Fenneck de lui prendre son manteau. Je suis resté là debout, bras croisés, poings serrés sous les aisselles. Avant même de savoir ce qu'elle me voulait, je n'avais qu'une envie : en finir.

Il fallait que je comprenne, m'a-t-elle dit, à quel point il était difficile d'être bibliothécaire de nos jours. Autrefois, c'était un métier agréable – après tout elle aimait bien les gens. Mais, à présent, les bibliothèques étaient à la merci des laissés-pour-compte et des sans-abri du quartier. Des gens qui se fichaient éperdument des livres et de l'information. Qui venaient s'asseoir là comme des légumes ou se précipitaient aux W.-C. toutes les cinq minutes. Et maintenant, avec le sida, la drogue et le reste... L'autre jour, on avait trouvé une seringue coincée derrière le distributeur de serviettes en papier dans les toilettes des hommes. À l'entendre, le pays entier était pareil à une commode aux tiroirs saccagés.

J'étais allé lui ouvrir nu-pieds. J'avais les pieds gelés. « Qu'est-ce que vous me voulez ? lui ai-je demandé. Vous êtes venue pour quoi ? »

Depuis l'histoire de mon frère, m'a-t-elle expliqué, elle avait perdu l'appétit et ne fermait plus l'œil la nuit, voilà pourquoi elle était venue. Elle n'était pas responsable, bien sûr. Manifestement, Thomas avait programmé son geste, et il serait passé à l'acte de toute façon. Une bonne dizaine de personnes lui avaient raconté qu'elles l'avaient vu arpenter les rues de la ville en marmonnant contre la guerre, le poing brandi, comme bloqué dans cette position. D'ailleurs, elle aussi avait remarqué son attitude très bizarre. « Il entrait et restait assis là l'après-midi complet dans la salle des périodiques, à polémiquer avec les journaux. Et puis, au bout d'un moment, il se calmait. Il regardait fixement par la fenêtre et soupirait, le bras replié, le poing levé. Mais qui aurait pris ça pour un signe ? Qui aurait raisonnablement fait le rapport et deviné ce qu'il avait derrière la tête ? »

Personne, ai-je dit. Aucun de nous n'avait deviné.

Mme Fenneck avait travaillé des années à l'accueil avant de s'occuper de la bibliothèque pour enfants, et elle se souvenait bien de ma mère, paix à son âme ! « Voilà une femme qui lisait ! Des policiers et des romans d'amour, si mes souvenirs sont bons. Discrète, toujours aimable. Et tellement soignée ! Une bénédiction qu'elle n'ait pas été là pour voir ça, la pauvre ! Encore que, mourir d'un cancer, ce ne soit pas la joie non plus. » Une sœur de Mme Fenneck était morte du cancer, et une de ses nièces luttait toujours contre cette sale maladie. « Si vous voulez mon avis, un de ces jours, on connaîtra vraiment le fin mot de l'histoire et on découvrira que la cause de tous ces cancers, c'est les ordinateurs. »

Si elle continuait à jacasser comme ça, je risquais de fondre en larmes. Ou de l'envoyer au tapis. « Je vous en prie ! » ai-je imploré.

Très bien, alors, elle me poserait sa question sans y aller par quatre chemins : mon père ou moi la tenions-nous en quoi que ce soit pour responsable de ce qui était arrivé ?

« Vous ? Pourquoi vous ?

— Parce que je lui ai parlé un peu brutalement juste avant. »

C'était moi-même que je tenais pour responsable – moi qui avais refusé d'écouter son baratin sur l'Islam et Armagédon, qui n'avais pas voulu déranger les médecins pour discuter de son traitement. Moi qui, aux urgences, n'avais sûrement pas pris la bonne décision. Ce dimanche-là, au Friendly, il n'avait rien demandé d'autre qu'un verre d'eau. « Je jeûne », avait-il dit, et moi, j'avais fait exprès de ne poser aucune question, de ne pas m'étonner de ses mains sales, et je m'étais commandé un cheeseburger-frites.

J'ai assuré à Mme Fenneck qu'elle n'était pas responsable.

11

Dans ce cas, serais-je prêt à consigner cela par écrit ? À déclarer qu'elle n'avait rien à voir dans l'affaire ? C'était une idée de son mari. Si je pouvais le lui écrire sur un bout de papier, elle arriverait peut-être à retrouver le sommeil et un peu d'appétit. Elle aurait peut-être un instant de paix.

Nos regards se sont croisés et nous nous sommes dévisagés. Cette fois, elle n'a pas détourné les yeux. « J'ai peur », m'a-t-elle dit.

Je lui ai dit d'attendre là.

À la cuisine, j'ai attrapé un stylo et un des blocs de Post-it que Joy pique à son boulot pour les mettre à côté de notre téléphone. (Elle en fauche plus qu'on n'en utilisera jamais. L'autre jour, en fouillant dans les poches de son manteau – je cherchais de la monnaie pour le livreur de journaux –, j'ai trouvé des dizaines de ces petits machins. Oui, des dizaines.) Ma main tremblait en écrivant les mots qui allaient donner à Mme Fenneck ce qu'elle voulait : appétit, sommeil et absolution. Ce n'était pas la pitié qui me poussait. Je voulais qu'elle la ferme. Qu'elle dégage de mon vestibule. Moi aussi, j'avais peur. Peur de mon frère. Peur d'être sa moitié.

Je suis retourné dans l'entrée et je lui ai collé mon petit papier jaune sur le revers de son manteau. Mon geste l'a fait tressaillir, et sa réaction involontaire m'a procuré une petite satisfaction mesquine. Je n'ai jamais dit que j'étais quelqu'un de sympathique. Je n'ai jamais prétendu être un saint.

Ce que je sais sur ce qui s'est passé à la bibliothèque le 12 octobre 1990, je le tiens de Thomas lui-même et des articles publiés dans les journaux avec les informations sur l'opération « Bouclier du désert ». Après les remontrances de Mme Fenneck, Thomas s'est remis à prier en silence et à répéter les versets 29 et 30 du chapitre V de l'Évangile selon saint Matthieu : *Si ton œil droit est pour toi une occasion de chute, arrache-le et jette-le loin de toi... Et si ta main droite est pour toi une occasion de chute, coupe-la et jette-la loin de toi ; car il est avantageux pour toi qu'un seul de tes membres périsse, et que ton corps entier ne soit pas jeté dans la géhenne.* Il a sorti de son blouson le couteau gourkha rituel que notre beau-père avait rapporté en souvenir de la Seconde Guerre mondiale. Jusqu'à la veille, l'objet était resté dans son étui, oublié, accroché au mur d'une chambre de la maison où Thomas et moi avons grandi.

Le chirurgien orthopédiste qui a traité mon frère par la suite a été stupéfait de sa détermination. Selon lui, l'intensité de la douleur aurait dû faire avorter son projet à mi-course. De sa main gauche, Thomas a exécuté chacun des gestes qu'il avait répétés dans sa tête. Plantant la lame du couteau dans son poignet droit, il a traversé l'os et s'est soigneusement amputé de la main. Avec un grognement retentissant, il a lancé la main coupée au milieu de la bibliothèque. Puis il a fourragé dans sa blessure et tiré sur les artères cubitales et radiales béantes, les pinçant et les tordant pour les refermer de son mieux. Et il a levé le bras en l'air pour ralentir la perte de sang.

Dans la bibliothèque, quand les gens ont compris – ou cru comprendre – ce qui venait de se passer, il y a eu un mouvement de panique. Certains se sont précipités vers la porte ; deux femmes sont allées se cacher derrière les rayonnages, craignant qu'ensuite le fou ne s'attaque à elles. À l'accueil, Mme Fenneck s'est accroupie derrière le bureau et elle a appelé le 911. Pendant ce temps-là, Thomas s'est levé en chancelant dans son box, a titubé jusqu'à la table la plus proche, où il s'est assis en poussant de profonds soupirs, mais avec le plus grand calme. Il était en état de choc.

Il y avait du sang, bien sûr, mais il aurait pu y en avoir bien davantage sans son savoir-faire et sa présence d'esprit pour arrêter le flot. (Enfant, il avait obtenu des insignes et des brevets de secourisme alors que, moi, j'avais depuis longtemps décrété que le scoutisme était un truc de cons.) Quand il s'est révélé que Thomas ne voulait de mal à personne d'autre qu'à lui-même, Mme Fenneck a émergé de derrière son bureau et elle a chargé le concierge de recouvrir la main avec un journal. Le SAMU et la police sont arrivés en même temps. Les ambulanciers ont pratiqué les premiers soins, ils ont sanglé mon frère sur un brancard et ils ont emporté la main dans un sac plastique rempli de glace que quelqu'un était allé chercher en vitesse dans le réfrigérateur de la salle réservée au personnel.

Aux urgences, mon frère a repris connaissance et il a catégoriquement refusé qu'on tente une opération pour lui remettre sa main. Ray, notre beau-père, était absent et injoignable. Quant à moi, j'étais sur mon échafaudage, à passer au Kärcher une maison victorienne de trois étages dans Gillette Street quand la voiture de police s'est arrêtée là-devant avec ses gyrophares bleus. Je suis arrivé à l'hôpital en plein milieu de la discussion entre Thomas et le chirurgien qu'on avait appelé auprès de lui et, en tant que plus proche parent sain d'esprit, c'est à moi qu'on a demandé de décider si on procédait ou non à l'opération. « On l'assommera un bon coup et, quand il émergera, on lui donnera une bonne dose de tranquillisants », a promis le médecin. C'était un jeune type coiffé comme un journaliste de la télé – la trentaine au plus. Il parlait d'une voix normale, sans même se donner la peine de baisser le ton pour négocier l'affaire.

« De toute façon, je recommencerai, nous a averti mon frère. Vous croyez peut-être que quelques points de suture vont m'empêcher de faire mon devoir ? J'ai un pacte avec le Seigneur tout-puissant.

— On l'immobilisera de force les premiers jours si nécessaire, a poursuivi le médecin. Le temps que les nerfs se régénèrent.

— Il y a un seul Sauveur dans notre univers, docteur ! a crié Thomas. Et ça n'est pas vous. »

Le chirurgien et Thomas se sont tous les deux tournés vers moi. J'ai dit que j'avais besoin de réfléchir une minute, de m'éclaircir les idées. Je suis sorti faire quelques pas dans le couloir.

« Ne réfléchissez pas trop longtemps ! s'est écrié le médecin dans mon dos. Au point où nous en sommes, il n'y a déjà plus que cinquante pour cent de chances de réussite, et plus nous attendons, plus elles diminuent. »

Le sang cognait dans ma tête. J'aimais mon frère. Et je le haïssais. On ne pouvait rien à son état. Il était irrécupérable.

Arrivé au bout du couloir – un cul-de-sac –, j'ai constaté que les seuls arguments qui m'étaient venus à l'esprit étaient des arguments stupides : pourrait-il encore prier s'il n'avait plus deux mains à joindre ? Servir le café ? Cliquer son Bic ? Je l'entendais crier à l'autre bout. « C'était un acte religieux ! Un sacrifice ! De quel droit exerceriez-vous votre autorité sur moi ? »

Autorité : il touchait là le point sensible qui a déterminé ma décision. Subitement, ce chirurgien avec du gel dans les cheveux m'est apparu comme l'incarnation de notre beau-père et de tous les tyrans et autres gourous que Thomas avait subis jusque-là. Allez, vas-y, Thomas, défends-toi ! Défends tes droits, nom de Dieu !

Je suis revenu sur mes pas et j'ai dit au médecin que c'était non.

« Non ? » Il s'était déjà brossé les mains et mis en tenue pour l'opération. Il me dévisageait, incrédule. « Non ? »

Dans la salle d'opération, il s'est donc contenté de prélever sur le haut de la cuisse de mon frère un morceau de peau qu'il a greffé en une sorte de rabat pour recouvrir le poignet massacré. L'intervention a duré quatre heures. Elle n'était pas terminée que plusieurs journalistes de la presse et de la télévision avaient déjà téléphoné chez moi et parlé à Joy.

Pendant les quelques jours suivants, on lui a mis un goutte-à-goutte avec un cathéter pour faire passer des narcotiques dans sa colonne vertébrale afin de soulager la douleur. On lui a injecté des antibiotiques et des antipsychotiques dans les fesses pour éviter l'infection et calmer sa combativité. Une liste de visites « autorisées » tenait les médias à distance, mais, avec impatience, et sans varier d'un iota, Thomas expliquait à tous les autres – policiers, psys, infirmières, personnel de service – qu'il n'avait nullement eu l'intention de se tuer. Il avait seulement cherché, par cet acte public, à réveiller l'Amérique, à nous faire voir à tous ce que lui-même avait vu, à nous apprendre ce qu'il savait : il fallait que notre pays renonce à sa cupidité malsaine et suive une voie plus spirituelle si nous voulions survivre et ne pas trébucher sur les cadavres de nos propres enfants. Thomas avait été dans le doute, disait-il, mais il était devenu Simon Pierre – le rocher sur lequel Dieu bâtirait son ordre nouveau. Il avait reçu le don et la charge de prophétiser. Il nous suffisait de l'écouter, il nous montrerait la voie.

Il m'a répété ces mots le soir précédant sa sortie, juste avant qu'on ne le renvoie à l'hôpital de Three Rivers, sa résidence principale depuis 1970. « Parfois je me demande pourquoi c'est à moi de faire ça, Dominick, m'a-t-il dit en soupirant. Pourquoi tout repose sur mes épaules. C'est dur. »

Je n'ai pas répondu. Je n'étais pas capable d'articuler un mot. Ni de regarder cette automutilation, ni même le pansement bien propre à cet endroit. Alors, j'ai baissé les yeux sur mes mains, des mains de peintre en bâtiment, rugueuses et tachées. J'ai regardé la gauche saisir la droite au poignet. Des marionnettes plutôt que des mains. Je n'avais de sensibilité ni dans l'une ni dans l'autre.

2

On avait dix ans, mon frère et moi, quand, un samedi matin, notre poste de télévision familial a pris feu.

On avait passé presque toute la matinée à traîner en pyjama et à regarder des dessins animés, faisant la sourde oreille quand notre mère nous disait de monter prendre un bain et d'enfiler une salopette. On était censés l'aider à nettoyer les carreaux à l'extérieur. Quand c'était Ray qui donnait un ordre, on obéissait aussi sec, mais le week-end en question, le beau-père était parti à la chasse au canard avec son ami Eddie Banas. M'man, elle, on n'était pas obligés de lui obéir.

Au moment où c'est arrivé, elle était dehors, perchée sur un tabouret dans la plate-bande de géraniums pour pouvoir atteindre les fenêtres du salon. Elle avait ses bigoudis sur la tête. Les poches de sa veste étaient bourrées de serviettes en papier. Elle vaporisait les vitres puis frottait d'un mouvement circulaire qui nous donnait l'impression qu'elle nous faisait signe. « On devrait aller l'aider, a suggéré Thomas. T'imagines si elle le dit à Ray...

— Elle dira rien. Elle lui dit jamais rien. »

C'était la vérité. On pouvait la faire enrager tant qu'on voulait, jamais elle ne nous aurait donnés à ce géant endormi d'un mètre soixante-dix qui roupillait dans la chambre d'amis au premier les jours de semaine, se levait quand son réveil sonnait à trois heures et demie tous les après-midi et partait ensuite construire des sous-marins. La Navale Électrique, équipe de nuit. Chez nous, dans la journée, on marchait sur la pointe des pieds et on parlait tout bas, et puis chaque soir à neuf heures et demie on retrouvait la liberté quand Eddie Banas, qui travaillait dans la même équipe que Ray, arrivait dans l'allée en klaxonnant. J'attendais le son de ce klaxon. Je ne me tenais plus d'impatience. Il s'ensuivait une détente des membres, un relâchement du torse et des mains. Enfin, on pouvait respirer à fond. Certains soirs, avec mon frère, on fêtait le claquement de la portière du camion d'Eddie en sautant sur nos matelas dans le noir. Délivrés de Ray, on transformait nos lits en trampolines.

« Hé, regarde ! s'est écrié Thomas, en ouvrant de grands yeux devant la télévision.

— Quoi ? »

Et alors, j'ai vu moi aussi : une mince spirale de fumée s'élevait à l'arrière du poste. On regardait le *Howdy Doody Show*, je me rappelle. Le clown Clarabel poursuivait quelqu'un avec sa bouteille d'eau de Seltz. L'image et le son ont disparu. Des flammes ont léché le mur du salon.

J'ai cru à un coup des Russes – que Khrouchtchev avait fini par lâcher la bombe. À table, Ray nous avait fait la leçon : si l'impensable devait arriver, on pouvait être sûr qu'ils s'attaqueraient à la base de sous-marins et à la Navale Électrique. On percevrait le choc jusqu'à Three Rivers, à quinze kilomètres de là. Des incendies se déclareraient partout. Et puis viendrait le pire : la fusion. Les gens auraient les mains, les jambes et le visage qui fondraient comme du fromage.

« Planque-toi ! » ai-je hurlé à mon frère.

On s'est aplatis au sol tous les deux pour se protéger, comme on s'y était exercés à l'école avec la dame de la défense passive. Il y a eu une explosion du côté de la télévision, et une épaisse fumée noire est sortie. Il pleuvait du verre dans la pièce.

Alertée par le bruit, et voyant la fumée, M'man est entrée en poussant des cris. Du verre a crissé sous ses chaussures quand elle s'est précipitée vers nous. Elle a pris Thomas dans ses bras, et moi, elle m'a dit de grimper sur son dos.

« Faut pas sortir ! ai-je crié. Arrête !

— C'est pas la bombe, a-t-elle répliqué. C'est la télé ! »

Une fois dehors, elle nous a vite envoyés en face dire aux Anthony d'appeler les pompiers. Pendant que M. Anthony téléphonait, Mme Anthony balayait les éclats de verre sur nos deux têtes coiffées en brosse. On crachait de la salive mouchetée de suie. Quand on est revenus sur notre trottoir, M'man avait disparu.

« Où est passée votre mère ? a crié M. Anthony. Elle est pas retournée dans la maison, tout de même ? Jésus, Marie, Joseph ! »

Thomas s'est mis à pleurer. Mme Anthony et moi, on en a fait autant. « Grouillez-vous ! » a hurlé Thomas en entendant au loin la sirène des pompiers. Par les fenêtres du salon, je voyais nos rideaux se recroqueviller dans les flammes.

Au bout d'une minute ou deux, M'man a émergé de la maison en feu : elle sanglotait et serrait quelque chose contre sa poitrine. Une de ses poches avait pris feu à cause des serviettes en papier ; sa veste fumait.

M. Anthony la lui a arrachée pour la piétiner. Les voitures des pompiers ont tourné au coin de la rue avec leurs sirènes qui beuglaient. Les voisins sont sortis et se sont attroupés devant chez nous, les yeux ronds.

M'man puait le roussi. Le feu lui avait grillé les sourcils et couvert le visage de suie. Quand elle a tendu les bras pour nous attirer contre elle, Thomas et moi, plusieurs photos éparses sont dégringolées par terre. C'est alors que j'ai compris pourquoi elle était retournée dans la maison : elle voulait récupérer son album, rangé dans le tiroir du bas du buffet à vaisselle.

« Ça va, ça va à présent, répétait-elle. Tout va bien. » Et pour elle, en effet, tout allait bien. La maison que son père avait construite allait réchapper de l'incendie. Elle avait ses jumeaux à portée de main. Son album de photos était sauvé. La semaine dernière encore, j'ai rêvé de ma mère, morte d'un cancer du sein en 1987. Elle était derrière la baie vitrée de l'appartement où je vis avec Joy, et elle me regardait en prononçant ces mêmes paroles rassurantes d'autrefois. « Ça va, ça va, tout va bien. »

Une des innombrables fois où M'man avait ouvert et refermé cet album de photos archibourré qu'elle aimait tant, les deux fermoirs en laiton avaient plié, puis cédé, de sorte que presque toutes les pages de papier noir avaient lâché et s'étaient détachées. Il y avait des années que son album était dans cet état quand, en octobre 1986, c'est elle qu'on a ouverte et refermée sur une table d'opération de l'hôpital de Yale-Newhaven. Depuis plusieurs mois, elle était mal en point, fatiguée, aux prises avec un rhume dont elle n'arrivait pas à se débarrasser, et, finalement, elle avait senti une petite boule dans son sein gauche. « Pas plus grosse qu'une gomme au bout d'un crayon, m'avait-elle dit au téléphone. Mais Lena Anthony pense que je devrais aller chez le docteur, alors j'y vais. »

On lui a retiré le sein. Une semaine plus tard, on lui a annoncé qu'elle avait des métastases dans les nodules osseux et lymphatiques. Avec de la chance et un traitement de choc, lui a prédit le cancérologue, elle avait sans doute encore six à neuf mois de vie devant elle.

Mon beau-père, mon frère et moi, on a accusé le coup de sa maladie et de ses souffrances – de sa sentence de mort. Chacun de nous, à sa manière, a essayé d'inventer quelque chose qui lui fasse plaisir. Thomas s'est mis à l'œuvre à l'atelier d'artisanat du pavillon Settle. Pendant qu'elle était hospitalisée pour des scanners et des examens, et qu'on la bourrait de poisons pour tuer le cancer, il passait des heures à assembler, fixer et laquer ce qu'il appelait un « collage pot-pourri », grouillant arrangement de noix, de petites rondelles, de boutons, de macaronis et de pois secs, qui proclamait : DIEU = AMOUR ! Entre deux séjours à l'hôpital, M'man l'a accroché au mur de sa cuisine, où ces centaines de petits bidules agglutinés semblaient palpiter comme une chose vivante – un organisme examiné au microscope, ou des molécules sautillant en tous sens dans un documentaire scientifique. La vue de ce truc-là me rendait fou.

Mon beau-père, lui, a décidé qu'il allait lui réparer son album de photos une fois pour toutes. Il est allé le chercher dans le buffet et l'a emporté au garage. Là, il a résolu la question à peu de frais en renforçant la reliure cassée avec des bandes taillées dans une feuille d'aluminium et des petits boulons. « Le voilà paré à présent », m'a dit Ray en me montrant l'album rafistolé. Il l'a tenu à bout de bras, ouvert, la tranche en bas, en agitant les deux côtés de la couverture, qui battaient comme les ailes d'un canard capturé.

Mon projet personnel pour ma mère mourante était le plus coûteux et le plus ambitieux. J'allais lui réaménager sa cuisine rose des années cinquante, reboucher à l'enduit les fissures dans les murs, remplacer les placards grinçants par des éléments modernes, installer un foyer central avec four encastré et hotte. J'avais conçu cette idée pour bien montrer à M'man que c'était moi qui l'aimais le plus, je crois. Ou que, de nous trois, c'était moi qui lui étais le plus reconnaissant de tout ce qu'elle avait enduré à cause de nous. Ou encore que j'étais celui qui en voulait le plus au destin de l'avoir gratifiée d'abord d'un mari inconstant, puis d'un fils schizophrène, avant de revenir lui taper sur l'épaule pour lui filer le cancer. Or je prouvais seulement que j'étais celui qui refusait le plus obstinément de se rendre à l'évidence. Si je me donnais tant de mal et si je faisais les frais de lui offrir une cuisine neuve, elle avait intérêt à vivre assez longtemps pour en profiter.

Je me suis pointé avec mes outils dans le vieux pavillon en brique un samedi matin de bonne heure, moins d'une semaine après sa sortie de l'hôpital. Ray, notoirement hostile à mon projet, a pris la mouche et il est parti dès mon arrivée. La mine pâle, marchant avec précaution, M'man s'est forcée à sourire et a commencé à déménager ses boîtes et ses petites affaires. De la porte de l'office, elle m'a regardé commettre mon premier acte de rénovation : cogner sur mon burin à coups de marteau et l'enfoncer entre les lambris et le mur. Elle avait le poing levé devant la bouche et ne cessait de se marteler la lèvre.

Au milieu des craquements et des gémissements des clous qui cédaient, le lambris s'est détaché du mur sur un mètre cinquante, découvrant du lattis, du plâtre et une solive apparente sur laquelle étaient inscrits des notes et des calculs. « Regarde », ai-je dit, désirant lui montrer ce que je devinais être l'écriture de son père. Mais quand je me suis retourné, je me suis aperçu que je parlais dans le vide.

J'avais trente-six ans à l'époque, j'étais divorcé depuis moins d'un an et malheureux de l'être. Au milieu de la nuit, il m'arrivait encore de tendre la main vers Dessa et de me réveiller en sentant son côté du lit vide. On était restés seize ans ensemble.

J'ai trouvé ma mère assise dans le salon ; elle essayait de cacher ses larmes. L'album de photos nouvellement réparé était sur ses genoux.

« Qu'est-ce qu'il y a ? »

Elle a hoché la tête, s'est de nouveau martelé la lèvre. « Je ne sais pas, Dominick. Ne fais pas attention. C'est juste qu'avec tout ce qui m'arrive en ce moment...

— Alors tu ne veux pas d'une cuisine neuve ? » Ma question était une véritable menace.

« Mais si, mon petit, j'apprécie, c'est pas ça. Viens là. Assieds-toi », a-t-elle dit en tapotant le coussin du canapé à côté d'elle.

Pourtant je suis resté debout et je lui ai fait remarquer qu'elle se plaignait depuis des lustres de manquer de place sur son plan de travail. Je lui ai décrit les nouvelles cuisinières que j'avais vues au Comptoir de la cuisine – celles dont les brûleurs sont remplacés par une surface chauffante d'un seul tenant et qui se nettoient comme une fleur. Je répétais les paroles de la vendeuse qui m'avait mené de merveille en merveille dans la salle d'exposition.

Bien sûr, ce serait très bien d'avoir une belle cuisine toute neuve, elle le savait, mais pour l'instant elle avait peut-être besoin que les choses restent en place.

Je me suis assis en soupirant, accablé.

« Si tu veux me faire un cadeau, a-t-elle ajouté, offre-moi une petite chose.

— Bon, très bien, ai-je répliqué, très vexé, je vais te faire un collage, comme Thomas. Seulement sur le mien, j'écrirai : LA VIE EST POURRIE. Ou bien : JÉSUS CHRIST EST UN FILS DE PUTE. » Ma mère était une femme pieuse. Je n'aurais pas fait pire en enfonçant mon burin dans sa cicatrice.

« Ne sois pas amer, mon petit. »

Tout d'un coup, sans savoir comment, je me suis mis à pleurer – des larmes et des petits jappements étouffés qui me venaient du fond de la gorge. « J'ai peur ! me suis-je écrié.

— Peur de quoi, Dominick ? Dis-moi.

— Je ne sais pas. Peur pour toi. » Mais, en fait, c'était pour moi que j'avais peur. J'approchais de la quarantaine, et je n'avais ni femme ni enfant. Bientôt, je n'aurais plus de mère non plus. Il ne me resterait que mon cinglé de frère, et Ray.

Elle a tendu la main et m'a caressé le bras. « C'est vrai, tout ça n'est pas rassurant, mon petit. Mais je me fais une raison, parce que c'est la volonté de Dieu.

— La volonté de Dieu », ai-je répété avec un hoquet de mépris. Je me suis essuyé les yeux sur ma manche, et je me suis éclairci la voix.

« Je n'ai pas besoin d'un gros cadeau, a-t-elle repris. Tu te rappelles, au printemps dernier, tu es venu un jour et tu m'as dit : "Allez, M'man, monte en voiture, je vais te payer une glace au caramel fondant." C'est ce genre d'attention qui me ferait plaisir. Que tu viennes me voir. Que tu regardes mon album avec moi. »

Glissées dans la poche intérieure de la couverture de l'album, il y a deux photos de Thomas et de moi, découpées dans le *Three Rivers Daily Record* quelque quarante ans plus tôt. Le papier journal plié, jauni par le temps, est léger et friable comme de la peau morte. Sur la première photo, on voit deux nouveau-nés fripés, deux corps emmaillotés courbés l'un vers l'autre comme une parenthèse ouverte et refermée. « De vrais jumeaux pour finir l'année et carillonner l'an neuf », dit la légende, et on explique ensuite que Thomas et Dominick Tempesta sont nés au Daniel P. Shanley Memorial Hospital le 31 décembre 1949 et le 1er janvier 1950 respectivement – à six minutes d'écart, mais pas la même année. (Il n'est pas fait mention de notre père dans l'article, on dit seulement que notre mère, dont le nom n'est pas précisé, « se porte bien ». On était des bâtards. La presse aurait discrètement passé notre naissance sous silence si on n'avait pas été les bébés du Nouvel An.) « Le petit Thomas est arrivé le premier, à 23 h 57, précise-t-on. Son frère Dominick a suivi à 0 h 3. À eux deux, ils sont à cheval sur les deux moitiés du XXᵉ siècle ! »

Sur la seconde photo, prise le 24 janvier 1954, on est devenus Thomas et Dominick Birdsey. On est habillés pareil, en caban et béret marin, et on salue les lecteurs du *Daily Record*. Mamie Eisenhower est accroupie entre nous deux et nous tient par la taille de ses bras couverts de vison. Coiffée d'un chapeau à fleurs sur sa frange courte, Mme Eisenhower fait un grand sourire à l'objectif. Thomas et moi, quatre ans, on affiche le même air docile et médusé. Cette photo-là porte la légende : « La First Lady a droit à une double salve. »

Ce jour d'hiver, l'épouse du Président était venue à Groton, dans le Connecticut, pour briser une bouteille de champagne sur le *Nautilus*, le premier sous-marin nucléaire américain. Nous, on était là en famille, dans la foule massée devant la tribune des dignitaires, grâce aux billets de faveur de notre beau-père, qui travaillait depuis peu comme installateur de canalisations à la Navale Électrique. La NÉ et la marine étaient coconstructeurs du *Nautilus*, l'espoir numéro un de l'Amérique pour l'endiguement du communisme.

D'après ma mère, il avait fait froid et brumeux le matin du lancement, et puis, juste avant le baptême du sous-marin, le soleil avait percé et illuminé la cérémonie. M'man avait adressé des prières à sainte Anne pour qu'il fasse beau, et elle avait vu dans cette éclaircie soudaine un petit miracle, un signe supplémentaire de ce que tout le monde savait déjà : le Ciel était de notre côté, et *contre* les communistes impies qui voulaient conquérir le monde et anéantir l'Amérique.

« Je n'ai jamais été aussi fière de ma vie que ce jour-là, Dominick », m'a-t-elle déclaré ce fameux matin où j'ai entrepris, puis arrêté les travaux de rénovation de sa cuisine, pour finalement m'asseoir et regarder ses photos avec elle. « Vous voir là tous les deux avec l'épouse du Président. Je m'en souviens comme si c'était hier. Mamie était dans la tribune officielle avec l'épouse d'un amiral ; elle saluait la foule de là-haut, et j'ai dit à ton père : "Regarde, Ray, elle montre les jumeaux !" "Penses-tu, qu'il m'a répondu, c'est de la frime." Mais je savais bien que c'était vous qu'elle regardait. Ça arrivait tout le temps. Les gens adorent voir des jumeaux. Vous avez toujours attiré l'attention, vous deux. »

Le souvenir heureux de cette journée lointaine lui donnait plus de force dans la voix et de vivacité dans les gestes. Le passé, les photos d'autrefois, l'éclat soudain du soleil matinal à travers les fenêtres, l'ensemble la rendait joyeuse et allégeait sans doute un peu sa souffrance.

« Et voilà qu'on se retrouve tous les quatre derrière des agents des services secrets qui nous conduisent dans les salons du cercle des officiers. Ray suivait sans sourciller, mais moi j'avais une frousse terrible.

J'ai cru qu'on nous cherchait des ennuis. En fait, c'était Mme Eisenhower qui avait donné des instructions. Elle voulait être prise en photo avec mes deux garçons !

« En plus, on a été reçus comme des pontes. Ton père a bu un cocktail avec l'amiral Rickover et d'autres gros bonnets. Ils lui ont posé un tas de questions sur ses états de service. Après ça, un serveur vous a apporté du soda à l'orange, à ton frère et à toi, dans des verres givrés presque aussi hauts que vous. J'avais bien peur que vous en renversiez sur Mamie.

— Et vous, qu'est-ce que vous avez bu toutes les deux ? lui ai-je demandé pour la taquiner. Un whisky et une bière par-dessus ?

— Ah, rien, rien, mon petit. J'étais dans tous mes états de me trouver si près d'elle. Elle s'est fait servir un Manhattan, je me rappelle, et elle a pris un canapé au pâté de foie. Elle a été très gentille, très simple. Elle m'a demandé si c'était moi qui avais fait les petits costumes marins que vous portiez, Thomas et toi. Elle m'a dit qu'elle tricotait un peu quand elle était en voyage avec le Président, mais qu'elle n'avait jamais été très douée en couture. Quand elle s'est baissée pour se faire photographier avec vous deux, elle a dit qu'elle avait un petit-fils à peine plus âgé que vous. C'était de David Eisenhower qu'elle parlait. Le mari de Julie Nixon. Camp David. »

M'man a hoché la tête en souriant, elle n'en revenait toujours pas. Puis elle a tiré un Kleenex de la manche de son peignoir pour éponger ses larmes. « Ton grand-père n'en aurait pas cru ses yeux. Il arrive dans ce pays avec des trous à ses poches, et voilà maintenant ses deux petits-fils qui fraient avec la première dame des États-Unis d'Amérique. Quel plaisir ça lui aurait fait ! Il aurait été fier comme un paon, notre Papa. »

Papa.

Domenico Onofrio Tempesta, mon grand-père maternel, mon homonyme, occupe une place aussi importante dans l'album de photos de ma mère que celle qu'il a eue dans sa vie, passée à le servir. Il est mort pendant l'été 1949, sans savoir que sa fille unique, une célibataire de trente-trois ans, qui tenait sa maison, était enceinte de jumeaux. Durant toute notre jeunesse, Papa a été pour nous une figure de réussite à la mine austère, le sujet de quelques dizaines de photos sépia, la vedette d'une centaine d'anecdotes. Chacune des histoires que M'man nous racontait sur lui enfonçait le clou : il était le maître, il faisait la loi, sa parole était d'or.

Il avait émigré de Sicile en Amérique en 1901 et avait prospéré parce qu'il avait su faire bon usage de son argent et que le travail ne l'effrayait pas, une chance pour nous ! Il avait acheté un terrain de deux mille mètres carrés à la veuve d'un fermier, et ainsi était devenu le premier immigrant italien à posséder de la terre à Three Rivers, Connecticut. Il nous avait donné un toit, il avait construit « de ses propres mains » les deux maisons jumelles de style victorien où nous avions vécu enfants, dans Hollyhock Avenue, et où ma mère avait habité toute sa vie. Papa avait une volonté de fer et une nature plutôt obstinée, exactement ce qu'il fallait pour élever une fille « rien qu'à lui seul ». Nous qui trouvions Ray sévère, qu'est-ce qu'on aurait dit de Papa ! Un jour au dîner, quand elle était petite, M'man avait fait des tas d'histoires pour manger ses œufs au plat. Papa l'avait laissée bougonner un moment, puis, sans un mot, il avait allongé le bras pour lui mettre le nez dans son assiette. « J'avais du jaune d'œuf qui me dégoulinait dans les cheveux, au bout du nez, et même dans les cils. Je pleurais comme une Madeleine. Après ça, je n'ai plus jamais rechigné pour avaler mes œufs ! »

Une autre fois, à l'époque où, adolescente, elle travaillait au Rexall, Papa était tombé sur le paquet de cigarettes qu'elle gardait en secret, et il s'était pointé séance tenante au drugstore, où il lui avait fait manger une de ses Pall Mall. Tout ça devant les clients et sous le nez de M. Chase, son patron. Et devant Claude Sminkey, le jeune qui vendait les sodas, pour qui elle avait un gros béguin. Quand il était reparti, M'man était sortie en courant pour vomir dans le caniveau sous les yeux des passants. Elle avait dû quitter son travail, tellement elle avait honte. Mais après cela, elle n'avait plus jamais fumé, elle n'aimait même plus l'odeur des cigarettes. Papa lui en avait fait passer l'envie définitivement. Elle avait défié son autorité, mais elle l'avait regretté sa vie durant. Il ne supportait pas l'idée d'abriter un faux-jeton sous son toit.

À un moment, ce matin-là, alors que nous étions plongés dans l'album de photos, ma mère m'a dit d'attendre un peu et de ne pas bouger. Elle avait quelque chose à aller chercher. La douleur lui arrache un petit soupir, et la voilà partie vers l'escalier.

« M'man, laisse-moi faire, je vais te le chercher, ton truc.

— C'est bon, mon petit, me réplique-t-elle en bas des marches, je sais exactement où c'est. »

En l'attendant, j'ai feuilleté les pages en vitesse – je faisais défiler la famille comme un film défectueux qui saute sans arrêt. Je me suis aperçu que ma mère avait consacré cet album à son père, à Thomas et à moi. Les autres font des apparitions : Ray, Dessa, les Anthony, nos voisins d'en face, les sœurs Tusia, qui habitent à côté. Mais c'est mon grand-père, mon frère et moi qui avons la vedette. Elle-même, qui déteste être prise en photo à cause de son bec-de-lièvre, n'apparaît qu'une ou deux fois. Sur la première photo, elle est au milieu d'une rangée d'élèves au visage buté, qu'on a fait poser sur les marches à l'entrée de l'école Sainte-Marie-de-Jésus. (Il y a deux ou trois ans, la paroisse a vendu ce vieux bâtiment délabré à un promoteur du Massachusetts, qui l'a converti en appartements. J'ai proposé mes services pour les travaux de peinture intérieurs, mais l'entreprise Paint Plus a fait une offre moins chère que la mienne.) Sur la seconde photo, M'man semble avoir une dizaine d'années. Elle est debout à côté de son grand échalas de père sur le perron de la maison de Hollyhock Avenue, affublée d'une robe informe, l'air aussi sérieux que Papa. Sur ces deux photos, ma mère tient le poing levé devant son visage pour cacher le défaut de sa bouche.

Apparemment, ce geste qu'elle a fait toute sa vie, elle l'avait appris très tôt – cette manière de dissimuler son bec-de-lièvre derrière son poing droit, comme pour s'excuser d'un défaut de naissance auquel elle ne pouvait rien. La lèvre, fendue juste à gauche des dents du milieu, découvrait un bon centimètre de gencive, donnant l'impression que M'man ricanait. Ce qu'elle ne faisait jamais. Elle s'excusait. Elle portait son poing à sa bouche devant les vendeurs dans les magasins, devant les démarcheurs, les facteurs, les professeurs du lycée le jour de la réception des parents d'élèves, devant les voisins, devant son mari, et même parfois quand elle était seule à regarder la télévision dans le salon et que son image se reflétait sur l'écran.

Elle n'avait fait allusion à son bec-de-lièvre qu'une seule fois, un jour de 1964. Nous étions assis face à face dans un cabinet d'optométriste. Un mois auparavant, mon prof d'algèbre de troisième m'avait surpris en train de grimacer pour lire au tableau, et il avait appelé ma mère pour lui conseiller de me faire examiner les yeux. Mais je m'étais rebiffé. Les lunettes, c'était bon pour les grosses têtes, les ratés ou les mouchards. J'étais furieux que Thomas ne soit pas atteint d'une myopie jumelle de la mienne, qui l'aurait obligé, comme moi, à porter ces bésicles de pédé. En classe, c'était lui le pauvre type, le lèche-cul. C'est lui qui aurait dû être myope. Ma mère était prévenue : si elle me faisait faire des lunettes, je ne les mettrais pas, tout simplement.

Mais M'man en avait parlé à Ray, qui, au dîner, avait lancé une de ses sommations coutumières. J'étais donc allé chez le Dr Wisdo, avec mon air le plus revêche, et j'avais été incapable de déchiffrer son foutu tableau mural. Deux semaines plus tard, on m'ajustait sur le nez une monture en plastique noir sous l'éclairage fluorescent d'une pièce aux miroirs trop nombreux.

« Ma foi, Dominick, ça te va très bien, je trouve, a dit M'man. Ça te donne de l'allure. Tu ressembles à Ray Milland, jeune. Pas vrai, docteur ? »

Le Dr Wisdo ne m'aimait guère depuis cette première visite où j'avais été si désagréable. « Oui, peut-être, maintenant que vous le dites », a-t-il marmonné sans enthousiasme.

Cela se passait en pleine fièvre de la puberté et en pleine folie des Beatles. L'été précédent, sur les terrains de basket de Fitz Field, un mec du nom de Billy Grillo nous avait montré, à Marty Overturf et à moi, un tas de bouquins tout gondolés par la pluie qu'il avait trouvés dans un sac plastique au fond des bois : *Les Voluptueuses, À cœur joie jour et nuit, Technicien de l'extase*. Ces bouquins moisis, j'en avais piqué deux ou trois, que j'avais emportés à l'écart des tables à pique-nique, et j'avais lu une à une ces pages décolorées, à la fois attiré et dégoûté par ces choses que les hommes faisaient aux femmes, et par celles que les femmes se faisaient à elles-mêmes et entre elles. J'étais époustouflé, par exemple, qu'un homme puisse fourrer sa bite dans la bouche d'une femme pour lui faire « avaler goulûment son nectar crémeux ». Qu'une femme puisse enfiler une bouteille en verre dans l'entrejambe d'une autre femme et que ça les fasse toutes les deux « crier et se tortiller de plaisir ». Ce jour-là, en rentrant du basket, je m'étais affalé sur mon lit et endormi, puis, pour la première fois de ma vie, je m'étais mouillé en rêvant. Peu de temps après, les Beatles ont fait leur apparition dans *Ed Sullivan*. Enfermé dans la salle de bains, j'ai commencé à me coiffer avec une frange sur le front et à donner libre cours à mes fantasmes cochons en pensant à ces filles déchaînées devant les Beatles – à ce qu'elles me feraient à moi, à ce qu'elles me laisseraient leur faire. Si bien que Ray Milland, une des vieilles vedettes de cinéma à la con de ma mère, était la dernière personne à qui j'avais envie de ressembler.

« Je t'en prie, ferme-la, lui ai-je dit au nez et à la barbe du Dr Wisdo.

— Allons, allons. Ça suffit à présent, a-t-il protesté. Est-ce une façon de parler à sa mère ? »

M'man a porté son poing devant sa bouche en expliquant au médecin que ce n'était pas sérieux. J'étais contrarié, c'est tout, mais je n'avais pas un mauvais fond.

Qu'est-ce que tu en sais ? ai-je pensé.

Le Dr Wisdo était obligé de s'absenter quelques instants, et il espérait qu'à son retour j'aurais fait mes excuses à ma pauvre mère.

Nous avons gardé le silence pendant une bonne minute, elle et moi. Je restais là en face d'elle avec un petit sourire de défi, triomphant et malheureux. C'est alors qu'elle m'a pris complètement par surprise. « Tu te plains de tes lunettes. Qu'est-ce que tu dirais si tu avais ce que j'ai, moi ? Tes lunettes, au moins, tu peux les enlever. »

J'ai compris aussitôt de quoi elle parlait, mais cette allusion brutale à son bec-de-lièvre m'a atteint comme une boule de neige en pleine figure. Chez nous, les deux sujets tabous entre tous étaient l'identité de notre père biologique, à Thomas et à moi, et cette infirmité qui défigurait notre mère. Nous n'avions jamais posé de questions ni sur l'un ni sur l'autre – on nous avait en quelque sorte toujours appris à ne pas en poser, et nous respections le caractère presque sacré de ce silence. Et voilà que M'man elle-même brisait une de nos règles cardinales. J'ai détourné mon regard, j'étais choqué, gêné, mais il n'y avait pas moyen de l'arrêter.

« Une fois, un élève de ma classe, Harold Kettlety, une sale rosse, s'est mis à m'appeler Face de lapin. Je ne lui avais rien fait. Je ne faisais jamais de mal à personne, j'avais peur de tout, même de mon ombre. Un jour, ce surnom lui est venu à l'esprit, comme ça, et il l'a trouvé drôle. "Salut, Face de lapin", qu'il me disait à voix basse au milieu de la classe. Au bout d'un moment, d'autres l'ont imité. À la récréation, ils me poursuivaient en me traitant de Face de lapin. »

Assis là, je piaffais en espérant qu'elle allait se taire – j'aurais voulu que cet Harold Kettlety soit encore un gamin pour lui casser la gueule.

« Alors je l'ai dit à la maîtresse, qui m'a envoyée chez la directrice. Mère Agnès, elle s'appelait. Elle n'était pas commode. » M'man tortillait la lanière de son sac en parlant. « Elle m'a conseillé de cesser d'en faire une montagne. D'après elle, j'aggravais la situation en allant raconter ça à tout le monde. Je n'avais qu'à les ignorer, voilà... Ensuite, plusieurs garçons ont suivi le mouvement, y compris des élèves des autres classes. J'en vomissais tous les matins avant de partir. Mais chez nous, pour manquer l'école, il fallait avoir au moins la rougeole ou la varicelle. C'est la dernière chose que Papa aurait tolérée, que je reste à la maison parce qu'un petit teigneux me traitait d'un drôle de nom. »

Il fallait qu'elle arrête. Je n'en pouvais plus d'entendre sa voix blessée, de la voir tripoter la lanière de son sac. Si elle continuait à parler, elle risquait de fondre en larmes et de tout me raconter. « Je ne vois pas en quoi ton mélo me concerne, ai-je dit. T'as l'intention d'en arriver au fait avant que je meure de vieillesse ? »

Alors elle s'est tue, réduite au silence, j'imagine, par la traîtrise de son propre fils, passé du côté de Harold Kettlety. Dans la voiture, en revenant de chez l'optométriste, j'ai décidé de m'asseoir à l'arrière et de ne pas lui adresser la parole. En cours de route, j'ai sorti mes lunettes neuves de leur étui en plastique marron qui s'accroche à la poche, j'ai nettoyé les verres avec le petit chiffon imprégné de silicone, et je les ai mises sur mon nez. J'ai regardé par la portière, secrètement ébloui de voir le monde plus net et plus clair qu'avant. Je n'ai rien dit, je ne me suis pas excusé, je n'ai rien voulu admettre.

« M'man est en train de pleurer en bas », m'a appris Thomas, plus tard, dans notre chambre. Je soulevais mes haltères, torse nu, mes lunettes sur le nez.

« Et alors, qu'est-ce que tu veux que j'y fasse ? Que je lui essuie la morve sous le nez ?

— Essaie seulement d'être correct avec elle. C'est ta mère, Dominick. Par moments, tu la traites comme de la m... »

Je me suis regardé dans la glace pour observer mes muscles, qui commençaient à se développer, et que, grâce à mes lunettes, je voyais à présent très bien. « Tu peux pas le dire, ce mot, au lieu de t'arrêter à la première lettre ? Allez, vas-y. Dis "merde". Fais-toi des sensations », ai-je lancé d'un ton railleur.

Pendant qu'on parlait, il avait ôté ses vêtements de classe. Il était là, debout, les mains sur les hanches, en caleçon et en chaussettes, avec un de ces faux plastrons à col montant comme en portaient tous les béni-oui-oui du lycée. Il en avait plusieurs, de quatre ou cinq couleurs différentes. Bon Dieu ce que je pouvais les détester !

Je nous observais dans le miroir, côte à côte. Comparé à moi, Thomas avait l'air d'un petit maigrichon. M. La Pêche, capitaine d'équipe, et M. Béni-oui-oui junior.

« Je ne plaisante pas, Dominick. Tu ferais bien de la traiter correctement, sinon je préviendrai Ray. Je t'assure. Ne crois pas que j'hésiterais. »

C'était du bidon, on le savait l'un et l'autre.

J'ai attrapé ma clef pour ajouter des poids sur la barre, et j'ai soulevé. Mouchard. Tapette. Tête de nœud. « Hou là là, je tremble, lui ai-je fait. J'ai tellement peur que je vais en chier dans mon froc. »

Il n'a pas bougé pour autant, comme M'man, son air indigné se diluant dans le pardon. « T'énerve pas, c'est tout ce que je te demande, a-t-il répondu. Au fait, Dominick, j'aime bien tes lunettes. »

Ce jour de rénovation de cuisine ratée, M'man est redescendue avec un petit coffre-fort en métal gris dans les bras. J'ai posé l'album de photos, et je me suis levé pour aller à sa rencontre. « Tiens, mon petit, c'est pour toi. Ouf, c'est lourd.

— Je t'avais bien dit de me laisser faire. Qu'est-ce qu'il y a donc là-dedans ? ai-je demandé en lui prenant l'objet des mains.

— Ouvre et regarde. »

Elle avait fixé la clef sur le côté avec de l'adhésif. Heureusement qu'elle ne travaillait pas pour Fort Knox ! ai-je dit pour la taquiner. Elle m'a regardé décoller la clef, l'introduire dans la serrure et la tourner. Dans son impatience, elle n'a pas paru entendre ma plaisanterie.

La boîte contenait une grande enveloppe en papier kraft, enroulée autour d'un petit dictionnaire sans couverture, et maintenue par un élastique qui a claqué dès que je l'ai touché. L'enveloppe renfermait une grosse liasse de papiers, un manuscrit, apparemment. Les dix ou quinze premières pages étaient dactylographiées – l'original et une copie au carbone. Le reste était écrit à la main – une sorte de gribouillage tarabiscoté au stylo à encre bleue. « C'est de l'italien, non ? De quoi s'agit-il ?

— C'est le récit de la vie de mon père. Il l'a dicté l'été de sa mort. »

En feuilletant ces papiers, j'ai senti une odeur de moisi me monter au nez. « Dicté à qui ? À toi ?

— Ah, mon Dieu, certainement pas ! » Je me rappelais sûrement les Mastronunzio, qu'on rencontrait à l'église ? Tootsie et Ida Mastronunzio ? Ma mère était toujours persuadée que j'avais en mémoire, comme elle, tous les Italiens de Three Rivers.

« Euh... »

Mais si, voyons, a-t-elle insisté. Ils venaient à la messe dans une grosse voiture blanche. Ida travaillait au pressing. Elle boitait légèrement. Bref, Tootsie avait un cousin qui était arrivé d'Italie juste après la guerre. Angelo Nardi. Il avait été sténographe au tribunal de Palerme. « Il était beau garçon, en plus – beaucoup d'allure. Il cherchait du travail. »

Depuis des années, Papa disait qu'un jour il se mettrait à raconter l'histoire de sa vie pour le compte des *siciliani*. Là-bas au pays, les jeunes seraient contents de voir qu'un des leurs avait réussi en Amérique. Il pensait que ça leur donnerait peut-être envie d'en faire autant. Quand il a rencontré le cousin de Tootsie au Cercle italien, l'idée lui est venue de raconter son histoire à Angelo, qui pourrait prendre ses paroles en sténo, et ensuite les taper à la machine.

D'après ma mère, ce projet avait été une folle entreprise dès le départ. Papa, qui toute sa vie avait été « près de ses sous », dépensait à présent sans compter pour cette autobiographie édifiante. Il avait décidé de débarrasser le salon de certains meubles et de louer une machine à écrire pour Angelo. « Les deux ou trois premiers jours, ça a marché comme sur des roulettes. Après, les ennuis ont commencé. »

Papa a décrété que la présence d'Angelo dans la pièce l'empêchait de parler librement. Seul, les choses lui reviendraient en mémoire plus facilement. « Alors, ni une ni deux, le voilà au téléphone avec toutes sortes de sociétés d'équipement de bureau, à donner des coups de fil longue distance – je n'en revenais pas, Dominick, lui qui n'appelait même pas ses cousins de Brooklyn pour leur souhaiter bon Noël ou joyeuses Pâques. C'était toujours eux qui nous appelaient chaque année parce que Papa ne voulait pas jeter l'argent par les fenêtres. Mais, pour son projet, il téléphonait partout, jusqu'à Bridgeport. C'est là qu'il a fini par louer ce fameux Dictaphone. » M'man hochait la tête, comme si elle en était encore sidérée. « Seigneur Jésus, j'aurais voulu que tu voies cet engin arriver ici ! J'ai failli tomber à la renverse le jour où on nous l'a installé dans la maison. »

Il y avait deux appareils montés sur chariot, m'a-t-elle expliqué, l'un pour la personne qui dictait, et l'autre pour le sténographe, qui était censé convertir les sons enregistrés en signes, puis en mots dactylographiés. On a mis tout ça dans le salon et on a transporté la machine à écrire d'Angelo dans la chambre de derrière. « Pauvre Angelo, je crois qu'il n'avait pas idée de ce qui l'attendait. »

Au début, ils n'ont compris ni l'un ni l'autre comment fonctionnait le Dictaphone. Ils se sont escrimés tant qu'ils ont pu. Ce premier jour, Papa n'a pas cessé de jurer. Finalement, il a envoyé Angelo à Bridgeport par le car pour qu'on lui montre comment se servir de ce fichu instrument. « Alors que le malheureux ne parlait pas trois mots d'anglais ! Il venait d'arriver du pays. Enfin, en revenant, il avait compris comment faire fonctionner la machine.

« Tous les matins, Angelo installait et préparait le matériel, et puis il laissait Papa. C'était la règle. Au point que Papa n'aurait pas dicté un mot avant d'être seul. Angelo venait attendre à la cuisine. C'est comme ça que j'ai pu faire un peu sa connaissance. Il était gentil, et c'était vraiment un beau garçon. Je lui préparais du café et on parlait de choses et d'autres, de sa vie là-bas, à Palerme, de sa famille. Je l'aidais un peu en anglais. Il était intelligent, tu sais, Dominick ; tu lui expliquais quelque chose et ça rentrait tout seul. On se rendait bien compte qu'il irait loin. »

Ce Dictaphone, M'man le revoyait encore, avec ses bandes de plastique rouge sur lesquelles s'enregistrait la voix. Papa restait enfermé deux ou trois heures d'affilée, puis, quand il avait fini, il appelait Angelo, qui était prié d'arriver au plus vite. Angelo poussait le chariot dans la pièce de derrière, où était la machine à écrire. Il écoutait l'enregistrement et il prenait tout ça en sténo. Ensuite, il le tapait à la machine. « Seulement, vois-tu, mon père avait horreur du bruit de la machine à écrire. Il ne voulait pas de ce clic-clac dans la maison quand il avait terminé sa part du travail pour la journée. Cet effort de mémoire le mettait de méchante humeur.

— Pourquoi est-ce qu'il ne dictait pas directement à Angelo ? Je ne comprends pas.

— Je ne sais pas. Par timidité, peut-être. » M'man a effleuré le manuscrit, comme pour toucher du doigt les mots de son père. Elle-même n'aurait pas osé s'approcher du salon quand Papa parlait dans le Dictaphone. Il prenait ça tellement au sérieux. Il aurait été capable de tirer à vue !

Ce dispositif compliqué – sténographe, Dictaphone, Papa qui dictait de son côté, Angelo qui transcrivait du sien – n'avait guère fonctionné qu'une semaine, après quoi tout avait capoté. Déjà, il y avait eu malentendu quant au prix de location des appareils. Papa avait compris qu'il devait payer huit dollars par semaine pour le Dictaphone, mais il s'était aperçu que c'était huit dollars par jour. Quarante dollars par semaine ! « Alors il les a envoyés au diable, et, avec Angelo, il a sorti le matériel devant la maison. Les appareils y sont restés deux journées entières en attendant que quelqu'un de Bridgeport vienne les récupérer. Ça me rendait folle de voir ces trucs là-dehors. Je n'en dormais plus. Imagine qu'il se soit mis à pleuvoir ! Ou qu'on les ait volés ?

« Bref, Papa s'est remis à dicter son récit à Angelo directement. Mais ça n'a pas mieux marché que la première fois. Au contraire. Si Angelo demandait des précisions sur tel ou tel point, Papa l'accusait de vouloir mettre le nez dans ses affaires et répliquait qu'il avait dit exactement ce qu'il voulait dire et n'ajouterait pas un mot de plus. Ah, par moments, il avait tout d'une tête de mule, mon père. Il prétendait que ce pauvre Angelo faussait son récit et s'appliquait à le dépeindre sous un mauvais jour. Angelo en a eu assez, le malheureux. Et ils ont commencé à se bagarrer comme chien et chat. »

Vers la mi-juillet, Papa a renvoyé Angelo. Quelques jours plus tard, il s'est calmé et l'a repris. Mais le lendemain, il le remettait à la porte. Quand il a voulu l'engager une nouvelle fois, Angelo a refusé de revenir. « Peu de temps après, il est parti dans l'Ouest, du côté de Chicago. Il m'a écrit une lettre, je lui ai répondu, et ça s'est arrêté là. Et finalement, après toute cette comédie, Papa s'est simplement installé dans le jardin derrière la maison pour terminer d'écrire son récit lui-même. Il y a travaillé jusqu'à la fin de l'été. Chaque matin, après le petit déjeuner, il se retirait là, sauf s'il pleuvait ou s'il ne se sentait pas bien. Il s'asseyait à sa petite table en fer avec son papier et son stylo, et il écrivait, tout seul. »

J'ai de nouveau feuilleté ce manuscrit qui sentait le moisi – des pages et des pages de mots étrangers. « Tu l'as lu ? »

Elle m'a fait signe que non. Nous avons cessé de nous regarder.

« Pourquoi ?

— Ah, je ne sais pas, Dominick. J'y ai jeté un coup d'œil une ou deux fois. Mais je n'ai jamais osé. Mon italien est trop rouillé. On oublie beaucoup si on ne pratique pas. »

On est restés là côte à côte sur le canapé, en silence. Dans moins d'un an elle sera morte, ai-je pensé.

« C'est tout de même curieux, a-t-elle repris. Papa n'était pas du genre à faire ça. À écrire les choses. Il était toujours tellement secret en tout. Des fois, je lui demandais de me parler de son pays, de son père et de sa mère, du village où il avait grandi, et il prétendait que, mon Dieu, il avait oublié ça depuis longtemps. Ou bien il déclarait qu'un Sicilien garde toujours les yeux ouverts et la bouche fermée... Et pourtant, cet été-là, il a engagé Angelo et loué cette machine... Certains jours, je l'entendais qui pleurait dans le jardin. Ou qui parlait fort, comme s'il débattait avec lui-même. Il avait subi bien des événements tragiques dans sa vie, vois-tu. Les deux frères avec qui il était venu ici étaient morts jeunes. Sa femme aussi. Il n'avait que moi, en fait. On n'était plus que nous deux. »

La première page du manuscrit était rédigée à l'encre bleue, avec toutes sortes d'enjolivures et de fioritures. « Je vois son nom, là. Et le reste, qu'est-ce que ça raconte ?

— Voyons... "L'histoire de Domenico Onofrio Tempesta, un grand homme de..." *Umile ? Umile ?* Humble ! "L'Histoire de Domenico Onofrio Tempesta, un grand homme d'humble origine". »

Je n'ai pas pu m'empêcher de sourire. « Il avait une assez bonne opinion de lui-même, non ?

— C'était un homme formidable, Dominick, a-t-elle répliqué, les larmes aux yeux.

— Ouais, sûrement. À condition d'avaler ses œufs sans broncher. Et ses cigarettes. »

M'man caressait le dictionnaire à la couverture manquante. « Il y a longtemps que je voulais te donner ça, mon petit. Emporte-le. C'est aussi pour Thomas, si ça l'intéresse, mais c'est surtout à toi que j'ai pensé parce que c'est toujours toi qui posais des questions sur Papa.

— C'est vrai ?

— Quand tu étais petit, oui. Tu vois ce dictionnaire ? C'est celui dont il s'est servi à son arrivée ici – il a appris l'anglais avec ça. »

J'ai ouvert le petit volume tout déchiré. Les pages en papier pelure portaient les marques de ses doigts gras. À un endroit, j'ai mis mon pouce sur l'empreinte du sien et, pour la première fois, j'ai songé que la vie de Papa ne se résumait peut-être pas à quelques vieilles photos ou sempiternelles anecdotes.

J'ai emmené ma mère à la cuisine pour lui montrer ce qui était écrit au crayon sur la solive. « Sûr que c'est son écriture ! Ce vieux Papa. Regarde-moi ça ! C'est un peu comme s'il revenait parmi nous. »

En la prenant par l'épaule, j'ai senti, sous le tissu de son peignoir, sa peau et ses os. « Tu sais, ce récit, tu devrais le traduire.

— Ah, je n'en suis pas capable, mon petit. Je te l'ai dit, j'ai oublié presque tout mon italien. D'abord, je ne l'ai jamais vraiment appris. Je ne m'y retrouvais pas très bien. Par moments, Papa parlait l'italien qu'il avait appris à l'école, dans le Nord, et à d'autres moments il parlait en sicilien. Je mélangeais les deux... Et puis, je ne crois pas qu'il avait envie que je le lise. Quand je sortais dans le jardin pour étendre du linge ou lui apporter une boisson fraîche, il se mettait en colère. Il me chassait en criant : "Te mêle pas de mes affaires !" Je t'assure, on aurait cru J. Edgar Hoover.

— Mais M'man, il est mort. Il y a presque quarante ans ! »
Elle s'est tue. Elle paraissait perdue dans ses pensées.
« À quoi tu penses ?
— Oh, à rien. Je me rappelais juste le jour où il est mort. Il était tout seul là-dehors, il n'y avait personne auprès de lui quand il a eu son attaque. » Elle a tiré un Kleenex de sa manche et s'est essuyé les yeux. « Ce matin-là, pendant qu'il prenait son petit déjeuner, il m'a annoncé qu'il était presque au bout de son récit. J'ai été un peu surprise car, jusque-là, il ne m'en avait jamais soufflé mot. Pas directement, en tout cas... Alors je lui ai demandé : "Qu'est-ce que tu vas en faire quand tu auras fini, Papa ?" Je croyais qu'il allait écrire à des éditeurs en Italie. Essayer d'en tirer un livre, comme prévu. Mais tu sais ce qu'il m'a répondu ? Qu'il allait peut-être simplement le jeter à la poubelle et y mettre le feu. Tout brûler une fois qu'il aurait fini d'écrire. Si jamais je m'attendais à cette réponse-là ! Après le mal qu'il s'était donné... Ce dernier matin, je l'ai entendu sangloter à deux ou trois reprises – à un moment il a même gémi. C'était terrible. Et moi, Dominick, je voulais aller près de lui, mais je me disais qu'il allait se mettre en colère. Que ce serait encore pire. Il avait toujours tenu à être seul.

« Plus tard, quand je suis allée lui porter son déjeuner, je l'ai trouvé écroulé sur la table. Les pages de son manuscrit s'étaient envolées de tous les côtés, il y en avait dans la haie, dans le poulailler. Elles étaient éparpillées partout dans le jardin.

« Alors je me suis précipitée dans la maison pour appeler la police. Et le prêtre. Ton grand-père n'était pas pratiquant – il avait une dent contre l'église Sainte-Marie, je ne sais pas pourquoi – mais je me suis dit que j'allais quand même appeler le prêtre... C'était affreux, Dominick. J'étais épouvantée. Je tremblais comme une feuille. En plus, je vous portais tous les deux, ton frère et toi... »
J'ai passé un bras autour d'elle.
« Après ces deux coups de téléphone, je suis retournée à l'arrière de la maison et j'ai attendu. Je suis restée en haut des marches, à trois, quatre mètres de lui, à le regarder. Je savais qu'il était mort, mais je continuais à regarder, dans l'espoir de le voir cligner des yeux ou ouvrir la bouche. Je priais le ciel de m'être trompée. Mais je savais bien que non. Pas un muscle n'avait bougé. » De nouveau, M'man a passé la main sur le manuscrit. « J'ai fait le tour du jardin pour ramasser les

31

feuillets. C'était tout ce que je pouvais faire pour lui, Dominick. Ramasser les pages de son récit. »

La pièce s'est remplie de silence. Le soleil avait tourné, nous reléguant dans l'ombre.

« Enfin, tout ça, c'était il y a longtemps », a-t-elle dit.

Avant de partir, j'ai remis les lambris en place, recouvrant les notes et les calculs de mon grand-père Domenico. J'ai descendu les marches du perron, chargé de ma boîte à outils, du coffre-fort et de restes surgelés enveloppés dans du papier d'aluminium. (« Ça m'inquiète de te savoir tout seul chez toi, mon petit. Tu as les joues creuses. Je vois bien que tu ne te nourris pas comme il faut. Tiens, prends ça. ») Arrivé à la portière de mon camion, j'ai entendu M'man m'appeler, et je suis remonté.

« Tu as oublié ça », m'a-t-elle dit. J'ai tendu le bras, paume en l'air. Elle a ouvert la main. La clef du coffre-fort est tombée dans le creux de la mienne.

« *La chiave*.

— Pardon ?

— *La chiave*. Ta clef. Je viens juste de me rappeler le mot.

— *La chiave* », ai-je répété en glissant l'objet dans ma poche.

Cette nuit-là, je me suis réveillé d'un profond sommeil, avec une idée de cadeau idéal pour ma mère mourante. C'était si simple et si parfait que cette évidence ne m'était apparue qu'à deux heures du matin. J'allais faire traduire, imprimer et relier l'histoire de la vie de son père.

J'ai filé à l'université, où j'ai trouvé le bureau du département des langues romanes perché au dernier étage d'un bâtiment de pierre écrasé par deux hêtres massifs dépouillés de leurs feuilles. La secrétaire m'a dressé une liste des personnes à qui je pourrais m'adresser. Après une heure de fausses pistes et de portes verrouillées, j'ai gravi les marches étroites d'un demi-palier pour frapper à la porte du bureau de Nedra Frank, la dernière de la liste.

Elle paraissait la quarantaine, mais comment savoir, quand il s'agit de ces femmes qui se tirent les cheveux en arrière et portent leurs lunettes au bout d'une chaîne. Pendant qu'elle feuilletait le manuscrit de mon grand-père, je reluquais ses seins (plutôt jolis), son grain de beauté dans le cou et les petites peaux rongées autour de ses ongles. Elle partageait le bureau avec un étudiant de troisième cycle. Le contraste était total entre la pagaille qui régnait de son côté et l'ordre de son voisin.

« Il y a une partie écrite en italien correct, m'a-t-elle expliqué. Et par endroits... on dirait du sicilien, du parler paysan. Il était schizo, ou quoi ? »

Bon, rends-moi ça, j'ai compris. Salut et merci quand même.

« Je suis une littéraire, a-t-elle repris en levant les yeux et en me tendant le manuscrit. C'est comme si vous demandiez à un grand maître de vous peindre un tableau assorti à votre canapé et à vos rideaux.

— Ah bon. Très bien. » Je me préparais déjà à sortir de ce placard bas de plafond qu'on osait appeler un bureau.

« Montrez-moi encore une fois », a-t-elle dit après un soupir. Je lui ai redonné le manuscrit, et elle a examiné plusieurs pages, l'air sombre. « Les feuillets dactylographiés sont à simple interligne. C'est deux fois plus de travail.

— Ouais, bon...

— L'écriture est lisible, c'est déjà ça... Je pourrais vous faire la partie manuscrite pour huit dollars la page. Mais je serai obligée de prendre seize dollars pour les pages dactylographiées. Davantage pour les pages nécessitant des notes explicatives.

— Combien ?

— Disons cinq dollars par note. Ça me paraît honnête, non ? Si je dois *produire* du texte, au lieu simplement de traduire et d'interpréter, il est normal que je sois payée davantage, non ? »

J'ai fait le calcul dans ma tête. Ça me coûterait entre huit cents et mille dollars sans les notes. Plus cher que je croyais, mais moins qu'une nouvelle cuisine.

« Donc, vous acceptez ? »

Elle a soupiré et m'a fait attendre un peu. « Bon, a-t-elle fini par déclarer, pour être parfaitement honnête, je ne peux pas dire que ça m'intéresse, mais j'ai besoin d'argent pour ma voiture. Incroyable ! Elle a un an et demi, et le circuit électrique a déjà des problèmes. »

Ça m'a fait drôle d'entendre ce rat de bibliothèque manier un jargon technique. « Qu'est-ce qui vous fait sourire ? m'a-t-elle demandé.

— Rien, rien, ai-je répondu en haussant les épaules. C'est quoi votre voiture ?

— Une Yugo. Ça aussi, ça vous amuse, je suppose ? »

Nedra Frank voulait quatre cents dollars tout de suite. Elle estimait qu'il lui faudrait un ou deux mois pour achever la traduction, étant donné que par ailleurs elle avait, à l'entendre, un programme « accablant ». Son indifférence m'agaçait : pendant que je lui parlais de ce qu'avait fait mon grand-père et du cancer de ma mère, à deux reprises, elle avait regardé la pendule. Je lui ai signé un chèque, en espérant qu'elle n'allait pas contracter le texte ou sauter des pages, et donc me rouler, malgré la somme d'argent qu'elle demandait. J'ai quitté son bureau avec un sentiment de vulnérabilité, comme si j'étais à la merci de ses abréviations, de ses interprétations, et de sa hargne envers le monde. Mais le projet était en route.

Au cours des semaines suivantes, je l'ai appelée plusieurs fois pour savoir où elle en était et pour répondre à ses éventuelles questions. Il n'y avait jamais personne au bout du fil.

Quand ma mère devait aller à Yale-New Haven pour sa chimio et sa radiothérapie, c'est Ray qui l'emmenait en voiture. Il restait auprès d'elle, prenait ses repas en bas, à la cafétéria, faisait un somme dans un fauteuil à son chevet, et, dans la soirée, il rentrait par l'autoroute I-95, à temps pour prendre son service à la Navale Électrique. Lorsque j'ai émis l'opinion qu'il ne se ménageait pas assez, il a prétendu qu'il ne pouvait pas faire autrement.

Voulait-il qu'on en discute ?

Discuter de quoi ?

Pouvais-je quelque chose pour lui ?

Ce n'était pas de lui qu'il fallait que je m'inquiète, mais de ma mère. Lui n'avait besoin de personne.

J'essayais de descendre à New Haven deux ou trois fois par semaine. Si je le pouvais, j'emmenais Thomas, le dimanche en général. C'était difficile d'évaluer dans quelle mesure il était affecté par la mort annoncée de notre mère. Comme presque toujours, le mouvement du pendule n'était pas régulier. Par moments, Thomas semblait résigné. « C'est la volonté de Dieu, soupirait-il, faisant écho aux paroles de M'man. Il faut que nous nous donnions mutuellement du courage. » À d'autres moments, il sanglotait et martelait le tableau de bord de coups de poing. D'autres fois encore, il était tout gonflé d'espoir. « Je suis certain qu'elle va vaincre la maladie, m'a-t-il dit au téléphone un après-midi. Je prie sainte Agathe tous les jours.

— Sainte qui ? ai-je demandé, regrettant aussitôt ma question.

— Sainte Agathe, la sainte patronne invoquée contre les incendies, les volcans et le cancer. » Il était intarissable sur sa sainte à la con : une vierge à qui son soupirant délaissé avait fait trancher les seins avant de jeter son corps au bûcher. Agathe avait arrêté l'éruption d'un volcan, elle était morte en épouse du Christ, etc., etc.

Un matin, à six heures, Thomas m'a réveillé pour m'exposer la thèse suivante : dans les Special K que M'man prenait tous les jours au petit déjeuner, on avait délibérément injecté des substances cancérigènes. Les Soviétiques détenaient secrètement la firme Kellogg's. « Ils visent les proches de ceux qui sont dans leur collimateur. Je suis sur leur liste parce que j'obéis aux ordres de Dieu. » Maintenant qu'il avait compris, il envisageait de démasquer Kellogg's – de frapper un grand coup. Il finirait sans doute par être l'Homme de l'année dans *Time*, et il serait probablement obligé de se cacher. Les gens célèbres étaient pris en filature. Il suffisait de voir ce qui était arrivé à ce pauvre John Lennon. Je me rappelais sûrement la chanson *Instant Karma* ? C'était pour lui tout particulièrement que John l'avait écrite, pour l'encourager à faire le bien en ce monde quand lui n'y serait plus. « Écoute, c'est absolument évident, c'est pathétique ! » Et il s'est mis à chanter en hurlant :

Instant karma's gonna get you – gonna look you right in the FACE.
You better recognize your BROTHER and join the HUMAN RACE !

Un dimanche après-midi où nous étions descendus voir M'man, Thomas et moi, nous ne l'avons pas trouvée dans son lit. Elle était dans le solarium, éclairée par une colonne de lumière qui tombait d'en haut, assise seule parmi des groupes de visiteurs. La chimio lui marbrait la peau, ses cheveux étaient transformés en duvet de canard. On aurait dit qu'on l'avait flambée, comme ce jour lointain où elle était sortie du salon en flammes de Hollyhock Avenue. D'une certaine façon, avec son crâne chauve, recroquevillée dans son peignoir rose matelassé, elle m'a paru belle.

Pendant tout le temps de la visite, Thomas est resté affalé sur son siège sans rien dire. En route, il avait voulu que je m'arrête au McDonald's, et j'avais refusé – peut-être au retour, lui avais-je dit. Dans le solarium, il faisait la moue ; le regard fixé sur la télé, comme en transe, il ne prêtait aucune attention aux questions de notre mère ni aux efforts qu'elle faisait pour lui parler. Il refusait de retirer sa veste. Il n'arrêtait pas de regarder sa montre.

Au moment de partir, j'étais furieux, et cela n'a fait qu'empirer quand, sur le chemin du retour, il a interrompu mon sermon sur son égoïsme pour me demander si on s'arrêtait toujours au McDo. « Tu ne comprends donc pas, sale con ? ai-je hurlé. Tu ne peux même pas revenir à la surface quand ta mère est en train de crever ? » Il a détaché sa ceinture de sécurité, il est passé par-dessus le dossier de son siège et s'est accroupi par terre à l'arrière, en une variante du plaqué au sol d'autrefois.

Je me suis arrêté sur la bande d'urgence et je lui ai demandé de venir se rasseoir à l'avant – j'en avais plus que marre de son cirque, de ses conneries, j'avais déjà bien assez d'emmerdes. Comme il refusait de se lever, je l'ai tiré par la peau du cou et je l'ai fait sortir de la voiture. Il s'est dégagé et a filé, traversant la route sans même regarder. Hurlements de klaxons, folles embardées des voitures. Ne me demandez pas comment il est arrivé de l'autre côté. Le temps que je traverse, il avait disparu. Paniqué, je me suis mis à courir à travers bois et aires de stationnement, imaginant l'affreux bruit sourd du choc, le corps de Thomas coupé en deux, son sang qui giclait de toutes parts sur le macadam.

Je l'ai trouvé allongé dans l'herbe haute à quelque trois cents mètres de la voiture. Les yeux fermés, il souriait au soleil. Quand je l'ai aidé à se relever, l'empreinte de son corps est restée dans l'herbe. On aurait cru la reconstitution d'un crime. Ou un ange comme ceux qu'on faisait dans la neige fraîche tous les deux autrefois.

J'ai repris le volant et m'y suis agrippé pour empêcher mes mains de trembler. Je ne voulais plus entendre ni voir toutes ces voitures qui l'avaient évité. À Madison, je me suis arrêté dans un McDonald's, et je lui ai acheté une grande portion de frites, un Royal Cheese et un milkshake à la fraise. On ne peut pas dire qu'il ait été parfaitement heureux pendant le reste du voyage, mais au moins il s'est tenu tranquille, le ventre plein.

Ce soir-là, Nedra Frank a décroché le téléphone dès la première sonnerie.

« Je sais que vous avez beaucoup à faire », ai-je commencé. Et je lui ai rapporté ce que Ray venait de m'annoncer au téléphone, à savoir que l'état de ma mère s'était aggravé.

« En fait, je suis en train de travailler à votre texte en ce moment même. J'ai décidé de laisser tels quels certains mots et certaines expressions en italien pour préserver la musique de la langue.

— La musique ?

— L'italien est une langue très musicale. Je n'ai pas voulu traduire à outrance. Mais vous reconnaîtrez les mots auxquels je n'ai pas touché, grâce au contexte, ou à l'oreille. Ou les deux. Pour ce qui est des proverbes, certains sont pratiquement intraduisibles. Je les ai laissés, mais j'ai mis des notes entre parenthèses, des approximations. Quant au sicilien, j'en garde très peu, car il faut bien *désherber* le jardin, n'est-ce pas ?

— Ouais, comme vous voulez. De toute façon, c'est l'anglais qui m'intéresse. » Elle n'avait manifestement rien à secouer de la Sicile. « Alors, et lui, qu'est-ce que vous en pensez ? »

Un silence.

« Ce que j'en pense ?

— Ben oui. À présent, vous connaissez le bonhomme mieux que moi. Simple curiosité. Vous le trouvez sympa ?

— Le traducteur doit rester objectif. Une réaction émotionnelle pourrait compromettre... »

La journée avait été horrible. Cette indifférence d'intellectuelle m'énervait. « Eh bien, pour une fois, offrez-vous une réaction émotionnelle. Faites ça pour moi. »

Pendant les quelques secondes qui ont suivi, black-out à l'autre bout du fil. Puis j'ai eu ce que j'avais cherché : « En fait, non, je ne le trouve pas sympathique, loin de là. Il est pontifiant, misogyne. Un type affreux, à vrai dire. »

À présent, silence de mon côté.

« Vous voyez. Vous le prenez mal. Je savais bien que je n'aurais jamais dû me départir de mon objectivité.

— Non, je ne le prends pas mal. Je m'impatiente, c'est tout. Je veux juste que vous terminiez cette traduction avant que ma mère ne soit trop mal pour pouvoir la lire.

— Je fais ce que je peux. Mais je vous avais prévenu que j'étais débordée. De toute façon, je crois que vous auriez intérêt à parcourir le texte vous-même avant de le lui mettre entre les mains. À votre place, je me méfierais. »

J'en avais maintenant plein le dos de son manque d'objectivité. De quel droit me dictait-elle ma conduite ? J'avais envie de l'envoyer se faire foutre. Elle n'était jamais que la traductrice.

À sa troisième chimio, M'man était trop malade pour absorber quoi que ce soit. Quand elle s'est retrouvée à l'hôpital en février, elle pesait quarante-six kilos et ressemblait à une pub pour la lutte contre la faim.

À ce moment-là, j'avais cessé d'y emmener Thomas. L'incident sur la route m'avait fichu une trouille terrible et empêché de dormir plus d'une nuit.

« Ça risque d'être un peu douloureux en rentrant dans la veine, mon petit », a dit l'infirmière en tenant l'aiguille devant le visage blême de ma mère.

M'man a réussi à faire un signe de tête et un vague sourire.

« J'ai un peu de mal à trouver une bonne veine. Essayons encore une fois. On est prête, mon chou ? »

Ça n'a pas marché. La fois suivante non plus. « Je vais faire un autre essai. Et si je n'y arrive pas, j'appellerai la surveillante.

— Nom de Dieu de bon Dieu », ai-je marmonné en allant vers la fenêtre.

L'infirmière s'est tournée vers moi, le visage cramoisi. « Vous voulez sortir jusqu'à ce que nous ayons fini ?

— Non. Ce que je voudrais, c'est que vous arrêtiez de la prendre pour une pelote à épingles. Et, tant qu'on y est, je voudrais que vous cessiez de lui donner du "mon petit" et du "mon chou" comme si on était dans *Rue Sésame* ou une connerie de ce genre. »

M'man s'est mise à pleurer – pas de douleur, mais à cause de mon comportement. J'ai le don d'aggraver les situations difficiles. « À plus tard, M'man, je te téléphonerai », ai-je dit en attrapant ma veste.

Vers la fin de l'après-midi, j'étais chez moi, devant la baie vitrée, à regarder tomber une neige non annoncée, quand j'ai vu arriver la Yugo orange de Nedra Frank. Elle s'est garée en dérapant et en mordant sur le trottoir.

« Entrez, entrez ! » Nedra portait un gilet en duvet, un sweat-shirt, une jupe en jean et des baskets – une tenue dans laquelle je ne l'aurais jamais imaginée. Elle tenait une sacoche pleine à craquer.

« Alors, ça y est, vous avez fini ?

— Comment ? » Elle a suivi mon regard. « Ah non, c'est ma thèse de doctorat. La maison où j'habite a été cambriolée la semaine dernière, alors je traîne ça partout avec moi. Mais je travaille à votre texte. Ça progresse. » Pas la moindre question sur l'état de ma mère.

« Comment avez-vous eu mon adresse ?

— Pourquoi ? C'est un mystère, c'est top secret ?

— Non, simplement...

— Je l'ai recopiée avant d'encaisser votre chèque. Au cas où j'aurais besoin de vous joindre. Mais, en faisant un petit tour – je suis tellement stressée en ce moment –, je suis tombée par hasard sur la plaque de votre rue. Je me suis souvenue du nom. Hillyndale Drive. Une orthographe vraiment pas ordinaire. C'est pour faire pittoresque ou quoi ? Faussement britannique ?

— Je ne saurais pas vous dire, ai-je répondu en haussant les épaules et en faisant tinter de la monnaie dans ma poche.

— De toute façon, je voulais vous appeler. À propos du manuscrit.

Votre grand-père cite un grand nombre de proverbes, de dictons paysans, qui ne se prêtent guère à la traduction. Je pensais les laisser tels quels et les paraphraser en notes. Si vous êtes d'accord. Après tout, c'est vous qui payez. »

On avait déjà parlé de tout ça, non ? Un petit tour, mon œil ! « Oui, oui, d'accord », ai-je dit.

Je lui ai proposé une bière, qu'elle a acceptée.

« Alors, expliquez-moi pourquoi vous êtes si stressée. »

Déjà, les deux groupes de licence dont on l'avait chargée étaient des crétins finis. Rien ne les intéressait. Tout ce qu'ils voulaient, c'étaient des bonnes notes. Ensuite, sa connaissance de Dante lui faisait du tort auprès de son directeur de département, qui en savait moins qu'elle. Enfin, le type avec qui elle partageait son bureau avait des habitudes répugnantes. Il se curait les dents à sa table de travail. Il se taillait les ongles avec un coupe-ongles qui envoyait tout voltiger de son côté à elle. Le jour même, elle avait trouvé deux rognures sur son buvard, après qu'elle lui avait fait une remarque... Elle en avait ras le bol de ces profs qui s'accrochaient éternellement aux mamelles de l'université pour ne pas avoir à se frotter à la réalité de l'existence. « Et vous, que faites-vous dans la vie ?

— Je peins des maisons.

— Un peintre en bâtiment ! a-t-elle grommelé en s'affalant sur mon canapé. Parfait ! »

Elle a fini sa bière, en a accepté une autre. Quand je suis revenu avec la deuxième tournée, elle était devant ma bibliothèque, la tête penchée pour lire au dos des livres. « García Márquez, Styron, Soljenitsyne. Je suis impressionnée, je dois dire, monsieur le peintre en bâtiment.

— Ah ouais, vous pensiez qu'un pauvre connard comme moi lisait – quoi, par exemple ? – Mickey Spillane ? *L'Arnaqueur ?*

— Ou bien ceci. » En brandissant ma trilogie de James M. Cain comme une pièce à conviction accablante, elle est allée se poster devant la baie vitrée. « Est-ce qu'il va continuer à neiger ? Je n'écoute jamais la météo.

— Cette neige n'était pas prévue. Voyons ce qu'ils disent à présent. » J'ai allumé la petite radio-météo que je laisse sur ma bibliothèque. « Dix à quinze centimètres », a annoncé une voix brouillée par les parasites. Ah, super ! Bloqué dans les neiges avec cette sale pimbêche. J'avais bien besoin de ça !

Nedra a pris la radio dans ses mains, elle l'a examinée sur toutes les coutures, l'a allumée, puis éteinte. « Vous êtes un vrai mordu de la météo alors ?

— Pas vraiment. Mais un peintre en bâtiment a besoin de savoir quel temps il va faire. En saison. Il faut rester maître de la situation.

— Maître de la situation, a-t-elle repris. Seigneur, ces hommes, tous les mêmes ! » Elle a éclaté de rire – une sorte de cri grinçant comme des ongles sur un tableau noir – et, cette fois, c'est elle qui m'a demandé si je voulais une bière et si j'avais l'intention de lui proposer de manger quelque chose, ou juste de la soûler et de la mettre à la porte dans cette neige.

Je n'avais pas grand-chose à lui offrir, l'ai-je avertie, à moins qu'elle se contente d'un bouillon de poule ou de Cheerios au miel et aux noix.

« On pourrait commander une pizza, a-t-elle suggéré.

— Bon, allons-y.

— Je suis végétarienne, autant que vous le sachiez. »

Le livreur de chez Domino est arrivé deux bières plus tard. J'avais demandé une grosse pizza aux champignons et aux olives, mais nous étions les derniers de sa tournée et il ne lui restait plus dans son sac calorifuge que deux pizzas moyennes aux peperoni. « Vous n'y êtes pour rien, c'est encore mon débile de patron qui s'est trompé. » Des flocons de neige brillaient sur le col de fourrure de son blouson et sur le bord de son chapeau Domino. « Tenez. C'est gratis. De toute façon, je laisse tomber ce boulot. »

Quand je me suis retourné, après avoir refermé la porte, Nedra Frank était drapée dans mon couvre-pied. Ce qui voulait dire qu'elle était allée dans ma chambre.

À la table de la cuisine, elle a retiré toutes les rondelles de poivron et les a empilées comme des jetons de poker, après quoi elle a épongé le dessus des pizzas avec des serviettes en papier. On a ouvert un deuxième pack de bière.

C'était sans doute un jeudi, car c'était le soir de *Cheers* à la télé – une série que Nedra trouvait politiquement choquante parce que tous les personnages féminins étaient ou bien des minettes idiotes ou bien des garces. Elle était venue au féminisme tardivement, après avoir été la fifille à son papa, puis une majorette au lycée, et enfin l'esclave d'un mari macho et d'une vieille maison coloniale hollandaise de Lornadale Road. « Il m'a fallu trois ans de thérapie pour arriver à m'accorder la liberté de passer mon doctorat. Tiens, prends ça ! » a-t-elle dit à Ted Danson en le visant avec la télécommande pour couper le son.

« On a parlé de ma femme dans le magazine *Ms.* un jour. D'elle et de sa copine Jocelyn.

— Vous êtes marié ?

— Mon ex-femme, je voulais dire. À elles deux, elles ont monté une garderie pour les enfants des soudeuses de la Navale Électrique. Et elles ont aussi obtenu des patrons la rédaction d'un règlement sur le harcèlement sexuel au travail. C'était un ou deux ans après que la Navale Électrique avait commencé à embaucher des femmes au chantier naval.

— Votre femme était soudeuse ? a-t-elle demandé avec un petit sourire en coin.

— Sa copine, oui. Dessa s'occupait de la garderie. Ça s'appelait Les Mômes, société à responsabilité illimitée ! Avec un point d'exclamation.

— Fascinant. » Pourtant, Nedra n'avait pas l'air si fascinée que ça.

Elle s'attaquait à sa pizza comme le requin des *Dents de la mer*. « Mon ex-mari est psychiatre. Il est administrateur de l'hôpital. »

J'ai failli parler de Thomas, mais je n'ai pas voulu commencer à créer entre nous des liens du style c'est-fou-comme-le-monde-est-petit. Et elle avait sorti cette vacherie à propos de mon grand-père, prétendant qu'il était « schizo ». J'espérais qu'elle allait décamper avant d'être bloquée sur place à cause de ses pneus lisses. J'avais été un peu refroidi en m'apercevant qu'elle avait pénétré dans ma chambre pour prendre mon couvre-pied. Dieu sait quelles libertés elle s'octroyait avec l'histoire de mon grand-père. Et ce qu'elle s'autorisait à supprimer, en plus de son « parler paysan sicilien ».

« Todd est encore plus fou que ses malades. Et pervers, en plus. C'était un peu comme si j'avais épousé le marquis de Sade, pour le supplice, du moins, pas pour le plaisir.

— Ah, Todd de Sade », ai-je dit.

Nouveau rire grinçant. J'ai remis le son de la télé. « Seigneur, c'est déjà l'heure de *La Police de Los Angeles*. Dix heures passées. Je peux vous raccompagner avec mon camion si vous ne voulez pas vous risquer dans toute cette neige. C'est un quatre-quatre.

— Vous savez l'heure d'après le programme à la télé ? Sidérant ! » Je n'ai pas cherché à la détromper : à ses yeux, je n'étais qu'un pauvre péquenot ignare qui pouvait lui servir à meubler une soirée solitaire. Du temps où j'enseignais, je n'aurais jamais dit de mes élèves qu'ils étaient des crétins finis.

« Alors, vous voulez que je vous ramène chez vous ?

— Ah, je vois. Le grand héros en quatre-quatre et la damoiselle en détresse, c'est ça ? Eh bien non, merci quand même. »

Elle a ôté mon couvre-pied de ses épaules et l'a jeté sur le canapé. « Écoutons un peu de musique », a-t-elle proposé. Avant que j'aie pu dire oui ou non, elle s'est jetée sur le bouton de la radio. J'aurais cru qu'elle était plutôt du genre classique, mais elle s'est arrêtée sur Tina Turner : *What's love got to do, got to do with it ?*

Elle s'est retournée en souriant. « Alors, monsieur le peintre en bâtiment. » Elle est venue vers moi. Elle m'a embrassé, m'a pris les mains, les a posées sur ses hanches. Elle agitait la langue à l'intérieur de ma bouche.

« Ça vous excite, monsieur le peintre ? a-t-elle susurré. C'est bon ? » Entre la fifille à son papa, la majorette et le reste, je ne m'y retrouvais guère. J'ai essayé de m'imaginer que c'était Dessa que j'embrassais, mais Nedra Frank était plus épaisse, et elle avait la peau moite, où que je touche. Je n'avais pas eu de relation avec une femme depuis mon divorce, et je n'avais pas envisagé les choses ainsi. Je me figurais que j'aurais un peu plus voix au chapitre. À vrai dire, Nedra me faisait plutôt peur. Un cinglé dans ma vie, ça suffisait. C'était ma femme que je voulais.

« Euh, oui, c'est très sympa, mais un peu inattendu. Je crois que je ne suis pas vraiment prêt à...

— Détends-toi. Touche-moi. »

Elle a fait descendre une de mes mains sur ses fesses et glissé l'autre sous son tee-shirt. Alors, subitement, tout en l'embrassant, j'ai été pris d'un fou rire. Ça a commencé par des petits gloussements nerveux que j'ai essayé de ravaler. Mais ça ne s'est pas arrangé, c'est devenu un truc énorme, incontrôlable, le genre de rire qui vire à la quinte de toux.

Elle était là devant moi, elle souriait, humiliée. « Qu'est-ce qu'il y a de si drôle ? répétait-elle. Quoi ? »

Impossible de lui répondre. Je ne pouvais pas m'arrêter.

Nedra est allée droit à la salle de bains et elle y est restée un bon quart d'heure – il n'en fallait pas plus pour que je commence à me demander si on pouvait se suicider en prenant trop de Nyquil, ou en se tailladant les veines avec un coupe-ongles. Elle est ressortie, les yeux rougis. Sans un mot, elle est allée reprendre son vêtement et sa sacoche. C'était nerveux, c'est tout, ai-je expliqué, j'avais du mal à me remettre de certaines choses. J'étais vraiment désolé.

« Désolé de quoi ? De prendre un malin plaisir à avilir les femmes ? Ne vous excusez pas. Vous ne valez pas mieux que les autres.

— Mais dites donc, ça n'est pas moi qui...

— Ah, je vous en prie, plus un mot ! Je vous en conjure ! »

À la porte, elle s'est arrêtée. « Je pourrais peut-être téléphoner à votre ex-femme. Nous pourrions nous plaindre ensemble de harcèlement sexuel.

— Non mais, attendez. C'est vous qui me cherchez, et vous prétendez que c'est moi qui vous harcèle ?

— Donnez-moi donc son numéro de téléphone. Si je l'appelle, on aura peut-être notre photo dans le magazine *Ms.*, elle et moi !

— Écoutez-moi. Tout ce que je vous ai demandé, c'est une traduction pour laquelle je vous paie le prix fort. Pour le reste, c'est vous qui avez eu l'idée. Laissez ma femme en dehors de ça.

— Le prix fort ? *Le prix fort ?* Je fais du travail soigné, moi, espèce de salaud ! Vous n'êtes même pas capable de juger de... » Au lieu de finir sa phrase, elle m'a balancé sa sacoche dans la jambe, avec ses dix kilos de thèse de doctorat.

Elle a claqué la porte derrière elle. Je l'ai rouverte aussi sec, j'ai ramassé une poignée de neige bien tassée qui est allée s'écraser contre sa Yugo.

Elle m'a fait un bras d'honneur, puis elle est montée dans sa voiture et a emballé le moteur pour démarrer. Sans se soucier de l'état de la route, elle est partie à fond la caisse en dérapant, et elle s'est retrouvée pratiquement nez à nez avec un chasse-neige municipal qui la klaxonnait.

« Vos lumières ! lui ai-je crié plusieurs fois. Allumez vos phares ! »

Dès avant le mois de mars, les cancérologues de Yale s'étaient mis à tenir des propos de charlatans. M'man souffrait presque constamment. Le peu de réconfort qu'elle recevait lui était apporté par un prêtre polonais et des bénévoles de l'hospice. Dans le bâtiment, la saison avait commencé, précipitée par un printemps précoce dont je ne pouvais pas me permettre de ne pas profiter. C'est seulement vers la mi-avril que j'ai trouvé le temps et le courage de retourner à l'université et de monter jusqu'au réduit de Nedra Frank. Qu'elle ait fini ou pas, je voulais récupérer le récit de mon grand-père.

Le type qui partageait le bureau avec elle m'a appris qu'elle avait abandonné sa charge de cours. « Raisons personnelles », a-t-il précisé en levant les yeux au ciel. Sa table était comme une ardoise vierge et, derrière, sur le tableau d'affichage, on ne voyait plus que le liège.

« Mais elle a gardé quelque chose qui m'appartient, ai-je protesté. Quelque chose d'important. Comment puis-je la joindre ? »

Il a haussé les épaules.

Le chef du département en a fait autant.

La directrice des sciences humaines allait essayer de savoir où était Mme Frank, elle comprenait mon inquiétude, mais elle ne pouvait pas me promettre que je serais contacté. C'était un arrangement entre Nedra Frank et moi, qui n'avait strictement rien à voir avec l'université. Elle ne pouvait en aucun cas communiquer l'adresse de Nedra Frank.

Ma mère a perdu connaissance le 1er mai 1987. Ray et moi l'avons veillée toute la nuit, surveillant sa respiration difficile et irrégulière et, jusqu'à l'extrême fin, l'empêchant continuellement d'arracher le masque à oxygène de sa bouche. « Il est très probable que, dans son coma, elle vous entend et comprend vos paroles, nous avait dit, la veille au soir, la personne de l'hospice qui l'avait assistée. Si cela vous semble préférable, vous pourriez la laisser partir comme elle le souhaite. » Ray n'avait pas trouvé cela préférable. Il s'était insurgé à cette idée. Mais, dix minutes avant qu'elle n'expire, pendant que Ray était aux toilettes à l'autre bout du couloir, je me suis penché vers ma mère et je lui ai dit tout bas à l'oreille : « M'man, je t'aime. Ne t'inquiète pas. Je prendrai soin de lui. Tu peux t'en aller maintenant. »

Sa mort n'a ressemblé à aucun des scénarios dramatiques que j'avais imaginés au cours des derniers mois. Il ne lui a pas été donné de lire l'histoire de son père. Elle ne s'est pas redressée sur son lit de mort pour révéler le nom de l'homme avec qui elle nous avait conçus, mon frère et moi. Dès mon jeune âge, j'avais émis des hypothèses sur l'identité de notre « vrai » père : Buffalo Bob, Vic Morrow de *Combat*, mon prof d'atelier de quatrième, M. Nettleson, M. Anthony, notre voisin d'en face. Au moment de la mort de ma mère, je soupçonnais que ce pouvait être Angelo Nardi, le fringant sténographe destitué qui avait été engagé pour transcrire le récit de la vie de mon grand-père. Mais là encore, ce n'était qu'une hypothèse. Et ça n'avait pas vraiment d'importance.

Une fois accomplies les formalités à l'hôpital, Ray et moi sommes allés au funérarium prendre les dernières dispositions, après quoi nous sommes rentrés à Hollyhock Avenue et nous avons descendu son whisky. Le vieil album de photos était resté sur la table de la salle à manger. Je n'ai pas été capable de l'ouvrir, je n'ai pas pu regarder ces photos, mais, instinctivement, je l'ai emporté quand nous sommes allés annoncer la nouvelle à mon frère.

En l'apprenant, les larmes lui sont montées aux yeux, mais il n'y a pas eu de crise, pas de débordement pénible, comme je l'avais imaginé. Et redouté.

Ray a demandé à Thomas s'il avait des questions à nous poser. Il en avait deux. Avait-elle souffert à la fin ? Pourrait-il à présent reprendre son collage DIEU = AMOUR ?

Ray est parti au bout d'une demi-heure ; moi, je suis resté. S'il réagissait mal après coup, je voulais être auprès de lui pour l'aider à traverser ce mauvais moment. Ce n'était d'ailleurs pas tout à fait vrai. Je suis resté parce que c'était pour moi une nécessité – il fallait, le jour de la mort de notre mère, que je sois avec mon frère jumeau, ma moitié, en dépit de ce qu'il était devenu, et quelle que fût la pente que prenaient et ma vie et la sienne.

« Je te demande pardon, Thomas.

— Tu n'y es pour rien. Ce n'est pas toi qui lui as donné le cancer. C'est Dieu. » Tristement soulagé, j'ai constaté qu'il n'incriminait plus les céréales Kellogg's.

« Ce que je veux dire, c'est que je te demande pardon d'avoir piqué cette colère quand on est allés la voir ensemble. Dans la voiture, en rentrant, tu te rappelles ? Je n'aurais pas dû m'énerver comme ça. J'aurais dû être plus patient. »

Il a haussé les épaules et s'est mordillé l'ongle. « C'est pas grave. Tu ne pensais pas vraiment ce que tu m'as dit.

— Si, je le pensais, sur le moment. C'est toujours comme ça avec moi. Je ressasse, je me laisse ronger intérieurement, et puis, bing, ça explose. J'ai fait ça avec toi, et aussi avec M'man, et avec Dessa. Pourquoi crois-tu qu'elle m'a quitté ? À cause de mes colères, voilà.

— T'es comme notre vieille télé, a-t-il soupiré.

— Quoi ?

— Notre vieille télé. Celle qui a explosé. On regardait une émission et, tout d'un coup, boum !

— Boum », ai-je répété tout bas. Nous sommes restés muets tous les deux quelques instants.

« Tu te rappelles, quand elle est sortie de la maison en courant ? »

Thomas s'est emparé de l'album de photos et il a passé la main sur la couverture de cuir. « Elle tenait ça dans ses bras.

— Sa veste fumait. Elle avait les sourcils brûlés par les flammes.

— On aurait dit Agathe.

— Qui ça ?

— Agathe. La sainte à qui j'ai adressé des prières quand M'man était malade. » Il s'est levé pour prendre un livre écorné dans le tiroir de sa table de chevet. *La Vie des saints martyrs*. Il a feuilleté ces pages qui représentaient en couleurs d'étranges souffrances : les fidèles assiégés par des démons hideux ; des martyrs accablés, les yeux au ciel, saignant en Technicolor par des plaies béantes. Lorsqu'il a trouvé l'illustration pleine page de sainte Agathe, il a tenu le livre en l'air pour me la montrer. En habit de religieuse, debout, sereine au milieu du chaos, elle portait un plateau sur lequel étaient posés deux seins. Derrière elle, il y avait un volcan en éruption. Des serpents tombaient du ciel. Son corps se dessinait sur fond de flammes orangées.

Thomas a frémi à deux reprises, et il s'est mis à pleurer.

« Allons, allons », ai-je dit. J'ai repris l'album de photos et je l'ai ouvert. Nous l'avons regardé en silence, ensemble.

Quand Ray avait réparé l'objet démantibulé, il ne s'était pas donné la peine de remettre les pages en place selon un ordre chronologique. Il en résultait toute une série d'anachronismes : des instantanés des années soixante jouxtaient des portraits de photographe au tournant du siècle. Le temps était chamboulé. On voyait Thomas et moi devant la géode de l'Exposition universelle de 1964. Ray en uniforme de la marine. Papa avec une moustache en guidon de vélo gominée, bras dessus bras dessous avec sa jeune épouse, qui devait se noyer à Rosemark's Pond un peu plus tard. Mon grand-père était mort plusieurs mois avant notre naissance, mais, dans l'album, nous nous trouvions face à face avec lui. Stupidement, par négligence, j'avais perdu le récit que Domenico avait dicté de sa vie. Ma mère, elle, était entrée dans les flammes et avait sauvé son image.

Thomas a déplié la coupure de journal qui nous montrait en costume marin, saluant face à l'objectif aux côtés de Mamie Eisenhower. Tout triste que j'étais, je n'ai pas pu m'empêcher de sourire à la vue de nos deux visages ébahis.

Thomas m'a dit n'avoir pas le moindre souvenir de ce jour où le *Nautilus*, le premier sous-marin nucléaire américain, a glissé sur ses rails de lancement jusqu'à la Thames River pour sauver le monde du communisme. Quant à moi, je n'ai plus que des bribes de souvenirs – des bruits et des sensations qui doivent sans doute davantage au récit de ma mère qu'aux éclairs de ma propre mémoire : le claquement de l'eau au moment où le sous-marin pavoisé fend le fleuve, le picotement des bulles d'orangeade sur mes lèvres, le chatouillement du vison de Mamie Eisenhower.

3

Quand on a un frère jumeau schizophrène et qu'on est soi-même sain d'esprit, il est difficile de sauver sa peau sans garder des traces de sang sur les mains – un peu gênant d'avoir à ses pieds un cadavre à sa propre image. Et si l'on veut à la fois pratiquer la loi du plus fort et veiller sur son frère – promesse que j'ai faite à notre mère mourante – eh bien ! on peut dire adieu au sommeil et s'apprêter à passer des nuits blanches. Empoigner un livre ou une bière. Essayer de s'habituer aux absurdités des émissions de télé tardives, au spectacle du plafond de sa chambre, à la désinvolture de la sélection naturelle. C'est un insomniaque non croyant qui vous parle, le non-cinglé des deux jumeaux, celui qui a échappé à la fatalité biochimique.

Cinq jours après le sacrifice de mon frère à la bibliothèque, le Dr Ellis Moore, le chirurgien qui avait pratiqué la greffe sur son bras mutilé, attestait que tout risque d'infection était écarté et que Thomas avait recouvré un équilibre suffisant pour être libéré. Ce même jour, le même Dr Moore joignait au dossier un certificat médical à l'attention du juge, déclarant que Thomas représentait « un danger pour lui-même et/ou pour autrui ». Ce qui nécessitait une période d'observation de deux semaines dans le complexe de l'hôpital de Three Rivers. À l'issue de ces deux semaines, mon frère se trouverait dans l'un des trois cas de figure suivants : ou bien il serait libéré pour répondre aux inculpations portées contre lui d'atteinte à l'ordre public et d'agression ; ou bien il demande-rait de lui-même la prolongation de son traitement à l'hôpital ; ou bien, si l'équipe soignante qui le suivait jugeait qu'il était risqué de le relâcher, pour lui-même et pour la communauté, il pourrait alors, à son corps défendant, être interné pour une période de six mois à un an sur ordre de la commission judiciaire.

Le temps que les papiers soient signés et que la police arrive pour assurer le transfert, il était plus de huit heures du soir. Ils ont ceinturé Thomas et lui ont passé les menottes, en prenant soin de fermer celle de droite à une quinzaine de centimètres au-dessus de son moignon. Ils lui ont attaché les menottes à la ceinture, ce qui a eu pour effet de le faire piquer du nez dans une attitude de soumission. Pendant qu'un infirmier l'installait sur un fauteuil roulant, j'ai pris les flics à part. « Mais enfin, c'est complètement inutile de lui mettre les menottes. Vous ne pouvez pas le sortir d'ici en lui laissant un peu de dignité ? »

Le plus jeune des deux flics était petit et râblé. L'autre était un grand type à l'air las et avachi. « C'est la procédure habituelle, a-t-il dit avec un haussement d'épaules non dénué de sympathie.

— C'est un violent en puissance, a ajouté le plus jeune.

— Pas du tout. Il cherchait à arrêter la guerre. C'est un non-violent. » J'ai suivi le regard du type sur la main amputée de mon frère.

« Question de procédure », a répété le plus vieux.

Pour sa sortie de l'hôpital, Thomas était en tête sur le fauteuil roulant poussé par l'infirmier, et je fermais la marche avec les deux flics. Les gens qui arrivaient en face jetaient des regards furtifs sur les sangles entravant mon frère. C'était moi qui portais ses affaires : une plante envoyée par mon ex-femme, un sac marin, une trousse de toilette, sa bible.

Huit ou neuf kilomètres séparent le Shanley Memorial de l'hôpital de Three Rivers. Thomas m'a demandé de venir avec lui dans le fourgon – je voyais bien qu'il était terrorisé. Le plus jeune des flics a d'abord fait des tas d'histoires, et puis le plus âgé a fini par accepter. Ils m'ont obligé à m'asseoir à l'avant. Le flic le plus âgé est monté à l'arrière avec Thomas.

Au début, tout le monde s'est tu. Entre deux messages radio de la police, une station donnait les dernières informations sur l'opération « Bouclier du désert ». « Si vous voulez mon avis, a fait le flic à l'arrière, Bush devrait montrer à ce fou de Hussein qui est le chef, comme Reagan à la Grenade. Lui foutre la trouille. Écraser l'affaire dans l'œuf.

— Pas comme Carter en Iran, a renchéri le jeune. Lui, il a fait passer les Américains pour une bande de dégonflés. »

Bien qu'on ait fait avaler à Thomas un cocktail au Valium pour la route, je craignais qu'il n'explose en entendant cette conversation. Je me suis penché vers le conducteur afin de lui demander discrètement de bien vouloir changer de sujet. Pour toute réponse, il m'a regardé d'un sale œil, mais il a fermé sa grande gueule.

En traversant le centre-ville, on est passés devant le McDonald's de Crescent Street où Thomas avait travaillé pendant une courte période, et devant l'entrée condamnée du cinéma Loew où, autrefois, mon frère et moi avions serré la main de Roy Rogers et de Dale Evans lors des célébrations du trois centième anniversaire de la ville. On a pris le pont sur la Sachem et on est passés devant le concessionnaire automobile Constantine Motors (la famille de mon ex-femme). Puis devant la bibliothèque municipale.

« Dominick ?

— Quoi donc ?

— C'est encore loin ?

— On est à peu près à mi-chemin. »

L'hôpital de Three Rivers est situé à la périphérie sud de la ville – à gauche à la sortie du John Mason Parkway, la grande avenue qui va jusqu'à la côte. L'établissement s'étend sur ce qui fut autrefois un territoire de chasse et de pêche des Indiens Wequonnoc. Il est bordé à l'arrière par la Sachem, au nord par le champ de foire, et au sud par le coin de terre sacré où les Wequonnoc enterraient leurs morts. Pendant l'été 69, Thomas et moi avions fauché et entretenu ce lieu de sépulture indien. C'était un emploi saisonnier – nous étions rentrés chez nous après notre première année de fac. À ce moment-là, Thomas présentait déjà de légers signes de sa maladie, mais je ne voyais rien, ou ne voulais rien voir. Neuf mois plus tard, il n'y avait plus de doute possible : c'est en mars 70 que sa tête l'a lâché.

J'avais du mal à croire qu'il s'était écoulé vingt ans entre cet été-là et notre virée dans le fourgon de police. J'avais obtenu mon diplôme universitaire, j'avais enseigné l'histoire au lycée pendant un certain temps, et je m'étais établi comme peintre en bâtiment. M'man était morte, le bébé aussi. Dessa m'avait quitté, je vivais à présent avec Joy. Voilà ; beaucoup d'eau avait coulé sous les ponts, mais je me trouvais toujours dans cette même situation de devoir remmener mon frère à l'hôpital. Vingt années de diagnostics flottants, de nouveaux traitements, de psychiatres fonctionnaires interchangeables. Nous avions depuis longtemps cessé de croire au miracle, et nous contentions des accalmies acceptables entre les mauvaises périodes et les méchantes crises. Les années 77 et 78 avaient été fastes. À cette époque-là, considérant qu'en fin de compte Thomas n'était pas maniaco-dépressif, on avait arrêté le lithium pour le remplacer par de la Stelazine. Puis le Dr Bradbury avait pris sa retraite, et ce connard de Dr Schooner, le nabot qui suivait désormais mon frère, avait décrété que, si ça marchait avec six milligrammes de Stelazine par jour, ça marcherait d'autant mieux avec dix-huit. Il me semble encore tenir ce petit charlatan par les revers de son veston de tweed comme le jour où j'avais trouvé Thomas assis, paralysé, l'œil vitreux, la langue pendante, bavant sur sa chemise. Schooner avait eu l'*intention* de venir voir comment allait mon frère, m'avait-il expliqué après que je l'avais lâché, mais il avait été débordé. Il avait dû remplacer un collègue, et sa belle-famille était en ville. Les infirmières – je l'avais appris de l'une d'elles – n'avaient pas cessé de téléphoner chez cette ordure pendant tout le week-end et de laisser des messages signalant l'état de Thomas.

Au début des années quatre-vingt, il y a eu une période plutôt bonne. En 1983, le Dr Filyaw a commencé à lui prescrire du Haldol. Son état s'est tellement amélioré qu'on l'a transféré dans un foyer ; on lui a même trouvé un emploi dans le service d'entretien du McDonald's. (Il m'a fait photocopier le chèque de sa première paye avant de l'encaisser, je me souviens. Il l'a encadré et accroché au mur de sa chambre dans son foyer, avec un billet de dix dollars, que quelqu'un a fini par lui voler pour acheter des cigarettes.) À cette époque-là, il s'est même dégoté une copine, une dénommée Nadine, style fiancée de Frankenstein, aussi allumée que lui, mais pas officiellement barjo. Pas *catégoriée* comme telle. Ils s'étaient rencontrés dans un groupe d'étude biblique. Elle avait autour de quarante-cinq ans, soit une bonne dizaine d'années de plus que lui. Qu'on ne me demande pas comment ils faisaient cadrer tout ça avec Dieu et leur groupe d'illuminés, mais mon frère et Nadine baisaient. J'en sais quelque chose. J'étais chargé de lui acheter ses préservatifs. C'est Nadine qui l'a persuadé que, si sa foi était assez forte, il pouvait se passer de médicaments – Dieu voulait éprouver sa foi.

Il est tentant de se bercer d'illusions quand on voit son cinglé de frère accéder à un emploi rémunéré et commencer à se comporter un peu moins comme un dingue. On se met à croire qu'il est sain d'esprit, on se persuade qu'on a tout lieu d'être optimiste. Thomas avait une copine et un boulot, il vivait d'une façon semi-indépendante. S'il y a eu des signes avant-coureurs, il faut croire qu'ils m'ont échappé. J'ai baissé ma garde. Grave erreur.

À part Nadine et lui-même, personne ne savait qu'il avait cessé de prendre son Haldol. Ni qu'il se mettait maintenant une couronne de papier d'aluminium autour de la tête chaque soir en allant se coucher, parce que cela facilitait le passage de la voix de Dieu et brouillait les messages de ses ennemis. Mon frère : un récepteur radio humain branché sur la fréquence Jésus. M. Tête-en-papier-alu. C'est pas vraiment drôle, mais tout de même. Si je n'en riais pas de temps en temps, j'aurais déjà pris le même chemin, je serais avec lui chez les fous.

Au McDo, le *drive-in* était ouvert depuis une ou deux semaines quand Thomas a craqué. Plus tard, il a dit que c'était la faute du gérant, qui, ce matin-là, avait eu un choc en le voyant arriver avec sa coiffe en papier alu sur la tête. Thomas avait tenté d'expliquer au type que des agents communistes voulaient le ridiculiser : ils l'interpellaient par le haut-parleur extérieur quand il vidait les ordures ou balayait le parking, et l'incitaient à aller manger la mort-aux-rats dans le placard de service. Le temps que la police arrive sur les lieux, Thomas avait déjà brandi sa cireuse pour liquider la tête en fibre de verre grandeur nature de Ronald McDonald, et il avait bousillé le haut-parleur tout neuf de la nouvelle installation. Les flics ont trouvé Thomas en sanglots derrière les poubelles, assailli par une nuée d'abeilles. Bien entendu, il a dû quitter le foyer et retourner à l'hôpital. Un mois plus tard, il recevait une carte postale du Grand Ole Opry, envoyée par Nadine et Chuckie, un pote à eux, un fou de Jésus lui aussi. Chuckie et Nadine étaient partis ensemble, ils passaient leur lune de miel dans le Tennessee. J'ai craint que la nouvelle n'enfonce Thomas encore un peu plus, mais il a pris la chose stoïquement et sans rancune.

« Dominick, lis-moi un passage de ma bible », m'a ordonné Thomas dans le fourgon de police, à mi-chemin entre Shanley Memorial et l'hôpital. Depuis quatre jours, il ne cessait d'avoir des exigences : fais ci, fais ça. Pas des requêtes, mais des ordres, comme toujours quand il n'allait pas bien. Je me suis retourné pour le regarder. Les phares d'une voiture qui passait ont éclairé son visage. Malgré le Valium, il avait le regard clair, avide de quelque chose. « Lis-moi un passage des Psaumes. »

La reliure de sa bible est toute déglinguée, les pages ne tiennent plus et sont presque translucides à force d'avoir été tournées. Le tout est maintenu par des élastiques. « Les Psaumes ? Ça se trouve où ? lui ai-je demandé en ôtant les élastiques et en feuilletant le papier pelure.

— Au milieu. Entre Job et les Proverbes. Lis-moi le psaume 26. »

Dans la panique de ce qui s'était passé à la bibliothèque cinq jours plus tôt, la bible de mon frère était restée sur les lieux, avant d'être récupérée par les policiers chargés de l'affaire. Plus tard, dans la salle de réveil, émergeant à peine de l'anesthésie, Thomas l'avait réclamée. Et encore le lendemain toute la journée. À cor et à cri. Il n'en voulait pas d'autre. Il lui fallait la sienne, celle que M'man lui avait donnée pour sa confirmation quand on était en cinquième. (Elle nous en avait donné une à chacun, mais il y avait belle lurette que la mienne avait disparu Dieu sait où !) Après des heures à écouter ses récriminations, j'avais fini par aller au siège central de la police, où j'avais expliqué au type derrière son guichet vitré que nous avions bien plus besoin de cette bible à l'hôpital qu'ils n'en avaient besoin là, au poste. J'avais réitéré ma demande auprès de son supérieur, puis auprès du supérieur de ce supérieur. C'est Jerry Martineau, le shérif adjoint, qui avait finalement coupé court à toutes ces conneries d'« enquête de police officielle » et qui nous avait tirés de l'impasse. Martineau et moi, on jouait au basket ensemble au lycée. Ou plutôt, pour être exact, on se tenait compagnie sur le banc en regardant jouer les as. Jerry était un vrai pitre, le genre de mec qui vous faisait plier de rire. Quand je repense à sa façon d'imiter Jerry Lewis dans *Dr Jerry and Mr Love*, je ne peux pas m'empêcher de sourire. Martineau était capable d'imiter n'importe qui. Une fois, en entrant dans le vestiaire, Kaminski, notre entraîneur, avait surpris Jerry en train de le singer, ce qui avait valu à Martineau trois mois de tours de piste.

« Tiens, Dominick, m'a-t-il dit en sortant la bible ensanglantée de mon frère d'un sac plastique qui portait l'étiquette "Police. Objet témoin". Ne perds pas la foi, mec. »

Je croyais que Jerry plaisantait, je guettais sa mimique. Mais non, rien. À ce moment-là, je me suis souvenu que son père s'était suicidé quand on était au lycée – il était parti dans les bois un après-midi et s'était tiré une balle dans la tête. On était tous allés à la veillée funèbre, je me rappelle, toute l'équipe – affalés sur les sièges, les genoux enfoncés dans le dossier de la chaise de devant, nos gros panards martelant la moquette. Le père de Martineau était flic, lui aussi.

L'Éternel est ma lumière et mon salut : De qui aurais-je crainte ? À présent, je faisais la lecture à mon frère, m'esquintant les yeux à la lueur des réverbères. *L'Éternel est le soutien de ma vie : De qui aurais-je peur ?* Le chauffeur a éteint la radio, coupant le sifflet aux directives du commissariat. *Quand des méchants s'avancent contre moi pour dévorer ma chair, ce sont mes persécuteurs et mes ennemis qui chancellent et tombent... Si une guerre s'élevait contre moi, je serais malgré cela plein de confiance.*

En lisant ces versets, mon cœur s'est serré et j'ai senti une aigreur dans ma gorge. Si Thomas ne s'était pas cramponné à ces conneries, à ce vaudou biblique – « Si ta main droite a péché, coupe-la » –, rien de tout ça ne serait arrivé. On ne serait pas en train de rouler dans ce fourgon de police. Je ne recevrais pas chez moi tous ces appels de journalistes et de mystiques tordus à faire péter mon téléphone. « Tu sais, Thomas, ai-je risqué en m'éclaircissant la voix, j'ai beaucoup de mal à lire ce qui est écrit sur cette page. Si je continue, je vais devenir aveugle.

— Je t'en prie. Encore un peu. J'aime bien entendre ta voix prononcer ces paroles. »

Il murmurait avec moi les versets que je lui lisais. *Éternel ! Écoute ma voix, je t'invoque : Aie pitié de moi et exauce-moi... mon père et ma mère m'abandonnent, mais l'Éternel me recueillera.*

« Comment va Ray ? a demandé Thomas *ex abrupto*.

— Ray ? Bien, je pense. Il va bien.

— Il est furieux contre moi ?

— Furieux ? Non, non. » J'étais gêné qu'il me parle de notre beau-père devant ces deux flics.

« Il n'est pas venu me voir.

— Tu sais, il vient juste de rentrer. De la pêche.

— Aujourd'hui ?

— Hier. Ou avant-hier, peut-être bien. Tout va tellement mal cette semaine, je ne sais même plus quel jour on est.

— À cause de moi ? »

Je me suis mis à pianoter sur la bible ouverte. « Il a probablement été obligé de faire des heures supplémentaires. Mais il viendra te voir. Il va sûrement passer là-bas ce week-end.

— Il est furieux contre moi, hein ? »

Je me suis senti rougir quand le flic à côté de moi a tourné la tête pour savoir ce que j'allais répondre. « Mais non... il n'est pas furieux, il est inquiet, c'est tout. »

Trois jours auparavant, quand Ray était revenu de sa virée, j'étais allé à Hollyhock Avenue pour lui donner des nouvelles. J'avais garé mon pick-up dans l'allée. Il était dans le garage, occupé à nettoyer son attirail de pêche. Il s'est mis à me parler des achigans à grande bouche qu'ils avaient pris, son pote et lui. « T'as pas l'air d'être au courant ?

— Au courant de quoi ? » J'ai évité son regard plein d'effroi. Il s'était laissé surprendre garde baissée, lui aussi.

Lorsque je lui ai appris ce qui s'était passé, il n'a pas eu grand-chose à dire. Il est resté là à m'écouter, et son visage s'est plombé à mesure que je lui donnais les détails : Thomas s'était servi de ce couteau rituel que Ray avait rapporté de la Seconde Guerre mondiale ; il était venu le prendre à la maison dans la chambre de Ray et de M'man ; il avait même aiguisé ce foutu machin sur la meule du garage. Je lui ai rapporté les paroles du médecin : cette automutilation complète était un acte presque « surhumain » étant donné la résistance de l'os du poignet et la souffrance que Thomas avait dû endurer – il avait, en un sens, fait preuve d'une remarquable détermination. Je l'ai informé que c'était moi qui avais pris la décision de ne pas tenter une autogreffe.

Mon beau-père était un ancien de la marine qui briquait ses affaires à fond, mais cet après-midi-là, il a paru apporter un soin exceptionnel à la remise en ordre de son flambant attirail de pêche. Une fois rentré dans la maison, il s'est frotté les mains dans l'évier avec de la poudre à récurer, ensuite il est monté se doucher et se changer pour venir à l'hôpital.

« Nom de Dieu », a-t-il marmonné là-haut dans sa barbe. Je l'ai entendu se moucher à deux reprises et répéter « Nom de Dieu de bon Dieu ».

Je l'ai emmené au Shanley Memorial dans mon pick-up et, pendant que je conduisais, il a lu l'article datant de l'avant-veille à la une du *Daily Record*. Ancien combattant de la Seconde Guerre mondiale et de la guerre de Corée, Ray était furieux que l'acte de Thomas y soit présenté comme un sacrifice pour mettre fin au marasme du Koweit. « Ce gosse est dingo, il ne sait même pas ce qu'il fait, et ils essaient de nous raconter qu'il voulait protester contre la guerre. » À côté de l'article, le journal publiait une photo de mon frère tirée de l'annuaire du lycée d'il y a vingt-deux ans : cheveux longs, rouflaquettes en côtelettes, insigne de la paix au revers du blouson. À l'époque du Vietnam, Ray affirmait qu'il fallait fusiller tous ceux qui refusaient d'être incorporés.

« Mais c'était effectivement un geste de protestation contre la guerre. Ce n'était même que ça : il a cru que s'il se tranchait la main, Hussein et Bush allaient réfléchir. Revenir à la raison. Il croyait pouvoir court-circuiter une guerre. C'était complètement dingue, mais c'était héroïque.

— Héroïque ? »

Ray a baissé la glace, craché, remonté la vitre.

« Héroïque ? Des actes d'héroïsme, j'en ai vu, mon petit pote. J'étais là-bas, moi. Ne viens pas me raconter que son truc était un acte d'héroïsme ! »

Enfant, j'avais un fantasme récurrent : mon géniteur était Sky King, l'audacieux pilote qu'on voyait à la télé le samedi matin. Après les moments les plus pénibles et les pires éclats, il m'arrivait de tourner en rond dans le jardin derrière la maison en agitant frénétiquement les bras

51

vers les avions qui passaient. Je me figurais que Sky allait me repérer et faire un atterrissage forcé, ayant enfin retrouvé l'épouse qu'il avait perdue et ses deux jumeaux. Il nous prendrait à bord du *Songbird*, M'man, Thomas et moi, et il réglerait son compte à Ray en lui allongeant quelques bons coups de poing pour l'obliger à filer doux et lui faire regretter de nous avoir brutalisés. On s'envolerait tous les quatre. Plus tard, vers l'époque où j'ai commencé à avoir du poil sous les bras et à soulever des haltères dans la cave, j'ai cessé d'avoir recours à mes héros et je me suis rebiffé tout seul contre Ray en l'asticotant discrètement – en général, je frôlais l'insolence sans vraiment dépasser les bornes. Je craignais encore sa fureur, mais j'avais remarqué qu'il s'attaquait au faible, qu'il l'écrasait. Pour ma sauvegarde, je ne lui laissais pas voir que je le craignais. À table, je prenais un air narquois, je répondais à contrecœur et par monosyllabes, j'apprenais à soutenir son regard. Parce que Ray était une brute, je lui faisais comprendre aussi souvent que possible que, de mon frère et de moi, c'était Thomas le plus faible. Je lui donnais Thomas en pâture pour me préserver.

Arrivé sur le parking du Shanley Memorial, j'ai serré le frein à main et j'ai laissé tourner le moteur. Ray est descendu et moi, je suis resté à ma place, sans bouger, comme si mes jambes étaient de plomb. J'ai levé les yeux en entendant sa bague taper contre la vitre.

« Tu ne viens pas ? m'a-t-il demandé.

— Tu sais quoi ? ai-je répondu en baissant ma glace. J'ai senti que ça tirait un peu en venant. Je dois avoir un pneu trop mou à l'avant. Je vais aller jusqu'à la station-service pour faire vérifier la pression. »

Il a jeté un coup d'œil à mes pneus avec un drôle d'air. « Je n'ai rien remarqué, a-t-il dit.

— Je n'en ai pas pour longtemps. Chambre 210 ouest. Je te rejoins là-haut. »

Je l'ai regardé entrer par le tambour, ainsi que d'autres visiteurs, des livreurs, et un marchand ambulant de hot-dogs en blouson des Patriots. J'ai appuyé sur les boutons de la radio, m'arrêtant finalement sur un duo : les accents langoureux de Willie Nelson mêlés à la voix nasillarde de Bob Dylan.

> *There's a big aching hole in my chest now where my heart was*
> *And a hole in the sky where God used to be.*

Je ne sais pas combien de temps je suis resté là.

J'allais faire marche arrière et foutre le camp n'importe où quand j'ai vu mon ex-femme passer à côté de moi dans sa camionnette et s'arrêter trois places plus loin. LES POTIERS DE LA BONNE TERRE, peut-on lire sur la carrosserie. La camionnette est à lui, je suppose, pas à elle. Il m'est arrivé de les croiser ensemble dans cet engin, Dessa et son copain à demeure. Dessa s'occupe d'une garderie. Le potier, c'est lui.

Elle est sortie du véhicule avec un pot de chrysanthèmes dans les bras, et un de ces trucs argentés en forme de ballon. Le vent s'était levé et le ballon dansait comme un fou. Quand je l'ai vue là, je me suis félicité d'avoir mis son nom sur la liste des visiteurs « autorisés ». Je m'étais dit qu'elle viendrait peut-être. Elle avait toujours été très sympa avec mon frère.

Elle portait un jean, un pull violet à col roulé et son petit blouson court. On lui donnait plutôt trente ans que quarante. Elle paraissait plus en forme que jamais. Elle est passée juste à côté de mon camion sans me voir. Une fois qu'elle a été à l'intérieur du bâtiment, je me suis aperçu que j'avais retenu mon souffle.

Danny Mixx, ainsi se nomme le copain. Qu'on ne me demande pas d'où il sort ce nom, de quelle nationalité. C'est le genre ex-hippie : salopette, tignasse rousse, une natte jusqu'au milieu du dos. Un jour, je l'ai même vu avec des couettes... À dire vrai, je les trouve bizarrement assortis. Il a du succès, je crois – c'est pas que j'y connaisse grand-chose en poterie. Il a reçu des prix et tout. Il y a quelque temps, le magazine *Connecticut* lui a consacré un article. On voit Dessa sur une des photos, au fond. C'est Angie, sa sœur, qui me l'a signalé quand on s'est croisés par hasard sur le parking de Shop Rite, alors je suis retourné dans le magasin acheter un exemplaire. Il a traîné chez nous un bon mois. J'avais l'impression d'expliquer à Joy : *Tu vois cette femme ? C'est elle. C'est elle qui me retient. Maintenant tu sais qui est entre nous.* Cette photo de Dessa, je la regardais si souvent qu'au bout d'un moment le magazine s'ouvrait tout seul à la bonne page. Et puis, un jour, il a disparu. Il est parti à la poubelle. Au recyclage.

Ils habitent sur la route 162, Dessa et lui – la vieille ferme Troger, à quelque huit cents mètres du verger de Shea. Il faut voir la baraque, salement écaillée – problème de moisissure du côté nord. Elle aurait sacrément besoin d'un coup de Kärcher et de deux couches de peinture, mais il faut croire qu'ils ont d'autres urgences. L'autre jour, en prenant de l'essence, je me suis surpris à fantasmer comme un malade : Dessa m'engageait pour repeindre leur maison et, au beau milieu de mon travail, elle me faisait signe de descendre de mon échelle et on rentrait dans la maison pour faire l'amour. Elle me disait qu'elle m'aimait toujours, qu'elle s'était trompée... Le temps que je sorte de mon beau rêve, j'avais tiré pour dix-neuf dollars d'essence, ce qui compliquait un peu la situation, car je n'avais plus qu'un billet de dix en poche, et pas de carte de crédit.

Maître Dan a transformé la grange en atelier et il a construit son four lui-même dans le pré voisin. J'ai suivi l'avancement des travaux. Au début, quand ils se sont installés là, je me trouvais toutes les raisons possibles de prendre la 162, qui, il faut bien dire, est la voie la moins rapide pour Hewett City. Masochisme de ma part, plutôt que curiosité, je crois. Une fois, je l'ai vu là-dehors, en jean coupé, en train de peindre leur boîte aux lettres dans des roses, des bleus et des jaunes psychédéliques gueulards. La fois suivante, il y avait leur nom dessus : « Constantine/Mixx ». Ciel bleu, nuages floconneux, et un soleil avec des yeux, un nez, une bouche : le bonheur en peinture sur la boîte aux lettres. J'ignorais qu'elle avait repris son nom de jeune fille. J'ai eu l'impression de recevoir un coup de pied dans le bas-ventre.

Dessa s'était garée trois places plus loin. J'ai coupé le moteur, je suis sorti de mon camion et me suis approché de la camionnette. Sur le tableau de bord, il y avait une paire de lunettes de soleil, une cassette des Indigo Girls, et une grosse tasse à café minable avec les Trois Compères et « Niok, niok, niok » écrit sur le côté. Son mec le potier a les honneurs du magazine *Connecticut*, et elle boit son café dans une horreur pareille ! Sadie, le labrador noir de Dessa, dormait au soleil sur le siège du passager.

« Ohé, le chien. Ohé, Sadie ! » Je frappais à la vitre.

J'avais donné cette drôle de chienne à Dessa pour Noël – en quelle année ? En 79, peut-être ? Ou en 80 ? Ce chiot nous avait bouffé tout ce qui se présentait, y compris les pieds de la table basse, la moitié de mes chaussettes et de mes sous-vêtements, et même le tuyau de mon compresseur tout neuf. Je l'appelais Dingo. Elle me rendait fou. À présent, émergeant du sommeil, elle me regardait avec des yeux laiteux. Sa tête noire était parsemée de gris. « Alors, Dingo ? » lui ai-je dit à travers la vitre. Pas le moindre signe de reconnaissance.

Quand Dessa est ressortie, j'étais retourné dans mon camion. J'ai d'abord failli ne pas me montrer, et puis j'ai tout de même baissé ma vitre. « Ohé ! » J'ai donné un petit coup de klaxon. Elle a sursauté.

« Dominick », ai-je lu sur ses lèvres. Elle m'a souri.

Quand je suis sorti du camion, elle m'a pris les mains et les a serrées dans les siennes. Elle a avancé d'un pas et m'a pris dans ses bras. J'ai posé une main au creux de ses reins, hésitant et timide. On avait été ensemble pendant seize ans – seize ans, rien que ça – et j'étais là, aussi empoté qu'un ado au bal du lycée.

« Comment tu vas ? » Ses cheveux noirs bouclés étaient tirés en arrière ; une ou deux mèches grises flottaient au vent. C'était à la fois douloureux et délicieux de la sentir si près de moi.

« Moi, ça va. Mais toi, Dominick ? Ah, mon Dieu ! »

J'ai levé la tête vers les fenêtres de l'hôpital en soupirant. « Aussi bien que ça peut aller étant donné les circonstances. Surtout maintenant qu'il est devenu le Monstre de la semaine. »

Elle a hoché la tête, serré les lèvres. « Il a encore été question de lui aux informations hier toute la journée. Ils n'arrêtent pas, hein ?

— Un type de l'*Enquirer* a appelé hier soir. Il nous a offert trois cents tickets pour une photo de lui, et mille pour une photo avec sa main amputée.

— Les esprits curieux veulent savoir, a-t-elle soupiré avec un sourire attristé.

— Les esprits curieux peuvent aller se faire foutre. » Elle m'a touché le bras.

« Je ne l'ai pas trouvé trop mal, tu sais. Merci d'avoir mis mon nom sur la liste des visiteurs.

— Je t'en prie, ai-je répondu en regardant ailleurs. J'ai pensé que si tu avais envie de venir...

— On a parlé un petit moment, et puis il a dit qu'il était fatigué. Il m'a semblé assez paisible.

— C'est le Haldol.

— Et Ray, comment prend-il tout ça ?

— Tu dois le savoir mieux que moi », ai-je fait en haussant les épaules. Dessa m'a regardé sans comprendre.

Sadie s'était redressée, elle bavait sur la vitre du côté du conducteur. « Cette créature est toujours du domaine des vivants, à ce que je vois. » Quand Dessa a déverrouillé la portière, j'ai passé un bras à l'intérieur pour caresser la chienne sur le ventre, ce qui lui plaisait tant autrefois. « Et le Maître, comment va-t-il ? »

À cette question, on a cessé de se regarder dans les yeux, mais elle m'a répondu comme si, lui et moi, on était de vieux copains. « Très bien. Beaucoup de travail. C'est un peu fou à cette période et jusqu'après Noël. Il rentre juste d'une grande exposition à Santa Fe. Il a décroché le premier prix.

— À Santa Fe ? Tu étais partie avec lui ? » Elle a fait signe que non.

« Et, tu sais, le musée d'Art folklorique américain, à New York ? Ils viennent de prendre deux de ses œuvres... Mon Dieu, Dominick, m'a-t-elle dit en me frottant la joue, tu as l'air vraiment crevé. Tu dors au moins ?

— À peu près. Mais c'est dur.

— Tu sais à qui je pense sans arrêt ? À ta mère. Elle se faisait tellement de souci pour lui. Cette affaire l'aurait complètement démolie. »

J'ai caressé le dos de Sadie, je l'ai grattée sous le menton. « Ouais, cette fois, elle aurait pu dire des neuvaines en pagaille. »

Dessa s'est mise à tripoter la manche de mon blouson. Elle a toujours été comme ça – très tactile. Joy, c'est autre chose – elle ne me touche que quand on baise ou quand elle veut que je la baise. À ce moment-là, ses mains sont partout. Tandis que Dessa, c'est différent. Sa façon de me toucher est un trésor que j'ai perdu.

« En plus, il a agi dans une bonne intention. Il voulait empêcher une guerre. Comment peut-on faire tant de ravages quand on ne souhaite que venir en aide à la terre entière ? »

Je n'ai pas répondu. Il n'y avait rien à répondre. Je ne voulais surtout pas m'effondrer devant elle.

« Bon, eh bien...

— Merci encore d'être venue. Rien ne t'y obligeait.

« — J'ai eu envie de venir, Dominick. J'aime beaucoup ton frère, tu le sais bien. »

Ces paroles m'ont bouleversé. Je n'ai pas pu m'en empêcher. Je me suis penché et j'ai essayé de l'embrasser. Elle s'est détournée. Je me suis cogné les lèvres contre son sourcil, contre l'os.

Elle est remontée dans sa camionnette, a emballé le moteur un peu trop violemment et fait une marche arrière. Elle a freiné. M'a fait signe de tenir bon. Je suis resté là à la regarder partir. Maso ou pas, je ne peux pas m'empêcher de l'aimer. J'aimerai Dessa toute ma vie.

Le hall de l'hôpital était décoré pour Halloween : sorcières, banderoles en papier crépon orange et noir, une citrouille sur le bureau où on retire les laissez-passer pour les visites. « Birdsey, ai-je annoncé. Thomas Birdsey, premier étage.

— Birdsey, a répété la préposée en tapant le nom sur son ordinateur. Vous êtes de la famille ?

— Son frère. » Ça faisait trois jours que nous répétions le même scénario. J'avais envie de lui gueuler : ouais, je suis le vrai jumeau du mec qui s'est tranché la main. Du schizo que t'as vu dans les journaux et à la télé, celui sur qui t'arrêtes pas de jacter avec tes collègues à cheveux bleus. Allez, ça va, donne-moi ce foutu laissez-passer.

« Voilà.

— Merci.

— Tout à votre service. »

Va te faire foutre, vieille conne.

Thomas dormait. Ray n'était pas là. Le ballon que Dessa avait apporté dansait dans le vent coulis qui sortait de la plinthe. Une petite carte disait : « Tu as des amis. » Signée « Dessa et Danny ». Son écriture à elle, et celle de son type. Touchant.

Ni les infirmières ni les aides soignantes n'avaient vu Ray. Où était-il passé ? J'ai attendu dix minutes, et je suis parti.

Au rez-de-chaussée, à la sortie de l'ascenseur, j'ai entendu mon nom. Ray était là, affalé sur un siège de la salle d'attente. Il paraissait tout petit, engoncé dans son pardessus.

« Qu'est-ce qui se passe ?

— Rien, rien. Alors, ce pneu ?

— C'est bon. Tu es monté, tu l'as vu ? »

Il a regardé autour de lui pour voir si on nous écoutait, et il a fait non de la tête.

« Pourquoi ?

— Je ne sais pas, a-t-il répondu d'une voix rauque. J'ai commencé à monter, et je me suis arrêté en chemin. J'ai changé d'avis, c'est tout. Allez, viens, allons-nous-en. Tu vas pas en faire une affaire d'État. »

Il s'est levé et s'est dirigé vers la porte. « Dessa sort d'ici. Tu l'as vue ?

— Oui. Elle ne m'a pas vu. »

On était tout près de la sortie quand je me suis aperçu qu'il avait encore son laissez-passer à la main. « Ton laissez-passer. Tu as oublié de le rendre.

— Rien à foutre ! » Et il l'a fourré dans sa poche.

Sur le chemin du retour, Ray s'est ressaisi, il est redevenu M. Le Gros Dur. « Le problème, tu vois, c'est qu'elle a toujours été gnangnan avec ce gosse. C'était du "Thomas mon petit lapin" à tout bout de champ. Toi, c'était différent. Tu te débrouillais seul. Tu étais capable de te prendre en charge... Bon sang, je vous revois tous les deux sur le terrain de base-ball. C'était le jour et la nuit, Thomas et toi. Il était pitoyable, ce môme, sur le terrain. »

J'ai vaguement hoché la tête, mais j'ai fermé ma gueule. Alors, sa théorie, c'était ça ? Thomas s'était tranché la main parce qu'il était lamentable au base-ball ? Comment fallait-il donc lui expliquer ?

« Si elle m'avait seulement laissé l'élever comme il aurait fallu, au lieu de toujours intervenir pour le défendre, il n'aurait peut-être jamais plongé comme ça. Combien de fois je lui ai dit : "La vie n'est pas toute rose. Il faut qu'il s'endurcisse."

— Tu sais, Ray, s'il est schizophrène et paranoïaque, c'est à cause de sa constitution biochimique, de ses lobes frontaux, et de tous ces trucs que le Dr Reynolds nous a expliqués. M'man n'y est pour rien. C'est la faute de personne.

— Je ne dis pas que c'est sa faute, a-t-il répliqué sèchement. C'était une brave femme. Elle a fait tout ce qu'elle pouvait pour vous deux, vous feriez bien de ne pas l'oublier. »

Va donc, hé, hypocrite, sale brute, pauvre imbécile ! ai-je failli lui répondre. Je ne sais pas ce qui m'a retenu de m'arrêter au bord de la route, de le sortir du camion par la peau du cou, et de me tirer en vitesse. Car si quelqu'un avait fait du tort à Thomas quand il était petit, c'était bien lui. De nos jours, l'« éducation à la dure » à la manière de Ray, on appelait ça « mauvais traitements infligés aux enfants ».

On a roulé en silence pendant les deux ou trois kilomètres suivants.

« T'en veux une ? » On était à l'arrêt à un feu rouge dans Boswell Avenue. D'une main tremblante, il me tendait un rouleau entamé de pastilles au caramel. Depuis qu'il ne fumait plus, il avait dû sucer des milliers de ces trucs-là. Ça me foutait en boule : c'est lui qui avait fumé comme un sapeur pendant des années, et c'est elle qui était morte d'un cancer.

« Non merci.

— Vrai ?

— Ouais. » On n'a plus desserré les dents pendant le reste du trajet. Quand je me suis arrêté devant la maison, il m'a proposé de manger un sandwich avec lui.

« Non merci, ai-je répondu une fois de plus. Il faut que je retourne bosser.

— Où ça ?

— Gillette Street. La grande maison victorienne. Un professeur.

57

— Encore ?

— Encore, oui. Cette foutue baraque est plus tarabiscotée qu'une pièce montée. Je ne sais pas ce qui m'est passé par la tête de prendre ce chantier en fin de saison. » Ajoutez à cela les quatre jours de pluie de la semaine passée. Et mon bon Dieu de frère, qui m'avait à peine compliqué la vie.

« Si t'as besoin d'aide, je peux dégager un peu de temps demain. Jeudi aussi, si tu veux. Je ne retourne pas travailler avant vendredi. »

Son aide était bien la dernière des choses dont j'avais besoin. La seule fois où il m'avait filé un coup de main, il avait passé plus de temps à me donner des conseils que je ne lui demandais pas qu'à peindre. À m'apprendre comment gérer mon entreprise. « Ça ira, je m'en sortirai. »

Je ne retournerais peut-être même pas à Gillette Street cet après-midi. J'allais plutôt rentrer chez moi fumer un joint et regarder CNN. Voir si Bush ou Saddam Obscène avaient ouvert le feu. Sans répondre au téléphone... Le matin même, au petit déjeuner, je m'étais engueulé avec Joy à propos de ce putain d'appareil – est-ce qu'on le débranchait ou non ? Je l'avais accusée de prendre son pied à recevoir tous ces coups de fil, à parler avec tous ces connards des médias.

« Va te faire foutre ! avait-elle riposté. Tu crois peut-être que c'est facile pour moi ? Tu crois que ça m'amuse de sentir les regards braqués sur moi parce que je suis la femme qui vit avec son frère ?

— Et si tu étais à ma place alors ? Qu'est-ce que tu dirais si tu étais son frère ? Son foutu sosie ? » On était là tous les deux à s'injurier. C'était à qui était le plus à plaindre. Jamais Dessa ne m'aurait sorti un truc pareil. Si vous croyez que Joy se serait bougé les fesses pour aller voir Thomas à l'hôpital, comme Dess !

Ray est sorti du camion pour rentrer chez lui. De l'allée, je lui ai crié : « Ça ira, oui ? » Il s'est arrêté net et m'a fait signe que oui. « Pas un mot à la presse ni à ces mecs de la télé s'ils téléphonent. Ou s'ils viennent jusqu'ici. "Rien à vous dire", un point c'est tout. »

Ray a craché dans l'herbe. « Si je vois arriver un de ces guignols, je le reçois avec une batte de base-ball. » Il en serait bien capable, en plus, ce connard.

J'ai rejoint la route et passé la première. « Hé, au fait ! » m'a-t-il crié en venant vers moi. J'ai baissé ma vitre et j'ai pris ma respiration.

« Juste une question : pourquoi tu n'as pas voulu qu'on essaie de lui remettre sa main ? Maintenant, en plus du reste, le voilà avec une infirmité physique. Pourquoi tu ne les as pas laissés tenter l'opération ? »

Depuis deux jours, je me flagellais avec cette question-là. Mais je n'ai pas supporté que ce soit lui qui me la pose. C'était un peu tard pour la ramener avec sa responsabilité paternelle, non ?

« D'une part, l'autogreffe n'avait que cinquante pour cent de chances de réussite. Si ça n'avait pas marché, il se serait retrouvé avec une main morte cousue au poignet. D'autre part... tu n'étais pas là pour l'entendre. C'était la première fois depuis vingt ans qu'il avait une responsabilité à prendre. Alors je ne pouvais pas... D'accord, c'est vrai, ça ne fait pas de lui un héros. » J'ai levé les yeux de mon volant. J'ai soutenu son regard – comme j'avais appris à le faire il y a bien longtemps. « C'était sa main, Ray, tu comprends... C'était à lui de décider. »

Il restait là, poings dans les poches. Au moins trente secondes se sont écoulées.

« Le plus drôle de l'histoire, c'est que, ce foutu couteau, je ne l'ai même pas acheté. Je l'ai gagné en jouant aux cartes avec un type de ma compagnie. Un grand costaud de Suédois du Minnesota. Je le revois comme s'il était devant moi, mais pas moyen de me rappeler son nom – je cherche depuis le début de l'après-midi. C'est quelque chose, tout de même. Mon gosse s'ampute de la main avec ce couteau, et impossible de me rappeler le nom du type à qui je l'ai gagné aux cartes. »

« Mon gosse », avait-il dit. Ça m'a frappé. Il revendiquait Thomas à présent.

Ce soir-là, pour se faire pardonner, Joy avait rapporté de la cuisine chinoise. Je mangeais sans vraiment apprécier. « Comment tu trouves ? m'a-t-elle demandé.

— Super. Super. »

Plus tard, au lit, elle a roulé de mon côté et elle est devenue tendre. « Dominick, je te demande pardon pour ce matin. Je voudrais que ce soit de nouveau comme avant entre nous. » Elle frottait sa jambe contre la mienne, n'arrêtait pas de passer un doigt dans la ceinture de mon caleçon. Elle essayait de m'exciter. Et moi je ne bougeais pas, je la laissais faire, sans rien lui donner en échange.

Elle est venue sur moi et elle m'a fait entrer en elle. Elle a pris ma main et mes doigts pour les placer là où elle les voulait. Au début, j'exécutais des gestes, je faisais ce qu'on me demandait. Ensuite, je me suis mis à penser à Dessa sur le parking de l'hôpital, en jean, avec son petit blouson. C'est à elle que je faisais l'amour...

Très vite, Joy a joui, intensément. Cet orgasme a été un soulagement pour moi, un poids en moins. J'étais moi-même sur le point de jouir, j'y étais presque, quand, tout d'un coup, plus rien. Involontairement, je repensais aux couloirs de l'hôpital avec leur odeur de pet et de tabac froid, à maître Dan qui avait peint le bonheur sur leur boîte aux lettres, à l'image que j'avais évoquée pour me disculper auprès de Ray : la main tranchée de Thomas cousue à son poignet comme un paquet de viande morte, grise.

J'ai débandé. Je suis ressorti. J'ai repoussé Joy et j'ai roulé de l'autre côté.

« Eh ben, dis donc ! s'est-elle écriée en faisant glisser sa main autour de mon épaule.

— Dis donc quoi ? »

Elle m'a tiré l'oreille doucement. « C'est pas glorieux.

— Pour un compliment, c'en est un.

— Tu sais ce que je veux dire. » Et elle m'a flanqué un coup de poing.

Remontant les couvertures, je me suis écarté et j'ai tendu la main pour éteindre. « Bon Dieu, je suis crevé ! » Mais quelques minutes plus tard, c'était elle qui respirait doucement et régulièrement.

Je n'ai pas fermé l'œil de la nuit. Pendant des heures, j'ai fixé le vide qui, de jour, n'est autre que le plafond de notre chambre.

« Va jusqu'au bout, Dominick. Lis-moi la fin du psaume. »

Je sentais le flic me regarder, plutôt que je ne le voyais. J'ai ouvert la bible de mon frère. *Ne me livre pas au bon plaisir de mes adversaires, Car il s'élève contre moi de faux témoins. Et des gens qui ne respirent que la violence. Oh ! si je n'étais pas sûr de voir la bonté de l'Éternel Sur la terre des vivants !... Espère en l'Éternel ! Fortifie-toi et que ton cœur s'affermisse ! Espère en l'Éternel !*

Le fourgon de police a quitté l'avenue à l'endroit habituel, le flic a fait signe au garde, et on est passés tout doucement sur le ralentisseur. On a longé le pavillon Dix avec ses ouvertures condamnées. Puis les pavillons Tweed, Libby et Payne... Je m'étais laissé dire qu'autrefois, pendant l'âge d'or de l'hôpital, ces monstrueux bâtiments de brique avaient abrité jusqu'à quatre mille malades. Maintenant, l'effectif était réduit à deux cents environ. À cause du délabrement et de la compression de personnel, tous les pavillons étaient désaffectés, à l'exception de Settle et de Hatch.

« Hé, vous allez trop loin, ai-je dit au flic quand le fourgon est passé devant Settle. Faites demi-tour. »

Dans le rétroviseur, il a échangé un regard avec son coéquipier. « C'est pas à Settle qu'il va, a lâché l'autre.

— Pas à Settle, comment ça ? Qu'est-ce que ça veut dire ? C'est lui qui s'occupe des journaux et du chariot à café à Settle.

— On n'est pas au courant. On a ordre de l'emmener à Hatch, c'est tout ce qu'on sait.

— Ah non, pas Hatch ! » a gémi Thomas. Il s'est mis à tirer sur les sangles et à se démener. En se débattant, il faisait tanguer le fourgon. « Ah Seigneur, Dominick ! Au secours ! Ah non, non, non ! »

4

Hatch, l'établissement psychiatrique de haute surveillance, est situé tout au fond de l'ensemble hospitalier de Three Rivers. C'est un bâtiment mastoc en béton et acier, entouré de chaînes et de feuillards. On y expédie presque tous les lascars qui font la une des journaux, depuis l'ancien combattant de Mystic qui a pris sa famille pour une bande de Vietcongs, jusqu'à l'étudiant du Wesleyan qui s'est pointé en cours avec son 22 long rifle. Mais c'est là aussi que finissent un grand nombre de psychotiques plus banals : camés, clodos, alcoolos maniaco-dépressifs – tous ces cinglés ordinaires qui troublent l'ordre public et n'ont pas d'autre endroit où aller. Parfois, il arrive que l'état d'un interné s'améliore. Qu'on le relâche. Mais c'est plutôt *envers et contre tout*. Dans la majorité des cas, la porte ne s'ouvre que dans un sens, et la ville est loin de s'en plaindre. En général, au lieu de tenter de les réinsérer, on préfère savoir tous ces schnocks parqués en lieu sûr.

Personne ne s'est jamais évadé de Hatch. Le bâtiment, en forme de cercle, est divisé en quatre blocs indépendants, qui ont chacun leur poste de sécurité. Le mur extérieur est aveugle ; de l'autre côté, les fenêtres donnent sur une petite cour intérieure circulaire – le moyeu de la roue, en quelque sorte – où se trouvent quelques tables à pique-nique et un panier de basket rouillé qui ne sert presque jamais, car la Thorazine fait généralement grossir les types et les rend apathiques. Un bloc après l'autre, deux fois par jour, les malades assez dociles pour mériter ce privilège sont autorisés à sortir dans la cour bétonnée pour prendre une bouffée d'air et de nicotine.

À la radio et dans les bars, j'ai entendu des grandes gueules se plaindre, entre autres choses qui ne vont pas dans ce pays, que, sous couvert de folie, on laisse des violeurs et des assassins se planquer dans des « lieux de villégiature » tels que Hatch. Eh bien, mes braves, je peux vous en parler en connaissance de cause. Ce lieu, j'y suis allé, et quand j'en suis ressorti, mes vêtements étaient imprégnés de sa puanteur, et les hurlements de mon frère résonnaient encore à mes oreilles. S'il existe un enfer pire que Hatch, Dieu n'est qu'un enfoiré vengeur.

Le fourgon de police a fait des appels de phare. Le flic au volant a arrêté le véhicule à l'entrée et il a tendu un papier au garde. « C'était un *sacrifice ! Un sacrifice !* » répétait Thomas à cor et à cri.

Je me suis retourné pour lui dire de se calmer, que j'allais arranger tout ça et le ramener à Settle le soir même. Mais je n'y croyais qu'à moitié. Le grillage d'acier qui nous séparait à l'intérieur du véhicule semblait préfigurer les réjouissances à venir.

Il y a eu un roulement sourd. La grille d'entrée s'est ouverte en douceur et s'est bloquée avec un bruit mat. On est passés sur un ralentisseur et on a tourné en longeant le bâtiment. Le fourgon s'est arrêté devant une double porte surmontée d'une lumière rouge : « Admission des malades – Bloc Deux. » On a attendu là, moteur en marche.

« Quelle loi ai-je violé ? À qui ai-je fait du mal ? » a clamé mon frère.

À cette seconde question, son moignon bandé apportait une réponse évidente. Mais en quoi cela faisait-il de lui un criminel ? C'était forcément une erreur, ça n'avait pas de sens. Pourtant, à la vue de cette double porte et de cette lumière clignotante, mon sang n'a fait qu'un tour. « Hé, dis donc, ai-je demandé au flic à mon côté, comment tu t'appelles ? »

Il a été pris par surprise. « Mon nom ? Mercado. Sergent Mercado.

— Bon, écoute, Mercado. Sois sympa, tu veux ? Remmène-nous cinq minutes au pavillon Settle. Je connais le personnel de nuit là-bas. Ils pourront appeler son médecin et tirer ça au clair. Car il s'agit d'une énorme erreur, c'est tout.

— Vous violez mon pacte avec Dieu, a averti Thomas. Le Seigneur tout-puissant m'a ordonné d'empêcher une guerre sacrilège ! »

Mercado regardait droit devant lui. « Pas question, a répondu pour lui le flic à l'arrière. On se ferait taper sur les doigts si on ne respectait pas les ordres. »

En me retournant, j'ai vu son visage et celui de Thomas quadrillés par l'écran métallique qui nous séparait. « Mais non. Au contraire, on sera bien content que vous ayez démêlé cette embrouille avant que ça n'aille trop loin. On vous en saura gré.

— C'est moi qui suis chargé des journaux à Settle ! suppliait Thomas. Et du chariot à café !

— Je me mets à votre place, m'a dit Mercado. Moi aussi j'ai des frères. Seulement c'est pas possible de...

— Pas de ça, l'ai-je interrompu, en désespoir de cause. Réfléchis un instant avant de répondre en policier, comme un automate. Tout ce que je te demande, c'est d'agir en être humain pendant cinq minutes, d'accord ? Tu passes en marche arrière et tu recules de cent mètres jusqu'à Settle. T'as même pas à sortir de l'hôpital, Mercado. Cent mètres. Cinq minutes. J'en demande pas plus.

— Qu'est-ce que t'en penses, Al ? a demandé Mercado en regardant l'autre dans le rétroviseur. On pourrait juste...

— Non, pas question, José. Pas question.

— Alors, c'est vous qui vous lèverez à cinq heures et demie demain matin pour mettre le café en route ! a hurlé Thomas. Faudra veiller a ce qu'il y ait assez de monnaie dans la boîte et ne pas vendre les gâteaux de Mme Semel à quelqu'un d'autre. Ni donner le *Wall Street Journal* du Dr Ahamed à un autre médecin ! »

On s'est regardés, Mercado et moi. « T'as des frères ? Combien ?

— Quatre.

— Allez, mec, ai-je chuchoté. Laisse-toi faire. Cinq minutes. »

Avec cette lumière clignotante au-dessus de la porte, le visage de Mercado rougissait en alternance. Je l'ai vu hésiter, débattre intérieurement. C'est alors que j'ai tout foiré. J'ai voulu lui toucher le bras, établir un contact humain avec lui, et ça l'a fait flipper. Il m'a repoussé si violemment que ma main est allée cogner contre le pare-brise.

« Bas les pattes ! Compris ? » Il avait empoigné la crosse de son revolver. « On ne touche pas un policier armé. Compris ? Ça pourrait vraiment vous jouer un mauvais tour la prochaine fois. »

J'ai jeté un coup d'œil par la portière en respirant à fond, et j'ai capitulé.

Un garde en uniforme a déverrouillé les doubles portes et nous a fait signe d'entrer. Mercado est allé ouvrir l'arrière du fourgon pour faire descendre mon frère. « Attention à votre tête, lui a-t-il dit. Attention. »

Je n'avais aucune envie de bouger de ce fourgon, car je voulais qu'il soit clair que le fou à enfermer, c'était mon jumeau, pas moi. Il ne s'agissait pas d'abandonner mon frère, mais, je l'avoue, j'ai hésité quelques secondes.

« Tenez. » Le plus âgé des deux flics me tendait le sac de Thomas. J'avais déjà sa bible dans la main.

Debout, Thomas se tenait un peu courbé à cause de ses entraves. Il a demandé à aller aux toilettes. Il s'était retenu pendant presque tout le trajet.

À chaque pas, ses chaînes faisaient un bruit de ferraille. J'avais un goût amer dans la bouche et un poids sur l'estomac, comme si je les avais avalées, ces chaînes. Que signifiait tout cela ?

Le garde a fait passer mon frère et son escorte, mais moi, il m'a arrêté en me demandant : « Qui êtes-vous ? » C'était un petit courtaud, réglo et borné, la trentaine sans doute. Robocop.

« Je suis son frère. » Comme si ça ne se voyait pas !

Mercado et lui ont échangé un regard. « M. Birdsey était auprès du malade quand on est arrivés, a expliqué Mercado. Le malade a demandé qu'il nous accompagne.

— On a pensé que ça le rendrait peut-être moins agressif, a ajouté l'autre.

— Ce n'est pas un agressif, ai-je glissé. Il n'a jamais fait de mal à personne. »

Robocop a porté son regard sur le moignon de mon frère, puis sur moi.

« Écoutez, lui ai-je dit, c'est pas possible, il y a eu confusion au secrétariat. C'est à Settle qu'il devrait aller. Il est en consultation externe, et c'est toujours là qu'il doit se présenter. Il suffit d'appeler son médecin pour éclaircir l'affaire. Il est à peu près aussi agressif que Bambi.

— C'est moi qui m'occupe du chariot à café à Settle. On a besoin de moi le matin à la première heure », a commenté Thomas.

Je pouvais rester auprès de mon frère pendant les premières formalités d'admission, m'a annoncé Robocop, mais pas aller au-delà du poste de sécurité. Pour appeler le médecin, il faudrait attendre le lendemain matin.

Cause toujours, sale con, me suis-je dit. Un pied dans la maison, c'était toujours ça. Une fois à l'intérieur, j'arriverais bien à parler à un membre du personnel médical.

On a suivi Robocop le long d'un couloir – éclairage halogène, murs en parpaings jaunes. Hatch a une odeur particulière, qui n'a rien à voir avec la puanteur de Settle. Une odeur douceâtre et putride de mauvaise bouffe au fond d'un réfrigérateur. De pourrissement humain. De putréfaction.

Un deuxième garde nous a rejoints à la hauteur du détecteur de métaux. Il avait un flingue en bandoulière, et une face rose et bouffie d'alcoolique. Il empestait l'eau de Cologne.

Les policiers ont libéré Thomas de ses entraves. Il a redit qu'il avait besoin d'aller aux toilettes. Mercado l'a fouillé et l'a fait passer sous le détecteur.

« Vous avez entendu ? Il veut pisser.

— Qu'est-ce que c'est que ça ? m'a demandé le bouffi en pointant le menton vers le sac et la bible de Thomas que j'avais dans les mains.

— Ses affaires personnelles.

— C'est-à-dire ?

— C'est-à-dire des affaires personnelles : portefeuille, dentifrice, peigne. »

Gros Lard m'a pris le sac et la bible. À ouvert le sac et fouillé à l'intérieur. C'était un de ces mecs qui respirent en vous faisant bien entendre l'effort fourni à chaque souffle. Il a tout flanqué sur le tapis roulant : du talc, une pointe Bic, un badge qui disait : « Sans Jésus, Rien Ne Va Plus », une paire de chaussures, dont une avec un nœud papillon roulé à l'intérieur. C'était pathétique, cette vie de merde étalée là comme des produits alimentaires chez Stop & Shop. Gros Lard a appuyé sur un interrupteur et le tapis roulant s'est mis en marche. Tout est passé par une machine à rayons X comme dans les aéroports. Grosse surprise : pas de poignards cachés, pas de bombe cousue dans la doublure du sac.

« Il va falloir vous tâter vous aussi, m'a annoncé Robocop.

— Me tâter ?

— Vous fouiller, a expliqué Mercado.

— Alors fouillez-moi, lui ai-je dit en me plaquant contre le mur, comme ils avaient obligé mon frère à le faire. Allez-y, vous gênez pas. »

Seulement, c'est Robocop qui s'est occupé de moi, un peu plus brutalement et consciencieusement que nécessaire dans les parties intimes, juste au cas où je n'aurais pas compris qui faisait la loi en ces parages. Je lui aurais bien demandé s'il prenait du plaisir à sa tâche, mais ce n'était pas le moment de lui envoyer des vannes. Pas encore. Surtout si je voulais tirer Thomas de là le soir même.

Quand j'ai cru qu'il avait enfin fini de m'humilier, il m'a fait passer par le détecteur de métaux, qui s'est mis à bipper, et Robocop m'a obligé à lui laisser mon trousseau de clefs. La deuxième fois, pas d'accroc, mais il m'a informé qu'on me rendrait mes clefs à la sortie à cause du canif accroché à mon porte-clefs. Comme si j'allais m'introduire dans les lieux et libérer tous les détenus à coups de canif ! Quelle foutaise !

Robocop a demandé qu'on remette les menottes à mon frère.

« Pourquoi ? Vous perdez votre temps, je vous dis. Dès qu'on aura joint son médecin, il fera demi-tour et sortira d'ici. C'est inutile. »

Il m'a regardé sans répondre, le visage aussi expressif qu'un parpaing. Gros Lard a prévenu Thomas que ses affaires personnelles seraient répertoriées et gardées au poste de sécurité. On lui donnerait un nécessaire de toilette réglementaire. Pour les lectures, il fallait d'abord obtenir l'accord du médecin ou du responsable du bloc.

« Où est ma bible ? Je veux ma bible, a dit Thomas.

— Il faut l'accord du médecin ou du responsable du bloc, a répété Gros Lard.

— Il n'a pas droit à une bible ? Il faut votre accord même pour la parole de Dieu ? »

Robocop s'est avancé si près que je voyais ses cicatrices de varicelle et que je sentais son haleine chargée. « On est ici dans un établissement de haute surveillance, monsieur. Il y a un règlement et une marche à suivre. Si vous avez des objections, il faut le dire, auquel cas vous pourrez attendre à l'extérieur au lieu d'accompagner votre frère pour les formalités d'admission. »

Nous nous sommes dévisagés pendant deux secondes. « Je n'ai pas d'objection, non. Tout ce que je veux dire, c'est qu'on va faire ces formalités pour rien. Dès que vous aurez son médecin au téléphone, il vous confirmera qu'il s'agit d'une erreur.

— Par ici, monsieur. »

Le poste de sécurité était juste au coin. Derrière les vitres teintées, on voyait deux autres gardes, une rangée d'écrans de surveillance en noir et blanc, un meuble dans lequel étaient alignées des clefs, des menottes et des sangles. Après le poste de sécurité, il y avait d'un côté une salle de réunion et deux ou trois bureaux, de l'autre des cabinets, un placard de service et d'autres bureaux. Des deux côtés, le couloir était fermé par des portes blindées verrouillées à double tour.

« Vous avez bien un téléphone ici ? ai-je dit en montrant le poste de sécurité. Dites-leur d'appeler le Dr Willis Ehlers et voyez avec lui si Thomas Birdsey est censé être ici. Appelez-le chez lui. Vous devez avoir un annuaire des médecins, non ? Allez-y. Il ne se formalisera pas.

— Le Dr Ehlers ne traite pas les malades de Hatch, a répondu Gros Lard.

— C'est ce que je vous dis. Ses patients sont à Settle. Et c'est justement là que doit aller mon frère. »

Robocop a feuilleté une liasse de papiers tenus par une pince.

« D'après ceci, il a été affecté ailleurs.

— Comment ça, affecté ailleurs ? Par qui ?

— Je n'ai pas le droit de vous donner cette information, monsieur. Vous serez averti par son nouveau médecin, ou bien vous pourrez prendre rendez-vous avec l'assistante sociale qui s'occupe de son cas et vous entretenir avec elle.

— Excusez-moi – Thomas s'adressait à Robocop –, est-ce que par hasard vous connaissez un certain Dr Ahamed, le directeur adjoint de ce complexe hospitalier ?

— Thomas, suis-je intervenu, tiens-toi tranquille et laisse-moi faire. D'accord ?

— Le Dr Ahamed ? a opiné Robocop. Oui, je sais qui c'est. Pourquoi ? »

Le menton en avant, Thomas tremblait de tout son corps.

« Parce que vous allez avoir de sérieux ennuis demain matin si le Dr Ahamed ne trouve pas son *Wall Street Journal* et son petit pain en arrivant dans son bureau ! » Il s'était mis à parler très fort, il grelottait. « Je ne voudrais pas être à votre place quand il apprendra qu'on m'a retenu ici contre mon gré ! »

Gros Lard a fait signe à un des gardes à travers la vitre.

« Du calme, du calme », ai-je dit à Thomas. Je lui ai rappelé qu'il avait dû perdre la notion du temps pendant son séjour à Shanley, et qu'il y avait déjà cinq jours qu'il ne s'était pas occupé du chariot à café. « D'ailleurs je suis sûr que tes deux aides font tourner la boutique. Comment s'appellent-ils déjà ?

— Bruce et Barbara ! a-t-il hurlé. Tu crois peut-être qu'ils peuvent se débrouiller sans moi ? Laisse-moi rire ! » Sauf qu'au lieu de rire, il sanglotait.

« Tout va bien par ici ? a demandé le troisième garde en s'approchant de nous.

— Ah, Seigneur ! » a crié mon frère. Un éclair de panique a traversé son visage, puis quelque chose a giclé par terre sur le béton. Thomas pissait sous lui.

Gros Lard a appelé l'entretien.

« Je m'excuse, Dominick. Je n'ai pas pu me retenir. » Le devant de son pantalon était maculé d'une grosse tache mouillée.

« Ce n'est pas grave, lui ai-je dit. Ce sont des choses qui arrivent. » Après quoi, me tournant vers Robocop : « Cette fois, ça suffit. Je ne partirai pas avant de l'avoir sorti d'ici, et c'est *ce soir* qu'il va sortir, vous m'entendez ? Alors vous feriez bien d'appeler ce bon Dieu de médecin. »

Derrière la vitre, Gros Lard parlait au téléphone. « Appelez le médecin de mon frère, ai-je crié, le Dr Willis Ehlers ! Je vous en prie ! »

Robocop m'a demandé de baisser d'un ton. « En dehors des heures de service, on ne téléphone aux médecins qu'en cas d'urgence.

— Vous trouvez que ce n'est pas un cas d'urgence ? Le pauvre bougre n'a même pas le droit d'aller pisser, et vous croyez que je vais le laisser ici avec des putains de nazis comme vous ! »

Je l'ai vu serrer les dents, jeter un regard à l'autre garde. « Monsieur, a dit l'autre, ce n'est pas à la famille du patient de déterminer ce qui constitue un cas d'urgence. C'est au personnel médical. »

Il fallait que je me calme. Je ne pouvais pas m'offrir le luxe de lui casser la gueule. J'avais probablement déjà tout saboté en les traitant de nazis. « Bon, alors, je voudrais parler à une infirmière. Il y a bien une infirmière de service ?

— À Hatch, les infirmières n'ont pas de contact avec les membres de la famille, monsieur, a expliqué l'autre garde. C'est la règle. Si vous avez des questions, ou un problème, il faut repasser demain prendre rendez-vous avec l'assistante sociale chargée du cas de votre frère.

— Le bloc vient d'appeler, a coupé Gros Lard. On est prêt à entrer dans la danse ? »

Robocop a fait signe que oui. « Dis-leur de venir le chercher. On terminera les formalités d'admission là-bas. Son jumeau commence à nous pomper l'air. »

Gros Lard a parlé dans son appareil. Thomas s'est mis à marmonner des versets de la Bible.

« Il va être admis au bloc, m'a dit Mercado. Venez, monsieur Birdsey, il est temps de partir.

— Il n'y a vraiment pas moyen de se faire entendre ! me suis-je écrié. Tout ça n'est qu'une erreur administrative. C'est à Settle qu'il doit aller.

— Écoute, mon pote, a lâché le flic plus âgé. C'est peut-être à Settle qu'il doit aller, mais ce qu'il y a de sûr, c'est que c'est pas pour ce soir. Demain matin à la première heure, peut-être, mais ce soir, aucun doute, il reste ici.

— Allons, monsieur Birdsey, a dit Mercado. Vous ne pouvez rien faire avant demain. On va vous remmener jusqu'à Shanley. Où est votre voiture ? Au grand parking ou derrière l'hôpital ?

— Je ne bouge pas d'ici tant qu'on n'aura pas tiré tout ça au clair. » Quand il m'a attrapé par le bras, je me suis débattu.

« Ils me crucifient ! » a crié Thomas.

Je me suis précipité sur Robocop. « Et l'assistante sociale, elle est là ? » J'avais le cœur qui cognait comme un marteau-piqueur.

« Non, monsieur. Après les heures normales, il n'y a plus que les infirmières du bloc et le PMP.

— Le PMP ? C'est-à-dire ?

— Le personnel de médecine psychiatrique, a répondu Gros Lard avec un clin d'œil aux deux flics. Quand j'ai commencé à travailler ici, on les appelait des "auxiliaires de cabanon". Mais maintenant, tout le monde a un titre ronflant. Tenez, lui, par exemple. »

Il montrait le type qui arrivait avec un seau et un balai. C'était Ralph Drinkwater, je le connaissais. « Avant, Ralphie était homme de service. Maintenant, il est "agent d'entretien". Pas vrai, Ralphie ? » Sans répondre, aussi impassible que jamais, Ralph s'est mis à éponger l'urine de mon frère.

Les gloussements du flic ont mis Gros Lard de bonne humeur. « Remarque, Steve, justement, ce soir elle est là, a-t-il dit à Robocop. Elle est venue mettre sa paperasse à jour. Elle est arrivée pendant ta pause repas.

— Qui ça ? ai-je demandé.

— Mme Sheffer.

— Qui c'est, Mme Sheffer ?

— L'assistante sociale du bloc Deux.

— Elle est là ? Alors je vais lui parler !

— Impossible, a fait Robocop. Son service est terminé. Il faudra prendre rendez-vous comme tout le monde. »

Les portes blindées se sont ouvertes. Deux gars sont arrivés en renfort. Ça devenait de plus en plus surréaliste. « Hé, Ralph, écoute un peu. Tu pourrais pas faire entendre raison à ces... » Il m'a regardé sans me voir.

« Allons, monsieur Birdsey, a dit Mercado, il faut qu'on y aille.

— Eh bien, allez-y donc ! Moi je ne bouge pas d'ici avant d'avoir vu l'assistante sociale ! » Je me suis tourné vers les deux types : « Ne le touchez pas ! Ne le touchez surtout pas ! »

La porte d'un bureau s'est ouverte. Une tête est apparue par-derrière. « Quelqu'un veut me voir ?

— Pas ce soir ! a vociféré Robocop. Fermez votre porte. On est en train de régler la situation.

— Dominick ! » a hurlé Thomas. Les deux types l'ont empoigné chacun d'un côté.

« Lâchez-le ! » ai-je crié. Robocop, Mercado et son collègue m'ont retenu. « Lâchez-moi, espèces de nazis ! » Je me suis cabré et débattu pour me libérer.

« Fermez cette porte ! » a gueulé Robocop.

Au milieu de la bagarre, j'ai vu la porte de l'assistante sociale se refermer, et les deux types ouvrir la porte blindée, puis pousser mon frère de l'autre côté. « Dominick, on me crucifie ! On me crucifie ! »

Les portes se sont refermées derrière eux.

Robocop m'a retourné le bras en arrière et m'a plaqué contre le mur. « Celui-ci est encore plus cinglé que l'autre, bon Dieu !

— Lâchez-moi. Ôtez vos sales pattes de là ! » lui ai-je crié en crachant et en essayant de me dégager. Mercado, son collègue et Gros Lard me retenaient. Le troisième garde est sorti en courant du bureau vitré.

Robocop m'a appuyé un genou contre le bas-ventre – sans me faire mal, un simple avertissement. Une simple pression.

« Ça te fait bander ou quoi de tâter les mecs pour les fouiller ? Tu te fais des sensations à pas cher, hein ? »

Il m'a donné un coup de genou.

Un coup sec et brutal qui m'a envoyé au tapis. J'ai dû tourner de l'œil un instant, et quand je suis revenu à moi, j'ai mis un moment à m'apercevoir que c'était moi que j'entendais gémir et soupirer, pas mon frère. Une douleur indescriptible.

C'est alors que j'ai compris à quoi Thomas était exposé. J'en faisais moi-même l'expérience : le clou enfoncé dans la chair, le bruit sourd du marteau.

5

1958

Thomas et moi, on va au cinéma avec M'man – la Super-Réjouissance de la rentrée des classes. On est dans le bus. Quand on approche du bazar, je tire sur le cordon pour demander l'arrêt, car la dernière fois c'est Thomas qui l'a fait. Le bus ne s'arrête pas devant le cinéma, seulement devant le bazar.

Aujourd'hui, c'est le conducteur gentil – celui qui vous dit « Tiens, qu'est-ce que t'as là ? » et qui vous sort des bonbons de l'oreille. La dernière fois qu'on est allés en ville, c'était le grincheux, celui à qui il manque un pouce. D'après M'man, il a dû le perdre à la guerre ou dans une machine. Elle m'a dit de ne pas regarder si ça me faisait peur, mais j'ai regardé quand même. Je ne voulais pas, mais je n'ai pas pu m'en empêcher.

Ça y est, on est arrivés. M'man me soulève et je tire le cordon. « Au revoir, les loirs ! » nous dit le conducteur quand nous descendons. M'man sourit en mettant la main devant sa bouche, et Thomas reste coi. Du trottoir, en lieu sûr, je lui crie : « À plus tard, le renard ! » Il rit, fait un V avec ses doigts et commande la fermeture des portes.

Il y a la queue au guichet du cinéma. Juste devant nous, des loulous font leurs malins. « La prochaine fois, vous apporterez un extrait de naissance ! » leur crie la dame qui vend les billets. C'est une handicapée. Tantôt elle tient le stand de confiserie à l'intérieur, tantôt elle vend les billets, en alternance avec une autre dame. M'man dit qu'elle a eu la polio avant qu'on ait trouvé le vaccin. C'est peut-être pour ça qu'elle est toujours revêche.

À l'intérieur, un type aux yeux de grenouille déchire nos billets et nous donne nos plumiers gratuits de rentrée des classes. Il nous trace un X au stylo-bille sur le dos de la main. « Un par personne, dit-il à M'man. Je leur fais une marque, comme ça je repère les resquilleurs. »

Je veux aller m'asseoir au premier rang, mais M'man refuse, c'est mauvais pour nos yeux. Elle nous arrête au milieu de la salle. Voilà comment on est placés : Thomas d'abord, M'man ensuite, et moi au bout de la rangée. « Et surtout vous n'ouvrez pas vos plumiers », nous ordonne-t-elle.

Il y a un cerbère de service, chargé de nous faire tenir tranquilles. Il a un uniforme et une torche électrique, et il est très très grand. Sa tâche consiste à rappeler à l'ordre ceux qui mettent les pieds sur les sièges devant eux. S'ils lui répondent, il leur braque sa torche en pleine figure.

On nous passe d'abord des dessins animés : Daffy Duck, Titi et Gros Minet, Bip Bip et le Coyote. À la radio, ils ont dit qu'on nous en passerait dix, mais c'est pas vrai. Il n'y en a que huit. J'ai compté sur mes doigts et j'en suis à huit quand arrivent les Trois Compères.

M'man n'apprécie pas. Quand Moe enfonce ses doigts dans les yeux de Larry, elle se penche vers moi pour me chuchoter à l'oreille : « Ne t'avise jamais de faire une chose pareille. » Sa voix me chatouille et je rentre la tête dans l'épaule. Cette fois, les Trois Compères sont pâtissiers. Ils viennent de décorer un gâteau à la crème pour une dame riche et difficile qui n'est pas contente d'eux. Alors Larry dérape et, en tombant, il bouscule Curly, qui bouscule la dame riche, et celle-ci tombe sur le gâteau ! Ça nous fait bien rire tous les trois. De mon côté, le bec-de-lièvre de ma mère ne se voit pas. Il n'est visible que du côté de Thomas.

La salle est pleine de garnements sans leurs parents. Ils parlent fort et font les idiots au lieu de regarder le film. Un des gamins n'arrête pas de crier : « Z'ai cru voir un gros minet », alors qu'on n'en est même plus aux dessins animés, et à chaque fois les autres se mettent à rire. À l'avant, il y en a qui écrasent leurs cartons de pop-corn pour les lancer en l'air. Ils font des ombres sur l'écran.

Tout bas, je demande à M'man : « Tu nous achètes du pop-corn ?

— Non, répond-elle dans un murmure.

— Pourquoi ?

— Regarde donc le film. »

Thomas tapote le bras de M'man et je me penche pour écouter. « M'man, ça recommence, je pense à elle, qu'est-ce qu'il faut que je fasse ?

— Pense à autre chose. Regarde le film. »

Thomas veut parler de Mlle Higgins. Dans une semaine exactement, on entre en neuvième, et on aura Mlle Higgins comme maîtresse. C'est la plus vache de toute l'école. Thomas a eu des crampes d'estomac tout l'été rien qu'à y penser.

Bien que ce soit défendu, il ouvre son plumier. Il se met à mâchonner un de ses crayons neufs comme un épi de maïs. La dernière fois que Ray a surpris Thomas à se mettre quelque chose dans la bouche, il lui a dit : « Un de ces jours, je vais prendre un rouleau de ruban adhésif et je vais te scotcher les mains. On va voir si ça ne te guérit pas ! »

J'ouvre mon plumier, moi aussi. Si Thomas a le droit, pourquoi pas moi ? Je recourbe ma gomme pour voir jusqu'où elle va plier, et tout d'un coup elle m'échappe et disparaît dans le noir.

71

« Tu vois ! Qu'est-ce que je t'avais dit ? »

M'man ne veut pas que je cherche sous les sièges parce que c'est trop sale par terre, et puis autant chercher une aiguille dans une meule de foin ! Une fois, quand elle était petite, pendant la séance, M'man a vu un rat sous son siège. C'était dans un autre cinéma, qui a été démoli depuis. On l'appelait le « pucier », parce que les sièges étaient pleins de puces.

Devant, quelqu'un hurle un gros mot. Un autre crie. *Ping !* Quelque chose vient taper dans mon dossier.

« Ça suffit, vous là-bas ! » tonne une voix. Je me retourne. Ce n'est pas le cerbère de service. C'est Œil de grenouille, celui qui nous a donné nos plumiers. Ces sales gosses feraient bien de se tenir tranquilles, dit M'man, car ce monsieur-là n'a pas l'air de plaisanter. Il est moins grand que l'autre, mais c'est lui le patron. À présent, Thomas suce sa gomme. *Sleurp, sleurp.* « Pourquoi tu fais ça ? » Pour la nettoyer, répond-il. Mais c'est idiot : elle est propre, puisqu'elle est toute neuve.

C'est la fin des Trois Compères. On enchaîne avec Francis, la mule qui parle. *Francis va à West Point.* M'man explique que West Point est une école... Ça me rappelle l'année dernière, à l'école, quand un chien est entré à fond de train dans la classe pendant la leçon d'orthographe, et qu'il a renversé le chevalet du tableau noir. On riait tous et on disait : « Viens là, mon gars, viens là ! » Alors Mlle Henault nous a fait retourner nos feuilles et mettre la tête sur notre table pour nous calmer. Le chien est venu jusqu'à ma rangée. Il était roux et blanc, il avait une bonne tête et sentait un peu la bouche d'égout. Il portait un collier, c'est donc qu'il appartenait à quelqu'un. En le traînant hors de la classe, M. Grymkowski a failli étrangler la pauvre bête, qui a fait un drôle de bruit, une sorte de *gak-gak-gak.*

Ping ! Ping ! M'man nous dit de ne pas nous retourner, on pourrait recevoir quelque chose dans l'œil. Elle trouve qu'on devrait protester avant qu'il n'y ait des blessés. *Ping !* On est des cow-boys. Des bandits nous tirent dessus.

Mon nouveau feuilleton de cow-boy favori est *L'Homme à la carabine.* Avant, je préférais *Cheyenne,* mais plus maintenant. Avec sa carabine, Lucas McCain tire en trois dixièmes de seconde. En plus, il est gentil avec Mark, son fils. Lucas doit élever Mark tout seul parce que sa femme est morte. Ray dit qu'avant d'être cow-boy Lucas McCain était joueur de base-ball. Dans l'équipe des Chicago Cubs. « Il était pas foutu de toucher une balle, et maintenant, comme acteur, il est minable, mais il est sûrement millionnaire, nom de Dieu. » Quand on dit « bon Dieu », on fait un péché véniel, mais quand on dit « nom de Dieu », c'est un péché mortel. C'est ce que la religieuse nous a appris au catéchisme. Chaque péché laisse sur l'âme une petite tache sale, et des gens comme Khrouchtchev et Jayne Mansfield ont une âme noire comme jais.

Je ne fais pas vraiment attention au film. J'aime mieux regarder les voyous des premiers rangs. Les cartons de pop-corn voltigent dans le noir comme des chauves-souris. Quelqu'un crie un autre gros mot. Il est question de pisse.

Des fois, dans notre rue, à la tombée de la nuit, on voit sortir des chauves-souris. Ce ne sont pas des oiseaux mais elles en ont tout l'air, et c'est trompeur. *Ping !*

« Moi aussi je te pisse dessus ! » crie un autre.

Une fille éclate d'un rire strident.

« Z'ai cru voir un gros minet ! »

Les lumières s'allument et pourtant le film continue. Tout le monde proteste. Puis le film s'arrête.

Œil de grenouille et son cerbère s'avancent dans la salle et montent sur la scène, et on a droit à une engueulade. M'man n'en mène pas large. Elle se tapote la bouche comme quand Ray pique une crise. Maintenant que la salle est éclairée, je repère plus facilement les voyous. Je vois Lonnie Peck et Ralph Drinkwater, de notre école. L'été dernier, Lonnie a craché sur le moniteur de sport et il a été exclu du terrain de jeu pendant une semaine. Il venait quand même et, de l'extérieur, il nous crachait dessus à travers la barrière. On était censés ne pas faire attention à lui. Penny Ann Drinkwater est devant, elle aussi, toute seule. Ralph et elle sont jumeaux, comme Thomas et moi, mais Penny Ann redouble sa classe. Ralph va passer en huitième, mais elle, elle va être dans la même classe que nous. Deux ans avec Mlle Higgins ! Penny Ann est un gros bébé. Elle pleure à toutes les récréations. Les Drinkwater et nous, on est les seuls jumeaux de l'école. Eux sont des gens de couleur.

Sur la scène, Œil de grenouille montre son cerbère du pouce. « Vous voyez cet homme-là ? À partir de maintenant, lui et moi, on a les chahuteurs à l'œil. Dès qu'on en prend un, on le met dehors sans le rembourser. Et on appelle son père. Compris ?

— Bon, chuchote M'man derrière sa main. Bien fait pour eux. »

Tout le monde reste tranquille à présent, chacun à sa place. Les lumières s'éteignent. Le film reprend. Œil de grenouille et le cerbère font les cent pas dans les allées. Les voyous se tiennent à carreau.

Thomas tire M'man par la manche encore une fois. Il dit qu'il ne peut pas se retenir – il pense tellement à Mlle Higgins qu'il en a la colique. Il veut que ce soit M'man qui l'accompagne aux toilettes, pas moi. « Tu peux rester tout seul ? » me demande-t-elle. Oui, bien sûr. Ils remontent l'allée. Thomas m'a laissé son plumier.

Je l'ouvre.

Le crayon est rugueux et creusé à l'endroit où il l'a mordillé. La gomme est toute mouillée. Si Ray doit vraiment lui scotcher les mains, il faudrait que ce soit pendant la période des vacances, sinon comment ferait-il ses devoirs ? Il aurait tout de suite des ennuis avec Mlle Higgins. Je recourbe la gomme au maximum. Elle part en voltigeant. Je ne l'ai pas fait exprès. Croix de bois croix de fer, si je mens je vais en enfer.

Une expression à ne pas prononcer. D'après la religieuse, c'est exactement comme si on jurait. Mais je n'ai rien dit, c'était juste dans ma tête.

Quand Ray est en colère après M'man, il jure. Une fois, en lui tordant le bras, il lui a laissé une marque bleue et noire. J'étais si furieux que j'ai fait un dessin de lui avec des épées géantes dans la tête. Après, j'ai tout déchiré. Au départ, Ray ne voulait pas nous laisser venir ici aujourd'hui, parce que le cinéma c'est de l'argent fichu en l'air. Puis il a changé d'avis. Une fois, il y a longtemps, il est venu avec nous. C'était un dimanche après-midi. La veille au soir, M'man et lui s'étaient disputés et il l'avait fait pleurer. Mais le lendemain matin, il s'était radouci. Il est venu à la messe avec nous, on a déjeuné au restaurant, et puis on est allés au cinéma voir *Le Magicien d'Oz*. Mais Thomas nous a gâché la journée avec ses pleurnicheries. Il gâche toujours tout.

Ils reviennent des toilettes. « Allez, pousse-toi », me dit M'man. À présent, Thomas est assis à côté de moi. Il a une boîte de Good & Plenty. Il paraît que c'est pour nous deux, mais c'est lui qui la garde parce que, la dernière fois, c'est moi qui ai tenu le pop-corn et, pour que Thomas en ait moins, je n'arrêtais pas de m'en fourrer plein la bouche. « Prends-en deux à la fois, me souffle-t-il en me tendant la boîte. C'est la règle. » « D'accord », dis-je, en en prenant plusieurs. Il m'arrive même de plonger deux doigts tout au fond et d'en attraper cinq d'un coup. Il ne s'en aperçoit pas. On le roule comme on veut. Rien de plus simple. Il ne remarque même pas que sa gomme a disparu.

Quand on a vu *Le Magicien d'Oz,* les singes volants ont fait pleurer Thomas. Ceux qui sont au service de la Méchante Sorcière et qui descendent en piqué pour kidnapper Dorothée. Il pleurait tellement que je m'y suis mis aussi. Je n'ai pas eu peur tout de suite, mais après, si. Ray nous a fait sortir dans le hall pour nous passer un savon : notre pauvre mère, on lui gâchait sa journée ! La dame du stand de confiserie n'arrêtait pas de nous regarder. Celle qui est handicapée. Si on continuait, si on se comportait comme des petites trouillardes, il n'avait plus qu'à nous emmener dans un magasin pour nous acheter des robes. « Susie et Betty, les deux trouillardes. » Ça, c'était quand on était petits, en onzième. Maintenant, ces singes volants, ils me feraient rire, parce qu'on voit bien que ce ne sont pas des vrais.

Pendant la récré l'année dernière, les élèves de neuvième chantaient cette chanson :

En onzième, des bébés !
En dixième, des bêtas !
En neuvième, des anges !
En huitième, des bons à rien !

Cette année, avec Thomas, c'est à nous de la chanter. On est des grands. Au fait, j'ai plus de muscle que Thomas.

Maintenant, c'est moi qui ai besoin d'aller aux toilettes. « Pourquoi tu n'es pas venu tout à l'heure avec ton frère ? » me murmure M'man en se penchant devant Thomas. Elle est tellement près qu'elle me crachouille dans l'oreille. Tout à l'heure, je n'avais pas envie. Mais c'est pas grave, je peux y aller tout seul, je suis un grand. Alors elle me laisse faire. Thomas me tient mon plumier puisque je lui ai tenu le sien.

Je commence à remonter l'allée. Au début, je ne suis pas rassuré, mais après, ça va. *Ping !* Raté. Ils ont intérêt à faire gaffe. Je suis Mark McCain. Mon père est l'Homme à la carabine.

Ça me plaît bien d'être tout seul dans le hall. Devant le distributeur de boissons, quelqu'un achète un soda au raisin à son petit garçon. Je m'arrête pour regarder descendre le gobelet, et puis le jet de soda et de sirop. Je dis tout fort : « J'ai une de ces soifs ! » Le petit garçon me regarde, mais pas l'adulte.

En bas, avant les toilettes, il y a des cendriers remplis de sable avec des mégots qui pointent. Je joue un peu avec – les mégots sont des bulldozers. J'imite le bruit des moteurs.

Vous savez sur qui je tombe dans les toilettes ? Le cerbère. Il est appuyé contre le mur ; il fume une cigarette et il fait des ronds avec la fumée. Sa tête est prise dans un tourbillon. Sa bouche est une usine à ronds de fumée.

« J'aurais pu travailler à la First National cet été », dit-il. Il n'y a personne d'autre là en bas, mais comme il se regarde dans la glace, je ne sais pas si c'est à moi qu'il s'adresse. Je ne sais même pas s'il me voit. Je suis peut-être invisible. « Mais j'ai refusé parce qu'il m'avait presque promis de me laisser m'occuper du projecteur. Seulement il ne m'a pas laissé y toucher une seule fois. » Il fait un autre rond de fumée. Très gros. Comme un beignet. Il pointe la langue au milieu du rond et il le regarde partir à la dérive.

« Vous savez ce que ma mère a vu une fois dans la salle ? Un rat. » Je n'avais pas l'intention de lui parler. C'est sorti tout seul.

« En voilà une affaire, fait-il en continuant à se regarder fumer. Ici, on en voit tout le temps. Ils remontent de la rivière. » Il a des gros boutons rouges sur le front. « Tu sais ce que j'ai enlevé sur le comptoir du stand de confiserie ce matin ? Des crottes de rat. On pose des pièges. Au sous-sol, on les entend se refermer – en plein milieu du film, des fois. *Clac !* Les ressorts sont tellement tendus que ça leur brise le cou. » Il jette sa cigarette dans une des cuvettes, où elle fait un petit bruit. *Tsst.*

« Si jamais vous trouvez une gomme par terre, c'est à moi », lui dis-je.

Il me regarde bien en face pour la première fois, mais il ne répond pas. Ensuite, il s'en va. J'ai ces immenses lavabos pour moi tout seul.

Au fond des urinoirs, il y a des grosses pastilles blanches qui sentent l'arbre de Noël quand on fait pipi dessus. Quand on *pisse* dessus. Je clame bien haut : « Pisse là-dessus ! » Je me donne le frisson à prononcer ce mot et à l'entendre résonner dans ces toilettes étincelantes. J'ai la main qui tremble, et le jet qui sort est un peu flageolant. Désormais, moi aussi j'ai une tache sur l'âme.

La porte s'ouvre à la volée. Ah non ! C'est Ralph Drinkwater et

Lonnie Peck. Je remonte ma braguette en vitesse. « Dis donc, p'tit mec, tu veux du fric ? » commence Lonnie.

Je lui réponds que non, alors il m'attrape par le poignet. Sur sa main et sur la mienne, je vois les X marqués par Œil de grenouille. « Allez, c'est pas du flan. Donne ta main. »

Je sais bien que c'est une blague – il va probablement me cracher dessus, mais je m'exécute.

Il me saisit par le poignet et me fait lever la main brutalement pour que je me frappe le visage. « Pourquoi tu te donnes des gifles, mec, hein ? » s'esclaffe-t-il. Il recommence. Une fois, deux fois. « Pourquoi tu te donnes des gifles ? » Ça ne fait pas trop mal, juste un peu. J'essaie de me libérer, mais Lonnie est plus fort que moi. Beaucoup plus fort. Comment voulez-vous qu'un gamin de neuvième lutte avec un type de septième qui a redoublé au moins cinquante fois ?

« Tiens, regarde », dit Ralph. À toute allure, il tire les chasses d'eau de la rangée d'urinoirs. Il ouvre à fond les robinets de tous les lavabos. Derrière la cloison, les tuyaux tremblent et font un bruit de ferraille. Lonnie me lâche et se met à tirer les serviettes en papier du distributeur. « Et allons-y pour la rigolade ! » hurle-t-il.

Je sors en courant. Je passe devant les cendriers, je grimpe l'escalier, je traverse le hall. Appuyé au comptoir, Œil de grenouille me crie : « On ne court pas ! »

Quand j'arrive à ma place, M'man se lève pour me laisser passer. Je ne souffle pas mot de Lonnie ni de Ralph. Ni du cerbère, ni des rats. Je m'assieds en tailleur pour que les rats ne me montent pas sur les pieds. Je sens mon cœur battre à tout rompre, et j'ai encore sur les joues le feu des gifles que je me suis données.

« Elles te plaisent, mes boucles d'oreilles ? » me demande Thomas.

Il a pris les rapporteurs dans nos deux plumiers et il les a accrochés à ses oreilles. Je lui arrache le mien. « Aïe ! » crie-t-il. Il me donne un coup de poing, que je lui rends.

« Regardez donc le film ! implore M'man. C'est vraiment drôle ! »

Mais c'est pas drôle du tout. C'est une idiotie. Francis, la mule qui parle, défile dans une revue. Quelle affaire ! « Pourquoi tu mets des boucles d'oreilles ? dis-je tout bas à Thomas. T'es une petite fille débile ? »

Il me donne un coup de coude, que je lui rends. « Ça suffit maintenant, Dominick, chuchote M'man en se penchant. Sois gentil avec ton frère.

— T'es pas obligée de vaporiser quand tu parles, lui dis-je tout fort. Tu me craches dans l'oreille. »

Si Ray était là, je prendrais une bonne baffe.

Après la séance, on revient à pied jusqu'au bazar. On est en avance pour l'autobus, alors M'man dit qu'on peut faire un tour dans le magasin, mais sans rien acheter. Si on a le temps, et si on est sages, elle nous offrira peut-être une crème glacée soda.

On entre. On passe devant la vitrine des confiseries. Puis devant le rayon des livres, des bandes dessinées et des jouets. Les planchers craquent. Au plafond, il y a un ventilateur qui fait *tchock-tchock-tchock*. Dans une cage de verre, une bohémienne dit la bonne aventure pour un sou. On peut lire son avenir sur une petite carte. C'est une fausse bohémienne, mais avec un vrai chat sur l'épaule. Un vrai chat mort et empaillé.

« T'as vu le ventilateur là-haut ? dis-je à Thomas. Si un type vraiment grand passe dessous, ça lui tranche la tête aussi sec.

— Mais non.

— Mais si. »

M'man est en arrêt devant des tableaux : des clowns, des montagnes, deux chevaux qui traversent une rivière. Le souffle du ventilateur agite une banderole en papier orangé : GRANDE VENTE DE TABLEAUX. « Vous voyez celui-ci, les enfants ? » demande M'man.

Elle soulève une image sainte : Jésus flotte dans les airs. Du haut du ciel, le Père et le Saint-Esprit le contemplent. En bas, des bergers et d'autres types s'embrassent en levant les yeux vers lui.

« Regardez ça ! » fait M'man en touchant du doigt la poitrine de Jésus. Quand elle bouge le tableau, on voit le cœur de Jésus s'enflammer. Quand elle le remet en place, plus rien. C'est magique. On la fait recommencer plein de fois.

« J'en achète un, vous croyez ?

— Oui ! Allez ! réplique-t-on en chœur.

— Peut-être à la prochaine paie. Venez, je vais vous acheter vos crèmes glacées sodas. » En passant sous le ventilateur, Thomas demande à M'man si quelqu'un de grand pourrait avoir la tête tranchée par l'appareil. « Enfin voyons, quelle idée ! » s'écrie-t-elle.

Thomas n'arrive pas à finir sa glace soda parce qu'il s'est remis à penser à Mlle Higgins, alors c'est moi qui termine les deux, la sienne et la mienne. « Vous savez ce que je crois ? dit M'man. Je parie que jeudi, quand je reviendrai, tous les tableaux seront vendus. »

On se lève pour partir. « Ben, zut alors, lâche-t-elle, si on m'avait offert le cinéma et une crème glacée quand j'étais petite, j'aurais dit merci.

— Merci, M'man », réplique-t-on exactement en même temps. Certaines fois, je sais ce que Thomas va dire avant même qu'il n'ouvre la bouche. M'man lui demande : « Qu'est-ce que tu veux dans ton sandwich, Thomas ? » Je pense : n'importe quoi avec du fromage. Et Thomas répond : « N'importe quoi avec du fromage, s'il te plaît. » Je me demande si les jumeaux Drinkwater peuvent faire la même chose. Je parie que non. Ils sont idiots. Penny Ann, en tout cas, puisqu'elle redouble.

En nous dirigeant vers la sortie, nous nous arrêtons encore une fois devant les tableaux. M'man saisit celui qui représente Jésus et montre du doigt l'étiquette en bas du cadre. « Qui peut me lire ça ? »

— *Il est...* commence Thomas, et il s'arrête, incapable d'aller plus loin.

— *Il est ressuscité,* dis-je. *Nous sommes sauvés.*

— C'est ça. Très bien, Dominick. Qu'est-ce que tu en penses ? Je fais une folie ? Je l'achète ? »

Elle ne demande pas son avis à Thomas. Elle ne s'adresse qu'à moi. « Achète-le », je réponds, me prenant pour le maître.

Elle sort des billets froissés de son porte-monnaie. La caissière enveloppe le tableau dans du papier kraft et nous demande, à Thomas et à moi, si nous sommes sages à la maison. On répond que oui. Alors elle nous donne à chacun une pastille de menthe. Et on s'en va attendre l'autobus.

M'man appuie le tableau contre le mur. On a beau regarder, ce fichu bus n'arrive pas. S'il tarde encore, dit M'man, on va être en retard pour le dîner et Ray sera furieux. Elle espère qu'il ne fera pas d'histoires pour le tableau.

Ray n'est pas notre vrai père. C'est pour ça qu'on l'appelle par son prénom. Notre vrai père, on ne sait pas qui c'est. Je ne suis pas sûr que M'man le sache elle-même. Il est certainement très très très grand. Il pourrait sûrement flanquer une raclée à Ray. Notre nouveau tableau aussi est grand, mais moi, je suis encore plus grand.

« Regarde, Dominick. La communion ! » fait Thomas. Il ouvre la bouche pour me montrer la pastille de menthe collée à sa langue, mais elle glisse et tombe sur le trottoir. M'man ne veut pas qu'il la ramasse, elle est trop sale. Thomas pleure. Le bus arrive.

Ah non ! C'est le conducteur grincheux, celui à qui il manque un pouce. « Avancez vers le fond ! dit-il. Pressez-vous un peu. On n'a pas de temps à perdre ! »

Le bus est bondé. On est obligés de se mettre tout au fond. M'man nous ordonne de nous asseoir ensemble sur une des grandes banquettes et elle s'assied en face de nous. Elle pose le tableau devant elle en l'appuyant contre ses genoux.

Mais voilà que la Terreur monte dans le bus (ce bonhomme allait hanter ma vie et mes rêves jusqu'à la fin de mes jours). Il s'avance vers nous. Il a les cheveux en bataille, des moustaches et une grosseur sur le front. Il marmonne tout seul. Son pardessus est sale. Il arrive à se glisser à côté de ma mère.

Ce type, je ne veux pas le regarder, mais je ne peux pas m'en empêcher. De la tête, M'man me fait signe de ne pas faire ces yeux-là. Le type continue à nous dévisager, Thomas et moi. Il dit des grossièretés, du genre : « Nom de Dieu, je vois double. » Et il se met à rire. Alors je peux être sûr que son âme est très, très sale. Je sais que Thomas va se mettre à pleurer. Je n'ai même pas besoin de regarder pour savoir.

Le bus se met en marche. À présent, le type a les yeux fixés sur

M'man. Il se penche vers elle. Il se met à la renifler comme un chien. M'man s'écarte autant qu'elle peut. Elle a une main devant la bouche. De l'autre, elle tient son tableau. Thomas se met à pleurer.

Je me dis que quelqu'un va bien nous venir en aide. Mais personne ne fait attention à ce bonhomme. Il sort une main de la poche de sa veste, la tend vers notre tableau tout neuf, et la passe par-derrière, du côté des jambes de ma mère. M'man a la main qui tremble devant ses lèvres. De l'autre, elle se cramponne à son tableau.

Elle ne dit pas un mot – elle ne fait pas un geste. Je suis terrorisé, furieux, j'ai la tête en feu...

À l'arrêt suivant, elle se lève brusquement et nous pousse vers la sortie en cognant le tableau un peu partout.

« Oui, merci ! » dit-elle au conducteur qui lui demande si tout va bien. On se dépêche de descendre par le marche-pied très raide. Les portes se referment derrière nous avec un bruit sec. Le bus démarre brutalement.

Mais il s'arrête de nouveau. Les portes se rouvrent.

Et la Terreur descend aussi.

Va-t-il nous faire du mal ? Veut-il nous voler notre tableau ? On se met à courir. Le plumier de Thomas s'est ouvert et tout le contenu dégringole sur le trottoir. « Ne vous arrêtez pas ! s'exclame M'man. Ne vous retournez pas ! »

Je me retourne quand même, et chaque fois la distance augmente entre lui et nous. Finalement, il s'arrête et nous crie quelque chose que j'entends sans comprendre.

Quand on arrive à la maison, j'ai les pieds qui me brûlent d'avoir tant couru. On est tous les trois en larmes. M'man se précipite partout pour verrouiller les portes et les fenêtres et baisser les stores. Ensuite elle s'assied sur une chaise de la salle à manger et se met à sangloter, tellement fort qu'elle fait bouger la table et trembler la vaisselle dans le buffet. Du coup, Thomas et moi, on arrête de pleurer et on la regarde avec des yeux ronds.

« N'allez surtout pas raconter ce qui s'est passé à votre père, nous dit-elle quand elle retrouve l'usage de la parole. S'il vous demande comment était le film, dites que c'était bien, c'est tout. Si jamais il a vent de cette histoire, il ne nous laissera plus jamais aller au cinéma. En fait, cet homme ne pensait pas vraiment à mal. Il ne savait pas bien ce qu'il faisait. C'est un fou, voilà tout. »

Dans sa chambre au premier, à genoux sur le lit, M'man enfonce un clou dans le mur. Elle accroche le tableau. Elle promet à Thomas qu'elle lui achètera un beau plumier, pour remplacer l'autre, « quelque chose de plus joli que ces petites mochetés qu'on vous a données au cinéma ».

Cette fois, j'en ai assez. J'ai envie de pleurer. Pourquoi Thomas aurait-il droit à un joli plumier, alors que le mien est une mocheté et que je n'ai plus de gomme ? Je croyais qu'on allait passer une bonne journée, mais pas du tout. Cette journée a été la pire de toutes.

« Qui sait, s'interroge M'man, ce qui nous serait arrivé aujourd'hui si Jésus n'avait pas été là pour nous protéger de ce fou ? » Elle soupire, et recule pour admirer le tableau. J'en fais autant. Jésus nous regarde et nous tend les bras. Quand je bouge la tête d'avant en arrière, je vois son cœur s'embraser et s'éteindre tour à tour.

« Un de ces jours, reprend M'man, je demanderai au père La Flamme de venir bénir ce tableau. Et aussi notre famille, et notre maison. »

Ce soir-là, après dîner, Ray surprend Thomas en train de mâchonner sa manche.

« Cette fois, ton compte est bon ! » grogne-t-il.

Il se lève et retire sa ceinture. Il la met en boucle et la fait claquer sur la table. Je pense aux rats qui courent dans le sous-sol du cinéma, dans le noir, et qui tombent dans les pièges. *Clac !* Comme la ceinture de Ray.

« Allons, Ray, je t'en prie », dit M'man.

Il pointe un doigt sur elle. « Tu ferais bien de ne pas t'en mêler, toi ! Si tu n'étais pas si gnangnan avec lui, il ne serait pas comme ça ! » Il jette la ceinture par terre. Descend à la cave. Remonte avec un rouleau d'adhésif.

Dans le jardin derrière la maison, j'entends Thomas qui pleure, s'étrangle et essaie de reprendre sa respiration comme ce chien, à l'école, quand M. Grymkowski l'a tiré par le collier. « Pardon, Ray ! gémit Thomas. Ne m'attache pas les mains, je t'en prie ! Pardon ! J'ai pas fait exprès ! Pardon ! »

Les moustiques attaquent. Deux chauves-souris passent et repassent devant le réverbère. Les lumières d'un avion clignotent dans le ciel.

Dans *Le Magicien d'Oz*, la Méchante Sorcière se volatilise, le charme n'agit plus, et les singes volants deviennent inoffensifs. C'étaient même pas des singes, c'étaient des hommes.

Allez savoir qui est notre vrai père !

L'Homme à la carabine ?

Ou bien le conducteur d'autobus gentil qui fait sortir des bonbons de nos oreilles ?

Ou même ce pilote là-haut dans le ciel ? Je n'arrête pas de faire des tours dans le jardin en agitant les bras pour qu'il nous repère tous les trois, Thomas, M'man et moi.

Notre vrai père pourrait être n'importe qui en ce vaste monde.

N'importe qui sauf Ray.

6

Salut Dominick,
Je pars à mon cours de mixologie avec Thad. Ce soir, on travaille sur
les cocktails lactés. Devine qui a téléphoné ! CONNIE CHUNG ! !
Elle veut interviewer ton frère (te donnerai les détails plus tard !).
Si tu prends un de mes plats de régime pour ton dîner, sois gentil de
me laisser les lasagnes aux légumes. Merci !

Bises, Joy

P.S. Appelle Henry Rood (ce mec nous fatigue !).

J'ai lu ce mot sans vraiment faire attention. Les images et les bruits
de Hatch se bousculaient dans ma tête : les chaînes qui entravaient les
jambes de Thomas, sa bible miteuse dans l'appareil à rayons X. J'ai
baissé les stores et allumé les lampes un peu partout dans l'appartement.
En passant devant la télé, j'ai tourné le bouton juste pour entendre un
autre genre de bruit.

Dans la chambre, j'ai retiré mon jean et enfilé un survêtement. Ça me
faisait mal, mais ce serait sans doute bien pire demain. La priorité, c'était
de tirer mon frère de cette fosse aux serpents. Ensuite, je prendrais un
avocat pour attaquer tous ces salauds en justice : l'État du Connecticut,
l'hôpital, et ce foutu garde qui m'avait donné un coup de genou. Ce fils
de pute, je n'attendrais pas d'être guéri pour le faire pendre par les
couilles. Je m'étais peut-être un peu énervé, mais quoi ?

Je suis retourné à la cuisine chercher une bière. On avait peut-être
encore des cachets de Tylénol à la codéine que Joy avait pris pour ses
dents. Où les avais-je vus ? Sûrement pas dans l'armoire à pharmacie.
Aucune chance qu'elle les ait rangés là. Elle est du genre à mettre l'as-
pirine dans le tiroir de l'annuaire, et le beurre de cacahuètes dans le
réfrigérateur. L'autre jour, en faisant le ménage de sa voiture, je lui
demande : « Où sont les sacs à aspirateur ?

— Sous le canapé », me répond-elle, comme si c'était leur place !

Sur le répondeur, il y avait... six, sept, huit messages. Putain. J'appuie
sur la touche.

Bip. « C'est un message de Henry Rood, 67 Gillette Street. Le quatrième en trois jours. » Les yeux fermés, je voyais les trois étages écaillés de sa maison victorienne – un vrai cauchemar. Je me représentais Rood et sa femme, avec leur petite bedaine et leur face rose d'alcooliques. « Si ça n'est pas trop demander, j'aimerais savoir quand vous avez l'intention de revenir travailler chez moi. J'aimerais aussi, avant le retour de la neige, pouvoir regarder par la fenêtre de mon bureau sans profiter du spectacle de vos échafaudages ! »

Avant le retour de la neige : charmant ! Eh bien, Henry, ça ne sera pas encore pour demain. Je n'allais certainement pas monter et descendre l'échelle pendant les vingt-quatre ou quarante-huit heures à venir. Il fallait que j'aille à Hatch pour combiner l'évasion de mon frère. Si nécessaire, je louerais un hélicoptère. Comme dans le film avec Charles Bronson l'autre soir.

Bip. Rien. Raccroché. Quelle veine !

Bip. Quelqu'un du je-ne-sais-quoi *Examiner* qui désire interviewer Thomas. C'est pas pour demain, mec. Prends ton tour après Connie Chung.

Bip. Avais-je bien compris ? Un type de New York proposait ses services comme *agent* de mon frère. Les yeux fermés, le front contre le placard de la cuisine, j'ai appuyé sur la touche Arrêt. Putain de merde ! Quand tout cela allait-il finir ?

Dans le frigo, il y avait quatre boîtes de bière légère. Des trente-trois centilitres. Alors que je lui avais bien recommandé de ne pas acheter de la légère. Attentive comme elle l'était, elle allait faire une barmaid du tonnerre ! Enfin ! J'ai attrapé le pack par l'anneau plastique, arraché une canette, tiré sur la languette, et j'en ai sifflé un tiers d'un seul trait.

J'ai passé en revue le placard et le congélateur. Cherché dans les Cuisines légères de Joy. Ai failli me décider pour des tetrazzini à la dinde. Guère plus qu'un amuse-gueule, vu la grosseur des portions. En plus, il fallait patienter une vingtaine de minutes. Il restait quelques hot dogs qui devaient dater de l'ère glaciaire. Et, dans le placard, une boîte de soupe de palourdes – à la mode de Nouvelle-Angleterre, bien entendu, puisque j'avais spécifié que je préférais la Manhattan.

J'ai appuyé encore une fois sur la touche du répondeur. *Bip.* « Ray Birdsey. 15 h 30. 867-0359. »

Quelle touchante attention ! On ne sait jamais, je pourrais être atteint de sénilité précoce et avoir oublié le numéro de téléphone familial. Je me sentais un peu obligé de rappeler Ray pour le mettre au courant de toute cette embrouille et l'avertir que j'avais dû laisser Thomas à Hatch. C'était notre beau-père, après tout.

Bip. « C'est un message pour Joy. De la part de Jackie, chez New You. » J'ai repris une gorgée de bière. « Je voulais simplement vous faire savoir que la robe de cocktail qui vous intéressait est arrivée. Nous sommes ouverts tous les jours jusqu'à cinq heures et demie. Merci ! »

Si elle recommençait à faire des dettes, inutile de compter sur moi pour la tirer d'affaire. Où étions-nous donc invités pour qu'elle ait besoin d'une robe de cocktail ? J'ai arrêté le répondeur et j'ai bu encore un petit coup.

En fermant les yeux, je revoyais Robocop : regard d'un bleu de glace, cicatrices d'acné. « Celui-ci est encore plus cinglé que son frère », avait-il dit. J'ai ouvert ma boîte de soupe, je l'ai versée dans une casserole, et j'ai ajouté les hot dogs. Soupe en boîte aux hot dogs. Quel dîner ! Et pendant ce temps-là, madame est au centre universitaire pour apprendre à faire des cocktails lactés. Ma pauvre mère se retournait sûrement dans sa tombe.

Mes testicules me faisaient un mal de chien, bon Dieu ! Où étaient donc ces cachets à la codéine ? Je les avais pourtant vus quelque part... D'accord, je m'étais conduit comme un con, je l'admettais. Maintenant, je me rendais compte que j'aurais dû garder mon sang-froid. Ma vie est ainsi faite : je me comporte toujours comme une tête brûlée, surtout quand il s'agit de Thomas. Mais de quel droit ce salaud de flic m'avait-il envoyé son genou dans les couilles ? Le mieux serait sans doute de remonter dans mon camion et d'aller passer un examen aux urgences à Shanley. De faire établir un certificat, au cas où je déciderais d'intenter un procès. Il fallait absolument que je poursuive ce type en justice personnellement en prenant un requin d'avocat. Il fallait que je frappe à mon tour, droit dans son compte en banque. J'avais des témoins, y compris cette assistante sociale qui avait passé la tête dans l'entrebâillement de la porte. Seulement, ce soir, pour rien au monde je ne serais retourné dans quelque hôpital que ce soit. J'ai ouvert une autre bière. Et continué à chercher ces fameux cachets.

J'ai fini par les trouver dans l'armoire à pharmacie, derrière un flacon d'Oil of Olaz. Quelquefois, il arrive à Joy d'agir sensément. De jouer les femmes organisées pendant un certain temps. J'ai avalé un ou deux de ses cachets avec ma bière. « Attention : risque de somnolence. » Et merde, advienne que pourra ! Cette journée, je n'avais qu'une envie : en voir la fin. Depuis que Thomas s'était mutilé, je n'avais pour ainsi dire pas dormi. Je me réveillais chaque nuit à deux heures et demie. Je me levais et j'allais m'asseoir sur le canapé en sous-vêtements, zappant de Sy Sperling et *Hawaii Five-O* à ce type musclé qui prétend qu'un ventre plat est la clef du bonheur... En refermant l'armoire à pharmacie, j'ai vu le visage de Thomas dans la glace.

Lui avait-on au moins donné quelque chose pour l'estourbir ? Pouvait-il trouver un refuge à ce cauchemar dans le sommeil ? S'ils s'avisaient de lui faire du mal, ils auraient des comptes à me rendre.

En revenant à la cuisine, j'ai relu le mot de Joy : cocktails lactés, Connie Chung. Ciel ! J'en ai fait une boule et j'ai visé la poubelle. En plein dans le mille.

Sympa, non ? Justement le soir où j'aurais eu besoin d'un peu de soutien moral, elle était partie à son cours de formation de barmaid avec son petit ami le pédé. Thad, le masseur. La Duchesse. Je le surnommais ainsi depuis ce dîner chez lui où il nous avait servi des pommes duchesse. Joy déteste m'entendre l'appeler comme ça. « Tu es homophobe », m'a-t-elle jeté l'autre soir. Ce qui n'est pas tout à fait vrai, je crois. Ils peuvent bien faire ce qu'ils veulent ensemble tant qu'ils ne me demandent pas de me joindre à eux... Moi, homophobe ! Où a-t-elle décroché son diplôme de psycho ?

Joy avait un grand projet : suivre une formation de barmaid, et ensuite travailler au noir jusqu'à ce qu'elle ait remboursé intégralement le découvert de sa carte de crédit. En 87, après la rupture de son deuxième mariage, elle avait dépensé sans compter pendant neuf mois, se ruinant en achats de toutes sortes. Elle devait encore huit mille dollars sur douze mille cinq cents, car je lui en avais avancé mille et l'agence d'encaissement faisait des retenues sur son salaire.

Elle travaillait à Hardbodies, un club de remise en forme. C'est là que je l'avais rencontrée. Après la mort de ma mère. Après que Nedra Frank s'était éclipsée avec le récit de la vie de mon grand-père. À ce moment-là, c'était fini depuis environ un an et demi entre Dessa et moi, et j'étais toujours affreusement malheureux. Leo m'avait tanné pour que je m'inscrive avec lui à Hardbodies, qui venait de lancer une offre exceptionnelle d'abonnement à deux pour le prix d'une personne. J'ai eu beau lui répéter que je n'avais ni le temps ni l'envie d'adhérer à un club de gym, il m'a eu à l'usure. Sacré Leo : M. le Vendeur de bagnoles. M. Ducon. Il persuaderait un Tahitien d'acheter des pneus neige !

On est de vieilles connaissances, Leo et moi — ça remonte à l'été 1966, à un cours de rattrapage d'algèbre. En plus, c'est mon ex-beau-frère — il a épousé Angie, la sœur de Dessa. J'étais témoin à leur mariage, et il était témoin au nôtre. Ils se sont mariés trois mois après nous — en urgence, le coup classique : Angie était enceinte de trois mois. Mais elle a perdu le bébé. Elle a fait une fausse couche pendant leur lune de miel à Aruba. Si l'enfant avait vécu, il aurait maintenant dix-sept ou dix-huit ans. Tout le monde a cru qu'Angie était tombée enceinte accidentellement, mais il s'est révélé qu'elle l'avait fait exprès, m'a appris Leo après leur visite à un conseiller conjugal. Au cours d'une consultation, elle a avoué qu'elle avait voulu se marier parce que sa grande sœur se mariait. Quand elle a lâché cette petite bombe, Leo a été un peu sonné.

Angie est une brave fille, mais elle a toujours été jalouse de Dessa. Sans cesse aux aguets pour savoir ce que Dessa possède, qui lui préfère Dessa. Quand on était jeunes mariés tous les quatre, on passait beaucoup de temps ensemble. On allait à la plage, on jouait aux cartes chez nous ou chez eux. Mais nos rapports se sont un peu tendus à cause de cette rivalité tacite. Si Dessa accrochait des paniers au mur de notre cuisine, Angie allait aussitôt en faire autant chez elle. Si on achetait un canapé-lit, subitement, il leur en fallait un à eux aussi. Mais avec la naissance de Shannon, Angie a marqué des points. Il y avait des années qu'on essayait d'avoir un enfant, Dessa et moi. On avait consulté des spécialistes et essuyé toutes sortes d'humiliations. C'est étrange, à bien réfléchir : des deux couples, le nôtre était celui dont tout le monde aurait juré qu'il durerait, à commencer par nous-mêmes. « Ça ne tiendra jamais entre eux », disions-nous à propos de Leo et d'Angie. Ils se disputaient sans arrêt, en notre présence. Même devant les parents de Dessa et d'Angie. Une fois, on était tous réunis pour dîner, et Angie s'est mise à bombarder Leo de petits pains à travers la table parce qu'il prétendait qu'elle était trop grosse, je crois, je ne sais plus exactement. C'était à Pâques. Les Pâques grecques.

Si Leo voulait que je m'inscrive avec lui à ce club de remise en forme, c'est qu'il rentrait d'une audition pour un spot publicitaire à New York – une nouvelle boisson pour sportifs. Après un premier essai, on l'avait écarté. Ça fait vingt ans qu'il est sorti de l'école d'art dramatique, neuf qu'il vend des voitures, et il ne désespère toujours pas de percer dans le show biz. On a envie de lui dire : « Ouvre les yeux, Leo ! T'es passé à côté ! » Quand il a insisté auprès de la directrice du casting pour savoir pourquoi on ne lui donnait pas le rôle, il s'est entendu répondre que son âge convenait – le spot était destiné aux enfants du baby-boom – mais qu'il n'avait pas la « ligne » voulue. Effectivement, Leo avait commencé à prendre quelques kilos autour de la taille ; même moi, qui ne remarque généralement pas ce genre de conneries, je m'en étais aperçu. Cette réponse l'a pratiquement tué. Un poignard en plein cœur. « Regarde, Birdsec, disait-il en pinçant un peu son pneu. Une chemise en maille, ça pardonne pas. » Il ne s'en remettait pas. Leo est plus soucieux de son apparence qu'aucune femme de ma connaissance. Il a toujours été ainsi. Plutôt comique, étant donné qu'Angie ne se maquille jamais et ne porte jamais de robes. Elle vit en jean et en sweat-shirt : elle ne cherche pas à tromper son monde.

En fait, ce club Hardbodies, j'y ai pris goût. Pas pour les appareils de musculation ni le vélo en salle. Mes journées ne sont déjà pas assez longues, et j'irais perdre mon temps à pédaler sur place ! Moi, ce qui me plaisait, c'était le racquetball. J'adorais écraser ces petites balles bleues sur les quatre murs du court. Ça me faisait plus de bien que n'importe quoi d'autre. C'était thérapeutique. Épuisant. On transpire sang et eau. On imagine qui on veut à la place des balles de caoutchouc.

J'ai fait la connaissance de Joy dès le premier jour, sitôt qu'on est entrés, Leo et moi. Joy est coordinatrice – c'est elle qui est chargée de faire visiter les lieux, qui enregistre les inscriptions et prend les photos d'identité pour les cartes. « Allez, beau gosse, un petit sourire ! » a-t-elle dit derrière l'appareil, s'adressant à moi, pas à Leo, lui qui ne peut pas se voir dans une glace sans tomber amoureux de sa propre image. « Je vais vous plastifier, et vous pourrez retirer ça à l'accueil après votre partie de racquetball.

— À moins de laisser tomber notre partie, a fait Leo en se penchant au-dessus du bureau. On se contenterait bien de se faire plastifier. »

Elle lui a rabattu son caquet d'un simple regard. Il a été aussitôt refroidi, glacé même.

« Tu sais, Leo, lui ai-je glissé pendant qu'on se dirigeait vers le vestiaire, t'es plus à la page. De nos jours, les femmes détestent ce genre de plaisanteries.

— Déconne pas, Birdsec ! Cette fille baiserait n'importe quoi. Même ça, a-t-il répondu en brandissant le manche de sa raquette. Même toi ! »

Ce jour-là, elle portait un de ces bidules en Lycra rose qui lui collait aux fesses, et un sweat-shirt rose noué autour des épaules. *Allez, beau gosse, un petit sourire !* Ce compliment était un canot de sauvetage lancé à un homme en train de se noyer.

À la deuxième ou troisième séance, je l'ai invitée à sortir avec moi. Je venais de gagner trois parties de suite au cours d'un tournoi avec Leo et un autre type. Il faut croire que ça m'avait donné de l'assurance. Leo m'a mis au défi et je me suis exécuté. Après qu'elle a accepté, j'ai été pris de sueurs froides. D'une part, Joy est une très belle femme – petite, blonde, et en excellente forme grâce aux appareils du club. D'autre part, elle a quinze ans de moins que moi. Elle est née en 1965. L'année du lancer parfait de Sandy Koufax contre les Cubs. Un an après la sortie de la Mustang. Sa mère n'a que cinq ans de plus que moi. Nancy. Quel parcours ! Elle en est à son cinquième mari : M. et Mme Homéopathie. Ils n'arrêtent pas de nous envoyer de la levure et des extraits de toutes sortes, qu'on garde un moment par politesse, et qu'on fait ensuite disparaître dans les toilettes. L'avant-dernier « beau-père » de Joy était un drogué.

Pourtant, la première fois qu'on est sortis ensemble, ça s'est mieux passé que je ne l'aurais cru. Très bien, même. Je suis allé la chercher à son travail et on est partis en voiture à Ocean Beach. C'était la pleine lune et le ciel était dégagé. On a joué au Skee-ball, on a mangé des glaces. On a dansé sur les planches de la promenade où deux imitateurs, le père et le fils, chantaient des airs d'Elvis Presley. Le fils – Elvis jeune – était tout de noir vêtu. Le père, gros et gras, portait une combinaison blanche. L'Elvis de la fin, le seul dont Joy se souvienne, étant donné son âge. Ils se produisaient à tour de rôle : le fils attaquait avec *Heartbreak Hotel*, et le père enchaînait avec *Hunka, Hunka, Burning Love*. Tout le monde dansait et chantait avec eux, et les mecs reluquaient Joy. Il me semblait ressusciter des morts. La Vie après Dessa. Après tout, ça ne paraissait pas impossible.

J'ai coupé mes hot dogs en morceaux et versé la soupe dans une jatte. Une recette de mon invention : la soupe de palourdes aux hot dogs. J'ai trouvé des petits biscuits salés tellement ramollis qu'on pouvait presque les plier. On lui dit : « Joy, referme bien l'emballage pour que ça se conserve », et elle vous regarde comme si elle débarquait d'une autre planète. C'est à peu près ça, d'ailleurs. À cause de la différence d'âge entre nous. On essaie l'un et l'autre de se persuader que ça n'a pas d'importance, mais c'est faux. Comment pourrait-il en être autrement ?

Quand j'ai dit à Ray qu'on vivait ensemble, sa réaction a été : « Seigneur tout-puissant, vingt-trois ans, et elle a déjà eu deux maris ? » Je n'avais pas fait d'annonce officielle – pas informé Ray qu'elle avait apporté ses collants dans mes tiroirs, ni son futon et ses meubles en rotin dans mon séjour. Mais un jour, il est passé chez moi pour savoir qui était la « greluche » qui répondait au téléphone à huit heures du matin, alors j'ai annoncé la couleur. Et au lieu de me répondre « Ah bon, j'aimerais bien la connaître », ou « Eh bien, il était temps que tu refasses ta vie », tout ce qu'il a trouvé à me dire, c'est : « Vingt-trois ans, et elle a déjà eu deux maris ? » Évidemment, Ray a toujours été fou de Dessa. Il l'appelait son « petit chou » et des trucs comme ça. Parfois, il était même, comment dire, *enjoué* avec elle. Il la traitait beaucoup mieux qu'il n'a jamais traité M'man. Ça ne me gênait pas trop quand on allait les voir, mais après coup, si. Dessa ne manquait jamais de m'expliquer que Ray était « en demande », qu'il avait des angoisses « à fleur de peau ». Elle n'arrêtait pas de me le représenter sous un jour favorable, au point que mon beau-père apparaissait presque comme un être bienveillant, ce qui m'exaspérait. « On voit bien que c'est pas toi qui as grandi auprès de lui », lui faisais-je remarquer. « Il est bien moins dur à présent qu'autrefois. » Ray a toujours prétendu que notre divorce était ma faute à cent pour cent. L'échec venait de moi. Son « petit chou » était irréprochable. Pourtant, c'était elle qui m'avait quitté. Et moi qui avais essayé de recoller les morceaux. De nous deux, c'est moi qui m'étais sincèrement engagé « pour le meilleur et pour le pire ».

Avec Joy, ça a été super un certain temps. Elle est d'Anaheim, en Californie. Elle vivait ici depuis presque trois ans, mais elle n'avait pas encore vu grand-chose de la région. Le week-end, on s'offrait des petites virées – Cape Cod, Newport, New York. Au début, on ne faisait l'amour que dans les motels. Joy partageait un studio avec une colocataire, donc rien n'était possible chez elle. Et, scrupule idiot de ma part sans doute, je ne voulais pas coucher avec elle dans le même lit qu'avec Dessa. J'ai fini par me débarrasser du vieux plumard et par acheter un matelas et un sommier neufs. Mais cette façon de s'envoyer en l'air dans les motels, c'était assez dingue. Une espèce de drogue. Elle avait quinze ans de moins que moi, et c'est elle qui m'apprenait des choses.

Leo prétend que c'est la nouvelle tendance : les jeunes sont bien plus salopes que les femmes de notre âge. Il a voulu m'entretenir sur le sujet un jour qu'on rentrait ensemble en voiture du Fenway. New York venait de flanquer une raclée aux Sox. « Je n'ai pas dit qu'elle était salope, ai-je corrigé, j'ai dit qu'elle n'était pas inhibée. »

Il a éclaté de rire. « Salope. Pas inhibée. C'est pareil, Birdsec. » On venait de s'arrêter au *drive-in* du Burger King et on roulait sur l'auto-route. J'étais au volant, naturellement, et Leo s'empiffrait tout en me parlant de pipes, des femmes qui aiment ça, et de celles qui, au contraire, considèrent qu'elles vous font une fleur ; des femmes qui avalent et de celles qui refusent d'avaler. Il voulait savoir à quelle catégorie Joy appartenait.

« Quelle *catégorie* ? Qu'est-ce que tu veux dire ?

— Elle avale ou elle avale pas ? »

Ça n'était pas ses affaires, ai-je répliqué.

« Ce qui veut dire qu'elle n'avale pas, donc ?

— Ce qui veut dire que ça ne te regarde pas. Gros lard. »

Ça lui a cloué le bec. Il a cessé de mastiquer. Il en a lâché son King-burger sur ses genoux. « Comment tu m'as appelé ?

— Gros lard.

— C'est bien ce que j'ai cru entendre. » Il a fourré son snack dans le sac en papier et l'a jeté par terre. Le visage tourné vers la vitre, il n'a plus desserré les dents jusqu'à la cinquième ou sixième sortie d'autoroute suivante. Quel con, ce mec ! Il était temps qu'il se fasse soigner ; il approchait de la quarantaine.

J'ai posé la vaisselle sale dans l'évier sans la rincer. Et merde ! Joy s'en chargerait le lendemain. Je suis ce qu'on appelle un passif agressif, c'est ça ? J'ai ouvert ma dernière bière.

Je me répétais que je devais absolument appeler Ray. Il savait peut-être pourquoi Thomas ne dépendait plus des mêmes médecins. Pourquoi on l'avait transféré à Hatch. Il avait peut-être communiqué avec le Dr Ehlers. J'en doutais, cependant. Généralement, c'était moi qu'Ehlers appelait, pas Ray. J'ai fermé les yeux. J'entendais encore mon frère s'écrier « Ah Seigneur ! » et je revoyais son pantalon mouillé sur le devant... Mercado aurait pu me faire sauter la cervelle avec son flingue au moment où j'avais voulu le prendre par le bras dans le fourgon de police. Un véritable cow-boy. Les flics étaient tous des cow-boys – c'est bien pour ça qu'ils faisaient ce métier. *Celui-ci est encore plus fou que son frère...*

J'ai décroché le téléphone avec l'intention de composer le numéro de Ray. En fait, j'ai appelé Leo.

Non que Leo ait une très bonne écoute. Loin de là. Mais au moins, il sait tout de l'histoire sordide de Thomas, de A à Z. L'été de nos dix-neuf ans, on travaillait ensemble pour la municipalité, on était tous les trois dans la même équipe. C'est à ce moment-là que Thomas a commencé à craquer. Il y avait Thomas et moi, Leo, et aussi Ralph Drinkwater. C'était tout de même incroyable : je n'avais pas revu Ralph Drinkwater depuis des années, et boum, voilà que je tombe sur lui à Hatch, avec son seau et sa serpillière. Comme ces êtres qui, étrangement, nous apparaissent tout d'un coup en rêve...

Leo demande toujours des nouvelles de Thomas, je dois lui accorder cela. Il va le voir de temps en temps à Settle. Il est même passé à Shanley après l'accident, mais on n'a pas voulu le laisser monter, car je n'avais pas pensé à mettre son nom sur la liste.

C'est Angie qui a répondu au téléphone. Leo était à New York pour une audition, paraît-il. Elle tolère toutes ces virées à New York, alors qu'il devrait aller travailler et rentrer à la maison à une heure raisonnable pour l'aider à s'occuper des enfants. C'est bien triste. D'autant que certaines de ces auditions sont du pipeau.

« Comment va ton frère, Dominick ? m'a demandé Angie.

— Pas fort. » Et j'ai parlé de Hatch.

« Ah mon Dieu !

— Escorté par la police. Jambes enchaînées. Comme si mon pauvre paumé de frangin était Lee Harvey Oswald en personne.

— Ah mon Dieu ! a-t-elle répété.

— Tu veux bien prévenir Dessa qu'il est là-bas ?

— Oui, bien sûr. Elle est partie camper avec Danny quelques jours, mais je lui dirai quand elle reviendra. »

J'ai tortillé le fil du téléphone autour de ma main en serrant fort, au point de me couper la circulation. Elle vit avec ce mec depuis deux ans et je ne supporte toujours pas qu'elle aille camper avec lui ! « Comment vont les enfants ?

— Très bien, très bien. Amber vient de remporter le concours d'affiches pour la sécurité contre l'incendie. Pour son école, pas pour toute la région.

— Ouais ? Super. Félicite-la de ma part.

— Shannon va participer à un marathon pour le foot. Tu ne veux pas la parrainer ?

— Si, bien sûr. Inscris-moi pour dix dollars. » Shannon est déjà au lycée. Elle devait avoir six ans quand Leo et son entraîneuse de Lyme ont été pris sur le fait. Amber, elle, a neuf ans. C'est le bébé d'après les consultations conjugales.

« D'accord, Dominick. Merci. Viens donc dîner un de ces jours. (Un silence.) Venez tous les deux. »

Un de ces jours. Encore une non-invitation.

« Oui, merci. Quand ça ira mieux du côté de mon frère. » C'est-à-dire quand ? Jamais ? Un non-refus en réponse à une non-invitation.

« Je dirai à Leo que tu as appelé. Tu veux qu'il te rappelle s'il rentre avant onze heures, disons ?

— Non, pas la peine. Je le joindrai demain. Son essai, c'est pour quoi ?

— Un film. Je ne sais pas exactement. Mais toi, il faut que tu tiennes bon, hein ?

— Oui.

— Écoute, Dominick...

— Quoi ?

— T'es un bon frère, tu sais. »

Comme un idiot, en entendant ces mots, je me suis mis à chialer. Obligé de raccrocher. Ah, super, il ne manquait plus que ça : l'*autre* Birdsey en train de craquer lui aussi. Le frère jumeau glissant sur la pente de la dépression. Tous les deux dans le même sac.

Les revues d'immobilier étaient dans notre chambre, sur mon oreiller, avec un Post-it collé sur la couverture. « Dominick, qu'est-ce que tu en penses ? ? ? » Toutes les semaines, j'ai droit à *L'Immobilier* et *Maisons en vente.* Je commence à connaître par cœur le visage souriant de tous ces agents de la région, des bandits. Joy coche toutes les annonces qu'elle veut que je regarde. Elle persiste à bâtir un château en Espagne. Elle doit encore huit mille dollars, et moi, avec mes propres économies, j'aurais sans doute tout juste de quoi verser un acompte pour une niche à chien. En outre, je ne sais même pas si on restera ensemble. Je ne cesse pas de changer d'avis à ce sujet.

Joy a ses points faibles. On ne s'en aperçoit pas tout de suite, surtout quand on a les yeux fixés sur ses qualités. Il y a sa réputation d'insolvabilité pour commencer, son rapport au fric. On vivait ensemble depuis deux mois quand j'ai découvert qu'elle n'avait aucun sens de l'argent – il a fallu que je lui montre comment établir un budget. Ce n'était pas faute d'intelligence de sa part, a-t-elle dit, mais personne avant moi n'avait jamais pris le temps ni la peine de lui expliquer. Ses deux maris avaient toujours payé les factures, et c'est pour cela qu'elle avait fait un tel gâchis avec ses cartes de crédit. On a établi un tableau de ses rentrées et de ses débits, et puis j'ai sorti toutes ses cartes de crédit de son portefeuille et je les ai mises bout à bout sur la table de la cuisine. Je lui ai tendu les ciseaux. « Allez, coupe ! » ai-je dit. Et elle a obtempéré.

Une autre de ses faiblesses m'est apparue trois ou quatre mois plus tard. Ce soir-là, elle était sortie faire des courses aux Pavilions. Leo était venu chez nous. On regardait ensemble le championnat de basket de la NBA. Coup de téléphone : c'était Joy, elle parlait si bas que je n'ai pas compris tout de suite ce qu'elle me disait. Elle était au commissariat de police de Manchester. J'ai d'abord cru à un accident, mais non. On l'avait prise en train de voler dans un magasin.

Elle avait fauché de la lingerie fantaisie chez Victoria's Secret. On venait de l'arrêter pour vol. Ça m'a fait une drôle d'impression. Je restais là sans vraiment comprendre, et une partie de moi-même continuait à regarder le match.

Avant de prendre la voiture pour aller la chercher, j'ai fait promettre à Leo de ne rien dire à Angie. Je ne voulais pas que la nouvelle de l'arrestation de ma copine parvienne jusqu'à Dessa. Leo a proposé de m'accompagner mais j'ai refusé.

Une fois rentrés chez nous est venu le moment des confessions. Joy m'a avoué qu'elle fauchait déjà de temps en temps quand elle était au lycée. À l'époque, elle aimait ça. C'était seulement la troisième fois qu'elle se faisait pincer – du moins ici, sur la côte est. Elle s'est mise à ouvrir les tiroirs et les placards et à jeter sur le lit un tas de choses qu'elle avait piquées : du parfum, des bijoux, des écharpes en soie, et même un manteau. Comportement étrange – elle avait l'air complètement remontée. À l'entendre, ça ne lui plaisait plus qu'à moitié. Elle n'était pas très rassurée. On avait la trouille tous les deux, je crois bien. En même temps, elle était assez contente d'elle. Fière de ce butin empilé sur le lit. Alors elle s'est mise à m'embrasser et à me faire des papouilles. Et on a fini par baiser là au milieu de toute cette marchandise raflée – elle sur moi, moi dessous, avec une paire de boucles d'oreilles volées qui me labourait le dos. Jamais je ne l'avais vue aussi excitée. Étrange, je le répète.

Grâce à l'avocat qu'on a pris, elle s'en est tirée avec des travaux d'intérêt général : cinquante heures de monitorat de gymnastique au YMCA de Manchester. Quand elle rentrait, elle ne parlait jamais de ses élèves ni de quoi que ce soit. Elle partait à Manchester tous les samedis matin, elle faisait ses heures, et elle revenait. De ce côté-là, elle est bizarre, dépourvue d'émotions. Un peu indifférente. Chez les schizophrènes, on appelle ça un affect plat. En tout cas, je crois qu'elle s'est remise de cette arrestation beaucoup mieux que moi.

Après sa grande opération-pirate sur la lingerie, elle a consulté un psychologue pendant quelque temps. Un certain Dr Grork. Elle a cessé de le voir quand elle n'a plus été couverte par son assurance. Je ne crois guère à tous ces psys – que je sache, ça n'a jamais fait de bien à mon frère qu'on aille fouiner dans ces trucs liés à son apprentissage de la propreté et à sa puberté. Ça l'a plutôt démoli. Et M'man aussi. Je me souviens de ce vieux type avec des poils dans les narines qui, au début, a essayé de la rendre responsable de la maladie de Thomas. Les recherches, prétendait-il, tendaient à prouver que les mères qui ne donnaient pas assez d'amour à leurs fils étaient parfois à l'origine de troubles maniaco-dépressifs et/ou schizophréniques. Pure foutaise. M'man nous donnait tout ce qu'elle pouvait nous donner, surtout à Thomas. Son « petit lapin ». Elle ne vivait que pour ce gosse, à tel point que ça en devenait parfois un peu exaspérant, et que j'avais envie de lui dire : « Hou-hou. Dis donc, M'man, je suis là aussi ! » On peut me croire. Je suis bien placé pour le savoir. Le problème n'était pas le manque d'affection.

Pour revenir à Joy et à ce Dr Grork, ils n'ont pas tardé à arriver au cœur du problème. La découverte majeure a eu lieu un jour où il lui a demandé de décrire ce qu'elle ressentait en commettant un vol. Ça l'excitait, paraît-il. Au point qu'elle mouillait et même parfois se masturbait dans sa voiture en repartant. J'étais très gêné quand elle me racontait ce qu'elle venait de dire au Dr Grork. Une fois, après avoir volé un sac à main chez G. Fox, elle s'était mise à frotter l'objet contre elle dans sa voiture, et elle s'était masturbée en sortant du parking. Elle avait eu un orgasme si violent, là, sur la bretelle d'entrée de la I-84, qu'elle avait failli emboutir une Jaguar. « Bon, ça va, ça suffit, lui ai-je dit. Épargne-moi les détails. »

D'après le Dr Grork, la kleptomanie de Joy était liée au fait qu'on avait abusé d'elle sexuellement quand elle était au collège. Le frère de sa mère, ou plus exactement son demi-frère, était stationné à la base navale de San Diego et il avait vécu avec elles deux un certain temps. Quand la chose a commencé, il avait un peu plus d'une vingtaine d'années – dix ans de plus que Joy. Elle avait treize ans. Il ne s'agissait pas de viol. Enfin, oui et non. Mais de détournement de mineur, sans doute. D'après elle, au début, c'était une sorte de jeu : ils se battaient dans l'eau, ils luttaient corps à corps. Puis une chose en a entraîné une autre. Ils restaient souvent seuls. Au bout d'un temps, elle n'a plus repoussé ses mains, elle ne lui a plus dit d'arrêter. La mère de Joy travaillait la nuit.

Ça a duré jusqu'à ce que « Tonton » soit muté à Portsmouth dans le New Hampshire. C'est alors que l'affaire a pris une tournure vraiment malsaine. Leur relation a duré un certain temps. Par courrier. Il lui envoyait des lettres cochonnes dans lesquelles il glissait des petits bouts de lui-même : des rognures d'ongles, des poils de barbe, et même de la peau morte après un coup de soleil. C'était son idée à elle, c'est elle qui le lui demandait. Elle sortait tout ça de l'enveloppe et elle le mangeait, elle mâchait les ongles de ce type. Après, il a trouvé une copine et il a cessé de lui écrire. Il n'a plus répondu à ses lettres et a refusé de payer quand elle l'appelait en PCV après l'école. La copine a fini par décrocher le téléphone et par envoyer Joy au diable. Avec perte et fracas. C'est à ce moment-là que Joy s'est mise à voler dans les magasins. D'après le Dr Grork, ces vols lui donnaient à la fois un sentiment d'impuissance et l'illusion d'un pouvoir. Comme son oncle. Et sans doute comme ses deux époux. En rentrant de ces séances chez le Dr Grork, elle me déballait tout ça, que ça me plaise ou non.

Elle avait dix-huit ans quand elle a épousé son premier mari. Ronnie. Juste après son diplôme d'études secondaires, sans attendre la fin de l'été, elle se tire à Las Vegas avec le mec. Grave erreur, elle ne cesse de le répéter, d'être allée passer cet entretien pour un rôle à Disneyland. On lui a laissé entendre qu'elle ferait une parfaite Cendrillon. C'est une des grandes déceptions de sa vie – le rôle, elle ne l'a jamais obtenu. Ce Ronnie n'était sans doute qu'un gamin, lui aussi. Une vingtaine d'années. Elle est venue dans l'Est parce qu'il a été muté à la base de sous-marins de Groton. Ils ont habité un logement de la marine, dans Gungywamp Road. J'ai repeint des maisons par là. Déprimant : une série d'habitations identiques. Avec son second mari, Joy a continué à vivre là – une autre maison, dans la même rue. Dennis était maître dans la marine. Elle a commencé à coucher avec le deuxième pendant que le premier était en mer.

C'est là le gros point noir, le plus sérieux : je ne peux jamais lui faire entièrement confiance. Pas à cent pour cent, en tout cas. Non qu'elle m'ait jamais trompé – pas que je sache, du moins. Mais ça pourrait arriver, avec un petit con sans intérêt, un crétin de vingt ans qui ne voit pas plus loin que le bout de sa bite. Des mecs de ce style, qui roulent des mécaniques, c'en est plein à Hardbodies, le club où elle travaille.

Des types jeunes avec du gel dans les cheveux, une ceinture d'halté-rophile et un anneau dans l'oreille. Il en sort de tous les coins. Une véritable invasion.

Ce qui ne veut pas dire que ça ne colle pas entre nous au lit. Sur ce plan-là, ça marche encore très bien. On ne bat plus tous les records, comme au début, quand on allait dans les motels, les Ramada et les Best Western, mais ça reste fichtrement satisfaisant. Seulement quelquefois, pour ma part, c'est laborieux. À cause du stress, sans doute – mon frère, mes affaires et le reste. Joy insiste toujours pour que je vienne me déten-dre au club. Pour que je me fasse masser par son copain la Duchesse. « Il est génial. Il a un doigté, un rythme... entre ses mains, on sent vraiment la tension disparaître.

— C'est précisément ce qui me fait peur, ai-je dit.

— Ah, je t'en prie ! C'est de l'homophobie.

— Ouais, peut-être. Est-ce que je sais ? » Je repense à la fois où on est allés dîner chez eux – chez Thad et Aaron. Aaron est à peu près de mon âge. Ils habitent un de ces immeubles modernes à parois de verre de Skyview Terrace, donnant sur la rivière. Un quartier de gens pleins de fric – tranches d'imposition maximale. Autrefois, Skyview Terrace faisait partie des anciennes fabriques, et avant cela de la réserve des Wequonnoc. Avant la construction de ces immeubles, il m'arrivait d'al-ler à la pêche par là, avec Leo, et avec Thomas. On a une de ces vues sur la rivière ! Surtout début juin, quand les arbres et les lauriers se couvrent de jeunes feuilles. Un spectacle qui vous ferait presque croire en Dieu.

Aaron est architecte. C'est lui qui est propriétaire de la Porsche et de l'appartement. En allant chez eux ce fameux soir, on a dû s'arrêter dans deux magasins avant de trouver le vin à vingt-quatre dollars la bouteille dont Thad avait dit qu'il irait parfaitement avec ce qu'il allait nous ser-vir : des escalopes à la crème et ces fichues pommes duchesse. En prin-cipe, Aaron et moi devions nous découvrir des points communs en raison de notre âge, et parce que nous étions l'un et l'autre dans le « bâtiment ». Laissez-moi rire. Un architecte et un peintre en bâtiment dans la même corporation ! Ce dîner m'a paru interminable. J'ai passé toute la soirée à boire de la bière danoise et à écouter Aaron parler jazz fusion et fonds commun de placement. À essayer de ne pas m'énerver devant toutes ces œuvres d'art gay accrochées aux murs de l'apparte-ment. Joy et Thad n'ont pas cessé d'échanger des potins sur les gens du club. Il paraît que Thad veut laisser tomber progressivement le massage thérapeutique et se mettre à la restauration. S'il y tient vraiment, Aaron financera le projet, dit Joy, mais d'abord, il faut que Thad apprenne le métier, qu'il suive des cours de marketing et de management – quelque chose d'un peu plus sérieux que la mixologie. Quand il montera sa propre affaire, il prendra Joy comme barmaid. Elle est plus complice avec lui qu'avec aucune de ses amies femmes. Elle prétend qu'elle peut lui confier des choses qu'elle ne me dit même pas à moi. De quoi faire flipper, car elle m'en dit déjà beaucoup.

Elle se raconte qu'une fois toutes ses dettes payées, on pourra faire des économies, acheter une maison et se marier. Avoir une baraque comme celles de ses revues immobilières. « J'ai quinze ans de plus que toi, lui ai-je dit une fois. Il y a longtemps que j'ai cessé de rêver. J'ai déjà beaucoup d'heures de vol.

— Moi aussi », a-t-elle répliqué gaiement, comme si c'était une heureuse coïncidence, comme si on découvrait que notre anniversaire tombait le même jour...

Je me suis ravisé : finalement, j'ai fait la vaisselle et rangé les casseroles. Passif agressif, à quoi bon ?

Joy essaie d'éviter Thomas, elle en a peur, je le sais. Il lui faisait déjà peur avant qu'il ne se tranche la main. Quand elle est venue vivre avec moi, j'avais pour habitude d'amener mon frère à la maison le dimanche après-midi – un rituel établi du temps de Dessa que j'avais conservé après le divorce. Au début, Joy n'a fait aucune remarque à ce propos, ni dans un sens, ni dans l'autre. Attitude exemplaire. Et un dimanche matin – on était ensemble depuis six mois environ –, au moment où je m'y attendais le moins, elle m'a demandé de ne pas aller le chercher.

« Mais voyons, il vient toujours le dimanche. Il m'attend.

— Je trouvais que, pour une fois, ce serait chouette de passer tout le dimanche ensemble, juste toi et moi. Appelle-le pour lui dire que tu n'es pas bien, ou je ne sais quoi. Je t'en prie. »

On était tous les deux à poil dans la salle de bains. On venait de faire l'amour comme des fous, et j'allais prendre une douche. Avant de rencontrer Joy, je ne savais pas qu'il existait des femmes qui aimaient ça à ce point.

« Juste toi et moi », a-t-elle répété. Elle m'a pris la main pour la guider sur ses seins, son ventre et, plus bas, vers une zone encore toute humide après nos ébats. Un nuage de vapeur nous enveloppait. J'avais déjà réglé la température de la douche. « Je t'en prie, a-t-elle dit.

— Joy, il compte sur moi. Il m'attend déjà dans le solarium, avec son blouson sur le dos. »

Elle m'a lâché la main et s'est collée à moi en me caressant les couilles par-dessous. Elle souriait. Me regardait cligner des yeux, m'étrangler. Dessa et moi, on avait découvert ensemble ce qui nous faisait jouir le plus, tandis que Joy savait dès le départ ce qui me rendrait fou. Les mêmes choses, sans doute, que ce qui avait rendu fous ses deux maris. Et son oncle.

« Et moi alors ? Je peux attendre ? a-t-elle protesté. Ça ne compte pas ? » Elle continuait à me caresser. Dix secondes de plus, et elle arriverait à ses fins.

Je l'ai saisie par le poignet pour écarter sa main. J'ai planté mon regard dans ses yeux et j'ai attendu.

« C'est pas...

— C'est pas quoi ?

— C'est pas que je ne l'aime pas, Dominick. Je l'aime bien. Il est bizarroïde, mais c'est un type sympa. Pourtant, par moments, il me fiche la trouille avec sa façon de se comporter. Sa façon de me regarder. »

Des conneries, ces insinuations ! Thomas la zieutait, il bavait devant elle ! Comme si elle n'était pas habituée à ce que les mecs la matent ! Une si belle fille ! Seulement, avec tous les médicaments qu'il absorbe depuis des années, mon frère n'a guère plus de pulsions sexuelles qu'un mannequin. « De quelle façon il te regarde ? Explique.

— Je ne sais pas. C'est même pas ça, en fait. Le truc, c'est qu'il me fait flipper.

— T'es pas la seule. Il fait flipper tout le monde. » Je la tenais toujours par le poignet. Je serrais même un peu plus fort.

« Oui, mais c'est surtout... J'essaie de te parler honnêtement. Ne te fâche pas. C'est surtout que vous vous ressemblez tellement ! C'est ça qui me fiche la trouille. Par moments, il a l'air de ton double, un double monstrueux. »

J'ai soutenu son regard, et elle a fini par baisser les yeux. Après quoi j'ai lâché sa main et je suis entré dans la douche.

« Allez, laissons tomber ! m'a-t-elle crié pendant que l'eau crépitait. D'accord, va le chercher. J'assumerai. C'est pas ton problème, c'est le mien. Dominick, je suis désolée. »

Elle a passé la main derrière le rideau de la douche, et je suis resté là à regarder cette petite main parfaite qui tâtonnait en aveugle à la recherche de la mienne. J'ai refusé de faire un geste qui aurait validé ce qu'elle pensait et ce qu'elle venait d'exprimer.

Je ne voulais pas, je ne pouvais pas lui accorder ça. Et c'est sans doute la raison pour laquelle ça ne marchera jamais entre nous.

Je suis allé prendre Thomas comme d'habitude. Je l'ai emmené jusqu'à Springfield, dans le Massachusetts, au Basketball Hall of Fame, dont il se foutait éperdument. Au retour, on s'est arrêtés pour manger de la langouste, et il s'est fait des taches de beurre fondu partout. On est rentrés tard exprès. Les deux jours suivants, je n'ai pas adressé la parole à Joy, et j'ai été si moche avec elle que ça s'est finalement retourné contre moi. Je sais bien que la vie avec moi n'est pas facile. Vous ne pouvez pas savoir ce que c'est que d'être le frère d'un schizophrène paranoïaque. Votre vie et vos relations avec les autres sont royalement foutues en l'air.

Je restais là les yeux fixés sur le répondeur qui clignotait. Je me suis souvenu qu'il y avait des messages que je n'avais pas encore écoutés. J'ai appuyé sur le bouton.

Bip. « Monsieur Birdsey, bonjour. C'est encore Henry Rood. Il est dix-sept heures, monsieur – la journée de travail est terminée. » Il arrivait à peine à articuler, il avait déjà commencé à pinter. « C'est pas que vous ayez beaucoup travaillé aujourd'hui, monsieur Birdsey. Pas ici, en tout cas. J'attends toujours une réponse aux cinq messages que je vous ai laissés. Je les compte. Chaque fois que j'essaie de vous joindre, je note sur un petit bloc. Mais je ferais peut-être mieux de m'adresser ailleurs.

— Tu ferais peut-être mieux de te le foutre au cul », ai-je dit au répondeur. Sa foutue baraque, j'y retournerais quand je pourrais.

Bip. « Oui, allô. Ici Lisa Sheffer. J'essaie de joindre Dominick Birdsey. C'est au sujet de Thomas Birdsey, votre frère. »

C'est reparti ! Tu travailles pour qui, mon chou ? *Hard Copy ? Geraldo ?*

« Je suis l'assistante sociale de Hatch affectée à votre frère, ou, si vous préférez, à qui votre frère a été affecté... Je sais que vous avez eu des ennuis ce soir en l'accompagnant ici, et j'ai pensé que vous aimeriez peut-être me parler. Je pourrai sans doute vous aider quant à la procédure à suivre dans l'établissement. Si vous souhaitez me rappeler, je serai dans mon bureau ce soir jusqu'à dix heures environ. » J'ai regardé la pendule : dix heures vingt. Ah, putain ! « Sinon, vous pouvez m'appeler demain. Ne vous faites pas de souci. D'accord comme ça ? »

Fin du message. Merde ! Si j'avais écouté jusqu'au bout tout à l'heure en rentrant...

Mais la voix a repris :

« En fait, je viens de parler un peu avec lui. Tout va bien, étant donné les circonstances. Réellement. Je sais que ça s'est mal... Il arrive que les gardes soient un peu... Enfin, votre frère va bien. Vous savez, ce n'est pas une salle de torture, ce bloc. Dans l'ensemble, on traite les gens humainement. J'ai pensé que vous seriez rassuré de l'apprendre, après les incidents de ce soir. On l'a mis dans une chambre juste en face de la permanence des infirmières. Ce qui est une très bonne chose. L'infirmière de service cette nuit est formidable. Je la connais. Alors, ne vous inquiétez pas. Et, encore une fois, appelez-moi quand vous voudrez. Euh... Non, bon, c'est tout, je crois. Au revoir. »

J'ai essayé de la rappeler. Elle était peut-être restée plus tard que prévu. Mais pas de réponse.

Je suis retourné zapper d'une chaîne à l'autre. Lisa Sheffer : enfin quelqu'un qui ressemblait à un être humain ! J'ai avalé encore un cachet. Je me demandais si la codéine faisait vraiment effet. J'avais toujours mal au-dessous de la ceinture, mais j'avais l'impression de m'en foutre. Donc, ça devait marcher...

J'ai émergé d'un rêve dans lequel je m'excusais auprès de Connie Chung. Je la suppliais de me pardonner. De me donner la clef, pour que je puisse libérer mon frère. « *La chiave.* Demandez-moi *la chiave* », me disait-elle.

Quand j'ai ouvert les yeux, Joy était assise à côté de moi sur le canapé. « Bonsoir, a-t-elle murmuré.

— Bonsoir... Qu'est-ce qui se passe ?

— Il a l'air d'un petit garçon au réveil », a-t-elle dit en passant une main dans mes cheveux. Je n'ai pas compris tout de suite à qui elle s'adressait, je me suis demandé si je continuais à rêver. C'est alors que j'ai vu la Duchesse. Assis en face de nous sur le futon bien rembourré. Il me souriait. Ils avaient tous les deux un verre à la main. Un cocktail lacté.

« Comment ça va ? m'a demandé Joy.

— Ça va. Ça va bien.

— Bon. » Elle a mis la main sur ma joue et m'a caressé de ses doigts de voleuse à l'étalage. Des doigts humides à cause du verre qu'elle tenait. Humides et froids

7

Thomas et moi marchons le long du lac, et nous nous arrêtons pour faire des ricochets chaque fois que nous voyons un galet plat. Thomas se baisse. Il vient d'en trouver un très bien. « Vise un peu ça », dit-il, et il le lance. Le galet rebondit à la surface de l'eau, six, sept, huit fois...

Un bruit attire mon attention – un babillage. C'est un singe, perché tout en haut d'un grand arbre, et en partie caché par le dessous argenté des feuilles tremblotantes. « Dominick ! Regarde ! » s'écrie Thomas en faisant ricocher un autre galet. Huit, neuf, dix, onze... Je me retourne encore une fois et lève les yeux vers le sommet de l'arbre : le singe s'est transformé en une vieille femme qui nous observe en caquetant... *Bip ! Bip ! Bip ! Bip !*

« Ouais, une minute », dis-je au radio-réveil d'une voix bourrue. Ma main bat l'air et finit par trouver le bouton. Silence. Allongé là dans un demi-sommeil, le souvenir de la veille au soir me revient soudain : Thomas, jambes entravées, hurlant tandis qu'on l'emmène dans le bloc de haute sécurité. Son internement à Hatch s'abat sur mes épaules comme une enclume.

Il fait froid dans la chambre. J'aurais déjà dû allumer la chaudière. Je tire la couverture jusqu'à mon menton.

Est-il réveillé là-bas lui aussi ? Peut-être que nous nous réveillons exactement au même instant. Ce phénomène de télépathie s'est produit par intermittence tout au long de notre vie – un partage d'expériences réciproques qui n'existe qu'entre jumeaux. L'un de nous, par exemple, répondait à une question avant même, parfois, que l'autre ne l'ait posée. Un jour, au cours de gymnastique, je me suis cassé le bras et Thomas, à l'autre bout de l'école, a ressenti la douleur. Et l'été où Ray a loué un chalet au bord du lac Oxoboxo, on s'amusait à penser à la même chose en même temps : à sauter du ponton ensemble pour voir si on avait choisi de plonger de la même façon... La semaine passée encore : je n'ai pas su tout de suite qu'il se tranchait la main dans la bibliothèque, mais j'ai senti qu'il se passait quelque chose. Toute la matinée, j'avais été dans un état d'agitation inhabituel – j'avais renversé un pot de peinture, ce qui ne m'arrive jamais. Et quand j'ai vu arriver la voiture de police dans Gillette Street, je me suis dit aussitôt : c'est pour Thomas.

La douche cesse de couler et j'entends le rideau s'ouvrir. 5 h 55 au réveil. C'est toujours comme ça les jours où Joy part de bonne heure pour donner son cours d'aérobic : elle se lève avant que le réveil ne sonne et elle oublie d'arrêter ce foutu machin... Quand j'ai commencé à sortir avec elle, je suivais ce cours de « mise en forme matinale pour cadres ». Fameuse séance d'entraînement, qui vaut le déplacement. Ce que je ne supportais pas, c'est ce qui se passait ensuite au vestiaire. Tous ces mecs en costard-cravate qui raccrochaient leurs fixe-chaussettes en spéculant sur la taille des soutiens-gorge de Joy, et sur ce que pouvait donner l'entraînement avec elle au lit. Ils ne savaient pas que j'étais son copain, et ils ne me voyaient pas plus que si je n'existais pas. J'ai fini par apostropher l'un d'eux – le patron d'une compagnie d'assurances, encore pire que les autres – et il est allé se plaindre au directeur. Il valait peut-être mieux, m'a dit Joy, que je n'assiste plus à ce cours-là. Ça fait partie du truc, vous comprenez. Les mecs sont censés fantasmer sur la monitrice. Ça fait marcher le commerce.

Je me redresse dans mon lit et je pose les pieds par terre. Bon sang, que j'ai mal ! Pas question d'aller faire de la peinture aujourd'hui. Je vais sans doute être obligé d'accepter la proposition de Ray de me donner un coup de main pour la maison des Rood, quitte à en devenir fou. Si seulement je l'avais appelé hier soir pour l'avertir que Thomas est interné à Hatch.

J'ai fait une liste dans ma tête. Appeler Ray. Appeler Rood. Le médecin de Thomas. L'assistante sociale. Son nom ? Lisa quelque chose. Un drôle d'oiseau, celle-là, à entendre son message sur le répondeur, mais au moins ça va me permettre de démarrer : j'arriverai à savoir qui est son supérieur, je la court-circuiterai et j'irai m'adresser au plus important de tous ces fumiers. Je veux savoir à quoi m'en tenir avant de voir mon frère. Je veux pouvoir lui dire : voilà, ça y est, on va te tirer d'ici de telle ou telle façon.

La porte de la salle de bains s'ouvre, et Joy émerge d'un nuage de vapeur. Pas étonnant que ce plafond soit une véritable fabrique de moisissure. Je lui dis de laisser la porte ouverte quand elle fait couler de l'eau aussi chaude. Impossible, répond-elle, ça lui rappelle *Psychose*.

Des psychopathes violents, voilà avec qui ils ont enfermé mon frère. Si Thomas porte la moindre trace de coup quand je le sortirai de là, je les traînerai en justice, je les ferai payer.

Joy me touche l'épaule en passant près de moi. Elle ôte son drap de bain. J'aime bien la regarder se préparer comme ça au petit matin. Avant que le téléphone ne commence à sonner. Avant qu'on ouvre la bouche l'un et l'autre et que ça se gâte. Elle aussi aime bien être regardée. La séance du matin. Le strip-tease à l'envers. Quand Dessa s'habillait en ma présence, c'était toujours avec une certaine réserve – elle enfilait ses vêtements en vitesse près de la penderie. Joy, elle, c'est tout le contraire.

Elle met un peu de crème dans le creux de sa main, et commence à se frotter le cou, les seins, l'intérieur des jambes. Son pubis est un triangle parfait de poils châtain clair, soyeux au toucher – rien à voir avec la rudesse de ceux de Dessa. Elle se fait épiler à la cire à son club. Sur le plan médical, c'est tout ce qu'il y a de plus merdique, ce club – pas de surveillance particulière, pas de contrôle dentaire –, mais on peut passer le temps que l'on veut dans les cabines de bronzage. Se faire tondre la motte gratis. Je regarde Joy se glisser dans son collant zébré avec cette espèce de lanière noire qui attire le regard juste au bon endroit. Malgré mes couilles meurtries, je suis déjà excité. Comme un toutou autour d'elle. Il suffit qu'elle entre dans la pièce...

Or justement, dans ce club, on compte que les mecs vont se comporter comme des toutous. Seul le corps existe. Joy a suivi des séminaires dits de « maximalisation du potentiel client », la formule maison pour « baiser la clientèle ». Ce collant zébré, par exemple : on demande aux employées de porter les articles qui sont vendus sur place à des prix exorbitants. L'idée est la suivante : une grosse nana se pointe dans le magasin, raque quelque quarante ou cinquante dollars pour un de ces collants à lanière et ressort du vestiaire persuadée qu'elle ressemble à Joy. Maximalisation du potentiel client, laissez-moi rire ! Vous savez qui possède la chaîne des clubs Hardbodies ? La Générale Alimentaire.

« Bonjour. Comment tu te sens ? me demande Joy.

— Je survis », dis-je en haussant les épaules.

Je vais jusqu'à la salle de bains en boitillant, jambes arquées, à cause de ce salaud de garde.

On se croirait dans la forêt tropicale – murs dégoulinants, miroir et fenêtre complètement embués. « Tu vas travailler aujourd'hui, Dominick ?

— Impossible. Je dois débrouiller la situation de mon frère. » Je fais couler la douche et ôte mes sous-vêtements. J'ai une ecchymose rouge foncé à l'intérieur de la cuisse, les testicules enflés, noir, violet et bleu.

« Je ne serais pas foutu de grimper sur ces échafaudages de Gillette Street ni d'en redescendre.

— Chez Henry Rood ?

— Ouais, comment tu le sais ?

— Il a été infect hier au téléphone. J'avais envie de lui dire : excusez-moi, mais c'est pas moi qui repeins votre maison. C'est pas moi qu'il faut engueuler.

— Tu lui as répondu ça ?

— Non, mais j'ai bien failli.

— Bon, eh bien, la prochaine fois, ne te gêne pas. Envoie-le au diable. »

L'eau chaude me fait du bien. Pourquoi ne pas rester sous la douche toute la journée ? Mon frère ? Quel frère ?... Soudain, le rêve au milieu duquel je me suis réveillé me revient. Lui et moi au bord du lac... Rosemark's Pond, je crois bien. Des singes et des vieilles femmes perchés

dans les arbres. Je ne cherche même pas à savoir ce que ça veut dire...
Il a toujours été très fort pour faire des ricochets, mon frère. Plus fort
que moi.

Quand j'ouvre le rideau de la douche, Joy se fait les yeux, debout
devant le lavabo. « Tu vois ça, dis-je en lui montrant mes blessures de
guerre de la veille au soir.

— Ah, mon Dieu... Dis donc, Dominick...

— Quoi ?

— Je me demandais. Et Connie Chung ?

— Eh bien, quoi ?

— Qu'est-ce que je dois lui dire quand elle rappellera ? Pour l'interview ? Il lui faut une réponse, dans un sens ou dans l'autre. J'ai dû lui
donner mon numéro au club au cas où elle n'arriverait pas à te joindre.

— Dis-lui que c'est non. » Elle n'a pas l'air de comprendre.

« Bon, bon, fait-elle enfin. C'est toi qui décides. Mais à mon avis...

— À ton avis, quoi ?

— Eh bien, il me semble que tu devrais d'abord lui parler. Ils pré-
parent une émission spéciale sur les réactions à l'opération "Bouclier du
désert".

— Il a suffisamment réagi, non ? Ça lui vaut d'être bouclé dans un
bloc de haute sécurité. "Bonsoir, Connie Chung en direct de chez les
psychopathes." Sûrement super pour l'audimat.

— Tu devrais l'écouter avant de prendre ta décision. Elle est très
bien, Dominick. Elle paraît vraiment compréhensive.

— Ah oui ?

— Je t'assure. Thad a été de mon avis.

— Thad ? Qu'est-ce qu'il a à voir là-dedans ?

— Rien. Mais il était là quand elle a appelé. C'est lui qui a décroché
le téléphone. Après, on s'est dit : "Ah, quand on pense qu'on vient de
parler à Connie Chung de la télé."

— Y a vraiment de quoi pavoiser ! Écoute-moi : dorénavant, je ne
veux plus que ce connard réponde au téléphone à notre place. »

Pas de réaction. Elle est toujours branchée sur Connie Chung.
« Je t'assure, Dominick. Parle un peu avec elle. Elle a été adorable.

— Elle a été adorable parce qu'elle espérait obtenir quelque chose
de toi. Joy, crois-moi. Connie Chung n'est pas subitement devenue ta
meilleure amie. »

Elle se retourne et me fusille du regard. « Ça, je le sais. Je ne suis pas
idiote à ce point, quoi que tu en penses.

— Écoute. Je ne veux pas... Il se trouve que j'ai une ou deux choses
à régler pour le moment, et je ne...

— Tu sais ce que j'aimerais quelquefois ? Que tu t'occupes de moi
comme tu t'occupes de lui. Ce serait vraiment une bonne surprise,
Dominick, que mon copain s'occupe un peu de moi. Mais ça n'est pas
près d'arriver, hein ? Parce que moi je ne suis pas folle à enfermer. »

Oubliant mon état, je me laisse tomber sur le lit. J'attends que la douleur passe. « Non, Joy. Pas maintenant. Pas ça... Primo, je n'ai jamais pensé que tu étais idiote. C'est dur pour toi, je sais. C'est dur pour nous tous. Mais je dois veiller sur lui, je ne peux pas y échapper, tu comprends. C'est quelque chose qui n'est pas négociable.

— Très bien. Fais ce que tu as à faire. » Et elle sort de la chambre.

Une interview avec Connie Chung ! Quelle ironie, d'une certaine manière. La nation à l'écoute. Exactement ce que voulait Thomas. Ce pour quoi il s'est tranché la main au départ. Il croyait pouvoir empêcher une guerre s'il parvenait à capter l'attention de tous. Quand il réussirait à se faire entendre, il trouverait des brebis pour le suivre. Il serait leur pasteur. Et cela ne manquerait pas d'arriver, étant donné le nombre de cinglés en ce bas monde. Je me représente fort bien la chose : l'Église de saint Thomas Birdsey. L'Ordre Sacré des Amputés pour la Paix. Ce serait périlleux, m'avait prédit Thomas. À vouloir sauver le monde, il n'échapperait pas à la liste noire de Satan.

Joy revient dans la chambre en se séchant les cheveux avec une serviette. « Au fait, il y a un message pour toi sur le répondeur. La robe de cocktail que tu as commandée est arrivée au magasin. »

Comme elle se tait, elle donne l'impression d'être coupable. Je ne vois pas son visage.

« C'est pour quoi faire, cette robe de cocktail ? »

Elle secoue la tête et fait gonfler ses cheveux avec ses doigts. Elle a une coiffure « naturelle ». Je regarde ses yeux dans la glace. Pas la moindre expression de culpabilité. Pas d'expression du tout. Ce visage de marbre explique sans doute qu'elle sache si bien voler dans les magasins.

« Tu m'entends ?

— Comment ?

— Je te demandais pourquoi il te faut une robe de cocktail.

— Ce n'est pas que j'en aie besoin. Je ne vois pas pourquoi j'en aurais besoin puisqu'on ne va jamais nulle part. »

Je ne relève pas. Je me garde bien de répliquer. Ce matin, nous sommes tous les deux prêts à la bagarre. Elle va enfiler son survêtement, sûrement un modèle de la boutique Hardbodies.

« Alors pourquoi tu en as commandé une ? »

Impossible de capter son regard. L'accusée est présumée coupable. De quoi ?

« Je voulais juste voir comment ça m'allait. Tu es content ? Ça se fait, tu sais, de commander un modèle dans sa taille, de l'emporter chez soi pour l'essayer et de le rapporter. Ce n'est pas interdit par la loi.

— Je ne dis pas ça. Mais tu ne trouves pas que c'est une perte de temps, si tu sais d'avance que tu ne vas pas l'acheter ? »

Pour toute réponse, elle part à la cuisine.

Mettre des sous-vêtements est une souffrance. Un jean ? Pas question. Je retrouve un pantalon à cordon que Joy m'a acheté il y a un certain temps, un truc gueulard, couvert de têtes de mort. Je n'ai jamais porté cet affreux machin, pas pour sortir, en tout cas. Je suis à l'aise, c'est toujours ça... J'arriverais sans doute à avoir la peau de ce garde si je décidais de donner suite. Si j'allais voir un médecin et un avocat. Mais je n'en ai ni le temps ni l'énergie, à cause de tout le reste. Et merde !

Joy se laque les ongles des pieds à la table de la cuisine. J'ai horreur de la voir mettre les pieds juste à l'endroit où on prend les repas. Elle n'aurait jamais l'idée de passer une éponge après coup.

« Chouette pantalon, me dit-elle d'un air fin.

— C'est toi qui me l'as offert, non ?

— Ouais, du temps où c'était la mode. »

Je mets la cafetière en route. J'avais supprimé la caféine l'an dernier : je me sentais mieux, je dormais mieux. Et puis je m'y suis remis cet été, quand l'affaire du Koweit a commencé. Thomas ne parlait que de ça, de ces prophéties bibliques qui allaient se réaliser, de toutes ces conneries d'Armagédon. C'est le schéma habituel quand il amorce une rechute : il s'accroche à une chose et ne la lâche plus. Pas de répit. *Obsession délirante*, disent les médecins... Il y a quelque temps, c'était l'avortement. Ensuite, il y a eu les otages et l'ayatollah. Maintenant c'est le golfe Persique. On a envie de lui crier : « Ferme-la ! » Mais non. Il ne peut pas. Il s'obstine...

Joy et la Duchesse ont abandonné leurs verres dans l'évier après leurs cocktails d'hier soir. Elle me fait tout le temps le coup de laisser les choses à tremper jusqu'à ce que je craque et fasse la vaisselle. À chaque fois, je me promets de tenir bon, et puis je finis par céder. Je préfère m'y mettre plutôt que de m'énerver à voir tout ça. Le pire, c'est la sauteuse. Elle la laisserait là *ad vitam æternam*.

Appuyé au plan de travail, je lis les gros titres en attendant que le café passe. Si Joy me parle, je n'entends rien. Je laisse tomber. Rien à foutre. HAUSSE RECORD DES PRIX DU PÉTROLE DUE À L'ÉPREUVE DE FORCE IMMINENTE ENTRE ÉTATS-UNIS ET IRAK... TRIBU WEQUONNOC RECONNUE PAR LE GOUVERNEMENT FÉDÉRAL... DAVID SOUTER REÇOIT L'AVAL DU SÉNAT.

La cafetière émet son grand gargouillis final. Je vais me verser une tasse. Généralement, Joy ne lit pas le journal, sous prétexte que c'est trop déprimant. Elle ne boit pas de café non plus. Elle prend exactement la même chose tous les matins pour son petit déjeuner : une tisane, des vitamines et une tartelette aux fraises. Allez comprendre !

IVANA TRUMP DEMANDE LE DIVORCE... EST-CE L'ÉCHEC DU COMMUNISME ?... LES REDS NE PEUVENT PAS LUTTER CONTRE LE DOUBLE HOME RUN DE BREAM. Ah, comme je voudrais que Pittsburgh arrive en finale. Je voudrais voir les Pirates contre les Sox – Doug Drabek en face de Clemens. Leo avait un filon pour avoir des places au Fenway. Si Boston revenait en finale, on pourrait peut-être aller brailler là-bas avec les autres comme autrefois...

Je m'y prends : Thomas est bouclé dans un service psychiatrique de haute sécurité, et je suis là à me soucier des éliminatoires de base-ball. À penser aux Red Sox plutôt qu'à mon frère.

« Ray, qu'est-ce qu'il en dit ? me demande Joy.

— De quoi ? »

Elle rebouche le flacon de vernis et s'évente les orteils avec un catalogue d'épicerie. « De lui, de son transfert à Hatch. »

Lui : c'est ainsi qu'elle désigne toujours mon frère. Ce n'est pas Thomas. C'est *Lui*. Durant les cinq jours qu'il a passés au Shanley Memorial après s'être amputé de la main, elle n'a pas pris la peine d'aller le voir une seule fois. Elle n'en a même pas eu l'intention. Ray lui-même a fait mieux : il a réussi à aller jusqu'au salon des visiteurs. « Il n'a rien à en dire. Et pour cause : je ne lui en ai pas encore parlé.

— Eh bien, appelle-le, Dominick. Il n'y a pas de raison que ce soit toujours toi qui portes tout ça sur tes épaules. C'est son père.

— Son beau-père.

— C'est pas pour ça qu'il ne doit pas prendre sa part du fardeau. Tu n'as pas besoin de jouer tout le temps les Superman. Tu en fais trop. »

« Superman » : quelle bonne blague ! Avait-on jamais vu un connard de garde lui filer un coup de genou dans les roustons ? « Je ne cherche pas à jouer les héros. Seulement... Ah, laisse tomber, tu veux bien ? C'est un peu trop compliqué à expliquer à six heures du matin.

— Non, explique-moi. Parle-moi, Dominick. Qu'est-ce qui est compliqué ? » Elle est là, assise, à me regarder. Pour une fois, elle m'écoute. « Je ne sais pas. C'est toujours moi qui ai été chargé de veiller sur lui. Non pas que j'y aie jamais tenu particulièrement, tu peux me croire... Ma première année de fac, qui aurait dû être pour moi l'occasion de prendre ma liberté, a tourné à tout autre chose.

— Pourquoi ?

— À cause de ma mère. »

En suivant le regard de Joy sur mes mains, je m'aperçois que j'ai déchiqueté l'emballage de sa tartelette, le réduisant, sans m'en rendre compte, à un petit tas de fines bandes de papier alu. « Chercher de l'aide auprès de Ray ! ai-je ricané. Il faisait partie de ceux dont il fallait que je protège Thomas.

— Que veux-tu dire ?

— Rien. C'est de l'histoire ancienne... Ray était une vraie brute avec lui quelquefois. Il s'en prenait à moi souvent, mais jamais aussi violemment qu'à Thomas.

— Pourquoi ?

— Je ne sais pas. Parce qu'au basket j'étais un champion, alors que Thomas abandonnait au milieu de la saison. Ou parce que j'étais toujours dans les parages quand Ray vidangeait sa voiture. Je n'ai jamais bien compris pourquoi il cherchait toujours Thomas, mais c'est un fait, il n'arrêtait pas de le chercher.

— C'est peut-être ce qui l'a traumatisé.

— Ça n'est pas si simple. Encore que, moi aussi, je me sois longtemps raconté qu'il avait craqué à cause de toutes les brimades que Ray lui avait infligées. En fait, j'aimais croire que Ray était le grand coupable et j'ai souhaité sa mort. Seulement, c'est plus compliqué que ça. Bien sûr,

Ray n'a rien arrangé, mais il n'est pas la cause de la maladie de Thomas. C'est d'origine biologique. Chimique. Ça vient de son cerveau.

— Il le battait ?

— S'il le battait ? Oui, parfois. On prenait des coups tous les deux de temps en temps. Ma mère aussi. Pas très souvent. Ray gueulait plus qu'il ne tapait. Il nous traitait d'ordures. À M'man, il disait que, s'il ne l'avait pas épousée, elle serait restée sur la branche avec ses deux petits bâtards. Un jour, je me rappelle... Tu sais, quand Thomas s'énervait, il se mettait à mâchonner quelque chose. Un crayon, sa serviette de table, ses manches de chemise. La moitié du temps, il ne s'en rendait même pas compte. Mais Ray devenait fou. Au point qu'il guettait littéralement le moment où le pauvre gamin allait mettre quelque chose dans sa bouche. Alors un soir, on est en train de dîner et... et sans faire attention, Thomas commence à mâchonner sa chemise. Ray descend à la cave, revient avec un rouleau de Chatterton et en couvre les mains de Thomas pour l'empêcher de se mâchouiller les doigts. Il l'oblige à garder ce Chatterton pendant au moins deux jours, je ne sais plus très bien... C'est curieux, les souvenirs : je revois Thomas manger comme un chien, la tête dans son assiette. Je l'entends encore pleurnicher tout au long de cette fichue journée. »

Joy tend les mains pour les poser sur la mienne. « Quelle horreur !

— Une fois aussi, pour nous punir, Ray nous a forcés à nous agenouiller à la cuisine sur du riz qu'il avait répandu par terre. Je ne sais même plus quel était notre "crime". Je me souviens seulement du châtiment... Rester à genoux sur du riz, ça n'a l'air de rien. Mais au bout de cinq minutes, ce n'est plus drôle du tout. Ça fait très mal. Ray m'a laissé me relever au bout d'un quart d'heure parce que je n'avais pas pleuré, mais il a obligé Thomas à rester à genoux parce qu'il pleurait et braillait tout ce qu'il savait. Pour Ray, le péché le plus grave, c'était de montrer ses larmes à l'ennemi.

— Et ta mère le laissait faire ?

— M'man ? Elle avait encore plus peur de lui que nous. Plus que moi, en tout cas. J'étais le seul de nous trois à lui résister. C'est ce qui m'a sauvé, d'une certaine manière. »

Ça me faisait tout drôle que Joy m'accorde tant d'attention. Je baissais la garde. Comme si, finalement, j'étais allé me présenter aux urgences en disant : « Tenez, regardez ce que m'a fait ce salaud de nazi... » Robocop, Ray : à quarante ans, j'étais encore aux prises avec des brutes.

Je me suis approché de la fenêtre. Il y avait de la gelée blanche, pour la première fois de la saison. Les feuilles des arbres changeaient. « Ça ne sert à rien de ressortir tout ça, Joy. C'est de l'histoire ancienne... Je ferais mieux d'arrêter, sinon tu vas être en retard. »

Elle est venue dans mon dos et elle a passé les bras autour de moi en appuyant le front sur mon épaule. « Tu sais...

— Quoi ?

— Ça me fait de la peine pour toi.

— Qu'est-ce qui te fait de la peine ?

— La méchanceté de Ray. Et tout ce que tu subis à cause de ton frère.

— C'est pas moi qui suis à plaindre, ai-je grommelé. C'est pas moi qui suis enfermé là-bas, c'est Thomas. »

Elle a continué à me serrer dans ses bras. Encore plus fort, en fait. Pendant plus d'une minute.

Après son départ, j'ai repris du café. J'ai feuilleté les dernières pages du journal. Je supprimerais peut-être la caféine quand la situation de Thomas serait réglée. Quand j'aurais terminé cette chierie de maison Rood. Je reprendrais peut-être le jogging. J'emmènerais Joy faire une virée. Ça pourrait marcher, nous deux, si seulement on... si seulement...

Je suis retourné à la fenêtre regarder les feuilles mortes qui volaient au vent. Il m'est venu toutes sortes d'arguments pour démontrer à Joy que je devais continuer à veiller sur Thomas.

Je sais que tu as besoin qu'on s'occupe de toi, Joy, mais, dans des lieux comme Hatch, les types s'entre-tuent. Jamais il ne serait capable de se défendre. Il serait comme un lapin qu'on jette à des loups.

Quand on est jumeau, c'est pas pareil, Joy. C'est compliqué.

J'ai promis à M'man de veiller sur lui.

8

1968-1969

Quand nous sommes sortis du lycée John F. Kennedy de Three Rivers avec notre diplôme, mon frère et moi, nous avons reçu de notre mère un cadeau commun. Elle avait scotché une petite clef en aluminium d'à peine deux centimètres à l'intérieur de chacune des cartes qui nous étaient destinées, avec cette inscription identique écrite de sa main : « Félicitations ! Avec toute notre affection, Maman et Ray. Allez voir dans le placard de l'entrée. »

Là, Thomas et moi avons trouvé une machine à écrire portable, dans une mallette bleu foncé qui s'ouvrait et se fermait avec l'une ou l'autre clef. Nous avons apporté l'objet dans la salle de séjour, nous l'avons posé sur la table basse, et nous avons ouvert la mallette. Thomas, qui avait suivi un cours de dactylo au lycée, a introduit une feuille de papier sur le rouleau, et, pour l'essayer, il a tapé cette phrase : *Le temps est venu pour tous les hommes de bien de venir en aide à leur pays.* Moi aussi j'ai tapé une phrase : *Thomas Birdsey est un con.* Allons, allons, ça suffit à présent, a dit M'man. Et nous avons eu droit à un baiser chacun.

Cette machine à écrire, M'man ne l'avait pas achetée ; elle l'avait eue en échange de ses coupons. Il y avait des années qu'elle mettait de côté les vignettes vertes de chez Sears & Roebuck dans l'espoir d'obtenir l'horloge de parquet fabriquée en Allemagne pour laquelle il fallait deux cent soixante-quinze carnets de coupons. M'man avait tellement envie de cette horloge qu'elle allait la voir de temps en temps dans le magasin de Bath Avenue, pour le simple plaisir d'en écouter le son et de caresser sa caisse de bois poli. M'man était en bonne voie, ayant accumulé presque cent cinquante carnets de coupons verts, quand, révisant son plan, elle a choisi cette machine à écrire pour nous en faire cadeau. Notre succès, nous a-t-elle expliqué, était plus important que son horloge.

Par « notre succès », elle entendait, je crois, notre sécurité. L'année précédente, un de nos voisins, Billy Covington, avait été tué au Vietnam, son avion s'étant abattu au cours d'un bombardement près de Hai-phong. Enfant, Billy venait chez nous après l'école, car son père avait abandonné la famille et sa mère travaillait en ville. Il avait quatre ans de plus que Thomas et moi et il était imbattable à chat, au base-ball et à Superman, son jeu préféré. Il avait toujours son pyjama de Superman dans son cartable, et il l'enfilait avant qu'on ne se mette à jouer, complétant son costume par une de nos serviettes de toilette, que M'man lui attachait autour du cou avec une épingle à nourrice. Billy faisait comme à la télé, il commençait chaque nouvel épisode par ces mots : « Plus rapide qu'un boulet de canon ! Plus puissant qu'une locomotive ! » Mais si, dans ce rôle d'Homme d'acier, il donnait l'impression d'être invincible, après coup, il devenait pitoyable. « Pauvre Billy, soupirait parfois M'man, tandis que nous le regardions descendre les marches du perron, la main dans celle de Mme Covington. Il n'a pas un gentil papa comme vous deux. Son père les a complètement laissé tomber, lui et sa mère. »

Des années plus tard, il livrait le journal chez nous. C'était un presque adulte dégingandé d'une quinzaine d'années dont la voix oscillait entre baryton et braiment d'âne : de la rue, il faisait atterrir un *Daily Record* plié au pied de notre bac à fleurs en ciment avec une implacable précision. Quand on est entrés au lycée, Thomas et moi, Billy avait déjà eu son diplôme, il s'était engagé dans l'aviation et était sorti de notre vie. À ses obsèques militaires, le sens de sa vie et de sa mort, le gâchis de la guerre du Vietnam et ses conséquences possibles pour mon frère et pour moi m'ont complètement échappé. Par contre, mon attention s'est portée sur la fiancée de Billy, dont les sanglots faisaient trembler les seins de façon excitante, et sur sa GTO noire 300 centimètres cubes. Peut-être sa mère serait-elle prête à vendre son « canasson » à un prix dérisoire, pour balayer tout cela de sa mémoire et continuer à vivre – tel était le calcul que je faisais, je me rappelle, là, devant le cercueil argenté recouvert d'un drapeau.

Si, à seize ans, la mort de Billy ne m'affectait pas le moins du monde, elle accablait ma mère : « Cette bon Dieu de guerre ! s'est-elle écriée dans la voiture en rentrant du service religieux. Au diable cette bon Dieu de guerre ! » Thomas et moi, à l'arrière, on s'est regardés, interloqués. C'était bien la première fois qu'on entendait M'man blasphémer le nom de Dieu. Et c'était encore plus choquant en présence de Ray, qui s'était battu à la fois pendant la Seconde Guerre mondiale et lors de la guerre de Corée, et qui aurait volontiers fait fusiller tous ceux qui étaient contre la guerre. Après cela, M'man a broyé du noir pendant des jours et des jours. Elle a retrouvé une vieille photo de Billy, pour laquelle elle a acheté un cadre, et elle l'a mise sur sa commode, à côté des portraits de Thomas et de moi, et des photos encadrées de son père et de Ray. Elle a dit des neuvaines pour l'âme du défunt. Ses yeux débordaient de larmes chaque fois qu'elle voyait Mme Covington passer dans la rue devant chez nous comme un zombie. J'étais un peu gêné, je me souviens, de ces démonstrations de deuil à mon avis exagérées. Ce n'est que beaucoup plus tard, bien après l'apparition des premiers troubles de Thomas, que j'ai compris cette réaction violente de ma mère à la mort de Billy Covington : de quatre ans notre aîné, il avait toujours été une sorte de préfiguration vivante des « réjouissances futures » qui attendaient ses deux garçons. Si Superman pouvait être abattu en plein ciel, ses copains pourraient bien subir le même sort. Le Vietnam nous menaçait de mort. Les études nous mettraient à l'abri.

Ray, lui, n'avait pas signé nos cartes de félicitations avec toute son affection. En fait, notre beau-père s'était montré hostile à notre entrée en fac. D'une part, disait-il, M'man et lui n'avaient pas les moyens de financer des études pour des jumeaux. Il était mieux placé qu'elle pour le savoir, car c'était lui qui payait les factures et gérait leurs économies. Elle n'avait aucune notion de ce qu'ils pouvaient ou ne pouvaient pas se permettre financièrement. Par ailleurs, d'après ce qu'il lisait et entendait dire au chantier naval, la moitié de ces profs de fac étaient communistes. Et la moitié des étudiants se droguaient. Si jamais il nous chopait l'un ou l'autre à fricoter avec ce genre de saloperie, il nous réglerait notre compte vite fait. Il ne voyait pas pourquoi deux solides jeunes bacheliers ne pouvaient pas travailler pour gagner leur vie, ou bien entrer dans la marine, comme lui-même l'avait fait. Il y avait pire qu'une carrière militaire. C'étaient les appelés qu'on envoyait au Vietnam. Les engagés choisissaient plus ou moins leur affectation. Ou alors, si nous ne voulions pas de cette voie-là, il pourrait peut-être nous faire entrer à la Navale Électrique comme apprenti plombier, électricien ou soudeur. Dans certains de ces corps de métier, on accordait des sursis. Ce n'était sans doute pas un travail pour étudiant de luxe de construire des sous-marins, mais ça permettait de soutenir l'effort de guerre. Et ça nourrissait son homme, pas vrai ?

« Là n'est pas la question, Ray, a dit ma mère un soir après dîner.

— Comment ça, c'est pas la question ? » Il a cogné du poing sur la table, jusqu'à en faire trembler la vaisselle. « La question, je vais te dire ce que c'est, moi. Ces deux gros poufs se la sont toujours coulé douce. Tout ce qu'ils savent faire, c'est en profiter, et ça commence à suffire. » Il s'est levé et il est sorti en claquant la porte. Quand il est revenu, il ne nous a plus parlé que par monosyllabes, à Thomas et à moi, et il a ignoré M'man. Il ne lui a pas adressé la parole pendant des jours.

Après quoi, il y a eu les disputes et les larmes derrière la porte de leur chambre. M'man a menacé d'aller travailler pour payer nos études s'il le fallait, et quand Ray a prétendu que personne ne voudrait l'embaucher, elle s'est mise en devoir de lui prouver le contraire et elle a rempli une demande d'emploi comme femme de ménage chez Howard Johnson. Elle était pétrifiée à l'idée d'aller travailler à l'extérieur, de recevoir des ordres d'un patron et de commettre des erreurs, terrorisée d'avoir à parler avec des étrangers qui la regarderaient d'un drôle d'air à cause de son bec-de-lièvre. Elle a été convoquée pour un entretien et, l'après-midi même, elle était engagée. Elle devait commencer le lundi suivant.

Le matin de son premier jour de travail, M'man préparait le petit déjeuner, debout devant la cuisinière, avec son uniforme, tout affolée, les mains tremblantes. De sa place à table, Ray la poursuivait de ses sarcasmes. Les gens étaient des porcs. Dieu sait ce qu'elle aurait à nettoyer après leur passage. Quelque temps auparavant, il avait lu dans le *Bridgeport Herald* qu'une employée avait trouvé un bébé abandonné enveloppé dans des draps pleins de sang. « Bon, maintenant ça suffit, Ray, a dit M'man en lui flanquant son assiette d'œufs brouillés sur la table. Je nettoierai ce qu'il y aura à nettoyer. Et les garçons feront leurs études, c'est comme ça, et pas autrement. » Il a fallu la menace concrète que représentait cet uniforme en nylon jaune pour que mon beau-père accepte de cracher les quatre mille dollars nécessaires à nos études, permettant ainsi à ma mère de rester à la maison. Jamais il ne laisserait sa femme nettoyer des toilettes pour des étrangers, faire du travail de nègre.

Soulagée de ne pas avoir à affronter le monde extérieur, M'man était malgré tout honteuse de ne pas se présenter à son nouveau travail. Elle m'a demandé d'aller en voiture reporter l'uniforme sur un cintre. À la réception, le type a fait une plaisanterie en tenant le cintre en l'air et en plongeant à l'intérieur par le col : « Hou hou ! Connie ? Il y a quelqu'un ? » Je n'ai pas pipé. La plaisanterie m'aurait presque fait sourire. Mais j'en avais tellement marre qu'une fois dehors j'ai donné un violent coup de pied dans un des pneus, et je me suis cassé un orteil. C'était à Ray que j'en voulais, pas du tout à ce pneu ni au crétin de la réception. Avec ses quatre mille dollars, plus notre emprunt étudiant et l'argent que nous rapportaient nos petits boulots, nous avions maintenant assez pour entrer à la fac. Mais il avait obligé M'man à mendier cet argent – il avait exigé, comme d'habitude, sa livre de chair et plus encore. Au cours des ans, il avait tant exigé d'elle que c'était miracle qu'elle ait résisté.

À la fin de mes années de lycée, j'aspirais à une franche séparation d'avec ma famille, à un répit à la tyrannie de Ray et à l'indulgence excessive de ma mère, et aussi à ce petit jeu de « moi et mon ombre » que je jouais avec Thomas depuis toujours. Mes notes et mes tests étaient convenables, et, aidé par le conseiller d'orientation, j'essayais de voir comment, de moniteur de natation au YMCA – travail qui me plaisait beaucoup et où je réussissais bien –, je pourrais passer à une carrière d'enseignant. J'avais été refusé à Duke, mais accepté à l'université de New York et à celle du Connecticut. Thomas n'avait demandé que U. Conn, où il avait été accepté. Tout d'abord, il ne savait pas vers quoi s'orienter, et puis il avait décrété que lui aussi voulait être professeur.

Quand il s'est révélé impossible que je prenne mes distances à cause des frais que cela représentait, j'ai tout fait pour ne pas être dans la même résidence que lui, et pour partager une chambre avec quelqu'un d'autre. Il était temps que nous ayons chacun notre existence propre, lui disais-je. C'était l'occasion ou jamais de nous séparer. Mais Thomas s'opposait à mes velléités de liberté, énumérant les raisons pour lesquelles ce serait une grave erreur. Son argument majeur était cette machine à écrire que nous possédions en commun. « Mais enfin, c'est une portative, ne cessais-je de lui répéter, exaspéré. Je te l'apporterai quand tu en auras besoin.

— Elle m'appartient autant qu'à toi, répliquait-il. Pourquoi devrais-je attendre qu'on m'apporte une machine dont je suis à moitié propriétaire ?

— Alors, garde-la dans ta chambre ! »

Sentant monter chez Thomas la panique de notre séparation, M'man a débarqué à la piscine du YMCA à l'improviste un après-midi pendant mon service. À l'époque, j'avais le béguin pour la responsable de la piscine, une femme d'une vingtaine d'années, du nom d'Anne Generous, qui était mariée à un marin. Parfois, la nuit, dans le noir, allongé sur la couchette du haut dans notre chambre, je baissais mon caleçon en m'imaginant que je baissais le maillot de bain noir une pièce d'Anne Generous avec son insigne du YMCA. Je voyais soudain s'échapper du maillot les deux seins prisonniers, et Anne Generous les mignotait de ses deux mains, comme dans les magazines cochons. Je caressais ses longues jambes mouillées tout en me touchant, et je laissais couler en elle la liqueur qui se répandait sur mon torse et sur mon ventre. Au-dessous de moi, sur la couchette du bas, mon frère dormait, immaculé.

Un jour, à la piscine, Anne Generous, qui ne savait rien de nos ébats nocturnes, m'a dit que j'étais un vrai chou, mais trop timide. Elle me poussait à sortir avec Patty Katz, une des monitrices. Patty était élève à notre lycée, elle était pleine d'allant et de patience avec les gamins, elle avait des boutons d'acné violets dans le dos et un maillot de bain qui restait toujours coincé dans la raie des fesses. « Patty est folle de toi, Dominick, m'a confié Anne. Elle te trouve formidable. »

Ce même jour, quand M'man s'est pointée à la piscine, Anne Generous et Patty lui ont serré la main en disant qu'elles étaient heureuses de faire sa connaissance. Elles ont entraîné les gosses à l'autre bout du bassin pour que ma mère et moi puissions rester un peu seuls. M'man s'est excusée de me déranger pendant mon travail, mais il fallait absolument qu'elle me parle de Thomas. Il était angoissé à l'idée de quitter la maison ; s'il pouvait se dire que j'allais vivre avec lui, il serait rassuré. Et cette machine à écrire le tracassait. M'man souhaitait seulement que tout aille bien. Ce serait plus simple si on pouvait garder cette machine dans la même chambre, non ?

Je restais là sans rien dire, à regarder ses yeux se remplir de larmes.

« Par moments, je sais, il te tape sur les nerfs. Mais, je t'en prie, fais cela pour moi : partage une chambre avec lui. Il n'est pas très sûr de lui. Il n'a jamais eu confiance en lui, comme toi. Pour lui, tout a toujours été plus difficile que pour toi. Tu le sais bien.

— Tu trouves que ça n'a pas été difficile pour moi de grandir dans des conditions pareilles, et *chez nous* en plus ? »

M'man a détourné son regard. Elle était sûre d'une chose, a-t-elle dit : malgré les apparences, notre beau-père nous aimait énormément. Je me suis étranglé, ce qui ne l'a pas empêchée de poursuivre : Thomas avait juste besoin d'un peu de soutien.

« Et moi, M'man, qui se soucie de savoir de quoi j'ai besoin ? »

En arrivant, elle avait interrompu une partie de chat dans l'eau, et à présent plusieurs gamins revenaient de notre côté de la piscine en m'appelant par mon nom. L'un d'eux, en sautant dans le bassin, a éclaboussé ma mère sans le faire exprès. Je l'ai injurié assez fort, et tout le monde s'est arrêté net, éberlué. Au centre de la piscine, Anne Generous m'a lancé un regard à la fois apitoyé et désapprobateur.

« Très bien, ai-je dit à ma mère. Tu as gagné. Je prendrai une chambre avec lui. Maintenant, pour l'amour du ciel, va-t'en d'ici avant que je ne sois renvoyé. Ta jupe est trempée. Tu me fais honte. »

Mon travail terminé, je suis resté dans la piscine à faire des longueurs en jurant et en crachant ma hargne dans l'eau javellisée. Je haïssais mon frère presque autant que Ray. Si je cédais, jamais je ne me libérerais de lui. *Jamais.* J'ai nagé jusqu'à ce que les yeux me brûlent et que ma tête éclate, jusqu'à en avoir des bras et des jambes de plomb.

Quand je suis sorti de l'établissement, Patty Katz m'a klaxonné, assise au volant du break de ses parents. Elle voyait bien que j'étais contrarié, a-t-elle dit. Elle comprenait. Elle aussi, sa mère la rendait folle. Qu'est-ce que je dirais d'une bonne glace ?

Devant le Dairy Queen, elle est descendue de voiture pour aller me chercher ma glace, et j'ai pu l'observer pendant qu'elle faisait la queue. Les cheveux secs, et une fois habillée, elle n'était pas si mal que ça. Passable. Remontant en voiture, elle m'a tendu mon esquimau avec un paquet de serviettes en papier de deux centimètres d'épaisseur. « Tu me prends pour un plouc, ou quoi ? » lui ai-je demandé. Elle a rougi, elle s'est excusée : c'est elle qui était une vraie gourde, a-t-elle dit.

Pendant qu'on faisait un grand tour en voiture, elle m'a affirmé que j'avais raison de ne pas vouloir partager une chambre avec mon frère et elle m'a conseillé de rester sur mes positions. Elle savait qui était Thomas, mais elle ne le connaissait pas vraiment ; elle s'était seulement trouvée avec lui en salle de permanence. Elle nous distinguait sans problème : moi, j'étais sympa, alors que, sans vouloir m'offenser, mon frère avait tendance à moucharder. Et elle n'était pas la seule du lycée à penser cela.

Finalement, on s'est retrouvés sur un chemin de terre près de la Cascade, le siège arrière du break rabattu, ma langue dans son cou, et sa main sur mon engin. Elle faisait beaucoup d'efforts pour me faire jouir, mais, manquant d'expérience, elle me tirait sur le zizi comme si elle trayait une vache. « Plus vite, plus vite », ai-je murmuré en la guidant, ma main sur la sienne. Quand le rythme a été à peu près satisfaisant, j'ai fermé les yeux et j'ai joui en croyant plonger dans la bouche d'Anne Generous, sentir ses seins sous mes doigts, excité par ses caresses.

Je me suis essuyé avec les serviettes en papier du Dairy Queen. Patty ne s'était jamais livrée à ce genre d'exercice, a-t-elle avoué. Elle ne regrettait rien, non. Elle ne savait pas trop où elle en était. J'avais l'impression que le son de sa voix et ses sanglots venaient d'une autre voiture. Je me suis redressé, j'ai remonté ma fermeture Éclair et je suis sorti faire un tour.

En me déposant devant chez moi, Patty a déclaré qu'elle croyait être amoureuse de moi. Je l'ai remerciée pour la glace et j'ai promis de l'appeler le lendemain – ce dont je doutais fort à ce moment même. Après son départ, je suis resté dans le jardin à regarder la lumière derrière le store de la chambre de M'man et de Ray. Il était minuit passé : M'man n'était pas couchée, elle s'inquiétait. Elle n'était pourtant pas très exigeante, me suis-je dit. Et, en réalité, on ne lui accordait pas grand-chose, ni Ray, ni mon frère, ni moi. Il y avait maintenant dix-sept ans que je supportais Thomas. Je pouvais faire cet effort une année de plus.

Je n'ai pas téléphoné à Patty Katz le lendemain. La semaine suivante, quand je lui ai proposé de retourner en voiture du côté de la Cascade, elle m'a dit qu'elle préférerait aller au cinéma ou au bowling, ou sortir à plusieurs. Avec Ronnie Strong, que je connaissais peut-être, et sa copine Margie, pourquoi pas ? Oui, peut-être, ai-je répondu. Mais je n'avais pas envie de sortir avec Patty, j'avais juste envie de la baiser. Je lui ai donc battu froid le reste de la semaine et je me suis montré de plus en plus tiède par la suite. Anne Generous, elle aussi, avait perdu de son attrait. Elle avait de grands pieds pour une femme de sa taille. Il lui arrivait d'être autoritaire. À la mi-août, je ne leur adressais presque plus la parole, ni à l'une ni à l'autre.

Le plus fort, c'est qu'après avoir fait tout ce tintouin à propos de notre machine à écrire Thomas ne s'en est pratiquement jamais servi lors de cette première année de fac. Et c'est à peine s'il a ouvert un bouquin. Au lycée, c'était un élève assez consciencieux, qui travaillait davantage pour obtenir ses B que moi pour obtenir mes A. Mais à la fac, il ne tenait pas en place et n'arrivait pas à s'y mettre. Il prétendait qu'il était sans cesse dérangé. La résidence était trop bruyante. Ses professeurs n'étaient pas assez proches de lui. Notre chambre était trop chaude, ce qui affectait ses sinus et lui donnait envie de dormir quand il essayait de lire. Il allait tout le temps prendre des bouffées d'air dans l'escalier de secours, ou bien il se pulvérisait de l'Anahist dans les narines, et il n'arrêtait pas de gémir qu'il était malheureux, qu'il détestait tous ces paumés, tous ces poissards et ces filles débiles qui fréquentaient cette fac de merde. Au lieu de travailler, il regardait la télé dans le foyer, il buvait du Nescafé à longueur de journée (on avait une plaque chauffante, bien que ce soit interdit), après quoi il veillait la moitié de la nuit et dormait le matin à l'heure des cours. Il refusait de se faire des copains, et il prenait ombrage de mon amitié avec des étudiants de notre étage – Mitch O'Brien, Bill Moynihan, et un certain Al Menza, qui était toujours partant pour une partie de belote. Si quelqu'un frappait à la porte pour m'emprunter quelque chose ou me demander de venir jouer au basket, Thomas piquait sa crise. « Je suis invisible ou quoi ? » s'offusquait-il. Ou bien il singeait les intrus : « Dominick est là ? Où est Dominick ? Dominick est fantastique, tout le monde l'adore !

— Dis donc, si t'as envie de jouer au basket, viens sur le terrain. Qu'est-ce que tu voudrais ? Qu'on t'envoie un carton d'invitation ?

— Non, Dominick, simplement que mon propre frère ne me frappe pas en traître.

— Je ne vois pas en quoi je te frappe en traître quand je fais une partie de basket », ai-je répliqué, exaspéré.

Il a soupiré et s'est affalé à plat ventre sur son lit. « Si tu ne vois pas, laisse tomber, Dominick. »

Un après-midi, en plein milieu d'une partie de cartes, Menza m'a demandé ce qui ne « tournait pas rond » chez mon frère. J'ai aussitôt senti les cartes fléchir entre mes doigts, et le feu me monter aux joues. « Qu'est-ce que tu veux dire ?

— Je ne sais pas. Il est un peu braque, non ? On ne le croise pas de la journée, mais quand on se lève en pleine nuit pour pisser, on le voit se balader dans les couloirs comme Lurch dans *La Famille Addams.* »

Tout le monde a ri – O'Brien, entre autres, qui, une nuit, avait vu Thomas faire des tours au pas de course dans notre résidence. À plus de minuit. Je n'ai pas répondu, j'ai piqué du nez dans mes cartes, et quand enfin j'ai relevé la tête, ils avaient tous les yeux fixés sur moi. « Nom de Dieu, Birdsey, tu rougis comme une vierge la nuit de ses noces ! s'est écrié Menza. Tu t'es fait dépuceler ou quoi ? »

J'ai abattu mes cartes sur le lit, et je me suis levé pour sortir. « Eh ben, où tu vas ? a protesté Menza. On n'a pas fini la partie.

— Vous avez gagné, tous autant que vous êtes. J'abandonne. »

Tout le reste de l'après-midi, ils ont fait brailler *The Monster Mash* sur la chaîne stéréo de Moynihan, avec le haut-parleur dans l'embrasure de la porte pour qu'on entende bien cette foutue chanson jusqu'au fond du couloir. Quand on est descendus dîner, Thomas et moi, ils ont entonné l'air de *La Famille Addams* en claquant des doigts. Cela n'a eu qu'un temps, comme c'est généralement le cas avec ce genre de brimade. Mais le surnom qu'ils avaient donné à Thomas lui est resté. À partir de ce jour-là, il est devenu « Lurch » pour tous les résidents de Crandall Hall.

Quand je ne me disputais pas avec Thomas ou ne prenais pas sa défense d'une manière plus ou moins foireuse, je passais mon temps plongé dans mes bouquins ou penché sur notre machine à écrire, à essayer de terminer à temps un devoir à remettre. Les bruits que je faisais en travaillant sont devenus un sujet de discorde : le claquement des touches de la machine, le crissement du stylo-feutre sur la page, et même le froissement de la cellophane quand j'allais me chercher quelque chose à manger au distributeur du sous-sol. J'ai pris l'habitude de bosser en bibliothèque le plus souvent possible. Je ne supportais plus le visage renfrogné de mon frère, ni le *pschitt-pschitt* de son pulvérisateur nasal, ni ses soupirs dans le noir au milieu de la nuit. S'il ne se secouait pas, il se ferait renvoyer – M'man en aurait le cœur brisé et Ray piquerait une crise. Thomas finirait peut-être par aller se faire trouer la peau au Vietnam. Mais comment le forcer à se mettre au travail ? Je ne pouvais pas le prendre sur mon épaule et le porter à ses cours.

Vers la fin du second semestre, Thomas a reçu un avertissement du doyen des premières années pour ses résultats. Il lui était demandé par lettre de prendre rendez-vous le plus tôt possible auprès du secrétariat. Au lieu de quoi il s'est lancé dans un boulot de rattrapage effréné. « Je peux y arriver, Dominick, m'a-t-il dit. Pourquoi tu me regardes comme ça ? Je t'assure que je peux. » Il est allé supplier les professeurs de lui accorder des délais et de l'autoriser à remettre des travaux incomplets. Notre plaque chauffante était allumée en permanence, et Thomas avalait des cafés à la chaîne. Un étudiant du premier étage lui a vendu des amphés pour qu'il puisse se bourrer le crâne à l'approche des examens. Il avalait des excitants comme des pastilles de menthe. Il a absorbé tellement de saloperies qu'il s'est fait claquer des vaisseaux dans les deux yeux.

Un après-midi, je l'ai trouvé en larmes sur mon lit. « Ne te fâche pas, Dominick, je t'en prie », répétait-il. De cette façon dont il suppliait Ray quand on était petits, déchaînant sa fureur.

Notre chambre était complètement mise à sac. Le sol était jonché de papiers et de toutes sortes de trucs. Sur mon bureau, il y avait un tourne-vis, un caillou et un marteau, à côté de la machine à écrire. La mallette avait été fracturée en son milieu, brisée sur une quinzaine de centi-mètres.

Il avait intérêt à s'expliquer, l'ai-je averti.

« Oui, oui, mais surtout ne te fâche pas. »

Il avait fini par rédiger un devoir de littérature en retard et, quand il avait voulu le taper à la machine, il n'avait pas trouvé sa clef. Il m'avait attendu des heures – mais maintenant il ne savait plus jamais où j'étais. C'était comme s'il n'avait plus de compagnon de chambre. Au bout d'un moment, il avait paniqué et s'était persuadé que je lui avais subtilisé la clef pour qu'il échoue dans son travail. J'avais vraiment envie qu'il se fasse virer. De toute façon, pourquoi fallait-il que je mette toujours cette fichue machine sous clef ?

« Parce qu'il y a des vols dans cette résidence.

— On pourrait aussi bien nous la voler avec la mallette ! Elle est portable », s'est-il écrié en sanglotant.

Comme, en dépit de tous ses efforts, la serrure n'avait pas voulu céder, Thomas était sorti chercher une pierre pour la fracturer. Ça lui semblait le meilleur moyen jusqu'au moment où il était passé à l'acte. Aussitôt après, il s'était souvenu qu'au début du semestre il avait caché la clef dans un porte-savon qu'il n'utilisait jamais, sur l'étagère du haut. Est-ce que je pouvais lui taper son devoir, par pitié ? Il paierait la casse, il achèterait une mallette neuve pour la machine. Il devait remettre son devoir à neuf heures le lendemain matin. Il était incapable de taper à la machine car ses mains n'arrêtaient pas de trembler. Il était trop énervé pour se concentrer. Les « w » et les « s » ne fonctionnaient plus, alors il était allé emprunter la machine à écrire d'O'Brien. Il s'en était assez bien tiré pour son devoir, pensait-il. Seulement son professeur de littérature ne céderait pas d'un pouce. S'il le lui apportait à neuf heures une, elle ne l'accepterait sans doute pas. Elle essayait de le griller.

À la vue du saccage, j'avais envie de l'étriper, lui qui n'avait rien fait de toute l'année. Mais en dépit de ma rage, j'étais paniqué par ces taches de sang dans ses yeux et le tremblement de ses mains, par ses propos délirants.

J'ai entrepris de le calmer. Je lui ai fait chauffer une boîte de soupe. Oui, je lui taperais son devoir. Je l'ai forcé à s'allonger en le priant de s'abstenir de toute remarque sur le bruit qu'allait faire la machine d'O'Brien. Je me suis mis à la tâche.

Il s'agissait d'un essai sur le thème de l'aliénation dans la littérature moderne – un patchwork des *Cliff's Notes* et de conneries diverses sans le moindre exemple précis et à peu près dénué de sens. Des phrases décousues qui partaient dans toutes les directions. L'écriture de Thomas était presque méconnaissable, ce qui m'est apparu comme encore plus inquiétant que son comportement. J'ai quand même tapé à la machine ce qu'il avait écrit, essayant d'arranger certaines choses çà et là, espérant, envers et contre tout, que son professeur trouverait une vague cohérence dans ce fatras.

Je n'étais pas arrivé au bout de la première phrase qu'il dormait déjà. Il a dormi toute la nuit et, à neuf heures moins le quart le lendemain matin, il n'était toujours pas réveillé. J'ai traversé le campus pour aller porter le devoir à son professeur. Me prenant pour Thomas, elle m'a regardé d'un sale œil et m'a dit qu'elle espérait que cela me servirait de leçon, qu'à l'avenir je saurais m'organiser et que j'éviterais de causer autant de dérangement.

Bien sûr, ai-je dit. Absolument.

À mon retour, je suis resté perplexe devant notre machine à écrire, passant un doigt sur l'arête vive de la mallette fracturée. Je suis resté là à observer mon frère qui dormait, bouche ouverte, yeux mobiles sous les paupières.

À la fin du second semestre, Thomas a été repris à l'essai.

9

« Entrez, entrez, a-t-elle dit en quittant son ordinateur. Je suis Lisa Sheffer. »

Cheveux en brosse, sweat-shirt *Star Trek*, petits anneaux dans une oreille : je ne sais pas à quoi je m'attendais, mais sûrement pas à cela. Un mètre cinquante-cinq, un mètre soixante au maximum. À peine quarante-cinq kilos, même trempée comme une soupe.

« Dominick Birdsey. » Elle m'a serré la main d'une poigne d'acier. Je l'ai remerciée pour son message de la veille au soir, et je me suis mis à parler du passé de mon frère, à expliquer que sa présence ici relevait d'une grave erreur. Sheffer a levé la main comme un agent de la circulation. « Vous voulez bien patienter une minute ? Il faut que j'entre quelques données concernant un autre malade, sinon je vais oublier. Asseyez-vous. J'en ai pour deux secondes. »

Rien à redire. Nous avions rendez-vous à dix heures ; il n'était que neuf heures cinquante et une à la pendule murale au-dessus de sa tête. Mon regard est passé rapidement de sa coiffure en brosse aux paperasses amoncelées sur son bureau, jusqu'à l'oiseau en bois sculpté qui relevait la tête de côté. Au plafond, un tube fluorescent bourdonnait comme un moustique.

« On ne s'est pas plus tôt habitué à un programme que ces abrutis d'informaticiens de Hartford décident de le changer. Chaque fois qu'ils lancent un nouveau logiciel, ils vous proposent un stage, comme s'ils vous faisaient une fleur. Je vais voir le directeur : "Désolée, ma fille va à l'étude après la classe et ma bagnole est au bout du rouleau. Je ne peux pas continuer à utiliser le même matériel ?" Eh bien *non*. »

Le téléphone a sonné. Elle répondait « An-han, an-han », à la personne au bout du fil. Je me suis levé pour aller à la fenêtre – soixante centimètres sur soixante, en verre armé. Comment pouvait-on avoir envie de travailler dans un endroit pareil ?

Dehors, il y avait un semblant de terrain de jeux : deux ou trois tables à pique-nique attachées par des chaînes au sol en ciment, et un panier de basket rouillé. On amenait là, comme un troupeau de bêtes, un petit groupe de patients que la vue du soleil faisait grimacer à tour de rôle. Pas trace de Thomas.

« Alors, votre vrai nom, c'est Domenico, c'est ça ? » Sheffer avait reposé le téléphone, elle était revenue à son ordinateur.

« Sur le papier seulement. Comment le savez-vous ? »

Elle l'avait découvert quelque part dans le dossier de mon frère.

On m'avait donné le prénom de mon grand-père, ai-je expliqué. Pas possible, elle avait dû voir notre acte de naissance ! Où nous portions peut-être le nom de jeune fille de notre mère.

« Vous êtes peintre en bâtiment, m'a dit votre frère. C'est bien ça ?

— Oui. » De qui était-on censé parler, nom d'une pipe, de Thomas ou de moi ?

« Vous faites des devis gratuits ?

— Euh... ouais. Alors, et mon frère ? »

Elle a encore cliqué quelques touches sur son clavier avant de lever la tête. « Mon grand-père s'appelait Domenico, lui aussi. Voilà pourquoi ça m'a sauté aux yeux. Domenico Parlapiano. On en a plein la bouche, hein ? »

Je suis venu me rasseoir et je me suis mis à tapoter impatiemment les côtés de mon siège. Puis je me suis repris : ce n'était pas ainsi que j'obtiendrais ce que je voulais pour Thomas. J'avais l'impression que ce fichu oiseau en bois me dévisageait.

« Sheffer, c'est le nom de votre mari alors ? »

Elle m'a fait non de la tête. « Mon père est juif et ma mère italienne. Jamais goûté les spaghettis aux boulettes kascher ? » Je n'ai pas réagi. « Je plaisante, Domenico. À propos, vous ne voulez pas une barre ?

— Une barre ?

— Un dollar pièce. Je collecte de l'argent pour ma fille, pour son groupe de supporters de l'équipe de foot junior. » Elle a fait une grimace et tiré la langue. « Amande, beurre de cacahuètes et riz soufflé. »

Je n'avais pas encore écarté la possibilité qu'elle ait son mot à dire quant à la situation de Thomas. « Ouais, bien sûr. Allons-y. Amande. » Je me suis levé pour tirer un billet de ma poche.

J'avais remis mon pantalon à cordon avec les têtes de mort. J'ai surpris le sourire de Sheffer. « Chouette pantalon », a-t-elle dit. J'ai détourné les yeux, gêné.

Elle a plongé une main dans un tiroir et m'a tendu une barre. Pas d'alliance. La trentaine sans doute. « Je suis à vous tout de suite, Domenico. Plus un mot maintenant, juste une dernière petite chose à régler, et on va pouvoir commencer.

— Dominick, ai-je marmonné. Je m'appelle Dominick. »

On a frappé à la porte. Un homme de service est entré pour vider une corbeille à papier.

« Dites-moi, Smitty, si vous voulez me faire une fleur, jetez-moi cet ordinateur à la poubelle. Ma vie sera mille fois plus simple.

— Vous l'avez dit, Lisa ! » Il m'a regardé en souriant avec un peu trop d'insistance. « Bien le bonjour, m'sieur. »

J'ai fait un signe de tête et j'ai regardé ailleurs.

« Au fait, Lisa, vos barres, vous en avez encore ?

— Vous ne m'avez toujours pas payé les autres, Smitty. Vous me devez déjà quatre dollars.

— Ah, bon, bon. C'est combien ?

— Toujours un dollar pièce.

— Ah. » Son visage s'est allongé. Il restait là à attendre. Sheffer a poussé un soupir.

« Bon, allez, tenez. » Elle lui a lancé une barre qu'il a entamée avant même de passer la porte.

« On ne peut pas dire que ce soit rentable de collecter de l'argent ici. Ces gamines vont me ruiner. »

Je lui ai demandé quel âge avait sa fille.

« Jesse ? Sept ans. Et vous, vous avez des enfants ? »

Vous avez des enfants ? Question anodine qui était toujours un coup dans l'estomac. « Non, je n'ai pas d'enfants. » C'était plus facile de répondre non que de dire la vérité – à savoir que nous avions eu une petite fille, Dessa et moi, et que nous l'avions perdue. Elle aussi aurait sept ans à présent.

Derrière la porte, il y avait tout un vacarme – une voix haut perchée qui gueulait à propos de papier hygiénique : « Je dis juste que, quand je défèque, je veux dérouler le papier moi-même au lieu d'avoir quelqu'un devant moi qui me le passe. Je n'ai pas besoin d'un valet de chambre, merci beaucoup. Et qu'on ne vienne pas me dire que j'essuie les murs avec, parce que c'est faux. »

Sheffer a roulé les yeux et s'est levée pour ouvrir la porte. « Excusez-moi, Ozzie, mais vous voudriez faire un peu moins de bruit ? J'ai quelqu'un dans mon bureau et nous sommes en train de...

— Vous pouvez vous le mettre où je pense, mam' Sheffer ! »

La voix s'est alors matérialisée en un individu d'âge moyen, chauve, décharné, couvert de croûtes, avec son seau hygiénique d'hôpital ouvert derrière lui. Il était accompagné d'un aide soignant, un Blanc avec des dreadlocks. « Je lui ai pourtant répété de pas crier si fort, Lisa.

— C'est pas grave, Andy. Dis-moi, tu peux me rendre un service ? Si tu vois le Dr Patel à l'étage, tu veux bien l'avertir que le frère de Thomas Birdsey est ici ? Elle pourra peut-être passer faire sa connaissance si elle a un instant.

— Oui, sûr. Allez, Ozzie, en avant !

— Pas touche ! a protesté Ozzie. Non mais il se croit où, celui-là ? »

Sheffer a hoché la tête et refermé la porte. « Désolée. C'est parfois un peu surréaliste chez nous. »

Je suis retourné à la fenêtre. J'avais de la peine à croire qu'Angela aurait maintenant sept ans. Cette assistante sociale était un drôle de numéro, elle était désarmante, avec ses barres, ses spaghettis et ses boulettes kascher. J'étais déstabilisé. Je n'arrivais pas encore à me faire une opinion.

Dehors, dans la cour, les internés se mettaient en rang devant un type au chapeau de cow-boy qui leur allumait leur cigarette un par un. C'était ça, la récréation ? Tous assis sur les tables à pique-nique, à fumer en tenue de l'armée ? Le seul à faire un peu d'exercice était un Noir tout maigre qui dribblait le ballon sans jamais essayer de le lancer dans le panier. Il avait l'air complètement camé. L'effet de la Thorazine, sans doute. C'était pourtant lui le plus actif du lot.

« Vous pouvez me dire pourquoi la moitié de ces types sont en tenue de camouflage ? C'est la mode dans l'établissement ? »

Elle s'est levée pour venir voir. « Le bloc Quatre. La moitié d'entre eux sont des blessés rapatriés du Vietnam.

— Ce type de Mystic qui a pris sa famille pour une bande de Viet-congs, il est ici, non ?

— Je ne suis pas censée vous parler des autres patients. Mais ces anciens combattants n'ont pas tous un casier judiciaire. Beaucoup d'entre eux sont là simplement parce que les hôpitaux militaires sont surchargés et que nombre d'autres filières ont disparu. Il faut bien les placer quelque part. Le Vietnam : la guerre dont on n'est pas encore sortis.

— Et on s'excite déjà sur la nouvelle. »

Elle a hoché la tête, écœurée. « On nous présente ça comme une si noble entreprise ! Opération "Bouclier du désert". On croirait que le pays tout entier a opté pour l'amnésie sélective. Vive l'Amérique ! C'est reparti. »

Il était maintenant dix heures sept à sa pendule. Nous étions censés en être à la septième minute de notre entretien, et elle pianotait toujours sur son clavier en m'exposant ses idées politiques. « Ce que mon frère a voulu faire à la bibliothèque, c'est arrêter la guerre avant même qu'elle ait commencé. » Elle m'a regardé en opinant.

Dans la cour, le type au chapeau de cow-boy amusait la troupe. Pas besoin d'une fiche de score pour savoir quels étaient ses chouchous. « Ce cow-boy là en bas, qui est-ce ?

— Ah, c'est Duane. Du SMPP.

— Du quoi ? Tous ces sigles, bon Dieu !

— Le service de médecine psychiatrique pénitentiaire. C'est un des surveillants. Un drôle de phénomène.

— Ils sont tous pyromanes ici ou quoi ? Personne n'a le droit d'allumer ses cigarettes ? »

Pas de réponse. « Attendez une seconde. Voilà ! » s'est-elle écriée en se tournant vers moi, radieuse. « J'essayais de récupérer certaines données, et j'appuyais sur la touche Majuscule au lieu d'appuyer sur la touche Contrôle, comme avant. J'ai horreur des ordinateurs, pas vous ? Qui a inventé ça ? Qui est responsable ? Le téléphone, c'est Alexander Graham Bell, on le sait. L'égreneuse à coton, Eli Whitney. Mais l'inventeur de l'ordinateur, lui, il ne doit pas oser se montrer. »

Dehors, le martèlement du ballon a cessé. Soudain, le calme a régné dans le bureau. « Alors, on peut parler de mon frère à présent ?

— Asseyez-vous », m'a-t-elle dit en changeant de position sur sa chaise et en ouvrant le dossier.

Elle a commencé à me tenir un discours de professionnelle : Thomas avait été admis pour quinze jours par décision officielle. Quand la période d'observation serait révolue, son cas serait réexaminé, très probablement par la CESP.

« Écoutez, je ne voudrais pas paraître grossier – vous êtes le premier être humain à qui j'aie eu affaire dans cet établissement – mais, premièrement, cessez de me bombarder de sigles, et deuxièmement, ne me parlez pas d'admission officielle de quinze jours car je vais faire sortir mon frère d'ici aujourd'hui même.

— Dites donc, vous voudriez bien adopter un autre ton ? Du calme, s'il vous plaît.

— Je me calmerai quand on aura tiré tout cela au clair. Il vous suffit d'appeler son médecin, le Dr Willis Ehlers. Il vous confirmera que mon frère n'a rien à faire ici. Qu'il s'agit d'une erreur et que c'est à Settle qu'il doit aller.

— Ehlers n'est plus son médecin, Dominick. Votre frère a été affecté ailleurs.

— Par qui ?

— La décision vient de très haut, apparemment, a-t-elle dit en feuilletant ses papiers. Du cabinet du commissaire divisionnaire de Hartford. »

Elle a fait glisser des papiers sur le bureau en me montrant du doigt une signature. « Pourquoi Hartford ? Qu'est-ce que Hartford vient faire là-dedans ?

— Je n'en suis pas certaine, et n'allez surtout pas le répéter, mais je pense que votre frère est dans le collimateur pour des raisons politiques.

— C'est-à-dire ? »

Elle a levé les yeux au plafond. Gonflé les joues. « Sheffer, ma vieille, tu ferais mieux de te taire.

— Non, je vous en prie, expliquez-moi.

— Je ne peux rien affirmer, vous m'avez comprise ? Je n'ai eu aucune information, ni indirecte, ni officielle, c'est une simple hypothèse, nous sommes bien d'accord ? Mais généralement, quand Hartford intervient dans une affaire de ce genre, c'est pour limiter les dégâts. Autrement, ici, nous sommes relativement autonomes. À mon avis, ce sont les retombées de Jimmy Lane. Je n'en suis pas certaine à cent pour cent, mais ça me paraît très probable. Seulement, encore une fois, n'allez pas répéter ce que je vous ai dit. »

Je ne comprenais absolument pas de quoi elle parlait.

« Les nouvelles ne sont pas toutes mauvaises, remarquez. Son nouveau psychiatre est le Dr Chase – il y a pire – et son médecin psychologue est le Dr Patel, ce qui est une très bonne chose. J'ai beaucoup d'estime pour...

— C'est le Dr Ehlers son médecin. Il traite mon frère depuis quatre ans, avec succès dans l'ensemble.

— Avec succès ? Votre frère s'est tranché la main, Domenico.

— Parce qu'il a cessé de prendre ses médicaments, voilà pourquoi », ai-je répondu sèchement. Cette petite maigrichonne n'allait pas me faire avaler toutes ces conneries. « D'accord, Ehlers aurait peut-être dû veiller au grain. Moi aussi. On est tous passés à côté. On s'est tous endormis au volant.

— Ça ne me regarde pas. Mais je vois d'ici que vous prenez à votre compte une très large part de l'affaire. Comparé à l'attitude des frères et sœurs des patients en général, j'entends. Comment se fait-il ? C'est un problème de jumeaux ?

— Peu importe. Je dis seulement qu'Ehlers a fait mieux que la plupart des médecins – il a agi de façon cohérente en tout cas. Avec lui, Thomas est rassuré, il se sent bien. Alors je me fous de ce qu'ils veulent à Hartford. Demandez seulement à votre Dr Chase et à votre Dr... ?

— Patel.

— Demandez à ce type d'appeler Ehlers pour que je sorte mon frère d'ici.

— Le Dr Patel est une femme.

— D'accord, très bien. Peu importe, ai-je dit, l'air exaspéré.

— Je vous informe, c'est tout. Elle est indienne. Indienne d'Inde, pas indienne américaine.

— Mais qu'est-ce que c'est que cet établissement où personne ne vous écoute ? ai-je crié en tapant sur le bureau. Il s'agit d'une erreur. Que le Dr Patel vienne de Mars, que ce soit un homme, une femme ou un extraterrestre à trois têtes, je m'en fous comme de l'an quarante, vous comprenez ? Si on a flanqué mon frère ici dans ce cloaque, c'est à cause d'une erreur d'un crétin de bureaucrate. »

Elle a dressé la tête, comme l'oiseau en bois sur son bureau. « En quoi est-ce une erreur, Domenico ? Continuez, je vous écoute.

— Parce que c'est toujours à Settle qu'on le renvoie. Il fait pratiquement partie du mobilier de l'établissement, il a même un petit boulot là-bas. »

Elle ne disait rien. Elle attendait.

« Et parce que...

— Oui ?

— Parce que, en ce moment même, il doit être fou de panique. Il n'a aucune défense. Pas une. Zéro. Et ce n'est pas un problème de jumeaux. C'est que... C'est toujours moi qui dois intervenir et voler à son secours. Placer Thomas ici, c'est jeter un lapin à des loups. »

Elle a respiré à fond, puis je l'ai entendue expirer lentement. « Le café et les journaux, c'est ça ?

— Comment ?

— Son travail. Il m'en a parlé. On s'est entretenus pendant plus d'une heure hier soir.

— Écoutez-moi.

— Ah, mais j'écoute. J'ai même l'impression de m'entendre. Mon ancien moi.

— Qu'est-ce que vous me racontez ?

— Rien. J'observe, c'est tout. Ne faites pas attention. » J'étais là à essayer de comprendre ce qu'elle voulait dire. « Pendant neuf ans, j'ai eu une relation avec un drogué. Alors je sais ce que c'est d'intervenir et de monter en première ligne pour quelqu'un d'autre. C'est ce que j'appelle le complexe de Don Quichotte. À défendre ceux qui sont sans défenses, on se sent plein de générosité. C'est une conduite d'évitement formidable. On échappe à soi-même, vous voyez ? Mais je vais bien trop loin. Simplement, j'ai cru reconnaître en vous un autre Don Quichotte. Je m'excuse.

— Merci quand même pour la psychanalyse gratuite. Seulement, c'est mon frère qui m'intéresse, ça n'est pas moi, ni vous.

— Vlan ! Je ne l'ai pas volé. C'est vrai. Je m'excuse. Je vais donc vous parler franc, *paisano*. Votre frère a été placé dans un hôpital psychiatrique de sécurité parce qu'il est atteint d'une maladie mentale grave et qu'il a commis un délit grave.

— Quel délit ? Qu'est-ce qu'il a fait ? Il a interrompu quelques vieilles dames dans leur lecture de l'après-midi. Il a mis un peu de sang sur le tapis de la bibliothèque. Je sais bien qu'il s'est comporté de façon bizarre. Quand il ne prend pas ses médicaments, il débloque complètement. Je l'admets volontiers. Mais quel délit grave a-t-il commis ?

— Il portait une arme dangereuse.

— Il ne s'en est pas... il s'en est servi contre lui-même.

— Et alors ? Il compte, lui aussi, non ? »

Nous étions là à nous dévisager comme deux bandits armés, chacun guettant le geste de l'autre. « Il a... il est en proie à des fantasmes religieux. Il est persuadé d'avoir été choisi par Dieu pour sauver le monde... Il est du même bord politique que vous, figurez-vous. Il a la même réaction que vous à propos de la situation dans le golfe Persique... Il a voulu faire quelque chose, un sacrifice pour ouvrir les yeux de Saddam Hussein et de Bush. Il prétend que c'est Dieu qui l'a guidé à travers la Bible... C'est un fou, vous comprenez, pas un criminel.

— On peut aussi considérer la chose autrement : il a brandi un couteau dans un édifice public. Il faut l'enfermer, pour que les honnêtes gens puissent sortir dans la rue.

— Comment ça, il a brandi un couteau ? Qu'est-ce que vous entendez par *brandi* ?

— Ne vous défendez pas comme ça, *paisano*, a-t-elle répliqué en levant brusquement les mains en l'air, paumes en dehors. Je me fais l'avocat du diable, c'est tout. Je me mets à la place de M. et Mme Tout-le-Monde lisant le journal et apprenant ce qui s'est passé. Vous comprenez ?

— Mais il n'a pas brandi ce couteau. Il n'a menacé personne. Il était assis dans un box de travail, sans s'occuper des autres. Je connais l'oiseau, vous savez. Je le connais mieux que quiconque. Il est sûrement moins dangereux que moi.

— Vous devriez vous calmer un peu et écouter. Vous savez quel est votre problème ? Vous vous racontez que, pour lui, il n'y a pas de pire endroit au monde que celui-ci, or ce n'est pas nécessairement vrai. De toute façon, vous n'y pouvez rien. Il va juste falloir que vous nous fassiez confiance. »

J'ai inspiré profondément une ou deux fois, et j'ai laissé passer une dizaine de secondes. « Vous êtes vraiment la fille zélée, hein, l'employée modèle ? »

Elle s'est étranglée de rire. « J'ai été traitée de toutes sortes de choses ici, Domenico, mais jamais...

— C'est pourtant vrai. Vous n'avez pas le physique de l'emploi, mais vous marchez droit et vous tenez le discours *ad hoc*. Vous suivez la ligne du parti, exactement comme les autres.

— Ça, c'est un coup bas, a-t-elle dit en hochant la tête et en continuant à sourire.

— Écoutez...

— Non, c'est vous qui allez m'écouter. Laissez-moi la parole une demi-seconde. Premièrement, *paisano,* je ne suis pas une fille, je suis une femme. Compris ? Si nous sommes amenés à travailler ensemble, il va falloir vous habituer à faire la différence. Quand vous dites "fille", on croirait que vous parlez d'un cheval, ce que je ne suis pas. D'accord ? Et deuxièmement...

— Qui est votre supérieur ? »

Elle a souri en passant la main sur ses cheveux en brosse. « Pourquoi voulez-vous parler à mon supérieur ?

— Pour trouver quelqu'un qui ait un peu d'autorité et qui décroche son téléphone pour appeler ce fichu médecin. Je veux que mon frère sorte d'ici aujourd'hui même. »

Elle est restée impassible. « Mon supérieur est le Dr Barry Farber.

— Où est-il ?

— À un congrès en Floride. Elle fait une communication. » Elle a souri de mon air surpris. « Je vous ai eu encore une fois, pas vrai, Domenico ? C'est fou, le nombre de femmes qui ont des postes à responsabilité de nos jours. Elles sont partout.

— Qui est au-dessus d'elle ?

— Le Dr Leonard Lessard. Un des vôtres.

— Vous seriez bien aimable de mettre la pédale douce avec vos sarcasmes. Je suis ici pour essayer de régler un ou deux problèmes avec vous... »

De nouveau, elle a mis le doigt sur la signature que j'avais sous les yeux. « Le Dr Lessard est le commissaire divisionnaire des services cliniques. C'est lui qui a donné l'ordre du transfert. »

Je me suis levé. J'ai ouvert la bouche. Je l'ai refermée et me suis rassis.

« Je vous préviens, si mon frère reçoit la moindre égratignure pendant son séjour ici...

— Ça n'arrivera pas. Je vous le promets. Et, c'est vrai, vous avez raison, il est affolé. Vous aussi, je le vois bien – raison pour laquelle vous êtes aussi odieux. Mais je tiens à vous dire une chose. Vous m'écoutez, Domenico ?

— Dominick, ai-je rectifié encore une fois, je m'appelle Dominick. Bon, je vous écoute.

— Il est possible que vous ayez raison. Votre frère serait peut-être mieux à Settle qu'ici à Hatch, où les mesures de sécurité sont très strictes, par nécessité. Les paranoïaques ont du mal à supporter la surveillance et les contrôles. Cependant, ce lieu n'est pas ce que l'on croit, ce n'est ni la maison de l'horreur ni une salle de torture. Non. Des problèmes ? Bien sûr qu'il y en a, dans tous les blocs, tous les jours. Qui a envie d'être ici ? Ce n'est pas le Club Med, certes. Mais dans l'ensemble, les patients sont traités convenablement. Humainement. »

J'ai laissé échapper un rire. « Je ne voudrais pas vous ôter vos illusions, mais pas plus tard qu'hier soir je me suis fait défoncer les testicules par un de vos gardes-chiourme. Traitement tout ce qu'il y a de plus humain, en effet. Vous voulez savoir pourquoi je porte ce pantalon ridicule qui vous faisait rire à l'instant ? Parce que je suis tout bleu et noir, et tout enflé. Grâce à un de vos gardes si compatissants, je peux à peine marcher. Et encore, je n'avais même pas franchi les portes blindées.

— Je sais, je sais. J'ai assisté à la fin de la scène. Je suis désolée. Ça n'aurait pas dû arriver, bien que vous vous soyez conduit comme un imbécile. Mais ce n'est pas parce qu'un des gardes de nuit se prend pour Rambo que l'hôpital entier est pourri. D'abord, le plus souvent, les gardes ne quittent leur poste qu'en cas de problème. Ils ne circulent pas dans les blocs et ils n'ont qu'un contact limité avec les patients. Ensuite, je connais bien le bloc Deux, où se trouve votre frère. Il ne peut pas être mieux que là. J'ai peut-être l'air de "rouler pour la maison" en disant cela, mais le personnel du bloc Deux est particulièrement attentif. Et le Dr Patel est vraiment un ange. Votre frère a de la chance d'avoir...

— Très bien. Super. Seulement c'est une erreur.

— Non, *paisano*, ce n'est pas une erreur. Permettez-moi de vous expliquer. Vous m'écoutez ?

— Je vous écoute, oui. Mais évitez les sigles, et ne me parlez pas de "raisons politiques" ni de "retombées de Jimmy Lane" car je ne sais pas à quoi vous faites allusion. »

Elle a attrapé la barre que je lui avais achetée. Elle a déchiré le papier à un bout, en a brisé un morceau pour moi et un pour elle. « Bon, mettons les choses au point. » Elle a jeté un coup d'œil à l'interphone. « Ne répétez pas ce que je vais vous dire. D'accord ? »

À son avis, l'ordre de transférer Thomas à Hatch était probablement

125

venu de Hartford à cause de toute la publicité faite autour de son auto-mutilation. « Dès que je l'ai vu à la une de *Courant*, j'ai compris qu'il aurait des ennuis. Et, quand la presse nationale s'est emparée de l'affaire, quand on a commencé à en parler dans des journaux comme *USA Today...* »

J'ai mentionné l'*Enquirer, Inside Edition,* Connie Chung.

« L'État a horreur de ce genre de publicité négative. Vous vous souve-nez de Jimmy Lane, ce psychopathe qui a étranglé un étudiant à Avon Mountain ?

— Devant sa petite amie, c'est ça ?

— Ah, quel spectacle d'épouvante ! Vous ne vous rappelez peut-être pas ces détails : il avait une permission de sortie de Westwood pour la journée, il était en promenade surveillée avec d'autres. Il s'est éloigné du groupe et a saisi sa malheureuse victime. Il n'y avait pas d'antécé-dents, rien dans son dossier n'indiquait qu'il pouvait être dangereux. Mais ce jour-là, il a pété les plombs. Cette affaire nous a fait reculer de bien des années. Elle a renforcé les vieux stéréotypes sur les malades mentaux – tous des tueurs en puissance. Personne n'est en sécurité tant qu'ils rôdent dans l'ombre. Un cauchemar. Vous vous souvenez du courrier des lecteurs ? Des éditoriaux dans la presse et à la télé ? Un jour, j'ai vu un autocollant sur un pare-chocs : "La chaise électrique pour Jimmy Lane." Tous les citoyens de l'État voulaient du sang. Et quand l'argument d'aliénation mentale a évité le lynchage, c'est le sys-tème qu'ils ont voulu lyncher. Alors le système est devenu un peu cha-touilleux, un peu agacé par les médias. Vous voyez ce que je veux dire ?

— Ce Lane, il est interné ici ? »

Elle a ignoré ma question. « Avec cette affaire, le NCCAM – non coupable pour cause d'aliénation mentale – est devenu un sujet politi-que brûlant. Pour sauver la face, le gouverneur a fait tomber quelques têtes. Il a démis le commissaire de ses fonctions. Les services ont été réorganisés. C'est ainsi qu'est née la CESP.

— C'est-à-dire ? Vous en avez déjà parlé tout à l'heure.

— La Commission d'examen de la sécurité psychiatrique. Très conservatrice et très sensible aux médias. Très puissante aussi. Ayant pratiquement le pouvoir de prononcer une condamnation. »

Depuis que la Commission d'examen exerçait son pouvoir, les avocats avaient progressivement cessé de plaider l'aliénation mentale, même lorsque c'était légitime. On conseillait aux malades mentaux inculpés de s'en remettre à la justice pénale, de se laisser incarcérer, de purger la moitié ou un tiers de leur peine pour être relâchés à cause du surpeuple-ment des prisons ou pour bonne conduite. « Quand la CESP se saisit d'un individu qui plaide l'aliénation mentale, elle peut le garder à Hatch indéfiniment. C'est ce qu'ils ont eu tendance à faire jusqu'à présent.

— Donc, Thomas devrait être arrêté et incarcéré pour cet acte qu'il a commis, voilà ce que vous essayez de me dire ? C'est ridicule.

— Pas du tout. S'il faisait de la prison, il ne bénéficierait que d'un semblant de traitement psychologique, et encore, avec de la chance. Or, il a besoin d'être soigné. Votre frère est très atteint, Dominick, aucun doute là-dessus. Seulement, s'il ne relève pas de la justice pénale, c'est la Commission d'examen qui décidera du temps qu'il passera ici. Et, encore une fois, la Commission est conservatrice, elle craint les médias. Ouvrez les yeux. Vous avez vu le journal d'aujourd'hui ? »

Je ne me rappelais pas.

Le téléphone a sonné encore une fois. Tout en parlant à la personne au bout du fil, elle a déplié un exemplaire du *Daily Record* pour me montrer une des pages intérieures :

IL FAUT INTERNER L'AUTOMUTILÉ DE THREE RIVERS
DANS UN SERVICE PSYCHIATRIQUE PÉNITENTIAIRE

J'ai senti mon estomac se nouer. Bon Dieu, ça continuait. Enfin, il ne faisait plus la une, c'était toujours ça. On l'avait relégué dans les pages intérieures du journal. Le quart d'heure de gloire de Thomas tirait peut-être à sa fin.

L'article insinuait que si mon frère n'avait pas été en état de choc après s'être amputé de la main, il aurait très bien pu attaquer les gens qui l'entouraient à coups de couteau. Il était décrit comme le type de psychopathe qui relevait de Hatch. Et on en donnait les raisons. Le journaliste citait un porte-parole de Hartford à propos de la sécurité publique : les patients avaient des droits, mais la communauté avait droit elle aussi à la sécurité – c'était même la première des priorités.

Thomas, un danger public ? Quelle connerie ! Moi-même et les médecins qui le connaissaient le savions bien. Cependant, je commençais à comprendre les données du problème. Avec l'aide de Sheffer, la situation se clarifiait peu à peu, telle une photo Polaroid où l'image apparaît au creux de votre main : l'internement de mon frère à Hatch était un coup de pub. Une façon de montrer que l'ordre était rétabli. On avait refermé la porte sur lui, et à présent cette Commission d'examen allait jeter la clef.

Bon, maintenant, j'avais saisi. Je savais au moins que j'avais une partie à jouer.

« Désolée, Dominick, s'est excusée Sheffer après avoir raccroché le téléphone, désolée de vous bombarder de toutes ces informations – ce qui, par ailleurs, ne plairait guère à l'État du Connecticut.

— L'État du Connecticut, on s'en fout.

— Eh bien, moi pas. Sauf si vous avez envie de nous prendre en charge, ma fille et moi. Mais revenons un peu en arrière. Je vais essayer de vous expliquer où nous en sommes légalement et ce à quoi vous pouvez vous attendre. D'accord ?

— Ouais, allons-y. »

Thomas avait été admis à Hatch en vertu d'un document appelé certificat d'internement d'urgence, qu'avait établi le chirurgien du Shanley Memorial.

« Les quinze jours d'observation, c'est ça ?

— Exact. » L'hôpital avait donc quinze jours pour observer le patient et décider s'il représentait un danger pour lui-même ou pour les autres. « C'est un délai incompressible, Dominick. Vous n'avez absolument aucun moyen de faire sortir votre frère aujourd'hui. Ce n'est pas en votre pouvoir. Thomas va rester ici au minimum quinze jours, par décret officiel.

— C'est trop con ! C'est vraiment trop con ! » Je me suis levé et je suis retourné à la fenêtre. Les internés n'étaient plus dans la cour. « Et il n'y a vraiment rien à faire ?

— En fait, si. Mais il y a peu de chance que ça marche. On perdrait certainement notre temps. Votre frère ou vous-même pourriez introduire un recours quant à la réalité des motifs d'internement. L'hôpital devrait alors prouver que Thomas est un danger pour lui-même. Mais réfléchissez : rien qu'à la vue de son moignon, le juge serait fixé sur cette réalité, vous ne croyez pas ? Vous voulez mon avis ?

— Je vous écoute, ai-je répondu en regardant toujours par la fenêtre.

— Patientez quinze jours. Prenons soin de lui, observons-le, voyons comment il se comporte maintenant qu'il recommence à prendre ses médicaments. C'est sans doute ici qu'il est le plus en sécurité.

— Ah ! sûrement, avec toute cette bande de psychotiques à antécédents violents.

— Il ne faut pas dire ça, Dominick ; d'ailleurs, c'est inexact. Il y a ici toutes sortes de malades psychiatriques, mais tous ne sont pas violents, loin de là. Tôt ou tard, vous devrez admettre que la pire menace pour Thomas, c'est lui-même. Mais il est surveillé de près. Dans les trois jours qui viennent, il y aura un surveillant à quelques mètres de lui vingt-quatre heures sur vingt-quatre. S'il est suicidaire, il y aura quelqu'un à proximité.

— Il n'est pas suicidaire.

— Peut-être, mais supposons qu'il le soit.

— Bon, alors, au bout des quinze jours, qu'est-ce qui se passe ? »

L'équipe d'évaluation du bloc Deux déposerait un rapport auprès du juge. Sheffer elle-même participerait à son élaboration, ainsi que le Dr Patel, le Dr Chase et l'infirmière chef. On proposerait soit de libérer Thomas, soit de le transférer dans un autre établissement, soit de le garder à Hatch sous la juridiction de la Commission d'examen.

« Supposons que le juge s'en remette à la Commission. Qu'est-ce qui se passera ?

— Ils demanderont l'internement.

— Où ?

— Ici, à Hatch.

— Pour combien de temps ?

— Pour un an, a-t-elle dit en cessant de me regarder.

— Un an !

— Pitié pour celle qui annonce la nouvelle, *paisano*. Au bout d'un an ici, son cas serait réexaminé. »

J'étais là, écroulé sur mon siège, les bras verrouillés sur la poitrine. « Un an ! Comment le regarder en face tout à l'heure et lui annoncer : "Bon, eh bien voilà, on te garde ici quinze jours, et après ça, peut-être encore trois cent soixante-cinq jours" ? Comment voulez-vous que je lui annonce ça ?

— Dominick, il y a encore un hic.

— Quoi ?

— Les visites. Vous ne pouvez pas le voir tout de suite. »

Les visites étaient limitées, a-t-elle expliqué, en raison du statut de haute surveillance. Thomas et elle établiraient une liste de visiteurs possibles – cinq personnes au maximum –, qui seraient obligatoirement soumis à une enquête de sécurité. Il nous faudrait attendre une quinzaine de jours avant d'obtenir l'autorisation de visite.

« Une quinzaine de jours ? Dans quinze jours, il sera parti d'ici ! »

Il s'agissait d'une éventualité, m'a-t-elle rappelé, me conseillant de baisser un peu la voix.

« Alors, pendant quinze jours, il reste là seul, sans même être autorisé à voir son frère. Super ! De quoi le rendre suicidaire, à coup sûr. »

Elle a haussé les épaules en guise d'excuse. « Tout ce que je peux faire, c'est essayer de maintenir le lien entre vous deux dans la mesure du possible. Je m'y emploierai bien volontiers. Vous pouvez me téléphoner quand vous voudrez. Aussi souvent que vous en ressentirez le besoin. Vous pourrez communiquer par mon intermédiaire en attendant l'autorisation de visite. »

J'ai approuvé d'un signe de tête, résigné. Subitement, j'ai éprouvé une grande envie de dormir.

Elle a consacré le reste du temps à me décrire l'environnement et la routine quotidienne de Thomas – l'arrangement des chambres, la façon dont se déroulaient les repas, m'expliquant que les patients avaient accès à des ordinateurs, à des ateliers d'artisanat, à des cours de formation permanente. Je n'arrivais plus vraiment à écouter. Durant les dernières trente-six heures, j'avais épuisé toute ma fureur et toute mon indignation. Je tournais à vide.

En sortant, nous sommes tombés sur le Dr Patel. Une femme d'âge moyen, cheveux poivre et sel coiffés en chignon, sari orange sous son manteau. « Enchantée », m'a-t-elle dit en me tendant la main. Elle en était au stade de la collecte de données avec mon frère. Elle m'appellerait quand elle aurait parcouru tout son dossier et qu'elle aurait eu deux ou trois séances avec lui. Peut-être serais-je disposé à fournir certains éléments personnels qui pourraient éclairer son passé médical.

Sheffer m'a raccompagné vers l'entrée principale. J'avais l'impression de marcher comme un somnambule. « Je vais aller le voir dès que vous serez parti, m'a-t-elle promis. Il saura que vous avez essayé de lui rendre visite. Vous voulez que je lui transmette quelque chose ?

— Pardon ?

— Vous avez un sérieux besoin de sommeil, apparemment. Je vous demandais si vous aviez quelque chose à lui transmettre.

— Non, je ne pense pas.

— Est-ce que je dois lui dire que vous l'aimez ?

— Il le sait bien. »

Sheffer a poussé un soupir en hochant la tête. « Vous, les hommes, vous avez vraiment un problème avec ce mot-là. »

Une fois de plus, elle se mêlait de mes affaires, mais j'étais trop épuisé pour me défendre. « Bon, si vous voulez. »

On s'est serré la main. Elle m'a répété que je pouvais l'appeler quand je voulais et m'a demandé où j'allais.

« Où je vais ? Chez moi, tout simplement. Je vais débrancher le téléphone, et aller droit au lit. Vous avez raison, voilà une éternité que je n'ai pas dormi.

— Ah bon. » Elle a regardé autour d'elle et fait un signe de la main au garde à l'entrée, puis elle a baissé la voix. « Je pensais que vous iriez peut-être consulter le médecin.

— Pour quoi faire ? Ce n'est même plus Ehlers, et je n'ai plus de moyens d'agir, d'après ce que vous m'avez dit.

— Je ne pensais pas à Ehlers. Je voulais dire un généraliste, qui examinerait vos contusions. Il faudrait prendre quelques clichés pendant que vous êtes encore enflé. »

Je l'ai regardée d'un air interrogateur.

« Au cas où vous auriez besoin de preuves par la suite. Histoire d'être en position de force face à l'État du Connecticut... Bien entendu, ce n'est pas une employée modèle comme moi qui vous a soufflé cette idée. Jamais je ne suggérerais une chose pareille. »

À mi-chemin de la sortie, je me suis retourné. Elle était toujours là. Nous étions séparés par un garde à tête carrée et un détecteur de métaux. « À plus tard ! » m'a-t-elle crié en me faisant un signe encourageant. « *Shalom, arrivederci !* »

10

1962

Thomas et moi, on est déjà allés dans trois États d'Amérique : le Massachusetts, Rhode Island et le New Hampshire. Quatre, même, si on compte le Connecticut.

Le seul endroit qu'on connaisse dans le New Hampshire, c'est le lac Massabesic, où Ray nous a emmenés à la pêche l'année dernière. On a dormi dans une cabane en bois, et on a été embêtés par les moustiques toute la nuit. En plus, on n'a pas pris de poisson. Pas un seul. Tout ce qui m'est resté de ce voyage, c'est l'image d'un écureuil mort enfermé dans un foyer de chaudière. Les gens avaient mis quelques pierres sur le dessus pour qu'il ne puisse pas se sauver. Il était recroquevillé dans un coin, mais on voyait bien qu'il était devenu fou à essayer de s'échapper. Il avait du sang noir séché autour de la bouche, il puait, et des bestioles lui avaient dévoré les yeux. Ray l'a soulevé avec un bâton pour le lancer plus loin. Au lieu d'atterrir dans le bois, il est tombé juste au bord. Thomas voulait lui faire un enterrement, mais Ray l'a prié d'arrêter ces conneries de gamine. Tout le temps qu'on est restés là, on a eu cet écureuil mort sous les yeux. Chaque fois qu'il est question du New Hampshire, l'écureuil me vient à l'esprit, invariablement. J'y ai bien pensé des milliers de fois, je parie.

Dans moins d'une demi-heure, on va être dans un autre État, celui de New York. On est en excursion avec notre classe ; on va visiter la statue de la Liberté et le Radio City Music Hall. On voyage dans un autocar qui a des sièges rembourrés et des toilettes à l'arrière. Pour l'instant, on est encore dans le Connecticut, à Bridgeport. D'après Eddie Otero, à Bridgeport on est tout près de l'État de New York. Il a des cousins qui habitent dans le Bronx et, quand ils vont les voir, ils passent par ici. On roule depuis presque deux heures. Je suis au fond du car avec Otero et Channy Harrington. Thomas est à peu près au milieu de l'allée centrale. Il s'est retrouvé à côté d'Eugene Savitsky, ce drôle de type de notre classe, un gros qui parle tout le temps des planètes, de géologie et de météo. Mme Hanka nous a laissés nous asseoir avec qui on voulait. Thomas et Channy voulaient tous les deux être à côté de moi, et j'ai décidé de me mettre avec Channy. Personne ne voulait d'Eugene. À la récré la semaine dernière, Billy Moon lui a demandé de citer cinq équipes de foot et il a été incapable d'en citer une seule.

Mon frère et moi, on attend cette excursion depuis longtemps, mais pour des raisons différentes. Thomas, lui, a envie de voir le spectacle de Pâques à Radio City. M'man y est allée une fois, et la partie religieuse l'a émue aux larmes. Moi, je pense que ça doit être barbant, un peu comme à l'église. Moi, si je suis tellement impatient, c'est que, quand on sera à New York, je serai allé dans quatre États ; en plus, j'ai de l'argent de poche à dépenser – trente-sept dollars que j'ai gagnés en pelletant la neige, en promenant le chien de Mme Pusateri et en aidant Ray pendant les week-ends. La semaine dernière, on a installé un placard à outils dans son camion. Il m'a laissé percer des trous et serrer les vis. C'est toujours à moi qu'il demande de l'aider, pas à Thomas. « Dédé la Bricole », il m'appelle. Tandis que mon frère, c'est « Charlie l'Empoté ». Tiens, c'est vrai, pendant qu'on travaillait à ce placard à outils, j'ai encore pensé à cet écureuil du lac Massabesic – je me disais qu'un écureuil pourrait se faire piéger dans ce placard.

Avec le spectacle de Pâques, on a droit à un film. Celui qu'on va nous montrer, c'est *The Music Man*. Mme Hanka, « Muriel la Belle », comme on l'appelle dans son dos, a vu *The Music Man* au théâtre. Elle nous a apporté son disque des chansons de la pièce pour nous le faire écouter. Tout le monde était plié en deux tellement c'était cucul. Eddie Otero a commencé à grogner comme un porc. Puis ils s'y sont mis à trois ou quatre. Muriel la Belle a été tellement mortifiée qu'elle a arrêté le disque et qu'on a cru un instant qu'elle allait se mettre à pleurer. Si elle n'avait pas déjà pris les billets pour Radio City, nous a-t-elle dit, elle annulerait tout. Elle nous a tenu un grand discours comme quoi si rien ne nous intéressait, eh bien, après tout, elle s'en fichait. Ensuite, elle a fait un truc bizarre. Elle a éteint toutes les lumières, elle est allée chercher son manteau dans le placard, elle l'a enfilé, et elle est restée là derrière son bureau. Pas de cours de sciences sociales comme d'habitude. Rien. Personne n'a pipé jusqu'au moment où on a commencé à annoncer les bus à l'interphone à trois heures moins cinq. Dingue. Le lendemain, tout le monde s'est tenu à carreau, même Otero.

On aura peut-être le temps d'aller dans une boutique de souvenirs à Times Square. Si c'est celle à laquelle pense notre copine de classe Marie Sexton, ils ont tout un choix de farces et attrapes : des chewing-gums qui claquent, des coussins péteurs, des glaçons avec des mouches dedans, du faux dégueulis. J'ai demandé à M'man combien d'argent je pouvais dépenser. Elle m'a dit de demander à Ray. Cinq dollars, il m'a dit. Mais j'en ai pris trente-sept : un billet de dix, un de cinq, et vingt-deux billets d'un dollar. Je n'en dépenserai peut-être pas beaucoup, ou peut-être que je dépenserai tout si ça me chante. Pourquoi pas ? C'est mon argent, pas le sien.

Hier soir, pendant qu'elle nous préparait nos paniers-repas, M'man nous a raconté que, du ferry de Staten Island, on aurait exactement la même vue que celle que son père avait eue en 1901 quand il était arrivé dans ce pays : le port de New York, la statue de la Liberté, les gratte-ciel. Elle nous parle tout le temps de son père. Papa par-ci, Papa par-là. Au départ, elle ne voulait pas qu'on mette nos canettes de soda dans le congélateur pour la nuit. « Et si elles explosaient ? » Mais je l'ai fait céder. On peut toujours obtenir d'elle tout ce qu'on veut quand Ray est parti au travail. Pour l'instant, nos canettes sont là-haut dans le filet avec nos paniers-repas. Je viens de tâter la mienne. Le soda a fondu à moitié. Au moment de déjeuner, il aura fondu complètement mais il sera encore frais. C'est-à-dire juste à point. Channy Harrington a fait la même chose. C'est lui qui a eu l'idée. Il paraît qu'en Californie tous les jeunes font ça. Le père de Channy est un des grands patrons de la Navale Électrique. Quand je vais voir Channy chez lui, Ray m'accuse de « frayer avec la haute ». Pourtant, il est visible que ça ne lui déplaît pas. Les Harrington ont une cuisinière à demeure, une piscine et une machine à lancer les balles de base-ball pour leurs trois fils. On peut régler la machine sur trois vitesses différentes. La vitesse maximale est de cent kilomètres à l'heure. Des fois, la cuisinière nous prépare des petites choses à manger après l'école : des biscuits d'avoine, des chips et de l'*onion dip*, des sandwichs au beurre de cacahuètes. Thomas n'a jamais été invité chez Channy. Il dit qu'il en a ras le bol qu'on lui rebatte les oreilles de cette cuisinière avec ses sandwichs ridicules et de cette fichue machine à lancer les balles.

Eugene Savitsky fait un cours à mon frère sur le mur du son. Il est tellement passionné par son sujet que sa voix couvre celle de tout le monde. Non seulement on va voir la statue de la Liberté, mais on va entrer dedans. Il y a des escaliers qui montent jusqu'en haut. Eddie Otero prétend qu'il va aller se pendre là-haut comme une crotte au bout du nez de la Liberté. Il en serait bien capable, en plus. Il est complètement fou.

Muriel la Belle vient à l'arrière du car nous demander de cesser de chanter *A Hundred Bottles of Beer on the Wall*. Ça ne se fait pas de chanter des chansons à boire pendant une sortie scolaire. On pourrait trouver mieux. Sur sa lancée, elle attrape Marty Overturf parce qu'il a déjà attaqué son panier-repas alors qu'il est seulement neuf heures un quart. Qu'est-ce que ça peut lui faire ? Ce panier-repas, il est à lui, pas à elle.

Channy Harrington est le seul garçon de la classe qui se rase déjà. Pratiquement toutes les filles de l'école sont amoureuses de lui. Debbie Chase lui a demandé de venir s'asseoir à côté d'elle pour le voyage, mais Mme Hanka a refusé de mélanger garçons et filles. Quand Channy est arrivé dans notre école en novembre dernier, il a eu la cote tout de suite, dès le premier jour. Il a des trophées de natation et de basket de son ancienne école sur une étagère dans sa chambre. En Californie, à ce qu'il dit, tout le monde a sa piscine découverte, même les gens pas riches. Clay, son frère aîné, qui est étudiant, fait du base-ball. Il a déjà été remarqué par les Cardinals.

À présent, Eugene baratine mon frère sur les planètes. Uranus ceci, Uranus cela. Tout d'un coup, Otero se met à hurler : « Eh, Savitsky ! Arrête un peu avec tes histoires de cul ! » Tout l'autocar se retourne et éclate de rire. À l'avant, Muriel la Belle se lève, nous regarde d'un air mauvais, et se rassoit. Le chauffeur n'arrête pas de nous dévisager dans son rétroviseur. Qu'est-ce qu'il nous veut ? Il est là pour conduire le car, pas pour nous regarder d'un sale œil. « Cet enfoiré de chauffeur devrait nous prendre en photo, dit Channy. Il nous verrait plus long-temps. »

Nos places sont juste à côté des toilettes. C'est surtout les filles qui les utilisent. À l'entrée et à la sortie, on fait des plaisanteries fines, du genre : « Va pas tomber dedans... Va pas en profiter pour faire des choses... » On se trouve très drôles. Channy est déjà allé à Radio City. Deux fois. Il nous recommande, dès qu'on nous laissera entrer, de nous précipiter vers les premiers rangs pour qu'on puisse se « rincer l'œil » quand les Rockettes feront leurs lancers de jambe. C'est Channy qui parle, mais c'est moi que Susan Gillis fusille du regard en se retournant, et je me défends comme un morveux : « Qu'est-ce que tu regardes ? » C'est sa mère qui devait nous servir de chaperon pour cette excursion, mais elle a attrapé les oreillons. On croirait que Susan a décidé de la remplacer. « Vous feriez bien d'arrêter de dire des trucs comme ça.

— Comme quoi ?

— Comme ce que vous venez de dire à propos des Rockettes.

— Tu nous as regardés ?

— Oui, justement, et c'est pas chouette. »

De toute façon, il n'y a pas de risque que Mme Hanka nous laisse nous placer où on voudra à Radio City. Elle nous obligera à nous mettre ensemble au même rang, comme des bébés, et je parie tout ce qu'on voudra qu'elle viendra poser ses fesses juste à côté d'Otero. La semaine dernière, on avait le mot « incorrigible » dans notre liste de vocabulaire, et c'est Otero qu'elle a pris comme exemple.

Je suis allé chez Channy trois fois. La dernière fois, il m'a raconté qu'un jour il avait vu des femmes complètement nues sur une plage de Californie où on n'est pas obligé de porter un maillot de bain si on n'en a pas envie. Il n'arrêtait pas de parler de leur « chatte ». Au début, je n'ai pas compris ce qu'il voulait dire, mais je n'ai pas moufté. Plus tard, on est allés fureter dans la chambre de son frère Trent et il m'a montré les magazines cochons de son aîné. Alors j'ai compris ce que c'était qu'une chatte. Je n'avais encore jamais vu de femme nue, même pas en photo. J'ignorais même qu'elles avaient du poil là en bas, comme les hommes. C'est son frère Clay qui avait emmené Channy sur cette plage. Avec des copains de fac à lui. Des types de son équipe de base-ball. D'après Channy, il y a des tas de plages de ce genre en Californie. Il est toujours en train de nous répéter que tout est tellement mieux en Californie que dans le Connecticut. Là-bas, paraît-il, dans la classe, les pupitres avaient un petit bouton sur le côté et, à la fin de la journée, il suffisait de presser le bouton et le pupitre disparaissait dans le plancher. Je suis à peu près sûr que c'est du flan. Et peut-être bien que l'histoire des plages aussi. Mais peut-être pas. Je ne suis même pas encore allé dans quatre États. Alors, qu'est-ce que j'en sais ?

Thomas se lève, enjambe Eugene et vient vers le fond du car. Quelqu'un lui fait un croche-pied paraît-il accidentel et tout le monde s'esclaffe, Channy et Eddie Otero encore plus que les autres. Par moments, Thomas se conduit vraiment comme un demeuré. Je regarde par la fenêtre pour ne pas avoir à le regarder.

Il ouvre la porte des toilettes. « Fais gaffe de pas t'éclabousser, dit Channy.

— Si Althea s'amène, je te l'enverrai », lui promet Otero. Il s'agit d'Althea Ebbs, une fille de notre classe, grosse et grasse, qui sent mauvais et qui chiale tout le temps. Thomas ne répond pas. J'entends la porte des toilettes se fermer. Et Thomas pousser le verrou.

Cinq minutes plus tard, il n'est toujours pas ressorti. Puis six ou sept minutes. Il y a belle lurette que je l'ai entendu tirer la chasse. Marie Sexton et Bunny Borsa se sont levées mille fois pour voir si la place était libre. « Qui est-ce qui occupe les lieux ? nous demande Bunny.

— Son frère, répond Otero en pointant le pouce vers moi. Il a deux tonnes à décharger.

— Ou alors il se tire le biscuit », plaisante Channy.

Ils pouffent de rire quand Bunny nous traite de dégoûtants.

C'est alors que la poignée de la porte s'agite frénétiquement. « Dominick, Dominick ! » C'est Thomas.

Il s'est enfermé. Il ne peut pas sortir. Je sens la panique à sa voix, au cliquetis effréné de cette poignée, au martèlement de ses poings contre la porte. Channy et Otero n'en peuvent plus de rire.

Marie Sexton, Susan et moi, on lui donne des consignes à travers la porte, mais il est trop affolé pour les suivre, ou bien il fait des gestes trop brusques. « Si je ne sors pas d'ici, je vais vomir ! » nous prévient-il. Otero et Channy rigolent encore plus.

« Calme-toi. Parle moins fort. Tu aggraves la situation.

— C'est coincé. Ça ne veut pas bouger. »

Ils sont maintenant cinq ou six à lui crier des instructions. Des filles se plaignent qu'elles ne peuvent vraiment plus attendre. Mme Hanka s'approche. En classe, on sent bien qu'elle aime mieux mon frère que moi. C'est M. Tout-Bon Tout-Bien. M. Parfait. À présent, elle est furieuse après lui. « À gauche, tire vers la gauche », lui crie-t-elle sur le ton exaspéré qu'elle réserve généralement à Otero ou à Althea Ebbs.

Je mesure la gravité de la situation quand le chauffeur se range sur le bas-côté et s'arrête. « Allez tous vous asseoir ! » gueule-t-il en se frayant un passage dans l'allée centrale. Impensable : mon crétin de frère est en train de nous bousiller complètement notre excursion.

« *En même temps !* Il faut actionner la poignée et le verrou *en même temps !* » répète le chauffeur devant la porte qui refuse de s'ouvrir. Il ôte sa veste de service : le dos de sa chemise est trempé de sueur. Il a le visage de la couleur d'un rosbif saignant. Nous sommes à l'arrêt depuis un quart d'heure.

« Faites-... moi... sortir ! continue à crier Thomas. Je vous en supplie ! FAITES-MOI SORTIR ! » Il donne toujours des coups sourds contre la porte. J'ai l'impression que mon cœur se décroche, comme dans un ascenseur qui descend bien trop vite. Si je me mets à pleurer devant Channy et Otero, ils pourront dire tout ce qu'ils voudront : je change d'école.

« Douze ans que je conduis ces bahuts, dit le chauffeur à Mme Hanka, et je peux compter sur les doigts d'une main le nombre de fois où j'ai oublié mes outils. » Il va falloir qu'on s'arrête dans une station-service à la prochaine sortie. Avec une barre à mine, il réussira peut-être à faire sauter la porte. Ou bien ils auront peut-être une perceuse à lui passer pour débloquer les verrous. Sinon, il faudra qu'il appelle la compagnie et qu'ils envoient quelqu'un avec les outils appropriés.

« Et il y en aura pour combien de temps ? demande Mme Hanka. Nous avons des billets pour le spectacle de quatorze heures trente à Radio City. Si nous ne pouvons pas prendre le ferry avant onze heures moins le quart au plus tard, nous ne pourrons pas aller à la statue de la Liberté.

— Je ne peux pas vous dire, m'dame. Je ne peux rien vous garantir.

— Pardon, Dominick ! Pardon ! » me crie Thomas derrière la porte.

Le car quitte l'autoroute à la première sortie et avance tout doucement dans le flot de la circulation. Eugene Savitsky s'est levé pour venir à l'arrière du car. Il est là debout à tapoter sur un siège, les yeux rivés sur la porte bloquée comme s'il s'agissait d'un problème scientifique. « Dis-lui de pousser le verrou dans l'autre sens, me conseille-t-il. Vers la droite, pas vers la gauche.

— On ne peut pas le pousser vers la droite, déclare quelqu'un.

— Dis-lui tout de même. Peut-être qu'il se trompe de sens.

— Pousse vers la droite », dis-je à Thomas.

Le verrou a bougé. La porte s'ouvre en grinçant.

Thomas émerge sous les huées et les applaudissements. Si pâle que sa peau en paraît bleue. Il commence par sourire. Puis son visage se chiffonne et il se met à pleurer.

Je le plains. Mais je suis furieux, et humilié. On ne regarde pas que lui, on me regarde moi aussi. Les frères Birdsey : des vrais jumeaux, des arriérés mentaux. Je voudrais mettre un coup de poing dans la sale petite gueule de riche de Channy Harrington et lui faire rentrer son sourire en coin. Fracasser le gros pif de Latino d'Eddie Otero.

Le chauffeur fait demi-tour dans un parking vide et reprend la direction de l'autoroute. Mme Hanka nous place autrement. Maintenant, Thomas et moi, on est l'un à côté de l'autre à l'avant, et Otero est avec Eugene Savitsky. Channy, Debby Chase et Yvette Magritte ricanent ensemble à l'arrière.

Pendant tout le reste de cette longue journée, Thomas continue à se distinguer. À la statue de la Liberté, il déclare qu'il ne veut pas entrer, il a trop peur. Mme Hanka m'oblige à rester en bas avec lui. Un type en uniforme vient m'engueuler parce que je jette du gravier dans l'eau. Après ça, on reste assis sur un mur tous les deux à regarder le port. Thomas finit par rompre le silence : « Tu te rends compte, c'est exactement ce que notre grand-père a eu devant les yeux le jour où il est arrivé d'Italie.

— Tu pourrais être sympa ? Tu voudrais pas la boucler, putain ? » C'est la première fois que je prononce ce mot-là à voix haute. Ça fait du bien. J'ai l'impression de me défouler, comme Ray.

Je dépense tout mon argent. À Radio City, j'achète un somptueux album-souvenir de trois dollars. À Times Square, dans la boutique de farces et attrapes – qui est bien celle à laquelle pensait Marie – j'achète un gratte-dos, une tarentule en caoutchouc et du vomi en plastique. Sur la route du retour, au restaurant, je commande un cocktail de crevettes, une côte de bœuf et de la tarte aux pommes à la hollandaise. Channy et Otero s'installent dans un box avec Debbie et Yvette pour manger leur hamburger. Moi je me retrouve coincé à une table avec ce sacré Eugene Savitsky et mon horreur de frère. Eugene commande du foie aux oignons. Thomas prend juste du bouillon au vermicelle avec des biscuits salés.

Trent, le frère de Channy, nous dépose à la maison, Thomas et moi. C'était prévu ainsi – c'est Channy qui l'avait proposé. Channy et Trent montent à l'avant, Thomas et moi à l'arrière. Channy ne nous dit pas un mot. Il s'adresse à son frère, il met la radio bien fort, lui rapporte quelque chose à propos de quelqu'un qu'ils ont connu en Californie. Jamais je ne retournerai chez les Harrington, je le sais. C'en est fini des sandwichs au beurre de cacahuètes de leur cuisinière. Fini de m'entraîner avec leur machine à lancer les balles.

« Votre voyage s'est bien passé ? nous demande M'man au retour.

— Pas mal du tout, répond Thomas. Le spectacle de Pâques m'a vraiment plu. C'était bien. » Il ne dit pas qu'il s'est enfermé dans les toilettes. Je n'en parle pas non plus.

« Et toi, Dominick ? Tu t'es bien amusé ? »

J'ai laissé mon bel album-souvenir dans le car. Quelqu'un s'est assis sur mon gratte-dos et l'a cassé. Sur les trente-sept dollars que j'avais emportés, il ne me reste que quatre-vingt-trois cents. L'espace d'un instant, je suis au bord des larmes. Et puis je me ressaisis. « C'était chiant. Comme toujours. »

Cette nuit-là, je rêve que je suis bloqué dans une petite grotte obscure au fond d'un bois que je ne reconnais pas. Il fait nuit noire. Je cogne et crie au secours et, quand je trouve une issue, je m'aperçois qu'en fin de compte ce n'est pas dans une grotte que j'étais enfermé, mais à l'intérieur de la statue de la Liberté.

11

À la clinique, on avait l'impression de jouer aux chaises musicales, et les *Newsweek* dataient de plusieurs mois. Pendant mon heure d'attente, j'ai dû subir les regards sournois et les coups d'œil obliques de ceux qui voulaient zieuter la copie conforme du fou de la bibliothèque. Une adolescente avait carrément les yeux rivés sur mes mains. À l'accueil, la personne qui m'a fait signer les formulaires d'assurance a vite retiré sa main quand j'ai tendu la mienne pour prendre son stylo. Après qu'on a appelé mon nom, j'ai eu tout loisir de me calmer pendant un bon quart d'heure dans la salle d'auscultation. Après quoi j'ai raconté mon histoire au Dr Judy Yup.

Sans se départir une seconde de son sourire durant les dix minutes d'examen, le Dr Yup a constaté les traces de coups et s'est déclarée prête à se porter témoin. Elle était allée en Chine pour une année d'études, et elle avait des amis qui avaient été mêlés aux événements de la place Tian An Men. Depuis lors, son cousin vivait caché dans les provinces du Sud.

« On ne peut tout de même pas comparer la brutalité d'un garde à ce qui s'est passé là-bas, ai-je dit.

— Pourquoi pas ? a-t-elle rétorqué, son sourire s'effaçant enfin. L'oppression, c'est l'oppression. »

Dale, l'assistant qui a pris les clichés, a évoqué en un monologue ininterrompu la fois où son cousin et lui s'étaient fait arrêter sur la route et tabasser par des flics au retour d'un concert d'Aerosmith. « Si seulement j'avais eu l'intelligence de faire comme vous, on aurait pu ramasser un paquet de fric. »

Mon intention n'était pas de m'en mettre plein les poches. Je voyais seulement une image se former dans ma tête : mon frère sortait par la porte principale de Hatch, clignant des yeux au soleil. Cette assistante sociale n'avait sans doute pas tort ; je m'étais comporté comme un con la veille au soir. Quoi qu'il puisse résulter de cet examen médical, Sheffer avait pris le risque de m'engager à le passer. J'étais un peu soulagé de penser qu'elle veillait sur mon frère là-bas à Hatch. J'étais plus détendu. Je sentais venir le sommeil. Revenu à mon camion, je suis resté assis au volant un moment et j'ai failli m'endormir avant de pouvoir mettre la clef de contact pour démarrer.

De la clinique, j'ai poussé jusque chez Henry Rood. Autant me débarrasser de ça aussi. Je finirais de passer cette foutue baraque au Kärcher pendant le week-end, j'essaierais de gratter le revêtement et d'appliquer l'apprêt pour le milieu de la semaine suivante. Avec l'aide de Ray, je viendrais peut-être à bout de ce cauchemar de trois étages vers la Toussaint. Je ne voulais pas dépasser cette date-là. Avec la peinture glycérophtalique, il fallait se méfier des températures de novembre ; on ne pouvait plus guère compter que sur trois ou quatre heures de bon soleil en milieu de journée, et encore, avec de la chance. Dans la foulée, je demanderais à Rood de se calmer un peu avec ses messages. J'en avais plein le dos d'être harcelé comme ça.

Il avait fait froid le matin, mais à présent l'air était sec et tiède, la température avoisinait les vingt degrés. Le temps idéal pour la peinture en bâtiment. Quand je me suis garé devant la maison de Gillette Street, Ruth Rood prenait le soleil sur les marches de la véranda. Avec ses cheveux noirs tout raides et son teint terreux, elle m'évoquait un peu Morticia Addams. Surtout là, devant leur maison des horreurs victorienne. Elle m'a souri en me voyant approcher. « Je devrais être en train de corriger des copies à l'intérieur, mais j'ai décidé de fêter l'été indien. » À côté d'elle, un poste de radio portatif diffusait le match d'ouverture du championnat national de base-ball.

Quand j'ai demandé à parler à Henry, elle a refusé de le déranger. Il était à son ordinateur en train d'écrire, ou bien il faisait un somme, m'a-t-elle dit. À moins qu'il ne soit ivre mort, ai-je pensé. Ruth elle-même avait déjà commencé à boire un petit coup. Un verre tout suintant était posé à côté d'elle.

« Dites-lui que je m'excuse pour le retard. Je n'y peux rien. Ces derniers jours, j'ai été empêché par un certain nombre d'événements indépendants de ma volonté.

— C'est ce que nous avons lu.

— Dites-lui, ai-je continué en regardant ailleurs, que je devrais finir la préparation mercredi ou jeudi, selon la quantité de stuc à enlever. La semaine prochaine, je vais pouvoir mettre la gomme. Alors expliquez-lui que c'est pas la peine qu'il me téléphone sans arrêt. »

Quand elle m'a demandé des nouvelles de Thomas, plutôt que de la regarder, je me suis tourné vers la balustrade de la véranda. « Ça va. Il va mieux. »

Elle m'a raconté que, dans l'Ohio, quand elle était jeune, un de ses voisins s'était arraché un œil. Pour des raisons religieuses, comme mon frère. Elle lisait, assise sur le canapé, quand elle avait entendu la femme de ce voisin pousser des cris. Et elle avait vu qu'on le guidait pour sortir de la maison et monter dans l'ambulance, une serviette de toilette autour du cou. Elle n'avait jamais oublié combien il avait l'air calme, en paix avec lui-même après s'être ainsi ôté la vue. C'était sinistre. Peu de temps plus tard, ils avaient déménagé – lui, sa femme et leurs deux petites filles. Mais Ruth continuait à penser à ce type périodiquement. « Et ce n'était qu'un voisin. Alors, pour vous, je n'arrive même pas à imaginer quelle épreuve ce doit être. Enfin, oui et non. Je voudrais vous dire combien je prends part à votre malheur. »

J'ai fait un signe. J'ai suivi son regard troublé et nerveux. De la compassion ! C'était bien la dernière chose à laquelle je me serais attendu de la part de ces gens-là !

Ruth m'a demandé si je voulais boire un whisky-soda avec elle. Ou une bière. Ils devaient avoir de la Pabst Blue Ribbon. Ou du gin. Elle en tremblait d'impatience.

J'ai décliné, en m'inventant des courses à faire. Je me suis tourné vers le match à la radio. « Alors, sur qui vous avez misé ?

— Ah, je suis un supporter invétéré de Cincinnati. Ça remonte à très longtemps. Mon père nous emmenait voir les matchs des Red Legs, mon frère et moi, quand on était petits. Et vous ?

— Ouais, Cincinnati, je crois. Maintenant que Boston a loupé le coche comme d'habitude. Si Clemens ne s'était pas fait éjecter en piquant une crise pendant les éliminatoires, c'est peut-être les Sox qui auraient joué en championnat national à la place des Athletics. Personnellement, je peux pas sacquer Oakland.

— Moi non plus. José Canseco, berk ! »

J'ai levé le nez vers la fenêtre du bureau de Rood. « Qu'est-ce qu'il écrit là-haut ? Le Grand Roman américain ?

— Non. Pas de la fiction. Un pamphlet, m'a-t-elle répondu.

— Ah ouais ? Contre qui ? Les peintres en bâtiment ? »

Elle a souri en tripotant un bouton de son chemisier. Elle était à bout de nerfs. Il y avait maintenant onze ans que Henry écrivait ce livre. Cette tâche l'avait épuisé. Elle ne pouvait pas vraiment me dire de quoi il s'agissait. Henry en serait très contrarié.

J'ai repensé à ce que M'man m'avait raconté à propos de l'autobiographie de son père – au secret qui avait plané sur la rédaction de ce texte ce fameux été.

J'allais revenir dans deux jours, ai-je promis à Ruth Rood – qu'elle se rassure, quand j'aurais terminé, ils en auraient soupé de ma présence, son mari et elle.

« Ah ça, j'en doute », a-t-elle répliqué. À la radio, la foule hurlait. La voix du commentateur est devenue hystérique. Eric Davis venait d'infliger un double *home run* à Dave Stewart. « Youpi ! » s'est écriée Mme Rood en liquidant son verre.

Deux corvées de faites. Restait la troisième. J'ai pris la direction de Hollyhock Avenue pour aller voir Ray en songeant à cette foldingue de Nedra Frank. En fait, elle avait volé le manuscrit de mon grand-père. Elle avait encaissé mon chèque et disparu. À l'heure qu'il était, elle avait sans doute tout jeté aux ordures. Ce manuscrit n'existait probablement plus.

J'ai remonté Hollyhock Avenue lentement, je me suis arrêté devant la maison et j'ai coupé le moteur. Je suis resté là à regarder cette maison que « Papa » avait construite... Les arbustes avaient poussé dans tous les sens, les haies avaient besoin d'être taillées. Ce n'était pas l'habitude de Ray de négliger le jardin. Thomas et moi, on disait toujours qu'il ne pouvait pas dormir quand les haies n'étaient pas au garde-à-vous et la pelouse aussi rase que sa coupe en brosse. Les poubelles étaient restées dehors – vidées depuis la veille, elles attendaient toujours d'être rangées. Encore une bête noire de Ray autrefois : tous ces gens qui ne se donnaient pas la peine de rentrer leurs poubelles. On avait droit à de véritables sermons sur le sujet.

Je suis sorti de mon camion, je suis passé devant ces foutues poubelles et j'ai gravi les marches en ciment de la maison familiale. Cher et Doux Foyer, également connu sous le nom de Maison des Horreurs. La prescription s'appliquait depuis longtemps à toutes les saloperies que Ray nous avait faites dans notre enfance et notre adolescence, mais chaque fois que je remettais les pieds à Hollyhock Avenue, je me sentais petit, malheureux, impuissant comme quand j'avais dix ans.

Les choses avaient tourné d'une drôle de façon. M'man n'était plus de ce monde. J'avais acheté cet appartement de Hillyndale Drive. Ces dernières années, Thomas avait vécu à l'hôpital ou dans un foyer. Le seul à être resté dans la maison que le vieux Domenico Tempesta avait bâtie pour sa famille était Ray Birdsey, un WASP de Youngstown dans l'Ohio. Plus de sang Tempesta en résidence. Ni même de sang italien. Ray n'avait pas voulu relouer la maison mitoyenne de la nôtre quand Little Sal, le dernier des Tusia, était parti en Arizona, où vivait sa fille. « Pourquoi est-ce que tu ne reviens pas t'installer ici ? m'avait-il demandé après mon divorce. Tu n'aurais plus d'emprunt à rembourser. De toute façon, cette maison vous appartient pour moitié. Quand j'aurai passé l'arme à gauche, elle sera à vous tout entière. »

L'opération aurait été intéressante sur le plan financier, mais plutôt suicidaire sur le plan affectif. Si bien que j'ai continué à payer les traites pour mon appartement, et l'autre partie de la maison de Hollyhock Avenue est restée vide. Un jour, j'ai demandé à Ray pourquoi il ne la louait pas. Il n'avait pas besoin de ce revenu-là, paraît-il. « Toi, peut-être pas, ai-je répliqué. Mais moi, je ne cracherais pas sur la moitié des sept cents dollars du loyer mensuel que ça rapporterait. » Plutôt que de louer, Ray est allé à la Liberty Bank nous ouvrir un compte à Thomas et à moi. Chaque mois, il y déposait trois cent cinquante dollars. C'était aussi bien, m'a-t-il dit. Avec des locataires, on ne savait jamais à quoi on s'exposait. Son copain Nickerson, de la Navale Électrique, avait loué son premier étage à une bande de porcs qu'il n'arrivait pas à mettre dehors. Il n'avait vraiment pas besoin de ce genre d'ennui. Alors il versait de l'argent sur notre compte tous les mois, et il vivait seul dans la maison de seize pièces de Domenico Tempesta, prévue pour deux familles.

Au lieu de frapper à la porte, je suis entré avec ma clef. *La chiave.* J'ai fait le tour complet. Je n'étais pas venu depuis un certain temps. Les pièces étaient en désordre, tout était bien empilé, mais rien n'était rangé. Des outils, des paquets de vieux journaux et un puzzle inachevé encombraient la table de la salle à manger. Les tapis accrochaient sous mes grosses chaussures. Une mauvaise odeur de friture planait dans la cuisine. De la vaisselle et des casseroles propres étaient entassées sur le plan de travail, mais Ray n'avait pas pris la peine de remettre tout ça dans les placards. Ses médicaments pour la tension et le diabète étaient alignés sur la table, ainsi qu'un tas de *Reader's Digest* et deux liasses de courrier tenues par des élastiques. Le *Daily Record* du jour était plié en quatre, avec, à l'endroit, l'article sur l'internement de Thomas à Hatch.

Ray était donc au courant. C'était toujours ça.

Je l'ai trouvé dans la chambre de derrière, entortillé dans une couverture, ronflant dans la semi-obscurité. Après la mort de M'man, il avait pris l'habitude de dormir en bas. Sa raison officielle était la présence d'un rôdeur dans le voisinage – la porte de la cave des Anthony, en face, avait été fracturée. J'étais à peu près sûr que ce n'était pas la vraie raison. Quand Dessa m'avait quitté, une des choses les plus dures auxquelles j'avais dû m'habituer, c'était la place vide de son côté du lit. Je m'endormais sur le canapé devant la télé pour ne pas avoir à supporter ce vide. Non pas qu'il eût été possible d'en parler avec Ray. Il fallait qu'il dorme en bas avec une barre à mine sous son lit pour faire fuir les cambrioleurs. Il fallait qu'il joue les gros durs plutôt que d'affronter les émotions que lui causait la mort de sa femme.

Il dormait dans la journée, parce qu'on le faisait de nouveau travailler de nuit au chantier naval. Rendons-lui cette justice : à l'âge de soixante-sept ans il bossait encore comme un forcené. Je suis resté là à le regarder. Le soleil filtrait à travers les stores et lui striait le visage. Bouche ouverte, les dents à découvert, il paraissait plus vieux. Un vieil homme. Ses cheveux avaient blanchi. Depuis quand ?

Pendant toute ma jeunesse, j'avais si souvent souhaité la mort de mon beau-père que c'était devenu un de mes passe-temps favoris. Je l'avais tué dans ma tête des dizaines de fois – le poussant du bord d'une falaise, l'électrocutant dans la baignoire, tirant sur lui un coup mortel dans un accident de chasse. Il avait dit et fait des choses qui n'étaient toujours pas cicatrisées. Il avait transformé cette maison en un lieu d'épouvante. Pourtant, à le voir ainsi, chenu et vulnérable, à voir ce corps qui ronflait, j'ai senti, contre toute attente, monter en moi une vague de sympathie.

Sentiment dont je me suis défendu. Et que j'ai chassé.

Dans la cuisine, j'ai laissé un mot sur un bout de papier, expliquant ce que j'avais appris de Sheffer : le certificat d'internement de quinze jours, l'enquête préalable au droit de visite, l'examen du cas par la fameuse Commission. « Si tu as des questions à me poser, appelle-moi », ai-je griffonné tout en bas. Mais je savais qu'il n'appellerait pas. Je me doutais qu'il s'était mis hors jeu.

En retournant à mon camion, j'ai attrapé les poubelles par la poignée, une dans chaque main, j'ai monté les marches et les ai remises en place, derrière, dans le jardin. Une corvée de moins pour lui.

Notre bon vieux jardin...

Je suis passé devant les deux bacs en ciment dans lesquels M'man faisait pousser son persil et son basilic. Ah, j'adorais l'odeur du basilic frais – on en avait les doigts parfumés pour toute la journée... *Dominick ? Sois gentil, mon chéri. Va me chercher un peu de* basilico. *Cinq ou six feuilles. Je veux en mettre dans la sauce...*

J'ai gravi les six marches menant à ce qu'elle appelait toujours le « petit coin de Sicile » de Papa. Il aimait s'asseoir là, près de sa treille et de son poulailler, de ses tomates et de ses poivrons, à siroter au soleil le vin de sa fabrication... C'était peut-être pour cela qu'elle l'avait entendu pleurer ce dernier jour, alors qu'il achevait l'écriture de son histoire. À la fin de sa vie, le « Grand Homme d'Humble Origine » avait peut-être versé des larmes en repensant à son pays.

Je nous revoyais enfants, Thomas et moi, jouant dans ce jardin. Caracolant sur nos échasses, organisant des massacres entre nos cow-boys et nos Indiens en plastique, faisant rentrer les orvets dans le mur de pierre. En juin, quand le chèvrefeuille fleurissait, on en aspirait le nectar – rien qu'une petite goutte d'élixir sur la langue à chaque fleur.

Je suis allé voir la table à pique-nique que Ray et moi avions fabriquée un été. Le banc était pourri à un bout. Il faudrait que je vienne chercher tout cela un matin pour l'emporter à la décharge. Au printemps prochain, je pourrais peut-être retourner la terre, cultiver le jardin, le tirer de cet abandon. Ici aussi, Ray avait tout laissé en rade. Je n'avais jamais vu un fouillis pareil. La treille était presque étouffée par la végétation. Les herbes sèches arrivaient au genou. La pelouse n'avait pas dû être tondue une seule fois de l'été. Elle devait être pleine de tiques. Qu'arrivait-il à Ray ?...

J'ai repensé à ce que M'man m'avait raconté le jour où elle était allée me chercher le petit coffre-fort qui contenait l'histoire de Papa. Elle avait voulu lui apporter son déjeuner, et elle l'avait trouvé effondré sur sa chaise... Et en attendant du secours et l'arrivée de l'ambulance, elle avait ramassé les pages de son récit éparpillées dans le jardin... Un de ces jours, je poursuivrais la tâche : je retrouverais cette garce de Nedra. Je récupérerais l'histoire de mon grand-père, si elle ne l'avait pas déjà détruite. Par son ex-mari, qui était un ponte de l'hôpital, je pourrais peut-être remonter jusqu'à elle. Il devait bien lui envoyer une pension alimentaire quelque part, non ? Et si ça ne marchait pas, j'irais peut-être voir Jerry Martineau à la police. Car il s'agissait d'un vol caractérisé, sans parler de la rupture de contrat...

L'été où le Vieux était mort ici, M'man était enceinte de Thomas et de moi. Enceinte d'un type dont je ne connaîtrais sans doute jamais le nom. Et lui ? Connaissait-il notre existence ? Pourquoi nous l'avait-elle caché ? De qui étais-je le fils ?

D'ailleurs, qui était Papa ? Je revoyais en esprit, je sentais encore dans mes mains ces pages que j'avais sorties du petit coffre-fort ce matin-là : les quinze ou vingt premières tapées en double avec du carbone, le reste manuscrit au stylo, de son écriture étirée. C'était pour moi que M'man avait gardé l'histoire de son père, m'avait-elle dit. Thomas pouvait la regarder aussi, mais elle m'était destinée... Je revoyais la Yugo de Nedra Frank glisser dans la rue en diagonale au milieu de la tempête de neige, et disparaître pour de bon. Une chance d'être tombé sur un numéro pareil ! Ça lui allait bien de prétendre qu'« il y avait toujours une perte dans la traduction ».

Quand cette affaire de Hatch serait réglée, je la poursuivrais, même si Martineau ne pouvait rien pour moi. Quitte à engager un détective privé. Car, à bien réfléchir, elle m'avait volé mon grand-père. Un vol bien plus important que les quatre cents dollars que je lui avais avancés... J'essaierais peut-être aussi de retrouver la trace du sténographe. Cet Angelo qui avait travaillé ici cet été-là. C'était un cousin des Mastronunzio, m'avait dit M'man. Je connaissais un Dave Mastronunzio chez les Plombiers réunis. Je commencerais peut-être par lui. Il fallait que je commence quelque part. Peut-être.

Ou peut-être pas.

12

À ce stade, n'importe quel individu sain d'esprit aurait décidé que ça suffisait pour la journée et serait rentré chez lui se coucher au plus vite. Mais la santé mentale n'est pas notre fort dans la famille. Épuisé et énervé, j'ai braqué à gauche pour aller voir Leo à la concession automobile de mon ex-beau-père.

Constantine Chrysler Plymouth Isuzu. « Chez Gene, faites une offre honnête, et on vous fera un prix honnête. » Sûrement, ouais. Si Diogène Constantine, alias « Gene », gagnait son argent en faisant des prix honnêtes, alors moi, j'étais le héros de *La Guerre des étoiles*.

Leo était dehors sur le parking, un œillet rouge à la main. Il raccompagnait une rousse entre deux âges au volant d'une Grand Prix blanche. « Eh bien, bonne chance, Jeanette ! Et merci encore de votre fleur.

— Ah, je vous en prie, Leo. Vous avez été si gentil. Je regrette seulement de ne pas pouvoir acheter *deux* voitures neuves.

— Si je peux faire quelque chose pour vous à l'avenir, donnez-moi un coup de fil. D'accord ? »

Jeanette a emballé son moteur, tel Mario Andretti. « Houp-là, pardon, a-t-elle pouffé, je n'ai pas encore l'habitude.

— Vous faites pas de souci, Jeanette. Vous prendrez le coup. Allez, au revoir. »

Elle a passé une vitesse et démarré brutalement. « Bon débarras ! a dit Leo sans bouger les lèvres, comme un ventriloque. Espèce de connasse ! Poufiasse ! J'espère que tu vas perdre ton moteur en route.

— Si je comprends bien, t'as raté une vente ?

— Cette garce était à deux doigts de signer pour une LeBaron blanche. L'affaire était dans le sac, Birdsey. Et puis je m'absente une journée pour aller à New York et elle achète ce bahut qui en met plein la vue chez Andy Butrymovic, le concessionnaire Pontiac. Tu le connais ? Un sacré requin. Un salaud de Polack. »

En entrant dans le hall d'exposition, on est passés à côté d'un peintre qui inscrivait en sifflotant une nouvelle promotion sur la vitrine. « Et cette fleur, qu'est-ce que ça veut dire ? Tu te fais draguer par les clientes, maintenant ?

— À peu près ça, ouais. » Il a cassé la tige de l'œillet et l'a jetée dans la corbeille à papier d'Omar, le dernier en date des vendeurs de Constantine Motors. Noir, ou Hispano, ou je ne sais quoi. Eh bien, voilà une chose qu'on n'aurait pas vue il y a dix ans, ni même cinq : mon ex-beau-père embauchant des vendeurs parmi les minorités. Il n'aurait pas davantage embauché des femmes. Or, à présent, il y en avait deux.

« Comment va ton frère ? m'a demandé Leo. Angie m'a dit qu'on l'avait mis à Hatch. Qu'est-ce que c'est que cette histoire ? »

Je lui ai rapporté ce qui s'était passé la veille au soir : l'internement de Thomas, le coup de genou que j'avais reçu dans le bas-ventre, le conseil que venait de me donner Lisa Sheffer. « Il a droit à cinq visiteurs de son choix. Ils font une enquête de sécurité sur chacune des personnes désignées. Ils vous fouillent, ils vous passent au détecteur...

— Lisa Sheffer, Lisa Sheffer. Ce nom me dit quelque chose. Assieds-toi. »

J'ai pris place en face de lui, à ce bureau qui est une véritable pomme de discorde pour Leo : depuis des années qu'il travaille chez le Vieux, il est toujours parqué là dans un coin du hall d'exposition, alors que Peter, le cousin de Dessa et d'Angie, qui est entré dans l'affaire quatre ou cinq ans après Leo, s'est déjà vu attribuer un des bureaux particuliers, lambrissés, à l'écart du hall. Peter a été nommé directeur du nouveau service de financement. Le leasing, c'est son grand truc.

Le placage du bureau de Leo est un peu déformé et décollé à un angle, comme ça arrive souvent avec ce genre de camelote. Rien à voir avec le domaine privé du Vieux. Sur son bureau, on pourrait faire atterrir un avion. Leo a feuilleté son Rolodex. « Lisa Sheffer, Lisa Sheffer... Nous y sommes. Lisa Sheffer. Je lui ai fait essayer une Charger il y a environ six mois. Infirmière, c'est ça ?

— Assistante sociale en hôpital psychiatrique.

— Une petite maigrichonne ? Cheveux courts, pas de nichons ? » Je repensais à la façon dont Sheffer m'avait remis à ma place, me rappelant qu'elle était une femme, pas une « fille ». Avec Leo, ça aurait été l'entente parfaite !

« Tu sais ce que je ferais, moi ? Je prendrais un avocat et je lui demanderais d'attaquer pour brutalité policière. Je lui ferais produire le certificat du médecin, les clichés médicaux et tout. Il y aurait sans doute un arrangement possible – tu promettrais de ne pas aller en justice si ton frère était transféré à Settle. Et après, tu sais quoi ? Une fois qu'il serait sorti de là ? J'attaquerais quand même.

— Sans blague, tu ferais ça ?

— Un peu que je le ferais. Qu'cst-ce qu'ils pourraient contre toi ? Tu crois qu'ils iraient se plaindre que tu les as couillonnés avec un arrangement sous la table ? Il vaut mieux baiser l'autre que se faire baiser. Attends-moi une minute, Birdsec, tu veux bien ? Je reviens tout de suite. J'ai quelque chose à voir à l'atelier. »

En un sens, vendre des voitures était le métier idéal pour lui. Entubeur professionnel... Il n'avait pas cessé de me raconter des salades depuis cet été de 1966 où j'étais en cours de rattrapage d'algèbre avec lui et où il me faisait croire qu'il était le petit cousin de Sam the Sham, le Sam the Sham des Pharaohs, dont la chanson *Woolly Bully* était un tube cette année-là, l'année de mes quinze ans. J'ai entendu cet air sur mon transistor rouge tout l'été, pendant que je tondais les pelouses, résolvais des équations, faisais des haltères – j'essayais de me transformer en Hercule, libéré de ses chaînes. Leo me racontait qu'il était allé à une fête chez Sam the Sham à Greenwich Village et qu'une minette de *Playboy* s'était assise sur ses genoux. Que son oncle était dénicheur de vedettes à Hollywood. Que sa mère songeait à lui offrir une Corvette quand il aurait réussi son examen d'algèbre et qu'il aurait obtenu son permis.

À seize ans, avec sa bedaine et ses dents ébréchées, il paraissait bien plus que son âge et faisait baver tous ces nullards en algèbre rien qu'en entrant dans la salle. Il m'arrivait de le regarder, avec un mélange de fascination et de dégoût, se mettre les doigts dans le nez, examiner ce qu'il en tirait et s'essuyer sous son pupitre. Il menait la vie dure à notre professeur, la vieille et chancelante Mme Palladino, une semi-retraitée. Il levait la main, réclamant son aide pour résoudre un problème dont il se fichait éperdument, et Palladino rappliquait en boitillant sur sa mauvaise jambe. Puis, au beau milieu de l'explication que Leo ne se donnait même pas la peine d'écouter, il lâchait un pet « silencieux et mortel », si nauséabond que, dans un rayon de cinq mètres, tout le monde se mettait à grogner et à s'éventer avec sa copie. La pauvre Palladino continuait son ronron comme si de rien n'était, en essayant, j'imagine, de ne pas tomber raide dans cette puanteur.

Cet été-là, Leo s'en est bien tiré, décrochant même son passage en raflant le stencil de l'examen terminal d'algèbre dans la corbeille à papier de la salle des profs. Mais à l'automne, la chance avait tourné. Carotide, le principal adjoint du lycée, l'a pris sur le fait un après-midi où il enfilait des préservatifs sur la tête des figurines dans la vitrine du grand hall contenant les trophées sportifs. Carotide : je ne sais plus quel était son vrai nom mais, quand il criait, les veines de son cou devenaient comme des cables électriques. Il a chopé Leo en beauté. Il l'a contraint, un matin, au moment des annonces, à présenter ses excuses par haut-parleur à tous les élèves sportifs du lycée, présents et anciens, pour s'être moqué de leurs victoires. Puis il l'a obligé à faire des tours de piste après la classe tous les après-midi pendant deux mois. La mère de Leo, qui venait d'entrer au conseil municipal de Three Rivers, l'a traîné trois fois par semaine chez un « spécialiste. »

Au terme de toutes ces consultations, il avait perdu quinze kilos et il se laissait pousser les cheveux. Au printemps, il chantait avec les Throbbers, des musiciens qui se produisaient dans un garage. À présent, il plaisait aux filles. À des gamines un peu nunuches d'abord, ensuite, de plus en plus, à des filles plus convoitées, y compris Natalie Santerre, à qui tout le monde trouvait une ressemblance avec Senta Berger, et qui (Leo s'en vante encore aujourd'hui) lui aurait taillé une pipe juste avant de suivre sa famille en Caroline du Nord. Les Throbbers jouaient les succès habituels : *Wild Thing, Good Lovin', Nineteenth Nervous Breakdown.* Leo était un vrai cabot. Chaque fois qu'ils chantaient *Ninety-Six Tears*, une chanson du groupe Question Mark, il tombait à genoux et faisait semblant de piquer une crise parce que la fille de la chanson l'avait plaqué. Les Throbbers n'ont eu qu'un temps, mais Leo ne pouvait déjà plus se passer de l'attention du public – il fallait qu'il monte sur les planches. Il s'est inscrit en art dramatique à U. Conn, il a dealé un peu d'herbe en douce et, en troisième année, il était devenu un tel tombeur que, au cours des deux mois de répétitions des *Trois Sœurs* de Tchekhov, il s'est envoyé en l'air avec les trois. À ce qu'il prétend, du moins, mais on ne peut jamais le considérer comme une source sûre, surtout s'agissant de sa vie sexuelle. Pendant cette troisième année de fac, il a tenu le rôle de Snoopy dans *You're a Good Man, Charlie Brown*, ce qui a été le sommet de sa carrière. À ce moment-là, Dessa et moi, on sortait ensemble depuis déjà six ou sept mois. (Dessa n'appréciait pas tellement Leo, elle le tolérait.) Quand on est allés voir *You're a Good Man, Charlie Brown*, Angie, la sœur de Dessa, est venue avec nous. Juste avant cela, Angie était sortie avec mon frère – une expérience catastrophique qui a duré deux mois, et que j'aimerais gommer de ma mémoire. Bref, pour le meilleur ou pour le pire, Angie était dans la salle ce soir-là, et elle est tombée amoureuse pour la vie. Au retour, Angie nous a rebattu les oreilles de Leo, qui était vraiment adorable, et tellement drôle qu'elle avait ri au point d'en mouiller sa petite culotte. Quand Leo a su qu'il avait une adoratrice, il a invité Angie à sortir avec lui. Ils s'en sont donné tant qu'ils ont pu tout cet été de 1971, et puis, apparemment, ça a moins bien marché entre eux. Mais le Noël suivant, quand Dessa et moi leur avons annoncé qu'on songeait à se fiancer après la remise des diplômes, ils nous ont appris qu'Angie était enceinte. C'est trop con ! Si elle n'avait pas fait une fausse couche, ce gosse aurait maintenant... dix-huit ans !

Le type qui sifflotait avait fini de peindre sa première lettre sur la vitrine, un « D » bleu de la taille de Joy. Leo est revenu en traversant le hall.

« Tiens, j'ai oublié de te dire. En plus de tout le reste, tu ne sais pas qui j'ai vu à Hatch hier soir ? Ralph Drinkwater.

— Drinkwater ? Sans blague. Je ne l'ai pas revu depuis... depuis cet été où on faisait des petits boulots ensemble. C'était en quelle année ?

— 1969. L'été où on est allés sur la lune.

— Alors, il a changé ?

— Pas tellement. Je l'ai reconnu tout de suite.

— Nom de Dieu, tu te rappelles ce coup de vache qu'on lui a fait ? Avec les flics.

— Ce coup de vache que *tu* lui as fait. C'est toi qui leur as tout craché au commissariat...

— Ah ouais, Birdsey, t'étais peut-être M. Propre ce soir-là, hein ? Dis donc, à propos, qu'est-ce que tu penses de mon costume ? » Il s'est levé de son bureau, s'est tourné de côté, et il est reparti en se pavanant vers la LeBaron blanche. Ces modèles d'exposition, Leo les appelle les *Vierges*. C'était un costume brun clair, à veston croisé. Trop grand pour lui, à mon avis.

« J'ai acheté ça hier à New York, après mon audition. Armani, haut de gamme. Ça s'était tellement bien passé que j'ai eu envie de marquer le coup. »

Leo et ses auditions ! Depuis le temps qu'il se précipite à New York pour faire des bouts d'essai, je ne l'ai vu à la télé que dans deux trucs : une pub pour les restaurants Landlubber Lobster qui est passée pendant quelque temps dans les années quatre-vingt, et un spot du service public pour la prévention du sida. Dans la pub pour le restaurant, Leo joue le rôle d'un gentil papa qui emmène sa petite famille manger des fruits de mer. Il apparaît d'abord en gros plan, les yeux à fleur de tête, comme s'il avait un orgasme. Puis la caméra s'éloigne et on voit une serveuse lui attacher un bavoir en plastique autour du cou. Il a devant lui une espèce d'énorme langouste. Les autres regardent avec le sourire, comme s'ils étaient tous défoncés, y compris bonne-maman. Quant au spot du service public, il passe encore de temps en temps à deux ou trois heures du matin, à l'heure où, généralement, je suis parti pour une bonne insomnie. Leo tient encore une fois le rôle d'un père – il s'entraîne au basket avec son fils adolescent et lui sert, entre hommes, un laïus sur la responsabilité. À la fin, il dit : « Et rappelle-toi, fiston, le plus sûr, c'est d'attendre d'être prêt. » Ils se sourient, et Leo essaie de faire un panier. Gros plan sur le filet. Puis Leo et le gamin se donnent une grande tape dans la main. La première fois que j'ai vu ça, j'ai éclaté de rire. D'une part, Leo n'est pas foutu de lancer un ballon. Quand on était au lycée, il avait inventé une histoire de lésion du ventricule gauche pour sécher le cours de gym pendant deux années de suite. D'autre part, Leo parlant d'abstinence, ça vaut Donald Trump parlant d'altruisme.

« Écoute ça, Birdsey, m'a-t-il dit. J'achète ce costume, je le fais retoucher, et je rentre chez moi vers minuit. Pas de lumière dans la maison, Angie dort, les gosses aussi. Alors je me tape quelques restes, j'allume la télé, et qu'est-ce que je vois ? Arsenio, dans le même costume que le mien, exactement. Arsenio. Récemment élu un des dix hommes les mieux habillés d'Amérique. C'est un signe.

— Un signe de quoi ?

— Que je vais avoir le rôle. Bref, combien tu crois que j'ai payé cette merveille ? De la soie italienne, a-t-il fait en caressant une manche et en pivotant sur le côté encore une fois. Allez, devine.

« — Écoute, Leo. J'ai un peu trop de soucis dans la tête en ce moment. Je n'ai pas particulièrement envie de jouer au Juste Prix avec toi.

— Devine !

— Je ne sais pas. Deux cents. Deux cent cinquante ? »

Il s'est étranglé en pointant un doigt vers le haut.

« Trois cent cinquante ?

— Tu veux dire quatorze cent cinquante, mon pote.

— Quatorze cent cinquante ? Pour un costume ?

— Mais pas n'importe quel costume ! Tâte-moi ça !

— Ben oui, et alors ? ai-je répondu en palpant le bord de la manche. C'est un costume. »

Il a fait semblant de tirer un fil à sa veste. « T'y connais vraiment rien, Birdsey. Toi, tu travailles en salopette ! Au fait, je t'ai dit ? Cette audition, c'est pas pour une pub, c'est pour un film. » Il s'est rassis et s'est laissé aller en arrière, en équilibre sur les deux pieds de son fauteuil. « Un polar dingue à petit budget, mais ce sera une référence, tu comprends ? Un marchepied. Ça va sans doute sortir tout de suite en vidéo ici aux États-Unis. Diffusion limitée à l'étranger. La Corée, Hong Kong, des pays comme ça. Là-bas, ils avalent ce genre de merde.

— Tu m'as déjà dit que c'était un film.

— Jamais de la vie. Quand donc ?

— Je ne sais plus. Au racquetball peut-être.

— J'étais à New York hier, et on a joué au racquetball avant-hier. »

Je commençais à être un peu dans les vapes. « Ah oui, c'est vrai. C'est sans doute Angie qui me l'a appris. Dis donc, vous avez du café ici ?

— Tu sais bien que oui. Noir ou avec du lait ? Angie ? Quand est-ce que tu l'as vue ?

— Je ne l'ai pas vue. On s'est parlé au téléphone hier soir. C'est toi que je cherchais.

— Qu'est-ce que tu me voulais ?

— Hein ? Rien. Je voulais juste te mettre au courant pour mon frère. Noir, deux sucres.

— Au fait, je t'ai dit que j'avais supprimé le café ? J'ai un bouquin, *Le Secret de la forme*. C'est Angie qui me l'a acheté. Et on s'est offert un presse-fruits. Il paraît que la caféine est un vrai poison. Le sucre raffiné aussi : à éviter à tout prix. Bref, ce film, écoute un peu. Il s'agit d'une drôle de gonzesse, à la fois artiste peintre et tueuse en série, tu vois ? Au début, plein de mecs lui passent dessus. Elle a toutes sortes d'expériences traumatisantes. Puis elle craque. Elle tue les types qui ont couché avec elle et elle se met à peindre des toiles un peu bizarres avec leur sang. Et tout d'un coup, les critiques d'art la découvrent. Elle devient vraiment quelqu'un dans le milieu artistique, seulement personne ne sait avec quoi elle peint, tu comprends ? Ils ignorent aussi que, le jour, elle peint ses tableaux, et la nuit, elle trucide tous les mecs. Moi, je fais la voix d'une des victimes – la première qu'elle expédie –, un professeur des beaux-arts qui veut se la taper en échange d'une bonne note. Je crois que je ne m'en suis pas mal tiré – il y aura des retombées, au moins ça. "Très bien, m'a dit le type du casting après ma lecture, *très* bien."

— En tout cas, t'auras pas eu à te forcer beaucoup pour te mettre dans la peau d'un salaud.

— Va te faire foutre, Birdsey. Mais je t'assure, cette fois c'est bien parti. » Il a regardé autour de nous et s'est penché au-dessus de son bureau pour me chuchoter : « Que je te dise : si j'obtiens le rôle, il y a une scène où cette femelle complètement jetée se couche sur moi. Juste avant de me tuer. Ne va pas dire ça à Angie si tu la vois, elle serait furax. Ce matin, j'ai commencé à faire des exercices de redressement assis parce que je suis pratiquement certain qu'on va me donner le rôle.

— Noir, deux sucres. »

Les deux pieds avant de son fauteuil ont retouché terre et il s'est levé. « Un poison, Birdsec, je t'assure. La vie saine ou la mort. »

En attendant qu'il revienne, j'ai fait le tour du hall d'exposition. J'ai jeté un œil à un camion Isuzu garé près de la vitrine. Feuilleté deux trois brochures. Le peintre en était à sa deuxième lettre : D-I.

Je n'étais pas fâché que mon beau-père ne soit pas là. Mon *ex*-beau-père. On s'était toujours bien entendus, Gene et moi. Il m'avait toujours préféré à Leo. Quelquefois, c'était tellement manifeste que c'en était gênant. Par exemple, quand on était tous réunis chez eux pour telle ou telle occasion, Gene nous invitait, les deux Peter, Costas et moi, à boire l'ouzo dans son bureau, ou à faire un tour dans le verger, alors que Leo était largué dans l'autre pièce avec les femmes et les enfants. Le plus triste, c'est que cela ne faisait que souligner la préférence que le vieux a toujours eue pour Dessa. Une préférence trop évidente pour ne pas être pénible. Mais tout cela a changé. Depuis le divorce, si je passais voir Leo et que Gene était là, j'étais ni plus ni moins l'Homme invisible. Comme s'il avait oublié que j'avais été son gendre pendant seize ans. Comme si c'était moi qui avais quitté Dessa et pas le contraire.

J'entendais Leo jacter du côté de l'atelier au lieu d'aller me chercher mon café. Une chose me revient tout d'un coup, allez savoir pourquoi : il a commencé à travailler chez Constantine Motors le jour de l'investiture de Reagan et de la libération des otages en Iran. Neuf ans, et toujours pas de bureau à lui. Un jour qu'il râlait à ce propos, il m'a dit : « Toi, Dominick, si tu étais à ma place, tu serais déjà vice-président à l'heure qu'il est, mais moi j'attends encore qu'on me donne un bureau digne de ce nom. » Il ne se trompait pas.

Quant au domaine privé du Vieux, c'est une autre affaire. Il a même une salle de bains, d'une sacrée dimension : trois mètres cinquante sur trois mètres cinquante. Une baignoire rouge, des accessoires dorés et une fresque peinte à la main représentant la guerre de Troie. Encore une preuve de maturité chez Leo : il ne manque pas l'occasion d'aller faire ses besoins dans les toilettes particulières du Vieux chaque fois que celui-ci est sur le parking, ou parti jeter un œil à ses autres mines d'or. (Outre la concession automobile, Gene et Thula possèdent deux galeries de boutiques, l'une ici même à Three Rivers, et l'autre à Willimantic.) Les Constantine sont très portés sur ces peintures murales : ils en ont aussi chez eux, une dans la salle à manger et l'autre dans leur chambre, en face du lit. Celle-là représente la mer Égée.

Leo et moi, on s'est finalement fiancés avec les sœurs Constantine la même semaine. Pour Dessa et moi, la chose était prévue depuis longtemps, tandis que Leo et Angie se trouvaient dans une situation d'urgence classique. Le Vieux nous a fait savoir par ses filles qu'il voulait nous rencontrer et servir son grand discours à ses « futurs gendres » dans son bureau de la concession automobile. C'était avant qu'il n'apprenne qu'Angie et Leo avaient un bébé en route – Angie n'a lâché cette petite bombe à son père que dans la limousine qui les emmenait à l'église. Leo et moi, on pouvait venir ensemble écouter ce qu'il avait à nous dire et qui nous concernait l'un et l'autre au même titre. J'ai gardé le souvenir intégral de cette conférence au sommet dans le bureau de Gene. « Entrez, messieurs, entrez », nous a-t-il crié après nous avoir fait mijoter un moment dans son antichambre. Leo prenait ça à la rigolade, mais moi j'avais l'impression d'attendre mon tour pour une vaccination. « Par ici », nous dit Gene, et nous voilà dans sa fameuse salle de bains : il prend son bain dans la baignoire rouge. Je n'avais aucune envie de voir son corps de gorille velu, pas plus que de le regarder en face. Dessa n'était pas enceinte ni rien, non par abstinence, mais uniquement grâce aux pillules contraceptives. J'avais les yeux fixés sur la guerre de Troie, au-dessus de l'épaule du Vieux, sur tous ces soldats qui sortaient du ventre du cheval de bois et sautaient à l'intérieur des murs.

« Messieurs, a commencé Diogène, jusqu'à présent mes deux filles ont eu une vie agréable. Leur mère et moi avons fait de notre mieux pour leur apporter l'essentiel et aussi un certain luxe. Maintenant, elles ont choisi de quitter notre maison pour aller vivre dans la vôtre. » En entendant ça, je me suis étranglé en silence. Les Constantine habitent une baraque de quatorze pièces à Bayview Terrace, avec verger de pommiers, treille en tonnelle et piscine. À l'époque de cette entrevue dans la salle de bains, je vivais dans un appartement miteux de Careen Avenue, juste au-dessus du garage, et la porte de mon réfrigérateur tenait avec du fil électrique.

« Eh bien, je ne demande pas aux époux de mes filles d'être des millionnaires ou des héros. La seule chose que j'espère de vous deux, ce sont des petits-enfants bien portants et heureux, et l'assurance que chaque soir mes filles partagent leur lit avec des hommes honnêtes et craignant Dieu. Si vous pouvez honorer ces exigences, je vous accueille dans ma famille et vous avez ma bénédiction. Sinon, dites-le tout de suite, et nous nous quitterons amis. »

C'est Leo qui a parlé presque tout le temps pour nous deux, servant obséquieusement à Diogène des « oui, monsieur » et des « non, monsieur », jusqu'à ce qu'on en arrive à la fin du discours et du bain.

Diogène s'est levé, il a saisi la main secourable que lui tendait Leo pour sortir de la baignoire, et il nous a allumé un Panatela Extra à chacun. Toujours complètement à poil. Il ne lui est venu à l'esprit de passer un peignoir que lorsque nous avons été tous les trois en train de fumer tranquillement.

Leo et moi, on n'a pas échangé un mot en retraversant le hall vers la sortie, laissant derrière nous une traînée de fumée de cigare, sous les yeux écarquillés de tous les employés de la concession. On est remontés dans la Kharmann Ghia de Leo. « Bon, ai-je dit, la tête renversée en arrière, que tu sois honnête et que tu craignes Dieu, j'en doute, mais pour ce qui est de lui donner des petits-enfants, t'es bien parti.

— T'as vu ce petit zizi tout rabougri ? Merde alors ! Plus petit que les mini cornichons Heinz en bocaux, mon pote. » En sortant du parking, on est tous les deux partis d'un éclat de rire à s'en étouffer. On en pleurait. « Si un jour j'ai les seins qui tombent à ce point-là, Birdsec, a réussi à articuler Leo, fais-moi la grâce de me tirer une balle dans la peau. » En prenant la bretelle d'accès, à moitié morts de rire, on a baissé nos vitres pour jeter ces putains de cigares.

C'est tout de même dingue, quand on y pense, que ça ait foiré entre Dessa et moi, et pas entre Leo et Angie. Enfin si, pendant un temps, à l'époque où Leo était gérant de cette boîte qui a capoté. Le Club, ça s'appelait. Le propriétaire, un gosse de riche de Fairfield, était shooté à la coke et en a donné le goût à Leo. Son nom était Rik – il se fâchait tout rouge si, malencontreusement, on épelait son nom avec un « c ». C'est la seule fois que mon amitié pour Leo a fléchi. Je ne pouvais pas supporter ce qu'il était devenu à cause de la coke – les trucs qu'il faisait, la manière dont il traitait Angie. Puis, un après-midi, le comptable du papa de Rik est venu mettre le nez dans les comptes du fiston. Et, aussi sec, Leo s'est fait virer.

Pendant que Leo était en cure de désintoxication, aux frais des Constantine, il s'est révélé qu'il avait engrossé une des entraîneuses du Club. Même moi je n'étais pas au courant de cette petite aventure – j'ai déjà raconté qu'à cette époque-là on ne se voyait plus beaucoup. Ladite entraîneuse, une dénommée Tina, s'était fait avorter, mais un jour, par dépit, elle est allée sonner à la porte d'Angie, qui a obtenu la séparation et est retournée chez ses parents avec Shannon. Trois mois après la fin du traitement de Leo, Angie et lui attendaient un autre enfant. Le Vieux a piqué la crise de sa vie ; il avait tout fait pour que ces deux-là divorcent. Au lieu de ça, il a fini par embaucher Leo comme vendeur de voitures.

C'est une des rares fois où j'ai vu le vieux Diogène céder sur quelque chose. Il avait fallu qu'Angie supplie son père, en essayant de le persuader que parfois les gens s'améliorent, que c'était le cas pour Leo. Gene et Thula avaient une seule petite-fille, et Leo était pour elle un père merveilleux. Si elle-même, Angie, était capable de pardonner et d'oublier, le Vieux aussi pouvait faire un effort. Pardonner et oublier étaient une chose, a dit Gene, mettre ce trou du cul sur la liste des employés en était une autre. Alors, Angie a trouvé l'argument décisif : si c'était Dessa qui le lui demandait, il dirait oui sans sourciller. Dessa, elle, ne serait pas obligée de s'humilier devant lui, en plus de tout ce qu'elle avait déjà subi.

Ce qui était sans doute vrai.

« Qu'est-ce que tu en penses ? » a demandé le Vieux à Dessa un soir. Il était assis sur le canapé, Thula à côté de lui, silencieuse, le visage fermé, les bras croisés sur son gros ventre. Ils avaient débarqué chez nous dans leur grosse New Yorker après une semaine de disputes à ce propos. En seize ans de mariage, c'est la seule fois que les parents de Dessa sont venus nous voir à l'improviste.

« Je penche pour tout ce qui serait susceptible d'arranger la situation, papa, a répondu Dessa. Mais c'est à toi de savoir si tu peux faire travailler Leo chez toi.

— Si je peux ? Ça, oui. Mais est-ce que j'ai envie de me trouver tous les matins en face de ce crétin qu'elle a eu l'imbécillité d'épouser ? Non. »

Je suis resté là, bouche cousue, mais avec bien du mal. Leo avait ses défauts, c'est sûr. C'est vrai qu'il avait royalement foutu la merde. Mais ça me déplaisait d'entendre Gene le débiner ainsi. On avait tout un passé commun, Leo et moi. Il avait aussi ses qualités.

« Ce n'est pas pour lui que tu le fais, a dit Thula. C'est pour ta fille. Pour ta chair et ton sang.

— Qui dit que je suis prêt à le faire ? a rétorqué le Vieux.

— Angie a raison de prétendre que Leo est un bon père, lui a rappelé Dessa. Shannon et lui s'adorent. » Dessa et moi aussi on adorait notre nièce, encore que sa présence ait été à la fois douce et douloureuse pour Dessa, qui avait déjà fait deux fausses couches. Mettre des enfants au monde était la seule chose qu'Angie réussissait mieux que Dessa. Maintenant que Leo et elle étaient de nouveau ensemble, avait-elle confié à sa sœur, elle voulait encore au moins un autre bébé après la naissance du deuxième.

« Je me demande où tu en serais toi-même, si mon père ne t'avait pas donné ta chance », a déclaré Thula à son époux. Sur le moment, je n'ai pas saisi toute la portée de ses propos mais, avec son calme habituel, Thula avait recours à l'artillerie lourde en notre présence. Si Diogène Constantine était très habile en affaires, son capital, au départ, venait de la famille de sa femme – ce qu'il n'a jamais oublié ni jamais renié.

Voilà donc comment, un mois plus tard, Leo figurait parmi les vendeurs de Gene dans les pages publicitaires du *Three Rivers Daily Record* – vous regardant de sa grosse face de lune, une bulle au-dessus de la tête avec le slogan de Constantine Motors : « Chez Gene, faites une offre honnête, et on vous fera un prix honnête. »

Leo est revenu avec mon café, en sirotant le sien. Au temps pour ses bonnes résolutions. « Nom de Dieu, Birdsey. Si tu m'avais pas obligé à te préparer du café, le parfum ne m'aurait pas donné envie. »

Le peintre avait formé quatre lettres à présent : D-I-E-U.

« Dieu ? Vous donnez dans la religion maintenant ? ai-je ricané en pointant le nez vers la vitrine.

— Nan. Quand il aura fini, ça va donner : "Venez vous acheter une voiture avant qu'on ne coule, bon Dieu !"

— Les affaires vont si mal que ça ?

— Bienvenue dans les années quatre-vingt-dix ! » Il s'est penché vers moi en baissant la voix. « Le Vieux en a pris un coup en voyant ses derniers chiffres. Il a passé toute la journée d'hier au téléphone avec le directeur régional. Entre le Nucléaire qui ferme et la Navale Électrique qui prévoit de nouveaux licenciements, personne n'achète. Tout le monde s'accroche à ce qu'il possède. Au fait, ton camion, il commence à se faire vieux, non ?

— Cent cinquante mille kilomètres, et il roule très bien.

— On pourrait t'avoir un Dodge ou un Isuzu pour...

— Non, non. Laisse tomber.

— Pourtant, tu sais, l'Isuzu cinq vitesses est un bon petit camion.

— C'est peut-être le char des dieux, Leo, mais je m'en fous. Mon compresseur siffle comme s'il avait de l'emphysème, mon Kärcher sera bon à remplacer dans les deux ans, et mon frère est bouclé avec une bande de...

— Je comprends bien, Dominick, mais le Pépé et moi, on pourrait te faire avoir...

— Non, pas question.

— Bon, bon. Enfin, tu sais que, si tu changes d'avis, on te trouvera quelque chose. »

J'ai bâillé. Bu une autre gorgée de café. Bâillé encore une fois.

« T'as vraiment une sale gueule, Birdsey. T'as dormi ?

— Non.

— C'est ce qui me semblait. Sans vouloir te vexer, mec, tu commences à ressembler à un basset. T'en fais pas. Tu vas le sortir de là. Je te le dis. Va voir un avocat. » Il s'est levé en tirant sur ses revers de veston et en se regardant dans la vitrine. « Tu vois, ce que tu ne comprends pas, c'est qu'avec des tissus comme ça c'est la loi de la jungle. D'accord, quatorze cent cinquante, c'est beaucoup pour un costume. Mais si on veut la qualité, il faut la payer.

— La loi de la jungle, c'est pas ça. C'est la loi du plus fort. Manger ou être mangé.

— Parfaitement ! À la prochaine audition, quand le directeur du casting va pénétrer dans la salle d'attente, qui crois-tu qu'il va remarquer tout de suite, tous ces cons en Levis et en sweat-shirt ou le mec en costume Armani ? »

Omar est passé en buvant un Coca Light. Il portait un costume tilleul.

« Viens voir ici, Omar. Ce type prétend que la loi de la jungle c'est : manger ou être mangé. Qu'est-ce que t'en penses ? »

Omar a avalé une gorgée « Moi, j'ai pas de préférence.

— Eh ben, toi alors ! » a crié Leo. Il a bondi de son siège pour lui donner une grande tape dans la main. Quatre ou cinq ans auparavant, Omar avait été la vedette des pages sportives : Omar Rodriguez et son célèbre tir de dernière minute, qui avait valu à Three Rivers de gagner le championnat des lycées. Ensuite, il avait continué à U. Conn au milieu des années quatre-vingt, puis joué une saison en Europe avant de laisser tomber. Il était meneur de jeu.

« Tu entends ça, Lorna ? » De l'autre côté du hall, sa collègue a levé les yeux. « Manger ou être mangé, a fait Omar. C'est aux dames de choisir. »

Lorna a replongé dans ses papiers en hochant la tête. « Ah vous, les mecs !

— Arrête tes conneries, Leo, ai-je grommelé. Tu la mets mal à l'aise.

— C'est vrai, Lorna ? a continué Leo. Je blesse vos chastes oreilles ? » Elle a répliqué par un bras d'honneur, sans même le regarder.

Leo s'est retourné vers moi. « Pour vendre des voitures, c'est pareil, mon vieux. Voilà pourquoi ce costume, c'est doublement un bon investissement. Ducon La Joie se pointe ici en casquette des Patriots avec sa meuf. Tu vois tout de suite à qui t'as affaire. Alors tu te lèves et, avec ton look, tu lui en fous plein la vue. Tu profites de ta supériorité. Et pendant que tu y es, tu allumes un peu la bonne femme, pour te la mettre dans la poche au moment de la décision. T'as déjà un atout caché avant même d'ouvrir la bouche. La loi de la jungle, tu y es ?

— Et alors ? »

Il a ajusté sa cravate, tiré sur sa manchette. « Tu peux pas comprendre, Birdsec. Je te l'ai déjà dit, toi tu portes des salopettes.

— Tu crois peut-être que tu vaux mieux que moi parce que tu t'habilles comme un gigolo de première classe ? »

Lorna a levé les yeux vers moi. Je me suis éclairci la voix et j'ai regardé ailleurs.

« Non, Birdsey, c'est pas pour ça que je vaux mieux que toi. Ni moins non plus. Parce qu'on est tous des putes. Y compris cette petite bonne sœur toute racornie là-bas en Inde, avec sa tête de singe. Y compris le pape. Et les peintres en bâtiment.

— En quoi un peintre en bâtiment est-il une pute ?

— Tu monterais sur une échelle pour gratter de la vieille peinture et t'en fourrer plein les narines *gratis* ? Pour l'amour de l'art ? T'es comme les autres, abruti. Te raconte pas d'histoires.

— Bon. Et mère Teresa, en quoi est-ce une pute ?

— Je ne peux pas te dire. Je ne la connais pas personnellement. Je sais seulement que c'est vrai en théorie. Qu'on se vend tous plus ou moins. En mettant ce qu'on peut sur le marché. Je dis les choses honnêtement, c'est tout. »

L'avant-dernière fois qu'on a joué au racquetball, c'est Leo lui-même qui a qualifié de « jeu de pute » le métier de vendeur de voitures : il s'est lancé dans un discours sur ce bouquin ultrasecret qui traite de la psychologie de la vente et sur lequel toute personne de la corporation doit garder le silence. L'hiver dernier, Gene, Costas et Peter Jr. sont descendus à Miami pour un séminaire sur « les moyens d'aborder les années quatre-vingt-dix ». N'étant pas invité, Leo a tiré une drôle de gueule. Quand ils sont revenus tous les trois, ayant rafraîchi leur bronzage méditerranéen, ils ont commencé à introduire des changements. Ils ont forcé sur le leasing et choisi leurs vendeurs parmi les minorités et les femmes. Le Vieux a payé une fortune pour faire venir des « consultants » afin de former les nouveaux vendeurs. De leur apprendre à classer les victimes potentielles en train d'examiner les prix sur le parking. Avant même que l'acheteur éventuel ne passe la porte, ils savent lequel des vendeurs va se lever, sourire aux lèvres et main tendue, et quelle tactique il va adopter.

Les clients noirs et portoricains sont pour Omar. Il ramasse aussi les fous de sport, les femmes d'une vingtaine d'années et les homos. Ceux pour qui il n'y a pas à se tromper, qui observent ses avantages en connaisseurs pendant qu'il fait ses allées et venues au bureau de Costas – toute une mise en scène consistant à envoyer je ne sais combien de fois le Gentil Vendeur auprès du Grand Méchant Directeur pour discuter du prix, tandis que le client, avec son café offert par la maison, est censé attendre et compatir au sort du pauvre employé humilié. Si c'est pas lamentable !

Les consultants agissent même au niveau des objets que les vendeurs mettent sur leur bureau ou sur leur classeur. C'est ce qu'on appelle la « projection d'images ». Derrière lui, Omar a placé deux ou trois de ses trophées de basket et des photos avec autographes – sur l'une, il est avec Larry Bird et sur l'autre avec le président Bush. Leo, lui, a des photos encadrées d'Angie et des enfants, tournées non pas face à lui, mais face aux clients. Quant à Lorna, elle a sur son bureau des magazines tels que *Glamour, Cosmo, People*. Et une photo de Michael Bolton est collée sur son classeur.

« Alors, elle s'occupe de qui ? ai-je demandé à Leo. Des femmes qui en pincent pour Michael Bolton ?

— Non, celles-là sont pour moi. Lorna, elle, c'est les hommes. Les Blancs, les cadres, qui croient qu'ils vont jouer plus fin qu'une nana pas très futée. Je devrais pas te raconter ça, Birdsec. Je risque de me mettre dans un beau caca. Mais il faut voir ces mecs qui achètent à Lorna – ils ressortent d'ici leur facture à la main tout fiers, comme s'ils venaient de baiser avec elle. Ils se figureraient jamais que, deux heures plus tôt, on a vendu exactement le même modèle avec deux ou trois options en plus pour cinq cents dollars de moins. »

Leo se vante d'avoir couché avec Lorna deux fois – une fois chez elle, et l'autre fois dans une LeBaron qu'ils devaient livrer à Warwick, Rhode

Island. D'après Leo, ils s'étaient arrêtés sur un parking pour boire un café, et elle s'est mise à lui caresser la cuisse. Elle avait tellement envie de lui, paraît-il, qu'il a été obligé de sortir de l'Old Post Road pour la satisfaire. J'en doute, malgré tout. Par moments, la vie de Leo ressemble un peu trop à un film porno pour qu'on y croie. « Si ça s'est vraiment passé comme tu dis, si tu ne prends pas tes rêves pour la réalité, t'es un sacré con. Que tu te sois fait prendre une fois, peut-être. Mais deux, c'est trop.

— Je ne suis pas un con, m'a-t-il répondu avec un grand sourire. Je ne peux pas m'en passer. Comme Wade Boggs. »

Quand je me suis levé pour partir, Leo m'a raccompagné à mon camion. « La carrosserie commence à être un peu bouffée, hein ? a-t-il dit en passant la main sur la portière du passager.

— Alors fourre pas tes doigts dessus. »

J'ai démarré pour sortir du parking en lui faisant le signe de la paix. « Hé, Dominick ! Attends ! » a-t-il crié.

Il est venu vers moi en courant, avec son costume chic qui flottait au vent. Il s'est penché à ma portière. « Dis donc, ton frère, j'y pense, cette liste de visiteurs. Il a droit à combien de personnes ?

— Cinq.

— Dis-lui qu'il peut me mettre dessus s'il veut. Je serais content d'aller le voir, de passer lui dire bonjour. 1969, tu disais ? Avec Thomas aussi ça remonte à un sacré bout de temps. »

J'ai fait un signe de tête, accusant réception du cadeau qu'il venait de me faire. « Je lui dirai. Merci.

— Pas de problème, mec. Salut. »

C'est comme ça avec Leo : c'est un salaud et c'est un type bien. Il vous prend par surprise. Je suis parti, tenant mon volant d'une main et essuyant mes larmes de l'autre. Ah, ce Leo, bon Dieu, c'est tout un programme.

13

Le cimetière indien, qui jouxte le vaste complexe hospitalier de Three Rivers, n'a rien d'un lieu grandiose : quelques hectares de terrain parsemés de petits tertres anonymes, une centaine de pierres tombales. Au centre se dresse une pyramide de moellons arrondis de la grosseur d'un poing, à une hauteur de trois mètres. C'est un monument à la mémoire de Samuel, le Grand Sachem de la nation Wequonnoc qui, au XVIIe siècle, guerroya contre les Nipmuck, les Pequot et les Narragansett voisins et se rallia aux colons blancs. Grave erreur. En 1653, les Blancs investirent la ville de Three Rivers, qui n'a cessé de se développer depuis, mais sous leur férule. Par contre, la superficie de la réserve et la population de la tribu ont régulièrement diminué.

Les tombes les plus anciennes remontent au XVIIIe siècle et sont maintenant tellement érodées et incrustées de parasites que tenter de les déchiffrer requiert un double effort de la vue et du toucher. Sous cette terre reposent les Fletcher et les Crowell, les Johnson et les Gray, des Indiens assimilés – assimilation signifiant que le commun des mortels ne fait pas de différence. Sous les tombes les plus récentes reposent les Wequonnoc morts à la guerre : combattants de la guerre de Sécession et de la guerre hispano-américaine, des deux guerres mondiales et de la guerre de Corée. C'est vers la fin des années soixante, alors que l'Amérique mangeait encore une fois ses petits, qu'a été érigée la dernière tombe du cimetière indien, en l'honneur de Lonnie Peck, un cousin plus âgé de Ralph Drinkwater, tué dans la jungle par un tireur isolé près de Vinh Long en 1969.

Cet été-là, l'homme a atterri sur la lune, Mary Jo Kopechne est passée par-dessus bord à Chappaquiddick et il y a eu Woodstock. Cet été-là, j'ai vu Dessa servir à boire au Dial Tone et je suis tombé amoureux pour la vie. Rentrés chez nous après une première année de fac un peu houleuse, nous avions, mon frère et moi, un emploi saisonnier au service de la voirie de Three Rivers. Ralph Drinkwater, Leo, Thomas et moi : un fameux quatuor ! Notre tâche consistait à débroussailler autour du réservoir, à pomper l'eau du puisard sur le champ de foire et à faucher l'herbe dans les cimetières de la ville, y compris dans le petit lieu de sépulture indien. À cette époque, Thomas entendait déjà ses voix lui parler tout bas, je crois, mais il donnait simplement l'impression d'être tendu ou mal luné, et je n'y voyais pas de raison de faire passer au second plan mes préoccupations personnelles. Nous avions dix-neuf ans.

Environ dix ans plus tard (il n'était plus classé « maniaco-dépressif » par les médecins, mais schizophrène et paranoïaque), le dernier traitement qu'on lui avait prescrit avait commencé à le stabiliser. Cette fois, c'était, semblait-il, un véritable miracle. Grâce à deux cents milligrammes de Thorazine quotidiens, il avait obtenu de l'hôpital une carte de sortie accompagnée, dont il était heureux et fier : cette carte lui permettait de se promener en compagnie de membres du personnel ou de sa famille.

Dessa et moi venions le chercher le dimanche après-midi à l'entrée du pavillon Settle : ensemble, nous passions devant les monstrueux bâtiments en brique de l'hôpital et devant le centre de recherche Ribicoff, puis nous franchissions l'enceinte par-derrière, et nous descendions au bord de la Sachem. Mon frère se plaisait à observer la rivière, à la regarder et à l'écouter couler. Parfois il ôtait ses chaussures et ses chaussettes et barbotait dans le courant couleur de cèdre. Il nous arrivait souvent de longer la rive tous les trois et de nous retrouver quatre cents mètres plus bas, dans le petit cimetière indien. Dessa et moi examinions les tombes qui témoignaient de ces vies passées, aujourd'hui enfouies là, tandis que Thomas, assis dans l'herbe, fumait cigarette sur cigarette en lisant la Bible. À ce moment-là déjà, il se prétendait plus ou moins le bras droit de Dieu et la cible du KGB. Tôt ou tard, il se levait pour nous suivre et nous servait une de ses interprétations bibliques, nous prédisant une catastrophe imminente fondée sur ce qu'il avait lu dans les journaux, ou vu le soir aux informations, ou dans son sommeil. Je m'impatientais, je lui disais qu'il fallait rentrer, et je partais devant. Arrivé à Settle, je pouvais enfin signer le registre et m'en aller, libéré de mes obligations pour une semaine. « Sois patient avec lui, Dominick, me recommandait Dessa en rentrant de ces visites. S'il a besoin de discourir, laisse-le. Il ne fait de mal à personne. » Je ne répondais rien, mais je n'en pensais pas moins : « Si, à moi. » Quand on a un frère jumeau schizophrène et qu'on est soi-même sain d'esprit, quand la sélection naturelle a joué en votre faveur, quand on est passé entre les mailles du filet, eh bien ! le filet est la première chose que l'on cherche à éviter.

À l'extrémité sud du cimetière indien, un chemin de terre, s'écartant de la rivière, monte entre les pins, les chênes et les cèdres, et traverse un bois de lauriers dont la floraison, en juin, est spectaculaire. Si l'on continue à grimper en suivant le sentier et le bruit de l'eau, et en sautant de rocher en rocher, on débouche sur un endroit à vous couper le souffle. La Sachem, de nouveau visible, se précipite entre deux falaises de roc et se déverse dans une gorge abrupte.

À Three Rivers, tout le monde appelle ce lieu la Cascade, tout simplement. D'après l'histoire, ou la légende, ou un mélange des deux, le chef

161

Samuel poursuivit un jour un sachem ennemi au bord du précipice, l'obligeant à un choix désespéré : se rendre et être exécuté, ou bien tenter de sauter sur l'autre rive au risque de se tuer. Le chef ennemi sauta, réussit à atteindre l'autre bord, non sans se casser une jambe. Samuel arriva peu après et sauta, lui aussi, sans dommage. Il rattrapa vite l'objet de sa vengeance, lui fracassa le crâne avec une pierre, puis découpa et mangea un morceau de son épaule, pour bien montrer à tout l'univers qui était le vainqueur. C'est mon professeur d'histoire américaine de seconde, M. LoPresto, qui nous a rapporté cette anecdote de Samuel mangeant de la chair humaine, en se délectant de la réaction horrifiée de la classe à ces détails sanglants.

M. LoPresto était un homme d'un certain âge, rondouillard, avec des hanches de femme. Je détestais ses sarcasmes, généralement dirigés contre les élèves les plus faibles de la classe. J'avais horreur de ses manies, de la loupe qu'il avait sur le front, et de la façon dont il truffait ses contrôles de questions pièges. Il faisait son cours en arpentant la salle, nous appelait collectivement ses « historiens », et remontait son pantalon au-dessus de sa petite bedaine tous les deux pas, toutes les trois phrases. J'étais très gêné de le voir assister à la même messe dominicale que ma famille avec sa vieille mère aux cheveux blancs. Chaque semaine, ils venaient s'asseoir au deuxième rang et ils étaient toujours les premiers à se lever pour aller communier. On aurait dit qu'ils se lançaient vers l'autel. « Le corps du Christ », disait le père Fox, tenant l'hostie en suspens devant M. LoPresto. Quand il se préparait à recevoir le « corps du Christ », on entendait son pieux « Amen » jusqu'au fond de l'église, et moi je rentrais la tête dans les épaules en faisant la grimace.

Le jour où M. LoPresto nous a raconté que Samuel avait mangé l'épaule de son ennemi, il nous a recommandé de ne pas juger les Indiens selon nos critères à nous, qui étaient supérieurs. Eux étaient des sauvages indigènes, alors que nous étions le produit de la Grèce et de la Rome antiques, et de toute la civilisation occidentale. Autant comparer des pommes et des oranges, des singes et des hommes. Nous étions là, silencieux et obéissants, à prendre les notes que nous lui régurgiterions au moment du contrôle.

La Cascade de Three Rivers a toujours été à la fois une belle photo de calendrier et un lieu scabreux. Les jeunes sèchent l'école et vont y faire la bringue, prenant des risques déments dont ils affichent les preuves à la face de la ville : canettes de bière brisées, graffitis bombés à même le rocher, caleçons accrochés dans les arbres. Je ne saurais leur reprocher leur libido et leurs illusions d'immortalité. À leur âge, j'ai moi-même pris des risques stupides à la Cascade – j'ai fait des choses dont je ne suis pas très fier quand j'y repense quelque vingt ans plus tard. Mais je m'inquiète pour eux. Il y a eu là des suicides, des accidents, des meurtres. Quand nous étions en neuvième, Thomas et moi, le cadavre d'une fille de notre classe y a été retrouvé. Penny Ann Drinkwater, la cousine de Lonnie Peck, la jumelle de Ralph.

Penny Ann et Ralph étaient les seuls autres jumeaux de l'école de River Street. À l'époque, les Drinkwater étaient considérés comme des gens de couleur, mais c'étaient des sang-mêlé : en partie Noirs, en partie Blancs, et en partie Indiens Wequonnoc. Ils avaient un an de plus que Thomas et moi. Penny Ann aurait dû être en huitième comme son frère, mais elle redoublait, et on lui avait donné la place juste à côté de la mienne.

Je ne l'aimais pas. Ses sourcils se rejoignaient en un seul, et certains jours elle sentait le pipi. Elle mangeait de la colle, suçait les boutons de son tricot bleu miteux, mâchonnait ses crayons de couleur. Je revois encore ses grandes dents de devant affreusement tachées par la pâte colorée.

Les Drinkwater étaient pauvres ; nous le savions tous. À notre école, on pouvait généralement repérer ceux qui étaient dans le besoin : ils étaient presque tous dans les groupes de lecture où les élèves avaient du mal à suivre et lisaient des livres pour bébés. Au tableau noir, ils calaient sur leurs problèmes d'arithmétique, le dos tourné à toutes les mains levées de ceux qui connaissaient la solution. Les enseignants étaient moins patients avec les élèves pauvres qu'avec nous autres. Mais, en plus d'être pauvre, Penny Ann était une mauvaise fille.

Elle volait. Elle avait volé à Genevieve Wilmark ses barrettes en strass, à Calvin Cobb un œuf de verre, et à Frances Strempek une photo avec autographe d'Annette Funicello, qu'on avait retrouvée déchirée en petits morceaux sous la corbeille à papier. Elle piquait le goûter des élèves dans notre vestiaire, y compris celui de Thomas et le mien. Quand quelque chose manquait dans la classe, Mlle Higgins avait pris l'habitude d'aller inspecter la case en fouillis de Penny Ann au fond de la salle. Celle-ci prétendait toujours ignorer comment les objets volés étaient arrivés entre ses mains. Elle pleurait fréquemment. Son nez coulait. Elle toussait tout le temps.

Elle a disparu le jour où une tempête de neige surprise nous a libérés de l'école de bonne heure, où nos mères, en écharpes, grosses chaussures et manteaux d'hiver, ont pataugé dans la neige drue pour venir nous chercher. La veille, alors qu'on attendait en rang pour boire au jet d'eau potable, Penny Ann, qui était devant moi, s'était retournée brusquement pour me dire que sa mère allait lui acheter un poney Shetland dès qu'elle serait rentrée de voyage. À l'école de River Street, il était admis de n'avoir que mépris pour cette fille – même les élèves gentils la bombardaient de poux imaginaires –, alors je l'ai regardée en face et je lui ai dit qu'elle n'était qu'une grosse menteuse. Après avoir bu à mon tour, je suis retourné en classe et je suis allé dire un mensonge à Mlle Higgins : « Penny Ann Drinkwater mangeait des petits gâteaux au chocolat dans le couloir. Elle les a volés à un élève. En plus, elle s'en est vantée. »

Mlle Higgins a écrit un petit mot pour Mlle Haas, la principale, et elle nous a expédiés tous les deux dans son bureau. C'est moi que Mlle Haas a cru. Penny Ann a nié obstinément. Elle pleurait et toussait en même temps. On aurait dit un chien qui aboyait. Mlle Haas m'a remercié de l'avoir informée et m'a renvoyé en classe. Je me souviens de ma satisfaction en retournant chez Mlle Higgins à l'idée que justice avait été faite, puis je me suis souvenu tardivement que ce vol de petits gâteaux était une pure invention de ma part. Mais je me suis dit pour me rassurer qu'après tout Penny Ann avait bien dû en voler aux uns ou aux autres à un moment quelconque. De sa place, Mlle Higgins a annoncé que j'étais un bon citoyen pour avoir rapporté un vol. Après quoi, elle a écrit au tableau : « Dominick Birdsey est un bon citoyen. » Cette déclaration publique m'a à la fois flatté et mis mal à l'aise, et, bien que nos yeux ne se soient pas croisés, j'ai senti sur moi, à travers la salle, le regard de mon frère.

La semaine qui a suivi la disparition de Penny Ann, les journaux ont publié sa photo – d'abord à la une, puis dans les pages intérieures, puis plus rien. À l'école, j'ai eu de plus en plus de mal à m'asseoir à côté de sa chaise vide et de sa table en fouillis. On avait fourré son tricot bleu miteux en boule dans sa case. Une des manches, usée jusqu'à la corde, traînait presque par terre. J'ai demandé à changer de place, mais Mlle Higgins a refusé.

Un jour, le visage de Penny Ann a reparu à la une du journal, en grand. LE CORPS D'UNE FILLETTE DÉCOUVERT À LA CASCADE, annonçait le titre. Le meurtrier inconnu avait, disait-on, brisé le cou de sa victime et lui avait ôté tous ses vêtements, détails effroyables qui me laissaient perplexe. C'était à la mi-février. Il y avait trente centimètres de neige. L'exposition au froid avait-elle fait partie du supplice ?

À la suite de ce meurtre énigmatique, j'ai commencé à ressusciter Penny Ann dans mes cauchemars. Dans un de mes rêves, elle me prenait en croupe sur son nouveau poney Shetland, et la bête se mettait à galoper sans prévenir vers le bord de la Cascade. Dans un autre rêve, Penny Ann me mettait au défi de lécher un squelette. Dans un troisième, Mlle Haas annonçait tranquillement par l'interphone que le meurtrier de Penny Ann était venu nous rendre visite à l'école et qu'il allait maintenant tuer les enfants de la maternelle. Quand je faisais ces cauchemars, je me mettais à hurler, et ma mère se précipitait dans notre chambre. Elle me caressait le bras, me disait que je ne craignais rien, et me permettait de laisser la lampe allumée. Rassuré par la lumière, mais encore trop apeuré pour me rendormir, je penchais la tête au bord de ma couchette et regardais mon frère qui dormait en dessous de moi – j'écoutais son souffle régulier, je comptais ses respirations presque jusqu'à cent, et je finissais par être gagné par son sommeil.

À l'école, on a organisé une collecte en l'honneur de Penny Ann Drinkwater. C'est notre classe qui en a été chargée, et Mlle Higgins nous a désignés comme trésoriers, mon frère et moi – fonction qui m'a gonflé d'importance. Le matin, nous devions, chacun de notre côté, passer dans les rangs de classe en classe en tendant la boîte en carton dans laquelle les élèves laissaient tomber leurs pièces de cinq ou de dix cents, ou d'un penny. Ralph Drinkwater, le frère de Penny Ann, était chez Mme Jeffrey. Il ne donnait jamais d'argent, il ne jetait pas un regard à la boîte quand je passais près de sa table, même les fois où j'osais m'arrêter et attendre un instant. Un matin où Thomas faisait la collecte dans la classe de Mme Jeffrey, Ralph lui a flanqué un coup de pied à la jambe. Thomas est allé dire ce qui s'était passé, mais Ralph a nié, et Mme Jeffrey a conclu qu'il ne l'avait sans doute pas fait exprès. Le même jour, dehors, à la récréation, j'ai vu Ralph faire un croche-pied à un garçon pendant une partie de Red Rover. La victime avait foncé de toutes ses forces dans la chaîne humaine qu'il était censé briser. Quand Ralph lui a fait le croche-pied, le garçon est tombé sur le macadam la tête la première, il a glissé, et, le temps qu'on appelle l'enseignant de permanence, il était dans un triste état, couvert de sang et hurlant, les dents rougies et le menton à vif. Je n'ai pas dénoncé Ralph comme j'aurais dénoncé sa sœur. Penny Ann était juste agaçante ; son frère était un péril mortel. Il a commencé lui aussi à hanter mes rêves dangereusement.

Avec l'argent de la collecte, l'école a acheté un petit saule et une plaque. À ce moment-là, l'air s'était réchauffé, les Pawtucket Red Sox avaient recommencé à jouer, et même les derniers restes de glace grise avaient fondu et disparu dans les caniveaux. La mère de Penny Ann est venue quand on a planté l'arbre en bordure de la cour de l'école. Comme Penny Ann, elle paraissait n'avoir qu'un sourcil, elle avait les cheveux noirs et raides et, sous les yeux, de grands cernes noirs qui lui donnaient l'air d'un raton laveur. Un peu plus tôt dans la semaine, Mlle Higgins nous avait fait faire une rédaction sur le souvenir que nous garderions de Penny Ann. Contrairement à mon frère, je savais généralement ce que les enseignants attendaient de nous, et j'avais écrit dans une veine tellement sentimentale que j'ai été retenu pour lire mon hommage au micro. Pendant la cérémonie, mes paroles ont tiré des larmes aux adultes, y compris à la mère de Penny Ann, à la journaliste du *Daily Record* et à Mlle Haas. J'ai été surpris de voir pleurer notre principale. Elle avait la réputation d'être une sale rosse qui ne se laissait pas émouvoir. De plus, nous nous étions ligués, elle et moi, pour mener la vie dure à Penny Ann moins de vingt-quatre heures avant son enlèvement et son meurtre. Ensemble, nous l'avions fait pleurer, aboyer comme un chien. Mais quand j'ai regagné ma chaise après avoir lu mon texte, Mlle Haas m'a pris la main pour la serrer dans la sienne, couverte de taches brunâtres. Pendant la cérémonie, Ralph est resté debout à côté de sa mère. (Pas de père présent, pas la moindre allusion à un père.) Il s'est mal tenu pendant les discours, je me souviens, s'agitant tellement que sa mère a dû lui tirer sur le bras à deux reprises et même lui donner une gifle devant toute l'école.

UN ANCIEN VOISIN ACCUSÉ DU MEURTRE DE LA FILLETTE, a annoncé le journal un matin au cours de l'été. Désormais, le meurtrier avait un nom et un visage : Joseph Monk. « Ce type est le mal à l'état pur », a dit mon beau-père à ma mère au petit déjeuner, après avoir lu tout haut le détail des aveux de Monk. « La chaise électrique, c'est encore trop bien pour lui après ce qu'il a fait à cette pauvre gamine. »

Ni Ray ni ma mère ne savaient que je les entendais de l'arrière-cuisine où j'étais en train de me faire griller du pain. Ils s'appliquaient à ne pas parler devant nous du meurtre de notre camarade – pour nous protéger, sans doute, d'une situation à laquelle nous étions pourtant confrontés quotidiennement à l'école.

« On devrait l'emmener quelque part et lui fracasser le crâne à coups de batte de base-ball, a continué Ray. Lui briser le cou comme il a brisé celui de cette petite.

— Je t'en prie », a protesté ma mère. Elle a dit qu'elle ne voulait plus penser à cette pauvre enfant, et elle s'est enfuie en larmes. Ray a flanqué le journal sur la table et lui a emboîté le pas.

Je suis entré dans la pièce et j'ai ramassé le journal, que j'ai emporté dans l'arrière-cuisine, à l'abri des regards. Paralysé, j'ai contemplé la photo du « mal à l'état pur », ce type à qui on faisait monter les marches du commissariat de police. Je m'attendais à voir un monstre, sale et laid, avec une chevelure hirsute et un regard dément. Un individu du genre de ce fou qui était monté dans notre autobus un jour, qui s'était assis à côté de ma mère et lui avait touché la jambe. Mais Joseph Monk avait les cheveux courts et des lunettes noires, un demi-sourire aux lèvres et une chemise écossaise à manches courtes.

J'avais toujours les yeux rivés sur cet homme d'allure ordinaire, quand mes toasts ont jailli du grille-pain. J'ai sursauté et, dans la surface chromée de l'appareil, j'ai vu mon propre visage, étrange et familier. Ce matin-là, lorsque mon frère est entré dans la cuisine, innocemment, encore tout ensommeillé, je me suis soudain senti seul et j'ai eu peur – dépossédé de mon jumeau, comme Ralph Drinkwater.

Au bout d'un temps, Ralph a disparu des couloirs de l'école de River Street. Un départ passé inaperçu ; c'est seulement après coup que j'ai remarqué son absence. Il a refait surface des années plus tard, pendant ma deuxième année de lycée. En milieu de semestre, il a débarqué au cours d'histoire américaine de M. LoPresto et lui a tendu sa fiche d'élève « à ajouter ».

Je l'ai reconnu tout de suite, mais sa taille m'a surpris. À quinze ans, j'étais attaquant remplaçant dans l'équipe de basket du lycée, et je chaussais déjà trois pointures de plus que mon beau-père. Au dîner, il m'arrivait de me resservir trois ou quatre fois. Je buvais de telles quantités de lait que ma mère me regardait avec une sorte d'effroi. Je dépassais mon frère de quatre centimètres et je pesais six kilos de plus. Du temps de l'école de River Street, Ralph Drinkwater m'avait tout l'air d'un gros dur et il m'intimidait. À présent, c'était un nabot.

« Drinkwater – Buvez-de-l'eau – c'est ça ? a dit M. LoPresto en lisant la fiche. Eh bien, c'est ce que je dis toujours. Quand vous avez soif, buvez de l'eau. » Plusieurs élèves ont roulé les yeux et pouffé de rire, mais Ralph n'a pas laissé paraître la moindre réaction. LoPresto l'a fait asseoir au fond de la classe, à la table libre voisine de la mienne. En s'approchant, Ralph m'a regardé une fraction de seconde avec ce que l'on aurait pu prendre pour un éclair de reconnaissance.

Pendant les quelques semaines qui ont suivi, il ne s'est rien passé de bien marquant au cours d'histoire. À l'avant de la salle, LoPresto parlait en faisant les cent pas et en remontant son pantalon ; au fond, Ralph était affalé sur sa chaise et par moments il somnolait. Puis un jour, il y a eu entre eux une épreuve de force inattendue.

Le radiateur cliquetait, et M. LoPresto débitait d'une voix monotone son cours sur la Destinée manifeste. Le menton appuyé dans la main, à moitié abruti par ce monologue interminable et par la chaleur du radiateur, je prenais mollement des notes sur le devoir de l'Amérique de porter au loin la Démocratie, devoir sacré et darwinien, quand, à côté de moi, Ralph a éclaté de rire tout fort. Un gros rire sans retenue, qui ne trompait pas.

M. LoPresto s'est arrêté. Il a regardé Ralph avec des petits yeux, ce rire suscitant immédiatement son intérêt. Le nôtre aussi. Cet éclat de rire était la seule chose intéressante de toute l'heure.

« Quelque chose vous amuse, monsieur... euh... ? »

LoPresto s'est saisi de son plan de la classe pour se rafraîchir la mémoire. « Si vous avez trouvé quelque chose de comique, monsieur Buvez-de-l'eau, peut-être voudriez-vous nous en faire profiter. Nous aimons tous les bonnes blagues, n'est-ce pas, les historiens ? Dites-nous ce qu'il y a de si drôle, je vous prie ? »

Il y a eu un long silence. Ralph arborait un sourire narquois, mais ses mains étaient agitées d'un léger tremblement. Son pied frappait le lino à cent à l'heure. Pendant que nous attendions la suite, j'ai jeté un coup d'œil à son cahier. Il n'avait pris aucune note sur la Destinée manifeste mais, par contre, il avait dessiné une étrange caricature de M. LoPresto. Il avait représenté notre professeur debout, tout nu, avec un sexe en érection de la taille d'une batte de base-ball et des seins qui valaient ceux de Jayne Mansfield. Il lui avait planté une hache dans le crâne.

« Encore une fois, a repris M. LoPresto, qu'y a-t-il de si drôle ? »

Notre professeur ne se serait pas risqué à apostropher ainsi la plupart des autres élèves de la classe : Hank Witkiewicz, qui était champion de catch de l'État, ou Kevin Anderson, dont le père était l'ingénieur en chef de la ville. Ni même moi, sans doute, simple remplaçant dans l'équipe de basket, beau-fils d'un tuyauteur. Mais, n'ayant pas idée du dessin que Ralph avait fait sur son cahier, LoPresto se trompait en le prenant pour une cible facile.

« Y a rien de drôle », a fini par répondre Ralph. LoPresto aurait pu en rester là et continuer à palabrer sur le devoir sacré d'expansion territoriale de l'Amérique, mais Ralph ne cessait pas de sourire.

« Mais si, voyons. » M. LoPresto a posé ses grosses fesses sur son bureau. « Dites-nous.

— C'est tout votre baratin sur la loi du plus fort et les Indiens qui disparaissent à cause du progrès. »

J'ai regardé les notes que j'avais prises dans un état second. J'ai été surpris de voir que Ralph avait été plus attentif que moi.

« La Destinée manifeste, voulez-vous dire ? Vous trouvez cela drôle ?

— C'est des conneries. »

S'il était déjà choquant que Ralph dise une telle grossièreté en classe, c'était encore plus choquant d'entendre LoPresto répéter le mot.

« Des conneries ? » À présent, notre professeur souriait finement lui aussi. Il s'est tourné vers Anderson et Witkiewicz, qui lui ont rendu son sourire entendu. « Des conneries, dites-vous ? »

Il s'est levé, s'est avancé dans la rangée de Ralph et s'est arrêté à mi-course. « Eh bien, pour votre information, monsieur Buvez-de-l'eau, j'ai une licence d'histoire des États-Unis de l'université de Fordham, et une maîtrise d'histoire américaine du XIXe siècle de l'université de Pennsylvanie. J'avais le sentiment de savoir de quoi je parlais, mais je faisais sans doute erreur. Quelles sont vos références, je vous prie ?

— Mes quoi ?

— Vos références. D'où tenez-vous votre compétence ? En quoi êtes-vous un expert en la matière ?

— Je suis pas un expert

— Ah non ? » Petits gloussements nerveux parmi les filles.

« Non. Mais je suis un Wequonnoc pur-sang. Alors il faut croire que nous autres "indigènes", on n'a pas tous disparu comme vous venez de le dire. »

Ralph avait la peau café au lait et les yeux verts, et une variante de coiffure afro. J'étais à peu près sûr qu'il n'était « pur-sang » que pour les besoins de la cause. M. LoPresto a nié avoir employé le verbe « disparaître », insinuant que, si Ralph écoutait plus attentivement, il ne serait pas aussi sujet à des interprétations erronées. Mais ce mot, M. LoPresto l'avait bel et bien prononcé : il était là sous mes yeux, dans mes notes. M. LoPresto a pris un petit billet rose dans son bureau pour rédiger un avertissement, et il a ordonné à Ralph de descendre au bureau. « Sale pédé », a marmonné celui-ci en se levant. Si LoPresto l'a entendu, il n'en a rien laissé paraître. La porte de la classe a claqué derrière Ralph et on a attendu que s'éteigne le bruit de ses pas dans le couloir.

« Eh bien, les historiens, a fini par dire M. LoPresto avec un sourire et un grand geste de la main pour montrer la chaise vide de Ralph, il semble bien que les Indiens aient disparu après tout. » Kevin, Hank et plusieurs autres ont pouffé de rire.

Pas moi. Brusquement, farouchement, j'étais du côté de Ralph, animé soudain d'une colère qui me secouait de tremblements, d'une honte brûlante qui me faisait monter les larmes aux yeux. Penny Ann avait volé des goûters parce qu'elle avait faim. Et quand Ralph avait fait tomber ce garçon dans la cour, quand il avait donné un coup de pied à mon frère, il s'en prenait à tous ceux qui l'avaient volé, qui lui avaient menti, au meurtrier de sa sœur. Moi aussi, j'avais menti, à propos de ces petits gâteaux au chocolat, en sachant, même en classe de neuvième, que c'était moi qu'on croirait, et pas Penny Ann. J'avais fait une collecte pour elle. J'avais blanchi sa mémoire quand on avait planté cet arbre. Je m'étais blanchi de mon péché.

J'avais réécrit l'histoire.

Dans ma version fantasmée de la suite des événements, je défiais M. LoPresto, vengeant tous les perdants qu'il avait détruits avec ses sarcasmes. Je plaquais ce fils de pute contre le mur au nom de la justice, et je suivais Ralph dans le couloir. En réalité, je suis resté assis à ma place. Sans rien dire. J'ai continué à noter ce qu'il racontait pour pouvoir le lui recracher au contrôle.

Des années plus tard, quand j'étais encore marié avec Dessa, mais que notre couple battait de l'aile, le gérant de la quincaillerie Benny m'a téléphoné un soir pour me demander de venir chercher mon frère. De l'hôpital, Thomas avait pris un bus pour venir en ville – on lui avait accordé l'autorisation – et il avait fait tout un tapage, il avait hurlé et jeté par terre les articles du rayon d'électricité sous prétexte qu'il voyait du matériel de surveillance partout autour de lui. Le gérant nous connaissait – nous étions tous allés à l'école ensemble –, et il s'était dit que je préférerais sans doute qu'il m'appelle, moi, plutôt que la police. Quand je suis arrivé sur les lieux, j'ai persuadé Thomas de faire moins de bruit et d'enlever le cintre déformé qu'il s'était mis sur la tête (afin de brouiller les fréquences ennemies, disait-il ; des espions soviétiques le poursuivaient). J'ai remercié le gérant et j'ai réussi à faire monter Thomas dans mon camion. Pendant que je le ramenais à l'hôpital, nous avons à peine échangé quelques mots, laissant aux essuie-glaces le soin de faire la conversation. Ensuite, à Settle, alors que l'infirmière de nuit le raccompagnait dans sa chambre, il s'est retourné inopinément et m'a dit : « Avec la loi du plus fort, l'ennui c'est ça, Dominick, pas vrai ? Le cadavre à vos pieds. C'est là le petit inconvénient. » Sa voix était calme et raisonnable. Ces paroles demeurent un mystère pour moi. Je ne sais toujours pas si c'était sa folie ou sa raison qui parlait.

Après son épreuve de force avec M. LoPresto, Ralph Drinkwater est venu de moins en moins souvent au cours d'histoire et, lorsqu'il y assistait, il affichait toujours un petit sourire narquois et indélébile. Au second semestre, il n'a plus du tout fréquenté l'école. En mai, il a abandonné officiellement. « A quitté l'établissement : Ralph Drinkwater », telle était la formule sur la feuille d'absence. À la fin de cette même journée de classe, comme je sortais de l'école avec mes camarades et me précipitais pour monter dans le car, j'ai vu Ralph sur le trottoir d'en face, chancelant et titubant. « Va te faire foutre ! l'ai-je entendu crier d'une voix d'ivrogne en faisant un doigt d'honneur. Hé, toi, fils de Blanc ! Va te faire foutre ! »

Je suis monté dans le car en me disant que ses imprécations n'étaient pas dirigées contre moi en particulier.

Il était juste complètement soûl.

Bituré.

Pété à mort.

14

Le Dr Patel m'avait prévenu qu'elle arriverait peut-être en retard. Si je voyais sur le parking une Volvo bleue immatriculée dans le Delaware, je pouvais monter directement. Sinon, il faudrait que je l'attende. Elle n'avait personne pour accueillir les patients. C'était un cabinet privé à temps partiel.

Il s'était écoulé une semaine et demie depuis que Thomas avait été transféré à Hatch. Interdit de visite tant que l'enquête de sécurité n'était pas terminée, je me contentais des nouvelles que me donnait quotidiennement Lisa Sheffer, et de quelques conversations téléphoniques avec ce Dr Patel, la nouvelle psychologue de Thomas. Toutes les deux m'avaient assuré qu'il tenait bon. On l'avait guéri d'une infection à l'endroit de la greffe en lui administrant un antibiotique plus puissant ; l'état général était satisfaisant. Il ne communiquait guère avec les autres patients du bloc Deux, et il était troublé par la présence des caméras de surveillance, mais il mangeait et dormait assez bien. Il semblait être en confiance avec Sheffer. Et depuis qu'il avait recommencé à prendre du Haldol, il était moins agité. Dans l'ensemble, le traitement faisait son effet.

Cependant, cet après-midi-là, alors que j'étais sur mes échafaudages sous l'avant-toit des Rood, Ruth Rood est venue me crier d'en bas que Joy m'avait laissé un message. Le Dr Patel voulait me voir à propos d'un incident dans lequel mon frère était impliqué. Pouvions-nous nous rencontrer en fin de journée ?

Nous avions fixé le rendez-vous à cinq heures. Elle avait suggéré que nous nous voyions non pas à Hatch, mais à son cabinet de Division Street, où elle était installée dans un petit centre commercial d'un étage, abritant aussi une boutique de vidéos, un traiteur chinois, un serrurier et l'Académie de danse de Mlle Patti. Depuis dix minutes, assis dans mon camion, je regardais les gens entrer et sortir du magasin de vidéos avec leurs boîtes de plastique bleu, et j'apercevais, derrière la fenêtre de Mlle Patti, au premier, les petites filles en jupe qui sautaient et faisaient des pointes. Des fillettes de six ou sept ans. L'âge qu'aurait eu Angela, si elle avait vécu. J'ai fixé mon choix sur une petite brunette en collant jaune. J'en ai fait mon Angela.

Il m'arrivait encore, de temps en temps, de faire revivre ma fille à travers les enfants de gens inconnus. D'échanger ma place et celle de Dessa contre la leur et de faire de ces étrangers les parents d'une enfant morte. Je nous imaginais encore ensemble, Dessa et moi. Les dessins d'Angela étaient collés sur la porte du réfrigérateur, son récital de danse approchait. Nous menions une vie heureuse et sans histoires.

Elle est morte en mai 1983, trois semaines et trois jours après sa naissance. C'est moi qui l'ai trouvée – j'ai au moins eu la grâce d'épargner ce choc à Dessa. La veille au soir, j'avais corrigé des copies jusqu'à minuit passé car j'avais promis à mes élèves de les leur rendre avant le week-end. Le lendemain matin, j'avais arrêté mon réveil sans m'en apercevoir et m'étais rendormi. J'étais sur le point de partir quand je me suis dit : après tout, tant pis si je suis un peu en retard, je vais donner un petit baiser au bébé. Dessa s'était levée deux fois au milieu de la nuit pour s'occuper d'elle. Pendant que je m'habillais, elle m'avait fait son rapport d'une voix ensommeillée. Elle comptait redormir un moment.

J'avais prévu de faire vraiment la connaissance d'Angela après la fin des cours au lycée. Une fois que mon emploi du temps serait moins serré. Je m'occupais des groupes de niveau ce trimestre-là, et j'étais délégué syndical. Et je devais toujours compter avec mes obligations vis-à-vis de mon frère – les visites dominicales pour le moins. Mais j'avais l'intention de ralentir le rythme après la fin des classes. De prendre mon temps, de faire le point. Après tout, maintenant j'étais père. J'aurais juillet et août pour rester auprès de ma famille. Deux mois de détente avec ma femme et ma petite fille.

Ses bras tout raides étaient tendus au bord du couffin : c'est la première chose que j'ai vue. Poings serrés. Il y avait une écume rose autour de ses narines et aux coins de sa bouche. Son petit crâne chauve était gris. Je suis resté là, secouant la tête et me disant que non, ce n'était pas vrai, il ne pouvait pas arriver une chose pareille à notre bébé. À notre Angela. Pourtant je savais que si. J'avais compris avant même de la prendre et de la serrer dans mes bras, et j'essayais d'articuler le nom de Dessa, de crier à l'aide.

Voilà sept ans que, pendant mes nuits d'insomnie, je m'efforce de chasser l'image du SAMU, des médecins, du prêtre de l'église grecque appelé par ma belle-famille, de l'assistante sociale de l'hôpital, chacun accomplissant son rituel inutile. À certaines dates – l'anniversaire d'Angela, le jour de sa mort, ou au moment des fêtes –, je revois Dessa, pliée en deux et gémissant quand l'ambulance est partie de chez nous. Ou bien, plus tard dans la matinée, à l'hôpital, recroquevillée sur elle-même. Les deux taches de lait sur le devant de son chemisier... Elle ne voulait rien prendre pour arrêter son lait. Comme si elle refusait de croire que la vie pût être à ce point cruelle. Au milieu de la nuit, je m'étais réveillé en sursaut et je l'avais cherchée partout. J'avais fini par la trouver dans la salle de bains du bas, debout devant la glace de l'armoire à pharmacie, le torse nu, son lait dégoulinant de ses seins comme des larmes.

Durant les quelques jours qui ont suivi, Dessa était pareille à un zombie et c'est moi qui, prenant la direction des opérations, ai dû faire face au coroner, aux flics et à tous ces gens qui nous apportaient des marmites pleines de victuailles. La brigade des plats cuisinés, qui presque tous restaient dans le réfrigérateur et finissaient par se gâter, car nous ne pouvions rien avaler. Au bout d'une semaine, j'ai tout jeté, j'ai lavé les récipients, et je me suis obligé à faire le tour de la ville pour rendre à chacun ce qui lui appartenait. En général, je laissais l'objet à la porte et je repartais sans sonner. Je ne voulais parler à personne. Ni entendre partout leur même formule creuse : « Si-je-peux-faire-quelque-chose... »

Dessa étant incapable de venir au funérarium pour prendre les dispositions nécessaires, sa mère et la mienne m'ont accompagné. Le gros Gene nous y a conduits dans un modèle de démonstration de luxe au lieu de prendre sa propre voiture. Une grosse Chrysler tape-à-l'œil. Comme si le fait de se rendre au funérarium en grande pompe allait alléger notre peine. Gene a attendu dans la voiture. Il n'a pas voulu, ou n'a pas pu entrer.

Quant aux obsèques, je n'en ai qu'un souvenir vague. Je revois les roses thé couvrant le cercueil d'Angela. Dessa et sa sœur blotties l'une contre l'autre, se soutenant mutuellement. Quand mes élèves m'ont présenté leurs condoléances, ça a été très dur – ces gosses avaient déjà beaucoup de mal à s'exprimer, et la mort du bébé les réduisait pratiquement au mutisme. (Les semaines précédentes, je les avais fait rire en leur brossant un tableau comique de la paternité avec mes histoires de couches à changer, de siège auto à fixer et de vomi de bébé. Ceux à qui j'enseignais l'histoire mondiale avaient organisé une loterie sur le poids, la taille et la date de naissance de ma fille ; la gagnante, Nina Frechette, est venue à la veillée funèbre, en sanglots, inconsolable.)

Et il y avait Thomas. J'en grince encore des dents quand je le revois dans le sous-sol de l'église grecque orthodoxe après l'enterrement : il mangeait un beignet et expliquait à Larry Penn, un de mes collègues du lycée, que la mort d'Angela avait fort probablement été programmée par ses ennemis pour lui servir d'avertissement, à lui. Je ne sais plus si c'était le cartel colombien de la drogue ou l'ayatollah qui le poursuivait ce mois-là, mais j'ai bien failli l'attraper et le fracasser contre le mur quand je l'ai entendu rapporter la mort de notre fille à sa propre personne. Larry m'a retenu et Leo s'est précipité vers moi. « Qu'est-ce qui se passe, Dominick ? Tu veux quelque chose ?

— Qu'on le sorte d'ici, putain de merde ! » Pointant un doigt sur lui, je me suis précipité dans les toilettes. Quand je suis ressorti, enroué, les yeux rougis, un pied meurtri pour m'être acharné sur le mur de parpaing, Leo montait la garde à la porte et tout le monde s'appliquait à regarder ailleurs. M'man est venue vers moi et m'a pris la main. Thomas avait disparu avec Ray.

Pendant un mois au moins, Dessa a refusé de voir quiconque à part sa mère et sa sœur. La moitié du temps, elle ne voulait même pas se lever ni s'habiller. J'ai donc pris les choses en main. Je répondais au téléphone, j'ouvrais la porte, je faisais les courses, je réglais les problèmes d'assurance et les factures d'hôpital. Ma belle-mère et Angie restaient avec Dessa dans la journée pendant que j'étais au lycée. Parfois, le soir, le gros Gene venait aussi. On s'installait dans la cuisine tous les deux, et on parlait de tel ou tel bâtiment en construction, ou du marché de l'importation qui était fatal à la vente des voitures américaines – de n'importe quoi, en fait, tant qu'il n'était pas question de bébés morts. Quand on n'avait plus rien à se dire, on regardait la télé – des séries ou un match de base-ball. Brusquement, j'ai été frappé par l'idiotie du sport, par l'importance que les gens accordaient à une bande de mecs qui couraient après un ballon. Mais on était quand même bien contents d'avoir ça à regarder, Gene et moi, parce qu'on ne savait ni l'un ni l'autre comment aborder le sujet et qu'on redoutait le silence. Une seule fois Gene a parlé directement de la mort d'Angela : le jour même où c'est arrivé. Il m'a affirmé que Dessa et moi, « ses enfants », on se remettrait de ce malheur dès qu'on aurait un autre bébé. Il fallait qu'on y pense le plus vite possible. Thula et lui avaient perdu un bébé entre Dessa et Angie. Thula avait fait une fausse couche le deuxième mois. Comme si c'était comparable ! Nous, on avait eu cette enfant, on l'avait tenue dans nos bras et nourrie, et on l'avait perdue ! Des tas de gens préconisaient une nouvelle grossesse comme la solution à notre chagrin, considérant que la peau, la voix, l'odeur de notre bébé étaient des objets jetables, remplaçables. On aurait dit qu'il nous suffisait d'effacer Angela comme une cassette vidéo.

Dessa a pris un congé de sa société Les Mômes. Elle a démissionné du conseil d'administration de la Protection de l'enfance où elle était bénévole. « Les enfants, pour le moment, je ne peux pas », m'a-t-elle dit.

Elle s'est mise à faire de grandes promenades avec notre vieille chienne Sadie. Dingo. Elles partaient pendant des heures, des après-midi entiers parfois, et Dessa rentrait avec des fragments de feuilles mortes dans les cheveux, de la bardane et des herbes dans les lacets de ses baskets. Égarée. Elle ne voulait pas d'autre compagnie que Sadie. Ne voulait jamais que je l'accompagne. Ne disait jamais où elle allait. Une fois, je les ai suivies au bord de la rivière, le long du cimetière indien et jusqu'en haut à la Cascade. Pendant plus d'une heure, Dessa est restée assise là, à regarder l'eau se déverser dans la gorge. J'étais inquiet. L'endroit est assez désert. Je lui ai acheté une bombe lacrymogène au cas où quelque saligaud viendrait l'importuner. Sadie n'était pas aussi méchante qu'elle en avait l'air. Cette fichue chienne était capable de prendre le large quand il aurait fallu montrer les dents, et je ne voulais pas courir ce risque. Mais Dessa se fichait de sa sécurité. Une fois sur deux, elle oubliait de prendre sa bombe.

On a tenu le coup un peu plus d'un an. Sans se disputer vraiment. Il nous aurait fallu trop d'énergie. Les disputes auraient eu raison des illusions de façade et mis la vérité à nu : Dieu, dans Sa malveillance, nous avait désignés pour cette épreuve (c'était la théorie de Dessa), ou bien Dieu n'existait pas (c'était la mienne). La vie n'avait pas forcément un sens, voilà la conclusion à laquelle j'étais arrivé. Ce n'était qu'une vaste blague. On pouvait, voyez-vous, avoir un frère qui se mettait des trombones dans les cheveux pour détourner les signaux ennemis de Cuba, un père biologique qui, en trente-trois ans, n'avait jamais montré le bout de son nez, et une enfant morte dans son berceau... sans que tout cela ait le moindre sens. La vie était un leurre, une chaise qu'on vous retirait juste au moment où vous alliez vous asseoir. Vous connaissez cette chanson qu'on chante à l'armée : *On est là parce qu'on est là parce qu'on est là parce qu'on est là...*

Parfois au dîner, ou au lit, Dessa essayait de dire ce qu'elle ressentait. De parler d'Angela. Pas au début. Seulement trois ou quatre mois plus tard. Je répondais à peine. Elle aurait voulu que je m'épanche, moi aussi. « À quoi bon ? lui ai-je dit. On va parler, pleurer, encore parler, et on ne lui rendra pas la vie pour autant. » Je me suis levé et je suis sorti avant que ma tête n'éclate.

Les nuits les plus affreuses, j'allais dans le garage et je cognais. Ou bien j'attrapais les clefs et je fonçais sur l'autoroute avec notre Celica 77, comme si, en mettant le pied au plancher, j'allais nous débarrasser de notre souffrance. Quelquefois je me retrouvais moi aussi au bord de la rivière. Je me garais à l'écart de la route, je longeais l'hôpital et le cimetière indien. Un jour, je suis même monté jusqu'à la Cascade, comme quand j'étais adolescent et qu'on faisait la fête entre copains en fumant quelques joints et en buvant du cidre. J'y remontais à présent avec l'idée que, vues de haut, en perspective, toutes ces conneries sur la volonté de Dieu et la miséricorde divine prendraient un sens. Mais pas du tout. Comment trouver un sens à un cercueil de quatre-vingt-dix centimètres, à un berceau vide dans une chambre tapissée de lunes et d'étoiles, à une pile d'animaux en peluche inutiles ?

De temps à autre, je me réveillais en pleine nuit et j'entendais Dessa sangloter dans la chambre d'enfant. Une nuit, je l'ai entendue parler à Angela en langage de bébé au bout du couloir. Je me suis redressé pour écouter, et je me suis dit qu'il n'y avait qu'un parfait salaud pour ne pas sortir de son lit et aller la consoler. Mais je n'ai pas pu mettre un pied par terre, malgré ce que me dictait le respect humain le plus élémentaire. Alors je suis resté là sans bouger, à écouter, comme si elle était un fantôme, le fantôme de ce que nous avions eu et perdu, de la vie que nous avions voulu avoir. Depuis, je me suis mille fois demandé si, à ce moment-là, nous aurions encore pu sauver les choses – si je m'étais levé pour la rejoindre cette nuit où je l'ai entendue parler à notre bébé.

Au bout d'un certain temps, elle est allée assister aux réunions d'un groupe de Newhaven pour aider les parents d'enfants victimes de la mort subite du nourrisson. Elle m'a poussé à venir aussi, ce que j'ai fait deux fois, et puis je n'ai absolument pas pu y retourner. Ce groupe me pompait vraiment, pour tout dire, tous ces touchi-touchas associés dans le chagrin. S'y vautrant. Les hommes étaient les pires, bien plus pleurnicheurs que les amies ou les épouses. Il y avait un certain Wade, qui étalait tellement sa douleur que j'avais envie de lui défoncer la mâchoire pour le faire taire. À la seconde réunion, un couple a apporté un gâteau et de la glace. Cette semaine-là, c'était le premier anniversaire de Kyle, le fils qu'ils avaient perdu, et Doreen, la mère, tenait à le célébrer. Alors on a tous chanté « Joyeux anniversaire, cher Kyle » et ensuite chacun a choisi le parfum de sa glace et l'a bouffée... Le Club des nourrissons défunts. La pitié-party hebdomadaire. Si ça faisait du bien à Dessa, tant mieux pour elle. Moi, ça me paraissait tordu. Morbide. Déguster un gâteau d'anniversaire pour un bébé mort. J'ai mangé une bouchée, après quoi, impossible d'avaler.

Dessa a toujours très bien su planifier. Elle prévoyait depuis longtemps le drame qu'allait être le premier anniversaire d'Angela, et elle s'est donc organisée en conséquence. À ce moment-là, elle avait donné sa démission à la garderie. Elle a appelé l'agent de voyage de ses parents, et elle est partie seule en Grèce et en Sicile. Elle aurait voulu que nous partions tous les deux, en utilisant l'argent de l'assurance prise pour Angela. (Gene avait souscrit cette assurance le jour de la naissance du bébé ; il en avait fait autant pour les enfants de Leo et d'Angie.) J'aurais sans doute pu me libérer mais j'ai refusé. Non, pas à ce moment-là. Pas avant la fin de l'année scolaire. Quand elle a insisté, me demandant de venir *pour elle*, je me suis mis en colère. Je lui ai dit que ça me paraissait malsain de s'offrir un voyage avec l'argent de la mort. Mais la vérité, que j'étais obligé de taire, c'est que j'avais peur d'être enfermé dans une cabine de bateau avec elle. En croisière, on ne pouvait pas prendre ses clefs de voiture et aller faire un tour. En croisière, on pouvait concevoir un autre enfant. On avait peut-être fait l'amour une douzaine de fois pendant l'année qui avait suivi la mort d'Angela ; chaque fois elle avait son diaphragme et, de toute façon, je me retirais à temps. L'idée de ce voyage m'effrayait terriblement. Je l'ai encouragée à y aller sans moi. Alors elle m'a pris au mot et elle est partie.

Ma propre façon de célébrer le premier anniversaire d'Angela a été de me faire faire une vasectomie. J'ai cherché dans l'annuaire du téléphone le nom et l'adresse des urologues du secteur, puis j'ai regardé droit dans les yeux celui que j'avais retenu et je lui ai déclaré qu'il n'y avait pas d'épouse à qui faire signer le formulaire de consentement, que j'avais pris ma décision en célibataire responsable préoccupé par la surpopulation. C'était la visite préliminaire. L'infirmière m'a donné une liste de recommandations : il était formellement interdit de rentrer chez soi au volant de sa voiture après l'intervention. C'est pourtant ce que j'ai fait. Je suis descendu à New London un vendredi après-midi, je me suis fait opérer et je suis rentré chez moi. Je me suis mis au lit avec un livre et une poche de glace sur les testicules. Je lisais *Le Zen et l'art d'entretenir une moto*. J'avais toujours eu envie de connaître ce livre. Au bout de deux heures, la novocaïne a cessé de faire son effet et cette souffrance physique m'a paru bien légère en comparaison d'une année de désespoir. J'avais donc fini par jouer la défense. Je m'étais fait baiser par la paternité, mais je la baisais en retour. C'en était fini à jamais. C'était très zen : la stérilité et moi, on ne faisait qu'un.

Je n'en ai parlé à personne. Ni à Dessa, quand elle appelait d'une escale ou d'une autre, ni à aucun de mes copains au lycée – Sully, Jay, ou Frank, qui m'avait fait un compte rendu détaillé de sa propre vasectomie l'année précédente. Pas même à Leo. Je n'avais pas passé beaucoup de temps chez Leo et Angie cette année-là. La présence de mes nièces me faisait mal – l'odeur de leurs cheveux, le son de leur voix. Et tous ces jouets qu'on trouvait partout dans la maison, ces petits biscuits égarés par terre dans la cuisine. Je ne supportais pas l'attitude d'Angie : « Dominick, je peux te parler un instant ? » Ses grands discours pour me persuader d'assumer ma souffrance. Elle se prenait pour mon psy personnel. Comme si elle se débrouillait si bien avec la vie. Elle dont le mari la trompait à tour de bras pratiquement depuis leur mariage.

Dessa est rentrée de la Méditerranée bronzée et l'air reposée. Excitante. Le surlendemain de son retour, le soir, on était dans la cuisine à boire une bouteille de vin et à regarder ses premières photos quand je l'ai interrompue au milieu d'une anecdote à propos d'un mélange de passeports. J'ai posé ma main sur la sienne, mes doigts entre chacun des siens. Je me suis penché et je l'ai embrassée. J'ai écarté sa frange de son front. Je l'ai embrassée une autre fois. Je l'ai prise dans mes bras comme je ne l'avais pas fait depuis bien bien longtemps, mes lèvres effleurant son oreille.

On est montés, un peu ivres l'un et l'autre, un peu inquiets. Elle s'est arrêtée devant la chambre d'enfant. « Ici », a-t-elle dit. On s'est allongés dans le noir, hanche contre hanche, le dos sur la moquette beige de cette chambre vide. Les stores n'étaient pas baissés. Le clair de lune éclairait un peu la pièce. Dessa a tendu la main et s'est mise à me caresser tout en me parlant d'Angela : elle pouvait maintenant évoquer certains souvenirs sans avoir l'impression de recevoir un coup dans l'estomac. Par moments, elle respirait encore son odeur de talc et de lait aussi distinctement que si elle était toujours vivante. Elle sentait son petit corps tiède peser contre elle, ses muscles se détendre quand elle sombrait dans le sommeil. Avais-je éprouvé cela aussi ?

Non, ai-je dit.

Ces souvenirs étaient un réconfort pour elle. Elle les considérait comme des dons de Dieu : Il nous avait enlevé Angela, mais à présent, de cette manière, Il la lui rendait un peu. Désormais, elle arrivait à accepter l'idée que nous avions fait cette enfant, et que la mort n'avait pas effacé son existence.

Nous étions déjà à moitié déshabillés quand Dessa s'est redressée pour nous ôter le reste de nos vêtements. Elle est venue sur moi à califourchon. J'ai pris ses seins dans mes mains. Je suis descendu plus bas pour la toucher. Elle mouillait déjà.

Nous avions donné à Goodwill tout ce qui était dans la chambre d'enfant – les peluches, les petits livres, les mobiles, et tous les cadeaux de naissance. Depuis un an, j'avais l'intention d'enlever ce papier peint bleu et argent orné de petites lunes et d'étoiles, et de réinstaller un bureau dans cette pièce. Heureusement, je n'en avais encore rien fait, et nous pouvions, ce soir-là, faire l'amour sous les étoiles d'aluminium et tout ce bleu préencollé. Quand j'avais tapissé la chambre, Dessa était dans son huitième mois : Angela était vivante et donnait des coups de pied dans le ventre de sa mère.

Elle s'est redressée, puis elle est revenue sur moi et elle m'a fait entrer en elle tout doucement. Pendant quelques instants, on est restés complètement immobiles. Puis elle s'est mise à rouler sur moi avec un mouvement de va-et-vient. « On fête mon retour, Dominick. Le retour de la vie. Je t'aime. » Je n'ai pas pu me retenir et l'attendre. J'ai joui presque tout de suite.

Elle a commencé par sourire. S'est arrêtée. Sa bouche est tombée et elle s'est mise à pleurer. À peine quelques frissons d'abord, et ensuite de grands gémissements. Des sanglots qui secouaient tout son corps. Elle s'est couchée sur moi, le menton au creux de mon épaule, et s'est accrochée à moi en nous faisant trembler tous les deux. Je me suis senti débander et ressortir de son ventre comme un intrus coupable.

« J'ai perdu la main, voilà tout. Je ne suis plus synchronisé, temporairement.

— J'ai très peur. »

J'ai cru qu'elle voulait dire peur de tomber enceinte, alors j'ai choisi ce moment d'échec personnel pour lui annoncer que je m'étais fait faire une vasectomie. Elle a cessé de pleurer et il y a eu un instant de calme complet. Puis elle s'est mise à me bourrer de coups de poing aux épaules et au visage, me frappant même sur la trachée, à m'en couper le souffle. Une sorte de crise de folie, sans doute. Dessa est du genre non violent : elle ira porter un insecte dehors pour ne pas avoir à l'écraser. Mais ce soir-là, elle m'a frappé à m'en faire étouffer et elle m'a fait saigner du nez. Elle voulait un autre enfant. Si elle était allée jusqu'en Italie et en Grèce, c'était pour prendre cette décision. Et elle était rentrée afin de me l'annoncer.

Après ce soir-là, pendant deux semaines, on n'a échangé que des monosyllabes ; elle s'est mise à vider et ranger les placards ; elle préparait des repas auxquels elle ne touchait pas. Un jour, elle a loué une shampooineuse à moquette et elle a nettoyé tous les tapis de la maison. Une autre fois, en rentrant, je l'ai trouvée en train d'arracher le papier peint de la chambre d'Angela. Les coups de téléphone n'arrêtaient pas entre elle et sa sœur, et son amie Eileen, qui faisait partie de ce groupe de soutien de Newhaven. Enfin, un samedi matin de juillet, elle m'a annoncé qu'elle me quittait.

178

Je lui ai rappelé ce que je lui répétais depuis une semaine : une vasectomie n'était pas nécessairement irréversible. Si elle y tenait vraiment, on pouvait tenter l'opération.

« Cette vasectomie n'est qu'un symptôme. Le problème, c'est ta hargne. Tout cela t'a rendu agressif, tu m'en veux, et voilà ce que ça a donné. »

Comment pouvait-elle savoir ce que j'éprouvais ? lui ai-je demandé. Elle m'a répondu qu'elle le sentait. Cela me sortait par tous les pores de la peau. J'empoisonnais tout autour de moi.

C'était le jour des métaphores. Elle m'aimait toujours, a-t-elle dit, mais notre vie de couple était devenue comme une partie de Un, deux, trois, soleil. Chaque fois qu'elle faisait un pas en avant, elle était arrêtée par ma hargne et renvoyée au point de départ. « Au cours de ce voyage, je me suis sentie devenir plus forte de jour en jour. C'est vrai, j'ai eu l'impression d'avoir franchi une étape, que le pire était derrière moi. Et quand je suis descendue d'avion et que je t'ai vu dans le hall de l'aéroport, je me suis retrouvée sur la ligne de départ. Je ne peux plus respirer près de toi. C'est comme si tu me privais d'oxygène. Alors je m'en vais. Il faut que je parte pour me protéger, pour pouvoir respirer. »

J'ai promis de faire des efforts. De retourner aux séances du groupe de soutien si ça lui faisait plaisir. Je l'ai suppliée. Je l'ai suivie dans l'escalier et jusqu'à la voiture en l'implorant, en multipliant les promesses. Mais tous ses bagages, toutes les valises qu'elle avait achetées pour la Grèce étaient déjà sur le siège arrière et dans le coffre de la Celica. « Allez viens, Sadie », a-t-elle dit à son idiote de chienne, qui a grimpé sur le siège avant. Dessa est montée en voiture et elles sont parties.

Comme ça.

Je me suis plongé dans la lecture jusqu'à la fin de l'été. Styron. Michener. Will et Ariel Durant. Je donnais dans les gros volumes. Je ne levais pas le nez. Je ne répondais pas au téléphone. Le lendemain de la fête du Travail, je suis retourné à mes cours. J'ai fait des listes d'élèves et des plans de classe et j'ai sorti mon laïus habituel sur ce qu'on attendait d'eux et le respect qu'on se devait les uns aux autres. Seulement cette année, je n'en pensais pas un mot. J'avais l'impression de passer un disque. J'ai distribué des manuels. J'ai commencé à mettre des noms inconnus sur de nouveaux visages. Il me semblait que je ne m'en tirais pas trop mal. Pourtant un jour, fin septembre, j'ai pleuré en classe. Je me suis effondré devant mes élèves, sans préavis, en quatrième heure. Au beau milieu d'un topo tout bête et inoffensif sur la façon de ponctuer la bibliographie pour leur premier devoir : devait-on mettre un point ou une virgule après le nom de l'auteur — quelque chose d'aussi peu dangereux et d'aussi banal que cela. J'étais au tableau et tout m'a frappé d'un seul coup : j'avais un bébé mort sous la terre, un frère jumeau chez les fous, et une femme qui m'avait quitté parce qu'elle ne pouvait plus respirer. J'aurais dû sortir de la salle, je le sais, mais je n'ai pas pu. Je suis revenu à mon bureau, je me suis assis, et je me suis mis à sangloter. Les mômes, glacés, sont restés là en face de moi. Personne ne savait quoi faire. Le principal adjoint non plus, quand un élève est finalement allé le chercher. Cet Aronson, quel con ! Pour des raisons qui m'échappent encore, il a appelé la police et on m'a emmené – devant des garçons qui jouaient au foot pendant leur cours de gym, et devant les élèves de dessin de Jane Moss qui étaient dehors à faire des croquis d'arbres –, et on m'a fait monter dans une voiture banalisée. « Dominick », m'a dit Jane Moss en me touchant le bras. Je me souviens de cette sensation étrange : être en train de vivre tout cela et avoir, en même temps, le sentiment que ça se passait à une distance astronomique. Comme si je regardais la scène par le petit bout de la lorgnette.

Le psy que je suis allé voir a catalogué ce qui s'était passé comme une crise d'angoisse réactionnelle. Compréhensible étant donné les circonstances, et guérissable à cent pour cent. Je voyais bien qu'il minimisait la gravité de la chose devant moi parce que je lui avais parlé de Thomas et m'étais avoué inquiet d'être atteint de la même folie que mon frère jumeau. C'est drôle : ce thérapeute, je me rappelle sa tête, ses cheveux roux, mais pas son nom. À la deuxième séance, il m'a dit qu'au cours des semaines à venir nous essaierions d'analyser les sentiments de colère, de chagrin et de trahison que la mort du bébé avait fait naître en moi. Plus tard, dans un mois ou deux, nous passerions probablement à l'exploration d'un problème plus ardu : comment j'avais vécu mes années d'enfance et d'adolescence en tant que jumeau de Thomas, et fils de ma mère et de Ray.

« Son beau-fils, l'ai-je corrigé.

— Son beau-fils », a-t-il répété en prenant note.

Je n'y suis jamais retourné.

Je n'ai jamais repris mes cours non plus. C'était impossible. Comment peut-on pleurer devant une bande d'ados une semaine et revenir la semaine suivante en disant : « Bon, alors, on en était où ? Prenez page soixante-sept. » J'ai posté ma lettre de démission à l'administrateur des écoles et j'ai passé mes pires moments de dépression et d'insomnie à lire. Soljenitsyne, Steinbeck, García Márquez. Tout cet automne et tout cet hiver-là, j'ai fait réchauffer les soupes et les pâtes que M'man m'envoyait (c'était plus facile maintenant que ces plats préparés provenaient d'une seule source). Je tournais les pages de mes livres et je déclinais les invitations de Leo à prendre une bière, à aller voir jouer les Celtics au Garden, à monter faire du ski au Sugarloaf. Un après-midi où il était passé me voir, j'ai demandé à Leo : « Elle a un copain, hein ?

— Comment veux-tu que je le sache ? Tu crois qu'elle vient me raconter ce qu'elle fait ?

— Non, mais elle parle à sa sœur. Qui est-ce ? Le type avec une natte dans le dos ? Je les ai vus en ville.

— C'est un pauvre con d'artiste. Il fait de la poterie ou quelque chose comme ça. Ça ne durera pas. C'est pas le genre de Dessa. Son genre, c'est toi. »

Pourtant, ça a duré. Je n'arrêtais pas de les voir partout en ville. Sa camionnette était tout le temps devant la ferme délabrée qu'elle avait louée. J'ai vu cette boîte aux lettres aux couleurs psychédéliques peinte avec leurs deux noms. Peu à peu, j'ai fini par comprendre que je l'avais perdue pour de bon. J'avais perdu à la fois ma fille et ma femme, et cette dingo de chienne par-dessus le marché. Une nuit, vers trois heures du matin, je me suis regardé dans la glace de l'armoire à pharmacie et, devant mon visage avachi et fatigué, je me suis enfin rendu à l'évidence : je l'avais perdue.

Au printemps, j'ai acheté un compresseur et des échafaudages dans une vente aux enchères. J'ai mis mon enseigne au pochoir sur la portière de mon camion et je me suis reconverti dans la peinture en bâtiment. Travail soigné sous garantie. Devis gratuit. « Satisfaire le client est notre souci numéro 1. » *Notre* : comme si je n'étais pas tout seul pour faire la peinture, la comptabilité et le reste. J'ai rencontré Joy environ un mois après avoir reçu au courrier mon jugement de divorce. Ça ne marche pas mal entre nous. Ce n'est pas parfait, mais ça va.

Quand le visage du Dr Patel est apparu à la vitre du camion, j'ai fait un bond. « Ah, mon Dieu, je vous ai surpris, je suis désolée. Vous étiez plongé dans vos pensées. Pardonnez-moi.

— C'est pas grave, ai-je dit en essayant de me ressaisir. J'étais juste là à flemmarder.

— Eh bien, montez, montez donc, monsieur La Flemme », a-t-elle répliqué avec un sourire chaleureux qui atténuait le ton désinvolte.

Dans l'escalier étroit menant à son cabinet, nous avons croisé une rangée de petites filles qui sortaient de chez Mlle Patti et se précipitaient vers le distributeur de boissons en bas des marches. Accidentellement, l'une d'elles, la brunette en collant jaune, mon Angela ressuscitée, a heurté mon bras. De près, j'ai vu qu'il y avait des motifs sur son collant : des singes et des lapins.

« Houp-là ! Excusez-moi ! » Son sourire a révélé qu'il lui manquait des dents de devant. Ses amies et elle ont dévalé l'escalier en une volée de rires.

15

« Tenez-moi ça, s'il vous plaît », m'a demandé le Dr Patel en me tendant son porte-documents et un petit magnétophone. Elle a mis la clef dans la serrure, l'a tournée, puis elle a poussé la porte. « Entrez, entrez. » Elle m'a repris ses affaires.

Son cabinet était une pièce unique, réduite à l'essentiel : un petit bureau, deux fauteuils face à face, une table en forme de cube, des Kleenex pour les pleurnicheurs. Les murs étaient blancs et nus. Le seul élément de décoration était une statuette en ciment, par terre, près de la fenêtre : une déesse hindoue d'une soixantaine de centimètres, avec des bras ondulants et un sourire à la con.

« Asseyez-vous, je vous en prie, m'a dit le Dr Patel en s'empressant d'enlever son imperméable.

— De quel côté ?

— Celui que vous voudrez. »

Aujourd'hui, elle était en sari or, vert et bleu. Bleu paon – une couleur qui m'a toujours plu. « Avant que nous ne commencions, je vais faire un peu d'infusion. En prendrez-vous avec moi ? » Je me suis surpris à répondre « oui ».

Elle a sorti d'un placard une plaque chauffante, une cruche d'eau et un petit nécessaire à thé. Je me suis approché pour examiner de plus près la statue de la déesse. Elle portait une coiffure composée d'un crâne, d'un cobra et d'un croissant de lune. Avoir l'esprit en paix, c'était peut-être cela : porter un serpent venimeux sur la tête avec le sourire.

« Je vois que vous regardez mon Shiva dansant. Il est mignon, n'est-ce pas ?

— Il ? J'ai cru que c'était une femme. »

Le Dr Patel a ri de ma bourde. « Vous savez, masculin ou féminin, c'est moins important pour les dieux que pour nous autres mortels. Nous sommes figés et rigides, tandis qu'eux sont espiègles et transmuables. Il est possible que pour vous Shiva soit une femme. Voyons un peu – camomille, menthe ou baies sauvages ?

— Peu importe.

— Ah, peu importe ! L'expression préférée des Américains. Toujours ambivalents ! "Peu importe, peu importe", à longueur de journée. C'est passif agressif, vous ne trouvez pas ? »

Va pour baies sauvages, ai-je répondu. Elle a souri, satisfaite. « Vous vous y connaissez en hindouisme, monsieur Birdsey ? Shiva est la troisième divinité de l'Esprit suprême. De la trinité hindoue. Brahma est le Créateur, Vishnou le Conservateur, et Shiva le Destructeur.

— Le Destructeur ? Avec Arnold Schwartzenegger dans le rôle principal quand ce sera porté à l'écran. » Je n'avais pas plus tôt lâché ma boutade que je prenais conscience de son caractère sacrilège. Je suis coutumier du fait : quand je suis mal à l'aise, dans une situation nouvelle, je fais ce genre de remarque spirituelle. Mais, avec un petit rire, le Dr Patel a court-circuité mes excuses.

« Non, non, non, a-t-elle dit en agitant un index réprobateur, Shiva représente la force reproductrice de la destruction. Une force rénovatrice. C'est pourquoi il est ici, dans cette pièce, où nous démantelons pour reconstruire. »

Elle s'est assise dans le fauteuil en face de moi, avec un bloc-notes et son magnétophone sur les genoux. À travers la cloison parvenaient le son d'un piano et la voix assourdie d'un professeur de danse – « Levé, tendu, levé, tendu. » « Et, bien sûr, Shiva est aussi le dieu de la danse, alors je sais qu'il aime bien mes jeunes voisines, toutes ces petites ballerines et danseuses de claquettes.

— Qu'est-ce que vous faites avec ça ? ai-je demandé en montrant le magnétophone. Vous nous enregistrez ou quoi ?

— Je voudrais vous faire entendre quelque chose, monsieur Birdsey. Tout à l'heure. Parlons un peu d'abord.

— Oui. Alors, mon frère, qu'est-ce qui se passe ? Dans votre message, vous parlez d'un "incident".

— Je crois vous avoir dit par téléphone que les caméras de surveillance l'inquiètent, n'est-ce pas ?

— C'est sa crainte d'être observé. Il a toujours eu ce problème.

— Comme la plupart des schizophrènes paranoïdes, bien sûr, a-t-elle soupiré. Seulement, à Hatch, les caméras sont un mal nécessaire. D'une part, dans un établissement de haute sécurité, il faut absolument que les activités soient sous contrôle, pour la sauvegarde de tous, aussi bien des patients que du personnel. Cependant, d'autre part, beaucoup de patients sont désemparés par le système de surveillance. Irrités même. Ce qui est parfaitement compréhensible. »

Depuis deux ou trois jours, m'a expliqué le Dr Patel, Thomas, de plus en plus troublé par l'omniprésence des caméras, s'était mis à les fixer en grognant, à marmonner des menaces et des injures, à entretenir un dialogue à sens unique. « J'ai essayé d'aborder avec lui le problème de ce comportement, mais il a refusé de me dire ce qui le tracasse. Avec moi, il reste peu communicatif. Poli et habile pendant certaines séances, sombre et peu loquace à d'autres. Gagner la confiance de quelqu'un qui souffre de schizophrénie paranoïde est une entreprise délicate, de longue haleine, monsieur Birdsey. Un pont branlant.

— Et cet incident ?

— Oui. Apparemment, ce matin au petit déjeuner, votre frère s'est mis à crier et à lancer de la nourriture sur les caméras du réfectoire. Quand un surveillant a essayé de le retenir, la table à laquelle il était assis a été renversée et...

— C'est Thomas qui l'a renversée ? »

Elle a fait signe que oui. « D'après ce que j'ai compris, le repas de plusieurs autres patients a atterri par terre et il en a résulté une sorte de mêlée. Les gardes ont été appelés et la situation a été rapidement rétablie, mais il a dû être maîtrisé et enfermé dans la chambre d'isolement.

— Maîtrisé comment ?

— La camisole de force. »

J'ai soudain revu une scène de notre enfance : Ray traînait Thomas jusqu'au salon pour l'emmener à la « place du vilain garçon » – il l'avait saisi par le poignet et le faisait glisser par terre sur la pointe de ses souliers. À un moment, j'ai vu les pieds de Thomas décoller du parquet, j'ai vu Ray lui retourner une gifle, et, le tenant par son petit bras maigre, balancer mon frère hurlant d'un côté et de l'autre.

« On lui a retiré la camisole vers le milieu de la matinée. Dès que possible. À onze heures, il était revenu dans sa chambre. » Le Dr Patel ne voulait pas m'affoler ; cela n'avait rien d'anormal pour des patients souffrant de paranoïa de décompenser de temps en temps, de se déchaîner. Elle me rapportait l'incident parce que j'avais fait savoir très clairement à Lisa Sheffer et à elle-même que je souhaitais être tenu au courant.

« Comment est-il à présent ? » ai-je demandé.

Jusqu'à la fin de la matinée, il avait été maussade et renfermé, même avec Lisa. À l'heure du déjeuner, il avait refusé de retourner au réfectoire et s'était contenté d'un fruit et de petits gâteaux. « Cependant, je suis heureuse de vous dire que notre séance de cet après-midi a été productive. Aujourd'hui, nous avons progressé. Je dois aussi vous avertir que, juste avant de venir ici, j'ai parlé avec le Dr Chase, le psychiatre en chef, qui envisage d'augmenter la dose de Haldol.

— Ah non ! C'est reparti ! On lui enlève la camisole, mais on le neutralise avec des médicaments. Quelle foutaise ! Le truc habituel. » Elle allait ajouter quelque chose, mais je l'ai interrompue. « Excusez-moi, mais vos justifications bidon, je n'en ai rien à foutre. Je les connais par cœur. Vos collègues américains sont très en avance sur vous, docteur. Ils nous font le coup depuis des années. »

Elle a gardé le sourire, mais il m'a semblé lire du ressentiment dans ses yeux noirs. « Et quel est donc ce coup que mes collègues vous ont fait ?

— Forcer la dose de médicaments quand il déraille. La dernière fois, il avait l'air de sortir de *La Nuit des morts vivants*. Quand on allait le voir, il était assis droit comme un piquet, les mains et les jambes agitées de mouvements convulsifs, comme s'il était branché sur une prise de courant.

— Les neuroleptiques, voyez-vous, monsieur Birdsey, ont surtout pour effet d'atténuer les productions délirantes et les hallucinations. Ils permettent de délivrer provisoirement le patient de ces symptômes qui le tourmentent. Malheureusement, ils ont aussi souvent pour effet d'accentuer les symptômes de dissociation : affect plat, tremblements de type parkinsonien, qui apparaissent si souvent chez...

— Ils font taire ses voix intérieures en le transformant en zombie. Tout ça, je le sais ! La Stelazine, la Prolixine et le reste n'ont plus de secret pour moi. Quand on a un frère qui, depuis vingt ans, fait périodiquement des séjours en hôpital psychiatrique, on n'ignore rien de ce vaudou chimique. »

Elle s'est tue. Elle attendait.

« Il a horreur du Haldol, vous comprenez ? Même à toute petite dose. Ça le met dans un état épouvantable. Je ne veux pas que vous le transformiez en mort vivant sous prétexte qu'il a piqué une crise et renversé une table, et que ça arrange le personnel. Je trouve inacceptable qu'on augmente ses doses.

— Moi aussi, monsieur Birdsey. Je vous en prie, faites-moi la grâce de penser que j'ai quelques principes éthiques. Je défends le parti de votre frère, je ne suis pas son ennemi. Je ne suis pas un savant fou. »

Nous étions face à face. Son regard jeune et malicieux démentait ses cheveux poivre et sel. J'ai ouvert la bouche pour dire quelque chose, puis j'ai changé d'avis.

« J'ai fait savoir au Dr Chase qu'à mon sens il était mal avisé d'augmenter le halopéridol – le Haldol, autrement dit. Qu'en tout cas c'était prématuré. Et je suis prête à lui transmettre vos craintes à ce sujet.

— Comme si on allait en tenir compte ! ai-je répliqué en laissant échapper un gros rire. Comme si ces dieux de la psychiatrie ne vous écoutaient pas poliment pour n'en faire ensuite qu'à leur tête. »

Son sourire ne faiblissait pas. « Quelle mise en accusation, monsieur Birdsey ! Vous êtes très agressif, dites-moi.

— J'ai de bonnes raisons de l'être, vous pouvez me croire. Mais peu importe ce que je suis. Je vous dis seulement que si... »

Toujours avec le sourire, elle a tendu le bras pour poser sa petite main couleur caramel sur la mienne. Elle a serré, deux fois de suite – un geste tellement inattendu que j'en ai été désarmé. Pour une fois, je suis resté le bec cloué. « Serrez-moi la main, vous aussi », m'a-t-elle ordonné. Et j'ai obéi.

« Avec les schizophrènes, le traitement chimiopharmacologique est toujours un exercice d'équilibrisme. Une mesure de troc, comme vous l'avez dit. Mais il vaut mieux pécher par excès de prudence. Par bonheur, nous sommes du même avis, vous et moi. Et, en ces temps de poursuites pour fautes professionnelles ici, en Amérique, je suis prête à penser que le Dr Chase aura tendance à être d'accord avec nous. À apporter plus d'attention que vous ne pourriez le croire au point de vue de la famille du patient. » Elle m'a regardé encore une fois de son air espiègle. « Ah, parfait, l'eau commence à bouillir. »

Elle s'est levée pour préparer notre infusion. En l'attendant, je me suis de nouveau tourné vers la statuette au sourire. Shiva, avait-elle dit ?

Elle m'a tendu une petite tasse jaune, décorée de singes peints à la main, et elle m'a servi. La théière était assortie. L'infusion avait un parfum délicieux et me réchauffait les mains.

« Le plus drôle, c'est que je ne buvais jamais rien de ce genre en Inde quand j'étais jeune. J'ai pris cette habitude plus tard, à Londres, vers l'âge de vingt ans. »

Sans savoir très bien pourquoi, je commençais à la trouver sympathique malgré moi. « Vous avez fait vos études de psychologie en Angleterre ? » – le genre de parlote que, d'habitude, je ne supporte pas.

« Non, non, pas du tout. À Londres, je préparais un diplôme d'anthropologie. J'ai fait de la psychologie plus tard, à l'université de Chicago. J'ai suivi les cours du Dr Bruno Bettelheim. Vous connaissez ses travaux ? »

J'ai haussé les épaules.

« Ah, il faut que vous le lisiez ! *Psychanalyse des contes de fées, Le Cœur conscient.* Des ouvrages magnifiques.

— Vous êtes à la fois psychologue et anthropologue, alors ?

— En fait, mon intérêt pour l'une de ces disciplines m'a naturellement menée à l'autre. Les deux domaines sont très imbriqués. Les histoires des temps anciens et l'inconscient collectif. Avez-vous lu Jung, monsieur Birdsey ?

— Il y a longtemps. Quand j'étais étudiant.

— Et Joseph Campbell ? Claude Lévi-Strauss ? Heinrich Zimmer ?

— Je suis peintre en bâtiment.

— Mais vous lisez autre chose que les étiquettes de vos pots de peinture. » Son sourire et sa voix douce, un peu nasillarde, atténuaient le sarcasme. « Selon votre frère, vous êtes un lecteur avide. Votre maison est pleine de livres. Il s'est beaucoup animé en me parlant de vous. Il paraît très fier de votre intelligence.

— Ah ouais !

— Je ne plaisante pas, monsieur Birdsey. Ce n'est pas votre sentiment ?

— Je crois que Thomas ne s'intéresse guère à autre chose qu'à sa propre personne.

— Précisez votre pensée, je vous prie.

— Sa maladie l'empêche de penser à autre chose qu'à lui-même... Comparé à ce qu'il était avant.

— Comment était-il ?

— Avant sa maladie ? Eh bien, quand on était petits, il était constamment inquiet pour moi. Je m'embarquais toujours dans toutes sortes d'aventures. Je prenais des risques. Et il n'était jamais tranquille. Il essayait toujours de me dissuader. Il s'inquiétait constamment pour moi.

— Quelle sorte de risques preniez-vous ?

— Vous savez bien : grimper là où c'était interdit. Sauter du toit du garage. Traverser le jardin des gens. Des trucs de mômes. Mais Thomas restait toujours en retrait. Il me prévenait que j'allais m'attirer des ennuis, ou me faire mal. C'était un anxieux, comme elle.

— Elle ? Votre mère ?

— Oui.

— Donc, à y repenser, vous étiez le plus audacieux des deux, diriez-vous ?

— Pour ma mère, Thomas était le petit lapin et moi le singe araignée parce que... mais on n'a rien à faire de tout ça. Je m'égare.

— Non, non. Continuez, je vous en prie. Vous étiez le singe araignée parce que... ?

— Parce que j'allais toujours fourrer mon nez partout. J'étais Georges le Curieux. C'est un personnage dans un livre d'enfant, un petit singe qui met toujours...

— Vous avez raison, monsieur Birdsey, c'est un petit fureteur. Si j'avais écouté ma petite-fille, j'aurais passé mes journées à lui lire *Georges le Curieux*. Mais poursuivez. De vous deux, c'était vous le plus curieux ; Thomas était plus... ?

— Plus doux, je crois.

— Excusez-moi, je vous prie. Qu'entendez-vous par là ? Plus calme, ou craignant davantage de s'aventurer au-dehors ?

— Plus craintif, lui ai-je répondu, impressionné par sa perspicacité.

— Le petit lapin, a-t-elle remarqué, en notant quelque chose sur son bloc.

— Il en a été ainsi dès le départ, je crois. C'est ce que disait ma mère. Thomas restait assis dans notre parc, et il me regardait m'en échapper.

— Précisez-moi quelque chose, monsieur Birdsey. Thomas était le petit lapin de votre mère parce que... ?

— Sans doute parce qu'il était tendre. Plus affectueux. Ils étaient très proches.

— Thomas et votre mère ?

— Oui.

— Plus proches que votre mère et vous ? »

J'ai regardé ailleurs et j'ai fait signe que oui, tandis que mes mains se nouaient et se dénouaient.

« Et votre père ?

— Eh bien quoi ? » ai-je répliqué sèchement.

Elle a attendu la suite.

« Notre père, on ne l'a jamais connu... Vous voulez parler de Ray, notre beau-père ?

— Votre beau-père, oui. Lequel de vous deux était le plus proche de lui ? Ou étiez-vous également proches de lui ? »

J'ai éclaté d'un rire sardonique. « Également éloignés, plutôt.

— Ah oui ?

— Enfin, éloignés, non. On ne pouvait pas tellement prendre ses distances avec Ray. Il vous avait toujours à l'œil... Méfiants, plutôt, je dirais. On était aussi méfiants l'un que l'autre.

— Continuez.

— La plupart du temps, il était sur le dos de Thomas. Enfin, il s'en prenait à nous deux, mais généralement, c'est sur Thomas qu'il se déchaînait. Sur Thomas et sur notre mère.

— Pas sur vous ?

— Pas vraiment, non.

— Qu'est-ce que ça vous faisait, d'être celui des trois qui était épargné ?

— Je ne sais pas... Je ne m'en trouvais pas mal, il me semble. J'étais soulagé. Enfin, pas si bien que ça, malgré tout.

— Pas bien comment ?

— J'avais l'impression d'être...

— Oui ?

— Coupable, sans doute. Et aussi, je ne sais pas... responsable.

— Je ne comprends pas. Responsable de quoi ?

— De leur sécurité. Ils ne se défendaient jamais, ni l'un ni l'autre. Alors c'était toujours moi qui... mais dites-moi, le patient, ce n'est pas moi. Je croyais qu'on devait parler de Thomas.

— C'est ce que nous faisons, monsieur Birdsey. Vous disiez qu'avant les premières manifestations de sa maladie il s'inquiétait beaucoup pour vous, et que depuis...

— C'est comme s'il n'était plus jamais là. Quelquefois, je le regarde, et il a l'air d'une maison abandonnée. Depuis des années, il n'y a plus personne chez lui. »

Je l'observais pendant qu'elle réfléchissait. J'attendais. « Voici ce qui vient de m'apparaître, a-t-elle repris : quand votre frère dit qu'il est fier de votre intelligence, heureux qu'il y ait tant de livres chez vous, il célèbre sans doute son image inversée, la partie de lui-même qui n'a pas à porter le poids de sa maladie. Cela vous semble-t-il plausible ?

— Comment savoir ?

— En un sens, étant votre vrai jumeau, il est vous, et vous êtes lui. Plus que la plupart des frères et sœurs, chacun de vous est l'autre. Non ? »

Je retrouvais là ma crainte, qui n'était pas nouvelle, d'être aussi vulnérable que Thomas. La crainte, en me regardant dans le miroir un jour, d'y voir un fou, mon frère, ou bien ce type effrayant monté dans l'autobus un certain jour... Quand je me suis remis à écouter le Dr Patel, elle parlait d'anthropologie.

« Et, quand on y pense, dans les mythes du monde entier, les jumeaux abondent. Réfléchissez, monsieur Birdsey. Castor et Pollux, Remus et Romulus. C'est un aspect fascinant de l'inconscient collectif, en fait.

L'ultime solution à l'aliénation humaine. Je vous assure, monsieur Birdsey, quel que soit le fardeau que vous ayez à porter en tant que jumeau, vous faites l'envie de tous les non-jumeaux. Votre gémellité est une chose sur laquelle nous aurons sans doute envie de jouer plus tard, quand nous essaierons d'aider votre frère. Mais, comme toujours, je vais trop vite. Je fonce à cent à l'heure quand je devrais faire du soixante. »

Tout en riant de sa petite plaisanterie, elle a appuyé sur la touche *Rewind* de son magnétophone, qui s'est mis en marche avec un bruit d'insecte. « C'est l'enregistrement de ma séance de cet après-midi avec votre frère. Celle dont je vous ai parlé. Il m'a semblé utile de vous le faire écouter et d'entendre vos réactions. Peut-être aussi, si vous le voulez bien, pourrez-vous me faire part de vos observations ? »

J'ai acquiescé. « Est-ce bien honnête ?

— Honnête ? Que voulez-vous dire ?

— Vous n'êtes pas tenue au secret vis-à-vis du patient ? »

La cassette rembobinée s'est arrêtée brusquement avec un déclic. « Ah, monsieur Birdsey, voilà que vous recommencez à vous inquiéter de mes principes éthiques. Écoutez plutôt. » Elle a appuyé sur *Play* en souriant devant l'appareil.

« *Séance avec Thomas Birdsey, 14 h 30, 23 octobre 1990,* a dit la voix du Dr Patel. *Monsieur Birdsey, vous avez bien conscience que j'enregistre notre séance d'aujourd'hui, n'est-ce pas ?* »

Un grognement étouffé – la voix de Thomas, incontestablement.

« *Voudriez-vous parler plus fort, s'il vous plaît. Vous savez que ceci est enregistré ?*

— *Oui, je le sais. Je sais beaucoup de choses.* » Il avait l'air contrarié, comme si on abusait de lui. Mais c'était un soulagement d'entendre le son de sa voix.

« *Et vous m'autorisez à faire entendre cet enregistrement aux personnes dont nous avons parlé ? Votre frère, Mme Sheffer, le Dr Chase ?* »

Un silence. « *Pas au Dr Chase. J'ai changé d'avis en ce qui le concerne.*

— *Pour quelle raison ?*

— *Parce que c'est trop risqué. Allez savoir s'il ne travaille pas pour les Irakiens. Dans ce genre d'activité, on ne peut pas se permettre de prendre des risques.*

— *Quel genre d'activité, monsieur Birdsey ?*

— *Je n'ai pas à vous le dire.*

— *J'essaie simplement de comprendre, monsieur Birdsey. Voulez-vous parler de la vente du café et des journaux, ou d'autre chose ?*

— *C'est la curiosité qui a tué le chat, comme on dit. Le Raid tue les insectes. Ne vous présentez pas au motel des Cafards en ce moment, docteur Perce-oreille.* »

Nouveau silence. « *Monsieur Birdsey... Puis-je vous appeler Thomas ?*

— *Non.*

— *Non ?*

— *Je suis Simon Pierre.*

— *Simon Pierre. L'apôtre ?*

— *I-11. Sous le G-14. Bingo, madame Gandhi !* »

Un temps d'arrêt. « *Pourquoi m'appelez-vous Mme Gandhi, monsieur Birdsey ?*

— *Pourquoi ? Parce que vous avez la tenue pour le rôle.*

— *Ah oui ? À cause de mon sari ?* »

Pas de réponse.

« *Quand vous dites que vous êtes Simon Pierre, monsieur Birdsey, entendez-vous par là que vous êtes son émule, ou que vous avez le sentiment de l'incarner physiquement ?*

— *Qui cela intéresse-t-il et pourquoi ?*

— *Moi-même, parce que j'essaie de vous comprendre. Et de vous aider si je le peux.* »

Profond soupir d'impatience. Marmonnant à toute allure, Thomas s'est mis à réciter la Bible. « *Tu es Pierre, et sur cette pierre je bâtirai mon Église ; et les portes du séjour des morts ne prévaudront point contre elle. Je te donnerai les clefs du royaume des cieux ; ce que tu lieras sur la terre sera lié dans les cieux.* » Thomas s'est arrêté pour reprendre son souffle. « *Vous me suivez, madame Gandhi ? Je suis un pêcheur d'âmes ! Le gardien des clefs ! L'idée ne vient pas de moi ; elle vient de Dieu. Elles vous plaisent, ces pommes, Suzie Q ?*

— *Suzie Q ? Pourquoi suis-je Suzie Q ?*

— *Pourquoi le saurais-je ? Allez demander à Suzie Wong. Allez interroger Suzie McNamara. Et allez donc chier dans votre chapeau pendant que vous y êtes.* »

J'étais penché en avant, les yeux fixés sur le magnétophone. En redressant la tête, j'ai vu que le Dr Patel me regardait. J'ai levé la main. Elle a arrêté la bande. « Qu'y a-t-il, monsieur Birdsey ?

— Sans doute rien. Je ne sais pas si ça a un sens quelconque mais, Suzie Q, c'est le nom que mon beau-père donnait à ma mère quelquefois. Et quand il vous a appelée comme ça, on aurait dit la voix de Ray.

— C'était le surnom de votre mère ? Elle s'appelait Susan ?

— Non, Concettina. Connie. Mon beau-père l'appelait Suzie Q quand il était...

— Oui ? »

Brusquement, je me suis senti accablé. Chancelant. Renvoyé à mon enfance à Hollyhock Avenue. « Quand il était furieux après elle... Quand il voulait la ridiculiser. »

Elle a noté quelque chose. « Ceci m'éclaire, monsieur Birdsey. Merci. C'est exactement ce pour quoi je voulais vous faire écouter cet enregistrement. Vous pouvez me fournir des éléments que je ne trouverai pas dans le dossier médical de votre frère. N'hésitez pas à arrêter la cassette dès que vous avez une remarque à faire.

— Vous savez, Thomas n'est pas comme ça habituellement.

— Comment ?

— Grossier. Sarcastique. Du genre allez-donc-chier-dans-votre-chapeau.

— Ne vous inquiétez pas, monsieur Birdsey. J'entends bien pire au cours d'une journée. Par rapport à certaines choses que j'entends, "Allez chier dans votre chapeau" serait presque raffiné. » Elle a mis le doigt sur la touche *Play*, mais elle s'est ravisée. « Votre beau-père ? Ses moqueries étaient-elles fréquentes ? »

Je n'ai pas répondu tout de suite. Puis j'ai fait signe que oui.

« Détendez-vous, monsieur Birdsey.

— Je suis détendu. » Elle n'avait pas l'air convaincue. « Si, si, c'est vrai.

— Regardez vos mains. Écoutez votre respiration. »

J'avais les poings serrés. Le souffle rapide et superficiel. J'ai actionné mes doigts. « Vous vous sentez mieux ?

— Moi, ça va. Mais lui, mon frère, il a l'air passablement déglingué. Sur la cassette.

— Déglingué ?

— Je veux dire, il est plus mal qu'à Shanley tout de suite après... Quand vous disiez qu'aujourd'hui vous aviez progressé, j'espérais... » Et, à ce moment-là, j'ai craqué. Ma poitrine s'est soulevée. Les sanglots sont sortis. Le Dr Patel m'a tendu sa boîte de Kleenex.

J'ai tourné la tête. Je me suis mouché. « En voyant cette boîte tout à l'heure, j'ai cru que vous aviez ça pour, je ne sais pas, moi, des femmes hystériques lâchées par leur mari. Je me sens complètement idiot.

— Le chagrin n'a pas de sexe, monsieur Birdsey. »

J'ai repris un Kleenex. Je me suis mouché encore une fois. « Parce que vous croyez que c'est du chagrin ?

— Pourquoi pas ? Votre frère jumeau, vous l'avez dit vous-même, est une demeure abandonnée. S'il n'y a plus personne à la maison, il manque quelqu'un. Et vous avez de la peine. »

J'ai fourré le mouchoir dans ma poche de chemise. Je lui ai rendu la boîte. « Oui mais, depuis le temps, on pourrait penser que... On croit qu'on a mis un couvercle sur tout ça, et puis...

— Monsieur Birdsey, les êtres humains ne sont pas comme ces récipients en plastique que les Américains achètent dans des réunions – comment les appelle-t-on déjà ?

— Dans des réunions ?... Vous voulez dire des Tupperware ?

— Oui, c'est ça. Les gens ne sont pas comme des Tupperware avec un couvercle qui ferme bien. Et fort heureusement ! Encore que, plus je travaille avec les Américains, plus je m'aperçois que c'est l'idéal vers lequel ils voudraient tendre. Ce qui est absurde, en réalité. Très malsain. Pas du tout ce à quoi on devrait aspirer. En aucun cas. » Elle agitait de nouveau l'index vers moi en signe de réprimande.

J'ai regardé sa statue au sourire. « Soyez gentille, appelez-moi Dominick.

191

— Oui, oui. Très bien. Dominick. Alors continuons, si vous voulez bien. »

Elle a appuyé sur la touche *Play*.

« *Monsieur Birdsey, parlez-moi un peu de vous.*

— *Pourquoi ? Pour que vous puissiez vendre mes secrets aux Irakiens ? Offrir ma tête sur un plateau à la CIA ?*

— *Je ne suis pas en relation avec la CIA, ni avec les Irakiens. Je n'ai aucune intention cachée. Mon seul but est de vous aider à aller mieux. De vous débarrasser en partie de votre souffrance. D'alléger un peu votre fardeau.* »

Pas de réaction.

« *Vous savez, cela fait plusieurs jours que nous nous entretenons tous les deux, mais je sais encore très peu de choses sur votre famille. Parlez-moi des vôtres.* »

Silence.

« *Votre mère est décédée, n'est-ce pas ?* »

Rien.

« *Et vous avez un beau-père ?* »

Silence.

« *Et un frère ?*

— *Un frère jumeau. Nous sommes des vrais jumeaux... Il aime lire.*

— *Ah oui ?*

— *Si vous voyiez ça ! C'est plein de livres chez lui. Il est très très intelligent.* »

J'ai hoché la tête avec un sourire. « *C'est moi. Joe Einstein.* »

« *Et vous, monsieur Birdsey ? Vous aussi vous aimez lire ?*

— *Je lis la Bible. Je l'apprends par cœur.*

— *Ah bon. Pour quelle raison ?*

— *À cause des communistes.*

— *Je ne comprends pas.*

— *S'ils prennent le pouvoir, c'est la première chose qu'ils feront. Interdire la sainte Parole de Dieu. Alors je l'apprends par cœur. Si je suis découvert, je serai un homme traqué. Ma vie ne vaudra pas un clou. J'ai compris leur stratégie. Mais ils n'en savent rien.*

— *La Bible est votre seule lecture ? Vous ne lisez pas de journaux, de magazines ? D'autres livres ?*

— *Je lis les journaux. Je n'ai pas le temps de lire des livres. Ou je n'ai pas la patience. On m'a volé ma faculté de me concentrer, vous savez. Pas complètement. Partiellement.*

— *Volé ?*

— *Quand j'avais dix-sept ans. Notre dentiste travaillait secrètement pour le KGB. Il m'a mis un appareil qui a porté atteinte à ma capacité de concentration. J'ai fait des études supérieures. Vous le saviez ?*

— *Oui, je l'ai lu dans votre dossier.*

192

— *Je n'arrivais pas à me concentrer. Le Dr Downs, il s'appelait. Il a été expulsé sous la présidence de Carter. On a gardé ça ultrasecret.*

— *C'est à votre dentiste que vous faites allusion ?*

— *C'était une couverture. C'est sur mon témoignage qu'il a été déclaré coupable. On voulait l'exécuter, mais j'ai dit non. J'en ai parlé au téléphone avec Jimmy Carter. Il m'a appelé pour me demander "Que devons-nous faire ?" et j'ai répondu : "Tu ne tueras point. C'est tout." Je ne suis pas un hypocrite. Au fait, pour qui faites-vous cet enregistrement ?*

— *Vous ne vous rappelez pas ? Pour Lisa Sheffer et pour votre frère. J'aimerais aussi le faire entendre en partie au Dr Chase si vous êtes d'accord, encore que tout à l'heure vous m'ayez dit que vous aviez certaines réserves sur...*

— *Vous croyez donc que les musulmans ne peuvent pas changer de nom ? Obtenir une fausse identité ? Vous allez mettre cette cassette au coffre, n'est-ce pas ?*

— *Au coffre ?*

— *Oui, dans un coffre-fort. Si vous ne pouvez pas la mettre en lieu sûr, j'arrête tout de suite. Si cet enregistrement tombait en de mauvaises mains, cela pourrait avoir des répercussions majeures. Majeures, oui.*

— *Ne vous inquiétez pas, monsieur Birdsey. Tous vos dossiers médicaux sont à l'abri, y compris l'enregistrement de nos entretiens. Vous avez ma parole. Donc, nous parlions de votre frère. Est-ce un bon frère ?* »

Pas de réponse.

« *Monsieur Birdsey, je vous ai demandé si votre frère est un bon frère.*

— *Moyen.* »

Je n'ai pas pu m'empêcher de sourire. « *C'est ce qui s'appelle une réponse enthousiaste !* »

« *Une fois, je suis allé à son cours, quand il était professeur. J'étais invité.* »

Ah bon ?

« *Vraiment ?*

— *J'y suis allé avec ma mère. C'était une journée portes ouvertes à son lycée.*

— *Ah oui ?*

— *Les gens m'ont pris pour Dominick. Un parent d'élève est venu me remercier de ce que je faisais pour sa fille.*

— *Ainsi, vous et votre frère, on a du mal à vous reconnaître l'un de l'autre ?*

— *C'est très très difficile. Surtout maintenant qu'il porte des verres de contact. Quand on était plus jeunes, il avait des lunettes, et pas moi. Alors c'était facile de nous distinguer. On était comme Clark Kent et Superman.* »

Ouais, tout à fait, me suis-je dit. Thomas, l'Homme d'acier.

« *Je devais être professeur, comme lui. C'est ce que j'avais décidé. Puis les choses ont tourné autrement.*

— *Tourné comment ?*

— J'ai été appelé. Choisi par Dieu. Et, presque aussitôt, ils ont commencé à me traquer. Ce que personne ne semble voir en Amérique – et moins que tout autre Sa Majesté George Herbert Walker Bush – c'est la ressemblance de leurs deux noms : S-A-D-D-A-M. S-A-T-A-N. Vous pigez ? Vous pigez ? VOUS PIGEZ ? »

« Il pense comme s'il zappait d'une chaîne à une autre », ai-je dit.

« Il était sympa avec ses élèves. Mon frère. Ils l'aimaient bien. Mais il a abandonné.

— Pourquoi ?

— Je ne sais pas. Il s'est passé quelque chose.

— Quoi donc ?

— Je ne sais plus. Je ne veux pas en parler.

— Et maintenant, quelle profession exerce-t-il ? Votre frère ?

— Je ne sais plus.

— Vous ne savez plus ?

— Il peint des maisons. Je le mets en garde : "Méfie-toi de la peinture radioactive, Dominick", mais il ne m'écoute pas. Je n'y connais rien, vous comprenez. Je suis le fou, c'est tout. »

« Vous entendez cela, Dominick ? a dit le Dr Patel. À sa manière, il s'inquiète toujours de votre sécurité. »

« Monsieur Birdsey, changeons un peu de sujet, si vous voulez bien.

— Si vous y tenez. Qu'est-ce que ça peut me faire ?

— Si nous parlions un peu de ce qui s'est passé au réfectoire ce matin au petit déjeuner ? Vous souvenez-vous de ce qui s'est passé ? L'incident au réfectoire ?

— Ce n'est pas moi qui ai commencé. C'est eux.

— Qui ? »

Sa voix s'est affaiblie et un peu emballée. « J'en ai par-dessus la tête de tout ça. Ils croient agir à couvert, mais pas du tout. C'est tellement évident que c'en est pathétique. J'ai juste voulu leur faire savoir qu'ils ne sont que des amateurs.

— Qui ?

— Comment voulez-vous que je le sache ? Je suis recherché des deux côtés. D'une part comme de l'autre, ils voudraient manger ma chair et boire mon sang. » Suivait toute une série de bruits de déglutition étranges.

« Y a-t-il quelque chose qui vous fasse peur, monsieur Birdsey ? Est-ce la raison pour laquelle vous vous êtes mis à crier et à renverser votre repas ? »

Un silence. « Je peux m'en aller maintenant ? Je suis fatigué. Quand j'ai accepté d'intégrer ce programme de protection des témoins, je ne pensais pas que j'allais être interviewé à longueur de journée par des sous-fifres. On ne m'a pas dit un mot de l'interrogatoire. Je préférerais parler à quelqu'un au sommet.

— Voudriez-vous répondre à ma question ? Avez-vous peur ? »

D'après le son de sa voix, il semblait au bord des larmes. « Personnellement, je crois que c'est la CIA. Ils m'ont déjà fait des ennuis, vous savez. Ils ont braqué des infrarouges sur moi. Ils ont aspiré mes pensées comme un milk-shake avec une paille. Vous croyez que c'est joli à voir ? Votre matière grise qui remonte dans un tube vide ? Maintenant, grâce à eux, j'oublie. J'OUBLIE ! Je veux me concentrer sur le golfe Persique – je veux servir Dieu et mon pays –, faire connaître à tous la volonté de Dieu : qu'on se détourne de Mammon pour se tourner vers Lui. Mais ils essaient de me distraire. Ils savent combien je suis dangereux pour eux. Regardez ce qu'ils ont fait à un des vôtres !

— À un des miens ?

— Rushdie ! Salman Rushdie ! Lisez les journaux, madame Gandhi. Ils l'ont réduit au silence. Évidemment, c'était tout à fait différent. Il s'agissait d'hérésie. Tandis que moi, quand ai-je blasphémé ? Quel sacrilège ai-je commis ? Bush était à la tête de la CIA, vous savez. Vous le saviez ? Une coïncidence, je suppose ? J'ai perdu trente-cinq pour cent de mes cellules cérébrales. On me pompe nuit et jour, et je n'y peux absolument rien ! »

J'ai regardé par la fenêtre, en me tapant la lèvre avec le poing. Je n'avais qu'une envie : qu'elle arrête cette cassette, mais leurs voix n'en finissaient pas.

« Monsieur Birdsey, pensez-vous que la CIA et le président Bush sont de connivence pour essayer de vous voler vos pensées ?

— Ils ne font pas qu'essayer, ils y parviennent, grâce à leurs foutus yeux électriques. Leurs siphons à cerveau.

— Pourquoi font-ils cela, monsieur Birdsey ? Pourquoi vous ont-ils choisi ?

— À cause de ce que j'ai fait.

— Qu'avez-vous fait ?

— Ça ! » A suivi un bruit que je n'ai pas identifié, une sorte de martèlement brutal.

« Monsieur Birdsey, je vous en prie, arrêtez. Vous allez vous faire mal. »

J'ai regardé le Dr Patel d'un air perplexe, et brusquement j'ai compris. « Il cognait sur quelque chose avec son moignon, c'est ça ?

— Sur la table à laquelle nous étions assis. Ça n'a duré qu'un instant, Dominick. Seulement le temps de s'expliquer.

— Ciel ! » ai-je soupiré.

« J'ai suivi les ordres de Dieu. J'ai rejeté la main qui avait péché. Et Bush a été humilié, avec sa parade "Bouclier du désert". Il ne me pardonne pas d'avoir ouvert les yeux du public.

— À quel propos ?

— Sur la stupidité de la guerre ! Sur le fait que, dans sa bêtise et son incompétence, il va provoquer la fin du monde si je n'interviens pas. S-A-D-D-A-M. S-A-T-A-N. C'est parfaitement évident. Lisez votre bible, Suzie Q ! Lisez ce qu'il en est des pharisiens et des prêteurs sur gages, et du serpent dans le jardin. Je vous y invite, dans votre éternelle bienveillance.

— *Monsieur Birdsey, quand on vous dérobe vos pensées, que ressentez-vous ? Vous en apercevez-vous immédiatement ? »*

Un soupir écœuré. *« Oui !*

— *Oui ?*

— *Dans la journée, oui. Mais parfois, ça se passe pendant mon sommeil.*

— *Est-ce douloureux ?*

— *Ils se vengent.*

— *Est-ce douloureux, monsieur Birdsey ? Souffrez-vous au moment où ça a lieu ? Avez-vous mal à la tête ?*

— *Ils ne peuvent pas me réduire à néant aussi facilement – je suis trop en vue.* Newsweek, Time, U.S. News & World Report. *J'ai fait la couverture de tous les magazines d'information du pays. Vous pouvez bien m'empêcher d'avoir accès à tous les journaux et magazines possibles, je sais ce qu'ils racontent. J'ai mes sources. Ne vous y trompez pas. Pour* People, *je suis une des personnalités les plus fascinantes de l'année. J'ai mes fidèles. Ils ne peuvent pas me tuer, alors il faut bien qu'ils aient recours à la cruauté mentale. À l'incarcération. Au vol de matière grise. Il reçoit des comptes rendus, vous savez. Deux fois par jour.*

— *Qui donc ?*

— *George Bush, voyons ! »*

« Bon, ça suffit », ai-je dit en bondissant de mon fauteuil pour aller jusqu'à la fenêtre. Le Dr Patel a arrêté la cassette. « Vous prétendez que vous avez fait un pas en avant pendant cette séance, que toutes ces conneries qu'il vient de débiter représentent un progrès ?

— Oui, en ce sens qu'il a parlé beaucoup plus que précédemment. Il s'est montré plus confiant et communicatif. C'est très bien. Voulez-vous encore un peu d'infusion ? »

J'ai hoché la tête et serré les bras autour de moi.

« Vous n'êtes pas bien, Dominick ?

— C'est affolant de le voir perdu dans un pareil délire, tellement concentré sur son ego.

— Vous savez, dans une certaine mesure, nous en sommes tous là. Pas plus tard qu'hier, j'étais en voiture, j'allais à une réunion à Farmington, j'étais pressée, et un homme d'un certain âge a débouché d'une petite rue. Il roulait très en dessous de la vitesse autorisée, et je me suis surprise à me demander pourquoi il essayait de me mettre en retard !

— Oui, mais lui... il s'imagine que ce sont des présidents qui épient ses pensées. Et que lui seul peut sauver le monde !

— C'est narcissique, c'est vrai. Mais n'oubliez pas que ces illusions de grandeur n'en sont pas à ses yeux. C'est sa réalité. Ces vols de matière grise et ces dangers existent vraiment pour lui.

— Je sais bien, mais...

— Voulez-vous dire que vous le comprenez intellectuellement, ou bien que vous savez ce que doivent être ses angoisses et ses déceptions ? Imaginez combien sa vie doit être terrifiante. Épuisante. Le poids du

196

monde sur ses épaules. Il ne peut pratiquement faire confiance à personne. Ce qui m'intéresse en tant qu'anthropologue, ce qui me fascine en fait, c'est qu'il s'est assigné à lui-même une tâche de dimension mythique.

« Votre frère est seul dans l'univers. Son jumeau n'existe plus pour lui, la vie ordinaire non plus. Il flotte dans un monde de mal et de puissances maléfiques, et son courage est mis à l'épreuve à chaque tournant. En fait, Thomas se met lui-même en vedette dans son propre mythe héroïque.

— Vous n'allez pas un peu loin ? Vous êtes en train de confondre vos deux spécialités, il me semble.

— Il essaie en vain de mettre de l'ordre dans le monde, a-t-elle poursuivi avec un sourire attristé. Vous avez des enfants, Dominick ? »

Nous avons cessé de nous regarder. En un éclair, j'ai revu la petite fille en collant jaune. « Non.

— Eh bien, si vous en aviez, je suis sûre que vous leur liriez non seulement *Georges le Curieux*, mais aussi des fables et des contes de fées. Des histoires d'humains plus malins que les sorcières, de géants et d'ogres abattus, des histoires où le bien triomphe du mal, telles que vos parents vous en ont lu, à vous et à votre frère, n'est-ce pas ?

— Ma mère nous en lisait.

— Bien entendu. C'est ainsi que nous apprenons à nos enfants à affronter un monde trop vaste et trop chaotique pour leur entendement. Un monde qui, par moments, leur semble trop aléatoire. Trop indifférent. Bien évidemment, les religions du monde ont la même fonction, que l'on soit hindou, chrétien ou rosicrucien. En fait, les fables pour enfants et les paraboles religieuses sont comme frère et sœur. Avec sa religiosité et sa croyance sincère en l'existence de héros et de traîtres, votre frère, je crois, doit s'efforcer, bravement mais vainement, de mettre de l'ordre et de la logique dans le monde. C'est un noble combat, en un sens, étant donné le chaos devant lequel l'a placé sa maladie. C'est du moins une interprétation possible.

— Un noble combat ? Où est la noblesse dans tout ça ?

— Il lutte pour se guérir, Dominick. Pour se débarrasser de ce qui doit être la pire de ses craintes : le chaos. En mettant de l'ordre dans le monde, en "sauvant" le monde, il assure son propre salut. C'est la raison pour laquelle il s'est amputé de la main dans la bibliothèque, non ? Pour se sacrifier. Et arrêter la destruction qu'entraîne inmanquablement la guerre. Votre frère est un malade très gravement atteint, Dominick, mais c'est aussi un homme très bon – j'irais même jusqu'à dire un homme d'une certaine noblesse. Ce qui devrait vous réconforter quelque peu.

— Ouais, vous parlez ! Il va se trancher cette foutue main dans la bibliothèque. Il se fait remarquer tant qu'il peut par tous les connards des médias... Ouais, vraiment réconfortant, docteur, je vous assure. »

Elle n'a pas répondu. Elle attendait. Moi, je n'en pouvais plus.

Si elle devait travailler avec Thomas à long terme, m'a-t-elle expliqué – décision qui dépendait du juge de la Commission –, ses objectifs seraient d'essayer de lui faire comprendre pourquoi il se comportait ainsi et de l'aider à régir sa vie quotidienne, à gérer son argent, à accomplir consciencieusement des tâches ménagères et à prendre régulièrement les médicaments qui lui permettraient peut-être de ne pas être maintenu en milieu hospitalier. « Actuellement, on a tendance à penser que les internements de longue durée n'ont pour effet que d'installer les patients dans cette situation. Je voudrais que nous nous occupions de son avenir plutôt que de son passé. On pourrait peut-être songer à un placement en foyer. Mais, bien sûr, c'est mettre la charrue avant les bœufs. Pour l'instant, c'est son passé qui m'importe afin de comprendre qui il est. Et qui il a été.

— Vous êtes un peu en retard sur votre temps, non ?

— Ah oui ? En quoi ?

— C'est exactement ce qu'ont fait ses autres médecins pendant des années : ils se sont penchés sur son apprentissage de la propreté, sur ses bulletins scolaires de l'école élémentaire. Puis, ils ont tous changé d'avis, ils ont décrété que c'était une affaire de biochimie, de cocktail génétique.

— Ah, mais ça ne fait pas de doute, Dominick. Je cherche seulement, autant que possible, à établir dans quelle réalité votre frère vit et a vécu. À m'identifier à lui, en quelque sorte, à me mettre dans sa peau. Et c'est en cela que vous pouvez m'être d'un secours immense. Si vous êtes partant.

— Je ne sais pas. De quelle manière ?

— En continuant à écouter l'enregistrement de mes entretiens avec lui et en me faisant part de vos remarques. Ainsi que de vos propres souvenirs. Ce qui m'intéresse particulièrement, ce sont vos réminiscences de votre petite enfance et du début de sa maladie, des mois au cours desquels la schizophrénie a commencé à se manifester. Les comment et les pourquoi de cette période-là. »

J'ai pensé : 1969, l'été de notre équipe de travail.

« Nous l'avons dit tout à l'heure, vous êtes le miroir de votre frère. Son moi sain. En termes scientifiques, vous êtes l'équivalent d'un groupe de contrôle. En cela, vous pouvez me servir à mettre au point une forme de thérapie pour lui. Mais, encore une fois, si vous êtes décidé à vous y prêter. »

Je m'étais laissé aller à l'optimisme. J'avais eu la connerie d'espérer. À présent, je ne savais plus ce que je voulais ou ne voulais pas. J'allais réfléchir, lui ai-je dit.

« Quel enfant solitaire n'a pas souhaité avoir un jumeau, monsieur Birdsey ? Qui n'a pas imaginé qu'il avait un double quelque part en ce monde ? C'est le désir ardent d'un lien humain, une autre manière de se protéger de la tempête. Alors, qui sait si la gémellité ne nous donnerait pas la clef de la guérison pour votre frère ? »

La clef. *La chiave.*

Une chose au moins était claire : le Dr Patel paraissait sincère. Pour une fois, mon frère n'était pas tombé sur un de ces psychologues fonctionnaires du genre au-petit-bonheur-la-chance, on-ramasse-le-fric-et-on-s'en-va. Pour une fois, il n'était pas entre les mains d'un médecin dont la spécialité était l'indifférence.

La séance terminée, à la porte, elle m'a demandé ce que j'avais enseigné.

« Comment ?... Ah oui, l'histoire. Dans un lycée.

— C'est un travail intéressant. Et indispensable. Il est important que les enfants apprennent qu'ils sont la somme de tous ceux qui ont vécu avant eux. Vous n'êtes pas de cet avis ?

— Oui, c'est-à-dire que...

— Pourquoi rougissez-vous, monsieur Birdsey ?

— Je ne rougis pas. Simplement, je n'enseigne plus depuis sept ans. Merci pour l'infusion. Je vais réfléchir à ce que vous m'avez dit. Appelez-moi s'il y a un autre incident. »

Elle m'a demandé d'attendre un instant. Elle est allée écrire quelque chose sur un petit bout de papier, qu'elle m'a tendu : « Voici ce que je vous prescris, monsieur Birdsey. Si vous aimez la lecture, lisez ces livres. Ils sont bons pour l'âme. »

« Ce que je vous prescris » : comme si c'était moi le patient. Comme si c'était moi qu'elle traitait.

J'ai pris le papier, j'y ai jeté un coup d'œil sans le lire et l'ai fourré dans mon jean. « Merci, docteur. Seulement, le problème, ce n'est pas mon âme, c'est le cerveau de mon frère.

— C'est bien pour cela, a-t-elle dit en m'approuvant, que vous devriez faire ce que je vous demande. Commencer à me rapporter tous les souvenirs d'enfance qui vous semblent pertinents. Essayer de vous rappeler les premières manifestations de schizophrénie chez votre frère. Sa décompensation initiale.

— Oui, entendu. » J'ai fait un ou deux pas dans le couloir, je me suis arrêté, et je me suis retourné. « Euh... Vous savez, tout à l'heure, vous m'avez demandé si j'avais des enfants.

— Oui.

— Ma femme et moi – enfin, mon ex-femme, nous...

— Oui ?

— Nous avons eu une petite fille. » Elle attendait, ses yeux souriaient toujours.

« Elle est morte. La mort subite du nourrisson. Elle avait trois semaines.

— Ah. Je compatis, et je vous suis reconnaissante.

— Reconnaissante ? De quoi ?

— De me confier cela. Je sais que vous êtes quelqu'un de très réservé, monsieur Birdsey. Merci de me faire confiance. »

Le lendemain matin, un samedi, Joy est passée à côté de moi, les bras pleins de linge sale. « Tu veux garder ça ? » m'a-t-elle demandé en agitant mon « ordonnance », cette liste de livres à laquelle je ne pensais déjà plus. Elle l'avait sortie de la poche de mon jean. De sa grosse écriture penchée en arrière, le Dr Patel avait noté : *Psychanalyse des contes de fées, Les héros sont éternels, Le Roi et le Cadavre.*

« Tu peux jeter, ai-je dit, et Joy est partie vers la buanderie. Non, attends. Donne. »

16

1969

M'man était aux anges de nous avoir de nouveau auprès d'elle à la maison après notre première année de fac, mais elle n'appréciait guère que Thomas ait tellement maigri. Elle avait entrepris de le remplumer, à grand renfort de lasagnes et de pâtés, et elle se levait de bonne heure chaque matin pour nous préparer des œufs au jambon et notre repas à emporter. Elle lui mettait des sandwichs supplémentaires dans sa gamelle et joignait des petits billets manuscrits lui disant combien elle était fière de lui, et qu'il était un des meilleurs fils au monde.

Les emplois étaient rares cet été-là, mais mon frère et moi avions décroché un travail saisonnier à la voirie de Three Rivers. (Ray connaissait le chef du service, Lou Clukey, par son association d'anciens combattants.) C'était un boulot dur, pour un salaire minimum, avec des avantages en nature tels que le sumac vénéneux et les érythèmes de chaleur. Mais en fait, j'aimais bien travailler à la voirie de Three Rivers. Il y avait un salaire à la clef, et cela nous permettait de fuir la maison dans la journée, quand Ray était là. Après une année enfermé avec les bouquins, claquemuré dans une chambre de résidence universitaire avec mon frère, j'étais bien content de voir le soleil, de respirer le bon air et de transpirer un bon coup. Ça me plaisait de prendre la faux ou la bêche, de me mettre à la tâche, et puis de regarder ce que j'avais accompli sans attendre l'approbation d'un professeur Je-sais-tout.

Ce que j'aimais le plus, c'était faucher et désherber dans les cimetières de la ville : l'ancien cimetière de Rivertown avec ses épitaphes invraisemblables, le lieu de sépulture indien proche de la Cascade, et les grands cimetières de Boswell Avenue et de Slater Street. Le premier jour, à Boswell Avenue, j'ai repéré la tombe de mon grand-père, un monument de granite de presque deux mètres, surmonté de deux anges affligés en ciment. *Domenico Onofrio Tempesta (1880-1949). « Les plus grandes peines sont muettes. »* Son épouse, *Ignazia (1897-1925),* reposait à l'autre bout du cimetière sous une pierre tombale plus petite et plus modeste. C'est Thomas qui a découvert la tombe de la mère de M'man, vers le milieu de l'été. Quand j'ai demandé pourquoi ils n'étaient pas enterrés ensemble, M'man m'a répondu : « Ah, je ne sais pas... Pour rien, en fait. »

Au début, j'étais un peu inquiet pour Thomas. D'une part, l'épisode de la machine à écrire bousillée me faisait encore légèrement flipper. D'autre part, il n'était pas vraiment fait pour le travail manuel. Je ne disais rien, mais je l'avais à l'œil. Puis, au bout d'une semaine ou deux, j'ai relâché ma vigilance.

Parfois, il perdait le fil de ce qu'il faisait, il s'égarait un peu dans les brumes, mais il n'y avait rien là d'extraordinaire. Il était plus ou moins semblable à lui-même. Début juillet, il avait bruni et forci un peu, et il ne ressemblait plus à Lurch. Finalement, me disais-je, ce n'était pas la fac qui était en cause. Il était juste à bout de forces. Maintenant ça allait. Et en septembre, il pourrait commencer à se sortir du pétrin dans lequel il s'était mis en séchant les cours, cet imbécile. Ce crétin !

Il ne touchait jamais aux sandwichs supplémentaires que M'man lui donnait. C'est moi qui les mangeais. Quand il ne me les refilait pas d'emblée, j'allais me servir moi-même et je tombais sur les petits billets écrits par M'man. Elle se serait bien gardée d'en faire autant pour moi. Elle m'avait fait le coup une fois du temps du lycée : mes copains s'étaient emparés du papier et l'avaient montré à tout le monde. En rentrant, je lui étais tombé dessus à bras raccourcis. Mais Thomas ne s'est jamais, comme moi, senti gêné par ces manifestations de tendresse. Ce genre de conneries lui réussissait à merveille.

Je dois reconnaître une chose : il est allé faire réparer notre machine à écrire sans que j'aie à le tarabuster. Sans que M'man ni Ray aient vent de ce qui s'était passé. Il a pris l'initiative, il a payé la réparation sur l'argent de son premier salaire, et il a récupéré la machine au bout d'une semaine. Le seul problème, c'est qu'il n'a pas pu racheter une mallette. Quand M'man s'est aperçue qu'elle n'était plus là, c'est à moi qu'elle a demandé des explications. Je lui ai raconté qu'on nous l'avait fauchée à la fac. Elle restait là, l'air inquiet, sans rien dire. « C'est pas grave, M'man. Vaut mieux que ce soit la mallette que la machine, non ? »

Elle n'arrivait pas à croire que les étudiants se volaient leurs affaires entre eux.

Ils faisaient bien pire ! ai-je dit. Elle n'en reviendrait pas si elle savait.

« La drogue, Dominick ? C'est pour ça qu'il a perdu du poids ? »

Je me suis penché pour lui donner un petit baiser. Décidément, elle ne pourrait jamais s'empêcher de se faire du souci. J'ai dissipé ses craintes. « Il va bien, M'man, vraiment. C'est juste les nerfs. »

À sept heures trente chaque matin, on se présentait au hangar municipal, où Lou Clukey répartissait les équipes de travail dans la ville. Thomas et moi étions sous les ordres d'un grand costaud du nom de Dell Weeks. Un drôle de type. Le crâne rasé, une dent de devant en métal, et horriblement mal embouché. Dell ne pouvait pas sacquer Lou Clukey, qui était un ancien officier de marine très réglo, et, manifestement, ce sentiment était réciproque. Dès qu'ils étaient à cinq, six mètres l'un de l'autre, la tension était perceptible. Rien d'étonnant donc à ce que notre équipe écopât presque toujours des sales boulots. Toute la matinée, on pelletait du sable, on débroussaillait les marais, on vidangeait, on désinfectait les toilettes des terrains de camping. On gardait le fauchage pour l'après-midi.

Sans compter Dell Weeks, on était quatre dans notre équipe : Thomas et moi, Leo Blood et Ralph Drinkwater. Leo était employé saisonnier, comme mon frère et moi, et il était en deuxième année à U. Conn. Drinkwater était employé à plein temps. S'il n'était pas appelé à l'armée, ou s'il n'entrait pas à la Navale Électrique, il courait le risque de rester à la voirie de Three Rivers à vie, comme Dell.

Drinkwater n'avait pas beaucoup grandi depuis l'année où il s'était fait jeter du cours d'histoire pour avoir ri haut et fort quand M. LoPresto avait exposé l'idée que les Indiens avaient été anéantis en raison de la supériorité naturelle de l'homme blanc. Il ne mesurait toujours guère plus d'un mètre soixante-cinq, sans doute, mais il était plus résistant et plus sûr de lui qu'à cette époque-là. Un poids coq. Il avait des muscles fermes et noueux, et il marchait d'un air important ; même pour tondre une pelouse, il avait de l'assurance. Tout cet été-là, il est venu travailler dans les mêmes vêtements. Il ne sentait pas mauvais, comme Dell quelquefois. Simplement, il mettait toujours le même jean noir et le même débardeur bleu. Leo et moi, on avait parié vingt dollars sur le moment où Drinkwater allait finalement craquer et changer de tenue. J'avais parié sur les jours impairs et Leo sur les jours pairs, et on a dû attendre tout l'été pour ramasser notre fric.

Je n'aurais pas voulu l'admettre à ce moment-là, mais Drinkwater était celui de nous quatre qui travaillait le mieux, avec concentration, régulièrement, même par grosse chaleur. Toute la journée, il écoutait le petit transistor accroché à sa boucle de ceinture – le Top 50, ou du base-ball si les Red Sox avaient un match dans l'après-midi. Il faisait marcher cette radio si inlassablement que la moitié des pubs me sont restées en tête. *Réveillez-vous, vous êtes la génération Pepsi... À la Caisse d'Épargne de Three Rivers, un ami vous attend... Venez chez Constantine Motors, on est en haut de la côte, mais ça vaut le coup de monter.* À longueur de journée, paroles et musique accompagnaient Drinkwater dans ses mouvements.

Au début, il a gardé ses distances. Il avait l'air de nous observer en permanence, Thomas et moi. Cinquante fois par jour, en levant les yeux, je surprenais son regard sur l'un de nous deux. Ce n'était pas nouveau : on avait l'habitude que les gens tombent en arrêt devant nous. *Ah, Muriel, regarde ! Des jumeaux !* Mais Ralph avait eu une sœur jumelle, il savait ce que c'était. Que pouvait-il donc bien chercher ?

En général, lorsqu'on partait travailler, on grimpait à l'arrière du camion, Thomas, Leo et moi, et Ralph montait à l'avant à côté de Dell. Il lui parlait parfois, mais à nous, pratiquement jamais, même quand on lui posait une question directement. Lonnie, un cousin de Ralph, plus âgé que lui, qui avait été tué au Vietnam au début de cette année-là, avait été enterré dans le cimetière indien. Quand on fauchait là-bas, Ralph prenait le large. Généralement, c'était moi qui nettoyais autour de la tombe de Lonnie. On divisait le cimetière en quatre, et c'était toujours cette section-là qui me revenait. Je taillais, j'arrachais des herbes, et je me mettais à penser à Lonnie – à ce jour où il s'était attiré des ennuis pour avoir craché sur des élèves dans la cour de récréation, à la fois où, dans les toilettes du cinéma, il m'avait attrapé par le poignet et humilié pour s'amuser avec Ralph. *Pourquoi tu te donnes des gifles, mec, hein, pourquoi ?...* C'était une stèle d'une certaine taille. En granite, dégrossi sur une face, poli sur l'autre. Érigée par les anciens combattants, en l'honneur d'un des premiers enfants de Three Rivers à être tombé au Vietnam. Quel honneur ! Donner sa vie pour notre erreur nationale. Pour rien. Quand on était petits, les grands méchants de ce monde étaient d'autres enfants. Des sales gosses. Des perturbateurs comme Lonnie Peck. À présent, l'ennemi, c'était Nixon. Nixon et tous ces vieux cons dégonflés qui entretenaient l'escalade militaire et continuaient à envoyer les jeunes se faire trouer la peau dans la jungle.

La tombe de Penny Ann, la sœur de Ralph, était aussi dans ce coin-là. Proche de celle de Lonnie, mais pas juste à côté. À une dizaine de mètres. Une simple petite dalle de grès avec ses initiales, *P.A.D.* Les premières fois, ça ne m'avait pas frappé. Puis, tout d'un coup, j'avais compris. J'essayais toujours d'échanger quelques mots avec Ralph à propos de ces tombes. Celle de Lonnie du moins. C'était plus facile de parler de la mort d'un soldat que du viol et du meurtre d'une fillette. Mais rien. Ni sur l'une ni sur l'autre. Ralph ne me laissait aucune chance. Ne baissait pas sa garde un seul instant. Une fois, pendant notre première semaine, alors qu'on chargeait des outils dans le camion tous les deux, je lui ai rappelé qu'on avait été ensemble à l'école élémentaire de River Street et ensuite, plus tard, au cours d'histoire de ce trou du cul de LoPresto à JFK. Drinkwater m'a simplement jeté un regard dénué de toute expression. « Tu te rappelles ? » ai-je fini par lui demander. Il est resté là à me dévisager comme si je débarquais de Mars.

« Ouais, je me rappelle. Et alors ?

— Rien, ai-je bredouillé. Désolé d'en avoir parlé. C'est bon, excuse-moi de respirer. »

Les matins où il faisait frais et où la tâche n'était pas trop pénible – ou encore si Lou Clukey se trouvait dans les parages –, le chef se mettait enfin à l'œuvre avec nous. Sinon, il restait assis dans le camion, penché à la portière ouverte du conducteur, à critiquer notre travail en fumant ses Old Gold. Quelquefois, il levait son gros cul pour aller arracher le balai ou la scie de mon frère et lui montrer comment procéder. Ou bien il donnait l'ordre à Drinkwater de s'arrêter pour montrer à Thomas comment s'y prendre – ce qui était aussi humiliant pour l'un que pour l'autre, au point qu'on se sentait obligés de regarder ailleurs. Mais Dell aimait voir la réaction de Thomas, qui s'énervait immanquablement, et le regard de mépris que lui jetait Ralph. Il prenait plaisir à leur casser les couilles, surtout à Thomas. Il s'est mis à plaisanter sur le fait qu'il ne nous distinguait l'un de l'autre, mon frère et moi, que lorsque nous avions la bêche en main. À ce moment-là, pas de problème, il savait qui était qui. Il nous a surnommés les frères La Biroute, Qu'en-a-une et Qu'en-a-pas.

De nous quatre, Leo et moi avions sa préférence. C'est toujours nous deux qu'il envoyait à la Central Soda Shop chercher des cafés, ou remplir les gourdes d'eau à la source, ou lui acheter des cigarettes. Et il a commencé à nous raconter ses blagues d'enfoiré.

« C'est un nègre qui marche dans la rue en tenant un taureau au bout d'une corde, et le taureau bande comme un fou. Une femme vient lui demander : "Dites donc, combien ça me coûterait pour enfiler ces quarante centimètres de barbaque dans ma chatte ?" Et le nègre de répondre : "Ben moi j'veux bien vous baiser gratis, m'dame, mais faut que je trouve quelqu'un pour garder mon taureau." »

Généralement, quand Dell nous racontait ses blagues, je faisais semblant de sourire, ou je riais nerveusement. Parfois j'essayais de voir quelle tête faisait Drinkwater. Pour un Indien pur-sang comme il avait prétendu l'être au cours de LoPresto, il avait la peau plutôt foncée. Et je n'avais jamais vu un Indien avec une coiffure afro. Son transistor n'arrêtait pas de cracher des chansons sur l'avènement de l'âge du Verseau, sur le bonheur de s'aimer en frères, mais avec ses blagues, Dell pourrissait tout.

Quand Dell en arrivait à la conclusion de ses plaisanteries racistes, Drinkwater restait toujours imperturbable. Il n'ébauchait jamais un sourire, et ne réagissait jamais non plus, comme il l'avait fait avec LoPresto. J'avais profondément horreur de ces blagues, mais j'étais trop dégonflé pour protester. Sans l'admettre, toutefois. Avec mes acquis universitaires, j'étais capable d'intellectualiser mon silence : un jour ou l'autre, les gens de notre génération prendraient les commandes et tous les racistes du monde disparaîtraient. De plus, si Drinkwater se taisait, lui qui avait sûrement du sang noir dans les veines, pourquoi devrais-je parler ? Alors je continuais à me vendre pour ce superprivilège d'aller chercher de l'eau et du café. Je faisais des sourires et je fermais ma gueule pour maintenir mon statut de « travailleur favorisé ». Leo en faisait autant.

Cet été-là, Leo et moi avons renoué les liens d'amitié qui s'étaient créés entre nous deux ans plus tôt en cours de maths de rattrapage. Les quelques fois où il m'est arrivé de me demander pourquoi nous sommes devenus amis – bien avant de devenir beaux-frères –, la seule raison qui me soit venue à l'esprit est que nous sommes l'exact opposé l'un de l'autre. Depuis toujours. Aux bals du lycée, j'étais du genre à raser les murs, à passer la soirée à regarder l'orchestre parce que j'avais bien trop les jetons pour inviter une fille à danser. Leo, lui, était un véritable comédien. C'était l'époque où on le surnommait « Cool Jerk ». À un moment ou à un autre, quelqu'un réclamait la chanson *Cool Jerk*, et Leo déboulait au milieu du gymnase pour se contorsionner en solo. Les élèves faisaient cercle autour de lui sur quatre ou cinq rangées, applaudissaient, huaient, et riaient comme des fous, tandis que Leo remuait sa graisse et ruisselait de sueur. Il faut croire, bizarrement, que j'admirais son culot. Une fois, alors que tout le lycée était rassemblé – pour un de ces trucs rasoirs avec projection de diapos sur des gens d'ailleurs –, Leo s'est porté volontaire pour venir sur scène, où, s'attifant d'un pagne, il a pris une leçon de hula avec nos visiteuses hawaiiennes. Tout le monde s'est mis à scander « Cool Jerk ! Cool Jerk ! » au son du yukulélé, jusqu'au moment où ses roulements de hanches ont commencé à évoquer tout autre chose que le hula, devant une assistance déchaînée et des Hawaiiennes qui avaient perdu leur sourire. Carotide, le principal adjoint, est monté sur le podium pour arrêter le spectacle et nous renvoyer en cours. Au lieu d'ôter son pagne et de se retirer de bonne grâce, Leo s'est lancé dans un discours sur le fait que le lycée JFK était une dictature semblable à Cuba, et il a appelé à la grève. Il a été mis à pied pendant quinze jours et interdit de toute activité en dehors des cours.

« Comment peux-tu fréquenter le trou du c... le plus notoire de tout le lycée ? » me demandait constamment Thomas l'été où Leo et moi étions ensemble en rattrapage d'algèbre. Certes, Leo était un vrai trou du cul, et je le savais. Mais, je le répète, il était aussi tout ce que mon frère et moi n'étions pas : sans complexes, insouciant, et hyperdrôle. Son toupet phénoménal nous avait fait accéder à toutes sortes de plaisirs interdits que mon béni-oui-oui de frangin aurait désapprouvés, et qui m'auraient valu des rossées de mon beau-père : les films classés X du *drive-in* de la route 165, le champ de courses de Narragansett, un magasin de vins et spiritueux sur la route de Pachaug Pond qui accordait aux mineurs le bénéfice du doute. Ma première cuite magistrale, je l'ai prise dans la Biscayne de la mère de Leo, à la Cascade, en fumant des Muriel à bout filtre et en faisant circuler une bouteille de Bali Hai. J'avais quinze ans.

Quatre ans plus tard, Thomas n'a pas supporté davantage que je renoue ces liens d'amitié avec Leo. « Tout à fait ce qu'il me faut, cette nouvelle dose de Leo Blood », disait-il quand je le prévenais que Leo allait passer un moment après dîner ou venir me chercher. M'man aimait bien Leo parce qu'il avait un bon coup de fourchette. Quant à Ray, dans la marine, il avait appris à faire une confiance très limitée à ce genre de types. « Prends garde, m'avertissait-il. Il est bien trop content de lui. Des mecs comme ça, c'est capable de te tirer dans le dos. »

206

Comme mon beau-père travaillait dans l'équipe de nuit, il était à la maison toute la journée et faisait main basse sur le courrier. J'étais abonné à deux magazines, *Newsweek* et les *Sporting News,* et ça me gonflait qu'il pose ses pattes dessus avant moi, qu'il corne les pages et froisse la couverture, qu'il les laisse traîner un peu partout pour que je sois obligé de chercher. Chez nous, Ray disposait du courrier, quel que soit le nom figurant sur l'enveloppe, et si on osait récriminer, on se rendait coupable d'un crime d'État.

Un jour de juillet, en rentrant du travail, on a trouvé Ray assis à la table de la cuisine : il nous attendait en buvant une bouteille de Moxie. « Eh bien ! eh bien ! voilà nos deux génies, s'est-il écrié. Asseyez-vous, les gars. Je voudrais vous dire un mot. »

M'man attendait aussi, pâle comme un linge, tordant un torchon dans ses mains. Ce jour-là, elle avait fait des concombres doux au vinaigre, notre délice, à Thomas et à moi. Il y avait toute une rangée de bocaux sur le plan de travail. Une odeur de vinaigre sucré flottait dans la cuisine.

Nous avons pris place. « Tu peux m'expliquer ça ? » a dit Ray en se tournant vers Thomas.

Il froissait dans sa main le bulletin de Thomas, envoyé par U. Conn, avec tous ces D, ces F et ces « Incomplet » que mon frère avait passés sous silence. Ray agitait le papier comme une pièce à conviction. « Qu'est-ce que ça veut dire, Einstein ? Tu t'es offert une partie de plaisir là-bas ? Tu commences par m'extorquer de l'argent durement gagné, et après tu te donnes même pas la peine d'étudier sérieusement ?

— Allons, Ray. Tu avais promis que tu le laisserais s'expliquer.

— Tout juste, Suzie Q. Et c'est précisément ce que je veux entendre. Ses explications. En espérant qu'elles sont valables. »

Thomas était assis là, les mains sur les genoux, les yeux pleins de larmes, évitant son regard. Je l'ai déjà dit, Thomas n'a jamais su se défendre. Ray continuait donc à le malmener.

Lui-même n'avait jamais fait d'études, a-t-il dit, alors, évidemment, il était sans doute idiot. Mais il ne voyait absolument pas pourquoi il devrait continuer à gaspiller son argent pour que ce bouffon assis en face de lui puisse prendre ainsi ses études à la rigolade. Où exactement allait cet argent qu'il dépensait ? Qui, de nous deux, étudiants de génie, ou de ma mère, était capable de le lui dire ?

Thomas tremblait de tout son corps. Il allait expliquer ce qui s'était passé, mais est-ce qu'il pouvait d'abord boire un verre d'eau ?

Non, pas question, a répondu Ray. Thomas avait intérêt à avouer tout de suite à quoi il s'était occupé toute l'année au lieu d'étudier. Ray a pris une grande gorgée de Moxie et il a reposé la bouteille si brutalement que j'ai bondi et que toutes mes U.V. se sont évaporées d'un coup.

Thomas s'est éclairci la voix. « Eh bien... », a-t-il commencé, assez fort tout d'abord, et très vite sur un ton à peu près inaudible. Il a expliqué, d'une manière décousue, qu'il avait eu du mal à s'adapter à la fac. Qu'il n'arrivait pas à dormir. « J'étais toujours très fatigué. Et très énervé. Je ne pouvais pas me concentrer... Je faisais plein d'efforts, mais il y avait toujours beaucoup de bruit.

— Il y avait du bruit ? C'est tout ce que tu as trouvé comme prétexte ? Qu'il y avait du bruit ?

— Pas seulement. Je me sentais... Il y avait beaucoup de choses... Je m'ennuyais de la maison, je crois. »

M'man a fait un pas vers lui, s'est arrêtée. S'est reprise.

« Ah, ça alors ! Le pauvre petit lapin à sa maman s'ennuyait de la maison ! » Chaque fois que Thomas ouvrait la bouche, il apportait des verges pour se faire battre.

« Je te demande vraiment pardon, Ray. Je t'ai déçu, je sais. Toi aussi, M'man. Mais je peux vous assurer que ça n'arrivera plus. »

Ray s'est penché vers lui. Bien en face. « Tu crois pas si bien dire, mon pote. Pas avec mon argent. » Il s'est tourné vers M'man, en pointant un doigt vers elle. « Pas plus qu'avec le tien, Suzie Q, au cas où il te viendrait encore une fois l'idée farfelue de vouloir travailler. Quand on t'escroque, peut-être que tu n'y vois que du feu, mais pas moi. En septembre, ce gars va rester ici et travailler pour gagner sa vie. »

Thomas s'est tu un instant. Puis il a promis à Ray que, si on lui redonnait sa chance, il pourrait s'en sortir.

« Ah oui ? Et comment ? »

Thomas m'a regardé. « Dominick va étudier à la bibliothèque. Je pourrais essayer d'aller avec lui. Et si certains des professeurs pouvaient m'aider un peu... »

Au son de sa voix, à la façon dont les mots avaient du mal à sortir de sa gorge, je sentais qu'il allait se mettre à sangloter, avec ces reniflements, ces gémissements que Ray avait toujours su lui tirer depuis l'enfance. Je voulais épargner cela à mon frère, et l'empêcher de procurer cette satisfaction à Ray. Alors, j'ai mis ma propre tête sur le billot.

« Ray, j'ai une moyenne de 3,2. Qu'est-ce que tu trouves à dire à ça ? »

Il m'a regardé. Il a mordu à l'hameçon. « Si tu crois que je sais ce que ça veut dire, ta foutue moyenne, monsieur le Malin ? Après tout, je suis pas allé au-delà de la troisième année de lycée. J'ai fait deux guerres, c'est tout. Je ne suis pas une encyclopédie vivante, moi, comme toi et l'autre petit futé là-bas. Je suis le gros nullard qui travaille pour faire bouillir la marmite. »

J'ai soutenu son regard. « Pour le calcul de la moyenne, un A compte quatre points, un B trois, un C deux. Je suis sur la liste des meilleurs étudiants, Ray.

— "Je suis sur la liste des meilleurs étudiants, Ray", a-t-il répété en me singeant. Et alors, ça te donne quoi ? T'es le roi Farouk tout d'un coup ? Ça veut peut-être dire que ma merde pue et pas la tienne ?

— Non, simplement que je suis sur la liste des meilleurs étudiants.

— C'est formidable, mon petit, a dit M'man d'un air las. Félicitations. »

Ray lui a conseillé de la fermer et de rester en dehors du coup. Il a reposé le bulletin de Thomas et il a pris le mien, puis il s'est mis à déprécier mes résultats un à un. B plus en psychologie ? La belle affaire ! Pour lui, ce truc-là n'était que joyeuses conneries. A moins en probabilités ? Il n'avait pas la moindre idée de ce que c'était. Devant le A que j'avais obtenu en critique d'art, il a eu un rire particulièrement dédaigneux. « Des jeunes de ton âge s'en vont là-bas mourir pour leur pays, pendant que tu es dans une jolie petite salle de classe à "critiquer" des peintures sur un mur. Et c'est pour ça que je paie. Je n'ai jamais rien vu d'aussi pitoyable.

— Qu'est-ce que tu voudrais, alors ? Qu'on aille tous les deux se faire sauter la cervelle par les Vietcongs ? C'est ça qui te ferait plaisir ?

— Tais-toi, mon petit », a dit M'man.

Ray s'est penché et m'a attrapé par le devant de mon tee-shirt. Il a tiré vers le haut pour me faire lever. « T'avise pas de me parler comme ça, mon pote. Compris ? J'en ai rien à foutre de tous ces A que tu...

— Lâche-moi, Ray.

— Tu m'entends ? Hein ? »

Mon tee-shirt a tourné sous sa poigne, me rentrant dans la nuque. « Lâche mon tee-shirt, je te dis.

— Allons, tous les deux, a risqué M'man. Arrêtez à présent. Ça vaut pas la peine. Calmez-vous.

— Que je me calme ? » Ray m'a lâché en m'expédiant en arrière, de sorte que j'ai perdu l'équilibre et suis tombé contre une chaise de la cuisine. « Tu veux que je me calme, Connie ? D'accord, je vais me calmer. Tu vas voir comment je vais me calmer. »

Ray a pris M'man par le bras et l'a emmenée jusqu'au plan de travail où étaient posés ses concombres au vinaigre. Il a saisi un des bocaux et l'a lancé comme une grenade contre la porte du réfrigérateur. Il en a pris un autre, qui s'est écrasé par terre juste devant Thomas. Un troisième s'est brisé contre un pied de la table. Quand il s'est enfin arrêté, le sol était jonché de verre cassé, de concombres et de torrents de vinaigre – les ruines de la journée de ma mère.

J'ai eu envie de tuer ce salaud. J'ai songé à ramasser un de ces débris de verre acéré et à le poursuivre avec. À le lui enfoncer dans le cœur. Mais je n'ai pas bougé, terrorisé.

« Ça te va comme calme ? Hein, ça te va ? » Ray était écarlate, essoufflé.

M'man partait déjà chercher un balai et une serpillière, mais Ray lui a ordonné de rester où elle était et de fermer sa grande gueule pour une fois. Il avait quelque chose à nous dire et il voulait qu'on la boucle et qu'on l'écoute.

Thomas et moi, on était deux petites chochottes, et tout ça par la faute de M'man. Suzy et Betty Pinkus, les petits chéris à leur maman, qui se cachaient derrière son tablier au lieu de faire ce qu'il fallait. On n'avait rien à foutre de notre pays, pas plus l'un que l'autre, on se foutait de tout sauf de nous-mêmes. On se figurait peut-être qu'il était allé se battre contre les Boches par plaisir ? Qu'il avait ensuite risqué sa vie en Corée par plaisir ? Quand on était un homme, on agissait selon son devoir, et pas selon son plaisir. Notre mère nous avait gâtés et pourris, elle nous avait traités comme des princes de la Couronne. Tout ce qu'on savait faire, c'était prendre, prendre et prendre. Ça avait été comme ça toute notre vie, et il en avait plein le dos. Si on croyait qu'il allait continuer à raquer, on pouvait toujours courir. Ces conneries-là, terminé.

Il était inutile de se défendre quand Ray partait dans un de ses accès de fureur. Les points qu'on pouvait marquer n'en valaient pas la peine étant donné ce qu'il vous réservait en retour et le prix qu'il faisait payer à M'man par la suite. Il valait mieux limiter les dégâts. Ne laisser paraître aucune émotion. Jouer la défense.

Je l'ai toujours compris, et Thomas jamais. Mon frère est donc resté là à sangloter et à s'excuser, comme si, à force de larmes et de « Je te demande pardon », il allait nous faire aimer de Ray. Ou faire qu'il cesserait de nous haïr. Ray a continué à lui balancer des injures, ne reprenant son souffle que pour mieux lui rentrer dans le chou, en une succession de collisions verbales. Rien qu'à entendre ça, j'avais envie de dégueuler.

Je me suis dirigé vers la porte de derrière, en pataugeant dans le vinaigre et en écrasant du verre à chaque pas sous mes grosses chaussures. « Reviens ici. Qui t'a dit que c'était... »

J'ai claqué la porte derrière moi.

En arrivant au bout de Hollyhock Avenue, je m'étais mis à trotter, puis je suis remonté jusqu'à Summit Street et j'ai pris à travers bois. Je suis passé devant une famille qui pique-niquait et un couple d'ados qui se roulait des pelles au bord de Rosemark Pond. J'ai piqué une tête dans l'eau tout habillé.

J'ai inspiré et expiré à fond, plusieurs fois.

J'ai disparu sous l'eau.

J'ai dû rentrer vers minuit, bien après que Ray était parti travailler et que Thomas était allé se coucher. Le sol de la cuisine avait été nettoyé. La vaisselle du dîner était sèche sur l'égouttoir, mon repas était au réfrigérateur, sur une assiette recouverte de papier alu. J'étais à table et je mangeais en lisant le journal quand j'ai entendu ma mère dans l'escalier.

Elle sentait le talc au lilas que je lui donnais tous les ans à Noël – la seule chose dont elle prétendait avoir besoin. Elle portait une robe de chambre à fleurs, aux couleurs vives, que je n'avais jamais vue auparavant. Elle avait les ongles des pieds vernis en rose.

« Je me demande comment vous pouvez avaler des spaghettis froids, tous les deux. Je vais te les faire réchauffer.

— C'est bien comme ça. »

Elle s'est assise à table en face de moi. « Ça va, mon petit ?

— Ouais.

— Pourtant, on ne dirait pas. Tu as l'air de l'épave de l'*Hesperus*.

— M'man, je le déteste.

— Mais non, Dominick.

— Si, je le hais. »

Elle s'est levée, elle m'a tourné le dos, s'est mise à ranger la vaisselle. « C'est son caractère que tu hais. Pas lui. On ne hait pas son père.

— Il n'est pas mon père.

— Si, Dominick.

— Il n'est mon père qu'à cause d'un papier qu'il a signé. Quel père brutaliserait son fils comme il a brutalisé Thomas ce soir ? Quel père veut envoyer ses fils se faire tuer à la guerre ?

— Il n'a pas dit ça, Dominick. Ne lui fais pas dire ce qu'il n'a pas dit. Il vous aime.

— Il ne peut pas nous sacquer et tu le sais bien. Il est contre tout ce qui nous touche. Depuis toujours.

— Ce qu'il y a, vois-tu, avec ton père... Tu sais, il n'a pas eu une vie facile quand il était enfant.

— Arrête de l'appeler mon père. Il n'est pas mon père.

— Il n'a guère connu la vie de famille, Dominick. Sa mère était une coureuse et une bonne à rien. Il n'en parle pas beaucoup, mais quand il se met en fureur comme ça, c'est sans doute tout ça qui lui revient.

— Est-ce que notre vrai père est vivant ? Il a calanché ou quoi ? Dis-moi. »

Elle m'a regardé en face une seconde, puis elle a détourné les yeux. Elle a porté la main à son bec-de-lièvre. « Tout ce que je peux dire, mon petit, c'est qu'il y a des problèmes de ce genre dans toutes les familles. Pas seulement dans la nôtre. Maintenant, sois gentil, ne marche pas ici pieds nus. Je pense que j'ai bien ramassé tout ce verre, mais j'ai pu en oublier un morceau. Fais attention, mon petit.

— Qui est-ce, M'man ? Qui est notre père ? »

Elle est restée là encore un instant. Elle m'a fait un pâle sourire. « Allez, bonne nuit. Va dormir un peu à présent. Prends garde à ce verre, surtout. »

17

« *Monsieur Birdsey, parlez-moi de votre beau-père.* »
Silence.
« *Monsieur Birdsey, vous m'avez entendue ?*
— *Comment ?*
— *Hier, à la fin de la séance, nous...*
— *Je voudrais une cigarette.*
— *Ce n'est pas bon pour votre santé, monsieur Birdsey. Ni pour la mienne, puisque je suis dans la même pièce que vous. Je préférerais que vous ne preniez pas l'habitude de fumer pendant nos entretiens.*
— *Hier, ça ne vous a pas dérangée. C'est vous qui m'avez allumé la première.*
— *Hier, c'était exceptionnel. Nous progressions et...*
— *Quand je fume, je pense mieux. Je me souviens mieux.*
— *Je ne vois pas comment ce serait possible, monsieur Birdsey. Physiologiquement parlant. Reprenons, s'il vous plaît. Concernant votre beau-père, pensez-vous que...*
— *Vous croyez en la réincarnation ?* »
Un temps d'arrêt. « *Monsieur Birdsey, j'ai pour principe de ne parler avec mes patients ni de mes croyances religieuses ni de ma vie personnelle. Cela n'a rien à voir avec ce que nous essayons de faire.*
— *Eh bien moi, j'ai pour principe de vouloir une cigarette.*
— *Comment justifiez-vous cela en fonction de vos convictions religieuses, monsieur Birdsey ? Je suis curieuse de le savoir. Si, comme le dit la Bible, le corps est un temple, alors...*
— *Ne m'appelez pas comme ça.*
— *Pardon ?*
— *Appelez-moi par mon nom de code. Surtout si ceci est enregistré. Je suis déjà assez vulnérable.*
— *Vous voulez que je vous appelle Thomas peut-être ? Au cours d'une de nos premières séances, vous m'avez dit que vous préfériez "monsieur Birdsey", qui est plus protocolaire, mais maintenant que nous avons établi une...*
— *Je vous dis de m'appeler par mon nom de code : Monsieur Y.*
— *Monsieur Y ?*

— Ces enregistrements sont placés en lieu sûr, j'espère ?

— Oui, oui. Nous avons déjà évoqué ce problème plusieurs fois. Les cassettes sont...

— Vous croyez qu'ils me mettraient en état d'arrestation si ce n'était pas pour épier tous mes mouvements ensuite ? Guetter l'erreur que je pourrais faire ?

— De qui parlez-vous ?

— Peu importe. Ce qu'on ignore ne peut pas faire de tort.

— Je tiens à vous assurer, monsieur Birdsey, que nous sommes parfaitement en sécurité ici. En tant que votre médecin, et votre alliée, j'ai pris toutes les précautions nécessaires pour assurer votre sécurité. »

Silence. « Indira Gandhi a été assassinée, n'est-ce pas ?

— Le Premier ministre ? Oui, en effet. Alors, comme le temps que nous avons à passer ensemble est précieux, parlons un peu de...

— Tuée et incinérée. Et flatchch ! Ne venez pas me dire que la CIA ne s'en est pas mêlée... C'est peut-être lié aux vaisseaux sanguins.

— Pardon ?

— Le fait que je me souvienne mieux quand je fume. C'est sans doute lié au fait que la nicotine a un effet sur l'afflux du sang vers le cerveau. Toutes les vérités ne sont pas d'ordre scientifique. Essayez donc d'expliquer un miracle dans un laboratoire de chimie, madame Gandhi. Allez donc analyser l'ADN de Dieu.

— Vous êtes en parfaite sécurité ici, monsieur Birdsey.

— Je voudrais une cigarette. »

Sur la cassette, j'ai entendu le bruit d'un tiroir qui s'ouvrait et le claquement d'un briquet.

Je n'ai pas pu m'empêcher de sourire. « Un à zéro, avantage à Thomas.

— Oui, votre frère est un manipulateur de talent, Dominick. C'est sans doute le résultat de vingt années en hôpital psychiatrique.

— Dites donc, s'il était lâché dans le monde réel, ça pourrait lui servir de savoir balader les gens comme ça. Non ?

— Oui ? Vous trouvez ? C'est une perspective intéressante. » Une fois de plus, d'une remarque désinvolte de ma part, elle tirait une observation révélatrice. Il valait mieux se tenir sur ses gardes avec elle, même si on n'était que le frère du patient.

Nous étions à Hatch, dans le bureau de Lisa Sheffer, pas dans le sien. Sheffer nous avait ménagé ce tête-à-tête après avoir reçu un appel téléphonique inattendu du secrétariat du tribunal. Il y avait eu un changement. Le juge examinerait le cas de mon frère le jour même au lieu d'attendre la fin de la période d'observation de quinze jours. Une décision prématurée et imprévue, « suspecte » d'après Sheffer. Nous avions prévu de nous retrouver dans son bureau à quatre heures, Lisa, le Dr Patel et moi. Comme Sheffer était en retard, le docteur avait proposé qu'en attendant nous écoutions la cassette de son dernier entretien avec Thomas. Mon frère avait mentionné certaines choses à propos desquelles elle aurait aimé connaître ma réaction, mais qui allaient peut-être m'atteindre considérablement, m'avait-elle prévenue. J'avais haussé les épaules et l'avais rassurée : au point où on en était, j'étais blindé.

J'ai entendu Thomas soupirer.

« Monsieur Birdsey, la dernière fois, vous avez mentionné que votre beau-père était parfois brutal avec votre mère. Vous vous rappelez ?

— Un de ces jours, Alice. Bang ! En plein sur la margoulette ! »

« Est-ce que ce sont les paroles de votre beau-père, Dominick ?

— C'est du Jackie Gleason. »

Elle n'avait pas l'air de comprendre. Elle a arrêté la cassette.

« *The Honeymooners.* Une série télévisée. » Le Dr Patel n'était pas plus éclairée. « Le type, Jackie Gleason, répète ça à sa femme à tout bout de champ. "Un de ces jours, Alice. Bang ! En plein sur la margoulette."

— Ah bon. Qu'est-ce que la margoulette, dites-moi ?

— La margoulette ? La bouche.

— La bouche, ah bon, bon. Et c'était une comédie ? Cet homme frappe sa femme sur la bouche ?

— En fait, jamais il ne... c'est... la phrase est hors de son contexte.

— Je vois. » Elle continuait à me regarder. Je me demandais pourquoi j'avais le feu aux joues.

« Votre père s'en prenait-il à votre mère physiquement, monsieur Birdsey ? Ou bien était-ce plutôt....

— C'était pas beau à voir.

— Vous voulez préciser, s'il vous plaît ? »

Pas de réaction.

« Monsieur Birdsey ? Qu'y avait-il de "pas beau" ?

— Il la traitait comme un sac de sable. Il lui flanquait son poing sur la gueule. La bourrait de coups de pied. L'envoyait dinguer contre le mur. Et il nous obligeait à regarder.

— Nous ?

— Mon frère et moi. »

« C'est complètement faux.

— Ah oui ? Vous voulez dire que ça n'est jamais arrivé ?

— Non ! »

« Une fois, on était à table tous les quatre, et brusquement Ray lui a flanqué un coup de coude en pleine figure. Sans raison. Juste parce qu'il en avait envie. Il lui a cassé le nez. »

« Jamais de la vie ! ai-je dit en regardant le plafond, les bras serrés autour de moi.

— Vous êtes sûr ?

— Mon beau-père aurait cassé le nez de ma mère et je ne m'en souviendrais pas ? »

« Et aussi, il la violait. Devant nous. »

« Nom de Dieu de bon Dieu ! Est-ce qu'il... »

« Vous avez assisté à la scène, monsieur Birdsey ?

214

— *Plein de fois. Il nous forçait.*

— *Si je comprends bien, vous dites que votre beau-père violait votre mère et vous obligeait à regarder, vous et votre frère ?*

— *Quelquefois, il nous tirait du lit au milieu de la nuit. Il nous traînait dans le couloir jusqu'à leur chambre et...* »

« C'est complètement... »

« ... *il lui relevait sa chemise de nuit et il s'attaquait à elle.*

— *Vous étiez témoins de tout cela, Dominick et vous ?*

— *Il fallait bien. Il fallait qu'on reste là sans rien dire. Ma mère le suppliait de nous laisser partir, mais il lui ordonnait de se taire, sinon il nous trancherait la gorge. Et puis, quand il en avait fini, il nous disait : "Vous voyez, vous deux, c'est ça le monde réel. Autant vous y habituer tout de suite." Il essayait toujours de nous endurcir. Des fois, il nous faisait...* »

Et il continuait sur cette lancée. J'ai essayé de ne plus écouter. J'ai lu le libellé du diplôme encadré de Sheffer. J'ai observé un petit coin du plafond où la peinture s'écaillait. J'ai gratté une tache de peinture sur mon jean, au genou, au point de faire un trou dans le tissu. Thomas n'avait donc pas assez fait souffrir M'man pendant sa vie, il fallait en plus qu'il aille la chercher parmi les morts pour que Ray puisse la violer. Et devant nous, nom de Dieu. Je haïssais mon frère. Je le haïssais vraiment.

« Dominick ?

— Oui ? » À ce moment-là seulement, je me suis aperçu que le Dr Patel avait arrêté la cassette.

« Je disais que vous étiez tout pâle.

— Non, ça va, ça va.

— Cela suffit peut-être pour aujourd'hui. Nous pourrions... »

Je me suis redressé. J'ai réussi à la regarder en face. « Je peux vous poser une question ? Il essaie de vous faire marcher avec toutes ces conneries, ou il y croit vraiment ?

— J'ai le sentiment qu'il y croit. Vous, vous dites que ça ne s'est jamais produit ? C'est bien cela ?

— Que Ray viole ma mère et qu'on soit aux premières loges ? Attendez que je réfléchisse. » Je me suis levé pour aller jusqu'à la fenêtre à barreaux regarder une fois de plus cette putain de cour de récréation avec son panier de basket rouillé et ses tables qui semblaient rongées à chaque bout. Comment Sheffer pouvait-elle travailler ici ? Et tous les autres ? Comment pouvaient-ils écouter ce genre de conneries à longueur de journée sans devenir fous eux-mêmes ? Je me suis retourné vers le Dr Patel. « Vous voulez savoir ce que j'en pense ? À mon avis, il essaie de vous embobiner. Il sait qu'en vous sortant une bonne histoire d'épouvante, vous allez trouver qu'il "progresse" et vous allez lui permettre de fumer. Vous l'avez dit vous-même : c'est un grand manipulateur. Il vous manipule.

— Votre beau-père...

— Écoutez, mon beau-père pouvait être un salaud de première classe quand il voulait, d'accord ? Je suis le premier à l'admettre. C'était un tyran mais pas un monstre comme... Nom de Dieu, si on avait été témoins de ce genre de chose, à l'heure qu'il est, mon frère ne serait pas le seul dans cet état.

— Vous semblez plein de hargne.

— Dites-moi, vous ne croyez pas que dans votre pays la psychologie ou la psychiatrie ont vingt ans de retard ?

— Pourquoi cette question, Dominick ?

— Parce que... sans vous offenser, votre technique est un peu dépassée, non ?

— Quelle technique ?

— Toutes ces conneries sur le passé familial. On a déjà fait le tour de la question, il me semble.

— Le tour de la question ? De quelle manière ?

— Au début, quand il a été hospitalisé – ça fait un sacré bail –, les docteurs étaient toujours en train de flairer quelque chose dans sa petite enfance. Est-ce qu'on lui donnait des fessées ? Comment était-il devenu propre ? Est-ce que M'man se disputait beaucoup avec Ray ? Quand elle rentrait de ces séances avec les médecins de mon frère, elle était obligée de monter s'allonger. Je l'entendais, là-haut dans leur chambre, qui pleurait toutes les larmes de son corps.

— Votre mère ? Pourquoi donc ? »

Encore un peu de thé, madame Floon ?
Oui, s'il vous plaît, madame Calabash.

« Dominick ?

— Parce que... ils insinuaient toujours que c'était elle, en quelque sorte, qui était en cause. Et c'était parfaitement injuste.

— Les médecins prétendaient qu'elle était la cause de la maladie de Thomas ?

— Ils racontaient n'importe quoi !

— Oui, bien sûr. Je ne veux pas du tout dire que...

— Quand je pense à quel point elle lui a été dévouée – elle n'a jamais cessé de le protéger... et puis, il pète les plombs et on l'expédie chez les fous. Alors elle va le voir tous les jours – par l'autobus, parce que Ray ne veut pas... il a trop honte pour... et par-dessus le marché, les médecins lui collent toute cette culpabilité sur le dos ! C'est injuste !

— Dominick, rien n'est juste dans la maladie de votre frère. Il serait vain de vouloir trouver une justice quelconque quand il s'agit de schizophrénie. Aucun patient, aucune famille de patient ne mérite un tel calvaire. Et je ne cherche à culpabiliser personne. J'interroge...

— Vous interrogez son passé. Oui, je sais. C'est bien ce que je dis. Ses psys l'ont déjà fait il y a vingt ans, quand tout ce cauchemar a commencé. Après, ça a été le tour des Ehlers, Bradbury et autres, qui ont eu l'air de dire : "Mais non, ça n'a rien à voir avec son passé, avec son éducation. C'est purement génétique. Pas besoin de s'attarder sur le passé. Il faut s'occuper de l'avenir, lui faire prendre des médicaments pour qu'il se domine et apprenne à gérer sa conduite." Alors je me demande pourquoi on se remet à disséquer son passé. C'est toujours la pratique actuelle en Inde ?

— Je ne sais pas, Dominick. Je ne suis pas particulièrement renseignée sur les pratiques actuelles dans mon pays natal. Je n'y vis plus depuis vingt-cinq ans. Dites-moi, cela vous gêne-t-il d'évoquer le passé ?

— Si ça me gêne ? Non. Je me pose des questions, simplement. Si c'est un problème génétique, et s'il s'agit de trouver le cocktail chimique adéquat pour lui permettre d'aller vivre dans un foyer, alors...

— Il ne fait aucun doute que la génétique et le mode de vie à long terme sont à prendre en compte dans le traitement d'ensemble. Je ne suis nullement en désaccord avec le Dr Ehlers et les autres sur ce point. En outre, on fait sans cesse de nouvelles découvertes. Cette année, par exemple, il y a eu des changements intéressants. À commencer par l'homologation de la Clozapine. Mais pour l'instant, il ne semble pas que votre frère gagnerait à...

— On en a déjà parlé. Et l'autre chose ?

— Pardon ?

— Vous dites "à commencer par la Clozapine", ou Clorazil. Et après ?

— Je voulais aborder la question avec vous. Une recherche passionnante vient d'être menée à l'Institut national de santé mentale. Une étude sur des jumeaux, justement. On a observé les différences physiques entre le cerveau d'un schizophrène et celui de son jumeau sain. On se demande si les anomalies repérées ne pourraient pas être liées à des infections virales précoces ou à des désordres auto-immunitaires. Je suis en contact avec un certain Dr Weinberger de l'Institut. En fait, il est très intéressé par votre cas et celui de votre frère – il voudrait pouvoir obtenir des IRM de vous deux.

— Des IRM ? C'est ce qui...

— Ce sont des images des tissus mous. En l'occurrence, de votre cerveau. L'examen est totalement inoffensif et indolore.

— Nous ne sommes pas des rats de laboratoire.

— Non. Et je ne suis pas un savant fou. Le Dr Weinberger non plus, autant que je sache. Je ne veux rien brusquer. Nous envisagerons peut-être cela à l'occasion. Je ne vous en parle que pour vous rassurer.

— Me rassurer sur quoi ?

— Sur le fait que je n'ai pas vingt ans de retard. Bien que je sois indienne de naissance.

— Ce que j'ai voulu dire, c'est que je ne vois pas pourquoi on passe tant de temps à... Si c'est une question d'anomalies du cerveau et d'IRM, à quoi bon tous ces enregistrements et tous ces entretiens sur de l'histoire ancienne ?

— Je n'ai aucune certitude, Dominick. Je cherche seulement à avoir le tableau le plus complet possible. Disons les choses ainsi : à l'âge de dix-neuf ans, un jeune homme s'est perdu dans les bois, où je pars à sa recherche, tout simplement. D'autres survolent peut-être les lieux en hélicoptère, ils analysent les données, selon des méthodes de pointe. Moi, je vais à pied. Je crie le nom du jeune homme et j'écoute, dans l'espoir qu'il réponde. Je ne peux pas garantir le résultat de mes recherches. Je ne suis même pas sûre de trouver quoi que ce soit d'éclairant. Je procède par tâtonnement.

— Eh bien, pour autant que je puisse en juger, c'est vraiment du temps perdu.

— Merci de votre opinion. »

J'ai changé de position sur ma chaise. J'ai regardé la pendule. « Où est Sheffer, bon sang ? Avec un retard pareil, elle aurait tout de même pu passer un coup de fil.

— Elle n'avait peut-être pas accès à un téléphone. Elle est sans doute en route à présent.

— Vous savez, je ne cherche pas à vous blesser. Je sais que vos intentions sont bonnes.

— Vous ne me blessez pas, Dominick. Vous exprimez votre opinion, c'est tout. Et c'est très bien. C'est parfait », a-t-elle conclu avec le sourire.

Je me suis rassis. « Bon, allez, on peut écouter le reste.

— La cassette ? Vous êtes sûr ?

— Oui, allons-y. »

« *Monsieur Birdsey, la dernière fois, vous avez dit que votre beau-père était brutal non seulement avec votre mère, mais aussi avec vous et avec Dominick. Explorons un peu cela.*

— *Non, on n'a qu'à faire comme si.* »

Le bruit du briquet encore une fois. Thomas aspirant, et rejetant la fumée.

« *Votre beau-père vous frappait-il, monsieur Birdsey ?*

— *Oui.*

— *Souvent ou peu souvent ?*

— *Souvent.* »

« Pas souvent », ai-je rectifié.

« *Il retirait sa ceinture et il me frappait avec.*

— *Où cela ?*

— *Là où il en avait envie. À la cuisine. Dans le garage.*

— *Non, je veux dire, sur quelles parties du corps vous frappait-il ?*

— *Les jambes, les bras, le derrière. Une fois il m'a frappé au visage et il m'a ébréché une dent avec la boucle de sa ceinture. Ici. Vous voyez ?* »

J'ai pointé un index accusateur sur le magnétophone. « Tenez ! Cette dent ébréchée, c'est un accident de luge. On faisait de la luge à Cow Barn Hill et Thomas s'est cogné la bouche contre un patin métallique. »

« *Il ne battait jamais Dominick comme il me battait moi.*

— Ah non ?

— Non. C'était toujours Thomas la Crotte qui prenait.

— Thomas la Crotte ? Pourquoi vous donnez-vous ce nom ?

— Je ne me donne aucun nom. Je suis monsieur Y. »

J'ai senti que le sang me montait à la tête. Et que Patel m'observait. Elle a arrêté la cassette. « Est-ce exact, Dominick ? Thomas était-il particulièrement maltraité ?

— Euh... comment ?

— Quand votre beau-père brutalisait votre frère, étiez-vous épargné en général ?

— Je ne sais pas... Quelquefois. Sans doute. »

Le vieux sentiment de soulagement mêlé de culpabilité : j'étais celui qui échappait aux injures, aux bras retournés, aux coups sur la tête. « Sûrement que... je ne donnais pas prise comme Thomas. C'est difficile à expliquer. Il fallait voir comment ça se passait.

— Eh bien, essayez de me faire voir, Dominick. Aidez-moi à comprendre.

— Il n'y a pas de mystère... Je savais me taire à temps, c'est tout.

— Ah oui ?

— Tandis que Thomas... Il ne savait jamais jouer la défense, vous comprenez ? Il ne pigeait rien aux sports de combat. Et avec Ray, en un sens, c'était pareil.

— Expliquez-vous.

— Avec Ray, il fallait savoir bluffer, ne pas se mettre dans ses pattes.

— Oui, poursuivez. Vous m'éclairez.

— Savoir lui résister aussi. En fait, il appréciait qu'on se défende, qu'on montre qu'on n'était pas un dégonflé, qu'on avait le cran de... Ah, bon sang, je n'arrive pas à...

— Vous n'arrivez pas à quoi ? »

Impossible de répondre. Je risquais de fondre en larmes.

« Que ressentez-vous en ce moment, Dominick ?

— Ce que je ressens ? Je ne sais pas. Rien. Je...

— Avez-vous peur ?

— Non !

— Vous êtes furieux ?

— Je... C'était exactement comme ça avec Ray. Il fallait jouer la défense. »

Brusquement, je le voyais, je l'entendais – écarlate, m'asticotant, à deux centimètres de mon visage. Me poussant vers le panier de basket que nous avions fixé ensemble au-dessus du garage un samedi matin. « La défense ! La défense ! Alors fillette, tu veux jouer au basket ou tu veux rentrer cajoler tes poupées ? »

« *Monsieur Birdsey, pourquoi croyez-vous que votre beau-père était plus dur avec vous qu'avec votre frère ?*

— *Je ne crois pas, je sais pourquoi. Il était jaloux de moi.*

— *Ah oui ? Qu'est-ce qui le rendait jaloux ?*

— *Il voyait bien que Dieu avait des projets particuliers me concernant.* »

Ces poupées, elles étaient à Thomas, pas à moi ! Il les avait vues au bazar, il avait supplié M'man de les lui acheter et elle avait fini par céder. Quand Ray les avait découvertes, ça nous avait valu des ennuis à tous les trois. Coupables par association. Coupable parce que j'étais son image crachée. Quand il avait vu ces poupées, Ray était devenu fou ; il leur avait arraché la tête, les bras et les jambes... Quant à ce panier de basket au-dessus du garage, il était censé servir pour nous deux, mais Thomas ne voulait jamais venir jouer. Quand il y était obligé, quand Ray le forçait à sortir, il manquait toujours une passe, ou il prenait le ballon dans la figure, et il rentrait aussitôt auprès de M'man en pleurant, chassé par les railleries de Ray.

« *Et vous pensez que votre beau-père vous enviait à cause de votre rapport privilégié avec Dieu ?*

— *Mais oui !*

— *Diriez-vous que Ray était un homme pieux ?*

— *Pas autant qu'il le prétend.*

— *Pourriez-vous m'expliquer en quoi ?*

— *LA PAIX SOIT AVEC VOUS ! LE CORPS DU CHRIST ! QUE LA LUMIÈRE ÉTERNELLE BRILLE SUR VOUS ! Ce n'est pas parce que vous parlez plus fort que les autres à l'église que vous êtes un saint... Quand on était petits, il n'allait même pas à l'église. C'est seulement quand il est devenu catholique.*

— *Ah oui ? Il s'est converti ?*

— *Pour faire plaisir à ma mère. Ils avaient des problèmes.*

— *Des problèmes conjugaux ? Comment le savez-vous, monsieur Birdsey ?*

— *Je suis monsieur Y.*

— *Excusez-moi. J'admets mon erreur. Mais comment saviez-vous qu'ils avaient des problèmes ?*

— *Parce qu'elle m'en parlait. J'étais son meilleur ami. Elle songeait à divorcer. À cette époque-là, personne ne divorçait, et pourtant elle y songeait.* »

« Jamais de la vie !

— Non ? Est-ce qu'elle ne se serait pas confiée à votre frère à ce sujet sans que vous le sachiez ? Serait-il permis de penser que...

— Non.

— Non ? »

« Elle est allée chercher de l'aide auprès du prêtre. Alors il y est allé aussi. Et il a décidé de devenir catholique. »

« C'est la vérité, Dominick ? Il s'est converti ?

— Oui.

— Quel âge aviez-vous tous les deux à cette époque-là ?

— Neuf ou dix ans, il me semble. Je doute beaucoup qu'elle se soit confiée à lui à ce su... »

« C'est à ce moment-là qu'il a commencé à aller à la messe tous les matins. Après son travail. Il travaillait de nuit, et en sortant il allait directement à la première messe. Il était copain comme tout avec les prêtres. Il faisait leurs travaux de jardinage gratis. Il vidangeait leurs voitures... Comme s'il allait gagner le paradis en devenant leur esclave. Comme si ça suffisait à le laver de la manière dont il nous traitait. Il nous envoyait pelleter la neige au presbytère et au couvent, Dominick et moi, et on n'avait jamais le droit d'accepter de l'argent. Une fois, les sœurs nous ont donné une boîte de bonbons et, quand on est rentrés à la maison, Ray nous a obligés à retourner au couvent pour la rendre. »

« Est-ce exact, Dominick ? »

J'ai fait signe que oui en fermant les yeux. « Ces bonbons-là, on ne les aimait même pas. On pourrait croire que, depuis le temps, la prescription... »

« C'étaient mes bonbons préférés, en plus....Vous savez ce qu'il y avait ? Pourquoi il m'avait dans le nez ? Parce qu'il a commencé à comprendre que c'était moi que Dieu avait choisi. Pas lui. Pas Monsieur Tous-les-jours-à-la-messe. En plus, ça l'énervait de voir que celui à qui il s'en prenait depuis toujours était un prophète du Seigneur Jésus-Christ.

— Était-il jaloux de savoir que vous aviez été choisi par Dieu pour une mission particulière ?

— Extrêmement jaloux. Ce qu'il ne comprend pas — ce que personne ne comprend —, c'est le fardeau terrible que ça représente.

— Quoi donc, monsieur Birdsey ? Voudriez-vous expliquer quel est ce fardeau ?

— Savoir ! Voir les choses !

— Voir quoi ?

— Ce que Dieu veut. Et ce qu'Il ne veut pas. » Profond soupir. « Il ne veut pas que nous allions faire la guerre contre l'Irak. Il veut que nous nous aimions les uns les autres. Que nous L'honorions Lui, et pas le dollar tout-puissant. Ce pays, depuis le début... Regardez notre passé ! Wounded Knee ! L'esclavage ! » Des sanglots. « Il veut que j'ouvre la voie. Que je montre aux gens que leur avidité est... Mais comment le pourrais-je alors qu'ils m'ont mis en état d'arrestation ?

— "Ils", qui, monsieur Birdsey ?

221

— Tout ce que je veux, c'est éveiller les gens. J'essaie de suivre les ordres de Dieu. C'est pourquoi j'ai fait cela. »

« Quoi donc ? De quoi parle-t-il ? »

Le Dr Patel a désigné son poignet.

« Mais personne n'a compris qu'il s'agissait d'un sacrifice. Même pas Dominick. Il dit qu'il comprend, mais ce n'est pas vrai. Il est furieux après moi.

— J'ai parlé à votre frère plusieurs fois, monsieur Birdsey. Il se fait du souci pour vous, mais il n'est pas furieux.

— Alors pourquoi ne vient-il pas me voir ? »

J'ai fermé les yeux, comme si, cessant de voir le magnétophone, je n'entendrais plus la voix.

« Vous ne vous souvenez pas ? Il n'a pas le droit de venir vous rendre visite tant qu'il n'a pas reçu l'autorisation. C'est la règle ici, pour la sécurité. Votre frère désire beaucoup vous voir et il viendra dès qu'il y sera autorisé.

— Ah bon.

— Vous vous souvenez maintenant ?

— J'avais oublié.

— Monsieur Birdsey ?

— Quoi donc ?

— La brutalité de votre beau-père à votre égard a-t-elle jamais pris d'autres formes ? »

Long silence. *« Oui.*

— Que pouvez-vous m'en dire ? »

Profond soupir. *« Un jour, il m'a fait marcher sur du verre.*

— C'est vrai ? Comment cela ?

— Il a brisé du verre partout sur le sol de la cuisine, et après il m'a obligé à traverser la pièce. Il a fallu me recoudre. J'ai dû marcher avec des béquilles. Il fallait voir la plante de mes pieds ! »

J'ai levé la main pour qu'elle arrête la cassette. « C'était un accident. Je me rappelle exactement quand c'est arrivé. Ray a piqué une de ses petites colères et il a jeté un bocal à conserves par terre ; et ensuite Thomas a marché sur un des morceaux, et il s'est coupé le pied. Mais c'était un accident, rien d'autre.

— Je vois. Elles étaient fréquentes, ces crises de colère ?

— Quoi donc ? Je ne sais pas. Non, pas très. Mais vous voyez bien comment Thomas déforme les choses. Comme l'histoire de la luge. Il se sert de ces accidents pour...

— On dirait que vous cherchez à préserver votre beau-père, Dominick, vous ne croyez pas ?

— Non !

— Ou vos secrets de famille ?

— Je ne veux rien préserver. Je dis simplement qu'il est faux que Ray ait cassé du verre partout et qu'il ait dit à Thomas : "Allez, marche là-dessus parce que tu es le bras droit de Dieu." Je croyais que vous vouliez avoir mon point de vue.

— Mais oui.

— Alors pourquoi m'accuser ?

— Vous accuser ?

— Ou me... psychanalyser, comme vous voulez. Le patient, ce n'est pas moi. »

« Il ouvrait ma penderie et il urinait sur mes vêtements. Sur mes chaussures aussi. Tout le temps, il pissait dans mes chaussures... Personne n'en savait rien. Il me menaçait de me tuer si j'en parlais.

— Monsieur Birdsey, pourquoi votre beau-père urinait-il sur vos vêtements ? »

Un silence. *« Ce n'était rien comparé à d'autres choses.*

— Il faisait pire encore ?

— Bien, bien pire.

— Quoi donc ?

— Il m'attachait et il m'enfonçait des choses dans le derrière. »

« Ciel ! Comment... comment pouvez-vous accorder crédit à cela ? Si Ray savait qu'il raconte des trucs comme ça, il... »

« Quel genre de choses, monsieur Birdsey ?

— Des objets pointus. Des crayons. Des tournevis. Un jour, il a pris le manche d'un couteau à découper et... »

« Bon, ça va, arrêtez ce foutu machin ! Je ne peux pas... Arrêtez ! » Je me suis penché pour couper le sifflet à cette saloperie.

On a attendu que je retrouve une respiration normale.

« Dominick ?

— Quoi donc ?

— Vous êtes bouleversé par les propos de votre frère, n'est-ce pas ?

— Mais non, voyons ! me suis-je esclaffé. Ma mère se faisait violer et nous, on regardait. Ray enfonçait des tournevis dans les fesses de mon frère. Tout ça, c'est facile à entendre, doc. Un jeu d'enfants.

— Dites-moi ce que vous ressentez en ce moment.

— Qu'est-ce que ça peut bien foutre ? ai-je dit en me tournant face à elle. Ce n'est pas moi qui ai ces idées de malade, de pervers...

— Vous paraissez en colère. Êtes-vous en colère, Dominick ?

— Si je suis en colère ? Ouais, sûrement. Carrément furieux, vous êtes contente ?

— Pourquoi ? »

Je me sentais m'engouffrer dans un accès de rage, dépasser le point de non-retour. En cela, et en cela seulement, je comprenais Ray : parfois, la fureur pouvait être aussi jouissive qu'un orgasme, un soulagement du même ordre.

« Pourquoi je suis furieux ? Je vais vous le dire. Parce que, en ce moment même, je devrais être à Gillette Street sur un chantier que

223

j'aurais dû terminer il y a trois semaines. Au lieu de quoi je suis dans une maison de fous de haute sécurité à écouter le blabla de mon putain de paumé de frère, et elle qui me dit : "Tu n'arrêtes pas de penser à lui, mais tu ferais mieux de penser à moi, Dominick. Pense à moi avant de penser à ton frère." Est-ce que ça va finir un jour, putain de merde ?...

— Dominick ? "Elle", qui est-ce ?

— Joy, ma copine ! Toute ma putain de vie, j'ai porté mon frère sur mes épaules, et elle se demande pourquoi je ne m'occupe jamais d'elle. Eh bien, je vais vous le dire ! Je...

— Ne parlez pas si fort, Dominick, je vous en prie. Cela vous fait du bien de donner libre cours à votre colère, mais venez donc vous asseoir et respirer à fond deux ou trois fois.

— Qu'est-ce que ça va changer ? Ça va le rendre moins fou ? Faire repousser sa main ?

— Ça vous calmera un peu et...

— Je n'ai pas envie de me calmer ! Vous me demandez pourquoi je suis furieux, eh bien, je vous le dis ! Est-ce que vous savez ce que c'est ? Vous en avez la moindre idée ? J'ai quarante ans et je suis toujours...

— Dominick, si vous ne baissez pas un peu la voix, les agents de la sécurité vont...

— Les autres vont à la bibliothèque pour chercher des livres. Mais mon abruti d'enfoiré de trou du cul de frère, non. Lui, il y va pour se trancher cette foutue main au nom de Jésus ! Et vous savez quoi ? Connie Chung me téléphone. Une sale conne de sangsue new-yorkaise veut lui servir d'agent ! Et je ne peux pas...

— Dominick ?

— Vous voulez savoir ce que c'est pour moi ? Hein ? C'est... c'est... Toute ma vie, mon frère a été comme une ancre qui me tire vers le fond. Même avant sa maladie. Avant de péter les plombs devant... Comme une ancre. Il me laisse tout juste assez de longueur de corde pour rester à la surface. Pour respirer. Mais jamais, jamais je ne... Je me disais que, tôt ou tard, je finirais tout de même par prendre mes distances. Par couper le cordon. Mais voilà, j'ai quarante ans et je suis encore là dans cette maison de fous, à essayer de le protéger... Je fais du surplace. C'est comme... Par moments je le hais. Oui. Je l'avoue. Je le hais vraiment. Mais le plus fort, c'est que personne n'a intérêt à dire quoi que ce soit, ou même à le regarder de travers, sinon je... Et en fin de compte, je crois que je comprends...

— Vous comprenez quoi, Dominick ?

— Il est ma malédiction. Mon ancre. Je vais tout simplement faire du surplace toute ma vie. Mon putain de paumé de frère est toute ma vie. Je vais rester sur place, respirer à la surface... et c'est tout. Jamais je n'arriverai à me séparer de lui. Jamais ! »

Quelqu'un a frappé à la porte. « Un instant, s'il vous plaît, a répondu le Dr Patel.

— L'autre jour, la semaine dernière, ma copine me dit : "Dominick, on n'a plus de lait. Tu peux aller en chercher ?" Alors je me pointe à la boutique du coin, je pose un carton de lait sur le comptoir et le vendeur, ce gros enfoiré avec des cheveux orange et un anneau dans le nez, me dévisage comme si... comme si j'étais...

— Comme si vous étiez quoi ?

— Comme si j'étais lui, Thomas. Et c'est probablement ce qui va se passer. On est jumeaux, non ?

— Qu'est-ce que vous croyez qu'il va se passer exactement, Dominick ?

— Il va me tirer au fond. Je vais me noyer. »

J'ai fait ses exercices de respiration à la con. J'ai croisé les doigts sur le ventre selon ses indications. J'ai rempli d'air mon estomac comme un ballon. J'ai expiré longuement, continûment. Inspiré, expiré. Je me sentais idiot, mais je l'ai tout de même fait. À la six ou septième fois, ça a marché. Je me suis calmé. Je suis redevenu moi-même.

« L'idée que vous aussi pourriez devenir malade mental vous effraie, n'est-ce pas, Dominick ? Comment en serait-il autrement ? Vous, son frère, son jumeau. »

La défense ! La défense !

« Vous savez, je ne dis pas que Ray ne l'a jamais battue. Bien sûr que si. Seulement... »

La porte du bureau s'est ouverte avec un tel fracas que nous avons sursauté tous les deux, le docteur et moi. « Bon sang, ça vous arrive de frapper ? ai-je lancé à Sheffer d'un ton cassant.

— Pour entrer dans mon propre bureau ? » a-t-elle rétorqué aussi sec.

Elle a jeté une pile de dossiers sur sa table. Elle a remarqué le magnétophone, le regard entendu que lui jetait le Dr Patel, et l'air que je devais avoir à ce moment-là. Elle-même semblait passablement agitée.

Elle a levé les mains, paumes en l'air. « Excusez-moi. Je vous demande deux minutes. Il faut que j'aille aux toilettes. »

Quand la porte s'est refermée derrière elle, le Dr Patel m'a demandé comment je me sentais.

Je survivrais, ai-je dit.

« Vous voulez que je commence par les bonnes ou les mauvaises nouvelles ? nous a demandé Sheffer.

— Les mauvaises, ai-je dit.

— Les bonnes », a dit le Dr Patel exactement au même instant.

Le juge avait décidé de cesser les poursuites contre mon frère concernant l'utilisation d'une arme. La mauvaise nouvelle, potentiellement du moins : Thomas avait été remis entre les mains de la Commission d'examen de la sécurité psychiatrique.

« Ceux qui défendent l'ordre public ? Qui veulent enfermer tout le monde et jeter la clef ?

— Tout le monde, non, Domenico, m'a répondu Sheffer. Pourtant, à mon avis du moins, ce n'est pas vraiment un avantage d'avoir fait les gros titres des journaux.

— Mais, Lisa, a dit le Dr Patel, le cas de M. Birdsey n'est pas comparable aux autres affaires marquantes qui passent devant la Commission. Il n'est pas inculpé de crime, il n'y a pas de victime.

— Discutable. Les gens qui se trouvaient à la bibliothèque ce jour-là ont été terrorisés, non ? Ils ont craint pour leur sécurité. Est-ce que ça n'en fait pas des victimes ? C'est un argument qui pourrait être utilisé. »

J'ai repensé à Mme Fenneck, la bibliothécaire, venue chez moi me dire qu'elle en avait perdu l'appétit et le sommeil. « Qui pourrait utiliser cet argument ? ai-je demandé.

— Les membres de la Commission d'examen. Ou bien, ils pourraient alléguer que Thomas est à la fois auteur du crime et victime. Ils pourraient décider qu'un internement de longue durée est nécessaire pour sa propre sécurité – argument peut-être parfaitement valable, d'ailleurs. Ce qui m'inquiète, pour parler franc, c'est qu'ils ont déjà fixé la date de l'audience. Vous savez à quand ? Au 31.

— Le 31 octobre ? a demandé le Dr Patel.

— Oui. C'est à prendre ou à laisser.

— Mais c'est la semaine prochaine ! a dit le Dr Patel. Les médicaments auront à peine eu le temps de faire effet. Il aura été sous neuroleptiques moins de trois semaines.

— En plus, c'est le jour même où prend fin la période d'observation.

— Ridicule ! Comment peuvent-ils tenir compte de notre avis s'ils ne nous laissent pas le temps d'observer le patient et de faire un rapport ? »

Le juge, a expliqué Sheffer, n'avait même pas voulu entendre sa demande d'ajournement. « C'est un comble ! Moi qui me plains toujours des lenteurs du système, cette fois sa rapidité m'affole. Pourquoi sont-ils si expéditifs tout d'un coup ?

— Je vous préviens, ai-je menacé. S'il s'agit d'un coup fourré, s'ils précipitent les choses pour pouvoir le garder dans ce trou à rats encore un an, je fais un putain de malheur.

— Vous savez, Domenico, a dit Sheffer, le problème, c'est qu'il est encore trop tôt pour savoir si Hatch est l'endroit le plus approprié pour Thomas ou non. Mais je vais être franche : faire un malheur à l'audience reste le meilleur moyen de le tirer d'ici. Cela mettra au moins une chose en évidence : sa famille n'est pas indifférente. Cette famille pourrait être prête à le prendre en charge en partie. Voilà ce qu'ils pourraient retenir, si vous vous y prenez bien. Tout dépend.

— Dépend de quoi ?

— Je ne sais pas. De motivations politiques, peut-être. De ceux qui, éventuellement, pourraient agir dans la direction opposée. »

Quand je me suis levé pour partir, le Dr Patel m'a demandé de l'attendre un instant, le temps qu'elle reporte le magnétophone dans son bureau. Elle allait m'accompagner jusqu'à la sortie. Elle en avait pour une minute.

Sheffer s'est dirigée vers son armoire. Elle portait un tailleur ocre et des chaussures à talons assorties. Dans cette tenue, elle avait encore plus l'air d'une demi-portion.

« Qu'est-ce que vous avez fait de vos baskets ?

— Pardon ?

— Vous êtes presque méconnaissable déguisée en avocate !

— Il faut bien faire des concessions vestimentaires pour tous ces juges conservateurs. Il n'y a pas pire que Sandra Day O'Connor. Je suis prête à employer tous les moyens, comme vous voyez.

— Je commence à comprendre. Je vous remercie.

— J'espère seulement que ça va marcher. Séance pénible aujourd'hui ?

— Comment ?

— L'entretien de votre frère avec le Dr Patel. Vous aviez l'air un peu sonné quand j'ai débarqué ici. Mes excuses, au fait.

— Pas grave », ai-je marmonné en détournant les yeux.

À son retour, le Dr Patel m'a pris par le bras pour m'accompagner le long des couloirs verdâtres de Hatch. On est passés devant le poste de garde et le détecteur de métaux. L'éclat de son sari était presque insoutenable sous les feux des halogènes.

« Vous avez été mis à rude épreuve aujourd'hui, m'a-t-elle dit en me serrant le bras. Mais le résultat sera positif, j'espère. »

Je me suis excusé.

« De quoi vous excusez-vous, Dominick ?

— D'avoir piqué une crise. Hurlé. De m'être laissé aller à toutes ces grossièretés.

— Vos réactions me sont très précieuses. Elles se révéleront peut-être cruciales à la longue. On ne sait jamais. Pourtant, je crois qu'il serait bon que nous cessions pour un temps de vous faire écouter l'enregistrement de ces séances avec votre frère.

— Pourquoi ? Vous venez de dire que cela vous aidait.

— Oui, mais il ne faudrait pas, en soignant l'un, mettre l'autre en danger.

— Écoutez, si je peux l'aider... je suis prêt. Si cela peut vous apprendre certaines choses.

— J'ai appris quelque chose de très utile aujourd'hui, m'a-t-elle avoué en me prenant la main.

— Quoi donc ?

— Qu'il y a deux jeunes gens perdus dans les bois. Pas seulement un. Deux. »

Elle m'a adressé un de ses demi-sourires évasifs. « Il y en a un que je ne retrouverai peut-être jamais. Il a disparu depuis si longtemps ! Je crains que ce ne soit perdu d'avance. Mais avec l'autre, je risque d'avoir plus de chance. Il me lancera peut-être un appel. »

18

1969

L'été où Thomas et moi avons travaillé à la voirie de Three Rivers a aussi été celui de Woodstock, de Chappaquiddick et du « bond gigantesque pour l'humanité » de Neil Armstrong. Ray était tellement fou de joie de voir qu'on allait arriver sur la Lune avant les Russes que, huit jours avant le lancement, il est allé chez Abram Électro-Ménager faire reprendre notre vieille télé Emerson en noir et blanc et acheter un nouveau modèle Sylvania en couleur avec meuble. Lui s'en fichait, prétendait-il, c'était pour mon frère, M'man et moi : il voulait qu'on puisse regarder l'Histoire en marche sur un écran où l'image ne déconnait pas à tout bout de champ en faisant à tout un chacun des gueules pas possibles.

Il a passé la semaine à bondir de son siège pour régler la couleur et les contrastes ; personne d'autre n'avait le droit de toucher au nouveau poste. Il faut croire qu'il en voulait pour son argent car l'image qu'il nous infligeait était si exagérément lumineuse qu'elle en devenait monstrueuse. Il trafiquait tellement tous ces petits boutons que les plumes du paon de la NBC se mêlaient en un flot de sang et que le terrain du Yankee Stadium nageait dans un vert-jaune psychédélique. Les présentateurs avaient un teint incandescent, tels des feux follets.

Le grand soir de l'alunissage, j'étais sur la liste noire, car j'avais fait le projet d'aller à Easterly Beach avec Leo Blood. « Un des plus grands moments de l'histoire américaine, et tu vas au dancing ?

— C'est ce qui fait la beauté de l'Amérique, Ray. C'est un pays libre. »

Je pouvais me permettre de lui envoyer cette vanne après sa crise avec les bocaux de concombres. Depuis plusieurs jours, il la jouait discrète avec M'man. Et aussi avec Thomas qui, en entrant pieds nus dans la cuisine le lendemain de la casse, avait marché sur l'unique éclat de verre ayant échappé au nettoyage de ma mère. Ce morceau de verre de deux centimètres s'était si fermement planté dans son talon que ni M'man ni moi n'avions osé l'extraire. On s'était précipités aux urgences, où un interne avait fourragé dans la chair pour le retirer. Pendant ce supplice, Thomas s'était évanoui. L'entaille avait nécessité des points de suture internes et externes. Le temps qu'on revienne à la maison, Ray était rentré du travail et il avait nettoyé les traces de sang dans la cuisine, dans les autres pièces, et jusque sur les marches de devant. Il nous attendait à la porte, secoué et pâle. « Qu'est-ce qui s'est passé ? » On lui a fait attendre la réponse jusqu'à ce que Thomas ait atteint le perron sur ses béquilles.

Pour Ray, la nouvelle télé était surtout une manière tacite de s'excuser. Et ma sortie le soir de l'alunissage était ma façon de lui dire que, ses excuses, il pouvait se les garder.

« Ils servent de l'alcool dans cette boîte où vous allez ? m'a-t-il demandé en passant devant moi pendant que j'attendais Leo.

— J'ai pas le droit d'aller dans des lieux où on sert de l'alcool. Il y a un contrôle à l'entrée.

— J'espère bien. Si je te prends à faire quelque chose que t'as pas le droit de faire, ça saignera. »

Comme ça a saigné avec le pied de Thomas, espèce de salaud !

J'ai enfin entendu le klaxon de Leo, un peu après l'alunissage de l'*Eagle*, mais avant qu'Armstrong ne descende sur la Lune. Leo ne roulait plus dans la Biscayne de sa mère. Il avait sa propre voiture, une Skylark 66 décapotable, bleu cobalt, avec huit cylindres en V, les vitesses au plancher, et un lecteur de cassettes huit pistes encastré avec haut-parleurs avec effet de réverb. Il ne l'avait pas payée cher car il y avait une fuite d'huile au moteur et on ne pouvait pratiquement plus refermer la capote. Il avait toujours un bidon d'huile de moteur, une bâche en plastique et une pile de serviettes de bain dans le coffre en cas de besoin.

Il conduisait vite et n'importe comment, ce qui me plaisait bien, surtout ce soir-là. Peut-être que Neil Armstrong et compagnie filaient à toute blinde à travers le ciel, mais Leo et moi on filait à toute blinde sur la route 22, avec les Stones sur le lecteur de cassettes et un mur d'oxygène qui nous prenait de plein fouet. J'avais l'impression de respirer à nouveau. On a bu des bières tout le long du chemin, en balançant les canettes sur le bas-côté. Ray pouvait aller se faire foutre, la Lune et les astronautes aussi. On se préparait une sacrée soirée.

Leo voulait essayer deux boîtes, le Blue Sands et une nouvelle qui s'appelait le Dial Tone. « On va s'en payer une tranche ce soir, mon vieux Birdsey. Je sens venir ça sous mon pagne.

— Ton pagne ? » Il a lâché le volant pour se frapper la poitrine. Ensuite il a repris le volant, il s'est dressé tout debout et il a poussé le cri de Tarzan. La Skylark a zigzagué, mordu sur le bas-côté, puis est revenue sur la route.

Sur le parking du Blue Sands, Leo m'a tendu une fausse carte d'identité de majeur, en me recommandant de retenir mon nom et ma date de naissance et de regarder le type à l'entrée droit dans les yeux. Allez savoir pourquoi je m'en souviens encore ! J'étais Charles Crookshank, né le 19 janvier 1947.

« D'où tu sors ces machins-là ?

— C'est des trucs qu'on commande par la poste. »

Le videur avait l'air d'un habitant de *La Planète des singes*. Il a examiné nos cartes d'identité à la lumière de sa torche électrique, qu'il nous a ensuite braquée en pleine figure, si bien qu'il n'était plus question de le regarder droit dans les yeux. « Dites donc, a dit Leo, cet alunissage, c'est assez génial, hein ? »

Le type l'a ignoré et m'a regardé. « Vous avez un permis de conduire, ou une autre pièce d'identité, monsieur Crookshank ?

— C'est drôle que vous demandiez ça, s'est empressé de rétorquer Leo. On est de Manhattan tous les deux. Avec tous les bus et les métros qu'on a là-bas, on s'est jamais embêtés à passer le permis. On n'en a pas besoin à New York.

— Vous ne venez pas d'arriver dans une Buick immatriculée dans le Connecticut ?

— Oui. Vous avez l'œil, a répondu Leo en riant. On a emprunté la voiture de ma sœur. »

Le type a regardé encore une fois la fausse carte d'identité de Leo et lui a demandé sa date de naissance. Leo a donné le bon jour, mais il s'est trompé de mois. « Allez, barrez-vous, tous les deux, a dit l'homme singe.

— Très bien, mon vieux, a répliqué Leo. Paix, mon frère. Permets-moi de te féliciter pour ta magnifique carrière. Y a plein de mecs qui rêveraient d'être au sommet de la gloire, comme toi, à ramasser des dollars dégueulasses et à mettre un tampon sur la main des clients dans un bar cradingue. » On a pris nos jambes à notre cou et on a sauté dans la Skylark par-dessus les portières, King Kong à nos trousses sur le parking.

Au Dial Tone, on est entrés avec nos fausses cartes sans problème. Chaque table avait un numéro lumineux et était équipée d'un téléphone. On pouvait dégoter une nana, l'appeler à sa table et flirter quelques minutes, pendant que ses copines et elle mataient tous les mecs et essayaient de repérer le bon d'après le mouvement des lèvres.

Au Dial Tone, il y avait plus de mecs que de filles. C'était bourré de marins qui venaient de la base de Groton. La plupart portaient des jeans délavés à pattes d'éléphant et des colliers hippies – en 69, le look militaire n'était pas recommandé quand on voulait draguer – mais leur accent et leur coupe de cheveux les trahissaient. Leo et moi, on a réussi à avoir la dernière table, pour deux personnes, dans un coin, derrière deux matafs : un grand corniaud tout maigre accompagné d'une grosse borne d'incendie avec deux yeux. « On avait vraiment besoin de ça, a grogné Leo en s'asseyant. Popeye et Brutus pour nous boucher la vue. »

Le maigrichon asticotait son copain sans cou : « Appelle-la.

— Laquelle ?

— Celle qui me parlait tout à l'heure au bar.

— Tu crois ?

— Oui, nom de Dieu. Vas-y, mec. Elle s'appelle Cindy. »

Sans-cou a pris le téléphone et composé le numéro. « Allô, Cindy ? Vous me connaissez pas, mais j'ai un message pour vous de la part de Zizi Hertz. »

Il a mis la main sur le récepteur. Il grimaçait à force de s'empêcher de rire. « À quel Zizi vous parlez ? Eh bien, pour tout vous avouer, Cindy, le mien se tient plus. Vous voudriez pas faire quelque chose pour lui ? » Il a raccroché comme une brute. Leur gros rire et leur façon de cogner sur la table ont fait retourner la moitié de la salle de notre côté.

« Nom de Dieu, Birdsey, comparé à ces deux-là, t'es un mec stylé. Pas étonnant qu'on soit en train de perdre cette putain de guerre. »

Le pote de Sans-cou nous a dévisagés deux secondes, après quoi il s'est penché pour donner à Leo une tape sur l'épaule. « Excuse-moi, vieux, mais qu'est-ce que tu viens de dire ?

— Hein ?

— Je te demande ce que tu viens de dire. À ton copain, là. Tu parlais de mon pote et de moi et de cette "putain de guerre". »

Leo a pris un air ahuri. Puis il s'est mis à rire. « Ces putes pas fières, c'est ça que j'ai dit. Qu'ici, c'était plein de putes pas fières.

— Ah bon. Là, t'as pas tort. J'ai cru que tu disais autre chose.

— Pas de problème, mon vieux », et Leo lui a fait le signe de la paix. J'ai hoché la tête avec un sourire.

Leo était tout excité en promenant son regard dans la salle. Sa jambe bougeait à cent à l'heure, ses doigts tambourinaient sur la nappe. « Table 7, là-bas, près du bar. De gauche à droite : C moins, C plus, B moins, C. Table 18, près de la porte, F pour tout le monde, sauf la petite brune avec un haut blanc – celle qui s'assoit. Celle-là, je lui donne B. Joli cul, jolie paire de lolos, mais le blair fout tout par terre.

— Le blair a du flair, a dit Sans-cou en s'approchant de nous.

— En se penchant, ça lui ferait un bon godemiché pour ses copines », a ajouté son pote. Leo a fait mine de ne plus voir Popeye et Brutus.

« Dis donc, Birdsey, y a deux nanas super là-bas, à la table 12. Les deux petites brunes en minijupes. Si on les arrachait à leur misère ? » Il a décroché le téléphone en m'annonçant qu'il me laissait celle à la frange.

C'est la « mienne » qui a répondu. Leo lui a raconté qu'on était de passage sur la côte est, qu'on venait de Los Angeles, et qu'on voulait juste vérifier quelque chose. « Vous travaillez aussi pour la Twentieth Century Fox, non ? On ne s'est pas déjà vus là-bas dans les studios ?

— Franchement, Leo, t'es vraiment incroyable par moments. »

Il a posé la main sur le récepteur. « Je t'emmerde, Birdsec. Tu as devant toi un maestro à l'œuvre. Tu devrais prendre des notes. »

Il a bâti une histoire compliquée : nous étions tous les deux cascadeurs à Hollywood, et amis personnels de Steve McQueen. Il a prétendu qu'il avait tourné dans *Bullitt* et qu'il venait de terminer un nouveau James Bond qui n'était pas encore sorti. Sa copine et elle avaient-elles vu *Butch Cassidy et le Kid* ? La séquence où Paul Newman et Robert Redford se disent au revoir et sautent de la falaise ? En fait, le saut en chute libre dans cette scène, c'était Leo, pas Robert Redford. D'ailleurs, tous ses amis l'appelaient Robert. Ils jouaient aux cartes ensemble une ou deux fois par mois.

Il était clair, d'après l'attitude des filles et leur façon de nous regarder, qu'elles étaient sceptiques. Celle à la frange a passé le téléphone à l'autre, qui a répondu à Leo en le prenant de haut. Qu'elle aille se faire foutre, a-t-il conclu.

« Tu vois, j'ai horreur de ça, a-t-il dit en raccrochant. Une nana notée A et qui le sait. Ça lui monte à la tête, comme une fièvre cérébrale. Entre une nana sympa notée B et une bêcheuse notée A, je n'hésite pas un instant. Une bonne nana B sait vous être reconnaissante. »

La serveuse était devant notre table, brune, mince, ses longs cheveux tressés en une grosse natte. « Vous leur donnez des notes ? a-t-elle demandé.

— Non, on espère faire une touche, a répondu Leo en la regardant de la tête aux pieds. Si possible parmi les A ou les B.

— Eh bien, je ne doute pas que votre délicatesse les impressionne. Qu'est-ce que vous prendrez ? »

Pendant qu'elle notait notre commande, un des marins de la table voisine a tiré sur sa natte. Elle a posé son plateau brutalement, pivoté sur place et les a regardés en face. « Laissez-moi tranquille, sinon je vous fais virer d'ici, les a-t-elle avertis. Vous avez compris ?

— Ça va, mon chou, je voulais juste attirer ton attention, a dit Sanscou. On peut avoir une autre chopine ? Et quelque chose à manger ? Vous servez à manger dans ce rade ?

— Oui, on sert à manger. Qu'est-ce que vous voulez ?

— Toi, chérie. Ce que je veux, c'est toi, tes fesses sur ma tronche. »

Je me suis penché vers eux. « Dites donc, les gars, vous voulez pas vous calmer un peu et la laisser faire son travail ?

— Vous, ne vous mêlez pas de ça, m'a-t-elle rétorqué. Je travaille depuis midi. La fille qui devait me remplacer il y a deux heures n'est toujours pas arrivée. Alors s'il y a une chose dont je peux me passer, c'est que vous déclenchiez une bagarre en mon honneur, d'accord ?

— D'accord. Très bien. Excusez-moi, ai-je dit, levant les mains en l'air en signe de soumission.

— On a des sandwichs, a-t-elle repris, impassible, en se retournant vers les marins.

— Des sandwichs ? Vous en avez au jambon de Virginie ?

— Au jambon. L'origine, je ne la connais pas.

— Dis donc, chérie, si t'as tes ragnagnas, c'est pas de ma faute. Apporte-moi un sandwich au pain de seigle et au jambon de Virginie avec de la moutarde et une autre chopine de cette pisse de singe qu'on est en train de boire. Scofield, tu veux manger quelque chose ?

— Oui, ce dessert que t'as dit, de la tarte *à la* fesses sur la tronche.

— Connards », a grommelé la serveuse. Elle était coincée entre nos deux tables et je me suis levé pour la laisser passer. « J'essaie pas de jouer les messieurs bien élevés, je vous jure.

— Vous, fermez-la », a-t-elle répliqué en me poussant.

Leo s'est mis à développer sa théorie personnelle sur le fait que les femmes mal embouchées avaient tendance à être moins inhibées au pieu. Je n'écoutais pas vraiment. J'observais notre serveuse : je la voyais s'activer avec son calepin qui ballottait dans la poche arrière de son jean, rattacher les cordons de son tablier et relever sa natte sur sa nuque. Elle était petite – un mètre cinquante, guère plus. Joli corps, joli visage. Elle menait son travail dans la salle avec un certain cran. Je ne pouvais m'arrêter de la regarder.

Au-dessus du bar, la télé était branchée sur l'alunissage. Une vingtaine de personnes étaient agglutinées là pour regarder. On ne devait pas entendre grand-chose avec la musique et les braillements du disc-jockey. Walter Cronkite commentait l'événement seconde par seconde. Les astronautes n'étaient pas encore sortis du module lunaire.

« Tu te rappelles quand Alan Shepard est parti dans l'espace ? Un sacré truc !

— J'étais en sixième.

— Et nous en septième.

— Qui ça, nous ?

— Thomas et moi. Le prof avait apporté une radio, et on a écouté au lieu de travailler. Après l'amerrissage, on s'est tous levés pour chanter *My country 'Tis of Thee.*

— Tu sais ce que j'ai remarqué, Birdsey ? Tu dis toujours "nous". Comme si vous étiez attachés par la hanche tous les deux. Mamma mia ! s'est-il écrié, le regard au loin, celle-là, je voudrais bien être attaché par la hanche avec elle. »

J'ai suivi son regard vers une blonde à cheveux longs près du bar. J'ai cherché ma petite serveuse. Je l'ai trouvée trois tables plus loin.

« J'étais complètement branché sur toutes ces conneries quand j'étais môme.

— Toi ?

— Ah ouais, vachement. Gus Grissom. Wally Schirra, tous ces mecs. J'avais un album entier sur ces astronautes. Ma plus grande ambition dans la vie était d'aller à Cap Canaveral serrer la main de John Glenn.

— Thomas et moi, on avait des mallettes de cantine d'astronaute.

— Moi aussi. Je ne me prenais pas pour rien. »

Ces premiers pas sur la Lune, je ne savais pas trop quoi en penser, ai-je avoué à Leo. « D'accord, c'est assez hallucinant. La science-fiction qui devient réalité. Bravo à tous ces mecs avec leurs règles à calcul... Mais ça paraît tellement pro-Nixon. Le triomphe du capitalisme, la victoire sur le mal communiste. Et pendant ce temps-là, on bombarde tout un pays au napalm, et en plus on se fait ratatiner. Pas vrai ?

— Dieu bénisse l'Amérique.

— Mon beau-père s'est payé une télé pour l'occasion. À l'heure qu'il est, il est sans doute en train de bander devant l'écran.

— À ce propos, vise un peu la rouquine en écossais, à la table 16. Je crois que je suis a-mou-reux. »

Juste au moment où il décrochait le téléphone pour faire le numéro, un autre type a invité la rouquine à danser. « Pas de veine, Sundance. Il va falloir apprendre à sauter de la falaise un peu plus vite !

— Ça va, Birdsey... Au fait, tu sais ce que Dell m'a dit à propos des astronautes ? Que c'est un canular : en fait d'être en orbite autour de la Lune, ils sont dans un studio top-secret dans le New Jersey. C'est Nixon qui aurait concocté ça pour faire baisser la tension sur la guerre. Dell dit qu'il l'a lu dans un journal qu'il reçoit.

— Le *New York Times,* sans doute ? me suis-je esclaffé.

— Quel enfoiré ! Je me demande de quelle planète il vient, celui-là. »

Je n'ai gardé qu'un souvenir très vague d'une grande partie de la nuit. Je me rappelle avoir dansé avec une blonde à nattes qui me faisait penser à Ellie May Clampett. Je me rappelle que le Dial Tone a offert le champagne quand Armstrong et Aldrin ont sauté sur la Lune. Que Sans-cou a filé un coup de poing à quelqu'un et s'est fait virer par deux videurs. À un moment, on a changé de serveuse.

« Je sors, ai-je dit à Leo un peu après minuit. Je vais faire un tour sur la plage. »

Il s'était finalement branché avec la rouquine ; leur manière de danser au ralenti avait tout l'air d'un prélude à autre chose. « Heureux d'avoir fait votre connaissance », m'a répliqué Leo.

Dehors, l'air était frais et brumeux et l'éclat de la lune un peu voilé. À l'autre bout du parking, quelqu'un essayait de faire démarrer sa voiture, tirant sur le démarreur à répétition.

J'ai franchi le remblai pour aller vers l'océan. La marée faisait un bruit de chasse d'eau. Des paquets d'algues traînaient sur la plage.

Il n'y avait personne. J'ai ôté mes sandales et je les ai jetées du côté du poste du maître nageur. J'ai relevé mon jean et suis descendu au bord de l'eau.

La fraîcheur de l'air marin m'a un peu dessoûlé, chassant l'effet des projecteurs stroboscopiques et l'odeur du tabac. Toutes ces boîtes n'étaient qu'un étalage de chair, rien d'autre. J'entendais encore le martèlement sourd de la musique à l'intérieur du bar, mais plus je m'éloignais, plus il faiblissait. C'était bon de sentir les vagues sur mes pieds. De nouveau, j'ai regardé la lune.

J'ai dû marcher un ou deux kilomètres en pensant à toutes sortes de conneries, me demandant quelle impression ça pouvait faire d'être là-haut et de regarder la terre sans plus en faire partie. De la voir tout entière. En un sens, on marchait tous sur la Lune. Moi. Leo. Ralph Drinkwater. Mon frère. Même mon connard de beau-père, pris dans ce jeu à trois contre un avec M'man, Thomas et moi. Et même tous ces guignols du Dial Tone qui se bourraient la gueule pour trouver le courage d'essayer de baiser une fille, n'importe laquelle, pour s'amarrer à quelqu'un, ne serait-ce qu'une ou deux minutes, sur le siège arrière d'une voiture. En l'espace d'une seconde, tout s'éclairait. Quel était donc ce philosophe existentialiste qu'on avait étudié en cours au semestre dernier ? Il avait raison. Chacun de nous était seul. Même si on avait un vrai jumeau. Car enfin, pourquoi Thomas s'était-il levé au milieu de la nuit pour faire le tour de la résidence à la course ? Rien n'avait de sens. Tout ce monde à la con était absurde. L'homme était seul existentiellement... Holà ! balèze ! Redescendant sur terre, je trouvais génial qu'un mois après l'examen de fin d'année il me reste encore quelque chose de mes études. Je devenais un sacré philosophe. J'ai ramassé quelques galets sur la plage. Je les ai lancés un par un dans les vagues. Je ne sais pas combien de temps je suis resté là à jeter des cailloux dans l'eau.

Quand je suis revenu chercher mes sandales, j'ai aperçu une silhouette sur le perchoir du maître nageur. Quelqu'un de petit. « Ohé, vous n'auriez pas des câbles de démarrage ? » a-t-elle crié.

Non, je n'en avais pas. « C'est vous que j'ai entendue tout à l'heure. Vous avez dû noyer le moteur. À votre place, j'attendrais un peu et j'essaierais encore une fois. »

En approchant, j'ai compris de qui il s'agissait : la petite serveuse du Dial Tone. Elle était assise les genoux remontés contre la poitrine, les mains passées dans les manches de son sweat-shirt.

« Mais je ne voudrais pas jouer les sauveteurs !

— C'était sympa de votre part d'essayer de calmer ces abrutis. Je vous remercie.

— Pas de problème.

— J'en ai tellement marre de ces mecs qui ne pensent qu'à la fesse toute la nuit. Qui sont là à montrer aux copains qu'ils sont de vrais mâles. Une des serveuses, qui a une longue expérience, m'a appris à ne pas me laisser faire. À leur clouer le bec comme si on était leur mère et à les expédier au lit s'ils n'arrêtent pas. Alors c'est ce que je fais. Et ça marche.

— Moi, en tout cas, vous m'avez fichu la trouille.

— J'ai vraiment horreur de cette boîte, a-t-elle dit en se tournant du côté du Dial Tone.

— Ouais, si c'est vraiment le déclin de la civilisation occidentale, je crois qu'avec le Dial Tone on touche le fond. » Pour la première fois, j'ai entendu son joli rire, cette nuit-là près du poste du maître nageur.

« Alors qu'est-ce qui s'est passé ? On vous a virée ? Ou vous avez laissé tomber ?

— Ni l'un ni l'autre. Ma remplaçante a fini par arriver. J'espère que je vais réussir à faire démarrer cette bagnole. Je n'ai pas envie d'attendre jusqu'à deux heures du matin que ma patronne me ramène chez moi.

— Vous habitez où ? On pourra peut-être vous raccompagner, mon copain et moi.

— Le type qui donne des notes aux filles ? Merci quand même.

— Pas de problème. »

On n'a rien dit pendant un instant. J'ai fait quelques pas comme pour partir.

« Vous ne voulez pas venir vous asseoir ici avec moi ? Montez, la place est toute chaude.

— Ah ouais ? »

Je me suis glissé près d'elle. J'ai vu son livre sur ses genoux. Elle a toujours été une dévoreuse de livres – même à cette époque-là.

« Votre mère ne vous a jamais dit de ne pas lire dans le noir ?

— Je lisais au clair de lune.

— C'est pareil. Sur quoi est-ce que vous vous abîmez les yeux ?

— Richard Brautigan. » Elle m'a tendu le bouquin. « Je ne comprends pas vraiment ce que je lis, mais je ne peux pas m'arrêter. C'est mystérieux... ça m'intrigue. »

J'ai écarquillé les yeux sur le premier paragraphe, que j'ai lu tout haut. *« Dans le sucre de pastèque tout s'accomplissait encore et encore comme ma vie s'accomplit dans le sucre de pastèque. Je vais t'en parler parce que je suis ici et que tu es loin.*

— Regardez sa photo. Elle est sur la couverture de tous ses livres.

— On dirait Mark Twain défoncé à l'acide. » Elle a ri et m'a passé une main dans les cheveux en les ébouriffant légèrement. Ai-je bonne mémoire ? Est-ce que ça a suffi pour que je tombe amoureux d'elle immédiatement ? Avant même que je ne redescende du perchoir du maître nageur.

Avec elle, la conversation était facile. Elle était jolie. Intelligente. Et drôle aussi. Elle m'a dit qu'elle avait vingt et un ans, qu'elle était en licence à Boston College où elle préparait un diplôme de puéricultrice. En plus de son boulot de serveuse, elle travaillait le matin sur un programme Head Start[1]. « Mon père voulait que je retravaille pour lui cet été. À la comptabilité, avec mon oncle Costas. Il est concessionnaire de voitures. Mais j'ai déjà fait ça trois années de suite. J'avais envie de changer un peu. Et d'être indépendante. Je voulais passer un véritable entretien. Remplir des demandes d'emploi pour voir si je serais embauchée en dehors de ma famille. Vous comprenez ?

— Je comprends mieux ça que le fait de rouler dans une voiture qui ne veut pas démarrer, quand Papa est concessionnaire automobile.

— Ah ! là, là ! il ne s'en remettrait pas s'il me savait en panne ici. Il est plein de bonnes intentions, mais il nous surprotège. Comment vous vous appelez ?

---

1. Programme d'aide aux enfants défavorisés. *(N.d.T.)*

— Dominick.

— Dominick. Italien, c'est ça ?

— Ouais, à moitié.

— Et l'autre moitié ? »

Coup au cœur. La question à laquelle je ne pouvais pas répondre. « Ah, un peu de ci et un peu de ça. Et vous ?

— Grecque. Des deux côtés. Mon père est grec-américain et ma mère a émigré de Grèce. Au fait, je m'appelle Dessa.

— Dessa comment ?

— Constantine.

— Comme dans "Venez voir nos vendeurs de Dodge chez Constantine Motors". » Je me suis mis à chanter le couplet publicitaire que j'avais entendu mille fois à la radio de Ralph Drinkwater.

Elle a ri et m'a donné une tape. « Quand mon père rentrera, il faudra que je lui dise que ces pubs commencent à être payantes.

— Attendez, je n'ai pas encore acheté de voiture. Où est-il ?

— Comment ?

— Votre père. Vous venez de dire "quand il rentrera".

— Ah oui, en Grèce. Avec ma mère et ma petite sœur. Tous les ans, ils vont voir la famille. C'est la première année que je n'y vais pas. Vous y êtes déjà allé ? »

Ouais, tu penses, me suis-je dit. Nous, les Birdsey, membres de la jet set. « Non, je regrette.

— Ah, allez-y un jour si vous avez l'occasion. La mer Égée est fabuleuse. Tout ce passé, et le soleil ! Là-bas, la lumière n'est pas du tout la même qu'ici. Et l'eau ! La couleur de l'eau est inimaginable. »

On est restés là sans rien dire pendant quelques instants, à regarder l'océan. En temps ordinaire, avec une fille, un pareil temps mort m'aurait affolé. Mais avec Dessa, le silence ne me pesait pas.

« Quel âge a votre petite sœur ?

— Athena ? Elle a dix-sept ans.

— Athena ? Comme la déesse de la Sagesse.

— La déesse de la mauvaise conduite, plutôt. Elle a horreur de ce nom. On est censés l'appeler Angie. C'est une vraie gamine. Mes parents lui passent tout. »

Je lui ai dit que j'avais un frère jumeau.

« Ah oui ? Vous êtes des vrais jumeaux ?

— Oui.

— C'est chouette d'avoir un jumeau ?

— Non, ai-je grogné.

— Non ? Pourquoi ? »

Pour une raison qui m'échappe, j'ai commencé à lui raconter notre première année à U. Conn – Thomas cloîtré dans notre chambre, se défoulant sur notre machine à écrire.

Elle m'a écouté. Elle m'a laissé parler un long moment, et moi, je n'en revenais pas de parler autant.

« Ça doit être dur d'avoir quelqu'un d'aussi proche de soi. Surtout s'il est tellement dépendant. Vous devez avoir l'impression de ne pas pouvoir respirer. »

Quelqu'un m'avait compris. C'était incroyable. Je me suis penché vers elle et je l'ai embrassée. Elle m'a rendu mon baiser. « Tu as un goût de salé, c'est bon », m'a-t-elle murmuré.

Après une demi-douzaine de baisers, j'étais tout excité et j'avais envie d'elle – en une minute j'étais passé du point mort à la surmultipliée. « Hé, piano, les basses ! » a-t-elle dit en repoussant mes mains. Elle a sauté en bas et levé les yeux vers la lune. « Ça fait tout drôle de penser qu'il y a deux Terriens qui marchent là-haut en ce moment même. Les hommes sur la lune. C'est surréaliste, non ? »

Elle est allée lentement jusqu'au bord de l'eau. Elle s'est trempé les pieds.

Je suis ici et tu es loin, me suis-je répété, sans vraiment savoir ce que je voulais dire, si je pensais à Dessa, à mon frère, ou aux astronautes là-haut sur la lune.

« Hé, Dominick, viens voir ! »

Quand j'ai été près d'elle, elle m'a pris la main. Elle regardait l'eau avec de grands yeux. « Je n'ai pas vu ça depuis que j'étais petite.

— Vu quoi ?

— Des phosphorescences dans l'eau. Là !

— Où ça ? De quoi tu parles ?

— Ces petites choses qui scintillent à la surface. Il faut faire très attention. Ça ne dure qu'une seconde. Regarde ! Encore une ! Tu la vois ? »

Je voyais l'océan. Nos pieds dans l'eau.

« Ma sœur et moi, on appelait ça de la poussière de lutins. Encore une ! »

Je croyais qu'elle se moquait de moi. Je ne voyais rien. Et puis, putain, oui, je les ai vues, ces phosphorescences.

De la poussière de lutins.

Sa voiture a démarré au quart de tour.

Plus tard, je suis rentré avec Leo en l'écoutant à moitié se plaindre des rouquines, qui n'étaient que des allumeuses. « Un véritable club. Avec un code tacite. » On s'est arrêtés au Oh Boy Diner, où on a bu un café et mangé des œufs. Je n'ai pas parlé de Dessa. Je n'avais pas envie d'entendre les théories de Leo sur les serveuses, les filles avec des nattes, ou les filles de riches. En revenant à la voiture, j'ai glissé la main dans ma poche de jean pour tâter mes deux pochettes d'allumettes du Dial Tone. J'avais demandé à Dessa de m'écrire son numéro de téléphone sur le rabat, à l'intérieur, sur les deux. Pour plus de précautions, au cas où j'en perdrais une. Je ne voulais pas jouer avec la chance.

Il était plus de deux heures du matin quand je suis arrivé à la maison. Mon frère et ma mère étaient tous deux montés se coucher. Ray était allongé sur le canapé, il ronflait, seul avec sa grande nuit historique. La télé était toujours allumée, Walter Cronkite, fidèle au poste, avait la peau qui rutilait de chaleur. Son baratin sur la Lune n'en finissait pas.

19

Dell Weeks ne picolait jamais avant midi et en général pas avant le milieu de l'après-midi. Mais quand arrivait le jeudi ou le vendredi, il commençait à siroter une bouteille de Seagram's au déjeuner et, quelques heures plus tard, il était déjà beurré.

C'était un ivrogne à la Jekyll et Hyde. Tantôt il était copain avec tout le monde. « Pourquoi tu te tuerais pour un salaire minimum ? » vous disait-il en vous prenant par l'épaule et en vous envoyant à la figure son haleine chargée d'alcool. Tantôt il se mettait en rogne et vous harcelait, vous traitant de « sale nègre paresseux » et de « tantouze intello tarée » qui ne savait pas par quel bout prendre une pelle. C'est pendant une de ses fameuses cuites qu'il s'est mis à surnommer mon frère Qu'en-a-pas.

Avec un peu de chance, les après-midi où il buvait, il allait faire la sieste à l'ombre d'un arbre, ou le long du camion, et même parfois dessous. Il nous disait de nous tirer si on avait fini avant l'heure, et de lui foutre la paix, sauf si on voyait arriver le camion de Lou Clukey. Au début, Leo, Thomas et moi, on restait là à raconter des conneries ; Ralph Drinkwater se posait alors dans les parages, suffisamment à l'écart pour faire bande à part, mais pas trop loin, pour pouvoir écouter notre conversation. Si l'un d'entre nous avait pensé à apporter un jeu de cartes, on faisait une partie. Une fois ou deux, on a même joué à chat tellement on s'enquiquinait, comme des gamins.

Parfois, quand on tuait le temps, Ralph sortait un joint et il fumait en nous regardant avec un petit sourire, comme si on faisait tous les frais de la plaisanterie, sauf lui. Comme si le truc marrant c'était Thomas, Leo et moi. Avec le même petit sourire qu'il affichait jadis au cours d'histoire de M. LoPresto. « Non, ça m'intéresse pas », disait-il quand, par exemple, on lui demandait s'il voulait jouer aux cartes avec nous. J'attendais toujours qu'il nous rende la politesse en nous faisant passer le joint – je m'étais défoncé une ou deux fois à la fac et ça m'avait bien plu – mais il ne proposait rien, et je n'étais pas prêt à mendier.

C'est grâce au « grave-ball », ou base-ball de cimetière, que Drinkwater a fini par baisser sa garde et se joindre à nous. Un jour, au cimetière de Boswell Avenue, la tondeuse de Leo est passée sur un objet qui a fait un bruit sourd avant de fuser sur le côté. C'était une balle en plastique perforée, légèrement entaillée et cabossée, mais encore utilisable. Leo a aussitôt inventé ce jeu qui consistait à frapper la balle avec le sécateur et à courir entre des tombes choisies comme bases. La difficulté résidait dans le fait de pousser la tondeuse devant soi en se déplaçant d'une base à une autre.

Au départ, Leo et moi formions les deux équipes adverses. Thomas était remplaçant, frappeur et coureur pour nous deux, et on a concocté un ensemble de règles pour les « coureurs fantômes ». Au bout d'une demi-heure, Drinkwater n'a pas pu résister. Il s'est levé et est venu vers nous. « Qu'est-ce que c'est que votre jeu de petits rigolos ? » nous a-t-il demandé, alors qu'il avait fait semblant de ne pas nous voir.

Leo a immédiatement trouvé un nom au jeu. « Le grave-ball. Le base-ball de cimetière. Tu veux jouer ? »

Même camé, Drinkwater était un excellent joueur de grave-ball. On n'imaginerait pas la distance qu'une balle en plastique peut parcourir quand elle entre en collision avec un sécateur. *Tchak !* Elle volait sur toute la largeur du cimetière et disparaissait dans les bois. Quand Ralph était à la frappe, la moitié du temps il fallait arrêter le jeu pour aller rechercher cette foutue balle. Et quand il courait entre les bases, il était rapide comme l'éclair, malgré la tondeuse et le reste. C'est donc le grave-ball qui a rompu la glace avec Ralph.

À ce moment-là, j'avais commencé à sortir avec Dessa. Les Constantine habitaient une énorme maison de deux étages à Hewett City, où j'allais à vélo, à une vingtaine de kilomètres au nord de Three Rivers. Ils avaient une piscine à l'arrière, un patio carrelé et de beaux jardins d'agrément. En façade, la double porte s'ouvrait sur un hall dallé de marbre. Juste à l'entrée de la salle de séjour, avec ses canapés et ses fauteuils en velours, et les portraits à l'huile de Dessa et de sa sœur, il y avait une horloge de parquet énorme, dont les dimensions, la facture et surtout le son faisaient honte à cette pendule à la con du S&H dont ma mère avait rêvé. Chaque fois que j'entrais chez les Constantine, je sentais combien j'appartenais à une famille de petites gens.

Le père de Dessa avait fait installer un système d'alarme avant leur voyage en Grèce et il avait fait promettre à son frère Costas de veiller sur Dess. Papa avait la parole de sa fille qu'elle ne recevrait pas de visites masculines en leur absence, et surtout pas celle de ce bon à rien de musicien qui l'avait maltraitée. Julian, de son prénom – une erreur, m'a-t-elle expliqué, que son père ne se priverait sans doute pas de lui rappeler jusqu'à la fin de ses jours. À elle, il faisait confiance, lui affirmait sa mère. Mais il se méfiait de tous ces hippies et de ces fous qui traînaient un peu partout de nos jours. Il suffisait de voir ce qui s'était passé à Hollywood avec la femme de ce réalisateur, enceinte de six mois, qui plus est ! Actuellement, tout pouvait arriver, surtout avec une jeune fille trop crédule. Dessa aurait bien mieux fait de partir en Grèce avec eux au lieu de travailler dans ce dancing de cinglés avec des téléphones partout. De venir se reposer, prendre le soleil, et faire la connaissance de gentils jeunes gens grecs.

Dessa m'avait raconté tout ça au téléphone avant ma première visite, si bien que c'était pour moi une sorte d'aimable défi de gravir l'allée en U des Constantine sur mon vélo Columbia à trois vitesses et de pénétrer dans le jardin et le garage, où je rangeais mon engin sur sa béquille à côté de la Chrysler Newport de Mme Constantine. Je ne trouvais pas désagréable, non plus, après ces longues courses à bicyclette, de laisser choir mes vêtements trempés de sueur sur la mosaïque, dans la salle de bains de Dessa, et de me savonner sous sa douche à jet orientable. La première fois, elle m'a attendu en bas pendant que je me douchais et me changeais. La deuxième fois, sa silhouette floue en jean coupé et haut de bikini me faisait la conversation de l'autre côté du verre cathédrale, et j'ai dû attendre d'avoir débandé pour arrêter l'eau et sortir de la cabine. La troisième fois, on s'est douchés ensemble après l'amour, en se savonnant mutuellement de telle façon qu'on se donnait envie de recommencer.

Avant elle, je n'avais jamais éprouvé pareille ardeur. Je m'étais parfois demandé si ça m'arriverait un jour. Dans *Newsweek* et à la télé, il était tout le temps question de la révolution sexuelle – on vous balançait des statistiques montrant qu'à mon âge la majorité des jeunes Américains avaient déjà eu je ne sais combien de partenaires. C'était peut-être vrai pour Leo et les autres, mais pas pour moi. Avant Dessa, mon expérience se limitait à mon équipée à la Cascade avec Patty Katz et à une aventure, pendant une fête à la fac le semestre dernier, avec une fille ivre qui, dans le noir, avait ri de mon embarras quand je m'étais aperçu qu'elle portait un collant, dont elle avait alors repoussé l'entrejambe en me disant : « Allez, vas-y. »

Dessa, elle, avait de l'expérience, ayant déjà connu « deux liaisons sérieuses ». Son joueur de tympanon et son militant pacifiste étaient tous deux plus âgés qu'elle, ce qui lui donnait parfois l'impression de n'être qu'une petite fille idiote. Tous deux l'avaient malmenée, mais ses parents étaient seulement au courant de l'incident avec Julian : elle les avait appelés du commissariat de police de Brighton le soir où il l'avait jetée contre un mur et lui avait cassé le poignet. Elle aimait bien mon manque d'expérience, ma timidité. Elle disait qu'elle se sentait en sécurité dans mes bras.

« C'est ce que je déteste dans ce boulot de serveuse : ne pas me sentir en sécurité certains soirs. » On était allongés sur son lit, collés l'un à l'autre, à écouter de la musique. « Tous ces types deviennent si agressifs quand ils boivent ! Je hais leur manière de s'échauffer mutuellement. Vous, les hommes, après quoi en avez-vous donc tant ? »

J'ai passé ma main le long de sa jambe, je l'ai embrassée sur la tempe, au coin de la bouche. « Je n'en veux à rien ni à personne. Je viens en paix.

— Mais je t'assure ! J'ai beau savoir que les videurs et les barmen ont l'œil sur nous, parfois, dans cette boîte, je ne suis pas tranquille.

— Alors laisse tomber.

— Je ne peux pas.

— Bien sûr que si. Tu crois que ça me réjouit de savoir que tous ces types sont là en train de te mater ? Si tu arrêtais, on pourrait se voir les week-ends. Aller à la plage. Passer des journées entières ensemble.

— Il faut que je travaille, Dominick.

— Tu as déjà le programme Head Start.

— Tu sais combien ça me rapporte ? Trente-six dollars par semaine. Je me fais le double, le triple même certains soirs, au Dial Tone, à servir des bières à tous ces soûlards.

— Ne me dis pas que tu as besoin de cet argent ! Il suffit que ton père vende sept ou huit voitures pour couvrir tes frais de scolarité.

— Ce n'est pas la question. J'ai besoin de me prouver quelque chose à moi-même. »

J'ai réprimé un sourire et ravalé une certaine rancune. J'aurais bien voulu pouvoir m'offrir le luxe de travailler pour autre chose que l'argent. « Qu'est-ce que tu as besoin de te prouver ?

— Mon père est l'homme le plus généreux, Dominick, c'est vrai. Il nous donnerait tout ce qu'on veut, à ma sœur et à moi. Mais le prix à payer serait la fin de mon indépendance. »

J'ai commencé à lui caresser l'intérieur de la cuisse. « Si j'abandonnais, je lui donnerais raison. » Elle a ôté son chemisier par la tête, dégrafé son soutien-gorge. « Papa serait ravi que sa petite Dessa ne puisse pas se débrouiller toute seule, qu'elle soit encore la petite fille à son papa et rien d'autre. Seulement voilà, je suis moi. Pas vrai ?

— Oui. »

Elle a retiré sa petite culotte. S'est cramponnée à mon bras. « Est-ce que tu comprends ? Tu dis "oui" mais est-ce que tu vois vraiment ce que je veux dire ? »

Je me suis penché pour embrasser ses seins. « Oui, je vois tout à fait. Je vois toutes sortes de choses ici.

— Ah, ça va, a-t-elle soupiré. Vous, les mecs, vous êtes bien tous les mêmes. »

C'était une amante patiente. Après deux ou trois séances où j'ai fait figure de chaud lapin trop pressé, elle m'a appris à prendre mon temps et à faire mes choix. « Et ça, ça te plaît ? C'est bon ? » me demandait-elle. Après quoi elle prenait ma main dans la sienne, me guidait et me montrait comment lui rendre la pareille. « Moins vite, murmurait-elle. Voilà, doucement. » Quand elle était prête, elle m'attirait contre elle, et en elle. J'ai appris à trouver le bon rythme, à me retenir jusqu'au moment où je sentais son corps se tendre, arriver au bord, et basculer dans un plaisir à la fois partagé et intimement sien. Parfois sa jouissance intime m'inquiétait un peu : ne s'imaginait-elle pas être avec un de ses autres amants ? Mais justement, à ce moment-là, comme guidée par son instinct, elle ouvrait les yeux, me souriait, me touchait le visage, en me lançant un « Coucou, toi ? » attentif qui me comblait d'aise. Et je me laissais emporter par une vague de volupté si intense et si douce que j'avais peine à croire que tout cela était réel et m'arrivait vraiment à moi, Dominick.

Une fois, juste après, alors que nous reprenions notre souffle, je lui ai dit que je l'aimais. J'ai vu son visage paisible s'assombrir soudain.

« J'ai déjà entendu ce couplet.

— Ce n'est pas un couplet, Dessa. C'est vrai.

— Bon, alors pourquoi ? Pourquoi m'aimes-tu ?

— Parce que tu es toi. Et parce que... tu es un bon prof.

— Tu aimes bien le plan de la leçon, c'est tout », a-t-elle répliqué en souriant et en me décochant un coup dans les côtes.

Ces soirs d'été où nous étions seuls dans la grande maison des Constantine, ces taquineries faisaient partie du plaisir. Manger ensemble aussi. En bas, allongés sur la moquette beige de ses parents, on passait de la musique grecque, on buvait du vin rouge et on se régalait de feta, d'olives noires, de tomates au basilic, de pain croustillant de la boulangerie Gianacopolis. Parfois, Dessa faisait réchauffer des plats que sa mère avait préparés et mis au congélateur avant de partir : du pâté aux épinards, de la moussaka. Après quoi on reprenait du vin et on mangeait des fruits. Certaines fois, on se faisait la lecture, ou on regardait la télé, ou bien Dessa me parlait de son enfance avec sa sœur Angie. Elle me faisait rire avec ses histoires et, après, elle me disait : « Maintenant, à toi », et tout ce qui me revenait à la mémoire, c'étaient des fessées et des crises de larmes – la fois où Ray nous avait surpris à manger des bonbons de Halloween à l'église, la fois où il s'était arrêté et nous avait fait descendre sur le bas-côté de la route parce qu'on s'était disputés. On devait avoir six ou sept ans. On était sortis de la voiture, et il avait redémarré en nous plantant là. Quand il était revenu, on était accrochés l'un à l'autre, on pleurait toutes les larmes de notre corps... Il n'y avait pourtant pas eu que de mauvais moments. Mais quand Dessa m'interrogeait sur mon enfance, c'étaient les seuls que j'arrivais à évoquer. Alors, haussant les épaules, je prétendais que mes souvenirs n'étaient pas aussi nets que les siens. Puis je regardais ailleurs et je changeais de sujet. J'attendais que sa curiosité passe.

Parfois, après la tombée de la nuit, on se baignait dans la piscine. Ou bien on s'occupait à autre chose, dehors, ou dans sa chambre. On a même fait l'amour par terre dans la chambre de ses parents, Dessa couchée sur moi, et moi regardant notre image dans la glace, par-dessus son épaule et derrière tous les flacons posés sur la coiffeuse de sa mère, nos deux corps enlacés roulant ensemble. Ce n'était pas prémédité. Je m'étais réfugié dans la chambre de Gene et de Thula le temps d'une visite surprise de l'oncle Costas, et, une demi-heure plus tard, quand

Dessa était revenue... *bing !* Comme si on se retrouvait après cinq ans d'absence. C'était ça, les débuts de notre histoire, cet été-là, dans la grande maison vide des Constantine : on ne pouvait pas se détacher l'un de l'autre. On était insatiables. J'avais un sentiment de puissance et d'impuissance à la fois.

À cause de nos horaires de travail, je la voyais le lundi, le mardi et le mercredi soir. Vers onze heures ou minuit, j'avalais deux tasses de café, je remontais sur mon vélo, et je pédalais comme un fou, traversant Lakeside et Woodlawn, pour rattraper la route 165. Quand j'arrivais à la maison, Ray était parti travailler, et M'man et Thomas étaient déjà couchés. Je restais un moment dans notre cuisine minable avec ses dalles de plastique, ses petites bricoles cuculs et son papier tue-mouches qui pendait du plafond, constellé de victimes, et je me sentais gêné de ce que nous étions. Ou alors, j'allais m'allonger dans le noir dans la salle de séjour, sur notre vieux tapis miteux tout effiloché de chez Sears, en me disant : « Eh bien voilà, je suis le copain d'une fille riche, et pas n'importe laquelle, le seul type avec qui elle se sente en sécurité. » Il me semblait être encore avec elle : sa poitrine se soulevait doucement, je posais mes lèvres sur le bout de ses seins, je voyais mes doigts dénouer sa longue natte noire. Épuisé mais surexcité, je tournais et virais, incapable de monter dormir. Je n'arrivais pas à me rassasier d'elle.

J'avais l'impression de m'en tirer plutôt bien. De ne rien laisser paraître. Pourtant, au travail, Leo me faisait enrager parce que je bâillais et somnolais à l'heure du déjeuner, se demandant « ce que je pouvais bien commander à ma petite serveuse en plus du menu ». Quant à M'man, elle n'avait de cesse que je lui présente ma « nouvelle petite amie ». Thomas me tannait pour savoir à quoi ressemblait Dessa. Soucieux de garder mon bien pour moi seul, j'en disais le moins possible. « Elle est petite. Petite et brune.

— Quoi d'autre ?

— C'est tout. Petite et brune. Elle fait ses études au Boston College. »

Un matin, pendant que je me rasais devant le lavabo de la salle de bains, Ray est entré et, debout derrière moi, il a observé ma mine ensommeillée dans la glace de l'armoire à pharmacie. J'étais rentré à trois heures du matin, et j'avais tout juste pioncé trois heures avant de me lever pour aller travailler.

« Qu'est-ce qui se passe ?

— Ta mère me dit que tu es encore rentré tard cette nuit. »

J'ai continué à me raser sans répondre.

« Toi et ta nénette, vous êtes prudents au moins ? »

La veille, Dessa avait agité sa boîte de pilules sous mon nez comme un paquet de bonbons, elle m'avait embrassé et elle avait avalé un de ces petits comprimés qui nous évitaient les ennuis. Je considérais que les précautions, c'était son rayon.

« Ma nénette ? » J'ai arboré un sourire d'indifférence à la Ralph Drinkwater.

Ray a sorti une boîte de préservatifs de sa poche et l'a lancée sur le rebord du lavabo en silence. J'ai continué à me raser en prêtant le moins d'attention possible à ses questions. La défense ! La défense !

« Ma vie privée ne regarde que moi. Je n'ai pas à t'en parler. »

Il a gloussé. « Très bien, Roméo. En ce qui me concerne, tu peux bien mener la vie que tu veux. Seulement ne rentre pas ici en nous annonçant que tu as une chaude-pisse, ou que tu as engrossé une petite greluche. »

Je me suis tourné vers lui, la moitié du visage couverte de mousse, l'autre bien rasée. « Bravo, Ray. Vas-y. Arrange-toi pour faire de l'amour la chose la plus laide possible. » Et je lui ai tourné le dos.

Il est resté là quelques secondes encore, me regardant me couper, grimacer, me tamponner. Puis, de façon tout à fait inattendue, il m'a saisi par le bras de sa main tannée, en un geste plus paternel que mena-çant. On s'est dévisagés dans la glace un instant. « Je veux simplement te dire, tête brûlée, que je me rappelle ce que c'est que d'avoir une petite minette à ton âge. J'ai été dans la marine, mon gars. Sois prudent, ne va pas te fourrer n'importe où, et débrouille-toi pour ne pas avoir d'ennuis. »

Je n'arrivais pas à le regarder. Je n'étais pas prêt, tout d'un coup, à recevoir ces conseils d'un père à son fils. Je refusais qu'il approche en aucune manière ce que nous avions mis en marche, Dessa et moi. Alors, quand il est sorti de la salle de bains, je lui ai lancé sa boîte de préser-vatifs. « Tiens, tu oublies ça. »

Il l'a attrapée et me l'a renvoyée. Elle a atterri dans le lavabo, sous l'eau du robinet. « Non, je ne les ai pas oubliés. Pour qui tu crois que je suis allé acheter ces foutus machins ? Pour le pape ? Pour ton frère ? »

Au bout d'une ou deux semaines de grave-ball, Ralph Drinkwater s'est enfin décidé à faire circuler ses joints. Les premières fois, pour Leo et pour moi, c'était une nouveauté de se défoncer et de prendre son pied pendant le travail. Et ensuite, c'est devenu presque une routine. Pendant que Dell s'offrait une sieste, et même certains après-midi où il ne dormait pas, Leo, Drinkwater et moi, on trouvait un truc pour aller fumer de l'herbe dans les bois. Leo voulait absolument entraîner Tho-mas et n'arrêtait pas de lui brandir un pétard sous le nez, malgré les refus répétés de mon frère. Thomas s'énervait, à force de toujours dire non, et il montait sur ses grands chevaux. « Tout à fait ce que je cherche, Leo : fumer un truc qui va me rendre aussi crétin que toi », lui a-t-il dit un jour.

Le shit de Drinkwater a complètement changé la dynamique. Ralph, Leo et moi avons formé un nouveau trio, et Thomas est resté sur la touche. Quand on avait un pré à tondre ou un bout de terrain à débroussailler, on s'organisait tous les trois pour liquider le travail le plus vite et le plus facilement possible, et on laissait Thomas peiner de son côté. Au moment du déjeuner, il ne venait pas s'asseoir avec nous, il faisait la tête et ne nous adressait pratiquement pas la parole. Parfois, Dell lui assignait une tâche à part pendant qu'il nous envoyait tous les trois ailleurs, et il restait là à l'observer, à critiquer son travail, à le faire chier. Peu à peu, Dell s'est appliqué à rendre la vie impossible à Thomas.

« Préviens ton frère qu'il a intérêt à faire gaffe à Dell », m'a dit Ralph un après-midi. On était côte à côte, à repeindre des tables à pique-nique sur le champ de foire, défoncés au hasch et aux vapeurs de peinture. Dell et Thomas étaient à l'autre bout, ils repeignaient des gradins.

« Qu'est-ce que t'entends par "faire gaffe à lui" ?

— Rien. Préviens-le, c'est tout », m'a répondu Ralph en haussant les épaules.

Les deux premières semaines, Drinkwater montait à côté de Dell dans la cabine du camion, mais à présent c'était Thomas. Quand j'y repense, ça me fait de la peine, mais à ce moment-là j'étais bien content d'avoir un temps de répit et de me sentir enfin un peu libre. Je revois Thomas, au retour, assis à l'avant, dressant le cou et se retournant vers nous trois pour nous regarder rigoler, siffler les filles dans la rue, ou tirer sur un joint.

« Il déconne à plein tube, ton frangin, a dit Leo une fois, en surprenant Thomas à se retourner pour nous observer.

— Oui, il déconne complètement », a renchéri Ralph. Et on s'est tous les trois étranglés de rire sur le dos de Thomas. Un autre jour, Leo s'est mis à envoyer des baisers à une femme qui roulait derrière nous dans une décapotable. Elle nous a crié qu'on avait l'air des Trois Compères, et Ralph s'est lancé dans une imitation de Curly si parfaite et inattendue qu'on a failli s'étouffer de rire. Leo nous a composé un indicatif, *Trois pauv' cons*, sur l'air de *Three Blind Mice*. On chantait ça pendant tout le trajet de retour, et on inventait de nouveaux airs qu'on trouvait hilarants. On se vautrait dans le bonheur d'être complètement pétés en travaillant pour la voirie de Three Rivers.

Pourtant, on avait beau être très copains tous les trois cet été-là, le mystère planait encore sur Ralph. On ignorait toujours tout de la façon dont il vivait. Il n'était jamais prêt à nous éclairer. On savait qu'il n'habitait pas chez lui, mais où ? Jamais il ne le disait. Quelquefois, il se faisait ramener par Dell, mais il refusait toujours que Leo le raccompagne. Il était toujours « trop occupé » pour traîner avec nous pendant le week-end. Une seule fois, un dimanche, il est venu avec nous au Fenway pour un double match de base-ball. Même alors, il s'est comporté comme une espèce d'agent secret. Il a fallu aller le chercher en ville devant la poste et le reconduire au même endroit, malgré l'heure tardive, et bien qu'on se soit fait tremper comme des soupes sous l'orage à cause de cette capote de voiture qui ne fermait plus.

La distance entre nous et Ralph tenait en partie à sa race. C'était évident quand Dell sortait ses blagues à la con, ou quand Leo faisait une gaffe. Indien, ou mulâtre, ou autre, Drinkwater était différent de nous, étudiants blancs comme lis, qui allions retourner à la fac à la fin de l'été alors qu'il resterait à Three Rivers. Il était pourtant loin d'être idiot. Il essayait toujours de nous parler de politique ou de choses qu'il avait vues aux infos ou lues dans des articles scientifiques. Il lisait beaucoup, autant que n'importe quel étudiant. Il nous parlait toujours de *Soul on Ice*, d'Eldridge Cleaver. Ce bouquin, il nous l'avait recommandé si souvent qu'on avait fini par en plaisanter.

Une fois, Leo l'a traité de « *Tonto* ». Ralph l'a très mal pris, lui disant qu'il n'était même pas digne de lécher le pied d'un Indien Wequonnoc. Une autre fois, on fumait tous les trois au réservoir. Je tirais sur le pétard comme un malade. « Enfin merde, Birdsec, t'es pas obligé de faire ces lèvres de nègre ! » a dit Leo. Drinkwater et moi, on a ricané un peu, et puis le silence a duré une quinzaine de secondes de trop. Ralph s'est levé et il est parti dans les bois. « Vraiment malin de ta part, Leo. Félicitations.

— Ah, tu me gonfles, Birdsey. J'arrive pas à savoir s'il est indien, afro ou quoi. »

Autre chose minait nos rapports avec lui : la mort de sa sœur. Je ne l'ai pas compris tout de suite. Je ne voyais pas ce qui pouvait causer ses changements d'humeur. Il n'échappait à personne que Penny Ann était enterrée dans le cimetière indien, et je le savais comme tout le monde. Il y avait aussi la tombe de son cousin Lonnie, qu'on ne pouvait pas manquer. *À la mémoire d'un soldat des temps modernes.* La pierre tombale de Penny Ann, au contraire, avait à peu près la taille d'un dictionnaire. On y lisait *P.A.D. 1948-1958.* C'est tout.

Chaque semaine, quand on passait la tondeuse dans le cimetière indien, Ralph tirait une gueule sinistre. Rien de ce qu'on pouvait dire alors ne lui paraissait drôle. Je croyais comprendre. Puis, un jour, révélation : ce n'était pas seulement le lieu où se trouvaient la tombe de sa sœur et celle de son cousin. C'était bien pire. C'était là que ce salaud de Monk avait amené Penny Ann pendant la tempête de neige. Là qu'on avait retrouvé son corps.

Dell aimait bien garder le cimetière indien, le plus petit des cimetières de la ville, pour le vendredi après-midi. On avait toujours fini avant l'heure et, la plupart du temps, il sortait sa bouteille de Seagram's et commençait déjà à fêter le week-end. Un après-midi de grosse chaleur, Leo a eu la brillante idée de nous faire remonter le sentier jusqu'à la Cascade, puis de descendre au bord de la rivière pour une baignade. Je pensais que c'était un endroit que Drinkwater aurait voulu éviter. J'étais moi-même un peu réticent. Mais, à ma surprise, Ralph nous a suivis. Je ne me souviens pas que Thomas ait été présent ce jour-là. Peut-être était-ce au moment où il s'était coupé le pied.

Il y avait partout des écriteaux « passage interdit » et une barrière métallique bordait la falaise, de chaque côté, à l'endroit où l'eau se déversait dans la gorge. La municipalité avait aménagé tout ça des années plus tôt, après le meurtre de Penny Ann. Mais, en 1969, tous les panneaux étaient rouillés et dégradés. Et les jeunes avaient depuis longtemps ouvert une brèche dans la barrière et tracé un sentier pour descendre au bord de l'eau.

Leo est passé le premier. J'ai suivi en galopant dans le sentier abrupt. Drinkwater fermait la marche. Arrivés au bord de l'eau, Leo et moi, on s'est déshabillés en vitesse et on est entrés dans l'eau verte. Ralph a ôté brusquement ses chaussures et ses chaussettes et il a jeté son portefeuille sur le tas de vêtements. Il s'est avancé dans l'eau, en jean et en débardeur. Je me suis interrogé sur le pourquoi de cette pudeur, mais en m'abstenant de toute plaisanterie. Sans vraiment comprendre les raisons de sa retenue, je les pressentais vaguement. Contrairement à Leo.

« Dites donc, les gars ! Regardez ! » nous a crié Leo, dominant le grondement de l'eau. Il montrait le milieu de la rivière. « Putain de merde ! Est-ce que ce serait ce que je crois ? »

Ralph et moi l'avons regardé plonger, nager sous l'eau jusqu'à l'endroit qu'il avait indiqué, et refaire surface. « Je n'en crois pas mes yeux ! C'est bien ça !

— Quoi donc ? » ai-je demandé. Ralph et moi, on attendait, cloués sur place.

Au lieu de répondre, Leo a replongé et refait surface. « Ouais, c'est bien ce que je pensais. Putain de merde !

— Qu'est-ce que tu racontes ?

— C'est Mary Jo Kopechne. La gonzesse a dû descendre jusqu'ici avec le courant depuis le Massachusetts. Dingue ! » Il a éclaté d'un gros rire qui a ricoché jusqu'au faîte des arbres. « La vache, je vous ai bien eus ! »

J'ai jeté un coup d'œil inquiet du côté de Ralph. « La ferme, Leo ! lui ai-je crié.

— Qu'est-ce qui te prend, Birdsey ? T'es apparenté aux Kennedy ou quoi ? »

À ce moment-là, Ralph a plongé. J'ai attendu. Il a refait surface une quinzaine de mètres plus haut. Il est remonté sur la rive et a disparu dans les bois.

Moi-même, j'ai nagé à contre-courant, pour m'éloigner de Leo. Je suis resté là cinq ou dix minutes à essayer de me calmer. Quand je suis revenu à la Cascade, Leo m'a appelé. Il me montrait quelque chose, le doigt pointé en l'air.

Ralph était remonté par le sentier, mais, au lieu de se faufiler par le trou dans la barrière, il escaladait les derniers trois ou quatre mètres de paroi rocheuse. On l'a observé en silence jusqu'à ce qu'il atteigne le sommet du côté non protégé. Là, il s'est mis à grimper dans l'énorme chêne qui pousse juste au bord du rocher. Il est monté si haut dans les branches et le feuillage que j'en étais malade de le scruter. Finalement, il s'est assis à califourchon sur une branche et, avec son fameux petit sourire, il a regardé l'eau se déverser. J'étais surtout frappé par la solitude de sa situation : l'Indien noir, l'ouvrier non saisonnier. Le jumeau privé de sa jumelle. Quelque chose en lui me remplissait de tristesse. Une souffrance, que l'on devinait à la façon dont il était assis sur cette branche, sans qu'elle soit tout à fait apparente. Quelque chose d'indéchiffrable aussi.

« Allez, vas-y, Drinkwater ! lui a crié Leo. Allez, un plongeon, espèce de dégonflé. Saute ! »

J'ai vu le corps de Penny Ann passer par-dessus bord et tomber. « Tais-toi ! ai-je hurlé en lui donnant un coup de poing dans la figure.

— Non, mais qu'est-ce qui te prend ?

— Tu vas te taire, espèce de con ! » Je l'ai attrapé par le poignet au moment où il allait me rendre mon coup de poing. La lutte a continué sous l'eau. Je lui avais ouvert la lèvre. Il avait du sang sur les dents. Je l'ai immobilisé par une prise arrière. « C'est ici que sa sœur est morte, crétin, lui ai-je sifflé à l'oreille. Le type a balancé le corps de là-haut...

— La sœur de qui ? De quoi tu parles ? »

On a levé les yeux. Debout à présent, Ralph se balançait sur la branche. Pendant quelques secondes, j'ai cru qu'on allait assister à son suicide. Puis il est retourné vers le tronc de l'arbre, il est redescendu de branche en branche. Il a retouché terre, au bord de la falaise. Il s'est accroupi pour passer à travers la barrière et s'est enfoncé dans les bois. J'ai nagé en m'éloignant de Leo le plus possible : je l'aurais roué de coups, je lui aurais défoncé le portrait...

Quand, une fois rhabillés, on est revenus au camion, tirant Dell de sa stupeur, Drinkwater n'avait pas reparu. « Qu'il aille se faire foutre, ce petit salaud, a dit Dell. C'est l'heure de partir. Je vais pas attendre éternellement. » Il a passé une vitesse et on est sortis du cimetière.

Pendant le trajet de retour, ni Leo ni moi n'avons ouvert la bouche. « Tu sais, Dominick, je regrette, je t'assure, a-t-il fini par lâcher quand le camion rentrait dans la cour de la voirie. Ma mère et moi, on n'est arrivés ici qu'en 1963, tu comprends ? Je ne savais même pas que ce type avait une sœur ! »

Ce même soir, Thomas s'est mis à me faire la leçon sur les méfaits de la marijuana. Nous étions dans notre chambre, allongés dans l'obscurité, sans pouvoir trouver le sommeil. La nuit n'avait apporté aucune fraîcheur, et l'air, toujours aussi chargé d'humidité, était immobile et pesant.

J'avais prévu d'aller voir Dessa, mais elle avait appelé à la dernière minute en disant qu'elle devait travailler en remplacement d'une autre serveuse. « Si tu ne t'entêtais pas à continuer ce boulot idiot, ce genre de chose n'arriverait pas. » Elle m'avait renvoyé la balle aussitôt. Qu'est-ce que j'attendais, moi, pour quitter mon boulot idiot ? Pour me libérer les jours qui lui convenaient ?

« Je ne suis pas la petite fille à son papa, moi. Si je veux retourner à la fac le mois prochain au lieu de partir pour le Vietnam, il faut que je me casse le cul cinq jours par semaine pour payer mes études. Tu comprends, princesse ? »

Elle m'avait raccroché au nez et n'avait pas répondu quand je l'avais rappelée. Entre ce qui venait de se passer à la Cascade, avec Ralph et Leo, et ma dispute avec Dessa, je n'étais pas d'humeur à écouter les conneries de Thomas.

« Ça n'est pas bien, Dominick, cherchait-il à me persuader. Vous êtes payés pour travailler, pas pour fumer ce truc-là.

— Les types comme nous, qui travaillent défoncés, sont bien plus rentables pour la ville que des gars sérieux comme toi. Bien plus rentables.

— C'est pas la question. Quand tu fumes cette saloperie, tu n'es plus le même. En plus, tu enfreins la loi. Et si Dell s'en aperçoit ?

— Si Dell s'en aperçoit ? Il est tellement accro au travail qu'il passe son temps à dormir ! C'est lui qui irait nous balancer ?

— Et si Lou Clukey a vent de ce qui se passe ? Je suis désolé, Dominick, mais vous empestez quand vous avez fumé ce machin. Vous avez les yeux qui brillent, toi surtout. J'ai vu des gars des autres équipes vous dévisager tous les trois quand on rentre au hangar. Si Lou appelait les flics ? M'man serait ravie d'apprendre qu'on t'a arrêté. Et Ray, qu'est-ce que tu crois qu'il te ferait ? »

C'était de la parano, lui ai-je dit. Personne ne nous dévisageait.

« Ah ouais, tu crois ?

— Écoute, tout le monde se défonce dans ce pays, sauf des petits saints comme toi. On fait notre travail. En voilà une affaire !

— Alors, très bien. Va dire ça à Lou Clukey.

— Qu'il aille se faire foutre ! Il ne me fait pas peur. Ray non plus. » J'ai fermé les yeux et je me suis tourné contre le mur. « Et toi aussi, tu peux aller te faire foutre, Thomas.

— Très bien. Excuse-moi de m'inquiéter pour mon frère.

— Je n'ai pas besoin qu'on s'inquiète pour moi. Tu piges ? Je me suis toujours pris en charge. Celui qui donne du souci à tout le monde, c'est toi. Pas moi. N'oublie pas. C'est toi qui fais tout foirer. »

Je m'en suis voulu aussitôt. Je l'ai revu tout tremblant devant cette mallette de machine à écrire qu'il avait bousillée... En larmes à la table de la cuisine pendant que Ray l'éreintait à cause de ses notes. Faisant la tête quand on travaillait, parce que je n'étais plus prêt à rester attaché à lui par la hanche.

Il m'a demandé ce que ça signifiait.

« Quoi ?

— Ce que tu viens de dire. Que je fais tout foirer. Que je donne du souci à tout le monde.

— Ça signifie que tu ferais mieux de t'occuper de ta vie foireuse plutôt que de te mêler de la mienne... Écoute, tire donc une taffe d'herbe de temps en temps. C'est pas une affaire d'État. Entre un peu dans la course, nom de Dieu ! »

Un silence de plusieurs minutes. Puis Thomas a repris :

« Je peux te demander quelque chose ?

— Pas s'il s'agit de marijuana. Le sujet est clos.

— Non, c'est à propos de toi et de ta copine.

— Eh bien ?

— Elle et toi... vous couchez ensemble ?

— Pourquoi ? Tu vas me tapiriser sur la baise avant le mariage, maintenant ?

— Non. J'avais juste envie de savoir.

— Ce que je fais avec Dessa ne te regarde pas... Envie de savoir quoi ?

— Comment ça fait, a-t-il répondu au bout de quelques instants.

— Tu le sais bien. Ne me dis pas que tu ne t'es jamais réveillé au milieu d'un rêve érotique, ou que tu ne t'es jamais fait des petites choses. Ta sainteté ne va tout de même pas jusque-là !

— Je voulais dire ce que ça fait d'entrer dans le ventre d'une fille. »

Silence. Là, je me suis étonné moi-même : « C'est bon, incroyablement bon. Le partage d'une relation intime avec l'autre. » Le lendemain, j'appellerais Dessa pour m'excuser. Je lui enverrais des fleurs peut-être, je lui achèterais une carte d'amoureux. Ou bien j'irais l'attendre au Dial Tone après son travail. « C'est comme... comme si nos deux corps étaient aimantés. »

Allongé sur ma couchette au-dessus de celle de mon frère, j'ai bandé rien qu'en pensant à elle. « Quand elle est excitée... elle mouille. »

Je me suis touché, comme me faisait Dessa. J'avais envie d'elle, de son désir à elle. « Elle te désire. Elle t'attend. Et quand tu la pénètres, c'est comme... comme... »

Soudain, j'ai été frappé par cette nouvelle intrusion de mon frère dans mes affaires personnelles. Il voulait encore s'approprier un morceau de ma vie au lieu de vivre la sienne.

« C'est comme quoi ?

— Rien. Ça ne te regarde pas. Si tu veux savoir ce que ça fait, trouve-toi une fille et baise-la comme il faut. Et commence par te défoncer. Ce sera encore mieux. Maintenant tais-toi et dors. » Je me suis retourné sur le ventre en soupirant et j'ai retrouvé mon calme.

Quelques minutes se sont écoulées. « Dominick, tu ne dors pas ? » Je n'ai répondu qu'au bout d'une bonne minute : « Qu'est-ce que tu veux ?

— Tu sais, quand tu fumes de l'herbe, c'est juste que ça m'inquiète. Je ne veux pas qu'il t'arrive malheur. Tu es mon frère, et je t'aime. Tu comprends ? »

Je n'ai rien dit, je n'aurais même pas su quoi répondre. Cette déclaration d'amour fraternel impromptue me désarmait et me gênait.

Je pouvais toujours copiner avec qui je voulais pendant l'été, aller faire l'amour avec Dessa sept nuits par semaine, jamais, jamais, je ne me débarrasserais de Thomas...

Il s'est endormi bien avant que, finalement, je ne lui réponde, en partie à haute voix, en partie en mon for intérieur. « Moi aussi, je t'aime », ai-je soufflé dans le noir, alors qu'il ronflait déjà.

« *Vous savez ce qui me déprime quand je repense à cette petite conversation qu'on a eue cette nuit-là tous les deux ? C'est qu'à cette époque il était encore là.*

— De quelle manière ?

— Il était encore capable de penser à quelqu'un d'autre que lui-même. Son cerveau devait déjà être atteint par la maladie. Cette histoire de machine à écrire, c'était sûrement déjà ça. Mais il était encore là. Et j'ai tout saboté. J'ai gâché les dernières semaines qui nous restaient... Mais je n'avais qu'une envie : me détacher de lui. Faire partie de la bande, être un des Trois Pauv' Cons à l'arrière du camion de la ville. Être l'amant de Dessa. J'en avais tellement marre de...

« Plus tard, quand la maladie l'a envoyé au tapis, il a perdu cette faculté de penser aux autres, de se soucier de quelqu'un, à part lui. Ses ennemis... Enfin, oui et non. Puisqu'il veut toujours sauver le monde civilisé des espions et des communistes. D'une certaine façon, il continue à se soucier des autres, mais pas... pas de moi, il faut croire... Ces voix ont englouti tout le reste...

« Je me souviens, le matin de mon mariage avec Dessa. Je me suis préparé de bonne heure et Leo m'a emmené le voir à l'hôpital, en costard. À ce moment-là, il allait très mal ; impossible qu'il assiste au mariage. Alors Leo m'a attendu dans la voiture et je suis entré seul, en smoking. Je lui ai dit : "Tu sais, Thomas, si tu n'étais pas si malade, c'est toi qui serais mon garçon d'honneur."

— Comment a-t-il réagi ?

— Je ne sais plus. Il était ailleurs, plus ou moins dans le coaltar à cause de ce qu'il prenait à l'époque. Du librium, je crois. Je ne sais plus. J'ai noté ça quelque part, tous les médicaments qu'on lui donnait. Si vous voyiez les dossiers que j'ai sur lui ! Un plein classeur. J'ai commencé à tout garder avec ma mère, et quand elle est morte j'ai continué...

« Je me rappelle, le jour où je suis allé à Settle lui annoncer qu'elle avait cessé de se battre contre la maladie. Ray est venu avec moi, mais il est ressorti aussi vite. Je me demandais comment Thomas allait réagir. Il a pris la chose plutôt... philosophiquement. Il a bien compris qu'elle était morte... et vous savez ce qu'il a fait ? Il m'a sorti ce bouquin, La Vie des saints. *Et il s'est mis à me parler de la mort de M'man comme si elle était une sainte d'il y a cinq cents ans, torturée par le pape Je ne sais qui.*

— Vous voulez un Kleenex, Dominick ? Ils sont là. Servez-vous.

— Ça va... Vous savez quand je l'ai vu réagir ? Le soir où je suis allé

253

lui rendre visite après la naissance d'Angela. Je lui avais apporté un cigare "C'est une fille". Je lui ai annoncé qu'il avait une nièce, et il a été content, je me rappelle. Oncle Thomas. Large sourire... Mais, ma fille, il ne l'a jamais vue. On ne la lui avait pas encore amenée. Trois semaines ! On voulait la lui montrer le week-end suivant. Mais elle est morte.

« Globalement, j'arrive à accepter le fait que la maladie l'a absorbé totalement, a réussi à faire ce à quoi je me suis efforcé toute ma vie : à nous séparer. À nous déjumeler. Pour être honnête, à certains moments, j'ai souhaité très fort qu'il me soit rendu, j'ai eu terriblement besoin de lui.

— Tenez, prenez un Kleenex.

— La nuit où notre bébé est mort. Et puis, un an plus tard, quand tout s'est cassé la gueule. Quand elle m'a dit : "J'ai besoin de respirer, Dominick, tu pompes tout l'oxygène." Quand vous entendez ça de la bouche de celle que vous aimez. De celle dont vous avez besoin plus que... Enfin bon... Pour une fois, j'aurais voulu lâcher les armes, ne plus me défendre, et partager...

— Partager quoi, Dominick ?

— L'amour de mon frère. J'avais envie de lui dire : "Thomas, je suis mort de trouille", et de me cramponner à lui pour sauver ma peau. Parce que c'est mon frère, vous comprenez. Seulement, à ce moment-là, il n'y avait plus de Thomas. Il était ce type ventripotent avec sa coupe de cheveux réglementaire, en pantalon et en chemise gris. L'apprenti de Jésus. Le type que le FBI et le KGB voulaient supprimer.

« Mais le plus curieux, vous savez, quand j'y repense... Quand je repense à cet été où on tondait les pelouses et où on jouait au grave-ball et à chat tous les quatre... Je me dis que ça aurait pu tomber sur n'importe lequel d'entre nous... Ralph, Leo, moi. Surtout moi.

« Pourquoi est-ce tombé sur lui plutôt que sur moi ? Son vrai jumeau. Sa moitié. Je n'ai jamais compris. Pourquoi ça a été Thomas, et pas moi. »

20

Ray a fait mariner mon frère avec la fac jusqu'à la mi-août, et puis un soir, à table, il a annoncé qu'il lui donnait une dernière chance. Il a tendu à ma mère un chèque de deux mille dollars pour nos frais de scolarité, qui étaient à régler cette semaine-là.

« Dieu te bénisse, Ray », a dit M'man en fondant en larmes. Ray adorait passer pour un grand héros, un sauveur.

Il ne regretterait pas son geste, lui a promis Thomas, qui, ayant compris la leçon, prendrait désormais de l'avance pour les devoirs à remettre et se coucherait plus tôt. Au lieu de rester enfermé dans sa chambre, quand il serait énervé, il irait se promener. Il travaillerait en bibliothèque avec moi. Pendant ce dîner où Thomas énumérait toutes ses résolutions, je me suis pour ma part promis une bonne chose : que mon frère s'en sorte ou non, ce serait sans mon aide. Je n'étais pas prêt à lui tenir la main, à l'emmener à la bibliothèque, ni à le couvrir s'il recommençait à se défouler sur notre machine à écrire.

Je n'allais plus habiter avec lui non plus. Trois semaines auparavant, Leo et moi étions allés demander au service du logement de l'université s'il serait possible de partager une chambre à South Campus. On venait de nous avertir que le changement avait été effectué. En plus de quoi j'avais le projet de filer au Boston College tous les week-ends pour être avec Dessa et ne pas mettre en péril la meilleure chose que j'avais jamais eue dans ma vie.

Le problème, c'était la bagnole. Si je voulais voir ma copine, je ne pouvais guère me lancer sur l'autoroute du Massachusetts avec ma bicyclette. Faire du stop, c'était économique mais peu sûr. Ça pouvait même être un peu fou. J'avais eu toute une série d'expériences malheureuses : un type qui prétendait transporter des explosifs dans son coffre, un conducteur dont la femme était camée au LSD et qui croyait que ma tête avait pris feu. Il y a toutes sortes de cinglés parmi les gens prêts à s'arrêter pour vous charger. Il me fallait une voiture.

J'avais réussi à mettre de côté presque onze cents dollars pendant l'été. En accord avec Ray, je devais en ajouter cinq cents au prêt qu'il me faisait pour couvrir les frais à la fac. J'avais le projet d'utiliser une bonne partie du reste pour acheter une chignole d'occasion et payer l'assurance. Je garderais le reliquat pour les dépenses courantes. Seulement, à présent, une autre idée me tournait dans la tête : offrir un diamant à Dessa pour Noël. Je n'avais que dix-neuf ans, mais quoi ? J'allais avoir vingt ans après les vacances. Elle était la femme de ma vie, j'en étais plus que certain. Et j'étais fait pour elle. Elle l'avait dit elle-même – le seul type avec qui elle se sentait en sécurité. Périodiquement, je me voyais casser la gueule à ces deux salopards avec qui elle était sortie et qui lui avaient fait du mal. D'après ce que je savais, le joueur de tympanon habitait toujours Boston ; il pouvait parfaitement resurgir dans sa vie. Elle pouvait aussi rencontrer quelqu'un d'autre, un inconnu sans visage à qui je n'avais même pas défoncé le portrait pendant mes rêves éveillés. Si je pouvais acheter une voiture pour deux cents dollars et trouver un boulot à temps partiel une fois rentré à la fac, je pourrais commencer à économiser pour une bague de fiançailles. Bien sûr, je ne pourrais pas lui offrir un bouchon de carafe comme celui que portait sa mère. Je n'en aurais pas les moyens, même dans mille ans. Mais les Constantine avaient beau être riches, Dessa n'attachait guère d'importance aux choses matérielles. Depuis que ses parents étaient rentrés de Grèce, elle s'était accrochée avec son père sur plusieurs points, dont l'intérêt qu'il portait à l'argent. Dont ma pomme.

J'avais été convié chez les Constantine pour une inspection générale la semaine qui avait suivi leur retour d'Europe. Ça faisait drôle de porter une veste et une cravate et de traverser poliment les pièces où Dessa et moi avions gambadé à poil. Le pire a été le dîner : tous les cinq autour de la belle grande table de la salle à manger. La mère n'arrêtant pas de me poser des questions quand j'avais la bouche pleine. J'ai renversé de la sauce sur la nappe toute neuve qu'ils venaient de rapporter de voyage. Et puis Angie, la petite sœur, m'a dit devant tout le monde que j'étais « bien foutu ». Tel que. Elle n'est pourtant pas si petite que ça. À dix-sept ans, elle devrait savoir se tenir. Elle a l'âge de ne plus embêter sans arrêt sa grande sœur. Or elle est experte en la matière.

Mais le clou, c'était le père. Chaque fois que je tournais les yeux vers lui, je le voyais me dévisager carrément tout en mangeant. Je m'attendais presque à ce qu'il éteigne les lumières pour faire passer les films de sa caméra de surveillance montrant que j'avais baisé sa fille un peu partout dans leur belle maison.

La deuxième fois que j'ai vu Diogène Constantine, c'était chez Constantine Motors. Je voulais éviter d'y aller – je trouvais que ce n'était pas une bonne idée, mais Dessa avait insisté. « Ils ont un hectare entier de voitures d'occasion, Dominick. Je suis sûre que Papa fera tout ce qu'il pourra pour toi. » Or le vieux nous a accueillis fraîchement dans son bureau, et il nous a refilés à son neveu George, une tête de buse qui travaillait dans l'affaire. George me montrait des voitures à plus de mille dollars et, chaque fois que j'en repérais une, il levait les yeux au ciel. « Mortel. Je ne voudrais pas te vendre ça, a-t-il dit devant une Fairlane cabossée qui ne valait que cent cinquante dollars de plus que ce que je voulais mettre. Je ne dormirais pas de la nuit si je savais que ma cousine roule dans cette bagnole. » La visite s'est terminée sans qu'on ait fait affaire.

En désespoir de cause, j'ai mis un avis sur le tableau d'affichage, au travail, disant que je cherchais une voiture à deux cents dollars environ. J'avais déjà fait le tour de tous les entrepôts de véhicules d'occasion des environs de Three Rivers. J'avais en tête pratiquement toutes les petites annonces. Rien.

Statu quo aussi avec Thomas, à qui je devais annoncer que nous n'allions plus habiter ensemble. Sous peu, notre boulot de l'été allait prendre fin et on allait retourner à la fac. Il fallait absolument l'informer du changement. Mais je n'arrivais pas à passer à l'acte.

Je remettais toujours à plus tard, et puis enfin, un matin, alors que nous partions travailler par une chaleur torride – humidité tuante, température atteignant les trente degrés, pas un souffle –, je me suis dit : bon, allons-y, quand on sera à Stanley's Market, je lui parle. Il faut que je cesse de m'en faire une montagne.

Mais à l'endroit en question, c'est mon frère qui a ouvert la bouche. « Dominick, tu peux me rendre un service ?

— Quoi ?

— Tu pourrais demander à Dell de ne plus m'appeler Qu'en-a-pas ? »

Tout l'été, avec Dell, j'étais resté en terrain neutre : je faisais mon travail, je fermais ma gueule, et j'étais celui des frères Birdsey qu'il préférait. « Écoute, tu as encaissé ses conneries tout l'été. Il ne reste plus que deux semaines. Après, ce sera de l'histoire ancienne. Ignore-le, voilà tout.

— J'en ai marre de l'ignorer. Ça te plairait, toi, qu'on t'appelle comme ça ?

— Alors dis-lui toi-même, à ce fils de pute. Débrouille-toi tout seul pour une fois.

— Très bien, Dominick. Merci pour rien.

— À ton service. »

On a fait le reste du chemin sans s'adresser la parole.

On avait l'habitude, le matin, de tchatcher avec les gars des autres équipes, pendant que Clukey et ses subalternes organisaient le travail de la journée. Ralph et moi, on était en pleine discussion avec quelques autres pour savoir si Tom Seaver et Koosman pourraient mener les Mets en finale, quand Dell m'a sifflé et m'a fait signe de venir.

« Hé, Lassie, a lancé quelqu'un, t'as intérêt à te bouger en vitesse. Timmy t'appelle. » Tout le monde a rigolé.

« Dites donc, j'apprécie pas vraiment, ai-je déclaré en m'approchant. Quand vous avez besoin de moi, vous pourriez m'appeler par mon nom au lieu de me siffler. »

Il n'a pas relevé. « Je viens de voir ça, m'a-t-il dit en tapotant mon petit papier sur le tableau d'affichage. Tu cherches toujours une voiture ?

— Oui. Plus que jamais. »

Il avait une Valiant de 1962 garée derrière chez lui, m'a-t-il expliqué ; ça l'arrangerait peut-être de la vendre. C'était la voiture de sa femme avant sa sclérose en plaques. Personne ne s'en servait.

« Dans quel état ?

— La batterie est sans doute morte, la carrosserie un peu rouillée, mais le moteur est bon. Elle n'a guère que quatre-vingt-dix mille kilomètres. Tu y mets un peu de fric, et t'as un petit bijou.

— Vous en voulez combien ?

— Il faudrait que j'en tire un peu plus de deux cents dollars. Tu devrais venir jeter un coup d'œil ce week-end. J'habite dans Bickel Road, juste après l'ancienne fabrique. On pourra discuter du prix à ce moment-là si ça t'intéresse.

— D'accord. Merci.

— Mais passe d'abord un coup de fil. Je risque d'aller et venir. Je suis dans l'annuaire. »

Ce jour-là, on débroussaillait au réservoir, attaqués toutes les deux secondes par les moustiques, les puces de bois et les taons. Lou Clukey et son équipe étaient là avec la machine à débiter du bois, si bien qu'on bossait tous comme des malades, même Dell. Les insectes, la chaleur et le boucan de la machine nous tapaient sur les nerfs. Clukey et ses gars sont partis juste avant midi, nous laissant finir le boulot.

On était assis tous les cinq autour d'une table à pique-nique, penchés sur notre déjeuner, quand tout d'un coup Dell a levé les yeux vers Thomas et lui a dit : « Va au camion me chercher mes cigarettes, Qu'en-a-pas, tu veux ? »

Thomas m'a regardé, puis il s'est tourné vers Dell. « Allez vous faire voir », a-t-il lâché.

Dell a esquissé un sourire. Il a prié Thomas de répéter ce qu'il venait de dire.

« Vous feriez mieux de ne plus m'appeler comme ça. »

Dell a posé son sandwich. Il a appuyé son menton sur sa main et a regardé mon frère comme s'il était subitement devenu la chose la plus drôle du monde. « T'appeler comment ?

— Vous savez bien. Je ne plaisante pas, je vous préviens. »

Quand, le matin même, j'avais conseillé à Thomas de ne pas se laisser faire, je ne pensais pas que ça tournerait à la fusillade à Dodge City. Je croyais qu'il parlerait à Dell discrètement, dans le camion par exemple. Avec Thomas, c'était toujours le problème : on lui prêtait plus de flair qu'il n'en avait quant à la façon de s'y prendre avec les gens. Une épreuve de force en présence de toute l'équipe, c'était exactement la chose à éviter avec Dell Weeks.

« Tu me préviens ? » a ricané Dell.

Thomas s'est levé de table, et il est resté là à cligner des yeux.

« Il ne vous prévient pas, il vous demande quelque chose. »

Dell m'a fait taire d'un geste de la main. « Tu me préviens, c'est ça que tu as dit, Qu'en-a-pas ? Tu me préviens de quoi ? »

Thomas a fait la moue. Sa lèvre inférieure tremblait. *La dé-fense, Tho-mas, la dé-fense !*

« Laisse tomber, Dell, a dit Drinkwater. Il fait trop chaud pour ces conneries. »

Dell s'est levé. Il a bombé le torse, remonté son pantalon et fait le tour de la table pour se poster devant mon frère. Avec son mètre quatre-vingts ou plus, il dépassait Thomas de presque dix centimètres et pesait bien vingt-cinq ou trente kilos de plus que lui.

« J'attends, Qu'en-a-pas. De quoi tu me préviens ? »

Thomas était tout rouge et décontenancé. Et nous, on regardait comme des idiots.

« Tu veux te battre, c'est ça ? T'en as assez dans le bide pour faire quelques rounds avec ton chef ? » D'une pichenette il a fait reculer Thomas d'un pas. J'ai senti tout mon corps se contracter.

Thomas nous a regardés les uns après les autres, moi, Leo et Ralph, puis il s'est adressé à Dell. « Non, je n'ai pas l'intention de "faire quelques rounds avec vous", mais, si vous n'arrêtez pas, j'en parlerai à Lou Clukey. Je lui dirai que vous m'embêtez. »

Dell nous a toisés avec un large sourire. « Eh bien, va lui dire ce que tu veux, monsieur Qu'a-pas-de-biroute. Va pleurnicher auprès de ton-ton Clukey et fais-lui savoir que le Grand Méchant Loup s'est fichu de toi et que t'as pas été foutu de te défendre tout seul. »

Dell s'est avancé vers mon frère et lui a tapé sur la poitrine avec le dos de la main. À trois reprises. « Évidemment, tonton Clukey aura peut-être une ou deux petites autres choses en tête. Comme les trottoirs neufs de Broad Street prévus pour la semaine prochaine, ou le pavage de Nestor Avenue. Mais je suis sûr qu'il laissera aussitôt tomber ce qu'il est en train de faire et qu'il viendra me coller une fessée pour avoir donné un vilain nom à notre petit minet en sucre. »

— Vous pouvez pas arrêter ? C'est tout ce que je vous demande. Arrêtez juste de m'appeler comme ça ! » s'est écrié Thomas en trem-blant.

Dell s'est avancé tout près de son visage. Il a tendu une main et s'est mis à lui masser l'épaule. « Écoute, je vais te proposer un marché, ici et maintenant. Tu vas baisser ton pantalon et nous montrer, à mes témoins et à moi, que tu es dûment pourvu, et alors je n'aurai plus qu'à te trouver un nouveau nom.

— Nom de Dieu », a grommelé Ralph.

La main de Dell est passée de l'épaule à la nuque de Thomas, qui a frémi. « Qu'est-ce que t'en dis, Qu'en-a-pas ? T'es prêt à nous montrer une fois pour toutes que c'est pas une chatte que t'as là entre les jam-bes ? » Il a reniflé autour de lui avec un petit sourire. « Vous sentez ce que je sens, les gars ? Ça peut être que du poisson pourri, ou alors l'odeur de son con. »

Leo a ri nerveusement, sur une seule note.

Thomas a avalé sa salive, sans rien dire.

« Non, t'es pas d'accord, Qu'en-a-pas ? C'est bien ce que je pensais. T'as décidément pas ce qu'il faut entre les jambes pour te frotter à moi. La preuve est faite. »

Il nous a regardés, Leo et moi, en souriant nettement moins. Il paraissait plus pitoyable que triomphant. Il nous a dit de prendre les faux dans le camion et de commencer à faucher le pré. Quand on aurait fini, on pourrait aller remplir les cruches à la source. Qu'on prenne notre temps. On pourrait faire trempette dans le réservoir si on voulait. On avait assez travaillé comme des bidasses pour la journée. On pouvait décompresser un peu.

Ce sont les sanglots de Thomas qui nous ont fait nous retourner. Il tirait sur sa boucle de ceinture, et ses mains cherchaient le bouton-pression de son jean.

« Non ! » lui ai-je gueulé.

Il a fait tomber son pantalon et son caleçon sur ses genoux et il est resté là, à chialer, à moitié nu. « Vous êtes content maintenant ? a-t-il crié à Dell. Vous allez la fermer et me laisser tranquille à présent ? »

Ralph et Leo ont tourné la tête. Dell hochait du chef en souriant. « Pathétique, a-t-il dit, absolument pathétique. »

Je me suis précipité devant mon frère pour le cacher. Son humiliation était aussi la mienne. « Remonte ton pantalon, nom de Dieu ! lui ai-je crié. Qu'est-ce qui te prend ? »

Seul Ralph était encore assis, avachi sur la table. Il continuait à manger, mâchant rageusement et marmonnant quelque chose que je n'entendais pas.

« Allez, Ralph, on y va, a fait Dell. C'est fini, le déjeuner.

— Va te faire foutre, a rétorqué Drinkwater. On a encore six minutes. Qu'on me dise pas que c'est fini quand c'est pas fini. » Son bras a balayé la table, envoyant valser gamelles et Thermos.

Dell le fusillait du regard. Puis, sans un mot, il s'est approché, il a soulevé la table par le côté, l'a redressée puis retournée. Ralph s'est retrouvé par terre, les jambes coincées sous le banc.

Dell s'est accroupi à côté de lui. « Maintenant, à moins que je meure et que tu passes chef d'équipe, tu vas bouger ton sale cul d'Indien et retourner au travail, sinon je te vire d'ici avant que tu puisses compter jusqu'à dix. J'y pense, j'ai un travail tout trouvé pour des durs à cuire comme toi et La Biroute. Je vous réserve un boulot de choix. »

Dell a envoyé Drinkwater et mon frère dans la partie du réservoir la plus boueuse et la plus infestée de bestioles – or, j'avais entendu Lou Clukey lui dire qu'on n'avait pas à s'occuper de ce coin-là.

J'ai failli parler. J'ai ouvert la bouche et je l'ai refermée deux, trois fois de suite, rien n'est sorti. Les brutalités de Dell me rappelaient exactement celles de Ray, et la terreur familière s'est installée dans mon ventre, mes bras, mes jambes. J'étais paralysé. Si bien qu'au lieu de protester j'ai pris une faux, je suis allé dans le pré, et je me suis mis à faucher. À chaque brin d'herbe, c'était la gorge de Dell que je tranchais. Et celle de Ray. À chaque coup de faux, je les abattais tous les deux.

À la fin de la journée, Drinkwater et Thomas sont montés à l'arrière du camion avec nous. Ils étaient couverts de boue, criblés d'égratignures et de piqûres d'insectes. Personne n'a rien dit pendant plusieurs kilomètres. Soudain, sans prévenir, Ralph a donné un tel coup de pied dans le hayon arrière que j'ai cru un instant que le camion avait heurté quelque chose. Dell a regardé dans le rétroviseur l'origine de ce raffut. « T'as raison, espèce d'enculé, vaut mieux regarder ce que t'as dans le dos, a dit Ralph en lançant un regard furieux à la face de Dell dans le rétro. T'as intérêt à m'avoir à l'œil à partir de maintenant. »

Au lieu de rentrer directement au garage comme d'habitude, Dell s'est arrêté sur le bas-côté de la route, il a coupé le moteur, et il est venu à l'arrière.

« J'ai quelque chose à vous dire à propos de ce qui s'est passé là-bas à l'heure du déjeuner, nous a-t-il informé. Je vous parle à tous en même temps pour qu'il n'y ait pas de malentendu. Ce qui se passe dans notre équipe doit rester entre nous. Compris ? Ça ne regarde personne. »

Ses yeux inquiets sont passés de Leo à Ralph et à mon frère, et se sont arrêtés sur moi.

« Ah ouais ? ai-je dit.

— Parfaitement. Ce qu'on fait ne regarde que nous. Ça ne regarde pas Clukey. Ni personne dans les autres équipes. Mes gars et moi, on se couvre les uns les autres. » Il a désigné mon frère avec son menton. « Ce spectacle qu'il nous a offert là-bas aujourd'hui, quand il a retiré son pantalon et qu'il s'est mis à chialer comme un bébé, ils adoreraient ça, une histoire pareille. Mais jamais ils n'en entendront parler.

— C'est vous qui l'avez poussé », lui ai-je rappelé.

Dell a fait un pas vers moi, avec un regard si dur et si haineux que je n'ai pas pu le soutenir. « C'est comme ce shit que vous avez fumé tout l'été pendant le travail, La Biroute. Vous vous en êtes payé avec votre marijuana. Vous avez cru que je ne voyais rien ? Vous avez cru me posséder ? Eh bien non, pas du tout. Si Clukey apprenait que vous avez tiré toutes ces petites taffes, vous verriez tout de suite arriver le fourgon de police et vos vieux. Mais nos faits et gestes, ça ne regarde que nous, personne d'autre. D'accord ? Tant que vous faites votre boulot, je ne vois rien. Compris ? Une main lave l'autre. »

On était là tous les quatre, sidérés. Puis Drinkwater a sauté du camion par le côté et il est parti.

« Dis donc, monsieur l'Important ! » lui a crié Dell. Ralph n'a pas répondu, ne s'est même pas retourné. « Et ta feuille de présence, monsieur Je-sais-tout ? T'as envie de perdre ta paye de la journée ? »

Sans un regard, Ralph a levé une main, le médius pointé en l'air. On l'a vu disparaître derrière une haie, de sa démarche pleine d'arrogance.

Dell est remonté dans le camion et il a démarré.

« Tu te rends compte que cet enfoiré nous a espionnés ? » m'a murmuré Leo. Je lui ai dit qu'il avait intérêt à la boucler.

Thomas a lâché le boulot. Sans m'en parler, sans me demander de l'accompagner auprès de Lou Clukey. Rien. Dell a garé le camion, coupé le moteur, et mon frère est allé droit dans le bureau de Clukey. Tout a été réglé en moins de trois minutes.

Rentrer à la maison avec lui était au-dessus de mes forces – je ne supportais pas d'entendre ses jérémiades ou ses je-te-l'avais-bien-dit à propos de nos fumettes. Je n'étais pas non plus à la veille de lui pardonner la façon dont il s'était avili devant les autres. Je suis parti dans la direction opposée, par Boswell, South Main et le centre-ville. Je me suis retrouvé devant le flipper de chez Tepper. Je ne voulais plus penser. Je voulais seulement taper dans ces petites boules argentées, m'acharner sur ces boutons, saisir à bras-le-corps les côtés de la machine et la faire trembler. J'ai dû y aller un peu fort. Le vieux Tepper est sorti de derrière son comptoir et m'a demandé ce qui se passait. Alors comme ça je m'imaginais que je pouvais saccager le bien d'autrui ? Qu'est-ce qui me prenait ?

Et mon frère donc ? Qu'est-ce qui lui arrivait ?

Quand je suis rentré à la maison, Thomas avait déjà ouvert son courrier de la fac. On l'informait que, pendant l'année universitaire 1969-1970, il partagerait une chambre avec un certain Randall Deitz, un étudiant qui avait demandé son transfert de Waterbury.

« Ah, génial ! Exactement ce qu'il me fallait après cette journée, a-t-il maugréé en agitant la lettre devant moi. Encore une erreur d'une secrétaire imbécile, et maintenant c'est à nous de redresser la situation ! » Il arpentait la cuisine exactement comme il avait arpenté notre chambre à la fac pendant l'année, dans un accès de rogne disproportionné.

M'man était devant la cuisinière, elle préparait une sauce pour le dîner. « Allons, calme-toi, mon petit. Tu vas peut-être pouvoir arranger ça par téléphone.

— Tous des incapables, dans cette fac ! Ça va sans doute être toute une comédie pour rectifier cette erreur idiote.

— Ce n'est pas une erreur, ai-je risqué.

— On va d'abord nous envoyer à un endroit. Et là, on nous dira : "Ah non, pas ici, dans l'autre bureau !"

— Ce n'est pas une erreur », ai-je répété. M'man et Thomas se sont tous deux tournés vers moi, attendant la suite. Incapable de regarder mon frère, je me suis adressé à ma mère. « Je ne partage plus la chambre avec lui... Je vais habiter avec Leo. »

À défaut de voir, j'ai senti mon frère gagné par la panique. Il s'est effondré sur une chaise et a croisé les bras sur la poitrine, en tendant le cou de l'autre côté.

« Quand as-tu décidé ça, Dominick ? a demandé M'man.

— Je ne sais plus. Il y a un certain temps. On est allés à la fac pour faire la demande.

— "On" ? a dit Thomas. Leo et toi ? Vous avez combiné ça dans mon dos tous les deux ?

— Quelle affaire ! » Je continuais à m'adresser à ma mère, qui a pâli. J'ai vu la peur dans son regard. « La première année, tu m'as demandé de partager une chambre avec lui, et je l'ai fait... Je voulais vous en parler, mais... je n'ai pas eu le temps.

— Ce n'est pas à moi qu'il faut le dire, c'est à ton frère.

— Ça va te faire du bien, vieux. Tu vas rencontrer de nouvelles personnes. Ce... comment s'appelle-t-il déjà ? Randall ? C'est peut-être un type très chouette. Tu t'entendras sans doute bien mieux avec lui qu'avec moi. On est trop proches, toi et moi. On se tape sur les nerfs. »

Il restait là à faire la moue, en silence.

« Eh bien, a dit M'man au bout d'une bonne minute, si vous montiez vous laver ? On va dîner d'ici une demi-heure à peu près, dès que votre père sera réveillé. Thomas, qu'est-ce que tu veux ? Du ziti ou des fruits de mer ? Choisis. »

Pas de réponse.

« M'man, je n'ai pas vraiment le temps de manger. Je sors.

— Avec qui tu sors ? Avec tes deux petits potes ? a demandé Thomas.

— Non, avec ma petite amie, si tu permets. » Tout en parlant, je dressais mon plan de bataille. Ce soir-là, Dessa travaillait au Dial Tone jusqu'à une heure du matin. Je pourrais aller jusque-là en bicyclette. Lui faire la surprise.

« Ah, la femme mystère ? La fille à qui tu as honte de présenter ta famille ?

— Je n'ai pas honte. Tu veux la connaître ? Très bien. Je peux te la présenter.

— D'accord. Quand ?

— Je ne sais pas. Un jour. »

Rire sarcastique. Il s'est mis à jouer avec le sel et le poivre, à en faire des petits tas sur la table. « Traître, a-t-il grommelé.

— Écoute, Dominick, il faut que tu manges quelque chose, a dit M'man. Il y a des aubergines dans le réfrigérateur et il reste des petits pains d'hier. Je vais faire frire quelques poivrons et te préparer un ou deux sandwichs. Tiens, sors-moi le provolone. »

Ça, c'était tout M'man : on la faisait chier, elle en bavait, mais elle vous préparait tout de même à bouffer comme si de rien n'était. Histoire de vous culpabiliser encore un peu plus.

J'allais monter dans la salle de bains, mais, à la porte, je me suis retourné vers Thomas. « Dis donc, crétin, tu veux prendre ta douche le premier ? » C'était sans doute une façon de lui demander pardon, de lui montrer que je n'étais pas un complet salaud. Depuis qu'on était gosses, c'était à celui qui prendrait sa douche en premier – comme un rituel entre nous.

Mais il n'a pas réagi. Il a pris la salière et s'est mis à lui parler. « Salut, je suis Thomas la Crotte. Ne vous gênez pas, mentez-moi, piétinez-moi. J'ai l'habitude. C'est super ! »

Aller jusqu'à la plage un vendredi soir de bruine était une entreprise quasi suicidaire, sur un vélo qui n'avait ni lumières ni cataphotes. Une heure et demie de route dans le bruit des klaxons, avec des voitures qui m'évitaient à la dernière seconde, à subir les injures des conducteurs. Je savais bien que je ne dirais rien à Dessa de ce qui s'était passé pendant cette journée de travail, et pourtant je m'imaginais lui racontant tout. Je nous voyais assis à une des tables du fond. Je sentais sur mon visage ses caresses attendries et ses baisers compatissants. Tout le long du chemin, je me suis remonté le moral en me figurant qu'elle me comprenait.

Il y avait foule dans la boîte. Elle a eu l'air étonnée de me voir, mais pas spécialement contente : « C'est un véritable zoo ici, ce soir. Je ne pourrai même pas te parler avant la fin de mon service. Ah, tu es trempé !

— Viens danser avec moi.

— C'est impossible, Dominick. Je travaille.

— Juste une danse.

— Non. J'ai des commandes à prendre. Il y a des tables qui attendent... »

J'ai tourné le dos à ses explications, je me suis assis au bar et j'ai commandé une bière. Plus tard, pendant sa pause, elle m'a donné les clefs de la voiture de sa mère. Pendant que le patron regardait ailleurs, le barman m'a vendu une bouteille de vodka aux deux tiers vide et je suis sorti. J'ai flanqué mon vélo dans le coffre et me suis écroulé sur le siège du conducteur en attendant Dessa. J'ai allumé la radio et siroté ma vodka. Les vitres se sont embuées. J'avais envie d'un joint. J'avais envie d'elle. J'essayais de chasser l'image de mon frère au réservoir, braillant comme un imbécile, son pantalon baissé jusqu'aux genoux... *Traître*, avait-il dit de moi. *Salut, je suis Thomas la Crotte.* Combien de temps devrais-je continuer à le porter ? Quand pourrais-je enfin vivre ma vie ? Eh bien, à partir de septembre, et qu'il aille se faire foutre ! Qu'il nage ou qu'il coule ! J'ai fermé les yeux et essayé de trouver une position plus confortable. Avec la vodka, le bruit sourd de l'océan et la pluie qui crépitait sur le toit de la voiture, je commençais à m'endormir.

Quand Dessa m'a donné un coup de coude pour me réveiller, il était plus de deux heures du matin. J'ai bâillé, me suis étiré, et je l'ai embrassée. Ses vêtements puaient la bière et l'alcool, et ses cheveux sentaient le tabac. En lui caressant la jambe, ma main est tombée sur une grosseur bizarre : ses pourboires dans la poche de son jean.

Je ne l'avais pas vue depuis une semaine. On n'avait pas fait l'amour depuis quinze jours. Depuis le retour de ses parents, on en était réduits à se peloter dans les parkings. Mais bientôt, ce serait différent. En tant que responsable de sa résidence, Dessa avait droit à une chambre seule. Si je faisais affaire avec Dell pour la voiture, dans deux semaines on s'étalerait confortablement dans un grand lit, à Boston, au lieu d'être assis là dans cette putain de Chrysler Newport.

« Tu sais quoi ? Mon père ne me parle plus. On s'est disputés.

— À quel sujet ?

— Peu importe... Enfin, si. À propos de toi.

— De moi ? Comment ça ?

— C'est idiot, c'est ma faute. J'ai laissé traîner mes pilules dans ma salle de bains. Ma mère les a vues. Et au lieu de m'en parler à moi, comme on pourrait s'y attendre, elle est allée trouver mon père. Hier soir, il est venu me parler dans ma chambre. J'étais horriblement gênée, mais je lui ai dit : "Écoute, Papa, je suis assez grande pour décider moi-même." Alors le voilà qui démarre sur toi. »

Elle s'est serrée contre moi. A posé la tête sur mon épaule.

« Il n'a rien contre toi en tant que personne, seulement il pense que, si tu n'as pas d'autre ambition que d'enseigner, je ferais bien de réfléchir à deux fois avant de me retrouver enceinte et de m'apercevoir trop tard que je pouvais espérer mieux.

— Ça veut dire quoi exactement ?

— Mon père trouve que je devrais épouser un médecin, un homme d'affaires ou quelqu'un qui a du bien. Je lui ai fait remarquer que moi aussi je poursuivais des études pour devenir professeur, à quoi il a répondu que, pour une femme, c'était un métier tout à fait acceptable. Les femmes n'étaient pas censées subvenir aux besoins de leur famille. C'était le rôle des hommes. Alors je n'ai pas pu me retenir. J'étais absolument furieuse. Je lui ai dit que, moi, je jugeais les gens à leur valeur réelle, pas à leurs revenus. L'argent était peut-être son dieu, mais pas le mien. Ça l'a mis en rage. Il a trouvé lamentable qu'une fille parle à son père avec si peu de respect, que les enfants soient si peu reconnaissants de ce qu'on faisait pour eux. Depuis, on ne se parle plus. Et c'est... Si ma mère était venue me trouver au lieu d'aller... Par moments, je le déteste, Dominick ! »

On n'a rien dit pendant deux minutes. Ensuite j'ai commencé à m'occuper d'elle, à l'embrasser, à lui faire des petites caresses. Mais sans succès : elle en revenait toujours à son père.

« Comment peut-il trouver que c'est mieux de vendre des voitures que d'éduquer des enfants ? Et comment ose-t-il te rejeter de cette façon ? Il ne te connaît même pas. Jamais je ne m'étais aperçue que j'avais un père aussi superficiel. »

Je suis descendu plus bas ; je lui ai fait des choses qu'elle-même m'avait appris à lui faire et qui lui plaisaient, mais elle m'a arrêté. « Pas maintenant, Dominick, je viens de finir mes sept heures de travail... je ne peux vraiment pas, tu comprends. Et je suis de nouveau furieuse après mon père. Je m'excuse, je n'ai pas envie.

— Et moi ?

— Comment toi ?

— Je viens jusqu'ici sous une pluie battante pour te voir. Je t'attends dans cette foutue voiture pendant des heures. Alors moi, peut-être que j'ai envie.

— Qu'est-ce que tu voulais que je fasse ? Que je dise à mon patron : "Excusez-moi, mon copain vient d'arriver à l'improviste, je ne peux pas aller jusqu'au bout de mon service" ?

— Non, mais au moins tu aurais pu avoir l'air un peu contente de me voir.

— Ça me fait plaisir de te voir. Simplement, je suis très énervée. Tu sais ce que c'est de travailler ici. Et cette histoire avec mon père. Enfin quand même, je suis adulte, non ? C'est à moi de décider toute seule. Quand je pense que ma mère tombe sur mes pilules et...

— Je t'en prie. Arrête de me parler de tes parents, tu veux ? » Silence dans la voiture.

Au bout d'un moment, je me suis redressé, j'ai ouvert la portière et je suis allé me mettre à l'arrière. « Hé, dis ! »

Pas de réponse.

Deuxième essai : « Dis donc ! »

— Quoi ?

— Viens derrière. »

Elle n'a pas bougé tout de suite. Puis elle a escaladé le siège et elle est venue s'installer à côté de moi, les bras serrés contre la poitrine. « Comme si la façon dont il traite ma mère était un modèle ! Il faut la voir lui demander de l'argent pour la maison tous les matins au petit déjeuner. Elle est là à lui énumérer ce qui manque, à rendre compte du moindre sou, et, s'il est satisfait du rapport, il sort son portefeuille et il lui tend vingt dollars. C'est révoltant ! »

J'ai glissé une main sous son chemisier. Elle ne portait pas de soutien-gorge, mais quelque chose recouvrait le bout de ses seins. « Qu'est-ce que c'est ? ai-je demandé en passant le pouce à l'endroit en question.

— Du pansement adhésif. On met ça pour que la pointe des seins ne se voie pas. Sinon, ce serait une catastrophe avec ces bestiaux que j'ai à servir. »

J'ai remonté sa chemise et décollé le pansement pour lui embrasser les seins. Si elle n'avait pas envie, moi j'étais excité pour deux. Je l'ai attirée contre moi. J'ai écarté ses jambes avec mon genou en me frottant contre elle.

« Dominick, je viens de te dire que je n'ai pas... » (*Tais-toi, tais-toi,* pensais-je en me dégrafant.) « Je suis trop énervée pour l'instant. Ah non, arrête ! »

Mais il n'était pas question que j'arrête. J'attendais dans cette bagnole depuis des heures. Elle me devait bien ça. Et elle avait raison, à y repenser : comment son connard plein de fric de père osait-il lui dire de viser plus haut qu'un type comme moi ?

J'ai commencé à la baiser. Elle avait l'air de s'entêter à ne pas mouiller. *Connasse de fille de riche.* J'ai frotté mon sexe contre elle.

Je l'ai embrassée sauvagement. « Je t'aime, bordel ! » Je me suis remis à l'embrasser. Je l'ai pénétrée. Elle a protesté. Je l'ai entendue me dire d'arrêter – je lui faisais mal, je lui faisais peur. Mais mon désir était plus fort que sa peur, et, quand elle a essayé de se dégager, je l'en ai empêchée. « Je t'aime, répétais-je en la pilonnant. Je t'aime. Je t'aime. Je t'aime. » Pourtant j'étais plein de haine : de quel droit son connard de père prétendait-il valoir mieux que moi ? J'étais aussi déchaîné que dans l'après-midi quand j'avais manié la faux près du réservoir. Ou quand je m'étais acharné sur le flipper chez Tepper. C'est seulement quand elle a cessé de se débattre que je me suis aperçu qu'elle avait essayé de résister. Les ressorts ont grincé, la voiture a balancé, et j'ai pris mon pied en jurant et en m'agrippant à Dessa, martelant la garniture du siège de ma main libre.

J'avais à peine repris mon souffle que je regrettais ce qui venait de se passer. « Putain, c'était tellement fort, je me suis laissé emporter. »

Dessa a éclaté en sanglots. Je la sentais trembler contre mon épaule et ma poitrine.

« Je te demande pardon. J'ai attendu tellement longtemps, tu comprends. J'ai bu de la vodka et... » Quand j'ai voulu lui caresser le visage, elle m'a tapé sur la main. Et elle m'a donné un coup de poing.

« Je n'ai pas pu me retenir, Dessa. Je te demande pardon. Je te désirais tellement, j'ai perdu la tête.

— Tais-toi. Écarte-toi. » Elle m'a redonné un coup de poing.

Je me suis rhabillé. Elle aussi, et elle est retournée à l'avant.

« C'est vraiment si grave que ça d'avoir été incapable de me dominer parce que je te désirais trop ?

— Tu sais comment ça s'appelle, ce genre de désir, Dominick ? Un viol.

— Ouais, c'est ça. Parce que toi et moi... Tout de même, jamais je ne...

— Si, c'est un viol ! » Elle s'est remise à pleurer.

« Non, franchement, c'est injuste.

— J'ai eu une semaine affreuse. Et maintenant, ça en plus.

— Figure-toi que, moi aussi, j'ai eu une semaine affreuse. Mais ça ne t'a même pas effleurée. »

Elle a mis la voiture en marche. « Je vais te ramener chez toi. Après, je vais rentrer, prendre un bain chaud et me laver de cette petite "expérience". Fais-moi le plaisir de rester à l'arrière et de ne plus m'adresser la parole. Tais-toi, s'il te plaît.

— Tu m'accuses de te violer et je n'ai même pas le droit de me défendre ? Bordel de merde ! Va te faire foutre ! »

Je suis sorti de la voiture, j'ai claqué la portière, à deux reprises, et je suis parti à pinces. Je suis sorti du parking et, sur la route, j'ai fait signe à une voiture qui passait.

Dessa m'a rattrapé. J'ai entendu le bruit de la vitre qui se baissait. « Allez, arrêtons. Monte. Je te dépose chez toi. On a tous les deux besoin de se calmer et de dormir un peu.

— Tu peux partir. Tu ne voudrais tout de même pas d'un violeur dans ta voiture !

— D'accord, j'ai été un peu fort, je m'excuse. Mais après cette liaison que j'ai eue, je suis un peu...

— Je n'ai rien à voir avec ce mec ! ai-je hurlé. Absolument rien ! Ne me... »

La vitre est remontée. Dessa a appuyé sur le champignon, et elle est partie. À ce moment-là je me suis rappelé que mon vélo était dans son coffre, comme un cadavre.

Je suis arrivé chez moi deux heures plus tard, chargé par trois conducteurs successifs, et, pour une fois, pas fâché d'être enfin là. J'ai traversé la maison dans le noir et je suis monté. J'ai laissé tomber mes vêtements par terre et j'ai grimpé dans ma couchette.

En me tournant sur le côté, j'ai entendu un bruit de papier froissé. Allongé sur le dos, j'ai essayé de voir ce que c'était et j'ai hésité à me lever pour regarder. Deux minutes plus tard, j'ai dû me lever pour aller pisser.

Après tant d'années, je me souviens encore du contenu de ce billet. Je revois même cette écriture qui ne ressemblait plus à celle de mon frère. Il avait adressé ce papier à *Dominick Birdsey, traître.*

Tu crois peut-être que c'est facile de se faire voler son sommeil chaque nuit ? Tu crois que c'est drôle de sentir les ailes du Saint-Esprit battre contre sa gorge ?

Bien à toi,
Celui qui sait.

Je suis resté dans la salle de bains à essayer de trouver un sens à ce billet. Il est cinglé, me suis-je dit, en me parlant dans le miroir. Il est fou à lier. J'ai froissé le papier, l'ai jeté dans les toilettes, j'ai pissé dessus et tiré la chasse d'eau.

Je n'ai pas dormi avant l'aube. Des tas d'arguments prouvant que je n'étais pas un violeur me venaient. Et que j'avais bien mérité de ne pas partager une chambre avec Thomas.

Je me suis endormi en regardant les premières lueurs blafardes du jour percer à travers les stores vénitiens.

21

Il était plus de deux heures quand je me suis réveillé le lendemain. J'avais mal à la tête. La chambre sentait l'aigre. En me grattant, j'ai senti des traces de foutre. Le souvenir de la nuit précédente et de ce que j'avais fait à Dessa m'a atteint comme un coup de poing à l'estomac.

« Il y a quelqu'un ? » ai-je crié du haut de l'escalier en allant à la salle de bains. Silence. J'étais soulagé, car il fallait que je parle à Dessa au téléphone pour réparer les dégâts, et je voulais n'être entendu de personne.

J'ai plongé la tête dans le lavabo, me suis aspergé d'eau froide, et j'ai mis la bouche sous le robinet pour chasser le goût aigre. En pissant dans les toilettes, je me suis soudain rappelé le billet débile de mon frère. *Tu crois que c'est facile de se faire voler son sommeil ? De sentir les ailes du Saint-Esprit contre sa gorge ?* Qu'est-ce qu'il avait, nom de Dieu ? D'abord cette crise avec la machine à écrire. Ensuite tout ce cinéma au réservoir... À peine entré sous la douche, j'en suis ressorti pour retourner dans notre chambre, tout dégoulinant, et regarder le lit vide et défait de Thomas. Que se passait-il ?

De retour sous la douche, je me suis lavé des traces de la veille à l'eau chaude et au savon. Ce n'était qu'un malentendu entre Dessa et moi, on n'avait pas réussi à communiquer. D'habitude, son désir était égal au mien. Je n'aurais sans doute pas dû me précipiter autant. Mon vélo, resté dans le coffre de la voiture de sa mère, me donnait un bon prétexte. Elle accepterait peut-être de me le rapporter et on pourrait en profiter pour s'expliquer. Et, pourquoi pas, aller à la Cascade avec un pique-nique, si on en avait envie l'un et l'autre. Pour effacer cette connerie de la veille. Il me fallait vraiment une bagnole.

Une serviette de toilette autour du corps, je suis allé dans la chambre de M'man et de Ray pour téléphoner. Je me suis mis à boxer à vide devant mon image dans la glace au-dessus de la commode, imaginant porter mes coups sur les anciens amants de Dessa. Puis, à plat ventre par terre, j'ai fait quelques pompes. J'étais à cran. Je ne pouvais pas m'empêcher de siffloter. J'essayais de me persuader que j'étais en forme, mais j'étais sur les nerfs. J'avais bien peur d'avoir tout foiré avec la personne la plus chouette que j'aie jamais rencontrée de toute ma triste vie.

J'ai composé le numéro des Constantine et j'ai attendu. Soudain, autour de moi, la chambre de M'man et de Ray m'est apparue à travers les yeux de Dessa. Chez elle, la chambre des parents était trois fois plus grande, avec de la moquette partout, un sofa, et une fresque peinte au mur. Ici, il n'y avait qu'un lino usé, des stores aux fenêtres, la collection d'armes cérémonielles de Ray, et tous les trucs de Holy Roller de M'man : un crucifix, une statuette de la Vierge, et des mains en prière sur la petite étagère minable que Thomas avait fabriquée au collège en cours d'art industriel. Le soleil de l'après-midi mettait en évidence les encoches dues à des coups de marteau malencontreux, et le trou qu'il avait oublié de reboucher à la pâte à bois. À ce même cours, j'avais fait une table basse avec un casier de rangement pour 33 tours. M. Foster l'avait placée dans la vitrine où il exposait les travaux les plus réussis. Il avait posé un philodendron dessus et avait mis des disques à lui dans le casier. Mon œuvre avait les honneurs de la vitrine de l'école, mais qu'est-ce que M'man allait garder et mettre dans sa chambre ? L'étagère merdique de Thomas.

Pourquoi Dessa ne répondait-elle pas ? Où était-elle ?...

J'avais devant les yeux le tableau de la Résurrection acheté par ma mère – Jésus, son cœur rougeoyant et son regard triste de basset. Quelle activité sexuelle torride ils devaient avoir avec ce truc-là au-dessus de leur lit !... Ça m'a rappelé ce jour lointain où M'man avait acheté ce machin au bazar. Le jour où ce dingue s'était mis à la toucher dans l'autobus. Il était descendu en même temps que nous et nous avait suivis... Je la revoyais assise en face de nous dans le bus, morte de trouille, laissant le type promener sa main sur elle à sa guise. Comme toujours quand on abusait d'elle, elle avait encaissé sans rien dire. Attendant que Jésus vienne à son secours. S'il était vrai que les humbles hériteraient du Royaume de Dieu, M'man allait devenir une Rockefeller.

J'ai repensé à une discussion qu'on avait eue en cours de sciences politiques au semestre dernier : la religion était-elle l'« opium du peuple » ?... De toutes les vacances, je n'étais pas allé une seule fois à la messe. J'avais décidé de m'affirmer – de montrer que j'avais changé –, alors je restais au lit tous les dimanches matin. Ce n'était pas évident avec Ray, surtout maintenant qu'il était devenu diacre. J'étais à peu près sûr aussi que ça faisait de la peine à M'man. Non pas qu'elle se soit risquée à dire quoi que ce soit... Mais, après tout, c'était ma vie, pas la leur. Pourquoi aller à l'église alors que Dieu n'était qu'une vaste plaisanterie ? Une mocheté de tableau du bazar ? Je n'allais pas jouer les hypocrites comme Ray... Thomas y allait toujours chaque semaine, évidemment. M. Béni-oui-oui. M. Touché-par-le-Saint-Esprit... Je pensais au Pr Barrett, qui nous avait enseigné la critique d'art le semestre dernier. Elle et son expressionnisme abstrait ! Elle nous avait emmenés au musée Guggenheim à New York. « Venez ici que je vous montre », m'avait-elle dit en me faisant monter dans la spirale jusqu'à un mur couvert de gribouillis et de coulures. Je ne sais pas pourquoi son choix s'était porté sur moi, mais elle m'avait pris par le bras et entraîné vers un Jackson Pollock, son saint patron. « Dieu est mort et Pollock l'a compris », avait-elle subitement déclaré un jour, son profil se dessinant lugubrement dans le cône de lumière allant du projecteur de diapos à l'écran. Sondra Barrett : d'après la rumeur, elle était complètement nympho. Elle s'était envoyée en l'air à la fois avec des peintres célèbres et des étudiants de premier cycle. Étaient-ce des avances qu'elle m'avait faites ce jour-là au musée ? Aurais-je pu donner suite ? Si jamais un jour Sondra Barrett avait l'occasion de poser ses mirettes sur le Jésus de ma mère – de l'art pas cher –, elle aurait sûrement besoin d'un ballon d'oxygène pour reprendre son souffle. J'essayais de m'imaginer en train de baiser avec elle dans un loft. J'essayais de chasser l'image de ce dingue qui avait peloté ma mère dans le bus, avec son pardessus dégoûtant et sa grosseur sur le front, la reniflant pendant qu'il la touchait. Elle n'avait rien dit, rien fait... On était peut-être venus au monde comme ça, Thomas et moi : elle s'était peut-être fait sauter par n'importe quel connard dans une ruelle mal éclairée, sans protester. Là résidait peut-être la raison du noir et profond secret de notre conception.

Un souffle de vent a fait battre les stores déchirés et rafistolés au ruban adhésif. Qu'est-ce que le Vieux avait dit à Dessa ? Que si elle se mettait avec moi elle ne vivrait plus sur le même pied ? Je me suis senti rougir devant cette évidence. J'ai coincé le téléphone contre mon épaule et j'ai redonné quelques coups de poing bidon. *Prends ça, vieux con plein de fric ! Tout l'été j'ai baisé ta fille dans ta maison, à la faire hurler de plaisir. Et même une fois par terre dans ta chambre, alors prends ça, tête de nœud !*

Des pas dans l'escalier.

Thomas.

La porte de la salle de bains s'est fermée, il a pissé, tiré la chasse. Je l'ai écouté redescendre, de son pas pesant. J'avais retenu mon souffle en l'entendant bouger. Et, de nouveau, la sonnerie du téléphone de Dessa a retenti à mon oreille, pour la quarantième ou cinquantième fois. Pourquoi ne répondait-elle pas ?

Elle était peut-être dehors à la piscine. Ou bien juste à côté de l'appareil, et elle laissait sonner. J'ai raccroché violemment, et puis j'ai refait le numéro encore une fois. Si seulement elle voulait bien répondre, je pourrais m'expliquer. La veille au soir n'avait été qu'une crise de folie passagère. Ça n'arriverait plus jamais. Elle était en sécurité avec moi.

Point final.

Le sujet était clos.

Je me suis affalé sur le lit. Les draps avaient été enlevés, le matelas portait la marque des ressorts et était parsemé de taches brunes au milieu. Peut-être qu'ils tournaient le tableau de Jésus sur l'envers quand ils avaient des velléités. Ah, la vache ! M'man faisant l'amour. Et pas juste avec Ray. Qui était donc notre père biologique ? Peut-être ignorait-il totalement notre existence. Elle n'avait peut-être jamais osé lui dire qu'il l'avait engrossée... Je me suis remémoré cet après-midi lointain où Lonnie Peck m'avait raconté une blague cochonne dans la cour de récréation. *Tu sais ce qui se passe quand ton père baise ta mère ?* Le tout accompagné d'une démonstration : avec le pouce et l'index, Lonnie avait formé un rond dans lequel il faisait aller et venir une de ses cigarettes. Il devait être en cinquième ou en quatrième à l'époque, et il passait pour horriblement déluré aux yeux de mes copains et aux miens. Cette blague m'avait éclairé sur le fonctionnement de la tuyauterie entre hommes et femmes, et en même temps elle avait fixé dans mon esprit l'image de Ray et de ma mère en action, ici, dans cette chambre. En rentrant ce jour-là, j'avais commencé par faire enrager Thomas avec mon savoir tout neuf, et puis je l'en avais accablé en le conduisant dans la chambre de M'man et de Ray et en lui faisant la démonstration de Lonnie à l'aide d'une Viceroy prise sur la table de nuit dans le paquet de Ray. J'étais dégoûtant, selon Thomas. « C'est peut-être le genre de choses que fait Gina Lollobrigida, mais pas M'man. » J'aurais bien aimé croire ça moi aussi, mais non. Et, puisque je savais, il n'y avait pas de raison pour que Thomas ne sache pas lui aussi. Il fallait que je lui impose ce savoir. J'ai donc recommencé ma petite démonstration de plus près, en riant bien, et en accélérant le mouvement de la cigarette. Là était toute la différence entre nous : je savais que, fondamentalement, le monde était un lieu pourri, que la vie était nulle, que Dieu était une blague, une peinture bon marché qu'on trouvait au bazar. Je le savais ; mais pas Thomas.

Pendant que j'arpentais la pièce, je me suis arrêté devant la commode de M'man pour toucher les objets : un flacon d'eau de Cologne, du talc, une boîte à bijoux, des photos de famille. J'avais donné cette boîte à bijoux à M'man pour Noël l'année où j'étais entré au lycée. Quand je l'ai ouverte, l'air de *Beautiful Dreamer* s'est échappé de sous les petits compartiments de satin, comme autrefois. C'est Thomas qui, le premier, l'avait repérée en ville, dans la vitrine du Boston Store. Il avait décidé de mettre de l'argent de côté pour l'offrir à M'man, avant même de savoir que l'air de la boîte à musique était sa chanson préférée. Il paraissait émerveillé de cette coïncidence. C'est alors qu'en pelletant la neige pendant une tempête j'avais gagné de l'argent de poche, tandis que Thomas avait passé la journée devant la télé. J'étais allé en ville en fin d'après-midi et je l'avais coiffé au poteau. Quand on était petits, je ne manquais jamais une occasion de lui prouver que j'étais le plus malin, le plus fort, le plus rapide à réagir. C'était peut-être pour ça qu'il était tellement jeté à présent. J'avais peut-être fini par le faire craquer. J'ignorais aussi que *Beautiful Dreamer* était la chanson préférée de M'man. J'aurais plutôt misé sur *Hot Diggedy, Dog Diggedy* ou *Ricochet Romance*, deux airs qu'elle fredonnait avec la radio quand on était enfants. Lorsque nous étions tous les trois dans la cuisine, et que Ray n'était pas à la maison, elle dénouait parfois ses cheveux. Se laissait aller à des bêtises.

I don't want no ricochet romance
I don't want no ricochet love
If you're careless with your kisses
Find some other turtle dove.

J'ai refermé la boîte d'un coup sec. D'accord, j'avais joué quelques sales tours à mon frère, mais je lui avais aussi bien souvent sauvé la mise.

Dring, dring... Qu'elle réponde, nom d'une pipe ! Je savais bien qu'elle était là.

Une par une, j'ai examiné les photos de M'man : Ray, jeune et maigre en uniforme de la marine ; Thomas et moi, à la maternelle avec un nœud papillon, et en terminale avec des rouflaquettes ; Billy Covington en pyjama de Superman. La photo la plus grande, dans le cadre le plus lourd et le plus beau, était un portrait sépia de son père, dont j'avais nettoyé et désherbé la tombe tout l'été.

Domenico Tempesta. « Papa. » *Les plus grandes peines sont muettes.*

J'avais interrogé M'man sur la signification de cette inscription, sans résultat.

« C'est lui qui l'avait fait mettre ? Ou toi ?

— Comment ?... Lui, bien sûr. Il avait pris toutes ses dispositions un ou deux ans plus tôt.

— Alors que veulent dire ces mots ? »

Elle n'avait jamais répondu. Pas plus qu'à mon autre question : pourquoi lui et sa femme, ma grand-mère, avaient-ils été enterrés à deux endroits opposés du cimetière ? D'après la date indiquée sur la tombe, « Papa » était mort l'été avant notre naissance. Savait-il que sa fille non mariée était enceinte de jumeaux ? Dans son cadre, Domenico avait un regard circonspect et soupçonneux, comme s'il se méfiait de la personne qui prenait la photo. J'ai regardé celui de Jésus, sur l'autre mur, comparé les deux, Jésus avait l'air d'un raté ; Domenico d'un salaud.

Ridicule. Je perdais un samedi après-midi entier à écouter sonner ce putain de téléphone. Mais je n'arrivais pas à raccrocher. Peut-être qu'elle rentrait tout juste, ouvrait la porte et se précipitait pour décrocher ? À moins qu'elle ait décidé de jouer à ce petit jeu, auquel cas je l'aurais à l'usure. Je laisserais sonner jusqu'à ce qu'elle capitule.

Du côté où se trouvaient les affaires de Ray, je sentais encore planer les interdits du temps où nous étions enfants. Dès notre plus jeune âge, on nous avait défendu de réveiller Ray quand il dormait. Et, en toutes circonstances, d'entrer seuls dans leur chambre à cause des couteaux, des épées et des poignards accrochés sur le mur. « Il y a là de quoi trancher la tête de n'importe qui, nous avait-il averti plus d'une fois. Si je vous prends dans cette chambre quand il ne faut pas, je vous flanquerai une raclée dont vous vous souviendrez. »

J'ai ouvert la porte de sa penderie. Il était toujours aussi fana de chaussures : dix ou onze paires alignées par terre, cirées à mort, comme avant une inspection. Les pantalons et les chemises grises qu'il mettait tous les soirs pour aller au travail étaient soigneusement accrochés sur des cintres, bien repassés, prêts à l'emploi. Il demandait toujours à M'man de retrousser les manches de ses chemises et de donner un coup de fer sur les poignets retournés.

Au-dessus de sa commode, au mur, il y avait les armes auxquelles il ne fallait pas toucher, ses médailles militaires, et une petite photo floue de sa mère défunte, une maigrichonne à l'air fruste. Sur la commode, dans l'ordre habituel, se trouvaient son chausse-pied, sa brosse à cheveux (avec le peigne planté dedans), du talc et de l'Aqua Velva. Une fois, quand j'étais petit, j'étais entré pendant qu'il dormait pour emprunter son chausse-pied. Être réveillé durant la journée l'aurait rendu fou, mais Billy Covington avait besoin du chausse-pied pour nous hypnotiser et il m'avait mis au défi d'aller le chercher. Billy avait attaché l'objet au bout d'une ficelle et l'avait fait osciller devant nous comme il l'avait vu faire à la télé, en nous disant avec un drôle d'accent : « Vous avez sooommeil. Tlès, tlès sooommeil. » L'expérience ayant échoué, on était sortis tous les trois et le chausse-pied avait fini dans le caniveau. Un peu plus tard, quand Ray avait voulu se chausser, il avait fait tout un esclandre. Billy était déjà reparti avec sa mère. Au milieu des larmes et des soupirs, on avait craché le morceau sur la tentative d'hypnose et l'accident. Ray ne nous avait pas battus, comme on aurait pu le craindre. Mais il nous avait placés chacun à un bout de l'escalier, moi en haut et Thomas en bas, et il nous avait ordonné de monter et descendre jusqu'à ce qu'il nous dise d'arrêter. Au début, ça me paraissait tellement idiot que je ricanais en douce et faisais des grimaces en cachette à mon frère quand on se croisait au milieu de l'escalier. Au bout d'une heure, j'étais trempé de sueur et j'avais les jambes en coton ; Thomas avait tellement de crampes qu'il en pleurait. « Ils ne peuvent pas arrêter à présent ? » avait demandé M'man à Ray, qui s'était installé sur une chaise à côté de la porte d'entrée pour lire le *Daily Record* et nous surveiller. On pourrait arrêter quand il serait sûr qu'on avait bien compris la leçon sur le respect du bien d'autrui, avait-il répondu. Cette nuit-là, pendant que Ray était au travail, M'man s'était relevée pour me frictionner les jambes avec de l'hamamélis. Notre punition dans l'escalier avait duré deux heures.

Qu'elle aille se faire foutre ! J'ai raccroché violemment, et, à la seconde même, le téléphone a sonné. « Allô ? »

J'étais sûr que c'était Dessa, mais non. Leo.

Oui, bon, j'irais à la pêche avec lui. Je n'avais rien de mieux à faire. Six heures ? O.K. d'accord.

Quand je suis descendu, Thomas était vautré sur le canapé, en tee-shirt et pantalon de pyjama, son bonnet de meunier ridicule à rayures bleues et rouges sur la tête. Il avait porté ce truc tout l'hiver. Et à l'intérieur, en plus. Le voir dans cette tenue m'a rappelé cette première année de fac insensée, son comportement si bizarre. Il avait les yeux fixés sur l'écran comme un zombie.

« Où est M'man ? » ai-je demandé. Pas de réponse.

Je suis allé à la cuisine et suis revenu avec des céréales, du lait, un bol et une cuiller. Je me suis laissé choir sur le canapé à côté de lui. Histoire d'essayer de faire un semblant de paix.

Il regardait un vieux film de Tarzan, avec Johnny Weissmuller et Brenda Joyce. Lorsqu'on était gosses, Thomas prétendait que Weissmuller était le meilleur Tarzan, et moi je soutenais que c'était Lex Barker. Je m'étais même presque persuadé que Thomas et moi lui ressemblions, qu'il était peut-être notre père et reviendrait nous chercher. Quand j'étais petit, je n'arrêtais pas de m'inventer des pères, des opérations de sauvetage hollywoodiennes pour nous délivrer de Ray. C'était pathétique. À présent, assis là à manger des Cheerios, je trouvais ça plutôt comique : Lex Barker se balançant dans les arbres de Hollyhock Avenue et atterrissant dans la chambre de M'man. M'man enceinte de Tarzan, l'homme singe. Et lui revenant des années plus tard pour nous emmener. Où donc ? Dans la jungle africaine ? À Hollywood, en Californie ? Ce qu'on peut être bête quand on est môme !

« Dis donc, tête d'abruti, je maintiens toujours que Lex Barker est un meilleur Tarzan que ce mec-là. Sans conteste. »

Pas de réponse.

« M'man et Ray, où ils sont ? T'as une idée ? »

Toujours rien.

J'ai tapé dans mes mains sous son nez. « Hé, Thomas ! Réveille-toi ! Où ils sont ?

— Qui ?

— M'man et Ray !

— En pique-nique, a-t-il dit sans quitter l'écran des yeux.

— Avec le syndicat de Ray ? C'est aujourd'hui ? »

Pas de réponse.

J'ai repris des céréales. Après tout ce que j'avais subi depuis quarante-huit heures, il ne manquait plus que ça : qu'il ne m'adresse plus la parole.

La pellicule avait été recollée en plein d'endroits ; l'image sautait toutes les deux secondes. Comme d'habitude, c'étaient les chasseurs blancs en tenue de safari bien repassée qui avaient semé la panique dans la jungle endormie. Tarzan pressait Jane et Boy le long d'un sentier, les Zambezis aux trousses. Puis tous les trois sautaient dans une mare d'eau limpide et filaient à la nage à la vitesse d'un hors-bord. J'avais vu ce film cent fois, mais je n'avais jamais remarqué la coupe de la petite robe de Brenda Joyce, ni la façon dont elle se caressait presque les seins en ressortant de l'eau cristalline.

« Dans quelques instants, nous retrouverons Big Three Matinee Theater », a dit le présentateur.

Mon regard s'est posé sur la main de mon frère à côté de moi sur le coussin du canapé. Il avait les doigts et les ongles rongés au sang. Pendant toute cette année à la fac, il s'était mangé les ongles. En deux semestres, il avait bien mâchonné plusieurs livres de sa propre peau. « Je crois qu'il y a un match des Yankees sur la Dix, ai-je dit. Tu veux regarder ? »

Pas de réponse.

« Thomas ! Dis, tu veux regarder le match ? »

Il a soupiré comme s'il portait le monde sur ses épaules. « Si j'avais envie de regarder cette connerie de base-ball, eh bien, je le ferais. »

Je n'ai pas relevé. J'ai voulu essayer d'avoir Dessa au téléphone encore une fois. J'aurais peut-être plus de chance avec l'appareil du bas. Mais ça ne répondait toujours pas.

Je me suis rassis à côté de Thomas. « Tu te rappelles ce pique-nique du syndicat où Ray nous a fait chanter devant tout le monde des chansons de guerre qu'il nous avait apprises quand on était gosses ? Qu'est-ce que c'était déjà ? »

Thomas a cligné des yeux trois ou quatre fois et il s'est donné un grand coup sur le nez avant de dire : « *T'es qu'une savate, monsieur le Jap* et *Adieu Mama, je pars pour Yokohama.*

— Ouais, c'est ça ! *T'es qu'une savate, monsieur le Jap*. Quel enfoiré, ce Ray ! Quel salaud de raciste ! »

J'ai repris des céréales. J'en ai mangé quelques cuillerées et j'ai posé le bol sur la table basse. « Dessa et moi on a eu une grande engueulade hier soir. Par ma faute. »

La confidence m'a échappé, à ma surprise, autant qu'à celle de Thomas. « Rien de bien grave. Rien qui ne puisse s'arranger. Il va vraiment falloir que vous fassiez connaissance un de ces jours. Elle te plairait, je crois. C'est une chouette fille. J'ai envie que tu la voies à un moment quelconque.

— Je vais la voir demain après-midi.

— Comment ?... Qu'est-ce que tu dis ? » Tout d'un coup, j'étais affolé.

« Elle a appelé ce matin. Pendant que tu dormais encore. Elle a cru que j'étais toi.

— Dessa ? Qu'est-ce qu'elle a dit ?

— Elle m'a raconté ce qui s'est passé hier soir. »

Pris de court, je ne savais pas quoi répondre. « C'est-à-dire ?

— Il paraît que tu as oublié ton vélo dans sa voiture. Aujourd'hui, elle allait quelque part avec sa mère et sa sœur pour la journée, mais elle a proposé de le rapporter demain après-midi. Elle a demandé si je serais là pour qu'on fasse connaissance.

— Ah bon. C'est tout ?

— Oui.

— Elle avait l'air comment ?

— Je ne sais pas. Sympa.

— Ah ouais ? Bon. Super... C'est vrai qu'elle est sympa. Très sympa. »

J'ai soudain été formidablement soulagé. Et attendri devant mon pauvre frère. « Tu sais, Thomas, cette histoire de chambre à la fac. C'est Leo qui me l'a proposé un jour. Ça n'a rien d'un complot contre toi... J'ai pensé que le changement serait une bonne chose pour nous deux. C'est un peu pour ça que je l'ai fait. Pour toi. »

La faiblesse de mon mensonge l'a fait rire.

« T'es pas obligé de me croire. Pourtant c'est la vérité. »

Il a marmonné quelque chose.

« Comment ?

— Rien. »

On s'est tus pendant une bonne minute. À la télé, les Zambezis avaient capturé Jane et Boy et les avaient ligotés. Ils exécutaient une danse de cinglés autour d'eux. Si Thomas devait rencontrer Dessa, il avait intérêt à se tenir. Et puis, réflexion faite, je n'avais pas envie qu'il la rencontre. Pas encore. Je trouverais un prétexte. « Qu'est-ce que tu fais avec ton bonnet de meunier sur la tête en plein été ? »

Mais il était sur une autre longueur d'onde. « Comme s'il était l'innocence même, a-t-il dit.

— Quoi ? De quoi tu parles ? Qui est l'innocence même ?

— Je peux te demander quelque chose ?

— Ça dépend quoi.

— Tu veux cesser de jouer les gentils petits frères ? Parce que personne n'y croit. Je sais ce que vous mijotez tous les trois.

— Tous les trois ? Qui ?

— Toi et tes deux petits potes. Vous avez comploté contre moi tout l'été. J'ai tous les renseignements dont j'ai besoin. »

J'ai repensé aussitôt à ce billet complètement dingue que j'avais jeté dans les toilettes la veille au soir. « Je ne sais pas de quoi tu parles et tu m'emmerdes. T'es parano ou quoi ?

— Non, je suis conscient, c'est tout.

— Ah oui ? Conscient de quoi ? »

Il s'est enfoncé son bonnet sur la tête jusqu'aux yeux. Puis il a pris le *Guide de la télé* et s'est mis à déchirer les pages en lambeaux.

« Mais qu'est-ce que tu fais ? C'est celui de cette semaine, imbécile ! »

En guise de réponse, il s'est mis à chanter *T'es qu'une savate, monsieur le Jap*. De plus en plus fort, et même en hurlant à mes oreilles.

« Ça suffit ! Arrête ! » Comme il n'arrêtait pas, je l'ai empoigné, j'ai bondi sur lui pour l'obliger à se taire. Il a crié encore plus fort quand je lui ai arraché son foutu bonnet, et il s'est mis à rendre les coups avec une force que je ne soupçonnais pas chez lui. On a basculé du canapé en renversant une petite table et on a roulé à terre. Une lampe est tombée, sans se casser ; mais l'abat-jour a été tout cabossé. J'ai pris le dessus, clouant mon frère au sol par les épaules. Il s'est redressé et m'a craché au visage. C'était parti : je lui ai mis mon poing dans le nez. Je l'ai immobilisé quand il a essayé de m'échapper. Je lui ai donné quelques bons coups dans les côtes et j'ai resserré ma prise autour de sa gorge. Il a commencé à étouffer. A cessé toute résistance.

Je l'ai lâché. Il a toussé, s'est éclairci la voix.

On était tous les deux à bout de souffle. Terrifiés aussi, je crois. Je me suis levé, j'ai remis en place la table et la lampe. J'ai jeté le *Guide de la télé* saccagé, passé l'aspirateur sur les céréales renversées, redonné forme à l'abat-jour comme j'ai pu. Thomas est resté par terre à se frotter le bras.

Je suis descendu à la cave préparer mon attirail de pêche. Ma boîte, mes leurres. J'ai voulu démêler un nœud, mais mes doigts n'arrêtaient pas de trembler. Qu'est-ce qu'il avait donc, pour écrire ce billet de dingue et m'accuser de comploter contre lui ? Si c'était un petit jeu à la con de son invention, il allait le regretter. Je réglerais l'affaire personnellement. J'en avais ma claque... Seulement, si ça n'était pas un jeu, de quoi s'agissait-il ? Que pouvait-il bien se passer ?

Je suis sorti et, depuis les marches en ciment à l'arrière de la maison, je me suis exercé à lancer ma ligne dans le buisson de chèvrefeuille du jardin.

Sans déconner, qu'est-ce qui ne tournait pas rond chez lui ?

Juste avant que Leo passe me prendre, je suis retourné dans la maison. Thomas était par terre, à l'endroit où je l'avais laissé, et il se frottait le bras. Il avait remis son bonnet. « Tu t'es fait mal ? » lui ai-je demandé.

Pas de réponse.

« T'as le bras foulé ou quoi ? Ça va ? »

Rien.

J'étais partagé : d'un côté, j'avais envie de le plaquer au sol encore une fois et, de l'autre, de me baisser pour l'aider à se relever. « Si j'étais toi, j'éteindrais la téloche et j'irais acheter un autre *Guide*. Si Ray s'aperçoit que t'as bousillé celui de cette semaine, il va piquer une crise. »

Thomas a levé les yeux et m'a regardé en face. « Tu es moi.

— Pardon ?

— Tu viens de dire que si tu étais moi, tu irais acheter un nouveau *Guide*. Mais tu es moi.

— Non, pas du tout. Loin de là.

— Si.

— Non. »

Thomas avait un sourire entendu et serein. Mon cœur battait dans ma poitrine, j'étais fou de terreur.

22

J'attendais Leo sur le mur devant la maison. Il est arrivé dans sa Skylark.

J'ai jeté mon attirail de pêche sur le siège arrière et je suis monté à l'avant. « Tiens, un cadeau de la part de ma mère, ai-je dit en lui lançant un de mes sandwichs de la veille au soir, enveloppé dans du papier alu.

— Tu vois, Birdsey, même les vieilles pépées m'adorent. On a du pot ou on n'en a pas. » M'man, une pépée ? Je n'ai pas pu m'empêcher de rire, malgré mon mal de tête, le pataquès avec Dessa, et cette bagarre avec mon imbécile de frère totalement déjanté.

Leo s'est empiffré en conduisant. M'a demandé ce qu'il y avait de neuf depuis la veille.

« Pas grand-chose. Sinon qu'en vingt-quatre heures j'ai réussi à mettre mon frère, ma mère et ma copine en pétard contre moi. » Je me suis abstenu de mentionner que Thomas s'était comporté comme un malade mental.

« Eh ben, un parcours sans faute ! Et qu'est-ce qui a rendu ta petite chérie si fumasse ? T'as oublié de préchauffer avant d'enfourner le rôti ou quoi ? »

Sidéré de sa perspicacité, je l'ai regardé en coin. Mais il n'a rien remarqué et il a pris une autre bouchée de son sandwich. « On pourrait essayer près du pont. Ralphie m'a dit que ça mordait très fort avant-hier soir. Et, la semaine dernière, il a pris une belle truite.

— T'aurais dû lui demander s'il voulait venir avec nous.

— C'est ce que j'ai fait. Il était occupé ailleurs, comme d'habitude. Tiens, à propos de Drinkwater, regarde dans la boîte à gants.

— Drinkwater est dans la boîte à gants ?

— Très drôle, Dominick. Allez, regarde.

— Ouais, eh bien quoi ? ai-je dit en fouillant à l'intérieur.

— Regarde, avec les sucrettes. »

Dans la boîte, il y avait trois joints, bien serrés dans du papier à rouler rouge. « Ralphie les a eus par un de ses copains. Il dit qu'il pourrait sans doute nous en avoir si on voulait. Qu'est-ce que t'en penses ? Tu veux pas qu'on se fasse une petite réserve de rentrée à nous deux ? »

Non. Se défoncer en tondant des pelouses était une chose ; mais arriver au bout d'un semestre impossible comme celui que j'avais en perspective en était une autre. Je m'étais inscrit encore une fois à un cours de science, et en littérature britannique, en civilisation occidentale, en trigonométrie. Je ne voulais surtout pas me réveiller, au bout d'un semestre d'abrutissement, avec une moyenne comme celle de mon frère. J'ai tout de même pris un des joints pour respirer l'odeur de l'herbe et du papier parfumé. « Combien ? Cinq dollars ? Dix ?

— Ce que je pensais, tu vois... Si ce shit est aussi bon que Ralph le dit, on pourrait essayer d'en avoir, disons, une ou deux livres.

— Une ou deux livres ?

— Tais-toi et écoute une minute. Je me disais qu'on pourrait s'en garder un peu et vendre le reste. À South Campus, il y a des sacrés fumeurs. On n'aurait aucun mal à fourguer la marchandise.

— Pas question.

— Attends, Birdsey. Écoute-moi bien. On achète à Drinkwater, puis on gonfle le prix – sept ou huit dollars l'once, disons, et on se fait un petit bénef. Quelque chose comme cent dollars chacun.

— Je t'ai dit non.

— Pourquoi ?

— Parce que je n'ai pas l'intention de dealer, et d'ailleurs Drinkwater n'a sans doute pas l'intention d'être ton fournisseur. Ces joints, il t'en a fait cadeau, non ? Il n'a pas parlé d'en vendre ?

— Non, mais ça ne veut pas dire qu'il ne serait pas d'accord. Le capitalisme, tu connais ?

— De toute façon, Leo, je n'ai pas les moyens d'acheter deux livres de marijuana. J'essaie de me trouver une bagnole. Tiens, à propos, tu me rendrais un service ? Puisqu'on va au pont, tu ne voudrais pas qu'on s'arrête chez Dell une minute ?

— Chez Dell ? »

Pour voir la voiture de sa femme, ai-je expliqué. « Il habite près de l'ancienne fabrique dans Bickel Road. C'est sur notre chemin. On n'en a pas pour plus de dix minutes.

— Bon, bon, d'accord, Birdsey. Mais je peux te dire que ça me suffit de voir sa sale gueule toute la semaine. Je me passerais d'aller lui rendre visite le week-end.

— Oui, Leo, eh bien, t'es un prince parmi les hommes.

— Ah, mais ça, c'est peut-être un signe.

— Quoi donc ?

— Ce que tu viens de dire – un prince parmi les hommes. Aujourd'hui, au courrier, j'ai reçu le nouveau programme du département d'art dramatique pour l'année : ils font *Hamlet*, et une pièce d'un Espagnol, quelque chose Lorca, et puis une comédie musicale, *You're a Good Man, Charlie Brown*. Tu viens de le dire : je suis un prince parmi les hommes. Je vais sans doute auditionner pour *Hamlet*. » Il a replié le papier alu de son sandwich, qu'il a fichu par terre dans sa voiture.

« Ouais, ben, dans *Charlie Brown*, tu peux être sûr qu'on te donnera le rôle de Pigpen. » Il fallait voir toutes les saloperies qui se baladaient sur le plancher de cette voiture. Il a toujours eu des voitures dégoûtantes.

Il n'a pas relevé. Pour quelqu'un qui passait plus ou moins sa vie à faire l'andouille, il pouvait être étonnamment sérieux quand il s'agissait de théâtre. « Généralement, pour les rôles principaux, ils prennent des étudiants de troisième ou quatrième année. Mais mon prof du deuxième semestre pour le théâtre de Shakespeare, un certain Brendan, eh bien, il aime vraiment ce que je fais. D'après lui, je passe très bien dans une salle, je n'ai pas peur de... comment a-t-il dit ?... "d'impliquer le public". Et c'est lui qui dirige *Hamlet*. Alors qui sait ? Pourquoi pas essayer ? Écoute ça : "Mourir, dormir... dormir... rêver peut-être ! Oui, c'est là le hic." »

— Le hic, c'est toi.

— Le problème avec toi, Birdsey, c'est qu'à toi tout seul t'es un véritable désert culturel. Tu ne ferais pas la différence entre une tragédie de Shakespeare et *Quoi de neuf, Pussycat ?* »

Il a roté et s'est essuyé la bouche sur son bras.

« Pourquoi est-ce que ta mère est en pétard après toi ?

— Elle a appris que je n'allais plus habiter avec Thomas.

— Ah, tu as fini par lâcher le morceau ?

— J'avais l'intention d'en parler à Thomas ce week-end. Mais le service du logement m'a devancé.

— On lui a téléphoné ?

— Il a été averti par courrier. On l'a mis avec un type de Waterbury.

— Ton frère est un grand garçon, tu sais. Comment il a pris ça ? »

Je me suis représenté Thomas sur le canapé, son bonnet ridicule sur la tête, déchiquetant le *Guide de la télé*. Je n'ai pas répondu.

« C'est quelque chose, ce mec, tout de même. Quand je pense qu'hier, au réservoir, il se déculotte pour montrer son zizi à Dell. C'est dingue !

— Il arrête.

— Le boulot, tu veux dire ? Thomas ? Qu'est-ce qui lui a pris ? »

J'avais envie de parler d'autre chose, ai-je déclaré. De n'importe quoi sauf de mon crétin de frangin.

« Calme-toi, Birdsey. J'ai trouvé ça un peu bizarre, ce qu'il a fait. C'est tout. Prendre Dell au sérieux à ce point-là... Pourtant, je l'envierais presque. J'ai qu'une hâte, c'est de dire *Sayonara* à ce boulot. À ce putain de service de la voirie. En tout cas, je t'assure qu'on devrait goûter le shit de Ralph et, s'il est bon, on devrait investir et se faire un peu d'argent de poche au prochain semestre. »

Je ne me rappelais plus à quel numéro habitait Dell. Dépassant la fabrique, on a ralenti un peu plus loin quand on est arrivés près d'une rangée de maisons minables toutes pareilles. C'était le genre de quartier où on voit des moteurs de voiture dans les jardins et des chariots de supermarché abandonnés renversés au bord des trottoirs. Les gens qui traînaient sur le pas de leur porte étaient presque tous des Noirs ou des Hispanos – pas exactement le voisinage où on aurait pensé que vivrait un raciste comme Dell. Mais, d'après mon prof de sociologie, c'était typique. Les racistes les plus acharnés étaient ceux qui se sentaient le plus directement menacés par les plus défavorisés. On s'est fait regarder de travers en sillonnant la rue pour essayer de repérer la bagnole de Dell. J'ai fini par aller voir à pied derrière les maisons pendant que Leo avançait en voiture.

J'ai trouvé la Valiant que Dell voulait vendre dans un jardin au bout de la rue. Elle était d'un rouge passé, avec des garnitures de siège noir et blanc. La carrosserie avait le cancer. Deux des pneus étaient lisses. On faisait bouger le tuyau d'échappement avec le pied.

« Elle est pas près de gagner un concours de beauté », a dit Leo en s'approchant. Il a jeté un œil au tableau de bord. « Combien de kilomètres d'après lui ? »

— Dans les quatre-vingt-dix mille.

— Plutôt plus de cent mille. T'as vu le siège du conducteur ? Le rembourrage fout le camp. Sa femme a dû lâcher de sacrés pets quand elle conduisait cette chignole. Laisse tomber, Birdsey. T'as rien à faire d'une saloperie pareille.

— Si, pourvu qu'elle roule et qu'il me la laisse pour deux cents dollars. Je peux toujours mettre une housse sur le siège. Allez, viens. Maintenant qu'on est là, allons lui parler.

— Fais-lui remarquer tout ce qui ne va pas. Dresse la liste dans ta tête. C'est comme ça qu'on fait baisser les prix. »

À l'arrière de la maison, des ordures bien avancées débordaient de partout ; on a dérangé des millions de mouches en passant. Les marches de la véranda étaient pourries. « J'étais sûr qu'il vivait dans un taudis de ce genre, a marmonné Leo. Dell Weeks, de Crasseville. »

J'ai frappé tout doucement et lorgné à travers la porte treillissée. Sur la cuisinière, un chat léchait une poêle. Une télé gueulait quelque part à l'intérieur.

J'ai frappé une deuxième fois, plus fort. « Voilà, voilà », a répondu quelqu'un.

C'est alors que Ralph Drinkwater est apparu à la porte, pieds nus et sans chemise, aussi muet de surprise de nous voir là que nous l'étions nous-mêmes. Pendant quelques secondes, aucun de nous trois n'a bougé. Enfin, Leo a fini par lui demander : « Qu'est-ce que tu fous ici ? »

Ralph a eu l'air troublé. Il s'est éclipsé un instant puis il est passé devant nous en enfilant une chemise. « Je partais juste, nous a-t-il dit, ses chaussures à la main.

— Hé, Dell est là ?

— Comment veux-tu que je le sache, bordel ? » Il ne s'est même pas retourné pour répondre. Quand il a atteint le trottoir, il s'est mis à courir, ses pans de chemise flottant derrière lui.

Leo et moi, on l'a regardé s'en aller. Je me souviens avoir pensé, idiotement, qu'il était venu assassiner ce salaud de Dell chez lui et que, par un hasard étrange, il était tombé sur nous. Quelle autre raison aurait-il d'être là ? Pourquoi courrait-il ainsi ?

« Birdscy, on est quel jour ? m'a demandé Leo.

— Comment ? Le... 22. Pourquoi ?

— Parce que tu me dois vingt dollars.

— Quoi ?

— Notre pari. On est un jour pair, et Ralphie a mis autre chose que son débardeur bleu. Tu me dois vingt dollars. »

J'ai hésité une ou deux secondes. Puis Leo a tourné le bouton de la porte et il est entré. « Dell, vous êtes là ? » a-t-il crié.

Pas de réponse.

« C'est Leo et Dominick. On vient voir la voiture. »

J'ai entendu Dell tousser à l'autre bout du couloir. « Je croyais vous avoir dit de téléphoner avant de venir.

— C'est ce que je voulais faire, mais on partait pêcher et j'ai pensé que... On peut revenir à un autre moment si...

— Je vous rejoins dans deux minutes. Allez jeter un coup d'œil derrière.

— On en vient, espèce de trou du cul », a murmuré Leo.

C'était une véritable porcherie : de la vaisselle sale et du fouillis partout, des nuages de poils de chat par terre. De plus, on sentait l'odeur de Dell. Il y avait un croque-monsieur au fromage entamé et une bouteille de Seven Up à moitié vide sur la table basse. *Soul on Ice*, le bouquin de Drinkwater, était ouvert sur une pile de magazines.

« Tu sais quoi ? J'ai l'impression que Ralph habite ici, ai-je dit à Leo.

— Y a pas à dire, Sherlock, tu piges au quart de tour. »

Il a saisi une barre d'haltères qui était par terre et il a fait deux, trois soulevés. Après quoi il l'a reposée et a pris l'exemplaire de *Soul on Ice*. « Ce bouquin dit les choses telles qu'elles sont. Je l'ai lu cent cinquante fois », a-t-il déclaré en singeant Ralph. Il a jeté le livre sur le canapé et s'est mis à feuilleter les magazines. « Hé, Birdsey, viens voir ici, a-t-il chuchoté en guettant Dell dans le couloir. Vise un peu ça ! »

Parmi les *Rolling Stones* et les bandes dessinées se trouvaient des magazines homos. Sur une couverture, on voyait deux mecs se donner des coups de langue. Sur une autre, un type à poil sous son blouson de cuir enfourchait une Harley.

« Ce sont des pédés ! Ralphie et Dell, ils sont maqués.

— Mais non, Dell a une femme.

— Ah ouais ? Où elle est alors ? Et ces magazines, c'est à elle ? »

Dans le couloir, on a entendu le bruit d'une chasse d'eau. « Viens, je sors, ai-je murmuré. Je fous le camp d'ici. »

Dell est arrivé tout de suite après. Il nous a appelés de la véranda. Je n'ai pas pu le regarder. Il fallait que je parte de là, mais il me fallait aussi cette bagnole.

« J'ai rechargé la batterie et je l'ai fait démarrer hier en rentrant, a dit Dell en nous rejoignant derrière la maison. Elle tourne bien. Tenez, je vais la remettre en marche.

— Comment se fait-il que votre femme la vende ? lui ai-je demandé.

— Je te l'ai déjà dit. Elle a une sclérose en plaques. Le docteur veut plus qu'elle conduise. » J'ai suivi son regard jusqu'à une fenêtre du premier : il y avait bien une grosse femme d'un certain âge, apparemment en piteux état, qui nous a fait signe.

Dell a sorti sa Galaxy du garage et l'a approchée de la Valiant jusqu'à ce que les pare-chocs se touchent. On a levé les deux capots et raccordé les câbles de démarrage. Quand la main de Dell a effleuré la mienne pendant la manœuvre, j'ai reculé brusquement. « Si un pédé essaie de vous toucher, nous avait averti Ray un jour, commencez par lui donner un coup de genou dans les couilles et gardez vos questions pour après. »

Dell m'a proposé de m'installer au volant et de mettre en marche.

« Alors, qu'est-ce que t'en penses ? Le moteur tourne bien, non ?

— Oui. On peut rouler un peu pour l'essayer ?

— Elle n'est plus immatriculée, ni assurée. Ma femme a tout laissé courir.

— Il y a un jeu de pneus neige ? » a demandé Leo.

Dell a fait signe que non. « Rien de plus que ce que vous voyez. »

On restait là tous les trois, les yeux fixés sur la Valiant. Dell a passé le bras à l'intérieur et coupé le contact. Le silence est devenu pesant.

« Alors, Dell, a dit Leo. Pour Ralph, vous pouvez nous expliquer ?

— Expliquer quoi ? Qu'est-ce que tu veux dire ?

— Tout à l'heure, c'est lui qui nous a ouvert. Il habite ici ou quoi ?

— Pourquoi ?

— Je ne sais pas. Je me demandais. »

Dell a fourré les mains dans ses poches en faisant tinter sa petite monnaie. « Ouais, il habite ici. Avec moi et la dame. Ça te dérange ?

— Non, non. Simplement, on savait pas qu'il habitait ici, c'est tout. Vous en avez jamais parlé ni l'un ni l'autre. Vous êtes parents tous les deux ? »

Pendant quelques instants, Dell et Leo se sont dévisagés.

« Qu'est-ce que tu crois ? a fini par dire Dell. Je suis blanc et lui, c'est un Nègre.

— Bon, et cette voiture ? » ai-je dit.

Dell a pris son temps pour terminer l'épreuve avec Leo. Puis il s'est tourné vers moi. « Je te la laisse pour quatre cents dollars. C'est une sacrée affaire. »

Je n'avais pas quatre cents dollars à mettre, je l'avais déjà prévenu. Je ne pouvais pas aller au-delà de deux cents.

« Deux cents dollars pour cette voiture ? À ce prix-là, autant la laisser où elle est pour décorer la pelouse.

— Deux cent cinquante. Je ne peux pas faire mieux. » Il a craché dans l'herbe en guise de réponse. « Deux cent soixante-quinze. Va pour deux cent soixante-quinze. C'est mon dernier mot. »

Il restait là à hocher la tête avec un sourire.

« Elle a plus de cent mille kilomètres, Dell. Le pot d'échappement risque de se décrocher à tout moment. Et j'aurai l'assurance et l'immatriculation à payer.

— Ouais. Alors ?

— Vous venez de dire vous-même que vous n'en faites rien. Moi, j'ai besoin d'une voiture.

— On a tous besoin de quelque chose. C'est *trois* cent soixante-quinze. À prendre ou à laisser.

— Je laisse.

— Comme tu voudras, c'est toi que ça regarde. À lundi. »

On était déjà au milieu de la pelouse quand, revenant sur ses pas, Leo est retourné auprès de Dell. J'ai suivi sans comprendre. « Vous savez, Dell, comme vous nous disiez hier, ce qui se passe dans notre équipe, ça ne regarde personne. Pas vrai ? Comme quand on fume quelques joints. Ou quand vous vous soûlez deux ou trois fois par semaine. Ou quand vous harcelez le frangin de mon pote au point de le faire fondre en larmes. Au point de...

— Son frère est une petite tantouze qu'a pas de couilles. Il laisse tomber son boulot pour une connerie comme ça. C'est pas ma faute s'il est...

— Vous savez, Dell, y a quelque chose que j'ai pas compris : pourquoi vous vous êtes tellement intéressé tout l'été à ce que le frère de Dominick avait dans son pantalon. Pourquoi vous avez pas arrêté de lui dire qu'il en avait pas, hein ?

— Si ce petit imbécile supporte pas la plaisanterie, j'y suis pour rien. C'est son problème ! s'est récrié Dell, l'air inquiet, presque vulnérable.

— Ouais, faut croire. On sait bien : ce qui se passe dans notre équipe ne regarde personne, pas vrai ? Ni Lou Clukey, ni personne. Comme, par exemple, votre arrangement avec Ralph. Lou est au courant que vous habitez ensemble ?

— Allez, viens, Leo, suis-je intervenu. Il veut pas me vendre sa voiture, pas la peine d'insister. »

Mais Leo avait l'œil goguenard. Il n'en démordait pas. « Depuis quand est-ce qu'il vit ici ? Ça fait longtemps que vous habitez ensemble ?

— On n'habite pas ensemble. Il vient dormir sur le canapé de temps en temps. Depuis que sa mère s'est tirée on ne sait où. »

Les mains dans les poches, tapant dans la terre avec le bout d'une de ses baskets, Leo a continué : « Ah bon ? C'est vrai ? Il était encore mineur à ce moment-là ? »

À présent, il y avait véritablement de la peur dans le regard de Dell. « Tu vois cette maison verte là-bas. C'est là qu'il vivait avec sa matouze.

Tout en haut. C'était une salope. Une Blanche, mais qui aimait mieux les Nègres que ceux de sa race. Quand la gamine, sa sœur, a été assassinée, la mère a plus été bonne à rien. Soûle comme une barrique la moitié du temps, elle criait et se battait avec tous ses Nègres. Ralph était comme un chat errant à qui on donne à manger un jour et qui veut plus s'en aller.

— Viens, Leo, on s'en va.

— C'est elle, a continué Dell. Ma femme. Elle est bien trop bonne. Que ce soient des Blancs ou pas, elle s'en fout. Elle ramasse tous les chiens errants. Il mangeait plus souvent ici que chez lui. Après ça...

— Tous ces magazines de pédés, chez vous, a dit Leo, c'est à qui ? À vous ou à lui ? Ou à vous deux ? »

Dell a croisé ses gros bras sur sa poitrine. Il nous a regardés l'un après l'autre. S'est planté juste devant moi. À dire vrai, en cas de bagarre, il aurait sans doute été capable de nous tuer tous les deux. « Qu'est-ce que c'est que ça, La Biroute ? Du chantage ? La grande gueule et toi, vous essayez de me faire chanter ? »

Était-il visible que je tremblais ? Le gagnant serait celui qui ne flancherait pas le premier. « Du chantage ? ai-je dit.

— Parce que toi et ton pote et ta petite tantouze de frère vous allez le regretter si vous jouez aux cons avec moi. Tu piges ? »

J'avais les foies, mais plus question de reculer. « Non, c'est pas du chantage, sinon je vous demanderais de me la donner, cette bagnole. Mais je vous demande seulement de me la vendre pour ce qu'elle vaut. »

Au moment précis où je m'attendais au pire, il a hoché la tête. « Deux cent soixante-quinze, t'as dit ?

— J'ai dit deux cent cinquante.

— Et toi, la grande gueule ? Si ton pote et moi on fait affaire, tu vas la boucler pour une fois ?

— Motus et bouche cousue, a dit Leo.

— Bon, alors apporte-moi le fric lundi soir, La Biroute. Je veux un chèque bancaire. De deux cent cinquante. Au nom de Delbert Weeks.

— Sans problème.

— Sans aucun problème, a repris Leo. Delbert.

— Bon, maintenant, foutez-moi le camp d'ici avant que je change d'avis. Et fais-moi le plaisir, La Biroute, d'expliquer à cette grande gueule la différence entre un Blanc et un Nègre, tu veux ? Il a pas l'air de comprendre tout seul. C'est le Grand Je Sais Tout, mais ça, ça lui échappe. »

Il est rentré dans la maison en claquant la porte derrière lui.

On est retournés à la voiture de Leo. On n'a pas ouvert la bouche pendant plus d'un kilomètre.

C'est Leo qui a parlé le premier : « Incroyable. Incroyable, putain !

— Quoi ?

— Tout ! Que ce soient des pédés qui vivent ensemble ! Qu'on t'ait eu cette chiotte pour deux cent cinquante dollars ! Sincèrement, Birds, je n'y croyais pas, mais c'est la victoire la plus suave que j'aie jamais connue. Qu'est-ce que tu lui as dit, déjà ? *"Non, Dell, si c'était du chantage, cette voiture, je vous demanderais de me la donner."* Je voudrais enregistrer ça, Birdsec. Tu es mon nouveau héros. »

Je lui ai demandé de se taire. Non, Ralph n'était pas pédé.

« Franchement. Il y a une heure, je te prenais pour une lavette parce que tu refusais de revendre un peu d'herbe avec moi. Mais à présent, tout compte fait, on est passés au rang... d'extorqueurs ! Je vais m'arrêter pour nous acheter deux bouteilles de Boone's Farm avant d'aller au pont. C'est moi qui régale. Il faut fêter ça.

— Je te dis de la fermer, Leo, tu veux bien ?

— Bon, bon, vieux. Sûr. Pas de problème. Parce que t'es vraiment mon héros. »

Avec le vin, et deux ou trois taffes d'un des joints de Ralph, je me suis un peu radouci. Pendant qu'on pêchait, j'avais sans cesse l'impression que ça mordait au bout de ma ligne, mais je n'attrapais rien. Leo continuait à me parler de pédés. « Tu te rappelles cette petite tapette qui était avec nous au lycée ? Qui a eu son diplôme la même année que nous. Ce mec à qui tout le monde lançait des pièces dans le couloir ?

— Francis Freeman ?

— Ouais, c'est ça.

— Bon Dieu, la camelote de Ralph est vachement forte. Je suis raide.

— Moi aussi. Alors, Birds, qu'est-ce que t'en penses ? Tu pourrais, toi ?

— Je pourrais quoi ? »

Il a tiré sur le mégot. M'a passé le joint, mais je n'en ai pas voulu. « T'envoyer en l'air avec un mec ?

— Ouais, sûr. Amène-le tout de suite.

— Non, sérieusement. Si c'était une question de vie ou de mort ?

— Qu'est-ce que tu veux dire par une question de vie ou de mort ?

— Eh bien, par exemple, suppose qu'une pédale psychopathe sorte un flingue en te disant : "Bon, je peux te faire sauter la cervelle, mais si tu me laisses te toucher, t'as la vie sauve." Alors ?

— Nom de Dieu, Leo, arrête un peu, tu veux ?

— Tu te laisserais faire ?

— Comment veux-tu que je réponde à une question aussi conne ?

— Bon, bon. Alors suppose qu'un mec te dise : "Tu vois cette Chevelle SS-396 de 69 quatre vitesses au plancher ? Ça te plairait pas de monter le week-end voir ta petite chérie à Boston College dans cette superbagnole ? Tout ce que je te demande, c'est de me laisser te sucer une fois par semaine." Alors tu le ferais ?

— T'es marteau ou quoi ? » J'ai changé d'avis : je lui ai pris le joint. « Pourquoi ? Tu le ferais, toi ?

— Moi ? Pas question. Je ne mange pas de ce pain-là. Encore que, pour une Mustang, je ne dirais peut-être pas non. Je plaisante, Birdsey, je plaisante. »

Mon esprit flottait entre la Valiant que je venais d'acheter, la vision de Drinkwater ouvrant la porte chez Dell, et la sonnerie du téléphone chez Dessa. Que ça morde ou pas, je préférais être ici dehors au soleil qu'à la maison avec mon cinglé de frère. Il valait mieux être à la pêche et se défoncer que d'attendre toute la journée qu'elle décroche son téléphone. À son tour, maintenant, me suis-je dit. À elle d'attendre un coup de fil du mec que son père ne trouve pas assez bien pour elle... À moins qu'à présent elle ne soit d'accord avec lui – je m'étais comporté comme un imbécile dans cette voiture, je lui avais fait peur, j'avais brisé sa confiance.

J'ai ramené ma ligne. J'ai lancé aussi loin que possible. Bon sang, j'étais complètement défoncé.

« Dis donc, un mec t'a déjà fait des avances ? m'a demandé Leo.

— Quoi ?

— Une tante. Tu t'es déjà fait draguer par une tante ?

— La vache, Leo, tu voudrais pas changer de sujet ?

— Alors, ça t'est déjà arrivé ?

— Non, pourquoi ? Et toi ?

— Non, pas vraiment... Juste une fois, un vieux. À la plage. J'étais sur ma natte. Il est venu me demander d'aller me balader avec lui et de le laisser me faire une pipe.

— Et alors ? »

Avec le shit, Leo avait les yeux vitreux.

« J'ai refusé. Je me réservais pour toi, Birdsec. Tu sais quoi ? On pourrait faire une partie carrée un jour tous les deux avec Ralph et Dell.

— Dell est peut-être une pédale. Mais pas Ralph.

— Écoute-moi bien, Birdsey. Tu peux me croire.

— Pourquoi ? D'où tu tires ta science ?

— Eh bien, premièrement, ma partie, c'est le théâtre.

— Et alors ? Qu'est-ce que ça a à voir ?

— Il y a plein de pédés dans le milieu du théâtre. Des quantités. Tu sais, ce professeur dont je te parlais, spécialiste de Shakespeare ? C'en est un.

— Comment tu sais ? Il l'a annoncé en cours ?

— Allez, partons, on ne prendra jamais rien, a dit Leo en ramenant sa ligne.

— Non. Réponds à ma question. Tu prétends que ton prof est homo, que tu peux pas te tromper. Alors explique-moi comment tu sais.

— Je sais, voilà tout. » Je le regardais décrocher son leurre. J'avais beau être complètement pété, je m'intéressais à l'opération.

« Un jour, ce mec m'a embrassé.

— Ce prof t'a embrassé ? Tu te fous de moi !

— Pourquoi je te raconterais des salades ?

— Où ça ? En cours ? Sur scène ?

— Chez lui. Dans son appartement.

— Qu'est-ce que tu faisais chez lui ?

— Je n'étais pas tout seul. On était toute une bande. » Il a descendu le reste du vin. Lancé la bouteille contre un rocher. On s'est arrêté de parler pour jouir du bruit du verre volant en éclats. « Il nous avait tous invités chez lui à la fin du semestre. Il y avait plein de choses à manger, et du vin, du shit, mais on n'a été que six ou sept à venir. Je me suis complètement défoncé – il y avait du shit pour vingt personnes. Enfin, je sais pas, j'ai été le dernier à partir. Il ne restait que nous deux, lui et moi. Et alors...

— Et alors quoi ?

— Je te l'ai déjà dit. Il m'a embrassé. C'est pas si grave, Dominick. T'as pas besoin de me regarder comme ça. On a ri un petit peu, j'ai dit que non merci, et il a dit bon, bon, très bien, c'était juste une proposition, si j'en avais envie.

— C'est dingue !

— Pourquoi ? Dans le théâtre, c'est autre chose... Dis donc, Birdsey, t'as pas intérêt à aller raconter ça, tu m'entends ?

— Je n'arrive pas à croire qu'un prof...

— T'es tellement naïf, putain ! T'es jamais sorti de ton trou. Allez viens. Tirons-nous d'ici. »

Je me suis levé, un peu chancelant, et j'ai suivi Leo dans le sentier.

Revenus à la voiture, on a décidé de fumer un deuxième joint. Leo l'a allumé et me l'a passé.

« Une fois, c'est arrivé à mon frère

— Quoi ?

— Thomas. Un jour, en faisant du stop. Il s'est fait emmerder par un gay. Il m'a raconté.

— Raconté quoi ? » Leo était complètement raide.

« Un type dans un break. Il s'est arrêté. Immatriculé dans le Michigan, je crois. D'après Thomas, il avait l'air d'un grand-père – cheveux blancs, pull-over de vieux avec des pièces aux coudes, photos de famille fixées au tableau de bord. Il monte donc, et... » Leo avait l'air tellement camé que je me demandais s'il comprenait un seul mot. Ou même s'il écoutait. « Le type lui raconte qu'il est venu voir sa fille et les enfants. Qu'il fait un petit tour en voiture. Qu'il est très seul. Il a l'air d'un brave vieux sympa. Et tout d'un coup, il dit à Thomas : "Vous êtes une jolie petite fripouille, vous savez. Si on trouvait un endroit pour faire connaissance un peu mieux ?" Et il lui a proposé vingt dollars pour... »

Je me rappelais les mains de ce mec me pelotant, me caressant comme un animal. Il n'avait pas écouté quand je lui avais dit d'arrêter.

J'ai entendu Dessa me crier : « Dominick, arrête ! Tu me fais peur ! » Je me suis revu sur le parking du Dial Tone la veille au soir. Mais ça n'avait rien à voir : cette trouille que ce vieux pervers m'avait fichue dans sa voiture, et la façon dont j'avais fait peur à Dessa la veille. C'était sans commune mesure.

« Et après ?

— Hein, qu'est-ce que tu dis ?

— Il a offert vingt dollars à ton frère, et puis quoi ? »

J'ai regardé Leo. Pourquoi y avait-il des pantalons gris contre la vitre du conducteur ?

« Messieurs, bonsoir. »

Leo a fait un bond en jurant. Bêtement, il a voulu fourrer son joint sous son siège. J'étais tellement raide que je n'ai pas compris tout de suite. Le policier a demandé à voir les papiers de Leo.

« Mon collègue et moi, on vous observe depuis un moment, et on a quelques raisons de croire que vous êtes en possession d'une substance prohibée. » Une portière a claqué. La portière d'une voiture de police. Dans le rétroviseur, j'ai vu l'autre flic s'approcher de nous.

Ah, merde ! On s'était fait baiser dans les grandes largeurs.

« Nous allons devoir fouiller votre véhicule, a dit le flic. Vous voulez sortir de la voiture et venir par ici, s'il vous plaît ?

— Bien sûr, monsieur l'agent, a répondu Leo. Mais on pourrait vous être utiles, mon ami et moi. »

23

1969

Quand mon beau-père m'avait dit de me méfier comme de la peste des types du genre de Leo Blood, j'avais ignoré son avertissement, conforme à sa vision habituellement si chaleureuse de l'humanité. Mais ce soir-là, au service de la police du Connecticut, bâtiment J, j'ai compris ce qu'il voulait dire.

Il n'avait pas fallu plus d'une minute aux policiers Avery et Overcash pour trouver les deux joints dans la Skylark de Leo, celui qu'on n'avait pas fumé et celui qu'il avait fourré, tout allumé, sous son siège. « Ça alors, comment ce truc est-il arrivé là ? s'était bêtement étonné Leo. T'es au courant, Birdsey ? »

Ils nous ont embarqués dans le fourgon de police en nous expliquant qu'ils allaient aussi faire enlever la voiture. En traversant Three Rivers, effondré, j'ai calculé tout ce que notre partie de pêche allait sûrement me coûter : ma copine, le prêt de Ray pour mes frais de scolarité et ma future carrière d'enseignant. Qui serait prêt à engager un prof avec une affaire de drogue sur son casier judiciaire ? Je finirais sans doute par aller me faire tuer au Vietnam malgré tout. Malin, vraiment malin.

À la police, on nous a fait asseoir sur des bancs de bois avec les autres paumés et contrevenants qu'ils avaient ramassés ce soir-là : un vieil immigrant qui avait flingué le chien de son voisin, un type défoncé aux amphés qui avait donné un coup de boule au policier en train de l'arrêter. Ils nous ont séparés, Leo et moi. Ils l'ont gardé à l'autre bout de la salle, et ils m'ont mis à côté d'une bonne femme vraiment cradingue et tellement beurrée qu'elle ne voyait même pas que l'entrejambe de son collant pendait en dessous de sa robe. Elle n'arrêtait pas de ronchonner après un certain Buddy. Entre dame Perd-son-collant et moi, un climatiseur bruyant crachait une colonne d'air humide. J'avais la trouille. J'étais gelé. J'avais envie de pisser.

Leo s'est étiré, et il s'est levé pour aller boire. Avais-je l'air aussi stone que lui ? Mon frère avait eu raison de me dire que personne n'était dupe, qu'il suffisait de nous regarder pour savoir qu'on fumait de l'herbe au boulot. Thomas m'avait prévenu : fréquenter Leo allait m'attirer des ennuis. Eh bien voilà, je me retrouvais au poste de police.

En passant, Leo s'est arrêté devant moi et s'est accroupi. Tout en délaçant et relaçant sa chaussure, il a marmonné quelque chose que je n'ai pas saisi tout de suite à cause du bruit du climatiseur et des grognements de la bonne femme.

« Quand ils nous feront entrer, laisse-moi parler. Ne me contredis surtout pas.

— Pourquoi ? Qu'est-ce que tu vas leur dire ?

— Je ne sais pas encore. Je réfléchis. Mais soutiens-moi.

— Vous connaissez Buddy Paquette ? a demandé dame Perd-son-collant à Leo.

— Quoi ? Ouais, bien sûr. Buddy et moi, on se connaît depuis longtemps.

— Il vous a déjà parlé de moi ?

— De vous ? Comment vous vous appelez ?

— Marie. Marie Skeets.

— Ah, Marie Skeets, ouais. Il m'a parlé de vous plein de fois. » Le flic de l'entrée a crié à Leo d'aller s'asseoir.

L'ennui, c'est qu'ils nous ont interrogés séparément. Leo est passé d'abord. Comment pouvais-je confirmer les salades qu'il avait dû leur raconter sans savoir ce qu'il avait inventé ? Un mal de tête avait commencé à me gagner après le pied que j'avais pris au pont. Je me suis levé pour demander à aller aux toilettes, mais le brigadier m'a dit d'attendre et de m'adresser aux deux policiers qui m'interrogeraient.

« Comment est-ce que ce type connaît Buddy ? m'a demandé dame Perd-son-collant.

— Il le connaît pas.

— Il a dit que si.

— Eh ben, non. Pas que je sache en tout cas.

— Ah, il fait pas chaud ici, hein ?

— Non.

— On est en janvier ?

— Non, en août. Fin août.

— Ah bon. T'as du chewing-gum ? »

Une demi-heure plus tard, j'ai croisé Leo dans le couloir. Il avait l'air paniqué – il a essayé d'articuler quelque chose que je n'ai pas compris. « Par ici », m'a dit le policier nommé Overcash.

On a accédé à ma demande : une visite dans des toilettes en piteux état qui servaient aussi de réserve, juste à côté du bureau où avait lieu l'interrogatoire. Le seul ennui, c'est qu'il fallait que je laisse la porte ouverte et que je fasse pipi en présence du policier Avery, en visant dans une tasse en plastique de la taille d'un verre à liqueur pour le prélèvement d'urine. Nerveux comme je l'étais, je me suis retrouvé bloqué par le trac et on a dû attendre que ça vienne. Après quoi je me suis débrouillé pour en mettre plein mon jean et par terre. J'ai épongé avec des serviettes en papier, en demandant pardon comme si je venais de commettre un meurtre.

Quand on est revenus dans le bureau, un autre flic était assis devant une table. Il s'est présenté comme le capitaine Balchunas, et il m'a fait asseoir. Il était plus âgé qu'Avery et Overcash – cheveux grisonnants coiffés en brosse, face rubiconde, œil pétillant comme un Père Noël. Je me suis assis, bras croisés.

Ils avaient décidé que ça ne valait pas la peine d'enregistrer l'interrogatoire, m'a informé Balchunas. Avery et Overcash étaient assis de chaque côté de lui, comme deux serre-livres à tête de pierre. Overcash a pris un stylo et un bloc-notes. Avais-je des questions à poser avant qu'on ne commence ?

« Dois-je... J'ai besoin d'un avocat ?

— Pour quoi faire ? a dit Balchunas. Tu te prends pour un grand caïd de la drogue ?

— Non, juste...

— T'as peur qu'on tienne pas compte de tes droits ? Tu fais partie de ces jeunes qui s'imaginent que tous les flics sont des fascistes ?

— Non.

— Alors quoi ? Qu'est-ce qui te fait penser qu'il te faut un avocat ? m'a-t-il demandé en examinant rapidement mes papiers.

— Non, rien... C'est bon.

— Eh bien, si tu collabores avec nous comme ton copain vient de le faire, on pourra sans doute classer l'affaire rapidement. Te faire sortir d'ici en moins de temps qu'il en faudrait à un avocat pour arriver jusqu'ici. Tu vois ce que je veux dire ? »

Je ne voyais pas vraiment, mais ça paraissait plutôt encourageant.

Le capitaine Balchunas avait noté que j'habitais dans Hollyhock Avenue. Quand il était gosse, c'est par là qu'il passait pour aller à Rosemark's Pond avec ses frères. Ils attrapaient des tortues d'eau. « Le lac en était plein, de ces sales bestioles. Certaines étaient de fameux morceaux. On les asticotait avec un bâton, et elles s'y accrochaient ; quelquefois elles vous cassaient en deux une branche d'une bonne grosseur aussi sec qu'une paire de cisailles. » Il s'est emparé du stylo d'Overcash et l'a fourré dans sa bouche pour imiter la tortue d'eau mordant le bâton. Il avait des fausses dents qui ne trompaient pas, couleur vert-de-gris. J'avais beau être inquiet, j'ai trouvé ça plutôt rigolo – peut-être justement parce que j'étais inquiet –, ce type qui était là à mordre dans un stylo en claquant des mâchoires. J'avais des picotements dans les orteils et au bout des doigts. J'étais sans doute encore défoncé à vingt-cinq pour cent.

Balchunas s'est alors mis à me dévisager. Un long moment. « Pourquoi tu trembles, Dominick ? » m'a-t-il demandé. J'ai regardé Avery, haussé les épaules. J'ai répondu que j'étais un peu inquiet.

« Ah ouais ? » D'après leur enquête préliminaire, mon casier était parfaitement vierge. « Des écarts de conduite, des erreurs de jugement, tout le monde en fait, Dom. Si tu nous racontes pas de bobards, on sera réglo avec toi. D'accord ?

— D'accord.

— Ton copain Leon, lui, il a été très franc avec nous, là tout de suite, et nous aussi on a joué franc-jeu. Tout s'est bien passé. Pas vrai, les gars ? »

Les deux autres ont approuvé. Je revoyais la tête de Leo dans le couloir quelques minutes plus tôt. S'il s'était montré si franc et réglo, pourquoi aurait-il désespérément essayé de me faire passer un message ?

« Leon dit que vous êtes étudiants tous les deux. Vous allez habiter ensemble cette année, à l'université ?

— Oui.

— Tu sais ce que c'est que de faire une recherche, Dom ? Tu as bien dû en faire pour un de tes cours, avant de rédiger un devoir ?

— Oui.

— Eh bien, il se passe la même chose ici en ce moment. Mes collègues et moi, on est en train de faire une recherche, c'est tout. Tu vois, Dom, s'il s'agissait de défendre tes droits, tu pourrais avoir besoin d'un avocat. Or, c'est pas tout à fait le cas dans la situation présente. On n'a pas l'impression, du moins. On n'aura pas de surprises, j'espère, avec ce prélèvement d'urine de tout à l'heure.

— De surprises ?

— On ne va pas découvrir que t'es accro à l'héroïne ou au LSD ?

— Non.

— Bon. C'est bien. Une menthe ? »

Dans un brouillard, j'ai vu passer devant mes yeux un rouleau de bonbons à la menthe. « Euh, non merci.

— Non ? T'es sûr ? Ton copain Leon, il en a pris trois ou quatre. Il avait la gorge sèche, qu'il a dit. Il faut croire que la défonce a pas les mêmes effets sur tout le monde. Un gars aura la bouche sèche, et pas l'autre. Évidemment, il parle beaucoup, ton copain. Il a un sacré bagou. »

Je n'ai pas répondu. Moins je parlerais, plus j'avais de chances de ne pas dire le contraire de ce que Leo leur avait raconté.

« Bon sang, tu trembles comme une feuille, Dom. Qu'est-ce qui se passe ? T'as la danse de Saint-Guy ou quoi ? On te fait peur ? Allons, détends-toi. Je peux me tromper, mais je ne crois pas que la chaise électrique soit pour cette fois-ci », a-t-il dit, d'abord impassible, puis avec un sourire.

J'ai souri moi aussi.

Il a fait sortir une menthe du paquet.

« J'ai arrêté de fumer il y a trois semaines, et depuis je suce ces trucs-là. J'en étais à deux paquets et demi par jour. Et toi, Dom, tu fumes ? »

Je n'ai pas répondu.

« Du tabac, j'entends ? Des cigarettes ? »

J'ai fait signe que non.

« Non ? Bon. Suis mon conseil : ne commence pas. Ça fait plus de deux semaines que j'ai arrêté, et je crache encore.

— Hum... Est-ce que vous... vous allez nous arrêter ?

— Qui ça ? Toi et Leon ? Disons qu'on va essayer de l'éviter. Honnêtement, Dom, votre histoire, c'est pas un truc capital. Y a pas de quoi fouetter un chat. Pour nous, j'entends. Pour la justice. Bien sûr, pour vos parents ou votre petite amie, c'est différent. T'as une copine ?

— Oui. » J'en avais une, du moins, avant ce week-end de dingue.

« On s'en douterait. Un beau gosse comme toi. Elle est jolie ? »

Qu'est-ce que ça pouvait lui foutre ? Qu'est-ce que Dessa venait faire là ?

« Oui.

— Bah voyons ! Elle a pas mal de poitrine ? T'as de quoi te nicher dans une belle paire de nénés, hein ? Ça me regarde pas, c'est ça ? D'accord, je retire ma question. Mais tout de même, je vous envie, vous les jeunes. Avec cette "révolution sexuelle" et tous ces trucs que je lis dans les journaux. Quand j'avais votre âge, il fallait marcher sur la tête pour arriver à peloter une fille, et maintenant vous avez juste à lui demander d'écarter les jambes, et tout ce qu'elle veut savoir, c'est si elle les écarte assez. Pas vrai, Dom ? »

J'ai pensé qu'il essayait de me mettre les nerfs à bout pour que je parle davantage. Si j'exigeais un avocat, ils ne pouvaient pas m'empêcher d'en appeler un. Sauf qu'il faudrait aussi que j'appelle M'man et Ray. Et si Ray apprenait...

« Mais comme je te disais, Dom, vous êtes de la petite bière, toi et... comment il s'appelle déjà, ton copain de pêche, Moulin-à-paroles ?

— Leo.

— C'est ça. Leo. On devrait pouvoir régler tout ça assez vite. Tes parents sont des gens bien, Dom ? »

Ah bordel ! « Oui.

— C'est ce que je pensais. Je suppose qu'ils seraient un peu contrariés s'ils savaient ce qui se passe ici, non ? Allez tiens, fais plaisir à un vieux schnok. Prends-en une. » Il m'a tendu encore une fois son rouleau de pastilles de menthe.

Je me suis laissé faire. J'en ai mis une dans ma bouche.

Puis il s'est adressé aux deux policiers : « Et vous, les gars ? Une menthe ?

— Non merci, capitaine.

— C'est bon, capitaine.

— O.K. J'en étais où ? »

Overcash a consulté son bloc-notes : des hachures dans la marge, un ou deux mots. « De la petite bière, a-t-il dit.

— Ah oui, c'est vrai. Tu vois, Dom, étant donné tout ce qui se passe dans cette ville, pour nous, votre histoire, c'est ce qu'on appelle une "infraction simple". Franchement, la police a mieux à faire que de perdre son temps avec des types comme vous. Bien sûr, on pourrait parfaitement maintenir l'inculpation si nécessaire. Mes collègues vous ont pris sur le fait. Et vous sentez encore la came à plein nez. Alors, dans une situation comme celle-ci, ce qu'on veut, c'est une espèce de troc. On n'a pas envie de vous avoir ramassés pour rien. Ce qui nous intéresse, c'est de savoir où vous avez eu cette came. Qui vend à des types comme Leon et toi, et qui leur vend à eux. On cherche à remonter la chaîne. *Capisce ?*

— Oui.

— Bon, parle-nous de ce Ralph Drinkwater.

— Ralph ?... Qu'est-ce que vous voulez savoir ?

— Ce que t'as envie de nous dire. »

Dieu sait pourquoi, je me suis mis à parler du meurtre de Penny Ann Drinkwater à la Cascade il y a bien longtemps. De l'arbre planté en son honneur. De Ralph qui avait reparu à mon cours d'histoire des années plus tard, et puis, de nouveau, dans mon équipe de travail. Je leur ai parlé du grave-ball, leur racontant que Ralph envoyait notre balle perforée à une distance formidable. Je leur expliquais les règles concernant nos coureurs fantômes quand Balchunas m'a interrompu : « À ta connaissance, quelle est la plus grande quantité d'herbe que Ralph a pu détenir à un moment donné ? Le maximum ?

— Euh... deux, trois joints sans doute.

— T'es sûr ? Pourtant, d'après Leon, il en a eu beaucoup plus que ça. Ce soir, en fait. Vous étiez bien chez Ralph ce soir, Leon et toi ? T'es sûr qu'il avait juste deux ou trois joints ? »

Dis comme moi, m'avait recommandé Leo. Mais se livrer à ça ? Tirer dans le dos de Ralph ? « Je... Je ne sais pas ce qu'il a vu. Personnellement, je n'en ai pas vu davantage.

— Et du hasch ? Ralph a déjà essayé de vous en vendre ?

— Non.

— Des amphés ? De l'acide ?

— Non. Jamais il...

— D'accord. Changeons de sujet. Que sais-tu sur le type pour qui Ralph travaille ?

— Dell, vous voulez dire ? Notre chef d'équipe ?

— Je veux dire le type pour qui il vend la marchandise.

— Il ne vend pour personne. Pas que je sache, en tout cas. »

Balchunas s'est étranglé. « Allez, Dom, ça va. D'où tu sors ? Si Ralph deale, il trouve bien la camelote quelque part, t'es d'accord. Je croyais qu'on devait se parler franchement. Alors arrêtons ces conneries, tu veux ? »

Comment étais-je censé tenir sur cette corde raide ? Sans griller Ralph ni Leo ? Et sans me griller moi-même ?

« On a été là-bas pour voir une voiture. Ralph habite chez notre chef d'équipe, et notre chef d'équipe en a une à vendre. Moi, j'étais dehors à regarder la bagnole. Pendant quelques minutes, Ralph et Leo ont été dans la maison ; alors peut-être que Leo a vu quelque chose à ce moment-là. Mais pas moi... Il ne nous a jamais rien vendu, Ralph. On a juste fumé ensemble deux, trois fois pendant le travail, c'est tout. À l'heure du déjeuner par exemple, il allumait un joint et il le faisait passer.

— Il faisait passer le joint, hein ? Qu'est-ce que t'appelles "deux, trois fois", Dom ?

— Je ne sais pas... Peut-être six ou sept ? Ou huit. »

Balchunas s'est tourné vers Overcash. « T'entends ça, Clayton ? C'est sans doute comme ça qu'on leur enseigne les maths à l'école maintenant. Deux ou trois égale huit. » Puis, revenant à moi : « Tu te rappelles si Ralph a mentionné un type du nom de Roland ?

— Roland ? Non. Qui est-ce ?

— D'après Leon, Ralph vous a parlé à tous les deux d'un certain Roland. Qui viendrait de New York. Qui serait peut-être le dealer de Ralph. Qu'est-ce que tu te rappelles de cette conversation, Dom ? Ton copain prétend que tu étais présent. »

Leo risquait gros à mentir aux flics de cette façon. Il pouvait nous attirer de sérieux ennuis à tous les deux. « Je ne me souviens pas de ça et je ne sais pas qui est Roland. Ralph en a peut-être parlé à Leo, mais pas à moi.

— T'as une bonne raison de vouloir protéger ce type, Dom ?

— Qui ? Ralph ? Non.

— Non ? T'es sûr ? Parce que ton histoire ne colle pas très bien avec celle de ton copain. D'où je conclus que l'un de vous deux n'est pas honnête à cent pour cent. »

Super ! C'était pas Leo qui leur racontait des bobards, c'était moi ! Laisse-moi parler, m'avait-il dit. Si, en fin de compte, j'étais obligé d'appeler Ray, j'étais vraiment foutu.

« T'as la bouche sèche, Dom ? T'arrêtes pas d'avaler. Tu veux encore une menthe ?

— Non merci. » Ce salaud de flic, il pouvait les ramasser, ses pastilles !

« Donc, Ralph ne t'a jamais rien vendu ? Il faisait juste passer son joint. Généreux, le mec ! Il apporte sa petite réserve au travail et il en donne aux copains. Et toi, Dom, a-t-il enchaîné tout bas, tu lui as déjà donné quelque chose ?

— Qu'est-ce que vous voulez dire ?

— Voyons, comment formuler ça avec délicatesse ? Ton copain Leon prétend que Ralph est du genre à préférer les garçons. Qu'il pourrait bien y avoir entre lui et ce chef d'équipe de Bickel Road un peu plus qu'une relation de patron à ouvrier. Tu me comprends ? Alors, ce que je te demande, c'est s'il n'y a jamais eu une sorte d'accord entre vous deux. Tu sais bien. Il te donne quelque chose dont tu as envie, et toi tu lui donnes quelque chose dont lui a envie. »

En somme, il me demandait s'il y avait eu une relation homosexuelle entre Ralph et moi. Leo le lui avait-il laissé entendre ? Il n'aurait pas osé, si ?

« C'est tout de même bizarre que vous aimiez aller chez ces types-là, traîner avec eux le week-end. Étrange pour deux Américains normaux, virils. Ce n'est pas une accusation, Dom, juste une simple observation.

— On ne va pas "traîner" là-bas. J'allais voir une voiture, celle de sa femme. Dell a une femme. Elle souffre de sclérose en plaques, c'est pour ça que la voiture est à vendre... Je veux un avocat, vous entendez ?

— Tu veux un avocat ? Très bien. Mais, je te l'ai déjà dit, on essaie simplement de démêler l'affaire. De vous faire sortir d'ici sans histoire, ton copain et toi. On veut juste tirer au clair certaines contradictions entre ta version et celle de Leon. Par exemple, en ce qui concerne le contact de Ralph à New York, ce type du nom de Roland. »

Bordel de merde ! Je n'allais pas me laisser traiter de tante par n'importe quel connard de flic !

« Ralph fait pousser son herbe. C'est du moins ce qu'il nous a dit. Il en a plusieurs pieds quelque part dans un champ. Dans les bois... C'est tout ce que je sais, je le jure.

— Ce doit être des pieds formidables, parce que Leo a vu des kilos de camelote. Et toi, tu nous dis qu'il a juste quelques plants d'herbe ? Même si ça veut dire neuf ou dix, malgré tout, ça représente un sacré rendement. Il doit vraiment avoir la main verte, ce Ralph !

— Je n'ai jamais vu des kilos d'herbe chez lui. Leo, peut-être, mais moi, j'ai seulement vu des joints.

— C'est un Nègre, ce Ralph, non ?

— Comment ?

— Il est noir ? De type négroïde ?

— Je pense.

— Tu penses ? Bon Dieu, même là-dessus tu n'es pas foutu de répondre nettement ?

— Il me semble qu'il est aussi un peu indien.

— Ah ouais ? Indien américain ou indien d'Inde ?

— Indien américain. Wequonnoc, je crois.

— Ah bon ? Moitié noir, moitié indien ? Le pauvre, il hésite sans doute pour savoir s'il va scalper l'ennemi ou se laisser nourrir par l'aide sociale. D'après Leon, il lit beaucoup de littérature révolutionnaire. Du genre propagande des Panthères noires pour renverser le gouvernement. T'es au courant ? »

Éreinter Ralph, le calomnier, et moi aussi par la même occasion : c'était ça le plan de Leo pour nous tirer d'affaire ?

« T'as déjà vu Ralph avec des armes ?

— Non.

— T'es sûr ?

— Je sais qu'il a lu *Soul on Ice,* mais, en dehors de ça, je ne l'ai jamais entendu parler de pouvoir noir ou autre.

— *Soul on Ice.* Ouais. C'est de qui déjà ? Je ne sais plus.

— Eldridge Cleaver.

— Eldridge Cleaver. C'est un bouquin que tu conseillerais, Dom, tu le trouves bien ? »

Je ne l'avais jamais lu, lui ai-je répondu.

« Non ? Et Roland, le type de New York ? Il est noir lui aussi ? Panthère noire, peut-être ?

— Je ne sais rien sur Roland, je vous l'ai déjà dit.

— T'as un frère qui travaille dans la même équipe que vous, c'est bien ça ?

— Mon frère n'a rien à voir dans cette histoire.

— Non ? D'après Leon, votre tantouze de chef s'intéresse à lui particulièrement. Ton frère et toi, vous êtes jumeaux, hein ?

— Il aime bien le faire marcher, le houspiller, mais c'est tout. C'est une brute. Il a compris qu'il peut se payer sa tête facilement.

— Sa tête, ah oui ? Intéressant. Vous êtes des vrais jumeaux ?

— Oui.

— Vendredi dernier, ton frère s'est donné en spectacle pendant le travail. Les pédés de l'équipe lui ont demandé de leur faire une leçon de choses, pas vrai ?

— Écoutez, c'est vite dit, mais c'est faux. Ce que mon frère...

— Il s'agissait d'un petit échange : deux, trois joints contre un coup d'œil ?

— Non ! » J'étais au bord des larmes. Je voyais bien qu'ils jouaient au chat et à la souris avec moi, qu'ils me baladaient avant d'avoir ma peau. Mais mon frère ? « Tout l'été, Dell a harcelé mon frère. Il l'a traité de tous les noms. Thomas est toujours un peu nerveux, il s'est mis à flipper. On l'a tarabusté pour qu'il s'exécute.

— On, qui ?

— Dell. Je vous assure, vous n'y êtes pas. Dell était sans arrêt sur lui.

— Sur lui, voyez-vous ça ?

— Vous déformez tout ce que je dis. Mon frère est...

— Regardez ses oreilles ! Dom, tu rougis ! Pourquoi tu cherches à couvrir Ralph ?

— Je ne le couvre pas.

— C'est par pure générosité qu'il apporte du shit au boulot et qu'il en fait profiter les autres, c'est ça ?

— Je ne sais pas. Je ne le connais pas en dehors du travail. Il est très secret.

— Et toi, tu ne t'es jamais laissé entraîner dans ses secrets, en échange d'un peu de hasch ?

— Non !

— Du calme, Dom. Détends-toi. Ça va. On est au courant pour ta petite amie.

— Laissez ma petite amie tranquille. Et mon frère aussi. Il n'a même pas tiré une taffe de tout l'été.

— Bon, bon, calmons-nous, a dit Avery. Si on changeait de sujet ?

— Pas question ! a répliqué Balchunas en donnant un bon coup de poing sur la table. Finissons-en et laissons ce petit crétin appeler son avocat si ça lui chante. J'en ai ma claque de perdre mon temps avec un merdeux qui nous fait tourner en rond. Je commence à penser qu'il va avoir besoin d'en appeler un, d'avocat. Ou bien son papa et sa maman, ou ses copains de Bickel Road, ou qui il voudra. Leon nous dit une chose, et lui, il en dit une autre, alors que nous, tout ce qu'on veut, c'est les faire sortir d'ici ce soir même.

— Je dis la vérité. Je vous assure.

— Bon, vous savez quoi ? On va renvoyer l'autre chez lui. Je n'ai rien contre lui. Il a coopéré. C'est ce que ce merdeux n'a pas l'air de comprendre.

— Si, je coopère. Mais qu'est-ce que je suis censé faire ? Mentir ? C'est pas ma faute si j'ai jamais entendu parler de ce Roland ! Et puis, avec mon frère, vous nous accusez d'un tas de trucs pervers qu'on n'a jamais faits, et vous voudriez que je...

— Bon, bon, baissons un peu le ton, d'accord ? a dit Avery. Pas la peine de s'énerver comme ça. Essayons de prendre les choses autrement. Tu m'écoutes ?

— Oui.

— Il se pourrait pas des fois que Ralph vous ait parlé de ce Roland, et que tu ne t'en souviennes pas aussi bien que Leo ? Peut-être que tu étais défoncé à ce moment-là, ou que tu pensais à ta copine ? Ou peut-être que Leo a meilleure mémoire que toi ? Mais tu pourrais te rappeler vaguement quelque chose à propos de Roland, non ?

— Je ne... Je ne sais plus où j'en suis. C'est possible, oui, sans doute. Tout est possible.

— Tu persistes à dire que Ralph ne t'a jamais vendu de marijuana ? Il faisait juste passer le joint, il te laissait tirer quelques taffes ?

— Oui.

— Et ce soir, alors ? Au pont ? C'est pas lui qui faisait passer le joint, il était pas là !

— Je suppose qu'il en avait donné un ou deux à Leo.

— Donné ou vendu ?

— Donné, je pense. Leo n'a jamais dit qu'il les avait achetés.

— Est-ce que Ralph avait l'intention de vous en vendre ? Une certaine quantité, peut-être ? Est-ce qu'il s'agissait d'un échantillon ?

— Pas que je sache.

— Pas que je sache, pas que je sache, a singé Balchunas. Ce que vous fumiez ce soir était nettement plus fort que ce que vous fumiez au travail, non ?

— J'ai bien le droit de me défendre, non ?

— Les mecs qui veulent toujours défendre leurs droits, je vais te dire qui c'est, petit malin : ceux qui se sentent coincés, qui racontent des bobards, qui essaient de se couvrir.

— C'est pas mon cas.

— Écoute, Dominick, a dit Avery. Si on avait l'intention de t'arrêter, on te lirait tes droits. Mais on essaie justement d'éviter ça. Alors, d'après Leon, ce que vous fumiez ce soir était un échantillon. Ralph pensait s'arranger avec vous pour que vous écouliez la camelote à la fac.

— Il ne m'a jamais parlé de ça.

— C'est peut-être à Leon qu'il en a parlé. Leon ne t'a jamais rien dit de cette combine ?

— Je ne sais pas. Je ne crois pas. Peut-être.

— C'est pas très précis, Dom, ce "peut-être". Pour toi, "peut-être", c'est oui ou c'est non ?

— Jusqu'à quand est-ce que je dois rester ici ?

— Ça dépend de toi, Dom. Si "peut-être" veut dire "oui", Ralph le Révolutionnaire essayait de trouver une combine pour écouler sa came à la fac, tu pourrais sans doute sortir d'ici dans quatre ou cinq minutes. Si "peut-être" veut dire "non", ça devient un peu plus compliqué. Or, franchement, l'ami, j'ai essayé de faire ce que j'ai pu pour toi. Maintenant on a d'autres chats à fouetter. Alors tu te décides, et rapidement. Est-ce que ton "peut-être" c'est oui, tu savais que Ralph vous proposait une combine pour lui vendre sa came ? Ou est-ce que c'est non ? »

Je n'avais qu'une envie : sortir de là. Ne pas me faire arrêter. Ne pas pleurer devant eux. « Oui. »

Il était passé minuit quand ils nous ont relâchés. Il n'y avait presque plus personne sur les bancs dans la salle où on avait attendu. Dame Perd-son-collant était toujours là, et ronflait, bouche ouverte. Avery nous a emmenés par-derrière, à l'endroit où la voiture de Leo avait été remorquée. Il a déverrouillé la grille et nous a fait signe de partir.

Au début, on a roulé en silence. On a traversé Three Rivers vitres baissées, sans la radio. Leo n'arrêtait pas de regarder dans son rétroviseur. C'est une des rares fois où je l'ai connu sans voix.

« Qu'est-ce que tu leur as raconté, bordel de merde ? » ai-je fini par lui dire.

Il s'est mis à fredonner, en martelant son volant au rythme de la chanson. « À qui ? Aux flics ? Je ne sais pas. Plein de conneries. Pourquoi ? Qu'est-ce qu'ils t'ont demandé ? »

D'un certain côté, je n'avais pas vraiment envie de savoir quelle fripouille il pouvait être, de quelle malhonnêteté il était capable pour se sortir d'un mauvais pas.

« Birdsey, regarde derrière nous. Tu connais ? »

Dans le rétroviseur de mon côté, j'ai vu la voiture qui nous suivait tourner à droite.

« Non, fausse alerte, a-t-il dit en poussant un soupir. Dis donc, tu veux prendre la boîte de cassettes sur le siège arrière ? J'ai pas envie de parler. J'ai envie de me détendre et d'écouter un peu de musique. Dommage qu'ils nous aient raflé le dernier joint de Ralph, j'aurais bien tiré quelques taffes. Je suis pas encore remis. »

On était sur la route 22, on s'éloignait de Three Rivers. J'ignorais où il nous emmenait et ça m'était égal.

« Tiens, je sais, a proposé Leo. Si on s'offrait des œufs, des frites et du café ? Des litres de café. Pour pisser un grand coup et éliminer tout ça.

— Qu'est-ce que tu leur as dit ? lui ai-je redemandé.

— Aux flics ? Je ne sais plus. Du vrai et du faux, un mélange, comme ça me venait... Dis donc, tu as de l'argent sur toi ? Je n'ai que trois dollars. Le Oh Boy est ouvert toute la nuit, non ? Je te rembourserai. »

On a roulé un moment en silence avant qu'il reprenne :

« Ils ont tout avalé, en plus. Je le savais bien. Ces flics sont tellement cons.

— Qu'est-ce que tu leur as dit sur mon frère ?

— Rien.

— Sûrement que si. Ils savaient qu'il avait baissé son pantalon devant nous.

— Ah oui, j'avais oublié. Ça allait tellement vite. J'étais tellement défoncé.

— Pourquoi a-t-il fallu que tu mêles Thomas à tout ça ? Ils avaient l'air de dire qu'on était tous une bande de pédés.

— Tu comprends, Dominick, les flics ont horreur des pédales. Mon idée était de créer un écran de fumée en leur donnant l'impression que Dell et Ralph essayaient de nous entraîner dans leur truc, Thomas, toi et moi. Je voulais détourner leur attention.

— Alors, tu débines mon frère et tu dis les pires choses sur Ralph pour nous tirer d'affaire...

— Écoute, j'ai fait ce que je devais, d'accord ? Maintenant, si tu la fermais, et si tu nous mettais une cassette ?

— Tu leur as dit les pires choses sur moi aussi, hein ? Tu nous as débinés tous les trois, Thomas, Ralph et moi ?

— Tu ferais mieux de me remercier au lieu de m'accuser, c'est tout ce que je peux dire. En ce qui me concerne, l'affaire est close. » Il a mis la radio, essayé plusieurs stations, l'a éteinte.

« Quand je pense à tous ces mensonges que tu leur as fourgués !

— Ouais, et ça a marché. Tu veux que je fasse demi-tour et que je te remmène à la police pour leur dire toute la vérité et rien que la vérité ? Excuse-moi, Dominick, je ne suis pas un saint comme toi. J'aime mieux être où je suis qu'au poste. »

J'ai contemplé la lune dans le ciel. Je ne savais plus quoi penser.

« En tout cas, il faut reconnaître une chose : pour tirer dans le dos de tes copains, tu es champion.

— C'était juste pour m'en sortir, Dominick. La loi du plus fort. »

La loi du plus fort : ces mots sont restés en suspens sur plus d'un kilomètre, me faisant bouillir de rage. Leo a poussé une cassette dans le lecteur et il s'est mis à chanter en même temps. *I'm your captain, yeah yeah yeah yeah...*

J'ai retiré cette saloperie de l'appareil, arraché deux ou trois mètres de bande et balancé le tout par la portière. « Ça va pas ! » a protesté Leo en freinant assez fort pour nous envoyer dans le pare-brise. Puis, changeant d'avis, il a appuyé sur le champignon. « Pourquoi tu as fait ça ?

— Parce que ça me plaît, enfoiré.

— L'enfoiré, c'est toi. Tu me dois une cassette.

— *La loi du plus fort* ? Tu accuses ce type parce qu'il est noir, ou parce que tu le crois pédé, mais tout va bien, c'est ta foutue loi du plus fort !

— Parfaitement. C'était Ralph ou nous. J'ai préféré que ce soit nous.

— Alors le grand méchant Noir, revendeur de shit, essaie de nous faire dealer pour son compte, nous, pauvres étudiants innocents. C'est toi qui as eu cette brillante idée, Leo, tu te rappelles ? C'est pas Ralph.

— Tu leur as dit, aux flics, que c'était mon idée ?

— Bon Dieu, j'en sais rien, Leo. Je parlais tellement vite, j'étais tellement défoncé, je ne sais plus ce que je leur ai dit.

— Ça va, Birdsey. Tu leur as dit, oui ou non ?

— Non, Leo. Parce que moi, je ne donne pas mes amis. J'aurais peut-être dû d'ailleurs. Pratiquer la loi du plus fort.

— Va savoir s'il ne deale pas ? On a travaillé avec lui tout l'été, et c'est seulement depuis ce soir qu'on sait qu'il vit chez Dell et qu'il est très bizarre.

— Qui est Roland ?

— Roland ? Personne. C'est mon grand-oncle de New Rochelle. Je voulais simplement les mettre sur une fausse piste.

— Et ça va sans doute nous retomber sur la gueule parce que je n'ai pas démenti, pour te couvrir, enfoiré.

— Si bien qu'en fin de compte tu n'es pas saint Dominick. Toi aussi, t'as joué un sale coup à Ralph.

— Qu'est-ce que tu voulais que je fasse ? À cause de toi, j'étais coincé.

— Que veux-tu, Ralph est peut-être ton grand copain. Pour moi, c'est juste un type avec qui j'ai travaillé et fumé un joint de temps en temps. Personnellement, je ne fréquente pas les pédés.

— Ah non ? Et ton prof d'art dramatique ? Ce mec par qui tu t'es laissé peloter ?

— Birdsey, c'était censé rester entre nous. T'as intérêt à fermer ta gueule là-dessus.

— Qu'est-ce qu'il va falloir que tu lui accordes si tu veux le premier rôle dans *Hamlet* ce semestre ?

— Tais-toi, Birdsey, sinon tu vas le regretter.

— Ça ne te plaît pas, hein, qu'on te traite d'enculé ! Foutu menteur, en plus. » J'ai attrapé sa boîte de cassettes et j'ai tout balancé dehors.

Il a freiné à mort. M'a envoyé contre la portière. Je l'ai renvoyé de l'autre côté.

« T'es dingue, ou quoi ? Tu deviens fou, comme ton malade mental de frangin ? »

J'ai bondi sur lui aussi sec, l'étouffant, le bourrant de coups de poing. J'ai saisi sa tête à deux mains, prêt à l'écraser contre le volant. À lui faire sauter les dents. À lui casser le nez.

« Arrête, Dominick ! a-t-il crié. Qu'est-ce qui te prend ? »

C'est sa voix apeurée qui m'a retenu – on aurait dit Dessa sur le parking, la veille. J'ai vu son nez en sang. J'ai vu mon poing s'ouvrir et se refermer.

J'étais à bout de souffle. J'avais le cœur qui battait à tout rompre. « Ne me dis plus jamais que je suis fou. Ni que mon frère est fou, t'as compris ? T'as compris ?

— D'accord. Ah, nom de Dieu ! »

Je suis sorti. J'ai claqué la portière aussi fort que j'ai pu et je suis parti en donnant des coups de pied dans ses cassettes. Quand je me suis retourné, à une cinquantaine de mètres, il se penchait pour les ramasser. J'ai pris un caillou, que j'ai lancé sur la Skylark. Je l'ai entendu heurter le pare-chocs. « Si tu cabosses ma voiture, tu vas me le payer. Et mes cassettes aussi. Tu me paieras toutes celles qui sont esquintées. » J'ai entendu sa portière claquer. Il a démarré à fond de train.

Qu'il aille se faire foutre, cet enfoiré ! Ce pauvre crétin ! Bon débarras...

J'ai marché au bord de la route, dans le noir, assailli par des bruits et des images que j'aurais voulu chasser : Thomas en larmes, baissant son pantalon devant Dell ; Dessa pleurant et me repoussant ; la grosse tête de Balchunas...

J'ai marché pendant des heures, une bonne douzaine de kilomètres. Quand je suis arrivé à Hollyhock Avenue, mes bras et mon cou étaient dévorés par les moustiques. Les pieds me brûlaient comme si j'avais marché sur des charbons ardents.

Je suis resté là à regarder notre maison – la maison que mon grand-père avait construite. J'avais beau être épuisé, je ne pouvais me résoudre à entrer. À gravir les marches, à ouvrir la porte, à monter dans cette chambre où j'allais trouver mon frère endormi. Que je le veuille ou non, il ne tournait pas rond.

J'ai continué à marcher jusqu'en haut de Hollyhock Avenue. Puis j'ai traversé le bois de pins et suis descendu par la clairière jusqu'à Rose-mark's Pond.

Je me suis déshabillé en vitesse, je suis entré dans l'eau et j'ai nagé jusqu'à avoir les membres gourds, de plomb. Jusqu'à ne plus pouvoir avancer dans l'eau. J'essayais sans doute de me laver de tout : de la sueur et de l'odeur de la marijuana, des saloperies qu'on avait faites à Ralph, de ce que j'avais fait à Dessa. Quel être étais-je donc ? Si mon frère craquait, j'étais peut-être en partie responsable. Ray était une brute, mais moi aussi... La loi du plus fort : assener des coups aux plus vulnérables, leur montrer qui est le chef.

Nager n'a rien arrangé. On ne se lave pas de ses péchés en nageant. J'ai au moins appris cela. Je suis ressorti du lac avec l'impression d'être aussi souillé qu'avant. Je suis resté sur la berge, nu, haletant, à regarder mon reflet dans l'eau.

Pour une fois dans ma vie, je ne me suis pas menti, je me suis regardé bien en face, tel que j'étais.

« *C'est-à-dire ? Ce jour-là, au lac, vous vous êtes vu, dites-vous, tel que vous étiez. Quelle a été votre conclusion ?*

— Que j'étais un salaud.

— Expliquez-vous, je vous prie.

— Un salopard. Une brute. C'était la première fois que je le reconnaissais vraiment, il me semble. Mais je ne sais jamais, quand je vous parle, si je déforme mes souvenirs ou si je réinvente le passé.

— La mémoire est sélective, Dominick, c'est vrai. Elle est une interprétation, exacte ou non, des faits tels que nous nous les rappelons. Pourtant ce que nous avons choisi de retenir peut nous apprendre beaucoup, vous ne pensez pas ?

— Vous savez, il travaille à Hatch.

— Qui donc ?

— Ralph Drinkwater. Il fait partie du personnel de service.

— Ah oui ?

— Je l'ai revu là-bas le soir où Thomas a été admis, au moment où il a eu cet accident, où il a pissé dans son pantalon. Qui s'est pointé avec une serpillière, je vous le demande ?

— Qu'avez-vous ressenti en le voyant ?

— J'ai dû avoir une réaction de bon Américain musclé.

— Expliquez-vous.

— Ne laissons pas ces foutues minorités prendre le dessus. Dans une équipe de nettoyage, ils sont à leur place. La loi du plus fort.

— Vous faites de l'ironie ?

— Vous vous y connaissez en histoire américaine, doc ? Vous savez ce qu'on a fait aux Indiens ? Aux esclaves ?

— Je crains de ne pas vous suivre, Dominick.

— Ce que je veux dire, c'est ceci : ces trois flics blancs, le soir en question, qui allaient-ils croire ? Deux jeunes mecs blancs ou un revendeur de drogue moitié noir moitié indien ? Un pédé révolutionnaire ? Il faut rendre cette justice à Leo. Il y est peut-être allé un peu fort, mais ça a marché. Défoncé ou pas, il nous a défendus brillamment.

— Alors quand vous avez vu Ralph à Hatch, qu'avez-vous ressenti ?

— Je ne sais pas. Tellement de choses ont eu lieu ce soir-là... Je me suis senti mal, je crois.

— Qu'entendez-vous par "mal" ? Pouvez-vous préciser ?

— Coupable. Coupable d'un péché... On l'a donné aux flics, tout simplement.

— *Intéressant.*

— *Quoi ?*

— *C'est la deuxième fois aujourd'hui que vous prononcez ce mot.*

— *Quel mot ? "Coupable" ?*

— *"Péché."*

— *Ah oui ?*

— *Vous souvenez-vous à quel propos vous avez parlé de péché la première fois ?*

— *Non.*

— *Au lac, quand vous êtes sorti de l'eau, vous avez compris, avez-vous dit, qu'on ne se lave pas de ses péchés en nageant.*

— *Et alors ?*

— *Je note simplement que vous décrivez presque cet épisode comme une tentative de purification. Et vous venez encore de mentionner la culpabilité et le péché. Je suis frappée par l'aspect religieux...*

— *Simple figure de style. "Coupable d'un péché" : ça se dit couramment.*

— *Vous m'en voulez ?*

— *Non, mais j'ai l'impression que vous confondez avec l'autre frère Birdsey.*

— *Pas du tout. Je vous assure. Je fais la différence entre...*

— *Regardez ! J'ai deux mains !*

— *Je vous en prie, Dominick, asseyez-vous.*

— *Je n'ai pas envie de m'asseoir. Je vais vous expliquer, vous allez comprendre. Un matin, vous voulez aller prendre votre bébé dans son berceau, votre jolie petite fille et... vous la trouvez... Bon, laissons tomber. Mais ne commencez pas à me confondre avec mon frère l'amputé. Moi, je ne donne pas dans la religion, d'accord ? Dieu, pour moi, c'est fini depuis longtemps... Ce jour-là, au lac, j'étais un jeune crétin un peu paumé. J'avais chaud, j'étais fatigué et...*

— *Prenez mes mains, Dominick. Regardez-moi. Bon. Je tiens à vous assurer, mon ami, que je ne vous confonds pas avec votre frère. Je suis tout à fait consciente de la différence entre vous. Je vous demande seulement de ne pas désavouer ce que vous découvrirez au cours de nos entretiens.*

— *Ce que je découvre ? J'ai découvert des choses ?*

— *Oui ! Et vous en découvrirez d'autres avec le temps. Soyez patient, Dominick. Savez-vous, par hasard, qui est Bhagiratha dans la légende indienne ?*

— *Qui ça ?*

— *Bhagiratha. Il a amené le Gange du ciel sur la terre.*

— *Astucieux. Il était ingénieur des travaux publics ?*

— *En quelque sorte, sans doute. Bhagiratha avait une mission, voyez-vous. Il devait laver l'honneur de ses ancêtres qui avaient été maudits. Réduits en cendres. Il a donc fait sortir le fleuve des pieds de Brahma, le Créateur, il l'a fait passer par la chevelure emmêlée de Shiva, le Destructeur, et l'a amené sur la terre. C'était son offrande. Le fleuve sacré. C'est* pourquoi les hindous orthodoxes s'y baignent, pour se purifier de leurs imperfections. Pour se laver des péchés de leurs ancêtres.

« Continuez à repenser au passé, Dominick, à vous souvenir.

— Je... C'est douloureux. Je ne vois pas à quoi ça sert.

— À ceci : le cours de la mémoire vous mènera peut-être au fleuve de l'entendement. Et l'entendement est peut-être un affluent du fleuve du pardon. Peut-être faut-il que vous sortiez complètement du lac où vous avez nagé un matin il y a bien longtemps. Peut-être alors, quand vous regarderez dans l'eau, l'image que vous aviez eue de vous-même aura-t-elle disparu. »

24

1969-1970

Le lendemain, avec Dessa, on est allés faire un tour en voiture à la Cascade. On s'est réconciliés, et on a fait l'amour.

Le lundi matin, j'ai lâché mon boulot à la voirie pour ne pas avoir à affronter Ralph. Je suis entré dans le bureau de Lou Clukey et j'ai prétendu que je devais retourner à la fac plus tôt que prévu. Lou m'a appris que Leo abandonnait lui aussi. Moi au moins, je m'étais déplacé pour le prévenir en personne. En sortant, je suis tombé sur Ralph, qui a eu l'air plus gêné que furieux. Manifestement, les flics n'étaient pas encore venus le chercher pour l'interroger.

« Bon, ben, ça a été sympa, ai-je dit en lui tendant la main.

— Sympa, oui », a-t-il répété en serrant ma sale main de traître blanc.

Le dernier week-end avant la rentrée, Dessa est passée à la maison avec sa sœur. Thomas et moi, on était sur la véranda en train de décortiquer du maïs pour le dîner. Angie s'est laissée choir à côté de mon frère et s'est mise à flirter avec lui. Engagée, comme toujours, dans une compétition inégale avec sa grande sœur, Angie avait immédiatement décidé que si Dessa me voulait, eh bien, elle, il lui fallait la copie conforme. C'est elle qui a proposé que nous allions tous les quatre à Ocean Beach jouer au mini-golf. Dans la voiture, en revenant, Angie et Thomas ont commencé à se peloter sur le siège arrière. D'une certaine manière, c'était plutôt marrant. Angie faisait les avances. Et, si le rétroviseur ne mentait pas, Thomas y répondait. Pour une fois dans sa vie il se comportait normalement, comme un être humain. C'était drôle sans l'être. Thomas était toujours imprévisible. Et la petite sœur de Dessa l'était totalement elle aussi.

Angie et Thomas sont sortis ensemble le lendemain soir, puis le surlendemain. La veille de notre départ pour la fac, en émergeant de la douche, j'ai vu Thomas debout devant l'armoire à pharmacie, torse nu, tâtant les suçons que Angie Constantine lui avait faits sur la poitrine et dans le cou. « Écoute-moi bien, l'amoureux, si jamais tu fais une connerie qui fout la merde entre Dessa et moi, je te tue. Compris ? » Thomas m'a regardé avec des yeux ronds, abasourdi, comme si le sexe, les filles et le fratricide étaient inconnus sur sa planète. Puis il s'est retourné vers la glace et il a recommencé à toucher ses marques rosées.

Cette nuit-là, j'ai rêvé que je baisais Angie. Je la suppliais de ne rien dire à Dessa. Quand elle m'a promis de se taire, j'ai accroché mon menton à son épaule et fermé les yeux, et on s'en est donné comme des fous. Et quand j'ai rouvert les yeux, mon frère était là à nous regarder.

Pendant la première semaine, dans notre chambre à la fac, Leo et moi n'avons échangé que des monosyllabes réticents, puis quelques phrases prudentes et embarrassées, et on a recommencé à se parler normalement. J'ai jeté un billet de vingt dollars sur son bureau – dédommagement partiel pour les cassettes fichues. On ne s'est excusés ni l'un ni l'autre. On n'a pratiquement pas fait allusion à nos démêlés avec la police, à la façon dont on s'en était tirés, au fait que j'avais perdu la tête et failli lui casser la gueule. On a laissé reposer. Tout s'est tassé avec les cours, les disques à plein tube sur la platine, les copains qui déboulaient dans la chambre pour une partie de poker. Le prof d'art dramatique a attribué le rôle d'Hamlet à un meilleur acteur, et donné à Leo celui d'Osric, un courtisan débile, un Cool Jerk de l'époque élisabéthaine. Leo avait peut-être cinq ou six vers. Deux ou trois malheureuses petites scènes. Quand je l'ai vu avec le collant à carreaux, le chapeau à plume et à large bord dont l'avait attifé le costumier, je lui ai pardonné ce qu'il était : un bouffon, une grande gueule, un type en qui on ne pouvait avoir qu'une confiance très limitée.

À l'autre bout du campus, Thomas et son compagnon de chambre entamaient une cohabitation difficile. Randall Deitz était un type assez sympa, dans le genre discret et peu bavard. « Comment ça se passe avec mon frère ? » lui ai-je demandé un matin où je l'ai rencontré en allant en cours. Je redoutais sa réponse.

« Pas mal, a-t-il dit. Il n'est pas comme les autres. »

Contre toute attente, l'aventure de Thomas avec Angie Constantine a duré – ça marchait même très fort entre eux. À ce moment-là, des cours vraiment coton et une fuite de radiateur sur cette bagnole merdique que j'avais achetée à Dell avaient temporairement mis un frein à ma liaison avec Dessa. Angie a commencé à venir à U. Conn et à rester dormir chaque week-end – Deitz rentrait chez lui pour travailler dans une pharmacie. Les Constantine étaient fumasses. Big Gene a menacé Angie de la virer de sa place de comptable stagiaire si elle ne se conduisait pas en jeune fille convenable avec l'éducation qu'elle avait reçue. Mais Angie a mis son père au pied du mur. Ce qui faisait en grande partie l'attrait du jeu résidait dans la désapprobation de Papa, évidemment. C'était une façon de se faire remarquer. En un sens, Angie utilisait mon corniaud de frère. Mais cela me rassurait un peu : Thomas était normal, me disais-je, assez du moins pour passer ses week-ends avec une fille, comme tout un chacun.

Un dimanche matin, Angie a appelé Dessa à Boston. Thomas et elle étaient amoureux. C'était le grand truc. Ils allaient sans doute se fiancer. Autre chose : elle était peut-être enceinte. Mais, comme ils voulaient des enfants, et le plus vite possible, c'était très bien. Dessa m'a téléphoné, en larmes.

L'après-midi, j'ai attendu que la voiture d'Angie ait quitté le parking, j'ai débarqué dans la chambre de mon frère et je lui ai passé un savon : il ne manquait plus que ça, alors que la fac l'avait repris à l'essai et que son sort ne tenait qu'à un fil. Les parents de Dessa et d'Angie allaient piquer une crise quand ils apprendraient la nouvelle. Et M'man et Ray ? Angie ne prenait donc pas la pilule ? Et lui, ce connard, il ne pouvait pas mettre des préservatifs ? Thomas m'a de nouveau regardé avec des yeux d'extraterrestre, comme si engrosser sa petite amie n'entraînait pas la moindre complication.

Ensuite, il s'est passé une chose complètement dingue, dont Angie a prétendu qu'elle ne parlerait absolument jamais, même à Dessa. Une chose qui l'a fait flipper à mort. Elle a rompu avec Thomas, l'a froidement laissé tomber, et elle a raconté à qui voulait l'entendre que mon frère était « le type le plus barjo de la terre ».

En fin de compte, elle est allée baver son histoire partout : mon frère avait acheté un livre intitulé *La Vie des saints martyrs*. Les descriptions des tortures bizarres et horribles infligées aux saints l'obsédaient. Allongé nu sur son lit, il demandait à Angie de lui lire des récits de flagellations, d'amputations, de chairs brûlées, de saints transpercés de flèches, embrochés à des crochets. Elle n'avait aucune envie de lui lire tous ces trucs, mais il l'avait suppliée. Elle avait cédé. Alors, il se roulait sur son lit et se tortillait en poussant des gémissements. Et puis... et puis il... enfin, vous imaginez. Tout seul, là devant elle. Sans même qu'elle le touche. Elle avait fait ça deux fois, parce qu'il l'en avait conjurée. Mais c'était parfaitement dément. Elle voulait un petit ami normal, quelqu'un qui aimait danser, s'amuser et sortir avec d'autres couples. On n'a plus reparlé de bébé. En fait, il n'y en avait jamais eu. Elle avait eu du retard, c'est tout, elle s'était trompée de date. Que sa sœur, Mlle Perfection, la croie ou non, elle s'en fichait.

J'ai présenté Angie à Leo deux mois plus tard. L'idée n'était venue ni de moi ni de Dessa, mais d'Angie elle-même. J'avais promis de lui ménager cette rencontre si elle cessait de raconter à tout le monde ses histoires avec mon frère. Le plus drôle, c'est que, pour le meilleur et pour le pire, ça tient toujours entre eux, après deux enfants, deux séparations et deux réconciliations, la cure de désintoxication de Leo et ses petites aventures à droite et à gauche. Ils sont devenus une véritable institution. Dire qu'à une époque, pendant un mois environ, ça a été tout feu tout flamme entre Angie et mon frère. Difficile à imaginer. Étrange tournure de l'existence... Après quoi tout est devenu beaucoup plus étrange encore. En fait, à l'automne 1969, notre monde de merde foutait le camp de partout.

My Lai, les manifs contre la guerre, les flics qui butaient les Panthères noires. Puis, un matin, un gros titre qui nous touchait de plus près. « Regarde ça, Birdsey ! s'est écrié Leo, entrant en trombe et agitant devant moi un *Hartford Courant* comme le drapeau de la victoire. Putain de merde, regarde ça ! »

UN COUPLE ACCUSÉ DE PÉDOPHILIE
FILMS ET PHOTOS TROUVÉS AU COURS D'UNE DESCENTE DE POLICE

On devait être en novembre, deux ou trois mois après nos mensonges aux flics à propos de Ralph. L'article était accompagné d'une photo de Dell Weeks et de sa femme dans son fauteuil roulant : ils entraient dans le poste de police où on avait nous-mêmes atterri. Sous surveillance pour trafic de drogue supposé, la maison des Weeks, dans Bickel Road, avait été fouillée en septembre par la police de l'État, qui était tombée sur une cache importante contenant du matériel de diffusion et des centaines de photos obscènes et de films d'amateur huit millimètres mettant en scène des mineurs. Un jeune de vingt ans, résidant chez les Weeks, sans lien de parenté avec l'accusé, avait témoigné contre ses complices dans la suite de l'enquête. Ce témoin, dont le nom n'était pas divulgué, aurait servi de sujet pour un bon nombre des photos et des films confisqués, les plus anciens datant d'une dizaine d'années.

« Tu te rends compte, Birdsey ! Tout l'été, on a travaillé avec ces deux ordures ! Quand je pense qu'on est entrés dans cette maison-là, nom de Dieu ! »

Une dizaine d'années. Tout ça aurait donc commencé quand Ralph avait dix ans. Joseph Monk avait assassiné sa sœur jumelle, puis sa mère s'était tirée, et Dell Weeks et sa femme s'étaient pointés pour la mise à mort. Ils avaient pris Ralph chez eux, l'avaient nourri, s'étaient servis de lui pendant dix ans – et, chaque fois que la caméra tournait, chaque fois que l'obturateur se fermait, ils lui portaient un coup mortel.

« Nom de Dieu, Birdsey, tu sais quoi ? Sans nous, les flics n'auraient jamais mis les pieds dans cette bicoque. Tu imagines ! On a rendu un service à la société. On devrait être récompensés. »

Le 1er décembre 1969, Leo, moi et quelques dizaines d'autres étudiants de notre résidence, on s'est postés devant la télé du foyer pour regarder le premier tirage au sort du contingent américain depuis 1942. C'était l'attraction de la soirée à l'heure de grande écoute : un gros cul quelconque qui s'occupait du service militaire à Washington plongeait la main dans un tambour rotatif et tirait au sort, une date de naissance après l'autre, le destin de tous les Américains âgés de dix-neuf à vingt-six ans. Ceux dont la date de naissance était parmi les cent vingt premières à sortir du tambour recevraient les bons vœux de Richard et partiraient à la guerre.

« La vie est absurde ! avait déclaré mon prof de philo le matin même dans un amphi de deux cents étudiants somnolents. C'était la conclusion de Sartre, de Camus et des autres existentialistes, qui avaient vécu dans une Europe en folie, déchirée par la guerre, anéantie par les bombardements. » Mais au moins, la Seconde Guerre mondiale avait eu ses champs de bataille, clairement définis, ses héros et ses traîtres – elle n'avait pas connu ces villages qui changeaient de camp entre la tombée de la nuit et le lendemain matin. Ray et ses compagnons d'armes étaient entrés en guerre persuadés qu'ils étaient du côté des bons. Mais nous, certainement pas. Pas en 1969, avec Nixon aux commandes, le nombre des morts en hausse permanente, et le massacre de My Lai étalé en pleines pages couleur dans *Life*.

Gros Cul a plongé dans le tambour trois cent soixante-six fois, pour tenir compte de l'année bissextile, déterminant au hasard ceux d'entre nous qui seraient appelés à servir quand nos sursis d'étudiants expireraient, et ceux qui échapperaient à cette guerre dévastatrice. On s'était cotisés pour acheter un tonnelet de bière – à la fin du tirage au sort, ceux qui avaient de quoi se réjouir comme ceux qui noyaient leur chagrin en avaient profité pour se soûler copieusement. Avec le numéro 266, Leo était sauvé. Quant à moi, né à 0 h 3 le 1er janvier, je m'en sortais encore mieux : numéro 305. Mais mon frère, né six minutes avant moi, à 11 h 57 du soir le 31 décembre, avait tiré le numéro 100. Avec son semestre à l'essai, il était parmi ceux qui risquaient fort d'être appelés – il ne serait à l'abri que si son sursis d'étudiant était maintenu. Ce soir-là, je suis tombé ivre sur mon lit, me sentant à la fois soulagé et coupable, sauvé et poursuivi par le sort.

Pour moi, les choses allaient toujours dans le bon sens, m'a déclaré Thomas le lendemain. Et cela depuis le jour de notre naissance.

C'étaient deux jours différents, ai-je pensé en moi-même, pourtant je n'ai rien dit. Nous étions nés à six minutes d'écart, mais pas le même jour, ni la même année.

Je récoltais toujours les bonnes cartes, a-t-il poursuivi, exaspéré. Il a allumé une autre cigarette. Il s'était mis à fumer quand Angie l'avait largué. Au début, il taxait Deitz, qui fumait comme un pompier, et ensuite il s'était mis à acheter ses propres clopes. Sauf qu'il ne tenait pas sa cigarette comme un mec, en la tournant vers lui. Il la pointait en l'air vers l'extérieur, à l'européenne. Comme les tapettes. En fait, après tant d'années, il fume toujours de la même façon. Et ça m'agace toujours autant.

« Peu importe les cartes. Si tes notes sont convenables, tu es tranquille pour trois ans. Dans trois ans, cette foutue guerre sera sans doute finie. Tu travailles ? Tu vas en cours ? Tu as des notes correctes ? »

Au lieu de répondre clairement, il a remâché ses excuses de l'année précédente : il faisait trop chaud dans sa résidence, il n'arrivait pas à se concentrer, ses profs posaient des questions pièges parce qu'ils lui en voulaient personnellement.

Au moment des examens de fin de semestre, il a tout abandonné.

« Comment ça, tu as abandonné ? ai-je hurlé dans le téléphone quand il m'a appelé. T'es cinglé ou quoi ? » Il était rentré à Three Rivers, il avait plié bagages et quitté le campus sans même me prévenir. « Tu veux pas aussi t'engager, putain ? Te porter volontaire pour aller te faire péter la gueule là-bas ! »

Pendant les vacances, il a été constamment sur les nerfs. Il essayait d'appeler Angie à tout bout de champ, au point que le père Constantine a menacé d'avertir la police. Il n'avait acheté aucun cadeau de Noël, même pas pour M'man, ce qui était impensable. Ça ne lui ressemblait pas. D'habitude, à Noël, il régalait tout le monde si généreusement qu'on était gêné du peu qu'on lui offrait. Mais, cette année-là, rien. Au moment où il a ouvert ses cadeaux, il a éclaté en sanglots, disant qu'il était mauvais, qu'il ne serait sans doute plus en vie à Noël, l'année suivante, et ne méritait pas de l'être. M'man aussi s'est mise à pleurer. Écœuré, Ray s'est levé, il est sorti et on ne l'a pas revu avant la fin de l'après-midi. Ah, ah, ah. Joyeuses fêtes chez les Birdsey. Typique.

Une semaine plus tard, pour son anniversaire, M'man lui a fait un gâteau. Comme on sortait pour la Saint-Sylvestre, Dessa et moi, on lui a souhaité un joyeux anniversaire de bonne heure tous les trois. Ray n'a pas voulu décoller de sa télé. Il n'avait pas desserré les dents de la semaine. Thomas a commencé à s'agiter devant ses vingt bougies. Et quand on s'est arrêtés de chanter, au lieu de les souffler, il les a prises une par une et il a planté le bout allumé dans le glaçage du gâteau. On en est restés bouche bée. Et quand, la dernière bougie éteinte, la pièce n'a plus été qu'un nuage de fumée et de sucre brûlé, M'man s'est mise à chanter *For He's a Jolly Good Fellow*, comme si de rien n'était, comme si, selon son expression favorite, « tout marchait comme sur des roulettes ». Ce soir-là, Dessa m'a appris que Thomas prenait son pied avec *La Vie des saints martyrs*, avec cette chair déchirée et brûlée, cette souffrance. Bonne et heureuse année 1970 ! Bienvenue dans la nouvelle décennie.

À la mi-janvier, je suis retourné à la fac, et Thomas est resté à la maison. D'après M'man, il veillait jusqu'à point d'heure, et il dormait toute la journée – on aurait cru qu'il travaillait dans une équipe de nuit, comme Ray. Elle essayait de calmer notre beau-père, mais il commençait à en avoir plus qu'assez. Thomas ne serait peut-être pas appelé sous les drapeaux avant des mois. Plutôt que de glander, il ferait mieux de chercher du travail. C'était un paresseux, un irresponsable. L'armée lui ferait vite passer tout ça.

« Dominick, il y a quelque chose d'anormal, m'a dit M'man au téléphone, ce n'est pas seulement de la nervosité. » Thomas refusait d'aller chez le médecin. Elle ne pouvait tout de même pas l'emmener de force. Elle espérait seulement que Ray ne s'en mêlerait pas. Elle n'en demandait pas plus dans ses prières. Elle ne voulait pas m'ennuyer, mais elle en était malade. Il fallait que je continue à bien travailler à la fac. Elle était fière de moi. Elle se débrouillerait toute seule, j'avais déjà assez à faire. Elle était inquiète, mais elle se débrouillerait.

En février, le bureau du service militaire a avisé mon frère que l'appel était avancé. Début mars, il a été convoqué à New Haven pour l'examen physique préliminaire. Ray l'a emmené en voiture. Thomas, paraît-il, n'avait pas prononcé plus de dix mots pendant tout le trajet, mais il était agité. Il avait dû s'arrêter trois fois pour aller aux toilettes. Il s'était cependant comporté « à peu près normalement ». Ray lui avait tenu un discours rassurant sur les conscrits : ils étaient plus nombreux à rester aux États-Unis ou à être envoyés en garnison en Allemagne ou aux Philippines qu'à partir pour le Vietnam. Quoi qu'il arrive, le service ne pourrait lui faire que du bien. L'endurcir. Lui donner une raison d'être fier.

Thomas a passé les tests pour la vue, l'ouïe et la coordination des mouvements. Le rythme cardiaque et la tension étaient bons. Il n'était pas daltonien, n'avait pas les pieds plats.

Il a été barré à l'examen psychiatrique.

Ray l'a ramené à la maison.

« Dominick, m'a dit M'man, si seulement tu pouvais revenir ce week-end ! Je sais que tu as beaucoup à faire. Mais il ne mange pas, il ne veut pas prendre de bain. Je l'entends aller et venir dans la maison toute la nuit. Il ne me parle même plus, alors qu'avant il me parlait sans arrêt, tu te rappelles ? À présent, il marmonne, c'est tout. Et quand il dit quelque chose, ça n'a pas de sens.

— Comment ça ? Qu'est-ce qu'il raconte ?

— Je ne sais pas. Il parle souvent des Russes. Et puis, j'ai trouvé du sang dans le lavabo de la salle de bains. Je lui demande d'où ça vient et il ne veut pas me répondre. À toi, il dira peut-être ce qui le tracasse. Si seulement tu pouvais venir ! Si tu ne peux pas, tant pis, je comprendrai. Mais je suis tellement inquiète ! Et je n'ose pas en parler à Ray. »

Le samedi suivant, j'ai emmené Thomas déjeuner au McDo. Pour l'obliger à prendre un bain de foule, à sortir de la maison. Il n'a manifesté ni enthousiasme ni résistance particulière. D'après M'man, il était dans un bon jour.

C'est idiot, les détails qu'on retient : on a tous les deux pris un milk-shake vert, couleur de trèfle, comme le McDo en sert tous les ans pour la Saint-Patrick, et on a mangé un cheeseburger-frites. Il y avait beaucoup de monde. À la table voisine, on célébrait un anniversaire ; les enfants n'arrêtaient pas de se tourner de notre côté pour dévisager les jumeaux qui consommaient exactement la même chose. J'ai demandé à Thomas s'il avait vu ce qui concernait Dell et Ralph dans les journaux de la semaine. Le procès était terminé. Dell avait été déclaré coupable et condamné à quinze ans de prison à Somers. Sa femme avait écopé de six mois à Niantic. Ralph en était quitte pour une condamnation avec sursis. « C'est fou, non ? Quand on pense que tout ça se passait alors même qu'on travaillait avec eux ! Ça durait depuis l'époque où on était en classe ensemble, Ralph, toi et moi !

— Je n'ai rien à en dire », m'a répondu Thomas. Il se livrait à une activité bizarre : il déchiquetait la croûte de son hamburger en petits morceaux, qu'il examinait un par un.

« Pourquoi tu fais ça ? »

Les communistes avaient pris pour cible des lieux comme les McDo, m'a-t-il lâché.

« Ah ouais ? Pourquoi ? »

Il valait mieux que je l'ignore.

« Dis-moi, qu'est-ce qui ne va pas ? M'man pense que tu n'es pas bien. Tu l'inquiètes, mon vieux. Que se passe-t-il ? »

Est-ce que je savais que le Dr DiMarco, notre dentiste, était un agent communiste et un membre de la famille Manson ?

« Le Dr DiMarco ? » C'était ridicule ! Quand on était petits, il nous donnait ses vieux numéros du magazine *Jack and Jill* et il nous chantait des chansonnettes en nous soignant les dents.

Le Dr DiMarco l'avait drogué et avait implanté des récepteurs radio miniatures dans ses plombages. Cela faisait partie d'un plan mis au point par les Soviétiques pour lui laver le cerveau. Ils lui envoyaient des messages vingt-quatre heures sur vingt-quatre. Ils essayaient de s'assurer sa collaboration pour faire sauter la base de sous-marins de Groton. De lui dépendait le succès de leur plan, dans lequel il avait un rôle clé, mais jusque-là il avait réussi à résister. « Le corps du Christ, a-t-il dit en se mettant sur la langue un morceau de pain de son hamburger. Amen. »

À côté, les enfants et leurs parents sont partis, et soudain le bruit a cessé. Je me suis retourné pour voir si on nous écoutait. Si on le regardait. Est-ce qu'il me faisait marcher ? « Le Dr DiMarco ? Le nôtre ? » me suis-je étonné.

Quelque chose avait mal fonctionné, prétendait Thomas : les récepteurs radio étaient sensibles à la chaleur et il s'était brûlé l'intérieur de la bouche en buvant une tasse de cacao. Depuis, il avait encore capté d'autres messages. Il avait essayé d'arracher ces récepteurs, mais n'avait réussi qu'à se blesser.

« Ah oui ? Montre. »

Il a ouvert la bouche toute grande en tirant sur ses joues des deux côtés. Il avait les gencives entaillées à vif et le voile du palais tailladé. C'est alors que je me suis vraiment affolé, quand j'ai compris d'où venait le sang que M'man avait vu.

« Et ces messages, qu'est-ce qu'ils disent ? » lui ai-je demandé, redoutant la réponse.

Une certaine voix l'exhortait à accrocher les crucifix de notre mère la tête en bas, une autre, difficilement identifiable, lui intimait l'ordre d'aller à la maternité de l'hôpital et d'étrangler tous les bébés. C'était peut-être bien quelqu'un de la famille Manson. Peut-être même Charles Manson en personne. « Je voudrais que tu l'entendes. C'est abominable.

315

Je ne peux pas te répéter ça en public... Et il y a aussi une voix pieuse, qui me demande d'apprendre la Bible par cœur – ce qui a un sens : quand les communistes prendront le pouvoir, attention ! La première chose qu'ils feront, ce sera de brûler toutes les bibles dans ce pays. Tu peux me croire. C'est pourquoi j'ai commencé à l'apprendre. Si je ne le fais pas, qui le fera ? »

J'étais pris de vertige, comme privé d'oxygène. Était-ce possible ?

« C'est la même voix que celle qui te demande de faire les autres trucs ?

— Quels trucs ?

— Les trucs horribles. »

Il a soupiré comme un père à bout de patience. « Je viens de t'expliquer, Dominick : il s'agit d'une voix pieuse, qui désapprouve tout ce que disent les autres. Ça se chamaille toute la nuit. J'en ai des maux de tête. Par moments, ce sont des hurlements. Tu sais qui ça pourrait bien être ? Ce prêtre que M'man écoutait à la télévision. Le samedi soir. Tu te rappelles ? Il avait les cheveux blancs. Je le revois bien, mais j'ai oublié son nom.

— L'évêque Sheen ?

— L'évêque Sheen, exact. C'est notre père, tu sais. Il a pénétré M'man par la télévision. C'est faisable, et plus courant qu'on ne croit. "L'évêque Fulton Sheen vous souhaite le bonsoir, et Dieu vous aime." Il est possible que ce soit lui, ou pas. Le Dr DiMarco et la famille Manson font des orgies, tu le sais ? Au cabinet du Dr DiMarco. Il y en a un qui monte la garde à la porte pour que les patients ne viennent pas les surprendre. Entre eux, ils se font tout ce qu'ils veulent, tout. C'est abominable. Et la raison pour laquelle je suis en danger, c'est que je suis au courant du lien entre Manson et les communistes. Je ne devrais même pas me montrer en public. C'est un risque. J'en sais trop – sur le projet de faire sauter la base de sous-marins, par exemple. Il s'agit de gens extrêmement dangereux, les communistes, Dominick. S'ils se doutaient que j'ai commencé à apprendre la Bible, ils me feraient sauter la cervelle. Ils donneraient l'ordre de tirer à vue. Écoute ! *Au commencement, Dieu créa le ciel et la terre ; la terre était déserte et vide, et la ténèbre à la surface de l'abîme, et l'esprit de Dieu planait à la surface des eaux.* Je n'en suis qu'au chapitre II, verset 3. C'est un travail de toute une vie. Un entreprise dangereuse. Comment va Dessa ?

— Dessa ? Elle...

— C'est pour ça que j'ai dû rompre avec sa sœur, tu comprends. Trop dangereux. Ils risquaient de lui faire du mal si elle m'approchait. Comment elle s'appelle déjà ?

— Comment... ? Angie, tu veux dire ?

— Oui, Angie. C'était bien trop dangereux. Tu veux le reste de mes frites ? »

Cette conversation, suivie, le soir même, du premier internement psychiatrique de Thomas, avait lieu dix mois après cette crise pendant laquelle mon frère s'était acharné sur notre machine à écrire, en mai de l'année précédente. Entre-temps, la guerre s'était intensifiée, l'homme avait marché sur la Lune, et j'avais tout fait pour ne pas voir ce qui se préparait, ce qui en fait était déjà là.

En rentrant ce soir-là, après avoir conduit mon frère à l'hôpital de Three Rivers, je suis monté dans notre chambre de Hollyhock Avenue et j'ai fait un rêve que je n'ai jamais oublié.

Mon frère, Ralph Drinkwater et moi, nous sommes perdus dans la jungle vietnamienne. Nous pataugeons dans la boue jusqu'aux chevilles. Un tireur isolé, perché dans un arbre, braque sa mitraillette sur nous. Je suis le seul à le voir ; je n'ai pas le temps de donner l'alerte.

Je plonge, entraînant Ralph au sol avec moi. Un craquement sourd : une balle traverse le crâne de mon frère.

25

« Amande, cacahuète ou riz soufflé ? m'a demandé Lisa Sheffer.

— Comme d'habitude. Une de chaque. » J'ai fouillé dans mon porte-feuille et je lui ai tendu trois dollars au-dessus de son ordinateur.

Depuis l'internement de mon frère à Hatch, à chacun de mes cinq entretiens avec elle, je lui avais acheté des barres pour Thomas. C'était devenu à la fois un rituel et une façon de la remercier de veiller sur lui. Aussi le moyen d'établir un contact entre mon frère et moi pendant notre séparation forcée, un lien fait de chocolat, de cacahuètes et de sucre. La première chose qu'il lui demandait quand elle le rencontrait, c'était si elle m'avait vu, et si je lui avais acheté des barres.

« Dites bien à votre fille de ne pas m'oublier quand elle passera supporter ces Dallas Cowboys.

— Je vous en prie, ne parlez pas de malheur. »

J'ai demandé si sa fille lui ressemblait.

« Jesse ? Non, elle ressemble au donneur de sperme. À mon ex-mari, s'est-elle reprise, en voyant que je la regardais bizarrement. Je préfère penser à lui en ces termes, au lieu de me dire que j'ai eu l'idiotie d'épou-ser un crapaud. J'ai l'impression de m'être un peu moins trompée sur lui. » Elle m'a tendu une photo qu'elle a sortie de son bureau : une petite brunette potelée en collant rose.

« Très mignonne. Quel âge ? Sept ans ?

— Bientôt huit et déjà des préoccupations d'adolescente. Vous savez ce qu'elle veut faire plus tard ? Se farder les paupières en bleu scintil-lant. Gloria Steinem serait furieuse.

— Je l'ai rencontrée un jour, Gloria Steinem.

— Ah oui, où donc ?

— À New York. À un cocktail du magazine *Ms.* Avec ma femme.

— Pas possible ! Ça alors, Domenico, on ne vous imaginerait pour-tant pas sur la liste des invités. À quelle occasion ?

— Ma femme – mon ex-femme – et une amie à elle avaient organisé une garderie pour les enfants des ouvrières, des mères célibataires. À la Navale Électrique, qui venait juste de...

— Excusez-moi. » Le téléphone s'était mis à sonner.

Il fallait vraiment que je cesse de parler de Dessa à tout bout de champ, en oubliant d'ailleurs de préciser qu'elle n'était plus mon épouse. Pathétique : le mari plaqué, incapable de décrocher. Enfin, vieux, remets-toi, tu as reçu ton jugement de divorce et tu vis avec une autre.

« Oui, Steve, disait Sheffer à son interlocuteur, mais ce que vous ne voulez pas comprendre, c'est qu'en ce moment je suis occupée avec quelqu'un. » J'ai repris la photo de Jesse. Plutôt drôle, cette gamine si féminine, la fille de Sheffer ! Sheffer, avec sa coiffure en brosse et ses tatouages aux poignets !

« Je ne dis pas que je refuse, Steve. Je n'ai pas à refuser quoi que ce soit. Je dis seulement que ça ne m'arrange pas à cette heure-ci parce que j'ai quelqu'un dans mon bureau. "Enfoiré !" a-t-elle prononcé du bout des lèvres, en tenant le combiné à distance. Bon, très bien, alors envoyez-le. »

Elle a raccroché violemment, en gémissant. « Il ne faudrait surtout pas que les impératifs cliniques bousculent le planning du service d'entretien ! Ça fait deux semaines que je demande qu'on me remplace ce néon. » Il n'y avait plus d'éclairage au-dessus de ma tête. « Subitement, c'est maintenant ou jamais, que j'aie quelqu'un dans mon bureau ou pas. »

J'ai hoché la tête en signe de sympathie. « Alors, vous voulez qu'on parle de l'audience – c'est ce que vous m'avez dit au téléphone ? Qu'on voie ensemble ce qu'on peut faire ?

— Oui. La Commission d'examen se réunit le 31. Veille de la Toussaint. Ce qui nous laisse à peine une semaine pour préparer nos arguments.

— "Nos" arguments ? Je croyais que vous ne saviez pas quel parti prendre. Si Thomas devait rester ici ou non.

— Eh bien, pendant mon insomnie de la nuit dernière, au bout de douze ou treize parties de solitaire, je suis passée dans votre camp... Jusque-là, j'hésitais, mais j'en suis arrivée à la conclusion qu'une année à Hatch lui ferait sans doute plus de mal que de bien.

— Que s'est-il passé ? Il y a eu un autre incident ?

— Non, rien. Rien d'extraordinaire.

— C'est-à-dire ?

— Il a été un peu chahuté, au moment des repas, à la récré. Ne vous inquiétez pas. On surveille ça de près. L'ennui avec un sujet paranoïde comme Thomas, c'est qu'il a tendance à prendre la moindre taquinerie pour un complot de grande ampleur. La moindre chose dite est perçue comme faisant partie d'un plan d'ensemble. Et comme il réagit violemment, ça incite les autres à recommencer. Mais le Dr Patel et moi essayons de lui donner les moyens de se défendre quand quelqu'un commence à le provoquer.

— Le truc merdique, c'est cette connerie d'autorisation de visite. Dire que je ne peux même pas le voir ! Pour communiquer avec lui, je n'ai que ça », ai-je dit en agitant une barre.

319

Mon autorisation de visite arriverait bientôt, m'a assuré Sheffer. Il n'était pas chahuté outre mesure. Il ne craignait rien.

« Ah non, sûrement ! Avec tous ces tueurs psychopathes, ces pyromanes, et Dieu sait qui encore. Sans parler des gorilles en uniforme. S'il ne craint rien, qu'est-ce qui vous pousse à le faire sortir d'ici ?

— Eh bien, paradoxalement, le système de sécurité : les inspections, les caméras de surveillance, les fouilles – toutes ces opérations de routine et ces précautions qui garantissent la sécurité. Pour un schizophrène paranoïde, c'est un environnement très menaçant, il se sent guetté en permanence. Il me semble qu'à long terme un établissement moins axé sur la sécurité lui conviendrait mieux.

— Mais il n'y a pas eu de nouvel incident ? Il n'a pas recommencé son cirque au réfectoire ?

— Il va mieux, Dominick, vraiment. La plaie s'est bien cicatrisée. Les neuroleptiques commencent à faire de l'effet. Et, à présent, il est habitué à la routine quotidienne. Mais, pour être honnête, il est malheureux ici, il a peur, il se replie sur lui-même. C'est affligeant. J'ai le sentiment qu'il n'est pas à sa place dans un service hospitalier pénitentiaire de haute sécurité.

— C'est ce que j'essaie de vous dire à tous depuis le début !

— Bon, d'accord, vous avez de l'avance sur nous, vous êtes en tête de classe, bravo ! Bref, je vais me battre avec vous pour qu'on le relâche. »

Alors on a commencé à mettre sur pied un plan de bataille pour la Commission d'examen : quels seraient ses arguments, et quels seraient les miens. D'après elle, ma présence était capitale pour montrer à la Commission que Thomas n'était pas sans soutien familial. Elle voulait savoir si Ray avait l'intention de venir. Personnellement, ça ne me semblait pas très souhaitable, étant donné le contentieux entre Ray et Thomas. Sheffer a suggéré qu'il assiste à l'audience, mais sans intervenir. « C'est vous qui parlerez, et lui sera là en plus. D'accord ?

— En ce qui me concerne, oui. Pour lui, je ne sais pas.

— Vous voulez lui en parler vous-même ? Ou vous voulez que je le fasse ?

— Faites-le. »

On a établi une liste de personnes susceptibles de plaider la libération : d'anciens médecins de Thomas, des membres du personnel de Settle, des personnes de l'entourage qui accepteraient d'écrire une lettre en ce sens. On s'est partagé la liste des gens à approcher. « Maintenant, nous devons parler des conclusions de l'équipe d'évaluation. »

On a frappé à la porte. « L'entretien, a grogné Sheffer. Entrez ! »

Mais c'est la petite tête grisonnante du Dr Patel qui a paru dans l'embrasure de la porte. J'aurais préféré voir l'homme de service.

« Bonjour, Lisa. Bonjour, Dominick. » Elle avait appris que j'avais rendez-vous avec Sheffer. Elle voulait me voir une minute. Ce n'était pas trop gênant ? « Pas du tout, Rubina, a dit Sheffer. J'ai quelque chose à vérifier, de toute façon. Je reviens dans cinq minutes. » Elle a refermé la porte derrière elle. C'était un coup monté.

Le Dr Patel est allée droit au but : « Vous n'êtes pas venu hier. »

Je lui ai rappelé que j'avais téléphoné et laissé un message sur son répondeur.

« Je l'ai trouvé, merci. Là n'est pas la question. Je veux savoir pourquoi vous avez annulé le rendez-vous, Dominick.

— Pourquoi ? »

Elle n'aimait pas du tout cette habitude que j'avais de répéter sa question en guise de réponse.

« Notre séance précédente avait été très pénible, et hier vous n'êtes pas venu. Naturellement, je me demande si...

— C'est à cause du temps.

— Du temps ? Expliquez-vous, je vous prie.

— On annonçait de la pluie pour mercredi et jeudi.

— Mon cabinet n'est pas en plein air, Dominick.

— C'est la fin de la saison pour la peinture d'extérieur. J'ai une maison à terminer, c'est un gros travail, et avec tout ce qui s'est passé, je n'ai pas... Il a déjà gelé deux nuits de suite. Vous, votre travail n'est pas saisonnier. Les fous vous occupent douze mois de l'année. Moi, je ne peux pas me permettre de...

— Vous êtes bien cavalier avec moi. C'est une défense. Je préférerais une réponse plus directe.

— Écoutez, j'apprécie votre aide, vraiment. Mais en ce moment, quand il fait un temps convenable, je ne peux pas m'offrir le luxe de quitter mon chantier pour aller jaspiner sur mon frère. Alors qu'on est presque en novembre et que mon client, Henry Rood, appelle chez moi à tout instant.

— Intéressant.

— Quoi donc ?

— Vous qualifiez de "luxe" le travail que nous faisons ensemble. Pour moi, le luxe, c'est un bain chaud l'après-midi pendant le week-end, ou une visite au musée, ou trouver le temps de lire un bon roman. Ce n'est sans aucun doute pas quelque chose qui vous éprouve affectivement, comme ce que nous avons entrepris. C'est un travail extrêmement difficile que vous faites, Dominick. Ne le dévalorisez pas ainsi, ne vous dévalorisez pas vous-même. »

Je me suis levé, j'ai fait quelques pas jusqu'à la petite fenêtre à barreaux et j'ai plongé mon regard en contrebas dans ce semblant de cour de récréation. « Ce n'est pas ce que je voulais dire. Vous n'êtes pas obligée de toujours prendre ce que je dis pour...

— Dominick ? Vous voulez bien me regarder ? »

Je me suis retourné.

Elle me souriait d'un air bienveillant. « Notre dernière séance a été une vraie souffrance pour vous, je sais. Le récit de cette première grande crise de votre frère, ses hallucinations, sa façon de se blesser l'intérieur de la bouche, ce sont là de bien tristes souvenirs, très effrayants à revivre, et encore présents dans votre esprit. La précision avec laquelle vous relatez ces événements si troublants m'indique que, depuis très très longtemps, vous portez un fardeau énorme. De sorte qu'en exhumant ces souvenirs, en nous penchant sur leur toxicité, si vous voulez, nous faisons, je crois, pour votre santé affective, un travail d'une importance que vous ne mesurez peut-être pas encore.

— Leur toxicité ?

— Représentez-vous votre passé comme un puits dans la terre. »

Et c'est reparti, me suis-je dit : doc Patel, la reine des métaphores.

« Un puits est une bonne chose, qui nous donne l'eau qui nous maintient en vie. Il renouvelle et entretient la vie. Mais si, pour une raison quelconque, la source souterraine qui l'alimente – j'entends par là votre passé –, si cette source est empoisonnée, toxique, l'eau ne nous permet plus de vivre. Vous comprenez ma comparaison ?

— Oui.

— Qu'en pensez-vous ? »

Ma réponse s'est fait attendre. « C'est en repeignant des maisons que je fais bouillir la marmite.

— La thérapie aussi vous aidera à survivre. Hier, j'ai craint que notre démarche ne vous ait effrayé, submergé.

— Je travaillais. Je ne pouvais pas faire autrement.

— Très bien. Alors, voulez-vous que nous remplacions la séance, ou voulez-vous attendre la semaine prochaine ? »

En fait, lui ai-je avoué, je songeais à suspendre pour un temps. Il ne s'agissait pas d'arrêter, mais seulement de reporter à plus tard, de laisser un peu retomber la poussière.

« Il faudra que nous parlions de ça la prochaine fois. Voulez-vous rattraper la séance que vous avez manquée ?

— Attendons mardi. Mon jour habituel.

— Vous viendrez ? Quel que soit le temps ? »

J'ai fait signe que oui. Elle s'est dirigée vers la porte.

« Attendez. Moi aussi j'ai quelque chose à vous demander. Comment... dans quel sens avez-vous l'intention de voter ?

— De voter ?

— Pour mon frère. Pour ce rapport de l'équipe d'évaluation, quel avis allez-vous donner ? Qu'on le maintienne ici ? Qu'on le renvoie à Settle, ou quoi ? »

Elle a scruté mon visage quelques secondes. « Je ne tiens pas à en parler.

— Pourquoi ?

— C'est prématuré. Nous n'avons pas à donner notre réponse avant quelques jours, et j'en suis encore à observer sur votre frère les effets quotidiens du temps et de sa nouvelle médication. Et n'oubliez pas que nous donnons seulement un avis. C'est la Commission d'examen qui décidera en dernier ressort.

— Mais vous penchez de quel côté ?

— Aucun. Je viens de m'en expliquer. Je réserve mon jugement. » Elle a soutenu mon regard. « À mardi, donc. Nous aurons beaucoup de choses à nous dire. »

Quand elle a ouvert la porte, Ralph Drinkwater était là.

« Le service d'entretien.

— Oui, oui. Entrez, je vous en prie. »

J'ai saisi un éclair de stupéfaction sur son visage quand il m'a aperçu, aussitôt remplacé par cet air d'indifférence qu'il avait mis au point dès l'époque du lycée. Il est entré dans le bureau, un escabeau accroché à une épaule, et un néon dans la main.

J'ai bien vu que le Dr Patel ne faisait pas le rapprochement avec l'individu dont nous avions parlé deux séances plus tôt, le type que Leo et moi avions donné aux flics pour nous tirer d'affaire. L'instant était surréaliste : ma psy, Ralph et moi réunis là dans le petit bureau de Sheffer.

Le Dr Patel a refermé la porte.

« Alors, Ralph, comment tu vas ? »

Pas de réponse.

« Tout ce monde... on se croirait à Grand Central ici. Il y a un bail qu'on s'était pas vus. »

Il a déplié son escabeau sans même me regarder. Il avait toujours eu l'art de me donner l'impression que j'étais invisible.

« Je t'ai vu il y a quinze jours. Quand on a amené mon frère. Je n'ai pas pu te parler, j'étais tellement à cran avec tout ça. Mais je t'ai reconnu tout de suite. Tu as l'air en forme... Comment ça va ?

— Ça va. » Il est monté sur l'escabeau. Il a jeté un coup d'œil au néon. D'accord, j'avais rarement fait quelque chose d'aussi salaud de toute ma vie, mais il y avait vingt ans de ça.

« J'ai lu dans les journaux que les Wequonnoc ont gagné la partie. Vous êtes finalement reconnus par le gouvernement fédéral ? Félicitations. »

Il a démonté le tube défectueux. Sans me répondre.

« Tu t'intéresses à tout ça ? À ces histoires politiques ? À ce projet de grand casino qu'ils doivent construire là-bas ? »

Silence.

« J'ai vu le plan de l'architecte dans le *Record* de la semaine dernière. Impressionnant. Si vraiment ça se concrétise, ça va être un truc énorme.

— Ça va se concrétiser. »

J'ai tendu la main pour le débarrasser du tube à changer, mais, ignorant mon geste, il l'a posé contre le mur.

« J'ai entendu dire que vous aviez des investisseurs étrangers intéressés ? Des Malais ?

— Oui. » Il est remonté sur son escabeau avec le néon neuf. Il avait toujours été peu loquace, mais cette fois, c'était de l'entêtement ridicule.

Après avoir mis le tube en place, il est redescendu, et il a appuyé sur l'interrupteur. Une lumière trop vive a inondé la pièce.

Il a replié l'escabeau. Noté quelque chose sur un formulaire. « Dis donc, Ralph, tu vois pas mal mon frère ? »

Il m'a jeté un regard vide, de ses yeux gris et vagues comme la lune. « Je le vois, ouais.

— Il est... Il n'est pas maltraité à ton avis ? Je ne l'ai pas revu depuis le premier soir. Je n'ai pas le droit de lui rendre visite tant que je n'ai pas obtenu l'autorisation.

— Bah, ça posera pas de problème.

— Comment ça ?

— T'as un casier de Blanc bien blanc. » On s'est regardés en silence. J'ai détourné les yeux le premier.

« Il va bien, a-t-il fini par dire.

— C'est vrai ? Il n'est pas trop chahuté ?

— Un peu.

— Je me demandais... Tu voudrais pas me rendre un service ? En attendant que mon autorisation de visite arrive. »

Ses yeux se sont rétrécis. Sa bouche s'est relevée en un petit sourire.

« Je pourrais pas te laisser mon numéro de téléphone ? Au cas où tu remarquerais quelque chose que je pourrais avoir envie de savoir. Si on le maltraitait, ou alors... L'assistante sociale qui s'occupe de lui est très bien. Je ne dis pas le contraire. Vraiment bien. Mais au cas où tu serais témoin de quelque chose que le personnel médical n'aurait pas vu, si quelqu'un l'embêtait par exemple... Ah, bon Dieu, c'est dur. »

Il était toujours là, sans la moindre expression.

« Je sais, Ralph, tu ne me dois rien. On t'a vraiment fait un coup dégueulasse cet été-là. Je m'en suis jamais remis, au cas où ça t'intéresse.

— Non, ça m'intéresse pas.

— D'accord, c'est trop facile, et ça vient trop tard, je sais... Mais si tu pouvais... prendre mes coordonnées. »

J'ai attrapé un bout de papier sur le bureau de Sheffer et j'ai griffonné mon numéro de téléphone d'une écriture tremblotante.

« On ne veut pas me laisser le voir. C'est mon frère et ils me disent tous que... Si tu pouvais garder l'œil sur lui... T'as beaucoup de travail, je sais, mais si jamais tu voyais quelque chose. Tu ne voudrais pas... »

Mais il s'est contenté de regarder ma main tendue vers lui. J'ai remis le papier sur le bureau de Sheffer. « Bon, ben, merci quand même. Merci beaucoup, Ralph. Pour rien.

— Là-dehors, a-t-il fait en pointant le menton vers la fenêtre.

— Quoi ?

— T'as dit que tu voulais le voir. Il est dehors. C'est la récré pour son bloc. »

J'ai mis un instant à comprendre. Lentement, d'un pas hésitant, je suis allé jusqu'à la fenêtre.

Thomas était là, assis tout seul au bout d'un banc devant une des tables à pique-nique. Il était pâle, bouffi. Son moignon était caché dans la manche de sa veste. Il fumait à toute allure, tirant sur sa cigarette toutes les deux secondes.

Ils étaient neuf ou dix dehors, la plupart debout et en train de fumer, comme Thomas. Deux jeunes, un Noir et un Hispano, donnaient des coups de pied dans un ballon. Aucun des deux n'avait l'air fou, ni même dangereux. Le surveillant de service était ce même type au chapeau de cow-boy que j'avais vu l'autre fois. Il riait et parlait, adossé au mur, avec quelques-uns des patients.

Personne n'ennuyait Thomas. Mais personne ne s'occupait de lui non plus. Même à Hatch, c'était un être à part.

En me retournant, j'ai surpris Ralph qui m'observait tandis que moi-même j'observais mon frère.

« Il a une mine épouvantable. T'as lu les journaux ? T'es au courant de ce qu'il a fait ?

— Ouais. »

Thomas écrasait sa cigarette à présent. Il en a pris une autre dans sa poche. Il s'est levé et s'est dirigé vers le cow-boy pour la faire allumer. Mais Tex était trop occupé avec toute sa cour pour s'apercevoir de l'existence de Thomas, et Thomas trop timide pour se faire entendre. Il se contentait d'attendre, son moignon sous l'autre aisselle. Un type s'est approché de Tex pour faire allumer sa cigarette. Je savais bien que ce salaud ne pouvait pas ne pas voir Thomas, mais il le faisait poireauter, debout, en silence, il se faisait prier.

Tu vas arrêter de te foutre de sa gueule, espèce de brute ? Allume-lui sa putain de cigarette !

« À quoi il joue, ce surveillant là-bas ? Ce mec qui se prend pour John Wayne ? » Mais Ralph avait disparu.

C'était malgré tout un soulagement de revoir Thomas, enfin. Même dans cet état. Même séparés par une fenêtre à barreaux et l'attente d'une autorisation de visite. Quand on a cherché à protéger quelqu'un toute sa vie, on ne peut pas s'empêcher de continuer.

Il avait pris du ventre, grossi de trois ou quatre kilos. Avant, il marchait toujours beaucoup, aussi bien quand il était à Settle qu'à Horizon House, en ville. Mais ici, à Hatch, la « récréation » consistait à fumer. Ou à attendre avec une cigarette non allumée. Il avait des poches sous les yeux, des mouvements de tête saccadés. Les médicaments, sans doute. Au moment où il s'était approché de Tex, je m'étais aperçu qu'il recommençait à traîner les pieds comme quand on augmentait ses doses – ce dont il avait horreur. Je me suis dit qu'il fallait que j'appelle le Dr Chase. Je connaissais la musique.

Il portait la tenue grise des internés, des chaussettes blanches et ses chaussures à la con, marron, à rabats. Languettes sorties, pas de lacets. C'était la même chose pour les autres. On leur retirait leurs lacets, m'avait dit Sheffer, pour qu'ils ne puissent pas s'en servir comme arme. Séjour délicieux ! Environnement parfaitement paisible !

Le ballon est passé devant le nez de Thomas. Il a eu un mouvement de recul, il en a lâché sa cigarette. Le jeune Hispano l'a ramassée et la lui a redonnée en lui disant quelque chose. Apparemment, Thomas n'a pas répondu. Le jeune s'est alors mis à marcher derrière lui et à le viser avec le ballon, qui ricochait sur son dos. J'ai eu le même mouvement de recul que Thomas. Tex a jeté un coup d'œil une demi-seconde, et il est retourné à sa conversation avec ses chouchous.

Le nouveau jeu, c'était de lancer le ballon sur Thomas pour voir sa réaction. Le jeune Noir se faufilait derrière lui en boitillant et en rentrant la main à l'intérieur de sa manche. Un autre type se plantait devant lui en singeant sa manière de tenir sa cigarette. Tex ne voulait toujours rien voir. Puis le ballon a frappé Thomas à l'arrière du crâne. « Hé, bordel ! » ai-je crié.

J'ai entendu une cloche sonner dehors. Tex a parlé dans une radio. Ils ont commencé à se mettre en rang. Un garde a passé un détecteur de métal portable sur chacun d'eux avant de les faire rentrer. Thomas était le dernier du rang. « Je vais te tirer de là, Thomas, lui ai-je murmuré derrière les barreaux et le verre armé. Tiens bon, vieux, je vais te tirer de là. »

J'ai fait le tour de la pièce. Je me suis assis. Relevé. J'ai regardé le bureau de Sheffer. À ce moment-là, je me suis aperçu que le petit bout de papier avec mon numéro de téléphone avait disparu. Drinkwater l'avait pris.

Sheffer est entrée en trombe, en s'excusant mille fois. « Je fais trois pas dans le couloir et les problèmes surgissent de toutes parts. Je les attire comme un aimant, Domenico. Ah, youpi ! On m'a réparé l'éclairage. »

Je me suis assis. Devais-je lui dire que j'avais vu Thomas ? Ou me taire ?

« Bon, revenons à nos moutons. » Elle a répété qu'il serait difficile de le faire sortir – qu'elle ne voulait pas minimiser ces difficultés.

Je revoyais Thomas debout dans la cour avec sa cigarette non allumée. J'avais cessé d'écouter Sheffer. Et je me suis aperçu que je n'entendais plus sa voix. « Pardon ? »

Ils avaient discuté de son cas le matin même en réunion, m'expliquait-elle. Les avis étaient partagés par moitié. « À ce jour, du moins. Il reste encore six jours avant la remise du rapport.

— Je croyais que vous étiez cinq. Comment pouvez-vous être partagés par moitié ?

— Un des membres de l'équipe n'a pas encore fait connaître sa position.

— Le Dr Patel. »

Sheffer ne pouvait entrer dans les détails. De toute façon, d'ici une semaine, le résultat du vote ne serait peut-être plus le même. « Vous voyez, Domenico, il ne s'agit pas seulement de le faire sortir d'ici. Mais de savoir où il va aller si vraiment on le relâche. Pas facile de le placer quelque part. Avec les coupes sombres dans le budget de la santé mentale, on n'a plus autant de possibilités qu'autrefois.

— Il y a Settle. C'est là qu'il aurait dû aller dès le début. »

Elle a failli dire quelque chose, mais s'est ravisée.

« Quoi ?

— Rien.

— Si, dites-moi. »

D'après la rumeur, l'État allait sans doute fermer Settle – dès le mois de mars, si ses informations étaient justes.

« Eh bien, qu'on l'y garde jusqu'en mars. Dans cinq mois, il sera peut-être remis d'aplomb.

— S'ils cherchent à se débarrasser peu à peu de leurs patients, ils n'ont aucune raison d'en admettre de nouveaux. Même pour une courte période.

— Et dans un foyer sous surveillance ? Ça lui a bien réussi à une époque. »

Les réductions budgétaires touchaient aussi ce genre d'établissement, m'a-t-elle précisé. Le personnel de ces foyers était réduit à une peau de chagrin, et la surveillance n'était plus ce qu'elle était cinq ou six ans plus tôt. Il fallait donc des patients résidants suffisamment autonomes, ce qui n'était pas exactement le cas de mon frère pour le moment. « Restent donc un établissement comme Settle, qui bat de l'aile, ou comme Hatch. Ou...

— Ou quoi ?

— Ou le confier aux soins de sa famille.

— S'il le faut, on le prendra. Parce que, d'une manière ou d'une autre, il faut qu'il sorte d'ici.

— Aussi simple que ça, hein, *paisano* ? Vous allez contrôler ses médicaments, surveiller son hygiène, le véhiculer deux fois par semaine à ses séances de thérapie. Et prendre toutes les mesures de sécurité chez vous, sans rien oublier. Mettre sous clef tous les couteaux, etc., etc.

— Très drôle.

— Non. Comment allez-vous faire votre travail ? Vous allez le laisser dans le camion au bord du trottoir ? Lui mettre une salopette et en faire votre chef de chantier ? »

Je me serais passé de ses sarcasmes.

« Enfin, Dominick, soyons réalistes. Vous avez votre vie. Comment votre femme va-t-elle...

— Je n'ai pas de femme, j'ai une copine.

— Femme ou copine, peu importe. Vous vivez ensemble ? Alors, comment va-t-elle le prendre ? Et votre vie de couple ?

— On s'en accommodera.

— Ah ouais ? C'est une sainte, votre copine ? »

Subitement, je me suis représenté Thomas venant s'installer, et Joy quittant les lieux – décidant de partir, comme Dessa. Et après, quoi ? Un lit vide toute la nuit. Mon cinglé de frère en face de moi au petit déjeuner. Certes, ce n'était pas l'accord parfait entre Joy et moi, mais c'était bon de sentir son corps tiède à mes côtés la nuit. C'était une bouée à laquelle je pouvais m'accrocher dans les mauvais moments. Que me resterait-il ? Thomas, c'est tout. Mon ancre. Mon ombre. Thomas et Dominick : les jumeaux Birdsey, comme au commencement, maintenant, et aux siècles des siècles, amen.

« C'est pour cela que Rubina – le Dr Patel – ne veut pas prendre position. Elle hésite à vous remettre sur les épaules ce fardeau qu'est votre frère. Elle trouve qu'il faut aussi considérer les intérêts de la famille. C'est ce qu'elle a expliqué pendant la réunion. Comment a-t-elle formulé ça déjà ? Le bien du patient et celui de la famille sont "entrelacés". »

J'étais furieux. De quel droit Patel utilisait-elle contre mon frère ce que je lui avais dit en privé à son cabinet ? J'avais fait une erreur en allant me répandre auprès d'elle sur mon passé. Je n'avais pas besoin d'elle. C'est lui qui était censé être son patient, pas moi. Seul son intérêt à lui comptait. Elle allait m'entendre.

« Je vais lui parler. Je vais la mettre de notre côté.

— N'allez surtout pas lui raconter que je vous ai rapporté tout ça ! Sans déconner, Dominick, ça m'attirerait les pires ennuis. Ces réunions sont confidentielles. De toute façon, elle n'est pas du genre à se laisser influencer. Elle se forgera sa propre opinion. Mais quoi qu'elle décide, même si nous arrivons à des conclusions opposées, j'ai confiance en son jugement. C'est quelqu'un que j'estime, quelqu'un d'honnête, Dominick.

— Ouais, eh bien, modérez votre estime. »

Elle a relevé la tête d'un air interrogateur.

« Vous saviez que j'allais la voir ?

— À titre professionnel ? »

Je n'avais même pas informé Joy que je voyais un psy. Pourquoi faisais-je tous ces aveux à Sheffer ?

« Jamais le Dr Patel ne révélerait ce genre de choses. Mais j'en suis très heureuse, Domenico. Je trouve ça très bien que vous la voyiez. Super.

— Certainement pas s'il y a conflit d'intérêts. Si, parce qu'elle veut plaider ma cause, mon frère doit rester bouclé ici.

— Que voulez-vous dire ?

— En gros, je suis allé à son cabinet de Division Street pour gémir sur le fait que mon frère a foutu ma vie en l'air. Pour exhumer l'histoire ancienne – toutes ces conneries sur notre enfance et sur l'année où mon frère a craqué. J'ai ressorti tous ces trucs qui auraient dû rester enfouis.

— Mais la thérapie, c'est ça, non ?

— Seulement, si maintenant elle préconise qu'il soit interné ici à long terme sous prétexte que ça vaut mieux pour moi – parce que je lui ai tout déballé...

— Elle ne ferait pas ça, Dominick. Quelle que soit sa décision, elle tiendra certes compte de la situation d'ensemble, mais elle ne choisira pas délibérément une solution qui porte tort à Thomas. C'est son patient. Elle ne donnera pas la préférence à l'un des deux. »

Ah non ? Pourquoi pas ? Il n'en avait jamais été autrement de toute notre vie. Thomas n'avait jamais été le préféré. Ni de Ray, ni de nos camarades d'école. Ni de personne, sauf de M'man.

« Dominick, il faut vous calmer un peu par rapport à tout ça. Si vous piquez ce genre de crise devant la Commission d'examen, ça ne rendra service à personne.

« Autre chose encore. Vous m'écoutez ? C'est important. Cet établissement n'est pas exactement le trou à rats que vous décrivez. On a tout vendu il y a quelque temps déjà, la chambre de tortures, les fers et les tenailles. Chaque fois que vous en parlez comme d'un trou à rats et d'une fosse aux serpents, vous cassez ce que nous essayons, ce que j'essaie de réaliser ici toute la journée et à longueur de temps. Je suis dans cette profession par choix. Et je ne resterais pas ici si je n'étais pas convaincue de l'utilité du travail qui s'y fait. Je ne suis pas masochiste à ce point, j'espère. Alors ne rayez pas ce lieu de la carte avant même d'y avoir pénétré. D'accord, Domenico ?

— Ouais. Malgré tout, s'il le fallait, je pourrais me charger de lui. Ça ne serait pas facile, je sais, mais je me débrouillerais. Je n'ai fait que ça, depuis toujours, d'une façon ou d'une autre. »

Elle m'a regardé un long moment. « Comment s'est passée votre visite ? » m'a-t-elle finalement demandé.

J'ai cru deviner ce qu'elle voulait dire. « C'est... vous qui aviez combiné ça ?

— Je n'ai pas trouvé mieux pour que vous puissiez le voir. J'ai pensé que vous préféreriez être seul. Comment vous a-t-il semblé ? »

Une mine épouvantable, ai-je dit. Et j'ai raconté le harcèlement dont j'avais été témoin – comment ce surveillant à l'allure de cow-boy avait délibérément ignoré mon frère.

« C'est Duane. Je ne le porte pas dans mon cœur, moi non plus. Je vais voir ce que je peux faire. Mais votre frère n'est pas en danger ici, Dominick. Je vous le promets. »

26

Bip !

« Ici le cabinet du Dr Batteson. C'est un message pour Joy Hanks. Veuillez nous rappeler dès que possible. Merci. »

Bip !

« Dominick ? C'est Leo. Tu sais quoi ? L'essai que j'ai fait pour ce film d'horreur ? Ça y est, j'ai le rôle ! On commence à tourner le mois prochain dans le New Jersey. Cette fois, c'est du cinéma, Birdsec, je vais être dans un film ! »

Pendant qu'il jactait, je dressais une liste dans ma tête : la décharge ; du diluant ; des bonbons pour Halloween ; à onze heures, rendez-vous avec Sheffer. Joy avait promis de se charger des bonbons, mais ce serait encore comme l'année dernière : quand les jeunes avaient sonné à notre porte, j'avais dû foncer à la boutique du coin, où j'avais payé le prix fort.

Leo proposait une partie de racquetball. « Jeudi ou vendredi, si ça te va. Demain, c'est l'audience pour ton frère, non ? Passe-moi un coup de fil. »

Bip !

« Allô ? Allô ?... Oui, c'est Ruth Rood... Allô ? monsieur Birdsey ?... Ah, j'ai cru que vous décrochiez. » Elle parlait au ralenti, en traînant sur les mots. Bon sang, elle devait avoir le foie dans un état ! « Henry et moi, on se demandait pourquoi vous n'étiez pas venu aujourd'hui. Vous aviez promis de venir, on vous attendait. Henry est très découragé, continuait-elle avec un filet de voix. Avec ces échafaudages devant la fenêtre de son bureau, il a l'impression d'être prisonnier chez lui. Il est si déprimé qu'il n'arrive même pas à travailler. Rappelez, je vous en prie. »

J'ai décroché le combiné, cherché le numéro dans le répertoire. Désolé, Morticia. J'ai eu quelques soucis, du genre essayer de sortir mon frère de prison, une vraie prison celle-là, pas juste un décor d'échafaudages. Si Henry avait vraiment envie de sombrer dans la déprime, il n'avait qu'à aller faire un tour à Hatch.

Elle a répondu tout de suite, d'une voix dégrisée de sept heures du matin. « Ah. Oui. Je croyais que c'était le médecin d'Henry qui rappelait. »

Sans prendre la peine de m'excuser pour la veille, je lui ai dit que j'essaierais de venir dans l'après-midi. « On annonce de la pluie en fin de journée. Je vais décrocher vos volets et je les rapporterai décapés et repeints. Comme ça, je pourrai travailler quel que soit le temps. Rattraper un peu les journées perdues. Dites à Henry que je devrais pouvoir mettre l'apprêt à la fin de la semaine prochaine. Le lundi d'après au plus tard. Comment va-t-il ?

— Pourquoi me posez-vous cette question ?

— Vous venez de me dire que vous attendiez un coup de fil du médecin. » Elle m'a refait son couplet sur la déprime de son mari. Lui, son problème, c'est qu'il picolait trop et qu'il avait trop de temps à lui. « J'essaierai de vous donner une demi-journée demain. Je ne peux pas faire mieux. Je dois assister à ce truc demain après-midi. Mais je travaillerai sans doute chez vous samedi toute la journée. Je vous laisse à présent, au cas où le médecin essaierait de vous appeler. »

Si j'arrivais au terme de ce chantier, si je voyais enfin le bout de cette saison de travail, il existait peut-être un dieu malgré tout.

Cet appel pour Joy, qu'est-ce que c'était ? J'avais déjà oublié. J'ai réécouté le message, et j'ai noté : « Joy, appeler le Dr Batteson. » Qui était-ce, celui-là ? Encore un charlatan quelconque ? Ah non, elle n'oserait pas ! Le dernier qu'elle était allée voir avec son copain Thad lui avait fourgué pour trois cents dollars de produits phytothérapiques... Thad. La Duchesse. Encore un qui avait trop de temps à lui. Elle ne pouvait donc pas avoir des amies i-e-s comme les autres femmes ?

J'ai composé le numéro de Leo. Débordé ou pas, l'idée d'écraser une balle contre quatre murs commençait à me plaire. J'attendais en m'impatientant la fin de la chansonnette des gamines. Détestables, ces répondeurs qui vous prennent en otage avec leur musiquette !

« Leo. D'accord pour le racquetball. L'audience est demain à quatre heures. Ça marche pour vendredi matin ? Je peux nous faire réserver un court par Joy. » J'ai failli raccrocher, mais je me suis repris. « Dis donc, ton film, bonne nouvelle ! En route pour Hollywood ! *Ciao*. »

J'ai attrapé mes clefs. La décharge, du diluant, des bonbons... quoi d'autre ? Ah oui. Reprendre mon costume au pressing. Il fallait que je me sape pour ces connards de la Commission d'examen le lendemain, que j'aie l'air, autant que possible, d'un type sain d'esprit et bon chic bon genre. Je ne serais pas fâché quand ce machin serait passé ! Ah, au fait : mes notes pour mon rendez-vous avec Sheffer. Elle voulait qu'on revoie nos arguments encore une fois. Quoi qu'il en soit, tous ces grands pontes allaient m'entendre. J'allais tirer mon frère de là.

Ouais, et puis ? En admettant qu'ils le relâchent et qu'on ne veuille pas le reprendre à Settle, qu'est-ce qu'on ferait ?

J'ai fermé à clef. Il avait encore gelé pendant la nuit. Ces nuits froides ne valaient rien pour la peinture d'extérieur.

Le camion est parti au troisième tour. J'avais intérêt à laisser le moteur chauffer un peu. À Painting Plus, la saison était close depuis déjà quinze jours. Évidemment, Danny Labanara n'avait pas un frère barjo qui lui compliquait la vie toutes les deux secondes. Son frangin venait le remplacer au besoin en juillet et en août.

La gelée avait grignoté la pelouse et occis les plantes étiques censées embellir le site de notre paradisiaque copropriété. Quand je pense à ce qu'on nous faisait raquer pour l'entretien ! Si j'avais eu plus de temps et d'énergie, je ne me serais pas privé de protester. Évidemment, si Dessa ne m'avait pas quitté, je n'habiterais pas ici, et je ferais le jardin moi-même. Comme il faut.

Joy avait encore trop rempli les poubelles. Elle aurait pu carrément envoyer des invitations aux ratons laveurs du quartier. *Venez vous servir, les enfants !* C'était toujours comme ça avec elle : on lui demandait quelque chose, elle disait oui, bien sûr, et puis que dalle !... Je ne lui avais encore pas touché mot de l'éventualité que Thomas atterrisse chez nous. Il serait bien temps d'en parler quand je serais au pied du mur... Comme j'allais à la décharge de toute façon, autant charger ces foutus sacs d'ordures à l'arrière du camion et les emporter. Ça valait encore mieux que d'être réveillé à deux heures du matin par ces pillards de rongeurs.

J'ai balancé un sac dans le camion. Un deuxième. Le troisième a crevé en plein vol. J'avais bien besoin de ça. En ramassant le courrier publicitaire à jeter et la salade flétrie, mon regard est tombé sur une brochure bleue.

Un mode d'emploi pour un test de grossesse ? Dans nos ordures ?

En fouillant un peu plus avant, j'ai trouvé un plateau en plastique et des morceaux de la boîte en carton déchirée. Un test de grossesse ?

Je suis monté dans mon camion et suis parti en direction de la quincaillerie. J'avais bien pris mes notes pour Sheffer ? Mon reçu pour le pressing ?... Comment pouvait-elle se croire enceinte ? Fausse alerte ? Retard de règles ? Vasectomie miraculeusement inversée ? Je m'étais fait opérer du temps où j'étais encore avec Dessa. Depuis que j'étais avec Joy, je tirais à blanc. Elle n'en savait rien. Je ne lui avais jamais dit. En partie pour ne pas revenir sur la mort du bébé, sur mon divorce. Et en partie par orgueil mâle, je suppose. Quand on s'était connus, elle avait vingt-trois ans et moi trente-huit. Qu'aurais-je dû lui dire ? J'ai quinze ans de plus que toi et, ouais, au fait, je suis stérile...

Quand je suis revenu sur terre et que j'ai regardé où j'étais, j'avais dépassé la quincaillerie d'un kilomètre ou presque. Hé, Birdsey, réveille-toi !

Comme d'habitude, j'ai dû attendre Sheffer dans son bureau en me tournant les pouces.

Lisa Sheffer : assistante sociale et reine des urgences imprévues. Je l'aimais bien et je lui étais reconnaissant, mais cette routine avait assez duré. S'arrêter à l'entrée, prendre un passe pour le parking, se prêter au contrôle de sécurité, passer par le détecteur de métaux, se faire escorter jusqu'à son bureau par un garde à tête de buse, et attendre. Cette fois, j'allais lui dire deux mots dès qu'elle me sortirait une excuse.

J'ai entendu des voix dehors dans la cour. Je suis allé voir à la fenêtre. Ce matin, c'étaient les types en tenue de camouflage, ceux qui avaient pété les plombs au Vietnam. Le bloc Six. Bon Dieu, voilà que je commençais à reconnaître les différents blocs... Putain de Vietnam ! Certains de ces mecs avaient l'air de vieillards. Je ne reconnaissais pas le surveillant. Où avaient-ils dégoté ce malabar ?

Pas de panique. Elle avait du retard dans ses règles, c'est tout. Ça arrivait à Dessa certains mois, à l'époque où on essayait de faire un enfant : on était soudain pleins d'espoir et puis, non, elle avait seulement un peu de retard... Bon sang, il fallait que je me concentre, que je réfléchisse à cette audience. À la décharge, je m'étais trompé de benne pour jeter mes pots de peinture vides. Chez Willard, Johnny m'avait dit : « T'as besoin de fournitures ce matin, Dominick, ou t'es juste venu t'appuyer sur mon comptoir pour méditer ? »

Est-ce qu'elle me trompait ? Il faut dire que je n'étais pas un cadeau, surtout ces derniers temps. Mais je ne l'avais jamais trompée. Dessa non plus, d'ailleurs. Jamais. J'ai tenté de me rassurer : c'était forcément une fausse alerte. Qu'est-ce qui se passe, Birdsey ? T'as pas assez de soucis comme ça ?

J'ai attrapé l'annuaire du téléphone sur le bureau de Sheffer. Batteson, Batteson.

Russell A. Batteson. Obstétrique gynéco...

Dehors, les types se mettaient en rang pour rentrer. À longueur de journée dans ce triste lieu, on les faisait sortir, on les faisait rentrer. Pour certains d'entre eux, il aurait mieux valu qu'ils sautent sur une mine... Si ce test de grossesse était négatif, pourquoi l'appelait-on du cabinet d'un gynécologue ? Que me cachait-elle ?

C'est vrai que, toi non plus, tu n'as pas vraiment joué la transparence, me suis-je dit. Tu as péché par omission une ou deux fois. Le premier soir où on avait fait l'amour, elle m'avait informé qu'elle prenait la pilule, alors je n'avais pas parlé de ma vasectomie. Je n'avais pas envie de ressortir ces vieilles histoires. Elle ne savait même pas que j'avais été prof. Elle l'avait appris un an plus tard, par quelqu'un qui travaillait avec elle.

Que m'avait dit le Dr Patel ? Que cette liaison dans laquelle je m'étais précipité après Dessa était comme une couche de laque fraîche sur de la peinture qui s'écaille. Une métaphore sur mesure pour un peintre en bâtiment... Mais Joy ne m'avait jamais interrogé sur mon mariage non plus. Elle aurait pu. On avait abordé la question des enfants une seule et unique fois, et on était tombés d'accord : on n'en voulait ni l'un ni l'autre. Point final. C'était une des raisons majeures pour lesquelles je lui avais demandé de venir vivre avec moi.

Sheffer m'a fait sursauter en entrant. Elle était tout excitée.

« Votre autorisation de visite est arrivée. Vous pouvez le voir.

— C'est vrai ? Quand ?

— Aujourd'hui. Dès qu'on aura fini tous les deux. J'appellerai la sécurité et on ira le retrouver au parloir. »

Je l'ai remerciée. C'était une bonne nouvelle. Il y en avait une moins bonne.

« On a voté ce matin en réunion. Résultat ni bon ni mauvais, neutre. »

Elle s'y attendait : le Dr Chase et le Dr Diederich étaient favorables au maintien de Thomas à Hatch. Janet Coffey, l'infirmière en chef, et elle-même préconisaient son transfert dans un établissement non pénitentiaire. « Mais ce que je n'avais pas prévu, c'est l'abstention du Dr Patel.

— Elle s'est abstenue ? Pourquoi ?

— Je ne sais pas. Moi-même, je ne comprends pas. Elle a prétendu que, pour des raisons professionnelles, elle ne pouvait pas prendre parti.

— C'est idiot. C'est donc un jury sans majorité. Quelle connerie ! »

Sheffer m'a rappelé que ce vote était purement consultatif. La décision appartenait à la Commission d'examen. L'équipe soignante expliquerait que les avis étaient partagés et qu'il y avait une abstention.

« La Commission va pencher du côté des deux psys, non ? L'opinion des deux médecins va prévaloir sur la vôtre et sur celle de l'infirmière ? » Si on n'était pas dans un monde sexiste, a dit Sheffer, si ce n'étaient pas toujours des médecins hommes qui siégeaient sur l'Olympe, sûrement pas. Mais hélas ! j'avais probablement raison.

« Je vais parler au Dr Patel.

— C'est une affaire réglée, *paisano*. Je sais que vous êtes déçu, mais ça aurait pu être bien pire. Demain, nous aurons encore une chance de les convaincre de le laisser partir d'ici. Alors allons-y. »

J'avais deux lettres en tout, sur les douze que nous avions espérées en faveur de la libération de Thomas. « J'aime bien celle-ci, a dit Sheffer en montrant le courrier de Dessa.

— Je n'arrive pas à croire que le Dr Ehlers nous ait fait faux bond. Il commence par accepter. Et quand je passe à son cabinet pour chercher sa lettre, sa secrétaire m'annonce qu'il a changé d'avis. J'ai le sentiment qu'on a fait pression sur lui – l'État. »

Je devenais un peu parano, comme quelqu'un de sa connaissance, m'a glissé Sheffer avec un sourire. Je n'ai pas trouvé ça drôle. « Bon, maintenant, il faut qu'on peaufine nos arguments, car c'est sans doute vous qui avez le plus de chances d'influencer la Commission. Si toutefois vous ne vous laissez pas entraîner par votre tempérament sicilien.

— J'ai peur que Thomas ne fasse tout foirer. Il faut vraiment qu'il soit présent ?

— On a déjà évoqué ce problème. Oui, c'est une obligation. Il doit être là et répondre aux questions. » Elle a commencé une phrase, puis elle s'est reprise.

« Quoi donc ? »

Elle ne voulait pas m'inquiéter mais, ce matin, Thomas était un peu agité. Un mauvais jour sans doute, rien de plus.

« Vous croyez qu'ils vont le relâcher demain ? »

Elle a haussé les épaules. « Écoutez, Dominick. Au pire, il reste ici un an, ses médicaments le stabilisent, il est bien suivi. Dans un an, lorsqu'il repasse devant la Commission, non seulement il va beaucoup mieux, mais les médias ne sont plus après lui.

— Moi, quand je pense au pire, je vois un de ces rigolos d'ici lui planter un couteau dans les côtes ou l'étrangler sous la douche avec un lacet. C'est le genre de choses qui m'empêchent de dormir la nuit. »

Je voyais trop de films de Hitchcock, a-t-elle répliqué.

« Vous croyez, Sheffer ? Alors, si cet établissement est aussi sûr et aussi bénéfique que vous le dites, laissez-moi vous poser une question. » J'ai attrapé la photo de sa fille sur son bureau. « Vous amèneriez votre petite fille jouer à Hatch une journée ? Une semaine ? Toute une année ? »

Elle a voulu reprendre la photo.

« Arrêtez de faire le con.

— Qu'est-ce qui se passe ? Votre instinct maternel se rebelle ? » J'étais au bord des larmes. « À propos de mère, j'ai promis à la mienne – à la sienne –, le jour où elle est morte, que je le protégerais. Que je veillerais à ce qu'il ne lui arrive rien. Or ici, c'est un peu difficile... Votre fille, c'est une enfant ? Eh bien, d'une certaine manière, Thomas aussi est encore un petit enfant. Pour moi en tout cas. À l'école, je le défendais quand les autres l'embêtaient ou se moquaient de lui, je les corrigeais pour qu'ils ne recommencent pas. On est des vrais jumeaux, vous comprenez ? Il est une partie de moi-même. Alors ça me fait mal. Le savoir ici toute une année, sans pouvoir le défendre contre les méchants... ça me tue. »

Je lui ai rendu la photo. Elle l'a enfermée dans son tiroir. On est restés là à se regarder.

Elle a décroché le téléphone et a averti la sécurité que nous étions prêts à voir Thomas Birdsey.

Quand le garde l'a fait entrer, Thomas est resté à la porte d'un air hésitant, me jetant des petits coups d'œil timides. Il avait des cernes noirs sous les yeux, comme un raton laveur. De près, les mouvements de tête saccadés que j'avais remarqués dans la cour étaient plus prononcés. « Alors, vieux, comment ça va ?

— Très mal. » Sa lèvre inférieure tremblait. Son regard a fui.

C'était ridicule, ce parloir installé comme une salle de conseil : des chaises capitonnées massives, une table longue de trois mètres. On nous prenait pour des banquiers, ou quoi ? Sheffer a invité Thomas à entrer et à s'asseoir. Elle a demandé au garde s'il pouvait nous laisser un petit moment seuls, mais il a refusé. « Vous connaissez le règlement », a-t-il dit. Thomas devait s'asseoir d'un côté de la table, Sheffer et moi de l'autre. Interdiction de se serrer la main, de s'embrasser. Aucun contact physique d'aucune sorte. J'ai reconnu le garde. C'était un de ceux qui étaient de service le premier soir. Pas Robocop, un autre.

Thomas est venu jusqu'à la table d'un pas lourd, avec ses chaussures sans lacets. Le soir de son admission, on lui avait pris sa bible, mais on lui avait permis de garder ces chaussures qu'il affectionnait.

Il a pris place en face de nous, les coudes sur la table, sa main et son moignon sous nos yeux. Mon regard s'est détourné instinctivement. « Qu'est-ce qui ne va pas, Thomas ? »

Il s'est écoulé trente secondes. « Ralph Drinkwater travaille ici », a-t-il répliqué.

Oui, je le savais, je l'avais vu. Je ne l'avais pas trouvé tellement changé, après tant d'années. « Mais toi non plus, Thomas, tu n'es pas tellement changé. »

Il n'a pas eu l'air de me croire.

« Si, vraiment, je t'assure. Tout compte fait.

— Quel compte ?

— Eh bien, ta main. Ce lieu... Tu es bien traité ici ? »

Il a poussé un soupir accablé. « Je songe à me constituer en société.

— En quoi ?

— En société. Pour me protéger. J'ai lu qu'en devenant une société je m'assure une sauvegarde. Au cas où on essaierait de me poursuivre en justice.

— Pourquoi te poursuivrait-on ?

— Je peux avoir une cigarette ? » Sheffer a fait signe que non, et il s'est fâché. « Pourquoi pas ? À quoi servent tous ces cendriers si je ne peux pas fumer ?

— Eh bien, a-t-elle répondu, d'une part, j'ai arrêté de fumer et je ne veux pas être tentée. D'autre part...

— Ici, on n'a pas le droit de se promener, a-t-il poursuivi, la coupant au milieu de sa phrase. Et la nourriture est dégueulasse.

— C'est vrai ? »

Il a porté la main à sa bouche, exactement comme faisait M'man pour cacher son bec-de-lièvre. « Hier, au déjeuner, il y avait du riz et des haricots. Du pain de campagne et de l'ananas. J'avais un insecte mort dans mon riz. »

L'avait-il signalé ? lui a demandé Sheffer. Afin qu'on le resserve. Si quelque chose du même ordre se reproduisait, que pensait-il faire pour régler le problème, améliorer la situation ?

Il l'a ignorée et s'est adressé à moi : « Tu te rappelles les promenades qu'on faisait le dimanche après-midi ? Tous les trois, avec Dessa ?

J'y pensais aujourd'hui. Vous vous arrêtiez toujours pour lire les inscriptions sur les tombes dans le cimetière indien.

— Et toi, tu ôtais tes chaussures et tes chaussettes et tu pataugeais dans la rivière. À propos d'Indiens, tu as su que les Wequonnoc avaient eu gain de cause ? J'ai l'impression que leur projet de casino dans la réserve prend corps. » Depuis quinze jours, j'attendais de le voir, de lui parler, et voilà tout ce que je trouvais à dire. « Ça va être un truc énorme, d'après eux. Un second Las Vegas. »

Il a fermé les yeux. Ses lèvres ont bougé légèrement. « *Et il me montra un fleuve d'eau de la vie, limpide comme du cristal, qui sortait du trône de Dieu et de l'agneau.* » Il s'est gratté le cou avec son moignon.

« Et ton... » Comment nommer cela ? Sa blessure ? Son sacrifice ? « ... tu t'en accommodes ? Tu t'habitues à te servir de ton autre main ? »

Pouvais-je lui rendre un service ? Descendre au bord de la rivière à l'endroit où nous allions avec Dessa, remplir un pot d'eau et le lui apporter ? Derrière lui, le garde a fait non de la tête.

« Pourquoi ? Qu'est-ce que tu veux en faire ?

— Me laver avec. Si je me lave avec l'eau de la rivière, l'infection disparaîtra peut-être plus facilement. Je serai purifié. Je suis impur.

— Impur ? Comment ça ? » Dans le silence qui a suivi, je me suis forcé à regarder son automutilation. La cicatrice était rose et luisante, comme la peau d'un nouveau-né. La peau d'Angela. J'ai cligné des yeux plusieurs fois – je me suis crispé involontairement. « Ça s'est bien arrangé.

— Quoi ?

— Ton... poignet.

— Je parlais de mon cerveau. Je crois que l'eau me guérirait le cerveau. »

Je suis resté là, à essuyer mes larmes, sans rien dire. J'aurais pu compter sur les doigts de la main le nombre de fois où il avait ainsi admis sa maladie – cessé de prétendre que c'était nous qui étions fous. Ces moments imprévisibles me déconcertaient : quand il semblait vaguement percevoir que le problème ne venait pas des communistes, des Irakiens ou de la CIA, mais de son propre cerveau. Ces petits éclairs de lucidité étaient presque pires que son état habituel de timbré. Pendant un bref instant, on apercevait, enfermé là, le Thomas qu'il aurait pu être.

« Où est le problème ? ai-je demandé au garde. Pourquoi je ne pourrais pas lui apporter un pot d'eau ? » Le type était là, raide comme un passe-lacet, les mains dans le dos.

Sheffer a dit qu'elle essaierait d'intervenir, mais, pour l'instant, nous devions parler de l'audience.

« La guerre a commencé ? a demandé Thomas. J'essaie de savoir, mais personne ne veut me le dire. Ils ont donné l'ordre de faire le *black-out* sur les informations dans un rayon de quinze mètres autour de moi. »

Sheffer et lui avaient parlé de l'opération « Bouclier du désert » le matin même, lui a-t-elle rappelé. Et chaque fois qu'il le lui demandait, elle le renseignait sur les négociations.

« Je doute que la guerre ait jamais lieu, ai-je commenté. Bush et Saddam sont comme deux gamins dans une cour d'école. Chacun attend que l'autre recule. Ce n'est que du bluff.

— Ne sois pas si naïf », a répliqué Thomas d'un ton méprisant.

Sheffer nous a rappelé à l'ordre encore une fois : on était là pour préparer cette audience.

« Tu vois bien ? Ils ont ordre de changer de sujet chaque fois que j'aborde la question du golfe Persique. Je suis au centre d'un *black-out* sur l'information, à cause de ma mission.

— Thomas, vous vous souvenez que, demain, la Commission d'examen se réunit pour décider... »

Un soupir exaspéré l'a interrompue. « Pour décider si je peux sortir d'ici ! a-t-il hurlé.

— Exactement. Je serai à l'audience. Dominick et le Dr Patel aussi. Et peut-être le Dr Chase. Vous y serez vous aussi, Thomas.

— Je sais. Vous me l'avez déjà dit.

— Bien. Il faut que nous mettions encore quelques petites choses au point avec vous, pour que vous fassiez bonne impression auprès de la Commission. »

Thomas a marmonné quelque chose à propos de l'Inquisition espagnole.

« Vous vous rappelez sur quoi ils vont probablement vous interroger demain ? On en a discuté hier et ce matin.

— Ma main.

— C'est ça. Qu'allez-vous leur dire quand ils vous poseront la question ?

— Comment va Ray ? m'a demandé Thomas en se tournant vers moi.

— Thomas ? Concentrez-vous. Répondez-moi. Q'allez-vous leur dire quand ils voudront savoir pourquoi vous vous êtes coupé la main ? »

On a attendu. Il a fait le geste de fumer une cigarette imaginaire. « Réponds à sa question. »

Pas de réaction.

« Thomas ? Écoute, vieux, tu ne tiens pas à rester ici ? Tu ne serais pas content de retourner à Settle pour un certain temps ? De retrouver ton chariot à café ?

— *Au milieu de la place de la ville et sur les deux bords du fleuve, il y avait un arbre de vie,* a-t-il dit en fermant les yeux, *produisant douze fois des fruits, rendant son fruit chaque mois, et dont les feuilles servaient à la guérison des nations.*

— Réponds à sa question.

— Je suis en train d'y répondre, a-t-il rétorqué net, en rouvrant soudain les yeux. Je suivais un précepte biblique ! Je me suis tranché la main pour guérir les nations ! »

Je commençais à perdre patience, à me laisser entraîner par mon tempérament sicilien. « Écoute, Mme Sheffer et moi, on fait notre possible pour te tirer d'ici, où on sait que tu es malheureux. Mais si demain, à l'audience, tu commences à leur sortir tous tes trucs bibliques au lieu de répondre directement à leurs questions, ça ne te mènera nulle part. Tu seras bon pour rester à Hatch, tu comprends ? Pour marcher avec des chaussures sans lacets et trouver des petites bêtes dans ta nourriture.

— Allons, Dominick, a dit Sheffer.

— Non, attendez. Soyons clairs. Tu m'entends, Thomas ? Laisse tomber ces conneries. Quand ils te demanderont si tu regrettes ce que tu as fait à la bibliothèque, réponds que oui, tu regrettes, et s'ils te disent...

— Qu'est devenue Dessa, au fait ?

— Comment ?... Tu le sais bien. On a divorcé. Donc, quand ils te diront que...

— À cause de la mort du bébé. Ils avaient une petite fille, a-t-il appris à Sheffer, et elle est morte. Ma nièce. Je l'ai tenue dans mes bras un jour. Dominick ne voulait pas, mais Dessa a dit que je pouvais. »

C'était faux. Il ne l'avait jamais tenue dans ses bras, il ne l'avait même jamais vue. « Arrête avec ça. Il faut absolument qu'on parle de l'audience. » J'ai senti sur moi le regard de pitié de Sheffer – j'étais le père d'un bébé mort. « Écoute Mme Sheffer. Elle va t'expliquer ce qu'il faut dire et ne pas dire. Pour qu'on puisse te sortir d'ici.

— Dessa est venue me voir quand j'étais à l'hôpital.

— Thomas !

— Elle m'aime beaucoup. Je suis toujours son ami, que Dominick et elle soient mariés ou non. »

C'était désespéré.

« Bien sûr qu'elle vous aime, a renchéri Sheffer. Naturellement. Elle a rédigé pour la Commission une lettre vraiment bien : elle a écrit qu'à son avis il fallait vous retirer d'ici.

— Je leur dirai la vérité : je devais faire ce sacrifice pour empêcher Armagédon. Ça aurait marché, d'ailleurs, a-t-il continué, le visage soudain arrogant et tendu, les joues en feu, s'ils ne m'avaient pas séquestré. Réduit au silence. Ils en seraient déjà à signer la paix s'ils ne tiraient pas un tel profit de la guerre. Quand Jésus est entré dans le temple... quand il est entré dans le temple et... » Ses traits se sont déformés et il a éclaté en sanglots. « On me torture ici ! » a-t-il crié.

Le garde s'est rapproché. Sheffer a levé la main.

« Qui donc ? Qui te torture ? Les voix ?

— Tu t'imagines que le pire, c'est les petites bêtes dans ma nourriture ? Eh bien, non. Ils cachent des serpents dans mon lit. Ils plongent des lames de rasoir dans mon café. Ils m'enfoncent leurs coudes dans la gorge.

— Qui ça ?

— Je suis impur, Dominick. Ils ont des clefs. Ils me violent !

— Allons, calme-toi.

— Ils se faufilent dans ma cellule et ils me violent ! Elle, elle est gentille, a-t-il dit en montrant Sheffer, elle et le Dr Gandhi, mais elles n'ont aucune idée de ce qui se passe dans leur dos. La nuit. Personne ne le sait. Je suis l'ennemi public numéro un parce que j'ai le pouvoir d'arrêter cette guerre. Mais ils ne veulent pas qu'elle s'arrête. Ils veulent me faire taire.

— Qui ?

— Réfléchis un peu, pour une fois. Lis l'Apocalypse ! »

Je me suis levé pour faire le tour de cette énorme table et me rapprocher de lui.

« Holà, holà, minute, est intervenu le garde. D'après le règlement, vous devez rester à deux mètres du patient pendant... »

Thomas s'est levé aussi. Je l'ai pris dans mes bras. Il est tombé contre moi, raide comme un madrier.

« Monsieur, je vais devoir vous demander... »

Sheffer s'est interposée entre nous et le garde.

« Si je me constituais en société peut-être... », sanglotait Thomas. Je l'ai tenu et bercé dans mes bras jusqu'à ce qu'il se calme.

Je ne suis pas allé chez les Rood cet après-midi-là. J'ai tourné en rond avec mon camion, et finalement je me suis retrouvé à la Cascade, à regarder l'eau se déverser dans la gorge, jambes pendantes au bord de la falaise, parlant à la chute d'eau comme s'il s'agissait de la Commission d'examen de la sécurité psychiatrique, et sortant du pack une bière après l'autre. Quelle était cette histoire du Dr Patel ? Le fleuve de la mémoire, le fleuve de l'entendement... Et si, à cette audience, on parvenait à le tirer de là ? Que se passerait-il ? Joy allait-elle me quitter ? Faire ses malles et se tirer avec le mec qui l'avait engrossée ? Ce n'était pas parfait avec Joy, mais si elle me quittait...

J'ai sifflé encore une bière et j'ai lâché la canette dans l'eau bouillonnante. J'ai vu le cadavre de Penny Ann emporté dans la chute d'eau. M'man dans son cercueil au funérarium. J'ai vu Ray monter dans la chambre, sa ceinture à la main, à la poursuite de Thomas...

Il était huit heures passées quand je suis rentré à l'appartement. Il y avait de la lumière. La voiture de la Duchesse était garée devant la maison. Qu'est-ce qu'elle attendait pour faire ses valises et venir s'installer chez nous, cette pédale ? On pouvait même lui faire payer un loyer, pourquoi pas ?

J'ai déchargé l'antigel et le diluant. J'ai attrapé mes notes et mon costume qui sortait du pressing.

Sur les marches se trouvait une citrouille de Halloween, avec une bouche qui souriait dans le vide.

J'ai eu envie d'envoyer balader cette saloperie à l'autre bout du jardin. Mais je me suis ravisé et je suis entré.

« Salut, Dominick », a dit Joy.

J'ai flanqué mon chargement sur le plan de travail.

La Duchesse a fait chorus : « Salut, Dominick, tu veux des graines de citrouille grillées ? » Il sortait une plaque à gâteaux du four. Je suis passé à côté de lui sans lui décrocher un mot. Lui aussi, je l'enverrais bien balader s'il ne se tenait pas à carreau.

Dans la chambre, je me suis laissé tomber à plat ventre sur le lit. Après m'être retourné, j'ai commencé à revoir mes notes pour l'audience. Joy est entrée et a refermé la porte derrière elle.

« D'accord, tu as beaucoup de choses en tête, Dominick, je sais. Mais ce n'est pas une raison pour être totalement grossier avec mes amis quand tu rentres.

— Qu'il foute le camp !

— Pourquoi ? Je suis chez moi aussi. Si j'ai envie de me détendre après mon travail et d'inviter mes amis... »

J'ai fait voler mes notes à travers la chambre. Je me suis levé. Était-ce le moment de lui dire que j'avais vu son test de grossesse ? C'était tentant. Mais j'avais besoin de garder toute mon énergie pour le lendemain. Je remettais à plus tard. Je suis passé à côté d'elle pour aller pisser dans la salle de bains. Quand je suis revenu, elle n'avait pas bougé.

« J'en ai archimarre de te voir jouer les martyrs à longueur de temps.

— Écoute, je sais que tu te fous éperdument qu'il reste là-bas et qu'il pourrisse dans ce trou. Je le sais et je l'admets. Mais moi, j'ai une obligation, tu comprends ? J'ai besoin de revoir mes notes pour demain. Et de manger quelque chose – autre chose que des graines de citrouille grillées. Et de dormir un peu. Alors, il faut que ton petit copain, ou ta petite copine, comme tu voudras, foute le camp d'ici ! »

Elle restait là, les mains sur les hanches, le menton en avant. « Si tu as tant de choses à préparer, pourquoi as-tu bu ? Tu sens la bière à plein nez.

— Qu'il foute le camp ! ai-je répété.

— Et moi, Dominick ? Tu t'es déjà demandé de quoi j'avais besoin ?

— C'est sérieux, Joy. Qu'il dégage avant que je le vire. »

Elle m'a fusillé du regard, est sortie en claquant la porte. Je les ai entendus parler tout bas dans la cuisine. Ensuite, la télé s'est éteinte. Et il y a eu, dans cet ordre, le bruit de la porte de derrière, des portières, et de la voiture qui démarrait.

« Joy ? » Je me suis levé. J'ai ouvert la porte. « Joy ? »

Le répondeur clignotait. J'ai pressé sur le bouton.

« Monsieur Birdsey ? C'est encore Ruth Rood. Je... » J'ai appuyé sur « Avance rapide ». Quand j'ai relevé le doigt, j'ai entendu la voix de Sheffer.

« Bon, j'arrête mon sermon. À demain. Dormez un peu. »

Je suis retourné m'affaler sur mon lit, les yeux rivés au plafond.

Ils me violent, Dominick. Ils viennent me violer la nuit !

Ici le cabinet du Dr Batteson. C'est un message pour Joy Hanks.

Mon visage ruisselait de larmes. Le lit tremblait sous mes sanglots.

À un moment dans la nuit, j'ai rêvé que Dessa me faisait l'amour, qu'elle me suçait. Elle ne m'avait donc pas quitté ? On était toujours ensemble ? Venait l'instant délicieux où je prenais mon pied. C'est alors que je me suis réveillé.

J'ai vu Joy écarter la tête, se passer les cheveux derrière l'oreille.

J'ai repris mon souffle, laissé les spasmes s'éteindre.

Joy a tiré des Kleenex de la boîte qui était sur sa table de chevet pour nous essuyer.

« C'était bon ? m'a-t-elle demandé tout bas. Je voulais que tu sois bien. »

J'ai tendu une main vers elle, mais elle l'a écartée, l'a repoussée sur le lit. Avec Joy, faire l'amour n'était pas toujours un partage ; parfois c'était un service dont elle s'acquittait. Elle a allumé la lampe de chevet. Passé et repassé son doigt sur la ligne de mon sourcil.

« Je l'ai vu cet après-midi.

— Tu as vu qui ?

— Mon frère.

— C'est vrai ? L'autorisation de visite est arrivée ?... Comment est-il ? »

Malade. Fou. Comme toujours, ai-je répondu.

« Dominick ? J'ai une grande nouvelle à t'annoncer. Je n'ai rien voulu te dire avant d'être sûre, mais à présent je le suis... Dieu sait que je n'avais vraiment pas envie qu'on s'engueule ce soir. »

J'ai laissé passer une bonne minute. Elle me quittait ? Pour le père de l'enfant ? Elle m'avait fait une pipe en cadeau d'adieu ? En souvenir d'elle ?

« Qu'est-ce que c'est ?

— Je suis enceinte. On a fait un enfant, Dominick. Toi et moi. »

Elle m'a raconté ses symptômes, le test de grossesse, la visite chez le médecin. Elle n'arrêtait pas de parler. Au début, elle n'avait pas pensé garder l'enfant, disait-elle, mais, à présent, il lui semblait que nous ferions de bons parents. Peut-être pourrait-on commencer à chercher une maison...

J'ai tendu le bras pour éteindre. Pendant quelques secondes, dans le noir absolu, avant que mes yeux ne s'habituent à l'obscurité, j'ai eu l'impression que nous étions dans un lieu ouvert, plus vaste que la chambre. Nous tombions ensemble quelque part dans l'espace.

« Eh bien, alors ? Dis quelque chose. »

27

J'ai été réveillé par le bruit au-dehors. Des ratons laveurs. Je me suis retourné. Elle n'aurait pas pu fermer convenablement ces putains de poubelles ?

On a fait un enfant, Dominick, toi et moi.

Ils me violent !

N'y pense pas pour l'instant, me suis-je dit. Ne pense à rien. Respire à fond et dors !

1 h 7 au radio-réveil. Bon, enfin le jour J. Le jour de l'audience.

Joy s'est retournée de son côté. Elle m'avait trompé, et à présent elle me mentait comme une arracheuse de dents. J'étais pourtant prévenu depuis longtemps. Mlle Vol-à-l'étalage. Mlle Baise-avec-son-oncle. Attends que l'audience soit passée pour t'occuper de la chose, ai-je pensé. Surveille-la. Donne-lui assez de corde pour se pendre. Curieuse façon de penser à la femme à côté de qui on est couché... Allez, Dominick, dors.

Je revoyais la Duchesse dans notre cuisine, avec ses graines de citrouille. Cette petite tapette savait sûrement avec qui Joy avait baisé dans mon dos. De qui était l'enfant. Elle lui racontait tout.

Encore un bruit dehors. Des pas... Des pas ?

Je suis sorti du lit et j'ai traversé la chambre sans bruit, en marchant sur les notes que j'avais envoyées balader tout à l'heure. Dehors, une voix. Arrivé sur le palier, j'ai dévalé l'escalier.

J'ai ouvert la porte d'un seul coup. « Dites donc, là ! »

Ils ont décampé. Deux gamins en casquette de base-ball. J'ai couru après eux sur la pelouse, pieds nus, en sous-vêtements.

Je me suis arrêté. J'ai repris mon souffle.

Il y a cinq ans, ils se seraient tous les deux retrouvés plaqués au sol et auraient regretté d'être venus mettre le bordel chez moi. Mon cœur cognait comme un marteau-piqueur. Quarante ans, la vache !

Ils avaient fêté Halloween en écrasant des œufs sur les pare-brise et en arrachant les antennes de radio dans tout le quartier. La citrouille que Joy et la Duchesse avaient mise à notre porte était en morceaux dans l'allée, souriant à la lune de sa bouche fracassée.

Cette fois, j'étais bien réveillé. Pour un bon moment.

Revenu à l'intérieur, je me suis affalé sur le canapé et j'ai appuyé sur la télécommande. Plutôt regarder n'importe quoi que de penser. Letterman jetait des dollars par une fenêtre. Les Monkees, qui n'étaient plus tout jeunes, reprenaient de vieux succès. Je suis passé de CNN à la Radio catholique, et à des petites minettes qui voulaient parler de leurs fantasmes... Joy me manipulait. Elle me faisait l'amour pour obtenir quelque chose de moi. Elle avait fait ça dès le départ... Nom de Dieu, il fallait que je dorme un peu.

« Dominick ? Qu'est-ce qui se passe ? » Elle était debout, en haut de l'escalier.

« Rien.

— Tu pleures ?

— Non. Retourne te coucher. »

Plus tard, dans la chambre, j'ai enfilé un pantalon et pris à tâtons mon portefeuille et mes clefs. « Où vas-tu ? » a-t-elle demandé. Je pensais qu'elle se serait rendormie.

« Nulle part. Dehors.

— Pourquoi tu pleurais là en bas ? À cause de ton frère ? » J'ai fini de lacer mes grosses chaussures et je suis sorti. « Dominick ? C'est à cause du bébé ? »

Pendant que je reculais avec le camion, la véranda s'est allumée. La porte s'est ouverte. Elle était debout, bras croisés, ses jambes musclées se voyaient sous sa chemise de nuit. Surtout, ne me parle pas. Ne prononce pas mon nom !

Ces jeunes connards avaient cassé des œufs sur mon pare-brise. Normalement, j'aurais dû sortir le nettoyer. Ou bien arrêter le moteur et retourner au lit avec Joy, m'accrocher à la vie, quoi qu'elle ait fait et quoi qu'elle essaie de me faire avaler. Au lieu de ça, j'ai actionné les essuie-glaces, étalant une couche visqueuse d'œuf dans mon champ de visibilité, et me rappelant trop tard que le réservoir du lave-glace était vide. J'ai tout de même embrayé. Bordel de merde, il n'y avait sans doute pas un chat sur les routes à cette heure de la nuit.

Je suis passé par le centre-ville, et j'ai pris River Avenue vers Cider Mill et la route 162. Les yeux me brûlaient et j'avais des crampes d'estomac à cause du manque de sommeil. Il y avait partout des citrouilles écrasées sur la route. Je n'avais pas vraiment fait exprès de passer devant chez eux, devant leur ferme minable. J'étais venu là plus ou moins inconsciemment. Si seulement elle avait attendu un peu, j'aurais changé d'attitude. Je me serais remis de la mort du bébé. J'en suis sûr...

Je me suis garé. J'ai éteint les phares, mais j'ai laissé tourner le moteur. À pied, je suis passé devant leur boîte aux lettres bariolée, et j'ai marché dans l'allée de gravier. Je ne m'étais jamais approché aussi près.

Il n'y avait pas de lumière. La camionnette était garée devant la grange. J'ai regardé la maison. Elle est partie pour de bon, me suis-je dit. Tu as déconné et elle t'a jeté, comme ton frère a jeté sa main. Une amputation. T'es plus que de la chair morte, Birdsey. Retourne chez toi auprès de la femme que tu n'aimes pas.

Sauf qu'au lieu de rentrer chez moi j'ai fait demi-tour au premier embranchement et j'ai pris le boulevard à gauche. J'étais soulagé, pour une fois, de ne pas avoir à m'arrêter à l'hôpital. Les routes étaient glissantes à cause d'une brume légère qui semblait en suspens dans l'air autour des réverbères. J'ai mis les essuie-glaces pour chasser un peu cette bouillie du pare-brise.

Dans New London, j'ai tourné à gauche vers Montauk et la plage. Je me suis garé, et, traversant les planches de la promenade, je suis descendu dans le sable. Des vaguelettes venaient lécher le bout de mes chaussures, et des phosphorescences sautillaient et clignotaient dans l'eau à mes pieds. De la poussière de lutins ! Décidément, il y avait un truc avec l'eau.

Quand je suis remonté de la plage, j'ai vu une voiture de police garée à côté de mon camion. Moteur et feux éteints. Qui attendait. Juste elle et moi sur ce parking vide d'un millier de places.

Comme j'approchais, j'ai entendu une vitre se baisser. « Bonsoir », a dit le flic. Une voix dans la nuit, c'est tout.

« Bonsoir.

— En balade ?

— Ouais. » J'avais l'impression de parler dans le vide, de répondre à la brume. Il a mis son moteur en marche en même temps que moi. M'a suivi tout le long du chemin pour revenir en ville, jusqu'à ce que je reprenne la 95.

En traversant le Gold Star Bridge, j'ai aperçu des lueurs de l'autre côté du fleuve : les équipes de nuit de la Navale Électrique. Ils continuaient à construire des sous-marins vingt-quatre heures sur vingt-quatre, même maintenant que la guerre froide semblait tirer à sa fin. Le *Nautilus,* le *Polaris,* le *Trident,* le *Seawolf* : depuis longtemps, le Connecticut et la guerre vivaient un grand amour, une sorte de danse de vampire. J'entendais encore la voix de Ray : « En plus, ça fait bouillir la marmite, tu vois, monsieur Je-sais-tout. Vous avez eu à manger tous les jours quand vous étiez gosses, hein ? »

Était-ce ce que Joy attendait de moi ? Que, comme Ray, je sois un père pour l'enfant d'un autre, et que je prenne ce gosse en grippe ? Que je bousille la vie du pauvre malheureux ? Très fugitivement, j'ai soudain entrevu l'existence du point de vue de Ray : j'avais à la bouche le goût amer de la bile qui lui avait travaillé les tripes pendant des années.

J'ai quitté l'autoroute à Easterly et j'ai pris la route 22, du côté de la réserve indienne. C'est sans doute à ce moment-là que j'ai commencé à m'assoupir...

Dans mon rêve, je suis jeune, je dérape et glisse sur une rivière entièrement gelée. Un arbre pousse dans l'eau, un cèdre, je crois. Sous mes chaussures, des bébés flottent. Par dizaines. Ils sont vivants, prisonniers sous la glace. Ce sont ces bébés dont nous parlaient les sœurs au caté-chisme, ceux qui mouraient avant d'avoir été baptisés et devaient, par décret, rester dans les limbes jusqu'à la fin du monde. Ils m'inquiètent, je me pose des questions à leur sujet, et à propos de Dieu. Puisque c'est Lui qui a fait l'univers, pourquoi ne peut-Il assouplir sa propre loi et accepter aux cieux ces bébés irréprochables ?...

Ensuite M'man apparaît dans mon rêve. Vivante, perchée dans le cèdre, un bébé dans les bras...

Un mouvement sous la glace attire mon attention, et quand je baisse les yeux, je vois ma grand-mère, vivante, sous la glace. Ignazia... Je la reconnais pour avoir vu sa photo sépia dans l'album de ma mère. Sa photo de mariage – la seule d'elle que je connaisse. Nos regards se croisent. Ses yeux m'implorent, mais je ne sais pas pourquoi. Je cours après elle, en dérapant et en glissant sur la glace. Je lui crie : « Qu'est-ce que tu veux, qu'est-ce que tu veux ? »

Quand je lève de nouveau les yeux, le cèdre est en flammes...

C'est le hurlement d'un klaxon qui m'a réveillé. Nom de Dieu de bon Dieu !

Un muret de pierre a filé sur le côté, des phares se sont croisés devant moi. J'ai viré à droite et j'ai franchi un talus, sans savoir de quelle hauteur j'allais tomber.

J'ai entendu un raclement horrible par-dessous, et je me suis entendu gémir : « Ah non ! Ah non ! » Ma tête a cogné plusieurs fois le toit du camion. J'ai fait des tonneaux dans la direction de l'arbre, tendant la main pour arrêter la collision...

J'ai dû perdre conscience un petit moment. Certainement. Je me souviens d'avoir ramené la main à l'intérieur à travers le pare-brise défoncé. Je me souviens de la douleur, du sang qui battait.

Le cèdre ne poussait pas dans la rivière, mais dans une pâture. Une demi-douzaine de vaches me regardaient, pas contentes, à l'autre bout du pré, où elles s'étaient réfugiées quand j'avais voltigé par-dessus le talus, troublant leur tranquillité. J'ai attrapé un chiffon et me suis fait un garrot bien serré à l'aide de ma main valide et de mes dents. Je suis sorti du camion. Me suis assis dans le champ gelé.

La brume s'était dissipée, laissant paraître une lune d'une clarté tranchante. Des éclats de verre du pare-brise scintillaient dans les poils de mon bras. Au clair de lune, mon sang paraissait noir.

Le long de la route 22, j'ai eu une vision : un flot ininterrompu de voitures – des joueurs qui se rendaient au casino des Wequonnoc. « *Qu'est-ce que tu veux ?* avais-je crié à ma grand-mère à travers la sur-face gelée de la rivière. *Qu'est-ce que tu veux ?* »

28

DIEU BÉNISSE L'AMÉRIQUE, clamait la vitrine de Constantine Motors en lettres d'un mètre cinquante de haut. Traduction : faites preuve de patriotisme en versant un acompte. Achetez une voiture et faites payer Saddam.

J'étais assis face au bureau de Leo ; j'attendais le type de l'assurance. Je m'étais précipité sur le téléphone à la sortie de l'hôpital – après être tombé plusieurs fois sur un disque enregistré, j'avais enfin eu quelqu'un au bout du fil à la Mutuelle d'Amérique. On avait essayé de me filer un rendez-vous avec l'expert la semaine suivante. « Voyez-vous, chère madame, avais-je répliqué, mon camion, c'est mon gagne-pain. Alors débrouillez-vous pour que quelqu'un vienne voir le véhicule aujourd'hui même ! » J'étais donc là à me tourner les pouces chez Constantine Chrysler Plymouth Isuzu au lieu de décrocher les volets des Rood comme promis. J'aurais dû être en train de réviser une fois de plus point par point mes arguments pour la Commission, au lieu d'être assis là avec mes dix-sept points de suture, défoncé au Tylox.

Omar, l'ex-athlète, était au bureau de vente, de l'autre côté ; il parlait au téléphone. « Anh-Anh, Carl, je comprends, mais tu raisonnes dans l'abstrait, tandis que moi je te parle de cette Dakota bleu cobalt que j'ai là sous les yeux. » Il était en chemise et en cravate, et portait une casquette de base-ball bleu-blanc-rouge. « Si tu te décides tout de suite, tu bénéficies en plus de notre promotion DIEU BÉNISSE L'AMÉRIQUE. »

Dieu bénisse l'Amérique !

Je me suis tranché la main pour guérir les nations !...

Ma main recousue recommençait à me faire mal. La nuque aussi maintenant. Aux urgences, le médecin avait voulu me prescrire un de ces trucs à mettre autour du cou, mais j'avais refusé. Tout de même, j'avais accepté des comprimés contre la douleur – une petite enveloppe marron qui en contenait trois, et une ordonnance pour une douzaine d'autres. Je me demandais si je n'allais pas en reprendre un tout de suite, mais j'ai décidé que non. Si le type me cherchait noise, il ne fallait pas que je reste là à lui sourire comme un débile.

Mon camion, la vache. Mon gagne-pain...

En regardant Omar, j'ai compris qu'il n'avait pas envie de voir le spectacle que j'offrais : sonné, entortillé dans mon bandage, affalé sur ma chaise. J'avais sans doute l'air aussi pathétique que mon camion. « Où voulez-vous faire remorquer cet engin ? » m'avait demandé le flic sur les lieux de l'accident. « Chez Constantine Motors », avais-je répondu par réflexe.

J'ai été pris de nausées. Mes mains et mes jambes se sont mises à trembler. Il ne manquait plus que ça : perdre la face devant Omar. Je me suis éclairci la voix, me suis levé. « Hum... dites à Leo que je suis aux chiottes. »

Omar m'a regardé comme s'il ne s'était pas aperçu de ma présence. « Hein ? Ouais, O.K. » Je suis parti aux toilettes.

J'ai verrouillé la porte et je me suis regardé dans la glace. *La Nuit des morts vivants.* L'envie de vomir m'a repris. Moite de sueur, j'ai appuyé la tête contre le mur et j'ai récapitulé tout ce dont je devais m'occuper : mon camion, le placement de mon frère, la maison des Rood.

On a fait un enfant, Dominick. Toi et moi...

Je revoyais la mine de Joy le matin même, quand elle était arrivée aux urgences : pas maquillée, les cheveux en bataille. « Prends-moi dans tes bras », avait-elle dit. Elle s'était effondrée en larmes contre moi devant tout le monde. En deux ans de vie commune, c'était peut-être la deuxième ou la troisième fois que je la voyais pleurer. C'était donc la preuve qu'il y avait quelque chose entre nous, non ? Qu'elle n'était pas tout à fait insensible, même si elle avait baisé avec quelqu'un d'autre.

Quand mes tremblements se sont calmés, je me suis aspergé le visage d'eau froide, en évitant de me regarder dans la glace, et je suis retourné dans le hall d'exposition étincelant.

J'ai alors remarqué les ballons qui dansaient sur la plate-forme, accrochés au bureau du directeur commercial, des bouquets entiers de ballons patriotiques. Ce bureau ressemblait à un autel. Au nom du père, du fils et du dollar. Leo arrivait vers moi de l'autre bout du hall avec nos cafés. Il portait son fameux costume Armani et, comme Omar, une casquette tricolore. Tout le monde en avait une, les employés, l'oncle Costas et les secrétaires. C'était le grand thème du moment, *Dieu bénisse l'Amérique*, grâce au Koweit.

Leo m'a tendu mon café : « Voilà pour toi, Birdsey. À quelle heure doit venir le type ?

— Dix heures et demie. » J'ai jeté un coup d'œil à la pendule pour la énième fois. 10 h 50.

Leo s'est assis, a mis les pieds sur son bureau, mains derrière la tête. « Et le truc de ton frère, c'est quand ?

— À quatre heures cet après-midi.

— Qu'est-ce que t'en penses ? Tu vas arriver à le tirer de là ? »

J'ai haussé les épaules. Je ne voulais surtout pas aborder le sujet. « C'est quoi, ces bitos ridicules ? »

Il a ôté le sien et l'a lancé sur son classeur. « Une idée du Vieux. Il les a commandés en gros pour donner en cadeaux publicitaires. Samedi,

348

on a un rallye "Bouclier du désert". Tente, hot dogs, zéro pour cent d'acompte.

— T'as la marque sur la tête.

— Quoi ?

— La marque de la casquette. » Je lui ai montré l'empreinte laissée par le bibi bon marché sur sa coupe de cheveux à quarante dollars. C'était le prix d'une séance chez son « styliste », m'avait-il dit un jour.

Il a sorti un miroir de poche de son bureau et a tenté de réparer les dégâts. Le problème majeur de Leo, c'est sa gueule. « Tu sais, s'il pensait que ça puisse faire vendre ses voitures, Gene irait déterrer Patton pour le mettre en vitrine. Avec la situation économique pourrie et de nouveaux licenciements prévus à la Navale, personne n'achète plus rien. Septembre a été notre plus mauvais mois depuis la crise du pétrole. »

Je pleurerais sur leur sort plus tard. 11 h 3. Qu'est-ce qu'il foutait, ce type de l'assurance ?

Le regard de Leo a suivi sa collègue Lorna, qui traversait le hall. « Dis donc, tu sais ce que j'ai découvert hier ? À propos de cette salope là-bas ? Omar et elle. Un de nos mécaniciens les a pris en train de baiser à l'arrière d'une Caravan après l'heure de fermeture. Le Vieux piquerait une crise s'il apprenait ça. Tu sais à quel point il a horreur de ces assemblages de noir et de blanc. »

Leo, t'as pas mieux à faire ? J'ai essayé de bouger le cou d'un côté et de l'autre ; ça me faisait plus mal quand je tournais vers la droite. J'avais été idiot de refuser cette minerve.

« Dis donc, Birds, t'as une idée du temps que va durer l'audience cet après-midi ? J'ai un rendez-vous à cinq heures et demie. Si ça commence à quatre heures, je devrais être revenu ici vers cinq heures, non ? »

Ray pouvait m'emmener. « Je ne sais pas combien de temps ça prendra. Je n'ai pas l'expérience de ce genre de choses. C'est plus simple que ce soit Ray qui m'emmène, lui ai-je dit sèchement.

— Hé, pas la peine de mordre. C'est pas moi qui me suis endormi au volant. »

Il a enchaîné aussitôt sur son film à la con : il attendait qu'on lui envoie le scénario par courrier exprès, bla-bla-bla.

J'ai regardé la pendule encore une fois, et j'ai fait mes calculs : si ce crétin d'assureur se pointait dans le quart d'heure suivant, j'aurais sans doute encore deux heures à passer chez les Rood. Je pourrais au moins décrocher leurs volets, les emporter à la maison et les nettoyer. Ce ne serait pas commode avec ma main bandée, mais j'y arriverais. Sauf que je n'avais pas de camion pour transporter ces bon Dieu de volets. Merde !

« T'en fais pas, Dominick, disait Leo, le Vieux et moi on va te soigner ça. On te trouvera un Dodge ou un Isuzu cinq vitesses, *no problemo*. L'Isuzu est un bon petit véhicule. Tu veux venir jeter un coup d'œil en attendant ? »

Je doutais que mon camion soit déclaré irrécupérable. Leo a hoché la tête : « Ce bahut est foutu, mon vieux. Mort avant son arrivée à l'hôpital. »

11 h 12. Ma main m'élançait. Quand je tournais la tête à droite, la douleur remontait dans le cou. Bon, je reprendrais un comprimé dès que j'en aurais fini avec le mec de l'assurance, j'irais chez Rood décrocher les volets – Ray pourrait peut-être emprunter le camion d'Eddie Banas. Après, je rentrerais chez moi et dormirais deux heures. Je mettrais le réveil, en me donnant une heure pour me préparer et revoir mes notes. Si j'avais toujours aussi mal dans l'après-midi, je n'aurais qu'à serrer les dents jusqu'à la fin de l'audience. Sinon, ce serait le truc génial : je me présenterais devant la Commission complètement dans le coaltar à cause des calmants.

J'ai demandé à passer encore un coup de fil. « Fais d'abord le 9, m'a dit Leo.

— Mutuelle d'Amérique. Quel service dois-je vous passer ? »

La même nana qu'aux trois appels précédents. D'une fois sur l'autre, elle devenait moins aimable. « Écoutez, j'ai passé la nuit à l'hôpital, j'ai mille choses à régler aujourd'hui même, et je ne vais pas perdre ma journée à attendre votre représentant. » Elle me comprenait tout à fait, mais hélas ! elle ne pouvait rien de plus. « Et ça m'avance à quoi que vous me compreniez ? » J'ai raccroché plus violemment que je ne voulais. Toutes les casquettes *Dieu bénisse l'Amérique* ont tourné la tête dans ma direction.

« Calme-toi un peu, Birdsey, m'a dit Leo. Sans déconner, tu me stresses, vieux. »

Je me suis levé pour aller à l'autre bout du hall. Je suis revenu, me suis rassis. « À quelle heure arrive le Vieux d'habitude ?

— Gene ? On est quel jour ? Mercredi ? Incessamment.

— Super. Exactement ce qu'il me faut. Me trouver nez à nez avec Papa chéri.

— Ouais, c'est vrai qu'il a un sacré culot, le patron, de se pointer chez lui !... Je plaisante, Birdsey, je plaisante. »

On a vu arriver une Firebird blanche bien lustrée qui a continué son chemin jusqu'à l'atelier de carrosserie. Un jeune mec avec des lunettes noires en est sorti. Il est allé droit vers mon camion, en a fait le tour, s'est accroupi pour l'examiner. Boulot-boulot, maintenant qu'il était enfin là.

« J'arrive dans deux minutes, a dit Leo. Je voudrais juste essayer d'appeler mon producteur encore une fois. Il pourra peut-être me dire quand on m'envoie mon texte. »

Le type a visé mon épave avec son appareil, qui a craché une photo Polaroid. « Vous êtes l'expert ?

— Exact. » Quand il s'est retourné, je l'ai reconnu : un des haltérophiles du club. Il y prenait racine, dans ce club. « Shawn Tudesco. Mutuelle d'Amérique. » Il m'a tendu une main manucurée, l'a retirée quand il a vu la mienne dans son pansement. À Hardbodies, cet enfoiré se pavanait comme un petit coq.

« Vous êtes en retard, ai-je fait remarquer.

— Exact aussi », a-t-il répliqué pour toute excuse.

Appuyant l'appareil contre le pare-chocs en accordéon, il a repris une photo, une troisième, une quatrième. Il avait les cheveux lissés en arrière, un tout petit anneau rouge dans une oreille. Je l'avais vu deux, trois fois appuyé au comptoir de la réception, faisant la causette avec Joy. L'Homme élastique. Le rêve des femmes. Il prenait des stéroïdes, j'en étais sûr.

« Qu'est-ce que c'est que ça ? »

J'ai suivi ses doigts sur mon pare-brise souillé.

« De l'œuf. Des jeunes qui fêtaient Halloween hier soir, avec un jour d'avance.

— Ah ouais ? »

Il a enfilé une paire de gants en plastique et a extrait quelques éclats de verre du pare-brise. Il y avait une trace brune à l'endroit où ma main était passée au travers, et quelques gouttes de sang séché sur le capot, qu'il s'est penché pour examiner de près. À quoi jouait-il ? Il travaillait aussi pour le FBI ?

Leo est venu vers nous en sifflotant, sa casquette patriotique à la main.

« Où a eu lieu l'accident ? m'a demandé l'expert.

— Route 22. Vers l'endroit où les Indiens construisent le casino.

— Notre doux dingue allait faire une partie de vingt-et-un avec Tonto et ses copains, a commenté Leo en me mettant la main sur l'épaule. Il n'avait pas compris que les travaux n'étaient pas encore commencés... Leo Blood.

— Shawn Tudesco. Mutuelle d'Amérique.

— Vous êtes un habitué de Hardbodies, non ? Vous faites des haltères, c'est ça ?

— Exact. Vous y allez aussi ?

— Lui également. On joue au racquetball ensemble. Sa copine y travaille.

— Ah oui ? Qui ça ? Patti ? »

Patti : un petit pot à tabac qui éclate dans son collant, avec une coiffure à la Geraldine Ferraro. Joy espérait, m'avait-elle dit un jour, que Patti ne ferait pas tourner tout le monde en bourrique d'ici la fin de sa ménopause. « Joy ! me suis-je indigné.

— Joy ? Pas possible ! » Il me regardait pour la première fois, m'examinant sous toutes les coutures, tel un véhicule cabossé. « Je la connais.

— Tout le monde la connaît, a renchéri Leo. Elle est célèbre dans le monde entier. »

Hochements de tête. Sourires. J'ai encaissé leurs sourires à tous les deux, ainsi que la douleur qui m'a transpercé le bras droit quand j'ai serré le poing. *Célèbre dans le monde entier*, qu'est-ce que ça voulait dire ? Comment devais-je le prendre ?

Mutuelle d'Amérique s'est baissé pour passer la main sur un des pneus avant. « La gomme n'est pas usée. La route était glissante hier soir ? »

J'ai haussé les épaules. S'il voulait en savoir tant, il n'avait qu'à lire le rapport de police. Dans son dos, Leo me singeait m'endormant au volant. Quel enfoiré !... *Célèbre dans le monde entier...* C'est-à-dire ? Elle passe de l'un à l'autre ? C'est une pute ? Qu'est-ce qui autorisait Leo à parler ainsi de ma petite amie ?

L'expert s'est appuyé contre le camion et l'a secoué. Grincement de ferraille. « J'ai un copain qui a passé son enfance du côté de la réserve indienne. Il vient de vendre à la tribu la ferme de ses parents pour un million et demi. Ils doivent être pleins aux as pour acheter du terrain comme ça. D'après ce qu'on dit, c'est le fric d'un milliardaire coréen.

— Malais, ai-je rectifié.

— Comment ?

— Un investisseur malais. C'était dans le journal.

— En tout cas, du fric leur tombe en masse de quelque part, a ajouté Leo. L'autre jour, un des chefs est venu ici avec ses deux assistants. Il n'a voulu avoir affaire à personne d'autre qu'au directeur général. Il a finalement payé *cash* une New Yorker haut de gamme, avec l'ensemble des options possibles et imaginables – une bagnole qui fait tout, sauf lui torcher le cul. »

L'expert est allé chercher un bloc et des formulaires dans sa Firebird. « À Manhattan, c'est pareil : les Japs achètent toute la ville, y compris Radio City... Si cette affaire de casino se réalise, il paraît qu'ils prévoient aussi un hôtel et un parcours de golf. Tout ça, exonéré d'impôts. C'est ce qui me fout en boule. Vous et moi, on paie des impôts, non ? Personne nous fait de cadeau. »

À ce moment-là, Gene est arrivé dans sa LeBaron gris métallisé. La mine renfrognée, comme d'habitude. Il a freiné à notre hauteur. Sa vitre s'est baissée automatiquement. « Hé, Gene. Comment ça va ?

— Où est ta casquette ? a-t-il demandé sèchement à Leo, sans m'accorder la moindre attention.

— Ici. Je viens de la retirer il y a deux secondes, pour laisser mon crâne respirer un peu. Je le jure.

— Eh bien, remets-la tout de suite. On est en pleine promotion ! »

Salut à toi, Gene. Ouais, je suis un peu secoué, mais ça va. Merci de prendre de mes nouvelles, connard. C'est elle qui a voulu divorcer, n'oublie pas !... Quelquefois, je me demandais comment Leo pouvait supporter de travailler ici et de se faire chapitrer sans arrêt comme un môme de sept ans.

Subitement, Leo a paru plus vieux que son âge, malgré son costume chic et sa coupe de cheveux à quarante dollars. « Vous pouvez dire ce que vous voulez sur les Indiens, a-t-il déclaré, mais ça va aller de mal en pis si la marine annule les contrats pour *Seawolf* et que la Navale Électrique licencie à tour de bras. Je me suis laissé dire qu'ils emploieraient quelque deux mille personnes au casino quand ça aura démarré.

— La marine n'annulera pas ses commandes de sous-marins, a répliqué Mutuelle d'Amérique. Pas avec la situation dans le Golfe. Vous allez voir. Les Russes soutiendront ce fou, et Bush n'aura pas le choix : ce sera l'escalade militaire. La Navale Électrique n'arrivera pas à fournir. »

Il a fait un total sur sa calculette, a écrit quelque chose sur son bloc-notes. « Si Saddam continue à faire le con au Koweit, Bush lui bottera le cul, comme à Noriega. C'est Bush qui mène la danse. C'est pas pour rien qu'il a été à la tête de la CIA.

— Dites, vous avez quel âge ? » Je n'ai pas pu me retenir. Camion ou pas. Leo s'est mis à faire tinter de la monnaie dans sa poche.

Mutuelle a levé les yeux. « Comment ?

— Quel âge vous avez ? Vingt-trois ? Vingt-quatre ans ?

— J'ai vingt-huit ans. Pourquoi ?

— Parce que vous n'avez pas connu les horreurs que des types de notre génération ont connues.

— Comme quoi, par exemple ? »

Garde ton petit sourire, enfoiré !

« Comme le Vietnam. Il ne faut surtout pas que Bush fasse du Koweit un second Vietnam. » Leo m'a fait signe de me taire. Mais je n'avais pas envie de rester bouche cousue devant M. l'Haltérophile. M. Traîne-ses-fesses-au-club-pour-éblouir-les-nanas. Quand il a ri, le soleil a fait briller le petit anneau rouge de son oreille.

« Le Vietnam, le Vietnam, le Vietnam. Je ne voudrais pas vous faire de peine, mais c'est comme un disque rayé. Il faut vous en remettre. »

Je revoyais ces types complètement bousillés, dans leur tenue de camouflage, à Hatch. Le bloc Six. Ces mecs à qui le Vietnam avait bouffé le cerveau. « Impossible. On ne peut pas s'en remettre. Là est le problème. »

Pourquoi fallait-il que je me prenne le bec avec le type dont dépendait mon sort en matière d'assurance ? Je ne pouvais donc pas la boucler ?

Leo a dû voir dans quel état j'étais, car il est venu s'interposer entre Mutuelle d'Amérique et moi et il s'est mis à jacter à toute allure. « On parlait des Indiens tout à l'heure. Eh bien, je peux vous dire que si l'industrie de la défense nationale coule, la moitié de la population de cet État sera là-bas à leur casino pour mendier un emploi. Qui sait ? Les Wequonnoc finiront peut-être à la fois par nous scalper et par nous tirer du pétrin. Vous voyez ce que je veux dire ? » Puis, se retournant vers moi : « Dis donc, Birdsey, tu ne devais pas appeler Ray pour lui demander de venir te chercher ? Va téléphoner de mon bureau. N'oublie pas de faire le 9. »

J'ai hésité un instant, et je suis parti vers le hall d'exposition, en entendant des bouts de la conversation : « Le pauvre, disait Leo, il a été sous pression ces temps-ci... Frère malade... Si vous pouvez traficoter un peu les chiffres en sa faveur... »

À l'intérieur, je suis passé devant Omar. Devant le bureau de Gene, qui a regardé ailleurs quand je l'ai salué.

Je suis retourné aux toilettes. J'ai attendu que mes tremblements se calment. Je me demandais si j'allais tenir le coup longtemps comme ça. J'étais paniqué à l'idée de craquer, moi, Dominick, celui des jumeaux qui n'était ni fragile ni fou. J'ai cherché mes trois comprimés de Tylox dans ma poche. J'ai ouvert la bouche pour en avaler deux : le Père et le Fils. J'ai décidé de garder le Saint-Esprit pour plus tard.

En sortant des toilettes, je me suis retrouvé sous le DIEU BÉNISSE L'AMÉRIQUE de la vitrine pour composer le numéro de mon beau-père. À travers le U de DIEU, j'observais l'haltérophile. J'aurais donné cher pour savoir s'il avait frayé avec ma copine.

J'entendais le téléphone sonner à Hollyhock Avenue. Je tenais le combiné de travers à cause de ma douleur dans le cou. Dehors, une rafale de vent a emporté la casquette de Leo et les photos de Mutuelle d'Amérique. Ces deux crétins se sont mis à courir pour les récupérer. Quels connards !

Ray a décroché : « Ouais ? »

Quand je suis retourné auprès d'eux, l'expert m'a dit qu'il avait décidé de déclarer le camion bon pour la casse. J'y perdrais moins ainsi. Il essaierait de jouer un peu sur les chiffres et d'arriver à cinq cents dollars de plus que le prix de l'argus. C'était le maximum qu'il pouvait faire.

« C'est pas mal.

— Mieux que pas mal, vous voulez dire. Saluez Joy de ma part.

— Je n'y manquerai pas.

— J'espère bien. »

Il a serré la main de Leo, est remonté dans sa Firebird et a démarré dans un bruit de tonnerre.

« Ça va, Dominick ? m'a demandé Leo.

— Ça ira », ai-je dit. Et je l'ai remercié.

« De quoi tu me remercies ? Je n'y suis pour rien. Qu'est-ce que j'ai fait ? »

29

Leo s'est approché de mon beau-père, la main tendue. « Comment ça va, monsieur Birdsey ? Ça fait un bail qu'on s'est pas vus. C'est pas que je m'en plaigne.

— D'où tu sors ce costard de Mickey ? a répliqué Ray du tac au tac. T'as dépouillé un Portoricain ou quoi ? » Ils échangeaient toujours ce genre d'amabilités. Au cours des années, contre toute attente, ils en étaient venus à s'apprécier.

Ray a fait le tour du camion. En voyant l'avant, il s'est mis à siffler. « Félicitations. Tu t'es surpassé. C'est quoi ce margouillis sur le pare-brise ?

— De l'œuf.

— De l'œuf ? »

En partant de chez Constantine Motors, Ray a freiné prudemment pour passer sur les ralentisseurs. « Tu m'as pas dit que t'étais blessé quand t'as téléphoné. Qu'est-ce que t'as à la main ? »

Je l'ai mis au parfum : les dix-sept points de suture, la douleur dans le cou. Les deux comprimés de Tylox commençaient à faire de l'effet. J'avais toujours mal, mais je m'en foutais complètement. Ça ne me dérangeait même pas de me faire véhiculer par Ray.

Une fois sur la route, il a accéléré. « Elle était avec toi quand c'est arrivé ? » Elle. Jamais son nom. C'était pas le grand amour entre Joy et Ray.

« Non. » Je sentais son regard sur moi.

« Et l'assurance ? L'assurance a marché ? »

J'ai fait signe que oui.

« Comment tu vas faire pour te déplacer ? »

Je n'y avais pas encore réfléchi. Leo essayait de me persuader d'acheter un Isuzu.

« Quelle foutaise ! » Il a baissé sa vitre pour cracher. « Pourquoi est-ce que t'irais acheter une merde japonaise ? Pour remplir les poches de ton salopard de beau-père ? » Mon ex-beau-père, Ray. Qui ne s'est même pas donné la peine de m'adresser la parole. « Prends un Chevrolet, ou un Ford. Les Ford sont des bons camions.

— Dieu bénisse l'Amérique, ai-je marmonné tout bas.

— Quoi ?

— Rien. »

On a roulé un moment en silence. À un feu rouge, j'ai senti qu'il me regardait de nouveau. « Pourquoi tu m'as pas dit que t'étais blessé quand t'as téléphoné ?

— T'as rien demandé.

— Je devrais pas avoir à demander. T'es mon fils, non ? » Il a fouillé dans sa poche de blouson et en a sorti des bonbons. « T'en veux un ? »

J'ai décliné l'offre. Qu'est-ce qu'il faisait avec des bonbons dans ses poches, alors qu'il était diabétique ? C'étaient des bonbons sans sucre, a-t-il ajouté.

Je regardais défiler le paysage de Three Rivers par la vitre. *T'es mon fils, non ?* J'avais beau ne pas vouloir l'admettre, c'était, malgré tout, assez vrai – par défaut. Il était là. Je l'avais appelé au téléphone, il avait répondu et il était venu me chercher.

« Pourquoi on t'a pas donné quelque chose pour te maintenir le cou si ça te fait si mal ?

— Ça va, Ray. Je vais bien.

— On dirait pas. T'as une mine épouvantable. T'as mangé quelque chose ? »

Je n'avais pas faim. Ce que je voulais, c'était acheter mes médicaments, aller à Gillette Street décrocher ces volets et rentrer chez moi. Dormir un peu si j'avais le temps, et me préparer pour l'audience. Naturellement, il a fallu qu'il trouve à redire : comment est-ce que j'allais démonter des volets avec mon cou dans cet état et une main bousillée ?

J'ai fermé les yeux, je lui ai répété que ça irait.

Il ne pouvait pas m'aider aujourd'hui – il avait rendez-vous chez le médecin –, mais il pouvait me donner un coup de main le lendemain. Le docteur qui m'avait recousu ne m'avait pas recommandé de me ménager particulièrement, ai-je dit.

« Il a dû penser que ça allait de soi.

— Écoute, Ray. Je me sentirai déjà mieux si j'avance un peu sur ce chantier. Toute la semaine j'ai essayé d'y travailler. Quand on a signé le contrat, j'ai dit à ces gens-là que j'aurais fini à la fin de l'été. Or on est à Halloween.

— Ne me parle pas de cette connerie ! » Ce soir, il éteindrait les feux et irait se coucher, voilà. Pas question qu'il se lève à chaque instant pour aller ouvrir sa porte. Il avait cessé de répondre depuis deux ou trois ans déjà, l'année où même certains parents s'étaient mis à faire la quête. Qu'ils aillent donc demander l'aumône ailleurs ! C'était bien la preuve que le pays tout entier s'en allait à vau-l'eau si les parents commençaient à quémander aux portes pour Halloween.

Pendant qu'il fulminait, je me suis souvenu que son anniversaire était le lendemain. Le 1er novembre. Le jour de la Toussaint... Un jour super-chiant pour nous quand on était gosses. Après l'excitation de Halloween, on se trouvait dans la double et déprimante obligation d'aller à la messe et d'honorer le mec que je détestais le plus au monde.

Allons, oublie tout ça, me suis-je dit. C'est de l'histoire ancienne. « Ton anniversaire approche, non ? »

Peut-être bien, oui. Il n'y avait même pas pensé.

« Ça te fait quel âge ?

— Trente-neuf ans. Comme Jack Benny.

— Non, sérieusement. Soixante-sept, c'est ça ? » Pas de réponse. « Tu fêtes ça avec une pépée ? Tu vas l'emmener danser ? » Cette idée l'a fait ricaner. M'man avait toujours été très forte pour célébrer les anniversaires – Thomas aussi, avant sa maladie. Après la mort de M'man, Dessa avait pris la relève pour ces conneries – elle faisait un gâteau, elle achetait un cadeau et une carte. Quand elle était partie, on avait laissé tomber tout ça.

« T'as encore beaucoup de travail sur cette maison des horreurs ? Si tu veux, je peux te donner un coup de main le matin pour que t'en viennes à bout. »

Je l'ai remercié, mais il était déjà assez occupé. Il ferait bien de ralentir un peu au lieu de travailler pour les autres.

« Je te le proposerais pas si j'en étais pas capable. La mécanique fonctionne encore bien, mets-toi ça dans la tête. » Il a allumé la radio. L'a éteinte. Si vraiment on licenciait à la Navale, il serait peut-être obligé de chercher du travail. Il pourrait me consacrer la journée entière. Il a baissé sa glace et a craché encore une fois. Son œil a cligné convulsivement. Dans quelle pharmacie voulais-je acheter mes médicaments ?

Ça m'était bien égal. Price-Aid, par exemple.

« Price-Aid ? Ça va te coûter la peau des fesses. Tu ferais mieux d'aller chez Colburn. Bob Colburn t'arrangera ça très bien.

— Bon. Va pour Colburn. » J'ai fermé les yeux et respiré à fond. S'il avait décidé d'aller là, pourquoi m'avait-il demandé mon avis ?

« Tu vois, ton problème, c'est que t'as trop de choses sur les bras. »

Mais non, ça allait.

Ah ouais ? Alors dans ce cas, comment se faisait-il que j'aie bousillé mon camion au milieu de la nuit ? À son avis, ça n'allait pas si bien que ça.

« Qui t'a dit que c'était arrivé au milieu de la nuit ?

— Ton pote. La grande gueule de l'automobile. Il m'a pris à part tout à l'heure. Lui aussi s'inquiète de te voir dans cet état. Tu veux en faire trop – mener ton affaire tout seul, t'occuper de l'autre là-bas chez les fous. Et on peut pas dire que tu sois très aidé par cette souris avec qui tu vis. Pas que je sache. »

J'ai fermé ma gueule. Ma vie avec Joy ne le regardait pas. Quant à Thomas, qui d'autre irait plaider pour lui à Hatch ? Est-ce que Ray se portait subitement volontaire ?

357

« Tout te retombe sur le dos, je sais bien. Tu as déjà tes problèmes à porter. Mais il y a lui en plus. Et moi aussi, je suppose. »

Je l'ai laissé continuer :

« Du vivant de ta mère, c'était différent, bien sûr. Elle s'occupait de lui. C'est drôle, c'était pas pareil de l'élever lui et de t'élever toi. Vous étiez le portrait craché l'un de l'autre, et pourtant vous étiez comme le jour et la nuit. Elle était complètement gâteuse avec lui et ça me mettait en boule... Lui et moi, je sais pas, on n'a jamais réussi à s'entendre. »

Sans blague, Ray ? Comme si je n'avais pas été là pour le voir !

« Bon Dieu, est-ce qu'il avait besoin d'aller se trancher la main ? Qu'il soit fou, c'est une chose. Mais ce qui me tue, c'est votre chance à tous les deux. Vous n'avez jamais eu à faire la guerre, comme moi. Une guerre, ça vous change un homme. On rentre chez soi, on n'a pas envie d'en parler, seulement... on n'est plus le même. Il y a les choses qu'on voit et qu'on fait, et puis le retour à la vie civile... Quand j'étais en garnison en Italie, j'ai vu un type se faire tuer devant moi. Coupé en deux à la taille... Alors quand je pense à ton frère, qui a été chercher mon couteau pour se trancher la main volontairement... En plus, à la bibliothèque ! J'ai beau savoir qu'il est fou, qu'il peut pas se retenir. Tout de même, nom de Dieu... »

J'ai été désarmé d'entendre Ray formuler ainsi sa difficulté à comprendre l'acte de Thomas. Désarmé par sa reconnaissance subite d'une certaine vulnérabilité sous la cuirasse.

« Laisse-moi te donner un coup de main pour cette maison. Parce que ça, au moins, pour l'instant, j'en suis capable.

— Bon, merci. On verra. »

On est restés sans parler un moment. Au bout d'un bon kilomètre, il a repris : « C'est tout de même un sacré truc, ce qui se passe à la Navale. Tu leur consacres toute ta vie sur le chantier, et puis ils te tournent le dos et te flanquent à la porte. En plus, ils essaient de te baiser avec ta pension. »

Ils n'étaient pas près de licencier un vieux de la vieille comme lui, ai-je dit.

« Te fais pas d'illusions, fiston. Cette fois, c'est justement les vieux schnocks comme nous qu'ils envoient à l'abattoir. C'est tous des salopards, avec un bloc de glace à la place du cœur.

— Pourquoi tu vas chez le médecin, au fait ?

— Quoi ? Ah, pas grand-chose. Les pieds un peu engourdis, c'est tout. »

Dans le virage suivant, Ray a vu avant moi une femme traverser la route — elle faisait son jogging. Il a donné un coup de volant et freiné à mort. Tylox ou pas, j'ai senti un coup de poignard dans mon cou.

Ray a descendu sa vitre. « C'est le meilleur moyen de te faire tuer, Suzie Q ! » a-t-il hurlé. Et Suzie Q a levé le bras en lui faisant un doigt d'honneur.

Bon sang, c'est Nedra Frank ! me suis-je dit soudain.

J'ai réussi à me retourner malgré mon cou douloureux, pour m'apercevoir que ce n'était pas elle. Aucune ressemblance, ni dans le visage ni dans la silhouette.

« Nom de Dieu ! t'as vu ça ? Autrefois, jamais une femme aurait fait un geste pareil ! Voilà ce qu'on a gagné avec les féministes. »

J'étais trop lessivé pour le contredire... Je me suis massé la nuque en replongeant dans mes pensées : même si cette femme avait été Nedra Frank, même si elle resurgissait un jour, ou si je tombais sur elle par hasard, aurait-elle gardé le manuscrit de mon grand-père ? Le soir de la tempête de neige, elle était complètement déjantée. Elle avait dû rentrer tant bien que mal puis, une fois chez elle, détruire le récit de Domenico page par page...

Ray m'a poussé du coude pour me réveiller. On était sur le parking de la pharmacie. Est-ce que je voulais qu'il m'achète une minerve tant qu'on était là ?

« Comment ?... Euh, non. »

Le rétroviseur latéral m'a renvoyé le visage de mon frère – avec cette expression qu'il avait quand on le réveillait, M'man et moi. Il dormait toujours plus longtemps que moi et, au réveil, il avait l'air perdu, comme s'il revenait d'un voyage dans une autre dimension... Je me suis soudain rappelé mon rêve de la nuit précédente, juste avant l'accident : la mère de ma mère, flottant sous la glace, m'implorant du regard...

La vitrine de la pharmacie était décorée pour Halloween... Demain, c'était le jour des Morts ou la Toussaint ? Je ne savais jamais. Je ne me souvenais même pas quand j'avais mis les pieds dans une église pour la dernière fois... *Moi, je ne donne pas dans la religion*, m'entendais-je dire au Dr Patel. *Vous confondez avec l'autre frère Birdsey...* Je songeais sérieusement à arrêter ces séances avec elle. À quoi bon exhumer le passé ? On ne pouvait rien y changer... Je nous revoyais, Thomas et moi à Halloween. Chaque année déguisés en clochards avec des taies d'oreiller – on avait nos vêtements de tous les jours, pas de costumes, et on se barbouillait la figure de poussière de charbon. À cette époque-là, Ray tolérait encore Halloween, mais il n'était pas question de dépenser un sou pour des capes de Dracula en plastique ou des mains de monstre en caoutchouc. On n'avait pas intérêt à se plaindre. Il fallait être rentré à huit heures et demie pile. Et le lendemain, l'église.

Halloween, et la Toussaint ? Le jour des Morts ? L'anniversaire de Ray...

« L'anniversaire de Ray ! me rabâchait Thomas des semaines à l'avance.

— Je sais, je sais. Arrête de m'en parler, tu veux ? »

C'était dramatique. À quarante ans, je pouvais encore énumérer les cadeaux que mon frère avait offerts à Ray pour son anniversaire. Une scie sauteuse, une lampe torche, un nécessaire à chaussures de luxe avec des brosses à manche de bois, des chiffons à reluire et des boîtes de cirage. Thomas préparait son paquet une semaine à l'avance, avec une carte « Pour le meilleur papa du monde », fabriquée et coloriée par lui, qu'il cachait dans le tiroir du bas de sa commode.

Pas moi. Tous les ans, le 1er novembre, avant d'aller à l'église, j'attrapais en vitesse deux ou trois barres chocolatées que j'avais rapportées la veille, je les enveloppais dans une page de dessins humoristiques arrachée à un vieux journal du dimanche. Je gribouillais « Heureux anniversaire » sur un bout de papier que je scotchais dessus. Et je lui fourguais mon paquet en lui disant : « Tiens. »

Le plus drôle – ou le plus triste –, c'est que Ray n'avait jamais l'air de voir la différence. « Ouais, merci », nous disait-il à tous les deux, gêné, je crois, d'être dans la position de celui qui reçoit. Après quoi on se précipitait tous les quatre dans la voiture pour assister à la première messe. M'man et Ray nous faisaient asseoir au milieu du banc et se mettaient chacun à un bout comme des serre-livres. On se plaçait toujours dans cet ordre-là... C'est de mauvaise grâce et la conscience chargée que je m'agenouillais, me relevais, faisais mes génuflexions en me fourrant dans la bouche des friandises de Halloween tirées de la poche de ma veste. Je mangeais ces sucreries à l'église, sous le nez de mon beau-père, Ray Birdsey, le converti, le païen-devenu-supercatholique : à chaque bouchée, je narguais à la fois Ray et Dieu. J'encourais leur fureur...

Mais c'est Thomas qui s'est fait prendre, pas moi. On était en septième. La dernière année, avait décrété Ray, où nous avions le droit de faire la tournée de Halloween. Une heure avant la messe ce matin-là, mon frère avait offert à Ray un transistor. L'idée de ce cadeau lui était venue pendant l'été, et il avait promené le cocker de Mme Pusateri pendant des mois pour se faire de l'argent. Ray avait les yeux fermés, le visage plongé dans ses mains jointes. M'man serrait son rosaire et priait derrière la main qui cachait son bec-de-lièvre. J'ai glissé un rouleau de gaufrettes Necco à mon frère. Je n'aimais pas ça, j'étais généreux à bon compte. Accompagne-moi dans le péché, Thomas, l'exhortait ma main. J'ai mis les gaufrettes contre sa paume en serrant. Laisse-toi tenter. Fais comme moi, mange des friandises à l'église.

Ray l'a entendu croquer. Il a levé les yeux. L'ennui avec Thomas, c'est qu'il n'avait jamais su agir en douce ; il n'avait jamais appris à détester Ray assez profondément pour le défier avec succès. Ray a tendu le bras devant moi pour confisquer les gaufrettes et montrer à ma mère l'objet du crime. Il n'a plus quitté Thomas des yeux entre l'homélie et la consécration. Le temps que le père Frigault achève de transmuer le pain en chair et le vin en sang, mon frère tremblait de tout son corps, épouvanté à l'idée de la pénitence qui l'attendait après la messe.

Pour la communion, Ray est resté debout au bout du banc. Ma mère et moi nous sommes levés et sommes passés devant lui. Thomas s'est levé lui aussi, mais il s'est rassis sous l'effet du regard implacable de Ray.

« Le corps du Christ, a dit le père Frigault, tenant l'hostie à la hauteur de mon visage quand je me suis agenouillé.

— Amen », ai-je répondu en tendant ma langue chocolatée pour recevoir le disque craquant et insipide, dont la taille et la forme ne différaient guère de celles des gaufrettes Necco. D'un coup de langue, je me suis collé l'Eucharistie au voile du palais, l'imprégnant de salive sucrée avant de l'avaler. Je suis retourné à notre banc et j'ai repris ma place à côté de mon frère, qui, outre ses tremblements, s'était mis à pleurnicher.

L'expiation de Thomas a commencé sur le parking, quand il a voulu ouvrir la portière arrière du break. Ray l'a arrêté d'un geste. Il a saisi mon frère par le poignet et il a commencé à le gifler de sa main libre. « Monte, Dominick », m'a dit M'man.

On s'est assis dans la voiture, M'man à l'avant, moi à l'arrière, et on a attendu, rigides et silencieux. Dehors, Thomas braillait des excuses en frétillant comme un poisson au bout d'un hameçon. Les paroissiens de St. Anthony passaient à côté de nous ; les uns regardaient, effarés, les autres tournaient la tête pour ne pas voir ce qui n'était pas leur affaire. Les Birdsey : cette pauvre femme effacée avec sa lèvre bizarre, ses jumeaux illégitimes, et cet ancien de la marine qui avait eu la bonté de leur servir de père. Il était bien loti, le pauvre ! Il travaillait à la Navale et aidait à entretenir les jardins de l'église le week-end. Il ne devait pas avoir la vie facile avec cette femme qui avait peur de son ombre et ces deux jeunes bandits. Celui-ci, qui était en train de prendre une volée, devait avoir fait quelque chose de grave pour que son père entre dans une telle colère.

Silence dans la voiture pendant le trajet de St. Anthony à Hollyhock Avenue, à part les frissons involontaires de Thomas.

Le reste de la punition a eu lieu à la maison, en privé. « T'es de la crotte ! Une ordure ! De la boue ! » Thomas gémissait, accroupi dans la cuisine, dans la position qu'on nous avait appris à prendre à l'école en cas de danger. « Un sacré embarras pour ta mère et pour moi ! Un pourceau goulu ! » Pour le final, Ray a saisi sa radio neuve, a fait un moulinet en arrière tel un lanceur de base-ball et l'a envoyée de toutes ses forces contre le mur. Le plastique s'est brisé, les piles ont volé à travers la pièce. « Et voilà pour toi, petit cochon. Tu les aimes, ces pommes ? »

Ce soir-là, la main de M'man tremblait en allumant les bougies du gâteau. C'est d'une voix chevrotante qu'elle nous a fait chanter, à contrecœur, *Joyeux anniversaire*, et *For He's a Jolly Good Fellow*. Comme Ray a refusé de souffler ses bougies, elle s'est penchée pour le faire à sa place. Ayant épousé Ray Birdsey pour le meilleur et pour le pire, elle avait décidé de croire en sa bonne nature, même si les faits prouvaient le contraire. Même s'il nous coupait l'appétit. « Un petit

morceau, s'il te plaît, a demandé Thomas. Pas de glace, s'il te plaît. »
Ray est sorti de la pièce sans toucher à son gâteau ni à sa glace.

Thomas ne m'a jamais dénoncé auprès de Ray, qui n'a jamais su que c'était moi qui avais apporté des friandises à la messe. Et moi, je n'ai jamais avoué. Depuis, ô ironie, j'ai cette pilule amère à avaler : le coupable, celui qui méritait la colère de Ray, c'était moi. Pourtant, c'est toujours Thomas qui était dans sa ligne de mire et c'est toujours à lui qu'il s'en prenait.

« Tiens, ai-je dit à mon frère ce soir-là, j'en ai même pas envie. Tu peux tout prendre. » Et j'ai jeté sur son lit des Milky Way, des Skybar et des Finger.

« Moi non plus.

— Pourquoi ?

— Parce que je suis de la crotte, a-t-il répondu en fondant en larmes. Je ne suis qu'un pourceau goulu. »

Ray l'attendait à chaque tournant, prêt à le descendre en flèche. Malgré ça, pour la fête des Pères, pour son anniversaire et pour Noël, c'était toujours : « Pour le meilleur papa du monde entier ! »

Il y a prescription à présent, ai-je pensé, affalé dans la voiture devant la pharmacie, abruti par le Tylox. Tout ça, c'est de l'histoire ancienne. Pourquoi devrais-je déterrer le passé et aller chaque semaine faire à cette femme le récit de nos malheurs ?

Arrivés chez les Rood, Ray m'a informé qu'il viendrait me chercher dès qu'il sortirait de chez le médecin. « Je vais peut-être commencer par t'acheter un de ces machins pour ton cou. Au cas où t'en aurais besoin plus tard. Et, pendant que j'y serai, une laisse et un collier antipuce. »

Il m'a encore conseillé de ne pas forcer. Le lendemain, il pourrait m'aider. Les Rood pouvaient bien attendre un jour de plus, nom de Dieu.

J'étais là depuis au moins une demi-heure – j'avais réussi à décrocher presque tous les volets du rez-de-chaussée – quand Ruth Rood est venue à la fenêtre et m'a fait bonjour de la main. J'ai répondu.

C'était réellement chiant de travailler d'une seule main. Ray avait raison : venir sur ce chantier aujourd'hui était idiot. Mon pansement commençait à suinter – juste un petit peu de sang. J'avais sans doute fait craquer quelques points de suture. J'avais mal à la main. De toute façon, comment allais-je rapporter chez moi ces foutus volets ? Ils ne tiendraient pas dans la voiture de Ray et j'avais oublié de lui demander si on pourrait emprunter le camion d'Eddie. Leo me trouverait peut-être un véhicule à louer. Ou bien Labanara me prêterait sa fourgonnette. Pour prendre un autre calmant, il fallait que j'attende la fin de cette audience, qui avait lieu à quatre heures.

Ruth Rood est sortie sur la véranda en peignoir de bain. Elle tordait un torchon dans ses mains, comme faisait M'man quand elle était inquiète. Elle avait l'air de vouloir me dire quelque chose.

« Comment ça va ? ai-je demandé sans m'interrompre dans mon travail – j'essayais de débloquer un gond rouillé.

— Je ne vous ai pas entendu arriver. »

On m'avait déposé, ai-je expliqué. « J'ai eu un accident la nuit dernière. Mon camion est foutu. » Pas la moindre expression dans son regard. À peine si son radar a enregistré que j'étais sain et sauf.

Elle est allée à l'autre bout de la véranda et elle y est restée un petit moment, le dos tourné. Est-ce qu'elle pleurait ? « Ce n'est pas un très bon jour pour venir travailler ici. Il se trouve que Henry n'est pas bien du tout. »

Je me suis arrêté, effaré.

« Il est déprimé. »

Henry n'est pas bien ? Il est déprimé ? Ses paroles m'ont aussitôt mis dans une telle fureur que le gond sur lequel je m'étais évertué a cédé en grinçant. Pendant trois semaines, Henry et elle avaient mené contre moi une véritable campagne de harcèlement. Si chaque message que ces deux-là avaient laissé sur mon répondeur m'avait rapporté un dollar...

« De toute façon, je n'en ai plus pour longtemps. J'ai juste à décrocher les volets qui restent, comme je vous ai dit par téléphone. Je devrais être parti dans une demi-heure.

— Il vaudrait peut-être mieux que vous partiez maintenant. Vous... vous pouvez vous en aller tout de suite ? »

Je devais attendre qu'on vienne me chercher, lui ai-je rappelé, j'avais bousillé mon camion. Bon Dieu, ces gens me sortaient par les yeux !

« Bon. » Elle est rentrée dans la maison.

J'étais furieux. Avec ou sans main, nuque douloureuse ou pas, j'ai traîné et hissé mon échelle coulissante pour l'appuyer au niveau du premier étage. Je me suis tenu comme j'ai pu et j'ai commencé à grimper. Au moins, à travailler dans la rage, je sécrétais de l'adrénaline. Malgré toutes les allées et venues sur l'échelle, j'ai mis moins de temps à enlever les volets du premier que ceux du rez-de-chaussée. Pour une fois, je ne pensais plus ni à mon camion ni à mon frère, je ne me demandais plus qui avait fait un enfant à ma copine.

Au bout d'une heure cependant, ça m'avait rattrapé. J'avais enlevé et empilé tous les volets de la maison, sauf la paire du deuxième étage. J'ai mis ma bonne main en visière pour lorgner la fenêtre en mansarde avec sa petite loggia au toit goudronné. C'était plus simple de sonner à la porte et de passer par l'intérieur. D'atteindre le petit mirador en sortant par la fenêtre de la mansarde. Seulement, attention, il ne fallait pas déranger ce pauvre Henry, qui était si déprimé, qui était dans un bien mauvais jour. S'il voulait vraiment faire l'expérience d'une mauvaise journée, il pouvait échanger sa place contre la mienne. Ou contre celle de mon frère. Ça le guérirait de sa dépression. De mon point de vue, il avait plutôt la vie belle.

Je suis allé sur le trottoir et j'ai regardé des deux côtés de la rue. Pas le moindre signe de Ray. C'était sans doute l'achat de ce foutu collier qui le retenait. Ou il y avait un sacré retard chez son médecin. Il fallait que je rentre chez moi, que je revoie mes notes pour l'audience. Quoi qu'il en soit, je pouvais faire une croix sur une sieste.

Je me suis assis sur le muret devant la maison. J'ai examiné encore une fois les volets du haut. *Je pourrai t'aider le matin.* Fantastique ! En plus du reste, je devrais supporter Ray tous les jours. L'écouter me dire que je m'y prenais mal, et comment il ferait à ma place... *Les pieds un peu engourdis, c'est tout.* Exactement ce qu'il me fallait : un jour ou l'autre, en haut de l'échelle, il ne sentirait plus ses pieds sur les barreaux. C'était son diabète ? Je n'avais même pas pris la peine de le lui demander.

J'avais des élancements terribles dans la main. Toujours pas de Ray en vue. J'ai sorti le dernier comprimé de ma poche. Si je le prenais maintenant, j'aurais de nouveau les idées claires à quatre heures. J'avais tellement mal que la douleur allait m'empêcher de dormir. Mais si j'arrivais défoncé pour l'audience, c'est Sheffer qui serait contente ! *Si quelqu'un peut convaincre la Commission de le relâcher,* paisano, *c'est bien vous...*

J'étais là à attendre. Si je descendais ces deux derniers volets, je pourrais tous les emporter chez Willard et les faire décaper au lieu de les gratter moi-même. De toute manière, je perdais déjà de l'argent sur ce chantier. Alors merde !

J'ai ramené mon échelle coulissante de dix mètres devant la petite loggia. En fait, ce serait plus facile que les fenêtres du premier. Il me suffirait d'enjamber la rambarde. *Ce n'est pas un très bon jour pour venir travailler ici.* Elle ne manquait pas de culot... Je suis monté à l'échelle et suis passé de l'autre côté de la balustrade.

De là-haut, la vue s'étendait jusqu'au bout de la rue, et je distinguais même un petit morceau de la rivière. Toujours pas trace de Ray. Il fallait que je rentre, que je revoie mes notes, que je prenne une douche – je devais commencer à sentir plutôt mauvais. Le docteur m'avait recommandé de me servir d'un sac en plastique pour ne pas mouiller mon pansement. Pourvu que Joy ne soit pas à la maison pour m'aider... Presse-toi, Ray.

Le volet de gauche est venu tout seul : le cadre de la fenêtre était tellement pourri que j'ai réussi à dévisser les gonds à la main. Le remettre solidement en place serait une autre affaire. J'ai soulevé le volet en l'équilibrant de mon mieux pour passer par-dessus la rambarde et redescendre de l'échelle.

Quelque chose m'a effleuré la main – comme un battement d'aile contre mon poignet. En jurant, j'ai lâché le volet, qui a heurté la balustrade et est passé par-dessus bord.

Je le regardais s'écraser au sol quand, de nouveau, une masse noire est arrivée sur moi. Idiotement, pendant une fraction de seconde, j'ai cru à un morceau de volet, à un éclat d'obus. Puis j'ai compris, en me trouvant nez à nez avec la chose : une chauve-souris.

« Fous le camp ! » ai-je hurlé en la chassant. J'ai une sainte horreur des chauves-souris, elles me fichent la trouille ! Pour preuve de l'existence du mal en ce monde, il suffit de regarder une chauve-souris de près.

Elle est revenue vers l'endroit où elle s'était cachée pour dormir, derrière le volet que je venais d'enlever. Enfin elle s'est posée sur le rebord de la fenêtre, à un mètre de ma figure.

Nous nous sommes dévisagés – elle a dressé sa tête, pas plus grosse qu'une noix, pour m'observer. Quand elle a entrouvert les mâchoires en sifflant, je me trouvais assez près pour voir l'intérieur gris-rosâtre de sa bouche et ses petites dents aiguisées. Mon cœur battait la chamade. J'étais inondé de sueur... Cette petite salope aurait pu avoir ta peau, me suis-je dit. Tu pourrais être en morceaux là en bas, à la place du volet.

Elle n'arrêtait pas de bouger la tête, de me fixer. De me guetter. J'ai fouillé dans ma ceinture à outils, et je me suis mis à la bombarder avec des pointes de vitrier. Elle a sifflé encore une fois, battu des ailes, et elle est allée se poser dans un arbre. « Et maintenant tu y restes ! » Je me suis appuyé contre la maison le temps de retrouver mes esprits.

C'est alors que je l'ai vu. Rood. Debout devant la fenêtre de la mansarde, l'œil fixe. Rivé sur moi ? Ou au-delà ? Un regard immobile qui vous fichait la frousse. Mon reflet dans la vitre se superposait à lui. « Quoi ? Qu'est-ce que vous voulez ? » ai-je dit, en pensant : Tire-toi de là, mec. Arrête de me regarder comme ça.

Il a mis le revolver dans sa bouche. J'ai reculé.

Je suis tombé.

Sans un bruit. J'ai vu ma fille et ma mère, au ralenti, dans une traînée lumineuse. Angela a tournoyé en une sorte de pirouette. Elle portait une robe parfaitement blanche.

30

« *Porte le cadavre, dit le singe.*
— *Quel cadavre ?*
— *Pendu au cèdre.* »

C'est alors que je le vois, la corde autour du cou ; son corps nu se balance. Je m'approche lentement, avec réticence, et il lève les bras comme pour m'étreindre. Sa main coupée a repoussé.

« *Mais il n'est pas mort, dis-je.*
— *Tue-le, reprend le singe. Porte le cadavre.* »

J'ai le cœur qui bat fort. Je n'ose pas ne pas obéir. Je grimpe sur un rocher pour être à sa hauteur. Je détourne mon regard de ses yeux qui m'implorent. Je tire le sac sur sa tête. Il se débat, gesticule, se convulse. Puis il cesse de bouger.

Je le décroche de l'arbre. Le porte sur mon épaule en trébuchant, vers l'endroit où j'entends l'eau se déverser en cascade. Quand j'arrive en vue de l'eau, mon fardeau s'allège et je m'aperçois que ce n'est plus le cadavre de mon frère que je porte. C'est celui du singe.

« *Pardonne-moi* », *murmure-t-il. Je m'arrête, étonné que les morts puissent parler.*

« *Te pardonner quoi ?* »
Le singe pousse un soupir.

Miguel, l'infirmier de nuit, me montre une poche pendue à une potence à côté de mon lit. « C'est pas toi, mon vieux, c'est la morphine. Il y a plein de malades que ça fait délirer. »

J'ai levé mes deux mains pour les examiner – celle qui était recousue et l'autre. J'avais tué mon frère, je l'avais étouffé, j'avais senti la vie le quitter. « Ça paraissait tellement vrai ! »

Miguel m'a approché de la bouche le sorbet dans lequel j'avais déjà mordu. J'en ai pris une autre bouchée. « Avec les hallucinations, c'est ça le problème. On sait jamais si c'est réel ou pas. T'as déjà pris de l'acide ? »

J'ai fait non de la tête, maladroitement à cause de la minerve.

« Moi, j'en ai tâté deux, trois fois, à l'époque où je vivais ma vie, avant que l'Épouse numéro deux me pousse au cul pour que je passe mon diplôme d'infirmier. Une fois, dans mon trip, je courais avec une bande de chiens sauvages. Je devenais chien. J'aurais juré que c'était réel... Dis donc, tu en veux encore ? Ce truc commence à dégouliner. »

Non merci. J'ai tendu le bras pour saisir la barre accrochée au-dessus de mon lit et changer de position. J'ai bougé de quelques centimètres. « Qu'est-ce que c'est que ce machin ? lui ai-je demandé en tapotant l'Élastoplast qui me maintenait l'épaule.

— Tu t'es déchiré les muscles du trapèze – t'as dû accrocher l'angle du toit de la véranda en descendant, j'imagine. J'en parlais avec un des gars du SAMU qui t'a amené. Un type de ma paroisse. Il paraît qu'ils se sont occupés de toi pendant cinq bonnes minutes avant de s'apercevoir qu'ils se trompaient de personne... Au fait, ton cathéter, ça va maintenant ?

— Mieux.

— Bien vrai ? » Comme il écartait la couverture et le drap pour jeter un coup d'œil, j'ai soulevé la tête. À voir ma jambe enflée, pleine d'agrafes, et mon pied violet comme une aubergine, j'ai frémi et regardé ailleurs. « Nom de Dieu, quel carnage !

— Ça aurait pu être pire. Bien pire. »

D'après Miguel, quand le SAMU était arrivé au 207, Gillette Street, répondant à l'appel hystérique de Ruth Rood, on m'avait trouvé dans le jardin au pied de la maison, sur un tas de volets brisés, sans connaissance. Les ambulanciers avaient commis une double erreur : ils m'avaient pris pour Henry Rood et avaient confondu ma chute avec la tentative de suicide tragiquement annoncée par Mme Rood au téléphone. Ma jambe gauche était repliée sous moi, le pied à quatre-vingt-dix degrés de sa position normale. Le péroné, sorti de l'articulation du genou et brisé en éclats, pointait hors de la jambe. On m'avait mis sous sédatif et on se préparait à me transporter, lorsque quelqu'un avait enfin réussi à déchiffrer les propos délirants de Ruth Rood, où il était question de mansarde, de son mari qui s'était tiré une balle dans la tête...

Je me rappelais la chute, mais pas l'arrivée au sol. La suite me revenait par éclairs : un aboiement de chien au milieu des badauds, des hurlements (les miens ?) au moment où on avait essayé de m'enlever ma chaussure. Je ne me souvenais pas de la douleur. « Le cerveau sert de disjoncteur, m'a expliqué Miguel. Quand la douleur est trop intense, un interrupteur te fait perdre connaissance. En fait d'ordinateur et de haute technologie, rien de tel que le corps humain. »

On avait constaté le décès de Henry Rood à son arrivée à Shanley Memorial, m'a appris Miguel, mais en fait il était sans doute mort une ou deux secondes après avoir appuyé sur la détente. D'après ce que le copain de Miguel lui avait raconté, tout l'arrière de la cervelle avait giclé sur le mur et sur le sol. J'étais arrivé à Shanley peu de temps après Rood, dans une deuxième ambulance, avec une deuxième équipe du SAMU. Appelé d'urgence, le Dr William Spencer, grand spécialiste de chirurgie orthopédique, avait interrompu un tournoi de golf entre père et fils à des kilomètres de là, et il était arrivé à Shanley vers dix-huit heures. Il avait décidé que mon pied et ma cheville en miettes, ainsi que les os brisés et disloqués de ma jambe, nécessitaient une intervention chirurgicale immédiate. L'opération, commencée peu après dix-neuf heures le soir même, avait duré au-delà de minuit, quatorze morceaux d'os ayant été remis en place avec des vis, du plastique et deux plaques d'acier. D'après Miguel, avec tout ce métal, ma jambe était sans doute un bon conducteur d'électricité.

Je lui ai demandé s'il avait eu des nouvelles de Mme Rood.

Il a haussé les épaules. « L'enterrement est lundi. Je l'ai lu dans le journal. Attends, excuse-moi une minute. Faut que j'aille voir ton collègue à côté. » Il s'est éloigné sur la pointe des pieds et a disparu derrière le rideau qui isolait l'autre partie de la chambre.

Lorsque je fermais les yeux, je voyais Rood à la fenêtre de la mansarde, le regard fixe. Il en avait fini avec la vie dans un état de rage, c'était évident. J'avais lu ça quelque part : quand les suicidés laissent un tel bazar, c'est qu'ils se vengent des personnes qui nettoieront derrière. Ruth, sans doute : il devait régler un compte avec sa pauvre ivrogne de femme. Mais pourquoi m'avoir mêlé à ça ? Pourquoi être monté là-haut pour me jeter le mauvais œil juste avant son geste fatal ? Je me suis mis à trembler, faiblement d'abord, puis de façon incontrôlable.

« Miguel ?... Hé, Miguel ? »

Il a passé la tête par le rideau. « Qu'est-ce qu'il y a ? T'as froid ? » Il avait une ou deux petites choses à régler, mais il allait revenir dans quelques minutes avec une autre couverture. Il est sorti de la chambre.

J'ai fermé les yeux en essayant de ne plus voir Rood et de repenser à mon cauchemar à la morphine. Le singe, le cèdre... J'avais étouffé mon frère ! Morphine ou pas, il fallait tout de même que je sois un drôle de salaud pour rêver un truc pareil. J'ai été pris d'un haut-le-cœur. J'ai voulu attraper le bac en plastique à mon chevet, mais je n'y suis pas arrivé, et j'ai vomi de la bile et du sorbet partout sur moi.

Quand Miguel est revenu, il m'a nettoyé et a changé mon bassin. « Comment ça va à présent ? Mieux ? »

J'ai réussi à sourire vaguement. « Tu ne pourrais pas... T'es très occupé ?

— Qu'est-ce que tu veux, mon vieux ?

— Je... Je me demandais si tu ne pourrais pas rester un peu avec moi. Je suis... Je...

— Ouais, si tu veux. C'est pas trop la bourre cette nuit. Je peux faire ça. » Il s'est assis à côté de mon lit.

« Quel... quel jour on est ? Je sais même plus quel jour on est.

— Samedi. » Il a tendu le cou pour voir l'heure dans le couloir. « Une heure trente-cinq du matin.

— Samedi ? C'est pas possible !

— C'était hier vendredi, vieux. Ça fait deux jours que t'es un peu hors circuit, à vrai dire. Le soir où t'es arrivé, c'était la première fois que je voyais un mec aussi azimuté dans cet établissement. T'arrêtais pas : tu voulais sortir du lit, arracher ta perf. Tu te rends compte ! Te lever et essayer de marcher avec un pied comme ça ? Entre l'opération, les perfusions, le goutte-à-goutte de morphine, t'étais... »

Je commençais à comprendre : je n'avais pas pu assister à l'audience de Thomas. J'avais tout foiré. « On est le combien ?

— Aujourd'hui ? Le 3 novembre. »

Je voyais Thomas avec ce sac sur la tête. Je me suis agrippé aux barreaux du lit et j'ai essayé de me redresser. « Il faut que je téléphone. S'il te plaît. Il faut que je sache ce qui lui est arrivé. »

Miguel m'a regardé comme si mes hallucinations recommençaient. « Ce qui est arrivé à qui ?

— À mon frère. T'as appris quelque chose ? Tu sais ce qui lui est arrivé ?

— Je sais ce qui est arrivé à ton camion. Mais pas à ton frère. Pourquoi ? Qu'est-ce qu'il a ? »

C'était trop compliqué à expliquer, mais il fallait absolument que je passe un coup de téléphone.

« Qui tu veux appeler à une heure et demie du matin, mon pote ? T'es un peu déboussolé, c'est tout. Ça arrive quand on reste couché deux, trois jours de suite. Si t'appelles des gens à cette heure-ci, ils vont venir te démolir l'autre pied. Tu y es pas. Il faut que t'attendes demain matin. »

Avant, je me serais sans doute rebiffé. Je lui aurais peut-être sauté sur le poil. Mais je n'avais plus rien pour me défendre. Je me sentais impuissant, accablé. J'ai éclaté en sanglots.

« Allons, *hombre*. Tout ça va s'arranger. C'est la morphine. » Il m'a pris la main. Je pourrais téléphoner à qui je voudrais dès le matin, promis. S'il était encore de service, il composerait le numéro pour moi. Il a gardé ma main dans la sienne jusqu'à ce que je cesse de trembler.

Il avait fait un service double la nuit précédente. Il avait vu ma famille. Mon frère, c'était ce grand type qui était venu avec mon père et ma femme ?

Thomas était venu me voir ? C'est donc qu'on l'avait libéré ?

« On est jumeaux. Est-ce que ce type me ressemblait ?

— Il était grand, plutôt râblé. Il avait les cheveux bruns comme toi, mais je dirais pas qu'il te ressemblait. Il arrêtait pas de dire qu'il allait jouer dans un film.

— C'est Leo, mon copain », ai-je soupiré en fermant les yeux.

Ma femme était venue ? Je n'avais pas le souvenir d'avoir eu des visites.

« J'ai déjà vu ce type quelque part. Seulement, je sais plus où. Il va vraiment jouer dans un film, ou il se payait ma tête ?

— Je ne sais pas. Tu... Tu dis que ma femme est venue ? »

Miguel a fait signe que oui, avec un grand sourire. « Une rudement belle femme, dis donc, si tu me permets. Et vous avez un gosse en route, hein ? C'est pour début mai ? Elle m'a tout raconté. »

Joy. C'était Joy qui était venue, pas Dessa.

« Tiens, pense donc : quand le gosse sortira du four, tu seras à nouveau sur tes deux pieds, à cavaler comme avant. Prêt pour changer les couches. «

J'ai réprimé un nouveau frisson.

« Ma femme et moi, on vient d'avoir un môme le mois dernier. C'est notre troisième. Et j'ai aussi une fille de mon premier mariage. Blanca. Quatre gosses en tout. Blanca, elle a déjà dix-neuf ans. J'arrive pas à y croire. » Il a sorti son portefeuille pour me montrer la photo de ses enfants.

Quand le gosse sortira du four...

« Allez, mon pote. Faut voir le bon côté des choses. Regarde : là, c'est ma femme. » Du pouce, il montrait une brunette trapue, aux cheveux longs, au centre d'une photo de famille. Malgré les larmes qui me brouillaient la vue, j'ai été frappé par la hardiesse du regard qu'elle lançait à l'appareil photo. Et à moi. J'ai vaguement répliqué qu'elle aussi était une jolie femme. « Ouais, et en plus elle se laisse pas faire, par personne. Moi, en particulier, elle supporte pas que je fasse des conneries. Elle est canadienne-française aux trois quarts et un quart Wequonnoc. Y a pas intérêt à se frotter à ce mélange-là, tu sais. »

Je lui ai rendu ses photos. Je me suis mouché. Me suis éclairci la voix. « T'es marié à une Wequonnoc ? Eh ben, quand le grand casino va démarrer, tu seras sûrement obligé d'abandonner ton métier d'infirmier pour rester chez toi à compter ton fric.

— C'est sympa de voir les choses comme ça, vieux. Dans quelques années, t'auras peut-être devant toi le Donald Trump portoricain, qui sait ? »

Une pause de quelques minutes. On n'entendait plus que le bourdonnement intermittent de la pompe à perfusion, et quelqu'un qui ronflait derrière le rideau, à l'autre bout de la chambre.

« C'est ma copine, ai-je précisé.

— Hein ?

— C'est ma copine. Joy. C'est pas ma femme.

— Ah ouais ? Ben, si vous faites un enfant ensemble, c'est tout pareil. C'est comme si vous vous étiez mariés le jour où le test a été positif, tu vois ce que je veux dire ? C'est votre premier ?

— Elle, c'est son premier.

— Ah ouais ?

— Moi... j'ai eu un autre enfant. Une fille.

— Tu ne la vois plus, c'est ça ? Ça doit être dur. Voilà au moins une chose qui s'est bien arrangée entre mon ex et moi. On s'est mis d'accord pour que je voie Blanca chaque week-end. Et ça valait la peine, parce qu'elle a bien tourné. Elle fait des études pour être secrétaire juridique... Ta fille, où elle est ? Elle vit ailleurs ?

— Elle est morte. »

Ça l'a arrêté un instant. D'habitude, je ne déballais pas comme ça l'histoire d'Angela. Mais j'étais trop las pour me contrôler.

« Alors ça c'est dur, a dit Miguel. Je connais rien de plus dur... Mais maintenant, avec cet enfant qui va arriver, faut prendre les choses du bon côté. Et puis ta copine, c'est vraiment une belle femme, je te le dis sincèrement. Personnellement, je serais pas fâché de trouver ça chez moi quand je sortirais de l'hôpital, tu sais. Le prends pas mal.

— Est-ce que... est-ce que j'ai eu d'autres visites ?

— Pas pendant mon service. Pas que je sache, en tout cas. Juste ta copine, ton père et ce mec – la star de cinéma. »

À sept heures du matin, le standard de l'hôpital m'a passé le poste de sécurité de Hatch, bloc Deux. Non, m'a répondu le garde au bout du fil, ils n'avaient pas le droit de donner des nouvelles des patients par téléphone. Non, il ne pouvait pas me communiquer le numéro personnel de Lisa Sheffer, même en cas d'urgence. Tout au plus pouvait-il essayer de la contacter et lui laisser un message.

Pas de réponse chez Ray. Quand j'ai appelé chez moi, je suis tombé sur ma propre voix, qui débitait son boniment : devis gratuits, satisfaction garantie. Cinq minutes plus tard, le téléphone sonnait.

« Dominick ? – la voix de Sheffer – Comment ça va ? Quand j'ai appris ce qui était arrivé, ça m'a mise dans tous mes états. »

Est-ce que l'audience avait été reportée à une autre date ?

Il y a eu un silence. « Si je venais vous voir ? Je crois qu'il vaudrait mieux que je sois auprès de vous pour qu'on parle de tout ça. Vous vous sentez capable de recevoir des visites ?

— Dites-moi simplement. L'audience a été reportée ou maintenue ?

— Maintenue.

— Où est-il ?

— En ce moment ? À Hatch, Dominick. Bon, je demande à mon amie de garder Jesse pendant une heure, et j'arrive au plus vite. D'accord ? »

J'ai raccroché, mais j'ai tout fait tomber en voulant reposer l'appareil sur ma table de chevet. J'ai essayé en vain de l'attraper par le fil et de tirer. Sur l'autre lit, mon compagnon de chambre me regardait faire. « Vous voulez que je vous le ramasse ? » m'a-t-il demandé.

En sortant de son lit, il a laissé échapper un pet retentissant. « Oups, excusez-moi. C'est un des effets secondaires de mon nouveau régime. Ça donne des gaz terribles. »

Il a remis mon téléphone en place. Il restait là à se balancer sur ses pieds. « Ça fait plaisir de vous voir revenu parmi les vivants. » Il avait une cinquantaine d'années, les cheveux gris, de la barbe, un ventre de buveur de bière sous la ceinture de son peignoir. Retourne te coucher, avais-je envie de lui dire. Je ne suis pas d'humeur à faire la conversation. Laisse-moi tranquille.

Il a regardé ma jambe et mon pied découverts. « Eh ben, mon petit père, joli travail ! C'est douloureux ?

— Pas trop. On m'a drogué comme il faut, je suppose.

— Ouais... On peut pas s'en sortir autrement, pas vrai ?... Les infirmiers m'ont raconté tout ça quand vous êtes arrivé il y a deux jours. Vous avez fait une sacrée chute, hein ?

— Il paraît.

— Moi, je suis ici pour l'intestin. Un ulcère qui saigne, a-t-il précisé en se tapant sur le ventre. Ils ont l'impression d'en être venus à bout. On me garde encore en observation pendant le week-end, mais je sors sans doute lundi.

— Bien. » J'ai fermé les yeux. Je l'ai écouté repartir vers son lit en traînant les pieds.

Pourquoi Sheffer ne pouvait-elle pas me dire par téléphone ce qui s'était passé ? Parce que ce n'était sûrement pas une bonne nouvelle. Il fallait informer le pauvre éclopé en douceur...

Quand sortait l'Ulcère, là à côté ? Lundi ? Et moi, combien de temps allais-je rester coincé ici ? Ensuite, après ma sortie de l'hôpital, combien de temps encore serais-je hors service ? Il fallait que je parle au chirurgien. Le Dr... ? Nom d'un chien, ce type m'avait opéré pendant cinq heures et je ne me souvenais même pas de son nom. Je ne savais même pas à quoi il ressemblait. Et il me faudrait attendre lundi pour lui parler. Je doutais fort que ces grands patrons fassent une apparition pendant le week-end.

J'entendais ma mère me dire : *Sois patient, mon petit. Il faut être plus patient avec les gens.*

Combien allait me coûter toute cette catastrophe ? Le camion, une opération de cinq heures, un séjour prolongé ici, au Club Med. En septembre, juste avant le « coup d'éclat » de Thomas à la bibliothèque, j'avais commencé à faire mes comptes, et déjà à ce moment-là j'avais calculé que je n'allais sans doute pas gagner plus de vingt-deux ou vingt-trois mille dollars sur l'année, à quelques travaux d'intérieur près en novembre et décembre. Évidemment, à présent, c'était foutu pour ces travaux-là. Et si je ne pouvais plus jamais remonter sur une échelle ? Je n'aurais jamais les moyens de sous-traiter... Mon assurance couvrait certainement les chutes. Mais pour en être sûr, il faudrait là encore attendre lundi. Je doutais de comprendre quelque chose au jargon de ma police d'assurance. Rien que l'idée de donner ces coups de téléphone m'épuisait. *Pour une déclaration vous concernant, appuyez sur 1. Pour une déclaration concernant votre entreprise, appuyez sur 2. Si c'est toute votre vie qui fout le camp dans les chiottes, restez en ligne...*

Je me représentais la maison des horreurs à Gillette Street – entourée d'échafaudages, le bois mis à nu, prêt à recevoir l'apprêt et la peinture. Cette baraque était une sorte de malédiction. J'arriverais peut-être à convaincre Labanara de terminer le travail à ma place. Ou Thayer Kitchen, d'Easterly. Kitchen faisait surtout des murs de pierres sèches, mais, entre deux chantiers, il accepterait probablement de peindre. Quel que soit celui qui voudrait bien prendre la suite, je devrais le payer de ma poche. Mais, simplement pour ne pas avoir à retourner sur les lieux, j'étais prêt à perdre cet argent...

Je me demandais dans quel état était Ruth Rood. Quelle histoire ! Elle monte dans la mansarde et qu'est-ce qu'elle voit ? De la cervelle partout. Et qui va s'offrir le nettoyage ? Pas Ruth, j'espère. Quel salopard, ce Rood ! Une fois remise du choc, elle sera plutôt mieux sans lui. Qui ne sombrerait pas dans l'alcool, mariée à un mec pareil ?

Mieux sans lui : exactement ce qu'avait dit le père de Dessa quand elle avait annoncé notre divorce. C'est Leo qui me l'a rapporté. Ça s'était passé chez les Constantine, après le pique-nique annuel du 4 Juillet pour les employés de la maison, une fois tout le monde parti, sauf les membres de la famille. On était séparés depuis deux mois... Ça m'avait fait vraiment mal d'apprendre ça de la bouche de Leo. *Mieux sans lui,* voilà ce qu'avait dit le Vieux. On s'était toujours plutôt bien entendus, Gene et moi. On se portait une sorte d'estime réciproque. À une époque, après la mort du bébé, on avait passé beaucoup de temps ensemble, quand Dessa demandait à sa mère de venir et que Gene l'accompagnait. « Tu es comme un fils pour moi, Dominick, m'avait-il dit un soir, le fils que je n'ai jamais eu. » Et j'avais marché, je l'avais cru, lui qui avait fait fortune en vendant des demi-vérités et des fausses promesses aux acheteurs de voitures. Moi qui cherchais mon vrai père depuis toujours... Mais qu'avais-je espéré ? Qu'il prendrait mon parti au détriment de sa fille aînée, sa fierté et sa joie ? Qu'est-ce que je savais de la loyauté d'un père, de toute façon ? En fait de modèle paternel, j'avais été servi avec le type qui avait engrossé ma mère et l'avait abandonnée, enceinte de jumeaux. Côté pères, j'étais de la marchandise non réclamée. Mon frère et moi, on était restés à vie sur l'embarcadère. Deux colis jumeaux à la charge de Ray Birdsey...

Et puisque, pour une fois, je ne me racontais pas d'histoires, autant admettre que Gene avait raison. Dessa était mieux sans moi, sans tout ce que je traînais : une enfance merdique, un frère cinglé, et cette vasectomie que je m'étais fait faire sans même la consulter – la goutte d'eau qui avait fait déborder le vase. J'avais agi dans son dos pendant qu'elle était en voyage. « Ta hargne empoisonne tout ce qu'il y a de bon en toi, m'avait-elle dit le matin où elle avait plié bagage. Je m'en vais parce que tu pompes tout l'oxygène de la pièce, Dominick. J'ai besoin de respirer... » Elle avait raison. Maintenant que j'étais cloué là, exclu du jeu par ma chute chez les Rood, je comprenais enfin. Cette opération nous avait ôté la simple possibilité d'avoir des enfants... il fallait vraiment être un con habité par la colère pour avoir fait ça. Je pouvais toujours m'exciter sur la loyauté paternelle. Où était la loyauté d'un père qui décidait de rendre impossible la venue d'un autre enfant ? Que dis-tu de ça,

Birdsey ? Elle était rentrée de Grèce en sachant qu'elle voulait un autre bébé. Regarde les choses en face, Birdsey. C'est elle qui est partie, mais c'est toi le responsable de votre séparation, toi qui lui pompais son oxygène, qui avais tué tout espoir... Et ces fantasmes de réconciliation dont tu t'étais bercé – ce besoin de passer devant la ferme où elle habitait maintenant avec son copain. Malsain, mon vieux... J'étais encore retourné là-bas le soir où j'avais bousillé mon camion. Ça faisait des années que je donnais dans ce genre de conneries. Si seulement je m'étais foutu en l'air moi aussi ! Mais, après tout, c'était peut-être déjà fait, depuis le jour où j'étais allé voir cet urologue. Bousillé. La mort d'Angela était comme une énorme épave au milieu de notre vie. Dessa avait passé son chemin et s'en était éloignée. Moi pas. J'étais un animal écrasé sur la route.

Pleure pas. La défense ! La dé-fense !

Mais j'étais trop fatigué pour jouer la défense. Je me foutais pas mal qu'on m'entende pleurer. J'étais épuisé. À bout.

Je me demandais si Ruth Rood avait de la famille sur qui compter. Une amie auprès d'elle. Ce n'était pas une mauvaise femme. Elle avait été sympa avec moi malgré tout... De nouveau, je revoyais Rood à la fenêtre, le regard braqué sur moi. Pourquoi moi, Henry ? Qu'est-ce que tu avais à me regarder comme ça, espèce de salaud, tu voulais m'entraîner avec toi ?

Je doutais de pouvoir tenir longtemps, couché là, à ressasser. Mais que faire ? Sortir de ce lit et me tirer d'ici ? Sauter dans mon camion foutu et prendre la fuite ? Miguel avait parlé de me donner un truc pour me faire dormir. Voilà ce que je voulais : dormir, jusqu'à la fin de cette vie à la con. Me réveiller une fois que tous les gens de ma connaissance seraient morts et que ce bébé dont Joy m'attribuait la paternité aurait atteint l'âge de la majorité. Qu'on me réveille quand ce serait fini. Quand il serait temps de passer l'arme à gauche. L'ennui, c'est qu'en dormant on rêvait. De singes morts, de frères morts... Voyons, Dominick, si tu ne veux ni dormir ni rester éveillé, reste la troisième solution... Si je choisissais cette voie-là, comment allais-je m'y prendre ? Ça m'effrayait, et ça m'excitait aussi un peu. Une chose était sûre : je ne ferais pas un carnage, comme Rood. Personne ne méritait ça. O.K., elle avait couché avec un mec dans mon dos ; elle s'était fait mettre enceinte. Mais cela ne me donnait pas le droit de lui filer des cauchemars jusqu'à la fin de ses jours.

Mon compagnon de chambre s'est de nouveau laissé aller. « Oups, excusez-moi encore une fois. » J'ai essayé de ne pas faire attention. Après tout, je n'aurais peut-être pas à me donner la peine de me supprimer. Je n'avais qu'à me laisser asphyxier en douceur.

« Dites donc, vous voulez le journal ? J'ai le *Record* et le *New York Post*. J'ai fini de les lire. » Avant même que j'aie pu dire non, il avait mis pied à terre et venait à moi.

« Merci. Je les regarderai tout à l'heure.

— Quand vous voudrez. J'en ai plus besoin. Sans blague, je m'excuse pour ces gaz. C'est ce régime qu'on m'a donné. Je peux pas me retenir.

— Pas grave. » Bon, à présent, qu'il retourne dans son lit et qu'il la boucle. J'ai pas envie d'être son copain d'hôpital. Qu'il me laisse penser tranquillement et taquiner l'idée de me donner la mort.

« Au fait, je m'appelle Steve. Steve Felice. »

Il attendait. Il ne me lâchait pas. « Dominick Birdsey.

— Peintre en bâtiment, c'est bien ça ?

— Jusqu'à maintenant, oui. À présent, je ne sais pas ce qui va se passer, avec ma jambe. » Il ne décollait pas. « Et vous... que faites-vous ?

— Moi ? Je suis au service des achats. À la Navale. » En un sens, on était tous les deux dans la même galère, a-t-il conclu. Ça finissait par vous rendre dingue de ne pas savoir d'un mois sur l'autre si on ferait partie de la prochaine fournée de licenciements. C'est ce qui lui avait donné son ulcère. Jusque-là, il ne s'était jamais fait beaucoup de bile. Pas trop, en tout cas. Mais il avait entendu dire que les Indiens allaient commencer à embaucher au printemps. Ils auraient besoin d'acheteurs, sûrement. Une grosse affaire comme ça ! Ils auraient forcément à commander et à acheter du matériel. Sinon, il se lancerait dans un truc complètement différent – croupier au vingt-et-un peut-être, ou la gestion d'un des restaurants qui allaient s'ouvrir là-bas. C'était la vie. Il fallait saisir sa chance. Battre un peu les cartes.

Je lui ai dit que mon beau-père travaillait à la Navale Électrique.

« Ray, ouais. On a bien causé tous les deux ces jours-ci. Il est venu vous voir trois ou quatre fois. Il va être content de vous trouver comme ça aujourd'hui, je vous assure. Les idées en place, normal. Vous n'y étiez plus tout à fait. Il s'inquiétait.

— C'est vrai ?

— Pour sûr. Il m'a raconté qu'il est arrivé juste au moment où on vous chargeait dans l'ambulance. Sacré truc : votre gosse qui hurle comme un fou, et vous qui êtes là impuissant. Pour sûr qu'il s'est fait du souci. Les deux miens sont adultes, ils vivent plus à la maison, mais je continue à me faire du souci pour eux. C'est jamais fini. Vous verrez quand le vôtre sera là. C'est pour quand ? Mai prochain, c'est ça ? »

Il faut croire que Joy était montée sur une chaise pour faire une annonce à la ronde.

J'ai attrapé le téléphone et composé le numéro de Ray, avec l'intention de lui faire part du bulletin de santé, de l'informer que j'étais revenu sur la planète Terre. Mais il n'était toujours pas là. J'ai refait mon propre numéro. Cette fois, elle a répondu, d'une voix faiblarde. « C'est moi, ai-je dit. Je suis revenu parmi les vivants. »

Silence à l'autre bout du fil. « Dominick ?

— Ouais. Tu n'as pas encore touché mon assurance vie, si ? »

Elle a paru rassérénée, je dois lui accorder ça – elle répétait mon nom et, quoiqu'elle ne soit pas du genre à verser des larmes, peut-être qu'elle pleurait. On est restés au téléphone au moins une demi-heure. C'est elle qui a parlé presque tout le temps. Quand j'ai raccroché, elle m'avait tout placé : qu'elle m'avait veillé à l'hôpital pendant trois jours, que Ray l'avait rendue folle pour trente-six raisons, que cette fois elle avait des nausées tous les matins. Elle avait enfin réussi à voir le Dr Spencer la veille au soir.

Spencer, mon chirurgien, le nom que je cherchais...

On pourrait mieux se prononcer quand la jambe aurait désenflé, avait-il dit. Il fallait attendre, mais il était plutôt optimiste. Malgré tout, il était un peu ennuyé qu'on ait dû m'administrer autant de calmants. Un mal nécessaire, certes, étant donné la gravité des fractures. Cependant il voulait éviter l'effet d'accoutumance. Ce serait déjà assez difficile comme ça. Huit à dix jours d'hôpital, avec des séances de rééducation à partir de lundi. J'aurais sans doute besoin de continuer la kinésithérapie pendant six mois au moins. On ne pouvait pas encore prévoir dans quelle mesure je récupérerais. Peut-être faudrait-il une nouvelle intervention chirurgicale dans six ou neuf mois. « Un des cas de fracture les plus compliqués qu'il ait jamais rencontrés, d'après lui. Il pourrait en faire l'objet d'un article pour un journal médical. Il voudrait que tu lui signes une autorisation de publier afin de...

— Et Thomas ? Tu sais quelque chose ? Comment s'en est-il sorti ? »

Soupir. Long silence. « Dominick, tu ne peux pas, pour une fois, te soucier de toi plutôt que de ton frère ? Si tu t'étais occupé de toi ces derniers temps au lieu de courir partout comme un poulet décapité, peut-être...

— J'ai raté son audience, Joy. J'ai manqué à mon engagement.

— Franchement, écoute-moi. Il faut que tu cesses de toujours voler à son secours et que tu t'occupes de toi. Tu t'es demandé pourquoi il t'est arrivé tout ça ? Pas étonnant, à force de te précipiter là-bas à chaque instant, de ne plus dormir, de t'énerver sur cette affaire. Tu ferais mieux de prendre soin de toi, Dominick. De moi. De notre enfant. »

Notre enfant ! Comment osait-elle ? Fondamentalement malhonnête, voilà ce qu'elle était. Elle n'avait jamais été capable de dire la vérité. Et il aurait fallu que je me prête à cette mascarade ? Que je joue le rôle du pauvre connard et que je fasse semblant d'être le père de l'enfant ? Que je devienne comme Ray, un père de substitution détesté à vie ?

Elle allait venir me voir dès qu'elle aurait fait sa toilette et mangé un peu. Avais-je besoin de quelque chose ? Pouvait-elle faire quelque chose pour moi ?

« Oui. Appeler Ray. Lui dire que je vais mieux. » Silence. Plusieurs secondes. « Eh bien quoi ?

— Je... Tu ne peux pas l'appeler toi-même ? Je suis sûre qu'il préférerait t'entendre toi. » Très bien. Surtout, qu'elle ne se bouscule pas, qu'elle essaie de manger un peu avant de venir. Qu'elle arrive quand elle pourrait. Je n'étais attendu nulle part.

« Je t'aime, Dominick. Jusqu'à ces derniers jours, je ne m'étais pas rendu compte que je t'aimais autant.

— Bon, à tout à l'heure », ai-je réussi à répondre. Et j'ai raccroché vite fait.

Mon voisin Felice allait décidément me trouver bien pleurnichard. À peine si je savais pourquoi je versais des larmes. Parce qu'elle venait de me dire qu'elle m'aimait et que j'avais été incapable d'en dire autant ? Si seulement j'avais pu prendre mes clefs et foutre le camp, comme d'habitude. Mais j'étais cloué là.

L'Ulcère faisait semblant de ne pas m'entendre. Il s'est relevé pour aller à la fenêtre. S'est mis à siffloter... On craignait que je ne puisse plus me passer de calmants ? Aucun risque si ça devait avoir pour effet secondaire des hallucinations du genre de celle de cette nuit... Je tuais mon frère en l'étouffant. Un morceau de choix pour le Dr Patel, si jamais je retournais la voir. Quelle perte de temps ! À quoi bon fouiller ainsi dans sa petite enfance, comme si on draguait le fond pour chercher un cadavre ?

Porte le cadavre.

Mais il n'est pas mort.

Tue-le.

Était-ce là ce que Thomas avait dû subir depuis vingt et un ans ? Des voix de singes ? La morphine m'avait-elle permis d'entrevoir ce qui se passait dans le cerveau de mon frère ? Je ne me souvenais plus du son de la voix, mais de son pouvoir sur moi, si. Je ne l'avais pas mise en question, j'avais simplement fait ce qu'elle me disait...Peut-être Miguel se trompait-il. Ce n'était pas forcément l'effet de la morphine. Nulle part, dans tout ce que j'avais lu, on ne mentionnait que cette maladie pouvait commencer à l'âge de quarante ans, mais ça ne prouvait rien. Peut-être, finalement, étais-je bien parti pour rejoindre Thomas. Des lits jumeaux pour jumeaux schizophrènes. Des voix de singes en stéréo. Sauf que, moi, je choisirais d'en finir avant d'en arriver là.

« Ouais, il fallait nous entendre hier, votre père et moi, râler après la Navale. »

C'est pas mon père, avais-je envie de dire. C'est mon beau-père. Mais, pour une fois, je me suis tu. Arrête un peu, Dominick. Ça fait des années que tu reprends tout le monde pour qu'on fasse la différence, seulement personne n'en a rien à secouer, sauf toi.

« C'est dégueulasse leur façon d'agir avec les plus anciens. Ils se foutent d'eux avec la retraite. Votre père leur donne presque quarante ans de sa vie, et c'est comme ça qu'on le remercie ? Les grands patrons, ils en ont rien à foutre des ouvriers. Rien n'a changé. Henry Ford en avait rien à battre des gars à la chaîne de montage. Et l'autre, là-bas, à Atlanta, Ted Turner, vous croyez qu'il s'intéresse au pauvre mec qui est balayeur à CNN ?... Dites donc, m'a-t-il demandé en se rallongeant, ça vous dérange si je mets un peu la télé ? C'est pas qu'il y ait grand-chose le samedi matin, mais je deviens un peu enragé ici. On sait jamais, y a peut-être une émission sur la pêche, ou le bowling, un truc comme ça.

— Oui, oui, allez-y.

— Vous pêchez ? »

Je pêchais autrefois, oui, ai-je dit. Mais depuis que je travaillais à mon compte, je n'avais pas dû tremper ma ligne une seule fois.

« Ouais, c'est le revers de la médaille... Moi, j'aime bien ça. Et maintenant, ma copine y a pris goût elle aussi. Au début, c'est tout juste si elle savait tenir une canne. À présent, elle adore ça. Il y a un mois, elle a pris une truite de la longueur de mon avant-bras.

— Je pêchais beaucoup quand j'étais gamin. Avec mon frère. En aval de la Cascade.

— C'est vrai ? Où ça, exactement ? »

Je n'avais pas envie de me laisser embarquer par ce mec dans des histoires de pêche. « Du côté... du côté du cimetière indien. Il y avait trois bouleaux blancs bien alignés...

— Vous n'allez pas me croire ! C'est exactement là qu'on allait, avec mon paternel et mon oncle. Je vois très bien l'endroit. On s'est probablement trouvés là ensemble, vous et moi, et on s'en souvient même pas. Le monde est petit, hein ? » Il a mis la télé. « Au fait, je m'appelle Steve. Steve Felice.

— Oui, oui, vous me l'avez déjà dit.

— Ah bon ? Nom d'une pipe, je perds la boule, ici. Ça me rend dingue de ne rien faire. Je suis du genre actif, vous comprenez. Il faut toujours que je m'occupe, que je lave la voiture, que je tonde la pelouse, vous voyez ? »

Il a essayé plusieurs chaînes, pour finalement s'arrêter à une émission sur la nature – des lions traquaient une antilope. « Il bondit, commentait une voix *off* à l'accent britannique. Il cherche la gorge. »

« Au fait, j'ai oublié de vous dire, il paraît que ma fiancée vous connaît.

— Hein ?

— Ma fiancée. Elle était là hier. Elle dit qu'elle vous a déjà rencontré. Elle vous a pas reconnu tout de suite, et puis tout d'un coup ça a fait tilt.

— Ah oui ? » Pour être poli et sympa, j'aurais dû lui demander le nom de sa fiancée, lui confirmer une fois de plus que le monde était petit. Mais la politesse était le dernier de mes soucis. Et je me foutais complètement de savoir qui était sa fiancée. J'ai fermé les yeux pour mettre fin à la conversation... J'arriverais peut-être à saisir le Dr Spencer pendant le week-end. Quand donc Sheffer allait-elle arriver ? Pour quelqu'un qui devait venir tout de suite, elle prenait son temps.

« Ouais, c'est bizarre. Il y a un an, si on m'avait dit que j'aurais envie de refaire ma vie... Au moment du divorce, je me disais : Ah non, plus jamais. Eh bien voilà. J'ai le projet de me remarier. En Utah, peut-être bien. On est allés là-bas l'été dernier. Vous connaissez l'Ouest ? »

378

J'ai fermé les yeux.

« Vous savez ce qu'on a fait il y a une quinzaine de jours ? On est allés s'acheter chacun une tenue de Far-West – chapeau, bottes, blouson. C'était pas donné. Mais ça nous a tapé dans l'œil à tous les deux. Pourtant, sur beaucoup de choses, elle et moi, c'est le jour et la nuit... »

Je n'ai pas répondu.

« Vous savez où on s'est rencontrés ? »

Je faisais semblant de dormir.

« Chez Partners, le petit grill de la route 4. Un soir, ma sœur et son mari m'appellent à l'improviste pour me demander si je veux venir manger un morceau, et c'est comme ça qu'on s'est retrouvés chez Partners. Ne me demandez pas pourquoi j'ai proposé d'aller là. J'aurais pu nommer une demi-douzaine de restaurants, mais j'ai dit "Partners" et c'est là qu'on a atterri. C'était un jeudi soir, il y avait soirée dansante. Si on m'avait dit il y a un an que j'y rencontrerais ma future épouse... Mais la vie est imprévisible, c'est ce qui en fait la beauté. Quand j'ai atteint la cinquantaine, j'ai commencé à croire au destin, j'ai compris que je ne serais jamais le maître de l'univers... Bref, elle dit qu'elle vous a connu, à une autre période de sa vie. »

Du poste de télé fixé au mur est sorti un grognement, et un bruit de sabots en débandade. « Mais la douce antilope n'est pas sans ressources », disait le présentateur...

Dans une prairie, des gens forment une longue chaîne en arc de cercle et se tiennent par la main. En tête de file, Ray m'agrippe par le pied. Je flotte dans l'air, retenu par la seule poigne de mon beau-père. S'il me lâche, si mon pied se décroche, je vais monter dans le ciel comme un ballon d'hélium...

J'ai ouvert les yeux. Une infirmière noire plutôt rondelette prenait mon pouls. « Je m'appelle Vonette. Aujourd'hui, c'est moi qui m'occupe de vous. Vous avez de la visite, vous avez vu ? »

Sheffer s'est approchée de mon lit, avec un sourire intermittent. Elle avait dans les mains un pot de chrysanthèmes jaunes et un petit paquet. « C'est un cadeau de la part du Dr Patel, et moi je vous apporte des fleurs. » Elle les a flanquées sur la table de chevet.

On a papoté pendant que l'infirmière vérifiait mes paramètres. Elle paraissait encore plus maigre qu'à Hatch. L'air un peu cloche, en fait, avec sa salopette et son bonnet en laine enfoncé jusqu'aux yeux. J'ai immédiatement remarqué sa lèvre : un hématome violet sur lequel elle avait mis de la poudre orangée. Dès qu'elle a vu mon regard, elle a porté la main à sa bouche pour cacher sa lèvre abîmée, exactement comme faisait M'man.

« Je reviendrai changer votre poche dans une demi-heure à peu près, a dit Vonette. Faudrait pas que vous vous envoliez avant qu'on vous apporte votre déjeuner.

— Qu'est-ce que c'est ? Du poulet à la colle forte ? »

Elle s'est tournée vers Sheffer en hochant la tête : « Il faut croire qu'il va mieux. C'est bon signe quand ils commencent à rouspéter pour la nourriture. »

Le lit de Steve Felice était vide, les draps tout fripés. La télé éteinte. J'ai dit à Sheffer que j'étais touché de sa présence, mais qu'elle n'aurait pas dû m'apporter de fleurs.

« J'aurais mieux fait de prendre des œillets, s'est-elle excusée. En montant dans l'ascenseur, je me disais que les chrysanthèmes, ça sent la pisse de chien.

— Alors ? ai-je soupiré.

— Alors...

— Ce n'est pas bon ?

— Ce n'est pas ce que vous vouliez. » Mais pourquoi ne pas commencer par le commencement ?

La Commission d'examen de la sécurité psychiatrique s'était donc réunie la veille de la Toussaint à seize heures, et elle avait deux cas à examiner. À la demande de Sheffer, l'ordre du jour avait été inversé pour me donner le temps d'arriver. Elle avait essayé de m'appeler deux ou trois fois, mais elle tombait toujours sur mon répondeur.

Tandis qu'ils m'attendaient à l'entrée de la salle, Thomas, un garde et elle, mon frère, ne me voyant pas arriver, s'était montré de plus en plus agité. Il craignait le pire, avait-il confié à Sheffer : les Syriens m'avaient sans doute enlevé. Bush et Assad avaient tous les deux beaucoup à gagner si l'Amérique et l'Irak entraient en guerre. Lui-même, Thomas, l'instrument de la paix, était particulièrement menacé, mais ses proches l'étaient aussi.

Il m'avait vu ligoté et bâillonné dans une geôle syrienne où des brutes me frappaient et me brisaient les pieds avec des battes de bois. Sheffer avait essayé de le détromper, mais il s'était énervé, lui rappelant que les vrais jumeaux communiquaient par des voies dont elle ignorait tout. Il s'était mis à crier pour la faire taire. « Le garde est intervenu et, cette fois, Thomas s'en est pris à lui. "Mon frère est blessé, je le sais", insistait-il. Ce qui, hélas, était la vérité. »

Pour calmer tout le monde, elle avait voulu prendre Thomas par la main. C'est alors qu'il avait perdu la tête, il s'était débattu et l'avait frappée au visage. Le garde avait bondi pour immobiliser mon frère, faisant tomber Sheffer du même coup. Il n'avait lâché Thomas qu'à la demande expresse de Sheffer.

« Il vous a frappée ? C'est lui qui vous a esquinté la lèvre ?

— J'espérais que ça ne se verrait pas trop. Au temps pour moi. J'ai toujours été nulle pour me maquiller. »

Elle avait fait de son mieux afin de minimiser l'incident, à la fois auprès du garde et de la secrétaire médicale accourue d'un bureau voisin. Elle avait tenté de ramener l'attention de Thomas sur l'audience. Elle craignait que la Commission n'ait entendu le tapage.

« Je ne peux pas croire... C'est la première fois qu'il fait une chose pareille.

— Ce n'est peut-être pas la peine que je vous donne tous les détails, Dominick. J'ai apporté un exemplaire du procès-verbal. Vous ne voulez pas que je vous le laisse pour...

— Non, continuez. Quand je pense qu'il vous a frappée ! »

À la fin de l'audience de l'autre patient, Sheffer ne saignait plus, mais sa lèvre avait commencé à enfler. Thomas et le garde s'étaient tous deux un peu calmés. Le président de la Commission, le psychiatre Richard Hume, avait refusé de reporter la séance. La réaction du public et l'attention accordée par les médias au cas de Thomas nécessitaient que certaines mesures soient prises, avait-il dit.

Sheffer avait alors rappelé qu'il fallait considérer l'intérêt du patient avant de se soucier de l'effet négatif des médias auprès du public. Elle avait posé tout haut la question de savoir si ce battage autour de Thomas n'empêchait pas la Commission d'entendre en toute objectivité des arguments en faveur de sa libération. « Pure idiotie de ma part, Dominick. J'ai voulu me faire l'avocat du diable, mais ça s'est retourné contre nous. Vous comprenez, j'étais là à parler en ouvrant à peine la bouche pour qu'ils ne remarquent pas ma lèvre enflée ; je tremblais que Thomas ne pique une crise devant eux ; je ne savais pas où vous étiez. J'étais dans tous mes états. J'ai commis le péché mortel de mettre en cause la souveraineté de leur jugement. Exactement ce que je n'aurais jamais dû faire. »

Des regards avaient été échangés. Le Dr Hume avait déclaré apprécier le « zèle missionnaire » de Sheffer dans la défense de son client ; néanmoins la Commission n'avait pas besoin qu'on lui rappelle ses obligations, ni envers le patient ni envers la communauté. Après cela, tout s'était déroulé poliment, efficacement et dans une atmosphère glaciale. « Ensuite est arrivé le moment d'interroger Thomas. Tenez, voici le procès-verbal. Je vous le laisse. Je descends prendre un café. Je reviens dans un petit quart d'heure, et si vous voulez me poser des questions...

— Il ne me reste qu'à lire et à pleurer, c'est ça ?

— Je reviens dans un quart d'heure. »

J'ai parcouru rapidement la première partie, avant d'en arriver à l'interrogatoire de mon frère.

La Commission voulait entendre de sa bouche la raison pour laquelle il s'était tranché la main.

Sa réponse se trouvait dans la Bible : « *Si ta main droite est pour toi une occasion de chute, coupe-la et jette-la loin de toi.* »

Fallait-il comprendre qu'il s'était mutilé pour expier ses péchés ?

Pas les siens, ceux de l'Amérique.

À savoir ?

« Son attitude belliciste, sa soif de profit, le sacrifice de ses enfants. »

Se sentirait-il de nouveau obligé, à l'avenir, de porter atteinte à sa propre personne ?

Il ne le souhaitait pas, mais il recevait ses instructions du Seigneur tout-puissant. Il était l'instrument de Dieu et accomplirait tout ce qui était nécessaire.

Un membre de la Commission désirait savoir comment Thomas s'accommodait du régime de Hatch.

Il avait horreur de ce lieu. On y était surveillé comme par un œil de faucon. On ne pouvait pas fumer quand on voulait. Souvent on le réveillait et on le violait au milieu de la nuit. On lui volait son courrier. Il savait que Jimmy Carter lui avait envoyé trois lettres recommandées, qui avaient été interceptées.

Pourquoi pensait-il que l'ex-président des États-Unis essayait de le contacter ?

Pour l'accompagner au Moyen-Orient dans une mission en faveur de la paix.

Et qui interceptait son courrier, à son avis ?

Thomas avait entonné une fois de plus son couplet sur Bush, aux mains salies par le sang de la CIA. Que ne relisaient-ils l'histoire de leur pays, tous autant qu'ils étaient ! Ils comprendraient qu'il y avait une faille essentielle dans les fondations de l'Amérique. Il avait enchaîné sur la Piste des Larmes, les camps d'internement pour les Japonais-Américains pendant la guerre et jusqu'aux conditions de vie actuelles des enfants dans les ghettos. Les fusillades aveugles, le crack : tout était lié au profit, au prix du pétrole brut. C'était parfaitement évident. Pourquoi était-il le seul à le voir ?

À voir quoi, précisément ?

Le complot !

Jésus avait voulu que nous bâtissions une nouvelle Jérusalem, mais c'est Babylone que nous avions reconstruite. Et ainsi de suite...

Un membre de la Commission avait demandé si Thomas comprenait pourquoi on l'avait interné à Hatch.

Oui, il était prisonnier politique. On était parvenu au moment critique prophétisé dans l'Apocalypse. En tant que nation, notre seul espoir était de quitter la voie de l'avidité et du profit pour suivre celle de la spiritualité. Dieu s'était servi de lui, Thomas, afin de diriger ce mouvement. L'État voulait le garder sous les verrous. On essayait délibérément de lui casser le moral, mais c'était le sous-estimer, comme on avait sous-estimé la capacité de résistance des paysans vietnamiens. Il était investi d'une mission divine : empêcher une guerre impie qui ferait tomber l'Amérique et le monde occidental sous le coup de la plus horrible des prophéties bibliques. George Bush était un faux prophète, et l'Irak, le dragon qui allait se réveiller et dévorer tous les enfants de la Terre. Le capitalisme nous tuerait tous.

Thomas avait déclaré à la police que son sacrifice à la bibliothèque lui avait été inspiré par certaines voix. Était-ce exact ?

Oui.

Se sentait-il toujours obligé d'obéir aux voix qu'il entendait ?

Les voix du bien, oui. Il repoussait celles du mal.

Et il arrivait à les distinguer ?

La voix de Jésus ne ressemblait à aucune autre.

Car Jésus lui parlait ?

« Jésus nous parle à tous. Mais moi, je l'écoute. »

Que lui disaient les voix du mal ?

Des choses qu'il préférait ne pas répéter publiquement.

À supposer qu'une voix du bien, celle de Jésus-Christ, lui demande de tuer un de Ses ennemis, par exemple. Thomas se sentirait-il obligé d'obéir ?

Si Jésus le lui demandait ?

Oui, Jésus Lui-même.

La question était ridicule. Jésus ne lui demanderait jamais de faire du mal à quiconque. Il était mort sur la croix pour montrer la lumière.

Mais si, par exemple, Jésus lui disait : « Retourne à la bibliothèque et tranche la gorge de la femme qui est à la réception, car c'est un agent du diable. Il faut la supprimer pour sauver le monde. Pour sauver des enfants innocents. » Si c'était Jésus qui le lui demandait, Thomas brandirait-il son couteau contre cette femme ?

Jésus ne lui demanderait pas une chose pareille, a répété Thomas.

Mais à supposer qu'Il le fasse ?

À supposer cela ?

Oui, à supposer.

Oui.

Sheffer est revenue avec son café. Je lui ai rendu le document. « Vous êtes allé jusqu'au bout ? » m'a-t-elle demandé.

Je m'étais arrêté au moment où ils avaient réussi à lui faire dire qu'au nom de Jésus il assassinerait une bibliothécaire !

« Finalement, quel a été le verdict ? » Comme si je ne le savais pas déjà.

La Commission avait décidé, à l'unanimité, de maintenir mon frère à Hatch pendant un an, pour la raison qu'il s'était montré potentiellement dangereux envers lui-même et envers autrui. Son cas serait réexaminé en octobre 1991 et, à ce moment-là, il serait décidé soit de le libérer, soit de le garder une autre année.

J'ai demandé à Sheffer comment Thomas avait pris la nouvelle.

« Stoïquement. Mais vous savez qui a très mal pris la chose ? Votre beau-père.

— Ray ? Pas possible !

— Il s'est mis à pleurer quand je lui ai annoncé la décision de la Commission. Au point qu'il a dû raccrocher et me rappeler ensuite. J'étais désolée pour lui. »

Pauvre Ray, me suis-je dit : à quarante ans, on continuait, nous deux, à lui empoisonner l'existence. Mais de là à croire qu'il avait pleuré. À cause de Thomas.

« Je suis désolée, a repris Sheffer. Si je n'avais pas perdu mon sang-froid, au début de la séance... »

Je lui ai rappelé ce qu'elle m'avait répété tant de fois : la décision avait sans doute été arrêtée avant la réunion.

« Oui, mais si... »

Bras croisés sur la poitrine, la tête enfoncée dans mon oreiller, je n'avais plus assez d'énergie pour être furieux, indigné ou autre. J'étais vidé. Brisé. Je me suis soudain rendu compte que la visite de Sheffer m'avait épuisé.

« Faites-moi plaisir, vous voulez ?

— Oui, bien sûr. Quoi donc ?

— Allez passer la journée dans un endroit sympa avec votre fille. Amusez-vous bien toutes les deux. »

Elle m'a souri. « Écoutez-moi. Vous savez qu'on s'occupera bien de lui, le Dr Patel, le Dr Chase et moi. Maintenant, vous êtes autorisé à venir le voir. Il va se stabiliser, Dominick. J'en suis sûre. Tenez, m'a-t-elle dit en me tendant le cadeau du Dr Patel. Vous ne voulez pas l'ouvrir ? »

J'ai défait le paquet, soulevé le couvercle de la boîte et sorti de son nid de papier de soie une statuette en stéatite d'une dizaine de centimètres – réplique de celle qu'elle avait dans son cabinet.

« J'aime bien la façon dont elle sourit, a commenté Sheffer.

— Pas elle, *il*. C'est Shiva, le dieu de la Destruction.

— De la Destruction ? » Elle m'a regardé d'un drôle d'air.

Le Dr Patel avait joint une carte. *Cher Dominick, je vous offre Shiva, le dieu qui danse, en espérant que vous serez bientôt sur pied et que vous danserez en laissant votre souffrance derrière vous. Vous souvenez-vous du message de Shiva ? Avec la destruction vient la renaissance. Portez-vous bien.*

Sheffer était sur le départ quand Joy est arrivée. J'ai fait les présentations. Joy n'a pas manqué d'épingler la salopette et le bonnet enfoncé sur la tête. C'était un peu étrange de voir l'humour et l'assurance de Sheffer s'évaporer immédiatement en la présence de Joy. On aurait cru qu'elle allait disparaître à l'intérieur de son vêtement.

« Qui est cette hippie ?

— L'assistante sociale de Thomas. »

J'ai fait part à Joy de la décision de la Commission de garder Thomas à Hatch. Elle était plus jolie que jamais, mais pâle, l'air fragile et défait. Quand j'ai commencé à lui parler de Thomas, elle s'est penchée pour m'embrasser sur le front. « Je t'aime, Dominick. » Ma gorge s'est serrée. Je n'ai pas pu lui rendre la pareille.

Entre son inquiétude à mon sujet et ses nausées de femme enceinte, elle n'avait ni dormi, ni mangé ni fait grand-chose d'autre que se cramponner aux toilettes toute la journée. Elle avait appelé le cabinet médical. On lui avait dit de ne pas se faire de souci : le bébé prendrait ce qu'il lui fallait à l'intérieur de son corps, qui savait donner la priorité au fœtus. Ses nausées allaient passer. Les petits bébés étaient plus résistants qu'elle ne pensait.

Soudain j'ai revu Angela, poings serrés, une écume sanguinolente aux lèvres...

« J'ai encore du mal à y croire. Dire que je vais être mère ! »

Nous avons parlé de ce qui nous attendait dans les mois à venir – sa grossesse, mon état physique, mon entreprise. Je devenais fou, ai-je dit, allongé là, à imaginer les cas de figure les plus catastrophiques. Et quand je m'assoupissais, j'avais des hallucinations terribles.

« Quoi donc ?

— Peu importe. Je n'ai pas envie d'en parler. »

Elle reviendrait me voir dans la soirée. Avais-je besoin de quelque chose ? Je lui ai expliqué dans quel endroit de mon bureau se trouvaient mes polices d'assurance pour l'entreprise, et mon assurance vie. Pouvait-elle me les apporter ? Je devenais dingue à l'idée que je n'étais peut-être pas couvert pour cet accident.

Je me suis remis à pleurer.

Tout allait s'arranger, a-t-elle promis. Il fallait que j'essaie de ne plus penser ni à ma jambe ni à mon frère, mais au bébé, au fait que j'allais être père. Elle a touché ma hanche prudemment, comme un plat chaud sortant du four.

Peut-être que plus rien n'avait d'importance désormais. Pourquoi, au lieu de résister, ne pas m'abandonner à mon épuisement ? C'est ainsi qu'on se noyait, en cessant de lutter, en se laissant aller, en capitulant... Peut-être était-ce aussi l'attitude de Thomas, à Hatch. Il avait reçu la nouvelle stoïquement. Quelle ironie, vraiment ! Il avait toujours été le pleurnichard, et moi le dur à cuire, celui qui ne baissait jamais sa garde. Pourtant, depuis que j'étais tombé du toit des Rood, je ne savais plus que fondre en larmes. À présent, c'était moi le pleurnichard, et Thomas le stoïque. Lui qui était bouclé pour un an dans un bloc de haute sécurité prenait la chose sans sourciller. Je n'ai pas pu m'empêcher d'en rire.

« Qu'est-ce qu'il y a de drôle ? » m'a demandé Joy.

Au lieu de répondre, j'ai essuyé mes larmes. Je me suis mouché. Comme disait Felice : il fallait croire au destin, se laisser entraîner par le courant. À la réflexion, c'est ce qui se passait quand on se noyait, ni plus ni moins.

« Non, rien ne va s'arranger, ai-je dit.

— Mais si.

— Non, rien. Même si ça pouvait s'arranger, je suis trop fatigué, je n'en peux plus, Joy. Je n'ai plus qu'une envie : agiter le drapeau blanc, laisser l'eau entrer dans mes poumons.

— Ce sont les narcotiques et les calmants qui te dépriment.

— Non, ce ne sont pas les médicaments. Quand je suis tombé chez Rood, je ne me suis pas bousillé seulement la jambe. Ni la chirurgie ni la kinésithérapie ne pourront réparer ça. Je n'en peux plus, Joy. Je n'ai plus envie de lutter. »

Il fallait que je pense à l'enfant, m'a-t-elle répété.

Je n'avais pas prévu d'aborder le sujet. J'avais décidé de me taire, au moins jusqu'à la naissance, ou jusqu'à ce que je n'en puisse plus. Peut-être même jusqu'à la fin de mes jours. Je ne savais pas trop comment ça allait tourner. Mais tout d'un coup, j'ai compris que j'étais trop las pour continuer à jouer le jeu.

« Je sais que l'enfant n'est pas de moi. »

Elle a semblé plus déconcertée que surprise. « Comment ça, pas de toi ? Bien sûr que si. Qu'est-ce que tu racontes ?

— C'est impossible. Je suis stérile. J'ai eu une vasectomie quand j'étais marié.

— Quoi ?

— Je ne t'en ai jamais parlé. Dessa et moi, on a eu un enfant. Une petite fille, Angela. Elle est morte.

— Arrête, Dominick. Qu'est-ce qui te prend ?

— J'aurais dû te le dire, je sais, mais... je considérais que c'était inutile puisque, de toute façon, tu ne voulais pas d'enfant... Seulement, aujourd'hui, je comprends que c'est comme si je t'avais menti. Tu n'es pas la seule à avoir manqué d'honnêteté. Nous nous sommes menti mutuellement. Je ne suis même pas furieux, en fait... Quand je pense à la façon dont je t'ai traitée depuis deux mois...

— Ce sont les médicaments qu'on te donne qui te mettent ces idées bizarres dans la tête.

— Je ne peux pas avoir d'enfant, Joy. Je ne sais pas qui est le père de ton enfant, mais ce n'est pas moi. Je ne suis pas furieux, non, je suis juste triste. Je ne peux plus faire semblant. Je ne peux plus jouer le jeu. Ce n'est plus possible.

— Arrête, a-t-elle insisté en riant. Tu gâches tout. Bien sûr que cet enfant est de toi. Tu vas aller mieux, on va avoir ce bébé, on va acheter une maison et... De qui voudrais-tu qu'il soit, Dominick ? Je ne comprends pas de quoi tu parles. »

L'infirmière est entrée. Vonette. Elle a regardé ma perfusion. M'a pris la main pour vérifier mon pouls. Joy s'est écartée du lit. Elle avait l'air traumatisée. Épouvantée. Je regrettais de l'avoir effrayée en lui parlant d'Angela, ça n'était pas mon intention. Mais je n'avais pas pu me retenir, j'étais trop fatigué. Je ne voulais rien d'autre que dormir.

« Où est votre collègue ? Il est pas parti au moins ?

— Je ne sais pas. Il est sans doute dans le solarium.

— Vous avez un peu trop de tension, mon petit. Je viendrai vous la reprendre d'ici une demi-heure. D'accord ?

— Oui.

— Bon, maintenant, si vous permettez, a-t-elle dit à Joy, je dois vérifier son cathéter et changer sa poche. Je vais tirer le rideau deux minutes, après vous pourrez revenir près de lui. »

Joy s'est éloignée un peu plus en souriant. Vonette a tiré le rideau entre nous.

Je m'étais attendu à un coup d'éclat quand je mettrais les pieds dans le plat en lui prouvant qu'elle m'avait trompé. Or pas du tout. J'avais terriblement sommeil.

« Voilà, c'est fait », a dit Vonette.

Elle a ouvert le rideau. Joy avait disparu.

Ray est passé dans l'après-midi. Et de nouveau dans la soirée. On n'a prononcé le nom de Joy ni l'un ni l'autre. En fait, on ne s'est pas dit grand-chose. On s'est contentés de regarder la télé ensemble. J'ai somnolé la plupart du temps. Leo et Angie sont venus le dimanche après-midi, avec un poster fait par les enfants. Quand Angie m'a demandé où était Joy, j'ai vaguement parlé d'un rhume.

Leo est revenu seul plus tard, avec une énorme corbeille de fruits comme on en voit dans les magazines. « Meilleurs vœux de prompt rétablissement, mentionnait la carte. Affectueusement, Gene et Thula Constantine. » Affectueusement ? Depuis quand ? Leo s'est chargé d'enlever la Cellophane et il s'est mis à manger un fruit après l'autre, s'entraînant à faire des paniers avec les trognons, les pelures et les écorces. « Bon, alors où est-elle ? a-t-il fini par me demander.

— Qui ?

— Joy. C'est vrai qu'elle est malade ? »

J'ai bâillé. J'ai changé un peu de position à l'aide de la barre. Sa visite me faisait plaisir, mais est-ce qu'il voulait bien me laisser maintenant ? J'étais fatigué. J'avais envie de dormir.

Je somnolais avec la télé allumée. Quelque chose m'a réveillé. Une ombre. J'ai ouvert les yeux.

Il était là, debout devant moi, à me regarder. La Duchesse.

« Qu'est-ce que vous voulez ? »

Il m'a tendu mon baladeur et une cassette. Je ne comprenais pas.

« C'est de la part de Joy. Elle veut que vous écoutiez ça.

— Ah ouais ? Elle ne pouvait pas me l'apporter elle-même ? Où est-elle ?

— Dans la voiture. Elle vous explique tout sur la cassette. Vous n'avez qu'à l'écouter. »

Il a tourné les talons et il est parti.

« C'est ce qu'on appelle une courte visite, a dit Felice.

— Comment ?

— Votre ami. Il est vraiment pas resté longtemps.

— Mon ami ? »

Dominick. Toute la journée, j'ai essayé de t'écrire une lettre, mais je n'y arrive pas. Je n'ai jamais été très forte pour mettre les choses par écrit, alors Thad m'a dit : « Et si tu enregistrais ce que tu as à lui dire sur une cassette ? » C'est une bonne idée, parce que j'ai tellement de choses à t'expliquer... Je ne sais pas, Dominick, mais je crois que si je n'avais pas tellement honte de moi, je serais venue te dire tout ça en personne.

J'ai beaucoup réfléchi depuis que je t'ai vu hier après-midi. J'ai été debout toute la nuit, à penser à toi et à moi, à ce que j'ai fait de ma vie, à me demander où je vais. Je dois avouer que tu m'as coupé le souffle quand tu m'as dit que l'enfant ne pouvait pas être de toi. Je voulais que ce soit ton enfant, Dominick. Notre enfant. Quand tu prétendais qu'on ne pouvait pas « vivre heureux » tous les deux, que c'était quelque chose que tu ne pouvais pas me donner, je me persuadais que si. Mais, comme d'habitude, je me racontais des histoires.

Toute petite déjà, je me voyais en gentille maman avec une jolie maison, un mari qui m'aimait et des mignons petits enfants. J'ai eu une vie affreusement compliquée, et pourtant c'était vraiment ça mon rêve... Je t'ai déjà parlé de mon enfance, je sais, mais je suis loin de t'avoir tout raconté. C'était dur. Avec tous les maris et les amants de ma mère... Au moment où je commençais à m'habituer à un endroit, on déménageait. Tout le temps, ma mère disait : « Cette fois, ça y est, j'ai trouvé ce que je cherchais », et elle n'avait pas plus tôt dit ça qu'on repartait ailleurs. Hier soir, j'ai compté toutes les écoles où je suis allée avant mon bac. Je suis arrivée à neuf. C'était la première fois que je faisais le calcul. Neuf écoles à l'âge de dix-sept ans.

Le pire, c'est quand elle était entre deux aventures. Des fois, il n'y avait plus rien à manger à la maison et je lui disais : « M'man, il faut que tu te mettes à travailler pour qu'on puisse manger », et elle me répondait : « T'en fais pas. Je vais bien rencontrer quelqu'un. » Quand les placards étaient vides, on volait dans les magasins... On remplissait un chariot comme si on faisait un gros marché, et on mangeait des trucs sur place, des bananes, des biscuits, du fromage. Puis on faisait semblant d'avoir oublié quelque chose dans une autre travée et on sortait, et ma mère me disait : « Te retourne pas ! Avance ! » Souvent j'avais encore faim, mais elle me poussait dehors.

Dans les moments où elle n'avait personne, elle s'habillait pour sortir le soir. Comprends-moi bien, c'était pas une pute, mais il fallait qu'elle aille se montrer dans les bars pour que les hommes s'aperçoivent de son existence... Je la trouvais très belle quand elle sortait comme ça. Je l'aidais toujours à se préparer, à se coiffer, à remonter sa fermeture Éclair dans le dos. C'était comme si j'avais joué à habiller mes poupées, sauf qu'il s'agissait de ma mère. Ça ne m'avait jamais paru bizarre ni rien, mais quand je me suis fait arrêter, tu sais, quand je suis allée voir le Dr Grork, il a dit que c'était anormal. Malsain. Je ne m'étais jamais posé de questions là-dessus. C'était notre vie, c'est tout...

J'avais horreur de rester seule le soir quand elle sortait. C'est pas que je lui en veuille. Elle ne pouvait pas faire autrement. Avec quoi aurait-elle payé une baby-sitter alors qu'on n'avait pas de quoi payer ce qu'on mangeait dans les magasins ?... Mais j'étais toujours sur les nerfs quand elle sortait comme ça. Je m'imaginais que j'allais voir arriver un tueur ou un cambrioleur. J'étais dans un tel état nerveux que je m'arrachais les poils des sourcils. À l'école aussi, tout le temps. C'était devenu un tic. En huitième, j'avais une sorcière d'institutrice qui criait après moi sans arrêt parce que je me faisais saigner autour des sourcils. J'ai encore une photo de classe de cette année-là, que je ne t'ai jamais montrée. On vivait à Tustin. Juste avant que ma mère ne rencontre Mike. C'est assez pathétique : on voit des cicatrices rouges à la place de mes sourcils. Chaque fois que je regarde cette photo, j'en ai des crampes d'estomac comme quand je restais seule toute la nuit, ou la moitié de la nuit. J'ai l'impression de redevenir cette même petite fille, qu'il n'y a jamais rien eu d'autre dans ma vie. C'est fou... Si je te raconte tout ça, c'est pas pour que tu me plaignes, Dominick, c'est juste pour essayer de t'expliquer pourquoi je tenais tant à avoir une maison, et un enfant, à ce qu'on se marie aussi peut-être. Mais tu dois reconnaître que je ne t'ai jamais forcé la main...

Tu es persuadé que je me suis fait mettre enceinte pour te piéger et me faire épouser, et ça me fait vraiment de la peine, parce que c'est tout autre chose. Honnêtement.

Je crois réellement qu'avec cet enfant je vais changer en bien et devenir meilleure. Depuis que tu m'as parlé de la mort de ta petite fille, hier, je n'ai pas arrêté d'y penser. Je te plains vraiment ; ça doit être très dur. Et ça m'éclaire sur des tas de choses que je n'ai jamais comprises de toi. Pourquoi tu es tellement plein de hargne envers tout le monde. Je regrette que tu ne m'aies rien confié. Peut-être que j'aurais pu t'aider.

Je pense aussi à ton ex-femme. Sans doute parce que je vais être mère moi aussi... Je ne te l'ai jamais dit, mais je l'ai vue un jour. Je ne sais même plus comment elle s'appelle, mais je sais que c'était elle. Elle était au centre commercial avec Angie. C'est sa sœur, non ? Elles ne m'ont pas vue, alors... je les ai suivies. Je me suis assise derrière elles à la cafétéria pour écouter leur conversation. Elles parlaient de leur mère, de ce qu'elles allaient lui offrir pour son anniversaire. Et je me disais : Dominick était avec cette femme avant de vivre avec moi... Elle avait l'air sympathique. J'aurais bien aimé qu'on soit amies toutes les trois, elle, Angie et moi, et qu'on fasse nos courses ensemble. Ça paraît sans doute un peu bizarre, mais je n'ai jamais eu beaucoup d'amies. Les femmes ne m'aiment pas, je ne sais pas trop pourquoi. Le mois dernier, à Hardbodies, Patti a organisé une petite fête pour donner ses cadeaux à Greta, la nutritionniste, qui vient d'avoir un bébé, et je crois que je suis la seule à ne pas avoir été invitée. Je crois que si je devais continuer à travailler là, ce qui n'est pas le cas, personne ne me ferait le moindre cadeau pour la naissance du bébé.

Tout juste si je recevrais une carte signée par tout le monde. Quand on change d'école neuf fois pendant sa scolarité, on n'a pas l'occasion de se faire beaucoup d'amies. J'ai vingt-cinq ans et je n'ai jamais eu une seule amie véritable, malheureusement.

Bref, ton ex-femme m'a paru sympathique, et drôle... Tu n'as jamais cessé de l'aimer, je le sais. Tu n'as jamais rien dit, mais c'était comme si tu me cachais toujours quelque chose. Je n'étais pas à la hauteur, et tu as toujours pensé que je n'étais pas assez intelligente pour toi. Tu n'as jamais rien dit, mais je le savais bien. Enfin, hier soir, je pensais à cette petite fille qu'elle a perdue, et j'en pleurais pour elle. L'idée que tout pourrait mal tourner m'effraie un peu. Enfin, tout ça explique aussi beaucoup de choses. Dommage que tu ne m'en aies pas parlé plus tôt.

J'en arrive maintenant à la partie la plus difficile de ce que j'ai à te dire. Je voudrais que tu te souviennes d'une chose. Mes sentiments pour toi ont toujours été sincères. J'ai peut-être été malhonnête à bien des égards, mais pas sur les sentiments que je te porte. D'une certaine manière, tu m'as rendue plus heureuse que les autres hommes que j'ai eus dans ma vie. Sans doute une manière de dire que je voudrais que l'enfant soit de toi. Car je t'aime vraiment, Dominick.

C'est Thad le père. C'est très compliqué, mais je crois que je te dois une explication, si tu es toujours à l'écoute...

Je ne t'ai jamais révélé la vérité à propos de Thad. Pour commencer, il n'est pas gay, il est bisexuel. Tu t'en es sans doute déjà aperçu. Hier, il a tout avoué à Aaron, qui l'a mis à la porte. Autre chose : Thad et moi, nous nous connaissons depuis très très longtemps. Tu te souviens de ce demi-frère de ma mère dont je t'ai parlé, qui était venu habiter chez nous en Californie ? C'était lui. Je n'avais que douze ans quand ça a commencé entre nous, et lui en avait dix-neuf. Il a toujours fait plus jeune que son âge. Je n'étais qu'une gamine, je ne savais pas ce que je faisais. Enfin, oui et non. Mais, comme on dit, je l'avais dans la peau. Il était dans la marine à cette époque-là. C'est quand il a été muté à Portsmouth qu'il a eu des expériences avec des hommes. Il me racontait tout ça par téléphone, quand je rentrais de l'école. Ça me rendait malade. Je n'en mangeais plus. C'était complètement malsain, et il en a toujours été ainsi entre lui et moi. C'est comme une maladie.

Tu te rappelles, quand j'ai été arrêtée par la police ? Le Dr Grork me répétait qu'il fallait que je me débarrasse de Thad et que je te dise la vérité. Que je me décharge de ces mensonges. C'était un gros risque à prendre, mais il fallait que j'en passe par là si je voulais vraiment obtenir ce que je désirais depuis toujours... Mais je n'ai pas pu. Par peur, sans doute. Je sais que ça n'est pas bon pour moi. Mais je ne peux pas rompre avec Thad. Par moments, je le déteste. Tu es cent fois meilleur qu'il ne le sera jamais, Dominick. Il est très manipulateur, très dominateur. Lui et moi, c'est comme une maladie.

Je ne suis pas fière de ce que j'ai encore à te dire, Dominick. Je ne m'attends pas à ce que tu comprennes, ou à ce que tu me pardonnes, car je ne le mérite pas. J'espère seulement que tu ne me détesteras pas trop. Peut-être qu'un jour tu arriveras à me pardonner d'avoir trahi ta confiance.

Je l'ai laissé nous regarder pendant qu'on faisait l'amour. C'est arrivé deux fois. J'ai refusé pendant longtemps, et puis j'ai fini par céder... Il me suppliait. Il prenait vraiment son pied. Il avait le béguin pour toi. La première fois... je ne sais pas, j'ai juste fini par dire oui. C'était dingue... Et la deuxième fois, il a tout combiné, il m'a dit ce qu'il voulait que je fasse, de quel côté je devais me tourner et ainsi de suite. Comme un metteur en scène... Les deux fois, c'était un vendredi. Il arrivait avant ton retour. Il se cachait dans ma penderie, la porte à peine entrouverte. L'idée que tu aurais pu le trouver là l'excitait encore plus, paraît-il.

Moi, je ne voulais pas. Ça me rendait folle. Mais il me suppliait, il me menaçait de me quitter, de partir sans me dire où il allait. Alors j'ai cédé... C'était une immense trahison, je sais. Je te demande pardon. Au moins maintenant tu pourras dire : « Enfin débarrassé d'elle. Elle était malade. » Et je sais que c'est la vérité.

Demain, je donne mon congé à Hardbodies. Thad est déjà parti. Tu vas rester à l'hôpital encore au moins une semaine ; quand tu sortiras je ne serai plus dans l'appartement. Ni moi ni le bébé. Ne t'inquiète pas. Je ne vais pas t'arnaquer, ni emporter la stéréo en partant. J'en ai déjà assez sur la conscience. J'ai demandé à Thad de ne pas remettre les pieds ici. Il a une chambre dans un motel jusqu'à notre départ.

On va sans doute partir sur la côte ouest en voiture. À moins que je ne fasse la route toute seule. Je vais descendre chez ma mère à Anaheim – ils sont gérants d'un motel, Herb et elle. M'man a dit que je pouvais loger là sans payer jusqu'à la naissance du bébé ; après on verra. Ça dépendra de Herb... Je ne sais pas ce qui va se passer entre Thad et moi. Il parle toujours de s'installer dans la restauration et de me prendre comme bar-maid. Mais je ne sais pas. Quand j'aurai un enfant, peut-être que j'aurai le courage de lui dire de me laisser tranquille une fois pour toutes... Je sais déjà qu'il ne sera pas un bon père, comme tu l'aurais été. Il est bien trop égoïste. Je voudrais tellement que tu sois le père de cet enfant... La perspective d'habiter de nouveau avec ma mère ne me plaît guère, seulement elle pourra sans doute s'occuper en partie du bébé. Surtout si je recommence à travailler, ce qui sera nécessaire. C'est pas mon enfant qui entrera à Safeway pour manger sur place ce qu'on ne peut pas s'acheter.

Je poserai probablement ma candidature à Disneyland. Cette femme qui m'avait dit que je ferais une parfaite Cendrillon est peut-être toujours là. Je me rappelle encore son nom : Mme Means. Si jamais, par miracle, elle travaille toujours là et qu'elle se souvient de moi, je figurerai peut-être dans la parade du Festival des lumières. Thad pense que ça pourrait être un marchepied, il pourrait devenir mon manager.

Dominick, je sais que tu vas te rétablir et que tu trouveras quelqu'un qui te rendra heureux, car tu le mérites. Je suis sûre que tu me hais, ce qui est tout à fait compréhensible. Je hais ce que je suis. Malgré cela, je ne regretterai jamais nos deux années ou presque de vie commune. On a

391

eu de bons moments ensemble, souviens-toi, surtout au début. Je te demande pardon de t'avoir trahi. Et aussi de t'infliger tout ça à un moment où tu es si mal en point. Mais quand tu m'as dit que l'enfant ne pouvait pas être de toi, je n'ai pas su quoi faire d'autre... Quand tu auras écouté ceci, tu n'auras sans doute pas la moindre envie de me parler, mais si tu veux me joindre, je serai encore à l'appartement quelques jours, et, vers la fin de la semaine prochaine, je partirai en voiture chez ma mère, son numéro de téléphone est dans ton Rolodex.

Si... si tu penses au sida, si tu crains d'être séropositif à cause de Thad, de son mode de vie, ne t'inquiète pas. Il est très prudent. Aaron ne veut prendre absolument aucun risque. C'est au moins une chose pour laquelle tu n'as pas de souci à te faire.

Dominick ? Je te demande pardon d'avoir toujours été jalouse de ton frère. Si j'avais un frère ou une sœur, je voudrais que ce soit quelqu'un d'aussi loyal que toi. À mon avis, tu te bats pour une cause perdue, mais c'est ton affaire, ça ne me regarde pas. Pense un peu à toi au lieu de ne penser qu'aux autres.

Je t'aime. Ne me déteste pas trop, je t'en prie.

Je ne la détestais pas. Lui non plus d'ailleurs. J'étais juste là à regarder mon affreux pied violet, qui aurait dû me faire mal. Mais je ne sentais rien.

J'ai retiré le casque de mon baladeur. J'avais écouté cette cassette deux fois de suite en espérant y trouver vaguement un sens. Mais non. Je n'étais ni indigné, ni peiné, ni rien du tout.

Felice me montrait l'écran de la télé. « Cette Jessica Fletcher, partout où elle passe, quelqu'un se fait descendre. Elle va faire ses courses : y a un macchabée. Elle va voir une de ses amies : y en a encore un. Elle part en vacances : et boum ! Ça vous arrive souvent à vous de tomber sur un cadavre ? Elle se prend pour la Grande Faucheuse ou quoi ? »

J'attendrais d'être rentré chez moi, ai-je décidé. Forcément. Et je ferais ça proprement, car je n'étais pas dans un état de rage comme ce salaud de Rood. J'étais las, c'est tout, je n'avais plus envie de lutter... Je pourrais aller jusqu'au garage en clopinant, boucher les interstices de chaque côté de la porte avec des chiffons.

Puis je me suis rappelé que je n'avais plus de camion. Impossible de me supprimer à l'oxyde de carbone.

Des cachets, alors. On me renverrait chez moi avec des calmants. Je pourrais tous les avaler d'un coup avec une bouteille de... qu'est-ce que j'avais à ma disposition ? Cette bouteille de scotch qu'un grossiste m'avait offerte à Noël. Cachets et alcool. Ça ferait l'affaire. Le monde serait débarrassé de Dominick Birdsey, le raté des ratés. Le mauvais jumeau.

La Duchesse, cachée dans la penderie pour nous regarder faire l'amour – était-ce tellement plus monstrueux que mon frère se tranchant la main au nom de la paix ? Plus étrange que l'ascension imminente des Wequonnoc qui renaissaient de leurs cendres ? Plus merdique que cette guerre à laquelle l'Amérique se préparait à envoyer ses enfants naïfs, trop jeunes pour avoir le moindre souvenir du Vietnam à part *Rambo* ?...

Tout ça n'était qu'une grosse blague. Il n'y avait personne là-haut dans le ciel. Le dieu dans la tête de mon frère, c'était sa maladie. Tous les soirs, ma mère s'était agenouillée pour prier, les mains jointes. Votre enfant mourait sans raison particulière. Votre femme vous quittait car vous lui pompiez son oxygène, alors vous vous racontiez que c'était elle qui était au lit avec vous quand vous baisiez votre copine, dont le jules se cachait dans la penderie pour regarder... Que n'allait-elle là-bas faire sa Cendrillon ?... Lâche-moi la cheville, Ray. Je suis prêt à m'envoler. Prêt à décrocher mon frère de cet arbre, à le porter jusqu'à la Cascade et à le jeter dans l'eau. À sauter la tête la première après lui. Aucune importance, tout n'était qu'une vaste plaisanterie. Des calmants et du scotch – voilà comment je m'y prendrais, parce que ça n'avait pas de sens de...

« Tenez, la voilà ! » s'est écrié Felice. Il regardait du côté de la porte, radieux.

Elle portait un blouson de daim turquoise à franges, un chapeau de cow-boy fauve, des chaussures du même ton. Je ne l'ai pas reconnue immédiatement et puis, mais oui, nom de Dieu, c'était elle !

« Viens là, Annie Oakley, a demandé Felice. Viens donner un baiser à ton vieux chien. »

Mais c'est du pied de mon lit qu'elle s'est approchée. « Il y a long-temps qu'on ne s'est pas vus, a-t-elle dit.

— Ouais, des années, non ? Comment va mon grand-père ? »

Elle a soulevé un gros sac en plastique – la tête de saint Jean-Baptiste, mais rectangulaire. « Il est tout à vous.

— C'est vrai ? Maintenant vous allez me dire que je vous dois...

— Rien de plus que ce que vous m'avez déjà payé. Et, j'oubliais, je vous fais mes condoléances. »

Elle tenait le gros manuscrit de Domenico à bout de bras devant moi, et elle l'a lâché. Il est tombé sur mon lit avec un bruit sourd, manquant de peu mon pied blessé.

31

L'histoire de Domenico Onofrio Tempesta, un grand homme d'humble origine

8 juillet 1949

Moi, Domenico Onofrio Tempesta, je naquis il y a soixante-neuf ans, dans le village de montagne de Giuliana, en Sicile, *lu giardino dello mondo !* Je suis le descendant de grands hommes, et, quand je me regarde, le miroir me renvoie l'image de la grandeur. Pourtant, ma vie a été marquée par la tristesse et la tragédie. Maintenant que je suis vieux, je suis affligé de douleurs dans les articulations, de gargouillements intérieurs et de faiblesse dans les genoux. Mais mon esprit se souvient !

Mon épouse bien-aimée, Ignazia, *a buon' anima*, m'a donné une fille, mais ne m'a point honoré de fils. Ma fille, Concettina Ipolita Tempesta, trop laide pour se marier (un bec-de-lièvre), reste à la maison, fléau du vieillard que je suis. Avec cette fille rousse à face de lapin, le sang des Tempesta se perd dans le sol, comme du vin qui coule d'une cruche fêlée. Le noble nom des Tempesta mourra avec moi.

Si Dieu ne m'a pas accordé de fils, Il m'a du moins fait don d'une excellente mémoire. Je raconte l'histoire de ma vie pour garder vivant le nom des Tempesta et pour m'offrir en modèle à la jeunesse italienne. Puissent les fils de notre mère l'Italie qui liront ces mots y apprendre la voie de la prospérité et ne jamais, comme moi, trouver sur leur chemin des lapins effarouchés ou des singes étiques !

Enfant, j'ai grandi à l'ombre inquiétante du mont Etna, le grand et terrible *vulcano* qui a ruiné mes grands-parents maternels. Alfio et Maricchia Ciccia étaient de fiers propriétaires terriens. Leurs champs de noisetiers et d'amandiers furent détruits en 1865, l'année où le bord ouest du volcan vomit sa lave, ôtant la vie aux arbres qui étaient leur gagne-pain. Quatre jours plus tard, la terre elle-même s'ouvrait, tuant mon grand-père et ses trois fils. En refroidissant, la lave maudite de l'Etna recouvrit les terres des Ciccia d'une cuirasse de roche noire et poreuse. Ma grand-mère, folle de douleur, mit fin à ses jours peu après en s'empoisonnant.

La seule survivante de la famille Ciccia était la cadette, Concettina. Elle jouait seule dans un champ avec ses poupées de chiffon quand la lave commença à se déverser sur la pente. Ramassant ses poupées dans ses bras, elle courut vers un cèdre proche pour échapper au *vulcano*. En grimpant parmi les branches et le feuillage, elle lâcha une de ses poupées. Avec une hardiesse insensée, elle redescendit, décidée à sauver sa petite compagne de chiffon et de sciure, mais, en tirant la *popa* de cet horrible bouillie de l'enfer, la jeune Concettina se brûla la peau de la main droite, lâchant encore une fois la poupée, qui sombra dans la lave et fut emportée. Concettina réussit tant bien que mal à se cramponner et à regrimper dans l'arbre. Du haut des branches, elle se mit à hurler jusqu'à ce qu'elle puisse redescendre sans danger. Toute sa vie, Concettina garda sur la main droite la marque de sa folle entreprise – une cicatrice rose et luisante, semblable à un gant. Enfant, j'avais les yeux fixés sur cette main brûlée tandis qu'on me répétait sans cesse l'histoire de la petite Concettina qui avait échappé à la mort mais perdu ses *popi di pezza*. C'est cette main abîmée qui, avec sa jumelle plus normale, m'a tenu, nourri et giflé dans mon enfance. Concettina, *a buon' anima*, était ma mère bien-aimée.

Orpheline à l'âge de huit ans, Mama fut confiée à une vieille veuve, couturière et dentellière, dont la tâche était de parer l'autel et les statues de la petite église du village, y compris la statue de la Vierge pleureuse, célèbre dans toute la Sicile. La vieille femme enseigna à ma mère son art difficile et Mama devint elle-même une habile dentellière. Malheureusement, en grandissant, elle fut en proie à de fréquentes crises de hurlements et à des rêves étranges. Elle prétendait aussi entendre la voix des phalènes, qu'elle croyait être l'âme des morts qui n'avaient pas pu accéder à la lumière céleste et venaient donc se rassembler autour de la fausse lumière des choses terrestres. Les phalènes lui parlaient, la suppliaient sans cesse, si bien que parfois Mama s'enfermait dans sa chambre, fenêtre close et chandelles éteintes, pour ne plus les entendre l'implorer.

En 1874, Concettina Ciccia épousa mon père, Giacomo Tempesta, mineur de soufre. Son travail obligeait Papa à quitter Giuliana chaque semaine pour aller dans les mines, à neuf ou dix kilomètres de là, au pied de l'Etna. Tous les samedis, avec ses compagnons de travail, il revenait au village, où il prenait un bain et festoyait, puis se couchait auprès de son épouse dans des draps finement brodés. C'est un de ces samedis soir de l'année 1879 que mon humble père devint un héros.

D'après l'histoire d'abord racontée aux femmes du village par ma mère, puis rapportée par les vieilles à la langue bien pendue, Papa était au lit, mais il ne dormait pas, après avoir partagé avec son épouse la *passione* pendant laquelle je fus conçu. Depuis plusieurs années, l'Etna sommeillait, mais, cette nuit-là, Papa entendit les premiers grondements et sifflements du *vulcano* qui se réveillait. Il se leva et courut chez le *magistrato* aux dents de lapin, l'homme le plus riche de Giuliana. Arrivé chez le magistrat, Papa décrocha la cloche du cou de sa vache, et il courut dans tout le village en sonnant et en criant pour réveiller les habitants et donner l'alerte. Certains disent que ma mère elle aussi sauva des vies cette nuit-là. Elle courut jusqu'à l'arbre le plus proche et se mit à hurler comme une sirène !

En récompense de son héroïsme, mon père reçut du roi d'Italie une *medaglia*. Celle-ci arriva par le courrier officiel du *magistrato*. Avant même que Papa ne puisse la tenir dans ses mains, ce satané *magistrato* aux dents de lapin mordit dans la médaille pour s'assurer qu'elle était bien en or, y laissant pour toujours la marque de ses dents. Plus tard, il remit la médaille à mon père lors d'une *ceremonia* solennelle sur la place du village. Au moment de ce grand honneur, je n'étais encore que graine dans le ventre de ma mère, mais les villageoises convinrent que la conjonction de ma conception et de l'éruption de l'Etna me destinait sûrement à être un grand homme, et un puissant. De plus, j'étais désormais, bien que pas encore né, le fils d'un héros.

Ma mère donna trois fils à son époux. Fils d'Italie, mariez-vous sagement ! Des héritiers mâles sont le plus grand cadeau que puisse vous faire une femme ! Moi, Domenico Onofrio Tempesta, je suis entré dans ce monde le 11 mai 1880, et mon frère Pasquale est né deux ans plus tard sous des auspices plus ordinaires. Mon frère Vincenzo est né en 1883.

Son héroïsme fit de mon père l'homme le plus respecté de notre petit village, après le *padre* et le *magistrato*. Petit garçon, je me souviens qu'il menait les processions au moment des fêtes religieuses, et présidait dignement les festivités du village. Pour ces occasions, il sortait sa *medaglia* et la portait fièrement sur sa poitrine. Je revois aussi la médaille, avec son effigie du roi à cheval, et la marque des grandes dents du magistrat dans le flanc doré de l'animal.

Quand j'atteignis l'âge de six ans, la Vierge Marie en personne confirma ce que soupçonnaient les commères : parmi les enfants du village, j'étais *speciale* !

Envoyé par ma mère pour livrer au *padre* un oreiller en duvet d'oie, j'entrai à sa recherche dans la petite église, puis dans la grotte rendue célèbre des années auparavant par la statue de la Vierge pleureuse. C'est là que je fus témoin d'un miracle, moi, Domenico Onofrio Tempesta ! Après soixante-sept ans de sécheresse, des larmes coulaient de nouveau des yeux de la statue. De tous les villageois – hommes, femmes ou enfants –, c'est à moi que la Vierge pleureuse avait choisi de se révéler !

La statue pleura pendant une semaine. On recueillit ses précieuses larmes et on les appliqua sur les plaies des malades, les yeux des aveugles, les jambes des éclopés. Le miracle fit l'objet de nombreuses théories sur les péchés passés, et de prédictions sur le sort à venir. Le prodige retenait le curé du village nuit et jour près de la grotte, où il disait des prières pour les fidèles et écoutait les confessions des *Siciliani* nouvellement repentis. Ce n'est qu'après que les yeux de la statue furent taris et que le nombre des pèlerins eut diminué que le *padre* put avoir un moment de paix et réfléchir au sens de ce miracle. Notre bon père se rendit chez nous le dimanche suivant et déclara à Mama et Papa que la découverte des larmes de la Vierge pleureuse était un signe de la Sainte Vierge elle-même. J'étais appelé au sacerdoce.

Persuadé, comme la plupart des *Siciliani*, qu'il est dangereux pour un père de donner à ses fils une éducation que lui-même n'a pas reçue, mon père commença par s'opposer à ce projet. Papa avait déjà parlé maintes fois de me faire travailler dans les mines de soufre, d'abord comme son *caruso*, plus tard comme mineur. Ses compagnons de travail le dissuadèrent de m'envoyer apprendre à lire et à écrire. Cependant, ma mère appuya les démarches du prêtre visant à faire de moi un homme de Dieu. Elle jouissait désormais d'un statut plus élevé dans le village pour avoir donné naissance à ce garçon à qui la *Vergine* avait révélé ses larmes. Si elle devenait la mère d'un prêtre, son rang s'élèverait encore.

Le *padre* écrivit une lettre à Rome à propos de ma vocation religieuse et engagea les paroissiens à donner de l'argent pour couvrir les dépenses de gîte, de couvert et de voyage en vue de faire de moi un prêtre. Quand mon père protesta, ma mère réitéra ses crises de hurlements en faveur de mon éducation, et elle répandit dans le village la nouvelle qu'elle avait fait un rêve de mauvais augure. Dans son rêve, le Tout-Puissant prenait la forme d'un faucon noir et crevait les yeux de mon père à coups de bec parce que celui-ci faisait fi de Sa volonté. Finalement, Papa capitula.

À mon septième anniversaire, je fus donc envoyé au couvent de Nicosia, chez les bonnes sœurs de l'Humilité. C'est là que, durant six ans, j'appris d'abord les rudiments, puis les subtilités de la langue italienne. J'y reçus aussi les dures et amères leçons de jalousie et de snobisme que mes compagnons d'étude étaient trop contents de donner à l'élève le plus pauvre et le plus doué de l'école, Domenico Onofrio Tempesta. Les jeunes citadins nantis se moquaient de moi en me voyant effacer mes leçons sur la malheureuse ardoise qu'on m'avait fournie. Eux, bien sûr, disposaient de tout ce qu'il y avait de mieux – plumes d'oie, papier fin, et des océans d'encre de Chine, pour faire du mauvais travail ! Eux, bien sûr, avaient une *famiglia* qui payait les suppléments pour les friandises du samedi après-midi, les divertissements musicaux et autres distractions et *ricreazioni*, alors que moi je n'avais que mes immenses talents naturels pour me distraire. Mais, si j'étais le moins bien pourvu des élèves du couvent, j'étais le plus aimé des bonnes sœurs de l'Humilité, qui étaient émerveillées de mes dons intellectuels, et ne me chauffaient les oreilles que de temps en temps pour de petits accès de colère ou des péchés d'orgueil véniels, tout au plus des actes de transgression mineurs. J'étais véritablement le préféré des sœurs.

Mon frère cadet Pasquale prit ma place à la mine et devint le *caruso* de mon père. Son travail consistait à transporter le minerai creusé, en remontant du fond du puits par l'escalier de fortune, jusqu'au four qui se trouvait à l'entrée de la mine. Là était fondu le minerai et extraite l'*essenza di solforoso*. C'est le lot du *caruso* de faire la sale besogne du mineur – de travailler comme une mule –, mais mon frère, cette âme simple, était fait pour cela, de même que moi j'étais fait pour vivre dans les hautes sphères intellectuelles, tel un garçon destiné à de grandes choses.

Papa, Pasquale et moi-même n'étant pas à la maison, mon plus jeune frère, Vincenzo, devint impossible. Mama n'arrivait pas à le faire obéir, il refusait de l'aider, malgré tous les coups qu'elle lui assenait sur la tête ou sur le *culo* avec sa grande cuiller en bois. Un gâteau au citron volé par Vincenzo dans la vitrine de la vieille *signora* Migliaccio causa un menu scandale dans le village. « Mon aîné est au service de Dieu, mon fils cadet au service de son père, et mon benjamin au service du diable ! » se lamentait Mama.

À l'âge de dix ans, Vincenzo partit en apprentissage chez l'oncle Nardo, un des *gumbare* de Papa, un gros porc de maçon. Puisse la carcasse de ce fils de pute rôtir dans les feux de l'enfer à jamais et plus longtemps encore ! À la fin de la semaine, quand nous nous retrouvions tous en famille à la maison, mon frère Pasquale avait souvent le visage tuméfié et enflé à cause d'accidents dans la mine, ou parce qu'il avait failli dans sa tâche de *caruso*. Souvent aussi, le dimanche matin, la main sévère de Papa se rattrapait sur le jeune Vincenzo après que l'oncle Nardo était venu faire son rapport de la semaine. Vincenzo était paresseux, se plaignait Nardo, et il était acoquiné avec une bande de jeunes voyous qui commettaient des actes de vandalisme après le travail. Parfois, mon père battait mes deux frères l'un après l'autre, Vincenzo à cause de ce qu'il avait fait, et Pasquale pour n'avoir pas fait ce qu'il aurait dû. Ma conduite à moi était irréprochable, de sorte que je n'avais pas à subir les coups de mon père et ne recevais que ses louanges. Fils d'Italie, écoutez bien ! Le zèle et le sérieux dans le travail vous assureront le succès. Travaillez dur ! Honorez la *famiglia*, et suivez la voie de la vertu !

La suite demain, si ces satanées hémorroïdes me permettent de m'asseoir pour continuer mon récit.

10 juillet 1949

À l'âge de seize ans, on m'inscrivit au séminaire à Rome, où je commençai mes études de prêtre. Pendant ce temps, chez nous à Giuliana, un nouveau scandale faisait hurler ma mère et causait à mon père une telle honte qu'il menaça d'aller jeter sa médaille d'or dans la Méditerranée en acte de contrition pour avoir engendré un fils délinquant tel que Vincenzo.

Cette saison-là, l'oncle Nardo avait été engagé par le *magistrato* pour la construction compliquée d'un mur autour de sa cour et de son vignoble. Par un chaud après-midi, Nardo s'endormit à l'ombre après son repas de midi. Vincenzo, laissé sans surveillance, en profita pour s'enfuir au lieu de travailler. Le *magistrato*, qui recevait la visite d'un *monsignore* calabrais, parcourait son domaine avec son hôte. Ils entendirent un grognement étrange dans un bosquet et se précipitèrent au secours de celui qu'ils croyaient blessé.

Honte ! C'est Vincenzo que le *magistrato* et le *monsignore* découvrirent parmi les pampres enlacés. Mon jeune frère, le pantalon baissé jusqu'aux chevilles, se livrait à des ébats lubriques avec la fille du magistrat, qui était deux fois plus âgée que lui ! Le *monsignore* tomba presque évanoui devant le scandaleux spectacle de cette folle, la tête entre les jambes de mon frère. Les hauts cris poussés par le magistrat réveillèrent Nardo, qui accourut sur les lieux avant même que Vincenzo se fût reculotté. Nardo fut congédié aussitôt. Le *magistrato* bannit de ses propriétés le maçon déshonoré et son apprenti débauché en faisant le vœu d'être englouti sous les laves de l'Etna plutôt que de jamais revoir ces deux lurons.

L'oncle Nardo n'attendit pas le samedi pour faire à Papa son rapport hebdomadaire. Il prit aussitôt la route de la mine et appela mon père à grands cris. Ce qui suivit m'a été raconté par mon frère Pasquale, témoin de la scène.

Nardo dit à mon père que c'était lui, Giacomo Tempesta, qui était redevable de la somme d'argent perdue chez le *magistrato* à cause de la conduite scandaleuse de Vincenzo. Papa se déclara dans l'impossibilité de fournir de l'argent qu'il ne possédait pas. Mais il promit de battre Vincenzo au sang pour le faire se repentir et s'amender. Désormais, Vincenzo travaillerait avec une diligence telle que son zèle rattraperait l'incident.

L'oncle Gros Ventre répliqua qu'il n'avait que faire d'un jeune bouc paresseux. Il réclama de nouveau l'argent perdu. Mon père lui répéta qu'il ne pouvait pas payer la somme demandée.

« À ce que je vois, une belle médaille d'or ne suffit pas à faire un homme d'honneur », répliqua Nardo. Telles furent exactement les paroles infamantes qu'il adressa à Papa en présence de Pasquale.

Pour mon père – pour un *Siciliano* –, la mise en cause de son honneur était plus cruelle qu'un coup porté dans le bas-ventre. Mais quoi ? Pouvait-il, par magie, faire tomber de l'argent du ciel ? Rembourser l'oncle Nardo avec des rouleaux de la dentelle de ma mère ?

À la fin de cette semaine-là, Papa se présenta chez le *magistrato* avec un pichet de son meilleur vin de Malaga et sa précieuse médaille d'or. Le *signor* Gros Bonnet avait déjà auparavant mordu dans cette médaille avec ses dents de lapin ; à présent, Papa allait lui permettre de l'avaler tout rond. Le pichet de vin n'était pas plus tôt bu que le précieux objet était remis au magistrat afin de permettre à Nardo de réintégrer sa place de maçon sur le domaine. Mais restait un problème. Nardo ne voulait pas reprendre Vincenzo. La semaine suivante, en dépit des hurlements de ma mère et des protestations du *padre* du village, je fus arraché à mes études de prêtre et renvoyé à Giuliana pour travailler avec l'oncle Nardo à l'achèvement de la cour. C'est là qu'à contrecœur je commençai mon apprentissage avec ce fils de Satan pansu, pour qui je n'eus bientôt que mépris. Je n'avais pas le choix : il me fallait obéir et honorer l'arrangement conclu par mon père.

Jeunes hommes de Sicile, souvenez-vous de ceci :
pour le fils les ordres du père font loi !

Au cours de ces mois où, pour sauver l'honneur de mon
père, d'étudiant je devins ouvrier, mes mains s'endur-
cirent, et mes bras et mon torse se musclèrent à soulever
de lourdes charges. Je détestais le métier de maçon de
tout mon cœur, et je brûlais de retourner à mes livres,
à mes mots et à mes icônes, mais il ne devait pas en être
ainsi ! À chaque pierre que je mettais en place, à chaque
rangée de briques que je posais, j'honorais le nom et la
parole de mon père. Quant à cette cochonne de fille du
magistrat, c'est en pure perte qu'elle m'adressait ses
propos obscènes. Soucieux de faire respecter le nom des
Tempesta, je ne levais pas les yeux de la pierre, de la
truelle et du mortier pour accorder le moindre regard
aux dessous de cette *puttana* détraquée qui ne cessait de
relever ses jupes afin de me séduire.

12 juillet 1949

En mars 1898, la colère de l'Etna se déchaîna de
nouveau.
Trois jours et trois nuits durant, il sortit de la
vapeur des fissures de la face sud. Le lendemain, un
silence de mort. Le surlendemain, la terre trembla et
détruisit la ville. Dans les collines, la partie de la
mine de soufre dans laquelle travaillaient mon père et
mon frère chancela et s'effondra. Pasquale, qui était
au four quand la terre avait commencé à vibrer, fut
épargné. Mais Papa et onze autres mineurs et *carusi*
périrent dans la mine.
Ô Papa, qui fus un guide aimant, ton souvenir me tire
des larmes. Je maudis la terre cruelle qui a trop tôt
englouti ta vie.
Je ne peux pas en dire plus aujourd'hui.

15 juillet 1949

En tant que fils aîné, j'étais désormais le *sostegno
del famiglia*. Je pris au sérieux mes devoirs : pour-
voir aux besoins de la famille et veiller à la disci-
pline. Mes frères n'échappèrent pas aux coups

qu'appelaient leurs actes ou leur paresse. Avec Vincenzo, j'étais particulièrement ferme. Sa conduite odieuse m'avait coûté mes études de prêtre et elle coûtait à la famille Tempesta de ne plus être en possession de la précieuse médaille d'or de notre père. Cette médaille était passée des mains de mon père à celles du magistrat, mais j'avais cependant le droit, moi, Domenico Onofrio Tempesta, de la porter pour les cérémonies villageoises, ainsi qu'à Pâques et la *vigilia di Natale*. Pendant les défilés, j'étais assis dans la tribune avec le *padre* et le *magistrato*, et je tenais ce médaillon tout près de mon cœur – en qualité de fils aîné d'un héros du village, mais aussi parce que j'étais celui à qui la Vierge pleureuse avait montré ses larmes. Il n'est pas exagéré de dire que, quoique modeste ouvrier, j'étais le jeune homme le plus remarquable de Giuliana.

Hélas ! dans mon rôle de chef de ma *famiglia*, j'étais parfois contraint de lever la main sur ma mère bien-aimée. Mama s'habituait mal à son veuvage et à des revenus réduits. Il lui arrivait, folle de chagrin, de se réveiller la nuit en criant qu'elle allait suivre l'exemple de sa mère et s'empoisonner. Elle avait repris ses conversations avec les phalènes qui, disait-elle, la consolaient et lui apportaient des nouvelles de son mari défunt. Je lui interdisais ces conciliabules déments, mais parfois elle me désobéissait. Les coups qu'il était de mon triste devoir de lui assener pour cette raison ou pour d'autres, tantôt calmaient ses crises de hurlements, tantôt les suscitaient.

En tous domaines, j'apprends très vite, de sorte que mes talents pour la maçonnerie égalèrent bientôt mes talents pour le langage et les études pieuses. En quelques mois, tant par mon art que par ma pratique, je surpassai cet imbécile de Nardo, qui le voyait bien et en était jaloux. En toute honnêteté, c'est surtout sur les épaules robustes et capables de Domenico Tempesta que reposait l'entreprise de l'oncle Nardo. J'en fis la remarque un après-midi où nous travaillions côte à côte : il se mit à rire en m'envoyant au diable et il cracha sur ma chaussure.

Je lui rappelai qu'en plus d'être un excellent maçon j'étais le fils d'un héros et, à l'inverse de Nardo lui-même, un homme instruit. J'exigeai des excuses.

Au lieu de quoi il s'esclaffa et envoya sa *sputa* sur

mon autre chaussure. Après cette insulte à mon honneur, je fus obligé de cracher à sa *faccia di porco*. À son tour, il me cracha au visage. Il s'ensuivit des coups de poing, et l'affaire se termina pour Nardo par un œil au beurre noir et un nez qui pissait le sang comme la fontaine de Trevi. Et je ne me serais pas arrêté là s'il ne s'était emparé de sa truelle pour me la planter dans le dos de la main. Je porte encore à ce jour la marque laissée par ce fils de pute de maçon qui se sentait si menacé par ma supériorité naturelle qu'il cherchait à me détruire.

Après ce jour-là, Nardo et moi devînmes des ennemis et des rivaux acharnés. Il y avait peu de travail pour un maçon à Giuliana, et ce porc disait partout du mal de moi et de mes capacités. Pendant deux ans, le travail qui aurait dû me revenir fut confié à Nardo. Au diable les imbéciles qui accordaient foi aux mensonges de ce vieux ! Ce n'est que justice si ce fils de pute ne fit pour eux que du travail de cochon et des murs branlants !

Fils d'Italie, c'est alors que je conçus le plan de chercher fortune en Amérique. La suite demain. Cette face de lapin qu'est ma fille m'appelle pour le déjeuner, et, si je veux qu'elle se taise, je dois m'arrêter.

16 juillet 1949

J'avais lu tout ce que j'avais pu trouver sur *la 'Merica*, malgré la rareté des publications à Giuliana. L'Amérique semblait devoir me convenir. Après tout, je descendais de propriétaires terriens. La terre ne demandait qu'à être possédée dans ce vaste pays, fait pour les grands hommes. Loin des tremblements de terre et de la calomnie d'un vieux maçon, j'allais accomplir ma destinée !

Nous avions de la *famiglia* là-bas. Des cousins de Papa, Vitaglio et Lena Buonano, étaient partis depuis trois ans et déjà riches. Mes deux frères souhaitaient eux aussi aller tenter leur chance dans le Nouveau Monde afin d'échapper aux hurlements de Mama, qui ne cessaient d'empirer. J'ai donc laissé mes frères m'accompagner. En juillet 1901, Domenico, Pasquale et Vincenzo Tempesta s'inscrivirent pour un passage dans l'entrepont du *Napoletano*.

Notre chère Mama était opposée à notre aventure, craignant que notre départ ne fasse d'elle la plus démunie des indigentes. Je serais damné par Dieu, me prévint-elle, pour avoir abandonné ma propre mère. Que voulais-je donc ? Qu'elle mange des rats rôtis pendant que ses méchants fils prendraient des bains de lait et de miel et compteraient leur or ?

Nous embarquâmes à Catania le matin du 11 septembre 1901. Mama nous poursuivit de ses invectives jusqu'à la voiture qui devait nous emmener de la place du village au port où était ancré le *Napoletano*. « Je saigne à cause du couteau que mes fils m'ont planté dans le corps ! répétait-elle en hurlant, tandis que la voiture s'éloignait. Je saigne, je saigne ! »

Je ne revis jamais ma mère. Plus tard, elle épousa l'oncle Nardo, pour me dépiter – mettant dans son lit l'homme à cause de qui mon père avait dû abandonner sa médaille d'or au *magistrato*, et dont les mensonges avaient causé ma perte. Avant qu'elle n'épouse Nardo, j'avais toujours envoyé à Mama de jolies cartes postales et, à Noël, de l'argent et des friandises. Jamais elle n'en accusait réception. Jamais non plus elle ne les renvoyait. Après son mariage, j'ai cessé de gâcher ainsi mon argent. Elle est morte en 1913, me laissant ses hurlements en héritage. Je l'entends encore : « Je saigne ! Je saigne ! Je saigne ! » Assis dans cette pièce à parler dans cette satanée machine, je l'entends encore.

Mama, ce n'est pas moi, c'est toi qui as déshonoré le nom de Giacomo Tempesta, oui, toi !

17 juillet 1949

Notre traversée de vingt-quatre jours pour *la 'Merica* fut terrible, rendue insupportable par la nourriture avariée, l'eau polluée et une mer houleuse. Une hélice brisée nous retarda au large des côtes du Portugal pendant trois jours et trois nuits d'enfer. Le pire était l'obscurité et la puanteur dans les entrailles du grand bateau. Où il y a du soleil et de l'air frais, il y a de l'espoir, mais là, en bas, le soleil ne brillait pas et l'air que nous respirions était confiné et fétide. Au-dessus, les riches, ces affreux, prenaient leurs repas dans la porcelaine et buvaient dans des verres fins. Nous autres, dans l'entrepont, vivions comme des rats. Les femmes et les enfants sanglotaient, les hommes se battaient pour des riens, tout le monde mijotait dans la pestilence du vomi et des excréments. Pendant le voyage, nous eûmes une agression au couteau, la naissance d'un enfant, et la mort de sa mère deux jours après. Ce *bambino* en pleurs passa de mains en mains, et nous priâmes pour lui. Et pour nous tous. L'enfant, lui, pleurait pour nous tous !

Il y avait aussi des rats, en quantité. C'est la nuit que rôdaient ces satanées créatures. Une fois, je me suis réveillé et j'en ai trouvé un dans mon cou, reniflant ma moustache. Mes cris ont réveillé mon frère Pasquale, qui dormait toujours comme un plomb. Après cela, je somnolais comme je pouvais, assis ou adossé aux parois. Le jour et la nuit se confondaient, et mon esprit était quelque part entre le sommeil et la veille.

Au cours de ce voyage, mon frère Vincenzo se conduisit aussi honteusement que d'habitude, pinçant les fesses des femmes, s'en vantant, trichant aux cartes. Il s'attirait sans cesse des ennuis, puis il me demandait de régler une dispute que lui-même avait provoquée. C'est le lot de l'aîné de démêler les nœuds faits par ses frères cadets.

Durant cette interminable et terrible traversée de l'océan, je fus dévoré par les poux et par l'angoisse – me grattant et me torturant dans la crainte de ce qui se passerait quand nous aurions débarqué sur cette terre que j'avais tout risqué pour atteindre. Pour un Sicilien, rien n'est plus important que son pays. Comment avais-je pu penser que l'inconnu serait préférable aux petits ennuis du métier de maçon, au grondement intermittent d'un volcan ? Certes, je détestais l'Etna pour les ravages qu'il avait causés dans ma *famiglia*, pour les vies qu'il avait prises, mais au moins c'était un ennemi que je pouvais avoir à l'œil. Quels ennemis m'attendaient dans ce *Mundo Novu* vers lequel nous voguions ?

Je prenais un peu de repos par bribes, par petits sommes, toujours interrompus, et troublés par de terribles cauchemars. Je voyais de la lave couler, la terre se fendre, des femmes hurlantes perchées dans des arbres embrasés. Par une de ces nuits de désespoir, je me promis de ne plus jamais refaire un voyage aussi infernal, de ne jamais retourner dans mon pays.

Cette nuit-là, j'ai dit adieu à la Sicile pour toujours. Quoi que me réservât *la 'Merica*, j'y resterais jusqu'à la fin de mes jours. Ce vœu était une piètre consolation, mais il me réconfortait malgré tout.

Parfois, tandis que les autres passagers dormaient, je me faufilais parmi eux en les enjambant et, malgré l'interdiction, je montais sur le pont, où se promenaient les voyageurs fortunés, et où je pouvais me remplir les poumons du bon air salé et regarder les reflets de la lune sur la mer infinie. Autrefois, chez les bonnes sœurs de l'Humilité, j'enviais aux garçons riches leur encre de Chine. À présent, au clair de lune, j'avais devant moi un océan entier d'*inchiostro di China*. En ce temps-là, j'avais été le meilleur élève de l'école, et le préféré des bonnes sœurs. Alors je vaincrais !

Une de ces nuits où je contemplais l'océan, la lune, brillant d'un éclat plus vif que de coutume, illumina un petit banc de dauphins qui nageaient et sautaient le long du *Napoletano.* Je suis un homme moderne, qui laisse la superstition aux vieilles femmes ignorantes, mais le spectacle de ces *delfini* bondissant et scintillant au clair de lune m'apparut comme un grand présage. Je souris à travers mes larmes et me sentis réconforté. Je m'agenouillai sur le pont pour prier et, dans cette position, je sombrai – l'unique fois de cette horrible croisière – dans un doux et profond sommeil.

Le lendemain matin, je fus réveillé par un soleil aveuglant, une voix railleuse et un coup de pied dans les côtes. En levant les yeux, je vis le visage arrogant d'un serveur. Un peu plus loin, un couple élégamment vêtu me dévisageait avec mépris. « Ta place n'est pas ici. Retourne là en bas », me commanda le serveur avec morgue. Me donner des ordres, à moi, le fils d'un héros, le petit-fils de propriétaires terriens, moi qui, naguère, avais été choisi par la Sainte Vierge elle-même !

La femme riche hocha la tête. « *Poveri si, sporchi no* », dit-elle.

(« Ce n'est pas parce qu'on est pauvre qu'il faut être crasseux. » N.F.)

Encore à moitié endormi, je me dirigeai vers la cale en chancelant, et le serveur et le couple élégant passèrent leur chemin. La dignité me revint quand je retrouvai mes esprits. Je me retournai hardiment et

407

leur criai à tous les trois : « *Il mondo e fatto a scale, chi le scende et chi le sale !* »

(« Le monde est fait d'escaliers : il y a ceux qui les montent et ceux qui les descendent. » N.F.)

Je me jurai qu'un jour je serais assez puissant et assez riche pour cracher au visage de ceux qui m'avaient humilié. En Amérique, mon destin s'accomplirait et je serais vengé !

32

La pluie tambourinait sur le toit de la voiture. À l'est, un éclair et un grondement sourd. Le tonnerre ? En février ?

Sortie 4 : Division Street et centre-ville.

Je me suis dit que j'aurais dû annuler. Ça allait être la galère de monter les escaliers du Dr Patel sur des béquilles. En plus, je me demandais bien pourquoi j'allais la voir.

Parce que tu as besoin d'aide, me suis-je raisonné. De réponses à tes questions.

J'ai appuyé sur les boutons de la radio pour essayer d'avoir les nouvelles. Maintenant que Saddam avait mis le feu à tous les puits de pétrole, le bruit courait que la CIA – ou les Israéliens, ou même quelqu'un de son propre camp – allait flanquer une dérouillée à ce salaud.

« ... *s'est tenue à Washington ce matin, Colin Powell, président des chefs d'état-major, a déclaré que, bien que les opérations de combat des forces alliées aient largement dépassé les résultats attendus, une campagne au sol sera vraisemblablement nécessaire pour assurer une victoire totale contre l'agression irakienne.* »

T'entends ça, Papa ? On ne s'est pas contentés d'atteindre les résultats attendus, on les a dépassés ! L'argent et le pouvoir. Encore une fois, c'est la force qui fait loi. Dieu bénisse l'Amérique.

« *Au Koweit, les centaines d'installations pétrolières en flammes obscurcissent le soleil, plongeant toute la région dans une nuit sinistre en pleine journée.* »

Je me représentais ça comme un de ces films d'épopées bibliques que M'man nous emmenait voir sur grand écran, *Ben Hur, Le Roi des rois.* D'ailleurs, en un sens, cette opération dans le désert avait quelque chose de biblique : c'était apocalyptique, des innocents étaient massacrés. Toutes les folles prophéties de Thomas se révélaient justes... On ne voyait même plus briller le soleil... T'entends ça, Domenico ? Tu te prenais pour l'élu de Dieu parce que tu avais vu pleurer cette statue à la con ? Eh bien, il te dégomme, mon vieux. Ton cinglé de petit-fils est un prophète.

N'empêche que j'avais été surpris ces dernières semaines. Par Thomas. Son absence de réaction à la guerre. J'étais allé à Hatch le lendemain du jour où on avait envoyé les premiers missiles, m'attendant à le trouver avec la camisole de force. Mais non, il regardait CNN comme tout le monde. Il s'était résigné à la guerre, indifférent à ce qu'il avait voulu empêcher, trois mois plus tôt, en se tranchant la main. C'était en partie l'effet du Haldol, mais pas uniquement. On aurait dit qu'il avait démissionné de son poste de président des chefs d'état-major de Jésus. Pour le meilleur ou pour le pire, il avait perdu sa pugnacité, comme il avait perdu sa main droite.

Je devais me rendre à l'évidence : il était perdu là au fond de ce trou, malgré tous mes efforts pour l'en tirer. Mais n'était-ce pas ce que j'avais toujours désiré ? La séparation ? La liberté ? Il faudrait savoir ce que tu veux, Domenico.

En me regardant dans le rétroviseur, je me suis dit : Ton frère est peut-être perdu, mais toi, tu es toujours là, après être tombé d'une hauteur de deux étages et avoir survécu à cette nuit où tu as vraiment touché le fond...

Et ça allait mieux, finalement. Comme l'avaient promis Leo, les médecins et les autres. Ce n'était pas parfait, mais ça allait mieux. Je marchais avec une seule béquille. Je conduisais de nouveau, une Ford Escort.

Je me suis garé sur un espace réservé aux handicapés devant l'entrée du cabinet. C'était un des rares avantages de mon infirmité que de bénéficier d'une place de choix près de la porte par temps d'orage. J'ai coupé le moteur. Je suis resté là quelques instants à me dire que je n'avais vraiment aucune envie d'aller faire l'autopsie de ma vie. De nos vies, en fait – la mienne, celle de Thomas, de M'man, de Ray, et même celle du vieux Domenico. À en juger d'après le peu que j'avais lu sur « le grand homme d'humble origine », je ne pourrais pas ne pas tenir compte de ce vieux salopard.

J'étais en avance. Je préférais attendre à l'intérieur de la voiture plutôt que là-haut dans cet espace exigu. Je repensai encore une fois à cette nuit de catastrophe, la troisième après ma sortie de l'hôpital...

Pendant trois jours, ma maison avait été un vrai moulin, tout le monde s'agitant autour de moi pour venir en aide au pauvre crétin qui avait bousillé son camion, était tombé d'un toit, au moment où sa copine enceinte mettait les voiles. Le personnel des soins et des repas à domicile, Leo et Angie, Ray : on se serait cru à Grand Central, et puis, le troisième soir, le calme plat. On m'avait installé pour mon premier solo nocturne : téléphone, urinal, télécommande. De l'eau dans une Thermos, mes deux doses de calmants sur la table de chevet. L'aide soignante devait revenir à sept heures le lendemain matin. Je n'avais qu'à rester là bien tranquille, à regarder la télé, prendre mes médicaments à l'heure due, et dormir.

Mais l'angoisse m'a gagné. Quand j'ai éteint la télé, le silence complet m'a paru effrayant. En fermant les yeux, je revoyais mon frère comme dans ce rêve causé par la morphine : son regard, son corps convulsé au bout de la corde...

Je voyais Rood dans sa mansarde...

La Duchesse, près de mon lit, à l'hôpital, cette cassette à la main. J'avais été leur dupe à tous les deux. Ils m'avaient utilisé pour leurs fins perverses. Je me sentais avili, impur, impuissant...

Je me suis levé, en dépit de toutes les promesses que j'avais faites de rester tranquille. Je suis allé jusqu'à la cuisine en claudiquant. J'ai regardé le répondeur qui clignotait. Depuis mon retour de l'hôpital, je n'avais pas écouté les messages, de crainte d'entendre la voix de Rood. *« Bienvenue dans le trou noir, Dominick. Je suis ton guide, Henry Rood... »*

J'avais tout planifié ; à l'hôpital, j'avais passé beaucoup de temps à m'habituer à l'idée, puis à imaginer le moyen de la mettre à exécution. J'avais prévu de prendre mes calmants avec la bouteille de scotch qu'on m'avait offerte à Noël. Je voulais en finir. Car tout était foutu. Joy était partie et Dessa ne reviendrait pas, c'était sûr. Elle m'avait fait porter des plats cuisinés, m'avait envoyé deux ou trois cartes par la poste. Mais ça s'arrêterait là. Les années que nous avions vécues ensemble étaient mortes désormais, comme notre fille. Et, sans l'espoir de son retour, j'étais déjà mort, moi aussi.

Je suis allé chercher le scotch tant bien que mal. Je suis revenu dans la cuisine. Je me suis installé sur une chaise, j'ai décacheté la bouteille et dévissé le bouchon. J'ai avalé trois ou quatre grandes gorgées en grimaçant. Entre chaque lampée, je prenais mon tube de médicaments. Je le secouais. J'écoutais tinter les capsules à l'intérieur. Les castagnettes du mort, me disais-je.

Je devrais peut-être laisser un mot ? *Cher Ray, merci pour les bons souvenirs... Chère Dessa, merci d'être restée avec moi pour le meilleur et pour le pire.* Et Thomas ?...

Au diable Thomas ! Ce serait un des grands avantages de ce suicide : me débarrasser une fois pour toutes de ce cadavre qui pesait sur mes épaules. Ne plus être condamné à veiller sur mon frère à vie. Bizarre, pourtant – pas du tout ce que j'aurais cru : Thomas allait me survivre. C'est lui qui allait gagner.

Je voulais me voir avaler ces comprimés – assister au dernier repas du condamné. Je me suis dirigé vers la salle de bains pour me regarder dans la glace de l'armoire à pharmacie.

L'image renvoyée m'a un peu effrayé, familière et étrange à la fois. L'expression n'était pas du tout celle de Henry Rood... J'ai levé les deux mains, agité un peu les doigts. J'ai vu Thomas, redevenu normal. M'man, sans son bec-de-lièvre. Et aussi Domenico, avec l'air sévère du portrait sépia qui était sur la commode de ma mère. Les ressemblances étaient effrayantes. Indéniables. Chacun de nous tenait de l'autre...

Peut-être étions-nous victimes d'une malédiction. Finalement, je ne lirais jamais jusqu'au bout le manuscrit de Papa, ce foutu machin que j'avais perdu, puis retrouvé. Je venais juste de commencer son « histoire d'un grand homme d'humble origine ». Récit inachevé. Fin en suspens. La Grande Faucheuse n'avait pas voulu attendre... En tout cas, curieusement, dans mon visage, je retrouvais les leurs...

Je n'ai pas pu.

J'ai jeté le tube de capsules dans l'évier au lieu de l'avaler. Ouvert le robinet et laissé l'eau emporter mon grand suicide. Je suis retourné dans ma chambre et me suis recouché.

J'ai appelé Leo.

Par miracle, c'est lui qui a répondu. « Allô ?... Allô ? »

C'était comme dans ces rêves où on n'arrive pas à courir, ni à crier.

« Dominick ? Dominick ? c'est toi ?... Attends, vieux. J'arrive tout de suite. »

C'était l'heure, maintenant. La pluie s'était un peu calmée. J'ai ouvert ma portière et posé ma mauvaise jambe sur l'asphalte mouillé. Il y avait tellement de place pour se retourner dans cette Escort qu'y monter ou en descendre avec un pied foutu était un jeu d'enfant. Les poules avaient des dents. Et si nous faisions cette guerre là-bas au Koweit, c'était pour la bonne cause...

Une fois entré, j'ai considéré la grande volée de marches qui menait à l'Académie de danse de Mlle Patti à gauche et au cabinet du Dr Patel à droite. Avant, je n'avais jamais vraiment fait attention à ces escaliers, que j'avais sans doute grimpés quatre à quatre. Mais c'était il y a trois mois. Depuis, tout avait changé. Tout. Et nous étions bel et bien entrés en guerre.

Les murs vibraient au rythme d'une musique africaine. « *Laissez-vous pénétrer par le rythme,* criait une voix. *Il faut que le rythme soit votre corps même. Plus vite, à présent ! Plus vite !* »

Va doucement, ai-je pensé. Ces marches sont mouillées, cirées. Tu as beau faire des progrès avec la rééducation, ta cheville est encore faible. Si tu glisses, si tu tombes, tu en as pour deux mois de plus. Pour le coup, tu auras vraiment besoin d'un psy.

J'ai attrapé la rampe de la main gauche et ma béquille de la droite. J'ai commencé à monter l'escalier. Ce n'était qu'une mise en train. La véritable épreuve m'attendait là-haut, à la porte de droite. Car, si je voulais sérieusement obtenir certaines réponses, ce ne serait pas sans douleur.

J'étais arrivé au tiers de l'étage quand j'ai entendu des pas et des rires. La porte d'entrée s'est ouverte brutalement. Je suis resté figé sur place, retenant ma respiration. « Attendez une minute, les petites, a dit la voix d'une mère qui a eu pitié de moi. Attendez que le monsieur soit arrivé en haut.

« — C'est bon. Elles peuvent y aller. Je me tiendrai à la rampe.

— Non, non, montez. Prenez votre temps. »

J'ai réussi à grimper une marche. Puis une autre. Où en était donc la loi que Bush avait fait passer en faveur des handicapés ? Où était l'ascenseur ? Je les entendais toutes là en bas, impatientes.

« Je vais m'arrêter. Je vous assure, vous pouvez les faire monter. »

L'instant d'après, elles passaient à côté de moi au galop. « Doucement, doucement ! » Ma main qui tenait la béquille tremblait si fort que l'embout en caoutchouc grinçait sur la marche humide.

Avant d'atteindre le haut de l'escalier, j'ai dû laisser passer trois autres groupes, un qui montait, et deux qui descendaient. Une fois de plus, j'avais choisi mon moment. Je m'étais arrangé pour arriver à l'heure des changements de cours. Mais bon, je m'en étais sorti.

Devant la porte du Dr Patel, j'avais le cœur qui tapait et ma chemise était trempée de sueur. Depuis trois mois, j'avais oublié le protocole – je ne savais plus si on frappait avant d'entrer.

Alors, Birdsey, qu'est-ce que tu fais ? Tu restes là, ou tu fais demi-tour comme un dégonflé et tu redescends toutes ces marches ?

Ouvrir la porte du Dr Patel, c'était ouvrir la porte de la maison de Hollyhock Avenue sur notre vie à tous, y compris celle de Domenico Tempesta. Replonger dans tout cela. Je l'avais maintenant compris.

Tu veux aller de l'avant ? Fais un retour en arrière.

J'ai levé la main.

J'ai hésité.

J'ai pris mon souffle, et j'ai fini par frapper.

33

Cette traversée infernale à bord du *Napoletano* prit fin le 4 octobre 1901 au matin. Comme le bateau entrait dans le port de New York, je contemplai la *statu di Libertà*, pouvant à peine en croire mes yeux. Mon cœur battait à toute vitesse. Je fis le signe de la croix. J'eus l'impression d'être en présence de la Vierge pleureuse, mais, cette fois, les larmes coulaient de mes propres yeux. Je tombai à genoux au milieu de la foule qui se bousculait, dissimulant mes larmes de mon mieux et remerciant le Fils de Dieu et sa Sainte Mère de nous avoir fait aborder sur le sol américain.

Bientôt, mon jeune frère Vincenzo refroidit mon humeur rêveuse. « Si toutes les Américaines sont de ce gabarit, elles vont être bien aises de voir arriver Vincenzo Tempesta pour satisfaire leurs ardeurs. » Après les fatigues du voyage, les passagers soulagés étaient un peu étourdis, de sorte qu'autour de nous les hommes se mirent à rire de la réflexion scandaleuse de Vincenzo, et mon frère Pasquale également. Ainsi encouragé, Vincenzo balança les hanches d'arrière en avant de façon obscène. Il était bien sûr de mon devoir de me redresser de toute ma hauteur. Je répondis à l'outrage de Vincenzo d'un revers de la main et donnai aussi un bon coup à Pasquale. Réduit au silence, Vincenzo débarqua sur le sol américain avec une lèvre ouverte, d'où dégoulinait le sang des Tempesta.

Pendant un temps, nous vécûmes, mes deux frères et moi, avec les cousins qui nous parrainaient, Lena et Vitaglio, et leurs cinq jeunes enfants. Je ne pus trouver du travail comme maçon. Je travaillai donc de nuit comme *janitore* à la New York Public Library. (Ce n'était pas plus mal d'avoir trouvé un emploi nocturne – mon voyage à bord du *Napoletano* avait définitivement perturbé mon sommeil.) Pasquale fut engagé comme balayeur des rues, et Vincenzo fut embauché pour laver les verres et faire les courses dans une petite *taverna* toute proche de l'appartement de mes cousins, dont la clientèle était essentiellement composée de *Siciliani*.

Pendant mes heures libres, je m'exerçais à lire de l'anglais avec les journaux et les magazines mis au rebut. J'étais aidé dans mes efforts par une bibliothécaire borgne et bienveillante, celle qui me donna ce cher dictionnaire sans couverture que la bibliothèque allait détruire. Détruire le contenu d'un livre à cause d'un défaut externe, quel sacrilège ! Contrairement à mes frères, je fus écœuré, dès mon arrivée, par la propension au gâchis des Américains. Pasquale et Vincenzo, avec leurs nouvelles habitudes de gaspillage, devinrent vite des *Mericani*. Chaque semaine, ils payaient leur pension à nos cousins et dépensaient le peu qui restait de leur salaire à aller au spectacle, à boire de la bière et à jouer à la belote, faisant fi, comme d'habitude, du bon exemple que je leur donnais. Quant à moi, j'étudiais et économisais mon argent, déterminé à saisir ma chance et à réussir. J'évoquais souvent ce serveur méprisant et ce couple de riches qui m'avaient regardé avec dégoût sur le pont du *Napoletano*... *Le monde est fait d'escaliers : il y a ceux qui montent et ceux qui descendent.*

Je me réjouis encore aujourd'hui que ce couple hautain ait entendu ma réponse. Quant à ce serveur arrogant, j'espère bien que, se prenant les pieds dans ses lacets, il est tombé dans l'océan la tête la première pour finir étranglé dans les tentacules d'une pieuvre affamée !

En janvier 1908, Vincenzo revint avec un tract qui avait fait grand bruit parmi les habitués de la taverne, un imprimé distribué par la Compagnie américaine de textiles de Three Rivers, dans le Connecticut. « Lis-le, Domenico, lis ! » m'ordonna-t-il.

Le tract annonçait que le gouvernement des États-Unis venait de passer un contrat avec la compagnie pour du tissu de coton et de laine destiné à la confection de vestes et d'uniformes de marins. La Compagnie américaine de textiles payait bien ses ouvriers et embauchait. Elle avait un magasin où les employés pouvaient se fournir à bas prix. Les Italiens étaient les bienvenus. Ce jour-là, Vincenzo avait entendu dire qu'il y avait déjà à Three Rivers une population appréciable et croissante de *Siciliani*, ainsi, à n'en pas douter, que quelques *Siciliane* à marier. D'après Vincenzo, une demi-douzaine de clients de la *taverna* avaient déjà quitté Brooklyn pour aller travailler là-bas.

Mon frère Pasquale, toujours très passif, repoussait l'idée de partir s'installer ailleurs. « Où est-ce donc, ce Three Rivers ? Si c'est dans le Far West, on risque de se faire tirer des flèches dans le cœur ! » Depuis qu'on avait mis le pied dans les *Stati Uniti*, Pasquale, qui était parfois bouché à l'émeri, se méfiait des Indiens.

Ce soir-là, mes deux frères m'accompagnèrent à la Public Library. Les yeux ronds, la bouche ouverte, ils regardèrent mon doigt montrer sur la page de l'atlas la courte distance séparant New York de Three Rivers. Mon amie, la bibliothécaire borgne, confirma que cette ville n'était qu'à quatre heures de train. Elle et moi parlâmes en anglais de l'occasion offerte de travailler à la filature, et des craintes de Pasquale d'être tué par les Indiens. Elle sourit en me disant de rassurer Pasquale : il faudrait qu'il aille bien plus loin que Three Rivers pour vivre comme un cow-boy ! Il n'y avait pas de sauvages dans les collines du Connecticut.

Pasquale et Vincenzo sourirent eux aussi, et pourtant, tout ce qu'ils savaient dire en anglais, c'était « S'il vous plaît », « Merci » et « C'est combien ? ». Vincenzo dit en italien à Pasquale : « Cette vieille sorcière borgne doit discuter avec Domenico du prix d'une nuit de joie dans mon lit. »

Le rire de Pasquale résonna si fort dans la salle silencieuse et haute de plafond que plusieurs lecteurs levèrent la tête. Mon amie la bibliothécaire le regarda d'un air réprobateur.

« Je vous en prie, dis-je à mes frères en italien. Vous êtes ici parmi de grands livres. Conduisez-vous d'une manière qui siée à l'honneur de notre nom ! »

Je repris ma conversation avec la bibliothécaire.

« Cette sorcière est tellement excitée par ma vigueur et ma belle allure, affirma Vincenzo, qu'elle me déshabille du regard avec son œil qui voit. Méfie-toi, *bella donna*, la grosse saucisse cachée dans ma culotte pourrait bien s'agiter et te crever les deux yeux ! »

Cette fois, le gros rire bruyant de Pasquale faillit faire dégringoler les livres des rayons. De tous les coins de l'imposante salle de lecture, les bibliothécaires et les lecteurs nous regardèrent, furieux. « Je m'excuse pour la *stupiderie* de mes frères, dis-je à mon amie.

— Leur *stupidité*, me corrigea-t-elle. Répétez : la stupidité.

— Oui, oui, *grazie,* leur stupidité. » Puis je saisis mes deux frères par l'oreille et les traînai vers l'entrée principale.

L'après-midi du samedi, nous prîmes le train pour Three Rivers. La filature et la ville nous firent bonne impression. Le salaire était bon, le loyer pas cher, et, en ville, on pouvait manger un steak et des pommes de terre pour vingt-cinq cents de moins qu'à Brooklyn ; en plus, les portions étaient plus copieuses.

Nous fûmes tous les trois embauchés comme teinturiers dans le hall 2 de la Compagnie américaine de textiles. Nous prîmes une chambre à la pension de la *signora* Saveria Siragusa à Pleasant Hill. Elle aussi était originaire de Sicile, et elle nous ouvrit volontiers sa maison pour la somme d'un dollar cinquante par personne, à payer chaque semaine le samedi matin après le petit déjeuner.

21 juillet 1949

À la filature, je travaillais dans l'équipe de nuit, et j'ai vite impressionné les patrons par mon zèle et mon sérieux. Mon amie la bibliothécaire n'avait pas entièrement raison : dans le Connecticut, il n'y avait pas d'Indiens cachés dans les arbres, mais il y en avait un à la filature, et il travaillait avec moi. Il s'appelait Nabby Drinkwater. C'était mon coéquipier à la cuve de teinture, et il était paresseux. Nous étions payés à la pièce, et la lenteur de ce *figliu d'una mingia* me retardait et me faisait perdre de l'argent. « Travaille plus vite ! » lui ordonnais-je sans cesse.

Drinkwater voulut se lier d'amitié avec moi,

essayant de m'attirer chez lui, ou parfois de m'entraîner dans une taverne, mais je faisais semblant de ne pas comprendre. Les *Siciliani* accordent leur confiance d'abord à la famille, puis à ceux de leur village, enfin à leurs compatriotes. Je ne faisais confiance à personne d'autre, surtout pas à des Indiens bronzés et sournois dont la fainéantise m'ôtait de l'argent de la poche.

Impossible de donner des calottes à Drinkwater pour le faire travailler plus vite - ce que j'aurais pu faire avec mes frères. Je calculais que si un de mes frères devenait mon coéquipier, nous montrerions à ces *Mericani* ce qu'était le travail. Un samedi, à la sortie, tandis que les autres ouvriers rentraient vite chez eux pour dormir ou s'amuser, je suivis Bryce, le chef teinturier, jusqu'au bureau. Tout l'après-midi et toute la soirée, j'avais répété mon petit laïus en anglais visant à démontrer l'avantage qu'il y aurait à mettre un de mes frères avec moi. Je frappai à la porte. Non seulement j'aurais l'oreille de Bryce, mais aussi celle de Flynn, le grand patron, le *pezzo grosso*.

Bryce et Flynn sourirent d'un air suffisant en me voyant. La fumée de leur cigare était en suspens dans l'air comme des nuages au-dessus de l'Etna. « Qui est ce joueur d'orgue de Barbarie ? » demanda Flynn.

Tous deux me dévisageaient. « Un nouveau teinturier, dit Bryce. Il vient tout juste d'être embauché. » Il se tourna vers moi en me demandant ce que je voulais, sur un ton destiné à me chasser de là.

« Cet Indien me ralentit dans mon travail. Je pourrais gagner plus si mon travail ne dépendait pas du sien, expliquai-je.

— De qui parle-t-il ? demanda Flynn.

— De Nabby Drinkwater, répondit Bryce.

— Eh bien, voilà exactement ce qu'il nous faut, marmonna le patron. Un Rital qui vient nous dire ce qu'on doit faire. Mettons-le au pied du mur. Donnons une bonne leçon à ce métèque. Il ne s'agit pas de plaisanter avec la production. »

Mettons-le au pied du mur ? Je ne connaissais pas cette expression. Foutue langue anglaise !

Bryce me prit par l'épaule en un geste faussement amical. Il était heureux, selon lui, d'avoir embauché un ouvrier aussi scrupuleux que moi, et un génie, de surcroît. « Si tu es si malin, c'est peut-être toi qui devrais être chef teinturier à ma place. Qu'en penses-tu ? »

C'était risqué de lui dire que c'était une bonne idée – même si je le pensais. Je me tus donc.

« Alors ? Drinkwater te ralentit, hein ? dit Bryce. Bon, à partir de demain, je vais transférer Nabby à la finition. Tu seras tout seul pour travailler – tu pourras faire ton travail et le sien à ton propre rythme si extraordinaire. Qu'en dis-tu ? »

Ils se mirent à rire à mes dépens avant même que la porte ne se soit refermée derrière moi. « Je vais faire nettoyer l'entrepôt par l'Indien, ensuite je le remettrai à son poste avant que ce Rital impudent ne tourne de l'œil, dit Bryce à Flynn *sotto voce*. Au bout d'une heure, il ne saura plus où il en est. Ça lui rabaissera son caquet. »

Ce matin-là, en rentrant à la pension, je ne pus trouver le sommeil. Voilà qu'ils cherchaient à briser Domenico Tempesta, lui qui voulait simplement être payé à faire du bon travail. Je compris que la jalousie existait partout – des deux côtés de l'océan.

Ma première nuit sans l'Indien fut la pire. Je travaillai pendant la pause du repas, j'étais trempé de sueur. Je ne pris même pas le temps de lever les yeux pour regarder les autres ouvriers, mais je savais qu'ils se moquaient de moi. Cette nuit-là, je perdis de l'argent. La deuxième nuit, je fis un peu mieux (retombant sur mes pieds). La troisième nuit fut encore moins difficile. À la fin de la semaine, je m'étais adapté à cette tâche pour deux qu'ils m'avaient donnée pour me briser. En travaillant tout seul, j'avais augmenté la production de deux hommes ! Après cela, les ricanements cessèrent. Les autres teinturiers étaient dépités. Bryce aussi. Mais j'avais réussi à attirer l'attention de Flynn. Il commença à me considérer comme un ouvrier modèle, à consulter.

Peu à peu, je gravis les échelons. En 1916, Bryce eut une hémorragie cérébrale. Bon débarras ! À son enter-rement, j'abordai Flynn, pour lui demander le poste du mort. « On verra, répondit-il. Attends au moins qu'il soit refroidi. » Pendant trois longues nuits de tra-vail, j'attendis la décision de Flynn. Enfin la bonne nouvelle arriva. Il me fit venir dans son bureau pour que nous puissions « bavarder un peu ». Quand j'en res-sortis, j'avais été nommé chef teinturier – le premier

d'ascendance italienne – à la Compagnie américaine de
textiles.

Fils d'Italie, cette grande chose avait été obtenue
grâce à mon travail acharné et à ma détermination. Ce
sont là les deux clefs du succès dans les *Stati Uniti* !
L'Amérique doit sa grandeur à des hommes zélés comme
moi !

24 juillet 1949

Gros rhume depuis trois jours. J'ai demandé à ma
bonne à rien de fille, pour me dégager, de me mettre
sur la tête un oignon coupé dans une étamine, mais elle
me dit : « Va t'allonger, Papa. Fais un petit somme.

— Ce que je fais ne te regarde pas, *signorina* Tête-
de-mule. Fais ce que je te dis et va me chercher mon
cataplasme ! » Je n'ai pas envie qu'elle mette le nez
dans mon récit... Où en étais-je donc ? Ah oui, ma promotion.

Fini le travail à la pièce pour Domenico Tempesta !
En plus de mon emploi à la filature pour un salaire fixe
de trente-cinq cents de l'heure, je prenais des petits
travaux de maçonnerie et de réparation pendant les
mois de printemps et d'été. Petit à petit, un sou après
l'autre, je mettais de l'argent de côté, au lieu de le
dépenser avec des femmes, à boire ou à aller au spectacle. Je cultivai l'amitié d'un vieux fermier yankee
du nom de Rosemark, qui était proche de la fin. Il avait
des terres sur Hollyhock Hill, mais il n'avait pas de
fils pour en hériter. Il me dit qu'il était en pourparlers avec les gros bonnets de la ville – Shanley, notre
maire véreux, et ses acolytes. Il voulait s'assurer
que son épouse ne manquerait de rien. Je voyais se pro-
filer l'occasion. Si Rosemark vendait ses terres à la
ville, la municipalité en ferait des lotissements.
J'avais l'œil sur ces terrains.

26 juillet 1949

Mes deux frères ne firent pas long feu à la filature.
Peu après son embauche, Vincenzo fut rétrogradé au
triage, et finalement renvoyé pour avoir entraîné des
employés dans des jeux d'argent. Je n'aurais, quant à
moi, jamais dépensé mon argent au jeu alors qu'il y

aurait bientôt de bons terrains à vendre. Mais mon frère Vincenzo se fit donc flanquer à la porte.

Il devint vendeur de fruits et légumes chez Budnick. Avec ses beaux airs et ses singeries, il réussissait à vendre à ses clientes plus de bananes et de haricots qu'elles n'en avaient besoin. Bientôt, les chalands passèrent de chez Cranston au magasin Budnick, de l'autre côté de la rue, simplement pour acheter à mon farfelu de frère. Les Budnick étaient des Juifs qui n'avaient rien contre les fantaisies de mon frère du moment qu'elles leur permettaient de se mettre quelques cents de plus dans la poche. « C'est un gentil garçon, votre frère », me dit un jour Mme Budnick, à qui j'achetais une livre de cacahuètes grillées. « C'est une tête de mule », répliquai-je, malgré tout assez fier de sa remarque. Les compliments sur Vincenzo étaient denrée rare, mais peut-être qu'à la longue mon bon exemple avait commencé à pénétrer dans sa caboche.

Les clientes ne lâchaient pas les basques de Vincenzo – j'en fus moi-même témoin. Il murmurait des flatteries à l'oreille de l'une, chantait un air de Verdi à une autre. En vendant ses fruits, il exécutait chaque jour un véritable numéro.

J'écrivis une carte postale à Mama pour l'informer du modeste succès de Vincenzo et de ma propre réussite. Le fermier de Hollyhock Hill était mort subitement et j'avais appris que la ville allait bien acheter ses terres et les revendre. J'écrivis à Mama que je serais bientôt propriétaire, comme mes grands-parents Ciccia.

Hélas ! Concernant mon frère, ma fierté coula vite, tel un bateau. Beaucoup de ces femmes qui venaient le voir chez Budnick dans la journée l'invitaient aussi à leur rendre visite à la nuit tombée. Ma propre réputation était au-dessus de tout reproche, mais les langues allaient bon train quant à la vie que menait mon frère, non seulement avec des Italiennes, mais aussi avec des Irlandaises, des Polonaises, des Ukrainiennes, et même avec la veuve hongroise toute vérolée qui tenait le bar de River Street. Celle-ci était à peine plus jeune que Mama et avait une moustache épaisse dont on pouvait tortiller le bout. Honteux mais vrai : Vincenzo allait fourrer son pistolet n'importe où.

Un jour, je vis arriver à la filature le *monsignore* de l'église Sainte-Marie-de-Jésus, ce fils de pute de McNulty, qui voulait me parler. Flynn, le grand patron, était à ses côtés. Comme mes frères et moi, Flynn était membre de la paroisse de Sainte-Marie.

Flynn me demanda de le suivre dans son bureau avec le *monsignore*. « Eh bien, monsieur Tempesta, je sais que vous autres Italiens avez le sang chaud », commença le *monsignore* – me dire ça à moi, qui étais sans doute aussi chaste que lui, sinon plus ! Après mon expérience d'adolescent à l'école de Nicosie, je n'ignorais rien de la main baladeuse de ces prêtres pieux ! « Je comprends que c'est dans votre nature, continua-t-il, mais je vous supplie d'intervenir auprès de votre jeune dévergondé de frère. »

Vincenzo était à l'origine d'une situation fort malencontreuse, expliqua McNulty. Il avait mis enceinte une jeune Irlandaise d'une bonne famille de la paroisse en profitant de son innocence. Les parents de la jeune fille, ne voulant pas la voir forcée à épouser un garçon du genre de mon frère, avaient arrangé un mariage convenable avec un émigré de Limerick récemment arrivé. Mais ils voulaient aussi empêcher Vincenzo de briser d'autres cœurs et de faire d'autres bâtards. Il fallait, me dit le *monsignore*, que j'essaie de persuader Vincenzo de se maîtriser.

« Mon assistant, le jeune père Guglielmo, vous aidera bien volontiers en apportant son poids moral à vos paroles. Peut-être pourra-t-il recevoir la confession de votre frère et lui faire réciter un acte de contrition.

— Je suis sûr que Domenico veillera à mettre bon ordre dans tout cela », promit Flynn au prélat.

Le dimanche après-midi suivant, le père Guglielmo se présenta à la pension. À voir la *signora* Siragusa battre des mains et faire toutes sortes de manières, on aurait cru que le pape en personne venait de sonner chez elle. Nous fîmes asseoir Vincenzo dans le salon de la *signora*.

« Vincenzo, lui dis-je, si nous voulons te parler aujourd'hui, c'est que ta conduite attire la honte sur notre défunt père et sur notre mère bien-aimée, là-bas, dans le Vieux Monde. Tes godillots sous les lits couvrent de boue le nom des Tempesta. »

Vincenzo me regardait avec le même air que lorsque, bébé, il se traînait à mes pieds, à Giuliana. « Ma conduite ? Mes godillots ? *Non capisco un cavalo, Domenico !* » (« Je ne comprends rien à ce que tu racontes, Domenico. » N.F.)

« Tes godillots sous le lit des femmes ! » précisai-je, mais Vincenzo continuait à me regarder avec des yeux innocents, comme si, depuis son arrivée en Amérique, il ne s'était pas déculotté une seule fois. « *Fungol ! Fungol !* » criai-je. (« La baise ! La baise ! » N.F.) La *signora* en eut le souffle coupé derrière la porte de sa cuisine.

Large sourire de Vincenzo à présent, comme si, loin d'être honteux de sa conduite, il en était tout fier. Mais je lui ferais passer ce sourire.

« Il est temps de te marier et de cesser tes fredaines, ou, si tu veux rester célibataire, de savoir contenir tes ardeurs. »

Vincenzo répondit par des ricanements et des haussements d'épaules. « *Si hai polvere, spara !* (« Si tu as de la poudre à canon, tire ! » N.F.) Pas vrai, *padre* ? »

Mon voyou de frère avait mis ma patience à bout. Je me levai et le giflai.

Nous échangeâmes des regards furieux – deux frères dressés l'un contre l'autre –, chacun de nous essayant de garder un air féroce. Mais ses grands yeux me rappelèrent encore une fois le *bambino* qu'il avait été... Je revis Mama et Papa, la place du village, l'Etna se détachant sur le ciel de Sicile. Je ne pus garder les poings levés contre un frère. Ni non plus me départir de mon orgueil.

« Eh bien, dis-je en baissant les mains, Dieu et ce prêtre m'en sont témoins, à partir de maintenant, nous cessons d'être frères. Je ne te parlerai plus jamais. » Sur ces mots, je quittai la pièce.

Comment dire la tristesse de ce qui suivit ?

Hélas ! je n'eus pas de mal à tenir parole. Le samedi soir suivant, un brigadier de police de Three Rivers (un Irlandais du nom de O'Meara) rentra chez lui de bonne heure à cause d'une rage de dents. Quand il alluma la lampe et entra dans sa chambre à coucher, la première chose qu'il vit fut l'arrière-train de mon frère Vincenzo. Comme le brigadier restait cloué sur place, Vincenzo grogna et, se retournant, révéla au clair de lune son braquemart humide et le visage hilare de l'épouse infidèle de O'Meara. Le policier saisit son revolver, le pointa d'abord sur sa femme, puis, changeant d'avis, il tira sur Vincenzo et l'atteignit au bas-ventre.

Mon frère, *a buon anima,* mourut d'une infection neuf jours plus tard. Pasquale et le père Guglielmo vinrent à son chevet chez la *signora* Siragusa. Le père Guglielmo lui donna l'eucharistie et l'extrême onction avant la fin. J'avais veillé à ce qu'il en soit ainsi.

Je payai les frais, mais refusai d'assister à l'enterrement d'un frère qui avait déshonoré sa famille. Pour un Sicilien, l'honneur, c'est tout. *Figli d'Italia*, que reste-t-il à un homme qui troque sa dignité comme une médaille en or ?

Après la mort de Vincenzo, il était de mon devoir d'écrire à Mama pour lui annoncer la triste nouvelle. Deux ou trois semaines plus tard, je reçus moi-même une carte postale que cet illettré d'oncle Nardo avait fait écrire : « Mère décédée le 24 juin. Malaria. »

Quant à mon frère cadet Pasquale, le seul qui me restât, il se souciait peu d'honneur familial et de justice tant qu'il avait à souper sur la table. Il avait toujours été un homme très fruste...

Comment raconter le triste et étrange destin de mon frère Pasquale ? Plus la force aujourd'hui. Demain.

34

Le Dr Patel était heureuse de me revoir, a-t-elle dit. Justement, elle allait préparer du thé. Saveur du Bengale ? C'est bien ça que je prenais ?

« Parfait. Comme vous voudrez. » J'aimais bien les teintes qu'elle portait : rouge et or, et ce jaune...

Jaune safran, a-t-elle précisé.

« Safran ? Ah ouais ? J'ai repeint une cuisine de cette couleur-là un jour. Ça rend bien mieux sur vous que sur des murs de cuisine. » En riant, elle m'a remercié du compliment, si toutefois c'en était un.

« Vous avez vu mon frère, aujourd'hui ? »

Elle l'avait vu, oui. Son état était à peu près stationnaire.

« En venant tout à l'heure, je réfléchissais à ce phénomène étrange : avant le début du conflit, il ne parlait que de la guerre. Après, quand ils ont commencé à s'envoyer des Scuds et des bombes, c'est à peine si son radar personnel a perçu quoi que ce soit. Comment expliquez-vous ça, doc ? Ce ne sont pas juste les médicaments ? »

Elle était tout à fait d'accord pour parler de mon frère avec moi, mais il vaudrait sans doute mieux que nous fixions un autre jour pour cela. Après tout, nous avions réservé cette heure-ci pour parler de moi.

La bouilloire s'est fait entendre. En patientant, je suis allé jusqu'à la fenêtre avec ma béquille. Je n'étais pas revenu ici depuis octobre. À présent, au cœur de l'hiver, on voyait la rivière à travers les arbres dénudés.

Le Dr Patel m'a interrogé sur mon accident et sur ma rééducation.

« En fait, ça va plus vite que prévu. Dans le service, ils n'arrivent pas à croire que j'aie fait tant de progrès en trois mois. Je vais leur servir de mascotte, paraît-il.

— De mascotte ? C'est-à-dire ? » J'avais oublié qu'il fallait passer beaucoup de temps à lui traduire toutes sortes de choses. Pourquoi lui avais-je téléphoné ? Pourquoi me lancer de nouveau dans cette thérapie ? Grande Perte de temps et d'argent, acte II.

J'ai tendu la main pour toucher la tête de son Shiva. « Ah, au fait, merci pour... le petit frère de celui-ci. » Elle n'avait pas l'air de comprendre. « Le cadeau que vous m'avez envoyé par Lisa Sheffer, quand j'étais à l'hôpital.

— Mon petit présent vous a plu ? »

— Oui, oui. J'ai eu l'intention de vous écrire un mot de remerciement une bonne cinquantaine de fois.

— Eh bien, vous êtes venu me remercier en personne : c'est encore mieux. Asseyez-vous, je vous en prie. »

Elle avait parcouru mon dossier. Notre dernière séance remontait au 22 octobre. J'étais venu la voir trois fois, j'avais annulé deux rendez-vous d'affilée, après quoi je n'avais plus retéléphoné. Si nous devions reprendre notre travail, elle attendait de moi un engagement plus sérieux.

« Un engagement ? Vous ne me proposez pas une relation suivie, j'espère ? »

Elle n'a même pas souri. Nous pourrions peut-être prévoir quatre séances à raison d'une fois par semaine, puis décider ensemble si nous souhaitions continuer ou pas.

« Entendu. Pas de problème. » Et que ferait-elle si je ne respectais pas mon « engagement » ? Elle lâcherait les chiens ? Elle alerterait la police psychologique ?

Elle a soulevé le couvercle de la théière. « Pas tout à fait prêt », a-t-elle dit.

On était là à attendre. En souriant, elle me regardait croiser et décroiser mes doigts et changer de position sur mon siège. « Je... je l'ai mis sur ma bibliothèque.

— Pardon ?

— La statuette, votre petit bonhomme. Je l'ai mis dans la pièce où je lis... Il y a au moins un avantage à être tombé de ce toit, à être hors service pour un bon moment : je peux me mettre à jour dans mes lectures.

— C'est vrai ? Je vous envie. Qu'avez-vous lu, Dominick ?

— La Bible, entre autres.

— Ah oui ? a-t-elle dit d'un ton neutre.

— En fait, c'est plutôt par accident. J'essayais d'attraper autre chose avec ma béquille sur le rayon du haut – *Shogun,* je crois, James Clavell, que j'avais l'intention de relire. Mais j'ai déclenché une petite avalanche de bouquins, parmi lesquels se trouvait ma bible. Je ne savais même plus que je l'avais encore. C'est ma mère qui me l'avait donnée pour ma confirmation. On avait eu chacun la nôtre, Thomas et moi. La mienne est restée en meilleur état que la sienne.

— Que lisez-vous ? L'Ancien ou le Nouveau Testament ?

— L'Ancien.

— Et ces histoires d'autrefois, vous les trouvez éclairantes ? Votre petite avalanche était-elle réellement fortuite ? »

Était-ce une pique parce que j'avais annulé plusieurs rendez-vous ? « Eh bien, je crois voir le parti que certains peuvent en tirer.

— Oui, mais vous personnellement ?

— Moi ? Non, pas vraiment. Elles m'intéressent surtout d'un point de vue historique, ou sociologique, disons... Enfin, en un sens, peut-être. Le Livre de Job : celui-là, je me sentirais assez proche de lui.

— De Job ? Oui ? Pourquoi ?

— Je ne sais pas. Ce type n'embête personne, il essaie de se conduire au mieux, et il se fait complètement couillonner. Il devient le petit cobaye de Dieu.

— C'est ce que vous ressentez ? Vous avez l'impression d'être le "petit cobaye de Dieu" ? »

Je lui ai rappelé que je ne croyais pas en Dieu.

« Le cobaye du destin, peut-être. Frère schizophrène, bébé mort subitement, copine qui... Mais ce sont des choses qui arrivent, n'est-ce pas ?

— C'est vrai. Quelle que soit la façon dont nous menons notre vie, parfois, mais pas toujours. Quelles autres histoires de l'Ancien Testament vous ont paru intéressantes ?

— Attention, n'allez pas vous faire des idées. Je n'ai pas soudain vu la lumière parce que ma bible m'est tombée sur la tête du haut des étagères. Je ne vais pas aller me trancher la main dans la bibliothèque pour Jésus. Mais, euh... il y a évidemment l'histoire de Caïn et d'Abel. Dieu crée l'univers, Adam et Ève font deux gosses, et voilà. Rivalité fraternelle. Un des frères tue l'autre.

— Oui, poursuivez, je vous prie.

— Comment ? Je plaisantais.

— Oui, j'ai bien compris. Mais expliquez-vous un peu plus avant, s'il vous plaît.

— Je ne cherchais pas le sens profond. Il s'agit juste... d'une dispute entre frères. »

Elle continuait à me regarder.

« Je comprends que le pauvre type en ait eu marre.

— Qui cela ?

— Caïn.

— Oui ? Et pourquoi ?

— Dites donc, c'est pas moi qui ai un diplôme d'anthropologie, c'est vous.

— Mais c'est vous qui avez parlé de l'Ancien Testament, nous sommes bien d'accord ? Alors répondez à ma question, je vous prie.

— Je ne sais pas, moi... Il fait son travail, il fait des offrandes, comme les autres, et Dieu n'accorde son attention qu'au sacrifice de son frère. C'est typique.

— Quoi donc ?

— Tout l'honneur est pour M. Béni-oui-oui. Quant à l'autre, il n'a droit qu'à un grand sermon sur le péché "tapi à sa porte". Comme si le péché était le Grand Méchant Loup... Ça me rappelle que j'ai feuilleté quelques-uns des livres que vous m'aviez recommandés, sur les mythes, les fables, etc. Vous m'aviez donné une liste, vous savez ? On est allé me les chercher à la bibliothèque. Mon ex-femme. Ils n'étaient pas à

Three Rivers, mais elle a pu les obtenir par le service de prêts interbibliothèques.

— Dessa s'est occupée de vous, donc ? »

Se souvenait-elle du nom, ou l'avait-elle vu dans mon dossier avant mon arrivée ? « Elle m'a apporté deux-trois repas, elle m'a fait quelques courses. » J'ai serré les bras autour de ma poitrine. J'avais lu quelque part que c'était un geste instinctif qui nous restait de l'âge des cavernes : on se protège le cœur. « Tout le monde y a mis du sien. Même Ray.

— Votre beau-père ?

— Il a plus de temps à lui à présent. Il a été licencié en décembre. La Navale Électrique vous souhaite de joyeuses fêtes ! Il donne presque quarante ans de sa vie à la compagnie et, juste au moment où il va avoir droit à une retraite complète, on le met à la porte. Ils lui promettent toujours qu'ils vont le reprendre, mais pensez-vous !

« Bref, il est plus libre de son temps maintenant. C'est lui qui m'a véhiculé chez le médecin les deux premiers mois, et à la rééducation. C'est même lui qui m'a fait mes achats pendant un moment. Avant que je ne me remette à conduire. Plutôt drôle, non ?

— Quoi donc, Dominick ?

— Si on m'avait dit il y a un an que Ray Birdsey allait me servir de chauffeur et de coursier...

— Je trouve votre terminologie intéressante.

— C'est-à-dire ?

— Votre façon de parler de Ray. Quand il vous a secouru au moment où vous aviez besoin d'aide, était-ce en tant que "coursier" ou en tant que père ? En dépit de ses manquements passés, j'entends. Et en dépit de la biologie. Il est normal qu'un père vienne en aide à son fils en cas de besoin, non ? »

Elle a jeté un coup d'œil au thé, a décrété qu'il était prêt. J'avais intérêt à me méfier avec elle, à être sur mes gardes avant même que le thé soit servi. En deux mois, j'avais un peu oublié comment jouer la défense.

« Dites-moi. Quels livres avez-vous lus parmi ceux que je vous avais recommandés ?

— Je les ai seulement feuilletés. *Les héros sont éternels* et... comment s'appelle ce type dont vous avez suivi les cours à Chicago ?

— Le Dr Bettelheim ?

— Ouais. Ce truc freudien sur le Petit Chaperon rouge.

— Connu sous le titre de *Psychanalyse des contes de fées*. Eh bien ?

— Je ne sais pas. C'est intéressant mais...

— Mais quoi ? » Elle me regardait, les yeux pleins de malice.

« La pantoufle perdue de Cendrillon, c'est la peur de la castration ; et quand Jack grimpe à sa tige de haricot, il s'agit de son complexe d'Œdipe. Je ne sais pas... On devrait peut-être lire ces contes en tant que tels, au lieu de se livrer à toutes ces autopsies psychologiques. » J'ai haussé les épaules et avalé un peu de thé. « Ce livre, nous l'avons sans doute lu à des niveaux différents, vous et moi... Mais j'ai tout de même trouvé ça intéressant. Et je vous remercie. »

Elle ne m'a pas interrogé plus avant. Elle n'a fait aucune remarque. Elle a simplement continué à m'observer.

« À propos d'autopsies, vous savez ce que j'ai commencé à lire ? Ce truc écrit par mon grand-père. Le père de ma mère.

— Votre grand-père était écrivain ?

— Non, non. C'est quelque chose de tout à fait personnel. C'est censé être l'histoire de sa vie. On ne l'a jamais connu, Thomas et moi, il est mort avant notre naissance. Ce récit, il en a dicté une partie, je crois, et il a écrit le reste. Il avait cngagé un sténographe, un Italien qui était arrivé ici après la guerre... »

Angelo Nardi – mon suspect numéro un dans l'affaire du père manquant. Mais je n'allais pas me mettre à exposer ma théorie au Dr Patel.

« Ce que vous lisez est donc une transcription du récit oral de votre grand-père ?

— D'après ma mère, il a écrit la seconde moitié lui-même, après avoir renvoyé son sténographe. En italien. Je l'ai fait traduire... C'est donc un récit mi-oral, mi-écrit, dont les trois quarts ne sont que des conneries.

— Expliquez-vous.

— Pour ce que j'en ai lu jusqu'à présent en tout cas, il ne fait que répéter combien il est supérieur à ceux de son village, à ses deux frères... Je ne connaissais même pas l'existence de ce manuscrit. C'est ma mère qui me l'a donné un après-midi où j'étais allé la voir quand elle était déjà très malade.

— L'histoire de son père. Pourquoi vous la donner à vous ?

— Je ne sais pas... Mais j'ai eu l'idée géniale de la faire traduire pour qu'elle puisse la lire avant de mourir.

— Quel beau geste !

— Seulement, la traduction a pris bien plus longtemps que je ne pensais, et l'état de ma mère a empiré... Ensuite le manuscrit s'est perdu.

— Perdu ?

— Enfin, pas exactement. C'est une longue histoire. » Je n'allais sûrement pas lui raconter comment Nedra Frank avait soudain reparu au pied de mon lit d'hôpital en costume du Far West, comme dans un trip à la morphine.

« Mais c'est aussi bien que M'man ne l'ait jamais lu.

— Pourquoi ?

— Parce que... Il la dénigre tant qu'il peut. Il râle après elle, il dit qu'elle l'embête, il la traite de "face de lapin", de "cruche fêlée". Il prétend qu'elle est trop laide pour trouver un mari et lui donner des petits-enfants comme elle le devrait... Qu'est-ce qu'il croyait ? Qu'elle avait demandé à naître avec ce bec-de-lièvre ? Le pire, c'est qu'elle le vénérait.

« Je vous ai dit pourquoi il avait voulu écrire son histoire ? Pour que les jeunes Italiens s'en inspirent. Il se présente comme un être d'exception et se pose en martyr à cause de tout ce qu'il a dû supporter de la part de ceux qui sont moins parfaits que lui.

— En quoi votre grand-père se prenait-il pour un être d'exception ?

— En tout. Son intelligence. Sa moralité. Il se voit comme l'élu de Dieu... »

Je pensais à Thomas, l'élu de Dieu lui aussi.

« Il raconte que, dans leur village, en Italie, quand il était enfant, une certaine statue s'est mise à pleurer, et que c'est lui, Domenico, qui a été le premier à voir ses larmes.

— Domenico ? Vous portez donc le nom de votre grand-père ?

— Exact. Alors, on l'a envoyé faire des études pour devenir prêtre. Puis les choses se sont gâtées. Il avait un jeune frère... »

Des problèmes avec son frère, me suis-je dit soudain. Nous avions au moins ça en commun, Papa et moi.

« Enfin, le personnage ne m'est pas sympathique... Il est tellement présomptueux... Mais c'est tout de même assez intéressant du point de vue de l'histoire familiale – l'immigration, la façon dont il s'est établi ici. En outre, ça permet de combler certains trous.

— Oui ? Lesquels, dites-moi ?

— Eh bien, il mentionne un certain Nabby Drinkwater, avec qui il travaillait à la filature. C'est fou, parce que Thomas et moi, un été, on a travaillé avec un Ralph Drinkwater. Vous vous rappelez, l'été où Thomas a commencé à dérailler ? C'est sûrement la même famille. Des Indiens Wequonnoc, les Drinkwater. C'est assez intéressant, ces coïncidences. De voir comment sa génération et la nôtre... »

Le Dr Patel m'a dévisagé un peu trop longtemps pour que je ne me sente pas mal à l'aise, puis elle a noté quelque chose sur son petit bloc.

« Qu'est-ce que j'ai dit ? Quelque chose d'incroyablement révélateur ? Ou est-ce que je vous ennuie tellement que vous faites votre liste de courses ? Qu'est-ce que vous avez noté ?

— Le mot *présomptueux*.

— Pourquoi ?

— Je crois vous avoir dit que j'étais revenue sur nos précédents entretiens. Et je viens d'être frappée par votre usage du mot *présomptueux*.

— Pourquoi ? Ce n'est pas le vocabulaire courant d'un peintre en bâtiment ?

— Non. Parce que vous l'avez déjà utilisé ici même. Vous souvenez-vous dans quel contexte ? À propos de votre frère. Vous prétendiez, très justement, qu'il y avait de la présomption dans son attitude. En ce qu'il se croit désigné par Dieu pour prévenir le conflit entre les États-Unis et l'Irak. Il se prend pour "l'élu" de Dieu. Or, vous venez de me dire, en utilisant les mêmes mots, que votre grand-père maternel avait lui aussi le sentiment d'être l'élu de Dieu. Cela est intéressant, je trouve, et mérite sans doute d'être exploré.

— Mais Thomas n'a jamais lu l'histoire de mon grand-père. L'idée n'a pas pu lui venir de Domenico, si c'est là que vous voulez en venir.

430

« — Je ne veux en venir nulle part, Dominick. J'observe simplement. J'essaie de trouver des schémas que nous pourrions peut-être examiner plus tard.

— Lors de la grande autopsie ?

— Ah, c'est la troisième fois que vous employez ce mot. Puis-je vous interroger sur cette métaphore, Dominick ? Si vous envisagez le travail que nous faisons ici ensemble comme une autopsie, puis-je vous demander qui est notre cadavre ? Le corps du défunt est l'élément clé, n'est-ce pas ? Alors, dites-moi de qui nous examinons la dépouille.

— Pourquoi ces sarcasmes ?

— Vous vous méprenez. Je ne fais pas de liste de courses, et je ne pratique pas le sarcasme. Répondez-moi, je vous prie. Qui est notre cadavre ?

— Mon grand-père ? »

J'ai compris à son expression que ce n'était pas la réponse qu'elle attendait.

« Mon frère ?... Moi ? »

Elle a souri aussi sereinement que Shiva. « La métaphore est de vous, Dominick, pas de moi. Puis-je vous demander encore quelque chose, pendant que nous y sommes ? Est-ce que ce terme de *présomptueux* pourrait s'appliquer à vous ?

— À moi ? Ça m'étonnerait ! Que je sache, Jésus n'est jamais venu me chercher pour faire arrêter une guerre. Et aucune statue ne m'a jamais fait l'honneur de verser des larmes devant moi.

— Pourtant, tout à l'heure, vous avez parlé de vous comme du cobaye du destin. Vous avez comparé vos tribulations et vos malheurs à ceux de Job, qui est bien sûr légendaire à cause de la façon dont Dieu a éprouvé sa foi... Encore un peu de thé ? »

J'aurais intérêt à poursuivre mes lectures, m'a-t-elle dit – les livres étaient des miroirs qui vous renvoyaient des images parfois imprévisibles. Alors, comme ça, elle me trouvait présomptueux – que voulait-elle dire par là ? Pourquoi cette pique ?

« On pourrait peut-être s'en tenir là ? Combien de temps nous reste-t-il, de toute façon ? »

Elle a regardé la pendule, placée en biais, stratégiquement, pour que le patient ne puisse pas voir l'heure. « Environ trente-cinq minutes.

— Sans vouloir vous blesser, je ne suis pas venu ici pour parler de bouquins.

— Pourquoi êtes-vous venu, Dominick ? Dites-moi. »

Je lui ai parlé de Rood, que j'avais vu à la fenêtre de la mansarde. De la grossesse de Joy, qui avait voulu me faire passer pour le père de son enfant. De la nuit où je m'étais trouvé face à moi-même dans la glace de l'armoire à pharmacie.

431

Elle m'a demandé si j'avais continué à avoir des pensées suicidaires depuis cette nuit-là.

Non. Je n'étais plus au fond du désespoir. J'avais surmonté le pire.

« Vous êtes bien sûr ? »

Oui. C'était vrai, je ne lui racontais pas d'histoires. J'avais été tellement épouvanté cette nuit-là que je m'étais définitivement écarté du bord de l'abîme. Et j'avais commencé à me dire qu'il y avait encore une vie possible après... après...

J'ai sorti de la poche de mon blouson la cassette de Joy et le petit lecteur que j'avais apporté. J'ai parlé de la nuit où, me réveillant sur mon lit d'hôpital, j'avais vu la Duchesse devant moi. « Écoutez ça. »

J'ai appuyé sur *Play*.

« C'est une terrible trahison, a soupiré le Dr Patel quand j'ai arrêté la cassette. Votre amie est manifestement une jeune femme très perturbée. Cependant, Dominick, comme vous et moi, et comme nous tous en réalité, elle s'efforce d'y voir clair. Elle tâche de devenir quelqu'un de meilleur. Ce qui ne retire rien à ce qu'elle a fait. Dites-moi, qu'avez-vous ressenti là tout de suite en réécoutant ses paroles ?

— Je... je ne sais pas. J'ai passé cette cassette tellement de fois que j'ai l'impression d'être insensible.

— Pourquoi vouliez-vous me la faire entendre plutôt que de me dire vous-même ce qui s'est passé ?

— J'ai voulu vous faire écouter ce qu'ils ont osé me faire. S'emparer de ce qu'il peut y avoir de plus intime entre deux êtres et... je voulais que vous le receviez de sa bouche à elle.

— Donc, ce qui vous intéresse, ce n'est pas tant d'analyser vos réactions à cette trahison. Ou l'échec de votre relation avec Joy. Vous me faites faire la visite du musée, c'est tout.

— Le musée ?... Je ne vous suis pas.

— Votre musée de la souffrance. Votre sanctuaire de l'indignation légitime. Chacun de nous est conservateur d'un établissement de ce genre, je suppose, mais nous y mettons plus ou moins d'application. Vous, Dominick, vous régissez avec beaucoup de minutie la souffrance et les injustices qu'on vous a fait subir. Ou, si vous préférez, on pourrait dire que vous êtes un coroner scrupuleux.

— Qu'entendez-vous par conservateur de mon...

— Voyons un peu. Il y a le monument à l'enfance que vous avez dû partager avec Thomas. Puis l'exposition très fréquentée des châtiments injustes que vous infligeait votre beau-père. Et, bien sûr, le clou : le sanctuaire de votre ex-femme. À présent, une acquisition récente. Cette cassette que vous m'avez apportée pour me la faire entendre et que vous avez vous-même écoutée si souvent que vous y êtes devenu insensible. Le musée Dominick Birdsey de l'Injustice et du Malheur. Ouvert toute l'année », a-t-elle conclu avec un sourire bienveillant.

Pendant le reste de l'heure, j'ai été poli. Laconique. Je m'en serais voulu de lui donner ce qu'elle voulait : une crise de rage révélatrice, une mise à nu de mon âme, afin qu'elle puisse me disséquer, comme son ami le Dr Dieu-sait-qui avait disséqué ses contes de fées. En fait, c'était quelqu'un de sournois. Un esprit tortueux. Elle avait commencé par me faire promettre que je viendrais encore quatre fois, ensuite elle m'avait assené un grand coup entre les deux yeux.

Elle m'a raccompagné à la porte en me conseillant de poursuivre la lecture du récit de mon grand-père. Quels que soient mes sentiments à son égard, il m'avait fait un cadeau que bien peu d'ancêtres laissaient jamais à leurs descendants nés après leur mort.

« Quoi donc ?

— Sa voix sur la page. Son histoire. Indirectement ou non, Dominick, votre grand-père vous parle. »

J'ai allumé le moteur et reculé afin de sortir de l'emplacement pour handicapés. Une fois dans le flot de la circulation, je me suis aperçu que j'étais redescendu de chez le Dr Patel sans craindre de tomber dans l'escalier. Sans même vraiment me rendre compte que je le descendais.

La voix de Papa. Les voix de Thomas. La voix de Joy sur la cassette...

Le musée Dominick Birdsey du Malheur. Qu'elle aille se faire foutre ! Au feu rouge, avant de prendre la bretelle d'accès, j'ai sorti la cassette de ma poche et l'ai jetée par la vitre. Je me suis senti mieux.

Vraiment bien, même.

En fait de conservateur méticuleux, voilà ce que j'étais capable de faire.

Et qu'elle aille se faire foutre.

35

Deux nuits que je ne dors pas. Je voudrais oublier, mais c'est avec des larmes que je me souviens de ces jours où mon frère Pasquale est devenu non plus le plus fruste mais le plus mystérieux des hommes... *Omertà, omertà*, me murmure le Sicilien que je suis. *Silenzio !* Dans mon pays, la loi du silence est une pierre lâchée dans un lac. Elle fait dans l'eau des cercles de plus en plus grands qui englobent tout. Les *Siciliani* se souviennent mais ne disent rien. Pourtant, je brûle de percer le secret de mon frère. Si je parle, Pasquale, ce n'est pas pour déshonorer ton nom, mais pour tenter une dernière fois de comprendre et de pardonner.

Contrairement à notre frère Vincenzo, Pasquale ne plaisait pas aux femmes et n'était pas attiré par elles. C'était un travailleur acharné et un gros mangeur. À la filature, il était devenu célèbre parmi les ouvriers pour ses repas plantureux, et il était apprécié des patrons pour son dur labeur. Un jour, Flynn m'arrêta pour me dire que Domenico Tempesta travaillait comme une machine bien huilée et son frère Pasquale, comme un cheval de labour.

Il ne parlait guère, mon frère. Était-ce d'avoir passé des années dans les mines de soufre comme *caruso* de mon père qui avait fait de lui un être à part et si secret ? Il avait passé son enfance sous terre, alors que j'avais eu une jeunesse ensoleillée. À quinze ans, j'avais vu Palerme et Potenza, nagé dans l'Adriatique, contemplé les vestiges de Rome ! Tandis que mon pauvre frère n'avait connu que les ténèbres des entrailles de la terre et la puanteur du soufre.

Pourtant, j'ai le souvenir d'un garçon heureux. Chaque dimanche, quand nous étions réunis, il se joignait aux autres jeunes *carusi* pour courir partout en riant dans le village et la campagne. Ces garçons pâles comme des champignons, qui profitaient de leur journée hebdomadaire de soleil sicilien, étaient comme une meute de jeunes chiens. Le chef de la bande était le meilleur ami de Pasquale, Filippo, dont je revois encore le visage pointu et les yeux noirs. La terrible catastrophe qui ôta la vie à Papa emporta aussi Filippo, l'ami bien-aimé de Pasquale, et ce jour-là ce que Pasquale possédait de bonheur fut à jamais englouti dans la mine.

À la filature, Drinkwater, ce bougre de paresseux d'Indien, mena Pasquale à sa perte. Un soir, il apporta du whisky en douce et soûla mon frère. Flynn sortit de son bureau pour voir d'où venait l'*agitazione*, et il surprit Pasquale à chanter et à pisser dans la cuve de teinture. Il le mit à la porte, mais pas ce vaurien d'Indien – injustice qui me remplit encore de colère. En d'autres circonstances, j'aurais sans doute protesté, j'aurais même peut-être quitté ma place au nom de la *dignità di famiglia.* Mais, cette semaine-là, j'avais vu dans le journal l'annonce d'une transaction entre la ville de Three Rivers et la veuve Rosemark. Les terres du vieux fermier allaient enfin être divisées en parcelles qui seraient mises en vente. On prévoyait la percée d'une rue, dont on avait choisi le nom : Hollyhock Avenue. Les parcelles seraient vendues au printemps pour cinq ou six cents dollars chacune. À ce moment-là, j'avais douze cents dollars d'économies. J'aurais besoin de cet argent et de plus encore si je devais devenir le premier propriétaire terrien *italiano* de Three Rivers. Je ne pouvais donc pas me permettre de défendre l'honneur de la famille et d'avoir une maison à moi.

Heureusement, Pasquale retrouva aussitôt du travail comme couvreur. Un soir d'ivresse, dans une taverne où il se trouvait avec des compagnons de travail, Pasquale acheta un singe à un marin qui arrivait de Madagascar – une petite bête maigrichonne, pas plus grosse qu'un chat domestique, avec un pelage orangé, des yeux et des doigts semblables à ceux d'un humain. Il lui donna le nom de Filippo, en souvenir de son ami d'enfance, et lui fabriqua une cage, que la *signora* Siragusa lui permit de laisser sur la véranda. Le singe fut bientôt l'*attrazione* du quartier, à la fois par son origine exotique et la fragilité de son état. La fichue créature était pleine !

Filippo devint vite Filippa. Des jeunes filles du West Side tricotèrent des bonnets et confectionnèrent des robes pour cette bestiole ridicule. Un des pensionnaires de la *signora* Siragusa, accordeur de piano, alla même jusqu'à composer pour elle une chanson intitulée *La Regina Piccola*. (« La Petite Reine », N.F.)

En août, Filippa mit bas d'un bébé mort-né. Elle berça ce *bambino* mort tout ratatiné deux ou trois jours durant, et elle versa des larmes que je vis de mes propres yeux. Mon frère Pasquale pleura lui aussi comme il ne l'avait fait ni pour Papa ou Mama, ni pour Vincenzo, ni même pour son ami Filippo. Il enterra le bébé mort dans le jardin de la pension et prit sur ses genoux la mère accablée de chagrin, la caressant et la berçant pendant des heures en fredonnant l'air de *La Petite Reine*. Pasquale pleura le bébé de Filippa comme si c'était le sien.

Omertà ! Et je parle, pourtant, non pour attirer la honte sur toi, Pasquale, mais pour comprendre.

Mon frère se mit à emmener l'animal avec lui à son travail. Chaque matin, il partait avec Filippa sur l'épaule. Pendant qu'il travaillait, elle s'asseyait sur le faîte des bâtiments en construction ou dans les arbres avoisinants.

Quand vint le froid, Pasquale négocia un arrangement avec la *signora* Siragusa. En échange du privilège d'installer Filippa dans la cave à charbon pendant les mois d'hiver, Pasquale s'occuperait du poêle et descendrait son lit au sous-sol, libérant ainsi une place pour un nouvel hôte payant.

Cet hiver-là, mon frère sembla heureux, à vivre de nouveau sous terre tel un *caruso,* ne sortant de la cave que pour les repas et pour aller à la taverne, en compagnie de son singe, qu'il tenait sous son manteau, et dont la petite tête pointue passait entre les boutons.

La lingua non ha ossa, ma rompe il dorso ! (« La langue n'a pas d'os, mais elle peut vous briser le dos ! » N.F.) Quand le printemps arriva, les commères italiennes commencèrent à se gausser, se demandant quand Pasquale Tempesta et sa jolie petite « épouse » auraient un autre *bambino*. La *signora* Siragusa en personne me dit tout bas qu'elle avait vu Pasquale et sa petite sorcière velue se parler à l'oreille et même s'embrasser sur la bouche. Les hommes se mirent à jaser eux aussi.

Mais mon frère continuait à sourire et à se montrer partout en ville avec Filippa, sourd aux plaisanteries et aux sarcasmes de ses *paisani*. Chaque jour, quand je rentrais de la filature, j'entendais tout Three Rivers ridiculiser le nom des Tempesta à cause de Pasquale et de son satané animal.

Ma première idée fut de descendre subrepticement à la cave au milieu de la nuit et de tordre le cou à la bête. Mais je suivis une voie plus astucieuse et plus pratique, qui nécessitait de la patience et un talent d'organisation. Je mis mon plan au point au cours de l'hiver, en gardant toujours un œil sur le terrain de Rosemark.

Le 13 février 1914, j'achetai une parcelle à la ville, en haut de Hollyhock Avenue, pour la somme de trois cent quarante dollars. Je fus assez perspicace pour comprendre qu'à deux, mon frère et moi, en travaillant régulièrement, nous pourrions construire une maison deux fois plus vite, et qu'une *casa di due appartamenti* (maisons jumelles, N.F.) procurerait à son propriétaire à la fois un toit et le rapport d'un loyer. J'avais alors trente-six ans. Je n'étais pas un bouc en rut comme mon frère Vincenzo, mais j'avais des besoins à satisfaire et le désir de transmettre le nom de Tempesta à des fils italo-américains. Je pensais qu'il en allait de même pour mon frère Pasquale, même si ce singe lui avait tourné la tête, et, fort de cette *supposizione*, j'élaborai mon plan. Après tout, il fallait deux familles pour habiter des maisons jumelles.

J'écrivis à mes cousins de Brooklyn, m'enquérant de jeunes Italiennes bonnes à marier, *siciliane* de préférence. Les Siciliennes sont les plus simples des femmes, et les femmes simples font les meilleures épouses. Étant propriétaire foncier, j'avais des exigences très strictes. Il fallait qu'elles soient vierges, bien sûr. Agréables à regarder aussi, cuisinières de talent et capables de tenir une maison. Se comporter dignement, être dévouées et modestes. Et surtout, la dot fournie par la famille devait permettre de meubler deux grands *appartamenti*.

Cette année-là, Dieu m'accorda un printemps précoce. En mars, le sol n'était plus gelé, et à Pâques

Pasquale et moi avions défriché mon terrain et commencé à creuser les fondations.

Ma maison allait être splendide – américaine par-devant et sicilienne à l'arrière. Chaque appartement comprendrait sept pièces, sur deux niveaux. À l'arrière, une volée de marches en ciment mènerait en Sicile ! Je planterais du chèvrefeuille, des pêchers, une petite treille, des tomates. Des herbes potagères pousseraient dans des vasques de pierre, j'aurais un poulailler, des clapiers, et peut-être une chèvre pour brouter l'herbe et donner un peu de lait. Dans ce jardin derrière ma maison, je serais enfin chez moi dans mon pays.

Cet été-là, tandis que Pasquale et moi travaillions côte à côte, je lui exposai tous ces projets, lui parlai de notre enfance heureuse en Sicile, de notre mère aimante, et j'évoquai en termes poétiques la beauté d'une vie nouvelle. Nous serions les frères les plus heureux du monde quand notre maison résonnerait des rires de nos *bambini*. Et comme j'étais lancé sur ce sujet, je suggérai qu'il était temps pour nous de prendre femme.

Pasquale haussa les épaules en continuant à manier la pelle. Il entendait encore notre mère lui hurler dans les oreilles, me dit-il, quoiqu'il ait oublié les traits de son visage.

Je l'informai que j'avais communiqué par lettres et télégrammes avec nos cousins Lena et Vitaglio. Leurs voisins, les frères Iaccoi, autrefois plombiers à Palerme, avaient une grande nouvelle : leur demi-sœur, Ignazia, âgée de dix-sept ans, allait arriver d'Italie avec une *cugina*, Prosperine, dix-huit ans. Toutes deux étaient prêtes à servir un mari. Bonnes cuisinières, belles de *faccia* et *figura,* bien en chair et mûres à point !

Un soir, au coucher du soleil, comme nous rentrions à la pension avec notre pelle sur l'épaule, je fis cette généreuse proposition : à Noël, Pasquale et moi prendrions le train pour Brooklyn, afin de rendre visite à nos cousins et à leurs voisins, les Iaccoi, et nous verrions alors si ce que nous avions là nous plaisait. Il serait sans doute sensé que le frère aîné épouse l'aînée des deux jeunes filles et vice versa, mais cela pourrait être décidé plus tard. Quelle importance d'ailleurs, puisque toutes deux étaient de jolies vierges en âge d'avoir des enfants ? Si mon frère bien-aimé épousait la demi-sœur des Iaccoi, le couple serait le bienvenu dans la maison jumelle. Je ne lui ferais pas payer de loyer pendant un an. Pasquale n'avait pas à se faire de souci. En tant que frère aîné, je me chargerais de négocier la dot. Et une fois que la maison serait construite et que nos jeunes épouses feraient sécher leurs draps de noces dans le jardin, il faudrait naturellement que Pasquale se débarrasse de son singe ridicule.

Mon cabochard de frère, têtu comme une mule, jeta alors sa pelle à terre en vociférant, et me dit qu'il cesserait de travailler à la maison si Filippa n'y était pas admise.

Les négociations se poursuivirent jusque tard dans la nuit, mais mon frère demeura intraitable. Quelles que soient les promesses que j'avais faites aux Iaccoi, me dit-il, il n'avait pas l'intention de prendre une épouse. À la fin, nous parvînmes à un accord : en échange de son travail pour la construction de la *casa di due appartamenti*, Pasquale s'assurait à vie, sans payer de loyer, deux des sept pièces de mon côté, l'une où il dormirait avec Filippa, et l'autre qui serait uniquement consacrée à la *ricreazione* de ce foutu singe ! Que faire ? Devais-je payer deux ou trois fainéants pour un travail que mon frère accomplirait gratis, quitte à s'y briser le dos ?

Déjà, un nouveau projet avait germé dans ma cervelle de génie. Je continuerais à négocier secrètement avec les Iaccoi, j'épouserais la belle cousine et je ramènerais à Three Rivers la belle demi-sœur, qui habiterait avec nous. La nature ferait son œuvre. Mon mariage heureux servirait de bon exemple à mon frère. Il finirait par se rendre à la raison.

1er août 1949

Tout cet été et tout cet automne-là, je travaillai à la filature la nuit et à ma maison le jour, ne m'arrêtant qu'en fin d'après-midi pour manger et dormir. Pasquale était employé comme couvreur jusqu'à quatre heures, puis il venait m'aider à Hollyhock Avenue jusqu'à la tombée de la nuit, toujours avec ce fichu singe sur l'épaule. Le dimanche, Pasquale et moi œuvrions côte à côte. C'étaient là les jours les plus beaux :

deux frères jeunes et robustes qui réalisaient un rêve, une brique après l'autre...

Quand l'hiver nous arrêta dans nos travaux, j'accompagnai Pasquale dans les tavernes, non pas pour dépenser mon argent en bière ou en whisky, mais pour tirer des renseignements de ces ouvriers en hibernation. *Installatori, elettricisti* : Je les faisais parler, me dessiner des croquis sur des serviettes en papier, me raconter leurs victoires et leurs erreurs passées. J'écoutais et j'apprenais ce que j'avais besoin de savoir, et ça ne me coûtait pas un sou !

En décembre, je reçus un *telegramma* des frères Iaccoi demandant quand les frères Tempesta allaient venir chercher leurs futures épouses. « L'influence des *Mericani* commence à leur tourner la tête », disait le message. L'industrie du vêtement à Manhattan avait besoin de main-d'œuvre féminine, écrivaient les Iaccoi. Sauf si nous avions l'intention de nous décider rapidement, une au moins des deux jeunes femmes pourrait rapporter un peu d'argent à la maison.

J'expédiai un télégramme, pressant les frères Iaccoi d'envoyer les deux jeunes filles au travail et de mettre de côté au moins la moitié de leurs gains pour augmenter leur dot, dont on n'avait pas encore discuté le montant. Je demanderais sept cents dollars pour épouser Prosperine, et quatre cents pour Ignazia au nom de mon frère.

Au début du printemps de 1915, Pasquale et moi recommençâmes à travailler à mon *palazzo*, montant les murs de brique, mettant en place les rebords de fenêtres en granit et les deux porches en marbre de Sicile. À l'automne, l'ossature de brique, de pierre et de bois de la maison était terminée. Le toit serait fini avant l'hiver.

Pendant tout ce temps, les autres Italiens de Three Rivers s'arrêtaient pour me féliciter. On nous offrait des gâteaux, des fromages et des pichets de vin pour nous porter chance. Tout le monde voulait s'attirer les bonnes grâces d'un homme qui réussissait.

Je verse des larmes au souvenir de ce qui survint ensuite. Le 12 octobre 1915, la *tragedia* frappa au 66-68, Hollyhock Avenue !

Je gâchais du ciment dans ma brouette pour faire le

trottoir le long de la maison. Pasquale était assis sur les marches de devant ; il finissait de manger. « Regarde, Domenico, deux corbeaux », grommela-t-il en pointant le menton vers la rue. *Monsignore* McNulty et son petit singe maigrichon, le père Guglielmo, étaient là à nous regarder dans leurs soutanes noires. Le mieux est de les ignorer, me dis-je, et je continuai à gâcher mon ciment.

Ils s'approchèrent. Le vieux prêtre me fit d'abord des compliments. Avec la construction de cette maison impressionnante et la situation que j'occupais à la filature, j'étais devenu une des figures marquantes de la communauté italienne.

Oui, oui, oui, Domenico Tempesta était un homme respecté, donné en exemple, insista le *monsignore*, me passant tellement de pommade que la suite de son discours me prit complètement au dépourvu.

« C'est pourquoi, me murmura-t-il en s'approchant de moi, votre péché est d'autant plus grand : cette façon ostentatoire d'ignorer la messe du dimanche, de ne pas honorer le jour du Seigneur. » L'assiduité des Italiens à l'église avait chuté, me dit le prêtre, ce dont le Tout-Puissant et lui-même me rendaient responsable personnellement. Il fallait que je confesse mes transgressions, que je revienne me montrer à la messe le dimanche suivant pour communier. C'est alors que Pasquale se leva pour aller sur le côté de la maison pisser comme un âne. Puis il envoya un baiser à Filippa et se prépara à retourner au travail.

Je souris et promis de retourner à la messe le dimanche dès que les quatre portes de ma maison seraient posées, qu'il y aurait des vitres aux fenêtres, et que le toit serait achevé. Je lui montrai du doigt Pasquale, grimpant à l'échelle vers le toit à moitié couvert, Filippa sur une épaule, un ballot de bardeaux de bois sur l'autre.

Monsignore McNulty déclara choquant et sacrilège que je vénère ainsi les biens terrestres, au détriment des choses spirituelles. Il espérait que je n'aurais pas à en payer le prix. Puis il fit à voix basse une remarque sur les hommes et les singes qui fit rougir le père Guglielmo.

Je sentis ma truelle comme une arme meurtrière dans ma main. « *Vai in mona di tua sorella !* lui criai-je.

— Traduction ! Traduction ! exigea le vieux prêtre du doux père Guglielmo.

— Je vous ai dit de foutre le camp d'ici ! clamai-je, en anglais cette fois. Allez vous faire baiser par votre sœur ! »

Le doigt pointé vers moi, McNulty répliqua haut et fort qu'une maison d'où on renvoyait un homme de Dieu en des termes aussi grossiers était une maison damnée du toit aux fondations. « Vous verrez, Tempesta ! Souvenez-vous de ces paroles ! »

Quand il se retourna, je pris une truellée de ciment mou et la lançai sur lui. Elle atterrit dans son dos et dégoulina de sa soutane comme de la fiente de singe.

Un homme de Dieu avait jeté sa malédiction sur ma maison, mais Pasquale ne comprenait pas la gravité de ce qui venait de se passer. En haut du toit, il éclata d'un gros rire qui résonna dans les arbres alentour.

« Tais-toi et travaille ! » lui criai-je en lui lançant une truellée de ciment, ainsi qu'à Filippa. Mon geste effraya cette petite putain, qui sauta de l'épaule de son maître et alla se cacher dans le gros érable.

En déjeunant, Pasquale avait bu presque toute une bouteille du vin porte-bonheur de Pippo Conti, un de ses collègues couvreurs. Pasquale posait une rangée de bardeaux en sifflotant quand il entendit Filippa appeler au secours. Tout d'un coup, des geais furieux la harcelaient. Pasquale se précipita pour aller défendre l'animal, oubliant qu'il y avait un vide entre le toit et l'arbre.

Il tomba.

Je le vis de mes yeux.

Marteau en main, il dégringola dans la cage d'escalier jusqu'aux fondations.

J'entendis les os de mon frère se rompre sur le sol de la cave. Quand je pris sa tête contre moi, elle roula comme celle d'une poupée cassée. *Dio ci scampi, Dio ci scampi !* » répétai-je. Que n'avais-je tenu ma langue avec le prêtre ! Que ne m'étais-je retenu de lui lancer ce ciment !

Filippa, descendue de l'arbre, s'était blottie contre la poitrine de Pasquale, dont les derniers mots, à peine articulés, furent « Filippa... Filippa ». Et je jurai à mon frère mourant, sur la vie de nos ancêtres et de nos descendants, de prendre soin de son petit singe. Puis Pasquale vomit du sang, et ses yeux se figèrent tels ceux des statues.

J'étais seul désormais...

Des ennuis intestinaux depuis mardi. De l'arthrite dans les articulations. Mon corps me lâche, mais pas ma mémoire.

Malgré les conseils du père Guglielmo – qui me rendit visite plusieurs fois après la mort de Pasquale –, je ne retournai pas à l'église quand vint la neige. Je jurai de ne plus jamais franchir le seuil de la maison de Dieu tant que ce *monsignore* de malheur serait en vie. Et je suis fier d'écrire que j'ai tenu ma promesse.

Après la mort de son maître, Filippa resta toute tremblante dans un coin de sa cage sur la véranda de la pension. Parfois, la nuit, par ma fenêtre ouverte, j'entendais ses étranges lamentations.

La *signora* Siragusa se mit à voir *il mal occhio,* le mauvais œil, dans son regard. Elle insista pour que j'enlève la cage de la véranda.

J'adhérais, pour ma part, aux idées modernes et tenais pour des bêtises de bonnes femmes les soupçons grandissants de *mal occhio.* Je considérais Filippa non pas comme une sorcière, mais comme un embarras. D'un point de vue pratique, je comprenais maintenant combien était fâcheuse la promesse hâtive faite à mon frère mourant.

Un soir, tandis que je passais la main à l'intérieur de la cage pour y déposer sa pâtée, Filippa découvrit ses crocs et me mordit sauvagement au poignet. En la maudissant, je me suçai la main à l'endroit de la blessure et conçus un plan.

Le dimanche matin suivant, je donnai cinq cents au jeune Cavoli pour qu'il aille à Hollyhock Avenue avec un sac de toile, qu'il en remplisse le fond de briques cassées mises au rebut et l'emporte jusqu'au pont sur la Sachem. Je lui donnai la consigne de m'attendre là. Prudemment, j'ouvris la cage et mis une laisse à l'animal réticent.

Nous nous dirigeâmes vers la rivière. Arrivés à destination, Filippa se cramponna aux barreaux de la passerelle en poussant des cris.

Je l'attrapai par la peau du cou et le jeune Cavoli tint le sac ouvert. À nous deux, nous parvînmes à la faire entrer de force dans le sac lesté et à l'y enfermer. Nous soulevâmes le singe hurlant au-dessus de la rambarde et le lâchâmes.

Le sac s'enfonça dans l'eau.

On avait fait ce qu'il fallait, maintenant c'en était fini.

Du moins le croyais-je !

36

« Il la traîne donc jusqu'au pont, la fourre dans ce sac qu'ils ont lesté, et il la noie, tout simplement.

— Parce que... ?

— Parce que c'est plus facile que de tenir sa promesse. » J'étais près de la fenêtre ; je regardais les eaux de la Sachem passer à vive allure derrière les arbres. On avait eu une semaine de temps doux et, avec la fonte des neiges en cette fin d'hiver, le courant était rapide. « Vous savez, doc, je crois que je devrais peut-être cesser de lire ce foutu machin. Le jeter au feu.

— Brûler votre chronique familiale ? Et pourquoi, Dominick ?

— Parce que ça ne me réussit pas... Hier soir, quand j'ai eu fini de lire cette histoire de singe, je n'ai pas pu m'endormir. Vous savez qu'on lui ressemble, Thomas et moi ?

— À votre grand-père ? C'est vrai ? Vous avez des photos ?

— Ma mère avait un grand album avec toutes ses photos de famille. Elle le regardait tout le temps... Ce qu'il y a de dingue, c'est que, plus j'avance dans cette lecture, moins je peux sacquer cette espèce de salaud – sa façon de traiter les gens, de se trouver mieux que tout le monde –, et pourtant, à un certain niveau, j'ai un peu l'impression de me reconnaître en lui.

— Vous ne parlez donc pas seulement d'une ressemblance physique ?

— Non, je ne crois pas... Hier soir, j'ai commencé à me dire que moi aussi je m'étais fait piéger par une promesse, comme Papa... C'est la dernière chose que je lui ai dite.

— À qui ?

— À ma mère. Juste avant qu'elle ne meure, je lui ai promis que je prendrais bien soin de son "petit lapin".

— Et vous vous retrouvez un peu dans votre grand-père parce que... ?

— Parce qu'on a l'un et l'autre failli à notre promesse. On s'est défilés. »

Le Dr Patel ne voyait pas comment j'étais arrivé à cette conclusion. Ne m'étais-je pas démené pour mon frère, inlassablement, agressivement même, pour le meilleur ou pour le pire ? En quoi avais-je le sentiment d'avoir failli à la promesse faite à ma mère ?

La question m'a fait rire. « Vous avez vu où il est ? Enfermé dans sa cage, là-bas, pour un an au minimum, à côtoyer tous ces psychopathes. Pour ce qui est de le protéger, je me suis vraiment bien débrouillé ! Vous pouvez dire ce que vous voulez pour essayer de me réconforter, on ne peut pas nier que j'ai tout foiré. Je tombe de ce toit, je rate l'audience, et il se retrouve au Hatch Hotel pour un bail. »

Le Dr Patel a hoché la tête. Premièrement, elle doutait que ma présence à l'audience eût pu changer le cours des choses. Deuxièmement, l'engagement que j'avais pris auprès de ma mère mourante, avec les meilleures intentions, m'avait, à son avis, coûté beaucoup trop cher. J'avais été malheureux, mal dans ma peau, j'avais même eu des idées de suicide à l'automne. Ma mère n'aurait certainement pas souhaité que je sacrifie mon propre équilibre en essayant vainement de sauvegarder celui de mon frère.

« C'est à voir, ai-je marmonné.

— Ah oui ? Pourquoi dites-vous cela ?

— Non, pour rien. Laissons tomber. »

Je la sentais m'observer en silence.

« Dominick, a-t-elle repris finalement, à propos de votre grand-père, vous vous êtes montré très critique. Vous le trouvez présomptueux. Ne serait-ce pas, peut-être, un autre trait que vous auriez en commun avec lui ? Qu'en pensez-vous ? »

J'ai laissé échapper un rire. Qu'insinuait-elle ?

« Que Thomas est devenu schizophrène et pas vous, parce que Dieu, ou la destinée, ou la sélection naturelle, en ont décidé ainsi. Que votre frère est à Hatch pour un an parce que l'État du Connecticut est persuadé qu'il est mieux là. Vous ne pouvez rien à tout cela, quelles que soient les promesses que vous ayez faites à qui que ce soit.

— Eh bien, si un jour j'ai besoin d'un avocat pour échapper à une condamnation, j'irai vous chercher, doc. Pourtant, la vérité, c'est que j'aurais pu le tirer de là. Je le sais. »

Elle n'était pas de cet avis.

« Bien, bien. On est d'accord sur le fait qu'on n'est pas d'accord. »

Elle s'est levée pour venir à la fenêtre à côté de moi. « Je vous ai observé devant cette fenêtre un grand nombre de fois. Que regardez-vous toujours avec tant d'attention ? »

Rien, ai-je dit. La rivière, c'est tout.

« Eh bien, je vous en prie, faites-moi le plaisir de me montrer ce grand pouvoir que vous avez de diriger le cours des choses. Ouvrez la fenêtre et ordonnez à la rivière de s'arrêter et de couler dans l'autre sens.

— Qu'essayez-vous de me démontrer ?

— Une petite chose en plaisantant. Ne serait-il pas vain de donner un ordre pareil ? De penser que la rivière, méconnaissant son cours inévitable, accéderait à vos vœux ? Il y a des limites, mon ami, à ce que vous, comme nous tous, pouvez contrôler ou pas. Si vous voulez recouvrer la santé, il vous faut reconnaître que le parcours de votre frère est inéluctable. Et que votre capacité à le diriger a ses limites. Cela vous libérera et vous aidera à aller bien.

— Alors, qu'est-ce que je suis censé faire ? Le fourrer dans un sac de toile et le jeter dans la rivière ?

— Seriez-vous tenté de le faire, Dominick ? » En fermant les yeux, j'ai revu mon rêve : j'étranglais mon frère, je le décrochais de l'arbre et le portais jusqu'à cette même rivière. « Répondez-moi, je vous prie. Vous arrive-t-il de vouloir détruire votre frère ?

— Non, ai-je répondu en m'efforçant de prendre sur moi. Si. »
Elle m'a regardé m'effondrer.
« Non ! Oui ! Non ! Oui ! Non ! Oui ! »

J'ai dû laisser échapper un long gémissement et, quand j'ai rendu les armes, épuisé, accablé par mon aveu, elle m'a ramené à ma place, elle m'a fait respirer à fond, puis elle a attendu que je me calme au point de me sentir envahi par le sommeil.

Je ne pourrais me libérer de mon frère, je ne pourrais progresser, que lorsque j'admettrais mes limites le concernant, m'a-t-elle répété.

« Je l'aime. C'est mon frère. Mais, à cause de lui, depuis toujours, j'ai honte, je me sens humilié. Tout le monde murmure qu'il est bizarre, on le tourne en ridicule... D'un côté, j'ai envie de prendre sa défense et, de l'autre, de partir en courant. De fuir pour ne pas attraper le même truc. Pour ne pas être éclaboussé.

— Par quoi ?

— Par le ridicule. Par sa maladie... sa faiblesse. »
Elle a noté quelque chose.
« Vous vous sentez donc divisé, partagé. Vous éprouvez à la fois de la sympathie et de la répulsion.

— Et de la panique. Mort de trouille, voilà ce que je suis.

— Qu'est-ce qui vous panique, en particulier ?

— "Ah, regardez ! Des jumeaux ! Vous êtes leur mère ? Comment faites-vous pour les reconnaître ?"... Vous imaginez ce que ça peut faire de grandir en entendant constamment qu'on est interchangeable ? Ensuite, quand le mal l'a pris, j'ai attendu mon tour. Entre vingt et trente ans, et après, je n'ai pas cessé d'attendre que la maladie me gagne moi aussi... Quant à ma mère, elle comptait sur moi pour m'occuper de lui, je devais tenir le coup afin de pouvoir le protéger, lui. Mon rôle dans l'existence, vous comprenez, c'était de servir de gardien à mon frère. Il fallait le protéger de Ray, des voyous à l'école... Encore maintenant. En venant ici, en montant votre escalier, il m'arrive d'avoir la trouille. Moi, voir un psy ? Je ne suis pas celui des deux qui en a besoin ; je suis celui qui va bien, celui qui veille au grain... Parfois, je m'arrête pour prendre de l'essence ou boire un café ; je ne suis pas sur mes gardes ; et tout d'un coup, je m'aperçois qu'on me regarde avec insistance, comme si... comme si...

— Comme si vous étiez Thomas.

— Je devrais peut-être me faire tatouer au front pour indiquer que je suis l'autre.

— Ce serait inutile, à mon avis. En dépit d'une grande ressemblance physique et d'un même code génétique, on vous distingue parfaitement l'un de l'autre.

— Ouais, moi, j'ai mes deux mains.

— Ce n'est pas ce que je voulais dire, mon ami. D'une certaine manière, vous ne paraissez pas être de vrais jumeaux. Au point que, quand j'ai commencé à suivre Thomas, j'ai vérifié dans son dossier médical si on vous avait bien fait les tests.

— Quels tests ?

— Pour savoir si vous êtes monozygotes. Or, oui, ces tests ont été faits, bien sûr. Votre capital génétique est le même que celui de votre frère. Cependant, Dominick, vous défiez les lois de l'hérédité, d'abord en ayant échappé à la psychose de votre frère, mais aussi par d'autres côtés. »

Mon visage est resté impassible, mais je me réjouissais intérieurement.

« Qui plus est, vous vous êtes efforcé de cultiver ces différences et d'en tirer parti. Vous y avez consacré votre vie, vous vous êtes échiné à cela. De sorte que je n'arrive pas à distinguer clairement, parmi ces différences, celles qui sont d'ordre génétique et celles que vous avez orchestrées.

— Celles qu'on a orchestrées ? me suis-je esclaffé.

— Pas "on", Dominick. Vous, personnellement. Vous et votre crainte d'être un jour atteint du même mal que votre frère. »

Elle a encore noté quelque chose. Mes angoisses, a-t-elle dit, lui apparaissaient de plus en plus clairement. Elle venait de les recenser. Avais-je envie de savoir ?

En premier lieu, je redoutais que la schizophrénie de mon frère ne s'abatte sur moi comme une ombre. Comment ne pas avoir cette obsession, étant son vrai jumeau ? Ensuite, pour reprendre ma propre expression, je paraissais « mort de trouille » que les gens ne fassent pas la différence entre mon frère et moi, qu'ils ne voient pas en nous deux êtres distincts. « Et il y a une troisième appréhension, que je commence tout juste à mieux cerner. »

D'après elle, je craignais peut-être qu'il y ait moins de différences entre mon frère et moi que je ne l'aurais souhaité, et je ne voulais pas le reconnaître.

« Par exemple, Thomas a une nature très douce, une sensibilité aux autres encore évidente par moments, malgré des années de psychose. Et d'après vos propos sur votre enfance et votre adolescence, sa délicatesse, sa douceur étaient encore plus prononcées avant le début de sa maladie.

"De nous deux, c'était lui le plus gentil", m'avez-vous avoué maintes fois. C'est-à-dire, j'imagine, le plus sensible, le plus vulnérable. À certains égards, Thomas était le plus facile à aimer, non ? »

Dominick est mon petit singe araignée, et toi, tu es mon petit lapin câlin. Viens, mon petit lapin. Viens t'asseoir sur les genoux de Maman...

« Plus facile à aimer pour elle, ai-je dit.

— Pour votre mère ? Ah oui ? J'aimerais vous poser une question. Étant donné la douceur, la sensibilité de votre frère, ne pourrait-on pas caractériser Thomas comme le plus "féminin" de vous deux ? »

Le mot m'a hérissé. *Dominick, descends maintenant. Je t'ai préparé un petit quelque chose de bon. Ton frère et moi, on va « jouer gentiment ».*

« Peut-être.

— Oui ou non ?

— Oui ! » ai-je lâché très sèchement. Elle commençait à me pomper.

« En a-t-il toujours été ainsi ? Aussi bien dans votre enfance qu'à l'âge adulte ? De vous deux, c'était vous le plus masculin, et Thomas le plus féminin ?

— Oui.

— Est-ce à cause de cet aspect de sa nature, de cette qualité peut-être, qu'il était plus facile à aimer pour votre mère ?

— Qu'est-ce que vous essayez de me dire ? Qu'il est gay ? Qu'il est schizophrène parce qu'il est pédé ? »

Non, non. Le Dr Freud avait fait cette hypothèse, plus ou moins, mais cette théorie était dépassée, et les psychothérapeutes pénétraient maintenant dans un domaine d'une bien plus grande complexité. « Mais il est significatif que vous sautiez à pieds joints sur cette conclusion, Dominick. Ce serait intéressant d'analyser pourquoi vous assimilez la sensibilité, la vulnérabilité, à l'homosexualité.

— Ah, je vois. Vous pensez qu'il est hétéro, et que moi je suis gay ?

— Je soupçonne plutôt qu'il y a en vous de cette douceur, de cette gentillesse, de cette vulnérabilité de votre frère, et que cela vous effraie. Et c'est peut-être à force de nier ces qualités en vous que vous vous êtes épuisé et rendu malade.

— Le malade, c'est lui, me suis-je permis de lui rappeler.

— Oui, oui. Vous, vous êtes le gros dur. Le jumeau moins gentil. Mais ce n'est pas pour autant que vous allez mieux. Vous voyez bien, mon ami ! Vous êtes ici en thérapie. »

C'était un phénomène qu'elle observait très souvent chez ses patients hommes – une véritable épidémie chez les Américains –, cette répugnance obstinée à s'accepter entièrement, ce refus d'admettre que nous descendons de notre mère autant que de notre père. C'était triste, tragique même. Une telle perte de vies humaines, comme nous le démontraient constamment les guerres et les meurtres ; il suffisait de regarder les informations sur CNN ou CBS. En même temps, c'était comique de voir la plupart des hommes se donner tant de mal pour prouver qu'ils étaient des « durs ». Les dieux devaient jeter sur nous un regard affligé et amusé à la fois. « Mon petit-fils de douze ans, Sava, que j'ai eu chez moi pendant que ses parents étaient à un colloque, m'a suppliée durant tout ce temps de l'emmener voir la deuxième partie de *Piège de cristal.*

— *58 Minutes pour vivre,* ai-je rectifié. Bruce Willis. » Petite diversion plutôt sympathique, cette image de ma psy en bonne grand-mère !

« J'ai fini par céder. Et comme j'étais assise à côté de lui dans la salle obscure, à regarder sur l'écran tout cet invraisemblable chaos destructeur, je me suis dit : eh bien, voici un catalogue de tout ce qui fait peur aux garçons et aux hommes, de tout ce qu'ils croient devoir tuer pour étouffer leur propre sensibilité – pour renier leur chromosome X, en quelque sorte. Nous étions placés dans les premiers rangs, car, pour que son bonheur soit complet, il fallait que Sava soit sous l'écran, avec un Coca-Cola et du pop-corn. Si bien qu'au milieu du film j'ai eu l'occasion, en me retournant, de voir le visage des spectateurs, essentiellement des hommes et des garçons qui fixaient l'écran dans un état de transe, ou presque. Bruce Willy tirait, frappait et tuait tout ce qui leur faisait peur. Ça m'a appris beaucoup de choses, en fait. Je n'ai certainement pas regretté cette expérience. Enfin, Dominick, pardonnez-moi cette digression. Mais nos histoires ne sont-elles pas des miroirs qui reflètent toutes nos terreurs ? »

À la fin de la séance, elle a conclu que nous avions couvert un champ important et progressé très sensiblement. À la porte, elle m'a demandé si j'avais des questions à lui poser avant de nous quitter jusqu'à la semaine suivante.

« Ce récit de mon grand-père... Vous ne croyez pas que je ferais mieux de cesser de le lire ?... S'il n'a pour effet que de me mettre dans tous mes états ? »

Ma question l'a fait sourciller. Ma réaction la laissait un peu perplexe. Elle pensait que mon passé était précisément ce que je cherchais à connaître. N'avais-je pas été frustré par les silences de ma mère sur l'histoire familiale ? Or je tenais là une chance unique : mon grand-père me faisait don de sa voix posthume. Alors, que ce grand-père me pose problème ou pas, pourquoi me priver d'un tel cadeau ?

« Ce n'était pas lui que je voulais, c'était mon père. Et de mon père, elle ne m'a jamais rien révélé, pas même le nom.

— C'est vrai, Dominick. Mais on se doit d'accepter ce qui nous est offert, non ? Ce serait honteux de dire à celui qui donne : "Non, non, je ne veux pas de ça. Je veux autre chose." En plus, avoir à votre disposition cette voix du passé ! Quelle chance extraordinaire, Dominick ! Potentiellement, du moins. »

Si elle avait bien compris, Domenico avait voulu laisser quelque chose de lui à la postérité. Qu'il ait su ou non, avant de mourir, que notre mère allait nous mettre au monde, nous étions ni plus ni moins ses descendants, son lien avec l'avenir. En lisant son histoire, je lui permettais d'atteindre son but. Et si je continuais ma lecture, peut-être Domenico allait-il, lui aussi, m'aider à atteindre le mien.

Elle m'a pris par le bras pour me guider encore une fois vers la fenêtre.

« Tout est lié, Dominick. La vie est comme ce fleuve que vous avez là devant vous. Elle vient du passé, coule à travers le présent et poursuit son cours vers l'avenir. Je ne l'ai pas toujours su. Je l'ai compris progressivement, grâce à mon travail d'anthropologue et de psychologue.

« La vie est un fleuve, a-t-elle répété. Nous naissons du passé, nous sommes liés à son flux, à la fois génétiquement et par notre expérience. Alors, plutôt que de jeter votre ancêtre au feu, vous devriez continuer à le lire, même si cela vous empêche de dormir. Oui, lisez l'histoire de votre grand-père, Dominick. Sautez dans la rivière. Et si vous vous sentez trop mal, venez me dire pourquoi. »

Au retour, la circulation était épouvantable. Je m'énervais. Je n'arrêtais pas d'appuyer sur les boutons de la radio et de changer de station. *I Shot the Sheriff... The Boys are Back in Town*. En mettant le volume assez fort, on en avait plein la tête, on n'avait plus besoin de penser. Mais quand je suis arrivé chez moi, quand j'ai coupé le moteur, le silence est revenu et, avec lui, le souvenir inattendu du matin où ma mère était morte.

J'étais seul avec elle dans cette chambre d'hôpital quand je lui avais fait cette promesse. Je lui avais dit la seule chose qu'elle souhaitait entendre : « Je prendrai soin de lui, M'man. Maintenant, tu peux t'en aller. »

Et elle était partie, rassurée de savoir que son « petit lapin » serait sous bonne garde.

M'man, je t'aime. Je te hais...

Il y avait une chose que le Dr Patel n'avait pas encore entrevue, et que moi-même je commençais seulement à comprendre : c'était combien j'avais haï ma mère de m'avoir fait monter la garde toute ma vie. Je leur servais de sentinelle...

Ils « jouaient gentiment », disaient-ils. En quoi consistait le jeu ? À se costumer ? Ça se bornait à ça ? Thomas marchait avec les chaussures à talons hauts de M'man, il tournoyait dans ses robes... Elle n'avait pas d'amis. Elle était seule...

Dominick, descends maintenant. Je t'ai préparé quelque chose de bon. Ton frère et moi, on va « jouer gentiment ».

Alors je descendais manger mon pudding ou mes chips en regardant la télévision – celle qui, plus tard, devait imploser et mettre le feu au salon.

De faction. Pour guetter Ray.

Ça ne t'amuserait pas, Dominick. C'est le genre de distraction qui ne plaît qu'à ton frère... Si Ray arrive, préviens-moi tout de suite. Si jamais il découvrait notre gentil petit jeu, il se mettrait en colère contre nous trois. Plus que jamais...

Pourtant, elle m'aimait moi aussi, doc. Je le savais bien. Seulement, elle l'a toujours préféré, lui. Et ce qu'elle aimait en lui, c'était précisément ce que Ray ne supportait pas... Il était son « petit ange », son « petit lapin câlin »...

Je prendrai soin de lui, M'man. Tu peux t'en aller, maintenant.

Comme si cette promesse allait me donner la première place dans son cœur un instant, avant son départ définitif... Toute ma vie, j'avais eu la deuxième place. J'avais toujours été en seconde position dans cette course à deux. Et rien n'avait changé, même si elle était morte depuis quatre ans, et lui, enfermé à Hatch. Dans notre duel sans fin, je n'étais pas le favori.

Ça faisait mal, M'man, d'être la sentinelle, le singe araignée, celui à qui tu ne demandais jamais de venir sur tes genoux...

Ça faisait vraiment mal, M'man...

37

Je quittai la pension de la *signora* Siragusa et je m'installai dans ma *casa di due appartamenti* le 1er avril 1916. J'étais le premier de mes compatriotes à être propriétaire d'une maison à Three Rivers, une maison bâtie de mes propres mains. Dans l'appartement de gauche, je logeai Salvatore Tusia, le barbier, avec sa femme et ses enfants, et je perçus mon premier loyer mensuel, onze dollars cinquante, en liquide. J'avais demandé douze dollars, mais Tusia me fit baisser le prix en échange d'une coupe de cheveux quand j'en aurais besoin, et d'un rasage quotidien. Pour être sûr d'en avoir pour mon argent, je me fis couper les cheveux tous les vendredis.

J'écrivis à mes cousins de Brooklyn pour leur annoncer que je les honorerais de ma visite pendant deux jours à Pâques. Qu'ils préviennent leurs voisins, les frères Iaccoi. Je ferais enfin la connaissance de ma future épouse, Prosperine. Nous fixerions une date pour le mariage et nous établirions le montant de la dot.

Ce dimanche de Pâques, à la table de mes cousins, je levai mon verre et fis un discours mémorable sur notre pays et la famille Tempesta. Je prononçai l'éloge de Papa et de Mama et rendis hommage à mes deux frères défunts. Mes paroles tirèrent des larmes à toute l'assistance, sauf au petit dernier de Lena et Vitaglio, qu'on laissa farfouiller sous la table, chatouiller les chevilles des adultes et tirer leurs bas !

Dans la soirée, je m'excusai et me rendis chez les frères Iaccoi. J'allais enfin me régaler la vue de ma promise sicilienne.

Rocco et Nunzio Iaccoi vinrent à ma rencontre et m'emmenèrent dans leur salon, où ils me firent asseoir dans le fauteuil le mieux rembourré et m'allumèrent un cigare. Quand ils me virent confortablement installé, ils appelèrent leur cousine Prosperine, qui était restée dans la cuisine. « Débouche l'*anisetta*, cousine, et apporte trois verres. »

Après une longue attente, on entendit un bruit de verre brisé. « *Scusi* », fit Nunzio, avec un large sourire qui ressemblait à une grimace de douleur.

Rocco haussa les épaules en riant. « Depuis presque deux ans qu'elle vit ici, c'est la première fois que la chère petite casse quelque chose. »

Je n'allais pas me laisser rouler par ce fichu plombier. Je jouerais sur la maladresse évidente de la fille pour augmenter un peu le montant de sa dot.

Quand Prosperine émergea de la cuisine, je voulus me lever, mais les deux frères m'en empêchèrent en me mettant chacun une main sur une épaule. « Inutile de vous mettre debout, me dit Rocco. Restez assis. »

Je ne vis pas tout de suite son visage, mais seulement sa taille minuscule. Elle n'était pas plus grande qu'une fillette de douze ans. Pas plus grosse que Mama !

Mon regard remonta de ses bottines à boutons à sa robe noire. Elle avait épinglé un bouquet de fleurs artificielles à sa taille. Au-dessus des petits verres d'*anisetta*, qu'elle tenait devant elle sur un plateau, mes yeux rencontrèrent sa poitrine plate, puis un camée agrafé au col montant de sa robe. Quand j'arrivai à la *faccia*, je restai bouche bée.

« *Signore* Domenico Tempesta, annonça Nunzio, je vous présente Prosperine Tucci, votre *sposa futura* !

— Quand il gèlera en enfer ! » m'écriai-je. Et je m'enfuis vers la porte.

Le visage de Prosperine m'avait fait perdre tout sens des convenances. D'abord, elle n'avait rien de la jeune fille que ces menteurs de plombiers m'avaient promise. Cette sorcière maigrichonne devait avoir au moins trente ans ! Pis encore : sa figure laide et décharnée ressemblait atrocement à celle de Filippa, ce singe qui avait ensorcelé mon frère Pasquale et que j'avais noyé !

Cette nuit-là, je me tournai et retournai sur le divan de mes cousins comme si j'étais de nouveau à bord du *Napoletano* ! Était-ce mon frère Pasquale qui m'envoyait cette horrible maigrichonne du *mundo sottomari* pour se venger de moi, le meurtrier de sa « petite reine » ? Était-ce mon frère Vincenzo, pour se moquer de ma chasteté ? Ou était-ce Mama, qui voulait me faire épouser un singe parce que je l'avais abandonnée pour chercher fortune en Amérique ?

« *Meglio celibe che mal sposato !* » (« Mieux vaut le célibat qu'un mariage malheureux. » Note de la traductrice : la phrase originale, en partie barrée, est la suivante : « Mieux vaut mourir célibataire que de devoir baiser un singe. » N.F.) Plutôt mourir sans avoir eu de fils que de les faire avec ça !

Au milieu de cette longue nuit, la cloche d'une église sonna trois fois. Mama, Pasquale, Vincenzo : ils s'étaient peut-être mis d'accord tous les trois pour m'expédier cette femme-singe ! Mais il est permis de refuser un cadeau. Je décidai d'attendre le jour, de prendre le premier train pour rentrer à Three Rivers, et de vivre dans ma grande maison en célibataire.

6 août 1949

Le lendemain, quand je me réveillai, les Iaccoi et leur cousine-singe étaient déjà dans la cuisine de Lena et de Vitaglio. « Voici donc l'homme aux fausses promesses, dit Rocco lorsque j'entrai dans la pièce.

— Il n'y a pas de promesse qui tienne quand on a été trompé », répondis-je.

Comment osais-je les accuser de tromperie quand c'était moi qui avais engagé les pourparlers pour une épouse – et même pour deux épouses, en fait ?

« Vous croyez peut-être que c'est moi qui ai poussé mon frère du toit ? Vous voudriez que j'épouse deux femmes et que je vive en *bigamo* ?

— Une seule suffira, assura Rocco. Celle que vous avez promis de prendre pour femme.

— La description que vous m'en avez faite est mensongère, répliquai-je. Regardez-la donc, en train de fumer comme un homme. Elle n'est ni belle ni jeune !

— Elle est aussi pure que la Sainte Vierge, affirma Rocco.

— Si elle est *vergine*, c'est seulement par manque d'occasion.

— Méfiez-vous, Tempesta. En Amérique, il y a des

tribunaux qui obligent les gens à tenir parole. Nous avons gardé toutes vos lettres et tous vos télégrammes.

— N'essayez pas de me faire peur, le plombier ! Quel juge ayant des yeux sur la tête me condamnerait à vivre avec cette créature ? Elle est faite pour accompagner un joueur d'orgue de Barbarie, pas pour partager le lit d'un homme de bien. »

Mes yeux se portèrent sur Prosperine, et un frisson me parcourut. Sans sourciller, elle tira sur sa pipe et me dévisagea du regard noir du *mal occhio*. Je suis, je l'ai déjà dit, un homme moderne, qui laisse la superstition aux vieilles femmes. Mais, à cet instant-là, j'aurais voulu tenir un *gobbo*, un piment rouge ou une dent de cochon pour écarter le mauvais œil que me jetait cette femme-singe !

Dix minutes plus tard, Rocco revint avec, à la main, les papiers d'immigration et un daguerréotype de sa sœur. D'après ces papiers, Ignazia était née en 1898, et elle avait donc bien dix-huit ans. La photo révélait une jeune fille aussi belle que l'autre était laide.

Je me laissai convaincre de retourner chez les Iaccoi après le déjeuner pour attendre Ignazia, qui était en visite. Pendant cette attente, je regardai sa photo et tombai sous le charme. J'étais captivé par ses longs cheveux et ses lèvres charnues. Ses yeux noirs regardaient droit dans les miens.

Je tombai amoureux de cette photo, et plus encore de la jeune fille en chair et en os qui entra d'un air crâne avec une heure de retard. Elle portait un manteau de lainage rouge sang. Ses cheveux noirs lui descendaient jusqu'aux reins. Ses hanches larges étaient faites pour accueillir un mari et mettre des enfants au monde. Enfin, j'étais amoureux.

C'est elle, la femme que j'attendais, pensai-je, c'est mon épouse !

Seulement elle m'accorda à peine un regard. Se tournant vers Prosperine, elle lui dit, en se tapotant le ventre, qu'elle avait une faim d'*elefante*.

Je la regardai sortir de la pièce. « À la fabrique de chaussures où elle travaille, Ignazia a subi de mauvaises influences. En devenant votre épouse, elle oubliera vite ces manières *mericane*. Vous en ferez de nouveau une *Siciliana* ! »

Ignazia revint de la cuisine avec un croûton de pain

dans une main et une cuisse de poulet dans l'autre. « Ah, non, non, non ! clama-t-elle. Je viens d'apprendre ce que vous avez derrière la tête, tous les trois. Mais je vous répète que je vais épouser Padraic McGannon, et personne d'autre !

— Cet Irlandais paresseux qui n'a pas de travail ! cria Rocco. Ce rouquin qui tète encore sa mère ! »

À entendre les projets d'Ignazia, mon cœur se serra et j'eus envie d'étrangler l'Irlandais.

« Et de quoi vivrez-vous ? demanda Nunzio.

— D'une chose à laquelle les vieux comme vous ne connaissent rien : d'*amore*, de *passione* !

— *Scusa*, mademoiselle, *scusa*. Vos frères et moi sommes tombés d'accord : si je consens à vous prendre pour épouse, vous serez richement pourvue.

— Si vous consentez ? Vous ? Mais qui voudrait vous prendre pour époux, vieux bonhomme ? Allez donc épouser une vieille *nonna* aux cheveux gris ! » Elle mordit sauvagement dans la cuisse de poulet, détachant la chair et la mâchant avec avidité en me foudroyant du regard.

La *passione* avec laquelle Ignazia repoussait l'idée de m'épouser ne fit que renforcer mon désir d'elle. Cette fille impudente serait ma femme, qu'elle le veuille ou non.

« C'est une véritable harpie, dis-je à ses frères, mais elle fera tout de même l'affaire. Je vous en débarrasse pour une dot de sept cents dollars.

— Sept cents dollars ! s'écria Rocco. Vous nous croyez aussi riches que vous ? Cette fille est un joyau. Une fois qu'elle sera désentichée de ce rouquin irlandais... »

Mes oreilles ne purent supporter d'entendre ce garçon mentionné encore une fois. « Cinq cent cinquante, alors. Je ne ferai pas d'autre proposition. Après tout, cet argent servira à meubler l'*appartamento* où votre sœur vivra comme une reine.

— C'est bien joli, Tempesta, mais mon frère et moi, nous ne sommes pas des sultans. Nous n'avons pas une telle fortune à vous donner. Deux cents dollars, et l'autre avec.

— L'autre ? Quelle autre ?

— Celle-ci, fit Nunzio en montrant Face-de-singe, qui arrivait avec du café.

— Pas question !

— Soyez raisonnable, Tempesta, me conseilla Rocco.

Elle fera la cuisine et aidera Ignazia à tenir votre grande maison, elle mettra vos enfants au monde quand vous en aurez, ensuite vous la marierez à un veuf qui aura besoin de quelqu'un pour son ménage.

— Pas question, ai-je répété. Trois cent cinquante dollars, et vous gardez l'autre. C'est mon dernier mot.

— Je regrette, mais, au nom de ma demi-sœur, je suis dans l'obligation de refuser. *Arrivederci* », me dit-il en m'ouvrant la porte.

Comment était-ce possible ? Allais-je perdre cette créature au sang chaud qui avait éveillé mon *ardore* comme la lave de l'Etna en éruption ?

« Vous entendez, le vieux ! me cria-t-elle. *Arrivederci*. Partez !

— *Arrivederci* », répéta Nunzio Iaccoi. Il ferma sa porte et tira le verrou. Je me retrouvai sur le pavé de Brooklyn, plus seul que je ne l'avais jamais été.

8 août 1949

Pendant le long voyage de retour en train, je gémissais et parlais tout seul. En fermant les yeux, je voyais son visage, sa *figura*.

Au cours de cette journée, je me comportai de la plus étrange façon quand le train s'arrêta à New London. Il était cinq heures de l'après-midi. Je devais reprendre mon travail quatre heures plus tard. « *Scusa, signore*, demandai-je au chef de train en le tirant par la manche, à quelle heure part le prochain train pour New York ?

— Dans une heure un quart. »

J'écrivis aussitôt un mot pour Flynn, à la filature : « Urgence familiale. Serai rentré demain. Tempesta. » Je confiai le papier à un homme qui allait à Three Rivers, et lui donnai un dollar pour m'assurer qu'il transmettrait mon message

Je n'étais plus moi-même - Domenico Tempesta était devenu fou !

Quand le train entra en gare, j'hésitai à monter. Elle te fera souffrir, me disais-je. Mais quand les roues s'ébranlèrent en direction de New York et de mon Ignazia, je sautai dans ce train, affolé. La tête me tournait de peur, de désespoir et... de soulagement. Que m'arrivait-il ?

458

À mi-chemin, je me levai et ouvris la portière. Le vent emporta mon chapeau. À peine si je m'en aperçus. Je regardai le sol passer à toute vitesse au-dessous de moi. Sauter tête la première serait peut-être préférable à cette folie d'amour, pensai-je. Mais si je sautais, je ne reverrais plus jamais cette fille. Elle serait pour ce rouquin d'Irlandais à qui j'aurais volontiers tordu le cou.

C'est Ignazia en personne qui m'ouvrit la porte. «Comment ? Encore vous ? cria-t-elle. Allez-vous-en ! » Et elle cracha à mes pieds.

Nunzio apparut derrière elle, souriant comme un renard avec des plumes plein la gueule. «*Signore* Domenico, quelle surprise !

— Je vous la paie quatre cents dollars, lui dis-je, les yeux fixés sur Ignazia.

— Non ! hurla-t-elle. Je m'empoisonnerai. Je me planterai un couteau dans le cœur ! »

Rocco se montra à son tour. «Cinq cents dollars, annonça Nunzio froidement, et vous prenez l'autre avec.

— Je me jetterai du pont, je me planterai un couteau dans le foie ! vociférait Ignazia.

— Cinq cents dollars, acquiesçai-je, dans mon délire. Et je prends l'autre avec. »

Nunzio Iaccoi me serra la main et me fit entrer pour célébrer la conclusion de notre marché. Je fus tout juste capable de tremper mes lèvres dans un verre de vin. Ignazia continuait à hurler et à gémir tandis que Prosperine fumait à la porte, les yeux pleins de fureur.

9 août 1949

Ignazia et moi nous mariâmes civilement à Brooklyn le 12 mai 1916, avec Prosperine et mon cousin Vitaglio comme témoins.

Dans le train qui nous ramenait vers le Connecticut, nous ne trouvâmes pas trois places ensemble. Ignazia refusa de venir avec moi, elle s'assit à côté de Prosperine.

De ma place, je voyais Face-de-singe en entier, mais, de mon épouse, je n'apercevais que le chapeau de mariage en velours bleu orné de fraises rouges. Quand elle verrait ma maison, elle m'aimerait, me disais-je. Oui, elle allait m'aimer.

Quant à l'autre, je lui trouverais du travail à la filature. Si je devais l'avoir sur les bras, au moins elle rapporterait de l'argent à la maison.

Nous arrivâmes au 66-68, Hollyhock Avenue après la tombée de la nuit. Je fis attendre Ignazia à la porte et j'allai allumer partout. Puis, la prenant par la main, je la menai dans toutes les pièces, tandis que l'autre suivait comme une ombre noire.

Du premier étage, je lui montrai le jardin par la fenêtre – mon petit coin de Sicile. Il y avait pleine lune ce soir-là, et tout apparaissait sous son plus bel aspect. « Voici ta nouvelle demeure, Ignazia. Elle te plaît ? »

Elle haussa les épaules d'une façon qui me perça le cœur.

Je sortis d'un tiroir les draps brodés envoyés en cadeau de noces par la *signora* Siragusa. J'allais enfin goûter les plaisirs de la chair avec celle qui avait réduit en bouillie toute ma raison.

Elle prépara le lit avec Prosperine pendant que j'attendais dans le jardin en fumant et en regardant les lucioles. Par la fenêtre ouverte, je les voyais toutes deux, le laideron coiffant les longs cheveux d'Ignazia. J'entendais aussi les sanglots de celle-ci et les paroles de consolation de Prosperine.

Une fois au lit, je l'embrassai et lui dis : « Avec le temps, tu seras heureuse de vivre avec moi. » Elle se détourna et ses larmes coulèrent sur mes mains.

Pendant que je m'acquittais de mes devoirs conjugaux, je la voyais regarder le plafond avec des yeux de statue. Après coup, j'examinai les draps brodés.

Elle n'avait pas saigné. « *Vergine ?* » lui demandai-je.

Je vis la peur dans ses yeux. « *Si, vergine,* ne me frappe pas ! » s'écria-t-elle.

Son amour pour le rouquin était chaste, m'expliqua-t-elle. Les femmes ne saignaient pas toujours la première fois, voilà tout. Si j'avais des doutes, je n'avais qu'à la renvoyer à Brooklyn.

Elle était si belle que je crus lire la vérité dans ses yeux noirs. Je la battis tout de même, pour lui donner une leçon au cas où elle mentait. Je ne pouvais pas risquer le déshonneur d'avoir épousé une traîtresse.

Le lendemain, quand je me levai pour aller au travail, Ignazia n'était pas dans la cuisine. Prosperine épluchait des pommes de terre pour mon dîner. « Où est-elle ? demandai-je. Ce n'est pas à un singe de préparer les repas du mari, mais à son épouse. »

Prosperine lâcha la pomme de terre, s'approcha de moi le couteau à la main. « Si tu lèves encore la main sur elle, Tempesta, dit-elle tout bas, je te couperai les couilles pendant ton sommeil. »

Ma première idée fut de la frapper, mais elle tenait la pointe de son couteau tout près de moi, et elle paraissait assez folle pour mettre sa menace à exécution. Après tout, les frères Iaccoi avaient marchandé désespérément pour se débarrasser de leur sorcière de cousine, c'était la seule chose que je savais d'elle.

Je me détournai en riant pour camoufler ma peur. « Si tu oses lever un couteau sur moi, chienne, il t'arrivera malheur ! »

Elle leva le couteau à la hauteur de mon cœur. « C'est ce qu'un homme a pensé un jour ; il en est mort, a-t-elle répliqué en crachant par terre.

— Si tu te mêles de mes affaires, je te casserai un bras.

— Si tu lui fais du mal une autre fois, je t'émasculerai ! »

11 août 1949

À l'automne, un après-midi, je rencontrai la *signora* Siragusa dans la rue. « Eh bien, sacripant ! se gaussa-t-elle, j'ai vu votre petite femme chez Budnick hier. Elle a déjà un bon petit ventre, hein ? Alors comme ça, vous n'avez pas pu attendre ? »

Le lendemain matin, en rentrant de la fabrique, je soulevai la chemise d'Ignazia pendant qu'elle dormait. Je vis son ventre.

Je vis aussi que la mine renfrognée qu'elle avait en ma présence disparaissait dans son sommeil. Était-ce la paix de l'âme qu'elle avait connue enfant, en Sicile ? Ou dans les bras de cet Irlandais rouquin ? Quand elle ouvrit les yeux et me vit, son visage se ferma de nouveau.

« Qu'est-ce que c'est que ça, hein ? » lui demandai-je en lui tapotant l'estomac.

Pour toute réponse, elle fondit en larmes.

« Alors ?

461

— Quelle question ! À force de fourrer ton machin dans mon ventre...

— C'est pour quand ?

— Comment savoir ? Les prévisions ne sont jamais justes. Peut-être février, peut-être mars... Pourquoi me regardes-tu comme ça ?

— Tu es contente ? »

Elle haussa les épaules, enfila sa robe. Elle se fit un chignon sur la nuque. « Je suis bien obligée de prendre ce qui vient. Tu ne m'as pas laissé le choix. »

J'emmenai Ignazia chez Pedacci, un cordonnier de l'East Side, *presidente* de *Figli d'Italia,* qui savait dire si ce serait un garçon ou une fille en voyant la mère marcher sur le trottoir devant sa boutique.

Debout sur le seuil, il fit repasser Ignazia devant lui trois ou quatre fois. Il se frotta le menton et cligna des yeux. Puis il la fit s'arrêter.

La grossesse de ma femme était un des cas les plus difficiles qu'il ait jamais rencontrés. L'enfant était placé de façon inhabituelle. Ignazia était-elle originaire de Toscane, où les femmes portaient parfois l'enfant de cette façon ?

« Non, non, elle est *siciliana* », lui dis-je.

Eh bien, dans son cas, il serait nécessaire de soulever les *tette*, dans le seul but, on était bien d'accord, de faire une prédiction exacte.

« Bien sûr, *don* Pedacci, je ne suis pas un paysan jaloux du Vieux Monde, je suis un homme moderne. Il va falloir que tu entres un instant avec *signore* Pedacci, dis-je tout bas à mon épouse. Il doit soulever les *tette.*

— Comment ? s'écria-t-elle. Pas question qu'il me touche avec ses mains sales. »

Je pris ma femme par le poignet en le tordant un peu. « Obéis à ton mari, comme il se doit. Fais ce que je te dis. »

Cela dura quatre ou cinq minutes. « Félicitations, Domenico ! s'exclama Pedacci quand ils ressortirent. Un fils ! »

La nouvelle n'apporta aucune joie à Ignazia. Au contraire, elle lui fit verser des larmes...

Le soir du 2 décembre 1916, j'étais au travail, en train d'examiner des échantillons à la loupe, quand Flynn m'appela.

En levant les yeux, je vis Prosperine arriver vers moi aux côtés de Flynn.

« Il faut venir, me dit-elle. Elle va accoucher.

— Déjà ? Comment est-ce possible ?

— Elle perd les eaux. Les douleurs ont commencé. Ce sera peut-être difficile.

— Pourquoi donc ? »

Le Singe haussa les épaules.

« Tu l'as laissée seule ?

— La *signora* Tusia est auprès d'elle.

— Rentre à la maison. C'est aux femmes de s'occuper des affaires de femmes. Cesse de m'interrompre dans mon travail.

— Elle a besoin d'un *dottore*. La *signora* Tusia est aussi de cet avis.

— Les médecins vident les poches des travailleurs honnêtes. Rentre et aide-la à accoucher, au lieu de courir par les rues.

— *Figliu d'una mingia !* Tu perdrais ta femme pour économiser un sou ! »

À l'aube, je quittai la filature et courus chez Quintiliani, le *dottore* italien. Sa gouvernante me dit qu'il avait été appelé pour une appendicite au milieu de la nuit et n'était toujours pas rentré. Ma fille de peine était venue le chercher ; elle l'avait envoyée chez Yates, le *dottore* yankee.

Quand j'arrivai chez moi, la voiture de Yates était garée devant la maison. Mon cœur battait comme un tambour. J'ouvris la porte et me dirigeai vers l'endroit où j'entendais les cris d'Ignazia.

Elle était allongée sur la table de la cuisine, enveloppée dans des couvertures et toute tremblante. La femme de Tusia lui épongeait le visage, le cou et les cheveux. Yates opérait plus bas.

Prosperine fut la première à s'apercevoir de ma présence. « *Figliu d'una mingia* », marmonna-t-elle.

Puis Ignazia me vit. « Dehors ! Sors d'ici ! cria-t-elle. Voilà ce que me valent toutes tes cochonneries ! »

Le *dottore* yankee me conseilla d'attendre dans le salon. Il avait à me parler, mais pas à ce moment crucial.

Ignazia gémissait.

« *Avanzata !* » lui enjoignait Prosperine.

Au lieu d'aller dans le salon, je passai dans

l'arrière-cuisine. Pour qui se prenait-il, ce médecin, pour me dire où aller dans ma propre maison ?

« Poussez, madame Tempesta, n'arrêtez pas ! Allons, poussez !

— Très bien, Ignazia, continuez », disait la femme de Tusia pour l'encourager.

Soudain, toutes ces exhortations, ainsi que les cris d'Ignazia, ne furent plus qu'un lointain murmure.

Il était posé sur le buffet, à côté de la pompe...

Un petit paquet, emballé à la hâte dans un drap sanguinolent. Je sus ce que c'était avant même de soulever le linge.

Il avait les pieds et les mains bleus. Des cils noirs. Des cheveux noirs sur le crâne, qui était encore tout humide. Un petit bouton au bas du ventre. Il était parfait, mais bleu.

Je me penchai plus près. Je respirai son odeur. Je touchai ses lèvres. Il n'était ni froid ni tiède. Son âme était encore là dans cette arrière-cuisine...

J'utilisai ce qui se trouvait à ma portée : de l'eau de vaisselle savonneuse, de l'huile d'olive que je versai dans le creux de ma main – une main d'ouvrier, rêche et usée par le travail, bleuie par la teinture, et non la blanche et douce main d'un prêtre, digne de toucher la *perfezione*.

Avec mon pouce, je traçai une croix sur son front et sur chacune des petites paupières. J'aspergeai le petit crâne avec de l'eau. « Je te baptise, au nom du Père, et du Fils, et du Saint-Esprit », murmurai-je en anglais, et non en italien, car mon fils, mort sans avoir reçu de nom, était *mericano*. Il aurait eu un grand avenir, seulement il n'avait pas vécu.

Qu'avais-je accompli ? Un sacrement ou un sacrilège ? Un *battesimo* donné par un homme qui avait souillé un *monsignore* avec une truellée de ciment et causé la mort d'un frère. Avais-je sauvé l'âme de mon fils ou l'avais-je envoyée en enfer ? Cette question, je me la posai mille fois pendant mes nuits d'insomnie après ce baptême impromptu... Depuis, je pose la question à un Dieu qui ne répond jamais.

Un Dieu qui n'est que *silenzio*...

Je baisai la petite main de mon fils et recouvris son corps avec le linge. Je le pris et le tins contre moi.

Ignazia gémit, et le second enfant fit entendre sa voix. Sur le seuil de la porte, avec le premier-né dans mes bras, je regardai Yates couper le cordon du bébé vivant.

« Une fille ! s'écria Prosperine de sa voix rauque.

— *Capiddi russo !* annonça la femme de Tusia.

— C'est bien une rouquine, dit le *dottore* yankee. Et elle a un bec-de-lièvre. » Ignazia se redressa pour contempler cette petite chose braillarde avec des yeux pleins de tendresse.

« *Bambina mia...* »

Je serrai mon fils plus fort contre moi.

« *Bambina mia* », continua Ignazia en couvrant de baisers le visage, le crâne et la petite bouche fendue du bébé. À cet instant, tout s'éclaira pour moi : elle n'était pas *vergine* quand je l'avais épousée. Elle s'était offerte à cet Irlandais qu'elle aimait et, dans son ventre, avaient grossi non pas un mais deux *bambini*. Elle n'avait pas d'amour à donner à celui qui était de moi, le garçon, mort ; elle n'aimait que la fille, vivante, de ce rouquin d'Irlandais.

Quand il eut fini de s'occuper d'Ignazia, le *dottore* vint me trouver dans mon jardin froid et dénudé. Il avait à me parler.

Je tenais toujours l'enfant mort dans mes bras.

Il fallait qu'il le porte chez le coroner. C'était la procédure dans des cas comme celui-ci. On nous le rendrait pour l'enterrement. J'allais sans doute appeler un prêtre, non ?

Pas de coroner. Et pas de prêtre, dis-je.

« Monsieur Tempesta, pour ce qui est de la religion, c'est vous qui décidez, mais en ce qui concerne le coroner, la loi est la loi. Vous devriez retenir le bon côté des choses, vous savez. Vous avez eu de la chance.

— De la chance ? » Se moquait-il de moi ?

« Vous auriez pu perdre les deux enfants, et votre femme avec. Ce petit-là bloquait la sortie, et ça n'a pas été facile pour la suite. Ne vous inquiétez pas pour ce bec-de-lièvre. Le palais n'est pas fendu. La petite parlera normalement.

« Monsieur Tempesta, reprit-il après une pause, votre femme aurait pu mourir cette nuit. Son cœur est faible. Cette double naissance l'a mise à rude épreuve. Un nouvel accouchement difficile comme celui-ci pourrait lui être fatal, vous comprenez ? Et même un accouchement normal, sans complications. Par prudence, il faudrait que vous cessiez d'avoir des rapports. Ou alors, avant de m'en aller, je peux pratiquer sur elle une petite intervention. »

Je regardai dans le vide.

« Vous comprenez ce que je vous dis, monsieur Tempesta ? Allons, donnez-moi l'enfant. Et estimez-vous donc heureux, plutôt. » Il tendit les bras pour prendre le bébé, mais je ne cédai pas.

Toutes les larmes que j'ai versées, je les ai versées ici, seul, dans ce jardin. Jamais dans la maison. Jamais en présence des femmes. Même au cœur des nuits d'hiver, c'est toujours ici que je suis venu pleurer.

Plus tard ce jour-là, Yates revint avec le coroner, un policier et Baxter, un des patrons de la filature. « Vous êtes un ouvrier très apprécié, Domenico. Et je comprends votre peine. J'ai des enfants, moi aussi, je sais ce que c'est. Mais, pour la compagnie, il ne faut pas que ce genre de choses paraisse dans les journaux, on ne veut pas d'histoires. On ne peut pas garder des employés qui enfreignent la loi. Ne vous attirez pas d'ennuis. L'enfant est mort. Soyez raisonnable. »

Soudain, j'eus froid et faim... et je me sentis si las que je craignis de pleurer en leur présence. Ce poids minime que je tenais serré contre ma poitrine me parut soudain une brassée de briques.

Je vis la femme de Tusia à la fenêtre de sa cuisine, les yeux pleins de tristesse. C'était une femme bonne, qui aimait son mari et ses enfants d'un cœur tendre et pur. Sans tache. Elle était restée auprès d'Ignazia toute la nuit et dans la matinée.

« Demandez à la *signora* Tusia de venir, leur dis-je. Et attendez dans le salon. »

La *signora* vint me le prendre des bras, les larmes aux yeux. « Dieu bénisse cet enfant, murmura-t-elle. Qu'Il vous bénisse vous aussi, Domenico, et vous accorde Sa pitié.

— Gardez vos prières, *signora*, Dieu est sans merci pour Tempesta. »

Tout le reste de l'après-midi, je demeurai là dans mon jardin, comme une pierre, n'ayant même pas la force de me lever et de rentrer.

Vers la tombée de la nuit, Prosperine sortit avec un bol de bouillie chaude.

« Elle dort ?

— Elles dorment toutes les deux. Dans ma chambre, derrière. Allons, mange un peu. Avale quelque chose avant de partir travailler. »

Je pris une bouchée de céréales. Cette chaleur dans ma bouche me fit du bien. « Au diable le travail, m'entendis-je déclarer. Je voudrais que cette fabrique parte en flammes, et ses patrons avec ! Qu'on me donne du pétrole et une allumette, et je me charge d'y mettre le feu ! »

Le Singe restait là dans le froid. « Il aurait mieux valu que ce soit la fille qui meure, finit-elle par dire. C'est déjà assez dur de naître femme. Avoir un bec-de-lièvre en plus ! Elle n'aura pas la vie facile. »

Elle était en chemise de nuit, avec un long manteau par-dessus, ses deux nattes noires et raides semblables à des aiguilles à tricoter. « Il fait froid, reprit-elle. Rentre donc.

— Ma femme se réjouit que ce soit la fille qui ait vécu. Elle n'en a que pour celle-là, avec sa face de lapin et ses cheveux orangés.

— C'est heureux, dit Prosperine. Sinon, le chagrin la tuerait. Elle en mourrait là dans son lit d'avoir perdu le garçon.

— Bof !

— Donne-lui le temps de se remettre, Tempesta. »
Je rentrai m'habiller et partis travailler.

12 août 1949

Le lendemain était un samedi. Quand je revins à la maison, je m'assis à la cuisine pour manger, et, par la porte entrouverte de la chambre du Singe, j'écoutai Ignazia gazouiller et chanter pour le bébé. Quand elle me vit, elle me fit signe d'approcher.

L'enfant me tira la langue et brandit ses petits poings vers moi. « Elle sera peut-être boxeur », dis-je.

Ignazia sourit de ma petite plaisanterie, puis elle se mit à pleurer. « Si on l'appelait Concettina ? fit-elle.

— Concettina ? C'était le nom de ma mère.

— *Si*. Je me rappelle. C'est un joli nom.

— Concettina, répétai-je.

« — Tu devrais prendre un peu de repos, Domenico. Ensuite, il faudra aller voir le prêtre pour convenir de la messe d'enterrement du petit garçon et du *battesimo* de Concettina.

— Pas de prêtre, décidai-je. Pas de *battesimo*. »

Les yeux d'Ignazia s'embuèrent. On n'avait pas eu le temps de baptiser le petit garçon, dit-elle, mais elle voulait être sûre que l'autre enfant serait lavée de tout péché.

C'est dans le péché qu'elle avait été conçue, avais-je envie de lui crier. On ne trompait pas si aisément Domenico Tempesta ! Mais je me contentai de répéter : « Pas de *battesimo*. »

Toute la journée, je dormis du sommeil des morts, et quand je me réveillai, il faisait nuit. Je descendis à la cuisine. Prosperine était attablée avec un verre et un pichet de vin de ma cave. « Elle vient de s'endormir avec le bébé, m'informa-t-elle. Assieds-toi et sers-toi.

— Je ne veux pas de vin. Je viens de me réveiller.

— Alors ressers-moi », m'ordonna-t-elle, comme si c'était elle le maître et moi la servante.

D'habitude, on ne l'entendait pas plus qu'un cambrioleur, un mot par-ci, un grognement par-là. Mais là, le vin et les circonstances lui délièrent la langue. Elle resta des heures dans la cuisine, à boire, à fumer sa pipe et à me parler, tapant sur la table avec son verre quand il était vide. Elle but au moins la moitié du pichet.

Ce soir-là, le Singe me raconta son histoire. En buvant mon vin, elle me révéla la vérité sur ce qu'elle était – ce qu'elles étaient toutes les deux...

38

J'ai refermé ma porte sur la pluie battante et le vent qui soufflait comme un fou. Le journal était trempé. J'avais pourtant dit au gamin qui me l'apportait de le mettre à l'intérieur de la porte treillissée.

J'essayai la télé encore une fois : parasites et neige. Le câble ne serait pas rétabli avant la fin de la tempête.

J'avais donc le choix entre trois solutions : sortir sous le déluge, lire un journal humide ou me replonger dans le récit du Vieux. Je me suis affalé sur le canapé et j'ai attrapé le *Daily Record* tout mouillé.

100 000 PERSONNES PROTESTENT CONTRE GORBATCHEV SUR LA PLACE ROUGE – POUR LA FIN DU RÉGIME SOVIÉTIQUE. Apparemment, l'« empire du Mal » était en sursis. Je pensais à tous ces sous-marins que Ray avait contribué à construire en vue de l'attaque soviétique, à tous ces abris creusés dans les jardins. Aux consignes de protection qu'on nous avait données à l'école. *Si les Russes lâchent la bombe...* Si bien que nous autres, Mickey Mousequetaires, grâce aux communistes, on avait grandi en se préparant à la fin du monde, à la destruction générale... C'est fou comme tout changeait. Tout s'écroulait. On faisait tomber le mur de Berlin. L'ayatollah avait calanché. On avait fait rentrer Saddam dans son bunker. Nom de Dieu, si on ne veillait pas au grain, on ne trouverait bientôt plus de sales types nulle part...

IDENTIFIER LES POLICIERS DE L. A. TABASSANT LA VICTIME.

Sauf peut-être soi-même, le sale type devant soi dans la glace.

À la une du *Daily Record* mouillé et informe, elle me regardait, cette victime. Un Noir évidemment ; c'était toujours un Noir. Maintenant, il avait un nom : Rodney King. Le visage en compote, tout de travers, une fente à la place d'un œil... En un sens, j'étais bien content que le câble ne marche plus. Au moins, j'échappais à cette vidéo un peu floue qu'on nous montrait depuis trois jours : les flics éreintant le type, le rouant de coups de pied et de coups de matraque, le canardant avec leurs pistolets hypodermiques. Ils lui avaient lié les pieds et poings, cassé les jambes, la mâchoire et une orbite. Le côté gauche du visage était paralysé. On nous passait ça en boucle : l'Amérique prise sur le vif. Et la répétition m'anesthésiait déjà – chaque fois qu'ils se jetaient sur lui sauvagement, j'étais un peu moins sensible aux coups...

Seulement, Rodney King ne vous lâchait pas comme ça. Il avait regardé la caméra bien en face, et à présent, en première page, il me provoquait, avec son visage meurtri, son œil bousillé. Et il gagnait. C'est moi qui cillais le premier et détournais les yeux.

J'ai posé le journal et me suis levé pour faire le tour de la salle de séjour... C'était la deuxième journée entière de grosse pluie, et on attendait pire le lendemain. Si ça continuait, on pourrait écoper l'eau de la Sachem dans les sous-sols de tous les magasins du centre-ville...

Oppression : les riches écrasaient les pauvres en position de faiblesse. La force prime le droit, hein, Domenico ? Il fallait la mettre au pas, lui montrer qui était le maître... Mais au moins cette petite gouvernante à face de singe avait un peu rétabli l'équilibre des forces à Hollyhock Avenue. La force du couteau à éplucher. *Touche-la encore une fois et je t'émasculerai...*

J'étais horriblement fatigué. Tout à la fois énervé et épuisé. La veille au soir, incapable de m'endormir, j'avais ressorti l'histoire du Vieux de sous mon lit. Une connerie, Birdsey, quoi qu'en dise ta psy... *Fuir votre passé, Dominick ? Je croyais que c'était précisément ce que vous cherchiez à connaître...* Enfin, le Dr Patel avait sans doute raison. Cette voix de mon grand-père, il fallait bien que je l'écoute, puisque ce foutu récit existait. Puisque je m'étais retrouvé dans une chambre d'hôpital avec le fiancé de Nedra Frank et que, après en avoir fait mon deuil, le manuscrit m'avait été restitué.

Que savais-tu de cette histoire, M'man ? Papa t'avait-il dit que tu avais eu, toi aussi, un frère jumeau ?...

DOMENICO ONOFRIO TEMPESTA, 1880-1949
« LES GRANDES PEINES SONT MUETTES. »

Je revoyais cette tombe dans le cimetière de Boswell Avenue. Et celle de ma grand-mère, petite et oubliée, dont Thomas et moi avions ignoré l'existence jusqu'à l'été où nous avions travaillé à la voirie. À l'autre bout du cimetière. Pourquoi n'étaient-ils pas enterrés ensemble ? Pourquoi M'man ne nous avait-elle jamais emmenés sur la tombe de sa mère ?... Quant à lui, d'après M'man, il avait pris toutes les dispositions à l'avance pour son propre enterrement. Qui d'autre, en effet, aurait choisi ce monument de granit monstrueux haut de presque trois mètres, avec ces anges en ciment qui pleuraient sa mort ? *Les grandes peines sont muettes.* Alors, Papa, pourquoi avoir engagé un sténographe et loué un dictaphone pour faire tes confidences ? Pourquoi m'avoir transmis un tel fardeau ?

J'avais tout de suite compris qu'il ne s'agissait pas d'un « guide pour la jeunesse italienne ». C'était juste un prétexte. Qu'avait-il voulu faire ? Flatter son ego encore un peu plus avant de passer l'arme à gauche ? S'excuser d'être un tel con ?... Très bizarre : quand on était petits, M'man nous emmenait avec elle au cimetière pour fleurir sa tombe à lui, et jamais elle ne parlait de celle de sa mère... Quel âge avait M'man quand celle-ci était morte ? Je ne me souvenais plus des dates. Il faudrait qu'un de ces jours j'aille au cimetière rechercher la tombe d'Ignazia pour vérifier.

Je la revoyais telle qu'elle m'était apparue dans ce rêve étrange que j'avais fait la nuit de Halloween. Ignazia, ma grand-mère noyée. Debout sur la glace, je regardais tous ces bébés perdus dans les limbes flotter au-dessous de moi. Et puis, ma grand-mère, ma *nonna,* était venue vers moi. Pourquoi ? Que voulait-elle ?...

Elle s'était noyée, disait M'man. Elle était tombée dans l'eau à travers la glace à Rosemark's Pond. En patinant ? En voulant prendre un raccourci sur de la glace trop mince ? Je n'avais jamais eu les détails.

Dans mon rêve, Ignazia me regardait droit dans les yeux. Qu'est-ce que tu essayais de me dire, *Nonna* ?

Continuez à lire l'histoire de votre grand-père, Dominick...

Mais ça n'avait pour effet que de m'embrouiller davantage...

La vie est une rivière, Dominick...

Oui, eh bien, dans une rivière, on pouvait se noyer... Je me voyais allant à la Cascade, jetant le manuscrit du Vieux depuis le bord. Regardant l'histoire de Domenico partir au fil de l'eau.

Je ne supportais pas la façon dont ce salaud avait traité sa fille. Ni sa femme. Pourtant il avait payé pour son arrogance. Je l'imaginais dans son jardin, serrant son enfant mort-né, refusant de le lâcher... On avait au moins ça en commun, Domenico et moi. On connaissait l'un et l'autre la douleur de tenir son enfant mort dans ses bras. De mesurer sa propre impuissance...

J'ai repris le journal, à la page des nouvelles locales. PRIÈRES AUX ANCÊTRES CHEZ LES WEQUONNOC SUR LE SITE DU CASINO. Très bien, ils gagnent du terrain. J'espérais qu'ils allaient faire des millions, vider les poches de tous les visages pâles qui les avaient laissés pour morts.

C'est alors que, au premier plan et au centre de la grande photo publiée avec l'article, j'ai reconnu Ralph Drinkwater, qui sautait et poussait des cris, en costume d'Indien. Il devait être à fond dans tout ça. Et pourquoi pas ? Ralph Drinkwater, mi-Noir, mi-Indien... La vie ne lui avait pas fait de cadeau, mais il était toujours resté fidèle à ses origines.

D'après la légende, son nom était Loup agile. C'était lui le gardien de la pipe de la nation Wequonnoc. Bravo, Ralph. J'espère que tu te feras une fortune...

Peut-être le monde était-il réellement en train de changer. Le mur de Berlin était tombé, les Russes n'avaient finalement pas lâché leur bombe, et les Indiens renaissaient de leurs cendres...

Je ne sais pas combien de temps j'ai dormi. Maintenant, il faisait nuit. « Ouais, ouais, une minute », ai-je dit au téléphone qui sonnait. Je me suis dirigé vers l'appareil à tâtons, en essayant de me réveiller.

Il ne manquerait plus que je me fiche par terre et me bousille le pied encore une fois. Je décrochai le combiné.

« Ouais ?

— Birdsey ?

— Bien possible. Qui est à l'appareil ?

— C'est Dominick Birdsey, oui ou non ? » Je connaissais cette voix, mais je n'arrivais pas à l'identifier.

« Tu m'as donné ton numéro et tu m'as demandé de te téléphoner si je voyais quelque chose. »

Drinkwater m'appelait ? « Dis donc, justement, je viens de voir ta photo dans le... » Tout d'un coup, j'ai compris : mon frère... il se passait quelque chose.

« J'ai pas envie de me faire pincer, t'as bien compris ? J'ai vraiment pas besoin de ça en ce moment. Tu ne lâches surtout pas mon nom.

— Qu'est-ce qui se passe ? Qu'est-ce qui lui est arrivé ? » Je commençais à trembler, comme toujours quand on me téléphonait au sujet de Thomas.

« Demande qu'on lui fasse le test.

— Quel test ?

— HIV. »

39

Ce soir-là, le Singe me raconta son histoire... En buvant mon vin, mon ennemie me révéla la vérité.

« Un jour, il y a bien longtemps, commença-t-elle, j'ai assisté à une magie étrange. Ma vie en a été transformée. Et aujourd'hui, avec la naissance de ces deux-là, ces choses dont j'ai été témoin autrefois me reviennent à l'esprit... surtout à cause de ce bec-de-lièvre, qui afflige celle des deux qui est vivante. Car la magie dont je te parle est liée à une histoire de lapins. »

À l'époque, me dit le Singe, elle avait quatorze ans et vivait dans son village natal de Pescara, au bord de la mer.

« Pescara ? Je te croyais *siciliana*.

— C'est ce que ces deux plombiers t'ont fait croire. Et aussi que j'étais leur cousine. Mais c'est faux.

— Allons donc ! Pourquoi se seraient-ils chargés d'une créature aussi laide que toi ? Pourquoi auraient-ils pris la peine de te trouver un mari, sinon par *obbligo di famiglia* ?

— Parce qu'ils avaient intérêt à te mentir. Ils t'ont dupé, Tempesta. Commençons par le commencement. Mais pas avec un verre vide. Verse-moi à boire, sans lésiner. »

Son père, me dit-elle, gagnait chichement sa vie à vendre les *macaroni* de sa fabrication, et il avait été poursuivi par la malchance. La typhoïde lui avait enlevé sa femme et son fils, le laissant avec trois filles à élever. Prosperine, l'aînée, s'était vue obligée par les circonstances de servir de mère aux deux autres, et de fabriquer des *macaroni* à longueur de temps. Ce travail-là était une affaire de *ripetizione rapida,* et les gestes du métier étaient encore vivants dans ses doigts.

Dès qu'elles en furent capables, les trois sœurs durent travailler avec leur père. Elles commençaient avant l'aube chaque matin. L'heure de midi était leur moment préféré. Pendant que le père faisait son somme et que les pâtes séchaient sur des claies, Anna, Teodolina et elle pouvaient aller se promener ensemble sur la place du village. Une autre orpheline de mère, Violetta D'Annunzio, fille d'un marchand de poisson, les accompagnait souvent. Elle était plus jeune que le Singe, plus proche de l'âge de Teodolina. Elle était belle et délurée, les yeux et les cheveux noirs, la peau laiteuse.

Les quatre amies couraient par les rues en riant, s'amusaient des nouveautés sur le marché, et parfois se moquaient des malheureux *eccentrici* du village.

Une de leurs cibles favorites était Ciccolina, une vieille bouchère aux jambes arquées, avec des seins qui pendaient comme des sacs de semoule. Ciccolina les maudissait en brandissant sa canne. À moitié aveugle, la vieille était aussi affligée d'une horrible tumeur au front, grosse comme le poing d'un bébé, de la couleur d'une aubergine. Cette grosseur hideuse répugnait à Prosperine, mais en même temps l'attirait vers la vieille comme un aimant.

Chaque matin, par la fenêtre, la jeune fille regardait Ciccolina passer clopin-clopant en tirant derrière elle sa charrette chargée de lièvres étiques et de poules à moitié déplumées. La vieille vendait parfois ces malheureuses victimes à des clients qui, ayant fait leur choix, la regardaient étrangler, décapiter, plumer ou dépouiller ce qui serait leur dîner. Elle se servait d'un hachoir et d'un couteau rouillés, et d'une planche tachée de sang qu'elle tenait en équilibre sur ses genoux.

On disait que Ciccolina était sorcière et que, en échange de quelques pièces, on pouvait lui demander d'accomplir de petits actes de vengeance. Elle pouvait, disait-on, à la fois jeter le *mal occhio* ou vous en guérir. Les mères superstitieuses protégeaient

474

leurs enfants de ses regards, et les hommes qui avaient quelque chose à se reprocher traversaient la rue plutôt que de passer à côté de la *strega*.

Les sœurs de Prosperine ne voulaient pas l'approcher, tandis que le Singe et son audacieuse amie Violetta étaient émoustillées par les risques de sa magie noire. Toutes deux, jeunes et écervelées qu'elles étaient, avaient envie de tenter le mal et de lui rire au nez. Alors, cachées derrière l'auvent de la *trattoria* de l'autre côté de la rue, elles scandaient à l'adresse de la vieille sorcière :

Finocchio, finocchio !
Non dami il mal occhio !

À bien des égards, des quatre amies, le Singe était la plus réservée et la plus raisonnable mais, quand il s'agissait de tourmenter la vieille *strega,* pour plaire à Violetta, elle devenait hardie et cruelle. Un jour, elle osa s'en moquer en lui disant qu'elle était sans doute la personne la plus intelligente de Pescara avec son deuxième cerveau violet sur le front. Une telle impudence fit hurler Violetta de plaisir, et Prosperine en rit à s'en donner mal à la gorge.

Le Singe interrompit son histoire un instant pour siroter un peu de vin, et je l'observai de près : à évoquer ces souvenirs, elle souriait, ce qui était chose rare en ma maison, mais bien vite elle retrouva sa mine renfrognée. « Tout cela se passait avant que j'aie compris qu'un père est capable de vendre sa fille aînée. Redonne-moi du vin, Tempesta. Ce soir, je vais parler, j'en ai envie ! »

Quand les quatre amies, Prosperine, ses sœurs et Violetta, furent devenues presque des jeunes femmes, elles ne se contentèrent plus d'aller se promener sur la place du village, elles descendirent jusqu'au port voir les pêcheurs. Et Violetta jetait parfois ses filets pour attirer l'*attenzione* des hommes, encourageant leurs propos salaces et répliquant avec audace aux plus beaux d'entre eux, y compris des hommes mariés ! Bien qu'elle fût la plus jeune, Violetta savait des choses que les autres ignoraient et elle se faisait un plaisir de les instruire sur les rapports entre les hommes et les femmes.

Ayant attiré l'*attenzione* des pêcheurs, Violetta, Anna et Teodolina prirent l'habitude de se pomponner avant leur promenade de midi. Teodolina et Anna se passaient les cheveux et la peau à l'huile d'olive. Quant au Singe, elle refusait de se bichonner ainsi complaisamment. À quoi bon passer de d'huile d'olive sur un visage comme le sien ? Mais Violetta, elle, voulait débarrasser ses longs cheveux noirs des écailles séchées du poisson que, chaque matin, elle découpait pour son père. Elle avait toujours deux brosses en écaille de tortue dans son tablier, et elle tenait à ce que Prosperine la coiffe, prétendant qu'elle seule savait le faire convenablement. Certains jours, Violetta chipait un ou deux citrons sur une charrette de fruits et se lavait les mains avec le jus pour chasser la mauvaise odeur du poisson. Parfois aussi, elle se frottait le cou avec du citron et pressait le jus entre ses jolis seins.

L'été de ses quinze ans, au moment de la fête de l'Assomption, Violetta fut choisie par le *padre* du village pour couronner la statue de la Sainte Vierge. À Pescara, la coutume voulait que la statue soit descendue sur le rivage à marée basse afin que les eaux de l'Adriatique baignent les pieds de la Vierge, qui ainsi protégerait les marins pendant l'année à venir. Puis les hommes de Pescara revenaient au village en procession, traversaient la place et gravissaient les marches de l'église en portant la statue. Les paroissiens déposaient leurs offrandes et adressaient leurs prières à la *Vergine*. Le clou des festivités était le moment où l'heureuse jeune villageoise choisie pour couronner la Sainte Vierge émergeait de la foule, vêtue d'une robe et d'un voile de mariée, et grimpait à l'échelle pour placer une couronne de fleurs sur la tête de la statue. Les habitants du bourg s'étonnèrent beaucoup que le prêtre ait désigné Violetta pour ce grand honneur, et les quatre amies se réjouirent de cette victoire ! Généralement, c'était une jeune fille riche qui était choisie.

Pendant que la procession passait dans le village, Violetta avisa pour la première fois la silhouette et le visage de ce démon blond aux yeux de lynx du nom de Gallante Selvi. Selvi était un célèbre artiste verrier de *Milano*. Cet été-là, il était venu à Pescara pour voir de la famille, se baigner dans l'Adriatique et s'inspirer de la prodigieuse lumière du lieu. Le

Singe remarqua elle aussi Gallante Selvi, et elle sut dès le départ que ce scélérat serait source de malheur.

Tandis que Violetta montait lentement à l'échelle, la couronne de la Vierge à la main, les fidèles baissèrent la tête en signe de respect et se signèrent. Mais Gallante Selvi, lui, lissa ses moustaches, but une gorgée à sa flasque d'argent et reluqua Violetta. Celle-ci, qui aurait dû se concentrer sur la Sainte Vierge, se retourna pour lui jeter encore un regard. Elle perdit l'équilibre et s'écroula sur les offrandes au pied de l'échelle. Malgré cette terrible humiliation, la vue de Selvi lui tournait la tête. Sa *passione* pour ce vaurien de maître verrier devint aussitôt une maladie qui ne cessa de la ronger.

Dès le lendemain matin, Selvi se rendit à la boutique de *macaroni*. « Va chercher ton père », ordonna-t-il à Prosperine, comme s'il était le roi d'Italie en personne. Elle lui dit de revenir plus tard, quand ils auraient fini de pétrir la pâte. Mais Gallante Selvi n'était pas disposé à attendre, et il la menaça de lui arracher le nez si elle refusait d'obtempérer.

Plusieurs personnes du village lui avaient conseillé de s'adresser au père de Prosperine, qui manquait d'argent mais avait des filles à vendre. Selvi allait bientôt quitter Pescara pour Turin, où il avait une commande importante. Un tremblement de terre avait réduit en miettes un vitrail ancien dans la cathédrale des Vierges martyres. Était-il pire tragédie que la perte d'une grande œuvre d'art ? Mais qui, mieux que lui, saurait la remplacer ? Il lui faudrait au moins un an pour exécuter ce nouveau triptyque à la gloire de *Santa Lucia*, qui s'était arraché les yeux pour essayer d'écarter un violeur, se défigurant afin de rester pure. Bouffi d'orgueil, Selvi ne cessait de discourir, de sorte que le père de Prosperine avait fini par l'interrompre : « *Scusa, signore*, mais qu'est-ce que tout ça a à voir avec le fait que j'ai des filles à vendre ? »

Eh bien, la vieille *madrina* de Gallante Selvi, chez qui il séjournait à Pescara, étant désormais sans forces, avait besoin d'aide pour tenir sa maison. Une des filles du marchand de *macaroni* ferait peut-être l'affaire ? Selvi pourrait en donner un bon prix, car on le payait généreusement pour son travail à Turin.

Quand Gallante Selvi quitta la boutique, le Singe

avait été engagée pour faire le ménage chez la vieille marraine du peintre, ramasser son fagot, donner à manger à ses chèvres et à ses poulets, et l'aider dans son petit commerce. En échange de quoi, elle serait nourrie et logée. Son père avait reçu un premier acompte – le complément lui serait versé à Noël, quand Gallante Selvi reviendrait à Pescara. Le père de Prosperine était bien triste de perdre une fille aussi bonne et qui travaillait si bien, mais il ne pouvait pas laisser passer une telle occasion. Son commerce n'avait jamais aussi mal marché que cette année-là.

Prosperine tomba à genoux et supplia son père d'annuler l'accord qu'il venait de passer. « Pourquoi est-ce moi que tu as choisie ? lui demanda-t-elle en sanglotant.

— Parce que tu es la moins jolie et la plus raisonnable. C'est un compliment que je fais à ton sérieux et à tes capacités domestiques. Tu verras tes sœurs sur la place. La vieille vient vendre au marché tous les jours. Tu la connais : c'est la pauvre bouchère bossue qui s'installe près de l'église, en face de la *trattoria*.

— Ciccolina ? gémit Prosperine. C'est à elle que tu m'abandonnes ? » En apprenant la terrible nouvelle, elle commença à redouter la vengeance de l'horrible sorcière. Ciccolina reconnaîtrait sûrement la voix moqueuse qui l'avait si souvent injuriée.

Mais le père fut sans pitié.

Quand Violetta D'Annunzio apprit le sort réservé à Prosperine, elle versa de grosses larmes, serra son amie dans ses bras et proposa de l'accompagner chez la *strega*.

Le lendemain, sur la route, le Singe avançait à pas lents et pesants, tandis que Violetta semblait folle d'impatience d'arriver à destination. Combien de temps encore l'artiste devait-il rester à Pescara ? demanda-t-elle à Prosperine. Avait-elle entendu sa voix quand il était venu chez son père ? Ses yeux étaient-ils verts ou bleus ?

Quand le toit de chaume de Ciccolina apparut parmi les arbres, Violetta voulut absolument s'arrêter pour se laver les pieds dans un ruisseau au cas où la vieille aurait des visiteurs. Elle voulut aussi que Prosperine lui brosse les cheveux une dernière fois. Elle avait mis son plus beau corsage, celui que Prosperine elle-même lui avait confectionné et brodé. Lorsque

Violetta se pencha, le regard du Singe plongea à l'intérieur du corsage sur les jolis *tette* de son amie, et ses larmes coulèrent sur la longue chevelure noire.

Je bus un peu de vin et me moquai d'elle. « On croirait un homme, à t'entendre t'émouvoir sur les "jolis *tette*" d'une autre fille ! »
Elle se leva pour quitter la pièce.
« Où vas-tu ?
— Au lit. Où personne ne se moquera de moi et ne me traitera d'*uomo*.
— Reste, et finis ce vin. Ne t'en va pas au moment où tu m'intéresses. Je veux connaître ce qui t'est arrivé avec cette sorcière... Et en savoir plus long sur les jolis *tette* de ton amie. »

Comme elles arrivaient à la clairière où habitait Ciccolina, continua le Singe, elles s'arrêtèrent, muettes de surprise. Gallante Selvi était là, dans le pré, pieds nus, les cheveux en bataille, vêtu d'une simple chemise de nuit, trop courte et trop légère pour préserver toute décence. L'artiste peignait dans le vide avec des pinceaux invisibles en se parlant à lui-même. « *Demente !* » murmura le Singe, mais Violetta, hypnotisée, n'entendit pas.
« Ah, te voilà ! dit Selvi en avisant sa nouvelle recrue. Une chance pour toi que mon travail m'ait mis de bonne humeur. Je devrais te gifler d'être en retard. »
Prosperine fit remarquer qu'elle était en avance, au contraire, prenant Violetta à témoin. Mais celle-ci était trop occupée à regarder le bas de la chemise de Gallante Selvi pour prêter attention à ses paroles.
Selvi se mit à parler de son œuvre, et d'une vision qu'il avait eue le matin même en se réveillant. « Ce sera le chef-d'œuvre que je laisserai à l'Italie tout entière ! » Il se tourna vers Violetta, la regardant des pieds à la tête. « Quel bon vent t'amène ici, ma jolie ? Je ne me souviens pas d'avoir engagé deux personnes pour aider *Zia* Ciccolina. »
Ensuite, saisissant Prosperine par la main et l'entraînant dans le pré, il s'écria : « Viens voir cette tragique histoire avec moi, petite servante ! Regarde ce que je vois : sur le panneau de gauche, Lucie l'Inno-

cente prie pieusement. Sur celui de droite, c'est une sainte dans les cieux, la sainte patronne des aveugles. Au centre – le grand vitrail –, elle s'arrache les yeux. Le sang coule de son visage. Son persécuteur recule, les anges en sont témoins. Ah, la tragédie de la courageuse petite sainte te tirera des larmes ! Ma Lucie ! Je représenterai son *sacrificio* en *vetro colorito*, à t'en faire tomber à genoux et hurler de douleur pour elle. »

Là, ce *figliu d'una mingia* s'arrêta net et tourna la tête du côté de Violetta. Il virevolta autour d'elle en faisant le signe de la croix et en la dévisageant grossièrement. « Je t'ai déjà vue ? demanda-t-il.

— Vous l'avez vue à la fête de l'Assomption, intervint Prosperine, mais elle avait le visage voilé. C'est elle la maladroite qui est tombée de l'échelle.

— C'est toi que le Ciel me dépêche, dit-il à Violetta, ignorant Prosperine.

— Que le Ciel vous dépêche, *signore* ? murmura Violetta.

— Ce sont les saints qui t'envoient, *Santa Lucia*, n'est-ce pas ? Ces yeux ! Les traits de ce visage ! *Perfezione* ! C'est donc le Ciel qui me commande cette œuvre ? » Tandis qu'il la touchait, la scrutait et papillonnait autour d'elle, le visage et le cou de Violetta se couvrirent de taches rouges.

« Je dois commencer à te dessiner tout de suite, te saisir avant que tu ne disparaisses, au cas où tu serais un esprit. Viens avec moi. Descendons sur le rivage immédiatement, que j'étudie ton visage en pleine lumière. »

Il se pencha pour couvrir de baisers les paupières de Violetta et faire sur son front le signe de la croix. Il tendit un bras par-derrière et lui tâta le *cula* comme si elle était un melon plutôt qu'une sainte. « Ma douce Vierge martyre, ma Lucie ! » murmurait-il en reniflant autour d'elle. Il se comportait déjà comme le chien qu'il était.

« Elle s'appelle Violetta D'Annunzio, dit le Singe. Son père vend du poisson.

— Tais-toi et va travailler ! » lui ordonna Selvi sur un ton irrité.

Tombant à genoux aux pieds de Violetta, il la supplia comme une statue : « *Santa Lucia*, ma patronne, ouvre-moi les yeux ! Aide-moi à voir ! » Puis il se releva, lui prit la main et l'emmena par-delà un talus du côté de la mer.

Prosperine, les yeux rivés sur l'endroit où ils avaient disparu, versait des larmes. Devait-elle aller chercher le père de Violetta ? Son propre père ? Elle attendit en vain les appels au secours de Violetta. Mais rien ne vint. Quand elle se retourna vers la chaumière, la vieille bossue était dans la cour au milieu de ses poulets et lui faisait signe.

Prosperine se moucha, avala une gorgée de vin, une autre, et une troisième. Elle parlait comme un mari cocu ! Mais je tins ma langue et attendis. Elle continua son récit.

La vieille sorcière avait-elle reconnu en Prosperine la jeune fille qui se moquait d'elle sur la place du village ? En tout cas, elle ne dit rien et ne se vengea pas. Ciccolina exigeait peu de travail de Prosperine et lui enseignait beaucoup : comment dépouiller un lapin, comment fabriquer une pipe avec de l'argile. C'est là qu'elle avait appris à fumer pour se consoler et pour son plaisir.

Tous les matins, elle allait au village avec la vieille. À midi, sur la place, elle apercevait ses sœurs, dont elle s'était tant occupée, et qui maintenant l'abandonnaient parce qu'elle était en compagnie de la *strega.* Quant à son père, il ne quitta pas une seule fois sa boutique pour venir prendre des nouvelles de sa fille.

Gallante Selvi, ayant découvert en Violetta D'Annunzio la *faccia* de *Santa Lucia*, la Vierge martyre, changea ses projets et annonça qu'il resterait à Pescara tout le mois de septembre. Chaque matin, il lui donnait rendez-vous chez la vieille et l'emmenait sur le rivage, où il la drapait de voile de lin, de dentelle ou de toile à sac, et la faisait poser pour la dessiner et la peindre.

Au bourg, le bruit se répandit que la fille du marchand de poisson allait être immortalisée sur un vitrail de la grande cathédrale de Turin. Gallante Selvi était venu jusqu'à Pescara pour trouver son modèle car, disait-on, seule une jeune fille caressée par le soleil de Pescara pouvait figurer dans un tel chef-d'œuvre.

Parfois, Violetta et le Singe se croisaient sur la route. Au début, elles se firent signe et se saluèrent. Mais au bout d'un temps, Violetta regarda ailleurs et ne dit plus rien. Son silence perçait le cœur de Prosperine : elle savait bien que, pendant qu'elle était au marché avec la vieille, Gallante Selvi et sa belle amie ne se contentaient pas de peindre et de poser. Après tout, Prosperine elle-même avait lavé les draps du peintre, tachés du sang de Violetta. Celle-ci était plus éblouissante que jamais, avec sa peau dorée et ses cheveux emmêlés par le vent et l'air marin de l'*Adriatico*.

« Elle était plus belle en ce temps-là que maintenant, fit le Singe.

— Que maintenant ? » m'écriai-je en me redressant sur ma chaise.

Elle sursauta, comme si elle réalisait soudain qu'elle me parlait à moi, Tempesta. « Je veux dire... plus belle qu'elle ne serait sans doute si elle avait vécu. Mais qui sait ? Elle est morte et enterrée depuis si longtemps. »

Nous nous dévisageâmes. « Continue ton histoire », lui dis-je.

Le dimanche, Prosperine avait l'habitude d'aller à la messe au village, mais un matin que Ciccolina se sentait tout étourdie, le Singe resta auprès d'elle pour l'aider. Ce matin-là, la vieille, pour la première fois, l'appela *figlia mia* et parla de lui transmettre un jour ses pouvoirs. Ce faisant, elle attira Prosperine auprès d'elle et lui caressa le visage. Le Singe ne la craignait plus, et ne lui trouvait plus rien de repoussant, pas même cette grosseur violette sur le front, qu'elle osa toucher. Elle fut surprise de la sentir si chaude... *Figlia mia*, c'est ainsi que Ciccolina l'appela désormais.

À la mi-septembre, les gens avaient commencé à venir en nombre au bord de l'eau pour voir Gallante Selvi peindre sa *celebrità* de Pescara. Quant à Violetta, elle qui, autrefois, débitait des poissons par centaines, elle était devenue en un mois la reine de tout Pescara !

Un après-midi, Violetta et Gallante interrompirent leur ouvrage pour aller au bourg faire des courses, parader et manger des *gelati* à la *trattoria*. Postée juste en face, seule au milieu des cages à poules de Ciccolina, qui était trop malade ce jour-là pour aller au marché, Prosperine lança des regards furieux à Violetta, dont elle détestait la nouvelle manière de s'habiller et de se comporter, sachant bien ce que cela cachait.

« Qu'est-ce que tu regardes, hein ? lui cria Selvi. C'est ma *madrina* qui t'apprend l'art du *mal occhio* ? Dois-je lever une *mano cornuto* pour écarter tes malédictions ? » Ce qu'entendant, le serveur et quelques autres regardèrent Prosperine d'un air soupçonneux. Elle en rougit de rage.

Quand le monsieur et sa dame – ha ! ha ! – se levèrent pour partir, Violetta chancela, en se plaignant de violentes douleurs dans les jambes. « C'est toi qui m'affliges de ces douleurs parce que tu es jalouse ? jeta-t-elle à Prosperine.

— Ma foi, répliqua le Singe, cesse d'inviter ton nouvel ami à venir entre tes jambes, *"Santa Lucia"*, et ces douleurs disparaîtront. »

Les jours suivants, dans le bourg, on la dévisagea, on murmura, on cracha sur elle.

Mais un mois après ces humiliations, elle fut vengée. Le 1er octobre, Selvi quitta Pescara comme un voleur en pleine nuit. On apprit par un porteur, à la gare, qu'il avait emporté deux malles, deux cartons de dessins et de portraits de Violetta, et Violetta elle-même ! Elle n'avait fait ses adieux à personne, pas même à son père. Quand celui-ci fut tué dans une taverne par un ivrogne, elle ne revint pas pour l'enterrer. Tout le monde s'accorda pour trouver que la *Santa Lucia* de Pescara avait violé le troisième et le neuvième commandement et irait sans doute en enfer.

En novembre, les langues s'étaient lassées de prononcer le nom de Violetta et s'exerçaient désormais contre d'autres pécheurs. C'est ce mois-là que Prosperine fut témoin d'un phénomène de magie étrange touchant à des lapins.

« Ah, enfin ton histoire de magie et de lapins, lui dis-je. J'ai cru que tu n'allais jamais y arriver. »

Le Singe alluma sa pipe, tira une bouffée, prit une gorgée de vin. Au bout de deux ou trois minutes, elle soupira et poursuivit. « Nous étions trois : la vieille, Pomaricci, le maître d'école, et moi. »

Pomaricci était avare. Chaque jour, il venait acheter un lapin ou un poulet pour son dîner, sans jamais manquer de se plaindre que le prix était trop élevé et l'animal trop maigre.

Ce jour-là, Pomaricci se plaignit comme à l'accoutumée.

« Combien voulez-vous de ce sac d'os à moitié mort ? » demanda-t-il à Ciccolina.

Elle souleva le lapin et annonça son prix.

« Comment ? C'est du vol ! protesta-t-il. Pour ce prix-là, je devrais avoir deux fois plus de viande !

— Deux fois plus de viande, hein ? répliqua-t-elle sèchement. Eh bien, si ça peut vous clouer le bec, deux fois plus de viande vous aurez ! »

Elle jeta le lapin contre sa planche à découper et demanda à Prosperine de tenir les pattes arrière. Le grand couperet brilla en l'air et, en retombant, trancha la bête exactement en deux.

Prosperine assista alors à ce phénomène magique : le lapin, coupé en deux, ne perdit pas une goutte de sang. Et, sur chacune des moitiés, il repoussa une autre moitié, ce qui donna deux lapins vivants entiers au lieu d'un seul.

« Tenez, prenez les deux et disparaissez ! » cria Ciccolina au maître d'école en brandissant les jumeaux par les oreilles devant lui.

Muet de surprise, Pomaricci fit tomber son argent, recula et s'enfuit en courant.

Ciccolina saisit Prosperine par le bras. Avec son pouce, elle lui traça une croix sur le front. « *Benedicia !* murmura-t-elle. Répète, vite. *Benedicia !* Signe-toi ! »

Prosperine, éberluée, obéit, mais dans une sorte de transe. Rêvait-elle ? Avait-elle vraiment vu ce qu'elle avait vu ? Perplexe, elle ne pouvait détacher son regard de ces deux lapins qui n'en avaient été qu'un seul.

Ce soir-là, le glas sonna pour Pomaricci, mort

d'apoplexie. Quant à Ciccolina, elle demanda à Prosperine de tuer et de préparer les deux lapins. La jeune fille crut d'abord qu'elle n'en serait pas capable, et encore moins de les cuisiner et de manger leur chair. Pourtant, toutes les deux se régalèrent de lapin sauté, de *zucca* du jardin et de pain trempé dans de la sauce tomate. Un vrai festin ! En fait, Prosperine n'avait jamais rien mangé d'aussi délicieux !

« Ça paraît fou, Tempesta, je sais, me dit Prosperine. Mais je jure aux pieds de Jésus qu'il en a été ainsi. Ce que j'ai vu, je l'ai vraiment vu. Je sais que c'est vrai ! »

Le Singe se rapprocha de moi, au point que je sentais son haleine tiède et humide chargée de vin et de tabac. Elle me prit le genou et se mit à chuchoter comme si la suite ne regardait qu'elle et moi.

« Qu'ai-je vu ce jour-là, Tempesta ? Un péché mortel ? Ou un miracle ? Je me suis reposé la question hier en aidant ta femme à mettre au monde ses jumeaux – le petit garçon mort et la petite fille au bec-de-lièvre. Qu'est-ce que ça signifie, Tempesta ? Dis-moi.

— Pauvre folle ! Ça signifie seulement qu'en venant dans le Nouveau Monde tu aurais dû jeter à la mer tes superstitions et tes *allucinazioni. Mal occhio*, miracles ! Tu parles comme les simples d'esprit et les paysans ignorants.

— Méfie-toi de ce dont tu te moques, Tempesta. Où l'ombre n'existe pas, il n'y a pas de lumière. Le Ciel vienne en aide aux hérétiques ! »

Ce mot d'hérétique s'abattit sur mon âme comme une pierre. Je me revoyais, faisant un signe de croix sur le front de mon enfant mort. Si mon fils avait été baptisé par la main d'un hérétique, c'était une âme perdue. Au lieu de l'envoyer au Ciel, je l'avais envoyé en enfer.

« Cessons donc de parler d'hérésie ! Mieux vaut aller au lit, décidai-je. Ignazia va avoir besoin de toi avant le lever du soleil, et tu auras la tête comme une citrouille. »

Elle restait debout devant la fenêtre, cachant la lumière de la lune. Elle avait encore quelque chose à dire.

« Quoi donc ? demandai-je avec impatience. Qu'est-ce que tu veux à la fin ?

— Je sais ce que le *dottore* t'a dit. Je sais que la venue d'un autre enfant pourrait la tuer.

— Et alors ? C'est une affaire qui ne regarde que mari et femme. Ne viens pas y mettre ton nez.

— Quand ça te démangera, viens me trouver.

— Hein ?

— Rappelle-toi ce que je t'ai promis à mon arrivée ici. Si tu lui fais du mal, je te le ferai payer. Si tu dois satisfaire un besoin, viens me trouver. »

Je ne vis pas tout de suite de quoi elle parlait, mais quand je compris, l'idée me révulsa. « Je n'ai aucune envie de baiser un singe ! m'écriai-je.

— Ni moi d'être baisée par un crétin. Mais je le ferai pour elle. Peu m'importe, si c'est pour la protéger. Tu es prévenu, ne l'approche pas. Souviens-toi que j'ai tué un homme, Tempesta. »

Je lui ris au nez. Elle donna un grand coup sur la table avec son verre vide. « J'ai tué Gallante Selvi, ce scélérat d'artiste verrier !

— Tu m'as dit qu'il avait quitté Pescara.

— Oui, mais il est revenu ! »

Mon cœur se mit à cogner. Mes mains étaient moites. « Assieds-toi et raconte-moi la suite. »

Après que la sorcière eut fait naître par magie ces lapins jumeaux, Prosperine resta entièrement dévouée à la vieille *strega*. Elle demanda à Ciccolina de lui transmettre son pouvoir, mais, pendant des semaines, la sorcière fit la sourde oreille. Enfin, la veille de Noël – le dernier de sa vie –, à minuit, avant qu'il ne soit trop tard, Ciccolina commença à initier Prosperine, lui apprenant à diagnostiquer et à guérir le *mal occhio*. La jeune fille la supplia aussi de lui enseigner l'inverse – comment jeter le mauvais œil et faire souffrir ceux qui lui avaient fait du tort. Mais Ciccolina refusa de lui apprendre l'art de la vengeance. Le monde était déjà trop plein de mauvaises intentions, d'orgueilleux désirant prendre la place de Dieu.

Elle mourut le mois suivant. Le Singe lui ferma les yeux et couvrit de baisers ses mains, son visage et même la grosseur violette de son front. La bouchère avait été bonne pour elle, comme une *madre*, et Prosperine en était venue à aimer même sa laideur.

Le notaire avertit Gallante Selvi de la mort de Ciccolina, et le peintre répondit en demandant que Prosperine continue à tenir la maison et le petit commerce de boucherie de sa marraine. Il reviendrait à Pescara après le solstice pour payer ces services au père de Prosperine et pour peindre à la lumière d'été de Pescara. Ce séjour permettrait aussi à sa petite épouse de retrouver dans son pays ses nombreux admirateurs.

Sa petite épouse ! Quel menteur, ce *figliu d'una mingia* ! Quelle bêtise avait faite Violetta en le suivant !

En entendant cela, je levai les mains pour interrompre la *signorina* Face-de-singe.

« *Aspetti un momento* ! Je ne vois pas où est la bêtise d'échanger une vie de poissonnière de village contre celle d'épouse et de modèle d'un riche artiste. Et pourquoi aurais-tu tué ce pauvre homme ? Comment t'y es-tu prise ? Tu lui as jeté le *mal occhio* ? »

Elle donna un coup de poing sur la table, qui me fit sursauter.

« Alors, comment as-tu tué ce malheureux peintre ? Dis-moi ! Raconte ! »

Gallante Selvi et Violetta arrivèrent en grande pompe avec un équipage de trois voitures et un chariot tirés par des chevaux. Dans la première voiture se trouvaient le couple lui-même et les bagages. Dans la deuxième, les pièces achevées du précieux « chef-d'œuvre » de Selvi, qui seraient assemblées et soudées à Turin ultérieurement. Dans la troisième, des caisses de fournitures. Dans le chariot découvert, le petit four dont se servait l'artiste pour cuire la couleur sur le verre. Chaque morceau du futur chef-d'œuvre était bien emballé pour éviter la casse. Violetta, elle aussi, était bien emballée : un *bolero* rouge orné de fourrure à *aigletti* d'or, une élégante toque de fourrure sur la tête. Elle aurait pu passer pour une belle dame si elle n'avait eu l'air si recroquevillée et malheureuse dans ses beaux atours tout neufs.

À leur arrivée sur la place du village, Selvi fit un discours sur l'art et la beauté. Où, ailleurs qu'à Pescara, trouverait-on les teintes du manteau et des yeux de *Santa Lucia,* la Vierge martyre ?

Il prit alors la main gantée de Violetta et la baisa, ce qui fit soupirer toutes les villageoises. Pas le Singe, qui cracha par terre, outrée des mensonges de cette *faccia brutta*.

Lors de leur première journée à Pescara, Violetta et Selvi se comportèrent avec courtoisie et tendresse l'un envers l'autre. Mais cette nuit-là, à travers le mur, Prosperine entendit le couple se quereller et se battre.

Le lendemain matin, Selvi se plaignit que le gruau que Prosperine lui avait préparé pour le petit déjeuner était de la pâtée pour cochons. Il le jeta contre le mur, ratant de peu la tête du Singe, et il partit marcher au bord de la mer.

Violetta entra dans la petite cuisine en cachant derrière sa main un œil enflé. Les choses avaient changé, dit-elle : Prosperine devait oublier leur amitié passée et se rappeler qu'elle était la servante, et Violetta la maîtresse.

« Prépare-moi un bain chaud, et laisse-moi », ordonna-t-elle. Prosperine n'obéit qu'à moitié. Du seuil de la porte, elle regarda Violetta se dévêtir et dévoiler son joli corps rose abîmé par les marques de coups. Quand Violetta se retourna, elle tressaillit en voyant le Singe et se saisit de sa chemise de nuit pour se cacher. À la vue des ravages qu'avait faits Selvi, le cœur de Prosperine se serra. « Ce ne serait pas arrivé, dit-elle à Violetta, si tu ne l'avais pas laissé faire de toi sa *puttana*.

— Comment oses-tu m'insulter ? Toi qui as laissé cette vieille harpie te transformer en sorcière !

— Va donc, *puta* ! répondit Prosperine.

— Va donc, *strega* ! répliqua Violetta.

— *Puta* !

— *Strega* ! »

Violetta s'avança et donna une gifle au Singe. Prosperine se préparait à rendre le coup, mais Violetta recula avec des yeux si apeurés qu'elle laissa retomber sa main. L'épouse craintive de Gallante Selvi n'avait plus rien de la fille délurée d'autrefois.

Les deux jeunes femmes tombèrent en pleurs dans les bras l'une de l'autre. Violetta raconta ce qu'elle avait vécu tout au long de l'année : elle n'avait pas cessé de se faire battre, avait subi *umiliazione* sur *umiliazione*. Une fois, Selvi l'avait accusée de l'avoir trompé avec les ivrognes qu'il avait invités dans leur *appartamento*. La traînant vers la cuvette de toilette, il lui avait maintenu la tête sous l'eau si longtemps qu'elle avait cru mourir noyée. Une autre fois, comme elle avait trop bougé pendant qu'elle posait, il l'avait jetée contre le mur et frappée à lui en faire perdre connaissance. « Et, continua Violetta entre ses sanglots, il a un ami *fotografo*, un certain Rodolpho, un porc abominable, pour qui il m'a fait poser deux fois, en m'obligeant à me déshabiller, à écarter les jambes et pire encore, pendant que l'autre prenait ses photos. La deuxième fois, je l'ai supplié de m'épargner cela. Ce soir-là, il m'a accusée d'avoir pris plaisir à cette séance, et il m'a brûlée sur les jambes. Prosperine, j'ai commis une erreur fatale le jour où j'ai quitté Pescara. J'ai souvent songé à mettre fin à mes jours pour être débarrassée de lui. L'enfer ne serait pas plus horrible que la vie avec ce monstre ; il peint des saints mais c'est le diable en personne. »

Quand Violetta en eut fini avec ces terribles histoires, Prosperine lui donna un bain, l'habilla et lui brossa les cheveux comme autrefois. Elle la coucha et la regarda dormir.

Cet après-midi-là, Prosperine tua et prépara un grand nombre de lapins. Jamais son travail de bouchère ne lui avait tant plu. Chaque fois qu'elle tranchait une tête et voyait le corps de l'animal se convulser et saigner, elle pensait à ce scélérat de Gallante Selvi. Il paierait pour ce qu'il avait fait à son amie, se promit-elle. Il le paierait de sa vie.

Mais ce n'était pas si facile. Comment faire ? Lui planter un couteau dans le cœur pendant que la moitié de la population de Pescara le regardait peindre ? Le décapiter sur la place du village avec le gros couperet de sa *madrina* ? Il méritait ce sort-là, mais elle n'allait pas passer le reste de sa vie dans une cellule obscure alors que son amie bien-aimée était revenue à Pescara, qu'elle avait sa chère Violetta à soigner et à protéger.

Elle essaya d'abord de lui jeter le *mal occhio*. Pendant deux ou trois jours, elle fixa sur lui des regards de haine, pendant qu'il dormait, mangeait, peignait ou travaillait le plomb.

Mais ce fut sans effet. La nuit, les supplications et les sanglots de Violetta la réveillaient de son sommeil troublé. Le matin, la malheureuse épouse rapportait à Prosperine ses dernières humiliations, lui montrait ses nouvelles marques - des morsures à la jambe, une fois, comme si elle avait épousé un chien méchant plutôt qu'un homme ! Bientôt, celui-là serait un chien mort, se promit le Singe. Quand elle prononça pour la première fois le mot de meurtre devant Violetta, celle-ci ne l'arrêta pas. Elle écouta tranquillement, la peur et l'espoir dans les yeux.

Gallante était perfectionniste dans son travail, et l'exécution du triptyque n'allait pas sans mal. Il ne cessait de mélanger des pigments et de la poudre de plomb et de faire des essais sur des carrés de verre. Quand il les sortait du four et était mécontent du résultat, il jetait le verre tout chaud en proférant d'affreux jurons.

Après ces crises de rage, Prosperine était censée interrompre son travail pour balayer les dégâts. Lorsqu'elle entendait un bruit de verre brisé, elle s'emparait de son balai et accourait. Chaque jour, elle emportait les éclats de verre, les pots de peinture renversés et tout un fouillis de baguettes de plomb sur le tas de débris près du parc des chèvres. Or, un matin, un chevreau rongea sa corde et alla brouter dans ces décombres. Un peu plus tard, Prosperine vit l'animal vomir du verre et du plomb. Avant même le coucher du soleil, la malheureuse bête se tordit, saigna et mourut de ce qu'elle avait avalé. Prosperine sut alors comment elle tuerait Gallante Selvi.

Violetta et elle préparèrent leur coup pendant des jours et des jours, chuchotant en secret quand Gallante était dans les parages et s'activant dès qu'il s'en allait. Elles décidèrent de passer à l'acte un dimanche, le seul jour de la semaine où Prosperine n'était pas obligée d'aller vendre au marché. Elle ramassa des morceaux de verre que Selvi avait jetés, les brisa en miettes et les pila en une fine poudre. Elle entendait encore le bruit du pilon dans le mortier. Elle fit tremper et bouillir des morceaux de baguettes de plomb dans une marmite. Peu à peu, elles l'empoisonneraient avec le plomb et lui perforeraient les entrailles avec le verre. Si elles arrivaient à lui faire avaler leur poison, elles seraient libérées de sa tyrannie. Le samedi, Prosperine et Violetta avaient à leur disposition une bonne quantité de belle poudre scintillante.

« Demain matin, son gruau sera plus craquant qu'à son

goût ! » murmura Prosperine à Violetta. Pour son repas de midi, elle lui ferait du *braciola* roulé avec du veau et des marrons, et elle y ajouterait de la poudre de verre. Pour le dîner, elle lui ferait rôtir un poulet avec du pain de maïs et des *pignoli*, et elle mettrait encore un peu de poudre. Le soir même, ou le lendemain, il serait mort, comme le chevreau de Ciccolina. Ce *bastardo* périrait de sa propre *digestione* !

Prosperine resta immobile sur sa chaise et ferma les yeux. Disait-elle la vérité ? Ou était-ce une histoire inventée pour me faire peur ? Était-ce tout ce vin qui la faisait sombrer dans cette *torpore* ? Pourquoi s'arrêter dans son récit juste à ce moment-là ?

« Réveille-toi, lui dis-je en la tirant par la manche.

— Eh bien, ça a marché, Tempesta ! » grogna-t-elle en ouvrant les yeux.

Le lendemain matin, Gallante Selvi avala son petit déjeuner sans broncher. Une heure plus tard, il se plaignait déjà d'être assoiffé, nauséeux, et d'avoir dans la bouche un goût étrange. Si seulement il pouvait se vider les intestins, disait-il, il se sentirait mieux.

« Un remède laxatif de Ciccolina va vous soulager, conseilla Prosperine. Ça a mauvais goût, mais c'est efficace. » Elle prépara une décoction de citronnelle, de fenouil et d'eau de plomb. « C'est votre *madrina* qui m'a donné la recette, expliqua-t-elle en lui tendant le breuvage. Il faut boire vite. Et plutôt deux tasses qu'une. »

À midi, il gémissait et remontait sa chemise pour montrer à Violetta et à sa servante les étranges remous de son ventre. « Un bon repas va vous remettre », fit Prosperine. Elle l'aida à venir à table. Mais quand elle posa devant lui l'assiette de *braciola*, il vomit sur le mets intact.

Pendant qu'il dormait, Prosperine farcit et fit rôtir un poulet à son intention - une volaille qu'il n'eut pas l'occasion de manger.

En fin d'après-midi, il se réveilla en hurlant à cause d'horribles douleurs au ventre. Une heure plus tard, il avait des selles sanguinolentes.

Pendant la nuit, son supplice se poursuivit. Des filets de sang et de bave coulèrent de ses lèvres dans une affreuse puanteur. Il avait l'œil hagard. Plusieurs fois, il voulut parler, prier peut-être, mais aucun son ne sortit de sa bouche. À la lueur de la bougie, on croyait voir dans ses yeux verts la souffrance des saints qu'il avait peints.

Vers la fin, Violetta ne pouvait plus regarder. Elle pleurait en répétant qu'elles avaient fait une chose abominable qui les enverrait en enfer après leur mort. « Ta vie était déjà un enfer ! lui rappela Prosperine. Souviens-toi de tout le mal qu'il t'a fait ; il aurait continué si on ne l'avait pas arrêté. On a agi comme il fallait. » Cependant, le Singe ne prit aucun plaisir à l'agonie et à la mort de Gallante Selvi. Durant toute cette nuit-là, il plut à verse, et elle se demanda si c'était une pluie de larmes de la vieille sorcière.

Gallante Selvi cessa de respirer dans l'heure qui précéda le lever du soleil. Si elles n'allaient pas chercher un prêtre ou un *dottore*, elles feraient naître les soupçons, dit le Singe. Mais Violetta avait peur de rester seule avec le mort. Elle attendit dehors pendant que Prosperine se rendait au village.

Au bourg, le Singe frappa à la porte du plus *stupido* des deux *dottori* de Pescara, celui dont les erreurs avaient tué beaucoup de malades. « Dépêchez-vous, je vous en prie, pendant qu'il est encore en vie », supplia-t-elle. Ensemble, ils allèrent réveiller le *padre*.

Pendant l'auscultation et les prières qui suivirent, Violetta gémit son chagrin – performance de diva ou larmes sincères ? Prosperine ne le sut jamais. « *Appendice*, décréta le *dottore*, le pauvre est mort d'un éclatement de l'*appendice*. » Puis il alla dans la cuisine pendant que le *padre* donnait les sacrements à ce chien de Selvi.

Le *padre,* qui aimait l'apparat et la *stravaganza*, conseilla à Violetta d'organiser des funérailles dignes du grand artiste religieux qu'avait été son époux. D'un regard, Prosperine voulut faire comprendre à son amie qu'il valait mieux enterrer le mort au plus vite. Pourtant, c'est en vain qu'elle essaya de capter l'*attenzione* de sa complice. Le *padre* l'avait à l'œil. Pourrait-il s'entretenir un instant en privé avec la veuve ?

À ce moment-là, coup de théâtre ! Une chose que les

deux meurtrières n'avaient pas prévue allait les mener à leur perte ! Priée de sortir de la pièce où devaient être prises les dispositions pour les obsèques, Prosperine retourna à la cuisine et vit cet imbécile de *dottore* attablé, dévorant le poulet rôti farci de pain et de verre pilé !

Panetta, l'entrepreneur de pompes funèbres, vint dans l'après-midi enlever le corps du défunt. Violetta sanglota dans les bras de Prosperine lorsque le corbillard s'éloigna. Ce crétin de *dottore* n'avait pas eu l'air de se sentir mal au moment où il était parti. Il n'avait pas avalé autant de verre que Gallante. Peut-être que tout irait bien.

Mais quand le corbillard arriva au village, ce goinfre idiot était déjà malade. Les malaises durèrent toute la journée et toute la nuit. En allant à la selle le lendemain matin, il hurla de douleur. Sa femme examina le pot de chambre dehors, à la lumière. Son contenu scintillant dénonçait le crime de la veuve de Selvi et de son amie !

Le *dottore* et sa femme avertirent le *magistrato*. Tous les trois se rendirent chez Panetta. Et ces quatre-là se dirigèrent vers l'église dans le but d'ouvrir le *stomaco* de Selvi.

C'est le père de Prosperine qui la prévint. La femme de Panetta était une parente de Papa. Elle avait couru à la boutique de *macaroni* afin d'avertir son cousin, et celui-ci avait failli faire périr sa mule pour arriver chez Prosperine avant la *polizia*. Il déposa deux poignées de pièces sonnantes et trébuchantes dans le tablier de sa fille et la serra dans ses bras. « Quoi que tu aies fait, prends ça et fuis ! » lui dit-il. Ce fut la dernière fois qu'elle vit son père.

Elles coururent à travers bois jusqu'au port et s'adressèrent aux pêcheurs qui avaient naguère soupiré pour Violetta. Grâce aux charmes de l'une et à l'argent de l'autre, elles réussirent à quitter Pescara.

De bateau en bateau, elles descendirent le long de la côte, passant par Bari, et Brindisi, traversant le détroit de Messine. C'est ainsi que Prosperine devint *siciliana*, arrivée jusque-là pour cacher son crime.

Pendant un temps, les deux jeunes femmes vécurent à Catania, perdues parmi les ouvriers d'un riche propriétaire d'oliveraies. Puis on commença à se demander d'où elles venaient et pourquoi. Prosperine et

Violetta volèrent de l'argent pour s'enfuir de nouveau, par le train cette fois, à Palerme.

Dans cette ville, elles passèrent des mois terribles. Violetta trouva du travail comme serveuse dans une auberge, où Prosperine fut employée à la lessive. Le Singe pouvait se cacher à l'arrière parmi le linge sale, mais Violetta devait servir les repas aux voyageurs, et son cœur cessait de battre chaque fois que la porte s'ouvrait. Prosperine avait peur elle aussi. Les hommes, les femmes et les *bambini* semblaient la regarder avec des yeux qui connaissaient son secret. Elle souhaitait vivre en lieu sûr, elle voulait acheter la sécurité pour elle-même et son amie Violetta. Il leur fallait partir plus loin.

Un des clients à qui Violetta servait régulièrement à dîner était un *legale* très convenable. Les soirs où il n'y avait pas beaucoup de monde, il l'invitait à bavarder avec lui devant un verre de cognac. Il avait beaucoup voyagé, ce monsieur ; il était allé en *Merica* trois fois. Et cela lui réchauffait le cœur de penser au nombre de pauvres *Siciliani* dont il avait facilité le départ pour cette terre de rêve.

Avait-il déjà secouru, lui demanda prudemment Violetta, de pauvres âmes sans doute en difficulté avec la loi ?

Le *legale* se pencha plus près de la veuve criminelle. *Si,* lui chuchota-t-il, il lui était arrivé de venir en aide à des compatriotes dont le casier judiciaire avait besoin d'être un peu blanchi. Parfois, un de ses amis *ufficiale di passaporti* et lui ressuscitaient les morts et leur procuraient même les papiers nécessaires au voyage. Ils ne posaient pas de questions aux futurs émigrants, sauf pour savoir de combien d'argent le *fugitiva* disposait.

Dans les semaines suivantes, Violetta commença à accorder certaines faveurs à son ami le *legale.* En échange de quoi il informa secrètement un certain marchand de *macaroni* de Pescara que les deux fuyardes étaient saines et sauves et avaient besoin d'argent.

Elles attendirent presque une année. Enfin, un jour, un jeune marin se présenta à l'auberge. Il demanda à voir la blanchisseuse, et on l'emmena derrière, à la buanderie. Sans un mot, il sortit une *fotografia,* et son regard alla plusieurs fois de la photo au visage du Singe, qui le prit, bien sûr, pour un *agente di polizia.* Mais non ! C'était l'époux de sa sœur Teodolina ;

ils venaient de se marier. Il lui tendit une bourse en cuir. Elle contenait l'argent envoyé par son père, la somme requise par le *legale* pour le passage, les faux passeports, le parrainage des fugitives à leur arrivée en Amérique, et un petit quelque chose en plus. Le père de Prosperine avait vendu sa boutique, sacrifiant son gagne-pain pour sa fille, qu'il avait autrefois livrée à une vieille sorcière, puis à son scélérat de filleul.

« C'est ainsi, Tempesta, que je suis devenue Prosperine Tucci, de cinq ans ma cadette, morte de *consunzione*, et dont la mère était la sœur de ces ignobles frères Iaccoi, ces satanés plombiers qui t'ont trompé. Leurs mensonges leur ont bien rapporté, Tempesta, et ils ont fait de toi leur dupe. Maintenant on est là, toi et moi, un fléau l'un pour l'autre.

— Quel est ton vrai nom, hein ? Si Prosperine est un nom volé à une morte...

— Acheté, pas volé. Acheté grâce au sacrifice d'un père. Peu importe mon autre nom. Je suis moi, Tempesta, celle qui te surveille. Tu n'as pas besoin d'en savoir plus.

— Tu as l'intention de me faire manger du verre à moi aussi ? Ou de me poignarder une nuit avec ton couteau de boucher ?

— Je n'ai pas envie d'avoir un autre mort sur la conscience. Gallante Selvi était le diable en personne. Tu n'es qu'un tyran imbécile. Ne la touche pas, et tu n'auras rien à craindre de moi.

— Et ton amie, Violetta D'Annunzio, qu'est-elle devenue ? »

La peur passa comme une ombre sur le visage du Singe. « Quoi ? Violetta ? Elle... elle est restée à Palerme... Elle a changé d'avis et a épousé le *legale*.

— Ah oui ?

— Il est tombé amoureux d'elle. Il en a fait une dame. Elle est heureuse à présent.

— Heureuse d'être morte ?

— Comment ?

— Tout à l'heure, tu m'as dit qu'elle était morte. Morte et enterrée au pays.

— Oui, elle est bien enterrée là-bas. Elle a été heureuse avant de mourir, voilà... Je me suis peut-être mal exprimée, mais c'est ce que j'ai voulu dire.

— Ah oui. Et son second mari s'est maintenu en bonne santé ?

— Le *legale* ? Il a été accablé de chagrin, le pauvre.

— *Si* ?

— *Si, si.* Quand je vivais chez les plombiers, il m'a écrit pour m'annoncer la triste nouvelle. C'est la grippe qui l'a emportée, la pauvre. Elle a eu une triste vie.

— Dans ton récit, tu as dit "notre" en parlant du voyage payé avec l'argent de ton père.

— J'ai dit "mon" voyage.

— "Notre" voyage, voilà ce que tu as dit. *Nostro.* Je t'ai bien entendue.

— Tu as mal entendu. *Mio, no nostro.* Tu dois avoir les oreilles bouchées. »

Nous étions là à nous dévisager, à nous épier, sans sourciller ni l'un ni l'autre. Puis je vis sa lèvre qui tremblait. Dans l'autre pièce, le bébé se mit à pleurer.

Je soutins son regard encore une quinzaine de secondes. « Tu ferais bien d'aller voir, fis-je. Ton amie Violetta a besoin de toi. »

Elle jeta un regard aviné et apeuré vers la porte de la chambre, et ses yeux revinrent se poser sur moi.

« Mon amie Violetta est sous la terre à Palerme, répliqua-t-elle d'une voix un peu trop forte. Je viens de te le dire. C'est un péché de se moquer de l'âme des morts.

— Ça te va bien de me parler de péchés contre les morts ! »

40

Sheffer était en retard, comme d'habitude. Pour un rendez-vous à treize heures, elle n'était jamais là avant treize heures dix ou treize heures quinze. Pour onze heures du matin, il fallait toujours qu'elle arrive à onze heures vingt, et avec une bonne excuse.

Ça va, Birdsey, calme-toi un peu. Si tu lui rentres dans le chou dès qu'elle aura passé la porte, tu n'arriveras pas à tes fins.

Demande qu'on lui fasse le test... Ne lâche surtout pas mon nom.

Après cet appel de Drinkwater, je n'avais pas fermé l'œil de la nuit. C'était juste sa psychose paranoïaque, n'est-ce pas, Sheffer ? Thomas est en « parfaite sécurité », oui, c'est ça. À un tout petit détail près : il est peut-être contaminé. Quelqu'un dans cet établissement de merde lui a peut-être filé le sida.

Je prendrai soin de lui, M'man, je le promets. Tu peux t'en aller maintenant, M'man...

Rends-toi à l'évidence, Birdsey : tu t'es endormi au volant. Tu t'es laissé bercer par eux. Tu as espacé tes visites, tu as cessé d'appeler pour savoir où il en était... Et quand tu allais le voir, tu n'écoutais qu'à moitié ses histoires, quand il te racontait qu'on l'empoisonnait, qu'on le programmait, qu'on entrait dans sa cellule au milieu de la nuit... Ah non, faites qu'il n'ait pas le sida en plus du reste. Faites qu'il ne soit pas séropositif...

Une chose était sûre : je le ferais examiner par quelqu'un de l'extérieur, que ça leur plaise ou pas. Je ne faisais plus confiance à aucun de ces bouffons. Je ne croyais plus personne.

Cool, cool ! Pense à autre chose... J'ai attrapé le journal sur le bureau de Sheffer.

BAISSE DES PRIX DU PÉTROLE APRÈS LA GUERRE DU GOLFE... *Comment peut-on tuer des gens pour du pétrole bon marché, Dominick ? Comment justifier ça ?* LE PASSAGE À TABAC DE KING : LES DOCUMENTS RÉVÈLENT LA « LÉGÈRETÉ » DE LA POLICE DE L. A... *Il est en sécurité ici, Dominick. Il ne peut pas être mieux qu'au bloc Deux.* Sheffer m'avait répété ça tant de fois, avec tant de conviction, que je m'étais laissé prendre. Et voilà ce qui était arrivé.

Ce qui aurait pu arriver du moins, car le résultat du test serait peut-être négatif.

Je voyais ma gueule d'enfoiré réfléchie sur l'écran de l'ordinateur. Que je le veuille ou non, je reconnaissais mon grand-père... Pourquoi avait-il fallu que je reprenne l'histoire de Domenico la veille au soir ? Cette lecture, c'était l'insomnie et le malaise assurés... Un peintre succombe à ses vomissements et à ses défécations, un lapin se fait couper en deux et se dédouble... Alors, le Vieux, ta femme et sa copine étaient des fuyardes ? Ma grand-mère était une criminelle ? C'est pour ça qu'on est comme on est ?

Quant à soupçonner que M'man était en fait la fille de l'Irlandais... Si c'était vrai, Domenico n'était pas mon grand-père. Ni celui de Thomas. On était tranquilles. Seulement, ça ne collait pas. Comment aurait-elle pu donner naissance à des jumeaux de pères différents ? Si je n'étais pas son petit-fils, pourquoi est-ce que je ressemblais à ces portraits sépia que M'man était allée sauver des flammes dans le salon ?

Une chose s'éclairait : la raison pour laquelle il avait traité M'man comme de la merde. « Face-de-lapin », « cruche fêlée » : en reniant sa propre fille – en se persuadant qu'elle était la fille d'un autre –, on pouvait en faire son bouc émissaire. La châtier pour les péchés de sa mère... Pas vrai, le Vieux ? C'est pour ça qu'un jour tu lui avais fait manger une cigarette, que tu lui avais plongé le nez dans son assiette d'œufs sur le plat ?... « Papa » lui en avait sûrement fait voir de toutes les couleurs. Il avait battu sa femme, non ? Et aussi sa propre mère, là-bas en Sicile ? Pourquoi aurait-il épargné une fille affligée d'un bec-de-lièvre et qu'il ne voulait même pas reconnaître comme sienne ?

Pas étonnant que M'man ait eu peur de son ombre. Qu'elle n'ait jamais été capable de tenir tête à Ray... En épousant Ray Birdsey, elle avait permis à l'histoire de se répéter, c'était clair. *Je vais te dire, mon petit pote, si tu étais ma chair et mon sang... Jamais mon enfant à moi ne...* Ce connard avait passé sa vie à clamer qu'il n'était pas notre père.

BOMBARDEMENTS « QUASI APOCALYPTIQUES » EN IRAK. *D'après un rapport des Nations unies, les bombardements alliés sous commandement américain ont eu des effets quasi apocalyptiques sur l'infrastructure d'un pays qui, jusqu'en janvier 1991, était largement urbanisé et mécanisé. Désormais, la plupart des moyens modernes de subsistance ont été détruits ou rendus très précaires. L'Irak a rétrogradé à l'ère préindustrielle, mais avec tous les inconvénients de la dépendance des sociétés industrialisées en matière d'énergie et de technologie. Quant aux pertes en vies humaines...*

Opération « Bouclier du désert », Rodney King : c'était éternellement la même histoire à la une des journaux. La force faisait loi... Planque-toi, Thomas ! Tu demandes grâce ? Ne compte pas sur Dieu. Dieu n'est qu'une image à quatre sous accrochée au mur dans la chambre de M'man. C'est ça, supplie l'oppresseur, vieux... *Je te demande pardon, Ray. Je ne recommencerai pas. Je te demande pardon...* La sempiternelle bande-son de Hollyhock Avenue. Ma mère et mon frère en pleurs demandant grâce au tyran... GROSSES PLUIES PRÉVUES PENDANT TOUT LE WEEK-END...

Tu sais, M'man, je me suis peut-être un peu endormi ces deux derniers mois, mais maintenant je suis parfaitement réveillé. Et je le sortirai de là, quitte à aller frapper à la porte du gouverneur à Hartford, ou à foutre le feu à l'établissement.

LE FILS DE QUATRE ANS DU CHANTEUR ERIC CLAPTON MEURT EN TOMBANT...

La porte s'est ouverte brutalement. « Désolée d'être en retard, *paisano*. Vous ne pouvez pas imaginer la journée que j'ai eue. Ce matin pour commencer, ma fille me dit...

— Je veux qu'on fasse le test du sida à mon frère, l'ai-je interrompue.

— Pour une... raison particulière ? »

La veille au soir, pendant les cinq minutes où on s'était parlé au téléphone, j'avais promis trois fois de suite à Drinkwater que je ne mentionnerais pas son nom. Simple précaution, ai-je donc simplement dit en haussant les épaules. Chaque fois que j'allais voir Thomas, il se plaignait d'agressions sexuelles.

« On a déjà parlé de tout ça, vous vous rappelez. Il s'agit de fantasmes, d'une hantise des homosexuels. Quand il démarre sur ce sujet, le meilleur moyen pour le récupérer, c'est de...

— Je ne veux pas le récupérer, je veux qu'on lui fasse le test.

— Ils sont sous surveillance jour et nuit, Dominick. Cette histoire de viol n'existe que dans sa tête. Laissez tomber. »

Je pouvais m'adresser directement au Dr Chase si elle préférait. Ou même à sa supérieure hiérarchique. Comment s'appelait-elle déjà ?

« Le Dr Farber. » Sheffer et elle avaient une réunion plus tard dans l'après-midi. Si j'y tenais vraiment, elle pourrait lui en toucher un mot et me faire connaître le résultat de sa démarche dans les prochaines quarante-huit heures.

« Si la réunion est cet après-midi, qu'est-ce qui vous empêche de me donner la réponse en fin d'après-midi ? »

Elle s'est un peu cabrée. On venait de lui ajouter trois nouveaux dossiers ; ses règles avaient deux jours de retard ; sa fille s'était réveillée avec une otite. Si elle pouvait m'appeler plus tard dans la journée, elle le ferait. Sinon, je devrais patienter. « De toute façon, je sais d'avance quelle va être la position du Dr Farber. Si on laissait les familles décider des tests médicaux à pratiquer sur les patients, on serait vite débordés.

— Vous avez suivi cette affaire merdique à Los Angeles, Sheffer ? La façon dont les flics ont amoché ce Noir ?... Vous avez vu la vidéo ?

— Ouais. » Je l'observais essayer de comprendre où je voulais en venir.

« Plutôt brutal, hein ? La vache, ce mec, ils l'ont vraiment éreinté. Le public n'est sûrement pas d'humeur à tolérer la brutalité en uniforme ces temps-ci, hein ? »

Elle attendait la suite.

« Rappelez-vous... en octobre dernier, le soir où on a interné mon frère ici. Vous vous rappelez comment ce garde m'a esquinté ? Vous êtes témoin, non ? Vous avez passé la tête par la porte juste à ce moment-là. »

Elle restait neutre, n'acquiesçant pas, ne démentant pas non plus.

« J'ai suivi votre conseil, au fait. Vous vous souvenez ? Vous m'avez dit de me faire examiner. Eh bien, je suis allé à la clinique. J'ai fait prendre des clichés et tout. Vous m'avez donné un bon conseil, Sheffer, en me disant de faire établir des pièces justificatives. De garder des preuves.

— Où voulez-vous en venir ?

— Je vous l'ai dit, *paisana*. Je veux qu'on lui fasse le test. »

Vers cinq heures de l'après-midi, j'ai reçu un appel téléphonique du cabinet du Dr Richard Hume. Hume était à l'échelon au-dessus du supérieur hiérarchique de Farber, si je me souvenais bien de tous les maillons de la chaîne. Il avait présidé l'audience de la Commission qui avait décidé du sort de mon frère. Sa secrétaire m'a prié de ne pas quitter. C'est comme ça avec les grands pontes : c'est eux qui vous appellent, mais ils vous font attendre avant de vous accorder le privilège de leur parler.

Quand il a pris la communication, Hume a commencé à bavarder comme si on était de vieux copains de la loge des Elks. Il était très heureux que j'aie fait part de mes inquiétudes à Sheffer. À Hatch, en effet, les familles des patients faisaient partie intégrante de l'équipe traitante. C'était inscrit noir sur blanc dans les statuts de l'hôpital. Néanmoins, concernant ma demande de test HIV pour mon frère, il lui semblait que ma démarche ne se justifiait pas pour le moment. Les patients étaient testés périodiquement, selon un calendrier établi par l'administration de l'hôpital. Il fallait voir les choses du point de vue de l'établissement : ce ne serait pas économique, et cela créerait un précédent fâcheux si...

« Je suis prêt à payer, ai-je coupé. De toute façon, je veux faire pratiquer le test par quelqu'un de l'extérieur, pas par le personnel de l'hôpital. Je me chargerai de tout et je réglerai la note. Dites-moi seulement quand je peux faire venir quelqu'un. »

Je n'avais pas compris : s'ils laissaient les familles dicter leurs dates, la procédure deviendrait cauchemardesque. Thomas avait été testé à son entrée à l'hôpital en octobre dernier. Le prochain test serait...

« Qui est votre supérieur hiérarchique ? »

Un instant de silence à l'autre bout du fil. « Pardon ?

— Vous êtes sous les ordres de qui ? Parce que j'ai l'intention de maintenir ma demande. Et j'ai mes clichés à montrer. »

Encore un bref silence. « De quels clichés parlez-vous, monsieur Birdsey ? »

Je n'arrivais pas à savoir s'il ignorait ce que j'avais dit à Sheffer, ou s'il faisait seulement semblant de ne pas être au courant. Je ne pouvais pas deviner ce que Sheffer avait transmis ou non. Mais j'ai décidé de jouer le tout pour le tout. « Les photos de mes ecchymoses à l'aine. De mes testicules enflés comme un ballon de basket. Le soir où j'ai accompagné mon frère, un de vos gardes-chiourme m'a tabassé. Quelques bons coups de genou au sud de l'équateur. Traité un peu comme Rodney King, en quelque sorte. Devant témoins. »

Aucune de ces paroles n'était préméditée. Je venais juste de sauter sans filet. Mais maintenant, nous étions tous dans le coup – Sheffer, ce mec au bout du fil, mon frère et moi. « Je me suis fait examiner le lendemain. Je voulais avoir des pièces justificatives, vous comprenez. Avec ce qui se passe en ce moment à Los Angeles, et la façon dont le public réagit... je... je pensais que vous seriez plutôt d'accord pour laisser faire ce test. Que vous chercheriez plutôt à vous éviter une grosse migraine. »

Pas de commentaires.

« Il n'y a pas de raisons pour qu'un petit test cause des complications cauchemardesques ? Si les résultats sont bons, je me retire, et je retire ma plainte. »

Hume m'a demandé si j'avais une raison précise justifiant ce test HIV. En un éclair, j'ai revu le visage de Drinkwater. *Surtout, ne lâche pas mon nom.*

« Mon frère n'arrête pas de dire que des types entrent dans sa cellule la nuit. C'est probablement un effet de sa paranoïa, j'en suis bien conscient. Mais je préfère pécher par excès de prudence, comme on dit. Pas vous ? »

J'ai écouté patiemment son grand discours sur la politique de l'État du Connecticut et le souci constant de Hatch de veiller au bien-être de ses patients. Je l'ai remercié de m'avoir appelé. Et je l'ai informé que j'allais contacter mon avocat.

Un silence de plusieurs secondes. « Eh bien, monsieur Birdsey, faites comme vous l'entendez, a-t-il lâché finalement. Nous ferons de même. Car, si je ne me trompe, vous êtes en train d'essayer de me soudoyer. Et si vous croyez...

— Écoutez, monsieur le Grand Ponte, j'essaie juste de défendre un type qui ne peut pas se défendre tout seul, et qui n'est pas à sa place dans ce lieu idyllique dont vous assurez la direction. Je veux seulement être sûr que mon frère n'a pas été sodomisé. »

Il a raccroché net.

Mon cœur battait à tout rompre. *Nom de Dieu, Birdsey ! C'est exactement ce qu'il ne fallait pas...* J'ai envoyé balader le téléphone à l'autre bout de la pièce. Il a rebondi contre la porte du réfrigérateur et il est revenu atterrir à mes pieds.

Bon, eh bien, pour le meilleur ou pour le pire, tu viens de mettre quelque chose en marche.

J'avais avalé deux bières quand la secrétaire de Hume m'a rappelé.

Le test que j'avais exigé pour mon frère avait été fixé au lundi après-midi de la semaine suivante. Thomas serait examiné par le personnel de l'hôpital, et l'analyse de sang serait confiée au laboratoire de patho-biologie Haynes.

Un peu excité par la bière, j'ai essayé de réfléchir. Hume faisait volte-face ? Il m'offrait une solution acceptable. Mais cette victoire m'inquié-tait. « Pourquoi a-t-il changé d'avis ? » ai-je demandé à la secrétaire.

Elle n'était pas du tout au courant. Elle ne faisait que transmettre le message de son patron.

« Repassez-moi votre patron. Je vais lui poser la question moi-même. »

Une ou deux minutes plus tard, elle m'a dit que le Dr Hume n'était plus à son bureau. Qu'à cela ne tienne, j'attendrais qu'il revienne. Ah, mais son attaché-case n'était plus là. Il devait déjà être parti.

« Alors donnez-lui un message. Dites-lui que, pour le test de mon frère, j'amènerai mon médecin. »

Pourquoi avait-il cédé ? Avait-il peur de quelque chose ? Dès le len-demain matin, j'irais trouver le Dr Yup à la clinique, cette doctoresse chinoise dont les camarades avaient été tués sur la place Tian An Men. En voyant ce que ce garde m'avait fait, elle avait parlé d'« oppression ». Je voulais qu'elle examine mon frère.

Sheffer a appelé le lendemain après-midi. Elle paraissait traumatisée. « Dominick, est-ce qu'on peut se voir aujourd'hui en fin de journée ? Il s'est passé quelque chose.

— Quelqu'un l'a agressé ? »

Non, non ; il n'y avait pas eu de nouvel incident. Mais quand j'ai proposé de venir tout de suite à Hatch, elle a hésité. M'a demandé si on pouvait se retrouver ailleurs, quelque part en dehors de Three Rivers. Elle terminait à quatre heures et demie. Dans ce petit café en face de l'université par exemple, le Sugar Shack ? Elle pourrait y être vers cinq heures et quart.

Pourquoi ce rendez-vous à une demi-heure de voiture ? D'accord, j'y serais. Je lui ai redemandé s'il n'était vraiment rien arrivé à mon frère.

Non, il ne s'était rien passé de grave ce jour-là. Mais en dehors de cela, elle n'était plus sûre de rien. Elle m'expliquerait.

Le café que je lui avais commandé en arrivant était complètement froid quand elle a fini par se pointer. Elle l'a tout de même avalé d'un trait. Elle avait une mine épouvantable.

« Comment va votre fille ?

— Jesse ? Pourquoi ?

— Son otite ?

— Ah, ça va mieux. Le docteur l'a mise à l'Amoxicilline. C'est gentil de me demander des nouvelles. On a le droit de fumer ici, ou c'est un péché ? » J'ai poussé de son côté le petit cendrier en papier d'étain.

J'étais à peu près sûr de ce qu'elle allait m'annoncer, lui ai-je dit. « Il est séropositif, c'est ça ? Ils ont eu les jetons et ils ont avancé la date du test. Il est contaminé. »

Elle a fait non de la tête. Cependant, ils s'étaient bel et bien précipités pour faire une prise de sang à Thomas l'après-midi même. Seulement, on n'avait pas encore les résultats. On ne saurait rien avant le lundi matin.

« Ce qui veut dire qu'au moment de l'examen médical officiel ils les auront déjà, les résultats ? »

Elle a acquiescé et s'est mise à déchiqueter sa tasse. « Dominick, ce que je vais vous dire ne concerne pas forcément Thomas. Pas directement du moins. Et peut-être même pas indirectement. » Son visage s'est un peu contracté, comme celui de Dessa quand elle s'efforçait de ne pas pleurer. Elle a tiré longuement sur sa cigarette, puis rejeté la fumée. Je n'en pouvais plus. Mais je me suis contenu et, pour une fois, j'ai fermé ma gueule.

Est-ce que je me souvenais d'une conversation qu'on avait eue il y avait des mois à propos d'un des surveillants de Hatch, un certain Duane Taylor ? J'avais fait des remarques sur lui le jour où, de la fenêtre du bureau de Sheffer, j'avais aperçu Thomas pendant la récréation – avant que l'autorisation de visite ne m'ait été accordée. Est-ce que je me rappelais ?

Je revoyais Thomas, qui attendait pour faire allumer sa cigarette, pendant que Duane Taylor tenait sa cour autour de lui et ignorait l'existence de mon frère. « Le type avec le chapeau de cow-boy, c'est ça ? » Oui, c'était lui.

Il y avait eu une agression à Hatch une semaine plus tôt, la nuit. L'administration avait si bien étouffé l'affaire que presque personne parmi le personnel n'en avait entendu parler. « Ce qui est assez extraordinaire, étant donné la façon dont fonctionne le téléphone arabe dans l'établissement. Mais cette fois, c'était resté top secret.

— Qui a été agressé ?

— Duane Taylor. Il a été attaqué par-derrière dans les toilettes du bloc Quatre, garrotté avec un fil de fer et laissé pour mort. »

J'attendais. Sheffer a levé les yeux. « Taylor est de service de jour », a-t-elle dit.

On l'avait expédié à Shanley Memorial, puis transporté en hélicoptère à l'hôpital de Hartford. Il était resté entre la vie et la mort pendant plusieurs jours, mais son état commençait à s'améliorer. On ne savait pas encore s'il récupérerait complètement : le cerveau avait été privé d'oxygène.

Elle a tiré sur sa cigarette encore une fois, et l'a écrasée, fumée à demi. « J'ai cessé de fumer depuis le dernier anniversaire de Jesse. Elle m'a demandé deux choses : qu'on aille à Disney World et que j'arrête de fumer. Je l'ai laissée jeter mes cigarettes dans les toilettes en lui chantant *Joyeux Anniversaire*. Une cartouche entière. Et ce soir, je vais aller la chercher en puant le tabac. » Elle s'est mise à pleurer, puis s'est arrêtée en riant et en haussant les épaules. « Enfin, de toute façon, ma crédibilité est foutue à jamais. Pas vrai ?

— C'est mon frère qui a agressé le cow-boy ? C'est ça que vous êtes en train de me dire ?

— Ciel ! Certainement pas, Dominick ! Vous... Bien sûr que non. »

Le type qui avait étranglé Taylor avait avoué le soir même. Un patient d'un autre bloc, dont elle ne pouvait pas donner le nom. Mais tout ça allait sans doute paraître dans les journaux. Si l'hôpital n'arrivait pas à étouffer l'affaire, ça allait foutre un bazar monstre. La version officielle diffusée par l'administration était celle d'une vendetta à propos d'une pinte de tequila. Taylor et un garde de ses copains, Edward Morrison, s'étaient apparemment livrés à un trafic d'alcool et de cigarettes. « L'hôpital est prêt à endosser cette version-là. Taylor aurait empoché l'argent de la tequila, ensuite il aurait manqué de parole. Seulement, ce n'était pas d'alcool qu'il s'agissait, mais de sexe... enfin, de pouvoir, de viol. »

Le mot m'a fait tiquer. « Et Thomas ? »

Le menton dans la main, elle m'a regardé avec des yeux de vaincue. « Rien, j'espère. D'après ce que j'ai appris aujourd'hui, Taylor s'intéressait surtout aux petits jeunes, des types d'une vingtaine d'années. Pour l'instant, je n'en sais pas davantage. Dominick... il faut que je vous demande quelque chose. Combien de fois diriez-vous que je vous ai rassuré sur la sécurité de votre frère au cours de ces derniers mois ? Une trentaine de fois peut-être ? Multipliez ce chiffre par le nombre de dossiers dont je suis chargée : trente fois quarante familles d'internés... C'est pas possible d'avoir été aussi naïve. Aussi idiote. » De sa petite main tremblante, elle a saisi la mienne.

« Je me présente : Lisa, de Brook Farm la Radieuse. »

Elle a sorti une à une les cigarettes de son paquet, les a coupées en deux et a jeté les débris dans sa tasse à café saccagée. « Vous savez ce que j'ai encore découvert aujourd'hui ? Grâce au téléphone arabe, bien sûr : il se pourrait qu'un quart de la population de Hatch soit séropositive. Il y a une véritable épidémie dans l'établissement, Dominick, et l'administration se voile la face. Pas question que les relations publiques se dégradent pour l'instant, vous comprenez. »

Le Dr Yup m'a accompagné à Hatch le lundi après-midi ; elle a examiné mon frère et lui a fait une prise de sang, qu'elle a elle-même portée au laboratoire avec lequel travaille sa clinique. Le résultat des tests pratiqués par l'hôpital et par le Dr Yup était semblable : Thomas était séronégatif. Cependant, le rapport du Dr Yup signalait la présence de verrues anales, de contusions et d'autres preuves de pénétration rectale.

En conséquence de quoi mon frère a dû subir un interrogatoire dans le cadre de l'enquête de police en cours sur l'affaire Duane Taylor et Edward Morrison. J'ai demandé à être présent, ce qu'on m'a d'abord refusé. Mais Thomas a tenu bon, déclarant à la fois à la police et à l'administration de l'hôpital qu'il parlerait seulement en présence de son frère. Les flics ont accédé à sa demande. J'ai donc été à ses côtés pendant les quatre interrogatoires.

Le truc dingue, c'est que l'enquêteur principal était le commissaire Ronald Avery. Je l'ai reconnu immédiatement : c'était un des deux flics qui nous avaient pris en train de fumer un joint près du pont, Leo et moi, un certain soir, et qui nous avaient embarqués pour nous interroger. À cette époque-là, Avery était jeune, à peine la trentaine, maigre, les cheveux bruns. Des trois flics qui nous avaient cuisinés, il avait été le plus réglo. À présent, ses cheveux grisonnaient, et son corps s'était un peu avachi. Il était sans doute à quatre ou cinq ans de la retraite, mais il n'avait rien perdu de son honnêteté. Au cours des interrogatoires, il s'est montré patient avec Thomas, et aussi discret que possible, étant donné ce que ces flics avaient besoin de savoir.

Le témoignage de Thomas sur Taylor et Morrison variait sans cesse. Morrison s'était livré sur lui à des violences sexuelles, mais Taylor jamais. Après quoi il a prétendu que tous les deux l'avaient violenté. Ensuite, que ni l'un ni l'autre ne l'avaient touché. Pendant le dernier interrogatoire, il a affirmé qu'une nuit Taylor l'avait fait sortir de Hatch clandestinement et l'avait envoyé en secret à Washington pour une réunion avec la CIA. Le vice-président et Mme Quayle étaient présents. Depuis le début, les Quayle avaient tenté d'étouffer l'affaire Taylor, et ils étaient également impliqués dans cette histoire de cyanure mélangé à de l'Actifed, qui avait tué plusieurs personnes à Seattle. Maintenant qu'il avait lâché le morceau, a dit Thomas au commissaire Avery, il avait sans doute signé son arrêt de mort.

Assis là à écouter Thomas et à échanger des regards avec Avery et le Dr Chase, j'ai repensé à une phrase prononcée par le Dr Patel plusieurs mois auparavant. *Deux frères sont perdus dans les bois. L'un des deux est peut-être perdu à jamais.*

Pourtant, perdu ou non, Thomas pouvait encore marcher. On pouvait encore le faire évader de Hatch.

J'ai reçu un deuxième coup de fil inattendu de Ralph Drinkwater quelques semaines avant que l'affaire Morrison et Taylor ne paraisse dans la presse. « J'ai là quelque chose que tu pourrais utiliser, m'a-t-il dit.

— Utiliser comment ?

— À toi de voir. Seulement, ne prononce pas mon nom. Tu comptes venir ces jours-ci ? »

Je pouvais faire un saut en milieu d'après-midi le lendemain.

« Ça marche. » Il m'a ordonné de me garer tout au bout du parking des visiteurs et de ne pas fermer ma voiture à clef.

À quoi jouait-il ? Au Watergate ? À Drinkwater agent secret ?

Le lendemain, après être allé voir Thomas, je suis remonté dans mon Escort. J'ai regardé dans la boîte à gants, sous les sièges. Rien. Mais en chemin, j'ai pensé au pare-soleil. Quand je l'ai baissé, j'ai reçu un bout de papier sur les genoux : une note du Dr Hume à un certain Dr Hervé Garcia, avec la mention « Confidentiel ».

Hume était un salaud cynique, j'en tenais la preuve. Quelles qu'aient été ses raisons d'entrer dans la profession médicale, lui aussi s'était perdu dans les bois en chemin. Dans cette note, il mettait Garcia en garde : Hatch n'avait pas intérêt à ce que « ces chiffres remontent jusqu'à Hartford ». Cependant, dans l'absolu, il se demandait si « M. et Mme Tout-le-Monde ne se réjouiraient pas secrètement des statistiques – si jamais elles étaient divulguées – de l'"épuration" de la population par le sida ».

Darwinisme social, ai-je songé. C'était reparti avec M. LoPresto. Je commençais à comprendre la position de Drinkwater dans tout ça. Futur millionnaire du casino ou pas, Ralph éprouvait encore le besoin de flanquer une dérouillée à l'oppresseur. Il était toujours avide de justice.

Bref, quelle que soit la raison pour laquelle il avait glissé cette feuille sous mon pare-soleil, maintenant, ce Hume, je le tenais. Si je jouais bien, cette note volée serait la clef qui ouvrirait la serrure. Qui permettrait à mon frère de sortir de là. *La chiave.* Voilà, M'man. Voilà ce qu'on attendait.

Les deux premiers avocats que j'ai contactés ont refusé de me représenter pour des raisons d'éthique. Le troisième ne semblait pas comprendre ma demande. « Nous allons entamer une action collective, m'a-t-il dit. Avec les familles des internés contaminés. Pour échapper à un procès, ils seront sans doute prêts à payer des millions.

— Mon frère n'est pas contaminé », lui ai-je rappelé.

Oui, mais je serais un membre non officiel du groupe, un partenaire silencieux. Il ne me représenterait pas *per se,* mais pour avoir fourni ce papier, et il veillerait à ce que je sois indemnisé autant que les autres.

« Vous savez quoi ? ai-je crié en me levant. Vous êtes le bouffon d'avocat le plus sordide que j'aie jamais entendu. Allez vous faire foutre ! » Pour joindre le geste à la parole, j'ai balancé un grand coup de pied dans sa corbeille à papier en sortant.

« Constantine Motors. Leo Blood à l'appareil. Que puis-je faire pour votre service ? »

Je lui ai demandé s'il avait toujours son costume chic.

« Mon Armani ? Je l'ai sur moi au moment où je te parle, monsieur Birdsec. Pourquoi ?

— Parce que j'ai besoin d'un acteur en costume chic. »

Il a d'abord été réticent, lui qui, toute sa vie, avait pris des risques idiots, avait excellé dans ce genre de canulars à la con. Se faire passer pour avocat, c'était se mettre en situation illégale. Si ce Dr Hume le reconnaissait, avec sa photo dans la publicité pour les automobiles ?

« Comme si tu étais une telle célébrité !

— Et Gene ? Si jamais il découvrait le coup, il me virerait aussi sec, gendre ou pas gendre.

— C'est ce qui pourrait t'arriver de mieux. Allez, t'es pas obligé de dire que t'es avocat, t'as juste à faire comme si tu l'étais. C'est le rôle de ta vie.

— Je ne sais pas, Dominick. Je voudrais bien te rendre service, mais...

— Écoute, vieux, j'ai absolument besoin de toi. C'est notre seule chance. »

Le 1er avril, nous avons enfin été « en communication directe » avec Hume. J'avais déjà pris trois rendez-vous avec lui, et, à chaque fois, sa secrétaire m'avait appelé à la dernière minute pour annuler. « On n'a qu'à tendre une embuscade à ce connard, bordel de merde ! » a suggéré Leo la troisième fois. Il avait, je crois, fini par se persuader qu'il était vraiment inscrit au barreau.

On a attendu sur la route, à la hauteur de l'entrée principale de l'hôpital. « J'espère seulement que ça ne se retournera pas contre Thomas. »

C'est la vie qui s'était retournée contre lui, m'a fait remarquer Leo. On essayait seulement de faire un peu avancer les choses.

Quand la Mercedes gris métallisé de Hume est sortie de l'enceinte de l'hôpital, j'ai démarré et j'ai suivi ce salaud sur le John Mason Parkway, la 395 et l'autoroute 95.

« J'espère qu'on n'est pas en train de faire une connerie.

— Cesse de te poser des questions et suis ce salopard », m'a dit Leo.

Hume est sorti de l'autoroute à Old Saybrook, il a fait quelques kilomètres sur la route 1 et s'est garé sur le parking d'un petit restaurant de fruits de mer. Dès qu'il est sorti de sa voiture, les portières d'une Cherokee rouge stationnée un peu plus loin se sont ouvertes. Un jeune couple d'une vingtaine d'années s'est approché de lui. La femme était son portrait craché – ça ne pouvait être que sa fille. Embrassades, baisers, tape dans le dos du copain de la demoiselle. « Alors, comment ça va à Yale pour vous deux ? » leur a-t-il demandé.

Ce n'était pas une bonne idée, on ferait mieux de s'en aller, ai-je fait à Leo. On le coincerait à Hatch. Il ne pourrait pas continuer à annuler les rendez-vous.

« Écoute, Dominick. Ça fait trois jours que je mets ce costume pour aller travailler. Je commence à en avoir marre, oui, même moi ! Maintenant, c'est le moment. »

Porte-documents dans une main, tendant l'autre vers Hume, Leo a attaqué bille en tête. « Docteur Hume ? Je vous prie de m'excuser. Pourriez-vous m'accorder un instant ? » Il s'est présenté : Arthur ver-Steeg. Il a serré la main de la fille, du copain. « Arthur verSteeg.

Enchanté de faire votre connaissance. Arthur verSteeg. Mon ami, Dominick Birdsey. »

Hume a alors perdu son sourire. Il a demandé à ses deux étudiants de Yale d'entrer et de lui commander un Glenlivet avec de la glace.

Il est resté là un instant à examiner sa note de service, la mine sombre. Puis il l'a déchirée en petits morceaux, aussitôt emportés par le vent venant du Long Island Sound.

« Allez-y, docteur, ne vous privez pas. Nous en avons de multiples exemplaires.

— Que cherchez-vous à obtenir ? De l'argent ?

— La justice, ai-je dit. La seule chose que je veux obtenir de vous, c'est... »

Maître verSteeg m'a coupé la parole. « Laissez-moi donc me charger de l'affaire, monsieur Birdsey. »

Le 11 avril 1991, la Commission d'examen de la sécurité psychiatrique, réunie en session exécutive, est revenue sur sa décision du mois d'octobre et a confié la garde de Thomas à sa famille – disposition qui prenait effet immédiatement. Néanmoins, la Commission conseillait vivement que Thomas soit aussitôt placé dans un service hospitalier non pénitentiaire dûment doté en personnel de surveillance.

« Eh bien, félicitations ! m'a dit Sheffer en me serrant la main. Je ne sais pas comment vous vous y êtes pris, et je ne veux pas le savoir, mais ça a marché. Vous l'avez sorti d'ici. »

Elle m'a mis en garde : après six mois sous haute surveillance, mon frère allait ressentir la liberté comme un choc brutal. Si dur qu'ait pu être pour lui le régime de Hatch, la surveillance, l'embrigadement, l'absence d'imprévu étaient, en quelque sorte, rassurants. Il allait sans doute se sentir largué, sans protection, trop libre. La décision avait été si soudaine, prise dans une telle hâte – jamais elle n'avait connu ça. On n'avait pas eu le temps de préparer Thomas à sa libération.

Ni de lui trouver une place quelque part.

Settle était hors de question. Le service allait bientôt fermer et n'admettait plus aucun malade. Il y aurait peut-être une possibilité à Middletown. Elle essaierait de me donner une réponse d'ici la fin de la journée. Toute l'équipe – le Dr Chase, le Dr Patel, les infirmières et elle-même – était défavorable à l'idée que je prenne Thomas chez moi. Ce n'était pas prudent.

« Je ne cuisine pourtant pas si mal que ça, vous savez.

— Dominick, a-t-elle poursuivi sans me rendre mon sourire, je vais vous dire quelque chose qui ne va sans doute pas vous plaire, mais tant pis. Vous êtes quelqu'un d'agressif. Vous êtes vraiment un type bien et tout, et je sais que vous essayez de trouver la meilleure solution pour votre frère. Mais... j'espère seulement que votre arrogance ne finira pas par le mettre en danger. Soyez prudent. »

C'était de l'arrogance d'avoir voulu protéger Thomas ? Si je n'avais pas usé d'un peu d'arrogance, il serait encore enfermé pour un temps indéterminé. Mais je n'ai pas voulu entrer dans cette discussion – ce n'était ni le moment ni le lieu. J'ai souri, je l'ai remerciée pour tout ce qu'elle avait fait. Quand elle m'a tendu les bras, je l'ai embrassée.

Agressif, moi ? Qu'est-ce qu'elle dirait si elle lisait le récit de mon grand-père ?

Quand on a franchi la grille de sécurité et qu'on est sortis au soleil, Thomas et moi, il s'est arrêté en haut des marches et a cligné des yeux. Il a regardé le ciel, les arbres agités par le vent. Il a avancé d'un ou deux pas, et il a glissé son moignon dans la poche de sa veste.

« Eh bien, lui ai-je dit, tu es un homme libre.

— Je suis une cible ambulante », a-t-il répliqué.

Le Dr Chase lui avait changé ses médicaments quelques jours avant la réunion de la Commission, lui prescrivant un nouveau neuroleptique récemment autorisé par l'Office du contrôle pharmaceutique. S'il devait y avoir une amélioration, elle ne serait sensible que dans deux ou trois semaines. J'espérais qu'il n'allait pas commencer à me raconter par qui il était recherché – j'avais envie de savourer un peu ma victoire. Plus tard seulement, j'ai compris combien il avait dû être angoissé par tout cet espace libre qui s'ouvrait soudain devant lui, alors qu'il voyait l'ennemi derrière chaque arbre, derrière le volant de chaque voiture.

« Qu'est-ce que tu veux ? Qu'on aille chez moi regarder la télé ? Qu'on passe dire bonjour à Ray ?... Tu as faim ? Tu veux qu'on prenne quelque chose au McDo ou ailleurs ? »

Il voulait aller à la Cascade.

« À la Cascade ? Bon, très bien. Tu es libre, à présent. Tu peux faire ce que tu veux. On a tout l'après-midi devant nous pour fêter ça.

— Fêter quoi ?

— Ta liberté. »

Il a ricané et marmonné quelque chose que je n'ai pas compris.

« Qu'est-ce que tu as dit ? »

Il n'a pas répondu.

Je me suis arrêté sur le petit parking attenant au cimetière indien. En rejoignant le sentier qui monte à la Cascade, on est passés ensemble à côté des tombes.

« Tu te souviens d'elle ? » m'a-t-il demandé. Il s'était arrêté et me montrait la petite pierre tombale de Penny Ann Drinkwater.

J'ai revu, comme dans mes cauchemars, le corps de Penny Ann basculer dans le vide au-dessus de la Cascade. J'ai vu le fils d'Eric Clapton tomber du ciel tel Icare...

« Tu voyais souvent son frère quand tu étais là-bas ?

« — Qui ?

— Ralph Drinkwater. Son frère. » Le type grâce à qui tu en es sorti, ai-je pensé. Qui m'a fourni l'arme dont j'avais besoin pour te mettre à l'abri. « Il travaille à l'entretien, tu te rappelles ? Tu m'as dit que tu l'avais vu là-bas.

— Là-bas ?

— À Hatch. »

Il m'a regardé droit dans les yeux. « On est cousins. »

De quoi parlait-il ? « On est frères, vieux.

— On est cousins, a-t-il répété en montrant la tombe de Penny Ann.

— Ouais, si tu veux. Peu importe. Viens, allons voir la rivière. »

Au bout du cimetière, on a grimpé par le chemin bourbeux. Le récent déluge de deux jours avait transformé la terre en gadoue. Thomas était mal en point, il s'essoufflait à remonter la pente. Le vent agitait les pins et les branches dénudées des chênes. J'avais du mal à contrôler mes émotions.

Quand on est arrivés au bois de lauriers sauvages, j'ai dit à Thomas ce que je n'avais jamais confié à personne, pas même à Dessa : c'était mon coin préféré. « Dans deux mois, ce sera une explosion de fleurs sur ces arbustes. Début juin. Je te ramènerai ici. J'y viens tous les ans. »

Les feuilles de ces lauriers étaient du poison, m'a expliqué Thomas. Est-ce que je savais qu'on avait essayé plusieurs fois de l'empoisonner quand il était à Hatch ? Les républicains, il en était à peu près sûr.

Je n'ai pas répondu. La fête commençait bien ! Je suis reparti en direction du bruit de la chute d'eau.

Parvenus à la clairière, on est restés côte à côte à regarder la cascade se déverser du haut du rocher. L'eau grondait furieusement ce jour-là – la fonte des neiges, et toute cette pluie. J'ai observé le visage creusé et sans joie de mon frère. Là, au soleil, on constatait les ravages des six derniers mois, et des vingt années précédentes. On lui donnait plus de quarante et un ans. Il avait l'air vieux. D'un côté, je redoutais affreusement les semaines et les mois à venir ; de l'autre, j'étais heureux, même si je n'arrivais pas encore tout à fait à croire qu'il était libre. Oui, il est bien là, songeais-je. Il est avec moi, M'man. Je l'ai tiré de Hatch.

Et maintenant ?

Thomas s'est tourné vers moi et m'a dit quelque chose que je n'ai pas pu entendre à cause du grondement de l'eau. Je me suis penché vers lui en mettant ma main à l'oreille. « Quoi ?

— C'est un lieu saint, ici. »

J'ai fait un signe de tête, agacé, me disant qu'il repartait dans son trip de Holy Roller. Mais en scrutant son regard, j'ai senti mon exaspération se transformer en autre chose. Qu'était-ce exactement ? Pitié, soulagement, amour ? Je me suis mis à pleurer. Je ne maîtrisais plus mes émotions, je l'ai déjà dit.

510

Il m'a demandé si je croyais en Dieu.

Je n'ai pas répondu tout de suite, pour ne pas déclencher un de ses grands discours sur Jésus. J'ai dit quelque chose de tout à fait imprévu :

« Je voudrais bien pouvoir y croire. »

Il s'est rapproché de moi. Il m'a entouré de son bras. Je voyais son moignon du coin de l'œil.

« Le Seigneur Jésus-Christ est ton sauveur, Dominick. Crois-moi. J'incarne la parole de Dieu.

— Ah ouais ? Qui sait ? » J'ai essuyé mes larmes avec ma manche et je me suis un peu écarté.

On s'est tus l'un et l'autre pendant deux, trois minutes. C'est moi qui ai rompu le silence. « Tu sais ce que m'a dit quelqu'un un jour ? Que cette rivière est la vie – elle ne fait que couler du passé vers l'avenir et passe son chemin devant nous... Voilà qui met les choses en perspective, non ? »

Il a continué à me regarder sans un mot.

« Tiens, à propos du passé, tu sais ce que je suis en train de lire ? L'histoire de la vie de Papa. Notre grand-père... Il l'a dictée avant de mourir. En italien. Je l'ai fait traduire... C'est M'man qui me l'a donnée. Qui nous l'a donnée à nous deux.

— Papa, a répété Thomas.

— Tu te rappelles comme elle en parlait tout le temps... Eh bien, en fait, c'est pas vraiment le superhéros qu'elle nous représentait. C'était... c'était un type assez moche. Dans ce que j'ai lu, il y a vraiment...

— On peut descendre au bord de l'eau ?

— Hein ? » J'étais un peu vexé qu'il m'interrompe comme ça – il s'en foutait complètement.

Il voulait ôter ses chaussures et ses chaussettes et se tremper les pieds dans l'eau.

L'eau était trop froide en ce moment, ai-je fait observer. Je le ramènerais quand il ferait plus chaud, et il pourrait patauger autant qu'il voudrait. En juin, par exemple, quand les lauriers seraient en fleur. « Allez viens ! Tu n'as pas faim ? Moi oui. »

J'avais prévu d'acheter quelque chose en passant au McDrive. Je pensais qu'il fallait le réhabituer progressivement à se montrer en public. En plus, l'emmener au restaurant avait toujours été une entreprise risquée, même avant son internement à Hatch. Seulement, en entrant au parking, qui arrive juste derrière nous en klaxonnant ? Leo, nous faisant signe de venir nous garer à côté de lui.

Il parlait trop fort, et il a serré la main de Thomas un peu trop vigoureusement. Il tenait absolument à nous inviter à déjeuner tous les deux. Depuis qu'on avait remporté cette victoire sur Hume, il se prenait pour Victor Sifuentes, ce type en costume de grand couturier qui jouait les redresseurs de torts dans *La Police à Los Angeles*. Il ne comprenait pas bien la situation ; pour lui, c'était du théâtre. Mais je me suis dit que c'était aussi sa fête à lui. Alors on est entrés tous les trois.

À l'intérieur, la salle était décorée sur le thème de *La Petite Sirène*. Thomas supportait mal l'éclairage violent, les couleurs vives, la bousculade dans la file d'attente. Il n'arrêtait pas de cligner des yeux. À la caisse, Leo et moi avons donné notre commande, et j'ai demandé à Thomas ce qu'il voulait. Tout hébété, il fixait des yeux le menu affiché.

« Un Big Mac et un milk-shake pour lui, ai-je annoncé à la caissière. Quel parfum tu veux, Thomas ? Chocolat ? »

Il voulait un Happy Meal.

« C'est le menu pour enfant, Thomas.

— Pas d'importance, a assuré la caissière, mettant son grain de sel. Si c'est ça qu'il veut ! C'est pour tout le monde, aussi bien. »

Je l'ai remerciée. Non, il n'en voulait pas.

« Si, c'est ça que je veux, a-t-il insisté.

— Enfin, Birdsey, si notre homme veut un Happy Meal, eh bien, je lui offre. Qu'est-ce que tu choisis, Thomas ? Il y a hamburger, cheeseburger et chicken nuggets.

— Chicken nuggets, et un café noir. »

On ne servait pas de café avec les Happy Meals, nous a expliqué la caissière. Seulement du soda ou du lait.

« Donnez-lui un café si c'est ce qu'il veut, lui a répondu Leo. Je paierai le supplément. »

Pendant qu'elle allait nous chercher tout ça, Leo s'est mis à déclamer les paroles d'un film où il était question de sandwich au poulet, de prendre le pain et de tenir le poulet entre les jambes. Ferme-la, avais-je envie de lui dire. On n'aurait jamais dû venir ici. Moi qui avais voulu faire les choses en douceur, bien, simplement. J'avais la trouille. J'avais envie d'engueuler quelqu'un.

« Il faut que j'aille aux toilettes, a dit Thomas.

— Ah. Bon, je t'accompagne. Leo prendra nos plateaux. »

Pas la peine, m'a-t-il répondu.

« Je dois y aller moi aussi. Ça t'ennuie ? »

Naturellement, il a fallu qu'il complique les choses : il est resté enfermé dix bonnes minutes, m'obligeant à attendre là, à bout de nerfs. Toutes les dix secondes, je lui demandais : « Ça va ? T'es toujours vivant ? » Des mecs entraient et sortaient sans arrêt en me regardant d'un drôle d'air. J'étais dans le même état que le jour de ce voyage scolaire où il s'était enfermé dans les toilettes du car. Ou comme à notre résidence universitaire, la première année : Thomas et Dominick, les deux hurluberlus.

« J'ai cru que vous étiez tombés dans les chiottes ! » s'est écrié Leo. Il avait choisi une table près de la baie vitrée, mais Thomas a refusé de s'y mettre, prétendant qu'à cette place-là on pouvait le viser trop facilement.

« Arrête un peu. Assieds-toi. Personne ne veut ta peau. » Il a pris un air méprisant.

Leo s'est levé et a commencé à rassembler nos affaires. « Rassieds-toi, lui ai-je dit. On est très bien ici. Il n'a qu'à...

— Où est le problème ? C'est trop éblouissant, de toute façon. Allez, viens. »

Quand on a été réinstallés, Thomas a dit à Leo qu'il avait travaillé dans ce McDo autrefois.

« Non, pas ici, ai-je rectifié. C'est dans celui de Crescent Street que tu as travaillé.

— Pas du tout.

— Mais si. » *C'est là-bas que tu as pété les plombs, tu sais ? Tu as foutu en l'air le haut-parleur du McDrive parce que tu recevais des appels d'ailleurs, tu te rappelles ?*

« Non, c'est ici que j'ai travaillé.

— Oui, d'accord. C'est ici. Je me suis trompé. »

Au milieu du repas, il a décrété qu'il fallait qu'il retourne aux toilettes. Cette fois, je l'ai laissé y aller seul.

« Écoute, Leo, tu as voulu bien faire, je le sais, mais il faut qu'il réapprenne à se comporter en public comme un individu normal. Un type de quarante et un ans ne devrait pas commander un menu enfant. Ne devrait pas jouer à aller se cacher au fond du restaurant parce qu'il est poursuivi par l'ennemi. »

Leo a fourré des frites plein sa bouche. « Tu sais ce que m'a dit ma fille l'autre jour, Dominick ? "Prends une pilule calmante, papa." Eh bien, permets-moi de te transmettre cette parole de sagesse. Détends-toi. Prends une pilule calmante, vieux. Il va bien.

— Ouais, parfaitement bien. » J'ai attrapé la figurine de la Petite Sirène gracieusement offerte avec le Happy Meal de Thomas et je l'ai agitée sous son nez comme pour lui montrer combien c'était vrai.

On était dans la salle de séjour devant la télé, Thomas et moi, quand Sheffer a appelé. « Bon, je lui ai trouvé une place. C'est un peu compliqué. Middletown peut l'accueillir, mais ils n'ont pas de lit avant vendredi.

— Très bien, il peut rester chez moi jusque-là. »

Elle avait une meilleure idée. Elle avait appelé Hope House, un des foyers où Thomas avait résidé. Ils étaient d'accord pour faire une petite entorse au règlement et le prendre dans l'intervalle. « Ils n'ont pas beaucoup de personnel, mais je crois vraiment que ça vaut mieux que de le garder chez vous.

— Pourquoi ?

— Comment allez-vous faire, Dominick ? Vous allez l'attacher dans son lit ? Veiller toute la nuit comme une sentinelle ? »

Descends maintenant, Dominick. Notre jeu ne t'amuserait pas. Viens vite nous prévenir quand Ray rentrera...

Bien, ai-je répondu. Je n'avais rien contre le fait qu'il aille à Hope

House pendant deux jours. Ce n'était pas loin, et puis il s'y était bien plu autrefois, mieux que nulle part ailleurs.

J'étais déjà un peu dépassé, me suis-je avoué après avoir raccroché. Cette expédition absurde au McDo m'avait rétamé. Pendant qu'il serait dans ce foyer, je pourrais prendre le temps d'aller lui acheter les choses dont il aurait besoin à Middletown : un jean neuf, des sous-vêtements, du shampooing et autres. Je lui offrirais peut-être une paire de baskets pour qu'il ne traîne pas tout le temps dans ses vieilles chaussures à la con.

Après le dîner, je l'ai emmené là-bas. J'ai rempli la fiche d'entrée. La surveillante de nuit a énuméré tout haut les affaires personnelles qu'il avait voulu apporter. « Chaussures, Bible, livre religieux, autre livre religieux... » Indifférent aux formalités d'admission, il était là à feuilleter sa chère *Vie des saints martyrs*.

Je l'ai laissé devant la télé du foyer, affalé dans un fauteuil capitonné. Au mur, au-dessus de sa tête, une bannière proclamait : « À HOPE HOUSE, l'Espoir Jaillit Éternellement ! »

« À demain », ai-je dit en l'embrassant sur le crâne, Dieu sait pourquoi. Je suis rentré chez moi, j'ai bu la moitié d'une bière et me suis assoupi. J'ai dormi du sommeil des morts...

Le téléphone m'a réveillé en sursaut.

Plus là ?... Comment ça, plus là ?

Il avait dû quitter les lieux un peu après deux heures du matin, m'a expliqué la femme, heure de la dernière ronde de nuit. La police allait arriver.

Ray était déjà réveillé quand je lui ai téléphoné. Je suis passé le prendre. La directrice n'arrêtait pas de répéter, en levant les bras en l'air, que c'était la conséquence du manque de fonds. Avant les réductions de crédits, ce genre de choses n'arrivait absolument jamais.

Jerry Martineau était parmi les flics venus sur place. Ray et moi, on leur a indiqué tous les endroits où Thomas était susceptible d'être allé, des endroits où il s'était caché autrefois quand la paranoïa avait commencé à le gagner. Martineau s'est déclaré optimiste. Thomas n'était parti que depuis deux heures au plus. Dans un quart d'heure, vingt minutes, le soleil serait levé et les recherches pourraient débuter tout de suite. Ils obtiendraient sûrement des renforts d'ici le milieu de la matinée si nécessaire. S'il le fallait, il convoquerait des collègues qui n'étaient pas de service. Ils allaient nous le retrouver.

J'ai acquiescé de la tête et laissé Martineau me distiller un peu de son optimisme. Mais je savais que Thomas était mort. J'avais senti son poids inerte dès l'instant où j'avais mis le pied à terre après le coup de téléphone. J'avais l'impression de traîner une partie morte de moi-même.

Ray et moi, on est allés à la Cascade ; on s'est garés au cimetière indien et on a remonté le sentier. C'est moi qui en ai eu l'idée.

« Thomas ?... Hé-ho, Thomas ! » Cent fois, on a crié son nom au-dessus de l'eau qui grondait et du brouillard qui planait sur la rivière en contrebas.

« Descendons voir le long de la berge, m'a proposé Ray. On n'a qu'à aller jusqu'à la passerelle, traverser et regarder aussi de l'autre côté. »

J'ai fait non de la tête ; je ne voulais pas être celui qui allait le trouver.

On a repris le sentier en sens inverse, on est remontés dans l'Escort. Je fouillais dans mes poches pour trouver mes clefs quand Ray a commencé sa tirade.

« Je sais que j'ai été trop dur avec lui quand il était petit, je le sais. » Ses yeux affolés m'imploraient. « Mais elle le chouchoutait tellement. Je voulais seulement l'endurcir, le préparer pour la vie. » Il a rouvert la portière, il est ressorti et s'est mis à tourner autour de la voiture en marmonnant : « Nom de Dieu ! Nom de Dieu ! »

On a d'abord retrouvé ses chaussures et ses chaussettes, sur la berge, à quelque deux cents mètres en aval de la cascade. Puis, un peu avant midi, deux gars de l'équipe de secours ont dégagé le corps, pris dans les branches d'un arbre tombé, à un endroit où l'eau arrive à la taille. Il avait dû être emporté sur sept ou huit cents mètres. Les rochers l'avaient pas mal esquinté. Il avait le visage tout égratigné par les branches, m'a dit Ray. C'est lui qui est allé reconnaître le corps. Il paraît que l'eau bouillonnait tout autour de lui. Avec les pluies récentes, le courant était encore très fort. Plus tard, dans son rapport, le coroner estimerait que la noyade avait eu lieu vers quatre heures du matin – à peu près à l'heure où mon téléphone avait sonné. « Mort accidentelle », devait-il déclarer, malgré les chaussures et les chaussettes sur la rive. Aucun de nous ne pouvait vraiment savoir si Thomas avait sauté ou s'il était tombé.

Il faisait nuit quand toutes les formalités ont été terminées. Je me suis attablé avec Ray à la cuisine, à Hollyhock Avenue, devant la bouteille de scotch qu'on avait ouverte quatre ans plus tôt, le soir où M'man était morte. Au début, on n'a pas dit grand-chose, on était tous les deux épuisés. Mais le deuxième verre nous a délié la langue.

« Ils m'avaient pourtant bien dit d'y aller doucement. L'assistante sociale, les médecins. Ils m'ont expliqué qu'après six mois là-bas il allait se sentir exposé à tous les dangers. Naturellement, j'étais plus malin qu'eux, j'étais le grand spécialiste... Tu sais quoi ? Je suis un type agressif. C'est ça mon problème. Si je n'étais pas comme ça, il serait sans doute encore en vie à l'heure qu'il est. Il irait bien. »

Thomas n'allait pas bien depuis l'âge de dix-neuf ans, m'a fait remarquer Ray.

« Ah ouais ? Eh bien, c'est pas pour ça que je me sens moins coupable. »

Ray, quant à lui, s'en voulait terriblement de ne pas être allé le voir à Hatch. Mais cette connerie qu'il avait faite à la bibliothèque – se couper la main, nom de Dieu ! –, ça l'avait achevé. « Moi, j'en pouvais plus. Pas toi.

Toute sa vie, tu te seras battu pour lui. » Ray a tendu à travers la table sa grosse paluche rugueuse, tout endurcie par le travail et la guerre, il l'a laissée un instant en suspens, puis l'a refermée sur mon épaule, et il a serré. Comme si on était père et fils malgré tout. Comme si, maintenant que Thomas était mort, je pouvais oublier la façon dont il l'avait traité...

Je me suis levé, un peu étourdi par le scotch et par le geste de cet étranger, mon beau-père. « Je suis naze.

— Reste ici ce soir. Dors dans ton ancienne chambre. »

Si je n'avais pas été ivre, j'aurais refusé. Je serais rentré chez moi au lieu de monter l'escalier et de tourner à gauche dans le couloir vers le musée Dominick et Thomas.

Je me suis affalé à plat ventre sur la couchette du bas – le lit de Thomas. Ray est entré avec une paire de draps. « Pose-les sur la commode, je les prendrai tout à l'heure.

— Bon, allez, dors un peu. Tout est fini à présent. »

Ouais, tu parles ! J'avais beau être abruti par l'alcool, le deuil, la fatigue, je savais bien que c'était de la foutaise.

À un moment au milieu de la nuit, j'ai rêvé que j'étais Thomas, que c'était Dominick qui s'était noyé, pas moi. J'ai entendu une serrure céder, un grincement métallique. La porte de ma cellule s'est ouverte, béante. « Salut, M'man ! Tu sais quoi ? ai-je dit. Dominick est mort. »

Le lendemain matin, je me suis réveillé sur la couchette du haut. Les draps étaient toujours sur la commode, où Ray les avait laissés. Je ne me souvenais pas d'être monté là. La chambre était inondée de lumière. Je suis resté allongé sans bouger, à regarder le plafond, et cette tache d'humidité brune près de la fenêtre qui existait depuis notre enfance.

Un souvenir m'est revenu. Mon premier souvenir, très vif, très réel. J'avais quatre ans...

Je dois rester couché et faire ma sieste, car je suis un grand garçon. Je suis tout seul. Sans Thomas. Avant que mon Thomas ne tombe malade, on faisait la sieste ensemble sur le grand lit dans la chambre d'amis. M'man s'allongeait entre nous deux et elle nous racontait les histoires de deux amis, un petit lapin qui s'appelle Thomas, et un petit singe qui s'appelle Dominick et va toujours se fourrer où il ne faut pas.

À présent, M'man a trop à faire pour raconter des histoires. Il faut qu'elle prenne la température de Thomas et qu'elle lui apporte ses médicaments et du soda. Elle m'a donné des livres et m'a dit de regarder les images jusqu'à ce que le sommeil vienne. Je connais les lettres dans les livres : m comme M'man, t comme Thomas. Je déteste les pages où j'ai griffonné sur les images. M'man m'a demandé qui avait fait ça, et j'ai dit que c'était Thomas. Thomas est un très, très vilain garçon.

Maintenant, mon Thomas est obligé d'habiter dans la chambre d'amis. Je peux lui faire des dessins, mais je ne peux pas les ravoir. Je peux l'appeler à travers la porte, mais il ne peut pas me répondre parce qu'il a mal à la gorge et qu'il a besoin de repos. Hier, il m'a répondu avec une toute petite voix. Est-ce qu'il a rapetissé ? Est-ce qu'il n'est plus qu'un Thomas minuscule ? « Comment il est maintenant ? » j'ai demandé à M'man. Elle me dit qu'il est pareil, sauf qu'il a des boutons rouges dans le cou et aux coudes, et la langue couverte de fraises.

J'aime mieux la gelée à la fraise que la gelée verte. Quand je lèche le dessus, M'man me dit : « Ne fais pas ça ! Ce sont les vilains petits garçons qui font ça. » Un jour, hier, j'ai tiré la langue devant la glace. Pas de fraises.

Je suis furieux après Thomas. Il a fallu qu'on me fasse une piqûre, et ça m'a fait mal. Je voulais que ce soit M'man qui m'emmène, mais c'est Ray qui m'a emmené pour la piqûre. Il m'a dit que l'aiguille ne ferait pas mal, mais ça m'a fait mal. Quand j'ai pleuré, Ray m'a serré le bras, et il m'a dit : « Qu'est-ce qui t'arrive ? T'es un vrai garçon ou t'es une mauviette ? » Quand on pleure tous les deux, Thomas et moi, Ray nous dit : « Hou, hou, hou, voilà les petites mauviettes. » Ça nous fait pleurer encore plus.

M'man dit qu'hier soir Thomas tremblait tellement qu'il claquait des dents. « Montre-moi comment ! » je lui ai dit, et elle a fait clac, clac, clac avec les siennes. Thomas peut boire tout le soda qu'il veut, et en plus, dans le frigo, en bas, il y a de la gelée dans un bol pour lui seulement, pas pour moi. Quand je descendrai, j'irai la lécher. Mon Thomas est un très vilain garçon.

Quand on est grand, on n'a pas besoin de faire la sieste. On peut se coucher tard et regarder les combats de boxe du vendredi soir et boire des whiskies à l'eau. Quand je serai grand, je remplirai la baignoire avec du soda, je sauterai dedans et je boirai tout, et ça me rendra même pas malade.

Quand M'man était petite, elle a eu la scarlatine, comme Thomas. Il fallait qu'elle reste couchée toute la journée et qu'elle tape sur le mur avec une casserole pour appeler la voisine, Mme Tusia, quand elle avait besoin de quelque chose, parce que son père dormait... Autrefois, les petits garçons et les petites filles mouraient de la scarlatine, dit M'man. Ou alors ils guérissaient, mais ils avaient le cœur faible.

Je n'ai pas le droit de me lever avant d'avoir fini ma sieste. M'man le dira à Ray. La sieste, ça me rend fou. Je trouve ça idiot. Je n'arrête pas de rouler dans mon couvre-lit. Je suis un hot-dog et ma couverture est le petit pain... Maintenant, je me mets debout et mon lit est un trampoline géant ! Je saute, et saute. Jusqu'au ciel, où habite Mme Tusia... Elle est morte. Elle était vieille. Des hommes sont venus pour la porter en bas des marches et ils l'ont emmenée en voiture. Mais je ne les laisserai pas me prendre mon Thomas. Je tirerai sur eux. Pan ! pan ! pan ! M'man dit que Thomas pourra sortir de la chambre d'amis dans une semaine, mais je ne sais pas quand c'est. Je crois qu'il est peut-être mort. Le monsieur dans les disques d'opéra de M'man est mort, et il chante quand même. « Mesdames, messieurs, Enrico Caruso ! » C'étaient les disques de Papa. Aujourd'hui, Papa aussi est au ciel.

Pourquoi est-ce que je ne peux pas voir Thomas ? Pourquoi est-ce que

517

je ne peux pas toucher les dessins qu'il a touchés ? Cette sieste me donne chaud. Et soif aussi. J'ai soif de Canada Dry bien glacé.

« M'man ! M'man-an ?

— Oui ?

— Je peux me lever maintenant ?

— Quand tu auras fait la sieste. Il faut dormir ! »

La tache brune au plafond se transforme en monstre. Il va devenir vivant, voler à l'autre bout du couloir, casser la porte et dévorer mon frère. Sauf si je tire dessus.

Le tapis de ma chambre est un lac. Ses fleurs sont des pierres. Elles mènent au bord... Je peux y arriver. J'y arrive.

Je suis près de la porte. Des fois, M'man prétend qu'elle va le dire à Ray quand je suis vilain, mais elle ne dit rien. Le couloir est une rivière bouillonnante. On ne peut pas nager dedans. Il faut la survoler en avion, dans le Song bird. « Tiens bon, Thomas, je vais te sauver ! » *Je suis Sky King. C'est pas ma main, c'est ma radio.*

Je vole dans le Song bird *au-dessus de la rivière bouillonnante jusqu'à la porte de Thomas. J'ouvre de grands yeux. J'écoute.*

Je mets la main sur le gros bouton de la porte. Il tourne, la porte s'ouvre avec un déclic. J'entre dans la chambre...

Il fait sombre. Les stores sont baissés. Ça sent mauvais. Le ventilateur de la chambre de M'man et de Ray est près de la fenêtre, il envoie de l'air. Je m'approche du lit. Je regarde mon Thomas. Je prononce son nom plus fort que le bourdonnement du ventilateur. « Thomas, Thomas Birdsey !... THOMAS JOSEPH BIRDSEY ! »

Il a la bouche fermée. Je veux voir sa langue couverte de fraises. Il dort ou il est mort ?...

Il soupire.

Je m'approche un peu plus. Sa chemise est ouverte. Je vois ses os sous sa peau. Il a les mains levées au-dessus de la tête, comme si un cow-boy lui avait dit « Haut les mains ! » *avant de le tuer quand même.*

Il claque des dents, il a la langue couverte de fraises... Soudain, je comprends quelque chose pour la première fois. Thomas et moi, on n'est pas une seule et même personne. On est deux.

Je m'approche encore, je me penche vers son oreille et je murmure son nom.

Il tressaille. Le bruit le fait sursauter.

« Dominick ! »

On est deux personnes différentes.

Thomas est malade, et pas moi.

Il dort. Je suis réveillé.

Je peux sauver ma peau.

41

Nous ne parlâmes jamais, mon épouse et moi, de la mise en garde du *dottore* précisant que le cœur d'Ignazia ne résisterait sûrement pas à une autre naissance. Mais elle descendit ses affaires dans la chambre de Prosperine, et je ne fis rien pour réclamer ce à quoi un mari est en droit de prétendre.

Après la nuit où Prosperine me raconta son histoire, je refusai de manger chez moi. Je conclus un petit arrangement avec la *signora* Siragusa, mon ancienne logeuse, qui accepta de préparer mes repas pour quatre dollars par semaine, plus cinquante cents pour qu'elle tienne sa langue. Tous les soirs en partant travailler, je passais chez la *signora* chercher ma gamelle. Tous les matins, à la fin de mon service, je la lui déposais et prenais mon petit déjeuner dans sa cuisine. Quant au troisième repas, je le sautais, ou bien je m'achetais quelque chose en ville, une pitance *mericana* insipide où tout nageait dans une glu jaune qui porte le nom de sauce au jus de viande. Et du pain qui avait goût de coton.

Ignazia, offensée par mon refus de manger sa cuisine, prenait des airs furieux, faisait claquer le couvercle des marmites et poussait des soupirs en levant les yeux au ciel – mais elle ne disait jamais rien. Nous n'échangeâmes jamais un mot sur le récit de Prosperine, mais j'étais sûr que les deux femmes murmuraient abondamment dans mon dos. Depuis cette fameuse nuit, je n'étais plus dupe. La *confessione* avinée du Singe avait fait de moi une menace pour elles deux.

Si j'avais été *mericano*, j'aurais pu aller les dénoncer à la police, qui serait peut-être venue arrêter Prosperine pour la renvoyer de l'autre côté de l'océan. Mais un Sicilien sait garder les yeux ouverts et la bouche fermée. Je voulais que cesse le scandale autour du nom de Tempesta. Parfois, j'essayais de me persuader qu'Ignazia n'était pas Violetta D'Annunzio, que celle-ci avait payé le prix de ses péchés et avait bien été enterrée à Palerme. Mais je n'arrivais guère à y croire plus d'une heure ou d'un après-midi, après quoi la terrible vérité m'apparaissait de nouveau.

Pendant les premières semaines de sa vie, l'enfant au bec-de-lièvre souffrit de *colica* et pleura nuit et jour. Ignazia pleurait elle aussi, affligée de maux féminins. Quand le bébé serait baptisé, tous ces ennuis disparaîtraient, lui disait la femme de Tusia – la mère et l'enfant seraient en paix.

« Pas de *battesimo*, répliquai-je à Ignazia, qui était montée dans ma chambre pour demander mon assentiment.

– Tu veux donc que mes deux enfants soient privés de la miséricorde de Dieu ? »

Je n'avais rien dit à Ignazia de la purification du garçon nouveau-né dans l'arrière-cuisine le matin de sa naissance et de sa mort. Je craignais que mon acte n'ait attisé la colère de Dieu. Si j'avais nui à l'âme de mon fils par ce baptême blasphématoire, je n'allais pas envoyer aux cieux la fille du rouquin.

« Un jour, j'ai sommé deux prêtres de décamper de ma propriété. Je ne vais pas maintenant faire l'*ipocrita* et aller ramper devant eux à genoux.

– Alors, c'est moi qui la leur amènerai. » Pas du tout. Elle ferait ce que je lui dirais.

« Comment un père peut-il fermer les portes du ciel à son enfant ? s'écria-t-elle C'est un affreux péché d'orgueil !

– Au lieu de parler de mes péchés, tu ferais mieux de te soucier des tiens – ceux que tu as commis ici à New York avec ce bon à rien d'Irlandais, et ceux que tu as commis là-bas dans ton pays . »

Elle tourna la tête et s'empressa de quitter la pièce. Je la suivis jusqu'à la chambre du bas : elle s'était mise à sangloter dans les oreillers. Du seuil de la porte, je l'avertis que si elle me défiait et faisait baptiser l'enfant en secret, elle me le paierait. « Toi et ce sac d'os, ta comparse, vous le regretterez jusqu'à la fin de votre vie. »

Malgré tout ce que je savais à présent sur Ignazia,

malgré la peur et la haine qui nous séparaient, ma *passione* pour elle était plus forte que jamais. Je ne pouvais pas m'empêcher de la suivre du regard. Son visage et sa *figura* étaient un supplice constant. Cent fois par jour, je baisais ses lèvres, j'ôtais les épingles de ses cheveux, j'arrachais ses vêtements et je prenais ce qui m'appartenait, mais tout cela seulement dans mon *immaginazione*... Parfois, je me torturais en pensant à ces photos obscènes prises par le *fotografo* ; je les voyais passer de mains en mains. J'en frémissais d'horreur : ma femme entre les mains de tous les hommes, hormis celles de son époux légitime !

Quelquefois, dans mes rêves, elle m'aimait, se soumettant avec obéissance et ardeur, en bonne épouse sicilienne. Je me réveillais dans un accès de joie et d'excitation. Puis la tristesse m'envahissait et j'essuyais sur moi ce lait du désir qui fait naître les enfants, mais qui, à moi, ne pouvait en donner. Une fois aussi, je fis un rêve étrange et terrible dans lequel Ignazia faisait l'amour avec mon défunt frère Vincenzo, tandis qu'assis sur le lit je peignais ses longs cheveux. Dans ce rêve-là, je n'étais pas jaloux, j'étais heureux, et, en me réveillant, le caractère humiliant de ce rêve m'est apparu petit à petit. Tout juste si je n'entendais pas Vincenzo se moquer de moi en enfer.

Parfois, le désir de la chair me prenait pendant le travail et me rendait fou. Il suffisait des ricanements des jeunes ouvrières pour m'exciter... ou même des vantardises de Nabby Drinkwater sur les plaisirs qu'il trouvait au bordel de Bickel Road.

Un matin, mes envies m'entraînèrent à Bickel Road, où la grosse Hongroise avait sa ménagerie de putains et de chats. La maison empestait le chou et la pisse de chat. Je payai. La tenancière appela une jeune domestique maigrichonne qui astiquait la rampe de l'escalier. « Par ici », me dit la fille, et je la suivis à l'étage. Je crus qu'elle m'emmenait auprès d'une pute, mais quand je fus entré dans la chambre, elle referma la porte derrière nous. Elle n'avait pas plus de quatorze ou quinze ans. Pendant que je m'exécutai, on aurait cru qu'elle continuait à lustrer la rampe. Je quittai les lieux en me promettant que c'était ma première et dernière visite ici. Mais j'y retournai sans cesse, craignant chaque fois de tomber sur Drinkwater, et ainsi de révéler à ce satané Indien

travaillant sous mes ordres que je partageais sa faiblesse pour la chair, que j'étais la proie du diable
qui avait exercé son empire sur mon frère Vincenzo.

On me donnait toujours la même fille. Quand je
m'étais satisfait, je lui demandais de se rhabiller et
de s'en aller bien vite. Je tournais la tête vers le
mur pendant qu'elle remettait ses vêtements car, une
fois mon *ardore* épuisée, la honte me saisissait. Puis
je me levais de ce lit minable, me reboutonnais et rentrais chez moi, où je vivais avec deux femmes criminelles et un bébé roux à la lèvre fendue dont l'âme
restait entachée du péché originel.

Un jour, peu après la fin de la guerre, je lus dans le
journal que ce chien de *monsignore* McNulty avait
tourné de l'œil et était mort d'un arrêt du cœur. On
disait que le petit père Guglielmo avait été nommé
curé de l'église de Sainte-Marie-de-Jésus – il était
le premier *pastore italiano* de cette église. Je me
réjouis à la fois de la mort de McNulty et de la promotion de Guglielmo. Je n'avais jamais eu querelle avec
padre Guglielmo. Je ne lui voulais pas de mal.

À peine une semaine plus tard, comme j'allais
prendre mon petit déjeuner à la pension, j'y trouvai
Guglielmo, qui m'attendait dans la cuisine de la
signora Siragusa. Celle-ci s'agitait, tout en émoi,
faisant des gâteaux et des beignets avec sa meilleure
huile d'olive, comme si le pape en personne était venu
lui rendre visite. « Je suis heureux de vous revoir,
mon ami, dit Guglielmo, depuis tout ce temps. Comment
va votre femme ?

— Elle est nourrie et entretenue, répondis-je.

— Et votre enfant ? Une fille, n'est-ce pas ? Elle
doit marcher à présent. »

Je fis signe que oui. Un piège, pensai-je. Mais
j'étais trop malin pour me laisser prendre dans une
imboscata de cette sorte. La *signora* Siragusa pouvait
mettre tout le sucre qu'elle voulait sur ses beignets,
je n'étais pas près de permettre qu'on baptise la
fille du rouquin.

Deux années avaient passé depuis la naissance de la
petite fille. On avait battu les Allemands ; la Compagnie américaine de textiles avait teint le drap pour
les vestes des marins. La femme de Tusia et la *signora*
Siragusa m'avaient toutes les deux entrepris sur mon

refus de laisser baptiser l'enfant. Tusia lui-même avait eu le culot de me faire la leçon un matin pendant qu'il me rasait. « *Scusa*, Salvatore. Tu ferais mieux de t'occuper de tes affaires avant que je ne décide d'augmenter ton loyer. » Voilà qui l'avait fait taire. Après quoi, dans la boutique, on n'avait plus entendu que la voix de Caruso sortant du Gramophone.

Durant ces années où je n'avais plus fréquenté l'église, Guglielmo s'était étoffé de visage, et ses cheveux avaient pris une teinte argentée. Il tendit le bras pour me donner une poignée de main. La *signora* Siragusa cessa de s'activer pour nous observer. Nous attendîmes tous les trois de voir si j'allais tendre la main.

Finalement, je serrai celle de Guglielmo. La couleur de ses cheveux n'était pas le seul changement. À présent, il fumait des *sigarette* à la chaîne, et il n'avait plus ce comportement timoré d'autrefois. Il s'enquit de ma santé et de mon travail et m'appela par mon prénom. Je le félicitai de sa nomination de *pastore*, disant que j'espérais que le vieux *monsignore* était allé droit en enfer, où était sa vraie place.

La *signora* Siragusa en eut le souffle coupé et me fouetta avec son torchon, mais Guglielmo me remercia de mes paroles aimables. « Puis-je me joindre à vous pour le petit déjeuner et vous parler un peu ? demanda-t-il.

— Me parler de quoi ? Si c'est d'un *battesimo* d'enfant, ne vous essoufflez pas inutilement.

— Non, c'est de maçonnerie qu'il s'agit.

— De maçonnerie ? Comment ça ? »

Il demanda à la *signora* si elle pouvait nous laisser seuls un moment. Je croyais qu'en bon prêtre il s'exprimait par images et qu'il allait maintenant entamer un grand discours sur le *battesimo*, me montrant que chaque « brique » posée était un des degrés qui montent vers Dieu. Mais, à ma grande surprise, il me parla de vraie maçonnerie, de vrai mortier. L'église de Sainte-Marie-de-Jésus allait bientôt avoir son école paroissiale. C'était son rêve depuis longtemps, mais Mgr McNulty s'était régulièrement opposé à ce projet, sous prétexte qu'il était trop coûteux et créerait toutes sortes de complications. Depuis toujours, les écoliers catholiques de Three Rivers devaient aller en pension à New London, et donc être séparés de leur famille pendant la semaine. Or l'archevêque avait accordé son attention au projet de Guglielmo et l'avait approuvé. Un architecte et un entrepreneur de Hartford avaient été engagés. Mais l'archevêque avait prévenu le petit prêtre des ennuis qu'il s'attirerait si le projet échouait ou devenait trop onéreux pour l'église.

Ce qu'il fallait, dit Guglielmo, c'était un paroissien talentueux et économe pour surveiller la construction et veiller aux intérêts de la paroisse. « Je n'ai moi-même aucune compétence en ces domaines-là. Et le succès ou la faillite de cette école témoigneront de la réussite ou de l'échec de mon ministère. Si je dois demeurer le prêtre de cette paroisse, Domenico, il faut que cette école soit une entreprise saine à tous égards. Je viens vous demander votre aide. »

Je mordis dans un beignet, pris mon temps pour mâcher, repris une bouchée. « Combien me rapportera ce travail ? » demandai-je.

Rien, me dit-il. Je devrais faire don de mon temps et de mon talent. Mais l'école ouvrirait dans deux ou trois ans, et ma petite fille serait alors en âge d'y être accueillie. « C'est la seule compensation que je puisse vous offrir, Domenico. J'en appelle au père en vous, et non à l'homme d'affaires.

— Les pères sont le soutien de la famille. À travailler gratis, on ne met rien dans les assiettes.

— Pourtant, nous avons l'exemple du miracle de la multiplication des pains et des poissons », répliqua-t-il. Il ne me demandait guère qu'une heure de mon temps chaque jour. Peut-être pourrais-je aller inspecter le chantier le matin en rentrant de la fabrique, ou en fin d'après-midi quand j'aurais fini de dormir. Ce qu'il voulait, c'était quelqu'un qui puisse surveiller quotidiennement l'avancement des travaux. « De même que Jésus veille sur nous tous, je cherche l'homme qui veillera sur cette école où Sa sainte parole sera enseignée aux enfants. »

Curieusement, son allusion à la multiplication des pains et des poissons me fit penser à l'histoire de Prosperine, à cette sorcière qui d'un lapin en avait fait deux et avait envoyé le maître d'école *ad patres*. J'avais l'esprit troublé par la magie et les miracles.

Je terminai mon petit déjeuner et me levai. « J'ai trop à faire, dis-je.

— Trop à faire, ou trop de rancune ? »

Il me demanda de me rasseoir et de lui accorder encore un instant.

« Le jour où votre frère est tombé du toit a été un jour terrible pour nous tous. Pour vous, pour moi. Et pour le *monsignore*. Sur son lit de mort, il a exprimé ses regrets et prié que Dieu lui pardonne de s'être moqué de votre pauvre frère. Moi aussi, j'ai regretté ma faiblesse, mon incapacité à intervenir et à agir comme Dieu l'aurait voulu... Regardez-moi, Domenico, je vous en prie. Laissez-moi voir vos yeux. »

J'eus bien du mal à le regarder en face, mais je finis par lever les yeux.

« Je viens à vous le rameau de la paix à la main. J'aurais dû le faire depuis longtemps, mais je vous l'offre en toute bonne foi. Enterrons le passé. Enterrons la rancune. Pardonnez-moi, Domenico, j'en appelle à vous comme à un frère. »

À ce mot de « frère », j'ai de nouveau détourné les yeux. « Je n'ai plus de frères. La police a tué l'un, et la *malédiction d'un prêtre* a fait tomber l'autre d'un toit. Pour ce qui est de votre école, vous ne manquez pas de maçons dans la paroisse. Il y a Riccordino ou Di Prima. Et ce Polack qui habite... »

Il posa sa main sur la mienne pour m'arrêter. « Vous avez dû abandonner vos études de séminariste et apprendre le métier de maçon par obligation familiale, m'avez-vous dit un jour. Tout ce qui arrive s'inscrit dans le projet de Dieu. Votre belle maison de Hollyhock Avenue n'existerait pas aujourd'hui si vous ne connaissiez rien à la maçonnerie. Notre école religieuse pourrait être comme un pont jeté entre vos études spirituelles initiales et le métier de maçon que vous avez appris pour obéir à votre père. »

En fermant les yeux pour refouler mes pleurs, je revis Papa, la Sicile et ma vie d'autrefois... De tous les enfants d'Italie, c'est à moi que la Vierge pleureuse avait révélé sa tristesse... Or, à présent, je vivais de l'autre côté de l'océan et je teignais du lainage au lieu de sauver les âmes. Tel un prêtre, je connaissais le célibat en ma propre maison, et j'allais baiser une putain de Bickel Road parce que ma femme serait morte de porter un autre enfant dans son ventre. Assis là en face de Guglielmo, je vis combien je m'étais égaré de la vie que j'avais désirée, et j'essuyai mes larmes.

« C'est à vous que j'ai choisi de m'adresser, Domenico. C'est vous que je veux pour guide. »

Pendant plus d'une heure, nous nous entretînmes de construction et de maçonnerie, sans parler une seule fois du baptême de l'enfant. Nous fîmes honneur à ce que la *signora* nous avait confectionné et à son café, puis nous débarrassâmes la table et jetâmes un coup d'œil aux plans que Guglielmo avait apportés. Quand nous quittâmes les lieux, j'avais finalement accepté de l'aider. En sortant de la pension, nous eûmes droit aux embrassades, aux baisers et aux bénédictions de la *signora* Siragusa.

Guglielmo avait raison de se fier à moi, et il avait bien de la chance de m'avoir. Sans Domenico Tempesta pour les surveiller, ces entrepreneurs yankees de Hartford auraient escroqué l'église et construit une école qui se serait écroulée au premier coup de vent. Ce pauvre prêtre n'avait pas la moindre idée de ce à quoi servait une solive, ni de la façon de manier la truelle. Mais Domenico Onofrio Tempesta était là et veillerait à ce que les Yankees fassent le travail correctement, sans facturer à l'église le moindre clou en trop.

Je devais inspecter les travaux quotidiennement et rencontrer Guglielmo à la cure ou sur le chantier. Un samedi après-midi, pendant notre entrevue, il tira sa montre de son gousset et me dit qu'il devait aller dans l'église pour écouter les confessions. N'aurais-je pas, par hasard, envie de l'y rejoindre ?

« Je suis au-delà de tout cela, lui dis-je.

— Au-delà de l'absolution, Domenico ? Non, non, on n'est jamais au-delà du pardon de Dieu. Jésus aime Son troupeau tout entier, fût-ce même l'agneau égaré. » Il priait souvent, me confia-t-il, que la paix règne dans mon foyer – il espérait qu'un jour ses prières allumeraient une flamme dans mon cœur.

Je lui conseillai de garder ses prières et ses flammes pour des agneaux dont la maison n'avait pas été maudite par un *monsignore* impie.

« Mais la paix peut régner dans votre foyer. La clef de la sérénité, c'est le pardon. »

Je le regardai se diriger vers l'église, où il était attendu par des pêcheurs, mais je ne le suivis pas. Que connaissait-il aux femmes, criminelles ou autres ? Il n'en savait pas plus sur mon foyer que sur la construction d'une école en brique.

Cependant, tout au long de la semaine suivante, je repensai à ce qu'il m'avait dit, que la paix pouvait régner au 66-68 de Hollyhock Avenue.

Le samedi, j'arrivai à l'église le premier, dans l'espoir de pouvoir en repartir très vite. Je ne voulais pas me confesser. Pas question. J'avais bien trop à faire. J'avais seulement une ou deux questions à poser à Guglielmo, ce que je ne pouvais faire assis en face de lui à son bureau à la cure, ou quand nous faisions le tour des fondations de la nouvelle école. Ces questions me taraudaient comme des petits cailloux dans ma chaussure. Plus je marchais, plus elles se rappelaient à moi.

Cet après-midi-là, Guglielmo était en retard. Quelqu'un arriva après moi. Puis un homme et sa femme, et un groupe d'écolières. La porte ne cessait de s'ouvrir en couinant. Nous étions tous là à attendre.

Le père Guglielmo entra par le fond de l'église et alluma les lumières. Il passa à côté de moi sans me regarder ni me dire bonjour. Il pénétra dans le confessionnal et ferma la porte. Les autres se mirent en rang. Pas moi. Laissons tous ces pécheurs se déballer ! pensai-je. Moi, je ne viens pas me confesser, je viens seulement poser mes deux questions.

Pendant des heures, ce fut un va-et-vient de gens qui allaient à confesse. À quatre heures, l'église s'était vidée ; il ne restait plus que Guglielmo et moi. Il attendait dans le confessionnal. Et moi, sur mon banc, je me disais qu'il fallait que je me lève, que j'aille me mettre à genoux pour lui poser mes deux questions. Mais quand je me levai enfin, je partis dans l'autre direction, lentement d'abord, et puis plus vite le long du bas-côté, et je poussai les lourdes portes du vestibule pour m'échapper à l'air frais. J'étais hors d'haleine, et pourtant j'avais perdu tout mon après-midi à attendre, assis dans l'église.

La semaine suivante, à chacune de nos réunions pour le chantier de l'école, je m'attendais à ce que Guglielmo m'interroge sur ma présence à l'église le samedi précédent et me demande pourquoi je n'étais pas entré me confesser. Il n'aurait certes pas manqué de reconnaître ma voix et aurait sans doute été curieux d'apprendre quels péchés l'inspecteur des travaux de sa très chère école avait sur la conscience. J'avais une réponse toute prête à lui servir : j'étais un homme très occupé, et il était en retard. De toute façon, je ne voulais rien confesser. Ce qui pesait sur mon âme ne regardait que moi. Pourtant, il ne fit aucune allusion à ma présence dans l'église. Peut-être, après tout, ne m'avait-il pas vu. Je n'en soufflai pas mot, lui non plus.

À la fabrique, un soir, Nabby Drinkwater, l'Indien qui travaillait sous mes ordres, se mit à lâcher les uns après les autres les rouleaux de drap de laine. « Qu'est-ce qui te prend ? lui demandai-je.

— Je ne sais pas. J'ai le bras gourd. »

Puis ses yeux se révulsèrent et il tomba raide mort. Comme ça, subitement.

Je n'avais jamais fait grand cas de Drinkwater. Il était paresseux, sournois. Mais il travaillait sous mes ordres depuis plus de dix ans maintenant. Les nuits où il était bien disposé, ce gringalet d'Indien abattait sa part de travail et même davantage. Il avait quarante-deux ans, comme moi. Il s'était effondré à genoux sous mes yeux. Je l'avais rattrapé juste à temps pour qu'il ne s'écrase pas la face sur le sol de béton. J'avais au moins fait ça pour ce fils de pute.

Il y avait peu de monde à son enterrement – une demi-douzaine d'ouvriers de la fabrique (mais aucun des patrons) et deux ou trois hommes que je ne connaissais pas. Son épouse était une femme de couleur et il avait quatre enfants métis, deux garçons et deux filles. Drinkwater n'avait jamais beaucoup parlé de sa famille. Sa femme m'avait fait demander si je voulais bien porter le cercueil. Je n'avais pas pu refuser... Aucun homme d'Église n'était présent, seul un individu en costume minable avait prononcé quelques mots devant sa tombe. J'ignorais si les Indiens pouvaient aller au ciel, mais j'étais à peu près sûr que Drinkwater n'y était pas. Il transgressait sans cesse le neuvième et le dixième commandement (convoitant épouses et biens). C'était un buveur, il avait eu des ennuis avec la police de temps en temps. Il connaissait le chemin de Bickel Road et s'en vantait parfois pendant la pause, auprès des autres, jamais auprès de moi. Moi, il me respectait... Il n'avait jamais été le meilleur ouvrier de la fabrique, mais jamais le moins bon non plus. Un des fils ou des gendres du propriétaire aurait pu venir à son enterrement lui témoigner un peu d'estime, un peu de reconnaissance pour toutes ces nuits de travail. Mais dès qu'un ouvrier calanchait, la Compagnie oubliait qu'il avait été un être vivant.

Le samedi suivant, je retournai à l'église, vers la fin de la confession cette fois, et j'attendis qu'il ne reste plus que Guglielmo et moi. Avant que je ne puisse m'extraire du banc, il éteignit sa petite lampe et sortit du confessionnal.

« Ah, Domenico, je croyais que tout le monde était parti. Vous êtes venu vous confesser ?

— Pas de *confessione*. Je suis venu vous poser deux questions.

— Au sujet de l'école ?

— Non, pas au sujet de l'école.

— Bon, eh bien, entrez ! »

Il pénétra dans le confessionnal, ferma la porte et ralluma la lumière.

Je m'agenouillai face à son ombre derrière l'écran. Mes mains tremblaient devant mon visage. Guglielmo ne disait rien. Moi non plus. Il finit par murmurer que, puisque nous étions dans le confessionnal, je devrais peut-être poser mes questions dans le cadre de la confession traditionnelle. Ainsi, Dieu serait à l'écoute, et l'inviolabilité de mes paroles serait assurée.

Il me mit sur la voie : « Bénissez-moi, Seigneur, car j'ai péché...

— Bénissez-moi, Seigneur, car j'ai péché, répétai-je. Mais jamais autant que l'on a péché contre moi ! »

L'ombre mit un doigt sur la bouche. « Pour vous préparer à l'Eucharistie, Domenico, pour faire vraiment acte de pénitence, vous ne devez sonder que votre âme et laisser les autres pécheurs sonder la leur. Il vous faut essayer de pratiquer l'humilité.

— L'humilité ? Croyez-moi, mon père, un homme qui vit avec deux criminelles apprend l'humilité de mille façons.

— Criminelles ? Comment ça ?

— Peu importe. C'est une affaire qui ne regarde que mon foyer, pas l'Église. »

Silenzio. Puis Guglielmo me demanda si j'avais bien compris ses propos sur l'inviolabilité du confessionnal. « Quoi que vous disiez ou demandiez ici, c'est au Père tout-puissant que vous vous adressez. Je ne suis que Son représentant.

— *Scusa*, mon père. D'où est votre famille ?

— De Tivoli. Non loin de Rome.

— Ah, *Roma*. J'y ai vécu autrefois. J'ai vu comment vivent les Romains. À Rome, les gens disent tout ce qu'ils ont sur le cœur, ils clament leurs ennuis du haut des gradins du Colisée si ça leur chante, et personne n'y prête attention. Mais moi, je suis *siciliano*. J'ai la loi du silence dans les veines. Chez vous, c'est différent. Nous autres *Siciliani*, nous respectons autant l'*omertà* que la parole de Dieu.

— Pourquoi êtes-vous entré dans le confessionnal si ce n'est pas pour vous confesser, Domenico ?

— Je vous l'ai déjà dit. Je voudrais la réponse à deux questions qui m'empêchent de dormir... Et peut-être pour apporter un peu de paix chez moi, pour chasser la malédiction que m'a jetée votre patron.

— Je n'ai d'autre "patron" que le Seigneur tout-puissant, Domenico.

— Vous savez bien de qui je parle : de ce vieux péteux de *monsignore*. »

Guglielmo me conseilla de rompre avec la loi du silence. « Dieu cherche avant tout un signe de votre foi en Lui, Domenico. Ce n'est qu'après le Lui avoir donné que vous serez libéré des fers que vous vous êtes forgés vous-même.

— Que je me suis forgé moi-même ? Vous étiez présent le jour où il a jeté cette malédiction sur ma maison. Un quart d'heure plus tard, mon frère se tuait en tombant. Un an plus tard, j'épousai une femme qui fait la pute avec les autres mais, avec son époux légitime, est aussi chaste que les sœurs de l'Humilité ! Mes fers, c'est ce satané prêtre irlandais qui les a forgés. S'il y a une justice, il brûle maintenant en enfer. »

L'ombre du père Guglielmo a fait le signe de la croix et m'a prié de ne pas parler si fort. « Ça ne vous fait aucun bien d'entrer dans la maison de Dieu pour calomnier un de Ses enfants, Domenico. Essayons de nous engager sur une autre voie. Vous disiez que certaines questions vous empêchaient de dormir. Lesquelles ? Parlez-moi de vos doutes et permettez-moi d'essayer de vous aider. »

J'écartai le rideau pour m'assurer que nous étions toujours seuls dans l'église.

« Je me demande... Parfois, je crains d'avoir damné l'âme de mon frère... et celle de mon fils.

— Comment les auriez-vous damnées ? »

Je pointai encore une fois la tête hors du confessionnal. Toujours personne.

« Mon père, vous vous souvenez que mon frère Pasquale souffrait d'une étrange faiblesse.

— Une faiblesse physique, selon vous ? Ou une faiblesse spirituelle ? Quoi donc, Domenico ? Dites-moi.

— *Padre*, est-ce un terrible péché pour un homme de ne pas vouloir d'une femme et de prendre son plaisir avec un singe ? »

Le prêtre ne répondit pas tout de suite. Quand il rouvrit la bouche, ce fut pour me ramener sur le sujet de la damnation. « Pourquoi au juste croyez-vous avoir envoyé l'âme de votre frère en enfer, Domenico ?

— Vous avez assisté à la scène : si je ne m'étais pas emporté, je n'aurais pas suscité la colère du vieux prêtre ; il n'aurait pas maudit ma maison et Pasquale ne serait pas tombé. Pauvre Pasquale... J'avais essayé de lui trouver une femme, *padre*. À cet égard, croyez-moi, je suis irréprochable. Mais Pasquale ne s'intéressait qu'à ce singe que le diable en personne avait dû lui envoyer de l'enfer ou de Madagascar... Qui sait ce qui se passait dans la cave de la *signora* ? *Pompino ! Ditalino !*

« Par ailleurs, mon frère Pasquale était un brave gars, calme et timide. Toujours prêt à rendre service. Il était bien un peu obstiné, et il buvait parfois plus qu'il ne le fallait. Même en dehors des vapeurs de l'alcool, il n'était jamais tout à fait là. Enfant déjà, il riait aux moments les plus inattendus. C'était peut-être dû au travail dans les mines de soufre, quand il était le *caruso* de Papa. Il recevait souvent des coups sur la tête. C'est sans doute ce qui lui a ébranlé le cerveau... Mais il n'a jamais été sournois, ni mesquin. Jamais *perverso* non plus avant que cette foutue diablesse de singe ne lui saute sur les couilles !

— Domenico !

— *Scusa, padre, scusa.* Je vous demande pardon... J'ai essayé de mettre un terme à tout ça. J'ai essayé d'intéresser Pasquale à une femme. Ah, quelle croix à porter pour un frère aîné ! Voir Pasquale partager une telle *passione* avec un singe, et mourir sans l'absolution.

— Domenico, avez-vous jamais été témoin de ces actes pervers entre votre frère et le singe ? Pasquale s'en est-il jamais vanté ou s'en est-il ouvert à vous ?

531

S'agit-il de suppositions, ou y a-t-il eu des preuves ?

— Pasquale ne parlait presque pas. Il était très secret. Quant aux preuves, un matin que je descendais à la cave pour le réveiller – c'était mon habitude du temps où nous vivions à la pension –, j'ai vu... j'ai vu... *Scusa, padre*, je n'ai jamais parlé à personne de ce que j'ai vu ce matin-là.

— Dites-moi, Domenico. Ce que vous allez dire restera entre vous et Dieu, qui aime tous les pécheurs.

— Pasquale était endormi sur son lit de camp et il souriait. Le singe était assis sur son ventre et jouait... jouait avec les boutons de sa braguette. *Scusa, padre*... Pasquale avait *cazzu duro*, il était excité par le singe. »

Le père Guglielmo s'éclaircit la voix, puis il resta un moment silencieux, comme Pasquale lui-même. « C'est la seule preuve que vous ayez ?

— Ça, et ce que murmuraient tous les *Italiani* de Three Rivers. Un jour, dans la rue, Colosanto, le boulanger, me demanda s'il était vrai que son petit singe lui jouait de la flûte.

— Les commérages sont l'œuvre du démon, Domenico. Et ce que vous avez vu dans la cave de la *signora* n'est pas en soi une preuve de péché. Le membre de l'homme se raidit parfois pendant le sommeil, c'est chose naturelle.

— *Si, padre.*

— C'est évidemment moins naturel si cela se produit quand un singe joue avec sa braguette.

— *Si, padre.*

— Néanmoins, Domenico, vraisemblablement, votre frère était totalement innocent des actes immoraux que vous lui attribuez. Il est bien possible qu'il soit mort sans la moindre trace de péché mortel sur son âme. Vous avez dit vous-même combien il était généreux, prêt à aider un frère qui essayait de réaliser son rêve.

— *Si, padre.*

— Souvenez-vous, Domenico, que Pasquale était un enfant de Dieu. Que ce soit pour vous une consolation. Peut-être... peut-être aimait-il simplement une autre des créatures de Dieu, à la manière de saint François.

— Le frère de saint François s'est-il jamais entendu dire qu'il était l'"oncle d'un singe" ? Jusqu'à ce satané *monsignore* qui l'a incriminé. Au lieu de ciment, j'aurais dû lancer une pierre à la tête de ce fils de pute ! Si Pasquale est en enfer, ce prêtre doit être dans un lieu pire encore.

— Domenico ! Vouloir la damnation de l'un et présumer de celle de l'autre, c'est vous prendre pour Dieu. Abaissez-vous. Priez pour l'humilité. Si vous voulez l'absolution, il faut vous mettre en état de grâce.

— Ce que je veux, c'est la réponse à mes deux questions, l'une à propos de Pasquale, l'autre à propos de l'enfant mort.

— Alors, posez-moi vos questions directement.

— Ai-je envoyé mon frère en enfer quand j'ai lancé cette truellée de ciment ?

— Non, car vous ne le pourriez pas. Seul Dieu a le pouvoir de damner ou de sauver les pécheurs. Quelle est votre seconde question ?

— Ce garçon qui nous est né en même temps que la fille, et qui est mort à la naissance...

— Tant d'émotions contradictoires en cette journée pour vous et pour Ignazia ! La vie et la mort, la tristesse et la joie tout à la fois.

— Aucune joie, non. Quelle joie y a-t-il à tenir dans vos bras votre fils mort et à regarder votre femme donner naissance au fruit de ses péchés avec un autre homme ? Quelle joie y a-t-il à apprendre que votre épouse est la *puttana* d'un autre ?

— Ce sont là de bien graves accusations. Vous prétendez d'abord que votre femme est une criminelle, et à présent une putain...

— C'est mon affaire. Ma question ne concerne pas Ignazia, mais le petit garçon qui est mort.

— Posez-la, Domenico.

— Je crains d'avoir damné à jamais l'âme de mon fils par un baptême sacrilège. Ai-je banni du ciel ma chair et mon sang en le baptisant à l'eau de vaisselle dans ma maison impie ?

— En faisant cela, vous avez agi en agent de Dieu, de même que j'agis ici aujourd'hui comme Son agent pour le pardon de vos péchés. Faites-vous la différence entre servir Dieu et prétendre faire Son œuvre à Sa place ?

« Pour répondre à votre question, non, vous n'avez pas damné l'âme de votre fils. Vous avez délivré l'enfant des limbes et vous l'avez placé dans les bras de

Jésus-Christ, son Sauveur, qui le protégera pour l'éternité. Le baptême du petit garçon est valable. »

En entendant ces mots, le souffle me manqua et j'appuyai la tête contre la cloison du confessionnal.

Guglielmo me demanda si j'avais parlé à Ignazia de ce baptême dans l'arrière-cuisine de ma maison.

« J'en parle ici pour la première fois.

— Il faut rentrer chez vous et dire à votre femme que l'enfant a été baptisé. Ce sera pour elle un réconfort d'apprendre que son fils est avec Dieu, que son enfant mort est sous la garde de Jésus. Ensuite, il faudra amener sa petite sœur pour... »

Je me mis à pleurer. Je ne pus m'en empêcher. Je n'aurais pas pu m'arrêter même si l'église s'était soudain remplie d'une foule de gens qui me regardaient. Mes sanglots et mes braillements durent quasiment ébranler les statues pieuses sur leur piédestal. Ce jour-là, j'étais sans orgueil, je n'avais que de la honte.

Le père Guglielmo sortit du confessionnal et me tint le rideau ouvert. Il me conduisit jusqu'à un banc, où je m'assis et me mis à gémir dans mes mains, dans la manche de ma veste, dans mon mouchoir et dans le sien. Le *padre* attendit patiemment, une main sur mon épaule.

Quand je fus de nouveau capable de parler, je rompis pour de bon avec la Sicile, brisant l'*omertà* en mille morceaux et déballant ma vie. Je parlai vite et n'importe comment, en désordre, de façon insensée. « Moins vite », me disait Guglielmo, mais je n'arrivai pas à ralentir. Mes bras volaient en l'air, mes poings tambourinaient sur le banc. Je hurlai et chuchotai tour à tour. Une heure durant, peut-être plus, je confessai mes péchés et j'énumérai ceux que les autres avaient commis contre moi. Tout cela sortait de moi comme un poison, comme la roche en fusion qui gronde et jaillit de l'Etna. Guglielmo m'interrompait continuellement pour me poser des questions afin de s'y retrouver dans les noms et les lieux, et il ne cessait de me rappeler que, pour être absous, je devais confesser mes propres fautes et non insister sur celles des autres.

Quand je m'arrêtai, j'avais la voix tout enrouée d'avoir tant pleuré et tant parlé. Le soir était tombé et jamais auparavant je n'avais ressenti un tel épuisement. Dans l'église, il n'y avait pas un bruit, pas un mouvement, sauf le chuintement de la vapeur dans les radiateurs et les flammes rouges et vacillantes des cierges votifs sur l'autel latéral. Ce calme me frappa.

Guglielmo prit la parole.

La clef de la paix de l'âme était le rejet de toute amertume et de tout ressentiment. « En mourant sur la croix, Jésus a dit : "Père, pardonne-leur, car ils ne savent pas ce qu'ils font." Il vous faut imiter Jésus chaque jour, Domenico, et pardonner à tous ceux dont vous pensez qu'ils vous ont fait du tort... Mais surtout, il vous faut pardonner à votre épouse.

— Pardonner à cette femme dont la vie est un mensonge ? protestai-je.

— Sachez voir ses qualités, Domenico, au lieu de vous appesantir sur ses péchés. Pardonnez-lui, et elle vous montrera la bonté qu'elle a gardée en son cœur. Si vous cherchez bien dans le vôtre, vous y trouverez votre amour pour cette petite fille qui est votre enfant et la sienne. Si vous permettez qu'elle soit baptisée, alors...

— Elle l'a faite avec un bon à rien de rouquin irlandais. Elle a porté mon enfant dans son ventre en même temps que celui de l'autre. C'est sans doute pour cela que mon fils est mort. Il n'y avait pas assez de place à l'intérieur !

— Votre femme n'est pas un chat de gouttière, Domenico. Il est impossible que les deux petits êtres qui ont cohabité dans son sein soient d'un père différent.

— La fille a les cheveux roux de l'autre, et elle a un bec-de-lièvre ! Dieu l'a doublement marquée à cause des péchés de sa mère !

— Domenico, chaque enfant sur la face de la Terre est la preuve vivante de l'amour de Dieu. Le bec-de-lièvre du bébé montre simplement que nous ne sommes pas censés comprendre pleinement la sagesse des décrets divins. Quant à ses cheveux roux, ils attestent qu'Ignazia ou vous avez un ancêtre rouquin. À moins, peut-être, que Dieu ne veuille éprouver votre foi. Écartez vos doutes, mon ami, et accueillez cette enfant. Elle est vôtre. Aimez la fille que Dieu vous a donnée comme vous aimez le fils qu'il a rappelé au ciel. Laissez-moi la baptiser, Domenico, la laver du péché originel. Acceptez la volonté de Dieu, et votre foyer recevra les grâces du Saint-Esprit. »

Jamais je ne pourrais aimer une fille qui n'était pas la mienne, même si, en toute honnêteté, je veillais à ce qu'elle et sa mère ne manquent de rien. « Elles vivent dans une maison où il y a du pain sur la table, du chauffage en hiver et toutes les commodités.

— Une maison où l'on refuse le pardon.

— Par une froide journée de janvier, mieux vaut avoir chaud qu'être pardonné.

— Les deux à la fois valent encore mieux. Domenico, le pardon est un riche terreau qui favorise la croissance de l'amour. Et c'est l'amour, non la rancune, qui sanctifiera votre foyer. »

Voulais-je être débarrassé du fardeau de la douleur ? m'a-t-il demandé. Je voulais la paix dans mon foyer, avoir le cœur en repos, et dormir quand j'étais fatigué.

« Alors, amenez votre femme et votre fille à la messe demain matin. Recevez l'Eucharistie. Et, dimanche de la semaine prochaine, conduisez Ignazia, l'enfant et ses parrain et marraine à la sacristie, afin que je puisse faire de votre fille une enfant de Dieu comme son frère qui est au ciel. Ce jour-là, invitez-moi à dîner chez vous. Je bénirai votre maison "du faîte aux fondations", et je rendrai grâce à Dieu pour la bonne chère que vos femmes mettront devant moi sur la table. Je mangerai ce qu'elles auront préparé et vous inviterai à partager ces mets avec moi, en remerciant Dieu. »

Ma pénitence serait double. D'abord, je devrais réciter mon rosaire chaque jour pendant un mois, à partir du jour même. En disant le Notre-Père, je devrais réfléchir au sens des mots « comme nous pardonnons à ceux qui nous ont offensé ». Pour les Je-vous-salue-Marie, je devrais m'appesantir sur la phrase : « Le fruit de vos entrailles est béni. » Et je devrais me rappeler que la Sainte Mère vivait en toutes les femmes - Ignazia, Prosperine et les prostituées de Bickel Road, Dieu sauve leur âme !

La seconde partie de ma pénitence n'était pas ordinaire et m'obligerait à faire usage de mon esprit, de mon don pour les langues et de l'éducation religieuse que Dieu m'avait accordée dans ma jeunesse. Je devrais consigner par écrit tout ce dont j'avais parlé cet après-midi. « Il faut écrire l'histoire de votre vie dans l'ordre, en commençant par le commencement, en mettant au milieu ce qui vient au milieu, et en terminant par votre vie actuelle. Laissez l'*omertà* et venez à Dieu. Écrivez vos mémoires, Domenico, et, ce faisant, déliez les nœuds de colère et d'orgueil qui vous ligotent et vous font souffrir. »

Mon anglais, lui dis-je, n'était pas très bon - je le

lisais mieux que je ne l'écrivais. Dieu, me répondit Guglielmo, comprenait toutes les langues. Je pourrais rédiger mes pensées dans ma langue maternelle si je le souhaitais, soit dans l'italien classique que j'avais appris à l'école à Rome, soit dans le dialecte sicilien que j'avais parlé enfant. Ce qui importait n'était pas la manière, mais le fait que j'accomplisse ma pénitence en toute bonne foi.

Je protestai de mes diverses occupations : travailler dix heures par jour, entretenir une famille, et m'assurer que ces entrepreneurs malhonnêtes qu'il avait engagés ne le volaient pas. Je lui demandai combien nous étions aujourd'hui à avoir reçu deux sortes de pénitence.

« Ne vous occupez pas des autres pécheurs. Priez avec humilité et trouvez le temps quotidiennement de réfléchir par écrit. Quand vous aurez fini d'écrire vos pensées, montrez-les-moi. Je travaillerai avec vous, Domenico. Cette méditation vous aidera à éviter d'autres transgressions. La paix que vous désirez descendra sur vous. Dieu vous laisse libre de faire ce que je vous demande ou pas. C'est à vous de décider. Il est tard, à présent. Je voudrais vous entendre faire un bon acte de contrition. »

Je ne savais plus comment on commençait. Guglielmo me mit sur la voie :

« Mon Dieu, j'ai le très grand regret...

— Mon Dieu, j'ai le très grand regret..., répétai-je, et je m'arrêtai.

— De Vous avoir offensé.

— De Vous avoir offensé.

— Parce que...

— Parce que Vous êtes infiniment bon, infiniment aimable et que le péché Vous déplaît...

— Je prends...

— Je prends la ferme résolution, avec le secours de Votre sainte grâce, de ne plus Vous offenser, et de faire pénitence, et... je ne sais plus.

— Amen.

— Amen. »

En arrivant chez moi ce soir-là, j'entrai dans la cuisine. Le bébé dormait dans son berceau près du poêle. Ignazia et Prosperine étaient attablées devant leur dîner - du minestrone et du pain juste sorti du four. Du vrai pain, pas ce coton américain que j'achetais en ville. La vapeur de cuisson de la soupe avait embué les fenêtres.

Je m'assis à côté d'elles. « Donne-moi un peu de cette soupe, dis-je à Prosperine. Elle sent bon. »

Elles se regardèrent. Le menton d'Ignazia se mit à trembler un peu – elle retenait ses larmes. Ce fut elle qui se leva pour me servir. Et nous mangeâmes tous les trois ensemble. De la soupe et du pain. C'était le premier repas que je prenais chez moi depuis la nuit où Prosperine m'avait raconté sa folle histoire en buvant mon vin. Elle était fameuse, cette soupe – parfaite. Ma femme (qu'elle repose en paix !), avec un brin de ceci, un brin de cela, faisait toujours de la bonne *zuppa*.

15 août 1949

L'enfant fut baptisée Concettina Pasqualina en l'honneur de Mama et de mon frère Pasquale. C'est Tusia et sa femme qui étaient *gombare* et *madrina*. Comme il l'avait promis, le père Guglielmo vint bénir ma maison après le baptême. Passant d'une pièce à l'autre, il marmonna des prières en latin et répandit de l'eau bénite qu'il avait apportée dans une petite fiole. Il bénit la cave en dernier, en se tenant à l'endroit exact où Pasquale était tombé, et leva la malédiction du *monsignore*. Puis il vint s'asseoir à table pour le repas qu'Ignazia, Prosperine et la *signora* Tusia avaient préparé – *antipasto*, *pisci*, *cavatelli*, *vitella* avec des pommes de terre rôties. Le tout de la meilleure qualité et copieusement servi.

J'ouvris un compte pour Concettina à la Caisse d'épargne de Three Rivers (vingt-cinq dollars) et je laissai Ignazia commander la voiture d'enfant la plus robuste et la plus chère du catalogue de Sears & Roebuck. « Tu crois que j'ai envie que cette machine tombe en morceaux dans la rue avec la petite dedans ? » lui dis-je.

La *carrozza* de chez Sears & Roebuck permit à Ignazia de sortir de sa réserve à l'égard des femmes *mericana* de Hollyhock Avenue. Concettina avait les cheveux roux et une vilaine lèvre, mais sa *disposizione* douce et timide me rappelait parfois mon frère Pasquale. Les dames du voisinage s'arrêtaient pour la voir et parler de leurs enfants avec Ignazia. Ces petites visites entraînèrent des tasses de thé chez les voisines, et des courses en ville avec elles. Ignazia me rapportait tous leurs papotages. J'encourageais ces échanges, qui permettaient à Ignazia de s'exercer à parler anglais et qui l'éloignaient de l'influence de Prosperine. Plus ma femme serait à l'aise avec des femmes honorables, plus elle se libérerait de cette folle qui fumait la pipe et n'était pas de son rang.

Elles partageaient toujours la chambre du bas, mais, à présent, Ignazia commençait à houspiller l'autre. Un matin, alors que je rentrais du travail, je les entendis se disputer. « Qu'est-ce qui se passe ? demandai-je à ma femme.

— Rien, dit-elle en foudroyant Prosperine du regard, mais j'aimerais que certaines personnes sachent rester à leur place. Si je lui donne de l'argent pour aller acheter une livre de fromage au marché, j'entends qu'elle y aille sur-le-champ, et pas quand elle en a envie. »

Je saisis Prosperine par le bras et la menai devant Ignazia. « Cette femme est mon épouse, et la *padrona* de la maison, rappelai-je au Singe. Si nous te donnons un endroit pour dormir la nuit, c'est pour que tu fasses ce qu'elle te demande dans la journée. Si elle te dit d'aller chercher du fromage, vas-y. Si elle te dit "Lèche la poussière de mes chaussures", fais-le. Sinon tu pourrais te retrouver dehors, à dormir dans le froid. Compris ? »

Le Singe fit la grimace, sans répondre. Je serrai son bras un peu plus fort. « Compris ? répétai-je.

— C'est bon, Domenico, laisse-la, intervint Ignazia. C'est une affaire entre elle et moi, ça ne te regarde pas.

— Tout ce qui se passe dans cette maison me regarde. Tout. Si ça ne lui plaît pas, elle peut plier bagage et aller voir ailleurs. » Sur quoi je tirai le Singe jusqu'à l'entrée et, ouvrant la porte, la poussai dehors. « Va chercher ce fromage, sinon je te donnerai une telle rossée que tu verras double encore une fois, et sans la magie d'une sorcière ! »

Quand le Singe arriva sur le trottoir, elle se retourna pour me crier en italien : « Quand on crache en l'air, ça vous retombe sur le nez ! »

Je répliquai en italien moi aussi, haut et fort. Et j'aurais continué à lui brailler des injures si je n'avais aperçu deux des dames *mericane* d'Ignazia sur le trottoir d'en face. Elles avaient interrompu leur bavardage pour regarder. Les femmes désœuvrées sont toujours prêtes à s'occuper des affaires des autres.

« Des ennuis avec votre servante, monsieur Tempesta ? me demanda l'une d'elles.

— Rien dont je ne puisse venir à bout ! » répondis-je.

Ces fouineuses hochèrent la tête d'un air compatissant et se remirent à parler de tout et de rien. Je fermai la porte et me promis de régler son compte à celle dont j'ignorais le vrai nom mais qui se faisait passer pour Prosperine Tucci. Je me débarrasserais une fois pour toutes de cette sangsue.

Ce furent les maux et les douleurs de la *signora* Siragusa qui me délivrèrent de Prosperine. L'arthrite commençait à lui arquer les jambes et à lui déformer les mains si gravement qu'elle ne pouvait pas, à elle seule, continuer à tenir sa pension. Nous convînmes donc d'un arrangement. Prosperine ferait la cuisine et le ménage en échange d'un lit dans la mansarde et d'un dollar par jour, que la *signora* me paierait directement le samedi matin. Je récupérerais enfin une partie de ce que j'avais dépensé pour sa nourriture et ses habits, et serais un peu récompensé de l'avoir supportée si longtemps. (Je lui donnerais un dollar par semaine pour son tabac et ses menus besoins, et j'en garderais cinq.)

Désormais, je n'eus à souffrir son faciès hideux que le dimanche, son jour de liberté. Ce jour-là, Ignazia, la petite et moi, nous nous rendions à la messe. Prosperine venait à pied de Pleasant Hill et entrait avec sa clef. (Cette *pagana* criminelle n'allait jamais à l'église. À quoi bon ? Elle savait où partirait son âme après cette vie !) Quand nous rentrions, Ignazia et moi, elle était assise à ma table, dans la cuisine, ses bas roulés sur ses chevilles grêles, tirant sur sa pipe, un verre de vin devant elle. Elle ne levait jamais le petit doigt pour aider ma femme à préparer le repas. Elle était là comme une petite reine.

Au début, Ignazia s'était un peu rebiffée, car le départ de Prosperine alourdissait sa tâche. Et elle se sentait seule, disait-elle. Mais elle s'aperçut vite que tout allait mieux quand l'autre n'était pas à la maison. Concettina se mit à me sourire et à me parler. C'était une jolie petite fille, en dehors de sa bouche de lapin et de ses cheveux orangés comme une citrouille. Certains soirs, avant de partir au travail, je la faisais sauter sur mes genoux et je lui fredonnais des petites chansons que ma mère nous chantait autrefois, à mes frères et à moi. Alors, parfois, je retrouvais le regard de ma mère dans les yeux de l'enfant. Guglielmo avait peut-être raison quant à la couleur de ses cheveux – la famille de ma mère était du Nord. Étrangement, ces mélodies me revenaient chaque fois que je prenais la petite sur mes genoux !

Quand je chantais pour Concettina, Ignazia aimait bien nous observer à distance. Une ou deux fois, je l'ai même surprise le sourire aux lèvres. Quelquefois, quand elle baignait l'enfant, je les entendais chanter toutes les deux les chansons de Mama, qu'elles avaient apprises en m'écoutant. Un petit rien comme celui-là m'apportait la paix pendant une heure ou un après-midi – j'arrivais à me persuader que Violetta D'Annunzio avait été inhumée à Palerme, qu'elle subissait les tourments de l'enfer, et qu'Ignazia était vraiment mon Ignazia.

J'essayai d'accomplir ma pénitence – de rédiger le bilan de ma vie, comme Guglielmo me l'avait recommandé, mais je n'en trouvais jamais le temps. Une page par-ci, une page par-là, à une ou deux semaines d'intervalle. Je n'avais pas envie d'exhumer le passé... À quoi bon revivre tout ça ? J'achetai un petit coffre-fort et j'y enfermai les quelques pages que j'avais écrites – un *Siciliano* se garderait bien de laisser traîner des choses pareilles !

Parfois, après la messe, ou après une réunion pour la nouvelle école, Guglielmo me demandait où j'en étais : je haussais les épaules et lui mentais un peu. Une fois, je lui dis que j'étais arrivé à mi-chemin dans l'examen de ma vie. « Magnifique, Domenico. Prévenez-moi quand vous aurez fini, nous verrons cela ensemble. »

Quand la nouvelle école fut achevée, l'archevêque de Hartford vint la consacrer. J'invitai mes cousins Vitaglio et Lena. Ils arrivèrent de Brooklyn à New London par le train, avec leur marmaille, tous les sept chargés de bagages et de paquets. Ce samedi soir-là, ma maison ressemblait à la gare de Grand Central ! Lena et Ignazia cuisinaient en papotant, les *bambini* de Lena poussaient des cris et se coursaient, avec Concettina, d'une pièce à l'autre.

Vitaglio et moi fîmes une partie de *bocce* dans le

jardin derrière la maison, un peu éméchés par le vin qu'il avait apporté de la ville. À l'heure du coucher, Vitaglio embrassa Lena, j'embrassai Ignazia, et nous leur souhaitâmes bonne nuit. Puis nous montâmes au lit. Avant de se couler dans les draps, Vitaglio s'agenouilla pour prier.

« Qu'est-ce que tu demandes à Dieu ? Un million de dollars ? lui dis-je en plaisantant.

— Je ne Lui demande rien. Je Lui rends grâces pour la bonne chère et le vin, la bonne santé et la *famiglia*. »

Il se releva, se mit au lit, soupira et s'endormit aussitôt. J'éteignis la lampe et m'étendis dans le noir. Au-dessus de moi, le plafond me semblait aussi noir et aussi vaste que l'Atlantique pendant ces longues heures de traversée vers l'Amérique. Je ressentais le même désespoir que pendant ces nuits interminables sur le bateau. Je songeais à tout ce qui s'était passé depuis, à ce que j'avais accompli, et à ce qui m'était arrivé. Les larmes ruisselèrent le long de mes joues, dans mes oreilles. À mes côtés, le mari de Lena ronflait tranquillement. Je me levai, m'agenouillai et remerciai Dieu pour les mêmes choses que Vitaglio, et je lui demandai aussi de m'aider à me débarrasser du Singe.

Le lendemain, apparemment, tous les catholiques du Connecticut étaient rassemblés à l'église de Sainte-Marie-de-Jésus pour la consécration de la nouvelle école ! Après la messe, on coupa le ruban, et il y eut un banquet et des discours dans la grande salle paroissiale. Selon le désir de Guglielmo, Ignazia et moi étions placés à la table d'honneur, juste à côté de Shanley, le maire. Discours de tel *pezzo grosso*, puis de tel autre. Lecture du *telegramma* d'un dignitaire qui n'était autre que le gouverneur de l'État ! Le père Guglielmo fut le dernier à parler.

« Debout, Domenico, dit-il. Debout, je vous en prie. » Je me levai donc. Tous les regards se fixèrent sur moi.

Sans l'aide de Domenico Tempesta, déclara Guglielmo, la nouvelle école paroissiale n'aurait jamais été construite. « Nous lui sommes à jamais reconnaissants. » Quatre élèves de la nouvelle école s'avancèrent alors en gloussant avec des roses rouges pour Ignazia et une petite boîte pour moi.

À l'intérieur de la boîte, il y avait un ruban rouge attaché à une *medaglia* (en plaqué argent, pas en or).

Sur une face étaient estampillées la croix de Jésus-Christ et la Lampe du Savoir. Sur l'autre face étaient gravés ces mots : « À Domenico Tempesta, avec la sincère reconnaissance des élèves de l'école de Sainte-Marie-de-Jésus. »

L'archevêque s'approcha, prit la médaille, la leva au-dessus de ma tête et me l'accrocha au cou. Puis tout le monde se leva pour me donner une *ovazione in piedi*. Vitaglio et Lena, les Tusia, et même certains ouvriers de la Compagnie des textiles, tous se levèrent et applaudirent si fort que je crus que l'église allait s'écrouler !

Ignazia et la petite se levèrent aussi, avec le bouquet de roses. La semaine précédente, je lui avais donné huit dollars afin qu'elle s'offre un petit quelque chose pour la cérémonie. Elle avait acheté du tissu pour faire une robe à Concettina et un chapeau en velours pour elle – rouge vif, de la couleur des roses et du ruban que j'avais autour du cou ! Je me tournai vers mon épouse. C'était la plus belle femme de cette nombreuse assemblée... Elle finit par poser les fleurs sur la table pour prendre les petites mains de Concettina et la faire applaudir aussi.

« Papa ! Papa ! Bravo, Papa ! » scanda la petite.

Quand j'entendis cela, je fus obligé de me moucher et de quitter la salle quelques minutes. « Un discours, monsieur Tempesta ! me criait l'assistance alors que j'essayais de me retirer un instant. Un discours ! Un discours ! »

Mais je ne pus que les remercier, saluer d'un geste de la main et me moucher.

42

Ray et moi, assis côte à côte dans le bureau lambrissé des Pompes funèbres Fitzgerald, on essayait de régler rapidement les détails de l'enterrement : cercueil fermé, pas d'heures de visite, obsèques dans l'intimité.

« Une messe ? » a demandé l'entrepreneur. Il était d'une obligeance excessive et avait des fausses dents vraiment moches. Depuis la mort de M'man, les Fitzgerald avaient pris leur retraite – ils avaient vendu à ce mec-là leur affaire et leur nom.

« Une messe ? » ai-je répété. Oui, a dit Ray. Non, ai-je dit exactement en même temps.

« Il était pieux, a allégué Ray.

— Il était dingue, ai-je répliqué aussi sec. C'est du passé. »

Fausses-Dents a trouvé un compromis : un prêtre au cimetière, un service religieux simple, dans l'intimité, devant la tombe. On n'était pas d'accord non plus sur ce qu'il fallait prévoir après. « Généralement, les gens organisent un petit quelque chose, a expliqué l'entrepreneur. Mais rien ne vous y oblige. Faites ce qui vous convient le mieux.

— Ça se terminera aux environs de midi, ai-je fait remarquer à Ray. Les gens s'attendront à quelque chose. » Je lui ai proposé de passer une commande chez Franco le traiteur, et d'aller à Hollyhock Avenue de bonne heure pour l'aider à tout arranger – dans mon appartement, même peu nombreux, on serait serrés comme des sardines. Il a accepté à contrecœur. Enfin tout de même, à y réfléchir, c'est là qu'il a grandi, c'est la maison que notre grand-père a construite. Pourquoi on ne pourrait pas s'y réunir ?

Une fois rentré chez moi, j'ai établi une liste des gens qui, pendant toutes ces années, avaient bien voulu traiter mon frère comme un être humain. Les noms et les numéros de téléphone tenaient sur une simple fiche. Pas facile à passer, ces coups de fil – demander un dernier effort aux quelques personnes qui avaient déjà donné pour Thomas. J'ai gardé les deux plus pénibles pour la fin.

« Vous êtes en communication avec le répondeur de Ralph Drinkwater, gardien de la pipe de la nation Wequonnoc. Si votre appel concerne le conseil tribal... »

Je fermai les yeux et bredouillai dans le répondeur : onze heures du matin, cimetière de Boswell Avenue, un service religieux d'une vingtaine de minutes. « Si tu ne peux pas y être, c'est pas grave. Simplement... Enfin, au cas où tu aurais envie de venir... » En raccrochant, je me suis demandé pourquoi diable je tremblais comme ça. Je n'avais jamais parlé qu'à une machine.

Quand j'ai appelé Dessa, par contre, j'ai eu moins de chance. C'est lui qui a répondu – le potier. « À onze heures. Bon, je la préviendrai. Est-ce qu'on peut faire quelque chose à part ça ? »

Ouais, arrêter de parler pour vous deux, me suis-je dit intérieurement. « Non, non, merci. »

Au moment où on aurait dû se dire au revoir, il y a eu un silence de trois ou quatre secondes. Maître Dan a été le premier à le rompre. « Moi aussi, j'ai... j'ai perdu un de mes frères. Il y a six ans. Accident de moto. »

Un de ses frères ? Moi, c'est la moitié de moi-même que je venais de perdre.

« Mon frère Jeff. On était très proches. » Fermant les yeux, je me suis juré de cesser les frais avec ce mec dans les dix secondes suivantes. « Disparu à jamais. La vache, c'est dur. De nous cinq, Jeff était le seul à décrocher son téléphone de temps en temps pour savoir si on était toujours en vie... Bref, essayez de tenir le coup. C'est tout ce que je peux dire. Vous voulez qu'elle vous rappelle quand elle rentrera ? »

Pas la peine, ai-je répondu. Comme elle voudra.

Après avoir raccroché, j'ai déchiré ma liste en petits morceaux. C'était au moins une chose de faite. Je me suis arrêté au milieu de la cuisine, tordu de douleur.

Disparu à jamais.

Était-on toujours un jumeau quand on perdait son jumeau ?

Le matin de l'enterrement, il y avait du soleil – un temps doux pour le mois d'avril, mais venteux. Quelqu'un avait planté des tulipes rouges et blanches devant la sépulture. Dessa peut-être ? Je savais qu'elle venait assez régulièrement sur la tombe d'Angela, dans la section des enfants, de l'autre côté de l'avenue. Pour moi, ce cimetière était un vrai champ de mines. Angela, M'man, mes grands-parents. Et maintenant, mon frère.

> *« HUMBLE ET DOUX JÉSUS, DONNE-MOI*
> *UN CŒUR COMME LE TIEN. »*
> *CONCETTINA TEMPESTA BIRDSEY, 1916-1987*
> *RAYMOND ALVAH BIRDSEY, 1923-*
> *THOMAS JOSEPH BIRDSEY, 1949-*

La pierre tombale était de taille moyenne, en granite poivre et sel. Au début de la maladie de M'man, Ray et elle avaient acheté cet emplacement. Elle m'avait téléphoné juste après, je me rappelle. Ils pensaient, m'avait-elle dit, que je me remarierais peut-être et que je voudrais sans doute prendre mes dispositions de mon côté, mais pour Thomas, c'était différent. Elle voulait qu'il soit enterré avec elle.

Le vent agitait les tulipes, les courbant d'un côté et de l'autre, entre-choquant les corolles. S'il y avait une gelée tardive, elles seraient massacrées.

Fausses-Dents avait dit qu'on prévoyait généralement six porteurs, mais qu'on pouvait s'en tirer à quatre. S'en tirer, oui, c'est bien ce qu'on a fait. Ray, Leo, M. Anthony, qui habitait en face de chez nous, et moi. Le cercueil était plus lourd que je ne l'avais cru. Vers la fin, Thomas pesait au moins vingt-cinq kilos de plus que moi. Trop de féculents et d'antidépresseurs, et manque d'exercice à Hatch.

Presque tous les gens que j'avais invités sont venus. Leo et Angie (sans les gamines), Jerry Martineau, les Anthony... Sam et Vera Jacobs, tous les deux cuisiniers à Settle, qui avaient toujours été très gentils avec mon frère – ne manquant jamais de lui envoyer une carte pour son anniversaire et pour Noël, par exemple. Thomas les avait toutes gardées. J'en ai trouvé une trentaine dans une boîte, datées et maintenues par un élastique, avec le reste de ses affaires. Alors j'avais mis les Jacobs sur ma liste. S'il avait gardé toutes ces cartes, il y avait bien une raison, pas vrai ?

Dessa n'a pas répondu à l'appel. Ni Dessa, ni Ralph Drinkwater. Juste retour des choses, me suis-je dit. Tu te prends ton passé en pleine gueule, Dominick. Tu les as lâchés l'un et l'autre. Lui, ce fameux soir où tu l'as balancé aux flics. Et elle, toutes ces nuits où tu l'as entendue pleurer, au bout du couloir, sans faire un mouvement pour te lever, aller vers elle, parce que ça faisait trop mal... La loi du plus fort, Birdsey : voilà ce que ça t'a valu en fin de compte.

Ce n'était pas un prêtre de Sainte-Marie, mais un schnock qu'ils avaient dû faire venir de Danielson. J'avais de la peine pour Ray, lui qui, pendant plus de vingt ans, avait fait bénévolement pour l'église des travaux de plomberie, d'électricité et aussi de jardinage au printemps et à l'automne. Eh bien, malgré ça, aucun de ces prêtres n'a été fichu de déplacer un de ses « engagements antérieurs ». Le père LaVie, il s'appelait. Il me rappelait quelqu'un, mais je n'arrivais pas à savoir qui. Au téléphone, sa voix paraissait jeune, mais en fait il avait une bonne cinquantaine d'années. Peut-être même soixante ans. Il s'est pointé au cimetière pieds nus dans ses sandales. À quoi il jouait ? Il se prenait pour Jésus ou quoi ? Le temps était doux pour le mois d'avril, mais tout de même pas à ce point-là.

Que je l'aie mérité ou pas, ça me faisait mal que Dessa ne soit pas là. Pendant tout le service, j'ai cru qu'elle allait arriver en retard – je me voyais lui faire signe de venir près de moi, lui prendre la main, peut-être. Car notre histoire ne se limitait pas à cette fin catastrophique. Et Thomas l'adorait. « Dessa est vraiment, vraiment, vraiment ma meilleure

amie », disait-il. Il me l'avait répété plein de fois... Au milieu de la cérémonie, une portière a claqué : c'est elle, ai-je pensé, c'est Dess. Mais
c'était Lisa Sheffer, déboulant à toute allure, son imper flottant derrière
elle. Brave Sheffer, en retard, comme d'habitude.

Le père LaVie... Il a accompli le tour de passe-passe habituel avec
l'encens, nous a fait le coup des cendres et de la poussière. Nous a lu
des versets de la Bible. Avez-vous une préférence pour un texte en
particulier ? m'avait-il demandé au téléphone. Non. Qu'il fasse pour le
mieux. Ce qu'il avait choisi, c'était ce psaume que j'avais entendu
Thomas réciter cent fois : « *L'Éternel est mon berger : je ne manquerai
de rien. Il me fait reposer dans de verts pâturages, Il me dirige près des
eaux paisibles...* »

Le père LaVie m'avait interrogé sur M'man. Cancer du sein, avais-je
précisé. Je lui avais expliqué combien elle s'était rongée en se demandant ce qu'il adviendrait de Thomas quand elle serait morte. « Ils étaient
proches ? » m'avait-il demandé. « Comme les deux doigts de la main. »
Deux doigts d'une main, deux cercueils en terre. Mme Calabash et
Mme Floon...

Vers la fin du service, le père LaVie a fermé son livre de prières et
posé la main sur le cercueil de Thomas. Une conclusion à la Walt Disney : Thomas et M'man réunis au ciel, délivrés de leur fardeau. Il m'a
souri et je lui ai rendu son sourire. George Carlin, voilà qui il me rappelait. Et je me disais : Enfin libres ! Enfin libres ! Tranquilles au ciel pour
jouer à leur gentil petit jeu.

*Descends à présent, Dominick. Préviens-nous si Ray arrive. Je t'ai
préparé quelque chose de bon dans le réfrigérateur...*

J'ai regardé Ray. La mine sombre, il tirait sur le bout de ses gants.
Mon coéquipier, mon complice.

Ce qui se passe dans cette maison ne regarde personne. Tu m'entends ?

Oui, commandant !... Mon regard a croisé celui du Dr Patel. Elle m'a
fait un petit signe de tête et un demi-sourire. Doc, pouvez-vous lire sur
mon visage ce que j'ai censuré dans nos entretiens – cette horrible
journée ? Êtes-vous capable de percer notre secret, doc ?

*Descends, Dominick. Va guetter Ray. Ça ne t'amuserait pas de jouer
avec nous.*

Mais oui, M'man, bien sûr. Après, tu m'aimeras, M'man ?

En plus, elle avait raison. Ça ne m'aurait pas amusé du tout, ce qui
se passait là-haut. C'était complètement crétin. Ces thés mondains avec
des chapeaux de dames, des gants de dames. Plus on grandissait, plus
j'avais honte de leur « gentil petit jeu »...

Encore un peu de thé, madame Calabash ?

Oui, merci, madame Floon.

Je ne supportais pas de les savoir là-haut pendant que je faisais le guet
et mangeais ce qu'elle m'avait mis dans le réfrigérateur pour acheter ma
vigilance. J'étais là à tendre l'oreille, à l'affût du Grand Méchant Loup,

et je ne le supportais pas. Je n'en pouvais plus, M'man. J'aurais voulu que tu restes à la cuisine et que tu nous aimes tous les deux...

Je me souvenais de cette journée dans ses moindres détails : du temps (grisaille et bruine), des vêtements que je portais (une salopette et un sweat-shirt Old Yeller). Le dîner mijotait sur la cuisinière – du bœuf en daube. La vapeur qui s'échappait de la marmite bouillonnante faisait ruisseler les vitres. Ce jour-là, M'man m'avait laissé un pudding au caramel avec une bombe de crème fouettée... Il y avait des semaines qu'on la suppliait de nous en acheter... On était en classe de septième. Leur petit jeu était vraiment humiliant. Mon frère avait passé l'âge.

J'en ai fait cinq, Dominick – quatre pour notre dessert et un autre spécialement pour toi. Ne mets pas trop de crème. Juste un petit peu. Garde le reste pour le dîner.

Je les ai tous alignés sur le plan de travail en rang d'oignons et j'ai appuyé sur la bombe : cinq puddings et cinq tours penchées de crème fouettée. Je les ai avalés l'un après l'autre, à une telle allure que je m'en suis presque étouffé. Et après ? Qu'est-ce qu'elle y pourrait ? Elle irait me dénoncer à Ray ? J'ai regardé mon visage tout barbouillé de crème qui se reflétait dans le grille-pain. *Il est devenu hydrophobe, mon gars. Il faut abattre Old Yeller, il est hydrophobe...*

Je les entendais rire là-haut. *Ah, madame Calabash, ces petites crêpes sont absolument divines.* Fermez-la, tous les deux ! Fermez-la !

J'ai avisé la boîte à sucre. Tendant la main, je l'ai fait basculer après avoir ôté le couvercle. Le sucre s'est répandu en ruisseaux sur le plan de travail, puis par terre en une cataracte blanche. D'un petit coup de poignet, j'ai fait voler le reste. J'en ai écrasé sous ma chaussure.

Encore un peu de thé, madame Floon ?

Oui, merci, madame Calabash.

Ensuite j'ai attrapé la boîte à farine. Plouf, plouf, plouf, par terre. Une nuée de farine a tourbillonné à mes pieds. Ce saccage me soulageait. Ce n'était que justice. M'emparant de la bombe de crème, je l'ai agitée très fort. J'ai commencé à écrire à un bout du plan de travail et me suis arrêté à l'autre : *Thomasestunegrossegueuledenfoiré.* Le jet a fait des bulles et gargouillé. La bombe vide a sifflé. Je l'ai lancée contre le réfrigérateur aussi fort que j'ai pu.

« Dominick ? »

Je n'ai pas répondu.

« Dominick ? » Le fracas avait interrompu leur petit jeu ; elle était venue en haut de l'escalier. « Dominick ?

— Quoi ?

— Qu'est-ce qui se passe là en bas ?

— Rien.

— C'était quoi, ce bruit ?

— Rien. J'ai fait tomber quelque chose. C'est tout.

— Il y a quelque chose de cassé ?

— Non. »

Pendant quelques instants, le silence. Puis elle est repartie vers la chambre. *Madame Floon, ces petites crêpes sont tout simplement exquises ! Il faut absolument que vous me donniez la recette !* La porte s'est refermée en grinçant.

Mon poing s'est écrasé dans la crème fouettée tout le long du plan de travail. Bang ! Bang ! Gueule d'enfoiré ! Gueule d'enfoiré ! La crème a volé partout. Avisant le dîner qui cuisait, j'ai ouvert le tiroir pour prendre la louche. J'ai répandu la daube du dîner sur la farine et le sucre renversés par terre. J'ai mélangé tout ça avec la pointe de mes baskets. J'ai piétiné cette mélasse. Glissé dedans. Ma tête éclatait, mon cœur battait à tout rompre. Je me sentais fort. Fort comme Hercule. Déchaîné. Elle allait pleurer en voyant ça. Ils allaient pleurer tous les deux. M'man serait furieuse, et elle aurait la trouille...

Quand je me suis retourné pour constater les dégâts, Ray était là, à la porte de la salle à manger. Il n'y avait pas eu de bruit de voiture dans l'allée, pas d'avertissement. Je ne pouvais pas savoir depuis combien de temps il m'observait.

Il n'a pas crié. Il s'est contenté de me dévisager et de m'épier. On attendait.

Moi, les genoux flageolants, abasourdi. Soulagé pour mon frère. Ray m'avait enfin pris sur le fait. Voilà, pensais-je, à présent il sait : le mauvais sujet, le fauteur de troubles, c'est moi. Ce n'est pas mon jumeau, c'est moi.

Il n'avait pas l'air furieux, mais épouvanté. Ça m'a fichu la trouille. « Où est... où est ta mère ? » m'a-t-il demandé.

J'ai porté la main à mon visage. J'ai senti la crème fouettée dans mes sourcils et dans mes cheveux.

« Réponds-moi. »

Il ne gueulait pas, il ne me giflait pas, pourquoi ? Tout ce gâchis que j'avais fait était-il invisible ? « C'est un accident. Je vais nettoyer, ai-je dit.

— Où est ta mère ? » a-t-il répété.

Il avait eu des ennuis de voiture – c'est pour cela que je ne l'avais pas entendu arriver. Quelqu'un l'avait raccompagné et déposé devant la maison. J'étais là comme une sentinelle fautive.

Je voulais les protéger ; en même temps je souhaitais qu'ils se fassent prendre. Ray attendait ma réponse. « Là-haut, ai-je balbutié.

— Là-haut, où ça ?

— Dans la chambre d'amis. Ils jouent à leur jeu idiot. C'est toujours là qu'ils se mettent pour jouer. »

« Ô Très Doux Cœur de Jésus, a dit le père La Vie, aie pitié de Thomas, Ton défunt serviteur. Ne le juge pas sévèrement, mais au contraire laisse couler quelques gouttes de Ton Sang précieux sur les flammes dévorantes. Ô Sauveur miséricordieux, envoie Tes anges pour guider Thomas, Ton défunt serviteur, vers un séjour de lumière et de paix. Que, par la grâce de Dieu, son âme, et celle de tous les fidèles défunts, repose en paix.

— Amen », avons-nous conclu en chœur.

La sirène de midi a retenti. Fausses-Dents a fait un pas en avant. « Cela va clore le service religieux, mais la famille de Thomas Birdsey souhaiterait maintenant vous convier chez Raymond Birdsey, au 68, Hollyhock Avenue, pour une collation dans l'amitié et le souvenir du défunt. »

Comme promis, j'étais allé chez Ray le matin pour passer l'aspirateur et arranger le salon. Il était déjà sorti. Sans laisser de mot, rien. Il avait descendu des chaises pliantes du grenier, un point c'est tout. J'étais là quand le livreur de chez Franco a apporté la commande : des plateaux Fiesta Party numéros 4, 6 et 7 – de quoi nourrir dix fois plus de monde qu'il n'en viendrait. J'ai aussitôt compris combien c'était ridicule d'avoir commandé tout ça...

Ray et moi, on est restés un peu plus longtemps que les autres auprès de la tombe. Sans rien dire. Du coin de l'œil, je l'ai vu tendre le poing au-dessus du cercueil, rester là en suspens, et donner doucement trois petits coups. Puis il s'est éloigné.

Je n'ai pas trouvé comment dire adieu à mon frère. Comment prendre congé d'une caisse de bois verni ? De la moitié de soi-même que l'on va recouvrir de terre ? *Je te demande pardon, Thomas. C'est la jalousie qui me rendait mauvais. Je te demande pardon.*

Une fois revenu près des voitures, les gens m'ont serré la main, m'ont embrassé. M'ont dit que j'avais été un bon frère, que j'allais maintenant pouvoir prendre soin de moi. Comme si tout s'arrêtait là. Comme si, parce qu'il était mis en terre, je n'allais pas continuer à porter son cadavre. Le matin même, Angie avait parlé à Dessa, qui avait dit qu'elle allait venir. J'ai haussé les épaules en souriant. « Elle a dû se rappeler qu'il fallait qu'elle se lave les cheveux, ou quelque chose de ce genre. »

Le père LaVie s'est approché de moi. Je l'ai remercié en lui glissant dans la main les cinquante dollars que j'avais pensé à mettre dans ma poche. Deux billets de vingt et un de dix, roulés aussi serrés qu'un joint. Tellement j'étais énervé. Tellement il fallait que je fasse quelque chose de mes mains pendant ce service religieux. J'aurais dû mettre cet argent dans une enveloppe. Ou au moins dérouler ces billets avant de les lui donner. « J'espère que ça n'a pas été trop difficile pour vous de venir jusqu'ici.

— Pas du tout. Absolument pas. Quand on est libre de son temps, on a des horaires très souples, vous savez.

— Ah oui ? Vous êtes à la retraite ? » Grave erreur, cette question. C'était un type dans le besoin – et du genre à vous raconter sa vie à la moindre question. Il était en semi-retraite. Il était revenu dans le Connecticut depuis peu, après vingt-trois ans à Saginaw, dans le Michigan. La région des Grands Lacs. La terre de Dieu. Étais-je jamais allé par là ?

Non, jamais. Et à Three Rivers, alors ? On était en terre impie ?

« Je suis un survivant du cancer, m'a-t-il annoncé.

— Sans blague ? » Aussitôt, je me suis mis à chercher Leo des yeux – ou quiconque susceptible de me débarrasser de ce prêtre.

Il y avait un an jour pour jour que le médecin lui avait trouvé une tumeur à l'aine. Maligne, inopérable, grosse comme une orange. On lui avait conseillé de régler ses affaires. On lui donnait six mois à un an. Alors il s'était retiré de sa paroisse et était retourné chez lui pour vivre auprès de sa mère, âgée de quatre-vingt-huit ans, mais qui avait bon pied bon œil.

Je me suis fait la remarque que les gens comparaient toujours les tumeurs à des agrumes.

Mais un miracle s'était produit. Un mystère médical. Il avait refusé la chimio, les régimes, etc., etc. ; il avait accepté sa maladie comme étant la volonté de Dieu. Et, à la surprise générale, sa tumeur s'était résorbée d'elle-même. Neuf mois plus tard, il n'en restait plus rien. Les spécialistes n'y comprenaient rien. « Les médecins ne croient que ce qu'ils voient, comme saint Thomas. Le monde est plein de mystère. Ou bien on l'admet, ou bien on ne l'admet pas.

— Ah, formidable. » Où était donc passé Leo, nom de Dieu ?

Le cancer avait donné une dimension nouvelle à sa vie, l'amenant à être moins satisfait de lui, à se sentir plus proche des malades du sida, des pauvres, des opprimés. De ceux qui luttaient contre la bigoterie, et des bigots eux-mêmes.

« Il y a des bigots là-bas sur la terre de Dieu ?

— Pour sûr, a-t-il répondu en riant. Il y a des bigots partout. »

Pour revenir à son cancer, ça l'avait éclairé sur beaucoup de choses. Ça l'avait rendu plus humble et lui avait rappelé que les défis que nous lançait le Seigneur, si durs fussent-ils à supporter, étaient aussi des chances qu'Il nous offrait. « J'avais vécu toute ma vie d'adulte en religieux contemplatif, et, malgré cela, voilà ce qui m'a été donné. »

Tu ne vas pas la fermer ? avais-je envie de lui crier. Mais ferme-la donc !

Ray était déjà dans la limousine et il tapait du pied, impatient de quitter les lieux. Il s'est poussé pour me laisser de la place quand je suis monté. Fausses-Dents a fermé ma portière. Ça faisait partie de son service de chauffeur à l'aller comme au retour, sans doute, avec la Faucheuse au volant.

En traversant le cimetière, on est passés devant la tombe de mon grand-père, devant un jardinier sur son tracteur et un type dans une Jeep avec le moteur en marche. On a franchi les grilles et on s'est retrouvés sur Boswell Avenue.

« Je me demande qui a planté ces tulipes, ai-je dit tout haut. Qu'est-ce que tu paries que c'est Dessa ?

— C'est moi », a-t-il répondu.

On n'a plus échangé une parole pendant plusieurs secondes. « Quand ?

— Ce matin. » Ce qui expliquait son absence quand j'étais allé l'aider à préparer la maison.

« Ouais... j'espère qu'il ne gèlera plus. »

Les mains sur les genoux, il s'est tourné de l'autre côté pour regarder par la vitre. Pendant le silence qui a suivi, j'ai soudain compris que le type en Jeep, c'était Ralph Drinkwater. Il était donc venu, finalement – il était resté à l'écart, mais il était là. J'avais les larmes aux yeux.

« S'il regèle, j'irai en replanter d'autres, voilà tout », a fait Ray.

Fausses-Dents nous a ramenés par la ville au lieu de prendre le périphérique. On est passés devant le chantier du nouveau casino, l'hôpital, et le McDonald's où, quatre jours auparavant, Thomas avait mangé son repas pour enfant. On a pris le pont sur la Sachem et on a traversé le centre de la ville.

« Je vous amenais ici quand vous étiez gosses, tu te rappelles ?

— Hein ? » On était arrivés à la hauteur d'un magasin d'électronique qui, autrefois, avait été une boulangerie, la Paradise Bakery. Le dimanche, après la messe, Ray déposait M'man à la maison pour qu'elle commence à préparer le repas dominical, et puis il nous amenait à cette boulangerie pour nous acheter des beignets. Après, on allait à Wequonnoc Park.

« Au parc aussi. On passait d'abord à la boulangerie, et après tu nous emmenais au parc. »

Il a acquiescé, avec un imperceptible sourire. « Toi, tu voulais toujours grimper dans la cage à poules ; lui, il préférait la bascule. Il fallait toujours que je joue les arbitres entre vous pour que ce soit chacun son tour. »

Le souvenir que j'avais de ces séances de balançoire, c'est qu'en plein milieu Thomas se mettait en colère après moi et dégageait tout d'un coup, m'envoyant valdinguer en arrière... C'était un peu comme ça que je ressentais sa mort : il en avait eu marre de toute cette merde, il avait sauté de cette foutue bascule, me flanquant par terre brutalement, et j'étais là, sous le choc, cloué sur place.

La Paradise Bakery, Wequonnoc Park... Ray s'en tirait comme ça ? En ne voulant se souvenir que de ses attentions paternelles ? En oubliant tout le reste, y compris cette journée, la pire de toutes, où on s'était mis à deux, lui et moi, pour avoir la peau de Mme Calabash et de Mme Floon ?

Ils sont là-haut.

Où ça ?

Dans la chambre d'amis. Ils jouent à leur jeu idiot. C'est toujours là qu'ils se mettent pour jouer.

Il avait traversé la cuisine en pataugeant dans tout ce margouillis comme si de rien n'était, laissant des traces de pas gluantes d'un bout à l'autre de la maison. Je me souviens qu'il était monté au premier et s'était approché de la chambre d'amis sur la pointe des pieds. Les soupçonnait-il de quelque chose ? Sinon, pourquoi aurait-il marché sur la pointe des pieds ?...

Il avait ouvert la porte brutalement, leur tombant dessus telle la brigade des mœurs. D'en bas, je les entendais hurler et gémir, tandis que le service à thé de M'man allait se fracasser contre le mur. C'est à Thomas qu'il s'en est pris, pas à M'man. *C'est pas un fils que j'ai là !... C'est une bon Dieu de fille.* M'man a eu le bras cassé pour avoir fait obstacle à la fureur de Ray contre Thomas.

Je l'entends encore : « Va-t'en vite, mon chéri ! Va-t'en vite ! » On hurlait et on gémissait tous les trois – mon frère et ma mère au premier, et moi en bas. Puis Thomas a surgi sur le palier et s'est lancé vers moi. *Vite ! Vite !*

Ray l'a rattrapé au milieu de l'escalier. L'a saisi par la peau du dos, le soulevant, l'étranglant presque, lui tapant sur la tête. *Allez, descends ! Descends là en bas !*

Ils ont perdu l'équilibre. Déboulé ensemble et atterri l'un sur l'autre au pied de l'escalier. *Pardon, Ray ! Ne me fais pas de mal, ne me fais pas de mal !*

Thomas était à plat dos. Ray le tenait plaqué au sol. Ensuite il l'a saisi par les poignets en agitant ses deux mains gantées de blanc devant ses yeux. *C'est les filles qui mettent ça, tu m'entends ? T'es une fille ou quoi, bon Dieu ?* Il le faisait se donner des gifles avec ses mains gantées. Ça n'arrêtait plus.

J'avais envie de lui crier de *laisser mon frère tranquille.* J'avais envie de le bourrer de coups de pied et de coups de poing pour l'obliger à le lâcher. Mais j'avais peur, sa fureur me paralysait.

Il s'est levé, tout essoufflé, et il a traîné Thomas, qui se débattait en poussant des cris, vers la penderie de l'entrée. Il l'a ouverte brusquement et il a poussé Thomas à l'intérieur. Mon frère est tombé sur un tas de chaussures, de caoutchoucs et de parapluies. Ray a claqué la porte. L'a verrouillée. En criant encore plus fort, il a recommandé à Thomas de réfléchir sérieusement à ce qu'il avait fait là-haut. *Quand je déciderai de te laisser sortir, tu as intérêt à sortir comme un vrai garçon, nom de Dieu ! Tu m'entends ?* Il a donné un coup de pied dans la porte, et il est allé se calmer dans le salon en regardant la télé.

« Bon Dieu de bon Dieu », répétait-il sans cesse.

En haut de l'escalier, les gémissements de M'man ont diminué jusqu'à n'être plus qu'une faible plainte. Elle tenait son bras cassé en descendant les marches, en biais, ses omoplates frottant le mur. « Qu'est-ce que c'est que ça ? » m'a-t-elle demandé d'une petite voix tremblotante, et j'ai suivi son regard sur tout ce gâchis qu'on avait laissé par terre, Ray et moi, dans tout le rez-de-chaussée. Elle a suivi les traces de pas jusqu'à la cuisine et, quand elle a vu le désastre, elle s'est retournée pour me regarder droit dans les yeux. Elle a porté son poing devant sa bouche, lentement. Elle tremblait de tout son corps.

Ils ont été obligés d'aller à l'hôpital en taxi car la voiture était en panne. Ils sont partis pendant des heures. J'avais pour consigne de nettoyer la cuisine et les traces de pas sur le tapis et de ne pas laisser sortir mon frère.

Je me suis mis à la tâche dès que le taxi s'est éloigné. J'ai épongé avec des torchons, lavé par terre avec du Spic. Passé la serpillière, lavé et épongé encore une fois, brossé le tapis du séjour et donné un coup d'aspirateur. J'avais beau repasser le chiffon sur les murs et les plans de travail de la cuisine, il restait des éclaboussures de crème fouettée partout. Au bout de trois lavages, le sol collait toujours aux pieds.

Ils sont partis pendant des heures – si longtemps que, raisonnablement ou non, je craignais que Ray ait kidnappé notre mère. Qu'ils se soient tirés pour de bon. Qu'ils nous aient abandonnés.

Thomas a commencé par crier – *Dé... li... vre-... moi... JE... T'EN... PRIE... Dé... li... vre-... moi !* Puis il s'est mis à gémir.

Après, calme plat, au point que je l'ai cru mort – j'ai pensé que Ray l'avait peut-être tué. De l'autre côté de la porte, je lui ai parlé, je lui ai chanté des chansons. Quand je n'ai plus rien eu à lui chanter ni à lui dire, je lui ai lu le *Guide de la télé* de la semaine. « Donna et Mary Stone organisent un défilé de mode mère-fille... Luke et Kate veulent faire la surprise d'une fête d'anniversaire à grand-pépé Amos... L'éclaireur Flint McCullough est kidnappé par des Comanches hostiles. »

Thomas ne répondait pas. Il restait muet.

Ils sont rentrés un peu après dix heures. Ils ont mangé une pizza. M'man avait le bras dans le plâtre. Quand Ray a déverrouillé la penderie, Thomas est sorti en titubant comme un ivrogne, le regard hébété, le visage encore tout gonflé par les larmes. Il a simplement dit : « Je peux aller me coucher ?

— Tu veux pas un peu de pizza ? lui a demandé Ray.

— Non merci. »

Était-ce cet épisode qui avait tout déclenché, activant ce qui avait éclos dans le cerveau de Thomas ? Biochimie, biogénétique – aucun des articles que j'avais lus, aucun des spécialistes que j'avais écoutés n'avaient jamais pu expliquer pourquoi Thomas était affligé de cette maladie et pas moi. Était-ce nous qui la lui avions donnée – ma mère, Ray et moi ?

« Ça roule mal aujourd'hui, hein ? » a dit Fausses-Dents. Il n'arrêtait pas de me regarder dans son rétroviseur, attendant que je réponde.

« Comment ? Ah oui.

— Et encore, d'après ce qu'on dit, ça n'est rien. Vous allez voir, quand le casino ouvrira, on sera pare-chocs contre pare-chocs dans toute la ville. »

Ray a changé de position. Il s'est croisé les bras sur la poitrine en soupirant...

M'man était montée pour aller border Thomas, puis se coucher ; Ray et moi étions restés à table à manger notre pizza.

« Elle est tombée, a-t-il dit.

— Comment ?

— Ta mère. Elle a buté et elle est dégringolée dans l'escalier en descendant le linge à laver. Elle est mal tombée. Tu comprends ? »

Je l'ai regardé, attendant la suite.

« Ce qui se passe dans cette maison ne regarde personne, a-t-il repris sans me regarder, les yeux fixés au bout de la table. Tu m'as compris ? »

J'ai fait un signe de tête.

« Alors, ça va. On a un peu perdu le contrôle de la situation ce soir, voilà. On oublie ça. C'est des choses qui arrivent dans toutes les familles. »

Vraiment ? J'ai essayé de me représenter mes camarades de classe traînés en bas des escaliers, se débattant et hurlant. Répandant de la soupe à la louche sur le sol de la cuisine.

« Si jamais ils recommencent à jouer à ça ensemble, si jamais tu flaires quelque chose... » Il s'est levé. Il est allé jusqu'à l'évier. « Mais ils sont pas près de recommencer. Ça se reproduira pas... Enfin, si jamais... tu viens me trouver. D'accord ? »

Je lui ai demandé si je pouvais aller me coucher.

« D'accord ?

— Oui, d'accord. » Mais oui, bien sûr, Ray, je te les sacrifierai. La loi du plus fort.

« Bon, a-t-il dit en approuvant de la tête et en allumant une cigarette. Parce que toi et moi, on fait équipe, pas vrai ? On est des potes. On se serre les coudes, non ? »

J'ai acquiescé. Regardé la main qu'il me tendait et l'ai serrée.

Je suis monté en sachant que, dans cette lutte à deux, Thomas serait toujours gagnant : M'man l'aimerait toujours davantage qu'elle ne m'aimait. Et Ray le détesterait toujours davantage qu'il ne me détestait. Qu'on le veuille ou non, on était deux contre deux : Thomas et M'man contre Ray et moi. La loi du plus fort...

À présent, on était là à l'arrière de la limousine des pompes funèbres. L'équipe gagnante, les vainqueurs en complet-veston, revenant du cimetière. Pas d'empreintes digitales. Pas d'autopsie. Maintenant, ils étaient sous la terre tous les deux. Mme Calabash et Mme Floon...

À Hollyhock Avenue, tout le monde s'est mis à tournicoter dans la cuisine et dans le séjour en chuchotant. Par respect pour le mort ? Ou par peur de le réveiller si on parlait normalement ? De l'autre bout de la pièce, j'ai regardé Sheffer et le Dr Patel aborder Ray, se présenter, l'entraîner dans une petite conversation polie. C'étaient surtout elles qui faisaient des frais. Ray opinait simplement du chef à tout ce qu'elles disaient. Il n'arrivait pas à les regarder en face. D'après ce que je savais, il n'avait jamais réagi à aucun de leurs appels téléphoniques. Il n'était jamais allé voir Thomas à Hatch, ça j'en étais certain. Pas une seule fois en sept mois, je vérifiais le registre régulièrement. Alors, il pouvait bien rester un peu là sur le gril avec ses remords. Il l'avait mérité.

Jerry Martineau s'est approché en me tendant une enveloppe en papier kraft. Quand je l'ai ouverte, je n'ai pas pu m'empêcher de sourire : une vieille photo de notre équipe de basket du lycée. Martineau l'avait recherchée le matin même, il tenait à ce qu'elle reste entre mes mains. C'était un instantané pris pendant une partie quelconque. On devait être en terminale – ma période rouflaquettes. L'équipe était sur le terrain, toute floue, mais, pour une raison ou pour une autre, le photographe avait fait le point sur Martineau et sur moi, qui, comme d'habitude, étions sur la touche. Il nous arrivait quand même de jouer de temps en temps, m'a rappelé Martineau, généralement les trente dernières secondes d'une victoire pas très nette. « Tu vois quelle grande perche j'étais à cette époque-là. Je me rappelle qu'en rentrant à la maison après l'entraînement, je mangeais deux ou trois sandwichs avant de me mettre à table pour un vrai repas. Et j'avalais encore des trucs toute la soirée. C'était le bon temps, hein, Dominick ? L'autre jour, Karen m'achète un pantalon habillé : trente-huit de tour de taille. Si c'est pas malheureux ! En plus, pour t'avouer la vérité, il m'est un peu juste... Mais regarde ! »

J'ai suivi son doigt vers le haut de la photo et j'ai vu mon frère, assis parmi les supporters, la bouche grande ouverte, criant tant qu'il pouvait. Mon vrai frère. Un Thomas pas malade.

Encore un peu de thé, madame Calabash ?

Oui, merci, madame Floon.

Une main s'est cramponnée à mon épaule. « Dis donc, Dominick, m'a dit Leo à l'oreille, tu crois que Pépé a un peu de gnôle dans la maison ? Les vioques seraient sans doute contents de boire un petit coup.

— Ah oui, très juste. » J'ai cherché Ray dans toute la pièce, mais il avait disparu. « Sors les verres qui sont là, dans ce meuble. Je vais voir ce qu'il a dans ses réserves. »

Bon sang, ça ne m'avait même pas effleuré. Mais Leo avait raison. En général, les hommes aiment bien boire un verre d'alcool en rentrant du cimetière – ça aide à faire passer la vue du cercueil au-dessus de la tombe ouverte.

De l'Old Grand Dad, du Canadian Club, du Cutty Sark : je suis revenu dans le séjour en tenant les bouteilles dans mes bras. Leo essuyait le dernier verre avec son mouchoir. « T'inquiète pas, je ne m'en suis servi qu'une seule fois aujourd'hui », a-t-il glissé.

Je me suis contenté de le regarder.

« Je plaisante, Birdsey. C'est une blague. »

Sam Jacobs et M. Anthony, en nous voyant préparer les boissons, se sont approchés : l'alcool les attirait. « De la glace ? » s'est enquis Leo.

À la cuisine, Angie, Vera Jacobs et Mme Anthony s'affairaient de-ci de-là telles les danseuses de June Taylor. Je n'ai pas pu m'empêcher de sourire. Les hommes buvaient leur coup ; les femmes préparaient la bouffe.

« On s'occupe de tout, mon petit, m'a assuré Mme Anthony. Va donc te détendre un peu. On sera prêtes dans cinq minutes. »

Elle avait mis un des tabliers de ma mère – cette espèce de blouse à fleurs toute passée avec des pressions sur l'épaule que M'man avait sur elle chaque fois qu'on venait à la maison. Ça faisait drôle de revoir ce tablier.

La pièce s'est assombrie. J'ai revu Thomas pendu à l'arbre, au bout de la corde. J'ai senti son poids mort quand je l'ai décroché et pris sur mes épaules.

Angie était là devant moi, me regardant avec des yeux ronds. « Hein ?... Qu'est-ce que tu dis ?

— Les cuillères ? a-t-elle répété. Tu as une idée de l'endroit où ta maman rangeait ses cuillères ? »

Je restais là, hébété. Des cuillères ?

« Dans le vaisselier », a dit Ray en passant devant moi. Il a ouvert brutalement le tiroir du milieu et a tendu à Angie tout un bouquet de grandes cuillères.

« J'ai, euh... Ray ? J'ai sorti un peu d'alcool. »

Pas de réponse. Il est allé près des fenêtres et il est resté là, nous tournant le dos, aux femmes et à moi. « Ray, tu m'entends ? J'ai sorti une bouteille de whisky et du...

— Tu peux bien sortir ce que tu voudras », a-t-il répondu sèchement.

Va te faire foutre. Toi aussi tu célèbres ta victoire, espèce de salaud. C'était toi le capitaine de l'équipe, tu te rappelles ?

« Ça va, Dominick ? m'a demandé Angie.

— Ouais, ouais. » J'ai ouvert le freezer d'un geste brusque et flanqué des glaçons dans un bol.

Dans le séjour, les hommes tchatchaient debout en demi-cercle. « Pour notre pension, on aurait sans doute dû s'accrocher encore un ou deux ans, disait Sam Jacobs. Mais c'est difficile de tenir, vous savez. On a l'impression de travailler dans une ville fantôme. Et quand ils fermeront Settle, ça sera même plus la peine d'y penser. »

J'ai essayé de suivre la conversation, mais mon esprit s'évadait sans cesse. *Quand on apprend qu'on a un cancer, c'est comme si on était réveillé par le téléphone... Pas trop de crème, Dominick. Juste un petit peu. Garde le reste pour le dîner... Ça ne regarde personne...*

« Évidemment, maintenant c'est plus du tout comme avant, a repris Sam. Tout est préparé d'avance. Pour être cuisinier, il suffit de savoir ouvrir des sachets, nom de Dieu. »

Leo m'a tendu un scotch. « Bois ça sans faire d'histoire », m'a-t-il dit. Ray est revenu de la cuisine et s'est approché de nous.

« Eh bien, Pépé, on boite ? lui a demandé Leo. Qu'est-ce qui arrive à votre pied ? »

Rien, a répondu Ray. Son pied le rappelait à l'ordre, c'est tout. Si Leo voulait monter sur le ring pour quelques rounds, Ray se ferait un plaisir de lui botter le cul gratis.

« Qu'est-ce que vous buvez, Pépé ?

— Rien. Du lait de magnésie.

— À Boca Raton, soupirait Sam Jacobs, où est mon fils, ils n'ont seulement jamais entendu prononcer le mot récession. »

Leo a rappelé à tous que rien n'était perdu à Three Rivers, que si les prédictions à propos du casino se révélaient justes, les Wequonnoc finiraient sans doute par sauver le scalp de tous les visages pâles licenciés par la Navale Électrique.

« Quelle foutaise ! a renchéri M. Anthony. Il faut croire qu'ils fument un drôle de truc dans leur pipe pour s'imaginer que les New-Yorkais vont venir jusqu'ici, au fin fond du bled, quand ils ont Atlantic City. » Il nous a prévenus de ne pas le lancer sur les Indiens. « Quelqu'un ici a massacré leurs ancêtres ? Moi pas, en tout cas. Alors pourquoi on devrait payer des impôts et pas eux ? »

Ce père Anthony, avec son air bonhomme : qu'est-ce qu'il avait à s'énerver comme ça ?

« Leurs ancêtres, on les a arnaqués pendant deux ou trois siècles », ai-je répliqué.

Tout le monde s'est arrêté et m'a regardé. Mais personne ne m'a contredit. Le pauvre frère jumeau du mort. Ce jour-là, on m'aurait sans doute laissé dire n'importe quoi.

Puis Mme Anthony est apparue. « Allez, venez manger quelque chose ! Dominick, mon petit ! Ray ! Allez, donnez donc le signal ! »

Les autres ont posé leur verre et se sont dirigés vers la cuisine. « Ça va, Dominick ? » m'a demandé Leo.

J'ai haussé les épaules.

« Allez, viens. On va manger un morceau.

— Un petit instant. Vas-y, toi. »

Je pensais à Ralph, qui était venu à l'enterrement mais ne s'était pas montré. Sa vie durant, il avait été baisé par les Blancs, et malgré ça il avait pris des risques pour mon frère à Hatch. Il aurait très bien pu se taire, décider de ne pas voir cette note de service... Pourquoi ne tirerait-il pas profit de la situation maintenant avec ce casino ? J'espérais bien qu'il finirait par rouler sur l'or sans payer d'impôts.

J'ai terminé mon verre. M'en suis versé un autre. J'étais au bord des larmes.

« Tenez, m'a dit Sheffer. *Mangia.* »

Elle me tendait une assiette pleine. Elle m'a invité à venir avec elle et le Dr Patel sur les marches de l'escalier. Je l'ai suivie et on s'est assis tous les trois pour manger.

« C'est un moment difficile, Dominick, a commencé le Dr Patel.

— Je fais face. Merci à vous deux d'être venues. Je sais que vous êtes très occupées.

— Vous ne réalisez pas encore vraiment ? » m'a demandé Sheffer.

Oui et non, ai-je répondu en haussant les épaules. « Hier, j'ai appelé le marbrier pour faire graver la date sur la tombe et on me demande si je peux venir mardi après-midi signer les papiers. Je réponds que oui. Et voilà que je me surprends à penser que je serai tout près de l'hôpital, alors je pourrai en profiter pour passer lui faire une petite visite.

— Le chagrin est un phénomène progressif, a dit le Dr Patel en souriant. Deux pas en avant, un pas en arrière. »

Les invités s'étant mis à bouffer, le calme était revenu dans la maison. C'était trop calme à présent. Ray était assis tout seul à l'autre bout de la pièce, il ne mangeait pas, il attendait juste que ces gens fichent le camp, le visage grisâtre et figé – une sale gueule, vraiment.

Je croyais qu'ils partiraient quand ils auraient fini de manger, mais pas du tout. Chacun était là, assis ou debout, à tourner autour de la mort de Thomas sans vraiment en parler. M. et Mme Anthony y allaient de leurs anecdotes sur mon frère et sur moi : la fois où j'avais planté mes échasses dans leurs superbes rosiers, essayant ensuite de réparer les tiges cassées avec du papier adhésif. La fois où ils nous avaient emmenés manger des glaces et où Thomas avait fait tomber la boule de son cornet en plein dans le sac à main ouvert de Mme Anthony.

« Ils trouvaient toujours un prétexte pour venir me voir le samedi matin quand je faisais ma pâtisserie. Celui-ci, c'était M. Biscuits-aux-pépites-de-chocolat, et son frère, M. Biscuits-aux-raisins-secs. C'est ce qui me permettait de les distinguer. » Elle se plantait, c'était l'inverse, mais quelle importance ?

M. Anthony a évoqué le jour où notre télé avait explosé. Dans mon souvenir, il était venu au secours de ma mère avec un métro de retard lorsqu'elle était ressortie de notre maison en flammes. M'man avait déjà sauvé sa peau sans l'aide de personne quand il lui avait arraché sa veste, la jetant par terre et se mettant à danser dessus. Mais dans la version de M. Anthony, ma mère était un chiche-kebab embrasé, et lui se prenait pour Indiana Jones. À l'entendre, grâce à lui, on avait évité le pire. « Ce week-end-là, Ray, vous étiez parti, je crois bien, non ? »

Tout le monde s'est tourné vers mon beau-père. Mon coéquipier. « Le poste était naze, a répondu Ray. Ils ont d'abord prétendu qu'ils n'y pouvaient rien, mais j'ai fait un tel tabac qu'on me l'a remplacé gratis – j'ai même pu m'offrir le modèle avec meuble. Et faire nettoyer et repeindre la maison. »

Nom de Dieu, on aurait pu laisser notre peau tous les trois dans

559

l'incendie, mais ce que Ray avait retenu, c'était sa nouvelle télé. Le héros, c'était lui.

Je n'en pouvais plus de ces conneries. De cette façon d'écrire l'histoire. Je me suis levé pour aller à la cuisine surveiller le café, qui se faisait tout seul. Suis sorti prendre l'air. Je suis resté un moment derrière la maison, à me balancer d'avant en arrière. Je revoyais Thomas à côté de moi, à la Cascade, l'après-midi où je l'avais fait sortir de Hatch. *Le Seigneur est ton sauveur, Dominick. Crois-moi. J'incarne la parole de Dieu...*

Là-haut, où ça ?

Dans la chambre d'amis. Ils jouent à leur jeu idiot. C'est toujours là qu'ils se mettent pour jouer.

Après ce soir-là, il ne me restait plus qu'à le porter, pesant de tout son poids sur mes épaules, pendant ma vie entière, pour l'avoir trahi. Pour avoir agi ainsi, ou m'être abstenu d'agir. Et à présent ? Où allais-je ?

Leo a passé la tête par la porte. « Eh bien, petit con, tu veux un peu de compagnie ?

— Non merci.

— Un autre verre ?

— Nan.

— Angie vient d'essayer d'appeler sa sœur. Ça ne répond pas. »

Plusieurs secondes se sont écoulées sans qu'on ouvre la bouche ni l'un ni l'autre. « Très bien, mec. Alors reviens quand t'en auras envie.

— Ouais. »

J'ai gravi les marches en ciment qui menaient au jardin. C'est là que mon grand-père s'était retiré ce fameux été pour accomplir enfin la pénitence que le prêtre lui avait assignée tant d'années auparavant... Quand il avait commencé, M'man était encore petite. Il avait terminé le jour où il était mort. Il avait vraiment minuté son affaire... Quel âge avait M'man l'été où il avait rédigé sa *confessione* ? Trente-trois, trente-quatre ans peut-être ? Aux yeux de son père, elle était juste une « cruche fêlée » qui ne lui avait pas donné de petit-fils. Tous ces secrets bien gardés ! Il ne s'était pas douté qu'elle nous portait, mon frère et moi...

Je repensais à Angelo Nardi, le sténographe que Papa avait engagé, puis renvoyé cet été-là. Cet Angelo était ou n'était pas ce père dont on avait depuis longtemps perdu la trace. Qui d'autre fréquentait cette maison régulièrement ? « Fringant », avait-elle dit de lui. Il restait à la cuisine avec elle. Elle lui préparait du café... Qu'avait-il fait, cet Angelo, cet immigrant récent, du besoin étrange et contradictoire de mon grand-père à la fois de parler et de tenir sa langue ? Qu'avait-il pensé de cette fille timide, confinée à la maison ? S'était-il imaginé qu'elle aurait la cuisse légère, ou qu'il pourrait profiter de sa naïveté ? Peut-être s'était-il dit qu'elle méritait bien un peu de tendresse, qu'elle avait droit à autre chose dans sa vie que servir son père. Avait-il agi par pitié ?... Sous la douche, le matin des obsèques de Thomas, j'avais fait d'Angelo une figure de miséricorde. Un brave type, pas un salaud. Sous l'eau chaude, j'avais fantasmé sur son retour tant attendu... Je le voyais arrivant au cimetière, ce père que j'attendais depuis toujours. Digne, en complet-veston et cravate, les cheveux blancs comme neige. « Il fallait que je vienne, Dominick. Je regrette de n'avoir pas connu ton frère, mais je ne pouvais pas me priver de te connaître. Pardonne-moi, Dominick. À présent, je suis là pour toi. » Et, sous la douche, je lui avais pardonné aussitôt...

Dans le jardin de mon grand-père, j'ai donné libre cours à mes larmes, comme Papa, qui venait là quand il avait envie de pleurer... Enfant, j'avais passé mon temps à attendre qu'un de mes « vrais » pères vienne me délivrer de Ray. À quarante et un ans – et sans mon frère jumeau désormais –, j'étais toujours à la recherche de mon père, de ce papa mystérieux et parfait.

C'était pas pathétique, ça, docteur Patel ? Est-ce qu'il y avait de l'espoir pour un type pareil ?

J'ai vu Domenico, jeune, tenant dans ses bras son fils mort qu'il venait de baptiser à l'eau de vaisselle et à l'huile d'olive. Ce nouveau-né, frère de ma mère – son jumeau défunt... Bébés morts, frères morts, mariages morts. Que signifiait tout ça ?

Quand je suis rentré, Martineau était parti, et Sheffer et le Dr Patel enfilaient leur manteau. « On se voit mardi ? m'a dit tout bas le Dr Patel en me prenant à part un instant.

— On se voit mardi. »

De la porte, je les ai regardées descendre les marches. Arrivées sur le trottoir, elles se sont retournées pour me faire au revoir. Je leur ai adressé un signe à mon tour. Dessa les a croisées en chemin.

Dessa montait vers moi... Dess.

Elle avait l'air contrariée, prête à pleurer. Il s'était passé quelque chose. Elle avait une tarte à la main. Arrivée à ma hauteur, elle a mis son bras libre autour de moi en serrant fort. J'ai fermé les yeux et je l'ai prise dans mes bras. Elle s'est écartée la première.

« J'étais dans la voiture, je partais au cimetière, quand je me suis aperçue que j'avais oublié ça. » Elle voulait dire sa tarte, qui lévitait entre nous deux. Quand elle était rentrée la chercher, le téléphone sonnait. « J'étais prête à ne pas répondre, mais j'ai eu un pressentiment... C'était ma mère. Elle avait l'air abasourdie. Elle venait de tomber.

— Thula ? Rien de grave ? »

J'ai tendu la main pour essuyer ses larmes. « Je suis désolée, Dominick. Je n'arrivais pas à trouver mon père. Angie était au cimetière. Je ne savais pas quoi faire... On a pensé qu'elle s'était peut-être cassé la cheville, mais c'était juste une entorse. La radio a pris un temps fou. À l'heure du déjeuner, tout le personnel s'en va et...

— Calme-toi. Maintenant tu es là.

— Ma mère a une femme de ménage, mais naturellement personne ne fait les choses aussi bien qu'elle-même. Elle a des étourdissements depuis plusieurs semaines et elle n'en a parlé à personne. Elle est montée sur un tabouret pour nettoyer des appliques et sa tête s'est mise à tourner... J'aimais tellement Thomas. Je tenais à assister à ce service. »

Je l'ai fait entrer, j'ai déposé sa tarte à la cuisine. Quand je suis revenu dans le séjour, elle apprenait à Angie et à Leo que Thula était tombée.

Je suis resté là à la regarder. Chemisier blanc, pantalon et veste noirs, écharpe rouge. Ses cheveux étaient un peu plus argentés que la dernière fois. Dieu qu'elle était belle !... Elle avait vraiment eu l'intention de venir ; mais les circonstances l'en avaient empêchée. Je pourrais l'emmener au cimetière plus tard si elle voulait. En fait, ce serait mieux ainsi. Nous deux seulement.

J'ai regardé Leo. J'ai compris qu'il m'avait observé pendant que j'observais ma femme. On n'a bougé ni l'un ni l'autre. Tu vois, pouvait-il lire dans mes yeux. C'est aussi fort que ça – je l'aime toujours autant.

« Ah, la voilà ! » s'est écrié Ray.

Il était dans l'escalier, il descendait. Leo avait raison, il boitait légèrement. « Comment va ma petite fille ? »

Dessa a souri. S'est avancée vers lui. « Bonjour, Ray. »

Elle n'avait jamais eu un penchant particulier pour lui, mais elle avait toujours été bonne et honnête à son égard. « C'est un anxieux, Dominick, me disait-elle lorsque je déblatérais contre lui, pas un monstre.

— Oh, si, c'est un monstre. »

Quand Ray est arrivé en bas des marches, ils se sont embrassés. À l'entrée, elle m'avait pris le bras avec sa tarte dans l'autre main. À présent, elle laissait Ray s'accrocher à elle. Bon, ça suffit, ai-je pensé. En voilà assez.

Alors Ray s'est mis à pleurer. À sangloter. En présence de témoins... Je ne l'avais jamais vu pleurer comme ça. Pas même à la mort de M'man. Jamais. *La défense !* avais-je envie de lui crier, histoire de lui rappeler ce qu'il m'avait enseigné. *La défense !*

Je me suis tiré. Il fallait que je me réfugie à la cuisine avant que ma tête n'explose. Mon cœur battait à tout rompre. Je me suis mis à trembler comme quand on était gosses, Thomas et moi, et que Ray nous préparait une de ses bordées d'injures.

Puis, tout d'un coup, j'ai compris qu'il ne s'agissait pas d'un accident. Ce matin-là, à la Cascade, Thomas avait pris sa décision, délibérément. L'espace d'une seconde parfaitement limpide, je me suis identifié à mon frère. *Bon, ça suffit. Cette fois, j'en ai marre. C'est terminé.* J'ai foncé en avant, exactement comme Thomas. J'ai poussé la porte qui donnait sur le séjour. Et je me suis lancé sans savoir jusqu'où m'entraînerait ma chute libre.

« Il est bourré de remords, ai-je déclaré. Voilà pourquoi il pleure. Il le brutalisait à mort. On était deux à le brutaliser. »

Je ne criais pas ; j'avais pris le ton de l'ordonnateur des pompes funèbres au cimetière. *La famille de Thomas Birdsey tient à vous faire part des remords de son frère et de son beau-père.* Tout le monde s'est retourné pour me regarder : les Jacobs, M. et Mme Anthony, Leo et Angie. Ça allait sans doute faire très mal quand je toucherais le fond, mais il fallait que je profite de la descente en chute libre pour lui assener tout ça.

« C'est pas vrai, Ray ? » J'ai fait un pas dans sa direction. Dessa et lui ont relâché leur étreinte. « On était coéquipiers, toi et moi, tu te rappelles ? Les guerres des Birdsey. Un combat au finish. »

Du coup, il s'était arrêté de chialer tout net. Il me fusillait de ce regard méprisant qu'autrefois il réservait généralement à Thomas. *Ce qui se passe dans cette maison ne doit pas en sortir !* Et j'ai soutenu son regard. *Espèce de salaud ! Tu lui faisais fermer toutes les fenêtres quand tu étais sur le point de piquer une crise, et tu as fait croire à tout le monde qu'elle s'était cassé le bras en tombant dans l'escalier. Et ces conneries que nous débitaient les docteurs, en prétendant que la schizophrénie n'avait absolument rien à voir avec la façon dont il était traité lorsqu'il était enfant. Merde pour nos secrets de famille, Ray. Allons-y pour le grand déballage !*

« Dominick », a murmuré Dessa. Je lui ai fait face pour plaider ma cause auprès d'elle.

« Tu veux savoir combien de fois il est allé le voir à Hatch ? Je vais te le dire : pas une. Zéro. »

Je me suis rapproché d'un pas.

« C'est curieux tout de même, non, pour un ancien combattant qui a vécu deux guerres. Un type qui voulait toujours nous endurcir pour affronter le vaste monde des méchants. » J'ai pivoté vers Ray, dont le regard, au lieu d'être fixé sur moi, passait au-dessus de mon épaule. « Tu étais plein de courage pour te battre contre les puissances de l'Axe, hein ? Et tu bottais les fesses des Coréens. Mais ce pauvre cinglé qui n'avait plus qu'une main là-bas à l'hosto, tu en avais une peur bleue, pas vrai ?... C'est à toi que je parle, Ray, tu peux pas me regarder ? »

Alors, je dois le reconnaître, il a tourné les yeux et a soutenu mon regard.

« Quand j'allais le voir là-bas, et que je devais me farcir toutes ces conneries – le détecteur de métaux, le trajet sous escorte... car il faut bien dire qu'il était un sacré danger pour la société ! –, un garde l'amenait au parloir, il s'asseyait et me racontait sa journée ; ce qu'il avait mangé au déjeuner ; qui essayait de l'assassiner cet après-midi-là, et généralement, au bout de cinq minutes, il me demandait : "Comment va Ray ? Pourquoi il ne vient pas me voir ? Il est furieux après moi ?..." »

Ray a encaissé, les yeux fermés, avalant sa salive.

« J'étais à court d'excuses, mon pote. Pas une fois en sept mois ! Même pas à Noël ! Même pas par charité ou comme un geste de bonne volonté envers les fous, rien ! »

Quand il a rouvert les yeux, des larmes ont coulé le long de ses joues flasques et grises. J'ai entendu Leo essayer d'intervenir, mais j'ai levé les mains de son côté pour l'arrêter. J'ai croisé son regard.

« Je ne veux pas dire que je me sois comporté en héros. Quand on était gosses, j'ai rendu la vie impossible à mon frère. Je ne vivais que pour ça, pour le faire souffrir, tellement j'étais jaloux de lui. De sa bonté, de sa douceur. Il était aussi doux que M'man. Mais ce foutu moignon ! Ça a été ma pénitence... J'étais assis là dans ce parloir qui puait – en sortant de Hatch, on trimbalait cette odeur avec soi jusqu'à la fin de la journée. Elle s'imprégnait partout, dans les vêtements, dans les sièges de la voiture. Assis en face de lui, je me disais : "Ne regarde pas, Dominick, regarde ses yeux." Mais je ne pouvais pas m'en empêcher. Il fallait que je voie parce que... sa foutue main, c'était en partie à cause de nous qu'il se l'était tranchée. Pas vrai, Ray ? À cause de toi et de moi. On faisait équipe, hein ?

« Tous ces grands méchants qui le harcelaient, Noriega, l'ayatollah, la CIA, c'était nous. Pas vrai, Ray ? Ces assassins cubains qui voulaient lui flanquer la dérouillée, comme à JFK, c'était pas juste son cerveau qui déraillait, ni une affaire de biochimie. C'était nous, Ray. C'est nous qui les avons tués tous les deux. Mme Calabash et Mme Floon... On est les vainqueurs, Ray. C'est le jour de la victoire sur le Japon. C'est notre fête de la victoire qu'on est en train de célébrer.

— J'ai fait tout ce que je pouvais pour ce gamin. Pour vous deux... J'ai la conscience tranquille. Je ne sais pas de quoi tu parles.

— Pas possible ? La conscience tranquille ? » me suis-je esclaffé. J'ai aperçu le visage exsangue de Mme Anthony, ses yeux affolés. « Vous voulez en entendre d'autres sur notre enfance, madame Anthony ? Je vais vous en raconter. Voyons un peu. Il y a la fois où notre Raymond le Grand a attaché Thomas par les poignets avec du chatterton, comme un prisonnier de guerre. Vous savez pourquoi ? Vous savez ce qu'il avait fait ? Il mâchonnait ses manches. » J'ai levé les mains pour lui faire la démonstration. « Je le vois encore pleurer dans sa soupe, piquer du nez dans son assiette comme un chien pour pouvoir manger. Comme un chien, bordel. Pas vrai, Ray ? Ta conscience s'en souvient, de ce soir-là ?

« Et aussi la fois où il l'a surpris à manger des bonbons à l'église. Revenons-y, parce que tu vas apprendre quelque chose, mon pote. Tu m'écoutes ? Ce jour-là, c'est moi qui avais rempli mes poches de bonbons avant de partir à l'église. C'est moi qui lui en ai donné, Ray. Je m'étais empiffré pendant toute la messe. Sous ton nez, mon vieux. Tu t'es trompé de jumeau, mon pote. Tu chopais toujours celui de nous deux qui était innocent.

— Tu veux savoir ce qu'a dit le juge le jour où je vous ai adoptés tous les deux ? » m'a répliqué Ray. Il s'adressait à moi, le salaud, en me regardant droit dans les yeux, je dois reconnaître. « Il a dit que j'étais bien bon, qu'il n'y aurait sans doute pas un homme sur mille qui se chargerait, comme moi, non pas d'un enfant, mais de vous deux... J'ai sûrement fait des erreurs. J'aurais pu agir autrement. Mais si tu vas au palais de justice, tu pourras le lire toi-même, mon petit pote. Le 19 mars 1955. Au tribunal de Three Rivers, Connecticut. Car Son Honneur le juge Harold T. Adams a demandé au greffier d'inscrire ça dans les minutes. Que j'étais bien bon. Qu'il n'y aurait pas un homme sur mille qui... »

Dé... li... vre-... moi... JE T'EN PRIE... *Dé... li... vre-... moi !*

« Le juge Harold T. Adams, ah ouais... » À présent, c'était moi qui pleurais à chaudes larmes devant tout le monde. « Il aurait été fier de toi, ce juge Adams, le soir où tu as enfermé Thomas dans la penderie, tu crois pas, Ray ?... Le soir où M'man est descendue du premier avec un bras qui fichait le camp de travers. Là-dessus aussi t'as la conscience tranquille ? »

Il m'a envoyé me faire foutre. Il a battu en retraite à l'autre bout du séjour. A claqué la porte. Traversé la cuisine. Et vroum ! Il a mis sa voiture en marche, démarré à toute allure, filé comme un lapin dans Hollyhock Avenue.

Mon regard a fait le tour de la pièce, j'ai repris mon souffle, sondé tous ces visages ahuris. « Bon, vous voulez encore un peu de café ? Leo ? Monsieur Anthony ? Madame Anthony ? »

Leo, Angie, Dessa et moi sommes restés les derniers. Comme autrefois, ai-je pensé, quand on était jeunes mariés et qu'on allait les uns chez les autres le vendredi soir pour jouer aux cartes, écouter de la musique, boire une bière. Ils se sont mis à débarrasser des assiettes et des verres encore à moitié pleins. Moi, je suis allé à la cuisine, j'ai ouvert le réfrigérateur de Ray et débouché quatre bières. Mais personne n'en a voulu.

« Allons, buvez, maintenant qu'elles sont ouvertes.

— Non merci, vraiment. »

J'étais le seul à en avoir envie.

Angie a dit qu'ils devaient s'en aller, Leo et elle, pour récupérer les filles, Shannon au soft-ball, et Amber chez sa copine. « Ramenez-les ici, ai-je proposé. Avec tous ces restes, il y a de quoi nourrir une cinquantaine de gosses. Il y a des mois que je n'ai pas vu ces deux gamines. » Ils ont échangé un regard. Angie a trouvé un prétexte un peu foireux pour m'expliquer que ce n'était pas possible. Leo m'a dit qu'il m'appellerait le lendemain, et ils sont partis.

Je me suis assis à la table de la cuisine, au milieu de tous ces desserts auxquels on n'avait pas touché. J'ai commencé à déchiqueter l'étiquette de ma bière. Dessa essuyait de la vaisselle. « Il y a longtemps que tu as vu Amber et Shannon ? »

Elle les avait emmenées dans les magasins le samedi précédent.

« Je ne les vois plus jamais. Comment ça se fait ? C'est à cause de leur emploi du temps, ou à cause de moi ? »

J'étais là à décoller cette étiquette par petits bouts. « C'est à cause de ton frère, a-t-elle répondu

— De mon frère ? Comment ça ? »

Elle est venue s'asseoir à table en face de moi. « L'automne dernier, quand il s'est tranché la main, Amber a eu une sorte de crise de panique. C'est toi qu'elle voyait te couper la main. Et ça n'a fait qu'empirer. Leo n'a pas voulu t'en parler pour ne pas t'ennuyer.

— Qu'est-ce qui a empiré ? Qu'est-ce que tu veux dire ? »

— Elle s'est mise à avoir toutes sortes de phobies : peur de s'endormir, peur de prendre le car scolaire. À minuit, même quelquefois à une ou deux heures du matin, elle ne dort toujours pas. Quand elle finit par s'endormir, elle se réveille, deux ou trois fois par nuit. Ils l'emmènent chez un spécialiste à présent. »

J'ai fermé les yeux en attendant que se dissipe mon envie de pleurer sur eux deux, ma nièce et mon frère.

« Laisse-lui un peu de temps, Dominick. Tout s'arrangera. Ces gamines t'adorent, tu le sais. Mais pour l'instant... »

Je tenais ma canette de bière au-dessus d'une assiette de choux à la crème intacts. Un par un, je les ai écrasés et j'ai regardé la crème sourdre lentement et déborder de l'assiette. « La schizophrénie, ai-je dit, un cadeau avec lequel on n'en a jamais fini. »

Dessa m'a demandé où je croyais qu'était parti Ray.

J'ai haussé les épaules. Je me foutais pas mal de savoir où il était allé.

« Tu sais ce que tu lui as toujours le plus reproché ? a-t-elle poursuivi. De ne pas être ton vrai père. »

Elle se trompait, lui ai-je rétorqué. Ce n'était pas ça le pire, et de loin.

« Si. Tu lui pardonnerais tout le reste avant de lui pardonner ça. »

Elle est restée et m'a aidé à tout débarrasser. « Franchement, ce n'est pas à toi de faire tout ça », ai-je protesté. Peine perdue, bien sûr ; car, qu'elle en convienne ou pas, Dessa est parfois aussi têtue que sa mère. Cela dit, j'étais bien content, et je lui savais gré d'être là.

« Je monte aux toilettes et après il faudra que je parte », a-t-elle annoncé.

Elle allait rentrer chez eux, dans leur ferme décrépie, avec cette boîte à lettres gueularde. Auprès de lui.

Quand elle est redescendue, j'étais plongé dans l'album de M'man. Je l'avais sorti pour y glisser la photo de Jerry Martineau. À ma surprise, quand j'ai tapoté sur le canapé, elle s'est assise à côté de moi.

On a parcouru ensemble tous ces vieux clichés : Thomas et moi avec Mamie Eisenhower ; Domenico en maillot de bain deux-pièces à Ocean Beach... J'étais sur le point de raconter à Dessa que j'avais lu l'« histoire » du Vieux, mais je me suis ravisé. J'étais éreinté ; c'était compliqué. Elle avait déjà assez dégusté avec Dominick et compagnie.

« Je me fais du souci pour toi », m'a-t-elle avoué. Je continuais à tourner les pages. Thomas et moi en jeunes aspirants ; Thomas, Ray et moi à l'Exposition universelle de New York...

Je l'ai rassurée : je m'en sortirais. D'une certaine manière, la mort de Thomas était une sorte de soulagement. Je n'étais pas fâché non plus d'avoir démasqué Ray devant témoins.

« Tu es en proie à toutes sortes d'émotions contradictoires pour le moment, Dominick, c'est inévitable. Tu as vraiment besoin de parler à quelqu'un. »

Est-ce qu'elle se proposait comme interlocutrice ?

« Tu sais bien ce que je veux dire. Il te faut un psychothérapeute. »

J'y avais pensé avant elle, lui ai-je appris. J'étais entre les mains du Dr Patel.

« Qu'est-ce qui t'a décidé ?

— Le fait qu'on l'ait enfermé à Hatch, je crois. Toutes ces mesures de sécurité, ça me rongeait littéralement. C'était l'épisode de la penderie de l'entrée qui recommençait... Quand j'ai commencé à aller voir le Dr Patel, c'était seulement pour la renseigner sur le passé de Thomas. Pour lui donner une idée de ce qu'avait été notre douce enfance ici dans la Vallée du Bonheur. Puis on a glissé sur autre chose. Un jour, elle m'a dit que nous étions, Thomas et moi, comme deux hommes perdus dans les bois. Qu'elle pensait pouvoir m'aider à sortir de la forêt. Alors on a commencé à s'occuper de mon problème.

— Et comment ça marche ?

— Elle était ici tout à l'heure. Tu l'as ratée. Elle est assez formidable, en fait. Elle n'arrive pas à grand-chose avec moi... On essaie de gérer mon agressivité. Je ne pense pas qu'elle aurait été ravie de mon petit règlement de comptes avec Ray. »

Mais au moins, a conclu Dessa, en ce moment, ma hargne atteignait la cible que je visais.

« Je suis bien contente que tu voies quelqu'un. Tu avais une relation très complexe avec Thomas. Tu y as consacré tant d'énergie, d'émotions. Ta vie entière. À présent, il va falloir investir autrement toute cette énergie-là. Ça ne va pas être simple.

— C'est un discours de psy que tu me tiens. Tu veux court-circuiter doc Patel ou quoi ? »

Ce n'étaient pas des paroles en l'air. À son avis, il ne fallait surtout pas que j'essaie d'éluder la mort de Thomas, car ma rage me serait renvoyée de mille autres façons. Il ne fallait pas non plus que j'essaie d'échapper au chagrin, que je fuie le travail de deuil quand ça deviendrait difficile.

« Quand ça deviendra difficile ? Tu veux dire que ça va être pire que maintenant ?

— Je dis seulement, grosse brute, que tu as fait un grand pas en avant avec cette thérapie. Je suis fière de toi. »

Grosse brute : elle ne m'avait pas appelé comme ça depuis des années. Je lui ai demandé comment elle allait, elle.

Elle a regardé ailleurs avant de me répondre : « Pas mal.

— Pas mal seulement ? Qu'est-ce qui se passe ? »

Ah, c'était surtout la mort de Thomas. Elle aimait vraiment beaucoup mon frère. Ça avait été si dur pour lui. Elle aussi avait beaucoup de chagrin. Et maintenant c'était sa mère et ses étourdissements.

« À part ça, tout va ? Il y a autre chose qui te tracasse ? » Dis-moi que ça bat de l'aile entre toi et lui, que ça commence à mal tourner !

« Tu as déjà assez de soucis, Dominick, sans que je te parle de mes propres ennuis.

— Mais si, dis-moi. Quoi donc ? »

Sadie. Elle n'était pas en trop bonne forme.

« Dingo ? Qu'est-ce qui lui arrive ?

— Elle est vieille. Elle a le cœur et les reins malades. Le véto m'a dit que je devrais songer à l'étape suivante, envisager de la faire disparaître en douceur. »

J'ai repensé au jour où je lui avais fait cadeau de cette chienne. C'était pour son vingt-cinquième anniversaire. Je me revoyais ouvrant la porte de l'arrière-cuisine dans notre ancien appartement, le chiot fonçant droit vers elle, léchant ses pieds nus. Je lui avais mis un gros nœud rouge. Cette journée était restée intacte dans mon souvenir.

« Il y a autre chose aussi. Tu as lu dans la presse de la semaine dernière ce qui est arrivé au petit garçon d'Eric Clapton ? Un accident tellement bête !

— Le gamin qui est tombé par la fenêtre d'un gratte-ciel, c'est ça ? »

Elle s'est levée. S'est approchée de la fenêtre. « Je ne suis pourtant pas de leurs intimes. C'est toi qui as toujours été un fan de Clapton, pas moi... Or, je ne peux pas m'empêcher de penser à ce pauvre petit Conor. J'ai même rêvé de lui.

— C'est à cause d'Angela. Raconte-moi ton rêve.

— Non, peu importe, Dominick. C'est idiot. Comparé à tout ce que tu viens de vivre. Mon Dieu !

— Si, raconte-moi. »

Dans ce rêve, le petit garçon est à genoux sur le bord de la fenêtre, il fait signe à la foule attroupée en bas sur le trottoir. Chaque fois qu'il fait un mouvement, tout le monde retient son souffle. Lui ne comprend pas le danger. « Eric Clapton est là, et aussi la mère de l'enfant, la police. Mais c'est moi qui suis responsable en quelque sorte. Je promets à tout le monde que, s'il tombe, je vais le rattraper... tout en sachant que j'en suis incapable, mais je continue à promettre. Tout le monde compte sur moi. Et il glisse. Il commence à tomber...

— Ce n'était pas ta faute. Ce n'était la faute de personne. Elle est morte, c'est tout.

— Peut-être que Thomas n'en pouvait plus, Dominick... Il ne voulait peut-être plus lutter. »

Je me suis levé pour aller vers elle et la prendre dans mes bras. Elle a appuyé son front contre ma poitrine. On est restés ainsi quelques instants. « Allez, viens t'asseoir », lui ai-je dit.

Thomas et moi en pyjamas de Davy Crockett. En costume de cérémonie du lycée... Domenico et M'man, la main dans la main sur le perron... Dessa et moi le jour de notre mariage. « Dis donc, qu'est-ce que c'est que ces deux hippies ? Il me semble que je les connais. » J'ai senti Dessa sourire.

« Ah, ma pauvre mère, a-t-elle soupiré. Dire qu'on s'est mariés sur la plage et pas à l'église grecque. Moi en robe paysanne à trente-neuf dollars au lieu d'avoir une traîne de trois mètres. Maintenant, je la comprends. Et toi en sandales. Tu ne peux pas savoir toute la peine qu'il m'en a coûté. »

J'ai pensé aux sandales du père LaVie.

Elle n'en revenait pas de l'assurance qu'elle avait à cette période de sa vie, persuadée qu'il lui suffisait d'avoir des projets d'avenir pour que ces projets se réalisent. « On était si jeunes, pas étonnant. »

J'ai tourné la page. Notre lune de miel à Porto Rico, nous deux en parrain et marraine au baptême de Shannon. On était en plein dans tous ces problèmes de fécondité à ce moment-là. « Alors, comment va maître Dan ? »

Très occupé. Il avait un gros acheteur à Santa Fe, a-t-elle dit. « Dominick, t'arrive-t-il de parler de toi et de moi avec ta psychothérapeute ? Ou considère-t-on que c'est de l'histoire ancienne ?

— Ma thérapeute a un diplôme d'anthropologie. L'histoire ancienne, c'est son truc, précisément. Je parle de nous, oui. Je lui explique que c'est ma hargne qui m'a bêtement poussé à me faire faire une vasectomie. Que mon agressivité cache en fait une peur énorme. Elle n'attend que ça, tu peux me croire, que je revienne sans cesse à l'histoire ancienne. Il n'y a pas d'avenir pour moi, selon elle, sans retour en arrière pour regarder ma peur en face. Il faut rénover le passé. Rénovation, c'est son grand mot... Je devrais aller à la mairie demander un permis de construire avec tous ces travaux de rénovation que j'ai à faire.

« Je... je suis en train de lire ce récit laissé par mon grand-père. Le père de M'man. Son autobiographie. C'était écrit en italien. Je l'ai fait traduire.

— Papa. Le héros de ta mère.

— C'était un con. Une brute. Tu me trouves hargneux, mais lui alors ! »

Elle est bien restée encore une demi-heure. J'ai fait du thé. Elle nous a servi à chacun une part de sa tarte au chocolat. En la raccompagnant, je l'ai remerciée d'être venue et d'avoir rangé la cuisine.

« Je t'aime, lui ai-je avoué. Tu ne veux pas que je t'aime, je sais, mais je ne peux pas m'en empêcher. »

Elle m'a souri et m'a recommandé de continuer à voir le Dr Patel.

« Si tu veux, je pourrai t'emmener au cimetière. Sur la tombe. Celle de Thomas et de M'man... Sur celle du bébé aussi. »

Elle m'a répondu par le sourire le plus triste que j'aie jamais vu. Elle était allée sur la tombe d'Angela le matin même. Elle s'y rendait généralement une ou deux fois par semaine. Quelqu'un venait d'y planter des fleurs. Angie, peut-être. Ou bien son père – elle avait oublié de leur demander.

Des tulipes rouges et blanches, si belles qu'elle en avait pleuré.

43

Après ce banquet triomphal dans le sous-sol de l'église, tout le monde venait chercher Domenico Tempesta pour une chose ou pour une autre.

« Tempesta, nous avons besoin de votre avis... »

« Tempesta, nous voulons fonder une nouvelle association... »

« Tempesta, pouvez-vous nous rendre un petit service ? On est sûr que ce qui est fait par vous est bien fait. »

Je devins membre des Elks et des Knights of Columbus et je fus élu officier des Fils d'Italie. Je fis de la propagande électorale pour les républicains parmi les Italiens en ville, et fus désigné pour faire partie de la commission de l'urbanisme (le premier Italien à ce poste dans l'histoire de Three Rivers). Avec toutes ces occupations, je dus faire installer le téléphone chez moi. Ça sonnait sans arrêt. Je n'en pouvais plus de répondre à ces gens qui appelaient pour me demander un service. Et pas seulement des Italiens. À présent, même Shanley, notre maire irlandais véreux, savait que mon prénom était Domenico et mon numéro de téléphone le 817.

« Où en êtes-vous de votre introspection ? » me demanda le père Guglielmo un matin à la sortie de la messe de neuf heures. Désormais, Ignazia, la petite et moi nous rendions fidèlement à l'église et prenions place au second rang. (Je passais la corbeille et j'avais l'œil sur les autres quand ils quêtaient pour Guglielmo, m'assurant qu'ils ne chapardaient pas les deniers de l'église. Ce prêtre faisait confiance à tout le monde, ce qui lui valait certains ennuis.)

La question de Guglielmo me fit bien rire. C'était à peine si j'arrivais à me ménager quelques heures de sommeil par jour, ce qui ne me laissait pas un instant pour me mettre à écrire sur mes quarante-cinq années de vie. Je l'assurai qu'il n'avait pas de souci à se faire. Qu'il rappelle donc à l'ordre des paroissiens ayant sur la conscience des péchés plus graves que les miens. La paix était revenue dans ma famille.

Je croyais dire vrai... J'avais cessé d'aller voir Hattie, la fille de Bickel Road. J'étais maintenant bien trop occupé et trop connu des gros bonnets de Three Rivers pour prendre le risque d'être vu en pareil lieu ! À courir d'une réunion à une autre, je n'avais plus guère le loisir de penser au plaisir charnel avec ma femme, et pourtant le bien-être avait donné à Ignazia des rondeurs qui la rendaient plus désirable encore.

Mon travail avec la commission d'urbanisme m'amena à nouer une petite relation intime avec Mme Josephine Reynolds, la sténographe de l'hôtel de ville chargée des minutes de nos réunions. Josie était loin d'avoir les attraits d'Ignazia. Un peu trop maigre de poitrine. Comme n'importe quelle *Mericana*, elle faisait du café aussi clair que de l'eau de vaisselle. Mais elle savait apporter un certain réconfort à un homme très occupé, et aussi rester discrète. Elle habitait Willimantic. J'allais jusque-là quand je le pouvais, pas trop souvent. Je lui accordais quelques faveurs quand c'était possible. Jamais je ne me serais retourné sur elle si mon épouse n'avait pas eu le cœur fragile.

Je pensais que la paix était revenue dans mon foyer. Je voulais croire que la bénédiction de Guglielmo avait chassé la malédiction de l'autre prêtre. Mais le malheur faisait son œuvre souterraine, comme des termites s'attaquant à ma maison de l'intérieur. Discrètement, ce termite du nom de Prosperine exerçait sa traîtrise, détruisant le peu de paix dont nous avions joui à Hollyhock Avenue.

17 août 1949

C'est un dimanche après la messe que le malheur s'abattit de nouveau sur mon foyer.

Ce jour-là, en rentrant de l'église, Ignazia alluma le feu sous la marmite de *macaroni* et alla se changer. Je lisais le journal, assis à la table de la cuisine.

571

À côté de moi, Concettina chantonnait et faisait des petits dessins. Le Singe entra par la porte de derrière, avec sa moue habituelle. Cette femme ne me disait jamais un mot si je ne lui adressais pas la parole. Or, ce jour-là, j'avais à lui parler. Et pour cause.

La veille, quand j'étais allé toucher mes gages hebdomadaires chez la *signora* Siragusa, la vieille logeuse m'avait mis quatre dollars dans le creux de la main au lieu de six. À deux reprises dans la semaine, me dit-elle, Prosperine s'était prétendue malade et était restée dans sa mansarde. La *signora* se plaignait d'avoir à faire le travail de deux personnes ; elle en avait assez. En plus, Prosperine ne plaisait pas aux pensionnaires. Elle ne souriait jamais et ne faisait jamais la conversation. Et puis, deux ou trois fois, la vieille avait été réveillée au milieu de la nuit par des bruits de pas dans l'escalier. Si elle s'apercevait qu'il lui manquait des provisions ou de l'argenterie, elle en déduirait la valeur des gages de Prosperine. Et si celle-ci descendait pour aller retrouver un des célibataires qui logeaient au premier étage, elle devrait quitter la pension. La *signora* ne voulait pas de scandale dans son établissement. À supposer que le père Guglielmo ait vent de la chose ? Que la police fasse une descente ? J'assurai la *signora* que je veillerais à ce que tout rentre dans l'ordre.

« Eh bien, dis-je à Prosperine avant même qu'elle n'ait retiré son manteau. J'apprends que tu ne fais pas ton travail chez la *signora*.

— Je fais mon travail.

— Hier, elle m'a remis quatre dollars au lieu de six. Elle ne te paie pas pour que tu restes à dormir dans sa mansarde.

— J'étais malade. Comme un chien.

— Malade de quoi ? »

Pas de réponse.

« Moi, quand je suis malade, je vais travailler tout de même.

— C'est ton affaire. Moi, j'agis autrement. J'aurai de la chance si je ne meurs pas d'une pneumonie là-haut. Le vent souffle sous le toit. Elle ne veut pas que je laisse ma porte entrouverte, même à peine, pour que la chaleur du bas monte un peu jusqu'à moi. Pour le charbon, elle est aussi regardante que toi.

— S'il fait tellement froid là-haut, descends te réchauffer en faisant ton travail honnêtement. Tu dormiras toute la nuit, sans prêter attention au vent. Cesse de faire grise mine aux pensionnaires. Tu es déjà assez laide comme ça. Ils se plaignent de ta *disposizione* auprès de la *signora*. Et ces façons de descendre en catimini au milieu de la nuit comme un cambrioleur, qu'est-ce que ça signifie ? Elle t'entend dans les escaliers. Elle te soupçonne de te livrer à de drôles de choses avec les hommes qui logent chez elle.

— Tout ce que je fais de drôle, c'est d'aller aux toilettes. Ou d'essayer de réchauffer ma carcasse.

— Espérons que tu dis vrai. Je t'ai envoyée là-bas pour travailler. J'ai intérêt à toucher mon compte d'argent la semaine prochaine, sinon je te tords le cou.

— Pourquoi travaillerais-je pour que tu te remplisses les poches ? répliqua Prosperine.

— Parce que je t'ai nourrie et que j'ai supporté ta présence chez moi pendant presque deux ans. Qui sait où tu serais à cette heure sans ma générosité. Sur le pavé de New York, sans doute.

— *Generoso ?* Toi ? Tu n'es qu'un grippe-sou. »

Ignazia entra et vit que nous nous lancions des regards furibonds. Saisissant bruyamment des casseroles, elle s'interposa : « Prosperine, râpe-moi ce fromage, ordonna-t-elle. Domenico, va me chercher un bocal de pêches. » Je me levai lentement en prévenant le Singe que nous reprendrions notre petite conversation après le repas.

Pendant le déjeuner, pas un mot ne fut prononcé. On entendait juste le bruit des fourchettes et des cuillères dans les assiettes. Même Concettina se taisait. Chaque fois que je levais les yeux, je voyais Prosperine me lancer des regards assassins. Si son amie la sorcière de Pescara lui avait transmis l'art de jeter le *mal occhio*, ce jour-là, elle m'aurait fait éclater la cervelle.

J'avais l'habitude, le dimanche matin, de sortir ma *medaglia* d'argent de son écrin de velours rouge et de la mettre pour aller à la messe. Je la gardais sur moi pendant le temps du repas, après quoi je montais me déshabiller et faire ma sieste. De sorte que, ce jour-là, à la fin de notre long déjeuner en silence, j'avais encore ma *medaglia* autour du cou. Ignazia et

Prosperine se levèrent et commencèrent à débarrasser. Je dis au Singe de se rasseoir, et à Ignazia de garder la petite avec elle à la cuisine.

Prosperine s'assit en soupirant. Pendant que je lui faisais mes observations, elle tapotait impatiemment sur la table en refusant de me regarder – l'irrespect avait toujours été son fort. Je retirai ma médaille, tendis le bras et la balançai devant sa sale tête. « Regarde bien, dis-je. Ceci m'a été donné en reconnaissance de mon dur labeur, pour avoir toujours fait plus que ce qu'on attendait de moi, jamais moins. »

Elle serra les poings sur la table avec un profond soupir d'*impazienza*. Mais elle évitait toujours de me fixer dans les yeux.

« Cette médaille n'est pas seulement ma propre victoire, c'est celle de tout *Italiano* qui a émigré en *Merica*. Mon exemple doit te servir de leçon et t'engager à travailler de telle sorte que tu sois fière de ta tâche.

— Ta belle *medaglia*, tu peux l'avaler et la chier par l'autre bout. » Elle rejeta la tête en arrière, prenant son élan pour mieux cracher dessus.

Je me levai et saisis son bras maigre en le tordant légèrement pour l'obliger à se mettre debout.

« Cette fois, tu as dépassé les bornes. Excuse-toi ou je te tords le bras jusqu'à ce que j'entende l'os se briser. Excuse-toi haut et fort, sors de cette maison et n'y reviens plus. »

Ignazia fit irruption dans la pièce. « Arrête, Domenico ! s'écria-t-elle. Lâche-la. Je ne veux pas de ces brutalités chez moi.

— Tais-toi et reste à l'écart de cette affaire ! Cette *mona* a craché sur ma médaille. » Concettina se cacha dans les jupes de sa mère et se mit à pleurnicher.

Ignazia saisit une serviette de table pour essuyer ma médaille. « Allons, fais ce qu'il te demande, dit Ignazia à Prosperine. Qu'est-ce que ça peut faire ? »

Mais cette cabocharde ne voulut rien entendre. Au contraire, elle baissa la tête et me planta ses dents dans la main par laquelle je la tenais !

Je la lâchai en laissant échapper un cri de douleur, puis je la saisis par ses nattes. Elle essaya de s'enfuir, mais je tins bon et lui retournai une bonne paire de gifles.

Ignazia essayait de nous séparer. Concettina pleurait. Sa mère aussi. Mais pas cette chienne par qui tout le malheur était arrivé. Celle-là continuait la bagarre. Elle leva une main et me frappa sur le nez. De l'autre, elle s'empara du couteau à pain sur la table. Je l'attrapai et lui écrasai la tête contre le mur. Elle finit par lâcher le couteau.

Des hurlements dans mon dos. En me retournant, je vis ma femme et ma fille qui rampaient à terre et criaient à l'assassin.

« *Bruto ! Bruto !* vociférait ma femme. Quel est ce monstre qui s'attaque à de pauvres femmes sans défense et terrorise son propre enfant ?

— Si tu veux t'en prendre à quelqu'un, c'est elle qu'il faut blâmer ! m'écriai-je en montrant Prosperine, elle qui mord et crache comme une bête ! » À quatre pattes, celle-ci toussait et hoquetait tel un chien battu.

Ignazia se releva et aida sa comparse à se remettre sur pied. Le Singe tituba en grognant et prit appui sur une chaise. Quand elle se tourna vers moi, je vis que je lui avais fait sauter une dent de devant et que l'autre était branlante. Elle pendait, sanguinolente, à moitié sortie de sa bouche. Elle ne mordrait plus de sitôt. On aurait dit qu'elle avait reçu une tomate mûre en pleine figure.

« *Bruto !* hurlait ma femme. Va-t'en ! Laisse-nous tranquilles !

— Tais-toi ! Tous les voisins vont t'entendre !

— Eh bien, qu'ils entendent ! Qu'ils sachent que mon *pezzo grosso* de mari rend service au monde entier mais, une fois rentré chez lui, il agresse des femmes innocentes et leur fait sauter les dents !

— *Innocenti ? Innocenti ?* Elle avait un couteau à la main ! » Je montrai à Ignazia la morsure que m'avait faite le Singe, mais mon hystérique d'épouse crut que je voulais la frapper elle aussi. Elle tomba à genoux en se couvrant la tête de ses mains. « Ne me frappe pas, Domenico, je t'en supplie. Ne me frappe pas ! »

Je lui dis de se relever : jamais je ne lui ferais de mal.

Le mal était fait, me cria-t-elle, depuis le soir où je l'avais épousée et amenée dans cette prison. Elle me haïssait et maudissait mille fois le jour où elle était devenue ma femme !

Je ne l'avais pas frappée une seule fois depuis ce premier soir, et, grâce à moi, l'enfant et elle avaient disposé de tout ce qu'il y avait de mieux. Mais elle ne m'en savait aucun gré.

Je m'apprêtai à sortir. Mon intention était d'aller fumer au premier étage pour me calmer. J'entendais que cette chienne de malheur soit partie quand je redescendrais, et je revins dans la salle à manger pour le leur faire savoir clairement à toutes les deux. À ma deuxième sortie, je claquai la porte violemment.

Or je n'entendis qu'un bruit sourd. Quelque chose avait arrêté le choc. L'espace d'un instant, il y eut un horrible et terrible silence. Ensuite ce furent des cris perçants. L'enfant avait mis sa main dans l'encadrement de la porte. J'avais claqué la porte sur les cinq petits doigts de Concettina !

Orribile ! Terribile ! Mais c'était trop tard, irréparable. C'était un *accidente*, mais entre les cris de l'enfant et les hurlements indignés d'Ignazia, je ne pus même pas exprimer mes regrets ni approcher de la fillette pour voir l'étendue du mal causé par le défi du Singe. Alors je me ruai au premier, fermai la porte de ma chambre et la bloquai avec la commode.

Dans toute la maison, ce n'étaient que portes qui claquaient, femmes et enfant qui gémissaient.

Environ un quart d'heure plus tard, par la fenêtre du couloir du haut, je les vis s'enfuir toutes les trois, tête baissée. Ignazia ouvrait la marche. Leurs affaires étaient empilées sur la belle poussette que je lui avais fait acheter. La petite avait la main emmaillotée dans un bandage blanc. Prosperine la tenait par l'autre main et elle-même se protégeait la bouche avec un linge. Elles s'éloignèrent si résolument qu'on distinguait à peine leurs pas. Prendre la fuite n'avait pas de secret pour ces deux-là. Elles s'y étaient suffisamment exercées sur le Vieux Continent. Mais elles n'iraient pas bien loin.

Je savais où elles se réfugieraient si elles ne s'arrêtaient pas à côté, chez la femme de Tusia. Où iraient-elles sinon chez la *signora* Siragusa ?... Je ne me lançai point à la poursuite de ma femme. Il valait mieux la laisser partir que de faire une scène à laquelle tous les *Mericani* de Hollyhock Avenue assisteraient de leurs fenêtres. Chaque matin, au petit déjeuner, Ignazia me disait combien d'argent il lui fallait pour les dépenses du ménage de la journée et je lui laissais la somme dont elle avait besoin. Pas davantage. Elle ne pouvait pas avoir plus de quelques dollars en poche. Qu'elle parte, pensai-je. Elle reviendra à genoux quand elle se rendra compte que, sans Tempesta, elle ne peut pas grand-chose.

Seul chez moi, j'essayai d'enlever les traces du sang de Prosperine dans la salle à manger. Je parvins à nettoyer à peu près le tapis, mais, sur la tapisserie et la nappe, il restait des taches brunes aussi indélébiles que la teinture que nous utilisions à la fabrique. J'ôtai la nappe et allai la brûler derrière la maison. Puis je changeai la desserte de place pour cacher le papier peint maculé.

J'essayai à plusieurs reprises de téléphoner à mon amie Josephine, mais personne ne répondit. Personne pour consoler un pauvre homme qui ne demandait rien d'autre qu'un peu de paix et de calme chez lui le dimanche après la messe – un homme qui n'était pas une brute mais portait sur son dos le poids d'un singe.

Je ne pus trouver le sommeil de toute cette nuit-là, et pourtant j'avais besoin de repos avant ma nuit de travail le lendemain. L'enfant avait-elle les doigts cassés ou seulement meurtris ? Ignazia était-elle sincère en disant qu'elle maudissait mille fois le jour où elle m'avait épousé ? Si j'allais voir le père Guglielmo, il me dirait de pardonner à Prosperine, de leur pardonner à toutes les deux, et de leur demander pardon ! Faites acte d'humilité, Domenico ! Et, pour votre pénitence, consignez tout cela par écrit !

Je me levai, sortis le petit coffre-fort du placard et le descendis sur la table de la cuisine. Je relus les pages que j'avais déjà écrites et essayai de poursuivre ma réflexion. Mais ce fut peine perdue. J'étais encore tout ébranlé en repensant aux cris de Concettina. Je voyais la marque des dents du Singe sur ma main qui tenait la plume. Je revoyais son horrible crachat glisser sur ma *medaglia* d'argent... Je n'en avais pas encore fini avec cette *mingia* criminelle qui avait volé le nom d'une morte pour venir en Amérique causer ma perte !

Vers le milieu de la semaine, j'en eus assez du petit jeu de cache-cache de ma femme. Un matin, après le travail, je me rendis chez la *signora* Siragusa pour récupérer ma *famiglia*.

La vieille *signora* voulut me réprimander pour avoir abîmé les dents de Prosperine, mais je la repoussai en lui recommandant de se taire. « Ce sont vos doléances qui sont la cause de mes malheurs. Allez demander à ma femme de rassembler ses affaires. Je lui ordonne de rentrer à la maison tout de suite. »

Quelques minutes plus tard, la *signora* redescendait : « Elle vous prie de partir. Elle aimerait mieux s'arracher le cœur plutôt que de vous revoir. »

La journée était bien entamée ; les pensionnaires étaient tous partis travailler. Il n'y avait personne pour entendre Tempesta régler ses affaires personnelles. J'interpellai ma femme du bas de l'escalier.

« Tu ferais bien de descendre tout de suite, *Violetta* !... Avant que ça ne tourne mal, *Violetta* ! »

Violetta ? La *signora* me regarda, éberluée. Je soutins son regard jusqu'à ce qu'elle retourne dans sa cuisine en hochant la tête. Ignazia se montra en haut de l'escalier, descendit quelques marches et s'arrêta, le visage pâle, avec de grands yeux de biche, tenant la fillette par la main dans son dos, comme pour la protéger de moi.

« Elle a les doigts cassés ? » demandai-je.

Elle fit signe que non. « Mais pas grâce à toi ! dit-elle.

— Tu es ma femme. Prends tes affaires et rentre à la maison. » Je ne tolérais pas que les ouvriers de la fabrique me résistent, je ne tolérerais pas davantage que mon épouse ne m'obéisse pas. Ignazia répondit qu'elle ne reviendrait jamais dans une maison où les femmes et les enfants n'étaient pas à l'abri des monstres.

« Le monstre dans la maison, c'est cette folle, cette garce qui a toujours été entre nous deux. Mais c'est fini désormais, elle n'entrera plus chez moi. Maintenant, prends tes affaires. S'il le faut, je te traînerai par l'oreille jusqu'à Hollyhock Avenue. »

Non, je ne la toucherais pas, affirma-t-elle. Prosperine et elle avaient décidé cette nuit même de quitter la ville.

« D'ici une semaine, tu reviendras, la queue entre les jambes. Entre-temps, qui va s'occuper de mes repas et de mon linge ?

— Que m'importe ? Adresse-toi à cette *puttana mericana*, cette *segretaria* aux cheveux blonds et au gros *cula* ! » Du coup, je me radoucis un peu. Je crus voir dans les yeux d'Ignazia l'indignation d'une épouse jalouse voulant son mari pour elle toute seule.

« C'est toi que j'aime. C'est toi que j'ai toujours désirée. Mais quand une femme refuse à son mari ce dont il a besoin, il lui faut aller voir ailleurs. Cette secrétaire ne compte pas. Reviens dans notre lit et je l'enverrai au diable.

— Au diable toi-même, espèce de brute ! Tu me conduirais au cercueil pour satisfaire tes désirs, pour que je porte un autre enfant de toi et que j'en meure ! » Sur quoi elle tourna les talons, prit la petite dans ses bras et remonta en haut de l'escalier.

Le lendemain après-midi, je fus réveillé par la sonnette de l'entrée. Je descendis ouvrir et trouvai la *signora* à ma porte. Elle avait des nouvelles pour moi. Comme des mendiantes, Ignazia et Prosperine avaient harcelé ses pensionnaires et réussi à emprunter de l'argent à l'un d'entre eux. Les deux femmes projetaient de se rendre à New London et d'y prendre le train du samedi soir pour New York.

Le samedi, je me rendis moi-même à New London par le tram. Heureusement pour moi, elles avaient prévu de s'enfuir un jour qui ne me ferait pas manquer mon travail à la fabrique.

J'arrivai à la gare avec trois heures d'avance. Cela me donna amplement le temps de manger un steak, de faire un tour et de réfléchir, et finalement d'engager conversation avec le jeune agent de police qui était de faction à la gare. Je lui racontai que j'attendais mes cousins qui venaient me voir de Providence. Ils arrivaient par le train de New York, mais je m'étais trompé sur l'heure d'arrivée. J'appris tout sur sa famille et son travail, et j'eus même le temps de régaler M. l'agent *stupido* d'une platée de côtes de porc et de deux tasses de café. Quand je vis Ignazia, Prosperine et la petite fille entrer dans la gare, l'*agente di polizia* et moi étions devenus de grands amis.

« *Scusa*, lui dis-je, j'aperçois là-bas la femme d'un de mes amis. Elle semble être en difficulté. Voudriez-vous m'attendre ici pendant que je vais voir s'il y a un problème ? Je ne voudrais pas l'inquiéter pour rien. »

Il restait là jusqu'à dix heures, m'assura-t-il. « Faites-moi signe si vous avez besoin de moi. J'aurai l'œil. »

Je m'approchai d'elles pendant qu'elles traversaient le hall plein de monde pour se diriger vers le quai avec leurs bagages. « Tu as intérêt à rentrer à la maison tout de suite, Ignazia ! » lui criai-je.

Au son de ma voix, elles se retournèrent. Prosperine jura en sourdine.

« Là-bas au guichet, mon ami l'agent de police n'attend qu'un signe de moi. » Elles suivirent mon doigt du regard et virent l'agent porter la main à sa casquette. « Viens avec moi, sinon je n'aurai pas le choix. Je serai obligé de faire appel à lui.

— Eh bien, appelle-le, dit Ignazia. Et explique-lui comment tu traites les femmes et les enfants. » Mais sa voix tremblante la trahissait. L'enfant s'agitait dans ses bras. « Papa ? »

En les attendant, j'avais rempli mes poches de bonbons. Je m'avançai vers la fillette et lui parlai doucement en lui donnant des chocolats et des pastilles de menthe. Je murmurai à l'oreille de sa mère : « Je pourrais évoquer le passé sur le Vieux Continent en présence de cet agent de police, lui raconter l'histoire d'un artiste et d'une certaine Violetta, fille d'un marchand de poisson. »

Un sifflet retentit. Le train en provenance de Rhode Island entra en gare. Autour de nous, les voyageurs attrapaient leurs valises, embrassaient des êtres chers et se dirigeaient vers la voie.

Prosperine saisit ma femme par la main et l'entraîna dans la foule. « *Fretta* ! lui ordonna-t-elle, *fretta* avant qu'il ne soit trop tard. Si on ne monte pas dans ce train maintenant, on ne se débarrassera jamais de lui. »

Ignazia se laissa entraîner à faire quelques pas, puis elle s'arrêta et regarda l'agent de police. Elle était pâle, défigurée par la peur.

« Mon ami l'agent est prêt à venir voir ce qui se passe dès que je lui ferai signe. Reviens avec moi, Ignazia, et il ne t'arrivera rien. Mais si tu montes dans ce train, tu te retrouveras en prison à Pescara. Si je parle, tu ne reverras jamais la petite. Je te le garantis. Tu ferais bien de te décider.

— N'écoute pas ces bobards ! aboya Prosperine. New York est une grande ville ! *Fretta* ! »

Ignazia suivit d'abord le Singe et la petite, puis elle s'arrêta et me vit faire un geste en direction de l'agent, qui opina du chef à l'autre bout de la gare. Elle lâcha ses paquets et se prit la tête dans les mains. « Des marchands de poisson, des morts ? Tout ça est insensé. Je ne sais même pas de quoi tu parles ! »

Le bec cloué, le Singe la tira par le bras. Concettina réclamait sa mère.

« Je parle d'un peintre qui est mort avant son heure pour avoir avalé du verre et du plomb.

— Ah non, tais-toi ! me supplia Ignazia. Tais-toi. »

Le train siffla. Le Singe se mit à courir avec l'enfant. Ignazia saisit leurs bagages et suivit à toutes jambes.

Je fis signe à l'agent de se presser. Tandis qu'elles bousculaient les autres voyageurs pour monter, je leur criai : « Je parle de deux criminelles qui se sont enfuies en Amérique avec de faux passeports ! »

Des voyageurs se retournaient pour regarder et murmuraient.

« Regarde, Violetta ! L'agent arrive ! Il vient t'arrêter.

— Ne l'écoute pas ! s'exclama Prosperine. *Fretta !*

— Oui, presse-toi, Violetta ! Monte vite dans ce train. Quand tu arriveras à New York, je peux t'assurer que les autorités t'attendront à la gare de Grand Central. De là, ce sera plus facile de t'expulser, de te prendre l'enfant et de te renvoyer à Pescara où le châtiment attend une épouse criminelle. »

Les roues s'ébranlèrent lentement. Prosperine grimpa à bord avec la petite et les bagages. Le train siffla encore une fois. Ignazia sanglotait et courait sur le quai. « *Fretta !* Monte vite ! » lui criait Prosperine.

Le chef de train demanda à Ignazia de monter ou de s'écarter. Le Singe lui tendit la main. Ignazia la saisit et grimpa. Puis elle lui arracha l'enfant et sauta sur le quai.

« Je ne peux pas, je ne peux pas ! clama-t-elle en reculant. Il me prendra ma fille ! Je ne peux pas ! »

Prosperine me montra le poing et m'injuria.

« Tu as intérêt à te taire et à t'enfuir tant que c'est possible, espèce de garce édentée ! Disparais de ma vue, ou je veillerai à ce que tu finisses tes jours en prison avant d'aller en enfer, où est ta place ! »

Sur le quai, Ignazia berçait l'enfant dans ses bras en sanglotant et en gémissant tandis que le train emportait l'autre.

Je levai la main et fis signe à l'agent de s'arrêter.

Ma femme, la petite et moi, nous rentrâmes à la maison.

44

J'ai passé les semaines suivantes à régler les dernières affaires de Thomas, à aller voir doc Patel et à regarder bien trop de base-ball à la télé. Les Red Sox, essentiellement – une bande de cas encore plus désespérés que le mien. Entre les reprises, j'essayais de penser à mon avenir.

« Réveille-toi, Birdsey, me disais-je. On est en mai. Tous les peintres en bâtiment de la place ont déjà repris le travail. » Puis j'attrapais la télécommande, je tombais sur un match, et je me trouvais toutes sortes d'excuses. On ne se remettait pas comme ça de la mort d'un frère, surtout quand il s'agissait d'un vrai jumeau... À grimper à l'échelle à longueur de journée, j'allais encore forcer sur mon pied et ma cheville. Mon assurance professionnelle m'avait coûté assez cher ; autant en profiter au maximum.

La vérité, c'est que je n'avais jamais adoré ce métier. Je m'y étais lancé par hasard quand j'avais laissé tomber l'enseignement. Des collègues qui avaient démarré après moi, des types plus jeunes, signaient beaucoup de leurs contrats en ce moment. Danny Jankowski employait quatre ouvriers, dont deux à plein temps. Il m'avait téléphoné peu auparavant : il avait appris que j'allais peut-être abandonner ; il se demandait si je ne vendrais pas mon Kärcher. Les vautours étaient déjà là.

La peinture en bâtiment n'avait cependant pas que des inconvénients. Il y avait des chantiers satisfaisants, des clients sympathiques. Ce n'était pas désagréable de quitter les lieux le dernier jour, avec l'argent en poche, après avoir redonné un peu de couleur à une vie grisâtre.

L'ennui, c'est que je continuais à voir la tête de Henry Rood là-haut à la fenêtre. Je revivais constamment ma chute. Jankowski m'avait dit qu'il souhaitait une réponse avant la fin de la semaine. Il y avait deux semaines de cela.

« C'est son irrésolution qui a perdu Hamlet, Dominick, m'a fait remarquer doc Patel un après-midi.

— Ne me dites pas que vous avez aussi écrit une thèse sur Shakespeare ? »

Depuis notre dernier entretien, elle avait mis sur la table un nouveau hochet : un parallélépipède en verre contenant un épais liquide vert.

J'ai pris l'objet dans ma main et je lui ai fait faire des vagues. « Peindre ou ne pas peindre. C'est la question.

— Être ou ne pas être, a rectifié le bon docteur. Repartir dans la vie, ou produire votre propre version de l'emprisonnement de votre frère. Vous noyer ou ne pas vous noyer. »

J'ai trouvé que c'était un coup bas. Dix minutes plus tôt, je lui avais décrit mon dernier rêve de substitution : Dominick était mort, et moi, Thomas, au volant du corbillard, je transportais son corps, à la recherche d'un cimetière que je ne trouvais pas.

« Avez-vous téléphoné au rectorat ?

— Non.

— Pourquoi ? »

J'ai haussé les épaules. À la séance précédente, elle m'avait fait remarquer que ma façon de répondre aux questions gênantes par un haussement d'épaules était une réaction d'hostilité, une habitude passive-agressive dont il faudrait que je me débarrasse. Officiellement, le Dr Patel n'était pas censée m'influencer sur l'orientation de ma vie future, mais de toute évidence elle était favorable à mon retour dans l'enseignement. Au départ, c'est moi qui en avais eu l'idée. J'avais mentionné cette possibilité au cours d'une de nos séances antérieures. Depuis, j'avais recommencé à m'intéresser aux jeunes en âge d'aller au lycée. Au centre commercial, dans les fast-foods. Je les trouvais plus durs, ou plus désespérés, avec toutes leurs histoires de bandes, leur langage grossier. La semaine précédente, j'avais fait la queue pour un sandwich derrière deux filles en bombers. « Si cette salope vient me faire chier à cause de lui, je lui pète la gueule, disait l'une des deux. Elle se prend pour quoi, bordel ? » C'était une belle gamine. Hispanique. Des traits fins de poupée de porcelaine. Je m'imaginais en face d'elle et de sa copine, en classe, essayant de leur expliquer pourquoi il fallait étudier l'histoire.

« Dominick ?

— Oui ?

— Pourquoi n'avez-vous pas téléphoné ? »

J'ai failli hausser les épaules, mais je me suis contenu. « Je ne sais pas. J'ai eu à faire.

— Quoi donc ? »

Je n'osais pas lui avouer : regarder CNN, C-SPAN. L'histoire du base-ball en train de se faire. « Vous savez, dans ces bouquins que vous m'avez passés sur le processus du deuil ? J'ai lu qu'il est normal de ne pas arriver à se concentrer pendant un certain temps. On plane un peu. Il faut s'attendre à ça. Quoi ? Qu'est-ce qui vous fait sourire ?

— Je souris ?

— J'avais bien l'intention de téléphoner... Mais chaque fois que j'y pense, il est trop tard.

— Trop tard ?

— Il n'est plus l'heure. Quand je m'aperçois que j'ai oublié d'appeler, je regarde la pendule, et les bureaux sont fermés depuis un quart d'heure. Il faudrait que je me fasse un pense-bête. Oui, voilà, je vais laisser un petit papier à côté du téléphone. S'ils ne fermaient qu'à cinq heures, comme partout ailleurs dans le monde libre, et pas à quatre heures et demie, peut-être que... » Laisse tomber ce ton bêcheur, Birdsey. Elle ne va pas te rater. Ça ne sera pas la première fois.

En feuilletant ses notes, le Dr Patel m'a rappelé qu'à notre avant-dernière séance je m'étais assigné une liste de choses à faire. « Vous vous souvenez, Dominick ? Vous m'avez dit que vous vous sentiriez mieux si vous pouviez passer à l'action, plutôt que d'hésiter constamment. Vous aviez l'impression que votre indécision vous déprimait... Tenez, la voici, cette liste. Si nous y revenions ensemble ? »

Comme si j'avais le choix !

« Un, téléphoner au rectorat à propos de ma réintégration éventuelle. Deux, prendre une décision concernant mon entreprise. Trois, remercier pour les témoignages de sympathie. Quatre, détendre l'atmosphère avec Ray. » Elle m'a demandé si j'avais rappelé le « monsieur » qui était intéressé par mon matériel.

« Je ne peux pas l'appeler alors que je ne sais toujours pas ce que je veux faire.

— Vous pourriez lui dire que vous réfléchissez à sa proposition. »

Ce qui intéressait Jankowski, ce n'était pas le cheminement de ma réflexion, ai-je répondu, c'était mon Kärcher. « De toute façon, à présent, il est probablement allé voir ailleurs. » Qu'est-ce qu'elle voulait ? Que je décide là, sur-le-champ, de la façon dont j'allais gagner ma vie, juste pour lui faire plaisir ?

« Avez-vous répondu aux gens qui...

— Oui, c'est fait. » Mensonge. Chaque fois que je m'asseyais à la table de la cuisine, je restais là à regarder cette pile de condoléances, et toutes mes bonnes intentions s'évanouissaient. Je n'avais même pas encore décacheté la plupart de ces cartes. « Enfin, j'ai commencé. J'en suis à peu près à la moitié. »

Si je pouvais barrer des choses sur ma liste, cela me redonnerait de l'énergie. À certains égards, la dépression était liée à un manque de tonus. Ce n'était pas la première fois que je l'entendais me dire ça.

« La prochaine fois, j'aurai terminé. Absolument. Sans problème. » Oui, je n'allumerais pas la télé et je m'y mettrais le soir même.

« Et le récit de votre grand-père, Dominick ?

— Eh bien, quoi ? » Je ne me souvenais pas d'avoir mis Domenico sur ma liste.

« Il y a un moment que nous n'en avons pas parlé. La dernière fois, vous me disiez combien cette lecture vous était pénible. Vous vous souvenez ? Nous nous sommes demandé s'il valait mieux que vous alliez jusqu'au bout ou non. Vous rappelez-vous ce que vous avez décidé ?

— J'ai dit que je voulais le lire jusqu'à la fin. M'en débarrasser... Seulement, je ne me souviens pas d'avoir mis ça sur ma liste.

— Non, non. Mais puisque nous parlions de votre tendance à remettre au lendemain, liée sans doute à votre état dépressif, peut-être que...

— J'ai presque fini.

— C'est ce que vous m'avez dit l'autre fois, il ne vous restait qu'une quinzaine de pages.

— Écoutez, si je suis déprimé, ce n'est pas à cause des quelques conneries inscrites sur cette liste, c'est à cause de la mort de mon frère... On était jumeaux, vous comprenez ? C'est très dur.

— Naturellement. Mais nous parlions de...

— Je ne sais même pas pourquoi vous m'avez donné toutes ces lectures, ces photocopies d'articles sur le travail du deuil, pour les jumeaux en particulier, si... si vous vous attendez à ce que j'aille mieux au bout d'un quart d'heure.

— Ce n'est pas ce que j'attends.

— Enfin tout de même, on l'enferme dans une prison psychiatrique pendant sept mois. Il en sort et il se noie – un suicide, très vraisemblablement – et je suis censé réagir en disant : "Bon, eh bien, c'est fini. Allez, en avant ! Il est temps de changer de carrière." »

Elle savait, bien sûr, que le deuil était un processus difficile, avec des avancées et des reculs – une progression à petits pas, que l'on ne pouvait pas toujours contrôler ni prévoir. Les circonstances de la mort de Thomas, le fait que nous étions de vrais jumeaux et avions eu une relation complexe, tout cela compliquait encore les choses, elle me l'accordait. Elle ne cherchait pas à minimiser ma peine, bien au contraire. Son travail consistait en grande partie à m'écouter parler de la mort de Thomas et à explorer avec moi le sens de mes réactions à cette mort. Mais que ce soit bien clair : elle était là pour me défendre, non pour m'attaquer ; or elle ne pouvait pas honnêtement me faire payer des séances de thérapie et me laisser sombrer dans l'immobilisme sous prétexte de deuil. Certes, le deuil était un processus douloureux. C'était par degrés successifs qu'on surmontait sa perte. Mais il fallait bien vivre pendant ce temps-là. Accepter la réalité de la mort en continuant à vivre. En dépit de ce qui se passait dans mes rêves, je n'étais pas Thomas. J'étais Dominick. Mon cœur battait, je respirais. Je devais faire front non seulement à la mort de Thomas, mais aussi à ma propre vie.

Elle a repris la liste. « Avez-vous appelé Ray ? »

Banco. La question à soixante-quatre mille dollars. Jusque-là, ce n'était que la mise en train.

La première fois que j'avais revu le Dr Patel après les obsèques de Thomas, je lui avais raconté comment je m'étais déchaîné contre mon beau-père devant témoins. Cette séance-là avait été un marathon. Elle avait annulé son dernier rendez-vous et nous avions dépassé d'une heure et demie notre temps habituel. À la fin de ce réjouissant entretien, les derniers secrets de la famille Birdsey étaient pratiquement tous tombés comme des dominos : le « gentil petit jeu » de Thomas et de ma mère, ma trahison l'après-midi où je les avais livrés à Ray quand il était rentré à l'improviste. J'avais gémi, sangloté, fait entendre une plainte très semblable à celle de mon frère ce soir mémorable. Ensuite, doc Patel m'avait raccompagné jusqu'à ma voiture en me félicitant de m'être déchargé de tous ces secrets et de m'être engagé pour de bon sur la voie de la guérison.

C'est vrai que je m'étais senti libéré. Mais ça n'avait duré que le temps de rentrer chez moi. D'accord, j'avais choisi le trajet touristique : j'étais passé devant notre bonne vieille maison de Hollyhock Avenue et devant chez Dessa. Au moment où je m'étais garé devant cet ensemble à la con d'appartements identiques qui était mon doux chez-moi, le désespoir s'était déjà installé. La colère avait presque entièrement disparu, c'est sûr, mais le découragement s'était infiltré à la place. L'épuisement. Depuis, je me sentais las.

Car à quoi bon la confession sans pénitence, n'est-ce pas, père Guglielmo ? N'est-ce pas, père LaVie ? Il fallait tomber à genoux et demander pardon à Dieu le Père. Ou, dans mon cas, à Dieu le beau-père. Or mes genoux ne semblaient pas vouloir plier.

Donc, j'évitais Ray. Je ne répondais pas aux messages qu'il continuait à me laisser sur mon répondeur. Je n'allais pas le voir. Je n'arrivais pas à « détendre l'atmosphère » avec lui. Je ne pouvais toujours pas lui pardonner. Je ne pouvais pas enterrer le passé. Et comment l'aurais-je considéré comme mon paternel, alors que j'attendais encore la venue de mon vrai père pour sauver la situation ?

« Dominick ?

— Quoi donc ?

— Vous êtes bien distrait aujourd'hui. Je vous ai demandé si vous aviez appelé votre beau-père. »

Mon silence était une réponse.

« Quand croyez-vous que vous serez prêt à franchir ce pas ? Quelle date limite vous donnez-vous ? »

J'ai haussé les épaules.

À la porte du cabinet, je l'ai remerciée en lui disant « à vendredi », comme d'habitude. Mais le bon docteur me réservait un coup fourré. Elle annulait notre rendez-vous du vendredi. C'était à moi de l'appeler quand j'aurais accompli les tâches inscrites sur ma liste. À ce moment-là, elle se ferait un plaisir de s'entretenir avec moi.

J'étais là avec mon sourire, gêné et fumasse à la fois. « Qu'est-ce que ça veut dire ? C'est l'"amour vache" ou quoi ? »

Sans doute, a-t-elle dit. Elle m'a souhaité bonne chance et a refermé la porte.

Répondre à tous les témoignages de sympathie n'était pas si terrible que ça. Il suffisait de s'y mettre. C'était plutôt pire avant, tant que je n'avais pas ouvert tout ce courrier. J'avais reçu une carte de l'équipe de Sherwin-Williams, un mot de quelques profs du lycée où j'avais enseigné. Ruth Rood m'envoyait ses condoléances. Elle prenait sa retraite à la fin du semestre. Elle mettait sa maison en vente. Sa sœur et elle faisaient le projet de voyager un peu. Je ne m'étais même pas manifesté après que son mari s'était tiré une balle dans la tête. Dans sa carte, elle n'en parlait pas non plus.

J'ai commencé par écrire à l'intérieur de toutes les cartes une formule aussi impersonnelle que possible. Du travail à la chaîne. *Merci de votre gentillesse en ces moments difficiles. Suis très touché...* Mes ex-beaux-parents avaient envoyé un énorme truc doré avec des cartes pour des messes à l'église grecque. Il faudrait que je pense à dire à Ray que, finalement, Thomas avait eu son service religieux. Plusieurs même : six messes à l'église grecque. Les Constantine avaient également envoyé des fleurs au funérarium, une couronne deux fois plus grande que la nôtre, à Ray et moi. La carte était signée du gros Gene, pas seulement de Thula. C'était comique : chaque fois que je voyais Gene chez Constantine Motors, c'est à peine s'il s'apercevait de ma présence. Mon frère casse sa pipe, et il devient le roi des condoléances... Ces fleurs étaient probablement passées dans ses frais généraux. Les cartes aussi sans doute. *Merci de votre gentillesse dans ces moments difficiles. Suis très touché.*

J'avais aussi une carte de Mme Fenneck, la bibliothécaire qui avait appelé le 911. « Mon mari est décédé il y a un mois, écrivait-elle. Je prie pour celui que vous avez perdu. Je suis heureuse que votre frère ait enfin trouvé la paix. » Eh bien, paix à vous aussi, madame Fenneck. Paix sur la terre aux veuves et aux bibliothécaires de bonne volonté. *Merci de votre gentillesse en ces moments difficiles. Suis très touché.*

L'adresse qui figurait sur la dernière carte de la pile ne me disait rien, mais j'étais sûr de connaître l'écriture. En fait, ce n'était pas une carte de condoléances, c'était un faire-part de naissance. Tyffanie Rose. Six livres et demie. Quarante-six centimètres.

La Californie ne leur avait pas réussi, écrivait Joy. Ils étaient revenus dans l'Est, à Portsmouth, New Hampshire, où Thad avait été en garnison autrefois. Il travaillait comme masseur dans un centre de remise en forme, et elle était serveuse dans un restaurant mexicain. Ça n'allait pas très fort entre eux. C'était assez compliqué. Elle allait devoir prendre certaines décisions. Mais Tyffanie était un bébé facile – elle n'avait que six semaines et faisait déjà des nuits complètes. « J'ai tout foutu en l'air dans ma vie, ou presque, Dominick, écrivait Joy. La seule chose que j'aie réussie, c'est Tyffanie. »

Elle avait joint une photo, un de ces instantanés qu'on prend à l'hôpital et qui montrent incontestablement que l'homme descend du singe. Tyffanie Rose : prénom cucul, orthographe nunuche. Typique. J'ai regardé cette petite chose fripée et lui ai souhaité bonne chance. Elle en aurait besoin avec ses deux tarés de parents... Que faire d'une photo de ce genre ? La jeter ? La mettre dans un tiroir ? Cette petite demoiselle Face-de-singe n'avait absolument rien à voir avec moi, même si sa mère avait essayé de me raconter que j'étais le père. Jette-la, ai-je songé. Je me suis levé, puis, à mi-chemin de la corbeille à papier, j'ai changé d'avis. J'ai fourré la gamine dans ma poche de chemise, ne sachant vraiment pas quoi en faire. Et je me suis remis à mon boulot à la chaîne.

J'ai timbré toutes les cartes que j'avais écrites et j'ai mis la pile près du téléphone. « Appeler le rectorat », ai-je gribouillé sur une des cartes qui n'avait pas servi. Après quoi je l'ai mise sur le dessus comme pense-bête.

Je suis allé m'affaler sur le canapé de la salle de séjour en attrapant la télécommande. Je posterais tout ce courrier dès le lendemain matin. C'était toujours ça de fait, j'avais au moins une chose à biffer sur ma liste.

Seinfeld... Les Simpson... les Sox. Boston jouait contre New York. Clemens sur le monticule. Un mec trop payé. Une perte de temps de trois heures, ce base-ball... Ouais, mais ton courrier est fait. T'as bien mérité de reprendre ton souffle pendant sept ou huit reprises...

Quand je me suis réveillé, c'étaient les infos de dernière heure : Rajiv Gandhi brûlait sur un bûcher funéraire ; la reine Elizabeth nommait Norman Schwarzkopf chevalier pour avoir si magistralement massacré les Irakiens. Soudain, quelque chose qui me touchait de plus près : Duane Taylor descendait les marches du palais de justice.

Il était passé devant le tribunal le matin même avec cent quinze chefs d'accusation. La gamme des inculpations allait de l'agression sexuelle de onze patients instables mentalement au racket pur et simple – il avait profité de façon constante et méthodique de sa situation dans l'établissement pour mener ses activités criminelles. Il semblait s'être parfaitement remis de la tentative d'étranglement, mais il n'y avait plus trace de cette assurance que je lui avais connue à Hatch. S'il était déclaré coupable, il risquait la prison à perpétuité ; cependant, c'était un cas difficile à juger car les témoins n'étaient pas fiables. Quand le Dr Yup avait examiné mon frère, elle n'avait pas trouvé de preuves concluantes. Pourtant, je n'accorderais sûrement pas à Taylor le bénéfice du doute. Va brûler en enfer, ai-je dit à ce salaud, tandis qu'on l'emmenait, menottes aux poignets, à l'arrière du fourgon de police. Crève !

J'ai coupé le son, éteint les lumières dans la cuisine. Je suis allé dans ma chambre en pensant que je n'allais pas trouver le sommeil de sitôt. Je me suis brossé les dents, me suis passé de l'eau sur le visage, et je me suis effondré à plat ventre sur mon lit. Allongé dans le noir, j'ai réfléchi à ce qui restait sur ma liste : appeler Jankowski pour le Kärcher, appeler le rectorat.

Doc Patel avait raison : deuil ou pas, il fallait que je me mette à la tâche.

Que j'appelle Ray.

Que je finisse le bouquin de mon grand-père...

À tâtons, sous mon lit, j'ai voulu prendre le manuscrit de Domenico. Quand j'aurais fini ce machin, je ferais un sacré feu de joie derrière la maison. Bon débarras, espèce de connard prétentieux !

« Connard ! » ai-je répété tout haut, dans le noir.

Pour la première fois, je me demandais pourquoi je n'avais pas réussi à lire jusqu'au bout l'histoire de Domenico.

J'avais peur. Voilà ce qu'il y avait.

Peur qu'à la fin il ne révèle la vérité. Qu'elle ne soit écrite noir sur blanc... Est-ce pour cela que ma mère n'avait jamais rien pu nous dire ? Avait-il abusé de la faiblesse et de l'innocence de sa fille ?... Notre père était-il non pas le fringant sténographe, mais notre propre grand-père ?

J'étais là à l'entrée du trou noir, et j'étais tenté d'y plonger... Était-ce donc ça, M'man ? Tu n'avais pas eu la force de lui résister ? Nous avions été conçus dans le mal, Thomas et moi ?

Plus tard dans la nuit, quand mon tremblement s'est calmé, je me suis retourné dans l'obscurité. J'ai entendu un léger froissement sous moi, et j'ai tendu le bras pour allumer. J'ai fouillé ma poche de chemise.

Mon regard s'est posé sur Tyffanie Rose. La petite demoiselle Face-de-singe. J'ai porté la photo à mes lèvres et je l'ai embrassée.

Je l'ai mise sur ma table de chevet, en lieu sûr, et j'ai éteint. Sans trop savoir pourquoi, je suis resté là à sourire dans le noir.

Le lendemain matin, j'ai posté mes cartes. J'ai poussé jusqu'à la plage et je suis resté à regarder les vagues et les mouettes. Au retour, j'ai dépassé la bretelle de sortie pour Three Rivers. J'ai roulé jusqu'à Hartford et, sur l'impulsion du moment, je suis entré dans ce cinéma au bord de la I-84. Je suis resté là dans l'obscurité à regarder Bruce Willis et sa testostérone sauver le monde libre. Ça recommençait. Couilles au mur, mec. La force fait loi... Lâche des bombes sur les Irakiens. Tiens le Noir pieds et poings liés, tabasse-le à coups de matraque. Lève le poing et montre à ta femme qui est le maître...

Rentré chez moi, j'ai fait face au téléphone.

Bip. « Dominick, c'est Leo. Je voulais savoir si tu étais prêt à prendre une bonne déculottée au racquetball. Ou si tu traînes toujours la patte. L'excuse commence à être un peu usée, Birdsey. Donne-moi ta réponse. »

Bip. « C'est ton paternel à l'appareil. T'es pas encore rentré ? Passe-moi un coup de fil. » Ça va, Ray. Y a pas le feu. Tu permets ?

Bip. « Dominick, c'est Lisa Sheffer. Je voulais juste vous dire que je pensais à vous... Je voudrais savoir comment ça va. Rappelez-moi. O.K. ? »

Bip. « Ray Birdsey. Quatre heures et quart. Toujours pas rentré ? » *J'annule le rendez-vous de vendredi, Dominick. Téléphonez-moi quand vous aurez fait tout ce qui est sur votre liste...*

La femme de Jankowski m'a répondu qu'elle allait lui demander, mais elle doutait qu'il soit encore intéressé. Le lundi, il avait acheté un Kärcher dans un lot de matériel provenant de Rhode Island.

Au rectorat, on m'a passé successivement trois personnes avant que je puisse obtenir la réponse concernant ma réintégration. Il me faudrait suivre un cours de recyclage, passer un examen, puis être inspecté dans trois classes différentes par un observateur agréé.

N'y pensons plus, ai-je songé. C'est écrit. Tu es peintre en bâtiment. Le manuscrit de Domenico est resté sous le lit.

Quant à Ray, j'attendrais le lendemain pour l'appeler. J'avais déjà accompli pas mal de choses. J'ai allumé la télé, et je l'ai éteinte. J'ai attrapé mon Rolodex.

Shea, Sherwin-Williams, Sheffer...

Elle pensait beaucoup à moi, m'a-t-elle dit. Moi qui avais été un si bon frère. Elle voulait s'assurer que je n'étais pas en train de culpabiliser à mort.

Je l'ai remerciée. Non, je n'avais pas encore réussi à me mettre K.-O. J'ai décidé de ne pas la contredire, comme j'aurais pu le faire, sur le fait que j'avais été un très bon frère.

Quoi de neuf ? Où en étais-je ?

Pas grand-chose, ai-je répondu. Je me demandais si j'allais vendre mon affaire ou non.

« C'est vrai ? Vous n'avez plus envie de repeindre des maisons ?

— Je n'ai plus envie de tomber d'un toit. »

À un certain point de la conversation, j'ai compris que, si quelqu'un se sentait coupable, c'était Sheffer.

Elle avait eu l'idée de placer Thomas à Hope House, d'où il s'était échappé cette nuit fatale. Quand on l'avait relâché de Hatch, de façon tellement inopinée, Sheffer avait prétendu qu'il serait beaucoup mieux dans ce foyer que chez moi.

« Écoutez, Lisa, je veux que vous sachiez que personne ne vous reproche rien. Vous avez fait pour lui tout ce que vous avez pu, et davantage encore. On serait tous des génies si on savait d'avance ce qu'on ne sait qu'après. »

Le Dr Patel lui avait tenu à peu près le même discours. Au fait, sans vouloir se mêler de mes affaires, est-ce que je la voyais toujours ?

« Oui, de temps en temps. »

Sheffer me conseillait de lui demander son avis avant de prendre ma décision à propos de mon entreprise – elle pourrait peut-être m'aider à « objectiviser » mes choix. Jargon d'assistante sociale.

« Je lui en ai parlé.

— Et alors ?

— Elle pense que je devrais laisser tomber et retourner dans l'enseignement. » Sheffer m'imaginait bien devant une classe de lycée.

Moi aussi, c'était ça le problème ; je revoyais ces deux petites dures à cuire derrière lesquelles j'avais fait la queue pour acheter un sandwich. Je repensais à la tête de mes élèves le jour où je m'étais mis à pleurer devant eux. Diana Montague, Randy Cleveland, Josie Tarbox. Ils devaient tous avoir dans les vingt-cinq ans à présent. Ils avaient fini leurs études, ils étaient entrés dans la vie adulte. Certains devaient avoir des enfants. « Oui, eh bien, il se peut que je vende, ou pas. J'en suis encore à peser le pour et le contre. En tout cas, je vous sais gré de tout ce que vous avez fait pour mon frère. Je suis sincère, Lisa, je vous remercie.

— Dites-moi, vous ne voudriez pas qu'on se voie un jour ? Vous ne voulez pas venir dîner ? Je pourrais vous faire ma spécialité judéo-italienne : spaghettis et boulettes kascher. » J'ai bredouillé que je la remerciais mais que...

« Je ne suis pas en train de vous draguer, *paisano*, si c'est ce que vous pensez, je vous assure. Je suis lesbienne.

— Ah. Ah bon. Je ne croyais pas... Enfin, je veux dire, je n'ai rien contre les... Ah bon ? »

Elle a proposé qu'on reprenne du début : « Allô, Dominick ? C'est Lisa Sheffer. Vous voulez venir dîner un soir ? Faire la connaissance de ma fille et de mon amie, Monica ? »

Ne sachant pas quoi dire d'autre, j'ai répondu oui. Je lui ai demandé ce que je pouvais apporter.

« Une bouteille de chianti et une bouteille de Mogen David. On mélangera. »

« Ils se ressemblaient terriblement, ai-je dit. À certains égards, c'est eux qui étaient comme de vrais jumeaux, plutôt que lui et moi.

— Thomas et votre mère ? Ah oui ? Expliquez-vous. »

Au téléphone, je lui avais raconté où j'en étais de ma liste de tâches. J'avais eu droit à des points de bonus pour avoir accepté l'invitation de Sheffer, pour m'être « engagé à l'extérieur » au lieu de poursuivre mon « idylle avec l'inertie ». Sa Majesté m'avait accordé un rendez-vous à deux heures de l'après-midi.

« Une même gentillesse, une même absence de défense... Chaque année, elle allait aux réunions de parents d'élèves, et quand elle en revenait, on lui demandait : "Alors, qu'est-ce qu'elle a dit, la maîtresse ?" Chaque année, une maîtresse après l'autre, c'était la même réponse : moi, j'étais très intelligent ; lui, il était très doux. C'était toujours ce même qualificatif : Thomas était très "doux". Il l'était, c'est vrai. Mais...

— Mais ?

— Il était faible. Elle aussi... Et moi je devais veiller sur eux deux. Je crois... ah, bon sang, ce n'est pas facile... je crois que c'est la raison de sa préférence pour lui. Parce qu'ils étaient aussi vulnérables l'un que l'autre... Ils étaient comme deux âmes sœurs. Vous croyez que... ? » Je me suis arrêté là, bloqué, ne sachant pas comment formuler la chose. Mes mains se sont mises à trembler.

« Qu'y a-t-il, Dominick ? Posez votre question.

— Non, seulement, hier, je me disais que, peut-être, c'est comme ça qu'elle est tombée enceinte... Ça expliquerait des tas de choses, non ? »

Doc Patel ne me suivait pas, a-t-elle avoué.

« Elle avait tellement peur de tout. Elle était tellement sans défense. Je pensais qu'elle avait peut-être été violée.

— Violée par qui ?

— Je ne sais pas. Un inconnu quelconque. Notre père n'est peut-être qu'un vulgaire salaud qui a mis la main sur elle, l'a entraînée dans une ruelle obscure et... Elle aurait été bien incapable de lui résister, je le sais. Elle ignorait probablement tout du sexe jusqu'à... Elle n'a sans doute même pas compris ce qu'il lui faisait.

— Vous croyez ? »

J'ai regardé par la fenêtre. Le courant rapide. Les arbres en bourgeons. D'ici une ou deux semaines, les feuillages cacheraient la rivière. Je me suis tourné vers doc Patel. « Une fois – on avait peut-être sept ou huit ans, Thomas et moi –, on était tous les trois dans l'autobus.

— Votre mère, Thomas et vous ?

— On était allés au cinéma, on rentrait chez nous. Dans le bus monte un type, un cinglé, qui vient se mettre en face de nous... En face de Thomas et de moi. Il s'assied juste à côté de ma mère.

— Continuez, Dominick. Vous n'avez rien à craindre. Laissez-vous aller.

— Il commence à... à la toucher. À la renifler, même.

— Et vous, dans ce bus ? Vous avez peur ?

— Oui.

— Vous êtes furieux ?

— Ça, oui !

— Votre mère, que fait-elle ? Cet homme la touche et elle...

— Rien ! Elle ne fait rien. Elle ne bouge pas, parce qu'elle n'a pas... elle n'a pas le cran de...

— Elle ne crie pas ? Elle ne se lève pas pour avertir le conducteur ?

— Non ! Ça me rend fou de rage !... Elle avait toujours la trouille de tout.

— Dans le bus. À la maison avec Ray.

— C'était pas juste ! Je n'étais qu'un enfant !

— Qu'est-ce qui n'était pas juste, Dominick ?

— C'est moi qui étais obligé de nous défendre tous les trois. Moi, lui et elle. Et j'avais beau nous défendre... malgré ça... » J'étais en sanglots ; je ne pouvais pas me retenir.

« Vous aviez beau les protéger tous les deux, vous battre à leur place, malgré ça elle vous préférait votre frère ? »

J'ai fait signe que oui en agitant la tête violemment. J'étais sans voix. La vérité me tirait des larmes sans fin.

Les garçons sont musclés ! Les moniteurs sont sensés !
Les filles ont de jolies jambes, le match peut commencer !

La fille de Sheffer agitait ses pompons avec conviction. Elle avait jeté son dévolu sur moi avant même que j'aie franchi le seuil de la maison. Je n'étais pas là depuis une demi-heure qu'elle m'avait emmené voir ses gerbilles au sous-sol et ses poupées Barbie dans sa chambre. Maintenant, j'étais dehors dans l'allée, flanqué de Sheffer et de Monica, pour assister à une démonstration de la meneuse des supporters du foot junior. Jesse faisait des roues devant nous. « À mon avis, Olivia Newton-John a accouché le même jour que moi et ils ont interverti nos bébés à la clinique. Il n'y a pas d'autre explication. »

Monica était une costaude d'un mètre quatre-vingts. Elle avait une petite entreprise de réparation à domicile avec une autre femme. Femmes Bricolo, ça s'appelait.

« Alors, comment vont les affaires ? » lui ai-je demandé en pointant le menton vers sa camionnette, garée dans l'allée. Jesse était tombée en faisant la roue ; elle s'était égratigné le genou. Sa mère et elle étaient rentrées pour lui mettre un petit pansement. D'un geste, Monica m'a fait comprendre que les affaires n'étaient pas brillantes.

« Il y a deux ans, quand on a démarré, la situation économique étant ce qu'elle est, on a pensé que les gens voudraient s'accrocher à leur matériel et le faire réparer au lieu d'acheter du neuf. Mais ça a rendu moins bien que prévu. Mon associée et moi, on fait du bon travail, vachement bon, mais les gens sont bourrés de préjugés.

— Quoi par exemple ?

— L'idée que, pour donner des coups de marteau ou pour abattre une cloison, il faut avoir un zizi entre les jambes, a-t-elle dit en riant. Ne le prenez pas mal, *hombre*. Vous êtes peintre en bâtiment, paraît-il ?

— En principe, oui. Peut-être plus pour très longtemps.

— C'est ce que m'a dit Lisa. » Son associée et elle essayaient de diversifier un peu leur activité, de se mettre au paysagisme, peut-être à la peinture. À la fin de la saison, elles verraient si elles arrivaient à surnager. « Sinon, je pourrai toujours reprendre mon ancien boulot, qui paie bien. Analyste fonctionnelle. Mortel. »

Après dîner, il a fallu que Jesse me dise bonsoir deux fois de suite en me serrant dans ses bras avant que Monica ne la prenne sur son dos pour l'emmener au lit, tandis que Sheffer les suivait avec un sac de linge. Monica est redescendue la première.

« Jesse est vraiment chouette, non ? ai-je commenté.

— Plutôt chiante en général. Mais c'est une brave gamine. Seulement, elle lance une balle de base-ball comme une fille. »

J'ai souri. Je lui ai demandé comment elle et Lisa s'étaient rencontrées.

Au centre d'accueil pour les femmes d'Easterly, m'a-t-elle expliqué. L'année précédente, elle y avait fait, à titre gracieux, quelques travaux de menuiserie, et on l'avait balancée au conseil d'administration.

« Ah oui ? Lisa y est aussi ? »

Monica a évité mon regard. « Non. Vous voulez une bière ? »

On est allés à la cuisine. On a discuté des avantages et des inconvénients d'être à son compte. « Dites-moi, si je me décide à vendre mon matériel, ça vous intéresserait ? » Ça dépendait de ce qu'il y avait, de l'état dans lequel c'était, des conditions de paiement. Si vraiment elles se lançaient dans la peinture, elles ne pourraient bien évidemment pas s'offrir du matériel neuf.

Monica me plaisait bien. J'étais content d'être là. La soirée se passait bien mieux que je ne l'avais imaginé. Il était plus de onze heures quand j'ai regardé ma montre.

Sheffer m'a raccompagné à ma voiture. Quand elle avait treize ans, m'a-t-elle appris, son frère aîné était mort d'une leucémie. « Il était mon aîné de huit ans. C'était mon héros de bien des façons. Mais perdre son frère jumeau, je n'arrive même pas à imaginer.

— On a l'impression de perdre une partie de soi-même. Pourtant, à maints égards, on était très différents, Thomas et moi. Ce n'était pas pour me déplaire, d'ailleurs. C'était même ce que je souhaitais. Mais toute ma vie j'ai été la moitié de quelque chose. C'était extraordinaire, unique presque, en dépit de toutes les complications. *Ah, regarde, des jumeaux...* Maintenant, ce sentiment particulier d'appartenir à un tout n'existe plus. C'est très bizarre. Il faut le temps de s'y habituer... Non pas que ça ait jamais été facile d'être son frère. Même avant sa maladie. D'après doc Patel, je pleure la mort de Thomas, mais je pleure aussi la perte de ce tout. »

Sheffer m'a pris la main.

« D'après elle, il faut que je m'habitue à mon nouveau statut de survivant, de jumeau solitaire. »

Se souvenait-elle, ai-je demandé à Sheffer, que, le jour où Thomas avait été relâché, elle avait essayé de me mettre en garde contre mon arrogance, qui risquait de nuire à la sécurité de mon frère ?

« Ah, Dominick, parfois je me mords les doigts de...

— Non, vous aviez raison. J'étais plein d'arrogance. Si vous croyez que je ne prenais pas mon pied avec cette relation de pouvoir qui avait toujours existé entre nous ! J'étais l'homme fort. Celui des deux qui n'était pas malade... C'est encore une chose sur laquelle on s'interroge avec le Dr Patel – toute cette arrogance en moi. Cette juste indignation, logée là, dormante, inerte. Comme moi-même, apparemment. »

Sheffer m'a serré dans ses bras en me berçant doucement. C'était bon de se sentir dans les bras de quelqu'un qui était devenu mon amie.

« Ça va aller, ai-je dit. Ah, au fait, j'aime bien votre copine. Elle va peut-être m'acheter mon compresseur. »

En arrivant chez moi, j'étais lessivé. Je suis allé tout droit me coucher sans passer par la cuisine. J'ai sombré aussitôt.

À un moment, au milieu de la nuit, je me suis réveillé, assoiffé. Je suis allé à tâtons chercher un verre de jus de fruit. Le clignotant rouge du répondeur se reflétait sur la surface brillante du grille-pain et du micro-ondes. Je ne l'avais pas remarqué auparavant. J'ai appuyé sur *Play*.

Le premier appel était de Joy. Avais-je reçu son mot ? Et la photo de Tyffanie ? Avais-je envie de voir le bébé en chair et en os ? Si oui, je n'avais qu'à lui téléphoner. On pourrait peut-être faire chacun la moitié du chemin. Elle donnait son numéro lentement, deux fois de suite.

Le deuxième message était d'un certain Dr Azzi. « Le chirurgien de votre père », précisait-il.

L'opération s'était bien passée, sans surprises. Il avait amputé un peu au-dessus du genou, comme prévu. Il regrettait de ne pas m'avoir vu à l'hôpital, il me contacterait le lendemain matin. Quand il était parti, à huit heures du soir, mon père était encore un peu dans les vapes, mais il se reposait paisiblement.

Au-dessus du genou ? Amputé ? De quoi parlait-il ?

Dans le service, on m'a répondu qu'on pouvait joindre le Dr Azzi par téléphone uniquement pour une urgence, mais que parfois lui-même appelait en fin de soirée afin qu'on lui transmette ses messages. La secrétaire lui ferait part de mon appel.

C'est pour ça que Ray avait essayé de me joindre ? C'est pour ça qu'il boitait depuis un moment ?

Amputé...

Si j'avais eu la décence de le rappeler, j'aurais peut-être appris ce qui se passait.

Il avait planté des tulipes au cimetière.

Il nous avait tyrannisés toute notre vie, mon frère et moi.

Je l'avais humilié le jour des obsèques de Thomas.

Il avait cassé un bras à ma mère...

Au milieu de la nuit, je suis retourné dans ma chambre. Je me suis jeté sur le lit et j'ai tiré le manuscrit de Domenico de sous le sommier.

Je me suis assis. Je l'ai ouvert.

Cette fois, j'irais jusqu'au bout. Au diable les secrets qui y seraient révélés, et ce que j'allais apprendre sur mes origines !

45

Ainsi, en faisant surgir de sa tombe ce pauvre *bastardo* de maître verrier, j'obtins ce que je voulais. Ma femme était revenue chez moi, et je m'étais débarrassé de ce Singe insensé. Je leur avais montré à toutes les deux combien il était fou de jouer au plus malin avec Tempesta.

J'établis une nouvelle règle. Ignazia pouvait dormir dans la chambre du bas les soirs de semaine, mais le samedi et le dimanche, elle était censée venir me retrouver dans mon lit au premier. Me satisfaire un peu une ou deux fois par semaine en échange de tout ce que je lui procurais, à elle et à la petite, ce n'était guère lui demander, lui fis-je remarquer ; une femme mariée devait à la fois donner et recevoir. Avec un peu de prudence et de bon sens, elle pouvait accomplir son devoir envers moi sans risquer de se faire mettre un enfant dans le ventre. S'il arrivait un accident, c'est que Dieu l'aurait voulu. Elle avait peut-être le cœur plus solide que ne l'avait prétendu ce médecin *mericane*. « Finalement, tu seras peut-être une vieille *nonna* à cheveux gris avec une douzaine de petits-enfants à tes basques, lui dis-je. Le Seigneur tout-puissant bénit la vie de famille et y pourvoit. »

Elle me menaça d'aller se plaindre auprès de mon ami le père Guglielmo. Je la prévins : « Si tu veux garder le secret sur ton passé, tu feras bien de garder le silence aussi sur ce qui se passe dans cette maison. Ne va pas baver dans le confessionnal, ni auprès de la *signora* Tusia, notre voisine, ou de ce *dottore* qui t'a poussée à me tenir à distance. » En outre, je voulais que cessent ces bavardages futiles avec les dames *mericane* du voisinage, qui seraient trop contentes, en voyant la mine allongée d'Ignazia, d'imaginer le pire dans un foyer italien. « Les *Mericani* nous font des grâces par-devant et nous traitent de sales Ritals par-derrière. Ils veulent notre ruine à tous. Ils n'attendent que ça. »

La poussette de chez Sears & Roebuck resta désormais dans l'entrée, inutile ; Ignazia se plia à mes nouvelles exigences, l'enfant grandit, et la vie continua pour chacun de nous.

J'avais de plus en plus d'activités à Three Rivers. Je ne voyais plus Josephine Reynolds. Trop occupé. Je donnais des conseils aux familles qui arrivaient tout juste du Vieux Continent, et à mes *paisani* qui voulaient quitter les logements de la Compagnie américaine de textiles pour habiter dans une maison à eux. Si je m'étais fait payer pour tous les conseils que je fournissais gratuitement, j'aurais été millionnaire ! La moitié de la ville voulait que Domenico Tempesta lui apprenne à mener sa barque !

Au printemps de 1924, je fus élu *presidente* des Fils d'Italie. (Photo dans le journal, en deuxième page. Ce qui me mit un peu en rogne. Graziadio, qui avait été président l'année précédente, avait eu droit à la première page.) À la Compagnie, des fauteurs de troubles venus de New Haven incitèrent mes ouvriers à former un syndicat des teinturiers. Quand Domenico Tempesta se prononça contre, le projet capota. Baxter m'apporta une bouteille de whisky et fit livrer une dinde chez moi (elle était coriace). Il avait parlé avec son beau-père : on pensait à une promotion pour moi dans un ou deux ans.

Les hommes politiques eux aussi s'adressaient à moi – les démocrates et les républicains. Un après-midi, Shanley, notre maire, me demanda de venir le voir dans son bureau. Il me fit asseoir en face de lui et m'alluma un cigare long comme mon avant-bras. Il allait devoir se battre pour sa réélection en novembre et avait besoin de trouver des votes. Il y avait toujours beaucoup d'abstentions parmi les Italiens. Je pourrais peut-être l'aider à renverser la situation. « Vous êtes très respecté dans cette communauté, Domenico. Si vous acceptez de travailler pour nous, nous pourrons sûrement vous accorder une petite faveur. »

Mon chapeau à la main, je m'efforçai de prendre l'air d'un *immigrante stupido*. Je dis que je réfléchirais.

En rentrant chez moi, je repensai à ce couple hautain qui, à bord du *Napoletano*, avait regardé le serveur me réveiller à coups de pied. Or, à présent, mes *paisani* écoutaient mes conseils, et les hommes politiques *mericani* me léchaient les bottes. Partout à Three Rivers, j'étais considéré comme un homme d'honneur et de valeur.

Dans toute la ville, oui, mais pas chez moi. Ma femme me faisait la cuisine, lavait mon linge et écartait les cuisses pour me satisfaire le samedi et le dimanche soir. Elle faisait son devoir avec obéissance. Je m'étais fait craindre, et elle avait cessé de me braver. Seulement, elle se soumettait à moi de la même façon que la fille de Bickel Road autrefois – avec *distrazione, indifferenza...* les yeux pleins de mépris. Et toujours, le matin, quand je me réveillais, elle avait fui mon lit pour retourner à sa couture, ou pour récurer la cuisine ou s'occuper de la petite, cette gamine au bec-de-lièvre qui me rappelait que ma femme, toujours si froide avec moi, avait jadis, à Brooklyn, aimé un rouquin bon à rien.

Ignazia n'allait plus en ville lécher les vitrines ni acheter de quoi me faire à dîner. Elle apprit à se servir du téléphone et à passer commande chez Budnick. Elle rougissait de honte jusqu'aux oreilles en criant dans l'appareil et en répétant le nom et la marque des articles jusqu'à ce que Budnick ou sa femme comprennent ce qu'elle voulait, ou bien elle raccrochait brutalement et se mettait à pleurer. Elle n'avait appris que des rudiments d'anglais, préférant papoter avec sa complice. Mais le bannissement du Singe la condamnait au silence. Sa prononciation de l'anglais était lamentable. Sa pratique de l'italien aussi était réduite, à cause de son intelligence féminine limitée et du dialecte de son village natal. Je rapportais des journaux italiens à la maison, *La Sicilia, La Nave*. Personnellement, je les lisais de la première à la dernière page, tandis qu'Ignazia restait désormais indifférente aux nouvelles, même celles qui venaient du pays. Elle était de plus en plus seule.

« Dites à votre femme de venir me voir, Domenico, me dit un jour la *signora* Tusia. On croirait qu'on a l'océan Atlantique entre nos deux appartements ! » Mais Ignazia n'avait plus envie d'aller voir personne. Ni d'assister aux banquets ou autres mondanités en tant qu'épouse de l'Italien le plus respecté de

Three Rivers. Elle refusait d'un simple signe de tête, si souvent que je cessai de lui demander de m'accompagner. Elle restait à la maison à se morfondre, à faire le ménage et à jouer avec sa petite rouquine à face de lapin. Elle finit même par ne plus répondre au téléphone. Elle n'allait plus ouvrir non plus quand on sonnait à la porte. Il ne lui resta dans la vie que sa fille et ses tâches ménagères quotidiennes.

Un soir, avant mon départ pour le travail, Ignazia me servit du poulet en cocotte avec de la polenta et une jatte de scarole et de lentilles. En mangeant ma dernière bouchée de polenta, je mordis dans quelque chose de dur. Je crachai dans ma main une petite pépite grise.

Ignazia était dans la chambre, elle chantait une chanson à Concettina et faisait danser devant elle ses petites poupées. Ma femme traitait son mari comme un chien, et sa fille comme une princesse.

« Qu'est-ce que c'est que ça ? dis-je.

— Un petit caillou, on dirait.

— C'était dans mon dîner.

— Dans les lentilles ? Ça arrive quelquefois, répliqua-t-elle en haussant les épaules.

— Non, dans la polenta.

— C'est sans doute un éclat de meule dans le blé. Donne, je vais le jeter. Tu as eu de la chance de ne pas te casser une dent. »

Je refermai vivement la main sur le petit caillou. « C'est bon, je le jetterai moi-même. » Mais je l'enveloppai dans mon mouchoir et le gardai dans ma poche. Ignazia n'avait jamais été aimante, mais elle ne s'était pas montrée vraiment haineuse non plus. Grâce à moi, l'enfant et elle avaient tout ce qu'il leur fallait. Elle eût été bien bête de jouer avec ma vie.

Cette nuit-là, au travail, je n'arrêtai pas de fourrer ma main dans ma poche pour tâter ce caillou. N'était-ce pas un petit morceau de verre ? Le verre est transparent, me disais-je. Or ceci est opaque. Mais enfin...

Que m'avait-elle fait avaler ? Au bout de quelques heures à la filature, je m'étais mis dans la tête que ma femme s'apprêtait à m'empoisonner, me réservant le même sort qu'à son dernier mari, Gallante Selvi, *a buon anima*. Que devais-je faire ? Rentrer chez moi et la forcer à avouer la vérité ? Aller voir le père Guglielmo le lendemain matin ? Lui parler de mes soupçons et lui demander conseil ? Guglielmo me dirait sans doute de pardonner à ma femme, de continuer à avaler les saletés qu'elle me servait et, pour ma pénitence, d'en noter les recettes ! Si ma femme avait vraiment des velléités de meurtre, je me promis de la faire payer. Mais il me fallait des preuves.

Quand ma montre marqua deux heures du matin, j'allai dire à Baxter que j'avais une rage de dents et devais rentrer chez moi. Je n'aimais pas m'absenter - je ne l'avais fait que deux fois en seize ans de service. Pourtant, si cette garce sournoise essayait de m'empoisonner, il me fallait agir vite. Chercher des preuves pendant qu'elle dormait. La surprendre avant qu'elle ne sache que je soupçonnais quelque chose...

En arrivant chez moi, j'ôtai mes chaussures à la porte d'entrée et j'allumai la lampe à pétrole en réglant la mèche au plus bas. Je traversai la maison en chaussettes sur la pointe des pieds et j'entrai dans la cuisine. Sans faire plus de bruit qu'un voleur, j'ouvris les tiroirs, fouillai dans les boîtes, tâtai le haut des étagères, à la recherche de poudre de verre, de plomb ou d'autres substances mortelles qu'elle pourrait utiliser contre moi.

Elle était dans la chambre du bas ; je l'entendis grogner dans son sommeil. Je ne bougeai plus, attendis, puis je me remis à fouiller. Elle grogna une deuxième fois.

Puis j'entendis parler, mais ce n'était pas la voix de mon épouse.

Si, des années auparavant, ce *monsignore* irlandais de malheur n'était pas venu m'insulter chez moi, je n'aurais jamais vu ce que je vis cette terrible nuit où la malédiction que McNulty avait jetée sur ma *casa di due appartamenti* porta ses fruits les plus amers...

Je donnai plus de lumière, restai un instant à la porte de la chambre, et l'ouvris brusquement. Avant même de la voir, je flairai son odeur, je sentis le tabac de sa pipe.

Tout d'abord, mon esprit refusa de comprendre ce que mes yeux me montraient : les deux femmes agrippées l'une à l'autre comme des singes.

Ignazia, je pleure encore sur les péchés qui t'ont envoyée en enfer, sur la honte dont tu as couvert mon honorable nom.

En me voyant, elles poussèrent des cris et se précipitèrent hors du lit. « Ah non ! non ! non ! » hurlait

Ignazia. Prosperine saisit le drap pour le mettre devant elle et s'empara des ciseaux de couture d'Ignazia.

Ce Singe puant avait le regard fou de haine et de peur. Elle se dirigea pas à pas vers la porte en brandissant les ciseaux, prête à me frapper, et elle réussit à s'échapper, de la chambre d'abord, puis de la maison. Une chance pour elle, et aussi pour moi, ainsi qu'il m'apparut après coup. Si j'avais compris tout de suite quelle scène de perversion j'avais devant les yeux, si j'avais pu réagir aussitôt à ce que je venais d'interrompre, j'aurais été capable de l'étrangler sur-le-champ. Et on m'aurait peut-être montré dans les journaux comme le mari bafoué dont la femme...

Je pleure. J'ai honte de poursuivre ce récit, mais il le faut.

Ignazia s'échappa aussi, mais pour monter dans la chambre de la petite. Je la rattrapai dans l'escalier. « Ne fais pas de mal à Concettina ! supplia-t-elle. Tue-moi si tu veux, mais épargne une enfant innocente ! »

Je lui criai de se taire, de me laisser réfléchir. Ma tête était prête à éclater ! Ignazia tomba à genoux, se tapit à mes pieds tel un lapin apeuré. En sanglotant, elle m'implora de ne pas l'expédier en enfer et de ne pas priver Concettina de mère.

J'ai dû avoir l'air hagard pendant quelques instants, ne sachant quelle attitude adopter face à la dépravation que je venais de voir dans cette chambre et que j'avais encore sous les yeux. Est-il un autre époux au monde qui s'est trouvé devant pareille horreur ?

Même cela, il fallait que je le pardonne, père Guglielmo ? C'est ce que vous m'auriez dit ? Même une chose pareille ?

Je saisis Ignazia par les cheveux et la fis mettre debout. « Lève-toi ! lui ordonnai-je. Tu es l'épouse de Domenico Tempesta. Va dans la salle de bains te laver de la puanteur de cette diablesse. » Qu'elle aille brûler en enfer, certes, mais pas avant que j'en aie fini avec elle.

Cette nuit-là, je repris ce qui m'appartenait en toute légitimité, je fis ce que seul un homme est en droit de faire à une femme. Quand Ignazia poussa des cris qui risquaient de s'entendre de l'autre côté de la cloison, chez Tusia, je la fis taire en maintenant mon coude sur sa gorge, et je pris encore une fois ce qui m'appartenait. M'appartenait à moi, et pas à ce satané Singe ! Et je passai le reste de la nuit à reconquérir ce qui me revenait de droit !

Le lendemain matin, j'allai chez la *signora* Siragusa pour voir si le Singe s'y cachait. Elle me dit que non, ce que je voulus bien croire, davantage à cause de la tristesse de son regard que des paroles qui sortaient de sa bouche. Quel que soit ce nouveau drame qui troublait mon foyer, elle espérait que je n'aggraverais pas les choses en me comportant comme une brute. Je ressortis sans même fermer la porte. Que le charbon de cette vieille fouine chauffe un peu la rue ! Quelle importance ? Mes affaires ne regardaient que moi.

Au lieu de rentrer à la maison, j'allai voir Yeitz le chiffonnier. Depuis plus d'un mois, il voulait me vendre un berger allemand. Je lui donnai trois dollars en échange du chien et de sa corde. « Il n'y a pas meilleur chien de garde que ce cabot, m'affirma Yeitz. Il est bon chasseur aussi. Et il mettrait un rat en pièces comme de rien. »

À mon retour, je tirai de ma poche les sous-vêtements que ce Singe édenté avait laissés là et les fourrai sous le nez du chien. Il renifla longuement, puis il m'emmena, par les jardins, au sommet de Pleasant Hill et dans les bois. Arrivé à la clairière, je vis qu'il m'avait conduit sur la rive nord de Rosemark's Pond par un chemin que je n'avais encore jamais pris. Il se mit à aboyer et à tirer sur la laisse du côté de la cabane des pêcheurs, à l'autre bout de l'étang. Je l'arrêtai brusquement en l'étranglant presque avec la corde et je l'entraînai ailleurs. Je savais maintenant ce que j'avais besoin de savoir. Je ne tarderais pas à avoir ma *vendetta*. J'ignorais par quel moyen ce Singe répugnant était revenu à Three Rivers, mais elle allait s'en repentir. Je lui ferais regretter d'avoir touché à ce qui appartenait à Domenico Onofrio Tempesta. Elle allait payer le prix !

Rentré chez moi, je condamnai la porte de derrière et les fenêtres du bas en les clouant, et je plantai un piquet de fer dans le jardin devant la maison. J'y attachai le chien avec la chaîne la plus lourde que je possédais. Personne ne franchirait ma porte dans un sens ou dans l'autre si ce n'était pas ma volonté. Ignazia était terrorisée par la bête, qui aboyait et se précipitait dans sa direction quand la petite et elle essayaient de regarder par les fenêtres. C'était exactement l'animal qu'il me fallait pour garder une femme infidèle dont le mari travaillait de nuit.

Sur mon ordre, Ignazia couchait maintenant à l'étage. Nous étions de nouveau mari et femme, comme Dieu l'avait voulu. Je n'avais jamais cessé de la désirer ; ma *passione* pour elle avait survécu à sa vile trahison. Parfois, pendant que je me satisfaisais, je revoyais le Singe et ma femme, cette nuit incroyable, enlacées dans une étreinte coupable et perverse. La rage me prenait et il arrivait que je finisse ma besogne en la battant si elle se mettait à pleurer, puis, quand je me retirais, j'attendais que cessent ses sanglots et que sa respiration indique qu'elle s'endormait. Alors je me penchais vers elle et lui murmurais à l'oreille : « Je viens peut-être de mettre en toi la semence qui te fera exploser le cœur et t'enverra en enfer, où est ta place. »

Amour et haine : je portais ce double fardeau pour avoir aimé une femme perfide, si bien que nous étions une prison l'un pour l'autre...

Quant à cette autre dépravée, cette *mona* édentée, je lui réglai son sort.

« Ah, Domenico, mon ami, qu'est-ce qui me vaut le plaisir ? » me dit Shanley en se levant de son bureau pour me serrer la main. C'était le lendemain du jour où le chien m'avait mené à la cabane au bord de Rosemark's Pond.

Je réfléchissais sérieusement, expliquai-je à Shanley, à sa demande concernant le recrutement de votants italiens avant la prochaine élection.

« Excellente nouvelle ! s'écria-t-il. Asseyez-vous donc !

— J'y réfléchis, répétai-je. Mais d'abord, je voudrais que vous m'aidiez pour une petite chose.

— Tout ce que vous voudrez, Domenico, mon cher ami. »

Je lui parlai de cette folle de mon pays qui avait travaillé chez moi et qui, à présent, rendait la vie impossible à ma famille. Je lui expliquai que ma femme et moi avions eu la bonté d'accueillir chez nous cette pauvre créature quand nous nous étions mariés, mais que, dans sa folie, elle s'était retournée contre nous. Nous avions supporté de notre mieux ses excentricités, ses jurons proférés à voix basse et ses petits larcins. Seulement, voilà qu'elle avait menacé de faire du mal à notre chère petite fille. « Toute pitoyable qu'elle soit, nous avons été obligés de la renvoyer de chez nous.

— Bien sûr. Vous n'aviez pas le choix. »

Après quoi, ai-je dit, la misérable était devenue folle à lier. Elle était partie pendant un temps on ne savait où. Mais à présent elle était revenue. La nuit précédente, je l'avais vue à une fenêtre : elle regardait à l'intérieur de ma maison. Mon chien et moi l'avions pistée à l'odeur jusqu'à une cabane près de Rosemark's Pond. Je travaillais de nuit. J'avais peur qu'elle ne vienne s'attaquer à ma femme et à mon enfant quand je n'étais pas là pour les protéger. « Elle est folle, mais elle est sournoise aussi. »

Le maire décrocha son téléphone et composa le numéro du chef de la police. « C'est un service que vous rendez à toute la ville que de me signaler ce danger public, mon ami, m'affirma Shanley. Je vais la faire arrêter et mettre en prison avant midi, en m'assurant que Confrey s'occupe de cette affaire en toute priorité.

— *Scusa* », coupai-je en levant la main pour l'arrêter. Il s'arrêta en effet et raccrocha le téléphone. « Si elle passe quelques jours en prison, le problème n'est réglé que pour quelques jours. Si on l'envoie à l'asile, où est sa place, mon épouse et ma fille pourront ressortir dans les rues en toute tranquillité. Cette femme est démente. Un jour, elle a même prétendu qu'elle était sorcière !

— Vous avez entièrement raison, acquiesça Shanley. Vous êtes un homme sagace, mon ami. Et vous avez le sens pratique. Si on doit l'enfermer, autant qu'elle soit à la charge de l'État qu'à celle de la ville ! » Il demanda à sa secrétaire de lui apporter le numéro de téléphone de l'hôpital d'État de Three Rivers.

J'attendis et écoutai tandis que Shanley parlait à une personne, puis à une autre. Enfin on lui passa le Dr Henry Settle, le *pezzo grosso* de l'asile d'aliénés.

Shanley mit la main sur le combiné et se tourna vers moi.

« A-t-elle de la famille en ville ? Si elle refuse de signer le registre elle-même, il faudra qu'un de ses parents le fasse à sa place, à l'entrée, et à la sortie, si elle guérit. »

Ce serait miracle, lui dis-je, si ma pauvre cousine faible d'esprit guérissait un jour – si ma tante, là-bas au pays, voyait sa fille maintenant, elle verserait un torrent de larmes. Shanley me fit un clin d'œil.

Je me rendis à l'asile, où je me trouvai en présence de la police et du *dottore*. Quand on fit sortir le Singe du panier à salade, elle se débattit dans la camisole de force qu'on lui avait passée. Dès qu'elle me vit, elle me couvrit de toutes les invectives possibles !

Une fois tous les papiers signés, j'ôtai ma casquette et la serrai dans ma main, faisant mine, encore une fois, de me comporter comme un modeste immigrant. « *Scusai*, chuchotai-je au garde de service. Pouvez-vous nous laisser un instant en tête à tête, le temps que je dise au revoir à ma pauvre cousine ? » L'imbécile haussa les épaules et partit à l'autre bout de la pièce. Je me penchai vers Prosperine en faisant semblant d'embrasser ma *cugina*, et lui murmurai à l'oreille : « Il y a bien des façons de se venger d'un singe qui ose s'attaquer à Domenico Tempesta ! » Et, reculant, je lui crachai au visage comme elle avait craché sur ma *medaglia*. Quand je partis, elle se débattit après m'avoir agoni des injures les plus horribles de la langue italienne. Je lui avais réglé son compte pour de bon.

Je ne la revis jamais. Autant que je sache, elle vit toujours dans cet asile de fous. Je n'ai jamais été averti du contraire, mais si elle est morte, je crache sur sa tombe...

Vingt-six ans plus tard, après tant d'événements tragiques et de malheurs, de dur labeur, de succès, et d'heures sans sommeil, il me reste au moins cette petite satisfaction : le souvenir de l'instant où j'ai remporté ma victoire sur le Singe, où j'ai usé de l'intelligence que Dieu m'a donnée pour punir cette diablesse des péchés qu'elle avait commis contre Domenico Tempesta.

En septembre de cette année-là, l'archevêque de Hartford fit du père Guglielmo un *monsignore* et l'affecta à une paroisse de Bridgeport. Il y eut une grand-messe et un banquet en l'honneur de son installation. Je reçus une belle invitation gravée, mais je ne pus trouver le temps d'aller à Bridgeport. J'étais trop occupé par mon démarchage électoral pour Shanley dans le West Side et dans les quartiers proches de la filature, où je frappais aux portes et faisais de la propagande démocrate auprès de mes *paisani*.

En octobre, la *signora* Siragusa mourut dans son sommeil et j'aidai ses fils à la porter en terre. Je pleurai sa mort comme s'il s'était agi de ma propre mère. Vous voyez, Guglielmo : j'étais encore capable de verser des larmes ! Tous les soucis que m'avaient causés Dieu et le Singe n'avaient pas complètement endurci le cœur de Tempesta ! Les fils de la *signora* furent reconnaissants, bien sûr, d'avoir un dignitaire comme moi pour les aider à porter le cercueil de leur mère.

Le mois suivant, en dépit de mes efforts, Shanley perdit les élections. Non pas en dépit, mais *à cause* de mes efforts, prétendit ce salaud ingrat. « Vous voulez savoir pourquoi on a perdu, les gars ? dit-il devant moi à ses deux acolytes, Rector et O'Brien. On a perdu à cause de trois Ritals qui s'appellent Sacco, Vanzetti et Tempesta. Deux jours avant l'élection, notre ami décide de déclarer à la presse que ces salauds d'anarchistes assassins du Massachusetts sont de pauvres victimes innocentes. "Le maire Shanley partage votre sentiment sur cette affaire, monsieur Tempesta ?" "Certainement. Le maire est un ardent défenseur de tous les Italiens-Américains..." Si encore tous ces Ritals qu'on a payés un dollar par personne avaient compris qu'il ne suffisait pas de s'inscrire sur les listes, mais qu'il fallait aussi aller voter ! Les Yankees ont voté, eux. Ils ont bel et bien pris position pour nous protéger des Ritals et des anarchistes, et c'est Flint Peterson qui est élu maire ! Voilà comment ça s'est passé, les gars, avec l'aide de notre ami le joueur d'orgue de Barbarie ici présent ! »

Je me levai et lui rétorquai qu'après m'être tant démené pour lui je ne lui servirais pas de bouc-émissaire.

« Non ? Alors à qui servirez-vous de *bouco emissario* ? »

Après tout ce que j'avais fait pour ce salaud, il se moquait de moi et de mon anglais !

J'en avais plein le dos de ces escrocs et de leur sale politique. Je partis en claquant la porte si violemment que je crus que la vitre allait voler en éclats !

18 août 1949

C'était le 10 janvier 1925. Un mardi. Un mardi ou un mercredi ? Je ne sais plus. Il faut que je me rappelle...

Ce mois-là, la marine nous avait donné un travail

urgent. L'été précédent, leur commande avait été réduite. Puis, tout d'un coup, en plein hiver, il leur fallait du drap pour dix mille cabans. C'était toujours comme ça avec eux : ils étaient incapables de prévoir, et subitement ils avaient des besoins urgents ! Depuis une semaine, je travaillais double, ne dormant que trois ou quatre heures. J'étais épuisé. Je rentrais chez moi un peu après huit heures du matin.

Un froid glacial ce jour-là. Janvier avait été plus doux que d'habitude, et soudain, la température était tombée au-dessous de zéro. Je craignais qu'Ignazia n'ait pas assez chargé la chaudière et que la tuyauterie ne gèle.

Le premier signe qu'il était arrivé quelque chose, ce fut le chien. Il gisait sur le flanc, le ventre affaissé, mort dans son vomi sanguinolent. Empoisonné. Je le poussai un peu du pied, mais il ne bougea pas. Il était cloué au sol, tout raide, mort depuis un moment.

Quand j'ouvris la porte pour entrer, un oiseau passa devant mes yeux. Un moineau. J'aurais dû comprendre : un oiseau dans la maison est de mauvais augure. Je ne suis pas superstitieux, mais certains signes ne trompent pas.

Dans le salon, la cheminée était froide. Les radiateurs aussi. Même chose pour la cuisinière. Mes yeux s'arrêtèrent sur la porte fermée de la chambre du bas.

Je mis la main sur la poignée, mais j'avais peur de ce que je verrais en ouvrant. Jamais elle ne fermait cette porte pendant la journée. Jamais.

L'oiseau tournoyait dans le salon : ses ailes glissaient contre les murs, son corps venait heurter la glace au-dessus de la cheminée.

« Ignazia ! appelai-je derrière la porte fermée. Ignazia ! » Pas de réponse.

Je montai au premier. « Ignazia ?... Concettina ? »

Notre lit était soigneusement fait. Rien de dérangé, rien d'inhabituel. Ses vêtements et ses affaires étaient dans la penderie, dans les tiroirs. J'allai dans la chambre de la petite. Tout était en ordre aussi...

Je descendis à la cave et rallumai la chaudière. Il fallut du temps pour que la chaleur monte. Si les tuyaux gelaient, je sentirais passer la note. Je restai là en bas vingt minutes, une demi-heure, à pelleter du charbon et à le regarder prendre et se consumer.

À deux reprises, je crus entendre des pas au-dessus de ma tête, mais quand je cessais de pelleter, il n'y avait plus aucun bruit.

Quand je remontai de la cave, le moineau était mort, par terre, dans le salon. Je le pris dans ma main et l'emportai à la cuisine. Je l'enveloppai dans du papier journal et le jetai aux ordures. On aurait cru qu'une volée de moineaux était entrée dans la maison, à voir toutes les plumes, tout le sang et toute la fiente qu'avait laissés à lui seul ce petit moineau aux os fragiles.

Je me souviens encore de tout ce gâchis que fit cet oiseau en mourant.

La *confessione* est bonne pour l'âme, paraît-il. C'est ce que me disait Guglielmo, que j'ai perdu de vue depuis son départ pour Bridgeport. Je ne saurais même pas dire s'il est mort ou vivant... « Faites votre pénitence, Domenico. Réfléchissez sur votre vie et soyez *umile*. Consignez tout cela par écrit... Soyez humble, Domenico. Être humain, c'est être humble. Nous n'avons pas le choix. Qu'aucun d'entre nous ne se mêle de faire l'œuvre de Dieu ! »

Mais je n'ai jamais été très fort pour la *confessione*...

La police a retrouvé le corps au fond de Rosemark's Pond. J'étais présent. Je l'ai vue quand on l'a sortie de l'eau. Elle s'était noyée en tombant à travers la glace au milieu de la nuit, a dit le coroner. Avant l'arrivée du froid glacial. Il voyait ça à son corps tout boursouflé.

Je crus qu'elle avait entraîné la petite dans la mort avec elle : on voyait l'empreinte de leurs pas désordonnés dans la neige qui recouvrait la glace. Ces empreintes prouvaient que l'enfant s'était débattue. Désormais, ni le fils ni la fille qu'Ignazia avait enfantés sur la table de la cuisine n'existaient plus. Elle avait tué un mari, et maintenant, Dieu lui vienne en aide, elle venait de tuer son enfant. Elle m'avait voué assez de haine pour faire ça. Elle avait été assez désespérée pour noyer celle qu'elle chérissait le plus.

Cependant, Concettina était vivante, cachée dans la cabane, à moitié gelée, mais respirant encore. C'est dans cet état que les policiers la trouvèrent, alertés par ses faibles gémissements. Quand je la pris dans mes bras, à demi morte, ses os me parurent aussi menus et aussi frêles que ceux du moineau. Je la tins contre moi pour la défendre contre le froid et contre ce que sa mère avait fait. Et maintenant je l'aimais.

Le lendemain, la nouvelle de la noyade d'Ignazia était en première page du journal. Ce n'est qu'une semaine environ après son enterrement que les détails commencèrent à se répandre et à enflammer les imaginations. Le chien empoisonné, les marques de pas de la mère et de l'enfant... Ma vie durant, même autrefois dans mon ancien pays, les gens se seront plu à jeter de la boue et à répandre des bruits sur ma *famiglia*, en clamant sa mauvaise fortune. Le sort d'Ignazia devint un jeu de devinettes pour les habitants de la ville. Les Italiens de Three Rivers, mes *paisani* ingrats, présumèrent que c'étaient Dieu ou bien cette folle que j'avais fait enfermer qui étaient au fond de tout cela. Pendant des mois, des années, on raconta qu'Ignazia avait été enlevée la nuit par un homme étrange, qui l'avait ensuite tuée et jetée dans l'étang gelé...
Mais il n'y avait pas eu d'homme étrange. Ni d'enlèvement. Il n'y avait que les marques des pas de ma femme et de la petite, et le trou noir au milieu de l'étang. Quant à Concettina, elle resta muette sur cette nuit-là, elle n'en dit pas un mot, ni à moi, ni à la police. Jamais nous n'en avons parlé... Elle n'avait que huit ans à ce moment-là. Je ne sais pas ce qu'elle en a retenu.

Après la mort d'Ignazia, des dames italiennes vinrent sonner à ma porte, le regard plein de compassion et d'espoir. Elles étaient accompagnées ou bien d'une fille bonne à marier, ou d'une sœur célibataire, ou encore d'une jeune veuve prête à faire mon ménage et à s'occuper de ma pauvre enfant qui n'avait plus de mère. « Non, merci. » Je les renvoyai toutes. Chaque soir, quand je partais travailler, j'amenais la petite chez mes voisins Tusia, où elle passait la nuit. Jennie, la fille des Tusia, quitta l'école pour venir me faire la cuisine, la lessive et le ménage. Je ne voulais plus de femmes chez moi. Plus d'épouses.

J'en avais fini avec tout ça... Et quand Jennie Tusia tomba amoureuse de ce marin de Georgie et l'épousa, ma fille était en âge de prendre le relais pour tenir la maison de son père - cette pauvre fille au bec-de-lièvre dont aucun autre homme ne voulait.

Ce n'est pas une mauvaise fille. Elle fait la cuisine, le ménage, elle ne parle guère. Son *silenzio* honore son père. Concettina a du sang sicilien dans les veines. Elle sait garder ses secrets.

Eh bien, voilà qui est fait, Guglielmo. C'est bien ce que vous vouliez, n'est-ce pas ?

Confession. Pénitence. Humilité...

Que Dieu tout-puissant sauve mon âme !

46

Thomas et moi flottons sur l'eau en dessous de la Cascade, descendant tranquillement la Sachem sur des chambres à air. De la rive, les gens nous font signe. Des inconnus, et des têtes familières. Notre mère est là et, derrière elle, une petite fille, qui sort de l'ombre et s'avance au soleil. C'est Penny Ann Drinkwater, vivante, et toujours en classe de neuvième. Elle nous appelle, pointe un doigt vers l'aval. Derrière elle, dans les bois, une sirène mugit.

La sonnerie m'a fait bondir. Le téléphone a valdingué par terre, le support avec. Je l'ai ramené à moi en tirant sur le fil. « Allô ? »

Le Dr Azzi s'est excusé d'appeler si tôt, mais il avait une journée infernale en perspective. Il était sur le point de partir à l'hôpital. On pouvait se voir d'ici une heure, dans le salon du troisième étage, après qu'il aurait fait sa visite à Ray. Sinon, il faudrait attendre la fin de la journée.

Sur la commode, la lueur rouge de l'affichage numérique disait... 6 h 11 ? « Oui, bien sûr. J'y serai. Alors vous avez dû... amputer ? »

Avec la gangrène, il ne fallait pas perdre de temps, a-t-il dit. Il me donnait rendez-vous vers sept heures et quart.

J'ai raccroché, je me suis laissé retomber sur le lit. J'ai refermé les yeux. Bon, prends vite une douche et file là-bas. Troisième étage, c'est ça ?... En posant les pieds par terre, j'ai écrasé du papier.

Sur mes couvertures, et tout autour du lit, étaient éparpillées les pages déchirées du manuscrit de mon grand-père. J'avais terminé l'« histoire » de Domenico au milieu de la nuit. En dépit de toutes ses horribles révélations, je n'y avais trouvé aucune des réponses que je cherchais et redoutais tout à la fois. Je me posais maintenant d'autres questions, j'avais d'autres soupçons, et j'avais appris une chose sinistre que je n'avais pas cherché à savoir : ma grand-mère, dans son désespoir, avait voulu entraîner sa fille avec elle. À l'âge de huit ans, M'man avait dû résister à sa mère et se débattre pour rester en vie... Confessions, pénitence, secrets de famille : déçu et libéré, j'avais pleuré en arrivant à la dernière page. J'avais arraché les feuillets et fait des confettis de toutes les fausses excuses de mon grand-père.

En allant pieds nus jusqu'à la salle de bains, j'ai marché sur les débris du manuscrit. *Elle fait la cuisine et le ménage, elle sait garder les secrets...* J'ai pris une douche avec de l'eau aussi chaude que je pouvais la supporter... Il était mort en ayant tout foiré, c'était clair. Cette confession, cette contrition de la dernière heure, c'était trop peu, et ça venait trop tard. Toute sa vie on lui avait demandé de rabattre son orgueil, mais il n'avait jamais vraiment compris. Il en avait voulu aux gens, il avait joué avec leur vie en se prenant pour Dieu. Il avait fait enfermer à l'asile cette femme étrange, et l'y avait tout simplement laissée pourrir... Pourriture. Gangrène. *C'est ton paternel. Pas encore rentré ? Passe-moi un coup de fil, tu veux ?*

Je me suis douché et lavé les cheveux. J'ai laissé l'eau couler sur moi. Et quand j'ai fini par sortir, je me suis regardé dans la glace, dégoulinant et nu.

Ne sois pas comme lui, Dominick, ai-je pensé. Ne sois pas comme lui, surtout pas...

« Il y a la gangrène humide et la gangrène sèche, m'a expliqué le Dr Azzi. La gangrène humide est la pire, car dans ce cas les bactéries sont installées. C'était le cas chez votre père. C'est pourquoi il a fallu amputer le plus tôt possible. Sinon, l'infection se serait propagée de façon irréversible. Avez-vous des questions à me poser ?

— C'est vraiment son diabète qui est la cause de tout ça ?

— Oui. La vascularisation des extrémités n'était plus assurée. Naturellement, il refusait d'accorder la moindre attention aux symptômes. Il est comme mon propre père : le dernier des durs à cuire. Qu'est-ce que je peux vous dire d'autre ?

— Euh... Excusez-moi. Ça fait beaucoup de choses à saisir d'un seul coup. En fait, la gangrène, c'est l'infection, c'est ça ?

— Voyons, revenons un peu en arrière. Je ne pensais pas que vous étiez si peu au fait de la situation. Je croyais que votre père vous tenait au courant. »

Il l'aurait fait, me dis-je, si j'avais pris la peine de répondre à ses messages. J'avais manqué au savoir-vivre le plus élémentaire. « La gangrène, ce sont des tissus morts, a continué le Dr Azzi. C'est le terrain où se développe l'infection. Son pied ne recevait plus l'oxygène ni les éléments nutritifs dont il avait besoin. En d'autres termes, il n'était plus alimenté. Le tissu humain est comme toute chose vivante. Si on cesse de le nourrir, au bout d'un temps, il meurt. »

Le Dr Azzi m'a exposé les détails du protocole pour les mois à venir : thérapie lourde à l'hôpital pendant une semaine environ. Puis moins lourde après transfert dans un centre de réadaptation – une maison de convalescence – pour réapprendre à marcher. Ensuite, des béquilles un certain temps, et, plus tard, une jambe artificielle, si Ray en décidait ainsi. Certaines assurances prenaient en charge les prothèses, d'autres non. Le but était, bien sûr, de lui permettre de rentrer chez lui. Il avait clairement fait savoir qu'il ne voulait pas rester dans une maison de repos pour une longue durée. « Il vit seul, c'est bien ça ?

— Oui.

— Il y a des escaliers ?

— Oui, extérieurs et intérieurs. »

À l'issue de l'entretien, le Dr Azzi et moi nous sommes serré la main. « Ça ne va pas être facile pour lui, il n'y a pas de doute, mais il s'adaptera. Il a vraiment eu de la chance. Redites-le-lui. »

Je lui ai demandé si je pouvais voir Ray. Bien sûr, seulement on venait de lui faire une piqûre ; il serait sans doute dans les vapes presque toute la matinée. Mais je pouvais tout à fait entrer jeter un coup d'œil.

J'ai suivi le couloir, et j'ai trouvé la chambre. « À tes risques et périls », ai-je songé.

Il respirait fort par la bouche. Un filet de sang flottait dans le liquide au-dessus de sa perfusion. Il paraissait tout petit et tout gris.

Thérapie lourde, moins lourde. Gangrène humide et gangrène sèche. Comment avais-je pu ne pas entendre la peur dans sa voix ?... *C'est ton paternel. T'es pas rentré ?...* Histoire ancienne ou pas, il n'avait plus que moi.

Ne te défile pas. Fais ta pénitence.

Je me suis forcé à baisser les yeux sur sa poitrine qui se soulevait et retombait, puis vers le bout de son lit. J'ai senti mon cœur chavirer un peu en voyant un creux à la place de sa jambe droite... Je revoyais la cicatrice rose et lisse de mon frère, la greffe de peau recouvrant son moignon. J'avais entendu dire que, pour les amputations, on ne procédait pas selon des techniques de pointe au laser, on utilisait une simple scie. On sciait dans le muscle et dans l'os, et on jetait la jambe morte... Où ça ? Dans une poubelle ? Ciel !

Il va devoir rester dans un centre de réadaptation pendant un certain temps – une maison de convalescence – pour réapprendre à marcher. Bon sang ! Cloué ainsi, il allait péter les plombs. Lui qui n'arrêtait pas de bricoler ici ou là, qui ne pouvait pas rester tranquille.

L'infirmière, en entrant, m'a fait sursauter. Une Asiatique rondelette. Nous avons échangé un signe de tête. « Je... J'ai l'autorisation du Dr Azzi. Je sais que ce n'est pas l'heure des visites...

— C'est bon, c'est bon. » Elle lui a passé un tensiomètre au-dessus du poignet, a pressé sur la petite poire noire, lu le résultat, pressé encore une fois. *Corrie* quelque chose, *infirmière agréée.* Autrefois, les infirmières étaient en uniforme blanc, pas en tee-shirt de U. Conn.

« Vous avez vu qu'il y a un peu de sang dans sa perfusion ? » ai-je questionné.

Elle s'est penchée pour regarder de plus près. « C'est pas grave. » Elle lui a placé un thermomètre sous la langue en lui fermant la bouche et en tenant la mâchoire serrée. Il a continué à dormir, sans s'apercevoir de rien. Cette piqûre l'avait vraiment mis K.-O. Au bip, elle a retiré le thermomètre et noté la température. J'ai demandé comment il allait.

« La température a un peu baissé ; sa tension est bonne. Vous êtes son fils ? »

J'ai été incapable de répondre. Quand elle a soulevé le drap pour vérifier ses pansements, mon regard a fui.

« C'est bon », a-t-elle dit. Elle a laissé retomber le drap en le bordant un peu. Il n'allait sûrement pas se réveiller de sitôt, mais je pouvais rester si je voulais. Eh bien, oui, encore un tout petit peu, et je reviendrais dans l'après-midi.

« Alors je vous laisse. »

Je l'ai regardé dormir un moment.

Je me suis approché de sa main. J'ai passé un doigt sur les creux et les bosses de ses articulations.

Comme toute chose vivante. Si on cesse de la nourrir, au bout d'un temps, elle meurt. Le Dr Azzi ne croyait pas si bien dire...

La noyade de Thomas à la Cascade n'était que la cause officielle de sa mort ; en fait, c'est à Hatch qu'il était mort, privé de tout espoir et de sa famille. On avait cessé de le nourrir et il était mort... Ma grand-mère aussi était morte en prison. Le Vieux avait pris un chien de garde, et il avait fait de sa femme une captive dans sa maudite maison. Alors, de désespoir, elle s'était enfuie en entraînant sa fille vers cet étang et...

Papa était un homme extraordinaire, Dominick. En quoi donc, M'man ? Par comparaison ? Parce que, à Hollyhock Avenue, tout était relatif ?...

Il faut que je parte parce que tu pompes tout l'oxygène, m'avait dit Dessa. *J'ai besoin de respirer, Dominick.*

J'étais là à toucher la main de Ray, et je comprenais enfin... Dessa n'avait pas cessé de m'aimer, mais elle avait dû sauver sa peau. Il avait fallu qu'elle s'ampute de moi parce que je ne la nourrissais plus. Je l'infectais. Si elle était restée, l'infection n'aurait cessé de se propager.

Eh bien, bravo, Dess. Heureusement, tu t'en es tirée vivante ! Mes larmes ont jailli, éclaboussant le bord du lit et imprégnant les draps.

Je suis rentré chez moi vers midi. J'ai laissé un message au Dr Patel : il fallait que je la voie le plus tôt possible. Je me suis fait chauffer un peu de soupe, j'ai feuilleté *Newsweek* sans vraiment comprendre ce que je lisais. Quand j'ai voulu faire la vaisselle, je me suis aperçu qu'elle était déjà faite !

Les morceaux du manuscrit détruit de Domenico étaient restés éparpillés dans ma chambre, tels que je les avais laissés. Bon, tu es allé jusqu'au bout et tu as décidé que tout ça était bon à jeter. Maintenant, tu n'as plus qu'à t'en débarrasser.

J'ai pris un sac-poubelle et je l'ai bourré avec les pages déchirées de l'« histoire ». Ce faisant, je pensais au récit que m'avait fait M'man de la dernière journée du Vieux. Ce jour-là, elle avait dû sentir sa vie basculer. Son père était mort, et ses fils grossissaient dans son ventre...

Du courage, après tout, elle en avait eu. Assez, en tout cas, pour tenir bon et nous élever de son mieux. Et bien avant, déjà : jeune fille sérieuse, à côté de son père sur les photos, en tablier, le poing devant son visage pour cacher son infirmité. Et à huit ans, quand sa mère, folle de désespoir, l'avait forcée à la suivre dans cette nuit glaciale... Les empreintes de pas prouvaient qu'elle s'était débattue, mais la fillette avait eu le courage de garder le terrible secret de sa mère, elle n'avait rien dit, ni à la police, ni à son père. Ignazia avait voulu faire périr sa fille avec elle. Mais M'man avait résisté. Elle s'était cachée dans la cabane, elle avait survécu à cette nuit d'horreur...

Aimait-elle Papa autant qu'elle le prétendait ? Le haïssait-elle ? Avions-nous été conçus dans le mal, mon frère et moi ?... « L'Histoire de Domenico Onofrio Tempesta » se révélait être un nouveau labyrinthe à l'intérieur du labyrinthe. Car, arrivé au bout de sa confession, le Vieux avait dit à la fois tout et rien. Tel père, telle fille. Tous deux avaient su garder leurs secrets...

J'ai ressorti un feuillet du sac-poubelle. Je l'ai aplati pour le relire. *Il me reste au moins cette petite satisfaction : le souvenir de l'instant où j'ai remporté ma victoire sur le Singe, où j'ai usé de l'intelligence que Dieu m'a donnée pour punir cette diablesse des péchés qu'elle avait commis contre Domenico Tempesta...*

Je pensais à son impuissance, à sa solitude au dernier jour de sa vie. Lui aussi, Domenico, était mort d'un manque.

« Je ne dis pas que ce soit impossible, Dominick, m'a assuré le Dr Patel, mais hautement improbable. Vous n'êtes pas arriéré. Vous n'êtes pas hémophile, et vous ne souffrez d'aucun autre des multiples effets corollaires. Si, comme vous le craignez, vous êtes le fruit d'une relation incestueuse, vous semblez, étonnamment, n'en avoir subi aucun dommage. »

Aucun dommage ? Mon frère était schizophrène, lui ai-je rappelé, et ma fille avait vécu moins de quatre semaines.

Argument spécieux, a-t-elle déclaré. À sa connaissance, il n'existait pas de preuve scientifique d'un lien quelconque entre l'inceste père-fille et la schizophrénie ou la mort subite du nourrisson. Je pouvais faire une recherche sur le sujet, bien sûr, mais elle doutait que je trouve quoi que ce soit. À son avis, il s'agissait plutôt chez moi d'une crainte névrotique liée à une vague remarque de mon grand-père dans son manuscrit – à savoir que ma mère savait garder les secrets. Ce qui pouvait faire allusion aussi bien à des secrets confiés par sa propre mère, à des recettes secrètes, que, bien sûr, à ce terrible secret : cette femme, qui lui avait donné la vie, avait tenté cette fameuse nuit de la lui reprendre.

Inceste père-fille : le fait que le Dr Patel nomme la chose me permettait, en quelque sorte, de la cerner, de la mettre sous globe, et me rassurait.

D'après ce que je lui avais dit, mon grand-père avait été un homme terriblement malheureux et malavisé – cruel, égoïste et paranoïde, sans doute –, encore qu'elle hésitât toujours à formuler un diagnostic sur les morts. Mais rien de tout cela n'indiquait nécessairement qu'il eût violé sa fille et qu'il nous eût engendrés, mon frère et moi.

« Alors, je ne suis pas plus avancé qu'avant d'avoir lu ce foutu récit.

— C'est-à-dire, mon ami ?

— Paumé... Sans père. »

Je lui permettrais de ne pas être d'accord, pour différentes raisons. Tout d'abord, je n'avais certainement pas été un enfant sans père, si je voulais bien ne pas envisager la paternité simplement en termes de sperme et d'œuf. Si l'on considérait que le père était l'adulte mâle qui suivait votre passage de l'enfance à l'âge adulte, eh bien, mon père était en ce moment sur un lit d'hôpital au Shanley Memorial, où il venait de subir une opération chirurgicale. En dépit de tous ses défauts en tant que parent, et des traumatismes qu'il avait causés chez moi et chez mon frère, sa présence avait été une constante dans ma vie. Il avait été un témoin.

Elle n'avait pas non plus le sentiment que la lecture de l'histoire de mon grand-père ne m'avait pas fait progresser. « Laissez-moi vous parler en tant qu'anthropologue, Dominick. Essayons de prendre ce manuscrit non pas comme un mystère dont l'absence de solution nous laisse sur notre faim, mais comme une parabole instructive. À la fin d'une allégorie, on se trouve devant une leçon. Alors, je vous pose la question : que vous enseigne cette histoire de votre grand-père ?

— Ce qu'elle m'enseigne ? Je ne sais pas. Qu'il ne faut pas marcher sur de la glace trop mince ? Qu'il faut rester à l'écart des singes ?

— Un peu de sérieux, je vous prie ! » a-t-elle répliqué en claquant dans ses mains comme une institutrice exaspérée.

Nos regards se sont croisés. « Que je devrais cesser de me prendre pour une victime. Qu'il faut que j'oublie ma rancune. »

Cette fois, elle a applaudi en souriant.

Intentionnellement ou non, c'était un cadeau précieux que m'avait fait mon grand-père en me laissant cette parabole de son échec. Je ne devais pas oublier non plus qu'elle m'avait été transmise par une mère qui m'avait sûrement aimé profondément, par une femme qui, malgré sa douceur, avait montré un certain courage et fait de son mieux. C'est à moi, personnellement, qu'elle avait légué l'histoire de son père.

« Ce cadeau, faites-en bon usage, Dominick. Tirez-en une leçon. Qu'il vous permette de vous libérer. »

« Alors, ça y est ? Il a fini ? » m'a demandé la femme de service, un peu agacée. Elle était déjà venue deux fois pour rechercher le plateau, auquel Ray n'avait pas touché. Au bureau des infirmières, on m'avait dit qu'il s'était réveillé vers onze heures, qu'on lui avait fait une autre piqûre de morphine et qu'il était reparti au pays des rêves.

« Il n'est toujours pas réveillé. Vous n'avez qu'à emporter tout ça », lui ai-je répondu. Je l'ai regardée tenter l'impossible, c'est-à-dire mettre le plateau en équilibre sur le dessus de son chariot déjà surchargé. Tout a glissé par terre avec un bruit fracassant, et on s'est baissés tous les deux pour éponger la soupe, rassembler les morceaux du sandwich et retrouver une pomme égarée. Quand je me suis retourné vers Ray, il avait les yeux ouverts. « Qui c'est ? » a-t-il balbutié.

Dominick, ai-je répondu. Comment se sentait-il ?

« Qui ça ?

— Dominick. Le fils de Connie. Un des jumeaux.

— Ah, j'ai cru que c'était le surveillant. »

Le surveillant ? Savait-il où il était ? Il a passé la chambre en revue, regardé attentivement le couloir, et son regard s'est posé sur moi. « À l'hôpital ? »

J'ai fait signe que oui. Je lui ai rappelé qu'il avait subi une opération la veille. Il m'a demandé quand commençait le match de foot.

Le match de foot ? J'ai jeté un coup d'œil à la télé accrochée au plafond. Je l'avais regardée, sans le son, en attendant qu'il se réveille. « Il n'y a pas de foot en ce moment, Ray. On est en mai. C'est la saison du base-ball. Et des finales de basket. »

Il s'est penché en avant ; il a regardé sa jambe amputée, apparemment sans comprendre ce qui lui manquait. « Edna est venue me voir ?

— Edna ? Qui est-ce ?

— Edna. Tu sais bien. Ma sœur. » Il a hoché la tête avec un air de dégoût. « Qu'est-ce que c'est que ça ? » Il tenait la télécommande attachée par un flexible.

« C'est pour changer de chaîne. Sur ta télé, là-haut. Vas-y, essaie. Le bouton bleu, pas le rouge. Le rouge, c'est pour appeler l'infirmière. » Il a appuyé sur le bouton rouge d'abord, puis sur le bleu. Il a maintenu le pouce dessus, faisant défiler des feuilletons, CNN, le dépanneur de chez Maytag. Il s'est arrêté quand il est tombé sur Oprah.

« Oui ? a crié une voix un peu parasitée. Qu'y a-t-il pour votre service ?

— On s'est trompés de bouton. Excusez-nous. »

Clic.

« À quelle heure commence le match de foot ? » a redemandé Ray. Je lui ai répété que ce n'était pas la saison du foot, mais il y est allé de son refrain de meneur :

Tarte aux fraises ! Tarte aux myrtilles !
V-I-C-T-O-I-R-E !
On y arrivera ? Oui, oui, oui !
C'est nous les élèves de l'EPB !

J'ai regardé le couloir. Et Oprah là-haut sur l'écran. « Qu'est-ce que c'est que l'EPB ?

— L'EPB ! L'école primaire de Broadway ! T'es demeuré ou quoi ? »

617

« Il existe sûrement un Dieu. Ce n'est pas possible autrement. »

Dessa a levé les yeux vers moi en agitant le sachet de thé dans sa tasse.

« Mais pas un Dieu de clémence. Ça, c'est de la foutaise. Il donne plus dans l'ironie que dans la miséricorde. C'est un farceur. Car tout ça est trop parfait pour être mis au compte d'une coïncidence fortuite. »

Dessa ne comprenait pas ce que je voulais dire.

« Réfléchis. D'abord, mon frère meurt. Ensuite, mon beau-père perd un membre et commence à débloquer. Moignon numéro 2 : la suite. C'est parfait. »

Elle avait tendance à penser que Dieu nous lançait des défis plutôt que de nous faire des farces.

Nous étions à la cafétéria de l'hôpital, à une table du fond. Une heure plus tôt, j'avais retenu l'ascenseur en entendant quelqu'un arriver en courant, et ce quelqu'un était mon ex-femme. À présent, en dehors de la caissière à cheveux blancs et de deux bénévoles deux tables plus loin, nous avions la salle pour nous seuls.

« Ce sont sans doute les médicaments antidouleur qui lui troublent l'esprit. Tu ne viens pas de me dire qu'il t'était arrivé la même chose après ton opération ? » Quelques instants plus tôt, j'avais fait allusion, sans entrer dans les détails, à ce rêve sous morphine où j'étouffais mon frère pendu à un arbre, coupais la corde et le traînais vers la rivière. Le plus cocasse, c'est que moi, dans mon hallucination, j'étais un assassin. Tandis que Ray, lui, était devenu meneur des supporters.

Nous avons gardé le silence un petit moment. J'ai terminé mon café. Je me suis mis à dépiauter mon gobelet en carton comme on épluche une pomme. Nous étions là tous les deux à regarder cette longue spirale sans fin. « Tu vas toujours à l'église ? » ai-je demandé.

Étrange que je lui pose justement cette question. Elle avait cessé d'y aller pendant des années, mais, depuis peu, elle commençait à y retourner.

« Ah bon ? Pourquoi ?

— Je ne sais pas. Peut-être en partie à cause de ce que je vois ici. »

Quand j'étais tombé sur elle dans l'ascenseur, j'avais cru qu'il s'était encore passé quelque chose avec sa mère, mais pas du tout, m'avait-elle expliqué : depuis peu, elle travaillait bénévolement dans le service des enfants malades. « Je voudrais que tu voies certains de ces gamins, Dominick. Ils sont tellement atteints, et tellement courageux. Miraculeux ! »

Elle m'a cité le cas d'une fillette de six ans qui avait une tumeur au cerveau, et un rire si communicatif qu'elle pouvait déclencher l'hilarité de toute une salle. Elle m'a parlé des bébés atteints du sida, qui avaient tant besoin qu'on les prenne dans les bras pour les bercer. De Nicky, un petit garçon de sept ans souffrant d'une maladie enzymatique qui l'avait progressivement privé de la parole, de l'équilibre, et même de la faculté d'avaler. Nicky était son préféré. « Je voudrais que tu voies ses yeux s'illuminer quand il écoute de la musique. Et devant les lumières aussi. Tu te souviens de ces lampes multicolores qu'on fixait des yeux quand on se défonçait ? Quand il regarde une de ces lampes-là, on a l'impression qu'il y trouve l'explication de choses qui nous échappent, à nous. De si beaux yeux bruns ! Si Dieu est quelque part, Dominick, c'est dans les yeux de Nicky. » Elle s'est mise à rire, soudain un peu gênée. « C'est difficile à expliquer. J'ai l'air de donner dans le New Age.

— Tout espoir n'est peut-être pas perdu, ai-je répliqué en la poussant un peu du pied. Tu n'en es pas encore aux cassettes de Yanni, si ? »

C'étaient les enfants atteints du sida qui avaient le plus de mal à se défendre. Ils ne voulaient pas manger, car ça les rendait encore plus malades. De sorte que, en plus de tout le reste, il y avait un danger réel de malnutrition.

Si on cesse de le nourrir, au bout d'un temps, il meurt.

« Alors, qu'est-ce que tu fais pour eux ? »

Elle leur faisait la lecture, elle les berçait. Elle pratiquait une thérapie avec des animaux de compagnie. Les enfants avaient un très bon contact avec les animaux. Il y avait un chien super du nom de Guimauve qui venait les voir une fois par semaine. Ils avaient des poissons. Et des lapins – Zeke et Zack. « Il faut faire très attention aux risques de contamination – il y a toutes sortes de restrictions et de règles, mais les gosses adorent vraiment les animaux. »

Surtout, elle prenait les petits dans ses bras. C'était sans doute ça le plus utile. Plus que n'importe quoi d'autre, ces gosses avaient besoin de contact physique.

« Tu es sûre que c'est ce qu'il te faut ? Ce n'est pas trop pénible ? »

Ça pouvait paraître déprimant, mais pas du tout. C'était là le miracle. Elle éprouvait du bonheur à rester auprès de ces enfants. Elle était en paix avec elle-même comme elle ne l'avait pas été depuis des années.

J'avais l'impression, lui ai-je dit en souriant, que, finalement, elle avait tenu sa promesse.

« Quelle promesse ?

— Le petit garçon de Clapton, tu sais ? Le gamin est tombé par la fenêtre. Je crois qu'en fin de compte tu l'as rattrapé. » Après un instant de trouble, je l'ai vue se souvenir de ce rêve qu'elle m'avait raconté. J'ai vu ses yeux se remplir de larmes.

Monterait-elle dire bonjour à Ray ?

Elle n'était pas en avance – elle avait rendez-vous avec Dan pour dîner. Elle ne pourrait pas rester longtemps, mais elle allait passer le saluer.

Dans l'ascenseur, en redescendant au quatrième, je me suis aperçu que je n'avais pas eu envie de démolir la cloison quand elle avait prononcé le nom de son copain. C'était un progrès. Ma thérapie avait tout de même servi à quelque chose. « Comment va Sadie ?

— Ah, Dominick. Elle est morte. J'ai dû la faire piquer. Je te demande pardon, j'aurais dû te prévenir. »

Pas grave. Cette chienne était à elle, pas à moi.

« Elle était à nous deux. Elle est morte paisiblement, Dominick. » Dessa s'est rapprochée et s'est appuyée, légèrement, contre moi.

Quand nous sommes arrivés dans sa chambre, Ray était assis dans son lit ; une infirmière l'aidait à boire quelques gorgées de jus de fruit. « Je t'amène de la visite, lui ai-je annoncé.

— Bonjour, Ray », a dit Dessa. Il l'a regardée avec des yeux vides.

« Tu la reconnais ? » lui ai-je demandé.

Il a avalé une autre gorgée. Nous a fait un sourire à peine visible. « Lèvres-en-feu », a-t-il dit.

Le troisième jour après l'opération, Ray avait recouvré sa lucidité. Douze jours après l'amputation de sa jambe droite, on a estimé qu'il était assez solide sur ses béquilles pour être transféré dans un centre de réadaptation.

À la maison de convalescence de Rivercrest, les murs étaient de couleurs gaies, le personnel jovial, et les journées sérieusement occupées par tout un programme de kinésithérapie, d'ergothérapie et d'activités collectives. À chacune de mes visites, je passais devant une rangée de « sentinelles » clouées sur leur chaise roulante – des vieux schnocks parqués dans le hall d'entrée, passant leur temps à observer le flux des visiteurs, des employés et des livreurs. Dans l'espoir, je suppose, de savoir ce qui se tramait dans le monde au-delà des limites du parking. J'ai fait la connaissance de certains d'entre eux : Daphne, la vamp de la bande, avec ses peignoirs aux couleurs voyantes ; Maizie, qui me demandait toujours si j'étais son fils Harold ; Warren, qui saluait tout le monde d'un « Bonjour, capitaine Peacock ! ».

Parmi ces sentinelles se trouvait, toute tassée et ratatinée, une vieille femme que j'avais fini par baptiser la princesse Mauvais Œil. Dans l'établissement, on faisait tout un plat de la Princesse : approchant des cent ans, elle était la résidente la plus âgée de Rivercrest. Je n'échangeais jamais une parole avec elle, mais elle avait toujours l'air, quand j'entrais, de braquer sur moi ses yeux de fouine pour suivre mes pas le long du couloir jusqu'à la chambre de Ray. Je le sais, car il m'arrivait de m'arrêter et de me retourner, et sa façon de me regarder me fichait un peu la trouille... Daphne, Warren, la Princesse : je les surnommais « l'Équipe ». Le comité d'accueil dans cette étape entre la vie et ce qui venait après. Rivercrest était un purgatoire, sur chaise roulante.

La première semaine, Ray a été renfrogné et silencieux, et ensuite « semi-coopératif », selon l'expression de l'assistante sociale. Au bout de deux semaines d'efforts pour l'engager à participer à ses divers programmes d'activités, la directrice a abandonné la partie et l'a laissé à son humeur maussade, seul dans sa chambre. Il hésitait à se faire mettre une jambe artificielle. « Si j'étais un cheval, on m'abattrait, purement et simplement. »

« Votre père est déprimé », me disait-on. Parfois, il pleurait. Rien d'extraordinaire à cela. Il fallait laisser faire le temps.

J'ai pris le pli d'aller le voir presque chaque jour. De rapporter son linge sale chez moi – cela quand on lui a perdu sa chemise préférée à la blanchisserie. Ça n'était pas grand-chose, et j'avais du temps. J'avais vendu mon matériel de peinture à la copine de Sheffer – sa copine ? Sa compagne ? Qu'est-ce qu'il fallait dire maintenant pour être politiquement correct ? J'étais allé à Hartford passer l'examen pour ma réintégration dans l'enseignement. Je m'étais inscrit au cours de recyclage. Je n'étais toujours pas certain de vouloir retourner dans une classe, mais je tenais à me mettre sur les rangs, au cas où... J'avais jusqu'à la fin de l'été pour me décider. Quelquefois, on demandait des professeurs à la dernière minute. À ce moment-là, Ray serait rentré chez lui et, on pouvait l'espérer, autonome.

Je lui apportais les journaux de New York et de Boston, le *Post* et le *Herald.* Ainsi qu'un hamburger du Prime Steer une ou deux fois par semaine, car la viande qu'on servait à Rivercrest était « de la semelle ». Ils n'étaient même pas capables de faire du pain de viande correct. « Pourquoi tu te donnes tout ce mal ? disait-il. Garde donc ton argent. Je n'ai pas d'appétit de toute façon. » Sur quoi il dévorait le tout en deux temps trois mouvements.

Le personnel soignant était d'avis qu'une sortie d'une heure ou deux pourrait lui remonter un peu le moral, alors le kinésithérapeute m'a montré comment l'aider à monter en voiture et à en descendre, et comment m'y prendre quand il devait aller aux toilettes. La première fois, on n'était guère rassurés ni l'un ni l'autre. Je l'ai emmené faire un tour à Three Rivers, et du côté du chantier du grand casino. « Seigneur tout-puissant, s'est-il écrié, ça va être un machin énorme ! Eh bien, pourquoi pas ? Qu'ils aient donc un peu plus voix au chapitre ! » J'ai été plutôt surpris de son attitude vis-à-vis des Wequonnoc ; il me semblait que, jusque-là, il avait passé son temps à en vouloir aux autres de leur bonne fortune.

Pour notre deuxième balade, on est allés déjeuner au Friendly. Quand je lui ai demandé ce qui lui plairait pour sa troisième sortie, sa réponse m'a étonné.

« Si on allait au cinéma ?

— Au cinéma ? Ah bon ? » Ray avait toujours décrété – et ça remontait à notre enfance – que le cinéma était une perte de temps et d'argent.

Je lui ai tendu la page des spectacles du *Daily Record.* Je pensais qu'il allait sans doute choisir *Danse avec les loups,* que j'avais déjà subi une fois. Au Center Cinema, on donnait *Y a-t-il un flic pour sauver la reine ?* et un film avec Schwarzenegger.

« Si on allait voir ça ? a-t-il dit en tapotant du doigt l'annonce de *La Petite Sirène.*

— C'est un dessin animé de Walt Disney, Ray. Un film pour enfants. »

Il savait parfaitement ce que c'était. L'annonce passait à la télé toutes les dix secondes. Si j'avais déjà choisi, pourquoi est-ce que je lui demandais son avis ?

« Bon, bon, allons-y pour *La Petite Sirène.* »

À l'entrée du cinéma, les gens – aussi bien les adultes que les enfants – regardaient ses béquilles et sa jambe de pantalon flottante. Quand il a été prêt à sortir des toilettes, le film avait déjà commencé. À le guider dans la salle obscure et en pente, j'étais à bout de nerfs. Mais une fois installés à nos places, ayant retrouvé un rythme cardiaque normal, et suffisamment remis de mes émotions pour suivre le film, j'ai compris la logique de son choix. Il avait eu envie de voir l'histoire de cette petite sirène querelleuse qui voulait l'impossible – des jambes –, et qui avait fini par obtenir à la fois ce qu'elle désirait et ce qu'elle n'avait pas souhaité. À un moment, j'ai observé le profil de Ray dans la semi-obscurité de la salle : mâchoires serrées, mine renfrognée. Ce que je voyais là, ai-je compris, c'était son courage.

« Alors, tu as trouvé ça bien ? lui ai-je demandé dans la voiture en revenant.

— Pas mal », m'a-t-il répondu pour tout commentaire. À Rivercrest, au retour, la brigade en chaise roulante était postée à l'entrée, comme d'habitude. « Excusez-moi. Vous n'êtes pas, par hasard, mon fils Harold ? » m'a demandé Maizie, comme prévu.

Ray m'a devancé. « Son nom est Dominick Birdsey ! a-t-il répliqué sèchement. C'est mon fils ! » En prenant le couloir, et encore à portée de voix, il les a traités dans sa barbe de « vieux toqués » et de « sacrés poisons ».

Au bout d'un moment, au cours de ce premier mois à Rivercrest, Ray s'est fait deux amis : Stony, un couvreur à la retraite qui était monté sur le ring contre Willie Pep pour les Golden Gloves, et Norman, qui avait fait la Seconde Guerre mondiale à Bataan. Enfant, racontait celui-ci, quand il travaillait avec son père, qui vendait des repas en ville avec sa voiture à cheval, il avait servi une part de tarte à la rhubarbe à Mae West. Gratis. Elle passait en ville dans un spectacle de variétés. Cet épisode donnait lieu à toutes sortes de plaisanteries. Qu'est-ce qu'il lui avait servi d'autre ? Et elle, elle lui avait servi quelque chose ? Et cette nouvelle star – comment elle s'appelait, déjà ? Madonna ? Celle-là aussi aimerait peut-être que Norman lui serve une petite part de tarte à la rhubarbe ?

Norman, Stony et Ray : les « Trois Mousquetaires », ainsi les avait surnommés un membre du personnel. Ils prenaient leurs repas ensemble dans la salle à manger. Ils jouaient à la belote dans la chambre de Stony (sa radio était la seule à capter Big Band, une station de New Haven). « Votre père va beaucoup, beaucoup mieux », me confirmait l'assistante sociale. Ray s'est décidé à essayer une jambe artificielle pour voir comment il la supporterait. Après tout, son assurance payait. Pourquoi leur faire ce cadeau ?

Quelquefois, on regardait du base-ball tous les deux. Ou on faisait une partie de cartes. En général, c'était la télé qui parlait, pas nous. Un jour, il s'est plaint qu'on ne le rasait pas bien. Les garçons de salle utilisaient un rasoir électrique. C'était obligatoire dans la maison ; mais avec un rasoir électrique, il n'était jamais bien rasé.

« Tu n'as qu'à te raser toi-même. »

Il ne pouvait pas, m'a-t-il dit. Ses mains tremblaient trop. Il les a tendues pour me montrer. « Un jour, tu arriverais et tu trouverais ma tête par terre. Si tu me rasais, toi ? »

Je n'ai pas relevé les deux premières fois qu'il en a parlé, mais il est revenu à la charge. « Bon, bon, d'accord, ai-je fini par accepter en le véhiculant dans la salle de bains exiguë attenante à sa chambre. On va essayer. »

Ça m'a fait drôle la première fois, de lui mettre du savon à barbe, de le tenir par le menton et de passer le rasoir dans son cou et sur ses joues flasques. On ne s'était jamais beaucoup touchés dans ma famille, Ray et moi en particulier. Mais je me suis habitué. Au bout de deux, trois fois, ça m'a paru moins bizarre. Plus que n'importe quoi d'autre, c'est sans doute le fait de le raser qui a fait tomber les dernières barrières entre nous...

Car ça le rendait bavard. Il s'est ouvert. Et j'en ai appris davantage sur lui pendant ces séances que je n'en avais jamais su. Il avait perdu son père et son frère aîné dans l'épidémie de grippe de 1918, l'année de sa naissance. Du moins lui avait-on toujours fait croire qu'ils étaient son père et son frère. Quand il avait dix ans, la femme dont on lui avait toujours dit qu'elle était sa mère avait été frappée de rhumatisme articulaire aigu. Sur son lit de mort, elle avait lâché la vérité : en fait, elle était sa grand-mère. C'était sa « sœur » Edna qui l'avait mis au monde.

Tout en l'écoutant, je repensais à la photo qu'il avait sur sa commode à Hollyhock Avenue. Je revoyais cette femme dont on se moquait en catimini, Thomas et moi, et qu'on avait surnommée Ma Kettle. Elle avait un nom désormais : Edna.

Quand il n'était plus resté qu'eux deux, Edna et lui, ça changeait tout le temps. Edna trouvait une place d'employée de maison, et tout allait bien pendant un moment. Ensuite, ils s'en allaient ailleurs. Ce n'était pas une mauvaise personne. Mais elle était faible. « Elle ne savait pas résister à la tentation. À dire vrai, c'était sans doute une coureuse. Et une ivrogne. »

Il avait connu le pire quand Edna avait pris une chambre au-dessus d'une taverne en ville. Elle ramenait toute la racaille ; des brutes ivres se succédaient chez elle. Une nuit, alors qu'il dormait profondément, il avait été réveillé par un type qui essayait de lui faire des trucs bizarres. Après ça, il dormait avec un marteau de machiniste dans son lit. « Si les autres n'étaient pas tous morts, ça aurait pu aller. Mais il restait plus qu'elle et moi. »

Il était parti dès qu'il l'avait pu. Il avait abandonné l'école pour s'engager dans la marine. Edna avait dû signer un papier. « Au début, elle voulait pas. J'avais toujours des petits boulots, tu comprends. Je rapportais un peu d'argent. » Mais elle avait fini par signer, un soir où elle était « complètement ronde », et il s'était tiré vite fait. Depuis, il n'était retourné qu'une seule fois à Youngstown, c'était pour l'enterrer. En décembre 1945 ; il s'en souvenait parce qu'il venait de quitter la marine et d'acheter sa DeSoto noire. Il avait fait l'aller-retour en Ohio sans roue de secours. Edna était morte d'une maladie du foie – tellement elle buvait. À quarante et un ans, elle en paraissait vingt de plus, couchée dans son cercueil. À part cet unique voyage, il avait laissé l'Ohio derrière lui à dix-sept ans et ne s'était jamais retourné sur le passé.

Pendant la guerre, il avait été en garnison en France et, plus tard, en Italie. Les Italiens étaient de braves gens, hospitaliers, même en pleine guerre. Au retour, il avait vendu des aspirateurs pendant un temps. Il avait fréquenté une fille de Framingham, dans le Massachusetts, mais ça n'avait pas collé. Olga, elle s'appelait. Ukrainienne. Trop autoritaire. Quand la guerre de Corée avait commencé, il s'était rengagé. Il n'était pas obligé. Il n'était qu'à deux ans de l'âge limite. Mais il s'était toujours senti un devoir envers son pays, à tort ou à raison. Il ne se posait pas de question sur ce point. C'était aux gros bonnets et aux hommes politiques de décider. Par ailleurs, il avait besoin de se bagarrer. Il était encore plein de rage et de hargne, alors autant se défouler sur les Nord-Coréens que sur son voisin de comptoir dans un bar, ou sur le connard qui lui coupait la route quand il était au volant.

« Puis, quand je suis rentré, il s'est présenté ce boulot chez Fuller Brush. C'était juste un bouche-trou avant de trouver mieux. C'est comme ça que j'ai rencontré ta mère. Elle me fait entrer dans la maison, je commence à déballer mes échantillons, et la voilà qui fond en larmes. J'ai pas compris tout de suite ce qui se passait. J'ai cru qu'elle s'était fait mal ou je ne sais quoi.

« Elle vous avait tous les deux sur les bras, voilà ce qu'il y avait. Ce jour-là, vous aviez mal aux oreilles, je me rappelle ; elle était éreintée. Et toute seule. Elle avait perdu son père l'année d'avant – elle se débrouillait comme elle pouvait avec ce qu'il lui avait laissé. Elle m'a fait pitié. Elle était complètement dépassée...

« Mais c'était pas seulement ça : j'en pinçais pour elle, bien sûr. Elle était plutôt bien roulée. Sa bouche, ça ne m'a jamais gêné. "On a envie de l'embrasser tout autant qu'une autre", que je lui disais. J'ai vu tout de suite que c'était une brave femme. Un peu timide, peut-être, mais ça me dérangeait pas. J'aimais bien les Italiens, après ceux que j'avais connus pendant la guerre. Rien à voir avec Edna. Ta mère, elle avait fait une boulette, c'est tout. Tout le monde peut se tromper. Si tu crois que j'étais un ange quand j'étais dans la marine ! J'avais trempé mon biscuit en plein d'endroits où j'aurais pas dû. En plus, vous me bottiez, vous deux. "Double fléau", je vous appelais. Vous étiez des fameux diables. »

J'entendais le Dr Patel. *Sa présence dans votre vie a été une constante. Il était là, c'était un témoin.*

« Je sais bien que j'ai fait des erreurs avec vous. Avec lui surtout. Après l'enterrement, à la maison, ces choses que tu m'as reprochées, je me les étais déjà toutes reprochées, sans exception... Ce gosse, je l'ai jamais compris. Lui et moi, on était comme de l'huile et de l'eau... J'avais grandi sans père, tu comprends ? Je savais juste que le monde était pas rose. Je pensais que s'il y avait une chose que je pouvais faire pour vous deux, c'était de vous endurcir un peu pour vous préparer aux sales coups que la vie réservait... Elle me disait tout le temps : "Ray, c'est encore des enfants." Mais je voulais rien entendre, j'étais une tête de lard. En plus, je savais que vous m'aimiez guère, ni l'un ni l'autre. J'étais toujours épinglé comme le grand méchant. Le rabat-joie. Des fois, vous étiez en train de rire tous les trois, et dès que j'entrais dans la pièce, bing, les mines s'allongeaient.

— C'était à cause de ton caractère. On avait peur de toi.

— J'ai un sale caractère, c'est sûr. Mais quand on sait d'où je viens... J'étais un révolté... Nom de Dieu, ce qu'elle pouvait me foutre en boule quand elle se mêlait de prendre sa défense. Ça me faisait grimper aux rideaux... Le jour où je les ai trouvés là-haut tous les deux, lui avec cette espèce de chapeau ridicule et ces chaussures à talons...

« J'ai pas fait ce qu'il fallait, je sais. Ni pour lui, ni pour toi. Pas vrai ? »

Je n'ai pas pu répondre. Il avait été une vraie brute avec nous. Mais il était là... Et M'man, avec cette bouche, il lui disait qu'il avait envie de l'embrasser bien autant qu'une autre.

« En vieillissant, les choses s'éclairent, a-t-il conclu. Mais à ce moment-là, c'est trop tard. »

J'avais fini de le raser. Je l'ai ramené près de son lit et je me suis assis à côté de lui. « Ça venait pas seulement de toi. On était tous un peu paumés, M'man aussi.

— Elle avait ses bizarreries, comme tout le monde. Pourtant, c'était une brave femme. »

Mon cœur battait la chamade. J'ai failli ne pas pouvoir poser la question.

« Et avant ? Tout à l'heure, tu as dit que vous n'étiez pas des anges, ni l'un ni l'autre. Elle... Est-ce qu'elle t'a jamais dit qui était notre père ? »

On s'est regardés dans le blanc des yeux. J'attendais, retenant mon souffle. Ma vie était suspendue à sa réponse.

« On n'a jamais parlé de ça. C'était une affaire entendue, comme qui dirait. On revenait jamais sur le passé, elle et moi. »

47

Leo a cueilli la balle à ras du sol. Elle est remontée le long du mur du fond, a décrit un arc de cercle au-dessus du court et touché le mur de face à un mètre cinquante du plancher.

« C'est moi le roi du racquetball ! s'est-il écrié.

— Joli coup, ai-je admis. Eh bien, voilà. La partie est pour toi. »

Il venait de me battre trois fois de suite, ce qu'il n'avait jamais réussi jusque-là. Trempés de sueur, à bout de souffle, on a pris la direction de la douche.

« Dis donc, Birds, m'a crié Leo au milieu de son shampooing, tu as le temps de prendre une bière ? »

Non. Il fallait que je me rhabille et que je parte en vitesse.

« Pourquoi ? T'as un rancard avec une nana ou quoi ? »

J'ai attrapé ma serviette. « Ouais, avec l'assistante sociale de Ray, pour ses prestations vieillesse. »

C'était faux. La veille au soir, Joy m'avait téléphoné à l'improviste. Elle était à Three Rivers, chez des amis. Pouvait-elle passer avant de repartir, juste pour me dire bonjour et me montrer le bébé ? J'avais commencé par refuser. À quoi bon ? Mais elle avait insisté : on ne s'était pas vus depuis presque un an, elle avait plein de choses à me raconter. Avais-je reçu la photo de Tyffanie ?

Cette photo d'identité prise à l'hôpital, Dieu sait pourquoi, je l'avais collée sur la porte de mon réfrigérateur. Joy avait promis qu'elle ne resterait pas longtemps. Un quart d'heure, pas plus.

« C'est chiant toutes ces démarches pour la maison de santé, non ?

— Pas trop. Surtout maintenant que Ray s'est un peu calmé. » Si j'avais parlé de Joy à Leo, j'aurais eu droit à un sermon tendant à me persuader que je ne devais rien à cette garce. Après le coup qu'elle m'avait fait, j'aurais dû l'envoyer au diable et lui raccrocher au nez. Je savais bien que c'était idiot de la revoir, je n'avais pas besoin de Leo pour m'en convaincre. Mais elle me demandait seulement de lui accorder un quart d'heure. Ce n'était pas la mort.

« Tu peux me passer ton déodorant ? Je me suis tellement bousculé pour venir que j'ai oublié la moitié de mes affaires. » En réalité, la perspective de cette visite de Joy m'avait troublé.

« Je ne sais pas si je suis prêt à ce degré d'intimité avec toi, Birdsey a-t-il dit en me lançant l'objet. Au fait, devine ce que j'ai appris aujourd'hui. Par Irene. »

Il enfilait un caleçon aux couleurs criardes. « Ah, mes lunettes de soleil ! Depuis quand tu portes ces trucs-là ?

— Depuis que j'ai lu que les slips sont mauvais pour le sperme. Mais écoute. C'est sérieux. Elle m'a dit que le gros Gene...

— Elle ? Qui ça ?

— Irene. Leur comptable. Gene lui aurait confié qu'il allait prendre sa retraite à la fin de l'année. Voyager un peu avec Thula. Cette chute qu'elle a faite a dû leur foutre un peu la trouille, les amener à reconsidérer la situation... À la fin de cette année, Birdsey, tu te rends compte ? Personne n'est au courant.

— Je n'y crois pas. »

J'ai lacé mes baskets, me suis pointé devant la glace pour mettre un peu d'ordre dans mes cheveux. J'avais aussi oublié ma brosse. Si j'avais pu prévoir que ça me perturberait autant, je n'aurais pas accepté de revoir Joy. Je me suis peigné avec les doigts. C'était bien assez bon pour elle.

« Dis-moi, Dominick ? » Leo avait cet air anxieux qu'on lui voit périodiquement. J'étais à peu près sûr de ce qui allait venir. « En admettant qu'il ramasse ses billes. J'y croirai quand je le verrai, moi aussi, mais en admettant que... Tu penses que j'aurais une chance de devenir directeur général ? »

Pauvre Leo ! Durant toutes ces années chez Constantine Motors, il n'avait, en fait, rien demandé d'autre qu'un peu d'estime de la part de son beau-père. Ça, et un bureau à lui, ailleurs que dans le hall d'exposition. Mais, à tous les coups, ils allaient encore le laisser sur la touche et nommer Peter, le fils de Costas, directeur général. Leo allait se faire couillonner une fois de plus, et Angie en aurait le cœur brisé. Sûr et certain.

« Tu crois que je saurais m'en tirer ? »

J'ai regardé sa mine dans la glace, debout derrière moi. Ma réponse avait de l'importance pour lui. « Tu rigoles ? Tu t'en sortirais parfaitement. » C'était ça le hic avec Leo : malgré toutes ses conneries et ses fanfaronnades, il doutait toujours de ses capacités. Il aurait dû quitter Constantine Motors depuis longtemps.

Il a été satisfait de ma réaction. « Oui, je crois que mon heure est arrivée. C'est moi qui ai fait les meilleures ventes depuis quatre mois. Je te l'ai dit. » Il a noué sa cravate, claqué la porte de son vestiaire. « J'ai quarante-trois ans, mon pote. Je suis le père de ses petits-enfants.

— Au fait, pourquoi es-tu si inquiet pour ton sperme ?

— Je ne sais pas. Des bêtes sexuelles comme nous, c'est normal que ça nous préoccupe. »

On est allés reprendre nos voitures. Je sortais du parking, en me mordant de nouveau les doigts d'avoir accepté la visite de Joy, quand Leo a klaxonné et m'a fait signe d'attendre. J'ai freiné et baissé ma vitre.

Il s'est arrêté à côté de moi. « Tu sais, j'ai appris autre chose aujour-d'hui. Je ne suis pas censé en parler. Angie me tuerait. C'est à propos de sa sœur. »

Je me suis cramponné à mon volant, patiemment.

« Danny et elle, ils se séparent. »

J'ai hoché la tête, incapable de former une idée.

« C'est pas à cause d'une autre femme. C'est plutôt du genre on-reste-amis-mais-on-part-chacun-de-son-côté. Il veut retourner à Santa Fe, et elle veut rester ici.

— C'est décidé ?

— Autant que je sache, oui. D'abord, elle devait partir avec lui, et puis elle a changé d'avis. Surtout ne l'appelle pas, ni rien. Tu m'entends, Dominick ? Angie me tuerait. Les deux vieux ne sont même pas encore au courant. »

J'ai promis de me taire.

« Alors, pour revenir à l'autre truc, tu crois vraiment que j'ai une chance ?

— Quoi ?... Ah ouais, absolument.

— Mais, à ton avis, j'en serais capable ? Dis-moi franchement. J'ai pas fait d'école de commerce, moi, tu comprends.

— T'as fait de l'art dramatique. C'est encore mieux pour une boîte comme celle-là. Et puis c'est toi qui as réalisé les meilleures ventes qua-tre mois de suite, et tu m'as battu à plate couture au racquetball. T'es invincible, Leo.

— Oui, invincible », a-t-il conclu avec un large sourire.

En rentrant chez moi, je me suis demandé pourquoi ce que je venais d'apprendre ne me transportait pas de joie. J'attendais cette nouvelle depuis des années. Des années... Dessa allait sans doute rester dans sa ferme. Ou la vendre. Dans ce cas, elle aurait intérêt à la faire repeindre. Sinon, il faudrait qu'elle en demande cinq ou six mille dollars de moins. C'est bien ça ! Maintenant que j'avais vendu tout mon matériel, elle allait sans doute avoir besoin d'un peintre... Mais elle avait peut-être l'intention de rester dans cette maison et d'y vivre seule un certain temps ? Je me suis demandé ce qu'elle allait faire de leur boîte aux lettres gueularde. La repeindre ? La laisser en l'état ? *Constantine-Mixx.* Le bonheur en peinture sur une boîte aux lettres... Malgré toutes mes bonnes raisons, je n'avais jamais vraiment réussi à détester maître Dan. De l'avis de tous, c'était un mec plutôt sympa – même Leo en convenait. Après la mort de mon frère, il avait été très bien au téléphone, je devais le reconnaître... Mais Dessa ne reviendrait pas avec moi. Ça ne marchait pas comme ça dans la vie : impossible de reprendre les choses où on les avait laissées. Pour ma santé mentale, mieux valait étouffer dans l'œuf ce petit fantasme. Vous voyez ça, doc ? Vous n'êtes pas fière de moi ?... La décision avait dû être difficile à prendre : partir ou rester ? Était-elle liée à ces enfants malades de l'hôpital ?...

Joy avait un quart d'heure d'avance. Elle s'était garée devant la résidence. Je ne l'ai même pas repérée au passage. Je m'attendais sans doute à voir sa Toyota – ou bien j'étais encore tout à la pensée de Dessa. J'étais presque arrivé à ma porte quand elle m'a appelé. Elle est descendue d'un coupé Civic blanc tout amoché.

Elle a ouvert l'arrière de la voiture, sorti le bébé de son siège et l'a pris dans ses bras. Joy avec un enfant : je n'en croyais pas mes yeux...

Elles se sont avancées vers moi.

J'ai eu envie de lui crier : *Va-t'en. N'approche pas !*

Elle était tendue, elle riait vaguement. Une mine épouvantable. « Ça me fait tellement plaisir de te voir, Dominick ! » Une tenue trop habillée. Trop maquillée. Au soleil, on voyait la limite de son maquillage, sous le menton.

« Voilà Tyffanie », a-t-elle dit. Pas possible, elle devait être malade.

Tyffanie était déjà un bébé plus gros qu'Angela. C'est vrai qu'elle avait deux semaines de plus. Mon regard passait du dessus de son crâne à son oreille percée et à ses petits doigts. Je n'arrivais pas à la regarder en face.

« Attends, je vais t'aider à porter tout ce bazar. Fini le temps où tu voyageais léger, hein ? » Je lui ai pris le siège de bébé, j'ai décroché de son épaule le sac de couches. « Ah mais, qu'est-ce que je fais ? » J'ai tout reposé par terre pour déverrouiller ma porte d'une main tremblante.

« C'est toujours comme avant ici », a remarqué Joy en entrant. Elle a expliqué à Tyffanie en langage de bébé que Maman avait habité ici. Elle qui aimait dire des cochonneries quand on faisait l'amour, au point que je me sentais parfois gêné, voilà que maintenant elle parlait en langage de bébé.

La veille au soir, au téléphone, quand elle m'avait demandé ce qu'il y avait de neuf, je lui avais annoncé la mort de mon frère et expliqué que je vendais mon affaire. Je n'avais pas parlé de Ray. Ça n'avait jamais été le grand amour entre eux. Elle m'a redit qu'elle était désolée pour Thomas... mais ma vie devait être plus facile maintenant, non ?

Six mois plus tôt, une telle remarque m'aurait hérissé. J'aurais été sur la défensive. Là, j'ai laissé courir. Plus facile ? Oui et non, ai-je répondu. Avait-elle déjeuné ? Voulait-elle un sandwich ?

Oui, bien volontiers. Il fallait qu'elle change le bébé. Pouvait-elle se mettre sur le canapé ?

« Évidemment. Tu n'as pas besoin de me demander la permission. Franchement ! »

À la cuisine, j'ai sorti des assiettes, du Sprite, de quoi faire des sandwichs. Curieux : je regardais cette photo sur mon réfrigérateur cinquante fois par jour, mais je n'arrivais pas à regarder en face la gamine elle-même... Joy avait vraiment une mine affreuse. Et tout ce maquillage : on aurait dit qu'elle essayait d'en rajouter. « Filet de dinde, ça te va ?

— Oui, parfait. Avec de la moutarde, si tu en as, pas de mayonnaise. »

La moutarde était déjà sur la table. Qu'est-ce qu'elle croyait ? Au

bout de dix mois, j'aurais déjà oublié son horreur de la mayonnaise ?...
Et qu'est-ce qui lui prenait de me demander la permission de changer
le bébé sur le canapé ? C'est elle qui avait commandé ce foutu machin.
Sur catalogue. On s'était même engueulés le jour de la livraison. Je
l'avais retourné comme un rien et j'avais fait trembler le cadre, pour lui
montrer que c'était de la camelote et la sermonner sur l'idiotie d'acheter
un meuble de douze cents dollars au vu d'une belle image dans un
magazine. Pas étonnant qu'elle ait été couverte de dettes : elle avait la
folie des grandeurs. On n'était vraiment pas faits l'un pour l'autre.

On a déjeuné sur la table de la cuisine, avec le bébé entre nous deux
sur son siège en plastique jaune. Chaque fois que Joy lui parlait, Tyffanie
agitait les bras. Elle ne ressemblait plus du tout à la photo de l'hôpital.
C'était le portrait de sa mère.

« Tu veux la prendre dans tes bras ? » a proposé Joy. Non merci, je
n'y tenais pas.

« Où est ton sourire ? a-t-elle demandé à Tyffanie. Tu veux faire un
sourire à Dominick ? » Et, se tournant vers moi : « Tu veux qu'on
t'appelle Dominick ou tonton Dominick ?

— Aucune importance. » Je n'étais rien pour cette enfant.

« Tu n'aimes pas l'odeur des bébés ? a-t-elle dit en se penchant pour
la respirer. Sens-la, Dominick. Tiens. » Elle a avancé le siège en plastique vers moi.

« Non, ça va bien. » Je me suis un peu reculé.

Quand elle a demandé à la gamine si tonton Dominick voulait bien
la sentir, Tyffanie a arboré un sourire si charmant, si innocent qu'on
l'aurait bien vue sur des petits pots pour bébés. Elle était vraiment jolie.
Telle mère, telle fille. Elle n'avait que six semaines et elle flirtait déjà.

J'ai pris une bouchée de sandwich. J'ai regardé la pendule. Si elles ne
restaient qu'un quart d'heure, Joy ferait bien de commencer à manger.
« Alors ?

— Alors », a-t-elle repris.

Elle m'a baratiné un moment en prétendant que tout était super :
Portsmouth était super, Tyffanie aussi. Elle n'a pas soufflé mot de l'enfoiré. Si tout allait si bien, pourquoi avait-elle l'air d'aller si mal ? Pourquoi ce regard nerveux ? « L'épave de l'*Hesperus* », disait ma mère.

Elle n'avait pas vraiment compris le sens de la vie avant la venue de
Tyffanie, m'a-t-elle déclaré, maintenant elle comprenait parfaitement.
Chapeau ! ai-je eu envie de dire. Va vite raconter ça à Platon, à Kierke-
gaard et à tous les philosophes qui se sont frappé la tête contre les murs
pour essayer d'y voir clair.

Elle m'a redemandé si je voulais prendre Tyffanie dans mes bras. J'ai
redit non merci.

« Allez, Dominick, prends-la. Elle est super avec les étrangers. »

J'ai fait signe que non en mordant dans mon sandwich. J'avais eu tort
d'accepter cette visite.

« Non pas que tu sois un étranger, ce n'est pas ce que j'ai voulu dire.

Après tout, si j'avais su mentir mieux, tu aurais été le papa de cette petite fille, non ? »

Je me suis contenté de la regarder. Elle a détourné les yeux, les a ramenés sur moi. « Je regrette vraiment de t'avoir fait du mal, Dominick. Je regrette tout ce que j'ai fait. Tu n'aurais jamais dû t'embarquer avec une ratée comme moi. »

La réplique n'est pas venue – je n'ai pas protesté qu'elle n'était pas une ratée, que tout était pardonné maintenant qu'elle était mère et avait découvert le sens de la vie. Un quart d'heure, avait-elle promis, mais elle était déjà là depuis vingt-cinq minutes. Elle n'avait pas encore touché à son foutu sandwich. *Mange !* avais-je envie de lui crier. *Mange et fous le camp !*

« Pourquoi tu lui as fait percer les oreilles ? » ai-je demandé.

Elle la trouvait si jolie. Tyffanie était la jolie petite fille à sa maman. À cet endroit-là, il n'y avait que du cartilage. Elle s'était informée avant auprès du pédiatre ; Tyffanie n'avait rien senti. Jamais elle ne ferait quoi que ce soit qui pourrait lui faire mal. « Tes parents t'ont bien fait circoncire. Je le sais pertinemment. Tu as senti quelque chose ? »

Tyffanie a ouvert la bouche en rond ; elle a fait des bulles et des petits bruits. Joy l'a imitée en riant. Brusquement, elle s'est levée pour la sortir de sa chaise et la tenir en l'air devant moi. « Allez, Dominick, prends-la ! Elle est super ! »

Le bébé, jambes pendantes, est resté en suspens entre nous deux.

Elles se sont attardées encore une bonne demi-heure. Après leur départ, j'ai retrouvé la tétine de Tyffanie par terre à la cuisine. Eh bien, elle n'a qu'à s'arrêter à la boutique du coin et en racheter une pour soixante-quinze cents. En allant dans le séjour, je me suis aperçu qu'elle avait aussi oublié sa couverture, soigneusement pliée sur l'accoudoir du canapé. En la prenant, j'ai vu l'enveloppe cachée dessous. Je l'ai ouverte comme on manipule une bombe – c'était d'ailleurs à peu près ça.

Il est quatre heures du matin. Tyffanie dort encore. J'ai une nouvelle abominable...

Elle espérait trouver le courage de me dire de vive voix ce qu'elle avait à m'annoncer ; mais, au cas où elle se dégonflerait, elle m'écrivait.

Elle était séropositive.

Elle l'avait découvert pendant sa grossesse, à une période qui aurait dû être la plus heureuse de son existence. Thad avait été rattrapé par son mode de vie, et elle aussi. *Il n'était pas aussi prudent qu'il le prétendait toujours avec ses "autres petites liaisons". Ce qui prouve à quel point il se soucie de moi !*

On avait fait le test au bébé trois fois – deux fois en Californie, et une fois ici, dans le New Hampshire. Par miracle, elle ne semblait pas avoir le virus. *On en est à peu près certain, du moins. Il faut continuer à lui faire le test jusqu'à l'âge de dix-huit mois. À ce moment-là, on sera sûr. Mais d'après trois médecins différents, il n'y aurait rien à craindre. Sinon, on s'en serait déjà aperçu.* Elle se raccrochait à cela : à cet espoir que tout n'était pas perdu pour Tyffanie. Certains jours, c'était la seule chose qui l'avait empêchée de sombrer complètement.

Thad ne l'a même pas vue une seule fois. Un père formidable, hein ? Presque aussi bien que le mien.

La Duchesse s'était tiré au Mexique quand Joy était enceinte de sept mois, en quête d'un nouveau traitement qui n'était pas reconnu aux États-Unis. Il avait le sida et avait besoin de tout l'argent qu'il possédait pour se faire soigner, lui avait-il dit. Ils s'étaient sérieusement engueulés. Mais il n'était qu'une ordure, un monstre d'égoïsme. À cause de lui, sa vie était un naufrage, et elle ne parlait pas seulement de sa séropositivité.

Elle était revenue dans l'Est en voiture, seule avec le bébé, quand tout avait pété avec sa mère et son sous-homme de mari. Le voyage n'avait pas été facile ; elle avait dû s'arrêter tout le temps à cause de Tyffanie, parfois dans des endroits qu'elle aurait préféré éviter. Elle avait dépensé beaucoup plus d'argent que prévu. Mais elle ne regrettait pas d'être de retour. Elle se réinstallait à Three Rivers à la fin du mois. C'était une des raisons de son passage – il lui fallait s'organiser, trouver un logement. Elle avait loué un petit appartement au deuxième étage dans Coleman Court. Elle emménagerait le 1er août. Elle avait trouvé une place de serveuse chez Denny, le soir, du lundi au mercredi, pour commencer. C'était provisoire. Elle chercherait un emploi plus rentable quand elle reviendrait. Sa logeuse s'occuperait de Tyffanie les soirs où elle travaillerait. Cette femme avait de gros problèmes – entre autres, elle pesait plus de cent vingt kilos –, mais c'était une nourrice agréée. Elle paraissait très bien s'occuper des enfants. C'était l'essentiel.

Tyffanie et moi étions les deux seules personnes au monde qui comptaient pour elle. Elle m'aimait toujours. *Je l'ai compris quand je suis partie en Californie avec Thad, avant même qu'on ait parcouru la moitié de la route. J'ai compris que j'avais encore fait une erreur monumentale.* Elle aurait voulu que je n'aie jamais mis les pieds à Hardbodies ! Si on ne s'était pas rencontrés, elle n'aurait pas risqué de briser ma vie.

Il faut que tu fasses le test, Dominick. J'ai vraiment honte. Je te demande infiniment pardon...

J'étais paralysé. Voici ce qui m'est venu à l'esprit, successivement : allions-nous finalement mourir tous les deux, Thomas et moi ?... Où faisait-on le test du sida ?... Si je mourais, qui allait raser Ray ?

Dominick, je n'ai pas le moindre droit de te demander ça. Mais je n'ai pas le choix. Je suis dans une situation désespérée. Je n'aurai pas le courage de te le demander quand je te verrai, je le sais.

Si tu es séronégatif, voudrais-tu, je t'en conjure, te charger de Tyffanie ? Seulement si mon état s'aggrave, si j'ai le sida. Je n'en arriverai peut-être pas là. Tous les séropositifs ne finissent pas avec le sida. On trouvera peut-être le moyen de le guérir. Je n'ai aucun droit de te demander ça, je sais, mais ma terreur, c'est que Tyffanie échoue chez des étrangers. De mauvai-

ses gens. Il en existait tellement. Elle ne voulait pas que ce soit sa mère qui élève le bébé. Elle avait cinquante et un ans. Elle n'avait jamais désiré ses propres enfants. *J'ai besoin de savoir que Tyffanie aura sa chance. C'est peut-être la volonté de Dieu, Dominick. Il t'a enlevé ta petite fille. Il veut peut-être que je meure pour que tu puisses avoir la mienne...*

J'ai laissé tomber la lettre. Je me suis précipité aux toilettes et j'ai vomi mon déjeuner.

Ce vendredi-là, je suis allé à Farmington. J'ai payé mes vingt dollars. On m'a donné un numéro confidentiel et on m'a fait une prise de sang. Au guichet, la responsable m'a dit de compter trois jours ouvrables et d'appeler le laboratoire à la fin du troisième jour. C'est-à-dire le mercredi suivant. Les résultats rentraient généralement vers trois heures, il faudrait donc que je téléphone entre quatre heures et cinq heures et demie.

Impossible d'avaler quoi que ce soit. Impossible de dormir. Je ne pouvais en parler à personne. Leo le dirait à Angie, qui le dirait à Dessa. Quant aux paroles du Dr Patel, elles ne changeraient rien.

Je suis allé voir Ray, comme d'habitude. Je lui ai rapporté son linge propre, je l'ai rasé, j'ai bavardé avec lui et avec ses copains. Un après-midi, en passant devant les sentinelles en chaise roulante, j'ai croisé le regard de ce sac d'os ratatiné, la princesse Mauvais Œil. Ce jour-là, elle me fixait d'un air féroce, comme si elle était au fait de la situation et savait ce que j'attendais. Mais cette fois, je me suis arrêté et j'ai soutenu son regard... C'était vraiment insensé, pathétique. Chaque jour, des petits enfants mouraient du cancer, dans des accidents de voiture, du sida. Récemment, dans le journal, j'avais vu un article sur un adolescent de dix-sept ans qui avait lutté une année entière dans l'attente d'une greffe qu'on n'avait jamais pu lui faire faute de moelle osseuse compatible. Et elle, elle était toujours là – un déchet, un légume avec un cœur qui battait. Il fallait sans doute la baigner, lui enfourner sa nourriture, torcher ce qui ressortait à l'autre bout. Quel gâchis ! Quel monde absurde ! Elle continue à s'accrocher à la vie et, pendant ce temps, là-bas, dans le service des enfants malades...

« T'as des soucis ? m'a demandé Ray.

— Non, pourquoi ?

— Je sais pas. On dirait que t'es bouffé par quelque chose. » Je n'ai pas donné d'explication ; j'ai dit que ça allait. Il était psy maintenant ? *Bouffé par quelque chose ?*

Les nuits étaient terribles : j'étais assailli par d'affreuses paniques. Je dormais par bribes, je me dressais tout d'un coup dans mon lit en croyant entendre des bruits, ou réveillé par des rêves. Une nuit, le téléphone a sonné à deux heures du matin. Je n'ai pas pu répondre. J'étais sûr que c'était Joy. Quel que soit le résultat du test, je ne ferais pas ce qu'elle me demandait – ce n'était pas à moi de la tirer de ce merdier.

633

Elle n'avait pas le droit de me demander ça. Je n'étais le père de personne.

Le mardi soir, la veille du jour où je devais téléphoner pour mes résultats, j'ai vraiment touché le fond. Crises de larmes, tremblements. Je suis sorti faire un tour en voiture pour me calmer et j'ai brûlé un feu rouge. Personne ne venait de l'autre direction, Dieu merci ! mais ça aurait pu se faire. Toute la question était là : il *aurait pu* venir quelqu'un. Je devenais un peu dingue avec tout ce manque de sommeil.

En un sens, j'admirais l'ironie de la chose : après tant d'années, Dieu était finalement venu me chercher. Il avait fini par me tomber dessus pour avoir été un frère salaud. Je n'avais jamais compris pourquoi Il avait affligé Thomas de schizophrénie et pas moi. À présent, il me semblait apercevoir le plan directeur. Le Seigneur tout-puissant m'avait réservé autre chose : le virus du sida, le mal impossible à vaincre, même si on savait jouer la défense magistralement. En plus, Dieu était un farceur · il m'avait fichu les jetons en me laissant croire que Thomas était contaminé. Mais ça n'avait été qu'une fausse alerte. Un avant-goût des réjouissances futures. Il avait gardé la carte de l'HIV pour la jouer sur moi...

Je repensais à ce prêtre un peu fêlé aux obsèques de mon frère. Ce mec en sandales. Le père LaVie, qui avait vaincu le cancer. Ce *padre* dont la tumeur s'était résorbée... On l'avait fait venir d'ailleurs car aucun des prêtres de St. Anthony n'était libre ce jour-là. Il m'avait dit d'où il s'était déplacé, mais j'avais oublié. J'ai ouvert l'annuaire du téléphone pour consulter la liste des localités. *Danbury, Danielson...* Voilà, c'était ça. Il faisait un remplacement à Danielson.

C'est lui-même qui a répondu. Bien sûr qu'il se souvenait de moi. Quelle coïncidence ! Il venait, le jour même, de lire un article sur les jumeaux qui survivaient à leur frère, et il avait pensé à moi. Le deuil d'un frère jumeau devait être très dur. Alors, comment allais-je ? Que pouvait-il faire pour moi ?

Je lui ai parlé, comme cela me venait, de la gangrène de Ray, d'Angela, de tout ce que mon frère avait fait peser sur moi. De mon grand-père, qui était un tyran. De la façon dont j'avais toujours martyrisé Thomas parce que je doutais de l'amour de ma mère. De la visite de Joy, des nouvelles qu'elle m'avait apportées. « Chaque fois que je fais un pas en avant, je me fais tabasser. Il faut croire que Dieu ne peut pas me sacquer. »

Le père LaVie m'a affirmé qu'il y avait un sens à tirer de la souffrance – Dieu était clément, mais nous ne comprenions pas toujours ses voies. Encore des balivernes, ai-je pensé – de la théologie pour cartes de vœux, modèle déposé. Pourtant, quand j'ai raccroché, je me suis senti plus calme. Mieux. Le résultat de ce test ne dépendait pas de moi. Je ne pouvais rien faire sinon m'accrocher et demander à Dieu sa clémence, plutôt que son ironie.

Le mercredi après-midi, j'ai appelé le laboratoire. Le téléphone a sonné occupé jusqu'à cinq heures moins le quart. L'employée au bout du fil m'a fait répéter mon numéro. « Bien, un instant. »

J'ai fermé les yeux, me suis agrippé au combiné. J'étais positif, j'en étais sûr. J'avais chopé le virus, je payais pour mes péchés commis contre mon frère, ma mère, ma femme...

« Bon, a dit la voix. Votre résultat est là. Négatif.

— Négatif ? »

Oui, c'était bon. C'était ce qu'il fallait. Séronégatif.

J'ai fait le tour de l'appartement. J'ai respiré à fond Je me suis mis à faire des pompes. Va te soûler la gueule dans un bar, va faire la fête.

J'ai attrapé mes clefs et je suis monté dans ma voiture. Elle m'a conduit à l'hôpital.

Je suis passé devant des enfants qui dormaient, d'autres qui s'agitaient, des petits lits vides. J'ai trouvé les deux lapins dont Dessa m'avait parlé. « Tu veux jouer ? » m'a demandé une fillette chauve. Assise devant un écran de télé, elle jouait à la Nintendo. « Tu peux, si tu veux, il y a deux manettes.

— Pas tout de suite, non. Tout à l'heure peut-être. »

Dessa était dans une pièce, à gauche, assise dans un fauteuil à bascule. Elle berçait dans ses bras un enfant en pyjama vautré sur elle. Un gros malabar. Ils formaient une sorte de *pietà* tous les deux.

« Qu'est-ce que tu fais ici ? » m'a-t-elle demandé.

On entendait une cassette de Bob Marley : *One heart, one love...*

L'enfant avait les yeux rivés sur une curieuse lampe posée sur la table. Un bouquet de fibres optiques terminées à chaque bout par une petite pointe lumineuse fragile. En clignant des yeux, j'ai cru voir le ciel nocturne en miniature, la voûte céleste.

« Il y a ici des enfants qui ont besoin qu'on les berce, paraît-il.

— Je te présente Nicky, a dit Dessa. J'ai la jambe engourdie. Je me reposerais bien un petit peu. »

Il avait les cheveux noirs, des sourcils épais, des yeux bruns immenses. « Salut, Nicky. » Je me suis penché pour décharger Dessa en prenant l'enfant dans mes bras.

Toute ma vie, j'avais imaginé la scène où l'identité de mon père me serait enfin révélée. Mon *vrai* père, par opposition à cet intrus qui avait épousé ma mère et s'était installé chez nous pour notre malheur. J'avais trente-six ans, et je fantasmais encore, quand les médecins avaient annoncé à ma mère que son cancer allait la tuer. Pendant tous ces mois où elle avait dépéri, je m'étais fait une idée romanesque de sa mort, conforme, comme toujours, à mon besoin égoïste de connaître la vérité. Elle allait m'attirer près d'elle et me murmurer à l'oreille le nom de mon père, puis elle s'en irait apaisée, nous ayant délivrés l'un et l'autre du poids de ce secret... J'avais hérité de l'« histoire » de mon grand-père, puis je l'avais crue perdue à jamais. À l'époque, mes soupçons se portaient sur Angelo Nardi, le jeune sténographe italien engagé par mon grand-père. Plus tard, quand le manuscrit de Domenico m'avait été rendu, catapulté sur mon lit d'hôpital, je m'étais plongé dans ces pages, avec l'espoir d'y trouver mon père. Hésitant, j'avais affronté, avec une difficulté croissante, l'horreur et la peur de ce que cette triste histoire ne manquerait pas de me révéler... Mais, en fin de compte, Domenico ne m'avait laissé en héritage que des énigmes, des singes et des considérations sibyllines sur les secrets bien gardés, qui ne confirmaient ni n'infirmaient mes craintes : qu'il ait abusé de sa fille, dont il prétendait qu'aucun homme n'aurait voulu, à cause de son bec-de-lièvre. Par besoin de punir, même dans la mort, cette épouse égarée qu'il avait toujours désirée, mais jamais vraiment possédée.

Jamais je n'aurais pu penser que l'homme qui, dans mon esprit, avait volé la place de mon vrai père me délivrerait de la souffrance et du trouble d'une identité restée secrète. Or, finalement, c'est Ray qui m'a conduit chez celui que j'avais passé ma vie à chercher.

« Alors qu'est-ce que ça donne, l'un dans l'autre ?

— Pas mal. Ça frotte un peu. J'ai sans doute exagéré. »

C'était la première grande sortie de Ray sur sa jambe neuve. Pour une fois, ça s'était passé mieux que prévu. On était allés chercher des piles chez Benny. On s'était arrêtés à Hollyhock Avenue pour s'assurer que tout était en ordre. Maintenant on déjeunait au Friendly, pour fêter sa jambe neuve.

« Il paraît qu'on pourra te l'ajuster un peu mieux quand tu l'auras mise deux, trois fois à l'essai. Il faudra leur signaler ce frottement.

— Oui, papa », a-t-il fait en se moquant de moi. La serveuse s'est approchée avec les menus.

« Bonjour. Je m'appelle Kristin. Comment ça va aujourd'hui ?

— C'est pas vos affaires », a répondu Ray avec un sourire. Il était en pleine forme.

« Pas mes affaires, ah bon ? Espèce de vieux ronchon ! Alors, que désirez-vous ? »

Je l'ai reconnue. Le jour où elle nous avait servis, Thomas et moi, elle débutait tout juste ; elle était en apprentissage. Thomas l'avait gratifiée d'un échantillon de son manifeste religieux, qui l'avait laissée sans voix, son carnet de commandes à la main. À présent, dix mois plus tard, la guerre du Golfe avait eu lieu, l'affaire était classée, mon frère était mort, et notre Kristin savait comment prendre les clients grincheux.

Ray a commandé une tourte à la viande, et moi un de leurs machins « extrafondants ». Kristin nous a demandé si on voulait les cafés tout de suite. Et si on pensait que l'ouragan annoncé arriverait jusque dans le Connecticut. « Pfft, a répliqué Ray. Cet ouragan, Bob, ne m'a pas l'air bien méchant. À la télé, ils gonflent tout ça pour augmenter l'Audimat. »

Après le boulot, nous a dit Kristin, son copain et elle allaient acheter des bougies, de l'adhésif pour les fenêtres, des snacks. Elle était du Minnesota. C'était son premier ouragan. Ça l'excitait vachement.

Quand elle a été trop loin pour nous entendre, Ray a marmonné dans sa barbe qu'elle serait moins excitée si son toit s'envolait.

« Mais non ! Elle est jeune ; c'est bon pour le propriétaire de s'inquiéter de son toit. Son truc, c'est de faire l'amour à la bougie avec son copain et de passer les chips !

— Pas mal comme programme ! »

Je lui ai demandé s'il avait suivi les événements de Russie. « On dirait que les communistes battent de l'aile. Qu'est-ce que t'en penses ?

— Ce que j'en pense ? Rien. Pourquoi ? » Il devait en penser quelque chose ?

Je lui ai rappelé qu'il avait fait la guerre de Corée pour arrêter l'avance du communisme. Qu'il avait travaillé presque quarante ans à la construction de sous-marins nucléaires, au cas où les Russes décideraient de lâcher la bombe.

« Tout ça, c'était de la politique, a-t-il commenté. J'allais au travail tous les jours ; je faisais mon boulot... Mais tu vas voir : après-demain, ces types qui font tout un battage à la télé avec leur ouragan Bob, ils vont nous dire : "L'ouragan ? Quel ouragan ?" »

J'étais déconcerté par son absence de réaction devant l'effondrement de l'empire soviétique.

Nos plats sont arrivés. Le restaurant s'est vidé. On ne s'est plus dit grand-chose et, dans le silence, la conversation téléphonique que j'avais eue le matin même avec Joy m'est revenue à l'esprit. Je ne pouvais pas lui promettre une chose pareille, lui avais-je affirmé. Elle s'en sortirait. On trouvait tout le temps de nouveaux traitements. Je venais de lire un article sur l'AZT. En avait-elle entendu parler ?

J'essaierais de l'aider dans la mesure du possible, avais-je ajouté, de les aider toutes les deux, mais je ne pouvais pas m'engager pour quelque chose d'aussi énorme. Il existait des services d'assistance pour les personnes dans sa situation. Il fallait simplement savoir comment y accéder. Mon intention n'était pas de lui faire la leçon. Pourtant, elle m'avait accusé de la sermonner, alors qu'elle n'avait besoin que d'une chose : la promesse que sa fille serait prise en charge par quelqu'un de confiance. Qu'elle ne serait pas expédiée dans une famille d'accueil dépravée ou uniquement intéressée par l'argent. Durant cet entretien, elle avait pleuré plus qu'elle n'avait parlé, et elle avait fini par me raccrocher au nez.

« Y a quelque chose qui me turlupine, a soudain dit Ray.

— Oui ? (J'ai cru qu'il parlait de sa jambe.)

— Tu te rappelles la discussion qu'on a eue il y a une quinzaine de jours ?... À propos de ton père ?... Je t'ai dit que je savais pas qui c'était. »

J'ai retenu mon souffle.

On lui avait fait le même genre de coup à lui aussi – sa famille lui avait raconté qu'Edna était sa sœur et non sa mère. Il n'avait pas arrêté d'y penser depuis notre conversation. Bien sûr, la situation n'était pas la même, mais c'était presque pareil. Il avait été complètement chamboulé quand il avait découvert la vérité. On avait le droit de savoir qui était sa mère, bon sang. Toute sa vie, en quelque sorte, il avait payé le fait d'avoir été trompé de cette façon. Il s'était toujours senti inférieur aux autres. Il avait toujours eu honte. Et surtout, il en avait toujours voulu au monde entier. On était un peu dans le même bateau tous les deux, même si c'était pas tout à fait pareil.

« Mais de quoi tu parles ? » Mon cœur battait à toute allure, je respirais mal. À présent que le moment était venu, j'avais peur de savoir.

« Je lui avais promis, tu comprends ? À ta mère... Elle me l'a dit seulement deux mois avant de mourir. Jusque-là, j'en avais rien su. On parlait pas de ce genre de choses. J'étais dans le brouillard autant que toi. Mais quand elle est tombée malade, c'est devenu pesant, et elle a eu besoin de se confier à quelqu'un. Elle m'a fait promettre de garder ça pour moi. Maintenant, c'est plus pareil. Il y a de l'argent à la clef... Elle pouvait pas deviner ce qui se préparait. »

De quoi parlait-il ?

« Elle avait un peu honte de ce qu'elle avait fait, tu vois ? Bien sûr, aujourd'hui c'est courant d'avoir des enfants sans être marié, des enfants de toutes les couleurs de l'arc-en-ciel, et personne trouve à redire. Mais à cette époque-là, c'était différent. Surtout pour les Italiens. On les aimait pas. Ils étaient mal vus. Ils étaient venus de New York en masse pour travailler dans les usines... Ils avaient la réputation de sentir mauvais, d'être sales et d'avoir le sang chaud – comme les gens de couleur. » Il a jeté un coup d'œil rapide autour de lui pour voir s'il y avait des Noirs dans la salle. « Les Italiens, eux, ils avaient sans doute besoin de se sentir supérieurs à certains. Ils avaient souvent des préjugés terribles contre les gens de couleur. Contre les Indiens aussi. Son père, par exemple. Il l'aurait tuée s'il avait su quelque chose. »

J'écoutais sans vraiment comprendre. Il venait de mentionner Domenico. Il allait m'annoncer que mon grand-père était mon père.

« Elle avait toujours eu peur que vous la preniez en grippe si vous appreniez la vérité – pas tellement ton frère, mais toi surtout. Ou alors, que vous ne vous supportiez plus vous-mêmes. Mais maintenant c'est plus pareil. Tu as le droit de savoir, comme j'avais le droit de savoir pour Edna. Et puis, avec ce machin là-bas. »

Bon, allez, parle !

« Il est mort quatre ou cinq mois après votre naissance. Il a jamais rien su de vous... Elle était un peu naïve, c'est sûr, il y avait des tas de choses qu'elle ignorait complètement. Jusqu'à la moitié de sa grossesse, elle avait même pas compris qu'elle était enceinte, il paraît. En ce temps-là, il y avait pas la télé. On étalait pas tout ça au grand jour comme aujourd'hui. »

Ray se trompait. Domenico était mort avant notre naissance. Il avait eu son attaque en août. Elle avait accouché de Thomas et de moi quatre mois après sa mort.

« Il a été tué en Corée.

— Comment ?

— Il était en garnison en Europe, en Allemagne, je crois. Et puis, quand MacArthur est allé en Corée, il a été envoyé directement là-bas. Il a même pas eu la possibilité de rentrer chez lui avant. Il a été tué tout au début, pendant le débarquement d'Inchon, je suppose. »

Pas possible ! Mon père était...

« Elle a lu la nouvelle dans le journal. C'est comme ça qu'elle a appris sa mort. Elle a pu joindre une fille qu'elle connaissait, une cousine à lui, qui lui a donné un peu plus de détails sur ce qui s'était passé. Mais il est jamais revenu, ton père. Il vous a jamais connus.

— Mais pourquoi... comment se fait-il que... ?

— C'était un type de couleur. Du moins, il avait du sang noir, je crois. Mais tu sais ce que c'est. T'as un peu de sang noir dans les veines, et on considère que t'es noir. En tout cas, c'était comme ça à l'époque. On se mélangeait pas comme maintenant. Et ça se faisait pas d'avoir des enfants sans être marié. Son père l'aurait tuée, Dominick, tu comprends ? Il l'aurait sans doute reniée. Le plus drôle, c'est que c'est lui qui les a présentés. Ta mère et Henry. Henry, c'était son nom. Ton grand-père connaissait son père. »

Ils travaillaient ensemble à la filature, a poursuivi Ray. Après la mort du père de Henry, le père de Connie était plus ou moins resté en contact avec la famille. Il avait envoyé un peu d'argent à la mère de temps en temps, parce que les enfants étaient encore jeunes. C'était pas un geste habituel chez lui, avait dit Connie. « Le vieux était plutôt près de ses sous. Mais, pour une raison quelconque, il venait en aide à la famille de Henry de temps en temps. C'est lui qui faisait la loi, ton grand-père, tu sais. Ses paroles étaient des ordres.

« Henry travaillait dans le magasin où ils allaient s'approvisionner. Elle l'avait connu là. Elle le voyait toutes les semaines en faisant les courses. C'est comme ça que ça a commencé – parce que son père à elle avait connu son père à lui, et parce qu'elle le voyait tout le temps au magasin. Ils ont d'abord été copains, pendant longtemps. Des années, je pense. Il venait la voir à la maison en douce. Son père travaillait de nuit, tu comprends ? Après, une chose a dû en entraîner une autre. Ils étaient comme tous les humains. Et, comme je t'ai dit, elle était plutôt naïve, elle savait pas grand-chose, même quand je suis arrivé dans sa vie, même après ses deux enfants... Son père l'aurait tuée s'il avait su qu'elle était tombée dans les bras d'un type de couleur. S'il avait vécu, il l'aurait probablement jetée dehors. Il l'aurait envoyée vivre avec sa famille à lui.

— Alors, vous avez encore de la place pour un dessert ? » nous a demandé Kristin. La vache, j'ai fait un de ces bonds ! « Ah, excusez-moi. Je vous ai fait peur ?

639

— Non, non. Non merci. On est en pleine discussion.

— Ah, pardon. »

On a fini de boire notre café et on est restés là quelques instants en silence. Puis Ray a tendu le bras au-dessus de la table et il m'a tapoté la main. « T'en fais pas. C'est ce que je dis toujours. Les bâtards font de très bons chiens.

— Henry comment ?

— Hein ?

— Henry comment ?

— Drinkwater. »

Je suis d'abord allé au cimetière indien. Droit vers lui. *Henry Joseph Drinkwater 1919-1950. Au service de son pays...* Je suis resté là, incapable de ressentir quoi que ce soit. Il n'était qu'une pierre tombale. Un nom et deux dates. J'entendais le bruit de la Sachem, le bouillonnement incessant de la Cascade.

Dans une cabine téléphonique, j'ai cherché l'adresse du bureau du conseil tribal Wequonnoc, où j'ai trouvé une maison délabrée avec une cour pleine d'ordures. En suivant le panneau, je suis monté au bureau, à l'étage, par l'escalier de secours. La porte était fermée à clef ; il n'y avait plus rien à l'intérieur. TRANSFÉRÉ À WEQUONNOC BOULEVARD, RÉSERVE WEQUONNOC (ROUTE 22), mentionnait l'affichette écrite à la main.

Je suis allé à la réserve, passant devant les bulldozers et les bétonneuses, sur le terrain qui avait été débroussaillé et défriché. Le futur casino. Le nouveau quartier général de la tribu se trouvait au bout d'une route creusée d'ornières, à l'orée des bois – c'était un bâtiment imposant en cèdre et en verre. Tout neuf. L'intérieur résonnait du bruit des perceuses et des marteaux.

Je suis entré. J'ai demandé à un électricien s'il savait où je pouvais trouver Ralph Drinkwater.

« Ralphie ? Ouais, bien sûr. Au premier, tout au fond. Je crois qu'il est encore là. La grande pièce qui donne sur l'arrière. »

Il polissait un raccord de Placoplâtre au papier de verre, avec amour m'a-t-il semblé. Je suis resté là à l'observer sans qu'il me voie. Il frottait, soufflait, passait les doigts dessus, frottait. Ralph Drinkwater, gardien de la pipe de la tribu, disait la plaque sur la porte.

Le bureau était superbe. Immense. Plafond à poutres apparentes, cheminée en pierre sur toute la hauteur du mur, face à une paroi entièrement en verre. Seigneur, quelle vie il avait eue ! Sa sœur assassinée, sa mère au fond du trou. Ensuite, cet épisode sordide chez Dell, parce qu'il n'avait nulle part où aller. Mais il n'avait pas cessé de revendiquer son appartenance : *Moi, je suis Indien Wequonnoc. Alors il me semble qu'on n'a pas tous été anéantis... Vous devriez lire* Soul on Ice ! *Je vous assure ! Voilà un livre qui dit les choses telles qu'elles sont !...* Toute sa vie, on l'avait traité comme un moins que rien, et pourtant il avait réussi à être un type bien. À renaître de ses cendres. Il était maintenant là, dans cette belle grande salle. Dans ce grand bâtiment tout neuf. Enfin chez lui.

« Ça sera ton bureau ? »

Il s'est retourné, un peu alarmé d'entendre ma voix. Il m'a dévisagé d'une façon appuyée. Avec la poussière du polissage, son visage avait l'air tout givré.

« Qu'est-ce qu'il y a pour ton service ? » a-t-il demandé.

Je ne savais pas exactement, mais j'avais besoin de le voir et de lui parler, s'il avait une minute. « J'ai fait une découverte cet après-midi.

— Laquelle ?

— Mon père s'appelait Drinkwater. »

J'ai vu une lueur d'étonnement dans son regard, ses yeux se sont plissés avec méfiance – et pour cause. Il s'est appuyé au mur un instant. Puis il m'a tourné le dos et s'est posté face à la paroi de verre. Face aux bois. Seul le vol d'un corbeau a troublé le paysage immobile.

« Cet après-midi ? » Il s'est retourné. Il m'a regardé. « Comment ça, cet après-midi ? »

J'ai été pris d'un tremblement irrépressible. Je suis allé m'asseoir sur le foyer surélevé de la grande cheminée. Je lui ai raconté ma conversation avec Ray.

Il savait depuis toujours qu'on était cousins, m'a-t-il révélé. Il croyait que je le savais moi aussi. Que je tenais à ce que ça reste absolument secret.

« Non, j'ignorais tout. Jusqu'à deux heures de l'après-midi aujourd'hui, j'ai été dans l'ignorance. Alors pour l'instant... j'essaie de me faire à l'idée. Et j'ai besoin d'aide... J'ai vachement besoin d'aide. »

Il est venu s'asseoir à côté de moi. On a regardé tout ce fouillis d'arbres, droit devant nous.

Mon père et le sien étaient frères, a expliqué Ralph. Sa tante Minnie le lui avait appris un jour, il y a longtemps, avant de partir en Californie. Avant la mort de Penny Ann. « À ton école, tu vois quelquefois deux petits garçons qui s'appellent Thomas et Dominick ? lui avait demandé Minnie. Ils sont jumeaux, comme Penny et toi. Vous êtes cousins. »

Ils étaient quatre enfants, a poursuivi Ralph : Henry, Minnie, Lillian et Asa, dans cet ordre-là. Asa était son père – « Ace », comme on l'appelait, le plus jeune et le plus timbré des quatre. Leurs parents étaient métis : leur mère, Dulce, avait du sang créole et portugais ; son nom de jeune fille était Ramos. Leur père, Nabby Drinkwater, était d'ascendance wequonnoc, africaine et sioux.

Les enfants étaient tous morts jeunes, sauf Minnie – Lillian d'une encéphalite, Henry pendant la guerre de Corée, et Ace pour avoir conduit en état d'ivresse. Il n'avait jamais épousé leur mère ; Ralph et Penny Ann avaient trois ans quand il s'était tué en voiture. Minnie avait soixante-douze ou soixante-treize ans, elle était veuve, à la retraite – elle avait travaillé dans une entreprise d'emballage de San Ysidro. Il était allé la voir une fois, faisant presque tout le voyage en stop. Ils s'écrivaient régulièrement. Minnie envisageait de revenir à Three Rivers quand on construirait le casino. Je me souvenais peut-être de son cousin Lonnie Peck, qui était mort au Vietnam ? C'était un des fils de Minnie. Elle avait quatre autres enfants, deux garçons et deux filles, tous bien partis dans la vie, tous mariés avec des enfants. Son fils Max était chef électricien à la Columbia Pictures. Ralph avait vu son nom dans le générique de deux ou trois films. Maxwell Peck, son cousin. « Et le tien aussi. »

Quand on était tous les quatre à l'école de River Street, Thomas, moi, Penny Ann et lui, Ralph ne pouvait pas nous blairer, mon frère et moi. Il ne supportait pas qu'on nous mette toujours dans le même sac parce qu'on était des jumeaux, deux noirs et deux blancs – donc forcément supérieurs. Après l'assassinat de Penny Ann, quand j'avais lu mon discours le jour de la cérémonie, il avait eu envie de me tuer, de me défoncer le crâne avec une pierre. « Je croyais que tu savais, et que tu voulais renier ton père, ton sang wequonnoc et africain. » Quand il avait découvert le mot « hypocrite », il avait immédiatement pensé à nous, les jumeaux Birdsey qui vivaient un mensonge.

Plus tard, le jour où on s'était pointés dans l'équipe de Dell Weeks, il m'aurait encore volontiers pété la gueule. Et à mon frère aussi. Six équipes, et il avait fallu qu'on nous colle avec lui ! Il valait bien autant que nous – il était aussi intelligent, sinon plus. Mais on était là, les deux hypocrites « blancs » de sa famille, étudiants en vacances, à lui rappeler qu'on s'en tirait beaucoup mieux dans la vie si on mentait sur ses origines. Si on les gardait secrètes.

C'était notre mère qui avait tenu à garder le secret. Pas Thomas, ni moi.

« Ton frère savait. Alors pourquoi tu n'aurais rien su, toi ?

— Non, il ne savait pas. Elle nous cachait la vérité à tous les deux. »

Mais Ralph se rappelait une conversation qu'il avait eue un jour avec Thomas l'été où on avait travaillé ensemble. C'est Thomas qui avait abordé le sujet en disant que sa mère lui avait appris qu'on était cousins.

« C'est impossible. Elle me l'aurait dit à moi aussi. » Au même instant, un souvenir m'est revenu et je l'ai pris en pleine figure : le jour où j'avais enfin réussi à le faire sortir de Hatch, Thomas avait voulu aller à la Cascade ; il s'était arrêté devant la tombe de Penny Ann Drinkwater. « Tu te souviens d'elle ? On est cousins », avait-il dit – je n'avais pas relevé, pensant qu'il recommençait à divaguer...

Il savait.

Elle avait fait ce cadeau à Thomas, mais pas à moi...

La conversation s'est prolongée encore quelques instants. J'essayais d'encaisser tout ça, de ne pas me braquer sur cette éternelle injustice – M'man et son favoritisme.

« Alors, comment devient-on Wequonnoc ? Qu'est-ce qu'il faut faire ? »

Ralph s'est mépris sur le sens de ma question. Il a commencé à me parler des conditions requises par le ministère de l'Intérieur, des certificats généalogiques, de la façon dont la tribu prévoyait de répartir les revenus quand les bénéfices du casino commenceraient à rentrer. « À l'école, on me disait que les Wequonnoc avaient tous été éliminés. Mais maintenant que ça sent le fric, tu serais surpris de voir tous les cousins que j'ai !

— Je me fous complètement de l'argent. Je te répète que je ne savais rien, j'ai tout découvert il y a deux heures. J'essaie seulement de comprendre qui je suis. »

Il a scruté mon visage pour juger de ma sincérité. On s'est regardés quelques instants. Puis il s'est levé et s'est dirigé vers un grand bureau recouvert de plastique au centre de l'énorme pièce. Il a soulevé le plastique pour ouvrir un tiroir et en sortir quelque chose. « Tiens, attrape », m'a-t-il dit en me lançant l'objet.

Je l'ai saisi au vol : c'était un simple galet gris et lisse.

« Je l'ai trouvé sur la réserve l'autre jour. Tout seul au bord d'un ruisseau. Quelle forme a-t-il ? »

J'ai refermé mes doigts dessus. « Ovale.

— À la naissance d'un bébé wequonnoc, les femmes font un cercle avec le cordon ombilical et elles l'attachent de sorte qu'il n'ait ni commencement ni fin. Puis elles le brûlent pour remercier le Grand Créateur.

« Les Wequonnoc recherchent la plénitude, le tout. Les cycles de la lune, les saisons. Nous remercions le Grand Créateur pour la vie qui renaît et pour celle dont elle a jailli. Pour le passé et pour l'avenir, attachés l'un à l'autre. Pour la plénitude des choses. »

J'ai serré le galet dans ma paume et je l'ai relâché. Plusieurs fois de suite. « La plénitude des choses, ai-je répété.

— Tu veux apprendre à être un Wequonnoc ? Eh bien voilà. C'est ta première leçon. »

De la fenêtre du cabinet, je regardais le vent secouer les arbres et agiter la surface de l'eau sur la rivière. Il avait plu à verse presque toute la matinée, et les bourrasques devenaient de plus en plus violentes. La météo avait annoncé qu'à l'approche de l'ouragan Bob, vers midi, les vents pourraient atteindre cent quarante à cent cinquante kilomètres-heure. Mais quand, par téléphone, j'avais demandé au Dr Patel si elle voulait annuler notre rendez-vous de dix heures à cause du temps, elle avait dit que non, sauf si je le souhaitais.

« Vous disiez ?

— Je vous expliquais que j'avais du mal à ne pas retomber, comme toujours, dans l'indignation et la jalousie. C'est plutôt pathétique d'être jaloux d'un frère mort, non ? D'être en pétard contre sa mère, alors qu'elle est sous terre depuis presque cinq ans ? Mais bon, c'est dur... Vous comprenez, je ne cessais de lui poser la question. Je voulais savoir qui était mon père. Elle voyait bien que j'avais besoin d'être éclairé... Elle me détestait ou quoi ? C'est ça qui l'empêchait de me parler ? »

Nous ne pouvions qu'essayer de comprendre son raisonnement à retardement, bien sûr, mais l'idée m'avait-elle effleuré que, si ma mère avait retenu l'information, c'était peut-être par besoin de me protéger ? Par amour, plutôt que par haine ?

« Comment en arrivez-vous là ? »

Toute sa vie, ma mère avait dû s'adapter aux exigences d'hommes pleins de hargne. « D'abord son père, puis son mari, ensuite un de ses fils.

— Moi, en l'occurrence ?

— Thomas était d'une nature très différente. Est-ce vrai ? Son caractère tenait beaucoup de celui de votre mère, semble-t-il. Ce que vous percevez comme une préférence de votre mère pour votre frère, je soupçonne depuis longtemps que ce n'était qu'un sentiment de plus grande complicité entre eux. Si elle s'est confiée à Thomas, c'est peut-être parce qu'elle savait qu'il ne réagirait pas violemment. Elle sentait sans doute qu'elle ne déclencherait pas sa fureur, comme c'eût été le cas avec vous, et elle souhaitait vous ménager.

— Me ménager ? Je ne comprends pas.

— Eh bien, supposons qu'à l'âge de treize, seize ou dix-sept ans vous soyez allé la trouver en exigeant de savoir qui était votre père. Et supposons que...

— C'est ce que j'ai fait. Or elle ne voulait rien entendre.

— Laissez-moi terminer. Supposons qu'elle ait cédé à vos injonctions, qu'elle vous ait dit : "Dominick, ton père était moitié indien-américain et moitié africain-américain." Comment auriez-vous réagi, croyez-vous ? »

Je n'en avais pas la moindre idée.

« Ne pensez-vous pas que vous auriez été très perturbé ? »

Et maintenant, arrivé à la moitié de ma vie, je n'étais pas sacrément perturbé en découvrant qui j'étais ?

— Votre trouble est compréhensible. Mais à quarante et un ans, vous avez de la ressource, une perception plus large de l'univers, une vaste connaissance des désirs et des défauts humains, toutes choses dont vous n'auriez pas disposé plus jeune. Si vous aviez découvert la vérité à seize ou dix-sept ans, n'auriez-vous pas réagi avec la violence qui vous caractérise ?

— Je ne sais pas. Peut-être.

— Et ne croyez-vous pas que cette fureur aurait pu se retourner contre elle ? Ou contre son âme sœur ? Votre frère ?

— C'est possible.

— Contre vous-même aussi. Cette vérité que vous cherchiez, livrée au mauvais moment, ne vous aurait-elle pas mené à l'autodestruction ?

— L'autodestruction ? Comment ça ?

— Comme beaucoup de jeunes Américains, vous vous seriez peut-être détruit par l'alcool, ou la drogue, ou au volant d'une voiture ?

— Malgré tout, elle n'avait pas le droit de me cacher qui était mon père.

— Ne vous méprenez pas, mon ami. Je ne cherche ni à excuser votre mère, ni à lui donner raison. J'essaie seulement de voir ce qui a pu motiver son attitude. »

Le Dr Patel est venue près de moi à la fenêtre. Elle a posé une main sur mon épaule en regardant la tempête approcher. « À propos, je ne partage absolument pas votre point de vue quand vous prétendez que votre mère a refusé de vous éclairer parce qu'elle ne vous aimait pas, pour vous punir et vous rendre malheureux. Vous ne le croyez pas vraiment, n'est-ce pas ?

— Non, ai-je dit en poussant un profond soupir.

— Bien, alors nous progressons.

— Vous trouvez ?

— Oui, je crois. J'ai observé vos mains pendant notre entretien. Trois fois de suite, une main a ouvert l'autre, qui était fermée. Vous avez desserré les poings, Dominick. Vous en êtes-vous rendu compte ? C'est bon signe, il me semble. Venez vous asseoir. »

Dans les mythes provenant de cultures aussi éloignées que celles des Esquimaux et de la Grèce antique, m'a-t-elle expliqué, des fils orphelins partent à la recherche de leur père. « Dans ces histoires, l'enfant perdu est dans l'ignorance. Et le destin met toutes sortes d'épreuves sur sa route – des énigmes à résoudre, des difficultés à surmonter. Mais si l'orphelin résiste à ces épreuves, il finit par revenir dans la lumière en tenant le précieux élixir de vérité. Il a conquis son origine, sa place dans l'univers. Sa peine lui a valu d'acquérir l'intelligence et la paix. Il a gagné le royaume de son père, si vous voulez. L'univers lui appartient !

— Et après ça, tout le monde est heureux.

— Parfois oui, parfois non. Ce que je viens de vous dire est une façon d'interpréter la tournure prise par le cours récent des événements : pour trouver votre père, il fallait peut-être que vous le méritiez. »

J'étais assis mains dans les poches, et ma main droite caressait le galet ovale.

« Il est l'heure à présent. Nous ferions bien de rentrer chacun chez nous avant que cette tempête qui s'annonce ne nous emporte tous les deux. »

Cette tempête. Tempesta, Drinkwater, Birdsey... Je me disposais à rentrer chez moi, puis j'ai changé d'avis. J'ai pris la direction de Rivercrest. Je voulais passer voir Ray.

Il était furieux que je sois venu. « Tu veux rentrer chez toi, bon Dieu ? Qu'est-ce qui te prend d'être sur les chemins avec cet ouragan qui arrive ? Je vais très bien. Tout va bien. Rentre chez toi tout de suite ! »

En repartant, j'ai fait halte dans le hall d'entrée pour remonter la fermeture Éclair de mon imper en voyant le déluge qui m'attendait. Les sentinelles étaient toutes à leur poste – Daphne, Warren et les autres –, émoustillées par l'ouragan. Je n'avais jamais vu autant d'animation. C'est alors que je me suis aperçu qu'il manquait la doyenne. La princesse Mauvais Œil.

« Où donc est la reine mère aujourd'hui ? ai-je demandé à Warren.

— Prosperine, vous voulez dire ? On l'a emmenée à l'hôpital ce matin de bonne heure. Pneumonie. »

Prosperine ?

« C'est probablement la fin, si vous voulez mon avis. Elle ne voulait plus ni manger ni boire, paraît-il. Y en a plus pour longtemps, sans doute. »

J'étais affalé dans la salle de séjour, et mes yeux allaient de la fenêtre à la télé. J'avais rempli la baignoire, sorti des bougies et des lampes torches, collé de l'adhésif sur les fenêtres. C'était dur d'affronter seul un ouragan.

Je n'arrêtais pas d'appuyer sur la télécommande, de passer de la météo à CNN : dernières images de l'ouragan Bob, séquence sur Gorbatchev. Il était en résidence surveillée en Crimée. Peu de détails. Les chars entraient déjà dans Moscou, répondant à une opposition croissante...

Comment pouvait-elle être encore vivante ? C'était sûrement une autre Prosperine. Elle n'était pas la seule au monde.

Je me suis levé pour regarder dehors. Une branche d'arbre est passée devant la fenêtre, un chéneau a déboulé le long de la route avec fracas... Elle n'avait même plus sa tête. Tous les jours, elle restait assise là dans ce hall tel un légume. Comment aurait-elle pu me reconnaître ?

Alors, tout d'un coup, j'ai compris : ce n'est pas moi qu'elle avait reconnu, c'était mon grand-père.

Les putschistes mettaient le *black-out* sur l'information. Le vent gémissait. Le courant a faibli, puis tout s'est éteint. L'ouragan Bob venait d'arriver et de transformer le jour en une nuit noire.

Oui, c'est ça. Elle est en train de mourir là-bas. Elle ne va peut-être pas survivre à l'ouragan. J'ai enfilé mon imper, tiré la capuche sur ma tête. Je suis sorti dans le vent et la pluie battante. En une quinzaine de pas de la maison à la voiture, j'étais trempé comme une soupe. « Restez chez vous, restez chez vous », avaient recommandé tous les journalistes à la télé. J'ai mis la voiture en marche.

Les routes étaient désertes, les essuie-glaces pratiquement inutiles, même à toute blinde. Des sirènes hurlaient au loin. Je devais éviter les branches tombées, les bardeaux qui volaient. À deux reprises, j'ai cru que ma voiture allait être emportée hors de la chaussée.

Je suis tout de même arrivé jusque-là.

L'hôpital était moins éclairé que d'habitude. En avançant dans le couloir, j'entendais tourner les groupes électrogènes de secours. Chambre 414 A, m'a dit le gardien. J'ai pris l'escalier. J'ai monté un étage, deux étages. J'ai dépassé le troisième, et je me suis arrêté entre le troisième et le quatrième. J'ai réfléchi un instant. Je suis redescendu au troisième. L'étage où travaillait Dessa. Le service des enfants malades.

C'était le grand calme. Une équipe très réduite : les enfants, trois ou quatre parents. Dessa n'était pas là.

Une aide soignante m'a regardé avec des yeux ronds retirer des jeux de société d'un carton. « Je suis un ami de Dessa. Dessa Constantine... J'ai besoin de ces deux gusses pendant quelques minutes. » J'ai ouvert la cage, j'en ai sorti les deux lapins, l'un après l'autre, et les ai mis dans le carton.

« Vous n'avez pas le droit de les prendre. Ils appartiennent au service.

— Oui, je sais. Juste un emprunt. Je vous les rapporte tout de suite. C'est pour une urgence. »

Je suis ressorti de là. Une urgence de lapin : elle a dû me prendre pour un cinglé. Dehors, l'ouragan. À l'étage, un obsédé des lapins. Je me demande ce que la pauvre femme a bien pu se raconter.

PROSPERINE ALBRIZIO. NE PAS RÉANIMER. Prosperine Albrizio ? Prospe-rine Tucci ? Peu importait. L'essentiel était que j'arrive à temps.

Je suis entré dans la chambre. J'ai mis le carton par terre et je me suis avancé devant elle.

« Il faut... il faut que vous me pardonniez », ai-je dit. Elle respirait difficilement ; ses yeux embués n'étaient plus que deux fentes. Rien n'indiquait qu'elle fût encore consciente. Savait-elle seulement qu'il y avait quelqu'un avec elle dans la chambre ?

« Pouvez-vous me pardonner ? Faire que je redevienne un ? »

J'ai saisi les deux lapins par la peau du cou et les ai tenus en l'air devant la mourante. L'un d'eux s'est débattu, puis il a cessé de bouger. Ils se sont balancés d'avant en arrière devant le Singe.

Elle a gémi faiblement et fermé les yeux. Le vent et la pluie fouet-taient les murs du bâtiment.

J'ai remis un lapin dans le carton en tenant toujours l'autre devant elle. Quand elle a rouvert les yeux, ils n'étaient plus qu'un seul.

Elle l'a regardé osciller comme un pendule – la magie dont elle avait été témoin il y avait bien bien longtemps s'était opérée dans l'autre sens. « Pardonnez-moi », ai-je murmuré.

Sa vieille main tremblante est sortie de sous le drap. S'est tendue pour caresser le pelage de l'animal. Je l'ai regardée retirer sa main, se toucher d'abord le front, puis le cœur, l'épaule gauche, enfin la droite.

Ses yeux se sont refermés. J'ai remis le lapin en place, pris le carton, et je suis parti sans me retourner.

48

L'histoire ne s'arrête pas là, bien sûr. La boucle du cordon ombilical n'a jamais de commencement ni de fin.

L'ouragan Bob a traversé Three Rivers, et il a poursuivi sa route vers l'océan. À Moscou, les putschistes ont faibli, Gorbatchev a été libéré, et on a tordu le cou au communisme soviétique. *Plaquez-vous au sol !* nous avait-on appris à l'école. *Les communistes sont prêts à nous réduire en miettes !* Et nous, enfants de la guerre froide, n'avions pas changé de position, jusqu'au jour où nous avons vu Eltsine monter sur un char et braver l'oppression. Jusqu'à ce qu'on entende les clameurs d'une centaine de milliers d'opposants.

Prosperine Albrizio avait fait partie de l'antépénultième contingent de patients psychiatriques dont Settle s'était déchargé avant de fermer ses portes en mars 1992. Il n'y avait plus trace, s'il avait jamais existé, du dossier d'une certaine Prosperine Tucci. Je n'ai pas non plus trouvé la preuve que Prosperine Albrizio et mon frère Thomas se soient jamais connus pendant leur séjour prolongé à Settle. Thomas lui avait-il un jour servi un café de son chariot ? La vieille femme l'avait-elle croisé au réfectoire, imaginant se trouver en présence de mon grand-père, sa Némésis, qui l'avait emprisonnée ? Si toutefois c'était Prosperine Albrizio que Domenico avait emprisonnée. Si Prosperine Albrizio était Prosperine Tucci...

En février 1994, à l'issue d'un procès de trois mois, le Dr Richard Hume et quatre autres médecins administrateurs furent disculpés des accusations de négligence dans l'affaire de la propagation du sida et du virus HIV à Hatch, le service hospitalier pénitentiaire. Les cent vingt-sept patients qui y étaient encore internés furent transférés à Middletown, et le service, le dernier en fonctionnement de l'hôpital de Three Rivers, cessa d'exister. Curieusement, le terrain de l'hôpital désaffecté, qui autrefois faisait partie des territoires de chasse et de pêche des Indiens Wequonnoc, pourrait revenir à la tribu, annexé pour cause d'expansion. Les responsables indiens et le gouverneur du Connecticut sont en pleines négociations.

La Navale Électrique, qui fabriquait des sous-marins nucléaires, et dont a dépendu, pendant la seconde moitié du XXe siècle, toute l'économie de la région, a licencié ses ouvriers après la guerre froide, pour ne garder qu'une petite partie de son personnel. Le « chantier fantôme », c'est ainsi qu'on appelle maintenant ce chantier naval autrefois florissant où, mon frère et moi avions assisté au lancement du *Nautilus* et posé pour une photo avec la First Lady des États-Unis d'Amérique. Mais, si l'industrie militaire est en déclin sur la côte du Connecticut, le marché des jeux y prospère. Le casino et le complexe hôtelier de la Lune Wequonnoc ont ouvert en septembre 1992 et leur impact sur la reprise économique a de loin dépassé les prévisions les plus optimistes. Depuis six ans, la croissance n'a pas cessé, et le complexe de maisons de jeu et d'hôtels se dresse maintenant au milieu des bois dormants, près de la route 22, tel un pays d'Oz. Ce complexe, qui a ses partisans et ses détracteurs, emploie soixante-quinze mille personnes. Des flots de voitures et de cars y déferlent nuit et jour, et la commission de la planification examine la possibilité d'amener les joueurs de New York par un ferry sur la Sachem, et ceux de Boston par un train privé à grande vitesse à la pointe de la technique moderne. Quant à nous, les quatre cent quinze membres de la nation Wequonnoc, nous sommes millionnaires.

Dessa et moi avons recommencé à sortir ensemble à l'automne 1993, mais déjà avant cela, nous nous voyions régulièrement dans le service des enfants malades. Elle m'a téléphoné un après-midi à l'improviste. « J'ai une place pour le match de ce soir – l'équipe féminine de U. Conn. Généralement, c'est Angie qui m'accompagne, mais elle est prise aujourd'hui.

— Du basket féminin ? » ai-je ricané d'un air méprisant. Mais naturellement, j'ai accepté. En vrai macho, je n'ai pas cessé de râler pendant les quelques premières minutes de jeu. « Alors, elles vont se mettre à smasher, oui ?... Qui est-ce qui les entraîne ? Frankie Avalon ?

— Oh, arrête, Dominick, a dit Dessa en me donnant des coups de coude. Vas-y, Jamelle ! »

À la fin de la saison, je connaissais le nom et la place de toutes les joueuses et j'aurais pu faire un cours sur les points forts et les faiblesses de chaque équipe féminine de la côte est. En 1995, Dessa et moi sommes allés ensemble à Minneapolis pour la victoire en finale de Lobo et compagnie.

Un peu plus tard, ce printemps-là, j'ai demandé Dessa en mariage. On était à Cape Cod, on se promenait sur Long Nook Beach. C'était la mi-mai : grand soleil, ciel bleu, un temps de carte postale. Ce n'était pas prémédité – je n'avais pas de bague dans ma poche ni rien. Je l'ai simplement prise dans mes bras, je l'ai embrassée sur le front, et je lui ai demandé si elle était prête à prendre le risque une deuxième fois.

Ça ne l'a pas fait sourire. En fait, elle a plutôt paru paniquée, et j'ai pensé : *Quel imbécile tu es, Birdsey ! Tu lui as promis depuis le début que tu lui mettrais pas la pression.*

Ce n'était sans doute pas une bonne idée, a-t-elle répondu. Elle avait pris l'habitude de vivre seule, et elle aimait ça. Pourtant elle allait réfléchir.

Je pouvais aussi retirer ma demande purement et simplement si elle préférait. Non, mais elle sollicitait une semaine de réflexion.

On a quitté la plage, on est rentrés à l'hôtel, on a commandé du vin. On est sortis dîner. On n'a plus reparlé de cette proposition que j'avais faite sur la plage, mais elle était là entre nous deux, telle une énorme Buick. Et cette Buick de demande en mariage avait fait tout foirer. J'avais sauté les préliminaires. Tu veux rempiler ? avais-je questionné à brûle-pourpoint. Tu veux tenter ta chance encore une fois avec le type qui a failli t'étouffer ? À sa place, j'aurais dit non...

Après dîner, on a prolongé la soirée dans une galerie de jeux. Dessa m'a battu au Skee-ball, et j'ai pris ma revanche au mini-golf. C'était une bonne soirée, on avait passé un bon week-end, mais on était tous les deux muets. Absents. Je regrettais vraiment de ne pas avoir fermé ma gueule.

On est rentrés à l'hôtel. On s'est couchés chacun dans un des lits jumeaux. Après les informations, on a commencé à regarder ce vieux film italien en noir et blanc intitulé *Le Voleur de bicyclette*. Dessa n'en revenait pas que je n'en aie jamais entendu parler – c'était le film le plus triste qu'elle connaisse. « Ah bon ? » Je me suis endormi au bout de dix minutes.

Ce sont ses sanglots qui m'ont réveillé – elle faisait trembler mon lit, sur lequel elle était venue s'asseoir. « Qu'est-ce qui se passe ? C'est le film ? »

Elle a fait non de la tête. Elle a allumé la lampe.

« Bon, d'accord, a-t-elle dit.

— D'accord pour quoi ?

— Essayons encore une fois.

— C'est vrai ? Tu es sûre ? Parce qu'on pourrait...

— Je t'aime toujours. Et je n'ai plus peur de toi. Alors je suis d'accord.

— C'est vrai ?

— Oui. »

On a fait les choses simplement, en petit comité. Leo et Angie ont été nos témoins, comme la première fois.

À propos de Leo, eh bien, en fait, c'est lui qui est devenu directeur général de Constantine Motors. Le gros Gene était contre, évidemment, mais Thula et ses deux filles ont fait un peu de forcing féministe et ont voté sa promotion. Le plus drôle, c'est que Leo, le roi des bluffeurs, une fois arrivé au top, dans son bureau directorial, le voilà qui devient réglo comme tout. Fini le pipeau – les cadeaux publicitaires pour attraper le client, les magouilles pour les reprises. Jamais d'esbroufe non plus dans ses pubs à la télé. C'est lui-même qui se produit sur l'écran, bien sûr. « Ce sont les années quatre-vingt-dix, Birdsec, m'a-t-il dit. Les gens en ont marre qu'on les balade. » Et ça marche, il faut croire. Isuzu vient de lui décerner le titre de directeur de l'année pour la région. Ses ventes ont grimpé pendant onze mois d'affilée.

En outre, apparemment, grâce à ces caleçons qu'il s'est mis à porter, ses capacités de reproduction ne vont pas mal non plus. Leur troisième enfant sera un garçon, d'après l'amniocentèse. Angie affirme que Leo et elle ont l'âge de jouer les chaperons au cours d'accouchement sans douleur. Ils vont l'appeler Petit Leo. Il doit arriver fin octobre.

Un mois après l'ouverture de la Lune Wequonnoc, tante Minnie est revenue de Californie dans sa Winnebago. Elle siège maintenant avec les anciens au conseil tribal : la princesse Rit-toujours. Elle raconte des blagues piquantes, elle adore danser et fait un chili qui vous emporte la gueule à la première bouchée. Minnie a connu ma mère ; elle m'a aidé à combler certaines lacunes. « Je ne prétends pas qu'il n'y ait pas eu de problème, m'a-t-elle raconté, mais ces deux-là étaient fous l'un de l'autre – Connie et Henry. Il me parlait tout le temps d'elle. Toi et ton frère, vous avez vraiment été conçus dans l'amour. »

Avec le temps, Ralph et moi nous sommes pris de sympathie l'un pour l'autre. Après tout, on avait une histoire commune, un sang commun. Et autre chose aussi, dont nous avons parlé un jour : nous connaissions l'un et l'autre la solitude singulière d'un jumeau privé de l'autre. Un soir, après une réunion du conseil, nous sommes restés dans son bureau à boire un verre. Je lui ai demandé, à brûle-pourpoint, s'il pourrait me pardonner un jour la façon dont je l'avais trahi, autrefois, dans ce poste de police où on m'avait interrogé. Il a réfléchi, a avalé une grande gorgée de Chivas, et il m'a répondu que c'était sans doute déjà fait. Il faut le voir à l'œuvre, calmant les esprits pendant les réunions orageuses du conseil tribal. Il est juste, il est posé, c'est un de nos meilleurs dirigeants. C'est lui qui a mené la campagne pour supprimer du casino ce bureau où les joueurs invétérés pouvaient hypothéquer leur voiture et leur maison. C'est un homme de morale, et il l'a toujours été. Mon cousin. Ralph.

Ray s'est habitué à sa jambe artificielle sans trop de difficulté – il est revenu chez lui à Hollyhock Avenue, où il a profité de trois ou quatre bonnes années ; puis il a eu une attaque grave, et il a dû retourner à Rivercrest. Son copain Norman était mort, mais Stony avait toujours bon pied bon œil. Ray était paralysé du côté droit. Il ne pouvait pas parler, ni marcher sans l'aide de quelqu'un, et il ne pouvait avaler que ce qui était écrasé en purée. Depuis, il a un peu récupéré. On l'a installé dans un petit appartement de trois pièces sur Father Fox Boulevard, cet établissement pour personnes âgées que la paroisse a ouvert l'an dernier. J'aurais pu lui offrir mieux, mais c'est ce qu'il a voulu. Je passe le voir presque chaque jour, et je lui téléphone quand je suis empêché. Il est relativement heureux.

La maison de Hollyhock Avenue est restée inoccupée un moment.

J'hésitais quant à ce que je devais en faire et puis, un soir, Dessa et moi, on est allés dîner chez Sheffer. On sympathise bien avec Sheffer et Monica. On en est venus à parler des femmes battues : il n'y avait pas de centre d'accueil pour elles à Three Rivers, et, en cas d'urgence, elles étaient obligées de fuir avec leurs enfants et d'aller jusqu'à Easterly. À ce moment-là, l'argent du casino commençait à rentrer. Une chose en a entraîné une autre ; Sheffer et moi avons sollicité la commission d'aménagement et trois ou quatre agences de l'État, et nous avons exposé notre projet. Aussi sec, la *casa di due appartamenti* de Domenico est devenue le centre d'accueil Concettina T. Birdsey pour les femmes et les enfants. L'entreprise de Monica, Femmes Bricolo, s'est chargée de la restructuration. Elles ont trouvé un moyen de faire partir les escaliers autrement et d'abattre la cloison entre les deux maisons pour n'en faire qu'une.

Joy est morte en mars 1997. Ça a été dur, épuisant pour tout le monde, y compris pour Dessa et moi. Elle avait beaucoup lutté. Au cours de la dernière année, Dessa et elle étaient devenues amies. La première fois qu'on est allés la voir à Shanley, Joy a parlé à Dess du jour où elle l'avait vue avec Angie au centre commercial : elle l'avait suivie à la cafétéria, s'était assise près d'elles pour écouter leur conversation, et elle avait regretté de ne pas pouvoir être son amie. Pendant cette dernière année, elle l'était finalement devenue.

Dessa et Tyffanie se sont très bien entendues dès le départ – bien avant que Dessa ne l'emmène à tous ces matchs de basket de l'équipe féminine de U. Conn. Bien avant qu'elle ne vienne vivre avec nous. À six ans, elle connaît déjà toutes les joueuses. L'autre jour, dans le jardin, elle a marqué son premier panier. Ce machin a pourtant la hauteur réglementaire, eh hop ! Je n'en croyais pas mes yeux.

L'adoption a eu lieu en janvier dernier, deux jours après mon anniversaire. Joy avait signé tous les papiers deux ou trois mois avant de mourir, entre le rire et les larmes. Elle avait finalement obtenu ce qu'elle voulait, m'a-t-elle dit : que je sois le père de cette petite fille.

J'ai cessé de voir le Dr Patel à peu près au moment où nous avons adopté Tyff. Pendant notre dernière séance, je lui ai raconté le plus récent de tous ces rêves dans lesquels je devenais mon frère.

« J'ai ma théorie là-dessus, a dit le Dr Patel. Puis-je vous en faire part ?

— Mais oui. Comme si je pouvais vous en empêcher !

— Je crois que vous essayez peut-être d'intégrer ce qu'il y avait de bon chez votre frère. Sa gentillesse. Sa douceur. Peut-être voulez-vous être à la fois vous-même et Thomas. Ce serait merveilleux, vous ne trouvez pas ? Votre force et la douceur de votre frère réunies.

— Cette fois, ai-je répondu en souriant, je crois que c'est le mot de la fin.

— Je le crois aussi. »

Nous sommes tombés dans les bras l'un de l'autre en larmoyant un peu. J'ai avisé sa statuette près de la fenêtre. J'ai attrapé ce Shiva qui sourit et danse. J'ai empoigné Doc, et je nous ai fait valser tous les trois autour de la pièce.

Nous autres Wequonnoc-Italiens, nous célébrons le tout, la plénitude des choses.

J'avais quarante et un ans l'année où j'ai perdu mon frère et trouvé mes pères – celui qui était mort depuis bien des années, et celui qui avait toujours été là. Aujourd'hui, je suis devenu un homme riche, le père d'une petite fille et, pour la seconde fois, le mari de la femme que j'ai toujours aimée, mais que je croyais avoir perdue pour de bon. Donnez-vous une nouvelle vie, nous enseignent les mythes anciens, et l'univers vous appartiendra.

Je suis professeur d'histoire américaine à l'école wequonnoc, mais j'enseigne à mes élèves une histoire différente de celle de M. LoPresto. Ils rechignent aux contrôles, se plaignent que je donne trop de travail et tirent, je l'espère, la leçon que j'ai moi-même tirée : l'abus de pouvoir nuit à l'oppresseur autant qu'à l'opprimé. C'est essentiellement de mon grand-père maternel, Domenico Onofrio Tempesta, que je tiens cette leçon. J'ai fini par éprouver une sorte de gratitude envers Papa pour m'avoir laissé en héritage ce document pénible qui tendait à prouver sa « grandeur » à la « jeunesse italienne » – pitoyable échec ! J'en suis venu à penser que Dieu – ou la vie – peut être à la fois clément et ironique. Le plus grand mérite de Papa a été de se débarrasser de ce dictaphone qu'il avait loué, de renvoyer son sténographe et de se retirer à l'arrière de sa maison pour compter ses échecs et faire preuve d'humilité. Papa, j'apprécie ce cadeau.

Je ne suis pas particulièrement intelligent mais, un jour, j'ai fini par sortir de l'obscure forêt du passé – le mien, celui de ma famille et celui de mon pays –, en tenant dans mes mains ces vérités : l'amour grandit dans le riche terreau du pardon ; les bâtards font de bons chiens ; la preuve de l'existence de Dieu réside dans la plénitude des choses.

J'aurai au moins compris cela. Et je sais que c'est vrai.

Remerciements

Je suis profondément reconnaissant à Linda Chester, mon agent littéraire et mon amie, et à son associée, Laurie Fox, dont le rôle n'est pas moindre. Glinda et Dorothy dans la même agence : quelle chance pour l'auteur !

Je dois beaucoup à Judith Regan, mon éditrice et ma *paisana*, pour sa loyauté, sa confiance patiente et son enthousiasme pour mon travail. *Grazie*, Judith.

Mes *compadres* écrivains dont les noms suivent m'ont apporté leurs inestimables critiques aux différentes étapes de ce roman. Je suis reconnaissant et confus de la générosité de leur réaction collective. Il s'agit de : Bruce Cohen, Deborah DeFord, Laurie Fox, Joan Joffe Hall, Rick Hornung, Leslie Johnson, Terese Karmel, Ann Z. Leventhal, Pam Lewis, David Morse, Bessy Reyna, Wanda Rickerby, Ellen Zahl et Feenie Ziner.

Un roman de cette envergure est à la fois une grosse bête hirsute et un processus complexe qui nécessite la foi, de la chance, un soutien moral et un savoir dépassant de loin celui que l'auteur peut y apporter. Je m'incline devant tous ceux qui, à leur manière, m'ont aidé à trouver, à raconter et à publier cette histoire (et, dans deux cas, à la sauver du pays des rêves) : Elliott Beard, Andre Becker, Bernice Bennett, Lary Bloom, Cathy Bochain, Aileen Boyle, Angelica Canales, Lawrence Carver, Lynn Castelli, Steve Courtney, Tracy Dene, Barbara Dombrowski, David Dunnack, John Ekizian, Sharon Garthwait, Douglas Hood, Gary Jaffe, Susan Kosko, Ken Lamothe, Linda Lamothe, Doreen Louie, Peter Mayock, Susan McDonough, Alice McGee, Joseph Mills, Joseph Montebello, Bob Parzych, Maryann Petyak, Pam Pfeifer, Pit Pinegar, Nancy Potter, Joanna Pulcini, Jenny Romero, Allyson Salazar, Ron Sands, Maureen Shea, Dolores Simon, Suzy Staubac, Nick Stevens, Christine Tanigawa, David Teplica, Denise Tyburski, Patrick Vitagliano Jr., Oprah Winfrey, Patricia Wolf, Shirley Woodka, Genevieve Young, l'équipe du matin à la Sugar Shack Bakery, et mes étudiants à la Norwich Free Academy et à l'université du Connecticut.

Je suis redevable à Rita Regan, qui m'a apporté son aide pour les corrections et ses conseils pour tout ce qui touche à la Sicile, et à Mary Ann Hall, qui m'a mis entre les mains les *Novelle della Pescara*, de Gabriele D'Annunzio.

Je remercie particulièrement Ethel Mantzaris pour son amitié de longue date et son fidèle soutien.

Enfin, je ne saurais suffisamment exprimer ma gratitude à Christine Lamb, la compagne et l'amour de ma vie, qui rend possible ma vie d'écrivain.

Je tiens à remercier et à honorer les maîtres suivants, de l'école primaire à l'université, qui tous ont exhorté à l'excellence et encouragé la créativité : Frances Heneault, Violet Shugrue, Katherine Farrell, Leona Comstock, Elizabeth Winters, Lenora Chapman, Miriam Sexton, Richard Bilda, Victor Ferry, Dorothy Cramer, Mildred Clegg, Mary English, Lois Taylor, Irene Rose, Daniel O'Neill, Dorothy Williams, James Williams, Alexander Medlicott, Alan Driscoll, Gabriel Herring, Frances Leta, Wayne Diederich, Joan Joffe Hall, Gordon Weaver et Gladys Swan.

J'ai eu la chance de bénéficier, pendant la rédaction de ce roman, du soutien des institutions et organisations suivantes en faveur des écrivains : la Norwich Free Academy, la Public Library de Willimantic, Connecticut, la Homer D. Babbidge Library de l'université du Connecticut et la Connecticut Commission on the Arts.

Ce roman n'aurait pas vu le jour sans le généreux soutien et l'approbation du National Endowment for the Arts.

Cet ouvrage a été composé par Nord Compo
et imprimé par **Bussière Camedan Imprimeries**
à Saint-Amand-Montrond (Cher)
pour le compte des Éditions Belfond

Achevé d'imprimer en avril 2000

N° d'édition : 3670. N° d'impression : 001662/1.
Dépôt légal : avril 2000.
Imprimé en France